Frances Baroness Bunsen, Friedrich Nippold

Christian Carl Josias Freiherr von Bunsen

1. Band: Jungend und römische Wirksamkeit

Frances Baroness Bunsen, Friedrich Nippold

Christian Carl Josias Freiherr von Bunsen
1. Band: Jungend und römische Wirksamkeit

ISBN/EAN: 9783742867827

Hergestellt in Europa, USA, Kanada, Australien, Japan

Cover: Foto ©Raphael Reischuk / pixelio.de

Manufactured and distributed by brebook publishing software
(www.brebook.com)

Frances Baroness Bunsen, Friedrich Nippold

Christian Carl Josias Freiherr von Bunsen

Christian Carl Josias Freiherr von Bunsen.

Aus seinen Briefen und nach eigener Erinnerung geschildert

von

seiner Witwe.

Deutsche Ausgabe,

durch neue Mittheilungen vermehrt

von

Friedrich Nippold.

Erster Band:

Jugendzeit und römische Wirksamkeit.

Mit einem Porträt Bunsen's nach Richmond.

Leipzig:

F. A. Brockhaus.

1868.

Vorrede des Herausgebers.

Das englische Werk, welches diesem deutschen zu Grunde liegt*), bedurfte keines Vorwortes; der Name der Verfasserin war seine beste Einführung. Für die hier gegebene deutsche Bearbeitung sind aber einige einleitende Worte nicht nur gestattet, sondern geboten: wie über den Charakter des Werkes im Allgemeinen, so über das Verhältniß der deutschen zur englischen Ausgabe desselben und die Stellung, die der Herausgeber zu dem Werke einnimmt.

Der Letztere kann diese Bemerkungen nur beginnen mit aufrichtigem und warmem Danke gegen die Bunsen'sche Familie, die ihn mit der Aufforderung zu dieser Arbeit erfreute, mit seltenem Vertrauen alle Hülfsmittel dazu in seine Hände legte, und ihm in Bezug auf Benutzung und Behandlung derselben die freieste Verfügung gewährte. Wo es in solcher Weise möglich war „aus dem Vollen zu schöpfen", und klaren Einblick zu gewinnen in das innerste Leben eines bedeutenden Mannes, da ergab sich als die erste stets im Auge zu behaltende Pflicht die unbedingte geschichtliche Genauigkeit. So tritt denn in den folgenden Mittheilungen Bunsen's eigenstes Wesen völlig unverhüllt und unverschleiert hervor; nichts ist versteckt oder verwischt. Unsere Zeit liebt es, hineinblicken zu können in die geheimen

---

*) A Memoir of Baron Bunsen, late Minister Plenipotentiary and Envoy Extraordinary of His Majesty Frederic William IV. at the Court of St. James'. By his Widow Frances Baroness Bunsen. In two volumes (London 1868, Longmans, Green und Co.).

Gedanken und inneren Triebfedern derer, die öffentlich wirken. Aber wohl darf man sich fragen: wie Viele gibt es, deren inner= stes Denken und Fühlen so aufgedeckt werden könnte? wie Viele zumal von den in der Zeitgeschichte mit thätig Gewesenen dürften diesen Maßstab an ihre Thätigkeit legen lassen? Gewiß ist es ein star= ker Contrast, der sich zwischen den entschleierten Motiven der Helden des Radicalismus zur Rechten und Linken, und zwischen dem innersten Kern einer so organisch gestalteten Natur wie Bunsen ergibt. Nichts brauchte von seinen Entwickelungsstufen, nichts von einzelnen Irr= thümern und Fehlgriffen verborgen zu werden; gerade die offenste Darlegung seines Lebens läßt die in sich klare und geschlossene Per= sönlichkeit erst in das rechte Licht treten.

Freilich nur eine Feder konnte Bunsen's Persönlichkeit so schildern, wie sie wirklich war: die Feder der Frau, die nicht blos ihm geistig verwandt und verbunden war in einem Grade, der sich selten findet, sondern der er noch auf dem Sterbebette sagen konnte: in ihr habe er das Ewige geliebt. Das Urtheil der englischen Kritik ist bereits einstimmig über das, was Frau von Bunsen in diesen Memoiren über ihren Gatten geboten; der Deutsche aber muß der geborenen Englän= derin doppelt dankbar sein dafür, wie sie den deutschen Mann in seiner Bedeutung erkannt und geschildert. Es war darum ein bei dem Herausgeber stets gewisseres Gefühl, daß das, was die auch in Deutsch= land von Allen, die das Glück hatten, sie kennen zu lernen, so beson= ders hochgeschätzte ehrwürdige Verfasserin ihren Landsleuten geboten, womöglich ganz in derselben Weise auch den deutschen Lesern vorge= führt werden müsse. Ihre Urtheile gehören nicht nur durchweg zum Ganzen, zeichnen sich durch seltene Ruhe und Klarheit aus, sondern auch die Schilderungen, die ihre Feder uns bietet, sind neben den eigenen Briefen Bunsen's, die den Grundstock des Ganzen bilden, als höchst bedeutsame Zeitgemälde besonderer Anerkennung gewiß.

Allerdings läßt sich bei einem so ungewöhnlich inhaltreichen Buche nicht erwarten, daß alle Leser in gleicher Art von allen Theilen an= gezogen werden; es dürften sich aber schwerlich Mittheilungen darin finden, die nicht wenigstens von großen Leserkreisen ungern vermißt werden würden. Einer besonderen Motivirung bedarf daher wol nur die Vermehrung, welche die deutsche Ausgabe im Vergleich mit der englischen erfahren, und ohnedem ist hier der passendste Ort, diese Zu= sätze bemerklich zu machen. Es sind zunächst gleich im ersten Bande anhangsweise zehn verschiedene Documente mitgetheilt, die aus Bun= sen's Feder herrühren; gerade diese Documente rechtfertigen ihre Auf=

nahme wol sämmtlich durch ihre zeitgeschichtliche Wichtigkeit. Es sind
ferner zahlreiche Anmerkungen unter dem Text hinzugefügt worden,
obgleich der Verfasser für die gegen die Form solcher Anmerkungen
wol vorgebrachten Bedenken nicht blind ist. Aber einerseits konnte nur
in dieser Form der Zusammenhang der Gesammterzählung gewahrt
bleiben; andererseits dürften solche meist aus Auszügen von Briefen
Anderer an Bunsen (so unter Anderen des Freiherrn vom Stein,
Niebuhr's, Alexander von Humboldt's, des Erzbischofs Spiegel, des
Dichters Platen, der Theologen Lücke und Rothe) bestehende Noten
eine nicht unwesentliche Ergänzung des allgemeinen geschichtlichen
Hintergrundes bilden, von dem unsere Biographie sich abhebt. Endlich sind auch in den späteren Abschnitten größere Einschaltungen in
den Text selber aufgenommen, meist aus neuen Mittheilungen über
die in Bunsen's Hände gelegten Unterhandlungen mit dem päpstlichen
Hofe und den preußischen Bischöfen bestehend; diese letzte Vermehrung
des Werkes jedoch bedarf gewiß am wenigsten der Rechtfertigung. Nur
sei noch zur Orientirung für den Leser bemerkt, wo die Einschaltungen
des Herausgebers (die übrigens durch Gedankenstriche am Anfang und
Schluß jeder derselben kenntlich gemacht wurden) den ursprünglichen
Text unterbrechen. Es ist dies der Fall S. 289 bis 297: über die
Vorschläge Bunsen's betreffs der liturgischen Wirren in der katholischen
Kirche Schlesiens, und der beginnenden Schwierigkeiten in den gemischten Ehen (im Jahre 1827 bis 1828); S. 367 bis 373: über
seine Verhandlungen mit der Curie, das gewünschte päpstliche Breve
über die letztgenannte Frage betreffend (1829 bis 1830); S. 391 bis
392: über seine Auffassung der Ancona-Verwickelung (1832); S. 412
bis 415, 419 bis 427, 428 bis 434: über die Verhandlungen mit dem
Erzbischof Spiegel, die zur Convention der Regierung mit den Bischöfen
vom Jahre 1834 führten, sowie über den Tod des Erzbischofs Spiegel
und die Folgen desselben; endlich S. 466 bis 485, 496 bis 498:
über die sogenannten „kölnischen Wirren" mit Spiegel's Nachfolger,
dem Freiherrn von Droste, und Bunsen's Betheiligung daran. In
Bezug schließlich auf die im Anhange mitgetheilten Actenstücke ist überall
im Texte und bei jedem derselben bemerkt, wohin sie gehören.

Es bedarf kaum der besonderen Erwähnung, daß für diese Par-
tien, zumal für das in ihnen ausgesprochene geschichtliche Urtheil, der
Herausgeber allein die Verantwortlichkeit trägt. Er glaubt aber diese
Verantwortlichkeit nicht fürchten zu müssen, wenn er es auch hier mit
Bezug auf den wichtigsten Punkt in Bunsen's römischer Wirksamkeit
als seine feste Ueberzeugung ausspricht: daß selten eine Regierung

eine gerechtere Sache vertrat, als es die des preußischen Staates
gegenüber der römischen Curie war, und daß noch seltener ein mit
Unterhandlungen über solche Fragen Betrauter seine Auf=
gabe würdiger erfaßt und durchgeführt hat wie Bunsen.
Die Ursache, weshalb der Erfolg nicht dem Rechte entsprach, sind in
der folgenden Darstellung aufs offenste dargelegt; auf die Fehler
mancher Regierungsorgane fällt ein schärferes Licht als jemals zuvor.
Nur um so mehr aber geht gleichzeitig aus den hier gebotenen neuen
Geschichtsquellen hervor, daß der schließliche Ausgang der noch lange
nicht ausgetragenen Sache ein anderer sein wird, nachdem die früher
in den Weg getretenen Hemmungen geschwunden sind. Liegt doch in
den Kämpfen und Leiden der Vergangenheit die beste Lehre für die
Zukunft!

So wird auch Bunsen's Stimme in der wichtigsten Frage der
Gegenwart, der religiös=politischen, heute nicht mehr vergebens ertönen.
Der große Grundgedanke, für den er zeitlebens gewirkt, war ja kein
anderer als das größte Erbtheil der Hohenzollern: daß in ihren Landen
ein Jeder nach seiner Façon selig werden könne. Volle Anerkennung
der Rechte jeder Kirche innerhalb des ihr zukommenden Gebietes,
ebenso aber auch energische und consequente Zurückweisung, wo eine
derselben über dieses Gebiet hinausgreifen möchte: in diesen beiden
Correlatbegriffen liegt die Lösung der von Tage zu Tage brennen=
deren Krise — eine Lösung, zu der sich, wie einst der fromme Erz=
bischof Spiegel und Bunsen, so in stets steigendem Maße alle natio=
nalen, alle nicht frömmelnd, aber ernst fromm gesinnten Katholiken
und Protestanten geeinigt finden, gegenüber dem unduldsamen Fana=
tismus, dessen in allen Confessionen geistesverwandte Vertreter bereits
die Bevölkerungen Wiens und Berlins in gleicher Weise über die
Wichtigkeit der religiösen Frage belehrt haben.

Mit Bunsen's „Zeichen der Zeit" hat der große Geisteskampf be=
gonnen, der, über die alten Confessionsschablonen hinausgreifend, für
die höchsten Güter der Menschheit geführt wird. Es wird sich darum
in der Weiterführung dieses Kampfes gerade sein eigener Nachruf auf
einen Anderen (Schelling) bewähren:

> Nicht erblasset das Wort mit dem Munde, der es verkündet,
> Funken wird es und Geist — zündend durchfliegt es die Welt.

Die ganze Zukunft unseres Volkes beruht ja darauf, daß ihm die
Kraft der Religion gewahrt bleibe, d. h. eines Verhältnisses der
Menschenseele zu Gott, wie es in Jesu von Nazareth sein ewiges Ideal

und seine nie versiegende Urquelle findet. Eine solche Religion wird
jedoch in einem Volke wie dem deutschen nur dadurch gestützt, daß
(wie in den unvergeßlichen Worten vom November 1858, mit denen
in der That die „neue Aera" nicht blos für Preußen, sondern für
Deutschland beginnt) ihr unbedingter Gegensatz gegen alle „Heuchelei
und Scheinheiligkeit", und zumal gegen alle die Richtungen, welche
den Geist der katholischen Inquisition und der protestantischen Hexen-
processe wiederauflodern lassen möchten, aufs schärfste hervorgekehrt
wird. Daß aber gerade hierin Bunsen je länger je mehr sich als ein
prophetischer Geist erweisen wird, das hat der große Tag von Worms
(25. Juni 1868) mit mehr als Tageshelle gezeigt, wo „das zu kleri-
kaler Machtentfaltung gerüstete protestantische Priesterthum" sich in den
Hintergrund zurückziehen mußte, aber ein ganzes freudig erregtes Volk
in all seinen Confessionen in Luther den Herold seiner geistigen Bedeutung begrüßte.

Ein Gefühl des Muthes und der Zuversicht ist es, welches den
Herausgeber ergreift, während er diesem ersten Bande der Biographie
Bunsen's das Geleit gibt. Und doch schließt dieser Band mit einer
entschiedenen Niederlage, ja mit einem scheinbaren Fall seines Helden!

Der Widerspruch scheint noch größer, wenn wir hinzufügen, daß
auch die folgenden Perioden von Bunsen's Leben ähnlichen Ausgang
bieten. Sehen wir ihn am Ende seines römischen Wirkens der Jesuiten-
partei unterliegen, so endigt die zweite Periode seiner Thätigkeit, die
englische, mit dem Zeitpunkt des tiefsten Daniederliegens unserer
nationalen Bestrebungen; die dritte Periode aber, die er in Deutschland selber durchlebte, zeigt den Mann, der auf dem Höhepunkte un-
sauberer Reactionsgelüste mit heiligem Muthe das Schwert des Geistes
gegen sie zog, von der protestantischen Hierarchie fast noch mehr ge-
schmäht als von der katholischen; — bis nach seinem Tode inmitten
der rheinischen Geistlichkeit Ketzergerichte laut werden konnten, welche
wol mit denen wetteifern mochten, die nach Spener's Tode ihm die
Seligkeit absprachen.

Aber gerade wenn wir mit Absicht die augenblicklichen Niederlagen von damals durchaus nicht abschwächen, so können wir es deshalb so freudig, weil schon heute den damaligen Ereignissen
eine ganz anders gewordene Gegenwart gegenübersteht.

Wohl ist das Ende der englischen Thätigkeit Bunsen's durch Lon-
doner Protokoll und Preußens Stellung im Krimkrieg bezeichnet, die
machtloseste, auf die es jemals gesunken — heute schauen wir zurück
auf 1864: die Befreiung der Elbherzogthümer, auf 1866: die Befreiung

Deutschlands von dem Alpdruck, unter dem es seit dem Wiener Congresse geschmachtet, und den Beginn einer wirklichen deutschen Geschichte.

Wohl mochten den an die Grundgedanken der Reformation appel= lirenden und gegen die Wahlverwandtschaft der Stahl und Ketteler zeugenden Bunsen die protestantischen Päpstlein ebenso behandeln zu können vermeinen wie der römische Papst. — Heute ist das Streben, Religion und Cultur endlich wieder in das rechte Verhältniß zuein= ander zu bringen, zu einem mit jedem Tage an Kraft zunehmenden Strome geworden, dessen Quelle Bunsen's Jugendfreund Rothe geweiht, dem von allen Seiten stets neue Bäche zuströmen, während die Ger= lach und Hodenberg nur noch in dürrer Wüste einen ohnmächtigen Fluch über das von dem „heiligen" Stahl abgefallene Preußen zu erheben vermögen.

Und ist es ein anderes Bild, wenn wir heute nach Rom schauen?

Allerdings, die jesuitische Richtung, deren erste restaurirte Ver= suche Bunsen geschaut, hat heute das Papstthum sich völlig dienstbar gemacht, hat sich zu Bannbullen verstiegen über Alles, was den Besten unserer Zeit heilig und werth ist; zu Dogmen, die kein früherer Papst auszusprechen gewagt; strebt offenkundig jetzt ein Concil an, das die persönliche Unfehlbarkeit eines einzelnen Menschen zu statuiren und die weltliche Herrschaft des Reiches, das nicht von dieser Welt sein soll, als Glaubenswahrheit zu proclamiren bestimmt ist. Allerdings, diese jesuitische Richtung, die in dem imperialistisch beglückten Frankreich durch ihre Dupanloup offen das Feldgeschrei für die Frömmigkeit der Unwissenheit wagt, die von Land zu Land unverhohlen den Kampf aufnimmt gegen die ganze heutige Gesittung und Rechtsbildung, — sie hat selbst auf deutschem Boden fast alle widerstrebenden Elemente in Episkopat, Kapiteln und Facultäten mundtodt zu machen gewußt, glaubt bereits auch in Deutschland Jesuitismus und Katholicismus für identisch erklären zu können. Aber was ist heute, was ist für die Zukunft dadurch erreicht?

Das geeinigte Italien, nicht mehr durch Priesterherrschaft gegen sich selber gehetzt, und in der Befreiung von den socialen Folgen der= selben die erste Bedingung wahrer Wohlfahrt erkennend, steht vor den Thoren Roms; wann sie sich öffnen, ist trotz aller „Wunder des Chassepot" nur noch eine Frage der Zeit. Die Befreiung des Ge= wissens der deutschen Katholiken aber von jesuitischer Verfälschung, sie hat sich in den Stimmen aller Landesvertretungen sehr verständlich

ausgesprochen; und wenn Rom selbst im Mittelalter nur Fürsten,
nicht Völker (man denke nur an Englands Magna charta) besiegte, so
gilt das heute um Vieles mehr. Aber mehr als alles Andere besagt
der Kampf, der heute in Oesterreich ausgekämpft wird. Wohl ist es
eine auffällige Wendung des Geschickes, daß gerade Oesterreich, das zur
Zeit der „kölner Wirren" der Verlegenheiten Preußens, die es selber
mit heraufbeschworen, sich freute, jetzt mit einer noch um Vieles schärferen vaticanischen Verfluchung beglückt wird, daß seine Staatsgesetze
von auswärts her für null und nichtig erklärt, und seine Bürger durch
geistliche Hirten zur Empörung und zum Meineide aufgefordert werden.
Aber es pflegen immer noch Steine, die die Bauleute geringschätzen,
zu Ecksteinen zu werden. Nicht umsonst sind die sittlichen Folgen einer
concordatlichen Fürsorge für die Religion durch die „frommen" Aeußerungen einer Ebergenyi und eines Chorinsky (die allerdings selbst die
Worte der Dichtung im Munde eines Franz Moor überbieten) zu Tage
getreten. Nicht umsonst hat jener durch die furchtbarsten Misregierungen
nur um so mehr in seiner Verehrung für Oesterreichs Volksheiligen,
Joseph II., bestärkte Volksstamm gelernt, welcher Alp seine Entwickelung
hemmt. Haben doch die Jubelklänge von Worms nirgends solches
Echo gefunden als im Lande Karl's V. und Ferdinand's II.

So hat denn schon heute die Geschichte ihr Urtheil darüber gesprochen, was für Niederlagen es waren, von denen Bunsen's Leben
erzählt. Und vor uns Deutschen hat bereits das Ausland diese
Stimme erkannt. Eine französische Schrift hat „un prophète des
temps modernes" in Bunsen geschildert; ein englischer Forscher,
deß Name wie kaum ein zweiter in der Erforschung der Religions-
geschichte mit Achtung genannt wird, hat Bunsen's Briefe über
religiöse Fragen von demselben Geiste durchweht gefunden wie die
Apostelgeschichte. In dem prophetischen Blick Bunsen's — das
wird auch in Deutschland mehr und mehr erkannt werden — liegt
seine größte Bedeutung. Denn das, was jene alten Seher, die
eine gleich geistlose wie geschichtswidrige Auffassung zu kleinlichen
Wahrsagern herabwürdigt, in Wahrheit so auszeichnet und ihnen
bleibenden Werth für alle Nachwelt verleiht, besteht eben darin, daß
sie die ganze Entwickelung ihres Volkes, Vergangenheit, Gegenwart
und Zukunft, in dem Lichte des Gottesreiches, unberührt von allen
vorübergehenden Tagesinteressen, erblickten. Was ist das aber anders,
als wenn wir heute, „den semitischen Ausdruck in den modern europäischen übertragend", von Jemanden sagen dürfen, daß sein Streben
und Sinnen, mächtig über alle durch selbstsüchtige oder conventionelle

Rücksichten bedingten Ziele hinausschreitend, stets und lauter den höchsten Aufgaben der Menschheit zugewandt war! Und wahrlich nur deshalb, weil dies bei ihm in so seltenem Grade der Fall war, konnte Bunsen alle ihm Nahetretenden durch den Zauber einer wahrhaft ideellen Erscheinung ergreifen und ihre Seele mit immer neuer Lebensfrische erfüllen.

Groß sind wahrlich die Schöpfungen, auf die Bunsen selbst noch bei seinen Lebzeiten zurückblicken konnte. Wenn unser Werk in seinem weiteren Fortgange die deutschen und englischen Werke vorführen wird, die politisch-nationalen Leistungen sowol wie die geistesmächtigen wissenschaftlichen Anregungen, so erinnert der vorliegende Theil bereits an den thatkräftigsten Begründer der evangelischen Gemeinde in Rom mit ihrem Hospital und ihrem Friedhof, an den Schöpfer des Archäologischen Instituts, an den ersten deutschen Herold der Aegyptologie. Weniges aus Vielem nur ist hiermit genannt; das Nähere bietet ja das Buch selbst, ist vom Herausgeber auch schon früher*) hervorgehoben. Aber alle diese Leistungen für die Gegenwart und in der Gegenwart treten in den Hintergrund bei einem „Manne der Zukunft". Und gerade da, wo ein solcher nicht sofortige Erfolge davontrug, sind diese Erfolge um so sicherer für die Nachwelt verbürgt.

Heidelberg, am zweiten Jahrestage des Friedens
von Nikolsburg, 26. Juli 1868.

Friedrich Nippold.

*) „Ein Osterfest in Jerusalem", Gelzer's Monatsblätter 1862, I, S. 343. — Handbuch der neuesten Kirchengeschichte, 2. Aufl., 1868, S. 246—250.

Inhaltsverzeichniß.

Anhang.

A. Documente über die römischen Verhältnisse.

B. Documente über die preußischen Kirchenverhältnisse.

Erster Abschnitt.

Lehrjahre.

(1791—1815.)

Geburt und Herkunft. — Knabenzeit. — Confirmation. — Schumacher's Erinnerungen. — Universität Marburg. — Universität Göttingen. — Briefe an seine Familie. — Abeken's Schilderung. — Reise nach Wien und München. — Der göttinger Freundeskreis. — Nationaler Aufschwung der Freiheitskriege. — Brandis' Erinnerungen. — Reise nach Holland. — Christiane Bunsen.

> Ich hoffe, daß man mir verzeihen wird, ein unvollkommenes Bild von ihm gezeichnet zu haben, zumal da auch die roheste Zeichnung, die ihn darzustellen strebt, viel bezaubernde Lieblichkeit in sich tragen muß.
>
> Einleitung zu den Memoiren des Obersten Hutchinson.

———————

Bonn, 29. December 1860.

Seit der letzte Athemzug ausgehaucht war und das Leben meines Lebens und so mancher Andern zu einem bessern Dasein hinübergegangen, ist ein Monat verflossen, während dessen ich unaufhörlich über die feierliche Pflicht nachgesonnen habe, die mir an eben diesem Tage vor zwei Monaten auferlegt wurde: „Schreibe du selbst die Geschichte unseres gemeinsamen Lebens. Du kannst es, du hast es in deiner Macht; blos sei nicht mistrauisch gegen dich selbst!"

Je mehr ich aber über die reichhaltige Vergangenheit nachdenke, desto mehr stellt sie sich dar als eine Reihe zerfließender Bilder, und desto schwieriger oder vielmehr unmöglicher scheint es, die Genauigkeit zu erzielen, die von einem Gegenstande erfordert wird, welcher ein Recht darauf hat, als historische Wahrheit zu erscheinen, nicht aber, wie bei so manchen wohlbekannten persönlichen Erinnerungen, als Wahr-

heit mit Dichtung vermischt. Doch soll es wenigstens an meinem besten
Willen nicht fehlen und das Ergebniß muß für sich selbst sprechen. —

Mein Gatte wurde am 25. August 1791 zu Corbach im Fürstenthum
Waldeck geboren, als das Kind bereits betagter Aeltern, welche sich
im Jahre 1790 zum Zwecke der Genossenschaft und gegenseitigen Pflege
in ihrem Alter verheiratheten und vermuthlich einen solchen Segen bei
ihrer Verbindung wenig vorausgesehen hatten. Sein Vater, Henrich
Christian Bunsen (vierter Sohn eines gleichnamigen Advocaten), am
29. Mai 1743 geboren, gehörte zu einem Regiment in holländischen
Diensten stehender Waldecker. Er war zum Eintritt in diesen Dienst
durch die Zusage und Aussicht späterer Versorgung nach Ablauf seiner Militärzeit vermocht worden, d. h. eines solchen Postens in seiner
Heimat, der ihm Gelegenheit zur Arbeit gewähre; es war nicht das
Brot des Müßiggangs, welches er erbat oder verlangte. Aber nach
neunundzwanzigjähriger Dienstzeit in einem Lande, wo er, obgleich er
sich Freunde erworben und in persönlichem Ansehen stand, doch ein Frem-
der war, trieb ihn das Heimweh nach Corbach zurück, um ihn die
Gräber des größten Theiles seiner Familie finden zu lassen, und seine
Subsistenzmittel waren beschränkt auf den kargen Gewinn aus einigen
Morgen Landes und ein kleines Ruhestandsgehalt aus Holland, wozu
nur das kam, was sein eigener Fleiß durch Abschreiben gerichtlicher
Documente hinzuzufügen vermochte.

Er war durch Correctheit der Sprache ausgezeichnet und besaß
eine originelle Concision im Ausdrucke, die seine Aussprüche durch
Sohn und Tochter häufig anführen ließ, so hatten sie ihrem Gedächtnisse sich eingeprägt. Ein Abschiedswort, als sein Sohn nach Marburg
abreiste, war: „Wo du dich auch einrichtest, da kleide dich nach
deinem Vermögen, speise unter deinem Vermögen, wohne über deinem Vermögen." Und eine andere seiner väterlichen Vorschriften
hieß: „Junge, was du auch im Leben anfangen mögest, ducke dich
nie vor den Junkern."

Wie wenig auch von den Umständen von Henrich Bunsen's Leben
bekannt ist, so sind doch die paar geringfügigen Thatsachen von Wichtigkeit durch die Wirkung, die sie auf den Geist seines Sohnes auszuüben bestimmt waren. Er muß sehr bedeutende geistige Anlagen
besessen haben; er war von einer unerschütterlichen Redlichkeit, die auf
einen tiefgewurzelten Christenglauben basirt war, und er zeichnete sich
in einer Periode allgemeiner Gleichgültigkeit gegen moralische und
religiöse Gebräuche aus durch die Festigkeit und Inbrunst seines
Bekenntnisses zu den Worten und Thaten Gottes und seiner Vor-

sehung in der Welt. Er gab Belege von vorurtheilsfreiem Urtheil und Unabhängigkeit der Anschauung, nicht „Böses gut und Gutes böse nennend", weil es in der menschlichen Gesellschaft hochgestellt war: eine Eigenschaft, welche sogar in unserer eigenen Zeit selten genug ist trotz der öffentlichen Erfahrungen der letzten siebzig Jahre, in welchen so manche der Bollwerke des Vorurtheils niedergeworfen sind. Er war es, welcher dem Geiste seines Sohnes jene kräftige Unabhängigkeit gegen die Bezauberung durch die äußern Umstände von Rang und Stand einflößte, jene entschiedene Achtung des Werthes eines Menschen als Menschen, jene Verachtung aller auf die Zufällig= keiten der Geburt und Stellung gegründeten Anmaßungen, worauf seine Handlungsweise während des ganzen Lebens basirt hat. Henrich Bunsen muß alles, was er zu lernen Gelegenheit hatte, gut gelernt haben: er freute sich seiner Kenntniß des Lateinischen und der Lek= türe so vieler Werke, als seine knappe Muße erlaubte. Er war ein Mann voll warmer Empfindung, und hatte das Weib seiner Jugend (Susanna Katharina Hoffmann, verheirathet 1771), die Gefährtin eines Theiles seiner Wanderjahre in Holland und die Mutter seiner zwei Töchter, Christiane und Helene, zärtlich geliebt; sie starb aber jung, schon im Jahre 1782, an der Geburt von Zwillingen, die ihr rasch im Tode nachfolgten. Der Witwer, dessen karge Mittel eben für seine und seiner Familie Bedürfnisse genügt hatten, solange sie von einer sorgsamen Gattin verwaltet wurden, mag wol an Herz und Geist gebrochen gewesen sein, als er sich selbst, während die Freude seines Herzens und seiner Augen ihm entrissen war, allein fand mit zwei sehr jungen Töchtern, denen es gleich sehr an Pflege, Nahrung und Kleidung wie an Erziehung fehlte. Doch war ihm Hülfe nahe in der Person seiner in Amsterdam verheiratheten Schwester, welche die Er= laubniß ihres Gatten erlangte, die Nichten in ihre Familie aufzu= nehmen. Helene Stricker soll ihrem Bruder in Erscheinung und Cha= rakter ähnlich gewesen sein, von kräftigen Empfindungen und hohen Principien und in der Erfüllung einer jeden Pflicht rasch entschlossen.

Die Familie, der Bunsen angehörte, scheint jahrhundertelang in Corbach gewohnt zu haben, und die drei Kornähren in ihrem Wappen deuten den ackerbautreibenden Stand an. Bunsen selbst bezeigte sich immer stolz darauf, jenem „Kerne der Nation", dem „gebildeten und besitzenden Bürgerstande", anzugehören. Sein Großvater, ein 1708 in Corbach geborener Advocat, war der erste, von dem eine bestimmtere Nachricht erhalten ist, da die Familienchronik mit allen Aufzeichnungen, die sie enthielt, in einer Feuersbrunst unter=

gegangen war, welche während des Rückzugs der Franzosen im Sieben=
jährigen Kriege stattfand. Kein Glied desjenigen Zweiges der Fa=
milie, welchem der Gegenstand dieser Denkwürdigkeiten entstammte,
wurde außerhalb des engen Kreises des Fürstenthums bekannt. Ein
anderer in Arolsen wohnender Zweig dagegen verbreitete sich über meh=
rere Theile Deutschlands, und aus seinen Verzweigungen sind ver=
schiedene Personen, die mit Recht in Ehren gehalten werden, ent=
sprungen, so in Berlin, Göttingen, Hannover, Frankfurt, Marburg,
Kassel; von einem derselben stammt auch der berühmte heidelberger
Professor der Chemie, Robert Bunsen.

Henrich Christian nun verband sich, nachdem er 1789 nach Cor=
bach zurückgekehrt war, 1790 in zweiter Ehe mit Johannette Eleonore
Brocken, die, damals 41 Jahre alt, 15 Jahre in dem bergheimer
Schlosse gelebt hatte, wegen ihrer verständigen und treuen Pflege der
Kinder der Gräfin Christine Wilhelmine von Waldeck (geborenen Gräfin
von Isenburg=Büdingen) geschätzt.

Ueber die Hochzeitsfeier und die dabei seitens der gräflichen Fa=
milie seiner Frau erwiesene Gunst hat der Gatte einen längern Bericht
niedergeschrieben, der zu charakteristisch für ihn wie für seine Zeit ist,
um nicht eine wörtliche Anführung zu verdienen:

Anno 1790, Freytag den 19. Nov. bin ich mit des Herrn Knopfmacher
und Schulmeister Brocken jüngsten Igfr. Tochter Johannette Eleonore Brocken
verheyrathet und sind zu Bergheim in der dasigen Kirche um 2 Uhr des Nach=
mittags vom Herrn Pfarrer Maßmann copulirt worden. Wir gingen aus dem
gräflichen Schlosse als Brautleute zur Copulation in die Kirche und wurden von
unsern nächsten Verwandten nebst allen so zum Hofe gehörenden Personen in die
Kirche begleitet, und nach geschehener Copulation gingen wir mit unsern
Begleitern wieder ins Schloß, wo denn die gnädigste Frau Gräfin unsere
Hochzeit aufs prächtigste abthaten, und wurde auf dem großen Speise=Saal
die ganze Nacht von der jungen Herrschaft und Hochzeitsgästen bis des
Morgens 3 Uhr getanzt, wobei die gnädigste Frau Gräfin auch zugegen
blieben. Die ersteren Tage nach der Hochzeit logirten wir bey meinem Bru=
der, Herrn Haushofmeister Bunsen, wovon uns alle nur mögliche Freund=
schaft, und was uns nur vergnügen konnte, erwiesen worden. Da aber
meinem Bruder eine Unpäßlichkeit zustoßte, und ich meinen lieben Bruder
nicht länger beunruhigen wollte, nahm uns nebst unserer jüngeren Tochter
Helene die gnädigste Frau Gräfin in das sogenannte blaue Zimmer auf,
worin wir noch acht Tage vergnügt zubrachten. Den 30. Nov. ließen
uns die gnädigste Frau Gräfin durch ihr Geschirr mit unsern Sachen nach
Corbach fahren. — Meine Frau hatte bis ins sechzehnte Jahr in diesem
hochgräflichen Hause von Waldeck bey der jungen Herrschaft als Kinder=

Jungfer gedient und unter ihrer Aufsicht sechs junge Grafen und eine Comtesse, bis sie alle fünf Jahre alt, erzogen. Es hatte daher also, in Rücksicht ihrer treu geleisteten Dienste, die Erlauchteste verwitwete Frau Gräfin von Waldeck die hohe Gnade vor sie, ihr die Hochzeit zu halten, sie gleichsam als ein Kind mit Bette, Zinnen, Linnen und andern zum Hauswesen erforderlichen Sachen auszusteuern; und ihr als ein noch mehrern Beweiß ihrer treuen Dienste und Sorgfalt, so sie für die junge Herrschaft getragen, ihr jährliches Lohn, so aus 19 Fl. edictmäßiges Geld bestehet, durch ein Decret, so die gnädige Frau Gräfin Selbst ge- und unterschrieben, auf Lebenslang versichert.

Diese Gunstbezeigungen lassen allerdings auf ungewöhnliche Verdienste bei dem Gegenstande derselben schließen, und sie dürfen um so weniger unerwähnt bleiben, da Johannette Eleonore wenig andere Spuren ihres Daseins hinterlassen hat, die eine freilich sehr wesentliche ausgenommen, die Mutter ihres Sohnes zu sein. Aber obgleich sie die größte Sorge auf die Jugendjahre ihres einzigen Kindes verwandte, so wurde doch sein erstes Bewußtsein weiblicher Zärtlichkeit und der mütterlichen Eigenschaften, welche ein Kind fesseln, vielmehr durch seine ältere Stiefschwester Christiane erweckt. Die Bilder der Aeltern bezeugen auch vor allem die Aehnlichkeit des Sohnes mit seinem Vater; von den Zügen seiner Mutter ist außer ihrer kurzen und gewundenen Oberlippe nichts bei ihm nachweisbar.

Die Geburt dieses Sohnes ist durch den Vater in seinem Notizbuch auf den 25. August 1791 verzeichnet, und seine Taufe auf den 28. desselben Monats (den nächstfolgenden Sonntag) in der St.-Kilianskirche zu Corbach. *) Die schon erwähnte Gräfin Christine von Waldeck und ihre Tochter Gräfin Caroline (mit einem Grafen von Limburg-Gaildorf vermählt) waren Pathinnen; Pathen waren Graf Josias von Waldeck und der Onkel des Kindes, Johannes Bunsen aus Arolsen; es wurden ihm auf den Wunsch der Gevattern die Namen Christian (nach der erstgenannten), Carl (nach der zweitgenannten Dame) und Josias (nach dem jungen Grafen) gegeben. „Gott leite ihn stets mit seiner Gnade und lasse ihn in allen Tugenden und Gottseligkeit zu seiner Aeltern Freude heranwachsen", mit diesem Gebetswunsche hat Henrich Christian die Geburt und Taufe des Sohnes in die Hauschronik eingetragen. Sein Gebet ist wol aufs vollste erhört worden.

---

*) Es ist diese ungewöhnlich schöne und ehrwürdige Kirche näher geschildert in der „Geschichte und Beschreibung der Kirche St.-Kilian zu Corbach. Von L. Curtze und F. v. Rheins" (Arolsen 1843).

„Den 4. September 1797 den Christian Carl Josias zu dem Herrn Studiosus Merle in die Privatstunde geschickt." So lautet die fernere Aufzeichnung des Vaters, bei der nur zu ergänzen ist, daß der Knabe lesen und schreiben bereits unter Anleitung seiner Aeltern gelernt hatte, deren Handschrift merkwürdig gut war. „Den 1. Januar 1798 hat er den ersten Morgensegen in des Herrn Benjamin Schmolck's Gebetbuch gelesen." *)

Als der Knabe zu Ostern desselben Jahres in das Gymnasium von Corbach unter Leitung des Rectors Curtze **) aufgenommen wurde, konnte er sofort in eine höhere Klasse eintreten, als bei Anfängern gewöhnlich ist. Ebenso ist jede Stufe seiner Fortschritte bis zur Absolvirung der obersten Klasse (Michaelis 1808 als Sechzehnjähriger) vom Vater verzeichnet, und alle Berichte bezeugen, daß er den ihm gegebenen Unterricht wie ein Besitzthum ergriff, auf welches er natür= liche Ansprüche hatte, indem er die Aufgaben mit einer Sicherheit löste, als wenn er schon intuitiv die Kenntnisse besessen hätte, die er sich doch erst erwerben sollte. So wurde er die Freude seiner Lehrer und der Stolz seines Vaters, während er bei seinen Kameraden nicht weniger beliebt war, da er immer Zeit und Lust übrig hatte, um die Arbeiten auszuführen, die andere nicht fertig gebracht hatten; zum Dank dafür ließ er sich von denjenigen, welche gute Stimmen besaßen, vorsingen oder beim Umherstreifen im Walde wilde Erdbeeren pflücken, da seine Kurzsichtigkeit ihn hinderte, selber welche auf dem Boden zu sehen.

Er hatte zwei Lieblinge (von denen hernach weiter die Rede sein wird) unter seinen Mitschülern, welche sich ihm mit einer Zärt= lichkeit und Hingebung anschlossen, die gewöhnlich einem reiferen Alter angehören. Aber die Persönlichkeit, deren Einfluß nächst dem seines Vaters auf seine Knabenjahre am stärksten einwirkte, war seine um achtzehn Jahre ältere Schwester Christiane, die den größten Theil

---

*) Wie lebhafte und bleibende Eindrücke gerade Schmolck's im 18. Jahr= hundert weitverbreitete Lieder und Gebete auf Bunsen gemacht, davon kann man sich in seinem 1832 herausgegebenen Gesangbuche überzeugen, wo eine Anzahl der= selben mitgetheilt sind.

**) Dieser Rector Curtze ist der Vater des Verfassers der obengenannten Ge= schichte der Kilianskirche, aus dessen Feder auch der Aufsatz „Chr. C. J. Bunsen als Schüler des Gymnasiums zu Corbach" (in „Beiträge zur Geschichte der Fürsten= thümer Waldeck und Pyrmont", Arolsen 1864) herrührt. Sein Sohn nennt ihn einen Mann, der nicht durch Gelehrsamkeit glänzte, aber durch vortreffliche Lehr= gabe ausgezeichnet war und insbesondere die Liebe seiner Schüler in hohem Grade besaß.

ihres frühern Lebens in den Niederlanden zugebracht hatte. Sie
stattete ihrem Vater in Corbach (wahrscheinlich 1798 oder 1799) einen
Besuch ab und wußte damals ihren jüngern Bruder mehr als irgend=
jemand sonst zu beschäftigen und anzuziehen, indem sie seinem Geiste
die Formeln wankelloser Rechtschaffenheit und gesunder Religiosität
einflößte. Aus ihren Erinnerungen stammen die wenigen Anekdoten,
welche aus seiner Knabenzeit erhalten sind; sie beschrieb ihn als ein
hübsches wohlgebautes Kind mit lockigem Haar, braunen Augen und
feingemeißelten Gesichtszügen, ebenso wie sie denen, die ihn bis zuletzt
sahen, im Gedächtnisse sind: eigenwillig und unlenksam gegen alle bis
auf den Vater, dessen gebieterischen Befehlen er nie zu gehorchen ver=
fehlte, und bis auf sie selbst, der gegenüber er auch schnell der Vernunft
Gehör gab oder Gehorsam versprach, wenn sie ihm drohte, sie würde
ihm nicht mehr singen. Ein Vorfall aus seinen frühesten Tagen möchte
der Erwähnung nicht werth scheinen, riefe er nicht ein so liebliches
Bild vor unser Auge. Er war auf einen Spaziergang in einiger
Entfernung von seiner Vaterstadt mitgenommen worden, wo die Korn=
felder und Wiesen ohne dazwischenliegende Hecken miteinander abwech=
selten, und in der Jahreszeit, wo Gras und Getreide hoch aufgeschossen
war. Seine Aeltern wandelten den Pfad entlang und er entschwand
ihren Blicken. Nach einiger Zeit suchten sie ihn und riefen in allen
Richtungen; zuletzt fanden sie ihn sitzend, von dem hohen für die Heu=
ernte stehen gebliebenen Gras überschüttet, und so vollkommen glücklich
im Blumensuchen, daß er weder erschreckt war allein zu sein, noch in
seinen kindlichen Träumen und Betrachtungen durch das häufige Rufen
seines eigenen Namens gestört worden war. Ueberhaupt hatte er zeit=
lebens außerordentliche Freude an Luft und Sonnenschein und dem
Blick auf Gottes Schöpfung, aber mehr in ihrem Totaleindruck als in
ihren Einzelheiten; und obgleich körperlichen Anstrengungen sehr ge=
wachsen, hatte er doch keinen Geschmack an Bewegung auf eigene
Hand, sondern zog es vor, seine Lust ebenso wie in der Kindheit in
vollkommener Ruhe und Stille zu suchen.*)

---

*) Wie gern und lebhaft er sich später der Scenen seiner Kindheit erinnerte,
beweisen u. a. die Worte in einem an seine Aeltern gerichteten Briefe aus Göttingen
vom 7. October 1810, deren Anfang unwillkürlich an Voß' reizendes Naturbild von
der Kartoffelernte gemahnt:

Gewiß haben Sie saure Tage gehabt bei dem Kartoffelaufnehmen, ich er=
innere mich des Tages noch sehr gut. Ihm selbst war ich nie gut, aber ich
weiß noch, wie ich mich abends auf die frischen Kartoffeln freute, die Sie mir
zurechtmachten, besonders wenn ich so glücklich gewesen war, einen Wagen auf=

Als dreizehn- und vierzehnjähriger Knabe folgte Bunsen der Gewohnheit, die wenigen Groschen, die er bekam, aufzusparen, um dafür
Bücher zu kaufen oder bei der corbacher Leihbibliothek zu entleihen,
deren Katalog im Verhältniß zu dem Subscriptionspreise kärglich
genug war und großentheils aus Werken, auf die er in seinem ganzen
übrigen Leben die geringstmögliche Zeit und Aufmerksamkeit wandte,
aus Romanen bestand, noch dazu hauptsächlich aus Uebersetzungen
von Richardson und Anna Radcliffe; doch fand er dort wenigstens
auch eine Uebersetzung der Shakspeare'schen Dramen, die er begierig
verschlang, da sie, wenngleich mittelmäßig genug, doch die beste war,
welche Deutschland vor der unvergleichlichen Arbeit von Schlegel besaß.
Außerdem hatte er alle Bücher der kleinen Sammlung seines Vaters
sowie die im Besitze der Nachbarn gelesen. Auch muß in diese Periode
seine Erlernung des Englischen bei dem Pfarrer eines entfernten Dorfes
gesetzt werden. Glover's „Leonidas" wird als eines der Bücher genannt, die sie zusammen gelesen; ein Exemplar dieses Buches hatte
sich in den Besitz des Pfarrers verirrt, dessen dürftige Bibliothek den
ganzen in der Gegend erreichbaren Vorrath von englischer Literatur
umfaßte. Auch beschränkte sich sein Verkehr mit Bunsen nicht auf
ihre englische Lektüre, sondern dieser zog in der verschiedensten Weise
Gewinn aus seiner ersten Berührung mit einem durch vielseitige Bildung gehobenen Geiste.

Das Französische bildete einen Theil des Schulunterrichts, und
es ist in einem der Briefe seines Vaters erwähnt, daß Bunsen der
beste französische Schüler war.*) Dagegen wurde ein Versuch des
Gesangunterrichts, wie ihn alle andern in den frühesten Schuljahren
erhielten, als fruchtlos aufgegeben. Er hatte allerdings große Freude
an der Musik und ein sehr scharfes Gehör für die Richtigkeit der

---

zutreiben, wenn keiner zu finden war. Ich kenne kein größeres Vergnügen, als
mich oft in müßigen Stunden des Tages oder der Nacht an solche Auftritte
meiner Kindheit und meines Knabenalters zu erinnern; und wenn ich dann so
von dem ersten dunkeln Bewußtsein meiner selbst, von manchen einzeln noch mir
vorschwebenden Scenen aus dem 5. oder 6. Jahre immer weiter hinauf mich
zurückversetze und an jede Stelle im väterlichen Hause mich erinnere, so werde
ich oft wehmüthig und empfinde doppelte Sehnsucht, Sie, meine theuern Aeltern,
in meine Arme zu drücken!

*) In dem Bericht Curtze's über Bunsen als Schüler des Gymnasiums
heißt es ebenfalls: „Von fremden neuern Sprachen wurde nur Französisch getrieben, in dem es Bunsen zu einer nicht gewöhnlichen Fertigkeit gebracht zu haben
scheint, da er nach einem vorliegenden Hefte die in der Schule vorgetragene alte
Geographie sofort in französischer Sprache niedergeschrieben hatte."

Melodien, aber er konnte die Noten der Scala nicht durchsingen, da er, wie er erzählte, zwar aufwärts kommen konnte, es aber nie fertig brachte, von den höhern zu den tiefern Tönen herabzusteigen. Ebenso hatte ihn sein Vater zwar kurze Zeit an einer Tanzstunde theilnehmen lassen, doch waren alle Versuche, die Bewegungen seiner Glieder zu schulen und abzurichten, vergebens gewesen.

Im Alter von vierzehn Jahren fand seine Confirmation statt nach sechsmonatlicher Theilnahme an dem regelmäßigen Katechisations= unterrichte bei dem Pfarrer der Kilianskirche. Aus seinen Erinnerungen über die Art und Tendenz dieses Unterrichts erhellt, daß derselbe den in der zweiten Hälfte des 18. Jahrhunderts durchgängigen rationali= stischen Charakter trug.*) Seinem denkenden Geiste erschien er daher in starkem Contrast mit dem Glauben, der die Stütze seines Vaters in all den herben Prüfungen seines Lebens gewesen war und dessen Principien er von Kind an mit Ehrfurcht gelauscht hatte. Es waren eben die eigenthümlich christlichen Ueberzeugungen, welche durch Lehre und Beispiel in seinem Vaterhause immer aufs neue eingeprägt wurden: die Zurückführung aller Dinge auf die göttliche Vorsehung (die „Theo= dicee der Wege Gottes mit den Menschenkindern") und das klaglose Erdulden ununterbrochener Arbeiten und Anstrengungen bei den be= schränktesten Verhältnissen. Die Eindrücke davon auf den Knaben waren so mächtig, daß der Plan, sich dem geistlichen Stande zu widmen, der erste war, den er überhaupt faßte, und dem er, wie Auszüge aus seinen jugendlichen Briefen darthun, recht lange treu blieb.

In den Jahren 1806, 1807 und 1808 absolvirte er in glänzen= der Weise die obersten Gymnasialklassen unter dem Rector Strube und dem Conrector Winterberg.**) Es wurde ihm unter anderm regelmäßig

---

*) „Der Unterricht in Religion sowie in Logik und Geschichte war trocken und wenig anregend, namentlich in der Religion fehlte es dem streng=rationalistisch gebildeten Manne zu sehr an Wärme und Begeisterung für den Gegenstand." So berichtet Dr. L. Curtze, welcher im übrigen dem Rector Strube, der auch Religions= lehrer war, das Zeugniß ertheilt: „Ueber Strube's Wirksamkeit als Erzieher aber ist nur Eine Stimme; die Persönlichkeit des Mannes war es, die wirkte. Seine Bildung zeichnete sich weniger durch ihren Umfang als durch Gründlichkeit und Gediegenheit aus. Vor allem war es die lateinische Sprache, in der er es der Meisterschaft nahe gebracht hatte, und auch in der griechischen Sprache hatte er sich genauere Kenntnisse erworben, als in seiner Jugendzeit gewöhnlich war."

**) Von letzterem sagt Curtze: „Er war jedenfalls der allseitigst gebildete und der anregendste unter den Lehrern. Er ist es auch, den Bunsen meint, wenn er im «Bibelwerk» I, S. CXVIII erwähnt, er habe 1807 das Neue Testament auf Syrisch unter der Leitung eines Schülers von Michaelis gelesen."

die übliche Schlußrede zu Ostern und Michaelis übertragen, und zwar waren die Gegenstände dieser Reden: im Herbst 1806 „Empfindungen an Schiller's Grabe"; im Frühjahr 1807 „Leonidas bei den Thermopylen"; Michaelis 1807 „Die Hoffnung"; Ostern 1808 „Segnungen des Friedens", und schließlich Michaelis 1808 (als sein Abschiedsgruß beim Abgange zur Universität) „Das menschliche Leben eine ewige Trennung".*)

Aus dieser Zeit seines Lebens sind mehrere Briefe von ihm an seine Schwester Christiane erhalten, denen wir einige Auszüge, die auf den Charakter des jungen Gymnasiasten ein helles Licht werfen, entnehmen:

Corbach, 21. Juli 1807.

Ich bin jetzt der Oberste in meiner Klasse, hätte auch schon vorige Ostern die Universität beziehen können, allein wegen der jetzt herrschenden Kriegsunruhen und meiner gar zu großen Jugend habe ich mir vorgenommen, bis künftige Ostern zu warten. Alsdann werde ich aber, wenn mich Gott gesund erhält, vermuthlich auf die Universität zu Göttingen reisen.

30. September 1807.

Französisch habe ich schon seit einiger Zeit gelernt, kann auch schon ziemlich geläufig sprechen, und das Englische und Italienische werde ich jetzt anfangen. Ueberhaupt werde ich mich auf Universitäten hauptsächlich auf die Sprachen legen. Für meine Versorgung ist mir alsdann nicht bange; denn die Männer, welche in unserm Lande darüber zu sorgen haben, haben mich oft ihrer Zuneigung versichert, und wenn ich gleich zuerst meine Dienste dem Vaterlande widmen werde, so stehen einem, wenn man das Seinige gelernt hat, doch auch andere Länder offen.

31. Januar 1808.

Ich will Dir, liebe Schwester, jetzt nur mit wenigen Worten erklären, wie ich studiren werde, denn Du scheinst einen falschen Begriff davon zu haben. Du weißt, daß es immer mein Vorsatz war, ein Pastor zu werden, und diesem Vorsatze werde ich auch immer treu bleiben. Allein wenn man in den jetzigen Zeiten sein Glück auch außer seinem Vaterlande, wo man nicht immer Gelegenheit dazu hat, machen will, so muß man sich nothwendig auf die Sprachen, sowol alte als neue, legen. So hat mir unter andern Herr Regierungsrath Bunsen und auch mein Lehrer gerathen, weil solche Leute immer rar sind und nicht jeder Pastor fähig ist, sich zugleich

---

*) Aus der ersten und der letzten dieser Reden hat Curtze in dem erwähnten Aufsatze einige Auszüge mitgetheilt.

den Sprachen zu widmen, und weil auch meine Brust und Stimme nicht die besten sind. — Ich will Dir, wenn Du es gern willst, Gellert's Schriften überschicken, welches einer unserer schönsten Schriftsteller ist, und dessen Schriften — wenn sie Dir noch nicht bekannt sein sollten — Dir gewiß außerordentlich gut gefallen werden.

14. Februar 1808.

Meinem Versprechen gemäß schicke ich Dir hierbei Gellert's Schriften. — Du wirst Dich gewiß nicht wenig freuen, die Schriften dieses trefflichen Mannes einmal in ihrer Grundsprache zu lesen, weil sie so ganz mit seinem liebenswürdigen Charakter übereinstimmen. — Auch übersende ich Dir, nach Deinem Wunsche, meine Rede über die Hoffnung. Sie wird Dir vielleicht, wenn auch nicht ihrem eigentlichen Werthe nach, doch als einige Gedanken eines Bruders nicht ganz mißfallen. Sie ist sehr kurz, denn es ist hier feste Regel, daß keine Rede über 10—12 Minuten dauern darf, um die Zuhörer nicht zu ermüden, und diese Zeit ist dann freilich etwas sehr kurz, eine so reichhaltige Materie völlig zu erschöpfen. Uebrigens sind meine Lehrer hier mit derselben ganz zufrieden, und die Frau Gräfin von Bergheim, der ich sie auf ihr Verlangen geben mußte, hat sie sogar für werth gehalten, sie zu meiner Empfehlung nach Göttingen zu schicken. Wegen der Verwendung der Gräfin habe ich noch keine Antwort, doch zweifle ich nicht, daß ich sie bald erhalte. Die Herren Professoren zu Göttingen sind jetzt sehr gedrückt, denn unter einigen vierzig von den ersten und vorzüglichsten ist eine Contributionssumme von 174000 Francs vertheilt, welches wol manchem etwas schwer fallen möchte.

15. Mai 1808.

Du wirst Dich vermuthlich sehr wundern, einen Brief von Corbach aus von meiner Hand zu bekommen, indem Du gewiß glaubst, daß ich längst auf Universitäten gegangen sei. Allein ich befinde mich noch in Corbach, und die Gründe davon sind kürzlich folgende. Zwei bis drei Tage nach der Abreise des Boten kam ein Brief von der Gräfin, in dem sich ein Schreiben des göttingischen Professors Hofrath Heyne befand, worin er meldete, daß er jetzt unmöglich etwas wegen des Freitisches thun könnte, weil alle Fonds aufgehoben wären. Die Gräfin rieth mir daher, noch ein halb Jahr zu warten, weil in der Zeit das Schicksal von Göttingen sich entschieden haben würde. Sie unterstützte diesen Rath mit mehrern Gründen, und was wollte ich also thun? — ich blieb hier.

29. Mai 1808.

Wie sehr wir uns alle, und besonders ich, über Dein Geschenk freuten, kannst Du Dir kaum vorstellen. O, theure Schwester, könnte ich

Dir die Gefühle meines Herzens beschreiben! Könnte ich Dir sagen, wie
innig mein Wunsch ist, Dir mich einst noch mehr als durch Worte dankbar
zu erzeigen! Dies einst zu können, wird mir eine der größten Anspor=
nungen sein, einst ein Mann zu werden, der der Welt nützlich ist, und
zu zeigen, daß die Erwartungen, die man sich von mir macht, nicht ver=
gebens waren. — Demungeachtet hat mir etwas eine noch größere Freude
gemacht als Dein Geschenk, nämlich — Dein Brief! Ich erkenne darin
ganz die großen Gesinnungen Deines edlen Herzens und bin stolz, eine
solche Schwester zu haben. Auch ich denke wie Du und hoffe werth zu
werden, daß ich Bunsen heiße.

Hier ist auch wol gleichzeitig der passendste Ort für die Einschal=
tung eines werthvollen Beitrags über Bunsen's Knabenjahre, von
einem geliebten Schulfreunde, der ihn nur um ein Jahr überlebt hat.
Der Verfasser desselben, Wolrad Schumacher, wurde oft von Bunsen
als einer der zwei Schulfreunde erwähnt, mit denen er in den innig=
sten Beziehungen stand. Der andere, Wilhelm Scipio, wurde schon
früh aus einem Leben abgerufen, mit dem zu ringen er nicht im
Stande war. Die einzige Nachricht von ihm (außer der Notiz in
Bunsen's Brief an seine Schwester vom 31. Jan. 1808, daß er sich
der Dekonomie gewidmet) ist in der folgenden Mittheilung Schumacher's
enthalten: „Wilhelm Scipio war ein liebenswürdiger Jüngling, der
aber wegen seiner Sanftmuth und eines Sprachfehlers von seinen
Mitschülern vielfach genect wurde; besonders deshalb war er ganz
dazu angethan, Zuflucht und Freundschaft bei Bunsen zu suchen, der
alles Lautere liebte und alles Unterdrückte beschützte." Ebenso charak=
terisirt derselbe ihren gemeinschaftlichen Freund Reinhard Bunsen,
Sohn des Regierungsraths in Arolsen und 1863 als Stadtgerichts=
rath in Berlin gestorben, als einen „Jüngling von seltener Geistes=
frische und unversiegender Heiterkeit und Laune, der das antisentimen=
tale Element ihres Bundes war, dessen dieser fast sehr bedurfte".
Schumacher selbst dagegen besaß große wissenschaftliche Talente, die
er dem Studium der öffentlichen Interessen widmete, und wurde im
Jahre 1848 auf kurze Zeit leitender Minister im Fürstenthum Waldeck.
Seine „zartklingende Seele" charakterisirt sich hinlänglich in der fol=
genden Schilderung: *)

Wie der Knabe Bunsen war? Das kann ich Ihnen nur sagen, wenn

---

*) Aus den „Waldeckischen Briefen" (Berlin 1862, S. 15—42). Ueber
Schumacher selbst vgl. „Beiträge zur Geschichte der Fürstenthümer Waldeck und
Pyrmont von Curtze" (Arolsen 1865, S. 295—304).

ich Ihnen erzähle, was er für mich war, was sein Leben und Wesen für das meinige ward: ich muß also wol zuerst von mir selbst reden.

Ich lebte hier in unserm Arolsen ein froh= und vollbeglücktes Knaben= leben; alles, was des Knaben Herz erfreuen und beleben kann, ich hatte alles. Ein Vater, der mir — wie der Vater dem Knaben, wenn es eben angeht, immer — das Vorbild aller Männer, mein Aufblick war, ein großer, kraftvoller, lebensfroher Mann, männlich in allem seinem Thun und Lassen, freundlich und zuthunlich, wenn ich fleißig war, aber auch höchst respectabel in seinem Zorn. Eine sanfte, immer lieb= und trostreiche, in allen meinen Lagen und Fällen hülfreiche Mutter, wie sie je eines Knaben Trost und Zuflucht war. Dann eine ältere, mir innig zugethane, geliebte Schwester, die mit ihren hellen Augen immer freundlich zu mir niedersah, mit der ich Hand in Hand zur ersten Schule ging, zwischen der und mir nie und nimmer ein Haber war. Mir gegenüber wohnte der schon ge= nannte Freund, der früh erworbene und langbewährte, und der Vater desselben, Regierungsrath Bunsen. Bei diesem Manne muß ich einen Augenblick verweilen, denn er war wirklich eine Gestalt, wie sie nur in jenen Tagen vorkam und vorkommen konnte. Er war in Frankfurt a. M. geboren und früher Theolog gewesen, hatte dort als Kanzelredner außer= ordentlichen Erfolg gehabt, diesen Beruf aber wegen schwacher Brust auf= geben müssen, und dann mit reichen Personen die Welt bereist und kennen gelernt. Jetzt war er, abgesehen von allem, was er als sehr fleißiger, höchst belebter Geschäftsmann leistete, der Mittelpunkt der geistigen Be= wegung unsers Landes, besonders der Residenz, sozusagen Conservator der Musen und Grazien unsers Ortes, reger Correspondent nach außen, Freund vieler auswärtigen Gelehrten, heiterer, sehr gesuchter Wirth aller fremden Notabilitäten, die bei uns einsprachen, und besonders von uns Knaben als Schöngeist, Dichter, Epigrammatist, als Jäger, Reiter, als Freund, Kenner und Rathgeber bei unsern Spielen fast mehr als geliebt, ein Mann so recht nach unserm Herzen. Wir sahen nicht blos die Lebens= weise, man fühlte auch den Lebensgehalt schon als Knabe hindurch. Mit diesem Manne war ich, vermöge der Nachbarschaft und väterlichen Collegen= schaft, fast täglich in kleinem Verkehr; wenn ich nicht mit ihm verkehrte, so sah ich ihn.

Das waren also die persönlichen Verhältnisse; die localen waren wo möglich noch günstiger: der offene, freundliche, reinliche Ort, die vielen eicheln= und kastanienreichen Alleen, die obstreichen Gärten, in denen der Ort wie gebettet liegt, die nahen Wälder, die freien, weiten Pläne zum Fliegenlassen der Drachen — kurz es war alles vorhanden, uns fehlte nichts. Bis dahin war alles gut. Da lernte ich den ersten Schicksals= wechsel kennen und was es im Leben heißt, Verluste zu erleiden. Mein geliebter, theurer Lehrer verfiel infolge häuslichen Misgeschicks in trübe

Stimmungen. Damit war meiner Schule ein trauriges Ziel gesetzt, ich sah das Haus noch von weitem an und ging unterrichtslos und wie verschlagen mehrere Wochen umher. Da hieß es auf einmal, ich sollte nach Corbach, wo ich einen Oheim hatte, auf die Schule; ich nahm das nicht so genau, aber gleich darauf, auf einen Sonntag im Monat November 1805, hieß es: es sei eine Gelegenheit von Corbach da, und ich sollte mit. Dies war ein harter Schlag für mich, und nach ein paar Tagen des Umsehens in Corbach wurde alles noch viel trauriger vor meinen Augen; ich war so unglücklich, so tief unglücklich, als man in diesen Jahren sein kann. Das Herz bricht oder es verhärtet sich. Doch nein, so sollte es nicht kommen — ich sehe mich mit einem male an der Seite von Christian Bunsen, in dem Wohnzimmer seiner Aeltern, freundlich aufgenommen auch von ihnen. Wie dieses so gekommen, darüber ist keine Erinnerung mehr in mir, ich ward von allem so plötzlich und unerwartet überkommen und hingenommen! Aber ich bin mit einem male ganze Winterabende in jener Stube, der Vater liest die Zeitung oder in einem Buche, die Mutter neben ihm strickt, die Magd am Ofen spinnt. Christian Bunsen und ich sitzen auf einer kleinen Bank unter dem Fenster nach der Straße, etwas im Schatten, er sagt mir zuweilen ein Wort; sonst wird den ganzen Abend wenig oder nichts gesprochen, aber es ist mir, als höre ich die Fäden eines stillen Wohlwollens zwischen allen diesen Wesen hin= und herweben. Plötzlich schreckt ihn und mich das Läuten einer Glocke auf, die mich nach Hause ruft. Der Abschied an der Hausthür zieht sich in die Länge, und dann begleitet er mich doch bis an mein Haus, ich wol ihn wieder an das seinige, bis am Ende wirklich geschieden sein muß. So geht es wol den ganzen Winter 1805 hindurch, auch in jeder freien Tagesstunde suche ich zu ihm auf seine Stube zu entkommen, und so blieb es während dreier Jahre. Er war 14 Jahre alt und in dem Sommer confirmirt, ich war mehr als 2 Jahre jünger, was für dies Lebensalter nicht ohne Bedeutung ist; er saß fast zwei Klassen über mir, was nicht weniger bedeutend war. Es mußte also schon damals nothwendig die Frage in mir entstehen, wie er dazu gekommen sei, mich zum Freunde anzunehmen und so anzunehmen; die Antwort, welche ich fand, war die, daß er mich errathen und mich trösten zu müssen glaube. Mehr suchte ich nicht, und mir war ja auch wirklich geholfen.

Seine äußere Erscheinung treu und wahr und ganz, wie sie war, zu schildern, würde eine von mir nicht wohl zu lösende Aufgabe sein; glücklicherweise kommt mir hierbei ein vor nicht langer Zeit erschienenes Bild*) zu Hülfe, in dem ich Vieles und Bedeutendes mir wiederum vergegen-

---

*) Es ist dieses 1848 von Richmond in London ausgeführte Bild dasselbe, welches diesem ersten Bande unsers Werks vorgesetzt ist.

wärtigt fand; 40 Jahre minder, wenn man sie hinwegzudenken vermag, und es ist in der That ein treues Bild, besonders das Auge mit seiner hellen klaren Tiefe und mit dem Ausdruck einer frohen, ja frohlockenden Begeisterung. Und doch glaubt man dahinter noch etwas anderes zu erkennen — die Charakterkraft mit einem Bewußtsein, als ob sie doch die Beherrscherin alles andern sei, wenn sie nur wolle.

Der Vater dieses merkwürdigen Knaben war ein kleiner, alter Mann von sprechendstem Gesichtsausdruck, mit durchbringenden, entschlossenen Augen und starken Brauen, ein entschiedener und, wenn die Außenwelt sich friedlich gegen ihn verhielt, höchst gutmüthiger und freundlicher Cholericus. Charakterfestigkeit, Treue und Biederkeit, aber auch der feste Entschluß, aller äußern Befehdungen aufs äußerste sich zu erwehren, sprachen aus allen seinen Zügen. Er hatte den waldeckisch-holländischen Militärdienst als Fähnrich ehrenvoll verlassen, und die rechte Schulter sowie das linke Bein waren ihm geschädigt; aber er behauptete diesen Hindernissen zum Trotz seine militärische Haltung und gerade Stellung dergestalt, daß er jährlich an einigen Sonntagen selbst noch eine Landmilizcompagnie einübte. Wenn er so dastand in seiner straffen Haltung, in seiner einfachen Uniform, blau und gelb, mit den spärlichen Epauletten, mit Stock und Degen, da war in der That der alte Held ganz treu als das Abbild eines versehrten tapfern englischen Admirals, eines Admirals Dundonald, anzusehen. Außer diesen Gelegenheiten, oder wenn es vielleicht einmal eine bürgerliche oder Privatberechtigung auszuüben oder zu vertheidigen galt, zeigte er sich nicht leicht öffentlich. Er lebte von einer kleinen Pension und von einem kleinen Lehngut, den Verdienst als Expedient eines jenerzeit sehr namhaften und vielbeschäftigten corbacher Advocaten zu Hülfe nehmend.

Der Anblick des alten Mannes, wenn er in seinen unfreiwilligen Mußestunden, dem Genuß eines kleinen Pfeifchens hingegeben, im Fenster auf seine Hühner und Hahnen auf ihrer Stätte vor seinem Hause blickte, war ein Bild behaglicher Ruhe und stillen Friedens. Die Mutter, mit welcher der Vater in zweiter Ehe lebte, war eine kleine Frau von zartem Körper, aber stets rege und sorglich waltend um die Ihrigen, die achtungsvollen Blicke dem Gatten, die liebevollsten dem geliebten Sohne stets zugewendet. Beide Aeltern lebten in aller Frömmigkeit und Gottesfurcht. Die Halbschwester Christiane lebte in Holland und war in dieser Zeit niemals, die zweite Halbschwester Helene selten anwesend, sodaß die geschwisterlichen Verhältnisse jener Zeit mir unbekannt geblieben sind. In der spätern Zeit haben die Beweise inniger und hingebender Geschwisterliebe mir nicht gefehlt.

Die Wohnung dieser Familie war ein nicht ganz kleines Haus in einer Seitenstraße. Das Strohdach, die Tenne beim Eintritt, die Stallung rechts hätte an ein westfälisch-ländliches Wohngebäude erinnern können, wenn man im Hintergrunde den Herd erblickt hätte; es fand sich daselbst aber rechts die Treppe zum obern Stock, links der Ausgang zu dem kleinen Garten. Das Wohnzimmer war dem Eingang links, geräumig und hell; aus dieser Stube trat man in die Küche. In die obere Etage, wo Christian Bunsen seine Stube, ein kleines Gartenzimmer hatte, gelangte man über eine angedunkelte Treppe.*)

So ging ich denn also während der corbacher Schulzeit täglich in diesem Hause ein und aus und fand den Freund nie anders als beschäftigt, und wie volleifrig war dies Leben und Weben in seinen Büchern immer. Mit der Sonne, wenn sie in seine östlich gelegene kleine Stube schien, war er auf; in der Dämmerung des Sommerabends, wo wir spazieren gingen, traf ich ihn dort lesend oder schreibend unfehlbar an; nie habe ich ihn unterbrochen, ohne daß er gleich alles liegen lassend mich freundlich aufgenommen hätte. Auf der ganzen Schule war er bewundert als Genie und von mir am meisten. Wie groß auch die Leistungen seines Lebens gewesen sind: meine schrankenlosen Vorstellungen von damals liefen auch darüber noch hinaus. In Wissen und Erfassen konnte keiner entfernt sich mit ihm messen, vollends sein Fleiß stellte alle andern in Schatten; 41 Seiten Abhandlung, deren wöchentlich eine geliefert wurde, waren unerhört, und 60 Bogen Reinschrift (jede Seite genau zu 14 Zeilen und die Zeile zu 16 Buchstaben), die er an einem einzigen Sonntag für den versäumten Advocaten und für den bedrängten Vater lieferte, das Staunen aller. Fast noch mehr sein Gedächtniß. Am Tage vor dem Schulexamen äußerte Regierungsrath Bunsen, welcher als Schulcommissar anwesend war, den Wunsch, morgen die „Glocke" declamirt zu hören. Es werden Freiwillige aufgefordert, aber keiner hat sie memorirt, und es meldet sich niemand. Hierauf wird Christian Bunsen gefragt, ob er es möglich machen könne; er übernimmt und leistet es.

Daß er jeden Sonntag in die Kirche ging, kann ich nicht behaupten, da er oft den Vater, wenn die Arbeit für den Montag sich drängte, unterstützen mußte und auch die sonntägliche Stille für seine Studien sehr liebte; daß er aber die Kirche sehr oft besuchte und darin sowie auch bei den Morgenandachten im Gymnasium vertiefter war als die übrigen Schüler; daß er, wiewol die Natur ihm fast alle Stimme versagt hatte, andachtsvoller

---

*) Nach Curtze's Mittheilung über Bunsen als Schüler ist dieses von Schumacher so anschaulich beschriebene Haus zwar die spätere Wohnung der Aeltern, nicht aber Bunsen's Geburtshaus. „Letzteres ist ein großes dreistockiges Gebäude, anscheinend aus dem 16. Jahrhundert stammend, nach der Sitte jener Zeit mit einer Inschrift versehen: «Plötzlich rede ich wider ein Volk und Königreich, daß ich's ausrotten, zerbrechen und verderben wolle; wo sich's aber bekehrt von seiner Bosheit, dawider ich rede, so soll mich auch reuen das Unglück, das ich gedachte zu thun. Jeremia 18.» Seit dem Jahre 1862 ist über der Eingangsthür ein einfaches steinernes Denkmal angebracht, mit den Worten: «In diesem Hause ward Christian Carl Josias Bunsen am 25. August 1791 geboren»."

und gehobener sang als wir, dies vermag ich bestimmt zu behaupten. Bibellesen habe ich gesehen, Bibelstudien — weiß ich nicht. Dazu war die Zeit auch nicht vorhanden.

Ich habe ihn auf keiner Kegelbahn, auf keinem Billard, in keinem Gasthaus, bei keiner Gelags= oder Würfelpartie, in keinem Bäckerladen, bei keiner Nascherei oder Obstentfremdung, wohl aber beim Baden, auch wol einmal beim Ballspiel gesehen; eine Partie Schach oder Piquet unter vier Augen liebte er dagegen sehr und war dabei aller Listen und Ränke Meister. — Eines Tages fand ich eine kleine Cousine aus Bergheim frisch angekommen bei ihm vor, ein so scheues, schüchternes, anscheinend unnah= bar=einfaches Kind, als je eins am Eberstrande flügge ward; im Zeitraum weniger Wochen war sie jedoch wie umgewandelt; alle die Freundlichkeiten, Lieblichkeiten und Zierlichkeiten, mit denen er sie umgeben, hatten aus ihr ein ganz anders geartetes, kleines, forsches Mädchen gemacht, das schon hin und wieder das Wort ergriff und sich in unsere Erheiterungen im Gärtchen mischte. Dabei war sein Bemühen nicht als ein allgemein= freundliches, sondern gerade als ein verwandtschaftliches ganz und gar ausgedrückt.

Der Verdienst, den ihm der Vater von den Abschriften für den Anwalt höchst gewissenhaft zukommen ließ, wurde von ihm fast noch gewissenhafter verwaltet und nie zersplittert; wenn dann eine neue Ausgabe von Wolf oder Rost erschien, so mußte er sie besitzen, und es war ihm nichts zu theuer, mußte auch alles in Halbfranz gebunden werden. Einem leiden= schaftlichern Bücherfreunde bin ich im Leben nicht begegnet. Selbst mit dem Buchbinder bestand eine Art von vertrauterm Verhältniß. — Von Indien ließ er mir zuweilen einige Worte fallen, die mir befremdlich vor= kamen, weil ich damals nur den geographischen Begriff damit zu verbin= den wußte.

Sein Betragen gegen die Lehrer war musterhaft, aber das Verhältniß zu jedem derselben, der geistige Rapport, hatte allemal eine besondere geistige Nuance, die sich unverkennbar zeichnete. Für den einen hatte er diese, für den andern jene Erweisungsart, im Tone der Stimme, im Ausdrucke des Blicks, in der vertraulichen Annäherung oder in der achtungsvollen Zurück= haltung; selbst gegen seinen Skepticismus, den er für den schwächsten hatte, ließ sich nichts erinnern. Er war von der aufrichtigsten und unbegrenz= testen Dankbarkeit gegen seine Lehrer; noch jüngst wurde mir mitgetheilt, daß er einem derselben, in dessen Privatstunde er eigentlich nur hospitirt hatte, einst in einer Serviette einen — Braten von einem älterlich selbst= gezogenen Kalbe ins Haus gebracht hatte. Sie hatten eine Magd, aber er brachte ihn selbst.*) Was die Beziehung zu seinen Mitschülern angeht,

— — —

*) Nach Curtze's Angabe war der Lehrer, „dem Bunsen diesen eigenthüm=

so war er unstreitig der inoffensivste Jüngling auf der ganzen Schule; seine
Vertheidigung dagegen konnte in einer fast erschrecklichen Gestalt erscheinen.
Stirn, Augen, Mund, Stimme, die linke Hand (er war links) — alles
war beim Angriff, wenn er einen solchen erlitt, sofort Zorn, Kampfbegier,
Wehr und Waffe, sobald jedoch der Angriff abließ, ebenso schnell wieder
voller Sonnenschein.

Im Herbst 1808 ging Bunsen von Corbach nach Marburg. Briefe,
die ich während des marburger Aufenthalts erhielt, sind mir verloren ge=
gangen. Beim ersten Wiedersehen mit ihm in den Ferien war er höchst
belebt und mittheilend. Wiederum der alte Zug der Dankbarkeit gegen
seine neuen Lehrer, und wiederum die verschiedene Art und Weise, womit
er von jedem derselben, von Arnoldi, Hartmann, Münscher, Ten=
nemann sprach; die erhöhte Lebhaftigkeit, der glänzende Blick bei dem
Namen Wachler.

Bei der Uebersiedlung nach Göttingen im Herbst 1809 zog er in das
damals Superintendent Wagemann'sche Haus auf dem Untern Masch, wo
nebenan Bouterwek und hieran Reinhard Bunsen bei seinem Oheim,
dem Professor Bunsen, wohnte. Bei meiner Hinkunft — Herbst 1811 —
hatte er freundlich wie immer die Einrichtung getroffen, daß auch ich im
Wagemann'schen Hause Aufnahme fand und eine Stube neben ihm mit
gemeinschaftlichem Schlafzimmer erhielt. Bei übrigens ganz unverändertem
Wesen fand ich ihn unendlich fortgeschritten, in weite, meist philologische
Studien vertieft, die Collaboratur nur ganz nebenher beseitigend, und ich
sah in ihm schon den Mittelpunkt des Kreises geistreicher und vortrefflicher
Menschen, der sich um ihn gebildet hatte. Sein Geist breitete sich nun in
freiern Bahnen aus und bemächtigte sich derselben, die Energie seines
Strebens kam in vollen Gang und Zug, ein Feuer des Denkens und
Wollens schien fortwährend in ihm zu brennen, ohne aufreibend und ver=
zehrend für ihn zu werden.

Nie sah ich die instinktvolle Gabe Bunsen's, die Geister und Herzen
zu erkennen, und, wie mannichfach verschieden die Naturen und Gemüther
waren, immer ihnen gemäß zu denken, zu fühlen und zu sein, so rege
ausgesprochen, in so lebendiger Bethätigung als unter den göttinger Freun=
den. Wie lebhaft, witzig und launig konnte er gegen den ewig heitern
Jugendfreund Reinhard Bunsen sein; wie innig gegen Thienemann, der eine
Art von Hölty=Natur war und dem zuweilen eine Perle in der Wimper stand;
wie zart und weich mit dem seelenweichen Ludwig Abeken, der, den Keim

---

lichen Beweis dankbarer Gesinnung kundthat", der Klassenlehrer der dritten Klasse,
Johann Christian Freybe. Curtze führt außerdem noch das andere Factum an,
daß „bei Bunsen's Anwesenheit in Corbach im Jahre 1828 sein erster Besuch dem
Grabe seiner Aeltern, sein zweiter der hinterlassenen Wittwe seines ersten Lehrers
galt".

eines frühen Todes aufzeigend und Liebe und Mitleid mischend, ein Liebling von ihm war; wie eingehend und ideenreich konnte er mit dem biedern und klugen Agricola discuriren; wie konnte er mit dem phantasiereichen romantischen Dichter Ernst Schulze reden, schimmernd und flimmernd gleich einem Walter Scott'schen Roman; wie konnte er mit dem feinen, griechisch-geistigen Dissen perikleisch reden, für den kaustischen Lachmann allemal die rechte Beize treffen und wie eine Elster mit ihm disputiren und etwa beim Tornister des Achilles schwören; mit dem gelehrten barok-würdigen Dr. Reck, dem er mit der Geduld eines Anachoreten zuhörte, auf die Wohlfahrt St.-Cujacii sein Glas leeren! Kurz er las gleich Diderot die Menschen wie die Bücher; vor allem aber: nie habe ich ihn, der ein Herz besaß, die Gegenwart eines andern Herzens verkennen sehen.

Abends schlief er oft wie ein Kind auf dem Sopha sitzend ein, Morgens aber, im Sommer 4, im Winter 5 Uhr, war er wach und auch sofort zugleich mit beiden Füßen, gleich Scipio Cicala, aus dem Bette, die Toilette schnell erledigt, und er dann, wenn ich aufsah, „das Gesicht voll lächelnder Gedanken" aus der Kammer an die Arbeit. Während der göttinger Zeit war sein Wahlspruch: Plus ultra. Nachher wählte er bekanntlich: In silentio et spe.

Ein markanter Punkt während dieses göttinger Aufenthalts war der erste kleine literarische Versuchsballon, welchen Bunsen am literarischen Himmel erscheinen ließ: in seiner nachher gekrönten Preisschrift über das Erbrecht der Athener. Er arbeitete dieselbe im Sommer 1812, während er zugleich, um sich in dem Erbrechtswesen vielseitiger umzusehen, bei Hugo Pandekten hörte und sich darin von dem gelehrten Dr. Reck einüben (wie Bunsen selbst es nannte „einpauken") ließ. Mir war das Zeichnen der Stammtafeln, welche dieses Werk an seinem Fuße zieren, anvertraut, auch ward ich, als der wichtige Tag — 15. November 1812, Geburtstag des Königs Hieronymus — erschienen war, in die Aula abgeordnet, um das Fallen des Looses zu erwarten und dem zu Hause Harrenden zu verkünden. Ich hatte an der Thür Posto gefaßt; als Mitscherlich den Verschluß entfaltete und alta voce las „Christianus Carolus Josias Bunsen", war ich fort; den Corbaccho-Waldeccensem hörte ich nicht mehr. Die Freude war unbeschreiblich, wollte gar nicht aufhören und erging sich in der genialsten Weise. In solchen Augenblicken war Bunsen der innigsten und wärmsten Hingebung an den Theilnehmenden fähig! Auffallend war mir, ihn andern Morgens früh schon wieder ganz wie sonst bei seiner Arbeit zu sehen, als ob nichts Ungewöhnliches vorgefallen wäre.

Ganz eigenthümlich war die Haltung Bunsen's, wenn eine Schicksalsfrage an ihn herantrat. Man sah es ihm an, daß er ganz in seinem Innersten berührt war, und es schien, als ob er darauf wie auf ein außer ihm, vielmehr über ihm liegendes hinsähe und an dessen Erhaltung und von wo? zwar nicht zweifle, aber doch über die Frage wie? sinne und die Gewichte hin= und herlege. Sonst lebte er immer froh und in gewisser Zuversicht hin. Ein großes Selbstgefühl war in ihm. Er sprach es jedoch nicht aus, sondern es sprach aus ihm. Im gewöhnlichen Leben war er die Bescheidenheit selbst. Er war eine naturwüchsige Kraft. Aller Schwulst, alle Schulform war ihm fern. Immer das mit dem gesunden Menschenverstande gepaarte Wort. Stets besonnen und gedankenreich. Keine Schüchternheit, Sporn der Pflicht. Dabei war er von probehaltiger Treue.

Ich sah Bunsen, auf der Rückkehr von dem Besuche in Berlin, im Jahre 1828 an dem Orte wieder, wo er „die Tage strebsamer Jugend verlebt hatte". Aus dem Hause mit dem Strohdach und der seltsamen Thür hervorgegangen, war er nach zehn Jahren der Mann großer Hoffnung in Preußen geworden. Wie schön, wie gewinnend war er damals, wie sehr wurde ich davon betroffen; die hehre Schönheit dieses energischen ernsten Gesichts, wie oft habe ich sie im stillen bewundern müssen, und dann war es wieder ein Gesicht, das sich in Lächeln kleidet. Es war dies auch die Zeit, wo die Napoleonische Aehnlichkeit, die ihm in Frankreich einst (1816) fast ernstliche Verlegenheit bereitet hätte, am auffälligsten hervortrat. (In einem Rathhaussaale in Brügge wird noch jetzt ein von Napoleon als Erster Consul der Stadt geschenktes Bild gezeigt, es ist dies überraschend ähnlich dem Bunsen in jener Zeit.) Im Jahre 1845 nach der Zusammenkunft auf dem Stolzenfels sah ich ihn wieder in der Heimat, und dann 1852 in London auf dem „andern Capitol", wie er es genannt hatte (nach seinen Abschiedsworten von Rom: „Wir gehen uns ein anderes Capitol zu bauen"). Eine Schönheit anderer Art hatte ihm jetzt das silberweiße Haar verliehen, sonst fand ich nichts an, nichts in ihm verändert.

Wie ich nun dieses Leben überblicke, sehe ich früh und spät die nämliche Linie vor mir liegen, und jeder Glaube an einen jemaligen Wechsel derselben ist und bleibt mir versagt. Wol war in der Zeit, als sein Einfluß groß hieß, unter Friedrich Wilhelm III. und bei dem Kronprinzen, nachherigem König Friedrich Wilhelm IV., auch der Emporkömmling ein Gegenstand des tiefsten Hasses in bekannten Kreisen, die Consequenz dieses Hasses war die Anschuldigung der „Intrigue", die Bezeichnung als „der schlaueste Mann der Monarchie." Ich halte auch dies für tief=unrichtig und seiner Natur widerstrebend; es kann hier nur ein anderer Maßstab gelten, den auch ein anderer bedeutungsvoller Mann (Gustav Adolf) an sich selbst wirklich angelegt hat: Qui se fait brebis loup le mange.

Es war auch eine Zeit, wo von einer religiösen Wandlung die Rede war, wo das Wort Pietismus beliebt wurde! Ich halte auch dies für tief=unrichtig, für das Unrichtigste von allem. Ist eine Anlage dazu in dem

Leben dieses Knaben, dieses Jünglings, dieses jungen Mannes, in dem ganzen Sein und Wesen desselben zu entdecken, auch nur eine Spur davon? Wahrlich nein! Wohl aber, wenn ich ihn als Jüngling, in Augenblicken der Einkehr in sein Inneres, vor mir sehe, so ist es mir, als müsse er es sein, als könne nur er es sein, von dem ich einst die Worte vernommen:

> In diesem Buche ist fürwahr
> Das größte Geheimniß offenbar,
> Und reich beglückt ist der vor allen,
> Dem zu verleihn es Gott gefallen,
> Daß, wenn er es mit Zittern liest,
> Sich ihm der Weg zum Heil erschließt.
> Doch besser wäre nie geboren,
> Der zweifelnd sich's zum Spott erkoren.

Wie sie voll und warm der tiefen Brust entströmen, diese Worte! Und diesen tiefen warmen Strom, finden Sie in den reifen Werken seines Alters, in seinem „Hippolytus", in „Gott in der Geschichte", in seiner „Einleitung" des Bibelwerks, ihn nicht wieder? Glauben Sie nicht, daß er jenem tiefen warmen Golfstrom zu vergleichen sei, der wohlthätig nahet und entfernte Küsten grünen macht?

Bunsen's Mutter starb am 27. November 1819, der Vater am 16. Januar 1820. Der aufzeichnende Pfarrer hat im Kirchenbuche die Worte zugefügt „Homines probi". Ein Urtheil des Geistlichen über Leben und Eigenschaften der Verstorbenen ist der Bestimmung des Kirchenbuches ganz fremd. Es findet sich auch in dem ganzen Kirchenbuche nirgends wieder. Der Prediger (Pfarrer Weigel) war ein höchst wahrheitsliebender, höchst gewissenhafter Mann.

Wenn der Prediger in Bonn dem Namen des Sohnes im Kirchenbuche ein Urtheil hätte hinzufügen dürfen — welche Worte würden die richtigen gewesen sein? Mir scheinen sie nicht zweifelhaft, obgleich die Bedeutung Bunsen's noch weit nicht erkannt ist, wie sie einst es werden wird und nach meinem Urtheile erst im Begriff ist sich aufzuschließen.

Während der im älterlichen Hause in Corbach verbrachten Schulzeit hatte Bunsen's Vater es durch seinen anhaltenden Fleiß fertig zu bringen gewußt, die Kosten der Erziehung seines Sohnes zu tragen; aber zur Bestreitung der Ausgaben auf der Universität war andere Hülfe nicht zu entbehren, und es war deshalb bereits im Jahre 1802 ein Gesuch um eins der durch die Freigebigkeit der frühern waldeckischen Fürsten zur Unterstützung der in Marburg studirenden Landsleute gestifteten Stipendien eingegeben worden (damals allerdings vorläufig zurückgestellt). Das im Mai 1808 von seinem Lehrer Christian Freybe ausgestellte Abgangszeugniß war in sehr warmen Ausdrücken abgefaßt *); dennoch gelang es nicht ohne Schwierigkeiten und Verzögerungen, und nur durch die Fürsprache seiner Pathin, der Gräfin von Waldeck, daß Bunsen die Summe von funfzig Thalern gewährt wurde. **) Mit diesem knappen Zuschusse und daneben noch mit den einhundert Thalern, die der Vater hatte durch harte Arbeit für ihn ersparen können, versehen, machte sich Bunsen in Begleitung fünf anderer Studenten am 29. October 1808 nach Marburg auf den Weg, auch mit dem für drei von den Andern bestimmten Gelde betraut. ***) Sein Rechnungsbuch ist noch erhalten und beweist, wie gewissenhaft er dem in ihn gesetzten Vertrauen entsprach.

Bunsen erinnerte sich immer mit Vergnügen des von ihm in Marburg verbrachten Jahres und hat lebhafte Eindrücke bewahrt von der malerischen Lage der Stadt, dem schönen Styl der Elisabethkirche und der reizenden Umgegend, aber bald schon überzeugte er sich, daß die Universität zu klein war, um ihm die erforderliche Gelegenheit sowol zur Ausdehnung seiner Studien als zum Selbstunterhalte durch Unterricht an Andere zu verschaffen. Es wird mitgetheilt, daß Arnoldi, der erste Professor der marburger theologischen Facultät, sein Bedauern aussprach, daß er Bunsen nicht bewegen konnte, länger in Marburg zu bleiben und seine Studien dort zu vollenden, um so mehr, als er einmal in der Elisabethkirche und, wie es scheint, mit allgemeinem Beifall gepredigt hatte. †) Der Entschluß, Marburg zu

---

*) Es spricht von einer rara ingenii docilitas, ita ut celerrime accipiat quae traduntur, bezeichnet den Sechzehnjährigen als einen juvenem ab incunabulis musis destinatum, sowie ob ingenium diligentiamque semper gratissimum. Aehnlich hatte schon 1805 das Zeugniß des Rectors Strube sich ausgesprochen. Beide Actenstücke sind in dem obenangeführten Curtze'schen Aufsatz: „Bunsen als Schüler 2c." mitgetheilt.

**) Von seiten des Fürsten war (besonders auf Fürsprache des Legationsraths Suden) mehrfach Unterstützung zugesagt worden, doch findet sich später keine Bezugnahme darauf. Suden selbst gab nachher bei dem Wechsel der Universität dem jungen Studenten eine Empfehlung an Professor Wunderlich mit.

***) „Anno 1808 den 29. Oktbr. ist mein Sohn nebst noch fünf andern Studenten morgens früh 5 Uhr mit extra Post abgereist und desselben Abends auf der Universität Marburg angekommen." So das Notizbuch des Vaters, das ebenso alle Data der Reisen und sonst bedeutsamen Ereignisse aus den Jahren 1809—13 verzeichnet.

†) Unter den Papieren aus dieser Zeit befindet sich unter anderm eine Predigt über Psalm 37, 5; zwei deutsche Aufsätze über den Werth der Klöster und über die Nothwendigkeit, sich auf der Akademie im schriftlichen und mündlichen Vortrage zu üben, sowie mehrere lateinische Abhandlungen. Die (sämmtlich ungewöhnlich aus-

verlaſſen und ſomit auf das ſpeciell für das Studium auf dieſer Uni=
verſität beſtimmte Stipendium zu verzichten, war ein Act von hohem
moraliſchen Muthe; denn er war ſich wohl bewußt, daß in Göttingen
ſeine Ausgaben größer und die ſichern Mittel zur Beſtreitung derſelben
noch unbeträchtlicher ſein würden; doch rechnete er einerſeits auf die
an der größern Univerſität ſich leichter bietenden Gelegenheiten zum
Selbſtunterhalte, andererſeits auf die Unterſtützung des vortrefflichen
Heyne (dem er durch die Gräfin von Waldeck empfohlen war) und war
vor allem ſeines „inneren Menſchen“ gewiß, „baute, voll des reichen
Glaubens der Jugend, auf den Lohn des Verdienſtes und den Erfolg
des Talents“. Die Geiſtesfreiheit und der weite Blick, die den Vater
dem Entſchluſſe ſeines Sohnes beiſtimmen ließen, ohne irgendeinen
Verſuch, die Freiheit ſeines Handelns durch den Maßſtab gewöhnlicher
Philiſterklugheit zu beſchränken, verdienen um ſo mehr Anerkennung,
als er von Haus aus eine ihre Autorität eifrig wahrende Natur war
und während der Kinderjahre ſeines Sohnes ſtets ſofortigen Gehorſam
gegen ſeine Befehle verlangt hatte. Aber er hatte ſich eine richtige
Schätzung ſowol der Fähigkeiten als des Charakters des ſeinen alten
Tagen geſchenkten Sohnes gebildet, und gewährte ihm, weit entfernt,
die Unabhängigkeit ſeiner Handlungsweiſe irgend zu hemmen, die
Stütze ſeines vollen Vertrauens und ſeiner hingebenden Liebe.

Auf den marburger Aufenthalt *) werfen folgende Stellen in
Briefen an ſeine Schweſter Chriſtiane wieder einiges Licht:

Marburg, 24. Mai 1809.

Ich bin gottlob! geſund und vergnügt, und beides vielleicht mehr als
ſonſt. Ihr denkt zwar vielleicht, daß das eingeſchränkte Leben, das ich
hier führe, und die Entſagung von ſo vielen erlaubten Vergnügungen, die
hier zur Theilnahme einladen, aber zugleich Geld koſten, meine gute Laune

---

gezeichneten und meiſt recht eingehenden) Zeugniſſe über den Collegienbeſuch ſowie
die über den Inhalt der Vorleſungen angeſtellten Prüfungen beziehen ſich auf
hebräiſche Sprache und Erklärung der Geneſis (von Hartmann), Erklärung der
Pſalmen und der Synoptiker (von Arnoldi), Erklärung des Römerbriefs (von
Zimmermann), Logik, Pſychologie und Auslegung von Platon's „Kriton“ (von
Tennemann). Für einen Beſuch der Münſcher'ſchen und Juſti'ſchen Collegien
liegen keine Belege vor; doch hatten ſich beide ebenſo wie ihre Collegen auf Ver=
mittelung des Profeſſors Krüger, dem der junge Studirende durch die Gräfin
empfohlen worden war, zum Erlaß der Honorare bereit erklärt.

*) Von marburger Univerſitätsfreunden iſt beſonders Heß während der Jahre
1809—13 in reger Correſpondenz mit Bunſen geblieben. Außerdem finden ſich
mehrere Briefe von dem ebenfalls aus Corbach gebürtigen Menkel.

und meine Gesundheit vermindern würden; allein der Gedanke, einst die
Freuden des geselligen Lebens desto besser genießen zu können, hält mich
schadlos. Es gefällt mir auch in Marburg ganz wohl, ob ich gleich nicht
bestimmen kann, wie lange ich mich noch daselbst aufhalten werde, indem
die Fortdauer der Universität ungewiß ist, und sie vermuthlich sogar, besonders wenn erst der Friede auf dem festen Lande hergestellt ist, aus
Mangel an Unterstützung aufhört. Vielleicht wäre sie schon jetzt aufgehoben,
wenn man nicht bei den dermaligen Unruhen in Westfalen sich gehütet
hätte, die Gemüther zu erbittern. Wohin ich dann wandere? ob nach
Göttingen? oder nach Gießen? das ist ungewiß. Ebenso wenig kann ich
die Zeit, die ich überhaupt auf Akademien noch zubringen muß, bestimmen;
jedoch ist es unmöglich, während zwei Jahren meine Laufbahn zu endigen,
indem mein Fach sehr weitläufig ist, und fast alle Kenntnisse, die in dasselbe einschlagen, nur auf Universitäten erworben werden können. Ich
werde das Meinige thun — der Himmel thut dann gewiß auch das
Seinige!

Corbach, 16. October 1809.

Ich war ein Jahr in Marburg; der Gründe, die mich von einem
längern Aufenthalte abhielten, waren viele. Die Universität nahm von
Tag zu Tag ab, alles Feuer und aller Eifer war verschwunden, und die
Aufhebung des Ganzen ward auch fast gewiß auf nächste Ostern bestimmt.
In dieser Lage befand ich mich zweifelnd und unschlüssig, als mein nun
verewigter Freund, Herr Regierungsrath Bunsen in Arolsen, unvermuthet
mir einen Freitisch in Göttingen zuschickte. Mein Entschluß war nun sogleich gefaßt, und ob ich gleich die übrigen Schwierigkeiten nicht übersehe,
so konnten sie mich doch, bei kaltem Ueberlegen, von meinem Plan nicht
abbringen. Der Mensch kann, was er will, und Hindernisse vermehren
die Kraft, so dacht' ich und so denke ich noch. So theuer es auch in
Göttingen ist, so werde ich dennoch, das erste halbe Jahr ausgenommen,
durch eigenen Unterricht und selbstthätige Anstrengungen mir ein wohlfeileres
Leben verschaffen können als vorher. Die Zeit meines dortigen Aufenthalts
ist daher, wie Du leicht denken kannst, unbestimmt, wahrscheinlich werde ich
zwei Jahre dort bleiben. Und dann? wirst Du fragen. Dann, liebe
Schwester, stehe ich am Ziele meiner Wünsche; welchen Posten mir das
Schicksal anweiset, ich bin bereit. Ich werde zwar sichere Aussichten auf
solide Versorgung an dem hiesigen Gymnasium nicht geradezu abschlagen;
aber im Fall eine bessere, mir angemessenere Carrière im Ausland sich
eröffnet, so werde ich doch dieselbe nicht ausschlagen. Eine solche aber,
in mannichfacher Hinsicht, wird mir nie fehlen; denn mit gründlicher
Kenntniß der alten und neuern Sprachen, Mathematik und Philosophie
(nicht blos des Kopfes, sondern auch des Herzens) ausgestattet, bieten sich

mir die schönsten Aussichten dar. Immer aber wird der Wunsch, in der
Nähe meiner Aeltern und Verwandten zu wohnen, nicht wenig meine
Schritte bestimmen. Genug davon — die Vorsehung wird schon sorgen!

So zog denn im October 1809 Bunsen als achtzehnjähriger Jüng=
ling in Göttingen ein, wo Heyne, „an Jahren und an Ehren reich",
ihn mit väterlicher Güte aufnahm und behandelte, indem er von An=
fang an erkannte, daß er es mit einem Studenten von ungewöhnlichen
Gaben und Fähigkeiten zu thun habe, und deshalb mit der Sym=
pathie des Genius der vertrauenden Natur Bunsen's entgegenkam.
Aber die Aufzeichnungen aus dieser „goldenen Zeit des Werdens",
wie Niebuhr sie nennt, sind verhältnißmäßig dürftig. Nur wenige
Briefe haben sich erhalten, denen wir die darin mitgetheilten Nach=
richten über seine Collaboratorstelle am Gymnasium und sein Verhält=
niß zu Astor entnehmen:

Göttingen, 25. März 1810.

Theuerste Aeltern! Unerwartet wird Ihnen dieser Brief kommen,
aber noch unerwarteter die Nachricht, die Sie in ihm vernehmen werden,
und die ich selbst mit nicht geringerer Ueberraschung vernommen habe.
Erschrecken dürfen Sie nicht — todt bin ich nicht, denn noch kann ich sehr
fertig schreiben; krank bin ich auch nicht geworden, wie Ihnen mein Brief
ebenfalls zeigen wird; auch kommen will ich nicht. — Alles dieses ist es
nicht, sondern . . . . ich bin in Göttingen am Gymnasium als Extralehrer
der dritten Klasse angestellt. — Hören Sie!

Vorigen Freitag schickt mir Heyne durch seinen Bedienten einige schwere
Stellen im Persius und einigen anderen, und schreibt dabei, daß ich sie ihm
Sonnabends Nachmittag commentirt bringen solle. Ich wußte von nichts,
indeß rüste ich mich, und schreibe meinen Aufsatz — bringe ihn auch hin,
finde ihn aber zu sehr mit andern Personen beladen, ich übergebe ihm
also nur meine Arbeit, und erfahre dann, daß ich an der dritten Klasse
wöchentlich vier Stunden im Lateinischen unterrichten werde; er habe ge=
glaubt, dies werde mir lieb sein. Meine Verhältnisse und Wünsche wußte
er, und sonderbar! gerade den folgenden Sonntag hatte ich ihn bitten
wollen, mir irgendeine Privatstunde auszumachen, weshalb ich auch schon
mit Herrn Professor Bunsen gesprochen hatte. Jedoch hatte ich ihm noch
nichts hiervon gesagt, ja an jenes hatte ich gar nicht gedacht, ob es mir
gleich den Tag vorher der Herr Professor Bunsen, dem Heyne es gesagt
hatte, durch Reinhard hatte zu verstehen gegeben. Sie können sich mein
Erstaunen denken! Heute mußte ich wieder zu ihm kommen, indem er
meine Arbeiten durchgesehen hatte — ich mußte noch mündlich etwas
interpretiren — und ward alsdann förmlich als Lehrer declarirt. — Die

Stelle incommodirt mich nicht viel — künftigen Winter werde ich vielleicht auch griechischen Unterricht bekommen — meinen Gehalt weiß ich noch nicht — beträchtlich wird er nicht sein — doch ist es etwas, und — der Grundstein. — — Wenn ich nur noch einige Zeit mir durchgeholfen habe! (Diesem Briefe hat der Vater seinerseits noch hinzugefügt: „Einer letzten Nachricht nach ist Christian schon wirklich angestellt, erhält jährlich 60 Thaler, informirt 35 Schüler von 11—14 Jahren alt, und lebt dabei recht vergnügt, informirt auch mit vielem Vortheil, ohne daß er seine Collegia und Seminaria versäume.")

7. October 1810.

(An die Schwester Christiane.) Ich lebe jetzt in einer bequemen Lage, wohne nämlich bei dem Sohne eines reichen amerikanischen Kaufmanns aus Neuyork, Namens Astor, habe alles frei und aufs beste und bekomme von hier bis Ostern 30 Louisdor. Dafür unterrichte ich ihn im Deutschen, auch in manchen andern Wissenschaften. Meine eigentlichen Studien, lateinisch und griechisch, muß ich zwar ein wenig vernachlässigen; dafür kann ich mich ja aber im Englischen und manchem andern vervollkommnen; überhaupt ist mir ein solches Leben in mehr als einer Hinsicht nützlich. Auch freut es mich, daß meine Lehrer aus der ganzen Anzahl der Studirenden mich zu diesem Posten ausersehen haben. Meine Stunden, die ich in der Schule gebe, setze ich fort; denn hierdurch behalte ich immer etwas Gewisses in Göttingen. Die Vorsehung wird alles schon zum Besten lenken, wenn ich meine Schuldigkeit thue und meine Kräfte, die sie mir gegeben hat, anstrenge.

7. October 1810.

(An die Aeltern.) Mit Astor lebe ich auf einem sehr freundschaftlichen Fuße; fast den ganzen Tag widme ich ihm; denn sein Eifer, deutsch zu lernen, übersteigt allen Glauben, sodaß ich ihn oft an einen Spaziergang erinnern muß. Er liest schon Schiller, spricht ziemlich richtig und sogar geläufig, versteht auch fast alles. Für meine eigentlichen Studien habe ich freilich jetzt nichts thun können; denn des Abends und des Morgens, wenn ich für mich bin, studire ich entweder deutsch, präparire mich, schreibe Uebungen für ihn oder lese englisch, um mich hierin zu vervollkommnen. Diesen Winter werde ich ihm auch noch Unterricht in Mathematik und Geographie geben (die letzte muß ich zwar selbst erst studiren); übrigens werde ich alsdann mehr Zeit für mich gewinnen, indem er alsdann selbst zu arbeiten hat, da er jetzt nichts als deutsch und also nie ohne meine Hülfe arbeiten kann. Vorzüglich angenehm ist mir auch die Tischgesellschaft, in der wir seit einigen Tagen speisen, ungefähr 20 Personen, alle sehr gebildet und meist interessant. Ueberhaupt werde ich von manchen Seiten diesen Winter vieles profitiren, was ich sonst entbehrte.

13. Februar 1811.

(An die Schwester.) Ich bin gesund und froh wie immer und habe Ursache es zu sein. Aftor gebe ich noch jetzt Unterricht, außerdem habe ich an der Schule doppelt so viel Stunden und Geld erhalten.

Es war hiernach in der zweiten Hälfte des Jahres 1810*), wenig mehr als drei Monate nach seinem Einzuge in Göttingen, daß ihn Heyne als Lehrer des Englischen dem jungen William Backhouse Aftor, Sohn des (durch Washington Irving's „Astoria", sowie seine wohlthätigen und pädagogischen Stiftungen zugewandte Freigebigkeit) berühmten Aftor von Neuyork empfohlen und ihm so eine Verbindung verschafft hatte, die zu wichtigen Resultaten führen sollte, indem sie ihm zunächst schon seine unabhängige Lage an der Universität sicherte, besonders aber, indem sie die persönliche Freundschaft zwischen ihm und Aftor begründete; denn der letztere fand solchen Genuß in Bunsen's Gesellschaft, daß er immer mehr bemüht war, sich seine Begleitung und Führung zu sichern, wohin er auch seine Schritte in Deutschland zu lenken wünschte.

Es scheint jedoch, daß während des ersten Jahres (1810) Bunsen ganz in Göttingen blieb; dagegen begleitete er 1811, nach einem bei seinen Aeltern im April abgestatteten Besuche, den später durch seine philosophischen Schriften berühmt gewordenen Arthur Schopenhauer auf einem Ausfluge nach Gotha, Weimar und Jena, während dessen er eine Zeit lang in dem Hause der Mutter seines Begleiters, der damals berühmten Jugendschriftstellerin Johanna Schopenhauer, verweilte, welche ihm jede denkbare Aufmerksamkeit erwies. Auch war die dort verbrachte Zeit ihm wichtig wegen seiner ersten Einführung bei den weimarischen Berühmtheiten, welche im Schopenhauer'schen Hause verkehrten, wo er u. a. die Freude, Goethe vorgestellt zu werden, genoß.

Bunsen's göttinger Aufenthalt wurde in beständiger und energischer Geistesthätigkeit zugebracht, da neben der Unterweisung Aftor's

---

*) Aus derselben Zeit stammt ein Schema zu einem Studienplan, bei dem freilich einzelne Fächer noch mit Fragezeichen versehen sind, mit der Ueberschrift: Pius-simplex-verus und der Unterschrift: „Mit heiterem Sinn und frohem Muth, glücklicher als je und hoffend in die Zukunft schauend schrieb dies in der ersten Stunde des Jahres 1810 C. B." — Von Seminararbeiten finden sich mehrere lateinische Vorbereitungen zu Disputationen, meist über grammatische Fragen; nebenher gehen geschichtliche Excerpte, so über das System der Päpste und mannichfache Gedichte. Auch ist eine Gesammtrechnung über die Jahre 1808—12 erhalten, welche die Einnahmen von Hause und durch Stipendien auf 254, die Ausgaben auf 1018 Thaler veranschlagt, somit 764 als eigenen Erwerb herausbringt, wozu während des Jahres 1812 noch 335 Thaler hinzukamen.

auch seine eigenen mannichfachen Studien ihren Verlauf nahmen; Ab=
wechselung boten ihm dabei jene geselligen Zusammenkünfte mit Freunden,
welche denselben Lebensanschauungen huldigten, und jene Ausflüge in
die Umgegend mit den näheren Genossen, auf die er immer mit besonderer
Befriedigung zurückblickte. Im Herbst machte er mit Astor eine Reise
nach Dresden und Leipzig, von wo er am 18. October nach Göttingen
zurückkehrte. Zu Ostern 1812 wurde er zum Lehrer des Hebräischen
in der obersten und des Griechischen in der zweiten Schulklasse er=
nannt: eine Auszeichnung, die er mit großer Freude in seinen Briefen
erwähnt. Die unter der Anleitung seines verständigen Vaters an=
genommene Gewohnheit, am Morgen lange vor der Zeit aufzustehen,
wo auch sonst fleißige Menschen ihr Tagewerk erst beginnen, leistete
ihm gute Dienste. Während seiner Schuljahre hatte sein Vater nie
verfehlt, ihn um 3 Uhr morgens zu wecken, und auf der Universität
säumte er niemals, sich die ungestörten Morgenstunden zu sichern. Zeit=
lebens „genoß er das Vorrecht, sich den Schlaf, wenn und wie er
wollte, gebieten zu können und dann aus der intensivsten vergessenden
Ruhe in voller Frische zur Thätigkeit im bestimmten Augenblick, selbst
nach Minuten schon, zu erwachen."

In demselben Jahre 1812 hatte er sich gleichzeitig mit der Ab=
handlung über das attische Erbrecht beschäftigt, für die ihm der Preis
im November dieses Jahres zuerkannt wurde. Es soll dieser Arbeit
eine bleibende Bedeutung in dem athenischen Rechtsstudium zukommen.
Der von ihm dafür erlangte Preis betrug 25 Dukaten, und dabei
hatte die Leistung des jungen Studenten so große Aufmerksamkeit er=
regt, daß ihm drei Monate später (12. Februar 1813) die Universität
Jena honoris causa die philosophische Doctorwürde verlieh. Der
Aufsatz ist nur lateinisch erhalten; denn obgleich er nach mehreren
Stellen in seinen Briefen aus 1817 und 1818 damals daran gedacht
zu haben scheint, ihn in erweiterter und vervollständigter Form auch
deutsch drucken zu lassen, so hat er doch diese Absicht nie ausgeführt.
Während der Ausarbeitung war ihm übrigens gerathen worden, grie=
chisch statt lateinisch zu schreiben, eine so hohe Meinung hatte man
von seiner griechischen Gelehrsamkeit; auch war seine eigene Vorliebe
für das Griechische groß, aber er scheint das Ungewohnte gescheut zu
haben, um den Schein des Auffälligen zu vermeiden.

In wie starker äußerer und innerer Erregtheit er sich das Jahr
1812 hindurch befand, wie er sich einerseits immer mehr abgestoßen
fand von jenem todten Wissen, jenem Lernen um des Lernens willen
ohne weitern Zweck, das auch dem jungen Schleiermacher in dem

herrnhutischen Seminare so unleidlich ward; wie andererseits die politische Situation (im Jahre 1812, im Königreich Westfalen!) ihre Gewitterschwüle auch in sein Leben hineinwarf, dafür besitzen wir ein merkwürdiges Document in folgendem Briefe vom 3. Mai 1812 an einen seiner nähern Freunde, dessen Adresse fehlt (vermuthlich Hey):

Ich habe gesehen, was der Mensch dem Studium zusetzen muß, um es im regen Leben zu erhalten, und es ist mir lieb, daß ich es weiß; denn es wird mir immer unruhiger in meinem Innern, und die Umstände scheinen bald feste Ansicht und raschen Entschluß zu hassen. Bald kommt mir vor, als sei all mein Streben thöricht und eitel, als habe ich unrecht, auf dem schwankenden und lecken Kahn der Wissenschaft durch das stür= mische Leben zu segeln, oder sich mit ihr, wie mit einem schweren Stocke auf der Landreise durch dasselbe zu bewaffnen, der zwar manchen Stein wegräumen, manchen Hund todtschlagen kann, dafür aber auch uns nicht zu dem Ziele kommen läßt, um dessentwillen dies wünschenswerth ist, oder wenigstens uns die nothwendige Zeit entzieht. Dann ist mir Wirken und Streben verhaßt; in den ruhigsten Winkel des kleinsten Dorfes möchte ich fliehen, um zu finden, was mir fehlt. Wozu lernen und lehren, erhorchen und ergrübeln, was hierzu nicht frommt? Wozu gerade hier, wo man lieber zehn Leben verbüchern möchte als eins, wo die Menschen so ruhig in der Gelehrsamkeit aufgehen, als sei das ihre Wiedergeburt! In heitern Augenblicken dagegen denke ich männlich durchzukämpfen, den Blick vor= wärts gekehrt und das Ziel im Auge, mich und meine Zeit zu verstehen, zu erkennen, was beiden noththut, und zu leisten, was ich vermag: strenge zu sondern und abzugeben, was zu übergehen oder zu vernichten, und anzufangen von oben, in der Blüte des Lebens die des Menschen= geistes zu erstreben, und dann ins Leben selbst überzugehen. Darum wünsche ich mir hier zu bleiben, um weggehen zu können, wohin die Ge= legenheit sich darbietet, nur nicht in die Gelehrsamkeit, zu der ich jedoch später zurückkehren möchte.

In diesem Zustande hat mich Leist's unerwarteter Vorschlag getroffen*), und bald darauf ein niederträchtiger Ruf nach Kassel als Collaborator des neuen Lyceums, ob ich ihm zwar gesagt, daß ich in Westfalen nur hier

---

*) Der Brief Leist's (Staatsraths und Generaldirectors des öffentlichen Unterrichts im Königreich Westfalen), vom 14. Juli 1812 datirt, meldet, daß Bunsen mit einem Gehalte von 1750 Frcs. und freier Wohnung für die dritte Collaboratorstelle am kasseler Lyceum ernannt worden sei. Die Ablehnung rief einen zweiten Brief vom 19. Juli hervor, der eine kategorische Antwort verlangte und schloß: „Sie können leicht von selbst ermessen, daß eine abschlägige Antwort nicht nur mir, sondern auch Sr. Exc. dem Herrn Minister äußerst auffallend sein würde."

leben würde, und ob er mir zwar eine ganz andere Stelle versprach. Ich
habe sie abgewiesen; Heyne, den ich täglich mehr schätze, war mit mir ein=
verstanden, hat aber die Sache so gewendet, als könne ich nur jetzt noch
nicht wegen meiner Studien und gelehrten Arbeiten. Was folgt, weiß ich
nicht, höchstens, daß ich gar keine Stelle habe, und das ist jetzt, auch für
meine physische Existenz, gar kein Schlag. Ich gehe von hier nur nach
Berlin oder auf Reisen, auf keinen Fall vor Ostern, wie, sollst Du bald
erfahren, wenn ich ruhiger bin.

Wie aber bei all diesen Stürmen in der Nähe und Ferne das
Centrum der eigenen Persönlichkeit stets unverrückt blieb, möge ein
vom 19. October 1812 datirtes Lied darthun, das zugleich für die nie
schlummernde poetische Ader Bunsen's einen klaren Beleg bietet:

> Der du ins Herz mir
> Deiner unendlichen Schöpfung
> Heilig Gefühl gesenkt,
> Daß deines Waltens
> Selige Ahnung
> In der Jahrhunderte Strömen
> Mir den trunkenen Busen füllt:
>
> Zieh du hinauf
> Zu deiner Lichtwelt
> Den irdischen Jüngling,
> Läutre den sehnenden Blick,
> Heil'ge das strebende Herz ihm,
> Daß er dich schaue,
> Wie es dem sterblichen Auge vergönnt ist.
>
> Daß ich deiner Unendlichkeit Weihe
> In des Lebens Traume bewähre,
> Ueber des Tages Treiben
> Ueber der irdischen Lüfte Gebieten,
> Und der Jahrtausende Kommen und Gehen,
> Meines Ursprungs gedenkend,
> Dich, den Unwandelbaren, erblicke!
>
> Und dann löse der Zunge Banden,
> Gib mir der Rede begeisternde Kraft,
> Daß ich verkünde, was ich geschaut,
> Was mir den trunkenen Busen füllt.

Die Stimmung, in der dann das schicksalsreiche Jahr 1813 an=
getreten wird, spiegelt sich aufs deutlichste in dem den Aeltern geschrie=
benen Neujahrsbriefe*) ab:

---

*) Wie bei allen an den Vater gerichteten Briefen hat dieser auch hier das

Göttingen, 1. Januar 1813.

Glück, Heil und Segen zum neuen Jahre
meinen lieben Aeltern!

Kann ich es auch nicht bewirken, daß ich selbst oder mein Brief mit dem Anfange des Jahres Sie mit diesen Worten begrüßt, so will ich sie doch an demselben Ihnen von meiner Stube hier zurufen. Noch nie habe ich ein neues Jahr mit einer solchen Rührung angefangen als dieses. Als ich in der Nacht des ersten Januars vorigen Jahres einsam vor meinem Pulte saß, und einige Wünsche und Fragen betrachtete, die ich in derselben mitternächtlichen Stunde vor zwei Jahren, hoffend und froh in die Zukunft schauend, niedergeschrieben hatte; als ich nun mein ganzes vergangenes Leben vor mir vorübergehen ließ, wie mich der Allmächtige schon so früh mit so liebevollen Aeltern und so vielem andern Guten gesegnet, wie er nachher in fremdem Lande, in zweifelhafter Lage meine dunkelsten Ahnungen, meine leisesten Wünsche mir so herrlich erheitert und erfüllt; und als ich nun endlich auf die Gegenwart zurückkam und bedachte, daß mir von jenen Fragen so manche jetzt genügend und befriedigend beantwortet, und mein Leben auf so vielen unerwarteten Wegen vorwärts dahin geführt war, wo ich jetzt, beschäftigt mit meiner Wissenschaft, die ich damals mehr geliebt als gekannt, mitten unter Freuden und Freunden, die ich mir so zu wünschen gewagt, und dann wieder in der Erinnerung an die entfernten so froh und heiter mich befand: da bemächtigte sich meiner eine wehmüthige Betrachtung, und eine unglückliche Ahnung stieg unwillkürlich in mir auf, daß ich des Guten und Glücklichen fast zu viel für einen Sterblichen genossen und besessen, und daß das Schicksal mich bald durch einen harten Schlag, durch Entreißung eines von jenen Gütern an meine Sterblichkeit und an die Vergänglichkeit alles Irdischen erinnern werde. Und nun ist mir gerade dieses jetzt verflossene Jahr eins der glücklichsten und freundlichsten meines Lebens geworden, und selbst daß mir Heyne gestorben, erinnert nur an so vieles Gute, das er mir noch in demselben erzeigt hat. So können Sie denn leicht denken, daß ich das Ende des Jahres mit der gebührenden Feierlichkeit begangen habe. Die ganzen Weihnachtsferien waren mir schon so lieb gewesen, da ich nun doch eine

---

Datum des Empfangs und der Beantwortung am Rande bemerkt (den 7. erhalten und den 12. beantwortet), wodurch die große Ordnungsliebe desselben sich selbst kennzeichnet. Aus der Nachschrift des Briefes verdient noch Erwähnung, er werde, wenn er Ostern nach Hause komme, sich nunmehr den ihm vor vier Jahren geschenkten Ring ausbitten. Es war dies der Verlobungsring des Vaters, den er früher abgelehnt hatte, bis er seine Selbständigkeit erlangt haben würde. Auch tröstet er die Aeltern hier wegen der Furcht, daß er mit Astor nach Amerika gehen möge: „Wegen Amerika seien Sie unbesorgt. Dahin gehe ich nie, solange es noch ein Deutschland gibt.“

Woche für mich leben konnte, und das Christfest so viele schöne Erinnerun=
gen von der frühen Kindheit an mit sich bringt. Den Heiligen Abend
feierte ich mit einem meiner vertrautesten, ja ich möchte sagen mit meinem
ganz brüderlichen Freunde Ludwig Abeken aus Osnabrück, den ich seit
letztem Herbst kenne, und mit dem ich die Ferien zusammen gelebt habe,
und einigen andern, die mir lieb sind, in gehöriger Andacht, indem wir
in unsern Bibeln, die ich jetzt häufig nebst Plato und meinen andern griechi=
schen Büchern vor mir habe, den Anfang des Lukas und einiges andere
lasen. Den andern Morgen schmückte ich meine schön aufgeputzte Stube
mit Tannenzweigen und Lichtern, und einem Klavier, das ich uns aufs
Fest geliehen hatte, weil mein Freund sehr schön dasselbe spielt, und hier=
auf tranken wir einen fröhlichen Kaffee zusammen, wozu wir uns nach
sächsischer Sitte einen sogenannten Christstollen hatten backen lassen.
Abends feierten wir in etwas größerm Kreise, aber doch nur unter Freun=
den, mit einem Mahle, und trennten uns erst nach Mitternacht. Die
Tage zwischen Weihnachten und Neujahr wurde ununterbrochen gearbeitet,
und gerade am Sylvesterabende wurde ich mit einem großen und schönen
griechischen Buche fertig, das ich unterdessen gelesen hatte. Um 10 Uhr
kam ich nebst Becker aus Gotha, dem Sohn des berühmten Verfassers des
„Noth= und Hülfsbüchleins", der jetzt in Magdeburg auf seine Freiheit hofft,
dann noch mit Ulrich aus Jena, und Susemihl aus Kiel, beide Mediciner,
und endlich mit meinem alten Freunde und Landsmann, meinem lieben
Schumacher, auf meines osnabrückischen Freundes Zimmer zu einem ge=
selligen Punsche zusammen. So waren wir denn aus allen Theilen un=
sers Vaterlandes, und aus allen Facultäten, drei Philologen, und mich
und Abeken für einen halben Theologen jeden gerechnet, ein Gottgelehrter,
zwei Mediciner und ein Jurist versammelt. Die ganze lange erleuchtete
Weender=Hauptstraße erhellt von Gesang und Musik: da schlug es endlich
zwölf, die Fenster und Thürme sprangen auf, und die Straße wimmelte
von Menschen und Wünschen. Wir aber stießen still an zum Danke für
das verflossene Jahr, und umarmten uns, ohne ein Wort reden zu können.
Kaum waren wir im Stande, das herrliche Lied von Voß (welches Sie
sich von einem Primaner aus Matthisson's „Anthologie" zeigen lassen müssen):
„Des Jahres letzte Stunde ertönt mit ernstem Schlag u. s. w." anzu=
stimmen. Mir trat auf einmal das ganze Dunkel des neuen Jahres,
und meine bevorstehende Trennung vor die Seele, wo ich manche derer,
die um mich waren, nach menschlicher Wahrscheinlichkeit zum letzten male
auf dieser Erde sehen werde, daß ich mich der Thränen nicht enthalten
konnte, und bei den drei letzten Versen mußte ich laut aufweinen, was mir
nicht leicht begegnet. Erst gegen 1 Uhr wurden wir wieder heiter, und
gegen 3 Uhr zogen wir mit Gesang und Guitarrenklang nach Hause, wo
Schumacher auch bei uns blieb. Zum Schlusse und zur Beruhigung ward

noch ein Täßchen Thee getrunken, worauf die andern sich zur Ruhe begaben, ich war aber zu sehr aufgeregt und mußte aufbleiben. Ich begann die Arbeiten des neuen Jahres mit der, welche mich in demselben am meisten beschäftigen wird. Am andern Morgen bekam ich drei herzliche Glückwünsche von drei meiner liebsten Schüler, einem Primaner, einem Secundaner und einem Tertianer. Und so habe ich mich denn endlich hingesetzt, um Ihnen, theuerste Aeltern, allen Segen des Himmels zu erflehen, und meine Freude zu erzählen. Damit soll es denn auch genug sein. Leben Sie wohl und wünschen Sie allen, denen Sie es gewünscht haben und noch wünschen werden, Glück, Heil und Segen zum neuen Jahr!

Hier verdient gleichzeitig der Bericht eine Stelle, welchen Ludwig Abeken, der in dem vorhergehenden Briefe in so herzlichen Ausdrücken erwähnte Freund, um dieselbe Zeit (am 12. November 1812) in einem Briefe an seinen Bruder von Bunsen gibt. Nach einigen Details über seine bisherige Niedergeschlagenheit und Gedrücktheit, die Folge eines kränklichen Zustandes (der, wie sich später herausstellte, auf einer Geschwulstbildung im Kopfe beruhte und leider schon wenige Jahre nachher den vorzeitigen Tod des begabten Jünglings herbeiführte), fährt hier Abeken fort:

Ulrich erschien mir wie von Gott zu meinem Heile gesandt; er behandelte mich wie einen Bruder, vertraute mir manches und erzählte mir besonders viel von seinem Freunde Bunsen, der an dem Gymnasium zu Göttingen Collaborator ist, aber noch Collegien besucht; dieser hatte gewünscht, mit mir bekannt zu werden. Freitags abends besuchte er mich wieder und brachte mich zu Bunsen, und mit diesem Abend begann mein Glück. Ich fühlte mich mit unwiderstehlicher Gewalt zu diesem herrlichen Menschen hingezogen. Da ihn Ulrich über meine gegenwärtige Stimmung unterrichtet hatte, so kam er mir mit so vieler Liebe entgegen und mit so zarter Schonung, daß ich innig gerührt und getröstet das Haus verließ. Sonntag nachmittags kamen beide zu mir, um mich zu einem Spaziergange nach der Plesse abzuholen. Was für einen Schatz ich in meinem neuen Bekannten gefunden hatte, ward mir nun erst offenbar. In jedem Worte, das er sprach, ward mir klar, wie herrlich und gründlich er sich gebildet hatte. Die herrlichen Ruinen der Plesse erfüllten mein Herz mit freudiger Wehmuth; auch hier hoben sich, wie in Paulinzelle, Bäume aus den Steinen hervor. Auch mir war ein neues Leben aufgegangen, ich sah froh und frei in die Welt hinein. Auf dem Rückwege schloß sich Bunsen allein an mich an; Ulrich und ein gewisser Marezoll aus Jena gingen voran. Bunsen erzählte mir viel von Heyne, dem er sein ganzes Glück zu danken habe; wir sprachen bald über Sophokles, bald über Plato, Johannes Müller und Herder. Er sagte mir, was ich in Hinsicht der Philosophie hier zu erwarten hätte, wie er indeß einen schönen philosophischen Genuß sich bereitet hätte in der Stiftung einer philosophischen Gesellschaft, und bat mich, in sie einzutreten. Ich antwortete ihm, daß ich nicht glaubte, den Forderungen der Gesellschaft an ein neues Mitglied zu entsprechen; er hob aber meine Zweifel, und ich dankte ihm herzlich für sein Anerbieten.

So selten war mir ein Mensch, den ich liebte und achtete, entgegengekommen; wenn ich ja einen fand, so mußte ich immer die Bahn brechen; und nun näherte sich mir jemand, der weit über mir stand, den ich in dem ersten Augenblick geliebt und geachtet hatte. Dieses Gefühl that mir so innig wohl. Es war ein schöner, sternenheller Abend. Wir kamen in unserm Gespräche auf die „Antigone" zurück. Bunsen drückte mich fest an sich und fragte mich mit einem unbeschreiblichen, freundlichen, wohlthuenden Blicke, ob wir nicht Brüder sein wollten. Gott! welch ein himmlischer Augenblick war das! Was es heißt, einen Freund zu haben, habe ich nie gekannt, nun ging mein Herz auf, ich konnte wenig reden; die trübe Vergangenheit schwand vor meinen Augen, und ich hielt die beglückende Gegenwart fest. Den Abend aß ich bei Bunsen; Ulrich war auch dort. Nach Tisch las mir Bunsen aus dem „Phädros" des Plato vor; dann lasen wir einige wunderschöne Stellen aus dem Neuen Testament, die von dem Manne, der sein Haus auf einem Felsen gebaut hat, und von den Lilien auf dem Felde, und die letzten Kapitel aus dem Johannes. Nie habe ich eine solche Seligkeit gefühlt, mein Leben, und was ich zu werden vermag, ist mir klar geworden. Der Anblick meines Freundes, der es wol vor allen Studirenden in Göttingen weit gebracht hat, und mich soweit übersieht, macht mich nicht muthlos; vielmehr geht mir Muth und Kraft daraus hervor, ihm nachzuringen und seiner würdig zu werden.

Ich schlief die Nacht bei Bunsen, wir konnten uns nicht trennen. Wie früher der Schmerz mir keine Ruhe ließ, so läßt die Freude mich jetzt ebenso wenig ruhig werden. Mein ganzes Wesen hat sich verändert, meine Freunde nennen mich im Scherz den Neugeborenen, und sie haben recht. Was ich nie zu erreichen geglaubt habe, die Gegenwart rein zu genießen, und den Augenblick festhalten zu können, das ist mir geworden in überschwenglichem Maße. Sonntags nachmittags um 2 Uhr ging ich mit Becker, der mich mitunter sehr bedeutend ansah, in das Collegienhaus, wo Mitscherlich in Gegenwart des Präfecten, der Behörden, der Professoren und unzähliger Studenten eine lateinische Rede hielt, und nach Beendigung derselben zur Anzeige derjenigen ging, die den Preis bekommen sollten für ihre Preisschriften. Noch keiner wußte, wer die Preise bekommen würde. Stelle Dir aber mein Entzücken vor, als Mitscherlich, nachdem er die philosophischen Preisschriften recensirt hatte, schloß: „Auctor victricis commentationis est — Carolus Christianus Bunsen." Ich riß Becker bei-

nahe um und fragte: Ist das unser Bunsen? Er antwortete mir mit einem
freudigen Ja; nun stürzte ich außer mir fort und zu Bunsen, der mir
ein über das andere mal sagte, daß die Freude, die seine Freunde über
sein Glück äußerten, ihm lieber wäre als der Preis. Ich zog mit Ulrich
und Becker über alle Wälle, um mich zu fassen; aber reden konnte ich
nicht. Um 4 Uhr ging's wieder zu Bunsen, der uns auf eine Chocolade
gebeten hatte. Hier traf ich die sämmtlichen Mitglieder der philosophischen
Gesellschaft, mit denen mich Bunsen bekannt machte. Ich bekam meinen
Platz zwischen dem Dr. Tölken und Ulrich, und war seelenvergnügt, Tölken
so nahe gekommen zu sein, der mich von Italien, wo er fünf Jahre gewesen war, unterhielt und über die Alten herrlich sprach. Um 7 Uhr
machten wir Pause, und ich strich mit einem Mitgliede unserer Gesellschaft,
der ganz und gar aufs Leben gestellt ist, durch die erleuchteten Straßen
und über den Wall. Um 8 Uhr kehrten wir zu Bunsen zurück, der uns
den Abend mit einem herrlichen Punsche bewirthete. Die Professoren, und
wer sonst nicht in eine Punschgesellschaft gehörte, waren fortgegangen; nur
ein Dr. Schütz, der hier liest, war auf Bunsen's Bitten geblieben. Jetzt
zuckte mir die Lust und die Freude durch alle Glieder; ich konnte nicht auf
dem Stuhle ruhig sitzen. Wir wurden am Ende so ausgelassen, daß wir
anfingen, Commerslieder, aber von der besten Art, zu singen, wobei der
Dr. Schütz, der auch Präses der philosophischen Societät ist, präsidirte; er
ist einer der talentvollsten Menschen, die ich kenne, und in mancher Hinsicht
mit Heinrich Voß zu vergleichen. Um halb 1 Uhr nahmen Schütz, Marezoll und Neck Abschied; Bunsen und Schumacher, einer von Bunsen's
Freunden, den ich auch zu den meinigen zähle, und Becker und ich, wir
konnten unmöglich schon schlafen gehen und blieben noch bis um 3 Uhr zusammen. Wir gestanden uns, daß wir an diesem Tage unsere Phantasie
hätten zu sehr ausschweifen lassen, und gelobten uns, mit Ernst und Eifer
unsern Studien obzuliegen. Das war eine himmlische Stunde und was
ich mir selbst versprochen habe, will ich auch halten.

In ebenso gehobener und begeisterter Stimmung bewegen sich
Bunsen's eigene Briefe aus dieser Zeit, von denen mehrere an Agricola gerichtete vorliegen. Auch der am 12. Juli 1812 erfolgte Tod
Heyne's konnte seinen auf der Begeisterung frischen Arbeitsdranges be-
ruhenden Idealismus nur noch mehr entwickeln, da die innige Dankbarkeit gegen den Entschlafenen der stärkste Antrieb sein mußte, sich der
von ihm erfahrenen Liebe würdig zu zeigen.*) Zum Belege für beides

---

*) Im Manuscript ist noch eine Rede Bunsen's bei Heyne's Todesfeier, sowie
ein Gedicht auf den Entschlafenen vorhanden; ebenso finden sich auch mehrere
Zettel von Heyne's Hand, womit er u. a. Bücher zur Beurtheilung übersandte.

mögen zwei Briefe dienen, von denen der zweite sich speciell auf
Heyne bezieht:

Göttingen, Weihnachten 1812.

C. Bunsen am heiligen Christtage seinem Agricola
Heil und Segen zum neuen Jahr!

Wenn ich daran denke, wie viel Gutes und Liebes und Glückliches
im Laufe des Jahres mir begegnet, und wenn ich die Lust des Lebens
freudig im Busen fühle, und den Muth zu wirken durch Liebe und That
unter meinen Brüdern: dann wird mir die Stube zu eng, und der Himmel
vor mir füllt sich mit ausströmender Pracht, und es ist mir, als wenn bei
jedem Ausgusse meiner Freude ich immer voller und wärmer und freudiger
würde!

Sieh, und da ergreift mich wieder das Gefühl der allwaltenden Nemesis, die im Innersten des Menschen wohnt, und die zurückruft zum besonnenen Lebensgenuß, die auch das nicht unrecht erworbene Glück, wenn es
über die Schranken der Menschheit schweift, in die Grenzen mehr oder
weniger zürnend zurückruft. Es ist nicht schwer, Unglück zu ertragen, aber
das Glück ist eine schwere Last, und sie zu tragen eine noch schwerere Kunst.
Dieser Gedanke, der mir zuerst in meiner frühesten Kindheit, in den schönsten Augenblicken des Lebensdunkels vorgeschwebt, und in der Geschichte der
Umwälzungen menschlicher Dinge zuerst vor die Augen getreten, wie über
dem Strudel der Dinge allein und ewig der betrachtende Geist schwebt, und
alles Menschliche, sowie es seine Natur und seine Grenzen verläßt, unwiderruflich dem Schicksal anheimfällt, dieser Gedanke hat mir bei allem
Studium des Alterthums wie ein Blitz vorgeleuchtet, und möge er nie aus
meinem Busen schwinden!

Göttingen, 13. Juli 1813.

Arm und verlassen kam ich hier an: Heyne nahm mich auf, er leitete
mich, er ertrug, er ermunterte mich; er zeigte mir eine unermüdete Thätigkeit in einem Berufe, der bei Gott nicht der war, welcher ihm zukam.
Er hätte mit derselben Leichtigkeit und mit mehr Nachdruck, als seine
Anstalt, für die er lebte, ein ganzes Reich übersehend und ordnend erhalten: er war zu groß für einen Philologen, und überhaupt für einen Gelehrten seines Zeitalters: und er ist alles besser gewesen als dieses. Stelle
Dir vor, ein halbes Jahrhundert, d. h. fast zwei Generationen, einen
großen Theil der Bildung geleitet, und was mehr ist, einen noch größern
geschätzt und gewürdigt mit einer Einsicht und Aufopferung, die gerade das
Gegentheil dessen ist, was manche von ihm dachten und denken, die nur
die unbedeutendsten und zufälligen Aeußerungen seines Geistes kannten. —
Und was hat er gestiftet, was sich gegründet damit? Die Gelehrsamkeit

vernichtet sich selbst, die vollkommenste am ersten; denn ohne Mühe er=
klimmt das nächste Zeitalter, was alle Lebensthätigkeit des vorangehenden
brauchte. Aber zwei Dinge sind von ihm geblieben und werden nicht aus=
sterben; das Eine ist, was sein Geist freischaffend über die schönsten Hervor=
bringungen des menschlichen Geistes, und über viele der vortrefflichsten
Männer, die er um sich sterben sah, gefühlt, gedacht und verewigt hat —
lies seinen Text zu Tischbein's Homerischen Kupfern, seine letzte Vorrede
zu Virgil, vorzüglich seine Rede über Müller's Tod in den Commentatio=
nen der Societät, und Du wirst mich recht verstehen. Von seinem politi=
schen Blicke schweige ich, denn der hat sich laut genug in seinen Ansichten
des öffentlichen und Privatlebens der Alten bekundet und ist anerkannt.
Aber ein Zweites wird auch bestehen von ihm, lebendiger noch als jenes:
das Andenken an seinen Edelmuth, dem Tausende um vieles verbunden
sind, und der wenigstens in mir unverlöschliche Spuren zurückgelassen hat.
Gelingt es mir einst, etwas dem Zwecke wenigstens nach seiner nicht Un=
würdiges zu schaffen, so will ich es seinen Manen im Tempel der Dank=
barkeit weihend darbringen.

Daß auch die Aeltern an aller Freude, die ihm widerfuhr, theil=
nehmen mußten, bedarf keiner besondern Erwähnung; beispielsweise
meldete er ihnen (am 16. Februar 1813) sofort seine jenenser Promotion
und die „gnädige" Dimission aus seiner göttinger Stellung, sowie am
7. März Näheres über den ungewöhnlich vortheilhaften Verlag seiner
Preisschrift.

Am 7. April 1813 trat er dann mit Astor eine größere Reise an,
die sie zunächst über Frankfurt und Würzburg nach Wien führte,
und von dort nach Mailand und zu den norditalienischen Seen. In=
zwischen tönten die gewaltigen Ereignisse, durch welche die französischen
Armeen aus Deutschland vertrieben wurden, wie ein ferner Wiederhall
zu ihnen herüber, und mit um so größerer Spannung sehen wir ihn auf
sie horchen. Von den während der Reise geschriebenen Briefen sind die
folgenden an Wolrad Schumacher und Ernst Schulze erhalten,
zugleich mit mehreren unterwegs verfaßten Gedichten; nach der Rück=
kehr nach Göttingen schreibt er sofort wieder der Schwester. *)

---

*) Unter den Briefen an ihn aus dieser Zeit sind die von Schumacher,
Reinhard Bunsen und Thienemann (aus Züllichau) die zahlreichsten; von ihm selbst
ist vorher ein Reiseplan aufgestellt sowie unterwegs ein Tagebuch geführt worden.
Der (nachher genau durchgeführte) Plan zu der auf sieben Monate veranschlagten
Reise zeichnet nacheinander den Gang der Reise, die Vertheilung der Arbeiten, so=
wol während des Reisens, als während des Aufenthalts in den Hauptorten, den
Ueberschlag der Reisekosten und die gewöhnliche Tageseintheilung. In dem Tage=
buch finden wir bald Notizen über Frankfurt, München, Schaffhausen, Strasburg
u. s. w., bald Auszüge aus gelesenen Büchern, bald Aufzeichnungen der projectirten

Wien, 14. Mai 1813.

(An Schumacher.) Zwar bin ich nun seit länger als einem Monat fast mit jedem Tage weiter von Dir entfernt, aber mir ist, als wäre ich gerade umgekehrt wieder näher zu Dir gekommen. Kein verschiedener Beruf, keine getrennte Beschäftigung hält uns mehr auseinander und die alte unmittelbare Berührung unserer Seelen, in der wir einst nur unserer Freundschaft gelebt, nur Eins gewollt und gethan, fühle ich mit aller Gewalt meiner Gefühle an mein sehnsüchtiges Herz schlagen. Hat uns das Leben von einander gezogen und dann gar getrennt, so laß es uns denn ebendadurch wieder näher gebracht und inniger vereint haben!

Es bedurfte vieler Tage, um meinen Sinn aus der gänzlichen Abstumpfung und Ertödtung, in der ich Euch und mein akademisches Leben verließ, wieder einigermaßen zu erregen und zu stärken. Die verwirrte und verwirrende Arbeit, die übermächtigen Geschäfte und der Drang meiner Gefühle, die in den letzten 8—14 Tagen immer mehr und mehr über mich wuchsen und mich fast starr vom Tisch in die Stadt und von da in den Wagen brachten, endigten mit einer schrecklichen, mehr geistigen als körperlichen Erschöpfung und einer Empfindung von Oede und Leere, welche ich mit Mühe durch den Gedanken meines jetzigen Berufs, und durch den immer neuen Anblick des unendlichen Lebens um mich zu verbannen und zu vertilgen strebte. Erst in Frankfurt ward ich eigentlich inne, daß ich nicht blos von der Leine zum Main, sondern aus dem vierjährigen Gebäude meiner Studien, aus meinen ruhigen und sichern Verhältnissen, aus der Mitte unvergeßlicher, aber auch einziger Freunde in die große, bewegliche, aber schwankende und fremde Zukunft gekommen, und ohne zu wissen wie, als hätte ich nie zuvor dies alles bedacht, den wichtigsten Schritt meines Lebens gethan und von dem Jünglingsalter mich zum volljährigen Mannesalter hinübergeschwungen habe. Ungeachtet ich nun jetzt erst recht fühlte, was ich verloren, so wurde mir dennoch jetzt erst einigermaßen wohl und lebenslustig. Den Tag über lebte ich der Gegenwart und meinem Freunde im Wagen, und die Zwischenstunden, besonders die der einsamen Dämmerung, der Nacht und des Morgens waren der Vergangenheit und oft also meinen Freunden, oft Dir geweiht. Freilich kam ich zu derselben Zeit auch zu der Ueberzeugung, daß unser Reisen selbst bis Wien nicht zu vielem helfen

Lektüre, bald Erörterungen über philosophische, juristische und pädagogische Fragen. Hin und wieder finden sich auch längere Betrachtungen, so „Ueber Reisen und Reisende". Als ein kleines Beispiel seien hier ein paar vom 11. November 1813 datirte Gedanken angeführt: „«Denken ist schwer, nach dem Gedanken handeln unbequem.» O Spruch voll unergründlicher Weisheit. Schwäche ist die Mutter aller Falschheit und Lüge; wer sie nicht besiegt, in den kommt nimmer Wahrheit und Größe." — „Im Gibbon lesen ist von Dresden nach Leipzig gehen. Schöne Landstraße, gute Gasthöfe, aber Eine Ebene, Ein Fluß!"

könne. In zwei bis drei Tagen ließen sich freilich die Merkwürdigkeiten, die Gegend und dergleichen zur Genüge kennen lernen, aber die Menschen und ihr Leben entweder gar nicht oder nur so viel, um zu fühlen, daß es nicht hinreiche. So in Aschaffenburg, in Würzburg, in Nürnberg und in Regensburg.

Hier war die Hälfte des Weges und das Ende unserer Landreise. Wir nahmen uns ein eigenes Schiff und schifften so vier Tage und vier Nächte unter dem blauen Himmel auf dem herrlichen Strom vorwärts. Dieses sind die glücklichsten Tage bis auf diesen Augenblick, die mir seit der Abreise zutheil geworden. Ein deutscher Kaufmann, Namens Kramer, aus Neapel, hatte sich in Regensburg zu uns gesellt und verschaffte mir mehr Gelegenheit, allein zu sein. Da saß ich denn oder lag vom Morgen an, wo die dicken Nebel über den Wogen und auf den Felsengipfeln des Ufers lagen, während die Sonne bereits um uns alles weggeräumt hatte, und sah der ewigen Abwechselung und der anmuthigen Mannichfaltigkeit der Stromthäler, welche der unaufhörlich sich windende Fluß bildet, mit freudigem Herzen zu: jetzt zu beiden Seiten Wiesen, zwischen denen das Gewässer gemach hinabging, dann enge Schluchten mit dunkelm Nadelholz und schroffen, verwitterten Klippen, die wie Eulen aus der Nacht dastehen, und dann wieder hellbelaubte Hügel mit freundlichen Dörfern, auch wol Schlösser und Paläste neben den Ruinen der Ritterzeit — des Abends den Mond und den ganzen herrlichen Himmel, dazwischen kleine Streifereien in die unbekannten Gegenden und Menschen, wenn in der Nacht angehalten wurde — kurz viel Schönes, Herrliches und Ermunterndes. In Wien trafen wir viel Unbequemes: schlechte Wohnung, Unsauberkeit der Gasthöfe, Staub und ähnliches Unwesen zum Ueberdruß. Als wir uns aber eingerichtet und nach Kräften eingewöhnt, unsere Briefe abgegeben, und von Tage zu Tage mit Stadt und Menschen vertrauter wurden, ging es besser. Die Stimmen von Norden her haben mich aber wie für meine eigene Zukunft, so auch für jede städtische und häusliche Verdrießlichkeit unempfindlich gemacht. Wir haben hier die Zeitungen von Hamburg und Berlin so gut wie von Paris und Kassel; auch kommen wir zu Leuten, die an der Quelle sitzen und von Oesterreich's Planen wohl unterrichtet sind, wie Friedrich Schlegel und besonders Adam Müller, mit dem ich am weitesten gekommen bin, und ein gewisser von Pilat, Secretär von Metternich und Herausgeber des Oesterreichischen Beobachters.

München, 1. Juli 1813.

(An Ernst Schulze.) Ich habe in München mehr gefunden, als ich nur je zu erwarten gewagt hatte. Jacobi hat mich mit ungemeiner Freundlichkeit aufgenommen und sich mit väterlicher Sorgfalt für mich und meine Angelegenheiten interessirt. Dies war mir um so erfreulicher, da ich gleich anfangs erfuhr und selbst Zeuge war, wie bei seiner Reizbarkeit, durch die letzten Ereignisse gestärkt und geschärft, auch seine Freunde ihn oft kalt und gespannt trafen. Bei ihm und durch ihn habe ich viele interessante Männer und Menschen gesehen und kennen gelernt: z. B. Niethammer, Rothe, Verfasser des „Corpus Borussicum", ein kerniger Mensch, u. A. Dessenungeachtet hat mich dies nicht genöthigt, meinen hiesigen Umgang einseitig zu beschränken. Schelling vor allen hat mich nach seiner Art äußerst gut aufgenommen und mir mehrmals Gelegenheit gegeben, seine philosophischen Ansichten und Urtheile in seiner eigenthümlichen Art zu erfahren. Sein Disputiren ist rauh und eckig und sein Ton trotzig wie seine einzige Stirn, sein Absprechen im Eifer und seine Paradoxie furchtbar. Einmal wollte er mir etwas vom thierischen Magnetismus erklären und zu dem Behufe eine Idee von der Zeit geben, aus der erhelle, daß alles gegenwärtig und existirend sei. „Die Gegenwart ist gegenwärtig oder existi= rend als gegenwärtig, die Zukunft aber als zukünftig." Als ich den Be= weis verlangte, berief er sich auf das Wort „ist", welches auf die Existenz gehe in dem Urtheil „das ist zukünftig!" Seckendorf, der gegenwärtig war und den ich hier sehr genau kennen gelernt habe zu meiner großen Freude, suchte auf die Verwechselung zwischen dem Subjectiven in Bezug auf den Urtheilenden und dem Objectiven aufmerksam zu machen oder wol eigent= lich auf einen blos grammatikalischen Misverstand, und erklärte, dies sei unmöglich. „Ja", sagte Schelling ganz trocken, „Sie verstehen mich nicht." Zwei gegenwärtige Professoren und Anbeter von ihm hatten mir indessen durch ihre Ausrufungen: „Sehen Sie wohl, es ist!", denen auch seine geist= reiche Frau, eine Gotter, beistimmte, zur Ueberzeugung zu verhelfen gesucht, und es würde ein schreckliches Luftgefecht, denn an Stichhalten und Argu= mentiren war nicht mehr zu denken, entstanden sein, wenn nicht eine scherz= hafte Wendung des Gesprächs mir Rettung verschafft hätte. Ich weiß wohl, daß er seine eigentliche Meinung viel besser hätte ausdrücken und viel besser oder vielmehr vernünftig durchführen können, allein es ist nur die Rede von seiner Manier im Gespräch. Uebrigens hat mir sein Um= gang eine unbegrenzte Achtung vor seinem Geiste und seinen Verdiensten um die Naturansicht eingeflößt, und ich rechne sehr auf ihn in Aufklärung einiger Punkte, welche meist nicht speculativ sind, die mir mit streitendem Für und Wider durch den Kopf gehen.

Fast jeden Tag spreche ich Thiersch. Er ist munter, thätig, gewandt und klug in sehr hohem Grade, dabei äußerst gefällig und offen, vorzüglich jenes; auch in seinen gemüthlichen Stunden äußerst liebenswürdig. Er lebt hier in den besten Verhältnissen und mit noch bessern Aussichten; un= streitig wird er einst hier in seinem Wirkungskreis die erste Rolle spielen. Aber über Eins können wir nicht einig werden, und das ist denn freilich nicht weniger als die Grundansicht der gesammten Philologie. Wir haben es schon aufgegeben, einander zu bekehren. Wenigstens bin ich nicht ein Haar breit von dem Gesichtspunkt abgekommen, den ich während der letzten zwei Jahre gefaßt und zu meiner eigenen Nachricht im letzten Winter in seinen einzelnen Theilen niedergeschrieben habe, und so will ich denn, was ich meine, lieber erst darzustellen als zu beweisen suchen. Ich habe auf Thiersch' Vorschlag auch Theil am Unterricht im Persischen genommen, den Scherer hier ihm und einigen andern gibt.

Meine Hauptbeschäftigung ist aber jetzt das Studium des Criminalrechts und die Einsammlung mancher Notizen, die mir so unbekannt und fremd sind als meinem Freunde, und die gerade hier einzusammeln alles einladet. Daher wir auch mit Wiebeking und Reichenbach, der ein Teleskop gemacht hat, das anerkannt besser ist als das Herschel'sche, und mit dem wir ebenfalls bekannt geworden sind, auch noch eine zweite Reise nach Landshut machen werden. Bei jenem unterstützt uns Feuerbach selbst, der mir und meiner Untersuchung die aufmunterndste Aufnahme geschenkt hat. So geht der Morgen meist mit Arbeiten hin, das nur durch kleine Ausflüge nach dem Apollo von Belvedere oder der Maria von Guido und ihresgleichen, durch Visiten, die gottlob! hier nicht steif sind, sondern höchst anständig und vornehm, oder militärische Anblicke unterbrochen wird. Nachmittags wird dies oder jenes besehen, und der Abend in Gesellschaft oder im Schauspiel zugebracht. Am Ende des Tages lasse ich Gegenwart, Zukunft und Erinnerung sich so lange um den Vorzug streiten, bis der gefällige Traum sie freundlich ansehend vor die Seele führt, aber der frühe Morgen gehört streng der Gegenwart und Zukunft. So geht das Leben denn wirklich ziemlich leicht dahin und meine häuslichen Verhältnisse werden mir mit jedem Tage angenehmer und lieber.

Reise in die Heimat.
Auf dem Wege von Arolsen nach Kassel, 2. Januar 1814.

1.

Früh in des Jahrs Beginn,
Heiter, mit leichtem Sinn,
Raschen Schritts,
Festen Tritts,
Wandl' ich durch Berg und Thal,
Vor mir der Sonnenstrahl:
    Weiter, mein lieber Stern,
    Leuchte mir, nah und fern.

2.

Wenn auch die Nordluft geht,
Stürmisch der Mantel weht,
Frei der Arm,
Innen warm,

Wend' ich mein Sehnen hin,
Schau' nach dem Funken drin:
    Weiter, mein lieber Stern,
    Leuchte mir, nah und fern.

3.

Führt selbst zu ödem Ort
Täuschend der Irrpfad dort,
Heilen Wegs,
Glatten Stegs,
Bald doch den frohen Blick
Wend' ich zum Licht zurück:
    Weiter, mein lieber Stern,
    Leuchte mir, nah und fern.

4.

Nebel und Wolken fliehn
Finster am Himmel hin;
Bergeshöh'n
Hinten stehn;
Schwinde, mein Pfädchen, nicht,
Schimmre mir, treues Licht:
　　Weiter, mein lieber Stern,
　　Leuchte mir, nah und fern.

5.

Dort auf des Waldes Höh'n
Seh' ich das Zeichen stehn;
Wolken ziehn
Drüber hin;
Jenseits in voller Pracht
Freundlicher Mondschein lacht:
　　Weiter, mein lieber Stern,
　　Leuchte mir, nah und fern.

6.

Endlich mit Siegsgefühl
Schau' ich der Wand'rung Ziel;
Ruh', die lohnt,
Dorten wohnt;

Traulich zu Heerdesschein
Strahlet der goldne Wein:
　　Weiter, mein lieber Stern,
　　Leuchte mir, nah und fern.

7.

Spät dann zum Kämmerlein
Geh' ich, so eng und klein;
Sternenglanz
Füllt es ganz;
Hin sinkt der Augen Licht,
Bis daß der Tag anbricht:
　　Weiter, mein lieber Stern,
　　Leuchte mir, nah und fern.

8.

Froh denn, mit leichtem Sinn,
Eil' ich zur Heimat hin;
Geisteswehn!
Wiedersehn!
Dorten, wo Lichtwelt zieht,
Freundlich mein Sternlein glüht:
　　Dahin, mein lieber Stern,
　　Leuchte mir, nah und fern.

Schneegestöber.

Am 3. Januar 1814, zwischen Kassel und Göttingen.

1.

Der du geboren
In lichten Höh'n,
Und auserkoren
Hinabzugehn,
Mit Glanzgefieder
Aus Wolken nieder
Zur Erde stiegst;
Daß sie erwarme,
In ihre Arme
Treuliebend fliegst:

2.

Jetzt deckst du linde
Das todte Land,
Flichtst weiße Binde
Um Bergesrand:
Bald wird die Sonne
In Lenzeswonne
Hoch oben stehn;
Dann thaust du nieder
Und steigest wieder
Zu Himmelshöh'n.

3.

O Mann, vom Himmel
Mit Liebeshand
Ins Erdgetümmel
Herabgesandt,
Deß Licht und Wahrheit
Und Wärm' und Klarheit,
Die Gotteskraft,
Deß Trost dem Herzen
In Noth und Schmerzen
Sie segnend schafft:

4.

Streb ohn' Ermatten
Auf heil'ger Bahn
Durchs Land der Schatten
Zum Ziel hinan.
Dort sinkt die Hülle
In Grabesstille
Zu sanfter Ruh'.
Du steigst vor Sorgen
Und Gram geborgen
Dem Lichte zu.

Göttingen, 21. Januar 1814.

(An die Schwester.) Du wirst Dich ebenso sehr wundern, meine
Antwort von Göttingen aus zu erhalten, als Du es nicht vermuthen
konntest, daß Dein Brief mich gerade zu Weihnachten bei unsern Aeltern
in Corbach traf. Vernimm also meine Schicksale. Daß ich nach Wien
und von da nach München reiste, weißt Du. Von hier ging ich Anfang August in die Schweiz und Oberitalien, und dann wieder zurück über
Stuttgart und Strasburg. Nun war der Plan, von hier nach Frankfurt,
und dann über Mainz nach Paris zu gehen. In den letzten Tagen des
October kamen wir in Frankfurt an: hier erhielten wir die Nachricht von
der gänzlichen Niederlage der Franzosen bei Leipzig und der Wiedervereinigung aller deutschen Völker gegen den gemeinsamen Feind. Jetzt waren
große Bedenklichkeiten bei der Reise nach Paris. Herr Astor hatte Briefe
und Nachrichten über England oder Deutschland zu erwarten; daß aber
die Communication mit dem rechten Rheinufer bald aufhören würde, war
vorauszusehen. Ich mußte erwarten, gefangen oder zurückgeschickt zu werden: das letztere ist wirklich mehreren deutschen Gelehrten von Paris aus
widerfahren. Nun war die Frage: wohin in Deutschland? Berlin und
die andern Universitäten waren durch den Krieg entweder so gut wie aufgelöst oder wenigstens ganz beunruhigt, also blieb nur Göttingen übrig.
So lebe ich denn wieder seit dem Anfang November hier, wohne auf meiner eigenen Stube, aber in einem Hause mit meinem Freunde, lebe ganz
für mich, außer daß ich ihm täglich zwei Stunden Unterricht gebe. So kann
ich meine eigenen Studien fortsetzen und den Winter gehörig benutzen.

Dauert der Krieg fort, so reist Herr Astor nach Amerika. Dahin
gehe ich nicht, weil dies für meinen Lebensplan wenig oder nichts ist.
Aber es ist möglich, daß er über England reisen kann, und dann ist es
wahrscheinlich, daß ich mit ihm gehe. Gibt es Frieden, und die Nachrichten, welche Herr Astor seit fünf Monaten vergebens erwartet, kommen
an, so werde ich die Reise nach dem vorigen Plane fortsetzen. Es
ist also freilich ein möglicher Fall, daß ich in Deutschland bleibe, und dann
vorerst wenigstens in Göttingen, welches nun wieder möglich ist; denn wäre
es französisch geblieben, so hatte ich einen Schwur gethan, nicht hier zu
leben. Vorerst aber ist alles so unruhig und so ungewiß, daß man nichts
vorher bestimmen kann. So viel aber siehst Du, daß es mit mir auf
keinen Fall schlimm steht, weil ich im Nothfall in Göttingen bin, wo ich
mein Fortkommen finde, sobald ich will. Geht es, so ziehe ich natürlich
das Reisen vor, das heißt, wenn ich wahren Nutzen davon ziehen kann;
denn der bloßen Neugier wegen trenne ich mich nicht von meinen hiesigen
Studien, und was Reisen im allgemeinen Herrliches und Wohlthätiges hat,
habe ich auf meiner Reise hinreichend eingesehen und als etwas Unersetz-

liches schätzen gelernt und benutzt. Nur im Leben selbst und durch Be=
kanntschaft mit ihm kann der Gelehrte sich die wahre Ansicht der Wissen=
schaft und deren Verhältniß zum Leben erwerben und erhalten.

Nach Leyden würde ich schon vorige Ostern ein Exemplar meiner
Abhandlung an den um die Wissenschaft so verdienten Wyttenbach geschickt
haben, weil ich von ihm und mehreren dortigen Gelehrten eine mir sehr
wichtige Beurtheilung und sehr lehrreiche Erörterungen erwarten kann,
wenn ich nicht unmittelbar nach Beendigung der Arbeit hätte wegreisen
müssen. Auch würde die Untersuchung sicher nicht ohne Interesse für die
dortigen holländischen Gelehrten sein, da gerade das Studium des alten
Rechts und der alten Verfassungen von dort ausgegangen ist, und noch
jetzt daselbst, auch nach dem Tode des berühmten Luzac, ausnehmend blüht.
In Deutschland hat jene Abhandlung viele Aufmerksamkeit erregt, unge=
achtet der jetzigen stürmischen Zeiten, und ist, soviel ich weiß, mit unge=
meinem Beifall aufgenommen worden. Bin ich erst mit meinen Vorarbeiten
zu Ende, und kann ich meine dahingehörigen Pläne noch ferner ausführen,
so werde ich wol in den Stand kommen, etwas Besseres zu schreiben.
Das über Heyne, wonach Du fragst, ist wegen überhäufter Geschäfte nicht
in Druck gekommen.

Der Kreis vertrauter Freunde, die in so reger gemeinsamer Ar=
beit miteinander verkehrten, und die sämmtlich Bunsen als ihren
geistigen Mittelpunkt ansahen, ist auch in dem Tagebuche Ernst
Schulze's*) mit großer Lebensfrische geschildert, wo außerdem noch
mehrere andere Stellen Notizen über Zusammenkünfte mit seinem
Freunde enthalten. Es war durch die Betheiligung seines Ver=
fassers an dem Kriege von 1813 fünfviertel Jahre lang unterbrochen
gewesen; als er es wieder aufnimmt (9. Mai 1815), schildert er zu=
erst seine Melancholie, als er am Ende jenes Jahres nach Göttingen
zurückkehrte, und fährt dann fort:

Bei meiner Zurückkunft von Celle glaubte ich hier fast Niemanden zu
treffen; aber durch Bunsen's rastlose Bemühungen hatte sich unser ganzer Cir=
kel: Lachmann, Lücke, Neck, Bunsen und ich, wieder zusammengefunden, und
war noch durch den herrlichen Brandis und im weitern Sinne durch Brandis'
Bruder, Jacobs, Klenze und Ulrich vergrößert worden..... Es entstand ein schö=
nes wetteiferndes Streben unter uns, und an einem fröhlichen Abend schwuren
wir auf meine Aufforderung alle feierlich, etwas Großes in unserm Leben

---

*) Vgl. „Ernst Schulze. Nach seinen Tagebüchern und Briefen sowie nach
Mittheilungen seiner Freunde geschildert von Hermann Marggraff" (Leipzig 1855).
Weitere Mittheilungen über die Mitglieder der „philosophischen Societät" bringt
auch die Biographie über Karl Lachmann von W. Hertz (Berlin 1851).

zu vollenden. .... Es war ein herrlicher Cirkel, worin ein zerdrücktes Herz
wol wieder ein wenig aufathmen konnte: Bunsen mit dem königlichen, herr=
schenden Geiste, der alle Zweige des Lebens und der Erkenntniß nur als
Mittel ansah, um zu einem einzigen großen Ziele zu gelangen, der, für
jeden Eindruck zu jeder Zeit empfänglich, mit unbeschreiblicher Kraft auch
das Widersprechendste sich zuzueignen wußte, der mit der höchsten, zuweilen
schauderhaften Klarheit das tiefste Gemüth verband und bei unaufhörlicher,
getheilter Regsamkeit dennoch nie seinen Zweck aus den Augen verlor;
Brandis, dem das treue fröhliche Herz aus dem Gesichte blickte, und der
bei so viel Scharfsinn und Wissen doch einen so schönen Sinn für behag=
liche Gefälligkeit bewahrt hatte; Lachmann, fein, kritisch, spöttisch und
witzig, und doch bei dem unbestimmten und sehnsüchtigen Schwanken seines
erwachenden Herzens äußerst zart und beinahe fieberhaft gestimmt; Lücke, in der
Glorie der glücklichen Liebe und der religiösen Begeisterung, gerade, fest nach
einem großen Ziel des Wirkens strebend, aber auch sinnig und beinahe
mystisch; endlich der laue Reck, der ewig für seine Freunde sorgte, ewig
guten Rath gab, eine sehr klare, verständige, aber immer politische Ansicht
vom Leben hatte, und seinen Mangel an Empfänglichkeit für manche Art
des Schönen und seine Entfernung von der Grazie des Lebens durch vielen
Eifer und durch die treueste Anhänglichkeit ersetzte. Der Bund unter uns
allen ward in dieser Zeit auch für immer geschlossen, und ich hoffe, daß
unser Vaterland die Verbindung empfinden wird. *)

---

*) Wie hoch Bunsen seinerseits Ernst Schulze schätzte, bezeugt er u. a. noch in
einem Briefe aus dem Jahr 1841, wo es heißt: „Schulze war einer meiner theuersten
Freunde; nach ihm habe ich meinen Sohn Ernst genannt. Von einem Kreise von
neun Genossen, die zu Göttingen in den denkwürdigen Jahren 1809—14 im
engsten Verkehr miteinander lebten, war er der erste, welcher diese Erde verließ;
seine Zuneigung gegen die, die er zurückließ, spricht sich rührend in seinem Gedichte
«Cäcilie» (im 17. Gesang) aus. Nie gab es eine edlere Seele; er war ein Dichter
von Gottes Gnaden und trotz seiner körperlichen Hinfälligkeit von ritterlichem
Patriotismus, besaß ein unermeßliches Wissen und war ein treuer, eifriger Freund."
— Und über das von Marggraff herausgegebene Tagebuch äußert er sich in einem
Schreiben an den Verleger der Schrift, F. A. Brockhaus, vom 24. Juni 1855:
„Das Lesen dieses höchst merkwürdigen Beitrages zur Leidensgeschichte des inneren
und äußeren Dichterlebens hat mich tief bewegt. Nie gab es einen edleren, selbst=
loseren, mehr auf das Geistige gerichteten Menschen und Freund; und in welche
krankhafte Zerrüttung und Verwirrung war er verfallen, uns allen, mir wenigstens,
durchaus unbewußt! Er lebt vom Verlieben und geht Schattenbildern nach; er
stürzt sich in geistlose gesellige Zerstreuungen und sucht seinen Schmerz über die
Todesstunde Cäcilien's durch das Lesen von Vaublas zu ertödten! Er ironisirt sich
und seine besten Bestrebungen, selbst bisweilen sein Dichten. Das sind Dichters
Leiden, und zum Theil des deutschen Dichters Leiden insbesondere." — Bunsen's
Briefwechsel von Rom aus mit Ernst Schulze wird später noch besonders zur
Sprache kommen.

Wie tritt der frische Hauch der Begeisterung in jenen „hoffnungs=
reichen Frühlingstagen" auch in diesen beredt geschriebenen und glü=
hend empfundenen Worten hervor!*) Noch heute, nach Verlauf von
einem halben Jahrhundert, erwecken sie trübe Gedanken bei der Er=
innerung daran, wie so manches damals hoffnungsreiche Herz an der
Schwüle der folgenden Decennien brach, trübe Gedanken auch bei dem
Rückblick auf die kurze und freudenarme Laufbahn ihres Verfassers.
Gerade er, welcher der treuen Verbindung dieser herrlichen Freundes=
gruppe gedenkt, war der erste, welcher aus einem Leben schied, dessen
schönste Auszeichnung die war, von allen, die innerhalb der Sphäre
seiner Einwirkung standen, geliebt, bewundert und bedauert zu werden.
Kaum mag dieser Grad seines Einflusses von denen verstanden werden,
die kein weiteres Mittel zu Schulze's Beurtheilung haben, als die von
Marggraff gesammelten biographischen Aufzeichnungen. Denn hier
erscheint er „auf den Wellen dieser mühevollen Welt umhergetrieben",
ohne Steuerruder und Kompaß, hat schon in früher Jugend die
Frische und Elasticität der ethischen Fiber verloren, sodaß eine
aus dem Verlangen, allem Nachdenken über sich selbst zu entrinnen,
entstandene krankhafte Sehnsucht nach Aufregung ihn zur Fähigkeit
wahren Genusses wie zur Zufriedenheit mit seinem Dasein unfähig
machte, und starb gebrochenen Herzens, weil er eigensinnig auf Sand
gebaut hatte. Doch zeigen diejenigen seiner Gedichte, die veröffentlicht,
und die noch größere Zahl derselben, die sonst verbreitet sind, sämmt=
lich hohe dichterische Begabung, nur meist auf unbedeutende Gegen=
stände verwandt. Sein Anschluß an die Freiwilligen im Krieg von
1813 verdient hier noch mit Bezug auf eine Anekdote, welche Bun=
sen's Zuneigung für ihn beweist, besondere Erwähnung. Als dieser
nämlich sah, daß Schulze nicht zu bewegen war, von seiner Absicht
abzustehen, mit seinem durchaus schwächlichen Körper sich den
Strapazen des Militärdienstes auszusetzen, ging er selbst nach Hanno=
ver, um dort den Beamten, welche die Freiwilligen sammelten und
befehligten, Vorstellungen zu machen, die dahin führen könnten, Schulze
eine Stellung im Stab oder eine ähnliche anzuweisen, bei der er mög=
lichst wenig in activen Dienst käme. Bei dieser Veranlassung kam
Bunsen auch zum ersten mal in Berührung mit August Kestner, der
selbst zu den Freiwilligen gehörte und von General Beaulieu in seinem

---

*) Die berühmte Schilderung Rothe's über die damals speciell unter der
theologischen Jugend herrschenden Bestrebungen und Hoffnungen (in dem Aufsatz
„Zur Orientirung über die gegenwärtige Aufgabe der deutsch=evangelischen Kirche")
bietet sich sofort als ungesuchte Parallele dazu.

Werbebureau in Hannover angestellt war, die Anmeldungen zu empfangen und zu registriren. Dem Gesuch wurde in der That Folge gegeben; denn Schulze konnte seinen Wunsch, in die Reihen der Vaterlandsvertheidiger einzutreten, erfüllen, und kehrte doch ungeschädigt aus dem Feldzuge zurück.

Lachmann, der im Kriege von 1815 freiwillig eintrat, erlangte später rasch die ihm vorhergesagte hervorragende Stellung sowol unter den Philologen im allgemeinen, zu deren ersten Autoritäten er gezählt wurde, als speciell unter den Begründern der neuen kritischen Schule. Seine Ausgabe des Neuen Testaments wird noch immer als die Grundlage für die Wiederherstellung des ursprünglichen Evangelientextes angesehen und eröffnete eine neue Epoche biblischer Textkritik. Er erfüllte somit vollständig die Verpflichtung, die in dem Freundeskreise eingegangen war, obgleich seine Laufbahn verhältnißmäßig früh durch ein schweres Leiden abgekürzt wurde.*) Lücke wurde aus einem thätigen und glücklichen Berufe nicht eher abgerufen, als bis er seinen literarischen Lebenszweck in dem Commentar zum Johannes=Evangelium erfüllt hatte, und erwarb sich die höchste Achtung als theologischer Lehrer und Schriftsteller.**) Dr. Karl Reck und Professor Brandis waren die letzten Ueberlebenden von jenem ausgezeichneten Kreise, und auch der letztere hat den Plan seiner Lebensarbeit in seiner „Geschichte der griechisch=römischen Philosophie" durchführen können. Wie Bunsen's Briefe an ihn immer aufs neue die Liebe und Hochachtung darthun, die er diesem besonders werthgeschätzten Freunde zollte, so haben auch später alle, die das Vorrecht genossen, mit ihm in nähere Berührung zu treten, Brandis' von

---

*) Ueber das Verhältniß Lachmann's zu Bunsen enthält die oben angeführte Hertz'sche Biographie eine Reihe einzelner Mittheilungen, vgl. S. 10, 33, 36, 39, 249. Für die weiteren großartigen Leistungen Lachmann's (neben seiner Ausgabe des Neuen Testamentes z. B. die Ausgaben des Catull, Tibull, Properz und Lukrez, die kritische Ausgabe der Werke Lessing's, Walther's von der Vogelweide und der Nibelungen) sowie seine würdige politische und kirchliche Stellung, welche ihn unter anderm die Erklärung der berliner Freunde und Schüler Schleiermacher's vom 15. August und 10. November 1845 unterzeichnen ließ, verweisen wir auf Hertz' Biographie.

**) Neben dem trotz der sehr veränderten Stellung der heutigen Theologie zur johanneischen Frage noch immer hochgeschätzten Commentar zu den johanneischen Schriften hat Lücke unter anderm zahlreiche werthvolle Arbeiten in Zeitschriften, und Biographien von Planck, Schleiermacher und de Wette herausgegeben. Seine Correspondenz mit Bunsen war sowol von Berlin, wo er sich 1816 habilitirt hatte, als von Bonn aus, wo er von 1818—27 als erster ordentlicher Professor der Theologie wirkte, sehr rege; und auch aus seiner göttinger Zeit, wohin er 1827 als Nachfolger Stäublin's berufen wurde, sind inhaltreiche Briefe erhalten.

Schulze gezeichnetes Bild immer auffallend ähnlich gefunden. Und zugleich war er wie durch eine seiner würdige Lebensgefährtin, der er mit innigster Zärtlichkeit zugethan war, so auch durch begabte, verdienstvolle und geachtete Söhne und einen weitausgedehnten Freundeskreis besonders beglückt. Blos Reck verweilte, nachdem er seinen jüngern Studiengenossen Führer und Orakel gewesen war, so lange in Göttingen, bis ihm jedes persönliche Interesse dort entweder weggestorben oder weggezogen war; seine vortrefflichen Gaben blieben, einige gelegentliche Broschüren ausgenommen, unbenutzt, und seine ursprüngliche Gutmüthigkeit versauerte, vielleicht gerade durch den Vergleich seiner eigenen unbedeutenden Stellung mit den von seinen Jugendgenossen gewonnenen Auszeichnungen. Seine in Urtheil und Rath ebenso freigebigen als schonungslosen Briefe, die zugleich durch eine klarblickende Berechnung der Zukunft hervorragten, wurden von Bunsen stets in hohen Ehren gehalten, freudig empfangen und sorgfältig bewahrt. Agricola ist als ehrwürdiger Präsident des gothaischen Consistoriums gestorben; er und Becker waren Schwiegersöhne von Friedrich Perthes, dessen Biographie das würdige Monument eines Mannes ist, der nicht blos selbst gut und ein Beförderer des Guten, sondern auch von weitreichender Einwirkung war. Die von Agricola nach Rom an Bunsen gerichteten Briefe gehörten für letztern zu den willkommensten, die er erhielt, wegen seines frischen Griffes in das wirkliche Leben sowol als durch den Ausdruck warmer innerer Sympathie. Becker, ebenfalls in Gotha als tüchtiger Verlagsbuchhändler thätig, wurde von seinen Mitbürgern höchlich geschätzt und oft zu Ehren- und Vertrauensposten gewählt, zuletzt 1848 zum Frankfurter Parlament; er starb 1865. Ein anderer jener vertrauten Freunde war Wilhelm Hey, von dem ganzen Kreise geliebt und geehrt, aber in dem Schulze'schen Verzeichniß nicht mitgezählt, weil er die Universität früher als die übrigen verlassen hatte. Er war, obgleich er eine mathematische Begabung vom höchsten Grade besaß, doch zugleich ein feiner poetischer Kopf, und bot als Superintendent in Ichtershausen bei Gotha ein Vorbild des reinsten Christensinnes dar. Hey's poetische Fabeln für Kinder (mit den Specter'schen Illustrationen) sichern seinem Namen die Dankbarkeit der Nachkommen so gut wie die der Zeitgenossen. Doch war, wie es oft mit vorzüglichen Charakteren der Fall ist, der Mann noch größer als seine Werke, und neben ihm wurde auch seine (erste) Frau, die ihm nach längerem Brautstande schon einige Jahre nach der Heirath durch den Tod entrissen wurde, in dem ganzen Freundeskreise besonders verehrt. Rührend für seine Umgebung war es, wie Hey in den Tagen vor seiner Auflösung (19. Mai 1854) seine Seele in herrlichen Versen ausströmte, deutlich genug, um den Seinigen es zu ermöglichen, Bruchstücke davon niederzuschreiben. *)

Die folgenden Mittheilungen sind nun weitere Fragmente aus Bunsen's Correspondenz mit einem dieser Freunde. Sie haben nicht blos eine persönliche Bedeutung, sondern die denkwürdige Zeit der Befreiung und Wiedergeburt Deutschlands, in der sie geschrieben wurden, verleiht ihnen auch ein weiteres allgemeines Interesse. **)

Göttingen, 6. März 1814.

(An Becker). Daß unterdessen die Schicksale dieser Welt nicht unwirksam auf mich gewesen, wirst Du glauben. Daß sich meine Verpflichtungen gegen die Wissenschaft und das Vaterland unendlich vermehrten,

---

*) Bunsen schreibt darüber in einem Briefe an Becker vom November 1855: Ich kenne nichts Aehnliches wie den köstlichen Elias-Schwanengesang Hey's, des Unvergeßlichen. Es sind die herrlichsten Sachen darunter, aber das Ganze ist doch das Herrlichste von allem: das Beispiel eines lebendig zum Himmel fahrenden und so zum Vater zurückkehrenden Geistes.

**) Einen interessanten Beleg für die alle Stände durchdringende Opferfreudigkeit und Vaterlandsliebe gibt auch ein Brief eines kaufmännischen Vetters von Bunsen, Pilgrim aus Leipzig. Seine Briefe zeigen ihn als einen braven, ganz in seinem Berufe lebenden Kaufmann; um so mehr fällt die Mittheilung vom 2. Mai 1813 in die Augen, er habe sich bei dem hannoverischen Jägercorps des Grafen Kielmannsegge als Freiwilliger engagirt. Die Motivirung dieses Entschlusses läßt so recht in jene nie genug in ihren Einzelzügen zu malende Zeit der allgemeinsten Begeisterung hineinschauen: „Ich kann unmöglich unthätig bleiben in einem Zeitpunkt, wo es die Pflicht eines jeden Teutschen ist, alle seine Kräfte und sein Leben dem Vaterlande zu weihen. Wird Teutschlands Freiheit errungen, wie ich hoffe, so will ich auch meinen Antheil dabei haben, und ich würde mich schämen, wenn ich, ohne gekämpft zu haben, die Früchte des Sieges genießen wollte. Und kehre ich nicht zurück, so habe ich die große Genugthuung, ein nicht ganz unrühmliches Leben auf das rühmlichste geendet zu haben. Ich bin fest überzeugt, und bedeutungsvolle Worte Deines Briefes bestätigen es, Du wirst nicht weniger in Deiner Sphäre viel zu leisten suchen in dieser so wichtigen Zeit. Höher begeistern wird Dich jetzt die Liebe zum Vaterlande und das Gefühl für Freiheit, Recht und Wahrheit. Es hängt von uns und unsern Zeitgenossen ab, wie sich die folgende Generation gestalten, und ob diese uns segnen oder fluchen soll. Darum laßt uns jeder nach allen unsern Kräften leisten zum Wohl der Menschheit, was wir nur vermögen, denn die Kraft jedes einzelnen ist eingerechnet auf den Lauf des großen Rades des Schicksals der Welt. Laßt uns den Himmel preisen, daß er uns in einer Zeit geboren werden ließ, die uns die seltene Gelegenheit zu großen Thaten darbietet. Der Donner der Kanonen hallt fürchterlich, während ich dieses schreibe. Die Feinde sind wieder vor unsern Thoren. Aber nur Muth gefaßt, es wird doch noch alles zu einem Ausgange führen, bei dem die Menschheit an Glück und Segen gewinnt."

indem ich um jener willen blieb, fühle ich wohl. Auch mir kochte es im Innern und widerstrebte, zu denken und zu sammeln, statt zu handeln und zu geben. So mancher Idee fast aufgegebene Erfüllung feuerte an, das lang Bedachte und Besprochene ins Leben zu führen. Und doch war dazu keine Möglichkeit. Meine Ansicht unserer Gelehrsamkeit und des ganzen deutschen gelehrten Treibens berichtigte sich nicht sowol, als sie sich be=stärkte. Jeder wirthschaftet geistig für sich, des Allgemeinen vergessend. Die Gegenwart schreit über Mangel, während man künftigen Jahrhunderten Magazine füllt, und das in derselben Gegenwart. Es ist eine ungeheure Kluft zwischen Nation und Gelehrsamkeit; das fühle ich. Wir vergessen um des Fernern das Nächste, um des Alten das Neue, um des Fremden das Eigene. So hat es denn auch Augenblicke gegeben, ja Tage und Wochen, wo ich nach nichts geseufzt als praktischer Wirksamkeit. Aber außer dem gelehrten Stande wollte ich sie nicht suchen; in ihm aber ginge ich da unter, wo ich hinzukommen hoffen durfte.

Und so muß es Dich nicht befremden, wenn ich nach und bei allem diesem nicht nur fest entschlossen bin, meinem früher mehr gefühlten als erkannten Ziele auf Leben und Tod nachzustreben, d. h. des ernsten und fernsten Ostens Sprache und Geist hinüberzuziehen in meine Wissenschaft und mein Vaterland, sondern auch, wenn es möglich ist, mich gar nicht abgeneigt fühle, Europa um dieses Zweckes willen zu verlassen, um aus der Quelle und an ihr zu schöpfen, was ich vermisse. Ich müßte ein Buch schreiben, wenn ich Dir alles darstellen wollte, was meinen Entschluß so bis zum Aeußersten getrieben hat. Ruhm=Begier ist es bei Gott! nicht; der Gedanke daran ist mir während des ganzen Ueberlegens nicht in den Sinn gekommen: Ehrgeiz ist mir noch viel ferner. Meine beiden Zwecke hierbei sind: erstlich in das Studium des Alterthums, d. h. in das Erfassen des Ganges der menschlichen, und insbesondere und zuerst der europäischen und zwar germanischen Menschheit den Orient so hineinzuziehen, daß ihn der Teufel nicht wieder herausbringen soll! und zweitens: Deutschland zum Mittelpunkt dieses Studiums zu machen, soweit in meinen Kräften steht. *)

---

*) Nähere Details über diesen umfassenden Plan, der den Jüngling beschäf=tigte, und den erst der Greis in seinem „Gott in der Geschichte" ausführen konnte, gibt ein wenig später Brief an denselben Freund vom 12. Juni 1814: „Mit dem 30. Jahre denke ich die Vorarbeiten gethan zu haben, und dann will ich den Rest meines Lebens der gemeinnützigen Thätigkeit und der Ausarbeitung einer Geschichte der Religion und Gesetzgebungen des Menschenstammes, zu dem wir gehören, bis zum Entstehen der germanischen Weltherrschaft widmen. Europa wird mein Hauptaugenmerk, die neuere Zeit meine Lehrerin und Ermunterin, das Vaterland der eigentliche Mittelpunkt meines Wirkens sein. Der begeisternde Genius ist mir Herder, in vielem auch Johannes Müller; mein Ideal fällt in Stoff

Das Streben nach jener Erforschung kann nichts Zweckwidriges sein, auch nicht in unsern Zeiten; sonst würde ich nicht den unvertilgbaren Drang dazu fühlen; und so viel ist gewiß: die Wissenschaft hat auch für sich Werth und Einfluß auf Nation und Nationalität. Gelehrt soll und muß nicht alles wieder werden auf hohen oder niedern Schulen, was gelernt wird.

O könnte ich schon jetzt für das geliebte Vaterland wirken! Dir und Gleichgesinnten die Hand bieten! Das Studium unserer Literatur, besonders der Nibelungen, hat meinen Stolz auf Deutschland vermehrt. Auch ist es bei Gott wahr: unser Stand thut zu wenig, auf die Nation zu wirken.

Lies doch in Herder's Briefen zur Beförderung der Humanität ein ungedrucktes Fragment des Realis be Vienna über Deutschland aus 1715. Sollte es nicht gut sein, solches den Leuten des Jahres 1814 wieder vor die Augen zu bringen?

13. Mai 1814.

(An denselben.) Wo ist eine schönere Zeit zum heitern Genuß des eigenen Glückes, zur frohen Feier von Freundschaft und Liebesfesten gewesen als jetzt? Aber auch wann größerer Aufruf zur Mitwirkung an dem großen Werk, dem wir entgegensehen, zur Erweckung des herrlichsten Tages, dessen Morgenröthe schon unser innerstes Leben erfrischt und unsere heiligsten Freuden vergoldet? Dir sind beide Gedanken gewiß schon lange in Geist und Herz gedrungen: Du botest mir sogar, obgleich ich mich vom gemeinsamen Zwecke zu entfernen schien, die treue Freundeshand für die erste und letzte Pflicht unseres Lebens. Wahrlich, nur die innerste Ueberzeugung, desto reicher und kräftiger wieder zu erscheinen und desto sicherer auf meinem Wege zu wirken, hat mich gerade in dieser festlichen Zeit unserer Nation angefeuert, den langgehegten und für wahr erkannten Entschluß muthig und unverdrossen auszuführen.

Wenn den Tag über jeden seine Arbeiten beschäftigten und die Wege sich trennten, vereinte die Muße des Abends uns durch den Gedanken unserer nationalen Wirksamkeit und die Mittel, sie würdig und kraftvoll zu beginnen. Da fühlten wir uns denn auch entschlossen, keine Gelegenheit vorbeigehen zu lassen, schon jetzt etwas für die gute Sache zu thun, wozu wir Kraft und Aufforderung hätten. Dieser Geist ward bestärkt durch das Hinzutreten eines vierten in unsern Kreis, eines jungen Ostfriesen, Mitscherlich, der in Heidelberg und Paris studirt und vorzüglich sich mit dem Orient beschäftigt hatte, und der sich hier noch zu einer langen

---

und Form und Ansicht zwischen beide. Was von diesen allgemeinen Umrissen wirklich sich bilden wird und wie, überlasse ich dem Schicksal, dem Gott, der in den Jahrtausenden wie in der Brust des Einzelnen waltet."

4*

und großen Reise in denselben vorbereiten wollte.*) Gleiche Gesinnungen,
besonders aber jenes Streben hat ihn uns bald nahe gebracht, und wenn
sein biederes Gemüth ihm unser Herz öffnete, so hat sein klarer Verstand
und sein kräftiger Wille ihm unsere ganze Achtung erworben und unsere
Vorsätze belebt und gestärkt.

Darin, glaube ich, sind wir einig, daß jetzt oder nie Deutschland eine
kräftige und zugleich vor Despotismus geschützte Verfassung erhalten muß;
auch daß jeder nicht nur dürfe, sondern müsse, was er mit vielen Guten
und Verständigen fühlt, durch bescheidene Urtheile und Vorschläge offen
und unerschrocken an den Tag legen; daß endlich nirgends mehr in Europa
als bei uns der Sinn für das allgemeine Wohl in der Staatsverfassung
gefehlt habe und, der That nach, noch fehle; daß Vielen die schmachvolle
Knechtschaft den Nacken gebeugt und den freien Sinn unterdrückt, und
nichts jetzt so sehr Noth sei, als für den Frieden zu thun, was wir für
den Krieg gethan, vor allem uns, die wir den Arm nicht erhoben, und
von denen das Vaterland doppelt fordert, die Kraft des Geistes zu seinem
Wohle zu gebrauchen.   Der äußere Beruf fand sich bald.

Mit den Schlußworten geht der Brief auf einen Gegenstand über,
den noch verschiedene andere Briefe an denselben verlagskundigen Freund
behandeln: die erste Veranlassung nämlich, die Bunsen zum Schreiben für
die Presse bewog, eine Rechtsverwahrung gegen angedrohte und theilweise
bereits ausgeführte Veränderungen in der Verfassung seines Heimat-
landes, des Fürstenthums Waldeck, durch welche die Ueberreste des alten
deutschen Self=Government für immer unter einer napoleonistischen Cen-
tralisation erstickt worden wären.   Während er selber mit einer Schrift
über diese Angelegenheit beschäftigt war, wurde ein allgemeiner Protest der
bedeutendsten Männer des kleinen Landes dem Freiherrn vom Stein
vorgelegt, der damals auf der Höhe seines Einflusses stand; und dadurch,
daß Stein den alliirten Mächten gegenüber diesen Protest zum seinigen
machte, kam es zum Widerruf des bereits theilweise durchgeführten
Edicts.   Aus diesem Grund brauchte Bunsen's Broschüre, wie sorgfältig sie auch ausgearbeitet und mit Nachweisen und Documenten
bereichert war, nicht mehr veröffentlicht zu werden.   Ohne Bedauern,
vielmehr mit der ruhigen Befriedigung der Erfüllung einer öffentlichen
Pflicht, legte er seine erste politische Abhandlung beiseite.   Doch
können von dem Geiste, in welchem sie verfaßt und durchgeführt war,
folgende weitere Auszüge aus seinen Briefen an Becker eine Vorstellung geben:

---

*) Es ist dies derselbe, der später als Professor der Chemie an der berliner
Universität so große Bedeutung erlangte.

18. Mai 1814.

Ich ging kurz vor Ostern nach Haus. Das allgemeine Vertrauen recht=
licher Männer, dessen ich mich dort erfreue, eröffnete mir ihre Herzen;
mehrere wandten sich an mich; der Syndikus der Landstände belehrte mich
selbst durch die Ansicht der Acten. Ich kehrte froh zurück. Hier über=
legte ich mit jenem Kreise das Ganze, und legte, als ich vor einigen Tagen
die nöthigen Data erhielt, ihnen alles vor. Mein Plan ist folgender:
nach einer allgemeinen Einleitung über den Zustand des Landes, die Fehler
seiner Einrichtung, den guten Willen des jungen Fürsten zu reden, dann
die Rechte der Stände und Städte historisch darzulegen, und so zuerst
vom Standpunkte des Rechtes die Frage zu beantworten: was konnte der
Fürst thun, und wie dieses? Dann wird die Widerrechtlichkeit des Ver=
fahrens gezeigt und hierauf die Constitution selbst mit Noten, welche ihre
einzelnen Fehler und Ungerechtigkeiten zeigen, vorgelegt, und mit wenigen
Worten, die das Resultat enthalten, das Ganze geschlossen. — Das ganze
Land sieht einer solchen Publicität hoffend entgegen, und die Art der
Schrift, verbunden mit der jetzigen Lage der Dinge, soll dem Fürsten nicht
nur die Augen öffnen, sondern auch sein Zutrauen und seine Achtung für
dieselbe gewinnen.

1. Juni 1814.

Meine Arbeit ist fast vollendet; noch einige urkundliche Beweise fehlen
mir, die ich aus ungedruckten Urkunden nächste Woche erhalte.

12. Juni 1814.

Am liebsten ist mir das Ganze als Gelegenheit, über die Hauptpunkte
unserer künftigen deutschen Freiheit meine Meinung freimüthig und kräftig
zu sagen: Recht der Stände, Freiheit der Städte u. s. w. Mich dünkt,
es sind wenige Menschen im Klaren, ob man es mit dem Alten halten
solle oder dem Neuen; mir scheinen zwar die Vertheidiger des erstern die
besten und tiefsten Gemüther zu sein, und sie haben vollkommen recht,
wenn das Neue nichts ist als das Französische; aber ein Neues muß kom=
men, ein Belebendes und Begeisterndes. In manchen Fällen hat der
preußische Staat musterhafte Einrichtungen getroffen, sein Experiment hat
treffliche Erfahrungen gegeben, z. B. mit den Ständeverfassungen. Aber un=
sere echt deutschen Stände können wir nicht entbehren, und kein Land läßt
sich seine alten Rechte nehmen, ohne sich in der neuen Einrichtung eines
hinreichenden Ersatzes zu versichern. Unsere Fürsten allerdings sind meist
wenig geneigt, uns unsere Freiheit zu geben, wie wir sie verdienen; sie
werden uns das Fell wieder über die Ohren ziehen wie vorher, daß der
geduldige Deutsche von neuem ein Gegenstand des Spottes und der

Schmach bei allen Nationen wird, welche nationalen Geiſt zu ſchätzen wiſſen.

2. Juli 1814.

Der unerwartete Aufſchub hat ſeine guten Gründe gehabt. Zuerſt nämlich bedurfte es einer ziemlich großen Zeit und Mühe, die mir ſchrift= lich überſchickten und durch eigene Erkundigung nachher einzeln erhaltenen Notizen gehörig zu ordnen und zuſammenzuſtellen. So etwas will ſeine Zeit, mehr noch wegen der Sammlung des erforderlichen Stoffes, als wegen ſeiner Beherrſchung und der Erhebung des Geiſtes ſelbſt über einen gewiſſen Eifer, der ſeiner Natur nach gut, aber für ſolche Unterſuchungen unpaſſend iſt.

16. Juli 1814.

Dein Brief, worin Du mir den richtigen Empfang des Manuſcripts und ſeine Druckbarkeit meldeſt, hat mich ſehr erfreut. Ich würde nicht verfehlt haben, die fertige Handſchrift heute abzuſchicken, wenn ein Brief von Arolſen mir geſtern nicht die Nachricht gebracht hätte, daß durch die Standhaftigkeit des Syndikus, die nachdrucksvolle Verwendung Stein's im Namen der Alliirten und das kluge Benehmen des Vermittlers die Sache beigelegt ſei.

Fern iſt es von mir, mich auf den Standpunkt des bloßen Rechtes, d. h. des Beſtehens auf Verträgen und alten Anordnungen zu ſtellen, welche uns das doch nicht geben können, was ſie einſt gaben. Laß uns nur ſo lange daran halten, als wir des Willens unſerer Fürſten nicht gewiß ſind, uns an ihrer Stelle etwas, und zwar etwas Befriedigendes zu geben. So mit den Ständen, ſie ſind meiſt unvollkommene Repräſen= tationen geworden, ja in vielen Ländern drückende Ariſtokratien, im Grunde dem Lande ebenſo beſchwerlich wie dem Fürſten. Das ſah man wohl ein, ſo in Würtemberg. Aber wozu benutzte man dieſe Wahrheit? Um will= kürliche Herrſchaft zu gründen, als deren Schutzmauer jene allein noch be= ſtehen ſollten. In Preußen hat man viel Gutes und Neues, man hat die Folgen geſehen, allein manche Keime bürgerlicher Freiheit ſcheint mili= täriſche Willkür unterdrückt zu haben. Und iſt denn gewiß, daß der Adel ſeine ungebührlichen Rechte nicht wieder erhält? Allenthalben ſucht man das Neue für Deutſchland, wenn man es will, gewöhnlich da, wo es ſich nur in ganz undeutſchem Sinne feſtgeſetzt hat, in den franzöſiſchen Ein= richtungen. Die Gegner dieſer Partei verlangen das Alte als ſolches, noch viel ſchlimmer vielleicht. Mit einem Worte, mir ſcheint weder un= ſere zukünftige bürgerliche Freiheit ſo ſicher, noch die Anſichten darüber ſo feſt zu ſein.

Von dem zuletzt Ueberlebenden des ſeltenen Freundeskreiſes, in den uns Bunsen's Briefe einen Einblick gewährten, von Professor Brandis in Bonn (gest. 24. Juli 1867), ist kurze Zeit nach Bunsen's Tode eine eingehende Skizze dieser Jahre niedergeschrieben, aus der die nachfolgenden „Erinnerungen aus den Jahren 1814—16" hier ihren Platz finden mögen:

Wollen wir uns das heitere Lebensbild schöner Jugendjahre durch unsern gegenwärtigen Schmerz nicht trüben lassen!

Es war Anfang Mai 1814, als ich, damals Adjunct der philosophischen Facultät in Kopenhagen, mit jährigem Urlaub nach Göttingen kam, um meine frühern Studien zu ergänzen und in deutscher wissenschaftlicher Luft neu zu beleben. Von meinem alten Schulkameraden Karl Reck ward ich sogleich in einen Verein junger Männer eingeführt, die mit den verschiedensten wissenschaftlichen Bestrebungen sich aneinandergeschlossen hatten. Ernst Schulze, der Philolog und Dichter, melancholisch reizbaren Gemüths; Friedrich Lücke, der Theolog von sanft schwärmerischer Begeisterung; Karl Lachmann, der scharfsinnige, launig-launische Kritiker; Karl Reck, der damals in Shakspeare vertiefte Jurist, treuherzig barock, und Carl Bunsen gehörten der engern Gemeinschaft an. Letzterer hatte seinen Beruf für philologisch-historische Forschung bereits durch eine lateinische Schrift über das Erbrecht der Athener glänzend bewährt, Lachmann fast schon die letzte Hand an seine kritische Ausgabe des lateinischen Dichters Propertius gelegt. Sehr bald erkannte ich, daß Bunsen die eigentliche Seele des Vereins war; an Weite des Gesichtskreises, Raschheit der Auffassung und Energie des Willens übertraf er alle übrigen. Und doch war er frei von aller Ueberhebung und darum — ohne es selber zu wissen — Seele des Vereins, weil er für die Bestrebungen der übrigen das lebendigste und eingehendste Interesse hatte, ja einem das Beste, was er wußte und konnte, zu entlocken wußte und unselbstisch alle, jeden in dessen Eigenthümlichkeit, liebte. Nicht selten gab es Verstöße, namentlich zwischen den beiden Endpolen des Vereins; oft mußte Reck mit seinen unzarten Fragen und unfeinen Witzen das zartfühlende, jungfräuliche Gemüth Schulze's verletzen. Bunsen wußte mit Liebe und Laune stets auszugleichen. Nur Lücke war als Repetent der theologischen Facultät amtlich beschäftigt, die übrigen lebten in glücklicher Muße ihren Wissenschaften oder leiteten die Studien vorgerückterer Studirender. Unbeschreiblich glücklich fühlte ich mich in diesem Verein und freute mich des Glückes, sogleich in ihn aufgenommen zu werden. Vor allen aber zog Bunsen vom ersten Augenblicke unserer Bekanntschaft mich magnetisch an, und noch begreife ich nicht, wie meine Liebe zu ihm sobald Erwiderung fand. Er, Lücke und Lachmann wohnten in demselben Hause am Geismarthore, und sein Zimmer war das geräumigste, daher der gewöhnliche Sammelplatz. Sehr früh morgens ließ er sich wecken, um zu arbeiten, und der Friseur, der sich dazu bei ihm einfinden mußte, durfte das Zimmer nicht verlassen, bevor Bunsen aufgestanden, auch wenn dieser durch schmeichelnde Worte, wie „Herr Hofrath, heute nicht" — halb schlaf=trunken Aufschub zu erlangen bemüht war. Im Laufe des Tages war er dann aber zum Zwiegespräch immer bereit und ich nicht zaghaft, ihn oft stundenlang von der Arbeit abzuziehen. Ermüdete er, so schlief er mit der ihm eigenthümlichen Gabe, den Schlaf ganz nach Belieben herbeizuziehen, 10—15 Minuten und war dann frisch wie zuvor.

Schon als ich nach Göttingen kam, bestand eine philologische Gesell=schaft, an der auch die Professoren Wunderlich und Dissen theilnahmen, letzterer besonders ebenso umfassend gelehrt als liebenswürdig. Es wurden kleine philologisch=historische Arbeiten eingereicht und kritisch durchgenommen. Eine zweite bildete sich bald nachher, die wir eine philosophische nannten. Da kamen denn hin und wieder die schwierigen und schwierigsten Probleme in freier Weise, ohne Gebundenheit an irgend ein Zeitsystem, zur Sprache; nicht weniger jedoch gab das Mittelgebiet zwischen Philosophie und Theo=logie, die Geschichte der Philosophie, Stoff zu Verhandlungen.

Zwei Züge muß ich als das Wesen unserer Gemeinschaft besonders bezeichnend hervorheben. Wir liebten einander aufrichtig, aber ohne alle Schmeichelei und wehleidige Schonung. Der Wahrheit mußte vor allem die Ehre gegeben werden, und da prallten denn oft die Geister aneinander, ohne daß jedoch je Bitterkeit oder Erkältung der Freundschaft daraus hervorgegangen wäre. Ein zweiter Zug, den ich als bezeichnend anführen möchte, war die unter uns herrschende Ausgleichung von Ernst und Scherz, Arbeit und Erholung. Auch in ernsthafter Unterhaltung waren Laune und Witz, wie sie namentlich unserm Lachmann zu Gebote standen, stets will=kommen und selbst der Ausgelassenheit ließen wir hin und wieder die Zügel schießen. In der philosophischen Gesellschaft ward beschlossen, und ich fürchte, ich war der Rädelsführer, an die Stelle des Thees in jeder zweiten Zusammenkunft, zur Belebung der Gedanken, ein Glas Wein zu setzen. Ein von Frankfurt verschriebener Anker Niersteiner hielt lange vor und that auch mäßig genossen seine Wirkung, sodaß wir z. B. eines Abends bis zwei Uhr morgens philosophirten und dann zu dem einige Stunden entfernten Gleichen gingen, um von diesem hohen Punkte aus die Sonne aufgehen zu sehen. Auch Kegelspiel in dem sogenannten Ulrich'=schen Garten und Wanderungen nach den Mühlen der Plesse und andern anmuthigen Orten versagten wir uns nicht.

Ein weiterer Ausflug ward im Sommer von Bunsen, Neck, Lachmann, Lücke und mir über den Sollingerwald in das schöne Weserthal bei Holz=minden, wo ich meine Schuljahre verlebt hatte, und von da über den höchsten Punkt Westfalens, den Köterberg, nach Driburg unternommen. Wol mochte es selbstisch sein, die Freunde eben zu den Orten zu führen, woran sich mir so viele liebe Erinnerungen knüpften; sie aber waren

Freunde genug, sich meiner Freude zu freuen und die mir so lieben Gegenden schön zu finden. Der kleine Badeort Driburg war überfüllt, und wir mußten in dem Gasthause eines ehemaligen Bedienten meines Vaters im Speisesaal nachts auf der Streu zubringen. Nach zweitägigem Aufenthalt in Driburg wanderten Bunsen und ich weiter nach Pyrmont, die übrigen Freunde gingen nach Göttingen zurück. Die anmuthige Umgebung von Pyrmont, namentlich das Friedensthal und die noch sehr lebhaften Erinnerungen an die hochselige Königin Luise von Preußen zogen uns mehr an als die Curgesellschaft, und um nicht zu viel Zeit unsern Studien zu entziehen, nahmen wir nach kurzem Aufenthalt zur Weiterreise nach Rinteln die Nacht zu Hülfe; von da ging's über Bückeburg nach Eilsen, wo wir die lebendig sprechenden Züge des Generals Gneisenau und sein scharfes Adlerauge zu beobachten am Mittagstische Gelegenheit fanden, nach Hannover und Göttingen. Auch ein anderer, kleinerer Ausflug steht mir lebhaft vor Augen: mit Freund Lücke zur Brautfahrt nach Bodungen auf dem Eichsfelde. Wir waren alle drei beritten, jedoch die Pferde mehr unserer als wir ihrer mächtig. In Heiligenstadt erquickte uns der Pfarrer (später Universitätsprediger in Halle) mit gutem Frühstück und gab uns dabei Stücke aus seinen Predigten und amtlichen Berichten zum besten — eine Zugabe, die zu manchen scherzhaften Einfällen Veranlassung gab. In Bodungen nahm uns ein sehr würdiger alter Pfarrer gastlich auf, und so gewährte uns auch diese zwei- oder dreitägige Reise anmuthige Ausspannung im Wechsel mit ernster Unterhaltung.

Doch ward bei alledem die Wissenschaft nicht vernachlässigt. Bunsen und ich hatten sogar ein astronomisches Privatissimum bei Professor Harding angenommen, einem trefflichen, praktischen Astronomen; und wenn wir eben nicht sattelfest in der Theorie wurden, so mußte die Schuld davon in gleichem Maße unserm Mangel an höherer mathematischer Vorbildung und seinem unklaren Vortrage beizumessen sein.

Schon auf der Weserreise lernte ich einen ältern Freund Bunsen's, Abeken, kennen. Das Wiedersehen sollte in Minden stattfinden, und die Freunde, beide kurzsichtig, würden zwischen Bückeburg und Minden aneinander vorübergegangen sein, hätte ich nicht Abeken nach der Beschreibung erkannt. Dafür wurde ich denn auch als Dritter dem Freundschaftsbunde eingereiht, und lernte so eine edle tief-schwärmerische Natur kennen, die leider so früh in Trübsinn sich verzehren sollte. Ein anderes früheres Glied des Vereins, Wilhelm Hey, kam im Laufe des Sommers auf einige Tage nach Göttingen. Auch ihn mußte man sogleich bei der ersten Bekanntschaft lieb gewinnen. Wol selten findet sich große Schärfe des Verstandes mit so viel Gemüthlichkeit und poetischer Naivetät gepaart.

Wir hatten zwar Vorlesungen weder gehalten noch außer der erwähnten besucht; doch wollten wir uns die Herbstferien nicht entgehen lassen.

Bunsen beabsichtigte, seine ohngleich ältere Schwester in Holland zu besuchen, oder vielmehr kennen zu lernen, mich zog es nach Heidelberg. Doch wollten wir zu gern ein Stück Weges zusammen machen. Da ward denn beschlossen, beiderseits den Weg über Gotha einzuschlagen, und einige Tage bei den Freunden Hey, Agricola, Becker, Fritz Jacobs zu verweilen. Einige derselben gehörten zum weitern Kreise des Vereins und waren mir bereits bekannt; den andern durch Bunsen's Vermittelung näher zu kommen, war auch nicht schwer. Er mußte mit dem liebenswürdigen Agricola, mit den geschäftsgewandten, durchaus verständigen Beckers, Vater und Sohn, mit dem zwischen Medicin und Philologie mitteninne stehenden und vielgewandten Fritz Jakobs wie mit Fachgenossen und Gleichgesinnten zu verkehren.

Aber wie nun weiter? Der gerade Weg würde über Kassel geführt haben, der nach Heidelberg durch Franken. Ein Abstecher auf den Inselberg könnte, meinten wir, beide vom nächsten Wege nicht sonderlich abführen; so bestiegen wir denn, beide mit schweren Tornistern beladen, in denen außer verschiedenen andern, selten hervorgelangten Büchern auch Bohnenberger's dickleibige Astronomie sich fand, bei schönstem Wetter jene hervorragende Spitze des Thüringerwaldes. Da lag nun der südliche, reichbewaldete Abhang des Gebirges und weiter südlich das schöne Frankenland vor unsern Augen, und Bunsen widerstand den Lockungen Frankens und den dringlichen Bitten des Freundes nicht, er beschloß über Heidelberg nach Holland zu gehen. Wie seelenvergnügt hüpften wir den Berg nach dem in Waldeinsamkeit gelegenen Bad Liebenstein hinunter und setzten am folgenden Tage unsern Stab nach Meiningen weiter. Auf der ferneren Wanderung über Mellrichstadt und Männerstadt nach Würzburg fehlte es nicht an kleinen Abenteuern, aber das Anmuthigste wartete unser vier Stunden hinter Würzburg, wohin wir seitabwärts gegangen waren, die Familie des sogenannten südlichen Ulrich's, gegenwärtig Professor in Hamburg, kennen zu lernen, eine Pfarrerfamilie, die ihren Goldsmith verdient hätte. Das würdige Pfarrehepaar, zwei liebenswürdige Töchter und guter Frankenwein versetzten uns in die heiterste Laune, und noch nach unserer späten Rückkehr in unsere Dorfherberge ward von dem Genuß des hübschen Abends stundenlang geplaudert, wobei sich's ergab, daß wir beide mit besonderer Geflissenheit die eine der Töchter einander anpriesen, bis sich dann zeigte, daß eben die andere uns beide zugleich am meisten angezogen hatte. Wir mußten anerkennen, uns einer kleinen List schuldig gemacht zu haben und schliefen dann endlich lachend ein. Am folgenden Morgen gab uns die ganze Familie ein gut Stück Weges das Geleit.

Doch ich bin der Zeitfolge vorausgeeilt und muß nachträglich auf Würzburg zurückkommen. Die südlich warme Lage der Stadt und die an Handschriften und Diptychen reiche Bibliothek nahmen die knapp zugemessene

Zeit hinreichend in Anspruch. Doch besuchte Bunsen, während ich, wie ich glaube, noch auf der Bibliothek verweilte, den Professor der Philosophie Johann Jakob Wagner, und ward von ihm sogleich mit einem Vortrag über die Weltgeschichte der Zukunft erfreut, und als er sich einige Begründung dieser prophetischen Weltansicht erbat, mit den Worten entlassen: „Johann Jakob Wagner hat es gesagt." Die Erzählung dieser Geschichte hatte Niebuhr sehr ergötzt, und als wir auf der Reise nach Rom im Sommer 1816 einen Tag in Würzburg verweilten, konnte er dem Verlangen nicht widerstehen, den prophetischen Philosophen kennen zu lernen. Doch hatte der nicht eben Lust, über die Weltzukunft sich auszulassen, wollte vielmehr die Gelegenheit nicht unbenutzt lassen, dem Historiker einen Vortrag über die philosophische Construction der römischen Geschichte zu halten. Niebuhr hielt geduldig aus, bis er auf dem Rückwege zum Gasthaus in ein schallendes Gelächter ausbrach. Unsere Wanderung führte uns dann durch die anmuthigen Steinthäler von Wertheim und Miltenberg den Odenwald hinauf nach Erbach, wo die Antikensammlung des Grafen einen Theil des folgenden Morgens in Anspruch nahm. Doch sollte an selbigem Tage Heidelberg noch erreicht werden, und ohne Führer hatten wir im Walde einigemal den rechten Weg verfehlt. So kamen wir denn erst spät abends am östlichen Thore Heidelbergs an und sollten nun noch in höchster Ermüdung die endlosen Straßen zu dem uns empfohlenen „Pfälzer Hof" durchwandern. In gleichem Grade hungrig und erschöpft kamen wir im Gasthofe an und freuten uns, das reichliche Abendessen auf unserm Zimmer in der Weise genießen zu können, daß wir abwechselnd schliefen und speisten. Wie schnell vergingen die für unsern Aufenthalt in Heidelberg bestimmten acht Tage. Wanderungen auf die Höhen wechselten mit Besuchen und Abendunterhaltungen bei und mit den vorzüglichsten Männern des damaligen Heidelberg; vorzüglich der ehrwürdige, durch und durch gediegene Daub, der umfassend gelehrte und freundliche Creuzer, der hinreißend beredte Thibaut, auch der talentvolle jüngere Heinrich Voß zogen uns an. Daß solche Männer Bunsen's glänzende Eigenschaften sogleich erkannten, bedarf kaum der Erwähnung; auch daß ich mich dieser Anerkennung neidlos freute, kann ich mit Wahrheit versichern; wie gern erkannte ich seine geistige Ueberlegenheit an (nur in der Ausdauer beim Wandern und im Kegelschieben that ich es ihm zuvor); diese Anerkennung hatte nichts Drückendes und ward durch seine Liebe reichlich ausgeglichen.

Von unserer demnächstigen Wanderung durch die Bergstraße, über Frankfurt und Mainz nach Koblenz wüßte ich nicht sonderlich viel zu erzählen, außer etwa, daß die Bekanntschaft einer Madame Bunsen in Frankfurt, weitläufig dem unserigen verwandt, die einer weiblichen Erziehungsanstalt vorstand, uns mit Achtung für die vortreffliche Frau erfüllte. In Koblenz gegen den 12. oder 13. October angelangt, mußten wir uns tren-

nen; Bunsen eilte seiner Schwester in Holland zu, ich ging nach Heidelberg
zurück, von wo ich dann in der zweiten Hälfte des November bei fortwährend dem Sturm und Regen und aufs kärglichste mit Geld versehen,
nach Göttingen, natürlich zu Fuß, mich zurückwendete. Der erforderlichen
Sparung wegen pflegte ich zum Nachtlager die billigen und doch guten
Herbergen der Frachtfuhrleute zu wählen und fand unter ihnen manchen
tüchtigen verständigen Mann.

Ueber sechs Wochen hatten die gemeinschaftlichen Fußwanderungen von
Göttingen bis Koblenz gedauert; würden wir ebenso viel Freude von einer,
dann natürlich ohngleich weiter ausgedehnten Reise auf Eisenbahnen gehabt
haben? Sicherlich nicht; wie hätten wir so ungestört uns ineinander ein-
leben, so völlig unserer Herr über die mannichfaltigsten Gegenstände uns
unterhalten, so auch dem Scherz und Laune freien Lauf lassen können?
Auch der Wechsel von Ermüdung und Erfrischung, wie es mit Fußreisen
verbunden ist, erhöht den Genuß.

Erst im Januar 1815 traf Bunsen wiederum in Göttingen ein, voll
Freude, einen reichen Schatz von Handschriften für seine ferneren Studien
erworben zu haben. Durch ihn gelangte denn auch der Verein von neuem
zu seiner früheren Frische; wie er das Lebensprincip desselben war, dessen
hätten wir, wäre es uns irgendwie zweifelhaft gewesen, bei seiner Abwesenheit inne werden müssen. Bunsen und ich hörten einleitende Vorlesungen
ins Studium der Mineralogie bei meinem demnächstigen Schwager Hausmann, und der treffliche, höchst anziehende Mann schenkte uns beiden zu
näherer Erörterung des Vorgetragenen wiederholt einige Abendstunden.
Für mich gewann das Hausmann'sche Haus sehr bald noch ein näheres
Herzensinteresse; Bunsen war auch hier der Vertraute, und wie hat er
meinen vorübergehenden Kummer und die spätere Freude über die Erfüllung meines innigsten Wunsches mit mir getheilt, wie vollkommen begriffen,
daß ich nur mit ihr glücklich sein konnte!

Schon vor der Reise nach Holland stand es bei Bunsen fest, in umfassender Sprachvergleichung den Mittelpunkt seiner wissenschaftlichen Arbeiten
zu finden; durch den dort ihm zutheil gewordenen Besitz wichtiger persischer
und arabischer Handschriften konnte dieser Entschluß nur befestigt werden,
und er begann, die persische Sprache, freilich mit der sehr unzureichenden
Hülfe eines nur rathenden, nicht wissenden Lehrers, eifrig zu lernen.
Als nun mein Urlaub dem Ablauf nahe war und der Gedanke an eine
Trennung von ihm mich schmerzlich bewegte, ward es mir nicht schwer,
ihn zu bewegen, zur Fortsetzung seiner germanischen Studien, die er mit
Lachmann bei Professor Beneke begonnen hatte, nach Kopenhagen mich zu
begleiten; das Isländische und selbst die Dialekte des Dänischen und
Schwedischen durften ja bei so umfassendem Plane nicht außer Acht gelas-
sen werden, und Kopenhagen bietet alle erforderlichen Hülfsmittel dar, der

nordisch-germanischen Sprache sich zu bemächtigen. Das Sanskrit, in dem man schon damals anfing, die Wurzeln weitverzweigter Sprachstämme anzuerkennen, sollte dann den Abschluß der linguistischen Vorbereitung bilden und wo möglich in Indien selber erlernt werden. Doch trennte sein umfassender Geist nimmer die Sprache als Organ von dem Inhalt; neben ihr richtete sich sein Blick stets zugleich auf Geschichte und Philosophie, und ebendarum fehlte es uns nie an Stoff zu gemeinschaftlichen Erwägungen und Mittheilungen. Auch das Christenthum ward keineswegs außer Acht gelassen, und namentlich das kleine Büchelchen von der deutschen Theologie machte tiefen Eindruck auf uns. Vielleicht wird sich unter seinen Papieren noch ein Heft finden, „Bausteine" überschrieben, worin er seine Gedanken aufzuzeichnen pflegte, die dann unter uns vielfach besprochen wurden. Noch in seinen letzten Werken finde ich Spuren jener Gedankenkeime. Der weitreichende Blick und das tiefe Bedürfniß, über die wichtigsten Angelegenheiten der verschiedenen Richtungen des menschlichen Geistes zur Verständigung mit sich zu gelangen, waren schon in dem, was er in jener Zeit aufzeichnete, unverkennbar. Der Abschied von dem Freundeskreis ward uns schwer, aber wie sehr mir dadurch erleichtert, daß Bunsen sich mir zugesellte.

Auf der Reise nach Kopenhagen im Frühling 1815 verweilten wir einige Tage bei meiner Schwester und meinen Freunden in Kiel. Es war eine glückliche Zeit für jene kleine Universität; Männer wie Twesten, mein geliebtester Universitätsfreund, Dahlmann, Falk, Hegewisch lebten und wirkten in engem Verein miteinander, aus welchem bald darauf die „Kieler Blätter" hervorgingen, eine Sammelschrift von gediegenem Werthe. Bunsen war sogleich wie ihnen angehörig unter ihnen zu Haus, und ist später auch mit Dahlmann und Twesten, wenn auch nur auf kurze Zeit, wiederholt zusammengetroffen. Meine beiden ältesten und geliebtesten Freunde, Bunsen und Twesten, noch vor zwei Jahren in Heidelberg zusammenführen zu können, gereichte mir zur größten Freude. Wie mußte und weiß Twesten Bunsen's wunderbare geistige Spannkraft und sein Herz voll Liebe anzuerkennen! Auch die Bekanntschaft älterer Männer, wie die des geistvollen Physikers Pfaff, ward nicht versäumt. Auf der Weiterreise verweilten wir 1—2 Tage in dem reizend gelegenen Flensburg in der Familie des Dr. Stuhr, der, gleichwie seine Schriften, weitschichtige Gelehrsamkeit und scharfsinnige Blicke mit einer Neigung zum Phantastischen verband, die persönlich durchaus nicht unliebenswürdig war.

In Kopenhagen nahmen wir, um ungestörter arbeiten zu können, eine Wohnung in der Stadt, nicht in dem außer den Thoren gelegenen Hause meines Vaters. Doch fanden wir uns täglich gegen 3 oder 4 Uhr zum Mittagsessen bei ihm ein und verweilten dann gewöhnlich bis kurz vor Schluß der Thore um Mitternacht. Wie mein seliger Vater, und zwar sogleich von vornherein, den Freund seines Sohnes lieb gewann, bezeichnen die Worte, die er mir schrieb, als wir im Spätherbst abgereist waren: „Immer spreche ich unwillkürlich von der Abreise meiner beiden lieben Jungen." Und freilich mußte Bunsen's umfassender Geist, seine rasche Auffassungsweise, sein von Lebensfülle überströmender Blick eben meinem Vater im höchsten Grade zusagen. Wie diese Liebe von Bunsen erwidert ward, darüber hat er sich oft genug ausgesprochen. Auch meine dänischen Freunde und Gönner, Oehlenschläger, die beiden Oerstedt, Bischof Münter, Graf Schimmelmann, Frau Friederike Brun freuten sich seiner Bekannt= schaft, und er gefiel sich unter ihnen und in der herrlichen Umgebung Kopenhagens. Wanderungen in die nähere und fernere Umgegend ver= sagten wir uns gleichfalls nicht, deren eine uns bis Helsingör und Hellebeck führte, und uns Gelegenheit gab, den Krönungsfesten in Frederiksborg, wenigstens dem äußern Theile derselben, beizuwohnen und in der unüber= sehbaren Volksmenge nachts zu campiren. An einem Ausfluge nach der der Küste nahe gelegenen schwedischen Universitätsstadt Lund konnte ich leider nicht theilnehmen. Das Krönungsfest veranlaßte uns, zur Beehrung der Deputation der kieler Universität einen kleinen Commers in unserer ge= räumigen Wohnung zu veranstalten, der so gut gelang, daß er sich bis 3 Uhr morgens hinzog und unsere Gäste, darunter Pfaff, Falk und mein alter ehrwürdiger Lehrer, der Theolog und Orientalist Kleucker, uns in heiterster Laune verließen. Noch einen erfreulichen Zwischenfall kann ich nicht unerwähnt lassen, die vierzehntägige Anwesenheit des Dichters Chamisso. Die Mannschaft des russischen Weltumseglerschiffes hatte nämlich Gelegen= heit gefunden, einen Theil der unentbehrlichsten Utensilien des Schiffes zu verkaufen, deren Wiederankauf die Abreise verzögerte und uns Gelegenheit gewährte, mit dem geistvollen Dichter, der die Expedition als Naturforscher begleiten sollte, aufs anmuthigste zu verkehren. Eine solche Durchdringung der edelsten Seiten des deutschen und des französischen Charakters möchte sich nicht so leicht wieder finden. Besonders auf dem am Strande schön gelegenen Landhause meines Freundes Beck brachten wir erfreuliche Stun= den mit ihm zu.

Und die nordischen Sprachen? Sie wurden keineswegs vernachlässigt; ein gelehrter Isländer unterrichtete in seiner Muttersprache, und Snorri Sturleson, die Edda u. s. w. wurden im Urtext gelesen, auch dänische Literatur und Sprache nicht außer Acht gelassen, wenngleich es zu ge= übter Sprachfertigkeit nicht leicht kommen konnte, da unsere dänischen Freunde das Deutsche vollkommen beherrschten. Doch konnte Bunsen so weit sich dänisch ausdrücken, daß eine höfliche Lunderin ihn fragte, in welcher Provinz Schwedens er geboren sei.

Wie schwer es mir auch ward, von meinem heiß geliebten Vater mich zu trennen, und obwol ich sehr liebe Freunde in Kopenhagen hatte,

— die Ueberzeugung, in Dänemark mich nie einbürgern zu können, mußte den Entschluß in mir zur Reife bringen, ins deutsche Vaterland zurückzukehren. Niebuhr, dessen Bekanntschaft ich im Jahre 1809 bei dessen längerer Anwesenheit auf dem Gute des Grafen Adam Moltke gemacht und im Sommer 1810 in Berlin erneuert hatte, billigte meinen Entschluß (seinen Rath hatte ich mir erbeten) und rieth, meine Anstellung in Kopenhagen ohne Bedenken aufzugeben und in Berlin als Privatdocent mich zu versuchen. Auch Bunsen rieth zu und erbot sich, auf einige Monate gleichfalls nach Berlin überzusiedeln, wo es ihm an Hülfsmitteln für seine wissenschaftlichen Zwecke nicht fehlen konnte. So verließen wir denn nach schmerzlichstem Abschiede im November das väterliche Haus und wurden bei furchtbarem Sturm zwölf Tage lang auf der Rhede von Kopenhagen umhergeschaukelt, um dann bei eintretendem günstigen Winde in ebenso viel Stunden Swinemünde zu erreichen. Um schneller Berlin zu erreichen, schifften wir uns in einem Boote auf dem Haff nach Stettin ein, waren aber sehr froh, bei von neuem tobendem Sturm das Land erreichen und über Anklam unsere Reise fortsetzen zu können.

In Berlin waren wir nun beide fast gänzlich fremd. Schleiermacher's, Rühs', Buttmann's, Savigny's, Reimer's, Solger's Bekanntschaft machten wir gemeinschaftlich, und Bunsen war überall da höchst willkommen. Zu unserer großen Freude trafen wir mit Lachmann in Berlin wiederum zusammen; leider nur fanden wir ihn sehr angegriffen von dem Feldzuge, den er im Sommer mitgemacht hatte. Auch mit dem Vetter Bunsen aus Arolsen und mit Dr. Ulrich aus Jena (dem vor einigen Jahren [1859] in Koblenz verstorbenen) ward angenehm verkehrt, und zu den Notabilitäten, zu denen wir in vorübergehende Beziehung traten, gehörte Jahn der Turner; er hatte uns nachmittags unter den Linden angeredet und unterhielt uns dann mit einem Fluß der Rede, wie er uns nie vorgekommen war, in Bunsen's Zimmer bis spät Nacht.

Nach eindreivierteljährigem engsten Zusammenleben stand uns im Januar 1816 Trennung auf unabsehbare Zeit bevor. Ich schien an Berlin wenigstens für Jahre gebunden zu sein, und Bunsen ging nach Paris, um unter Silvestre de Sacy's Anleitung gründlich arabisch zu lernen, dort seinen amerikanischen Freund und Schüler Astor zu erwarten und ihn demnächst auf weiteren Reisen zu begleiten.

Die Trennung war eine schmerzliche; wie konnten wir hoffen, so bald und so durchaus unverhofft wieder zusammentreffen zu sollen? Inzwischen hatte Niebuhr, nachdem Dahlmann nachträglich hatte ablehnen müssen, zu seinem Legationssecretär für die bevorstehende Mission in Rom mich ausersehen und die Ernennung ausgewirkt. Als wir Anfang Septembers auf der Reise dahin Verona erreicht hatten, fand ich die freudenvolle Nachricht vor, daß mein geliebter Freund in Florenz mich erwartete. Dort angelangt zog ich mit Niebuhr's Erlaubniß zu ihm in die Cascinen. Das waren wiederum acht köstliche Tage und nicht getrübt durch die Erwartung neuer baldiger Trennung, da Wiedervereinigung in Rom in sicherer Aussicht stand und nach nicht langer Frist erfolgte; Bunsen nahm Wohnung fast Thür an Thür mit dem von Niebuhr interimistisch bewohnten Hause in via de' prefetti. Bei der Geburt von Marcus Niebuhr zog ich sogar auf 8—14 Tage zu Bunsen.

Von jener schönen Zeit der Wiedervereinigung in Rom erwähne ich nur unser im Januar und Anfang Februars 1817 häufig stattgefundenes Zusammentreffen in der Villa Lanti auf dem Janiculus, wohin ich nach beendigter Bibliotheksarbeit im Vatican nach 2 Uhr mich zu begeben pflegte, um gemeinschaftlich mit dem Freunde Platonische Dialoge zu lesen. Das Wetter war so schön, daß wir gewöhnlich gegen zwei Stunden im Freien sitzend zubringen konnten. Nun bahnte sich auch ein näheres Verhältniß zu Niebuhr an, und wie lieb er Bunsen schon damals gewann, zeigte sich in den Worten, die er zu Anfang Frühlings an den seligen Mr. Waddington richtete: „Bunsen's Talent, Geist und Charakter sind ein Kapital, mit dem kein anderes noch so sicher angelegtes sich messen kann."

Ja, auch Bunsen's Liebesleben war mir vergönnt von den ersten Keimen bis zur Blüte durchzuleben, und dann an dem Eheglück des von Gott so sichtlich zusammengeführten jungen Paares mich zu erfreuen. Wie hielt mich's aufrecht, wenn ich, tief bekümmert um unseres unvergleichlichen Niebuhr's höchst leidenden Gesundheitszustand, an den schönen Sommerabenden des Jahres 1817 mit dem Freunde und den Seinigen auf dem Söller der reizenden kleinen Villa in Frascati mich erging. Und dann die Winterabende in Palazzo Caffarelli. Auch nach der mir schmerzlichen Trennung am 1. April 1819 gab es noch köstliche Tage des Wiedersehens am Rheine und später in Heidelberg, und jedes Wiedersehen befestigte die Ueberzeugung', daß wahre Freundschaft bei aller räumlichen Trennung und aller Verschiedenheit der Verhältnisse Stich hält und ebendadurch als die wahre sich bewährt. Auch die letzte und schmerzlichste irdische Trennung vermag sie nicht zu lösen oder zu lockern.

Soweit Brandis' Bericht, den wir ebenso wie den Schumacher'schen auch da nicht unterbrechen durften, wo er bereits auf eine spätere Zeit überging. Doch sind über die von ihm nach fast einem halben Jahrhundert noch so lebensfrisch gezeichnete gemeinschaftliche Fußreise auch in einem Briefe Bunsen's an Becker einige Einzelheiten enthalten, die hier eine Stelle verdienen: *)

---

*) Ueber den ganzen Verlauf der Reise berichteten Briefe an die andern Freunde; aus allen zusammen hat dann der Schreiber nachher „Scenen aus Natur

Heidelberg, 6. October 1814.

Kaum hatte uns Hey auf den Weg nach Waltershausen gebracht, so begann mein treuer Reisegefährte mir zu meinem großen Erstaunen vorzurechnen, wie er an dreißig Meilen Umweg mache, wenn er von Köln auf Heidelberg und Göttingen laufe. Wann kann man so etwas lebhafter fühlen, als wenn man nach dreitägiger Ruhe zuerst wieder Ranzen und Körper über die harte Erde durch Feld und Wald wegträgt? ich versprach die Sache auf der Spitze des Inselbergs zu erwägen. Als ich nun an dem herrlichen Mittage auf der luftigen Höhe stand, und die fernen Hügel und Berge, dicht ineinandergeschoben, mir die hellen Ströme Frankens zwischen denselben mit ihren anmuthigen Thälern und einladenden Reben wieder in die Seele zurückriefen, und Würzburg und Heidelberg wie zwei glänzende Augen in dem schönen Gesichte entgegenglänzten, da erkannte ich, daß — ich unmöglich verstatten dürfe, daß Brandis einen solchen Umweg blos meinetwegen mache, ergriff Hut, Ranzen und Stock und eilte mit ihm den Berg hinunter in die langen, engen Thäler, wo der geschäftige Mensch um ein wenig Eisen so großen Lärm macht, nach Schmalkalden zu. Dann ging es die folgenden Tage über Meiningen auf Würzburg, den Wendepunkt des Nordens und Südens, von da in das traute Dörflein Remlingen zu meinem theuren Ullrich und seiner lieben Familie, und so durch den Odenwald über Erbach hierher, als dem ersten Ruhepunkt von Gotha oder meiner zweiten Station. Ich weiß nicht, welches schöner ist, was ich zum ersten oder zum zweiten mal gesehen, aber die ganze Reise ist mir unendlich lieb geworden. Hier haben wir uns zur Ruhe begeben und vor allen Dingen ausgerechnet, daß wir 74 rechtmäßige Stunden in 7 Tagen gemacht haben, ohne mehr als 8 Stunden gefahren zu sein.

Uns hält hier noch Boisserée's Sammlung auf. Goethe ist seit vierzehn Tagen bei Boisserée und liegt den ganzen Tag vor den Bildern. Er will, sagt er, sein Unrecht gutmachen, daß er bisweilen solche Verdienste der Deutschen vergessen oder gar bezweifelt habe. Alles drängt sich hier zu ihm, und so haben wir für gut befunden, es nicht zu thun, und erst nach seiner Abreise, also morgen, zu Boisserée's und ihrer lieben Sammlung zu gehen.

Bunsen's Abreise von Göttingen war bald nach dem Weggange

---

und Leben" zusammengestellt; nämlich über den Anfang der Reise bis Bodungen aus einem Briefe an Hey vom 20.—22. September; über Gotha an Lücke vom 23.—26. September; über den Eingang in Franken an Agricola vom 27.—30. September; über Remlingen, den Odenwald und das Neckarthal an Jacobs vom 1.—3. October; das Ganze schließt ein Brief aus Frankfurt an Wolrad Schumacher und Reinhard Bunsen.

Aſtor's erfolgt, der im Auguſt 1814 von ſeinem Vater nach Amerika
zurückberufen worden war, ſeinem Freunde aber das (treu gehaltene)
Verſprechen gegeben hatte, in zwei Jahren nach Europa zurückzukehren.
Gleich nach ſeiner Abreiſe hatte ſich Bunſen mit Brandis zuſammen
auf den Weg gemacht, mit Holland als Endziel, wo er ſeine Schweſter
Chriſtiane beſuchen wollte. Mit welchen Gefühlen er dieſem Wieder=
ſehen entgegenging, mögen ſeine Briefe an ſie ſelbſt ſagen:

Göttingen, 18. September 1814.

Ich kann Dir nicht ſagen, wie voll mir das Herz von dem Gedanken
iſt, Dich jetzt endlich zu ſehen. So lange ſchon lag der Wunſch dazu in
meiner Seele, ohne daß ich die Möglichkeit einſah oder der Ausführung
gewiß war, und nun iſt's beſchloſſen. Der Himmel wird mich nicht im
Angeſicht des Hafens Schiffbruch leiden laſſen. Du aber erwarte mich
gefaßt und ruhig und ſtelle mich Dir in Gedanken nicht ſo vor, daß ich
mich ſcheuen muß, ſelbſt zu erſcheinen. Der Allmächtige erhalte Dich!

Heidelberg, 7. October 1814.

Durch mehrere Umſtände bewogen, über Heidelberg nach dem Rhein,
Köln und Weſel zu reiſen, bin ich mit der Zeit, welche ich Dir als letzten
Termin in meinem vorigen Briefe von Göttingen beſtimmte, zu kurz ge=
kommen. Erſt zwiſchen dem 17. und 20. werde ich eintreffen können.
Mache Dir alſo nur ja keine Gedanken über mein längeres Außenbleiben,
als wäre mir etwas Unangenehmes vorgefallen, oder nimm auch etwa
daſſelbe nicht übel, als wäre ich nachläſſig in der Erfüllung meines Ver=
ſprechens, oder langſam auf meiner Reiſe zu Dir. Ich habe nun gerade
100 Stunden zu Fuß gemacht, und zwar die letzten 74 in 7 Tagen, und
finde mich geſünder als je. Von nun an geht es ſchneller, meiſt zu Waſſer,
und wenn das Wetter nicht ungünſtig iſt, werde ich einen herrlichen Genuß
von der ſchönen Rheingegend zwiſchen Mainz und Köln haben. Voriges
Jahr kam ich bei meiner Reiſe gerade bis Mainz. Mit welchen ganz
andern Gefühlen werde ich jetzt den Vater Rhein wieder begrüßen und auf
ſein linkes nun wieder, wenngleich leider nicht durchgängig, deutſches Ufer
hinſehen. Die Weinleſe wird in 14 Tagen ſein, mich aber hält ſie nicht
zurück, ſobald als möglich, Dich, theure Schweſter, in meine Arme zu
ſchließen. Mit jedem Tage wird meine Sehnſucht, bei Dir zu ſein, größer.
Gott erhalte Dich geſund und froh!

Das Wiederſehen ſelbſt findet ſich dann in einem Briefe an
Brandis (Rotterdam, 1. November 1814) geſchildert:

Nachdem ich in Köln das Siegesfeſt gefeiert, eilte ich zu meiner
Schweſter. Ich fand ſie und erkannte in ihr meine Schweſter an Herz

und Geist. Wenige Tage füllten den langen Raum achtjähriger Trennung aus. Meinen Bitten nachgebend (was ich nicht zu hoffen gewagt hatte), entschloß sie sich, mir nach dem Vaterlande zu folgen. Nun aber mußten erst ihre Sachen geordnet werden zur Reise; sowol die Zahl ihrer Bekannten als meine Lust, Holland kennen zu lernen, erfordert Reisen im Innern, und so werde ich vor drei Wochen nicht an Deutschlands Grenzen und vor dem 1. December nicht in Göttingen sein.

Es wurde dieser Besuch durch seine Nachwirkung zu einer wichtigen Epoche in Bunsen's Leben, nicht blos durch die Befestigung des Bandes, welches ihn von seiner frühesten Kindheit an mit seiner Schwester verknüpft hatte, sondern gleichzeitig auch durch den tiefen Eindruck, welchen das religiöse Leben Hollands auf ihn machte. Er hatte die Realität des Christenthums eingesogen durch die frommen Gewohnheiten seines älterlichen Hauses, durch den Inhalt der Gespräche des Vaters und den unwandelbaren Glauben und Muth desselben. Er hatte die Bibel seiner Mutter beim Abgang auf die Universität als Abschiedsgeschenk erhalten und hatte zu der kleinen Zahl von Studirenden gehört, die von diesem Buche Gebrauch machten. Aber in Holland kam er nun in unmittelbare Berührung mit den stark ausgeprägten Anschauungen seiner Schwester, und in die Atmosphäre von Männern und Frauen von ehrfurchtgebietender Geistesbildung, für welche das Christenthum das alles durchdringende Element war, welches Empfindungen und Handlungen leitete. *) Er behielt deshalb die Zeit, die er in Holland verbrachte, und die Aufnahme, die er dort gefunden, immer in dankbarem Andenken, und verweilte mit Vorliebe bei der ernsten anspruchslosen Weise der holländischen Gesellschaft, das „Schwierigste im Gesetz, das Gericht, die Barmherzigkeit und den Glauben" zu erfüllen. Von Rotterdam aus machte er einen Abstecher nach Leyden, Amsterdam und Haag, unterwegs eifrig brieflich mit der Schwester verkehrend. In den fol-

---

*) In der englischen Ausgabe wird auf diese Eigenthümlichkeit der holländischen Religiosität die Schilderung Carlyle's von den Puritanern angewandt (Past and Present, S. 90): „Ihre Religion ist nicht ein unruhiges Fragen, noch weniger ein frommes Phrasendrechseln, sondern eine große himmelhohe Unzweifelhaftigkeit, umgebend und durchweg durchdringend das Ganze des Lebens; sie bezeugt unablässig und unbestreitbar jedem Herzen, daß dieses irdische Leben, mit seinem Reichthum und Besitz, und seinem guten und bösen Geschick, durchaus nicht innerlich eine Wirklichkeit ist, sondern ein Schatten von Wirklichkeiten, ewigen, unendlichen; daß diese vergängliche Welt sich bewegt und flattert in dem großen stillen Spiegel der Ewigkeit, und das kleine Leben des Menschen blos Pflichten hat, die groß sind."

genden Briefen stattet er besonders Bericht über seine neuen Bekanntschaften ab:

Leyden, 25. November 1814.

Ich bin hier vom Morgen bis zum Abend in Gesellschaft und bin so gut
mit Adressen nach Haarlem, Haag und Amsterdam versehen, daß ich Mühe
haben werde, sie alle zu benutzen. Heute bin ich zum Thee bei Molenaar,
einem deutschen Prediger der Mennoniten, einem herrlichen Mann. Dann
gehe ich in die „Maatschappy van Nederlandsche Letterkunde" und zum Souper
bei Tydemann. Mein und meiner hiesigen Freunde ernstlichster Wunsch
ist es, zwischen Deutschland und Holland einen bessern geistigen Verkehr
zu veranstalten, und beide Nationen besser miteinander bekannt zu machen.
Meine schwachen Kräfte sind dazu bereit; ich thue deshalb auch nichts, als
lesen, fragen und vergleichen.

27. November 1814.

Soeben komme ich aus der Predigt des berühmten van der Palm,
dessen herrliche Betrachtungen über Paulus' Spruch zu Athen: „Wir sind
Gottes Geschlecht!" mich sehr erbaut haben, welches ich ihm selbst noch diesen
Mittag zu sagen gedenke. Ich würde Dir mehr von der Predigt schreiben,
weil ich weiß, daß Du es gern hörtest, aber ich muß eilen.

Durch hiesige Empfehlungen werde ich alle interessanten Männer der
Hauptstadt kennen lernen, auch täglich freien Zutritt zu Felix meritis, dem
Museum, den Galerien im Palast u. s. w. genießen. Man hat mir aber
gesagt, daß, um jedes nur einmal zu sehen, ich eine Woche dableiben müßte.
Ich wünsche dies auch, denn einmal habe ich doch begonnen, mich mit der
holländischen Literatur bekannt zu machen, und nichts Halbes! ist, wie Du
weißt, einer meiner ersten Grundsätze im Leben. Auch belohnt sich meine
Mühe mit jedem Tage mehr, und die Hoffnung, einst etwas zur bessern
wechselseitigen Kenntniß von Deutschland und Holland, unterstützt von
meinen hiesigen Freunden, thun zu können, wird mit jedem Tage größer
und sicherer. Auch habe ich eine Gelegenheit, die wol nicht wiederkommt.
Wer ist kommender Zeiten mächtig? Was Du haben kannst im Augenblicke,
das nimm!

Was in Rotterdam geschehen kann ohne mich, das thue allein, d. h.
nicht in Deinen Arbeiten sowol, als vielmehr in Abschiedsvisiten u. dgl.,
wo ich unnütz bin. Kann das alles diese Woche geschehen, so komme ich
bestimmt Freitag oder Sonnabend zu Dir, und mit dem Anfang der künftigen Woche verlassen wir das trauliche Rotterdam. Dann fragt es sich,
ob Saardam oder Amsterdam unser Mittelpunkt wird; Haarlem (ich habe
eine Adresse an van Marum) wird von uns natürlich gemeinschaftlich von
Amsterdam aus besucht. Was Interesse für Dich hat, sehen und genießen
wir in Amsterdam gemeinschaftlich. Und dann stracks nach Hause!

An dem Tage aber, für den er ſeine Ankunft feſtgeſetzt hatte, erhielt ſeine Schweſter folgendes vor Eile und Aufregung halb verbrannte Briefchen:

2. December 1814.*)

Triumph! Triumph! liebſte Schweſter! Sieh, ich möchte zu Dir laufen und den Gewinn des heutigen Tages Dir bringen — aber ich muß ſchreiben, und zwar kurz! Denke, heute war hier eine Verkaufung orientaliſcher Manuſcripte, darunter eines, vielleicht nur acht bis neun mal in Europa, von 300 Fl. Werth — ich gehe hin, ohne Hoffnung es zu erhalten — es iſt eines von denen, um welche ich nach England reiſe — und ich habe es für 12 Fl. gekauft. Außerdem habe ich noch acht andere gekauft, welche mir in Deutſchland augenblicklich 100 Fl. einbringen. Die ſollen unſere Reiſe freihalten; das erſte behalte ich. Aber zuſammen koſten ſie 60 Fl., die mußt Du ſchicken, verkaufe in Gottes Namen Dein Bett, ich will Dir zwei für meine Bücher kaufen. O, ich bin ſo froh! — Ich habe vor lauter Aufregung nichts gegeſſen.

Hier wird nun wol nöthig ſein, einige Details über dieſe ältere Stiefſchweſter anzuführen, welche ſo großen Einfluß auf die Jugendjahre ihres Bruders ausübte und während ihres ganzen Lebens der Gegenſtand ſeiner eher noch kindlichen als brüderlichen Achtung und Zuneigung blieb. Chriſtiane war das erſtgeborene Kind aus der erſten Ehe ihres Vaters, und trat am 15. Juli 1772 in ein Leben ein, welches ſich als eine faſt ununterbrochene Kette herber Prüfungen erwies. Die Fähigkeit ſcharfer Beobachtung und lebendiger Empfindung, die ſie beſaß, wurde ſchon früh dadurch geübt, daß ſie Zeugin war von der energiſchen Anſtrengung und geduldigen Ausdauer ihrer Aeltern während der erſten zehn Jahre ihres Lebens, und ſelber dieſe mit ihnen theilte. Das Unglück ſchien ſeinen Höhepunkt zu erreichen in dem Tode ihrer Mutter und der Zwillingsgeſchwiſter. Doch war ihre daraus folgende Entfernung aus dem Vaterhauſe, um unter der Pflege ihrer Tante Helene Stricker (die in Amſterdam verheirathet und anſäſſig war) zu bleiben, in ihren Wirkungen für die Entwickelung ihres Charakters und die Ausbildung ihrer Grundſätze und Lebensgewohnheiten ſegensreich; denn die Tante war von demſelben Schlage wie ihr Bruder Henrich Bunſen, und verband dieſelbe Stärke des Geiſtes und

---

*) Trotz ſeiner Eile hatte er doch Zeit, beim Datum zu bemerken: „Geburtstag meines theuren Freundes Ludwig Abeken.“ Auch ein zweiter Brief vom folgenden Tage ſchließt übrigens noch, „er ſei noch halb in der Trunkenheit der Freude über ſeinen Kauf“ (ein Manuſcript des perſiſchen Dichters Firbuſi).

Charakters mit gleichem Scharfblick und gleicher Opferfähigkeit. Aber
ihr heilsamer Einfluß und ihre verständige Führung hörten zu schnell
auf, um ihrer Nichte den vollen Vortheil davon zu gewähren; denn eine
kurze und heftige Unpäßlichkeit raffte sie schon 1787 hinweg. Die erst
funfzehnjährige Christiane war nahe daran, da die Wirkung ihres heftigen
Kummers auf ihre Gesundheit noch durch einen maßlosen Aderlaß verschlimmert wurde, ihrer einzigen Beschützerin ins Grab zu folgen. Sie
mußte sich längere Zeit legen und kränkelte seitdem fortwährend; während
sie bisher nichts anderes gekannt hatte als die Gesundheit und Rüstigkeit, welche ihre kräftige und wohlgebaute Gestalt und ihre reine Gesichtsfarbe anzuzeigen schienen, kamen während ihres ganzen spätern Lebens
ihre Nerven nie mehr zu gesunder Elasticität. Der verwitwete Onkel
führte die Rolle eines liebreichen Verwandten durch, indem er die
beiden Schwestern unter seinem Dache behielt, bis die ältere für sich
selbst eine Heimat gefunden hatte, und die jüngere von ihrem Vater
nach seiner zweiten Heirath in Corbach wieder aufgenommen werden
konnte. In dem Notizbuch Henrich Christian's findet sich die Angabe,
daß sein Schwager seine beiden Töchter in seine Familie aufgenommen
und für ihre christliche Erziehung gesorgt habe, mit dem Zusatze:
„Gott segne ihn und sein einziges Kind dafür." Doch wurde das
Drückende einer solchen unentbehrlichen Beschützung nicht wie bei der
verstorbenen Tante durch eine persönliche Beziehung oder Zuneigung
erleichtert, und es kann leicht ermessen werden, wie hart für den hohen
Geist und die selbständige Natur Christianens die Nothwendigkeit war,
auszuhalten, bis sie eine Stellung erhalten konnte, in welcher ihr
Unterhalt von ihrer eigenen Arbeit abhing. Sie übernahm dann
die schwierigen Pflichten der Gesellschafterin und Krankenpflegerin einer
alten leidenden Dame. Doch gestaltete sich diese schwierige Stellung
insoweit befriedigend, als sie von ihrer Beschützerin hoch geschätzt
wurde und durch aufrichtige Zuneigung ihre Güte erwiederte.
Schließlich vermachte ihr diese nach langer Dienstzeit eine unabhängige
Rente. Doch war der Rest ihrer natürlichen Gesundheit und Rüstigkeit
durch die Uebermüdung und die fast gänzliche Absperrung von frischer
Luft aufgerieben, indem sie Tag und Nacht das von ihrer rheumatischen
Patientin bewohnte Zimmer theilte, wo jede Oeffnung, bis auf das
Schlüsselloch, gegen den möglichen Zugang der Luft sorgfältig verschlossen war. Die Zeit, wo die alte Dame starb und Christiane in
eine Periode freier Thätigkeit eintrat, ist nicht genau zu bestimmen,
aber der Anfang dieses arbeitsreichen Gefängnißlebens muß zwischen
dem Jahre 1787, wo ihre Tante starb, und dem Jahre 1789 statt-

gefunden haben, wo ihr Vater Holland und die Armee verließ und
ſich in ſeinem Heimatsort niederließ, ſomit als Chriſtiane zwiſchen 15
und 17 Jahren war.

In dieſe Zeit muß auch die kurze Viſion der Poeſie des Lebens
geſetzt werden, welche ihren Pfad kreuzte, um dann ſofort zu ver=
ſchwinden. Ihre Bekanntſchaft mit einem jungen Offizier, Namens
Faber, kann nur von ſehr kurzer Dauer geweſen ſein, aber ſie genügte,
um in ihm eine ſo beſtimmte und bewußte Zuneigung hervorzurufen,
daß dieſelbe lebenslang anhalten konnte. Auf Veranlaſſung ſeiner
Verſetzung in eine andere Garniſon ſchrieb er an ſie, um ihr ſeine Ge=
fühle auszuſprechen, und ſie zu bitten, ihn von ihrem Aufenthaltsorte
für die Zeit zu unterrichten, wo er hoffen konnte, in ſolchen Verhält=
niſſen zurückzukehren, welche ihm eine Heirath ermöglichen würden;
und es war dieſe Erwartung keine leere und unbegründete, indem
ſeine Aeltern wohlhabend waren. Bebend zeigte Chriſtiane dieſen An=
trag ihrem Vater, welcher inſofern ein väterliches Gefühl für Faber
hatte, als er durch Verwandte ſeiner Obhut gewiſſermaßen anvertraut
worden war, gerade deshalb aber es als einen Ehrenpunkt anſah, in
keine Art von Verhältniß zwiſchen dem jungen Offizier und ſeiner ver=
mögensloſen Tochter zu willigen; er befahl ihr demzufolge, ſich jeder
Antwort auf jenen Brief zu enthalten und in keinerlei Art von Corre=
ſpondenz mit dem Schreiber zu treten. Der herbe Befehl fand unbe=
dingten Gehorſam; war ſie doch ebenſo hochgeſinnt und jedes Opfers
für ein Pflichtgefühl fähig wie er ſelber! Es war nicht ſchwer, den
Beſtimmungsort Chriſtianens zu verbergen, und die von Faber, nach=
dem ihr Vater Holland verlaſſen hatte, angeſtellten Nachforſchungen
vermochten ihren Aufenthalt nicht zu entdecken. Das Regiment, zu
welchem er gehörte, wurde ſpäter, als Holland unter der despotiſchen
Herrſchaft Frankreichs ſtand und die holländiſche Armee einen Theil
der franzöſiſchen bildete, in eine weit entfernte Gegend geſchickt;
und 22 Jahre verfloſſen, bevor Faber die Entdeckung machte, daß
der Gegenſtand ſeiner frühen Zuneigung in Amſterdam in unab=
hängigen und geachteten Verhältniſſen lebe. Es wurde darauf in
dem Hauſe einer Freundin eine Zuſammenkunft der beiden beſpro=
chen. Faber war leicht wieder zu erkennen, da ihm die Strapazen des
Krieges weniger zugeſetzt hatten als ihr die Kämpfe des alltäglichen
Lebens; aber in der bleichen und abgezehrten Geſtalt von 39 Jahren
konnte er zuerſt das ſiebzehnjährige Mädchen, welches er blühend und
friſch verlaſſen hatte, nicht wiederfinden; und die geheime Beängſtigung
beider, als ſie in vertrauter Unterhaltung ſich gegenſeitig das Gewebe

ihres einsamen Lebensganges enthüllten und die Einzelheiten ihrer
gesonderten Existenz, die eine lebenslängliche werden zu müssen schien,
behandelten, können diejenigen sich vorstellen, deren Sympathien nicht
so völlig von erdichteten Leidensgemälden ertödtet sind, um den
Roman des wirklichen Lebens geschmacklos zu finden.

Nachdem der betäubende Schlag des ersten Wiedersehens überwun=
den war, währte es nicht lange, daß Faber die Eigenschaften des Her=
zens und die Anlagen des Geistes wieder entdeckte, welche in Verbin=
dung mit der freilich längstentschwundenen Jugend seine Zuneigung so
dauernd gefesselt hatten. Er drängte Christiane zur sofortigen Erfüllung
des Verlöbnisses, welches zwar nicht formell geschlossen, aber doch
beiderseits treu gehalten worden war; um so mehr, da er den Be=
fehl hatte, mit seinem Regiment einen Theil der ungeheuern Armee
zu bilden, die sich damals auf Befehl Napoleon's für den Feldzug
gegen Rußland versammelte, und sein Urlaub beinahe abgelaufen
war. Aber Christiane bestand auf dem Aufschub ihrer Verbindung bis
zu seiner Rückkehr von der russischen Expedition. Er kam nie zurück,
und so war denn seine Abreise von Amsterdam eine ewige Trennung
für sie. Sie mußte lange warten, bis irgendwelche bestimmte Nachricht,
daß Faber unter der Zahl der Gefallenen sei, ihre Befürchtungen
bestätigte; und bevor dieselbe kam, hatte der Bankrott der bedeutend=
sten holländischen Banken und Firmen (die Folge der schonungslosen
Erpressungen der kaiserlichen Regierung) das gesammte Kapital, von
dem sie ihre Auslagen bestritt, die Errungenschaft der Arbeit und
Ausdauer ihrer besten Lebensjahre, verschlungen. Ohne Gesundheit
und ohne irdische Hoffnung, war sie demzufolge für ihren Unterhalt
auf ihre eigene geistige und körperliche Kraft angewiesen, was um so
schwieriger war, da ihr Stolz sie bewog, ihr unverdientes Mißgeschick
geheim zu halten. Eine Zeit lang kämpfte sie dagegen an, indem sie
dieselbe freundliche Wohnung wie zuvor behielt, feine Näharbeit für die
Leinenhandlungen fertigte, und ihre täglichen Ausgaben, so gut sie
konnte, von dem Erwerbe ihres Fleißes bestritt, bis ihre Sehkraft zu
schwinden anfing und der bereits geschwächte Körper völlig zusammen=
brach. Ein gutherziger Arzt kam ungerufen zu ihr, und da er die
Ursache ihrer Krankheit in Mangel an Pflege und Schonung ver=
muthete, theilte er seine Beobachtungen im Vertrauen einigen ihrer
Freundinnen mit, deren Charakter und Güte eine freiwillige unge=
zwungene Mittheilung ihrer schlimmen Lage verdient hätte. Von dem
Augenblick an wurden alle für die Kranke erforderlichen Hülfsleistungen
ohne Angabe der Quelle besorgt, mit jener ausdauernden Zartheit

des Wohlthuns, die der holländischen Gesellschaft so eigenthümlich ist.
Nach ihrer Genesung gab sie der Nothwendigkeit nach, und enthüllte
ihre Lage zwei Freundinnen, deren eine die ihrer frühern Herrin
verwandte Frau von Bischong war, eine Dame, welche ihr großes
Vermögen als das Erbtheil der Armen ansah, und deren Leben
in dem Bestreben aufging, Unglück aller Art zu erleichtern. Sie ge=
währte von jenem Augenblicke an Christianen eine für ihre Bedürf=
nisse ausreichende Unterstützung, solange sie ohne andere Hülfsmittel
war, d. h. bis ihr Bruder im Stande war, sie zu erhalten.

Der Besuch Christianens bei ihrem Vater während der Kindheit ihres
Bruders (welcher wahrscheinlich 1798 oder 1799 stattfand) scheint mit
der Absicht einer bleibenden Rückkehr in die Heimat unternommen
worden zu sein; und die große Zuneigung, die zwischen ihr und dem
Kinde entstand, welches alle Umstände zur einzigen Hoffnung und
Freude einer von Sorgen umstrickten Familie bestimmten, wäre ein
hinlänglicher Grund zum Tragen und Dulden gewesen, um nur unter
dem väterlichen Dache bleiben zu können. Aber obgleich Christiane
außerdem auch innig an ihrem Vater hing, so war ihre Natur doch
nicht nachgiebig genug, um, außer bei entsprechender Entfernung, auf
friedlichem Fuße mit ihrer Stiefmutter und ihrer jüngeren Schwester
zu bleiben; die beständige Berührung und Reibung ungleichartiger
Charaktere in einer auf so beschränkte Mittel angewiesenen Familie
wurde zuletzt unerträglich. Sie fühlte daher selber die Nothwendig=
keit, nach Holland zu ihrem unabhängigen, in nützlicher Thätigkeit für
Arme und Kranke und unter angenehmern geselligen Verhältnissen zu=
gebrachten Leben zurückzukehren. Doch konnte ihr Vater nie mit dem
Verluste ihrer Gesellschaft sich aussöhnen. Besaß er doch in ihr nicht
blos eine geliebte Tochter, sondern zugleich das Kind seiner Jugend,
die Gefährtin seiner Mannesjahre und fast das einzige lebende Wesen,
welches sich mit ihm seiner verlorenen Gattin erinnerte, und Berüh=
rungspunkte mit jener Vergangenheit bewahrte, welche die Ereignisse
völlig von der Gegenwart abgeschnitten hatten; ungerechnet die auf der
Aehnlichkeit der Eigenschaften und des Charakters, der Anschauungen
und Lebensansichten beruhende innere Sympathie, welche sie mitein=
ander verband. Das Bedürfniß, welches der Vater nach der Gegen=
wart seiner Tochter empfand, muß dem Sohne schon in sehr frühen
Jahren klar geworden sein, da sich bereits in Briefen des Schulknaben
Anspielungen auf diesen Gegenstand und die Gründe, welche sie
bewogen, das Leben in Holland vorzuziehen, finden. Das lebhafte
Verlangen, es zu ermöglichen, sie, sobald ein Abstecher von Göttingen

aus ausführbar sei, zu besuchen, war ihm ebenso beständig geblieben
als die Hoffnung, daß seine persönlich geltend gemachten Argumente
sich wirksamer als die schriftlich geäußerten erweisen würden, um sie
zu einer Rückkehr zu bewegen, die gleichzeitig, soviel wie möglich, für
seine eigene Abwesenheit von Hause entschädigen sollte. Von dem
Misgeschick und der bedürftigen Lage seiner Schwester hatte er aber
keine Idee, bis sie, wie erwähnt, im October 1814 zusammentrafen.
Da brach denn den Tag nach einem Wiederfinden, das fast so stürmisch
war, als wenn sie ein Liebespaar, statt Bruder und Schwester gewesen
wären, sie in eine Art von Thränenparoxysmus aus, daß sie nicht
blos selbst ohne einen Pfennig, sondern auch Freunden ihren Unter=
halt schuldig wäre, ohne eine andere Aussicht auf Hülfe als von ihm,
da ihre gebrochene Körperkraft sie zu jeder Art Arbeit oder Anstren=
gung völlig unfähig machte. Das Mitgefühl des Bruders wurde, wie
man sich leicht denken kann, lebhaft erregt, aber weder Furcht noch
Mistrauen stieg bei ihm in Bezug auf die Möglichkeit auf, auch
noch diese so unerwartet hinzukommende Last zu übernehmen, während
er doch von jeder bestimmten Aussicht auf persönliche Unabhängigkeit
noch weit entfernt war. Nie im Leben überhaupt schrak er vor irgend=
einer Verantwortlichkeit zurück, wie groß auch das Wagniß war, wel=
ches er sich damit zuzog; denn er lebte der festen Ueberzeugung, daß, was
geschehen müsse, erfüllt werden würde, auch wenn die Mittel dazu
nicht in Sicht wären, da die Vorsehung helfen würde, wenn er es
seinerseits nicht an Muth und Ausdauer fehlen ließe. Seine Schwester
durfte nicht als Almosenempfängerin ihrer hochherzigen Freundin zurück=
bleiben, das war klar, und sie mußte bewogen werden, in das väter=
liche Haus zurückzukehren (in einer viel weniger kostspieligen Gegend
als irgendein Theil Hollands), wo es in seiner Macht stehen würde,
zu den Kosten ihres Unterhalts beizutragen, bis er eine Professur er=
langt hätte und dadurch in den Stand gesetzt wäre, ihr in seinem
eigenen Hause ein Daheim anzubieten. Er führte sie demgemäß sozu=
sagen im Triumph zu dem Vaterhause zurück, wo er durch seine Gegen=
wart den letzten Freudenschimmer hervorrief, der es je erhellte; denn
nicht lange nachher fingen die geistigen und körperlichen Kräfte seines
guten Vaters fühlbar an abzunehmen. *)

---

*) Die zahlreichen und eingehenden, oft mehrere enggeschriebene Bogen fül=
lenden Briefe des Vaters an den Sohn flößen nicht blos hohe Achtung vor seinem
eigenen Charakter, einem Typus echten tüchtigen Bürgersinnes, ein und weisen
so unverkennbar die Atmosphäre an, in der der Sohn zu dem wurde, was wir
heute an ihm bewundern, sondern sie bieten auch eine Fülle der reizendsten Bilder

In demselben Jahre (1814) berechnete Henrich Christian in dem schon früher erwähnten Notizbuch den Betrag seines Erwerbs: „Verzeichniß, was seit dem Jahre 1793—1814 durch die Gnade Gottes für Abschreiben baar eingegangen, Totalsumme 3020 Thaler 33 Groschen", und er machte drei Abschriften vom Ganzen, für jedes seiner Kinder eine.

---

aus dem kleinstädtischen Leben, wie nur je ähnliche durch eine Freytag'sche Feder in ihrer Bedeutung für das Ganze herausgegriffen wurden. Den Grundton bildet die echte hausväterliche Frömmigkeit, die für die gute Ernte dankt, aber auch mit der weniger guten zufrieden ist; die wol die Gebrechen des zunehmenden Alters fühlt, aber doch für die verhältnißmäßige Rüstigkeit dankbar ist und in der fortdauernden Arbeitsfähigkeit eine ausgezeichnete Gnade Gottes sieht; die tüchtig arbeitet und mit dem Vorhandenen rechnet, aber die Zukunft ruhig der Vorsehung anheimgibt; die vor allem an der Tüchtigkeit des Sohnes eine solche Freude hat, daß wir immer wieder hören, die guten Nachrichten von ihm brächten neue Kraft und Gesundheit; die aber auch nichts Höheres kennt, als ihn selber zu ähnlicher Gottesfurcht anzuleiten. Aber daneben sind die Briefe reich an allen möglichen speciellen Mittheilungen; wir werden über alle das Haus berührenden Besuche unterrichtet, können in den ganzen Bekanntenkreis hineinblicken, sehen z. B., wie die Nachricht von der Hofmeisterstelle des beliebten Studenten wie ein Lauffeuer in ganz Corbach und Arolsen herumgeht, und wie die von ihm geschriebenen Briefe bei vielen Freunden circuliren müssen. Wir lernen das damalige kleinstädtische Leben in den aus „Hermann und Dorothea" (durch den echt Goethe'schen „Griff ins volle Menschenleben") bekannt gewordenen Formen noch von vielen neuen Seiten kennen, bis auf die langsame Art der damaligen Verkehrsmittel, die Besorgung von Wäsche und Kleidern für Vater und Sohn, und die Arbeiten und Geschenke der Schwestern. Schwer läßt sich eine rührendere Lektüre erdenken, und nur mit Rücksicht auf den an allgemein wichtigen Abschnitten so überreichen Inhalt dieses Werkes stehen wir von einzelnen Auszügen ab. Es erstrecken sich übrigens die Briefe des Vaters in größerer Anzahl über die Jahre 1810—16; doch finden sich auch noch einzelne Schreiben mit genauer Schilderung der Lebensweise des alten Paares aus dem December 1817, dem Juli 1818 und selbst dem Februar 1819, und die letzte nähere Nachricht des Schwiegersohnes über den Schwiegervater ist, daß derselbe beständig mit den Briefen des Sohnes vor sich im Lehnstuhl sitze und darin lese. Von der zweimal verheiratheten jüngern Schwester Helene reichen die Briefe noch zwei Decennien weiter, sehr an die Schreibweise Christianens erinnernd.

Zweiter Abschnitt.

Wanderjahre.

(1815—1817.)

Reise nach Dänemark. — Correspondenz mit Lücke. — Aufenthalt in Berlin. — Einführung bei Niebuhr. — Philologische Studien. — Astor's Rückkehr. — Besuch in Paris. — Reiseplan nach Amerika und Indien. — Reise nach Italien. — Verbindung mit Cathcart. — Erste Ankunft in Rom. — Liebe und Heirath.

Der Anfang des Jahres 1815 fand Bunsen nach seiner Rückkehr von Holland aufs neue in Göttingen, in einem System von angestrengten Studien und einer Art geselligen Verkehrs, welcher zugleich eine wohlthuende Erholung war und seine Geisteskräfte zu einer nicht minder energischen Thätigkeit anspannte. Solch thätige Gemeinschaft begeisterter Jünglinge, die insgesammt nach intellectuellem Fortschritte strebten, sich der eigenen und der gegenseitigen Entwickelung freuten, keinen hohen Geist unterdrückten noch die individuelle Unabhängigkeit durch irgendwelches Parteitreiben hemmten, sondern durch gemeinsame Uebereinstimmung „das Leben im Leben ergriffen" (in freiem Austausch der Gedanken und Meinungen, im letzten Augenblick vor der Abreise, die sie in verschiedenen Richtungen zu mannichfachen Bestimmungen zerstreuen sollte), ist wol ein Schauspiel, welches so recht den damaligen Aufschwung des Geistes charakterisirt; und die erhabene Poesie (eines Sophokles, Shakspeare, Goethe), welche, abwechselnd mit herzerhebender Fröhlichkeit, die Stunden dieser geselligen Zusammenkünfte beherrschte, findet sich nicht so häufig unter den Zerstreuungen der heutigen Universitäten.

Nach der Mittheilung eines etwas jüngern Studiengenossen (des spätern Ministers Herrn von Bethmann-Hollweg) erregte damals der Vorfall in Göttingen Aufsehen, „daß Bunsen bei . . . hospitirte und in der Entrüstung über dessen unwürdige Art, das Heilige zu behandeln, mitten in der Vorlesung das Auditorium verließ; worauf der Herr Abt auf dem Katheder durch die Bemerkung «Es ist wol ein Altes Testament mit hereingekommen» einen Ausbruch homerischen

Gelächters unter der Zuhörerschaft hervorrief." Ebenso ist aus derselben Quelle bekannt, „daß der Kreis, in dem Bunsen lebte, und in dem Lücke die Theologie vertrat, in entschiedener Opposition gegen den damals in Göttingen herrschenden Rationalismus stand". Doch brach Bunsen selbst, wie schon in Brandis' Erinnerungen angeführt ist, diesmal nach kurzem Aufenthalt in Göttingen wieder auf, um mit diesem nach Kopenhagen zu gehen.

Auch hier mögen wieder Bunsen's eigene Briefe aus dieser Periode sowol die Nachwirkung des holländischen Aufenthalts, wie insbesondere den Gewinn der dänischen Reise charakterisiren.

Göttingen, 20. März 1815.

(An Becker.) Die Reise nach Holland gehört zu den angenehmsten, die ich gemacht habe. Alles, was dies merkwürdige Volk hat, sein Land, seine Sprache, seine Sitte, seine Kunst ist so charakteristisch und aus Einem Gusse, daß man nirgends vielleicht deutlicher den Zusammenhang aller dieser Erscheinungen miteinander bei einer Nation erblickt als hier. So ist das Wesen und die Geschichte ihrer Poesie das treffendste Seitenstück zu ihrer Malerei. In allem ist deutscher, oder wenn Du willst, germani= scher Grundcharakter, aber nationeller ausgebildet als irgendwo. Viel= leicht daß ich dies Thema einmal ausführe an diesem Beispiel.

Diese Reise hat mich auch ganz dafür entschieden, den germanischen Stamm ganz kennen zu lernen, und dann zur Ausführung meiner Ideen zu schreiten. Ich reise mit Dr. Brandis daher nach Kopenhagen, um da dänisch und vor allem isländisch zu lernen.

Kopenhagen, 16. Juni 1815.

(An Lücke.) Die Sonne scheint so freundlich über die See und die grünen Matten, die sich von ihren letzten Wellen her zu meiner lachenden Wohnung hinziehen; das Geräusch der Stadt stört nicht die Ruhe meines Gemüthes, in dem sich still und klar, wie im Meeresspiegel das ewige Licht, die Himmelsstrahlen der Erinnerung spiegeln. Da seh' ich mich in Euerm frohen Kreise, auf der blühenden Wiese im Garten, oder in dem traulichsten Winkel des befreundeten Zimmers, bald mit Dir, bald mit Allen. Ich habe nie mehr an Deutschland gedacht als in diesen Tagen, bald mit Freude, bald mit Wehmuth. Bisweilen kommt es mir vor, als wäre ich aus dem lebendigen, allerzeugenden Meere versetzt worden in einen abgezirkelten Teich, wo der Wind recht tüchtig von außen wehen muß, damit doch eine Bewegung hineinkommt, und die Fäulniß nicht über= handnimmt. Denn so ist wirklich der Unterschied des jetzigen nationalen Lebens in Deutschland und Dänemark. Schon jenseit der Elbe verschwindet die heilige Begeisterung für die gemeinsame Sache des Vaterlandes. Der

Landmann auf seinem einsamen Hof ist froh, daß er keinen Soldaten
sieht und selbst keiner zu werden braucht, und weiß nichts von dem, was
in jenem Striche der Welt vorgeht; der Städter betrübt sich über den
gestörten Handel; jede Nationalbegeisterung fehlt hier.

Bis 3 Uhr nachmittags arbeiten wir in der Regel allein, dann zu
der Familie, wo wir entweder bis Mitternacht bleiben oder von wo aus
wir den Abend zum Spaziergange in die wunderschönen königlichen Gärten,
oder zu einer befreundeten Familie (Oersted, Oehlenschläger, Kaalrupp), seltener zu einigen einzelnen Bekannten benutzen und endlich auf unser friedliches
Zimmer zurückkehren. Jene dänischen Besuche werden jetzt etwas häufiger,
da ich mich der dänischen Unterhaltung befleißige und nun gern aus meiner
Bücherei hervortrete, werden aber bald wieder spärlicher werden, da ich
meine dänischen Stunden im Isländischen beginne. Streifzüge durch
Freia's Garten (so nennen die Dänen Seeland nicht mit Unrecht) ver-
schiebe ich. Sie geben mir mehr Genuß durch die leichte, freie, durch
Musik belebte Unterhaltung, als daß sie bedeutend auf mich zu wirken
vermöchten. Am genauesten gehe ich mit Oehlenschläger um, der mit mir
seine Trauerspiele und Singspiele liest, unstreitig aber der geistreichste und
gebildetste Däne ist. Als gesellschaftlicher Mensch ist er eitel, obzwar
mehr kindlich als anmaßend, und das spielt dann auch oft dem dichtenden
und über seine Werke redenden Menschen einen bösen Streich; doch ist
der Kern gut und groß. Brandis' Vater ist und bleibt der ausgezeichnetste und kräftigste Mensch, den mir die Reise nach Dänemark gegeben
hat; seine allseitige Bildung, sein scharfer Verstand, seine unbeschreibliche
Lebendigkeit und vor allem seine kräftige, einfache und grundehrliche, von
den lehrreichsten Erfahrungen unterstützte Lebensansicht vereinigen sich,
seinen Umgang für mich erfreulich, belehrend und stärkend zu machen.

Das Alterthum gab mir den ruhigen Sinn für das im Laufe der
Jahrtausende nicht zu Zerstörende, für die ewigen Gegenstände aller menschlichen Betrachtung — Sprache, Kunst, Wissenschaft, Staat, Religion, und
so die rechte Verachtung aller kleinlichen, mit den Generationen aufkeimenden und verschwindenden Gestaltung und Verbrämung jener Hauptpunkte.
Was aber in jenen Ruinen als das wahrhaft Menschliche, ja das Unvergängliche und Göttliche zu suchen sei, das schien mir das neuere Leben
richtiger zu sagen, wo, durch das lebendige Gefühl der Gegenwart geleitet,
man nicht auf leeren, formalen Untersuchungen stehen bleiben kann. Mein
erstes Lesen der altdeutschen Ueberreste war mehr ein Studium des Lieb-
habers. Erst nachdem sich meine Ideen für die Erforschung der innern
Geschichte der Menschheit in ihren drei Hauptperioden entwickelt hatten,
konnte mir jenes Studium nöthig erscheinen. Daß ich nun damit vor
allen Andern begonnen habe, dazu hat mich der Aufenthalt in Holland
und die Gelegenheit zu meiner jetzigen Reise geführt, und nun halte ich

das mir Dargebotene aus innigster Ueberzeugung mit Freiheit fest. Nun gilt es aber auch durch den Strom ans Ufer zu schwimmen; denn es ist da doch sehr viel zu lernen, und der Zweck meiner Untersuchung fordert die Bemächtigung des ganzen Sprachschatzes, zunächst für die Ausführung einiger meiner linguistischen Ideen, später für die Möglichkeit der Untersuchung der Poesie und der religiösen Ideen des germanisch-skandinavischen Alterthums und der historischen Verbindung mit dem Osten.

Kopenhagen, 15. Juli 1815.

(An Reinhard Bunsen). Ohne Deinen Brief würde mir der Tag sehr trübe vergangen sein, da auch die Zeitungen nicht erfreulich waren, den Einzug in Paris nicht meldeten, überhaupt seit dem 26. von Blücher schwiegen. Doch ich will alle Besorgnisse schwinden lassen — Gott wird es wohl machen — und mich ganz den Gefühlen der Freude über so vieles Frohe übergeben. Wie oft wünsche ich mir, nur eine Stunde in Deutschland, und vor allem in Preußen zu sein, um meine dank- und freudebegeisterten Gefühle mit Tausenden und Millionen gleicherfüllter Seelen zu theilen. Das ist das Einzige, was mir hier fehlt. Meine Freunde und der größte Theil meines Umgangs denkt wie ich; aber das Nationalleben fehlt, und so jenes unersetzliche Hochgefühl: was dich begeistert, erhebt ein ganzes großes Volk, das sein Blut willig für sein Vaterland hingibt. Daher denn auch die Sehnsucht nach meinen Freunden im Vaterland, vor allem nach denen, welche auf dem großen Schauplatz selbst sind, und deshalb zunächst nach meinem Abeken.*) Ich sehe ihn im Winter 1813,

---

*) Außer Abeken, Lachmann und Schulze waren von den göttinger Freunden auch noch Susemihl und Ulrich unter den Streitern; manche Briefe besonders des letztern geben ein frisches Bild der Alle tragenden Begeisterung. Und wie auch diejenigen, die nicht selber die Waffen ergriffen, den heiligen Kampf mitkämpften, dafür seien hier wenigstens noch zwei Beispiele gestattet. Aus Gotha schreibt Becker Anfangs 1814 an Bunsen: „Es ist eine herrliche Zeit, in der wir leben. Mögen die Würfel der Schlachten auch fallen wie sie wollen, das Größte ist entschieden; unser Volk ist erwacht aus seinem Schlummer, und es hat den Gedanken seiner Wiedergeburt fassen können und ertragen. Laß uns brüderlich vereint bleiben und einem hohen Ziele zustreben, mit Rath und That einander beistehend. Deutschlands Veredlung sei dieser Zweck, dem Tausende bewußt und unbewußt jetzt ihren Arm leihen." In dieselbe Zeit fällt ein Brief des alten Schlichtegroll aus München, der seit Bunsen's Durchreise durch München im herzlichen Verkehr mit letzterem stand: „Welche Zeiten sind gekommen! Bei allen mancherlei Mißtönen meines äußeren Lebens ist mein inneres ein steter Hymnus und Psalm. Mein ältester Sohn ist nun schon seit vier Monaten im Felde, mein zweiter seit zwei Monaten bei den freiwilligen Jägern; da ich selbst nicht mit über den Rhein kann, so ist es ein Trost für mich, daß doch zwei Söhne unter den teutschen Fahnen stehen." Der Brief Pilgrim's aus Leipzig vom Tage der Lützener Schlacht ist schon oben angeführt.

als das heilige Feuer, das ihn durchglühte, nicht länger mehr von dem Einreden der Seinigen zurückzuhalten war, und er mit der festen Ueber= zeugung, daß er Theil am Kampfe nehmen müsse, auf seinen Geburtstag bei mir anlangte. In den trüben schwülen Winter= und Frühlingstagen 1812—13, als die Sonne der Freiheit noch hinter den Nebeln lag, war oft unter uns Freunden die Rede von der Theilnahme am Kampfe; jeder gelobte, in die Reihe der Krieger zu eilen; nur ich schwieg, weil meine Verhältnisse mich bis zur Noth banden, und meine Freunde alle mir beistimmten, und er, kindlich und schüchtern unter den älteren, kräftigen und rüstigen Genossen, die es als ausgemacht ansahen, daß für ihn an solches nicht zu denken sei. Aber als die Stunde kam, war er es, der am heißesten den Beruf, die Sehnsucht und die Kraft im Herzen fühlte und fester und entschlossener war als alle — nicht aus Ueberlegung und Abwägung nach weitläufigem Für und Wider, sondern aus dem ganzen, ungetheilten, an seine ganze Existenz geknüpften Gefühle, daß er dieses thun müsse. So wie es kaum einzelner Zweifel und Gründe bedurft hatte, ihn dahin zu bewegen, so war es auch unmöglich, solche dagegen zu ge= brauchen; er fühlte, daß er nicht leben könne, ohne diesem gemäß zu han= deln. Und siehe, das Geschick führte ihn zu derselben Schar, zu der ihn sein Herz schon im Anfange des Krieges getrieben hatte; sein Geist stärkte seinen Körper, und der Schwächste ward der Stärkste. Deshalb habe ich unter allen meinen Freunden in ihm am meisten jene wahrhaft aus dem Innern hervorquellende göttliche Begeisterung verehrt, welche für ihren Zweck zu sterben nicht scheut, sondern für das größte Glück hält — gleich fern von jener falschen, aufgetriebenen, geborgten Begeisterung der Mode, welche blind und toll ist, als von dem kalten, untheilnehmenden Verstande. Nach siebenmonatlicher Trennung sehe ich ihn wieder, ebenso kindlich und zart wie vorher, nur froher und kräftiger. Daß er jetzt nicht unthätig bleiben würde, wußte ich vorher, und so peinigte mich die Ungewißheit darüber mehr als alles Andere.

Kopenhagen, 22. August 1815.

(An Hey). Ich möchte Dir nicht gern schreiben, ehe mein Inneres die erforderliche Ruhe und Klarheit nach den mannichfaltigen innern und äußern Eindrücken gewonnen hätte. Aber die Zeit eilt fort, und neue Eindrücke und neue Ideen drängen sich unaufhörlich den kaum besiegten oder wenigstens beruhigten nach; das Jünglingsalter ist ja, wie überhaupt alles Leben, vorzüglich in der Wissenschaft, ein immer neugestaltendes und gestaltetes Werden, und wenn die Welt mit uns sein muß, so soll der Freund unser Werden begleiten. Nimm also, theurer Freund, was ich Dir zu geben vermag, mein Innerstes, Bestes; Gott wird weiter helfen! Auch die Zeit hat sich ja aus der drückenden Schwüle durch Stürme und

Ungewitter verklärt zur überherrlichen Freude für jedes deutsche Herz und das Gemüth wieder dem ruhigeren Genusse des eigenen Lebens und Kreises geöffnet.

Es war im Winter von 1812 auf 1813, als mir bei der Durch=denkung und Verarbeitung eines äußerst glücklichen Stoffes für Religion und weltliche Gesetzgebung die Idee vollkommen klar und lebendig ward, daß alles, was vom Geiste ausgehe, eine nach ewigen Gesetzen sich ent=wickelnde Offenbarung des Göttlichen sei, daß in dieser göttlichen Grund=lage jeder irdischen Erscheinung in Sprache, Kunst, Wissenschaft, Staat und Religion nicht allein die Entstehung derselben, sondern auch Fort=schreitung und Untergang gegeben sein müsse. Dieser Entwickelung im Laufe der Jahrtausende eifrig nachzuforschen und ihren Gesetzen demüthig und bescheiden nachzugehen, erkannte ich als den dunkeln Grund meines bisherigen und den hellen Mittelpunkt meines künftigen Lebens. Mit diesen Gedanken schloß ich meine erste Arbeit und zugleich die erste Periode meiner Studien. Es war hierdurch ein doppeltes Element für meine Be=strebungen gegeben: Erkenntniß des Stoffes, d. h. der zeitlichen Erschei=nungen der Ideen und dann der Ideen selbst; nur dann, fühlte ich, wenn beides sich durchdrang, konnte jene Anschauung des Göttlichen im Irdischen, nach der ich strebte, hervorgehen, oder, um das große Wort auszusprechen, die Geschichte der Menschheit begründet werden.*)

---

*) Die nun folgende ausführliche Beschreibung des Planes seiner Arbeit kann hier wegfallen, da dieselben Ideen in dem (weiter unten mitgetheilten) Niebuhr vorgelegten Aufsatze enthalten sind. Doch verdienen wenigstens einige Worte dieses Briefes schon deshalb Beachtung, weil sie bereits aufs klarste dieselben Grundgedanken aussprechen, welche in den letzten Werken Bunsen's durchgeführt sind. So wird nicht nur der Gedanke „einer allgemeinen Fort=schreitung der Menschheit nach ihren in den Weltaltern erscheinenden Gesetzen" an die Spitze gestellt, sondern es heißt auch in Bezug auf das Verhältniß des Christenthums zu den andern Religionen: „So wie die Naturanschauung des Heidenthums wahr und nothwendig gewesen ist im Gemüthe der Vorwelt, so muß die im Christenthum verkündigte, auf die Hauptvölkerstämme des zweiten Weltalters begründete Erkenntniß Gottes als die einzig im Gemüth lebendige und wahre über die Erde gehen. So nur allein kann, meiner Einsicht nach, die Wahr=heit dessen, was ich glaube, weiß und thue, mit der Ueberzeugung redlicher Ge=müther einer andern Zeit vereint und die unendliche Entwickelung «Gottes in der Geschichte» richtig angeschaut und geahnt werden." Und ähnlich wie Rothe in seiner Charakteristik des „unbewußten Christenthums" sagt auch Bunsen: „So ist sicherlich kein wahrhaft großer und religiöser Geist unserer Zeit ein Heide gewesen, sondern die Grundlage seines Glaubens und Ahnens war das Christenthum, oder er war irreligiös." Finden wir hierin eine treffende Kritik eines solchen „Kokettirens mit dem alten Heiden", wie Goethe es liebte, so tritt der staatlich=nationale Auf=

Kopenhagen, 23. September 1815.

(An Ernst Schulze). Ungeachtet Dich Brandis' nach Celle gesandter Brief, vielleicht auch der meinige, welcher in gleicher Absicht an Neck geschickt ist, hoffentlich in Deinem schönen Entschluß, hierher zu reisen, hinlänglich bestärkt haben wird, so sende ich doch der größern Sicherheit wegen noch einige Worte nach Hamburg, damit sie Dich dort vorläufig in Empfang und Beschlag nehmen mögen. Wir freuen uns so sehr auf Deine Ankunft und haben Dir so viel zu sagen von Vergangenem und Zukünftigem, endlich auch so manches Schöne in der Gegenwart zu zeigen, daß Du auf jeden Fall kommen mußt. Du mußt nur sobald als möglich abreisen, natürlich zur See. Der Wind ist in dieser Fahrzeit gewöhnlich günstig, in zweimal 24 Stunden kannst Du bei uns sein. Hast Du schönes, heiteres Wetter und stille Wogen, so lieben Dich ja unstreitig die befreundeten Götter; wirft Dich der Sturm etwas hin und her, nun so sollst Du erhabenstes Schauspiel der Natur sehen. — Von hier reise ich mit Brandis nach Berlin. Er hat die besten Nachrichten von dort. Niebuhr (an den er jetzt auch selbst geschrieben) will alles thun; auf jeden Fall ist es leicht, durch Privatstunden und Unterricht an einem Gymnasium seine Subsistenz zu sichern, bis man an einer der Provinzialuniversitäten angestellt wird. Du mußt auch dahin ziehen in das rege Leben; setze Dich dreist auf des Glückes Schiff, das ich besteige. Doch davon mündlich. Jetzt komme und bald....

Diesem (hier auszugsweise mitgetheilten) Briefe Bunsen's an Schulze hat Lücke, dem er zur Weiterbeförderung zugegangen war, eine Nachschrift hinzugefügt, die, gegen Bunsen's Projecte polemisirend, doch zugleich in das intime Verhältniß der Freunde untereinander hineinschauen läßt:

Du wirst in diesem reichhaltigen Briefe Bunsen's Kraft und Herrlich-

---

schwung der Zeit der Freiheitskriege im Gegensatz gegen die Zeit, „wo alle Form des höhern politischen Lebens ausgeklärt und vernichtet wurde", in directer Polemik gegen den (nach seiner eigenthümlichen Bedeutung von Bunsen so voll gewürdigten, aber ebendarum nicht blind nachgebeteten) Altmeister der Poesie zu Tage: „Wie Goethe in seinem Leben so häufig zeigt, daß das Leben im Staate ihm unbedeutend und lästig geschienen habe, so hat er auch nie wahrhafte Freude gehabt und haben können, den Geist mit allen seinen Tiefen in dasselbe zu tauchen, wie Shakspeare in seinem politisch-lebendigen Zeitalter." — In demselben Zusammenhang ist endlich eine gleich warme wie unbefangene Kritik der Hey'schen Lieder gegeben, von dem Grundgedanken aus: „Laß uns freudig fortleben miteinander im Geiste und in der Wahrheit, jeder redlich auf seinem Wege, freudig und unverdrossen. Jeder thut, was Gott in ihn gelegt hat, und nichts anderes; so wirst du auch."

keit von neuem erkennen, aber auch seinen Leichtsinn und sein übermäßiges Projectiren nicht übersehen. Er und Brandis sind ein paar liebenswürdige Projectenmacher, voll Liebe, aber man muß ihnen das ne quid nimis zurufen. Reck ist ihnen, wie er mir schreibt, fürchterlich in die Parade gefahren, selbst mit Gefahr ihres Zornes. Indeß glaube ich, daß er recht haben und behalten wird. Vor allem hat er mir aufgetragen, Du möchtest Bunsen's Sirenengesang auf der dänischen Halbinsel nicht hören und nicht nach Kopenhagen fahren. Die Reise würde Deine Ankunft in Göttingen zu sehr verspäten und Dir, im Falle Du nicht zu Beauliens gingest, sehr schädlich werden, da Du einmal im Zuge seiest. Reck's Ansicht ist auch die meinige. Zwar gestehe ich gern, daß ich wol wie Bunsen mich von Zeit zu Zeit rasch und freudig aufs Meer des Lebens wagen möchte, um, wie er, zu gewinnen. Aber non omnes possumus omnia. Die Wagenden gewinnen oft, aber sie verlieren auch, und Besonnenheit und klares, nicht übereiltes Ergreifen der Gegenwart ist das Beste. Doch genug!

Einen Irrthum in Bunsen's Briefe muß ich rügen. Er spricht viel vom 8. October. Das ist grundfalsch. Der 8. October soll nach seiner Meinung Plato's Geburtstag sein, den wir, nach einem Decret vom Jahre 1814, feiern wollen durch Briefschreiben und Weintrinken. Also aber ist's nicht, es ist der 7. November. Bunsen kann's nicht behalten, ich hab's ihm so oft gesagt und aus gelehrten Werken demonstrirt. Den 7. November wollen wir feiern, dafür will ich sorgen, wenn Du zurück bist; an diesem Tage auch Luther's Geburtstag, den 10. November, wie Bunsen wünscht.

An Lücke selbst ist übrigens folgender nur wenige Wochen später geschriebene Brief Bunsen's gerichtet, der Niebuhr's Urtheil über Preußen adoptirt und die bevorstehende Abreise nach Berlin meldet:

Kopenhagen, 10. October 1815.

Brandis wandte sich nach Berlin an Niebuhr. Dieser schreibt: „Der Staat in Norddeutschland, der sich freut, jeden Deutschen aufzunehmen, und jeden, der in ihn eintritt, als einen geborenen Bürger betrachtet, das ist das wahre Deutschland, und da kann nicht davon die Rede sein, ob er andere Nebenstaaten, die Gott und dem allgemeinen Heil zum Hohn in ihren Isolirungen fort existiren wollen, genirt, ja nicht einmal, ob in seiner augenblicklichen Administration Mängel sind, unsere Nation möchte ich nicht mit dem alten Rom vertauschen." — Wir denken in drei Wochen in Berlin zu sein. Auch ich bin entschlossen, dort ein Vaterland zu suchen; hier bin ich mit dem wenigstens fertig, was ich nur hier haben konnte und insofern vollkommen mit meiner Reise zufrieden.*)   Der Staatsminister Graf Schimmelmann nahm sich meiner Studien= und Reisepläne mit Enthusiasmus an, auch der englische Gesandte Foster interessirte sich dafür; letzterer aber und noch mehr Niebuhr waren der Ansicht, es würde sich kaum in England etwas dafür durchsetzen lassen.

Der folgende Brief, an denselben Freund, ist denn auch bereits aus der preußischen Hauptstadt datirt:

Berlin, 21. November 1815.

Wir gingen den 30. an Bord, es war stürmisches Wetter, die Wogen drohten unsere kleine Jolle umzuwerfen und nur die größte Anstrengung der Ruderer verhinderte es.   Am 6. waren wir auf der Rhede von Swine= münde.   Wer Berlin als den Mittelpunkt des neuen Geistes ansieht, hat ganz recht, aber wer deshalb die Forderungen, welche man hier macht, nach den bisherigen Erzeugnissen beurtheilt, irrt sich ungeheuer.   Man hat sich über die im Gegensatze zum todten materiellen Studium entsprossene ideale Behandlung der abgeleiteten, besonders der historischen Wissenschaften, so weit erhoben, daß im Gefühle der nicht zu unterdrückenden Neigung des Zeitalters die Universität gerade auf das Reelle basirt hat.   Lachmann muß mit seinem Properz hierher kommen; er hat sicher noch diesen Winter Brot und Ehre.   Schulze sollte ihn am besten gleich begleiten.   Ich bin mit großer Scheu und Ehrfurcht zu den Größen Berlins gegangen, und ohne die erstere, aber mit vermehrter letzterer zurückgekommen, namentlich von Niebuhr, Schleiermacher und Solger.**)   Ich schreibe jetzt nur von dem erstern.   Wie mich gleich seine erste Unterredung in stummes Er= staunen setzte über die kaum für möglich zu haltende Gewalt über alles Wissen, würde ich vergeblich zu schildern suchen.   Alles, was man wissen kann, weiß er, und was er weiß, hat er am Fädchen.   Er kam mir gleich mit dem Rathe entgegen, für Preußen zu reisen.   Von Niebuhr schrieb ich Euch so gern noch vieles, besonders von seinem unbeschreiblich angenehmen kind= lichen Wesen.   Nur dadurch ist es begreiflich, wie sein bestimmtes, charaktervolles Wesen nicht abschreckend und hart sei.   Sein Herz ist ganz voll Liebe.

---

*) Unter den in Brandis' „Erinnerungen" erwähnten „Bausteinen" aus dieser Zeit finden sich mannichfache Erörterungen über die „Gesetze des irdischen Seins" in Kunst, Sprache, Wissenschaft, Religion und Staat.

**) Eine zwar weniger bedeutende, aber doch eigenthümliche Erscheinung, mit der die Freunde in Berlin ebenfalls in Beziehung kamen, war der Turnvater Jahn. Brandis' Erinnerungen erwähnten schon seine unerschöpfliche Beredsamkeit; außerdem findet sich ein Brief Jahn's an Bunsen kurz vor des letztern Abreise von Berlin (2. März 1816) mit dem Schlußwort: „Vergessen Sie nicht in der welschen Ferne «Gott verläßt keinen Deutschen»."

Sonnabend führte er uns in die sogenannte gesetzlose Gesellschaft *) zum Mittagessen und machte uns mit Savigny bekannt. Fast alle, z. B. Savigny, Schleiermacher, Buchhändler Reimer und Andere, stehen unter sich auf du und du. Becker saß neben Böckh.

Auch an seine Schwester Christiane schrieb Bunsen (gleichzeitig mit der Bitte, die auf den 19. November fallende silberne Hochzeit der Aeltern so fröhlich wie möglich einzurichten) über die Gründe, die ihn zu der berliner Reise bestimmt, in derselben Weise:

Berlin, 14. November 1815.

Preußen allein kann mein Vaterland werden, das habe ich Dir schon in Holland gesagt. Auch hat mich mein Gefühl nicht betrogen, daß, wenn eine Regierung in Deutschland etwas für mich thut, es hier geschieht, ungeachtet der Erschöpfung Preußens. Nur hier stehen Männer an der Spitze, die zur Ausführung großer Plane Sinn und Lust haben; und nur für einen solchen großen Staat, worin allein das Höchste auch in der Wissenschaft geleistet werden kann, mag ich die Früchte meiner Entdeckungen sammeln. Die Aufnahme aber, die ich hier gefunden, übertrifft meine Erwartungen. — Der größte Nutzen, wenn ich von hier nach Indien geschickt würde, wäre der: durch Herbeischaffung der Quellen das orientalische Studium in Deutschland einzuführen, da man in Europa jetzt nur London und zum Theil Paris hat, wo dieses getrieben werden kann.**)

In der That wurde denn auch der in Berlin zugebrachte Winter von 1815—1816 in mannichfacher Beziehung für Bunsen wichtig, so z. B. durch den bedeutenden Einfluß, welchen Schleiermacher's Predigten, durch den Eindruck seines Geistes und Charakters unterstützt, auf ihn ausübten.***) Doch blieb sein Hauptzweck die wissenschaftliche Durcharbeitung und Ordnung der Gegenstände seiner bisherigen Stu-

---

*) Diese von Schleiermacher gegründete Gesellschaft bringt noch heute alle vierzehn Tage einmal Männer der verschiedensten Beschäftigungen und Anschauungen zusammen.

**) Nicht minder kommt hier ein Brief an Hey vom 21. November d. J. in Betracht: „Es ist in Berlin ein herrliches Leben unter den Koryphäen der Wissenschaft, wie Niebuhr, Schleiermacher, Solger, Savigny u. s. w., und der langgehegte Entschluß, ein Preuße zu werden, ist nun ganz und gar fest. Nur Preußen kann Mittelpunkt und Stütze desjenigen werden, was den Norddeutschen theuer ist. Wie auch Einzelnes sei, der Geist ist kräftig und brav."

***) Das Tagebuch Bunsen's enthält unter anderm (aus dem Februar 1816) Aufzeichnungen über Schleiermacher's Darstellung der Dialektik des Plato und Aristoteles, der Megariker und Akademiker; danebenher gehen Auszüge aus Goethe's „Farbenlehre" und Görres' „Mythen der asiatischen Welt", sowie Bemerkungen über die Gruppe der Niobe.

dien, im Hinblick auf das große ideelle Ziel seines Lebens, und gerade
in dieser Zeit legte er Niebuhr's Beurtheilung eine kurze Uebersicht
der Resultate vor, welche hier (mit der ihr von Bunsen selbst gegebenen
Ueberschrift) folgen mag:

Entwurf eines Studienplanes, Niebuhr in Berlin im Jahre 1816 eingereicht.*)

Nach redlicher Prüfung und zusammenhängender Durcharbeitung der
Grundsätze und Ansichten, die mich bei der ersten Bildung meines wissenschaftlichen Lebensplanes und besonders während der letzten drei Jahre
seit dessen bestimmterer Gestaltung geleitet, lege ich schüchtern, aber mit Vertrauen, die Umrisse desselben Ihnen vor, dessen ermunternde Theilnahme
mich zu jener Vorarbeit aufzufordern schien, und mir zugleich den Muth
zu ihrer Ausführung gegeben hat.

Es sind zwei Punkte der philologischen und historischen Forschung des
classischen Alterthums, denen ich die erste Anregung verdanke und die auch
die Hauptgegenstände meiner ferneren Studien sein und bleiben werden:
zuerst die Sprache, besonders insofern mir ihr innerer Bau der reinste
Spiegel der in Kunst und Wissenschaft zerstreuten Eigenthümlichkeiten zu
sein schien; nachher mit und neben ihr die religiöse und bürgerliche Gesetzgebung. In beiden bald philologisch, bald historisch forschend, schwankte
ich immer zwischen zwei Endpunkten. Indem ich mich nämlich ganz dem
Einzelnen hingab, und das Bedürfniß einer möglichst tiefen und genauen
Betrachtung desselben als der einzig sichern Grundlage alles Andern aufs
lebhafteste fühlte, wurde ich bald zu allgemeinen Untersuchungen hingezogen, in deren Mangel, für mich wenigstens, der Grund von der erkannten Unvollkommenheit meiner Forschung mir zu liegen schien. Hatte
ich nun hier ein scheinbares oder wirkliches Licht gefunden, so trieb es mich,
mit demselben wieder zu der gezwungen verlassenen Forschung des Einzelnen hinabzusteigen, und was ich im Allgemeinen zu sehen geglaubt hatte,
hier in seiner Wirklichkeit und individuellen Bestimmtheit zu erkennen. So
wurde mir nun freilich das Wahre oder Falsche jener Betrachtung erst
klar und sicher in der erneuerten Forschung; aber ebendiese Fortsetzung
veranlaßte, zu einem gewissen Punkte gediehen, wieder ein ähnliches
Schwanken. Hätte ich nun das eine oder das andere dieser entgegengesetzten

---

*) Niebuhr würdigte nicht blos diese Skizze ernster und zustimmender Beach-
tung, sondern hat auch auf sie die später bei einer wichtigen Veranlassung ausgesprochene Ueberzeugung begründet, daß Bunsen „vielleicht der ausgezeichnetste
seiner jüngern Landsleute" sei. Aehnliche Gedanken wie dieses Niebuhr eingereichte Mémoire finden sich außer in dem schon erwähnten Brief an Hey vom
22. August 1815 in einer Aufzeichnung vom 12. Februar 1816 über seinen innern
und äußern Lebensplan.

Bedürfnisse von mir weisen können, so würde ich ihre Vereinigung nicht
versucht haben. Denn erfreuliche und unerfreuliche Beispiele der Ver=
gangenheit und Gegenwart überzeugten mich immer mehr, daß nur die
genaueste, zur Meisterschaft gediehene Forschung im Einzelnen die Wissen=
schaft, besonders aber auf ihrem jetzigen Standpunkte, wahrhaft zu fördern
vermöge; nichts aber war mir so verhaßt als das thörichte Bestreben, die
Halbheit der Forschung durch allgemeine Betrachtungen und philosophisch
scheinende Reconstructionen zu ergänzen. Da ich aber keinen andern Aus=
weg für mich finden konnte, so bildete ich bei mir folgende Gedankenreihe.
Wenn der Philologie, meinte ich, die Anordnung und Behandlung der
geschichtlichen Thatsachen in ihrer Einzelheit, der Historie die Erforschung
und Darstellung des Zusammenhanges derselben in den verschiedenen Ent=
wickelungsreihen, der Philosophie endlich die Aufstellung der begründenden
Principien beider, sowol für das erkennbare Sein als Werden jener Er=
scheinungen, und die Bestimmung einer sichern Methode für die Vermittlung
der Thatsachen mit den Ideen zukommt; so kann freilich nur die Ver=
einigung dieser drei Betrachtungsweisen zu allseitiger und genügender Lösung
der gemeinsamen Aufgabe und damit zu dem Ziele wahrhaft menschlicher
Erkenntniß führen. Aber wie und in welchem Grade dieses Ziel auch zu
erreichen sei, der Weg zu ihm ist nur nach gehöriger Sonderung und mit
strenger Beachtung der durch jene drei Elemente nothwendig gegebenen
Stufen anzutreten, wenn er für die nur im Ganzen der Entwickelung sich
allmählich vollendende Wissenschaft wirklichen Gewinn bringen soll. Wir
müssen also mit der philologischen Betrachtung beginnen. Diese hat aber
zwei Stufen. Denn zuerst muß sie die Thatsachen im weitesten Sinne
vollständig und mit kritischer Prüfung sammeln und anordnen, und dies ist
nur möglich durch das Hinzutreten der ersten und allgemein begründenden
philosophischen Betrachtung, nämlich der logischen. Indem nämlich durch sie
die Formen der Erscheinungen vollständig und in ihrem nothwendigen Zu=
sammenhang, also allgemein gültig aufgestellt werden, ist eine Reconstruction
des vereinzelt und meist in Trümmern uns Vorliegenden und die richtige
Nebeneinanderstellung des nur scheinbar Verschiedenen möglich. Diese
wissenschaftliche Betrachtung wird um so nöthiger sein, je mehr die Ver=
schiedenheit der Thatsachen auf innere Formen zurückgeführt werden kann
und muß, wie z. B. in der Sprache, und je weniger vollständig uns diese
Erscheinungen aufbewahrt worden sind. Diejenigen Erscheinungen nun,
welche als Symbole der Ideen erkannt werden können, müssen einer zweiten
philosophischen Behandlung unterworfen werden, welche in ihnen die zum
Grunde liegende und erkennbare Idee nachweist und sie also deutet und
gleichsam zu lebendigen Thatsachen erhebt. Wie verschieden man auch über
die Möglichkeit und Grenze dieser Deutung denke, so ist doch klar, daß von
ihr nur die Rede sein kann, inwiefern der ersten Stufe sowol nach deren

empirischem als philosophischem Elemente Genüge geleistet ist. Dasselbe scheint mir von den drei Stufen der historischen Betrachtung zu gelten. Denn so wie von keiner Entwickelungsreihe etwas ausgemacht werden kann, ohne jene philologische Darstellung der in ihr enthaltenen einzelnen Erscheinungen, so kann nur zuerst die Entwickelung in der eigenthümlichen Reihe der Wissenschaft oder Kunst, der Sprache oder Religion, des einzelnen Lebens oder des Staates dargestellt werden, ehe an das Uebertragen in die universalhistorische gedacht werden darf, wenn und wie überhaupt eine solche Erforschung auch möglich sein mag.

Allerdings aber scheint mir sowol die Natur jener Elemente als die universalhistorische Natur unseres Standpunktes ein Streben nach jener universalhistorischen Ausdehnung der philologischen wie der geschichtlichen Betrachtung nothwendig zu machen. Das Gelingen desselben möchte aber wol von der Aufstellung einer philologischen und historischen Grundreihe als Kern= und Mittelpunkt aller anderweitigen Forschung in Völker= und Länderkunde abhängen. Eine solche Hauptreihe kann nur von den jedesmaligen Hauptvölkern gebildet werden, und wenn das Menschliche in den verschiedenen Stufen der Entwickelung am herrlichsten nicht allein, sondern auch am klarsten und vollständigsten sich in ihnen darstellt, so muß sie in sich selbst zusammenhängend und fortlaufend sein. Die Bestimmung derselben vom Mittelpunkt der historischen Betrachtung (also innerlich nach der universalhistorischen Wichtigkeit, äußerlich nach der möglichen Begründung durch Denkmäler) und von dem der philologischen (also nach der Bedeutung der Denkmäler, sowol der wissenschaftlichen als der praktischen, insofern wir die Philologie als allgemeines Erziehungsmittel betrachten) scheint mir nun dasselbe Resultat zu geben. Aus allen Gesichtspunkten nämlich werden wir auf drei Haupttheile geführt, die zusammen jene Grundreihe bilden: die germanischen Völker, das griechisch=römische Alterthum, und für die erste Abtheilung und Periode der medisch=persisch=indische Stamm. Schon der erforderlichen Denkmäler wegen möchte wol für diesen Theil kein anderes Volk gesetzt werden als die Hebräer. Jedoch haben diese ihre eigentliche universalhistorische Bedeutung nur als Mittel der Vorbereitung des Christenthums, nicht aber in der menschlich zu betrachtenden und wissenschaftlich erkennbaren Entwickelungsreihe. Allein auch alle anderen Gesichtspunkte geben dasselbe, wenn wir es anders als Thatsache annehmen dürfen, daß die nach ganz andern Rücksichten aufgestellte Reihe zugleich uns die am nächsten verbundenen Glieder eines großen Völker= und Sprachstammes zeigt, der sich durch die verschiedenen Zeitalter der Geschichte hindurchzieht. Dies wäre also ein Theil des philologischen Gesichtspunktes, insofern von allen Denkmälern die der Sprache die wichtigsten und zur wirklichen philologischen Begründung nothwendigsten sind, sodaß auch ihr Zusammenhang ein zu beachtender Punkt sein kann.

Ist es nun möglich, auf diese Basis einen individuellen Lebensplan zu gründen, so kann zuerst nur von der Art der philologischen Begründung die Rede sein. Da ich nun glaubte, daß hierzu eine Reise in den Orient und zwar insbesondere ein Aufenthalt in Kalkutta nothwendig sei, so schien mir folgende Anordnung der Arbeiten die beste.

Vor allem wünschte ich das Studium der germanischen Sprachen, in ihrem vollen Umfange genommen, bis zu dem Punkte führen zu können, der für mich erforderlich ist. Denn da mein Zweck in ihnen im allgemeinen nur die Erkennung des Gegensatzes des Alten und Neuen, insbesondere aber nur linguistisch war, so konnte ich nicht daran denken, später zu ihnen zurückzukehren. Wissenschaftlich sollte dieses Studium zwei Resultate geben: erstlich die Bestimmung der verschiedenen Stämme und Völkerschaften, besonders der germanischen und skandinavischen, nach der Sprache, und damit des Verhältnisses der verschiedenen Zweige der germanischen Philologie; und zweitens: Beiträge zu der grammatischen Begründung derselben. In dieser Beziehung habe ich auch vorzüglich das Studium des Isländischen unternommen.

Was das Uebrige betrifft, so dachte ich den Orient nicht betreten zu dürfen, bis ich in doppelter Rücksicht Vorarbeiten gemacht hätte. Erstlich für die Erlernung der Sprachen wollte ich mit dem Persischen beginnen. Von den beiden Gesichtspunkten bei dessen Studium, dem wissenschaftlichen und dem praktischen, insofern jene Sprache das Studium im Orient sein würde, mußte wol vorerst jener hauptsächlich berücksichtigt werden. Hiernach würde ich alles auf den Firdusi beziehen, zu dessen philologisch-kritischer Behandlung (besonders des ersten mythischen Theiles als des wichtigsten) mir meine Handschrift die beste Gelegenheit gibt. Die Hauptörter dafür scheinen mir Paris und nachher Oxford zu sein.

Hierauf würde am besten das Studium des Sanskrit folgen, wofür England wol die einzige Möglichkeit darbietet. Nur im Besitze dieser beiden Sprachen möchte man die Wichtigkeit der Zendbücher und die Möglichkeit ihrer kritischen Bearbeitung sowie die grammatische Darstellung der Sprache beurtheilen können. Davon würde es also abhängen, ob man Anquetil's Handschriften und seine (wahrscheinlich wenig brauchbaren) Arbeiten vor der Reise benutzen müßte.

Neben diesen Spracharbeiten, welche (die germanischen abgerechnet) wol in drei Jahren zu vollenden wären, müßte die andere Hälfte der philologischen Begründung hergehen: nämlich die Sammlung und kritische Bearbeitung der in den Classikern liegenden Thatsachen für die Völkerschaften des Orients, zunächst für jene, und zwar besonders für deren Ursprung und Zusammenhang, dann auch für ihre religiösen und bürgerlichen Einrichtungen. Was mir der Aufenthalt in England, Frankreich und Italien von kritischen Hülfsmitteln darböte, würde ich besonders hierauf

beziehen. Auf jeden Fall aber müßte ein planmäßiges und zusammenhängen=
des Studium der classischen Alten, welche immer der Mittelpunkt aller
philosophischen Betrachtungen sind, während der ganzen vorzüglich dem
Orient gewidmeten Zeit nicht aufhören, wenngleich vorerst in beschränktem
Umfange. Deshalb möchte ich wol mit kritischer Lesung Herodot's für jene
Zwecke beginnen. Vorgearbeitet habe ich vorzüglich für die Persica und
Aegyptiaca.

Der Aufenthalt in Kalkutta könnte für mich nur zwei Hauptzwecke
haben: Benutzung der dort vereinigten, besonders inländischen, lebenden
und todten Hülfsmittel für Sprach= und Völkerkunde nach jener Bestim=
mung, und Anschaffung der nothwendigsten Denkmäler. Hierzu halte ich
nach jener Vorbereitung drei Jahre Aufenthalt für hinlänglich.

Mitten unter diesen großen Arbeitsplänen sehen wir Bunsen
gleichzeitig durch schwere häusliche Sorgen in Anspruch genommen.
Ein vom 27. Januar 1816 datirter Brief kann zwar noch der Schwe=
ster herzlichen Dank sagen für ihre treffliche Einrichtung der silbernen
Hochzeitsfeier und den ausführlichen Bericht, den sie ihm über den freu=
digen Tag gegeben, welchen die Aeltern noch völlig genossen zu haben
schienen. Aber bereits war die Lage im Aelternhause trübe verändert.
Ein heftiger Anfall rheumatischer Gicht, an der sein Vater schon län=
ger gelitten hatte, rief eine körperliche und geistige Hinfälligkeit her=
vor, die von nun an fortdauerte, nur gradweise verschieden, bis der
Tod ihn vier Jahre später erlöste. Sein Sohn fühlte den Schlag
furchtbar, war es doch der erste ernste Kummer seines Lebens, und
noch dazu mit der Sorge um die gleichfalls schwer erkrankt gewesene
Schwester verbunden! Noch derselbe Brief, vom 27. Januar aus Ber=
lin, geht darauf ein:

Wie mußt Du gelitten haben an Körper und Seele, innerlich und
äußerlich! Denn auch daß es mit den Aeltern nicht zum besten stände,
fürchtete ich leider mit nur zu vielem Grunde! Aber daß es so schnell sich
mit dem Vater sollte zum kindischen und kraftlosen Zustande wenden, hatte
ich nicht gedacht.

Also zum letzten male habe ich ihn gesehen in der schönen Greisen=
gestalt, gesund an Geist und Körper! Alles, alles dahin! Daß er seine
Freude haben sollte an mir und meinem Schicksale, ist seit dem Augenblick,
wo ich das väterliche Haus verließ, der heiligste Wunsch meiner Seele
gewesen — und jetzt, nachdem er soviel Angst und Kummer und Sorgen
über mich gehabt, jetzt, wo die Rückkehr meines Freundes meine Lage
sichert und mir erlauben wird, meine kindliche Liebe ihm einigermaßen

thätig zu bezeugen — jetzt wird er unfähig, sich über irgendetwas mit klarem Bewußtsein zu freuen! Sein Leiden aber schmerzt mich besonders seinetwegen in doppeltem Betracht; denn ich sehe es theils als eine Folge seiner schweren Arbeiten bei Tag und Nacht an, wie Du richtig bemerkst, theils auch schienen ihn viele Dinge zu peinigen, die er mit seinem un= bezwinglichen Sinne sich fern gehalten. Hierfür besonders ist es mein größter Trost, daß Du da bist, denn ich weiß, daß Du allein ihn hier be= ruhigen, seinen Schmerz in den Augenblicken der Besinnung in sanfte Schwermuth und Vertrauen auf Gott und den Versöhner verwandeln, und so vielleicht ganz zur Besonnenheit zurückführen, wenigstens besser als alle Geistliche zum Tode geleiten kannst.

Inzwischen war Astor, seine versprochene Rückkehr nach Europa und zu seinem Freunde um volle drei Monate beschleunigend, schon gegen Ende November 1815 in Paris angekommen. Es ging einige Zeit darüber hin, bis Bunsen seine Einladung, dort mit ihm zusam= menzutreffen, erhielt, und dies scheint die Pläne, welche er mittlerweile für den Sommer gefaßt hatte, gestört zu haben. Anfangs hielt er an der Hoffnung fest, Astor werde zu bewegen sein, selbst zuerst nach Berlin zu kommen, das damals ein Mittelpunkt des geistigen Lebens war wie weder vorher noch nachher.*)

---

*) Die außerordentlich reiche Anregung, welche die damalige berliner Uni= versität besonders auch in der theologischen Facultät bot, bevor „die düstern Lar= ven ausgekrochen waren", die Schleiermacher in seinem berühmten Brief an Lücke vorherverkündigt hatte, schildert ein Brief Lücke's an Bunsen vom 3. November 1816, der zugleich auf Lücke selbst und sein Verhältniß zu seinem Freunde das hellste Licht wirft, in lebhaften Farben:

„Deine Worte über unsern gleichzeitigen Eintritt in das männliche Wirken haben mir ein deutlicheres Bewußtsein gebracht von dem, was schon seit längerer Zeit, am meisten aber seit ich hier bin, in mir sich zu gestalten angefangen. An die äußere Zeit und die äußeren Abschnitte des Lebens mag ich es nicht knüpfen, ich fürchte mich vor allen Eintheilungen der Geschichte nach bestimmten Jahren. Das aber weiß ich, wie mich die Liebe meiner Henriette und Deine und unseres Kreises Bekanntschaft in das höhere Jugendstreben eingeführt und mir eine Welt geöffnet, von der ich sonst nur dunkle Ahnungen hatte. Wie ein Jeder von Euch auf mich gewirkt, wird mir nur klar, soweit das möglich ist, in der allernächsten Beziehung mit ihm, in dem persönlichen Zusammensein oder in Briefen, wo das Bild lebendiger wird als sonst, und seine Verbindungsfäden mit meinem Innern hervortreten. Sagen kann ich das selten und auch Dir nicht heute; aber ich er= kenne es klar, wie der Geist Gottes über jener Liebe und Freundschaft schwebt und darin ist, und in Gemeinschaft mit jenem Bunde, den ein Jeder als Christ schließt, seine Schöpfung in mir begonnen hat und ohne Aufenthalt vollenden wird in dem irdischen Leibe. — Mein Herkommen nach Berlin ist mir nur ein Werk

Es zog sich daher die Correspondenz zwischen ihnen etwas in die Länge. Als Bunsen schließlich einsah, daß Astor sich entschlossen habe, seine Ankunft in Paris zu erwarten, reiste er von Berlin dorthin ab. Nachdem er unterwegs einige Tage mit seinen Freunden Becker, Hey,

---

desselben Geistes und es ist keine Scheidung. Aber wie Berlin, zumal ich allein bin, ohne Euch, und mich im Besitz großer Liebe und Achtung unter den hiesigen weiß, auf mich gewirkt hat und noch wirkt, und mir weniger das Aufhören des jugendlichen Lebens in allen Verzweigungen meines Geistes, als vielmehr seine innige Vermählung mit dem männlichen Arbeiten und Wirken nothwendig macht, das kann ich Dir nur in einigen Zügen offenbaren.

„Mein Verhältniß zu den hiesigen Theologen ist das schönste und herrlichste, wie ich es mir nur denken mag. Mit Ausnahme von Marheineke habe ich mich an die drei Anderen näher gewagt und sie jeden in seiner Art liebgewonnen und mir als nothwendig zur Vollendung befunden.

„Schleiermacher ist auch in unserer Wissenschaft der ausgezeichnetste ohne alle Frage; und wenn ich auch abgesehen davon, was er darin Neues und Schönes schafft, ihn nur in der seltenen Harmonie des Lebens und der Wissenschaft überhaupt und insbesondere in dem reinen Einklang seiner praktischen und theoretischen Theologie betrachte, so ist mir in ihm ein Muster erschienen, welches mir mein eigenes Ideal nur deutlicher und vollkommener macht. Ich verzweifle, jemals seine Höhe zu erreichen, und ich würde mich verkennen, wenn ich danach ringen wollte, da er von Natur ein ganz anderer ist als ich. Aber wie unrecht es auch auf der einen Seite ist, sein Leben nach irgendeinem menschlichen Bilde einzurichten und gestalten zu wollen, da alle Ideale darüberhinaus liegen müssen, und uns nur Ein Bild gegeben ist als Ebenbild Gottes auf Erden: so natürlich ist es mir doch, mich an ihm emporzuarbeiten und aus verschiedenen Höhemessungen die Höhe meines eigenen Gestirnes zu erforschen. Ich kann nur selten ein wissenschaftliches Gespräch mit ihm gewinnen und darin höchstens nur Andeutungen, da ich weder sein Schüler bin, noch als Theolog eines Andern Schüler sein mag, als Gottes und Christi. Aber wenn ich alles, was er mir und mit mir Vielen auf der Kanzel, auf dem Katheder, in der Gesellschaft und in seinem Leben gibt, wo die ethische Gewalt des Mannes doch bei weitem über alles emporragt, was ich hier kenne, nur recht zusammenfasse, so entsteht mir ein Bild von ihm, das mir mehr werth ist als alle seine wissenschaftlichen Constructionen u. s. w. Ich weiß, daß er mich lieb hat; mit desto größerer Liebe betrachte ich ihn und erbaue mich an ihm für mein eigenes Leben.

„Neander steht auf einer andern Höhe, um die ich ihn beneide. Die segens-reiche Ruhe seiner wahrhaft theologischen Contemplation, die über alle Ströme der Speculation und Reflexion erhaben ist, und in der historischen Gestalt des Christenthums die reinsten und höchsten Ideen findet, bezaubert mich, so oft ich bei ihm bin. Er hat sich mir geöffnet und ist mir näher gekommen, als ich an-fangs glaubte; wir sind uns in gar Vielem begegnet, und in der Grundansicht von der Nothwendigkeit und der Art und Weise des theologischen Studiums eins geworden. Ich schließe mich daher am meisten an ihn an, ob ich gleich meine mir eigenthümliche Weise behalte und in seine Zurückgezogenheit und seinen theologischen Eifer über die Gegenwart und die jetzige Gestaltung der Theologie nicht einstimme,

Agricola u. A. in Gotha, mit Lücke und den übrigen in Göttingen, und mit seiner hartbetroffenen Familie in Corbach zugebracht hatte, sputete er sich soviel wie möglich, über die französische Grenze zu kommen.

Von dieser Reise geben folgende Briefe näheren Bericht:

überhaupt mich vor der Einseitigkeit zu bewahren suche, in die er nothwendig hat verfallen müssen. So verhaßt mir auch die Toleranz der Vielseitigkeit ist, und ich in Neander gerade den Mann finde, der den reinen und Gott wohlgefälligen My= sticismus nach seiner Eigenthümlichkeit zu vollenden berufen ist, so kann ich mich doch darin nicht so beengen lassen wie er, und mag nicht gleich ihm jedes Weiter= bilden unserer Wissenschaft sowol als der Kirche durch Philosophie, Kritik und neue Gestaltungen Einzelner im Leben schelten und darauf zürnen. Mir gefällt immer noch der heitere, rege und kräftige Sinn des Wirkens in der Welt neben der Stille der Contemplation, und das philosophische Forschen sammt der Kritik kann und will ich nicht als ein teuflisches Werk verachten, sondern achte es als ein irdisches und menschliches hoch, in dem auch der göttliche Geist wohnt, wie in den Tiefen der historischen, kindlichen Forschung und der heiligen Contemplation.

„Davor bewahrt mich mein Umgang mit de Wette, der zum Theil aus Schmerz über sein Alleinstehen und die Verketzerung Vieler, die ihn gar nicht kennen, mich an sich zu schließen sucht. Der Mann ist mir in seinem exemplarischen Lebens= wandel ehrwürdig geworden, und er hat mir in vertrauteren Stunden eine Tiefe des Gemüths und eine Kindlichkeit, und in dieser eine ethische Kraft offenbart, die von Andern hier, außer Schleiermacher, kaum geahnt wird. Sein Verstand, der eine seltene Klarheit und Schärfe in der historischen Kritik erreicht hat, tritt freilich überall hervor, aber wenn alle Theologen ihren Verstand so wahrheits= liebend gemacht hätten und so furchtlos, so könnten wir uns Glück wünschen für die Wissenschaft und Kirche. Ich bin gewöhnlich im Streit mit ihm, aber er liebt den Streit der Meinungen, und es entsteht daraus immer Frucht der Ueberzeugung. Sein Umgang ist mir außerordentlich nützlich, und sein Zorn und sein Haß gegen alle weibische Theologie, Empfindeln und unprotestantische Weichheit und Thaten= losigkeit, gegen alle Furcht vor scharfen Forschungen und männlichen Gedanken ist längst der meinige gewesen, und ich freue mich in dieser Rücksicht mit Schleier= macher, daß de Wette hier ist und dem Zeitstrome furchtlos und wahrhaft pro= testantisch entgegenarbeitet. Denn der Schaden, der aus jenen Verzärtelungen hervorgeht, ist sehr groß und sichtbar schon jetzt in der Kirche, und es wird alle Kraft der Vernünftigen erfordert, um dagegen zu arbeiten. Wenn Männer wie Savigny und andere Nichttheologen den de Wette so verketzern, wie ich weiß, daß sie es thun, so kennen sie ihn zum Theil nicht, zum Theil ist es Heuchelei und romantische Sehnsucht nach dem Alten, das sie nicht kennen. In keiner Zeit ist der Satan alleinherrschend, am wenigsten in unserer Zeit, am allerwenigsten in de Wette.

„Aber gerade diese drei Männer, die mich alle mit Liebe und Achtung unter sich aufgenommen haben, und in deren jedem ich etwas und recht viel finde, was mir zusagt, zwingen mich, mir meine eigene Höhe des Lebens klar zu machen und auf dem Grund meiner Eigenthümlichkeit rastlos dann hinaufzustreben. Jetzt da ich von hier aus mein Leben in Göttingen betrachte, erscheint es mir zwar bis

Göttingen, 19. März 1816.

(An Brandis.) Es ist heute der Jahrestag einer Stunde, die mir so un=
vergeßlich ist wie Dir, die Urheberin engern Vertrauens und innigerer Freund=
schaft nicht allein, sondern auch der ganz eigenthümlichen Liebe und Achtung,
die mein Wesen mit unzerreißbaren Banden an das Deinige gebunden hat.
Denn so wie die Größe Deines Schmerzes mich tiefer als je in die ganze
Treue und Innigkeit Deines Gemüthes blicken ließ, so hat die sittliche
Kraft, die sich durch Dein Leiden und das Ringen mit ihm in Dir so
herrlich und mächtig entfaltete, mich mehr als irgendeine andere ergriffen
und an sich gezogen. Wenn mir Gott einst eigene Leiden sendet, und ich
sie bekämpfen und ertragen lerne, wenn ich überhaupt zu der Kraft und
Stärke gelange, um die ich Gott bitte, so verdanke ich das vorzüglich dem,
was ich seit einem Jahre an Dir und in Dir gesehen.

Frankfurt, 29. März 1816.

(An denselben.) Daß und warum ich hier bin, wird Dir mein Tage=
buch erzählen, worin ich Dir von den Angelegenheiten unserer Freunde
geschrieben habe. Diese Zeilen sind also für das Liebste, für Dich, mein
theurer Brandis, und Dein Leiden. Ich weiß, Deine Wunden bluten
noch, ich darf nicht fürchten, sie nun wieder aufzureißen; ja sie sollen und
müssen es auch, denn der Mensch hat nichts Heiligeres von dem Seinigen
als seinen Schmerz. Laß es uns also noch einmal klar sagen, daß Gott
Dir Deine liebste Hoffnung nicht hat erfüllen wollen. Darin liegt ein
Abgrund von Schmerz für Deine tieffühlende, treue Seele — aber auch
der Anfang möglicher Beruhigung und des Trostes. Mit der Hoffnung
ist Deine Ungewißheit auch aufgehoben, und so das Schrecklichste. Also
verhehle Dir nichts, fasse die Größe Deines Unglücks nur ins Auge, Du
wirst damit und nur damit den göttlichen Strahl der in uns gelegten
Kraft finden. Gedenke der leidenden Menschheit, Deines Berufs, durch
schwererrungene Kraft und Tugend das Werk Gottes zu fördern; gedenke
unseres göttlichen Vorbildes. Wahrlich wenn Du Dir vor Augen stellst,
welche beseligende Kraft der Mensch ausübt durch diese unmittelbare Dar-

----

dahin nothwendig in allen seinen Richtungen, aber auch freilich nur bis dahin;
und ich segne Dich und Brandis, daß Ihr mir vorangegangen und mich hierher=
gezogen habt, den gewiß nicht Widerstrebenden.

„Die Glocke ruft zu Schleiermacher's Kirche; ich will fort, weil ich nicht gern
eine Predigt versäume, die mich mit so reinem Zauber in das Innerste des Christen=
thums einführt.

„Lebe wohl und schreibe bald, recht bald. Deine Briefe sind mir, was nur
wenige Briefe mir sein können. Gott erhalte Dich! Er hat Dir viel vertraut,
vertraue ihm!“

stellung Gottes in sich, und daß Du vor Vielen, sehr Vielen dazu berufen bist, und daß Du nicht weit umzublicken hast, um diesen Beruf zu üben, — Du mußt die tröstende Kraft des Geistes Gottes fühlen. Ich kann Dich nur auf Dich selbst verweisen, denn ich fühle, daß es wahr ist, und gehe zwar mistrauisch auf die eigene Kraft, aber doch mit redlichem Willen und mit Begeisterung meiner Prüfungszeit entgegen. Meine Worte fallen tausendfach auf mich zurück, wenn ich sie bei mir selbst vergessen sollte. Du sollst darum nicht allein sie, sondern Dich selbst vor meine Augen stellen. Aber zuerst beginne mit dem unglücklichen Schulze, der nichts weiß und wissen will von dieser Kraft und dieser Anforderung. Er ist eigentlich unglücklich und elende.....

Metz, 2. April 1816.

(An die Schwester Christiane). Ich danke es Dir noch tausendmal, daß Du mich nicht hast wankend werden lassen, sondern im Gegentheil recht gestärkt und ermuthigt hast. Es ist mir dieses ein neuer Beweis gewesen, dessen es freilich für meine Ueberzeugung nicht beburfte, welchen Schatz von Erfahrenheit, Weisheit und Stärke Du in Dir trägst. Bedenke nun auch recht, daß, wer dies hat, sich jenes von Gott angewiesenen Berufes erfreuen soll, und fröhlich sein soll in dem Herrn. Und zu thun sollst Du immer genug an mir haben, und ich werde Dir zu beweisen suchen, daß ich auch Deinen Rath zu benutzen verstehe.

Die Franzosen jammern und klagen und schelten so durcheinander, daß ein vernünftiger und ehrlicher Mensch sich die Ohren zuhalten möchte. Ich habe sie auf der Reise immer zutraulich gemacht, und dann ihre Beschwerden angehört. Einigen kann man gar keine Gründe anbringen, andere nehmen hier und da Vernunft an, aber daß sie geschlagen worden in einer ordentlichen Schlacht, wollen sie niemals einsehen. Uebrigens gibt es in Metz noch viele Familien von deutschem Ursprunge, ja die ganze Stadt wurde erst um 1550 französisch. Das wollen sie auch nicht glauben, da sie von der Geschichte nichts wissen. Bis zwei Stunden vor Metz ist Deutsch die Muttersprache. Aber alle sprechen auch französisch.

In Paris wurde Bunsen von Astor mit der ganzen Herzlichkeit ihrer langerprobten Freundschaft empfangen. Es war aber eine Schwierigkeit entstanden, und Astor löste sie in der rücksichtsvollsten Weise. An der Ankunft seines Freundes verzweifelnd, hatte er mit einigen Landsleuten abgemacht, sie auf einer dreimonatlichen Reise über Florenz nach Rom zu begleiten: und er ließ nun Bunsen diese Zeit zur Vollendung seiner persischen Studien in Paris unter der Leitung des großen Orientalisten Silvestre de Sacy. Es wurde daher bestimmt, daß sie sich drei Monate später in Italien treffen wollten.

Ueber seinen pariser Aufenthalt, namentlich die dort mit wahrem Feuereifer begonnenen orientalischen Studien, hat Bunsen in mehreren Briefen sich ausgesprochen:

Paris, 27. April 1816.

(An Brandis). .... Nun von mir zu reden, so muß ich Dir sagen, daß ich mehr in Arbeit stecke als jemals. Um nämlich mich einmal wieder in den Gang zu bringen, und zugleich die Zeit zu überspringen, habe ich mich in große, und wenn Du willst, etwas anmaßende Unternehmungen einge= lassen. Zuerst nämlich wollte ich nur Sacy's Firdusi besuchen, welchen keiner der übrigen persischen Schüler besucht, sondern den er mit zwei Franzosen liest, die schon einiges haben drucken lassen, und von denen der eine acht, der andere zwölf Jahre unter ihm studirte. Da Freytag*) näm= lich das Arabische bisjetzt zur Hauptsache gemacht hat, so ist Firdusi für ihn der schwerste. Zum großen Erstaunen der beiden Franzosen erschien ich deshalb gestern vor acht Tagen mit meinem Buche, um zuzuhören, und zu ihrem großen Aerger, da ich sie freilich etwas aufhalte, übersetzte ich in der folgenden Stunde, nämlich gestern, schon meinen Theil. Da nun jedesmal 170—190 Verse gelesen werden, so hätte ich damit meine Lust genug haben können. Sacy wollte aber durchaus, daß ich auch Meschoud und Sabi mitnehmen sollte, theils aus Liebe zur Sache (insofern er Sacy ist), theils aus einer Art Eitelkeit, die alle Franzosen haben, recht viel für einen zu thun. Dazu kommt, daß er auf Deutschland und seinen dortigen Ruhm viel hält. Ich ging also hinein, und da ich in der zweiten Stunde schon etwas verstand, da ich mich vorbereitet hatte, so werde ich in der nächsten Woche mit in Reihe und Glied übersetzen. Dies zog aber noch etwas Anderes nach sich. Ich konnte für diese beiden Dichter das Arabische nicht entbehren, wenn ich die Sache gründlich treiben wollte, wegen der arabischen Wurzeln und Redensarten. Nun schlug mir Sacy vor, in eine seiner arabischen Stunden zu kommen, die er für mich, so viel möglich, einrichten wolle. Da ich doch nun einmal in Arbeit war und gesehen hatte, daß ich Firdusi später wol für mich lesen könnte, wenn ich die gehörige Uebung hätte, so nahm ich das an, und werde in der nächsten Woche auch mein Pilpai übersetzen, und später vielleicht gar

---

*) Georg Wilh. Freytag war, nachdem er schon früher neben der Theologie orientalische Sprachen studirt hatte, 1815 als Brigadeprediger nach Paris gekommen, legte dort diese Stelle nieder, um sich (mit Unterstützung des preußischen Ministeriums) ganz dem Studium der arabischen, persischen und tür= kischen Sprache widmen zu können. Seine eingehende Thätigkeit auf diesem Ge= biete (als Professor in Bonn 1818—1861) bedarf keiner besonderen Er= wähnung.

den Koran. Wenn ich nun hinzufüge, daß ich zweimal wöchentlich bei Langlès persisch lese, so wirst Du einsehen, daß ich vom Morgen bis in die Nacht nur zu präpariren und zu repetiren habe. Das thue ich denn auch, und zwar mit rechter Wuth und Freude, weil ich vorwärts muß und auch vorwärts komme. Ich habe deshalb mich ganz nach meinem Gefallen eingerichtet, was ich hier besser kann als irgendwo. Ich arbeite des Morgens von 5—10, wo ich in dem Garten von Luxemburg, der drei Minuten von mir ist, meinen Kaffee trinke. Dann arbeite ich bis 5 Uhr, wo ich esse. Meine Stunden sind von 9—10 im Persischen beim Collège de France, dicht bei mir, und von 3—5 bei Langlès, der eine halbe Stunde von mir liegt. Das Arabische fällt hiermit zusammen, von 12—2 Donnerstag, die Zwischenzeit lese ich Manuscripte auf den Bibliotheken oder gehe zu Schlabrendorf. Von 7—$\frac{1}{2}$10, höchstens 10, mache ich jetzt eine kleine Arbeit, wobei ich zu schreiben habe, und später werde ich sie dem französischen Theater widmen.

Paris, 11. Mai 1816.

(An die Schwester.) Ich dachte in den drei Monaten nur Eine Sprache, das Persische, zu studiren, und zwar in gelehrter Absicht, wozu mir das Altpersische, die Sprache meines Manuscripts, nothwendig ist. Diese Sprache hat für mich aber noch eine andere Wichtigkeit, nämlich eine praktische, sie ist im Morgenlande, wie die französische in Europa besonders früher war; jeder spricht sie, der gebildet ist. Dieses Neupersische ist aber fast zur Hälfte mit einer fremden Sprache, dem Arabischen, vermischt (welches sich zum Hebräischen wie Dänisch zu Deutsch verhält) — dies muß man also seinetwegen mitlernen. Dies wollte ich in England thun und mich da ganz aufs Sprechen und Schreiben legen. Allein die außerordentliche Freundschaftlichkeit oder Gefälligkeit des hiesigen Professors Sacy und die Vortrefflichkeit seines Unterrichts haben mich bewogen, dies Letzte gleich in Paris zu thun, und es scheint, als wenn Gott mich jetzt ganz besonders segnet, denn ich mache wirklich mehr Fortschritte, als ich selbst je geglaubt hätte. Bei meinem Weggehen in drei Monaten werde ich so weit sein, daß ich bei gehöriger Uebung nicht allein Alt-, sondern auch Neupersisch lesen und das Letztere sprechen kann. Es ist möglich, daß dies die Ausführung meines Planes um ein Jahr beschleunigt, ja ihm eine ganz andere Wendung gibt. Ich bedarf jetzt keines Studiums irgendeiner Sprache in Europa mehr, ja ich sehe ein, daß ich von dem Indischen in Paris fast nichts lernen kann, was der Mühe verlohnt. Darin aber als Schüler in Kalkutta zu erscheinen, ist mir keine Schande; man wird sich über mein Persisch wundern, da ich in England und dort als Philolog im Griechischen und Lateinischen auftreten und von allem Anderen nichts sagen werde. Du weißt, der Engländer will, daß jeder Mensch Eines zu

seiner Profession mache; wer Mehreres dazu machen will, ist ein Wind=
beutel oder ein Mensch, vor dem man sich hüten muß. Meine Preisschrift
(die ich verbessern und glänzend neu drucken lassen werde) handelt gerade
über den Zusammenhang der alten indischen und griechischen Gesetze und
Religionsgeheimnisse, und ist also doppelt für jene Zwecke brauchbar. Als
gewiß nehme ich nun an, daß ich mit Astor von Italien nach England
reise; dann will er einige Monate in Deutschland bleiben, oder auch vor=
her nach Deutschland gehen, welches wol von mir abhinge. „Du kannst
alsdann so lange in England und Deutschland bleiben, wie Du willst;
ich aber gehe über Amerika nach Indien; mein Vater wünscht es und
wird Dich mit seinen Schiffen hinüberschicken.“ Ich habe hierüber noch
keinen Entschluß gefaßt, schreibe mir einmal Deine Gedanken darüber.

Ich bin vollkommen gesund und lebe nach meiner eigenen Einrichtung:
Arbeiten von 6—4 nachmittags (dazwischen ein Spaziergang in dem
nahe liegenden Garten von Luxemburg, wo ich auch bisweilen studire).
Von 4—6 Essen und Spazieren, von 6—7 Schläfchen, von 7—11
Arbeiten. So kann ich des Abends arbeiten, was ich sonst nie gekonnt.
Ich habe schon Franzosen eingeholt, die mehr als ein Jahr studirt haben.
Vor dem Zubettegehen lese ich ein Kapitel im Neuen Testament (gestern
im ersten Brief an die Korinther, 13. Kap.), des Morgens was im
Alten (gestern habe ich die Psalmen von vorn angefangen).

Paris, 15. Mai 1816.

(An dieselbe.) Brandis ist jetzt als Legationssecretär mit Niebuhr
nach Italien gereist und befindet sich wahrscheinlich schon im südlichen
Deutschland. Es ist mir eine der liebsten Aussichten, bei meiner Reise in
Italien ihn in Rom zu finden; denn er ist von allen meinen Freunden
derjenige, mit dem ich am meisten Leid und Freude in Göttingen, Kopen=
hagen und Berlin getheilt habe; beides hat meine Achtung und Liebe
mit jedem Tage vermehrt. Wir sind auch wol die einzigen von unseren
Freunden, die zusammen eine Stube theilen können: sein Verdienst, nicht
das meinige, denn er konnte es mit allen. — Morgen geht ein Brief
nach Leyden, wegen der Manuscripte und vieler andern Bücher für die
orientalischen Studien für mich und meinen Freund Freytag (wir woh=
nen jetzt nebeneinander), die man hier drei= bis viermal so theuer bezahlt.

Paris, 15. Juni 1816.

(An dieselbe.) Ich kann mir in Allem, was ich hier lernen wollte,
jetzt selbst helfen, da ich in den zwei Monaten die Methode und die Hilfs=
mittel kennen gelernt habe. Ein fast ebenso großer Gewinn ist die persön=
liche Bekanntschaft mehrerer französischer Gelehrter, eines jungen Deutschen,
der mein wahrer Freund geworden ist, sodaß ich nun auch einen Orien=

talisten, und zwar gewiß einen der hoffnungsvollsten, unter meinen Freun=
den habe*), und endlich des berühmten und großen Alexander von Hum=
boldt, der eine große Reise nach Amerika gemacht hat und in einigen
Jahren nach Asien gehen wird, wo ich ihn zu sehen hoffe. Er reist für
Naturwissenschaften, Messungen u. dgl., sodaß er natürlich um die Sprachen
sich wenig bekümmern kann. Er hat mich mit Gefälligkeiten überhäuft,
und durch ihn bekomme ich die besten Empfehlungen nach Italien und
England, sowie an seinen Bruder, den preußischen Minister in London.
Endlich kann mir der Winter in Rom durch Niebuhr's Gegenwart noch
lehrreicher und fruchtbarer werden als in Paris, denn das Nothwendigste
von allen Vorbereitungen sind die geschichtlichen und geographischen Kennt=
nisse, die ich dort im Orient nicht so gut oder gar nicht erwerben kann,
und dafür ist mir Niebuhr mehr als ganz Paris. Also der liebe Gott
hat es wieder nicht nach unserem, sondern nach seinem Willen und besser
gemacht, als ich es verdient.

Diesem Briefe, der unter den Vorbereitungen zur Abreise von Paris
nach Florenz (wo die Zusammenkunft mit Astor stattfinden sollte) ge=
schrieben war, folgt sodann ein anderer, aus letzterm Ort vom 6. August
1816 datirt, der die dort am 23. Juli erfolgte Ankunft meldet. **)
Die für unsere heutigen Begriffe langsame Reise wird darin als eine
sehr glückliche und angenehme bezeichnet, obgleich er bis an die
Grenze Italiens fast immer regnerisches und kaltes Wetter gehabt
hatte, sodaß er „mitten unter Feigen und Oliven in voller Winter=
kleidung mit dem Mantel gefroren". Es war dies dieselbe Reise,
auf welcher er in augenblickliche Verlegenheit gerieth durch seine
Aehnlichkeit mit Napoleon I. Auf einem der Anhaltsorte des Post=
wagens zwischen Lyon und Marseille wurde er nämlich durch die

---

*) Mit Freytag wurde später auch ein reger brieflicher Verkehr geführt,
und außer den Briefen von ihm finden sich manche von Sacy und dem um die=
selbe Zeit in Paris sich aufhaltenden Bopp.

**) Wie auch auf dieser Reise beständig „neue Bausteine" gesammelt wurden,
beweist das Tagebuch, dem z. B. in Marseille (5. Juli) und Nizza (12. Juli) manche
Aphorismen einverleibt wurden. Wir führen zwei davon an: „Was ist das Gute?
Das Erkennen Gottes. Was ist Tugend? Das, was uns möglich macht, Gott
zu erkennen, Gott zu denken und zu fühlen. Was ist das Böse? Gott vergessen.
Was ist Strafe? Ausgeschlossen sein von seinem Licht durch den Kerker der Begier."
— „Was ist das Geheimniß der Liebe? Daß sie der Seele Flügel löset und sie zum
Anschauen und Gefühle ihres Lebens bringt. Alle Wissenschaft ist nichts als das
Erzeugniß der Liebe. Was in ihr ohne Liebe hervorgebracht wird, ist unfrucht=
bares und unbefriedigendes Schattenbild. Gott ist die Liebe." — Auch in Florenz
sind diese Aphorismen fortgeführt, dort besonders über Kunstgegenstände.

Polizei von dem Mittagessen, bei dem er mit seinen Reisegefährten saß, weggeholt und einem strengen Verhör unterworfen, da man ihn für einen Napoleoniden hielt, der trotz der Verbannung über die deutsche Grenze gekommen sei; doch bewirkte schließlich das Zeugniß aller Mitreisenden, daß er in ihrer Gesellschaft die ganze Strecke von Paris an im Wagen gesessen, und vorzüglich die Erklärung eines derselben, der ihn bereits in Paris gesehen hatte, seine Freilassung.

In Florenz fand Bunsen beim Bankier einen Brief Astor's und gleich darauf seinen Freund selber, der Rom plötzlich verlassen hatte und auf dem Wege nach Neuyork war, da sein Vater seine sofortige Rückkehr verlangt hatte. Die Enttäuschung auf beiden Seiten war groß. Astor erneuerte in der dringlichsten Weise seine Aufforderung, Bunsen möge ihn nach Neuyork begleiten. Als er diesen aber entschlossen fand, Europa nur zu dem directen Zwecke einer indischen Reise zu verlassen, nahm er Abschied von ihm. Und so trennten sich die beiden Freunde, um sich nicht eher als 41 Jahre später (1857 in Heidelberg) wiederzusehen.

Als Bunsen von dem Posthause, wohin er seinen Freund geleitet hatte, zurückkehrend unter der herrlichen Galleria de' Lanzi Zuflucht suchte, blieb er Erwägungen überlassen, die entmuthigend genug waren, um die Energie fast jeder andern, weniger elastischen Natur zu erdrücken: seine eigenen Lieblingspläne zerstört, und zugleich in den Briefen seiner Schwester nichts als herzzerreißende Mittheilungen über das Körperleiden und die geistige Hinfälligkeit seines Vaters. Nichtsdestoweniger zeigen seine Briefe deutlich, daß er geistige Erholung in der Wiederaufnahme der unterbrochenen pariser Studien, und Erquickung für Leib und Seele (bei der plötzlich eingetretenen starken Hitze) in den florentiner Galerien fand, was freilich nicht ausschließt, daß die während der ersten Wochen seines dortigen Aufenthalts andauernde Schlaflosigkeit noch mehr die Folge der vielen quälenden Gedanken als der Temperatur war. Er bemühte sich inzwischen, die Besorgnisse seiner Schwester zu beschwichtigen, indem er sie versicherte, daß der ihm zugestoßene Unfall eine Art von Trost für ihn sei, „nicht länger mitten unter einer leidenden und unglücklichen Familie der einzige Glückliche zu sein, ohne zu vermögen, jene glücklich zu machen" *). Er fährt dann fort:

---

*) Ganz ähnlich spricht sich ein in derselben Zeit an Reinhard Bunsen gerichteter Brief aus: „Vater und Mutter muß ich aufgeben wiederzusehen, ja dem Vater muß ich baldiges Ende seiner großen Leiden wünschen. Meine vortreff-

Durch jenen Vorfall wurde meine Seele in einen gewissen Schatten gesetzt, der ihr wohler that als die blendendste Glückssonne. Eine gewisse stille Ruhe und eine Ergebung und ein Frieden des Gemüthes verbreitete sich über mich, und von den äußeren Stützen verlassen, ward ich desto dringender auf die inneren gewiesen. Da fühlte ich denn mehr wie je die Kraft, die Gott in mich gelegt, aber auch, wie viel noch fehlte, um sie ganz und würdig in Gott zu gebrauchen. Der einzige Unterschied, den ich bei meinen Arbeiten fühlte, war, daß ich mehr arbeitete, als ich bei dem vorigen Verhältnisse hätte arbeiten können. Der Vormittag ward ganz meinem Persischen gewidmet, dann erholte ich mich von der Ermüdung und stärkte mich für den Rest in der einzigen Sammlung der schönsten Gemälde und Bildsäulen, die Florenz besitzt. Dann aß ich und kehrte nach Haus zurück oder wandelte ein wenig in dem schönen Thale, unter Weinlaub, Feigen, Cypressen und Orangen. Die einzige Störung, die ich haben konnte, war die sehr freundliche und theilnehmende Wirthin mit ihren Kindern, die sich gern mit mir unterhielten, und denen ich Nüsse mitbrachte. So erfreulich und erheiternd dies war, so wenig war ich willens, in irgendein Verhältniß mit einer Familie einzugehen, und ich entschloß mich daher, aufs Land zu gehen, wo ich in dem öffentlichen Lustwalde von Florenz, eine halbe Stunde von der Stadt, die schönste Aussicht und ungestörteste Ruhe genießen könnte. Denselben Tag, wo ich mich in sie begeben wollte, kam ein Reisegefährte von Paris hier an, ein vornehmer Engländer, der mir zur Liebe schon vorher nach Marseille gereist war und mich nun hier bei seiner Reise nach Italien aufsuchte. Meine Wohnung gefiel ihm so sehr, daß er sich sogleich Zimmer in demselben Hause nahm und sich entschloß, so lange dazubleiben als ich. Er hatte eine Art von Secretär bei sich, den er von Marseille mitgenommen, einen Franzosen, aber obwol er den ganzen Tag arbeitete, so lernte er doch wenig. — Auf meinen Geburtstag (25. August), als ich mit ihm mich unterhielt, meinte er, wenn ich ihm könnte zum Erlernen des Französischen verhelfen, wollte er alles thun, um mich von England nach Indien zu schaffen (ich hatte ihm auf der Reise von meinen indischen Plänen erzählt). — Sieh! so hat Gott geholfen!

Der Brief gibt dann weitere Mittheilungen, wie Cathcart (so

---

liche Mutter ist fast immer krank und wird vielleicht Opfer ihrer Leiden. Kurz, es ist das Leiden über alle menschliche Hülfe groß, weshalb ich mich auch ganz darein gefunden habe, Gott die Zukunft überlassend. Ich ahnete es wol, als ich Corbach verließ, aber doch nicht so. Du kennst meinen Vater und seine Liebe zu mir, Du kennst ihn aber bei weitem nicht genug, um meine grenzenlose Liebe zu ihm zu begreifen. Ich glaube, mein Herz wäre viel unruhiger, wenn ich nicht auch Kummer und Sorgen in dieser Zeit gehabt hätte."

hieß jener Engländer) seinem französischen Begleiter (in deſſen Familie
ein Krankheitsfall eingetreten war) zurückzukehren erlaubt, und ihn
ſelber gebeten habe, ihm vier Monate lang täglich drei Stunden
französischen und italienischen Unterricht zu ertheilen und gleichzeitig
die Merkwürdigkeiten in Florenz ſowie ſpäter in Rom zu zeigen und
zu erklären. Es paßte dieſe Abmachung vortrefflich zu Bunſen's Plan,
Niebuhr's Ankunft (auf deſſen Reiſe nach Rom) in Florenz zu er=
warten, und er ſchließt den Brief an ſeine Schweſter: „Du kannſt
denken, wie ich Gott dafür dankte. Die Sache ſtört mich wenig, da
ich die Stunden wählen kann, und hilft mir im Engliſchen ſehr."

Gleichzeitig bleibt aber, wie die folgenden Briefe zeigen, der Ver=
kehr mit den alten deutſchen Freunden (Lücke, Schulze, Agricola) nicht
weniger lebhaft als früher:

Florenz, 10. Auguſt 1816.

(An Lücke.) Jetzt arbeite ich mit rechter Wuth, morgens Firbuſi bis
9. Dann 9—12 Manuſcript Firbuſi auf der Laurentia. Dann
12—3 Galerie, wo ich mit den Alten angefangen habe und nun recht
ungeſtört einſauge und mich berauſche an den Prachtgeſtalten, beſonders
Niobe. Von 3—4 Eſſen, 4—7 Nachleſen auf der Bibliothek. Dann
ſinde ich meine italieniſche Wirthin mit ihrer Schweſter in unſerem gemein=
ſchaftlichen Vorſaale ſpinnen, und rede oder leſe italieniſch mit ihnen. —
Empfiehl mich meinen berliner Bekannten, namentlich Schleiermacher, Schle=
den, Herz, Bekker, Böckh, Savigny. — Ich fahre fort, das N. T. zu leſen;
ich muß A. und N. T. in der Urſprache leſen, aber erſt muß ich es beſſer
in mir verſtehen. Ich denke an die Ausarbeitung einiger allgemeiner
Sprachunterſuchungen, um damit die Dir bekannte Reihe anzufangen.

Florenz, 25. September 1816.

(An Ernſt Schulze.) Laß mich Dir mittheilen, was ich jahrelang
und mit Bewußtſein ſeit Ende 1813 im Herzen getragen. Mißverſtänd=
niſſe habe ich zwiſchen Dir und mir nie gefürchtet, wohl aber Verletzen des
Inneren, was heilig ſein muß wie das Iſisbild. Auch dieſes fürchte ich
nicht mehr, und wenn ich irre, ſo kannſt Du mir es ſagen. Jeder Menſch
nämlich, meine ich, ſtellt das allein im Leben und in jeder andern Kunſt
vollkommen, d. h. mit Wahrheit dar, was er wirklich in ſich erlebt hat.
Mehr oder weniger hat aber jedes Individuum beſonders in einer fort=
geſchrittenen Zeit die Formen und, wenn ich ſo ſagen darf, die Schein=
bilder des Lebens in ſich. Wer nun wie Du mit dem göttlichen Seher=
blicke begabt iſt, mag am allerſchwerſten von den Sterblichen ſich davor
hüten. Denn die ſchaffende Gotteskraft erzeugt ihm aus fremden Anſchau=
ungen gar leicht für alles Leben die Grundformen und verführt ihn, mit

dieser selbst geschaffenen Welt zu schalten wie mit der angeeigneten und durch sittliche Kraft verwirklichten. So scheinst auch Du mir in Deinem früheren Leben Bieles nur dichterisch geschaut und dargestellt zu haben, was Du in Dir selbst nicht erlebt hattest, und also auch nicht in und mit Deinem Dasein, also wahrhaftig nahe fühlen und glauben konntest. Das kann aber der Sterbliche nicht ungestraft. So verlorst Du nach und nach den Glauben für das an sich, aber nicht in Dir Wahre, und Du sahest am Ende für das von Dir in Liebe, in Glauben und allen Grundideen des Lebens Dargestellte keine andere Basis als die in Deiner Phantasie, die ja die selbst= geschaffene Welt auch vernichten konnte. Und gewiß bist Du nicht der erste Dichter, der auf solche Weise eben das, wodurch er andrer Seelen stumme Gefühle zum Bewußtsein bringt, selbst in sich nicht glauben kann. Nun hat aber Dein Leben, meiner Ansicht nach, eine höchst selten glückliche und große Wendung genommen. Denn in wenigen Menschen ist mir der Gang Gottes sichtbarer als in Dir gewesen. Schwere Leiden waren Dir beschieden von dem Augenblicke an, wo Du, was Du vor allen Anderen zuerst spielend darzustellen gewagt hattest, in der Wahrheit erkanntest. Aber Du erlebtest es nun auch wirklich in Dir, und Leben wie Gedicht ward anders. Was ist nun aber deutlicher, als daß Gott will, daß Du auch das Uebrige so wirklich in Dir und dann auch gewiß im Gesang dar= stellen sollst? Und glaube mir, nicht weniger deutlich und verehrungswürdig ist mir Dein eigenes Streben danach. Wodurch war Dir anders unser Freundeskreis wirklich im Herzen theuer und wohlthuend, als weil Du von uns jeden Einzelnen in seiner Eigenthümlichkeit mit dem Glauben und dem Leben in den Ideen sahest, die Du, nach langem Spiele, oft im Begriffe warst, nur in Deiner Phantasie zu glauben, und weder in Dir noch in Anderen als wahrhaft und einzig wirklich Seiendes anzuerkennen? Welches herrliche, einzig herrliche Leben wartet also Deiner, wenn Du wirklich in Dir zu leben fortfährst, was Du gedichtet. Der klare Blick, den Dir Gott gege= ben, wird sich mit warmer Liebe zum Leben einigen und die von Gott gegebene Kunstkraft mit der sittlichen, die allein den Menschen macht. Das Erleben und wirklich Glaubenkönnen von dem tausendsten Theile macht Andere für's ganze Dasein stark und begeistert. Der erste Schritt für dieses Weiterkommen scheint mir aber alles Aufheben des Unterschiedes und Misverhältnisses zwischen Dichten und Leben zu sein, oder zwischen Dichter und Mensch. Beharre denn auf Deinem Entschlusse, reiße Dich los und komme zu uns. *)

_____

*) Auf denselben Gegenstand bezieht sich ein weiterer Brief Bunsen's vom 14. December, der nicht blos darthut, in wie würdiger Weise der Dichter die Be= denken des Freundes aufgenommen, sondern gleichzeitig die Anschauungen des Schreibers über Kunst und Künstler noch mehr hervortreten läßt. Er schließt mit

Florenz, 7. October 1816.

(An Agricola.) Du kannst Dir denken, wie mir das Herz in Brandis' Armen aufging, wie wohl mir seine Liebe, seine Gediegenheit, sein
immer spähender Sinn für seine Freunde und seine im Kampf und Ringen gewonnene sittliche Kraft thut. Aber Du mußt Dir nun auch vorstellen, wie mir zu Muthe ward, als ich mit Niebuhr auf den Trümmern
der alten vorrömischen, etrurischen Herrlichkeit, und dann wieder unter den
glänzenden Denkmälern der zerstörten Freiheit des neuen Athens, des Vaterlandes von Dante und Machiavelli, wandelte. Es ist aber bei Gott
nichts ehrwürdiger und wahrhaft rührender als die Schwermuth eines
großen Mannes über das Menschengeschlecht. Es ist gleichsam der vor-
menschliche sinnende Gott, der der Menschenkinder eitles Jagen zum Abgrunde
schaut, oder Prometheus, der von seinem Felsen den erlöschenden Funken sieht
und bejammert. Und dann dieser klare, einzige Blick für das Einzelne, mit
dem Niebuhr Alles entdeckt, und diese Sicherheit in seinem Wissen, mit
Einem Worte, diese innere Vollendung. — Davon bin ich fest überzeugt, daß nur Sinn für das Leben und seine Forderungen in der
reinen Wissenschaft und der eigentlichen Gelehrsamkeit zum Ziele führt,
daß nur eine ganze vollständige Individualität in beiden etwas Ordentliches
fördert, und daß diese ein ganzes, wirkliches Leben im Leben erheischt. —
Ich bemerke wieder, daß der Brief zu Ende ist, ohne daß ich Raum gehabt,
Dir etwas Anderes als von mir zu schreiben, nicht einmal von Dir
selbst. Mach's mit den Acten, wie ich mit den Vokabeln, Du mußt sie unter-
kriegen, und deshalb Dich jetzt ihnen unterordnen, wie ich mich diesen.

Die mit Cathcart angeknüpfte Verbindung war mittlerweile zu
einem befriedigenden Abschluß gediehen, und es war der ernstliche
Wunsch des letzteren, sie noch weiter ausdehnen und seinen jungen
Freund bewegen zu können, ihn nach England zu begleiten, wo er die
Erfüllung seiner indischen Wünsche durch Einführung bei einflußreichen
Persönlichkeiten befördern zu können glaubte. Aber manche Stellen
in Briefen Bunsen's, die noch vor der Abreise von Florenz geschrieben wurden, beweisen, daß seine Unterredungen mit Niebuhr und
näheres Nachdenken über die neuerdings erhaltenen Berichte allmählich
in seinen Ansichten in Bezug auf die Nothwendigkeit der so lange erstrebten indischen Reise einen Wechsel hervorgerufen hatten, daß er

---

den Worten: „So wie ich überhaupt nicht ohne Ernst und Bedacht in das Räthsel
einer Individualität einzugreifen wage, so habe ich eine gewisse heilige Scheu vor
Künstlerindividualität, daß ich mit mir selbst darüber erst seit anderthalb Jahren
ins Klare gekommen zu sein glaube, wo mir die Einheit und Unzertrennlichkeit des
Menschen und Dichters so eigentlich anschaulich ward."

ernstlich die Frage erwog, ob er nicht denselben Zweck auch in Europa selbst erreichen könne. Dabei verfehlte er bei keinem Plane für sich selbst (in Hinsicht auf die Durcharbeitung der philosophischen und theologischen Probleme, denen sein Leben zu widmen er schon so früh beschlossen hatte), den andern damit zu verbinden, zunächst seine Aeltern und dann seine geliebte ältere Schwester ausreichend zu unterstützen; die jüngere nämlich war verheirathet und versorgt. Die zarteste Rücksicht nicht blos für die Befriedigung ihrer leiblichen und geistigen Bedürfnisse, sondern auch für die Schonung der Gefühle Christianens erhellt aus jedem einzelnen Briefe seit ihrem Zusammentreffen im October 1814 und der Erneuerung ihrer Bekanntschaft; und seine Briefe aus Florenz und Rom dringen ganz besonders darauf, daß sie ruhig und ohne Murren gegen die Fügung der Vorsehung es hinnehmen müsse, anstatt zu geben zu empfangen.

So heißt es in einem Briefe aus Florenz vom 1. October 1816:

Mein Herz blutet mir, daß ich Dir nichts als solches Lumpengeld geben kann, Dir, die Du Dich für mich aufgeopfert und so viel für mich und meinetwegen gelitten hast. Ich fühle, daß ich des Glückes nicht werth bin, für Dich, vortreffliche Seele, zu sorgen, die Du viel besser bist als ich; meine Liebe zu Dir, welche grenzenlos ist, kann mir allein das Recht dazu und die Hoffnung und das Vertrauen geben, daß Du mich nicht für unwürdig hältst, solche äußerliche Kleinigkeiten anzunehmen, die es ein Glück ist zu geben und ein Liebeszeichen sie anzunehmen. Wenn doch Gott Dir und dem alten Vater die Gesundheit wieder geschenkt hätte, ich wäre der glücklichste Sterbliche!

In ähnlicher Weise hatte er ihre Klage darüber, daß sie sich von ihm unterhalten lassen müsse, schon in einem von Paris (7. Juni 1816) an sie gerichteten Briefe zurückgewiesen:

Warum beklagst Du nicht sowol Dich, was niemand zu verargen ist, der leidet, als mich wegen der Sorgen Deinetwegen? Du hast Recht, daß mir Dein Leid zu Herzen geht; aber was die Ursache betrifft, Deine Gesundheit und Ruhe, so kann ich sie ja nur Gott anheimstellen; was die elenden menschlichen Hülfsleistungen betrifft, die ein Mensch dem anderen schuldig ist, die aber zwischen Menschen, welche durch die Bande des Blutes und der Freundschaft innigst vereint sind, gar nicht zur Sprache kommen, die ja nichts als ein kleiner Trost für den einen, und ein Beweis der Liebe und des Zutrauens dessen, der sie annimmt, sein können, die Du tausendmal mir reichen würdest, ohne ein Wort zu sagen oder hören zu wollen — wie kannst Du davon als von einer Sorge reden? Das wäre ja, als wolltest Du nicht, daß Andere gegen Dich thäten, was Du gegen sie thun würdest in gleichem Falle, als zweifeltest Du, daß Andere Dich so liebten und die Pflicht, die süße Pflicht der Liebe so kennten wie Du, oder endlich als wenn Du Dich über Gott beklagtest, der es nicht umgekehrt gemacht hätte. Du raubst mir dadurch mein größtes Glück, aber daß ich Dir es sage, geschieht deswegen, weil ich das Gefühl nicht kenne, weil es mir fremd ist, und nichts mir peinlicher sein kann, als etwas in Deiner Seele zu sehen, was nicht in der meinigen ist.

Aus den in den Briefen aus dieser Zeit enthaltenen genauen Rechnungen über die eingenommenen und ausgegebenen Summen geht hervor, daß er äußerst wenig für sich selbst gebraucht, selbst für An-schaffung von Büchern (für ihn die einzige Versuchung zu Ausgaben); der größere Theil ging damit auf, den gegenwärtigen Unterhalt und frühere Verpflichtungen der Schwester zu decken, deren Freunde in Holland ihr in der Zeit ihrer Noth Gelder vorgestreckt hatten, die von ihm als Ehrenschulden angesehen und in allmählichen Abschlagszah-lungen noch vor dem October 1816 bezahlt wurden, wo er frohlockend meldete, daß der letzte Rest der Schuld abgetragen sei.

In dem schon erwähnten Briefe vom 1. October spricht er zu-gleich mit Genugthuung über sein Verhältniß zu Cathcart, „das ich wirklich als einen der größten Glücksfälle meines Lebens betrachte", und freut sich schon im voraus auf „Rom und alle seine Schätze, noch immer die Hauptstadt der Welt", und auf die Gesellschaft Niebuhr's, „der ebenso einzig ist wie Rom, den ich allein für meinen Herrn und Meister anerkenne, und dessen Belehrung und dessen persönliche Vor-trefflichkeit in jeder Hinsicht wie als Gelehrter alles Andere aufwiegt, als Mensch aber allein mich recht zum Mann und künftigen Staats-bürger bilden kann".

Die folgenden bemerkenswerthen Briefe, die sich auf mistrauische und misvergnügte Ausdrücke seiner Schwester über die Verlängerung seines Aufenthalts in Italien zu beziehen scheinen (der zweite ist bereits aus Rom datirt, das er am 24. November erreichte), legen seine Ziele und Gedanken in dieser Zeit dar:

Florenz, 13. October 1816.

Niebuhr und Brandis sind acht Tage hier gewesen, beide so melancho-lisch über die Zerstörung und den Verfall Italiens, daß ich sie kaum habe erheitern können. Niebuhr ist äußerst herzlich und liebevoll, und da er in Rom Muße hat, so kann ich mehr von ihm als Mensch und Gelehrter lernen, als von allen übrigen zusammengenommen. Brandis kam sogleich zu mir aufs Land und blieb bei mir. Ich wohnte nämlich vor dem

Thore in einem Lustwalde, der dem Großherzog gehört; hier war ich ganz ungestört und kam nur in die Stadt, um mein persisches Buch auf der Bibliothek zu benutzen. Ich habe an meinem Engländer einen rechten Triumph für meine Unterrichtsmethode erlebt, er hat es schon sehr weit gebracht. Vielleicht thäte er etwas für mich, wenn ich ihm einige Jahre widmen könnte, allein das ist unmöglich. Ich fühle, daß ich jetzt gerade auf dem Punkte bin, die Früchte meiner Arbeiten und meines ganzen Lebens zu gewinnen oder zu verlieren. Von einem Ort und von einer Arbeit zu der anderen getrieben werde ich nichts lernen, wenn ich nicht jetzt halt mache, und das Angefangene vollende, bis zu einem gewissen Punkte nämlich, und das im Sturm Eroberte mir wirklich zum Eigenthum mache. Du weißt, es gibt für jede Fertigkeit und jedes Wissen einen gewissen Punkt, bis zu welchem man es gebracht haben muß, um die Sache ruhen lassen zu können. Was der Mensch lernen und erstreben kann, hängt nicht von ihm ab, aber das ist an ihm, das, was er lernt und thut, tüchtig zu lernen und zu thun. Nun bedenke zuvörderst, wie viel der einzelnen Theile sind, die ich als zu meinem Plan gehörig angefangen, dann, daß dies meist Sprachen sind, die eine gründliche Erlernung und gehörige Uebung verlangen, und die ich durchaus jetzt in Sicherheit bringen muß, wenn ich nicht mein eigentliches männliches Leben damit verkrüppeln will. Nicht weniger erfordern ununterbrochenes Fortarbeiten die allgemeinen Ideen über diese Dinge, welche ich nach und nach festgesetzt habe, nun aber im Zusammenhange durchdenken und durcharbeiten muß, damit etwas Ganzes daraus wird. Ich habe den Grund zu einem großen Bau gelegt, so groß, als vielleicht einer in wissenschaftlicher Hinsicht zu dieser Zeit gethan hat; aber desto schlimmer, wenn ich diesen Grund nicht gehörig begründe und alles Baugeräth durch und durch arbeite. Endlich, was die Hauptsache ist, ich als Mensch, auf welchem Punkte bin ich? Heilsam angeregt durch die Fügungen Gottes, die mich in die verschiedensten Verhältnisse und die mannichfaltigsten Umgebungen gesetzt haben, die mir auf tausend Wegen gezeigt haben, was mir noththut, und wie ich ein ordentlicher Kerl werden kann, so weit die menschliche Natur es erlaubt. Um solche Grundsätze sich recht lebendig zu machen, ist nichts heilsamer, als ein solches Herumschütteln, wie ich in den letzten drei Jahren gehabt; aber sie in der Anwendung zu der gehörigen Stärke und Fertigkeit zu bringen, daß sie die Probe halten und zu Gebote stehen, wenn die Stürme kommen, und die Regen vom Himmel fallen, das erheischt stilles, ununterbrochenes Leben in und für sich selbst. Ein Beispiel im Kleinen: wie oft habe ich mir manche zur Ordnung und Pünktlichkeit im Leben gehörige Dinge vorgenommen, wie oft angefangen; dann kam etwas in die Quere und — es blieb dabei. Jetzt, wo mein Verhältniß mit dem minutpünktlichen Engländer mich genöthigt, alles nicht nur in der buchstäblichen

Ordnung zu beginnen, was ich vortrefflich weiß, sondern auch zu erhalten, und zwar vier Monate, Tag für Tag, komme ich in dieser Tugend mehr vorwärts. Und so ist's mit allem; nur fällt das Andere, Geistige, nicht so sehr in die Augen und läßt sich nicht so mit Händen greifen. Wenn Du nun nach diesem noch bedenkst, daß ich etwas Großes vor mir haben muß während dieses Arbeitens in und außer mir; und dann erwägst, daß, da ich in Deutschland und bei Dir, geliebte Seele, doch nicht sein kann, es nur Ein Rom, Einen Niebuhr gibt; so wirst Du einig sein, daß ich dort vorerst bleiben muß. Wenn Du aber willst, daß ich einige Freude in dem Allen haben soll, so thue alles, Deine Gesundheit und Deine Heiterkeit wieder zu erlangen, und bedenke, daß wir beide nur Ein Schicksal haben und Eine Seele.

Rom, 13. December 1816.

Diese Zeilen sollen Dich an meiner Statt begrüßen und Dir sagen, wie ich so gern Dich, geliebte Seele, an mein Bruderherz drücken und Leid und Freude des neuen Jahres mit Dir theilen möchte. Möge der Allmächtige Dir und all den Unserigen Frieden und Freude geben im vollsten Maße. Und er wird es; er, der uns, und ganz besonders uns beide, auf so verschiedenen Wegen wunderbar geleitet bis hierher, er wird es ferner thun! Amen!

Seit dem 24. November bin ich in der alten Hauptstadt der Welt, die auch noch in ihren Trümmern mit Recht so heißen mag. Obwol ich mit Florenz während eines viermonatlichen Aufenthaltes ziemlich vertraut geworden war, sehnte ich mich doch nach Rom, wo ein Freundesherz meiner harrte, und dies hat unstreitig viel dazu beigetragen, mich hier bald einheimisch zu machen. Und obgleich ich im Anfange, wie alle Fremde, die erschlaffende Kraft der hiesigen Luft empfand, die die Nerven so sehr angreift, so habe ich mich doch bald daran gewöhnt. Und so finde ich's recht angenehm, wenn im December der Himmel blau, und die Luft milde ist, und die goldenen Pomeranzen und Citronen an den reichen Bäumen reifen. Noch mehr aber freue ich mich auf das nächste Jahr, wo ich wieder ganz frei mich meinen Arbeiten ergeben kann. Niebuhr hat mich ermahnt, die nun gewonnene Muße im nächsten Jahre nur zur Ausarbeitung eines Werkes zu benutzen, das ich im Sinne trage und zu welchem ich preußische Unterstützung erlangen könnte. Das Hauptwerk ist ein vollständiger Auszug aus dem großen Gedicht, welches ich in Holland gekauft und das noch in keiner Sprache bearbeitet ist; nebenbei werde ich noch manches Kleinere ausarbeiten, was ich in den letzten zwei Jahren angefangen. Ein Jahr Muße ist jetzt mehr werth als alles.

Obgleich ich hier für das Orientalische mir fast ohne Lehrer forthelfen muß, außer im Arabischen, wo ich einen Eingeborenen (Don Tommaso

El Kusch) gefunden habe, so werde ich hier doch mehr thun als in Paris und irgendwo. Einen Theil der Arbeiten thue ich mit meinem besten Herzensfreund Brandis, und zwar im Griechischen, was ich sonst nicht thun könnte. Dann habe ich täglich Niebuhr's belehrende und begeisternde Gegenwart, und auf allen Seiten die erhabensten Denkmäler von dem, was die größten Geister der Vorzeit in den Künsten hervorgebracht haben. Alles dies ist mehr geeignet als irgendetwas, den menschlichen, besonders den jugendlichen Geist über die Gemeinheit, Leerheit und Erbärmlichkeit unserer Zeit zu erheben, die mit geringen Ausnahmen, ungeachtet ihres Prunkes von Gelehrsamkeit und Aufklärung, des wahren Lichts und der wahren Wärme entbehrt, und bei dem Jagen nach glänzendem Scheine das einzig Wahre und die einzig innere Größe des Charakters verloren hat. Wo sind die ausgezeichneten und am meisten von Gott begünstigten Männer, von denen man sagen könnte, daß sie ganze Männer sind? Das ist aber hier erfreulich, daß sich unter den deutschen jungen Malern ein Kreis frommer und trefflicher Leute gebildet hat, die ganz den alten, frommen, innigen, treuen Geist der alten Maler in sich haben zu beleben gesucht, und die nur Werke hervorbringen, die Alle in Erstaunen setzen.*) Leider haben nur Einige, die vorher ungläubig waren, nachdem sie gefühlt, daß keine andere Hülfe sei als in Gott, aus Abneigung gegen die ungläubigen und gleichgültigen Protestanten Deutschlands und aus Verzweiflung an der ganzen Sache, ihr Heil im Katholicismus gesucht, der hier wirklich einige würdige, fromme und zugleich ausgezeichnete Bekenner hat, und durch die anerkannte Frömmigkeit des Papstes und den unbeschreiblichen Glanz und die Würde des Gottesdienstes noch mehr geeignet ist, die Phantasie zu entflammen. Brandis und ich haben ihnen gesagt, daß wir nie katholisch werden mögen, daß wir sie aber mehr achten als Solche, die Nichts glauben. — Nun nochmals Gottes Segen über Dich, unsere Aeltern, unsere Schwester und unseren Schwager! Er stärke uns alle für Freud und Leid mit seinem Geiste!

Rom, 28. December 1816.

Wie ein Kind freue ich mich auf das neue Jahr, wo ich mir selbst wiedergegeben werde und nun einmal eine zusammenhängende Thätigkeit beginnen kann. Ich lebe ganz für mich und gebe zwei Stunden täglich meinem guten Engländer, der mit mir in demselben Hause wohnen wird. — Du kannst denken, mit wieviel leichterm Herzen ich nun das

---

*) In dem Brief an Ernst Schulze vom 14. December heißt es über die „Neu-Rafaelischen Madonnen und Christuskinder" von Overbeck, Cornelius und ihren Freunden: „Ihre Frescobilder haben Canova so erstaunt, daß er sie im Vatican malen lassen will."

schicksalsvolle Jahr beschließe, und mit welchem Danke gegen die Vorsehung und zugleich mit welcher Verpflichtung, ihren Segnungen entsprechend zu handeln, ich das neue beginne.

Die schon in diesen Briefen an die Schwester deutlich hervortretende Grundstimmung des römischen Aufenthalts zeichnet sich noch näher ab durch folgende zwei kurz darauf geschriebenen Briefe an Lücke *):

Rom, 14. Januar 1817.

Rom ist die Hauptstadt der Welt, ich weiß nicht, ob mehr durch die unsterblichen Werke alter Herrlichkeit und des neueren Genius, oder durch die riesenhafte Zerstörung und die erhabene Einsamkeit, welche um die sieben Hügel sich gelagert hat. Vor Geist und auch noch vor Augen steht Dir das Große in dem entschwundenen Leben, und herrliche Sprossen blühen hier und da von ihm auf, das gemeine Leben aber mit seinem mehr verwirrenden als erregenden Prunke ist ganz versunken. Man kann heimisch werden, ohne sich mit dem Philisterleben einzulassen, was doch immer herunterzieht. Eines freilich muß dabei nicht vergessen werden: daß Niebuhr und Brandis und daß herrliche deutsche Künstler hier sind, in so schönem Verein, daß es nie so schön in Rom gewesen sein kann als jetzt. Ich kam hierher, nicht ohne Vorurtheil gegen die neuen Künstler, von denen einige, wie Du weißt, Protestanten waren und hier katholisch geworden sind, besonders auch, weil ich gehört, daß sie soviel von der Kunst redeten. Allein, wie es oft in der Welt geht, daß der unmittelbare Eindruck der Individualität entscheidet, so sah ich auch bald hier, daß es herrliche Kerle waren und manche von ihnen voll tiefen Sinnes. Ihre Werke überraschten mich, sowol durch ihre schöne Dichtung, als ihre erstaunliche Vollendung in einer wieder neubelebten, einzig wahren Gattung der Malerei.**)

---

*) Welche Rückschlüsse aus diesen Briefen auf die damalige Strömung in Rom sich ergeben, bedarf keiner Erinnerung. War es doch die erste Zeit nach der Restauration mit ihrer neuen Begeisterung für das nach langer Knechtung wieder freigewordene Papstthum! Die deutschen Künstler, die in dieser Atmosphäre zu Proselyten wurden, stehen bekanntlich nicht allein. Auch Bunsen ist von der religiösen Weihe jener Tage in hohem Grade ergriffen. Aber wie! Die Sehnsucht nach dem Studium der Bibel und Luther's sagt Alles.

**) Unter den mannichfachen Versuchen, die von dieser Seite aus, wie leicht begreiflich, gemacht wurden, um weitere Proselyten zu werben, ist ein Brief Schadow's an Brandis merkwürdig, dem eine Schrift des französischen Abbé Martin und das Schreiben F. L. Stolberg's an den Grafen Schmettau (das Gegenstück zu Haller's Brief an seine Familie, wie denn fast jeder der neueren Proselyten etwas Aehnliches von sich gegeben hat) beigefügt ist. Ganz in der herkömmlichen Weise erklärt auch Schadow, wie es vor Allem darauf ankomme, die Wunde zu heilen, an der unser Vaterland seit drei Jahrhunderten blute, und ohne deren Heilung

Rom, 12. Februar 1817.

Meine eigentliche Sehnsucht treibt mich zur Bibel. Möchte ich die Bibel noch einst mit Dir lesen! Nun, Gott wird's schon machen. Wenn unter den Protestanten sich nur ein kräftiger Geist bildet und geltend macht, kein Tändeln und Spielen. Hart erkämpft und mit Mühe herausgesucht werden muß der Kern in unserer Zeit, wie Dr. Martin es auch gethan. Dazu gehören kräftige, gesunde Geister; möge Gott sie erwecken! — Dies Fortführen verschiedenartiger Dinge, als der Sprachen, der philosophischen und historischen Forschung, des Plato, Firdusi, Koran, Dante, Jesaias, Edda u. dgl., erheischt aber eine solche Ruhe und Ordnung, die ohne die größte innere nicht bestehen kann. Da ist aber noch mehr zu thun und zu begründen.

Nicht blos er gedachte jedoch der fernen Freunde; gerade in derselben Zeit wurde durch den Dichter, dem Bunsen kurz vorher noch so warm über seine Lebensbestimmung zugeredet, und den das neue Jahr nur zu schnell hinraffen sollte, ein Verhältniß vermittelt, welches in den folgenden Decennien einen wesentlichen Punkt in Bunsen's Leben ausmacht. Ernst Schulze sandte von Göttingen aus (3. Februar 1817) an Brandis und Bunsen gemeinsam folgende Zeilen:

Der Ueberbringer, den ich Dir, lieber Brandis, bestens empfehle, ist der geheime Kanzleisecretär Kestner, mein mir durch Beaulieu sehr lieber Freund, der mit Leist und dem Herrn von Ompteda von hannoverischer Seite das Concordat mit dem Papste abschließen soll. Dich, lieber Bunsen, brauche ich nicht mit ihm bekannt zu machen, denn Du fälltest schon damals, als Du Abeken, der sich bei uns engagiren wollte, zu ihm begleitetest, ein sehr günstiges Urtheil über ihn. Er kann Euch auch von Nutzen sein, da er schon früher längere Zeit in Rom war. Seine Liebenswürdigkeit und Sanftheit des Charakters werden Euch ebenso viel Freude machen, als seine Begeisterung für manches Schöne und seine musikalischen Talente. Es läßt sich vortrefflich mit ihm leben.*)

An die Schwester Christiane konnten inzwischen bereits wieder nähere Mittheilungen über das Leben in Rom gemacht werden:

---

eine gründliche politische Einigkeit nicht zu erwarten, da der unerschütterlichste Grund derselben, der Glaube, verschieden sei. Brandis' Antwort auf die ihm zugesandte Broschüre ist in einem später mitgetheilten Briefe Bunsen's an Lücke vom 1. Juli 1818 charakterisirt.

*) Ein anderer Empfehlungsbrief aus derselben Zeit ist der von Ulrich (9. August 1817): „Der Bringer dieser Zeilen ist unser deutscher Dichter Freimund Raimar, oder wenn Du willst, Friedrich Rückert, mein Landsmann und mein Freund. Ich weiß, daß Du ihn recht von Herzen willkommen heißen wirst."

Rom, 8. Februar 1817.

Mein Freund Cathcart ist jetzt in Neapel, von wo er in einem Monat wiederkommt, und bis nach Ostern hier bleibt. Eine englische Familie mit drei Töchtern hat sich Mühe um mich gegeben, und ich bin durch sie bei der Herzogin von Devonshire und anderen Familien eingeführt. Ein gelehrter junger Engländer (Clifford) wohnt jetzt mit mir in demselben Stock, ich lese mit ihm Deutsch, und er sieht mir englische Aufsätze nach. Uebrigens lebe ich ganz zurückgezogen, um nicht zerstreut zu werden und Zeit zu verlieren. Auch bin ich mit meinen Ideen und Arbeiten an mir und meinen Studien beschäftigt, daß Du für mein empfindliches Herz in jeder Hinsicht ruhiger als je sein kannst. Wie nothwendig mir aber diese Muße auf ein bis anderthalb Jahr ist, fühle ich mit jedem Tage mehr. Ich hatte in den letzten Jahren mehr angefangen, als ich verbauen konnte, und wäre ich gezwungen gewesen, zu neuen Studien fortzuschreiten, so wäre ich wahrscheinlich um alles bisher Gethane gekommen.

Rom bietet wirklich alles dar, was ich mir wünschen kann, um in reger Thätigkeit und in beständiger Erinnerung an das allein Wahre und Große im Leben erhalten zu werden. Dazu kommt, daß es wirklich in dieser Jahreszeit ein irdisches Paradies ist. Das ganze Jahr fast ununterbrochen schönes Wetter; nie kälter als bei uns in schöner Frühlingsluft, sodaß ich auf meiner der Sonne zuliegenden Stube nie Feuer gehabt und meist bei offenen Fenstern arbeite; die Mandelbäume sind voller Blüte, und alles beginnt zu sprossen und zu grünen. Ich wollte gern frieren, wenn Du dafür an der Sonne Dich erwärmen könntest — allein das ist ja nun einmal nicht möglich.

Was mein Schreiben über Holland betrifft, so gehört das zuerst unter die unmöglichen Dinge; erst wenn ich in Deutschland bin und alle meine Hülfsmittel und Zeit dazu habe, kann ich daran denken. Ein eigenes Buch darüber zu schreiben, ist aber bei dem Gange meiner Studien durchaus unmöglich. Die Holländer selbst müssen erst die jetzt offene Verbindung mit Deutschland benutzen.*)

---

*) Es ist sehr zu bedauern, daß Bunsen's Bescheidenheit in solchen Dingen ihn an der Ausführung eines Werkes über Holland verhindert hat. Denn nicht nur sind (in einem besonderen Tagebuch, das er in Holland geführt) eine Menge der historisch wichtigsten Aufzeichnungen von ihm an Ort und Stelle gemacht worden, über Dichter, Maler, Gelehrte, über Genossenschaften und Sammlungen, über Bücher und Zeitschriften; sondern die später (in Hannover 18. Februar 1815) niedergeschriebene Skizze über das holländische Leben (als Einleitung zu einer Charakteristik der holländischen Malerei und Dichtkunst) enthält auch eine Fülle der treffendsten Bemerkungen über 1) häusliches Leben, 2) Gewerb- und Geschäftsleben, 3) öffentliches Leben, 4) Religiosität, 5) wissenschaftliches Leben und Geistesbildung, 6) Kunst und zwar a) Malerei, b) Dichtung, 7) Sprache, 8) Resultate. Das

Die Absicht, an einer engeren Verbindung und einem stetigeren Gedankenaustausch zwischen Holland und Deutschland thätig mitzuarbeiten, war von Bunsen während seines holländischen Aufenthalts gefaßt worden, wie er sie denn in einem Briefe aus Leyden geradezu aussprach. Ueberhaupt werden alle diejenigen, welche in genauerem Verkehr mit Bunsen gestanden haben, wissen, wie lebhaft er die Vermehrung des Verkehrs zwischen den tieferen Geistern aller einzelnen Culturvölker erstrebte, und einen wie sehnlichen Wunsch er hegte, daß die umsichtigen und gebildeten Männer aller Länder wenigstens nur so viel Verbindung in ihren wechselseitigen Studien unterhielten wie im Reformationszeitalter, wo trotz der Entfernung Geist auf Geist wirkte wie der Widerschein und die Vervielfältigung des Lichtstrahls durch einander gegenüberstehende Spiegel. Und ganz besonders arbeitete er darauf hin, seine eigenen Landsleute davon zu überzeugen, daß, wenn auch die Deutschen in hervorragender Weise des Vorrechts genössen, als die geistigen Lehrer der Menschheit zu wirken, sie doch nicht vergessen dürften, daß auch andere Nationen Wahrheiten ans Licht brächten, durch welche der gemeinsame geistige Besitz vermehrt werde; nichts bedauerte und tadelte er mehr als den Geist der Ausschließlichkeit, der ihm leider immer mehr Boden zu gewinnen schien. Der hohe Werth, den er auf den englischen Genius und die englische Nation überhaupt legte, ist zu bekannt und zu oft von ihm ausgesprochen, um hier weiterer Erörterung zu bedürfen; er ging aber auch mit vollem Interesse auf die charakteristischen Vorzüge einer jeden andern Nation ein. So fremd seinem Charakter und seinen Ueberzeugungen das war, was man als französische Richtungen und Grundsätze bezeichnet, so hatte er doch hohe Achtung vor der geistigen und ethischen Begabung und Scharfsichtigkeit der Franzosen und wünschte sehnlich, ja empfand es voraus, daß die der christlichen Menschheit von Seiten Frankreichs gebührende Schuld glänzend getilgt werde. Eine Stelle im Vorwort zu der deutschen Ausgabe seines „Hippolytus" bezeugt seine Achtung vor der italienischen, der spanischen und der russischen Nationaliät; und das Bild, welches er mit Bezug auf Italien zu gebrauchen liebte, daß „in der musikalischen Harmonie Europas, in der man jetzt nur die Schwingungen der deutschen, französischen und englischen Saiten vernehme, die ita-

---

besondere Verständniß, welches Bunsen in späteren Jahren von den holländischen Theologen erwartete, ist in vollstem Maße seit seinem Abscheiden darin hervorgetreten, daß die Anschauungen bedeutender Vertreter der holländischen Wissenschaft vielfach mit seinen Gedanken übereinstimmen und sich in mancher Hinsicht auf seine Schriften stützen.

lienische Saite noch fehle", hätte sich wol noch weiter ausführen lassen, wenn nur die geistige Beschaffenheit aller Nationen seinen For=derungen an die Allgemeinheit der Geistesbildung in allen ihren verschiedenen Formen entsprochen hätte. Seine Sympathien waren auch durch den Atlantischen Ocean nicht begrenzt; er nahm das leb=hafteste Interesse an den Fortschritten Amerikas und beklagte die Ursachen, welche die moralische Hebung dort hemmten, als ein öffent=liches und persönliches Unglück, indem er die Entwickelungsfähigkeit des jungen Riesenstaates zu den besten Endzielen sehr hoch anschlug; ja noch unter seinen letzten Abschiedsworten war die Aeußerung: „Die Amerikaner sind in einer schwierigen Uebergangszeit, haben große Schwierigkeiten zu überwinden, aber sie werden darüber wegkommen." Alle diese recht eigentlich weltbürgerlichen Gefühle aber wurzelten ge=rade in einem ganz deutschen Herzen; es ist von solchen, die viel Gelegen=heit zum Urtheil darüber hatten, mit Recht bemerkt worden, daß seine Geistes= und Charaktereigenthümlichkeit wesentlich deutsch war, und es geschah aus dem nationalen Mittelpunkt seiner Gedanken und Empfin=dungen heraus, daß er nach jeder dessen würdigen Menschheitsgattung Umschau hielt und sich auf sie einließ.

Doch wir kehren zu Bunsen's römischem Aufenthalte zurück. Hatte der letzte Brief an seine Schwester seine Einführung in eine englische Fa=milie „mit drei Töchtern" erwähnt, so ging der nächste, nachdem er die Absendung verschiedener für Christiane bestimmter italienischer Kupferstiche erwähnt hatte, plötzlich auf eine wichtigere Mittheilung über. Er schrieb:

Rom, 30. April 1817.

Eine andere Neuigkeit ist, daß ich seit ungefähr acht Tagen fast ein wenig verliebt geworden bin. Mach Dir keine Sorgen: nur ein wenig, und ohne Folgen. Ich ward hier vor ungefähr drei Monaten mit der englischen Familie Waddington bekannt, von der ich Dir schon neulich er=zählt. Ich besuchte diese Familie, da sie äußerst freundlich gegen mich waren, und man vortrefflich mit ihnen sprechen konnte. Natürlich unter=hielt ich mich am meisten mit der ältesten Tochter (die zweite ist Braut, die dritte halb Kind von 13 Jahren); sie versteht außer italienisch, fran=zösisch, ein wenig lateinisch und spanisch, sehr gut deutsch, zeichnet und malt sehr schön, und singt sehr angenehm, spielt auch ausgezeichnet gut Klavier. Ich las mit ihr zu meinem Vergnügen Deutsch, und mochte gern mit ihr disputiren, da sie gegen die deutsche Literatur ungefähr dasselbe einzuwen=den hatte wie Du, auch sehr streng kirchlich=christliche Grundsätze hat. Das alles ging sehr gut, bis ihre Abreise näher kam, und ich mich geneigt fühlte, bei der außerordentlichen Freundlichkeit der Mutter, fast täglich hin=

zugehen oder mit ihnen herumzufahren. Ich fühlte mich ganz sicher, indem ich ja nicht heirathen kann, ohne meine ganze Bildung zu verstümpern, und am wenigsten ein Mädchen mit größerem Vermögen; so fand ich gar kein Bedenken. Allein ich bin wirklich in die Gutmüthigkeit und den klaren Verstand und die guten Grundsätze des Mädchens verliebt geworden, sodaß ich mich unbehaglich fühlte, wenn ich sie einen Tag nicht sah.

Während des folgenden Monats (Mai) wurde der in den Schluß= worten dieses Briefes erwähnte Umstand (daß ein Tag ohne Zusam= menkunft verging) zu einem seltenen Ereigniß. In dem Genusse der unzähligen Sehenswürdigkeiten in und um Rom, bei dem schönsten Wetter und in der herrlichsten Jahreszeit, war, während man beider= seits der möglichen Folgen unbewußt blieb, täglich und stündlich Ge= legenheit für jenen vertrauten, ungestörten und ununterbrochenen Austausch der Gedanken gegeben, durch welchen menschliche Wesen in den Stand gesetzt werden, wirklich und thatsächlich, nicht blos ober= flächlich, miteinander bekannt zu werden, und sich über das Vorhan= densein desjenigen Grades von Sympathie und voller Befriedigung aneinander zu vergewissern, von dem eher durch Instinct als durch Nachdenken erkannt wird, daß er kein vorübergehendes Gefühl, son= dern eine Lebensbedingung ist. Dieses wenigstens die glückselige Er= fahrung von 43 Jahren, auf welche der trauernd überlebende Theil mit ungemischter Dankbarkeit zurückblickt.

Einige Auszüge aus Briefen dieser Zeit werden die Stufen bezeich= nen, welche zu der Heirath führten, die am 1. Juli 1817 stattfand. Wir stellen zunächst zwei (englisch geschriebene) Briefe an Frau Waddington in Frascati an die Spitze, welche der Verlobung vorhergingen:

Rom, Via de Prefetti, 24. Mai 1817.

Verehrte Frau! Ich bin sehr glücklich, daß meine Rückkehr nach Rom mich in den Stand setzt, Ihnen heute die beiden einliegenden Briefe zu senden, und ich wußte, verehrte Frau, daß Sie gestern meinen Weggang nach Rom billigten, ja, ich möchte zu sagen wagen, voraussahen. Glauben Sie mir, es ist für mich eine der größten Segnungen im Leben, auch ohne Worte verstanden zu werden, da ich gerade dann unfähig zu sprechen bin, wenn ich am meisten zu sagen habe. Ich habe das volle Vertrauen, daß Sie mich nicht misverstehen, trotz der kurzen Zeit, daß Sie mich kennen, und der Verschiedenheit des Nationalcharakters und der Gewohnheiten, durch welche wenig Leute hindurchschauen. Vielleicht verstehen Sie aber meine Studien nicht (welche zwar nicht mein Leben selbst, aber doch den wichtigsten Theil des= selben ausmachen), wenn Sie denken, daß ich es solchen Arbeiten widme, welche ihren Einfluß nicht über die vorübergehende Stunde hinaus erstrecken; was ihnen aber in meinen Augen Werth verleiht, hängt zuweilen mehr von einzelnen Tagen als von Monaten und Jahren ab, und dieser Theil derselben hat in der letzten Woche nicht gelitten. Lassen Sie mich es aussprechen, die Schönheit der Tugend und Vortrefflichkeit weiblichen Charakters (dessen himmlische Reize wenige kennen, und diese nicht eher, als bis sie das erfahren haben, was sie auch vorher nicht kannten) ist mir eines der hellen oder vielmehr der hellsten Meteore; das Bewußtsein des wirklichen Vorhandenseins derselben, einmal sichergestellt, kann allein Jemand befähigen, das Niedrige zu verachten, die reinen Empfindungen der Jugendjahre zu verwirklichen und, was schwieriger ist, selbst zu erobern.

Sagen Sie Ihrer ganzen Familie meinen besten Dank für die Güte, die ich von Ihnen während der Woche erfuhr, welche ich in Ihrer Mitte verlebte. Herr Brandis empfiehlt sich bestens und schließt einen deutschen Brief ein, der sich auf Schleiermacher bezieht.

Rom, 28. Mai 1817.

Verehrte Frau! Da nichts in der Welt mehr Befriedigung verleiht als Zeichen wirklichen Wohlwollens, und da die Menschen einander nichts Ehrenvolleres zu geben vermögen als Vertrauen, so können Sie denken, wieviel Dank ich Ihnen für Ihren Brief zu sagen habe, den ich heute Morgen erhielt. Ganz besonders danke ich Ihnen für die wahrhaft gütige Weise, in welcher Sie es aufgenommen haben, was ich Ihnen in Bezug auf meine Rückkehr nach Rom schrieb; wenn ich ausnehme, daß Sie mein Betragen sowol wie meine Anschauungen weit überschätzen, so haben Sie ganz aus meiner Seele gesprochen. Aber mehr als für irgendetwas Anderes lassen Sie mich Ihnen herzlich für die Erlaubniß danken, meinen Verkehr mit Fräulein Waddington in der Art fortzusetzen, die allein meinen Wünschen und Grundsätzen entsprechen konnte, aber meiner Ueberzeugung nach nur von Ihnen vorgeschlagen und hergestellt werden konnte. Sie haben ganz recht, daß es zuweilen sehr leicht vorkommt, bei sich selbst und bei Andern die Gefühle und Ausdrücke der Freundschaft in ihrem wahren und vollen Sinne zu verkennen und mit den zärtlicheren der Liebe zu verwechseln. Aber da seit meinem zwölften Lebensjahre mein Herz durch die Macht der Freundschaft in einem wol nur in Deutschland vorkommenden Grade des Enthusiasmus bewegt worden ist, so konnte ich mich nicht so leicht selbst täuschen und veranlaßt werden, meinen Gefühlen zu mistrauen; und Sie wissen (Eitelkeit beiseite), man misversteht bei Andern gerade ebenso viel als in seinen eigenen Empfindungen.

Ich dürfte deshalb nur wegen des uneingeschränkten Ausdrucks eines Gefühles Tadel verdienen, welches von dem Beginn unserer Bekanntschaft an in meiner Seele gewesen und stetig gewachsen ist; und glauben Sie mir, wäre ich nicht sicher gewesen, daß Sie meinen vielleicht mehr als

englischen Enthusiasmus' ebenso gut wie meine Pläne und Lebensverhält=
nisse kannten, so würde ich schon lange auf den Genuß unserer fast täg=
lichen Unterhaltung verzichtet haben. Blos als ich fühlte, daß in meinem
Betragen irgendetwas Zweideutiges aufkommen könnte, durfte ich natürlich
keinen Augenblick mit der Abreise zögern. Aber ich reiste mit Bedauern
ab, und jetzt, wo Sie mir gesagt haben, was nur von Ihnen gesagt wer=
den konnte, ist Alles klar und geordnet, und ich fühle mich so glücklich, wie
ich immer bin, wenn Herz, Gemüth, Verstand und Grundsätze miteinander
in Einklang stehen. Sie werden mich morgen sehen, und während Ihres
römischen Aufenthaltes so viel und so oft Sie erlauben, und wenn es nicht
zudringlich ist, so werde ich Sie wenigstens soweit wie Terni begleiten,
vorausgesetzt, daß ich in der Stadt bin, wenn Sie abreisen. Die Fräu=
lein Allens waren erfreut, Ihre Einladung zu dem Besuche in Frascati
zu erhalten, und ich komme natürlich mit ihnen, wenn auch Clifford sicher=
lich sehr gut ohne mich kommen kann. Wir werden ungefähr um 8 Uhr
ankommen.

Wenige Tage darauf kann bereits ein Brief an die Schwester
Christiane das inzwischen stattgefundene Verlöbniß anzeigen:

· Tivoli, 6. Juni 1817.

Das Schicksal des Menschen entscheidet sich oft so schnell, daß, wenn
wir uns der neuen unvorgesehenen Wendung bewußt werden, wir gleichsam
aus einem Traume erwachend einen Raum von Monaten oder Jahren
übersprungen zu haben glauben. Dein Herz, das von dem ersten Augen=
blicke an das meinige ohne Worte verstand, wird Dir sagen, was ich
meine, was mit und in mir vorgegangen ist, und wofür Du gute, fromme
Seele schon lange im voraus die Leitung und die Gunst des Himmels
erfleht hast — was Du, oft fürchtend, oft hoffend, erwartetest, dem Du
immer aber entscheidend für mein Glück und mein Leben entgegensahest.
Ich habe sie gefunden, die unzertrennliche Gefährtin meines Lebens —
meine Gattin — Deine Freundin, das weiß ich mit Sicherheit, und
ich fühle nicht nur, daß der Schritt entscheidend, sondern auch, daß er ent=
scheidend für mein Glück ist.

Mein letzter Brief wird Dir die Erklärung geben, was es ist, und
da Du das menschliche Herz besser kennst als ich, so ist Dir vielleicht schon
seitdem eine Ahnung von dem gekommen, was der nächste Brief enthalten
möchte. Du hast wol über mein verständiges, prüfendes und abwägendes
Lob der klugen und liebenswürdigen Engländerin gelächelt, und die Liebe
nicht weit von solcher freundschaftlichen Würdigung und Theilnahme ge=
glaubt, obgleich fest überzeugt von der inneren Wahrheit dessen, was ich
Dir schrieb. Der Hauptgrund dagegen wird Dir wol nur gewesen sein,

was ich Dir auch damals ausdrücklich erwähnte, daß ich gar nicht an die Möglichkeit einer solchen Verbindung dachte, und daß meine Ehrlichkeit ebenso wenig als mein Stolz mir erlaubten, über meine Pläne und meine Lage mich selbst oder Andere zu täuschen, endlich, daß die vielgeprüfte und durch Widerwärtigkeiten und Hindernisse verstärkte Anhänglichkeit an meinen Reiseplan, meine alte Braut, wie ich es wol mir zu denken pflegte, die Hingebung meines Herzens und Wesens an eine neue menschliche hinlänglich abwehren und verhüten würde.*)

Wie dieser Brief unter den Vorbereitungen zur Hochzeit, so ist der folgende an Brandis gleich zwei Tage nach der Trauung geschrieben:

---

*) Der Herausgeber glaubt diesen Briefen Bunsen's selbst auch einen von Brandis an Lücke nach Berlin gerichteten beifügen zu dürfen, der für alle dabei betheiligten Personen gleich charakteristisch ist:

„Denke Dir! Freund Bunsen ist, nachdem er mit seinen Gedanken zur Reise nach Indien ausgelaufen war, plötzlich gestrandet, und liegt dermaßen vor Anker, daß aller Wahrscheinlichkeit nach das Pas=de=Calais das einzige Fahrwasser sein wird, auf dem er sich wird halten können. Kurz, nachdem er Briefe an alle Sanskrit=Engländer der beiden Welttheile theils geschrieben, theils projectirt, sich nach den Preisen aller Bedürfnisse in Kalkutta bei Leuten, die dort gewesen, sorgfältig erkundigt hatte, kommt ihm eine Engländerin in den Weg, die, ohne ein Wort Sanskrit zu verstehen, ganz klar beweist, daß eine solche Reise unmöglich und unnütz sei. Zuerst hat er sich zwar gewaltig gesträubt, und je mehr er anfing, von der Gründlichkeit ihrer Beweise überzeugt zu werden, um so eifriger die Reisebriefe geschrieben, und — wie zum Trotz — ihr zur Verbesserung der englischen Schreibart gegeben. Aber nachdem die trefflich zugestutzten Papiere fertig waren, ist er ganz kleinlaut geworden, und hat am Ende aufs schönste gebeten, ihm, um den Zweck zu erreichen, begleitend beistehen zu wollen. Wiewol sich's nun die holde Jungfrau diesen lieblichen Namen kosten lassen muß, hat sie eingewilligt, und da eine sehr gescheite gute Mutter den Plan höchlich billigte, und der Vater nichts dagegen hatte, haben sie ein Landhaus in Frascati gemiethet und werden es zusammen beziehen, sobald sich ein englischer Geistlicher gefunden, der das Seinige dabei thun wird, diesem Contract Dauer zu geben.

„Das Ernstliche von der Sache ist Folgendes: Zu Anfang dieses Jahres ward Bunsen mit der englischen Familie Waddington aus Monmouthshire bekannt, und dann auch ich durch ihn. Zuerst gefiel ihm der ausgezeichnete Verstand der älteren Tochter, nach und nach nicht minder, was sich in einem klaren Verstand so schön abspiegelt, ihre ganze innere Gediegenheit und seltene Vortrefflichkeit. Zuerst las Bunsen wöchentlich einige Stunden mit ihr, gewöhnlich Deutsch, dann ganze Abende. Nachmittags gingen wir wol zusammen nach einer der alten oder neuen Merkwürdigkeiten Roms. Vor vier Wochen ging die Familie aufs Land nach Frascati; wir waren beide zur Begleitung eingeladen; ich wurde verhindert, Bunsen ging, halb schweren Herzens, halb freudig. Frascati ist ein schlimmer Ort in den weiten königlich angelegten, jetzt freilich verfallenen Villen, von denen aus die nahe vorliegenden Latinerberge, die ferneren Sabinergebirge und im Westen das

Frascati, 3. Juli 1817.

Ich wollte Dir schon gestern schreiben; heute soll es aber nicht länger
verschoben werden. Denn obgleich „meine Seele in sel'gem Schweigen
lebt", so fühle ich mich doch so recht gedrungen, mich mit Dir, meinem

Meer sich wunderschön machen. In diesen Villen ergeht sich's gar lieblich, und
was bestimmt ist, sich zu finden, findet sich dort leichter. Zum Ueberflusse war
Dante's «Vita nuova» mitgenommen, ein wahrer Spiegel für liebebewegte Gemüther, der zugleich das eigene Innere und das des geliebten Gegenstandes zeigt.
Nach acht Tagen kam Bunsen zurück, wie man nicht gewohnt ist, ihn zu sehen;
doch darf ich es nicht verhehlen, daß er bis zuletzt männlich gekämpft hat. Aber
es war zu deutlich die Neigung, der es beschieden war, sein Leben zu erfüllen und
zu erhöhen. Durch die zarteste, ja strengste Sitte der englischen Frauenzimmer
schien gleiche Neigung der Fanny Waddington durch, und um so lieblicher, mit je
größerer Gewissenhaftigkeit sie in den wenn auch drückenden Formen gehalten
wurde. Die Mutter beobachtete indeß, und da sie Bunsen's Trefflichkeit erkannt
hatte, gab sie ihm erfreuliche Beweise der Hochachtung und Liebe, und dadurch
Vertrauen, sich ihr zu erklären. Auf die Erklärung folgte eine sehr herzliche Antwort, und bei einem nächtlichen Spaziergang im Colosseum, wobei mir es zufiel,
eine Begleiterin irrezuführen und zu unterhalten, erhielt er das Ja des wahrhaft
trefflichen Mädchens auf eine Art, die die große Bedeutung des Wortes womöglich
noch erhöht. Der Vater redete mit Niebuhr und nachdem er von diesem erfahren,
was Bunsen unzweifelhaft auch im bürgerlichen Leben zu erwarten habe, bedachte
auch er sich nicht einzuwilligen.

„Meine Freude über diese Verbindung kann ich Dir nicht beschreiben. Des
Mädchens Charakter liegt völlig klar und zweifellos mir vor Augen, und ebenso
die Art des Verhältnisses. Sie ist fest, sicher, voll lebendigen Geistes und uner-
müdlicher geistiger Thätigkeit. Sie hat sehr zweckmäßig geordnete Kenntnisse und
bei großem Sinn dafür große Leichtigkeit in der Erwerbung. Französisch, deutsch,
italienisch versteht sie völlig. Deutsch hat sie bisher nicht geredet, weil es an
Gelegenheit dazu gefehlt."

Auch aus Lücke's Antwort an Brandis, die von einem jubelnden Glückwunsch
an Bunsen selber begleitet ist, mag eine besonders kennzeichnende Stelle hier angeführt sein: „Der ironische neckende Anfang Deines Briefes machte mich halb
verwirrt über Bunsen. Deine verwirrende Schreibweise, nach der die Zeilen und
Buchstaben in eins zusammenlaufen, machte das Dunkel noch größer. Ich bereitete
mich gerade vor, die Apokalypse zu lesen. Die σημεια μεγαλα και θαυμαστα, die
es darin gibt, sind aber nichts gegen das σημειον, das Du so versteckt ans Licht
brachtest. Wie ich nun in Eile, Alles schnell zu wissen, den nicht erwarteten Brief
von Bunsen schnell aufschlug und die Worte las, «daß Fanny mein Weib werde»,
da konnte ich gar nicht herauskommen, warf Buch und Alles fort und studirte nun
endlich zusammen, was ich die ersten Stunden, nachdem ich es wußte, nicht geglaubt habe."

Endlich bezieht sich folgende Stelle aus einem Briefe Lücke's an Hey auf
dasselbe Ereigniß: „Ueber Bunsen schweige ich; es wäre viel zu sagen, nicht zu
schreiben. Er eilt uns in Allem voraus, der gesegnete Mensch; haben wir ein anderes Maß, können wir ihn nicht beneiden. Das Wunder ist natürlich bei ihm, und
die Liebe fehlte ihm lang. Seine Plane wird er doch ausführen."

liebsten Herzensfreunde, über meinen Zustand zu besprechen. Ich muß Dir
zuvörderst sagen, daß mir ein ungeheurer Raum zwischen dem neuen Leben
und den letzten unruhigen Wochen liegt, ja zwischen jenen und dem Früheren
auch. Wie durch einen Zauberschlag scheinen mir tausend Dinge näher
gerückt, ohne daß dagegen andere entrückt wären, und während ich lustiger
und närrischer bin als seit langer Zeit, bin ich zugleich ernster und nach=
denklicher. Ich werde den Abend nie vergessen, wo wir in Frascati ein=
zogen. Nach einem langen Schweigen war ich erst im Stande zu reden;
die Trauung hatte mich durch und durch erschüttert. Der Abend war herr=
lich; mit der sinkenden Sonne waren wir im Thore, und wie wir am Ende
der langen Straße den rothen Abendhimmel erblickten, der sich unmittelbar
an die vor uns liegenden Hügel anschloß, war es wirklich, als wenn wir
geradenwegs in den Himmel fahren wollten. Wir wandten uns, und
das niedliche Haus lag in der Glut des Abendrothes vor uns.

Unser erster Wunsch ist, Dich zu sehen. Du mußt uns die Versicherung
geben, daß wir wirklich in einer menschlichen und erlaubten natürlichen
Existenz leben, denn Alles ist hier so ganz idealisch; kein Getümmel des
alltäglichen Lebens, Myrten ringsum, wunderschöne Zimmer, nach Osten
die Olivenanhöhe mit dem stattlichen Mondragone, nach Norden die Apen=
ninen, westlich Rom und das Meer, und dabei der ewig heitere Himmel.
Ich will die Nemesis zu versöhnen suchen durch ernste Scheu, gleichgültig
oder übermüthig zu werden, wenn ich bedenke, daß alles Dies nur Einfassung
meines Glückes ist.

Dieselbe Stimmung verrathen die an die Schwester gerichteten
genaueren Mittheilungen, von denen wir ebenfalls einen Auszug hier
folgen lassen:

Frascati, 12. Juli 1817.

Wie es mir schon oft ergangen ist, daß an einem entscheidenden Tage
sich Alles vereinigt, was man nur wünschen, aber nicht hoffen konnte, so
erhielt ich Deinen lieben Brief just an dem Tage vor meiner Trauung.
Ich war eben von Frascati zurückgekommen, wohin ich des Morgens ge=
gangen war, um dort das neueingerichtete Haus in Augenschein zu neh=
men, und was uns zugehörte, zurechtstellen zu lassen. Das nahm natür=
lich den Tag ein, und gegen 9 Uhr kam ich in der Abendkühle zurück.
Brandis kam in demselben Augenblicke zu mir mit Deinem lieben Briefe.
Ich hatte die letzte Zeit und besonders diesen Tag sehr viel an Dich und
nach Haus gedacht, wie ich überhaupt ernster in meinen Bräutigams=
monaten gewesen bin, als vielleicht je in einer Zeit, wo ich mich zugleich
innig glücklich fühlte. Du kannst daher denken, wie mein Geist oft in der
Vergangenheit bei Dir war; denn an die Zukunft denke ich weniger in

solchen Stimmungen, die Erinnerung ist lebhafter als irgendein anderes
Gefühl, und ich habe nie eine klare Idee von der Zukunft bei einer gänzlichen Veränderung meiner Lebensweise, und welcher Schritt ist so wichtig
als der, welchen ich zu thun hatte! Ich hatte schlimme Nachrichten von
Hause gefürchtet, die mich in dem Augenblicke meines Glückes an das Los
der Sterblichen erinnern sollten. Wie dankte ich Gott, daß es nicht so
war! Selbst die Zeilen des lieben Vaters waren mir eine ungemeine Freude,
ungeachtet sie alt und ohne Zusammenhang sind. Es waren die ersten
Züge seiner Hand, die ich seit länger als einem Jahre wieder sah. Ich
erzählte dies Fanny, als die Gesellschaft weggegangen war, und sie nahm
es, wie ich, dankbar, als ein besonderes Zeichen der Gnade Gottes an.
Und wie wunderbar, daß gerade in diesem Brief das Bild Deines geliebten Faber's sein mußte, die Erinnerung einer so schönen, heldenmüthigen
und reinen Anhänglichkeit, aber einer unglücklichen, nach dem unerforsch-
lichen Rathschlusse Gottes, — gerade am Vorabend meiner Vereinigung
mit einem geliebten Wesen, von dem ich immer mehr einsehe, daß ich nur
durch die treueste Liebe und ein wahrhaft würdiges Leben verdienen kann,
sie ganz zu besitzen. Ich fühlte, daß Unglück hart und herzerdrückend ist,
aber großes Glück schwer ist für den Menschen zu ertragen und zu verdienen,
und beschloß, auf meiner Hut zu sein, um nicht übermüthig oder träge zu
werden.

Die Trauung geschah von einem englischen Geistlichen, der sich glücklicherweise vorfand, einem ernsten Mann und Bekannten der Familie. Die
englische Feierlichkeit ist, ebenso wie die der Taufe und der Bestattung,
das Schönste, Einfachste und Erhabenste, was ich in dieser Art je gesehen
habe. Ich war sehr ergriffen von dem Ganzen und konnte kaum meine
Rührung verbergen. Ich fühlte, wie gut die englische Sitte ist, daß unmittelbar nach der Trauung und nachdem beide ihren Namen unterzeichnet
haben, das Paar weggeht, in den Wagen steigt und aufs Land fährt, wo
man sich wenigstens die ersten 14 Tage allein und unbesucht aufhält.
Wir sprachen beide kein Wort die ganze Stunde; als wir bei dem Colosseum vorbeikamen, wo wir uns zuerst das Wort gegeben hatten, sahen
wir nach dem Kreuze, zu dessen Füßen wir damals saßen, und drückten
uns die Hände. Alles war schön und feierlich um uns; der Himmel wie
immer und ganz besonders dunkelblau, und die Sonne ging gerade unter,
wie wir ins Thor von Frascati fuhren. Wir fuhren der Länge nach durch
das Städtchen, bis ganz ans Ende, wo ein besonderer Weg zu unserem
Haus führt, das ganz frei liegt und von drei Seiten mit einem Hofe,
Blumengarten und Wein- und Fruchtfeldern umgeben ist. Wie wir uns
gerade umwandten, sahen wir den Abendhimmel dahinter ganz bedeckt von
flammendem Roth, das uns bis dahin durch die Häuser versteckt war. —
Mit der Mutter stehe ich gut, nachdem ich mich wiederholt in Respect

gesetzt habe. Sie hatte an Thorwaldsen, den ersten Bildhauer in der Welt, geschrieben, ein Brustbild von mir in Marmor zu machen, um es in ihrem Hause in England aufzustellen. Es war dies ein großes Compliment von ihr, und ein ebenso großes vom Bildhauer, der vielen Lords abgeschlagen hatte, ihre Büsten zu machen, da er zu viel eigene Arbeiten hat, meinen Kopf aber machen wollte. Ich sagte aber sogleich zu Fanny, sie möge ihrer Mutter sagen, ich thue es bestimmt nicht; es sei mir das zu prunkend und anmaßend, sich so zu verewigen, wenn man noch nichts gethan habe.

Auch Bunsen's Tagebuch enthält aus derselben Zeit (vom 19. Juli 1817) eine längere Betrachtung, welche als Beispiel für die Art, wie er in wichtigen Lebensabschnitten sich selbst vor Gott prüfte und ihm die Zukunft anheimstellte, hier folgen mag:*)

Ewiger, unendlicher Gott! Erleuchte du mich mit deinem heiligen Geiste und erfülle mich mit deiner himmlischen Klarheit! Was ich in der Kindheit geahnet und in den Jahren der Jugend heller und heller vor meiner Seele gesehen habe, will ich jetzt wagen festzuhalten, durchzuforschen, darzulegen. Deine Offenbarung in des Menschen Treiben und Streben, deinen festen Gang in dem Strome der Jahrtausende möchte ich erkennen, soweit es mir vergönnt ist in diesem irdischen Leibe; der Menschheit freudigen Lobgesang zu dir in den fernen und nahen Zeiten, ihre Schmerzen und die Klagen der Erde und ihren Trost an dir möchte ich klar und unbefangen vernehmen. Sende du mir darum deinen Geist der Wahrheit, daß ich die irdischen Dinge sehe, wie sie sind, ohne Hehl und Fehl, ohne Menschenzierath und leeren Schmuck, und daß ich in der stillen, ruhigen Wahrheit dich erkenne und fühle.

Laß mich nicht wanken und weichen von dem großen Ziel deiner Erkenntniß, laß der Welt Freuden und Ehren und Eitelkeiten meinen Geist nicht schwächen und verdunkeln, laß mich immer fühlen, daß ich nur erkenne, insofern ich bin, und nur bin, insofern ich in dir lebe und strebe.

---

*) Ganz ähnliche Gedanken finden sich z. B. an seinem 26. Geburtstage (25. August 1817) niedergeschrieben, wie wiederum der 1. Januar 1818 ein Verzeichniß aller Universitätsfreunde mit den letzten über sie erhaltenen Nachrichten bringt. Ungemein reichhaltig ist das Tagebuch in dieser Zeit, zumal im August und September, wie an Bemerkungen über die Lektüre, jetzt meist englisch, von Bacon bis Wordsworth und von Byron bis zur englischen Fachtheologie, so an eigenen Aphorismen über Völker und Staaten, Recht und Religion. Wir entdecken manche neue Anregung, besonders durch Künstler wie Overbeck und Schadow; den Mittelpunkt bilden aber theils Studien Luther's und Lessing's, theils Aufzeichnungen über das Leben Jesu und Skizzen zu evangelischen Haus- und Gemeindegottesdiensten.

Erhalte mir des Geistes Kraft und Klarheit bis zu meines irdischen Daseins Ende, wenn es dir gefällt, und wenn ich nicht vollende, was ich begonnen, wenn ich nicht erreiche, wonach ich strebe, so laß mich Ruhe finden in der Ueberzeugung, daß nicht untergeht, was in dir und mit dir gethan ist; daß, was ich unvollständig gewußt, unvollkommen geahnet und stammelnd ausgesprochen, ich selbst einst dort vollständiger, vollkommener und kräftiger schauen, hier aber ein Anderer ausführen wird durch dich, was ich gewollt und gestrebt. Amen!

Wie sehr er zugleich gerade in dieser Zeit seines Glücks der fernen Jugendfreunde gedachte, beweist ein Brief an seine nunmehrige Schwiegermutter, als ihm die Nachricht von dem inzwischen erfolgten Tode Ernst Schulze's zugekommen war:

Frascati, 28. Juli 1817.

Als ich im Monat Juni über meine Lebensführungen nachdachte, war ich, wie Sie sich erinnern werden, mir bewußt, daß mir irgendetwas genommen werden würde, um mich an die Natur und die Bedingungen des menschlichen Daseins zu erinnern. Aber der Schlag kam von einer Seite, von wo ich ihn nicht erwartete; und Sie wissen, je mehr das Herz wirklichen Genusses und Glückes fähig wird, desto mehr ist es auch dem Kummer zugänglich. Der junge Mann, welcher im Alter von 29 Jahren gestorben ist, war einer unserer ausgezeichnetsten deutschen Dichter und Gelehrten. Er hinterläßt eine Dichtung in 20 Gesängen, die seinen Freunden seit zwei Jahren bekannt, aber ebenso wie andere Werke von ihm noch nicht veröffentlicht ist. Die Geschichte seines Lebens ist eine der interessantesten, die ich kenne, obgleich nur eine Erzählung innern Kampfes und Wachsthums. Seitdem ich den Brief mit der Trauerkunde erhielt, habe ich stündlich, und mehr als je, den Segen einer solchen Frau, wie ich sie habe, gefühlt. *)

Am Tage vorher (27. Juli) hatte er seiner Schwester auf ihre Ausdrücke wohlbegründeter Sorge über eine Verbindung geantwortet,

---

*) Das Tagebuch enthält noch vom 29. December 1817 folgende „Worte der Erinnerung" an Schulze: „Das Leben eines jeden wahrhaften Künstlers ist in seinen Werken. Sie sind die Denkmäler der inneren Regungen und preisen ihren Urheber dadurch, daß sie von ihm abgelöst selbständig und in sich selbst verständlich sind. Das äußere Leben des Künstlers ist besonders anziehend durch die Spuren seiner Pilgrimschaft in der gewöhnlichen Welt, die sich selbst bei denen, die am meisten eingebürgert erscheinen, nicht verleugnet. Aber am merkwürdigsten ist die innere Entwickelung des Menschen, wodurch nicht nur das äußere Leben bestimmt wird, sondern auch die Werke erst ihren eigentlichen Zusammenhang erhalten."

die sie, um seines künftigen Glückes wahrhaft sicher sein zu können, in allen begleitenden Umständen genauer kennen zu lernen das Bedürfniß hatte, als in einer entfernten und fremden Lage möglich war. In demselben Briefe beschreibt er zugleich die herrliche Lage der Wohnung, in der sie die ersten wolkenlosen Monate ihres ehelichen Lebens ver= brachten, Casino Accorambuoni, auf der südöstlichen Seite von Fras= cati. Er schreibt:

Glaube mir, ich habe gerade eine Frau, wie Du sie mir gewünscht hast. Sie hat, was man so selten findet, wirkliches Christenthum und weibliche Demuth. Unser Haus ist ein neues, reinliches, neu meublirtes, zierliches Sommerhaus, das einzige neue Haus, was ich hier gesehen habe, da alles alt und zerfallen ist. Es liegt am Ende der Stadt auf einem kleinen Hügel ganz allein, sodaß man in und außer der Stadt ist. Nach Osten ist im ersten Stock eine große Terrasse, auf deren Geländer mehrere Töpfe mit großen Myrtenbäumen und kleinere mit Blumen stehen; in der Mitte ein Marmorbecken mit einem kleinen Springwasser, welches in heißen Ländern erfrischend zu sehen und zu hören ist. Von dieser Terrasse, die etwa 15 Fuß vorgebaut ist und die Breite des Hauses hat, etwa 30 Fuß, sieht man auf den Weingarten, der zum Hause gehört, mit seinen Feigen und Mais; daran schließt sich eine Mauer, mit Epheu bewachsen, hinter der sich ein schöner Oelberg erhebt, mit einer ungeheuern Allee von Cy= pressen und Pinien, dem schönsten Baume Italiens, die zu dem großen Schlosse Mondragone auf der Spitze des Hügels führt. Nach Norden ist mein Studirzimmer mit einem Balkon, zu dem eine Glasthür führt. Dies ist das hellste Zimmer morgens und mittags; man sieht links die See, dann Rom und gerade vor dem Fenster nach Norden und rechtshin die schönen Gebirge, die sich im Halbcirkel an Rom schließen. Diese Gebirge sind etwa in der Mitte des Cirkels fünf Stunden entfernt, aber wenn kein Südwind ist, so klar, daß wir die einzelnen Häuser sehen können; so durch= sichtig ist die Luft. Nach Süden hin meiner Frau Zimmer, die für den Abend sehr gut sind. Alle Fenster nämlich werden den Tag über, außer wo die Sonne nicht ist, verschlossen, nicht mit den Gläsern, sondern mit den Sommerläden, die die Luft durchlassen und Schatten geben. So ist es nie warm hier; ausgehen kann man nur des Morgens von 4—7 Uhr und des Abends von 8 bis nach Mitternacht. Nichts ist zu vergleichen mit dem Reize des Morgens und Abends.

Endlich trägt er seiner Schwester am 17. October 1817 auf, seine holländischen Freunde (Sharp, Tydeman, Molenaar) darüber zu ver= gewissern, daß sein Lebenszweck durch die Heirath keine Veränderung erleide:

Beruhige die Freunde über meine Studien; denn wenn sie hören, daß ich meine Reise nach Indien aufgegeben und geheirathet habe, wird es ihnen wol gehen wie manchen meiner Bekannten, obgleich nicht meinen Freunden, in Deutschland; sie werden fürchten, es sei mit meinen Studien und meinen Plänen aus. *) Darüber können sie aber wirklich ganz ruhig sein, denn die Reise nach Indien war immer nur ein Mittel, nie Zweck; ja wenn sie meine Ansicht über die Dinge hätten, war es gar nichts so sehr Ruhmvolles oder Stolzes, sondern vielmehr Bescheidenes, den größten und besten Theil meines Lebens an eine solche Untersuchung zu setzen, die für Spätere wol sehr wichtig sein könnte, mir aber sicherlich die Kraft und Zeit nahm, das selbst zu thun, wozu dies nur eine Zurüstung sein sollte. So vermessen es nun auch klingt, daß ich diesen Zweck, der Hauptsache nach, ohne jenes Mittel zu erreichen gedenke, daß ich hoffe, mir eine an= schauliche Kenntniß von dem frühesten Leben jener orientalischen Völker machen zu können, ohne die Linie passirt zu haben, so trage ich doch kein Bedenken, das zu sagen.

---

*) In Bezug auf die Verwunderung der Fernerstehenden über den ihnen unerwarteten Schritt ist noch von Interesse, was Lücke in dem schon erwähnten Briefe an Brandis vom 8. September 1817 schreibt: „Die Berliner stutzten und staunten; Schleiermachers begriffen es am besten, wie denn dort unser Kreis und namentlich Bunsen's Wesen am besten begriffen ist." — Ueber die Familie, in die Bunsen durch seine Heirath eintrat, dürften für den deutschen Leser einige kurze Notizen wünschenswerth sein. Der Vater der Braut war Grundbesitzer in Mon= mouthshire, während andere Glieder der Waddingtons sich außer England auch in Frankreich (Rouen) und Italien (Perugia) angesiedelt haben. Die Mutter, eine geborene Port, gehörte einer sehr alten und angesehenen, vielfach verzweigten, aber jetzt bei= nahe ausgestorbenen Familie an. Die Leser der Macaulay'schen Essays finden in seiner „Madame d'Arblay" einen Besuch von Georg III. bei der durch ihren Geist ausgezeichneten Mrs. Delany erwähnt, wo einer im Zimmer spielenden Nichte gedacht wird. Diese Nichte war die spätere Mrs. Waddington, eine bis in ihr hohes Alter hinein durch den Adel ihrer Gestalt und den Liebreiz ihrer Züge her= vorragende Frau. Ihr Gemahl war ein ruhiger, stiller, den Seinigen hingebungs= voll anhänglicher Mann. Bei dem Verlöbniß seiner Tochter mit dem jungen Bunsen hatte letzterer keinen Anspruch auf sofortige Vermählung erhoben, sondern sich vorher erst seine bürgerliche Stellung erwerben wollen (was er im Laufe von zwei Jahren auszuführen gedachte); es war das Vertrauen des Vaters, welches die alsbaldige Trauung zugestand. Andererseits war es die Mutter, die zuerst auf den jungen Mann aufmerksam wurde, wie sie überhaupt für alle geistige Tüchtigkeit, mit der sie in Berührung kam, die regste Sympathie empfand. Wie Bunsen ihre hohe eigene Bedeutung würdigte, geht aus seinen Briefen an sie zur Genüge her= vor. Eine andere ihrer Töchter ist die Witwe des als langjähriges Parlaments= mitglied und (liberaler) Minister der öffentlichen Arbeiten rühmlich bekannten Sir Benjamin Hall, des späteren Lord Llanover.

Dritter Abschnitt.

Anfänge des römischen Lebens.

(1817—1822.)

Wohnung auf dem Capitol. — Reformationsfest. — Diplomatische Anstellung. — Christabend. — Kronprinz von Baiern. — Evangelische Gemeinde in Rom. — Liturgische Arbeiten. — Briefwechsel mit Landsleuten. — Familienereignisse. — Freiherr vom Stein. — Kirchenmusik. — Geistliche Lieder. — Thorwaldsen. — Krankheit. — Niebuhr's politische Stellung.

Die schönen Sommermonate wurden in einem Zustande belebter Stille und geschäftiger Ruhe verbracht, indem Bunsen mit erneuter Thätigkeit zu seinen eine Zeit lang vernachlässigten wissenschaftlichen Arbeiten zurückkehrte und vor allem jenes regelmäßige Studium des Alten und Neuen Testaments betrieb, welches von nun an zeit= lebens das ununterbrochene Netz seiner Gedanken und Betrachtungen bildete, worin zwar andere Gegenstände hineinverwoben werden konn= ten, aber ohne Veränderung des ganzen Gewebes. Er begann von Anfang an täglich die Bibel mit seiner Frau zu lesen und strebte eifrig danach, ihren Fragen über die Erklärung einzelner Stellen Genüge zu leisten. Schon nach kurzer Zeit bemerkte sie ihm, wie sie gehofft habe, durch das Bekanntwerden mit der deutschen Uebersetzung Luther's manche Schwierigkeiten weggeräumt zu sehen, die ihr in der englischen Uebersetzung aufgestoßen wären, welche in den prophetischen Büchern und vielen andern Theilen des Alten Testaments oft gar keinen ver= ständlichen Zusammenhang biete; aber das Gegentheil sei der Fall gewesen, indem die deutsche Uebersetzung womöglich noch mehr Stellen hätte, welche dem gewöhnlichen Leser keinerlei Verständniß gewährten. Er begann darauf eine Prüfung des deutschen und englischen Textes mit Vergleichung des Originals, was ihn überzeugte, daß ihre Beobach= tung in noch viel größerem Umfange, als sie sich hatte vorstellen können, richtig war; und der Plan zu einer verbesserten Uebersetzung, von welcher die Luther's die Grundlage sein sollte, entstand schon in dieser Zeit, wenn er auch erst einige Jahre später die Arbeit mit Jonas und den Psalmen begann. Für die englische Uebersetzung der Bibel hatte er große Achtung; für noch vollkommener aber hielt er die holländische, indem dieselbe aus den Vorzügen der englischen Vortheil gezogen und manche ihrer Fehler vermieden habe.

Neben diesem Beginn seiner biblischen Studien nahm er auch seine Preisschrift über das athenische Erbrecht wieder zur Hand, weil es der Wunsch und Rath Niebuhr's war, dieselbe auch deutsch herauszugeben; es war ihm aber jetzt wie immer zuwider, in ein altes Geleise zurückzukehren, und so wurde der Plan schließlich aufgegeben.

Der Umgang mit Brandis, Cornelius, Overbeck, Platner gab den täglichen Beschäftigungen eine belebende Mannichfaltigkeit, und einer oder mehrere dieser geistvollen Begleiter fehlten nie bei unseren Abendspaziergängen. Brandis war sowol in Frascati als in Rom Niebuhr's Hausgenosse; Overbeck war im August vierzehn Tage lang ein willkommener Gast im Casino Accorambuoni, wo er mit Skizzen für die Frescogemälde zu Tasso's „Befreitem Jerusalem" beschäftigt war, die in der Villa Massimo in Rom ausgeführt werden sollten. Hier vollendete er zugleich das letzte Aquarell, das überhaupt aus seiner Hand hervorgegangen ist, eine außerordentlich liebliche Madonna mit dem Jesuskinde, wovon er eine Copie zu nehmen erlaubte, die noch vorhanden ist und in Ehren gehalten wird als Erinnerung an diese Zeit und an den nur so kurze Frist dauernden Freundschaftsbund mit dem frommen und nach dem Himmel strebenden Künstler, der schon bald hernach sich von allen Genossen zurückzog, die eine andere religiöse Ueberzeugung hatten als die von ihm angenommene. Cornelius und Platner, jeder mit seiner Frau und zwei kleinen Mädchen, hatten sich in einem dicht am Eingangsthor von Frascati gelegenen Hause einquartiert, welches durch die wohlwollende Güte Niebuhr's für die Sommermonate gemiethet und den beiden Familien, die jede eine abgesonderte Wohnung darin hatten, zum Gebrauch überlassen worden war. Cornelius war ebenfalls mit Skizzen zu Fresken nach Dante für die Villa Massimo beschäftigt, nachdem seine erste größere Arbeit in Fresco in der Casa Bartholdy, Via Sistina, wenn nicht ganz, so doch beinahe vollendet war. Auch Niebuhr hielt sich mit seiner Frau und seinem einzigen Sohne Markus (geboren 1. April 1817) den ganzen Sommer hindurch in Frascati auf, war aber zu oft unpäßlich und dadurch niedergeschlagen, um anders als nur ausnahmsweise Besuch empfangen zu können.

Im Anfang October wurde die liebgewordene Wohnung im Casino

Accorambuoni aufgegeben und der Umzug nach dem Palazzo Astalli, Via di Ara Celi, angetreten. Von dort meldet ein Brief an einen Freund vom 6. October 1817:

Ich habe die Genugthuung, endlich Alles in Ordnung zu sehen, und fange meine Studien wieder an, mit dem befriedigenden Bewußtsein, jetzt daheim, wenn auch nur im Wanderer's Daheim zu sein. Was auch das Ergebniß meiner Studien für die Welt sein möge, mir sind sie meines Lebens Nahrung, das Bewußtsein meiner Existenz, theilen sich mit Fanny und den Freunden in meine Liebe.*)

Die Größe und die guten Verhältnisse einiger Zimmer sowie die Bequemlichkeit, daß die Wohnung im ersten Stock lag und auf einer bequemen Treppenflucht zu erreichen war, hatte dazu ver= führt, diese Wohnung für passend zu halten; als aber das junge Paar die geringe Anzahl der nothwendigen Möbel hingebracht und aufgestellt, und Besitz von dem Hause genommen hatte, stellte sich heraus, daß der Mangel an Sonnenschein die Möglichkeit, sich dort einzuleben, verhinderte; denn die Höhe der gegenüberliegenden Häuser versperrte Aussicht, Licht und Wärme. Nun wurde aber der erste von dort aus unternommene Spaziergang nach dem benachbarten Capitol gemacht, und dort entdeckten wir in dem Palazzo Caffarelli eine Woh= nung im zweiten Stockwerk, die uns zur Heimat für 22 Jahre ge= worden ist, auf die unsere Kinder als ihre Geburtsstätte zurückblicken, und welche Allen der Schauplatz geweihter Erinnerungen geblieben ist. Der damalige Zustand des Hauses war freilich ein über alle Beschrei= bung verkommener; aber wie geringen Eindruck zu seinen Ungunsten dies auf den weitblickenden Geist Bunsen's machte, erhellt aus den Ausdrücken, in denen er seine Schwester über seine schließliche Nieder= lassung auf dem Tarpejischen Felsen benachrichtigte:

Von dem zweiten Stock dieses Palastes (in dem Kaiser Karl V. ab= zusteigen pflegte) hat man eine Rundaussicht nach allen Seiten. Von Norden sieht man die eine Hälfte der Stadt mit den sie umgebenden Gär= ten und einen Halbzirkel der Berge, von Westen die andere Hälfte von Rom mit der Tiber, von Süden, wo die Winterwohnzimmer sind, die Ruinen des alten Roms, die Latinergebirge, auf denen Frascati liegt, und einen Meeresstreifen, von Osten das rechts an unser Haus stoßende Capitol. Die Aussicht ist einzig in Rom, und soviel ich bis jetzt gesehen habe, in

---

*) Dieser Brief ist im deutschen Original nicht mehr vorhanden und daher hier in Rückübersetzung aus dem Englischen gegeben.

der Welt, aber wenig gekannt, da die Römer zu faul sind, den Berg zu
steigen, und daher nicht da wohnen. Wir waren alle von dem Anblicke so
überrascht und eingenommen, daß ich mich sogleich entschloß, Alles daranzusetzen, um dort zu wohnen.

Der Brief fährt fort mit der Erzählung mancher Einzelheiten,
wie die Schwierigkeit überwunden und ihr Wunsch erfüllt wurde; es
genüge zu sagen, daß eine befreundete englische Familie den Palazzo
Astalli für einen sechsmonatlichen römischen Aufenthalt passend fand,
worauf sofort der Umzug erfolgte, sodaß das Bunsen'sche Ehepaar
bereits im November auf dem Capitolinischen Hügel ansässig war.
Ihre Wohnung entbehrte zwar lange Zeit Vieles von dem, was die
gewöhnlichen Ansprüche verlangen, oder gar von dem, was sie im
Laufe der Zeit werden sollte, bis sie im Jahre 1858 (20 Jahre nachdem Bunsen sie verlassen und 40 Jahre nachdem er Besitz von ihr
genommen) für den Aufenthalt des hochseligen Königs Friedrich Wilhelm IV. und seiner Gemahlin dem ersten Stock desselben Hauses
vorgezogen wurde; aber für den Anfang und für viele Jahre noch
waren Bunsen und seine Frau ganz zufrieden mit dem reichlichen
Raum, der frischen Luft und dem Sonnenschein, der prachtvollen Aussicht und der durch nichts unterbrochenen Ruhe ihres Daheim.
Die ganz kurze Zeit ihres Aufenthalts im Palazzo Astalli (nur
ein Theil des Octobermonats) war jedoch durch bedeutsame Ereignisse
ausgezeichnet: zunächst durch die unerwartete Einführung Bunsen's
in diplomatische Geschäfte, und dann durch die auf seine Anregung
erfolgte Feier des dritten Jubeljahres der Reformation, welches am
31. October in allen Theilen Deutschlands gefeiert werden, und nach
seinem Wunsche auch an den zahlreichen deutschen Protestanten in Rom
nicht unbeachtet vorübergehen sollte.
Die folgenden Einzelheiten über diese Festfeier finden sich in dem
bereits theilweise mitgetheilten Briefe vom 15. November 1817:

Du weißt, daß den 31. October und 1. November das 300jährige Jubelfest der Reformation gefeiert worden ist, wenigstens in Deutschland. Niebuhr,
Brandis und ich hatten oft davon geredet, wie schön es sein würde, es
mit allen Deutschen hier in Rom zu feiern. Ich schlug nun vor, das so einzurichten. Ein Geistlicher war nicht da; ich wollte also den englischen Gottesdienst, wie er alle Sonntage in der Kirche gelesen wird, übersetzen und dabei die
erforderlichen Veränderungen für den Tag treffen. Dann sollte Niebuhr
eine Rede halten, das Ganze sollte in seinem Hause gefeiert werden. Gegen
die beiden letzteren Punkte hatte er einzuwenden, zuerst, daß er kein Stück

von einem Geistlichen sei, dann, daß er als Minister dadurch das Vertrauen
der katholischen Unterthanen verlieren würde; er wolle mich also bitten, es zu
übernehmen und in meinem Hause das Ganze zu feiern. Ich nahm es
auch auf mich; allein bei dem englischen Gottesdienst muß außer dem
Priester noch eine Art Küster sein, der im Namen der Gemeinde antwortet,
das wollte Brandis übernehmen, der auch, wie ich, ein wenig Theologie
studirt hatte, und der wurde krank. Es wurde also nichts daraus. Die
Sache war nun aber bekannt geworden, Mehrere wünschten, es möchte den
nächsten Sonntag stattfinden. Die Sache lag auf mir, und Brandis und
ich ließen durch einen Zettel im deutschen Kaffeehaus alle deutschen Protestanten einladen. Ich lud Niebuhr und die jetzt hier anwesende Frau von
Humboldt mit ihrer Familie besonders ein. Unser großer Saal wurde
dazu eingerichtet. Gegen vierzig erschienen. Der englische Gottesdienst
beginnt mit einleitenden Bußwechselsprüchen; ich wählte für das Fest nach
Anleitung der englischen Liturgie für die Wiederherstellung der königlichen
Gewalt Daniel 9, 9 10, Klagelieder Jeremiä 3, 22, dann Vermahnung
zur Buße, allgemeine Beichte, Absolution, Vater Unser, kurze Gebete
(„Preis dem Vater und dem Sohne"), was nach jedem Psalme wiederholt
wird. Dann kam der 145. Psalm (gewöhnlich ist es der 95.), hierauf drei
Psalmen, wozu ich 15. 19. 146. erwählte. Dann die erste Vorlesung aus
dem Alten Testament (ich wählte Jesaias 60), dann „Herr Gott, dich loben
wir" und die zweite Vorlesung aus dem Neuen Testament (1. Petri 2, 1—16)
und zum Schluß der 100. Psalm, wovon immer einen Vers der Priester,
einen anderen die Gemeinde liest. Dann kurze Gebete; eine Collecte für
den Tag (Dank für Erlösung vom Papstthum), die zweite für Frieden, die
dritte für Gnade. Hierauf die Litanei (zwei Gebete) allgemeine Danksagung,
besondere Danksagung für die Reformation. Zum Beschluß „die Gnade
unseres Herrn". Die Epistel war Römer 15, 4—13, das Evangelium
Matth. 7, 21—29. Alles dies las ich stehend; dann setzte ich mich und
las eine Rede, die sich besonders auf den jetzigen Zustand der deutschen
Kirche und die aus dem Zwecke der Reformation und diesem Zustande
hervorgehenden Folgen bezog. Nach der Rede ein aus dem Englischen
übersetztes herrliches Gebet, für Christi streitende Kirche auf Erden, und
ein besonderes Gebet, das 1717 in Lübeck gehalten wurde. Niebuhr küßte
mich am Ende des Ganzen, und die Zuhörer überhaupt schienen sehr angegriffen. Bei den katholischen Landsleuten, welche gerade unsere besten
Freunde sind, hat es großes Aufsehen erregt, die Italiener sind rasend.
Das ist aber einerlei. Ich hoffe, unsere Enkel sollen 1917 die Reformation
in einer Kirche in Rom feiern.

　　Die Umstände, welche zum Eintritt Bunsen's in die diplomatischen
Geschäfte führten, sind in demselben Briefe genauer erzählt, während

mehrere andere ebenfalls hier folgende Briefe die allgemeinen Verhält=
nisse in dieser Zeit berühren:

15. November 1817.

(An die Schwester.) Der preußische Minister in England Humboldt
hatte mir noch vor seiner Abreise nach London geschrieben, daß meine An=
stellung (als Professor) in diesem Augenblicke Schwierigkeiten haben werde.
Der Minister des Innern und das ganze Verwaltungssystem ist nämlich
sehr ökonomisch. Montag bekam ich endlich einen Brief von dem Ministe=
rium, worin gesagt wurde, daß unter den ungewöhnlichen Bedingungen,
die ich gemacht, man von meinen schätzbaren Kenntnissen an den preußischen
Anstalten keinen Gebrauch machen könne. Das bezog sich auf meine For=
derung, Stelle und Gehalt zu haben und wenigstens drei Jahre außer
Deutschland herumzureisen. Nun war guter Rath theuer. Niebuhr war
sehr böse über diese Antwort und hat zu Brandis gesagt: „Wäre ich
Minister in Berlin und hätte nichts von Bunsen gewußt, sondern nur
seinen Brief gelesen, so hätte ich ihm sein Gesuch bewilligt.“ Sein Rath
war, meine Abhandlung über das Erbrecht deutsch auszuarbeiten, damit sie be=
kannter werde, und dann das Gesuch zu wiederholen, oder auch baldmöglichst
nach Deutschland zu gehen und dort durch Vorlesungen mich bekannt zu machen.

Dies ist nun recht schön, allein mit einer Frau, einem Kinde
auf dem Wege, und zwei Palästen ist man etwas fester als vorher.
Während ich noch so darüber nachdachte, wird auf einmal der alte getreue
Freund Brandis krank; seine Schwäche nahm so zu, daß er kaum gehen
konnte, und sein Bruder erklärte ihm (ein Arzt, der ihn gerade jetzt auf
einige Wochen besucht hat), daß er seinen langgehegten Wunsch, nach
Deutschland zurückzukehren, wohin er sich mancher Umstände wegen sehnte,
nun Niebuhr nicht länger verheimlichen dürfte. Gestern Abend ging ich
deshalb zu Niebuhr, um mit ihm ein Gespräch darüber einzuleiten. Ich
fand, daß es hier gegangen war, wie es oft der Fall ist; zwei Personen,
die sich etwas sagen wollen, warten einer auf den andern, den Anfang zu
machen. Brandis hatte Niebuhr nichts von seinem Wunsche sagen mögen,
damit er nicht glaube, er sei es müde, bei ihm zu bleiben. Niebuhr da=
gegen sagte mir, er würde lange einen Schritt gethan haben, um ihm eine
Professur in Preußen bestimmt auszumachen, die man ihm schon lange an=
geboten hat, wenn er nicht gefürchtet hätte, Brandis möge in seiner kränk=
lichen Stimmung es so nehmen, als ob man seiner müde wäre. Ich er=
klärte ihm nun, wie die Sache stände, und er beschloß, ihn sogleich zu
nöthigen, seiner Gesundheit wegen vorerst auf zwei Monate nach Neapel
zu gehen, und dann, wenn er wolle, nächstes Frühjahr oder Sommer nach
Deutschland; während seiner Abwesenheit in den zwei Monaten wollte ich
möglichst seine Geschäfte übernehmen. „Lassen Sie uns sogleich zu ihm

9*

heraufgehen," sagte er, „um mit ihm zu reden." Wie wir aus dem Zimmer waren, fragte er mich: „Wenn Brandis nach Deutschland geht, wollen Sie seine Stelle nehmen?" „Wenn Sie glauben", antwortete ich, „daß ich dazu tauglich bin, und es für mich gut ist, in Gottes Namen. Meine ersten Gefühle in diesem Augenblicke sind: auf der einen Seite in Rom länger zu bleiben, ist kein Verlust, mit Ihnen in nahe Verbindung zu kommen, halte ich für das größte Glück; auf der andern Seite kenne ich die Laufbahn nicht genug, um zu wissen, ob sie mich in der Folge nicht von meinen wissenschaftlichen Plänen abbringen möchte." Er erwiderte darauf: „Sind Sie einmal im Dienste, so können Sie nachher thun, was Sie wollen, man kann Ihnen dann nicht Urlaub, und was Sie verlangen, versagen." Niebuhr zu verlassen geht natürlich nicht, sobald ich einmal bei ihm bin; späterhin aber möchte ich um keinen Preis in der Laufbahn bleiben, ungeachtet es mir nicht schwer fallen würde, nach seiner Abreise Geschäftsträger und vielleicht nach zwanzig Jahren Minister zu werden, wie Niebuhr ist. Ich verabscheue die diplomatische Laufbahn zu sehr dazu und sehe sie daher nur als ein Mittel an, unabhängig zu werden. In drei Jahren wird aber Niebuhr gewiß fertig sein, und sobald er das Concordat mit dem Papste abgeschlossen hat, bleibt er gewiß nicht mehr hier. *)

Du kannst leicht denken, daß mir dies in vieler Hinsicht äußerst erwünscht ist; ich bin nun auf sicherm Boden, Gott den wärmsten Dank meines Herzens dafür! Gegen Ostern werde ich die Stelle wol antreten.

Rom, 30. November 1817.

(An dieselbe.) Ich schreibe dies im Palazzo Savelli (Niebuhr's Wohnung), wo ich die Geschäfte der Gesandtschaft für Brandis besorge. Niebuhr hat nach Berlin geschrieben. In drei Monaten ist Alles bestimmt. Dann wird sich entscheiden, ob Brandis im Frühling oder Sommer abgeht und meine Stelle also im April oder Juni anfängt. — Wir sind nun fast ganz eingerichtet, und leben fast ganz für uns; Niebuhrs, einige deutsche und englische Freunde sind unser ganzer Umgang. Ich arbeite des Morgens hier, des Nachmittags zu Hause in meiner oder Fanny's Stube, und des Abends lesen oder schwatzen wir zusammen. Ich fühle täglich mehr

---

*) Die damaligen (später so bitter enttäuschten) Hoffnungen auf die Art der Wirkungen des Concordats spricht (neben Niebuhr's bekannten Anschauungen) noch ein Brief Bunsen's an diesen vom 28. Mai 1820 aus: „O, wäre doch das Concordat geschlossen, wie könnten augenblickliche Mishelligkeiten zu so unheilbaren Ausbrüchen führen! Jeder hätte gewisse Rechte, aber auch gewisse Grenzen, und würde es schwerlich zum Aeußersten kommen lassen, weil er kein Weitergreifen über einen gewissen Punkt hinaus zu befürchten hätte, und des sicheren Genusses der unbestrittenen Rechte sich zu sehr erfreute, um diese einer Nebensache willen aufs Spiel zu setzen."

die Verpflichtung, etwas Ordentliches zu thun, um alles meines Glückes
nicht unwürdig zu sein; mit Gottes Hülfe will ich endlich einmal etwas
Ordentliches schreiben. Die Aufgabe ist schwer, ungeheuer, darum hab' ich
immer eine Scheu davor. Gestern bin ich zum ersten male in der englischen
Gemeinde gewesen, die ihren Gottesdienst privatim alle Sonntage hält.

Palazzo Savelli, December 1817.

(An Brandis.) Ich selber, Alter, bin hier in Amt und Würden,
schreibe und siegle und fertige ab mit der möglichst besten Secretärs= und
Geschäftsmiene. Niebuhr hat alle mögliche Geduld mit mir, und ich schätze
mich glücklich, einmal auf diese Weise beschäftigt zu sein. Ich versichere
Dir in vollem Ernst, daß ich es für einen großen Vortheil für mich halte,
in jeder Hinsicht, es mag nun blos diese Zwischenzeit oder länger dauern.
Darüber mache Dir keine Sorgen, denn ich kann doch nichts thun, als
mein Erbrecht ausarbeiten. Ich habe mir einen Arbeitstisch für mich zu=
rechtgemacht; die griechischen Redner habe ich von Niebuhr's Bibliothek,
das Andere finde ich bei Dir und so werde ich mich wieder hineinstudiren.
Bin ich erst im Schuß, so will ich mit die anderen Pfeifen aufziehen, aber
nicht eher. Die Zeit ist kostbar, und wird es immer mehr; Alles kommt
in den nächsten Jahren auf ungewöhnliche Anstrengung und weislich geregelte
Thätigkeit an, sonst bleibe ich im Dreck stecken. Das soll aber nicht ge=
schehen! Nicht einen Schuß Pulver sind wir werth, wenn wir nicht etwas
Ordentliches thun. „Die Ohren scharf, die Augen auf." — In Deutsch=
land macht man dumme Streiche, wenn man etwas Oeffentliches thun
will. Die 5—600 Burschen auf der Wartburg haben neben manchem sehr
Zweckmäßigen viel Unschickliches und Unbesonnenes begangen. Sie haben
viele Bücher den 18. October verbrannt, ohne vernünftige Auswahl und
Unterschied zwischen schlechten oder unbedeutenden und schändlichen, allge=
meiner Verachtung preiszugebenden. Wozu soll das helfen — oder was
wird das schaden!

Rom, December 1817.

(An Becker.) Es ist im Grunde schlimm, wenn jetzt so hohe und
wichtige Dinge Mode werden, solange die geistige Diarrhöe nicht gestopft
ist. In Preußen geht es wenigstens noch am vernünftigsten oder vielleicht
einzig vernünftig her, wie es denn auch von einem großen Ganzen zu er=
warten ist, worin jedem Einzelnen seine Stimme mündlich oder schriftlich
freigegeben, und worin die öffentliche Meinung sich nicht so leicht und ohne
Grund vereinigen kann — nicht zu gedenken, daß es wol kein anderer
Staat an der Zahl von recht tüchtigen und kräftigen Menschen mit ihm
aufnehmen kann. Was nun aber die kirchliche Angelegenheit insbesondere
betrifft, so ist's und bleibt's eine Lumperei, bis eine allgemeine deutsche
evangelische Kirche sich bildet, zuerst aber vorbereitet durch zweckmäßige Ein=

richtungen in den kleinen Ganzen.*)   Aber um Gottes willen nicht einen
Aufzug gemacht, Reden gehalten und drucken lassen, gechristelt und gefröm=
melt, geluthert und gepoltert, dann in 24 Stunden das Tempelchen gebaut
und einen Hahn daraufgesetzt, der nach allen Weltgegenden hinkräht; ganz
besonders aber neue Kleider angeschafft, neuen Sammt und Kreuze und
Titel und Formeln; das gefällt den Leuten, dann haben sie doch auch
etwas gemacht! Schwatzen können sie von Wesenheit, Gottheit und allen
andern Heiten auf der Welt, und in ihren Reden auf den Bundestag hal=
ten sie entweder trockene Monologe oder zusammengestoppelte und geschlegelte
Diatriben.   Das ist die rechte Freude für die Sophisten und Lügner, wie
Schlegel und Adam Müller, die uns gern alle in des Teufels Rachen
sähen, damit wir zu Kreuze kröchen.   Du weißt, daß der Letztere vor kur=
zem zu beweisen gesucht hat, daß Papiergeld und Credit eigentlich nur in
einer unumschränkten Monarchie bestehen könnten!

Aus denselben Tagen stammt ein ausführlicher (englischer) Brief
an seine inzwischen nach England zurückgekehrte Schwiegermutter, wel=
cher ihre Mahnung über die Nothwendigkeit, mehr in der Gesellschaft zu
leben, beantwortet:

Rom, 6. December 1817.

Welche Gesellschaft ist es, von der Sie reden? Welche Gesellschaft
haben wir in unserer Macht? Welches ist unser Platz in ihr? Ist sie in
unserm eigenen Lande? Alles das sind für die gegenwärtige Erörterung
zu weitläufige Fragen.   Ich könnte mit der Zeit eine Abhandlung darüber
schreiben, wenn es Sie interessiren würde.   Jetzt will ich blos in Bezug
auf mich selbst und auf Rom antworten, nachdem ich vorher eine Unter=
scheidung aufgestellt habe, an die ich dabei appelliren muß.   Es gibt Leute,
welche keinen bestimmten Endzweck im Leben haben, weder den einer sicheren
Erwerbung von Kenntnissen, noch den einer sicheren praktischen Anwendung
derselben; und es gibt andere, welche in ähnlicher Art, wie ein Eroberer
mit den Gegenständen seines Ehrgeizes, oder wie eine Kokette mit denen
ihrer Eitelkeit, Entwürfe machen.   Unter der ersten Klasse gibt es manche
Dilettanten, welche hier oder dort einen Gegenstand des Denkens und des
Studiums auswählen, viel oder wenig, wie sie Lust dazu haben; aber ihr
Fall ist doch gänzlich von dem der Leute der zweiten Klasse verschieden.
Wenn die letzteren in der That einen inneren Beruf haben und diesem ge=
mäß einen festen Punkt für ihr Arbeiten und Denken gewählt und festge=

---

*) Derselbe Brief legt dem Freunde zwei buchhändlerische Pläne vor, zu denen
besonders Niebuhr ermunterte: den einer Uebersetzung der englischen Liturgie, die
Hey ausführen sollte, und den eines „allgemeinen, vorzüglich die alten Lieder von
Luther und seinen Nachfolgern enthaltenden Gesangbuches”.   Die Ausführung dieses
zweiten Planes wird später zur Sprache kommen.

stellt haben, welcher eines ganzen Menschenlebens werth ist (sei es ein Wörterbuch wie das Johnson's oder eine römische Geschichte wie die Gibbon's, und mögen ihre Fähigkeiten im Vergleich mit denen Anderer groß oder klein sein), so haben sie als einzige Herren und Meister ihrer Zeit und ihrer Beschäftigung die erforderliche Masse des geistigen Erwerbs in seiner ganzen Ausdehnung, welche von ihrem ernstlichen Unternehmen aufgewandt wird, ins Auge zu fassen; ja noch mehr, sie haben eine gewisse Gemüthsstimmung und Geisteserhebung zu pflegen, wie sie allein einen Menschen befähigen kann, Schwierigkeiten zu überwinden und zwischen den Dingen zu unterscheiden und so den Endzweck zu erfüllen, seine eigene Seele und die seiner Mitgeschöpfe zu erheben, zu reinigen, zu bilden. Beide Lebensrichtungen scheinen mir völlig naturgemäß und die zweite so natürlich und menschheitswürdig wie die erste; und wer der letzteren folgt, macht nicht mehr Anspruch darauf ein Newton oder Leibniz zu werden, wie ein gewöhnlicher Soldat darauf macht, ein Napoleon zu werden. Deßhalb stehe ich nicht an, Ihnen auszusprechen, daß ich wirklich und wahrhaftig mich zu dieser Klasse zähle, nicht als Aushängeschild besonderer Talente, sondern nur als ein Zeichen der Richtung, die ich meinem Leben gegeben habe und mit Gottes Hülfe durchführen werde, solange ich lebe. Ich hatte schon in einer sehr frühen Lebensperiode ein bestimmtes Ziel vor Augen und wurde mir desselben vor 8 Jahren bewußt, seit welcher Zeit ich nie aufgehört habe, die Verwendung meiner Zeit und die von mir im Leben einzuhaltende Linie in Gemäßheit eben dieses Zieles zu ordnen; und meine Freunde sowie meine Schwester kennen den Faden, welcher den Weg durch das Labyrinth von Reisen und Beschäftigungen in diesen Jahren deutlich und leicht machte. Was es daher auch sei, es ist kein Gegenstand des Ehrgeizes, oder der Eitelkeit oder des Stolzes, sondern mein Lebensbedürfniß.

Ich bedurfte deshalb und noch heute bedarf ich zunächst Zeit und Muße für meine Studien, dann ununterbrochene Richtung meines Gemüthes auf jene Gegenstände und schließlich, was damit verwandt ist, festen Muth und frische Hoffnung in der Ausführung aller dieser Dinge. Hätte ich nur das Erste, freie Zeit, nöthig, so könnte ich versuchen, Ihrem Wunsche nachzukommen; denn wenn ich den ganzen Tag in meinen Studien verbracht habe, so dürfte ich die Abende schon dem Zwecke widmen, Gesellschaften zu besuchen und zu empfangen (englische, italienische und deutsche Kreise, Bälle, Concerte u. dergl.), wenn ich auch denke, daß ich mich selbst für thöricht halten würde, auf diese Weise mich und meine Frau der einzigen Gelegenheit zu berauben, gegenseitig unsere eigene Gesellschaft zu genießen, sowie die des einen oder anderen vertrauten Freundes oder Bekannten. Aber die zwei anderen Punkte machen es unmöglich. Ich weiß, ich habe es in meiner Macht, jeden Abend in Gesellschaft zu gehen, angesehenen Herren und Damen Aufmerksamkeit zu erzeigen, und mit unbedeutenden Dingen die

Zeit zu verplaudern; und ich habe es gethan.   Ich verließ die Universitäts-
stellung im Jahre 1813 mit der Absicht, die Welt zu sehen und kennen zu
lernen.   Ich habe denn auch die ausgezeichnetsten Männer meines Vaterlandes gesehen und kennen gelernt, und, wo ich war, die große Welt besucht; ich galt für liebenswürdig bei manchen Damen, für gescheit bei den
Gelehrten, und als bon enfant im Allgemeinen.   Es hat mir das manche
Zeit gekostet, aber es ist eine große Lehre für mich gewesen.   Fast immer
war ich in diesen Gesellschaften um dessentwillen geliebt und geschätzt,
was ich für mich selber geringschätzte, und ich konnte auf diesem Wege nicht
weiter gehen, ohne mich und zugleich meine Mitgeschöpfe zu verachten, und
ohne die Ehrerbietung für das menschliche Leben und die Menschheit zu
verlieren, welche mir unentbehrlich ist, ja sogar (wie ich fürchten muß, wenn
ich die Schwachheit meiner Natur ins Auge fasse), ohne meinem angeborenen Abscheu vor der Gewohnheit oder vielmehr der Krankheit zu verlieren,
ohne Nachdenken und ohne Interesse zu schwatzen.

Es lassen sich, wie ich sehr wohl weiß, zuweilen nützliche Dinge auf
diesem Wege auflesen, zuweilen sogar Menschen finden, welche über den
Augenblick hinaus gute Bekanntschaften sind; aber die obenerwähnten Regeln
meines Lebens und meiner Zeit gestatten mir nicht, dies so theuer zu er-
kaufen, zumal wo ich keinen Sterblichen kenne, der so reich wie ich an
wahren Freunden und schätzenswerthen Bekannten ist, zu welchen allen ich noch
eine vorzügliche Frau habe.   Deshalb danke ich Gott, daß ich gerade jetzt
hier lebe, wo ich keine Stellung in der Gesellschaft einnehme als die eines
Wanderers.

Von der gerade von Rom aus außerordentlich lebhaft geführten
Correspondenz mit Lücke, deren Grundgedanken Bunsen in dem persönlichen Verkehr mit den nach Rom gezogenen deutschen Theologen
bald noch lebhafter beschäftigen sollten, gehört ebenfalls ein Brief in
denselben Schlußmonat seines Hochzeitsjahres:

Rom, 17. December 1817.

Ist die Zeit fähig, etwas Eigenthümliches, ganz und gar Ihres hervorzubringen? *), wird nicht Alles buntscheckig, geschroben und verschroben

---

*) Es bezieht sich diese Frage auf den Vergleich der englischen mit den alten
deutschen Liturgien, den Bunsen so faßt: es trete in dem Kirchenstile beider Nationen ein großer Unterschied hervor in der Art, die Gedanken aneinanderzureihen
und die Uebergänge anzudeuten; Luther deute oft mit einem Worte an, was die
englische Form in einem Satze ausdrücke; überhaupt bete eine deutsche Seele
von Natur dasselbe, aber anders wie eine englische. Zugleich tritt jedoch die
imponirende Einwirkung, welche das Common-prayer-book in seiner natur-
wüchsigen Anwendung auf jeden Unbefangenen ausübt, in der Bezeichnung her-

werden? Erst müßte doch ein ordentlich klarer, fester, positiver, biblischer, allgemeiner Glaube da sein. Mich dünkt aber (die Wahrheit zu sagen), der existirt nicht mehr bei uns. Luther würde selbst (von den würdigen Theologen wenige ausgenommen) kaum für einen Christen anerkannt werden, kaum für einen arianischen. Mir kommt es vor, als versuche man alle möglichen Geniestreiche, um sich mit den positiven Dogmen abzufinden, mystisch, politisch, philosophisch, historisch, wie es Jedem gemäß ist. Und am Ende hätten Goethe, Jacobi und ihre Zeitgenossen doch wol recht, zu sagen: Lieben Leute, mit allem dem Dunste und dem Anlaufe und der Zurüstung und dem Predigen, und der Verachtung unserer Zeit, — was glaubt ihr im Grunde mehr christlich als wir? Waren wir vielmehr nicht weiser oder ehrlicher, es geradezu auszusprechen, daß wir eigentlich keine positive Religion glauben? Ja, sie könnten noch sagen: Wir haben wol solchen Glauben gesehen und geschätzt, und sind uns bewußt gewesen, daß wir ihn nicht hätten, — dessen könnt ihr euch doch nicht rühmen.

Schon oft hatte Bunsen seiner Frau von dem schönen deutschen Weih=nachtsfeste erzählt, wie er es von Kindheit an gewöhnt gewesen war; als nun der Christtag von 1817 herankam, vergnügte er sich damit, einen Baum, wenn auch nicht die Tanne des Nordens, so doch einen Zweig des Lorberbaumes (Laurus nobilis) mit Wachskerzchen und frisch gepflückten Orangen zu schmücken, um dadurch eine Vorstellung von einem deut=schen Christabend zu geben. Eine der von ihm besorgten Festgaben war ein Kupferstich der Rafael'schen Madonna della Seggiola, der so aufgestellt war, daß er von den Lichtern des Baumes hell beleuchtet wurde und die lieblichste kindliche Darstellung dessen gewährte, der „den Menschen gute Gaben brachte". Seltsam genug, daß diese Ver=bindung eines Bildes des Erlösers als Kind mit einem mit Gaben behangenen Baume, ein so ausdrucksvolles und befriedigendes Abzeichen menschlicher Güte, als Ausfluß katholisirender Tendenzen gedeutet wer=den konnte. Daß die „Gebenedeite unter den Weibern" einen Theil des Gemäldes ausmachte, durfte gewiß denen nicht störend sein, welche sie als aller Ehren, nur nicht göttlicher Verehrung werth schätzten.

Eine ähnliche Einrichtung wurde regelmäßig getroffen, so oft der

---

vor, dasselbe sei ein wahres Muster jeder neuen Veranstaltung und als Andachts=buch vortrefflich. — Auch die folgenden Briefe an und von Lücke beziehen sich, wie weiterhin mitgetheilt werden wird, vielfach auf diese liturgischen Ideen, während der hier angezogene Brief gleichzeitig auch die Feier des Reformationsjubiläums und die des 18. October („die sich endlich, wie es bei uns Deutschen zu geschehen pflegt, selbst zu Stande brachte, nachdem über Schwierigkeit und Bedenklichkeit Manchen Zeit und Lust dazu vergangen") beschreibt.

24. December kam, sowol in der Bunsen'schen Wohnung auf dem
Capitol als in jedem folgenden Wohnsitz. Der einzige Unterschied
bestand in dem größeren oder geringeren Maße des hinzukommenden
Schmuckes, in der Ersetzung des anspruchslosen Kupferstichs (des ersten
Besitzes dieser Art in einem später mit Kunstwerken so überfüllten
Hause) durch ein Gemälde, in der Hinzufügung deutscher Gesänge,
wenn man über die nöthigen Singstimmen verfügte, sowie des Händel'schen Pastorale (das in dem Augenblick gespielt wurde, wo sich die
Thür für die Familiengruppe öffnete), und endlich in der stets steigenden Zahl von Theilnehmern, die nicht nur mit der Kinderschar
wuchsen, sondern auch aus Freunden und Gefährten bestanden, welche
sich versammelten, um an einer Feierlichkeit theilzunehmen, die sie als
eine religiöse empfanden und nicht blos als eine Versammlung zum
Verzehren von Kuchen und zum Austausch von Geschenken.

Aus der Zeit des ersten Weihnachtsfestes liegt zugleich wieder
ein ausführlicher Brief an die Schwester vor, der in seinem Rück= wie
Vorblick gleich bemerkenswerth ist:

Rom, 28. December 1817.

Ich beginne diesen Brief an Dich heute, um ihn in Muße bis zum
Ende dieses Jahres fertig zu schreiben und im Anfang des neuen abzu-
schicken. Meine Gedanken sind den ganzen Monat bei Dir gewesen, besonders aber in der verflossenen Woche, wo ich mich zum Heiligen Abendmahl vorbereitet habe, und viel über mein vergangenes Leben nachgedacht.
Es war in Corbach während der Ferien, daß ich zum letzten mal com-
municirte, ehe ich auf Reisen ging mit Astor. Wie lange Zeit! Aber wie
unzählig mehr Proben von Gottes Liebe (offenbare, handgreifliche, besondere) als Tage im Jahre! Ich bin nicht hingekommen, wo ich wollte, ich
habe Vieles nicht gethan, was ich zu thun gedachte; ich bin hingekommen,
wo ich nicht gedachte zu sein, und habe gethan, was ich nicht zu thun
meinte. Und in dem Allen, welche Gnade Gottes! Nicht geringer wahrlich,
sondern größer, denn daß er mir so Vieles von dem gegeben hat, worum
ich ihn bat. Du weißt es Alles, wie ich es weiß. Laß mich aber nur
von meinem (wie ich dachte, und noch mehr und länger Du dachtest)
Hauptplane (denn Zweck war es nie, sondern nur Mittel), der Reise
nach Indien, reden. Die Erkenntniß Gottes in dem Menschen und dem,
was er an ihm und durch ihn gethan hat, und noch thut, besonders in
der Sprache und der Religion, war, was mir von früher Zeit vor Augen
stand. — Und nun ist mir doch nie etwas in meinem ganzen Leben so
gewiß geworden, als daß die Reise nach Indien meinen Hauptzweck gänzlich hätte verfallen machen. Nicht daß die Reise nicht nützlich gewesen

wäre; aber ich wäre unter der Laſt erlegen, und hätte über dem einen
Mittel den ganzen Zweck verſcherzt. Denn wozu ſollte mir Alles andere
helfen, was ſollte ich damit anfangen ohne Kenntniß des Chriſtenthums?
Was kann der Umkreis bedeuten ohne den Mittelpunkt, die Funken ohne
das Licht? Im Anfange dachte ich daran nur wie an etwas, das man
ja, wie Jeder die Mutterſprache, von ſelbſt weiß, und daher nicht wie
das Andere zum Gegenſtande eines beſonderen Studiums zu machen hat.
Im Januar 1816, wo ich alles zu meinem Plan Gehörige zum letzten
mal und am allervollſtändigſten und beſten durchdachte und aufſchrieb, er-
örterte ich dieſen Punkt ſchon anders. Ich ſetzte nämlich damals feſt, daß,
wie Gott die Menſchheit ſich hätte wollen auf eine zweifache Weiſe entwickeln laſſen, die eine nämlich durch die Offenbarung im jüdiſchen Volke
von den erſten Urvätern deſſelben an, die andere durch die Vernunft im
Heidenthum, ſo müßte auch die Unterſuchung und Darſtellung dieſes Weges
eine doppelte ſein; und wie Gott beide für ſich lange Zeit unabhängig
und abgeſondert gehalten habe, ſo müßten wir auch in der Unterſuchung
und Darſtellung die Wiſſenſchaft von dem Menſchen und ſeiner Entwickelung von der Lehre der Offenbarung und dem Glauben ſondern — in der
feſten Hoffnung, daß Gott am Ende der Tage die Vereinigung beider her-
beiführen werde. Das iſt auch noch jetzt meine Ueberzeugung, daß man
beides nicht gewaltſam vermiſche und zuſammenbringe, wie manche aus
wohlgemeintem, aber verwirrtem Eifer, mehrere aber aus unreinen Ab-
ſichten gethan haben und beſonders jetzt in Deutſchland thun. Aber darin
irrte ich mich, daß ich glaubte, man könne das Heidenthum für ſich verſtehen, und vom Chriſtenthum habe man nur eine Kenntniß nöthig, wie
man ſie ſich leicht erwerben könne. Die Urkunden und die Dogmen wären
ja lange bekannt und ausgemacht, wenigſtens ſoweit ſie ausgemacht werden
könnten, und das ſei hinreichend. Darin aber lag gerade der Fehler.
Denn wer kennt das Chriſtenthum, als wer es zum Mittelpunkt ſeines
Denkens und Handelns macht? Wer die Bibel, als wer aus ihr ſeinen
vertrauteſten Freund, ſein Wörterbuch und ſeine Sprachlehre macht?
Chriſtum und die Bibel zu kennen und Chriſti Reich zu vermehren, iſt
jedes Menſchen, beſonders aber deſſen Pflicht, der ſich mit göttlichen
Dingen und ihrer Erkenntniß beſchäftigt.

Dies iſt mir die letzten ſechs Monate faſt täglich durch den Kopf gegangen, und ich habe mit Willen wenig oder nichts darüber geſchrieben,
weil ich abwarten wollte, daß das Ganze ausgäre, ſich läutere und ge-
ſtalte. Nächſt Gott hat meine Frau daran den größten Antheil. Denn
ſo wie Du mich 1814 auf Chriſtum und ſeine Lehren zuerſt durch Dein Leben
und Deinen Glauben aufmerkſam machteſt, ſo hat Fanny jetzt durch Beides
auch gethan. Wir haben zuſammen die Bibel geleſen, wie ſie es immer
zuvor regelmäßig gethan hat; ihre Kunde in der Schrift, von der ſie einen

großen Theil auswendig kann, und ihr mit Klarheit des Verstandes ge=
segneter Glaube, endlich mehr als alles dieses ihr vom christlichen Geiste
geleitetes Leben haben mich immer mehr auf diesen Schatz aller Schätze
hingewiesen, und ich sehe klar ein, daß ich ohne gründliches und tiefes
Studium der Bibel und des Christenthums und seiner Geschichte weder
etwas Ordentliches in meinen andern philosophischen und historischen Un=
tersuchungen ausrichten, noch auch selbst Beruhigung und Stillung des
Durstes finden kann, der mich von Jugend auf zu solchen Untersuchungen
und Betrachtungen getrieben hat. Daher ich denn auch fest entschlossen
bin, dies recht ordentlich vorzunehmen und zu sehen, wie weit mir Gottes
Geist darin forthelfen wird. Das kann ich jetzt, und mein Anderes, das
jetzt nun erst seinen wahren Nutzen und seine Bedeutung erhält, entgeht
mir doch nicht, wenigstens nicht, soweit es wesentlich und mir nothwendig
und nützlich ist.

Noch klarer spricht sich seine ganze damalige Lebensanschauung
in der Neujahrsbetrachtung von 1818 in seinem Tagebuch aus:

Mein Herz ist bei dir, geliebtes Vaterland, deinen Hoffnungen, bei=
nem Segen, deinen Gefahren, und bei euch, geliebte Freunde, die ihr mit
mir in der dunkeln Zeit Gott um Rettung für das bedrängte angerufen
habt, die ihr gleiches Streben und gleiche Wünsche dem wiederauflebenden
weihet. O Herr, laß mich nie zurückkommen in das Vaterland, laß mich
nicht wiedersehen meine Freunde, nicht noch einmal schauen die geliebten
Aeltern und ihren Segen empfangen, wenn ich vergesse, was du mir auf=
erlegt hast! Deinen Beruf fühle ich; der Kraft in dir, wenn mein Herz
sich vor dir bemüthiget und in dir heiliget, bin ich gewiß und sicher; aber
die Macht der Trägheit, der Sinnlichkeit, des Stolzes ist groß. Ich weiß,
deine Gnade ist größer!

Gieb mir vor allem Wahrheit in mir; denn ohne sie kann ich deine
Wahrheit nicht schauen. Laß mich nicht äußerlich das Herz übertünchen
mit einem gemachten, vorgelogenen Glauben. Ist deine Wahrheit wahr,
so darf der Mensch auf dem Wege zu ihr vor keiner Wahrheit erschrecken.
Laß mich Alles aber auf diesen Mittelpunkt beziehen. Laß mich nicht streben
nach anderem Schmuck. Laß mich die Welt verachten, nicht aus Stolz
oder Trotz, sondern aus Liebe zu dir und darum in Liebe. Laß mich
zähmen das unbändige Herz! *)

---

*) Die gleichzeitig vorgenommenen Bestrebungen lauten: „Deutschland ver=
fassungsmäßig frei." — „Kenntniß der Gegenwart, der deutschen Geschichte, der Bibel,
und Schreiben und Leben und Streben demgemäß." — Unter den weiteren Aufzeich=
nungen des Tagebuches aus dieser Zeit sei eines philosophischen Aufsatzes über den
„Allgemeinen Grund der Dinge und ihrer Erkennbarkeit", juristischer Bemerkungen

Anfang 1818 fand ein längerer Aufenthalt des Kronprinzen von Baiern (des nachmaligen Königs Ludwig I.) in Rom statt, welcher unter den Künstlern große Hoffnungen erregte, wie denn auch verschiedene von ihnen später durch seine freigebigen Unternehmungen zur Verschönerung von München bleibende Beschäftigung erhielten. Er liebte es, anspruchslos an der Geselligkeit theilzunehmen, und erfreute sich mehr als einmal an der zwanglosen Fröhlichkeit bei den Gesellschaften junger Männer im Bunsen'schen Hause. Letzterer berichtet über eine dieser Gelegenheiten seinem Freund Brandis ausführlich:

Rom, 24. Februar 1818.

Hier ist's in der Zeit lustig hergegangen, und noch dazu bei mir. Donnerstag sagte mir Ringseis, daß der Kronprinz von Baiern Sonnabend zu mir kommen wolle (wovon ich aber nichts wissen sollte), wenn einige Freunde dort, und so lustig wären wie das vorige mal. Ich dankte für die Gnade, bat mir aber einen andern Tag aus, weil man doch aus dem Stegreif keine Lustigkeit commandiren kann. Aber es ging nicht; ich mußte also zusammenbitten, was ich konnte, und meine Vorbereitungen treffen. Zuerst also suchte ich früh mit der Post fertig zu werden, was denn auch um Ave durch Niebuhr's gütige Einrichtung der Fall war; ich hatte Bekker, Cornelius, Eberhard, R. Schadow, Mosler, Müller, Rhebenitz, Schnorr, Ruscheweih, Koch auf halb 7 bestellt, und Ringseis ebenfalls, der vorher mit dem Prinzen kommen wollte. Mir war eigentlich schlecht zu Muthe, denn es war halb 8, ehe jemand kam, und ich sollte den Prinzen um halb 9 erwarten. Ringseis wurde sogleich zum Singen und alle zum Trinken gebracht und Alles war im Zuge, als der Prinz mit Senzheim hereintrat. Er wurde mit dem „Landesvater" empfangen, trank mit Allen auf Deutschland, und in einer halben Stunde war die Gesellschaft in einem solchen Zustande von Schreien, Tanzen, Singen und Springen, daß das vorige mal nichts dagegen war. Jeder suchte sein Scherflein guter Gesinnung dem Prinzen einzuschreien, es ist aber kein Zweifel, daß Cornelius den Preis davongetragen. Er sagte dem Prinzen derb die Wahrheit, daß er so bleiben und dem deutschen Volk vertrauen müsse, daß man alle verdienstvollen Leute schätzen müsse, z. B. Jacobi. Bei dieser Gelegenheit sagte der Prinz: „Ja, er ist nur ein altes Weib geworden." „Das thut nichts", erwiderte Cornelius, „es

---

über „Theilbarkeit und Untheilbarkeit der Grundstücke", biblischer Betrachtungen über Evangelienharmonie im Allgemeinen und Tauf= und Versuchungsgeschichte im Speciellen, fortlaufender Skizzen der gehörten Predigten, einer mehrere Monate lang durchgeführten „unparteiischen" Chronik der Zeitereignisse, endlich der mannichfachen philologischen und kunstgeschichtlichen Notizen gedacht.

kommt darauf an, was Jemand gewesen ist, Hoheit, und gethan hat in früheren Tagen." „Ja, aber man hat immer zu viel Geschrei von ihm gemacht, weil er gut zu essen gab, gute Küche hatte." „Nun das weiß ich nicht", sagte er und brach das Gespräch ab. Später brachte ich die Gesundheit von Niebuhr aus, als dem Freunde und Beschützer der deutschen Kunst und wahren Freund seines Vaterlandes. Cornelius sagte: „Der im Stillen die Künstler versorgt." Auch tranken wir auf Eberhard's Gesundheit (der sehr schöne Compositionen von ihm selbst auf dem Klavier spielt) als „des alten Hexenmeisters", halb und halb dem Prinzen zum Trotz, denn er schien sich wenig um ihn zu bekümmern, zog wenigstens Schadow viel vor, zu dem ich ihn sagen hörte: „Sie sind der graziöse Bildhauer." Er brachte selbst sehr patriotische Gesundheiten aus: „Alles was deutsch spricht, soll deutsch werden — deutscher Sinn, — Gemeinschaft." Dies machte die Lustigkeit ungeheuer, und ich danke Gott, daß es noch mit Ehren abgegangen ist. So viel ist gewiß, daß, sobald er weg war (gegen 12), alles brunter und drüber ging. In den ersten Stunden hatte ich jedoch Besonnenheit genug, meine Bemerkungen zu machen. Ich bin nicht so entzückt, wie die Anderen (Cornelius vielleicht ausgenommen) zu sein schienen. Das Kunstwesen macht den Kronprinzen nicht, und mit Pauke und Trompete und dem „dritten Punischen Kriege" baut man das heilige römische Reich nicht wieder auf; hinter dem Kunsteifer scheint mir bei ihm ein heftiger Eifer für seinen Willen durchzublicken, und hinter der Deutschheit etwas sehr Bairisches. Das mit Jacobi kann sich doch nur auf Einflüsterungen der bairischen Partei gründen. Ich combinire damit, daß Ringseis sich über eine in diesen Tagen an den Kronprinzen geschickte Broschüre „Ueber die Wiederaufrichtung gelehrter Abteien" (worin ein Paragraph heißt „Von der Verderbtheit der Akademie" und dabei unter Anderem gesagt wird: die stolzen Ausländer würden zum Affront so vieler würdigen bairischen Gelehrten hereingerufen — 500000 Fl. haben sie an Gehalt verzehrt — und was ist nicht für Bücher ins lachende Ausland geschickt) nur so äußert: „es sei gründlich genug durchgeführt." Gott gebe, daß er Baiern glücklich macht, aber Deutschlands Heil geht nicht von ihm aus! — Ausgezeichneten, ja nur tüchtigen Verstand habe ich auch nicht bemerkt, sondern viel mehr aufgefaßtes und aufgerafftes Urtheilen; „der Kranz der Zeit" scheint ihm sehr zu gefallen.

Genug davon: wir wollen einmal sehen, was daraus wird. Es ist noch nicht aller Tage Abend — viel ist zu thun — jeder wird auf seinem Posten seine Arbeit finden.

Der Kronprinz von Baiern bewies sich gegen Bunsen recht huld=voll, doch überzeugte er sich bald, daß dieser nicht der Mann für ihn sei, da er an einem Abend, wo die Gemüther aller Anwesenden vermittels der lebhaften Unterhaltung zu völliger Offenheit angeregt waren, sich herausgenommen hatte, auf die unbestreitbare Thatsache hinzuweisen, daß die freien Städte in Deutschland, Belgien, Holland und Italien die wahren Pflegerinnen der schönen Künste gewesen seien, deren Förderer sich überhaupt häufiger unter Bürgern als unter Fürsten gefunden hätten. Obgleich der Prinz wohl wußte, daß ihn der Tadel der Mißachtung der schönen Künste nicht treffe, fühlte er doch instinctiv, daß er es mit einem freien Geiste zu thun habe, dem Kunst und Poesie sehr viel, aber Wissenschaft und Philosophie noch mehr galten, während der Prinz Literatur und Wissenschaft und die diesen Bestrebungen Ergebenen weniger liebte.

Ein Brief Bunsen's an seine Schwester vom 30. April 1818 gibt noch einen näheren Bericht über das merkwürdige Fest, welches die deutschen Künstler dem bairischen Kronprinzen als Abschiedsfeier veranstalteten: *)

Den Abend vor seiner Abreise gaben die deutschen Künstler, 100 an der Zahl, mit den übrigen hier lebenden Deutschen dem Prinzen ein Fest, das durch die schönen Transparente, die man dafür gemalt hatte, wol einzig in seiner Art genannt werden kann. Der Kronprinz hatte nämlich ein Gedicht auf die Künstler gemacht, worin er sagt, wie des Königs schönster Beruf sei, die Künstler zu beschützen, deren Werke doch alle Staaten und Völker überlebten. Deswegen hatte man die dem Eingang gegenüberstehende Wand eines großen Saals zu einem Landhause auf folgende Art verziert. Man sah drei Bogen; in dem mittelsten stand ein großer Eichbaum mit emporstrebenden Zweigen, „unter denen die Vögel des Himmels sitzen". An diesem saß die Poesie, eine herrliche Göttin mit der Leier in der Hand, und ihre Flügel zu beiden Seiten ausbreitend. Unter diesen Flügeln saßen rechts die Musik und Malerei, links die Baukunst und Bildhauerei, um anzudeuten, daß sie alle Töchter der Dichtkunst sind, berufen, das menschliche Leben durch erhabene und schöne Darstellungen zu verherrlichen, und die göttliche Schöpferkraft des Menschen darzustellen, durch die er sich als Gottes Ebenbild zeigt, und sein Dasein über diese Spanne Zeit verlängert. Es ist unmöglich, den herrlichen Ausdruck dieser vier göttlichen Frauen zu beschreiben, jede ihrer Kunst ange=

---

*) Ein weiterer Bericht darüber findet sich in den „Aufzeichnungen des schwedischen Dichters Atterbom", übersetzt von Maurer (1867, S. 180). Seitdem das Leben und Wirken des Königs Ludwig I. von Baiern nach seiner regen künstlerischen Thätigkeit sowol als nach seiner unseligen romantischen Politik abgeschlossen vorliegt, dürften die treffenden Urtheile der hier mitgetheilten Briefe über den Jüngling wol ein doppeltes Interesse in Anspruch nehmen.

messen. In jedem der beiden Bogen zur Seite sah man einen feierlichen
Zug von der Höhe einen Hohlweg hinunter, der sich nach diesem offenen
Tempel der Poesie bewegte. Rechts nämlich kam der Zug der Dichter (in
weiterem Sinne, da ja auch ein Maler dichtet), König David mit der
Harfe an der Spitze, neben ihm Dante, dann Homer mit den ältesten
Malern und Baumeistern, endlich Rafael und Albrecht Dürer, die sich
die Hand gegeben hatten, um zugleich zu jenem Tempel zu wallen. Viele
andere stiegen eben von den Felsenhöhen hinunter. Links war der Zug
der Großen dieser Erde, welche sich durch Beschützung und Liebe zu den
Künsten einen unsterblichen Namen erworben haben. Unter diesen ging
eine Reihe Figuren her, die wie in Stein gehauen aussehen sollten, auf
ähnliche Weise gemalt. In der Mitte nämlich sah man die größten Künstler die Arche der wahren Kunst tragen, und andere Künstler ihr folgen,
während einige vor ihr her die Posaune bliesen. Rings sah man die
Mauern einstürzen und unter den Trümmern sah man Kotzebue's Bücher,
und manche andere schlechte Erzeugnisse der neuen Zeit übereinander liegen,
und durch die Erscheinung der wahren Kunst auf ewig in Vergessenheit
begraben. Rechts war Hercules, der den Stall des Augias durch herein-
geleitete Flüsse reinigte, um die große Arbeit anzudeuten, die jeder echte
Künstler in unserer Zeit habe, die falsche Kunst, deren Kennzeichen Affec-
tation, Eitelkeit, Prunk und Niedrigkeit ist, zu bekämpfen. Auf der anderen Seite sah man Simson mit einem Eselskinnbacken die Philister erschlagen (welches Wortes man sich, wie Du vielleicht Dich erinnerst, be-
dient, um Leute, die auf Kleinigkeiten den höchsten Werth legen, für das
eigentlich Höhere aber keinen Sinn hegen, zu bezeichnen): viele sah man
in Schlafröcken mit fettem, gähnendem Gesicht, schlechte Romane und sen-
timentale Bücher in den Händen, schon erschlagen da liegen, viele aber
waren noch da, und warteten mit offenem Munde, was es geben sollte.
Auf den Seiten standen gemalte transparente Bildsäulen von Moses,
Solon, Numa und Karl dem Großen, um den Kronprinzen auf seinen
Hauptberuf aufmerksam zu machen, besonders da er gerade zurückgeht, um
mit dem König und den Ständen eine neue freiere Verfassung für Baiern
zu berathen und festzusetzen. Wie er kam, ward er mit kriegerischer Musik
und Kanonen empfangen; die Saalthüren waren geschlossen, und über
ihnen sah man St.-Lucas mit dem Ochsen, dem Schutzpatron der Maler,
als Pförtner, der ihn einlud, zu sehen, was man für ihn weiter gethan
habe. Er war unbeschreiblich überrascht, man sang, aß und tanzte bis
gegen 2 Uhr; dann gab er Jedem die Hand und eilte weg. Es wird von
ihm viel erwartet; schon hat er einen großen Tempel bauen lassen, worin
die Büsten aller großen Männer Deutschlands gesetzt werden sollten,
z. B. Blücher, Goethe u. s. w.

Des hier beschriebenen Festes werden die wenigen noch lebenden Theilnehmer desselben sich mit jenem Gefühl entsinnen, welches die Erinnerung an einen frischen Frühlingstag in der Frühlingszeit des Lebens begleitet: die Gegenwart heiter, die Zukunft voll Hoffnung. Keiner, der Zeuge davon war, wird je wieder eine solche Fülle von dichterischem und künstlerischem Inhalt, zur Ausschmückung und würdigen Ausstattung eines Moments verwandt, gesehen haben; wäre die Idee Gegenstand langer Erwägung oder die Ausführung langwierig und mühsam gewesen, so hätte die Wirkung nicht so schlagend und befriedigend sein können. Der Plan rührte unstreitig von Cornelius her, der in so vielen späteren Werken sein unvergleichliches Talent bewährt hat, Fernes und Nahes, Geschichtliches und Phantastisches, Altes und Neues, an dem man nur irgendeinen geistigen Zusammenhang mit dem Gegenstand finden konnte, klar und verständlich in ein dem Auge dargebotenes poetisches Werk zu bringen. Als einmal jemand in Bezug auf die historische, antiquarische und biblische Kenntniß, die in Cornelius' Werken entfaltet ist, Erstaunen bezeugte, wie er die Zeit für die dazu erforderlichen Studien gehabt habe, wurde erwidert, daß seine Kenntniß sehr wahrscheinlich sich nicht weiter erstrecke als die gerade gegebenen sichtbaren Beispiele, daß er aber eine instinctive Fähigkeit habe, alles für seinen Zweck Passende aufzusuchen, zu erwerben und zu bewahren.

Die meisten Gäste trugen das mittelalterliche, zwar altdeutsch genannte, aber in Wirklichkeit von allen civilisirten Nationen im 15. Jahrhundert getragene, nur damals vom Kronprinzen von Baiern begünstigte Costüm, einen glatten, dicht zugeknöpften Rock mit vollen Schößen, die Damen mit breiten Halskrausen und malerischem Schmuck. Damen waren nur wenige zugegen, die bedeutendste unter ihnen Frau Henriette Herz, die alte Freundin und Correspondentin Schleiermacher's, trotz ihres vorgerückten Alters von unverminderter Anmuth der Züge, in denen die liebenswürdige Naturanlage und die gleichmäßige Stimmung sich ausprägte, welche zur Erhaltung ihrer berühmten persönlichen Anziehungskraft soviel beigetragen haben. Aber die Bewunderte jenes Abends war die schöne, verbindliche und vielvermögende Braut des Malers Overbeck, aus Wien gebürtig.

Der ganze Winter 1817 und Frühling 1818 waren überhaupt reich an Interessen, sowol durch Bunsen's persönliche Bestrebungen wie durch seinen täglichen Verkehr mit Niebuhr und die heitere Gesellschaft, die sich in seinem Hause versammelte, hauptsächlich aus seinen in Rom die Kunst studirenden und ausübenden Landsleuten bestehend, aber auch mit manchen Durchreisenden vermischt, wie (um von Anderen zu schweigen) den Herren Ticknor von Boston und Thirlwall (jetzt Bischof von St.-David), die lebenslänglich die damals angeknüpften freund-schaftlichen Beziehungen zu Bunsen bewahrt haben.*)

Aus derselben Zeit muß auch Theodor Rehbenitz von Lübeck als einer der vertrautesten Genossen des Bunsen'schen Freundeskreises er-wähnt werden. Während einer gefährlichen Krankheit Bunsen's im Jahre 1820, in welcher beständige Nachtwachen erforderlich waren und der Widerwille des Patienten gegen die italienischen Diener und die gemiethete Krankenwärterin stets zunahm, war es Rehbenitz, an den sich seine fast erschöpfte Frau mit der Bitte wandte, die Anstren-gung zu theilen, welchen Dienst man gewiß nur von einem erprobten Freunde erbitten oder annehmen kann. Es wurde diese Freundschafts-leistung damals so lange fortgesetzt, wie es nöthig war, sechzehn sorgen- und angstvolle Tage hindurch, während welcher Rehbenitz, Schnorr und Schnieder miteinander abwechselten. Nach einem so langen, ver-trauten Verhältniß in Rom vergingen Jahre der Trennung, bis im Jahre 1855 Rehbenitz veranlaßt wurde, die Reise von Lübeck nach Heidelberg (wo Bunsen sich damals niedergelassen hatte) zu machen, um der Trauung von Bunsen's Tochter Theodora mit Baron Ungern-Sternberg beizuwohnen, wie er bei ihrer und ihres Zwillingsbruders Taufe im Jahre 1832 zugegen gewesen war. Rehbenitz war leider, weil er in seiner Berufswahl fehlgegriffen hatte, im späteren Leben nicht so glücklich, wie es seine Eigenschaften verdienten; in der Zeit des Enthusiasmus von 1815 war er dem Antrieb gefolgt, der damals viele zum Studium der Malerei bei ihrem frischen Aufschwunge brachte, und hatte seine Universitätsstudien, in denen er bedeutende Fortschritte

---

*) Auch Henriette Herz blieb nach ihrer Rückkehr nach Berlin in brieflichem Verkehr mit Bunsen; ebenso finden sich mehrere Briefe von Dorothea Schlegel aus derselben Zeit. Von den in Rom Bunsen näher getretenen Künstlern blieben ebenfalls viele in fortdauernder Verbindung mit ihm; außer dem nach München übersiedelnden Cornelius sei hier z. B. noch der Maler Olivier aus Dessau genannt. Danebenher geht eine ziemlich eifrige Correspondenz mit Ringseis und dem Kronprinzen Ludwig selbst über die in München gewünschten Künstler. Erwähnen wir endlich noch des regen Verkehrs dieser Jahre mit wissenschaftlichen Freunden, wie Rühs aus Berlin, Schlichtegroll aus München, Jacobs aus Gotha, Freytag aus Paris und Bonn, Leopold Schefer aus Athen, während zugleich die Verbindung mit den alten Jugendgenossen, einer Reihe englischer Freunde (z. B. Cathcart, Seymour, Brandram) und stets neu gewonnenen weiteren Bekannten ungeschwächt fortdauert, so eröffnet sich ein Blick in eine Fülle von (neben der amtlichen Thätigkeit noch zurücktretenden) persönlichen Beziehungen, wie sie nicht bedeutsamer gedacht werden kann.

gemacht hatte, der verlockenden Kunst zu Liebe verlassen, in der sein
Talent nicht groß genug war, um solche Auszeichnung zu erlangen, wie
er sie wünschte. Er hat Bunsen um wenig mehr als ein Jahr überlebt.

Von diesem Rundblick über die damalige Gesellschaft auf Bunsen's
eigene Studien zurückkommend, hören wir ihn in einem Briefe an seine
Schwester vom 28. Februar 1818 über seine Absicht, die Bibel in den
Ursprachen zu studiren, sich wie folgt äußern:

Das ist freilich alles nicht die Hauptsache, nicht das Ding selbst,
sondern ein Mittel. Das Christenthum und der wahre Glaube ist ein
inneres Ding, eine Thatsache des innerlichen Menschen, über alle Gelehrsamkeit und alles äußere Wissen erhaben. Es kann nur ausgehen von
inneren, wahren, nicht eiteln, sondern wahrhaft demüthigen Gefühlen unserer gefallenen Natur und der Unmöglichkeit, ohne Gottes Hülfe, ohne
die Gnade seines heiligen Geistes, etwas Gutes zu thun; daraus entspringt
die innere Heiligung und die wahre Erleuchtung. Beide hängen zusammen,
es gibt keine Heiligung des Herzens und Willens ohne Erleuchtung des
Geistes, d. h. ohne lebendige Erkenntniß unseres Lebens in Gott und der
Nichtigkeit alles Anderen außer ihm, und es gibt keine wahre, bleibende
Erleuchtung ohne innere Heiligung. Die äußeren Mittel dazu sind, wie
das Dr. Luther's große Lehre nach St.-Paulus war, ganz und gar gleich,
sie werden nur etwas durch jenen Glauben. Luther führt in seiner Auslegung des Neuen Testaments mit Recht die Geschichte des heiligen Antonius
an, wie dieser Gott bat, ihm zu sagen, wer mit ihm in jenem Leben einer
gleichen Stufe der Seligkeit theilhaftig werden würde von den jetzt Lebenden. Im Traume ward ihm Name und Ort angezeigt. Begierig, den
zu sehen, dem es gelungen wäre, sich Gott so weit zu nähern, als er es
nach langem Kasteien seines Körpers gethan hatte, eilte er den nächsten
Morgen aus seiner Einsamkeit nach Alexandrien, wo dieser leben sollte.
Die ihm gegebene Weisung führte ihn in eine kleine Straße zu dem Hause
eines Handwerkers. Heißest du so und so, fragte er ihn erstaunt. Ja,
antwortete dieser. Nun, so weiß ich, daß du ein sehr frommer und Gott
angenehmer Mann bist, sage mir denn, durch welche Büßungen und andere
Werke du soweit gekommen bist. Ich kenne keine solche Büßungen, erwiderte jener, sondern bin ein einfältiger Handwerksmann; des Morgens,
wenn ich aufstehe, bitte ich Gott, mir seine Gnade zu Allem zu geben,
was ich thue; damit gehe ich an meine Arbeit, und behalte dies immer
dabei im Sinne, und erwerbe mir und den Meinigen das Brot. Des
Abends danke ich Gott dafür, und so lege ich mich in Gottes Namen
zur Ruhe.

So gewiß dies ist, so gibt es doch für jeden verschiedene Wege, und
für mich ist es nothwendig, daß ich mich auf gelehrte Weise mit der Bibel

beschäftige, um ganz meine Gedanken dabei concentriren zu können. Es ist eine Zeit, wo in Deutschland sich allgemein das Bedürfniß einer rechten christlichen Religiosität auf mannichfaltige Weise äußert. Der König von Preußen hat die Union der Lutheraner und Reformirten zur Feier des Reformationsfestes vorgeschlagen, und das Abendmahl ist denselben Tag von allen Geistlichen beider Confessionen in Berlin gemeinschaftlich genommen worden. Glücklicherweise ist dies auf eine solche Weise angefangen und wird auf eine solche Weise geleitet, daß es nicht eine die allgemeine Gleichgültigkeit vermehrende Dumpfheit hervorbringen, sondern umgekehrt neues Interesse in den Angelegenheiten der Religion erwecken wird. — In Frankreich will man von dem neuen Concordat nichts wissen, ich bin überzeugt, daß die Franzosen Protestanten würden, wenn sie wirklich Achtung vor dem Christenthum hätten, denn der Katholicismus ist bei ihnen zu lächerlich gemacht, seine jetzigen Misbräuche sind ihnen zu klar und die Geistlichkeit ist zu sehr gesunken. Allein gerade die Gleichgültigkeit und der Unglaube wird den Katholicismus dort noch erhalten. Da sie denken, daß doch alles Aberglaube ist, was nicht aus dem, was sie Vernunft nennen, sich ergibt, so ist ihnen die Sache gar nicht der Mühe werth zu ändern.

Tritt schon in solchen Briefen an die Schwester die Beschäftigung mit den religiösen Fragen als der Mittelpunkt von Bunsen's Gedanken hervor, so noch mehr in den Briefen an seine Freunde:

Rom, 1. Juli 1818.

(An Lücke.) Die Neu-Katholiken haben uns vor einigen Wochen eine „Voix de l'Église Catholique aux Protestants de bonne foi" geschickt, ein elendes beclamirendes Büchlein von einem französischen Priester geschrieben, um die hier in der Irre herumlaufenden protestantischen Schafe zur katholischen Kirche zu verführen. Brandis hat darauf in einem Briefe den guten Leuten gezeigt, daß von allen Hauptpunkten, die zu beweisen waren, keiner ordentlich aufgestellt sei, daß es frevelhafte Unwissenheit sei, den Charakter der Reformatoren und ihrer Freunde zu schmähen, und lächerliche Thorheit, die Väter des Tridentinischen Conciliums — aller Sarpis ungeachtet — als Muster der Heiligkeit aufzustellen. Dann hat er zuletzt bemerkt, was denn eigentlich dazu gehöre, um mit wirklicher Ueberzeugung zur katholischen Kirche überzutreten. Der Brief *) hat sie sehr auf den Kopf geschlagen, und der Verfasser selbst hat nichts Besseres zu antworten gewußt als „es könne seine Absicht gar nicht gewesen sein, etwas der Art zu

---

*) Dieser Brief von Brandis an Schadow, dessen Veröffentlichung schon Lücke sehr wünschte, ist zugleich durch eine treffende Ausführung über die zum Begriff der Kirche gehörigen vier Eigenschaften (Apostolicität, Katholicität, Heiligkeit und Einheit) bemerkenswerth.

beweisen, da Bossuet gar nichts darüber zu sagen übriggelassen". Solches Volk hat aber doch hier großen Einfluß. Du wirst sagen, das sei erbärm= lich. Es ist wahr. Aber die größte Schuld dieser Erbärmlichkeit fällt doch auf keine Anderen als die Theologen unserer Tage, von denen so sehr we= nige von wahrem christlichem Geiste erfüllt sind. Der Hauptjammer ist, daß diejenigen, welche etwas wirklich Göttliches in sich haben, in der un= verhältnißmäßigsten Mehrheit das Christenthum eigentlich durchaus ignoriren, d. h. was sie thun nicht als Christen thun. Für die Schwachen, die nichts bekennen, als was sie vor Augen sehen, ist die Erbärmlichkeit und Zer= fallenheit unseres Protestantismus hinlänglich, sie irrezumachen, wenn sie späterhin religiöse Bedürfnisse fühlen. Und diese Erbärmlichkeit scheint freilich gleich nach der Reformation angefangen zu haben; bei uns nämlich, indem man statt einfacher und wirklich evangelischer Freiheit angemessener Glaubensartikel theologische hyperkritische Spitzfindigkeiten und Klammern festgestellt hat, die doch nur für die Theologen sein könnten, für die Ge= meinde aber gar nicht.

Was die Liturgie betrifft, so hast Du mich insofern misverstanden, als wollte ich die englische, wie sie ist, einführen. *) Meine Idee ist nur,

---

*) Die Wichtigkeit der zwischen den beiden Freunden verhandelten Contro= verse macht es wünschenswerth, Lücke's Anschauungen in ihrer Abweichung von denen Bunsen's mit seinen eigenen Worten zu geben. Nachdem er schon am 11. Januar 1818 sich dahin ausgesprochen hatte: „Was die englische Liturgie be= trifft, so paßt sie für uns nicht; sie ist zu katholisch, und die protestantische Kirche, zumal jetzt, immer noch kräftig genug in ihren alten Formen, wenn der neue Geist sie recht durchbringt; es wird sich auf der Synode schon etwas gestalten, wenn die Menschen nicht auch diesen Platzregen der Gnade vorbeilassen", — drückt sich sein Brief vom 25. März 1818 noch bestimmter aus: „Was ich Dir von dem Ver= pflanzen der englischen Liturgie auf deutschen Boden gesagt, ist noch meine Mei= nung. Was ich von Leuten, welche das englische Ritualwesen kennen, gehört habe und aus der Kirchengeschichte weiß, zwingt mich zu der Ansicht, daß die englischen in der Episkopalkirche gewöhnlichen liturgischen Einrichtungen für uns zu katholisch sein würden, als daß unsere Lutheraner und Reformirten sie ertragen könnten. Willst Du, daß ich anders urtheilen soll, so belehre mich. Im Allgemeinen aber hasse ich alle Rückkehr zum Veralteten und alles Borgen vom Auslande; unsere Sprache ist salbungsvoll und unser Gemüth poetisch genug, um aus eigener Kraft Neues zu schaffen und es dem Alten zu vermählen. Was hier dafür geschehen soll und kann, muß von den Synoden ausgehen." — Und die Antwort auf Bunsen's Brief vom 1. Juli (vom 14. August datirt) führt die Gründe seiner Anschauung im Einzelnen vor: „Daß Du auf die englische Liturgie etwas hältst und sie uns Deutschen nicht genug empfehlen kannst, begreife ich sehr gut. Mir aber soll sie auf keine Weise empfohlen sein, weil ich die Deutschen immer noch für zu gut halte, um in Dingen der Theologie und Kirche, worin sie die Größten gewesen sind nach dem Sinne des Evangeliums und es fortan immer noch sein können, vom Aus= lande zu borgen. Unsere Liturgien sind ihrem Wesen nach aus der Reformations= zeit; der Kern ist derselbige geblieben seit Luther und so in der reformirten Kirche

daß man hier wie in allen anderen Zweigen die wirklich guten Erzeugniſſe anderer Zeiten im Volke kennen und gekannt machen ſolle, in einer Zeit, welche die Hauptideen des Chriſtenthums und des chriſtlichen Gottesdienſtes verloren hat. Nun behaupte ich, daß die engliſche Liturgie von einem ſehr

auf gleiche Weiſe. Damals und nie haben wir nach dem Auslande gefragt, wenn es theologiſche und kirchliche Dinge anging. Warum denn jetzt? Jetzt, da ſeit einem Jahrzehnt in der Kirche wie in der Theologie, ja im religiöſen Leben, Allen zur Freude eine neue Lebensperiode in Deutſchland beginnt, während die anderen Nationen feſt und ſtarr ſtehen. Wir ſind immer zu gerecht gegen das Ausland, das klagte ſchon Klopſtock, zumal wenn wir im Auslande irgendwie gut aufgenommen ſind oder ſchöne Stunden verlebt haben; dann wüthen wir gern gegen das eigene Fleiſch und verachten kühn Vergangenheit und Gegenwart unſeres Volkes. — Das ſteht feſt bei mir, weil es in der Geſchichte ſteht, daß die engliſche Reformationsperiode, nur Frankreich und Italien ausgenommen, ſchlechter iſt als in irgendeinem anderen Lande. Ich bin noch ganz friſch davon, da ich in dieſem halben Jahre die Sachen genauer ſtudirt habe, und kann mit Sicherheit ſagen, die engliſche Reformation, welche durch die katholiſche Fäulniß nur zur Hälfte hindurchgedrungen iſt, mit der unſerigen verglichen, iſt nur ein Schatten von dem großen Lichte, das die deutſche Nation im 15. und 16. Jahrhundert angezündet hat, daß es nie wieder erlöſchen kann. — Eine ſolche Kirche, die ſich von oben herab aus Staatsintereſſe reformiren ließ, und, wie Knox ſagte, halb dem Antichriſt ergeben blieb, kann mit ihrer Vergangenheit und ihrem Urſprung nur beſchämt werden, wenn ſie ſich mit der deutſchen vergleichen will. Knox kann Zeugniß geben, wie zur Zeit der Reformation nur der Starrſinn, nicht aber die Weisheit, die Du vorausſetzeſt, Liturgien geſchaffen hat. Lies Luther's Buch von der deutſchen Meſſe und der Ordnung des Gottesdienſtes, ſo früh ſchon geſchrieben, da iſt Leben! Und unſere Liturgien, in dieſem Geiſte fortgeführt, vereinigen Alles, was das fromme, auf Belehrung und den Geiſt, nicht auf die alte Form gerichtete Gemüth des deutſchen Proteſtanten erquicken und erheben kann. Lateiniſch kommt freilich nicht mehr vor, aber ein Deutſch, das, da ich es ſelbſt oft geſprochen und öfter gehört habe, unverwöhnte Ohren beſſer ergreift als fremder Zungen gebrochene und unklare Laute. Unſere Gegenwart in Deutſchland iſt Dir erbärmlich — wo iſt denn eine beſſere? Etwa in England, wo das theologiſche Treiben der Hochkirche ein Treiben des Todes iſt; Begeiſterung, wie wir ſie 1813 gefühlt haben, iſt wol in England ſchwer zu finden; einen ſo frommen Krieg hat England nicht aufzuweiſen wie wir; und wenn die engliſche Literatur der kirchlichen Hymnologie nur ein Achtel von den geiſtlichen Geſängen aufzuweiſen hätte, die man in alten und neuen Geſangbüchern von Luther bis auf Terſteegen, Lavater und andere noch Lebende haufenweiſe findet! Daß es auch ſchlechte gibt, iſt natürlich; aber in ſo großen Sammlungen iſt das unvermeidlich. — Die berliner Synode hat jetzt eine Geſangbuchscommiſſion ernannt, und dieſe iſt nicht verlegen um ſalbungsvolle Geſänge (audiatur Schleiermacher), ſondern hat eine ſo große Anzahl vor ſich, daß ſie kaum weiß, welche ſie wählen ſoll, um ſo Vieles von dem Beſten nicht zu übergehen. Der Fluch des Deismus und Naturalismus war in England früher als hier; das Ausland hat ihn gebracht, urſprünglich deutſch iſt dieſer Fluch nicht. Dort hat dieſe Periode nichts erzeugt als Sekten, die ſich um Kleinigkeiten anfeinden; hier hat die große Kirche zu viel Lebenskraft, um außer der Herrnhuter-

großen Gesichtspunkte verfertigt, mit sehr großer Weisheit den damaligen
Bedürfnissen und dem Volke angepaßt ist, daß sie einen viel christlichern
Gottesdienst darstellt als Alles, was ich in Deutschland, Holland und Dänemark gesehen. Der Gesang ist gar nicht ausgeschlossen, vielmehr ist
außer dem populären der Gemeinde der bei uns fast in Vergessenheit gerathene
alte Stil von Chorgesängen bewahrt, wie die katholischen Tractus, Gradualia
u. s. w. sind, deren einfache Erhabenheit in der Composition von Palestrina bis
Marcello Alles übertrifft, was ich kenne, obgleich jetzt in praxi dieser herrliche Theil des Gotesdienstes versäumt wird. Ich beschäftige mich jetzt
in Nebenstunden damit, diese Liturgie in ihren Abweichungen und Ueber-
einstimmungen mit der ältesten der katholischen Kirche und dem jetzigen
Ritual zu vergleichen. Was unsere betrifft, so habe ich nie eine gesehen,
die ein Ganzes ausmacht (Bekenntniß, Absolution, Dank und Bitte), will
also nicht urtheilen, bis ich die alte wirklich sehe, die Niebuhr sehr rühmt.
Wessenberg scheint viel Aufsehen zu machen. Niebuhr hat hier seine
Actenstücke gehabt, aber nur auf einen Tag, und so habe ich sie nicht gelesen.
Sein Urtheil ist, daß manche Veränderungen, die er gemacht, gut seien,
aber Alles einen flachen Geist verräth, wie man es vom Schüler des
Fürsten-Primas erwarten kann. Das bairische Religionsedict ärgert die
Pfaffen ungeheuer; sie nehmen es dem Könige von Baiern viel mehr übel
als dem Könige von Frankreich, den sie mit den Kammern entschuldigen,
da Jener ja freie Hände gehabt. Schreibe mir doch über dergleichen, was
Du weißt. — Ich habe angefangen, Schleiermacher's „Lukas" zu lesen. Ich
gestehe, es ist mir ganz und gar nicht Alles, was er als allgemeine Sätze
aufstellt, gleich einleuchtend. Ich will es aber ordentlich durchlesen.
Die Vorrede ist herrlich und mit weiser christlicher Freiheit und Kühnheit
geschrieben.

Rom, 11. Juli 1818.

(An Hey.) Es ist mir lieb, daß Dich die Theilnahme der Menschen
bei Deiner Einführung ins geistliche Amt so erfreut hat. Es ist bei so

---

gemeine (und diese, wie freundlich ist sie gegen die Kirche!) Sekten zu erzeugen,
hat zu viel Herz und Geistestiefe, als daß nicht, wie es immer unter uns geschehen, eine Wiedergeburt der Theologie und Kirche daraus hervorgehen sollte.
Wir sind nicht zerfallen, wohl aber die Engländer, das bezeugt der ewige Tumult
der Sekten, die ja unevangelisch genug Politik und Kirche gottlos zum Theil miteinander vermischt haben; nur verdrehte Köpfe und Narren können in unserer
Kirche, wo die Bibel frei ihren Strom ergießt in jedes Herz, wo die Predigt
herrscht und die Sacramente noch unentweiht sind, vergebens nach Nahrung trach-
ten. Wir brauchen keinen anderen Born des religiösen Lebens als die Bibel, und
keinen anderen Lehrmeister als den Heiligen Geist, der ein jedes fromme Herz erleuchtet und der uns Deutsche noch nicht verlassen hat."

etwas ein Ahnen besserer Vergangenheit und vielleicht! schönerer Zukunft, sowol im Allgemeinen für das innerliche Vereinigen der deutschen Menschen zu einem Volke, als ganz besonders dieser Menschen zu Christen und so zu einer Christengemeinde! Und wie Antäus sich gestärkt fühlte bei der Berührung der mütterlichen Erde, so fühlt der Geist neue Schwungkraft in der Vereinigung zum Volke und zur Gemeinde; das Gefühl seiner Einzelheit, Zerrissenheit und Besonderlichkeit wird nur tief erregt, damit durch das einzige Heilmittel, das unserer Natur gegeben ist, die Sehnsucht gestillt und das Gemüth befriedigt werde. Und so wie die anderen Völker Europas keine Ahnung von dem regen und kräftigen Leben des Einzelnen bei uns haben, so mangelt uns das Bewußtsein des Gesammtlebens, außer in solchen Augenblicken. Die Gemeinschaft der Geister ist die höchste und die der Heiligen in Christo die vollkommenste. Und obgleich sie nur unsichtbar ist, so will doch auch sie dargestellt sein in Wirklichkeit, die streitende Kirche hier unten, der triumphirenden dort oben Vorbild.

Rom, 27. Juli 1818.

(An Brandis.) Daß der Tod hier das Aufleben der Seele sei, ist auch mein innerstes Bewußtsein, und ich verstehe mich nie besser, als wenn ich dem nachdenke. Auf dies Leben angewandt, macht es mich meiner göttlichen Natur eingedenk und treibt mich, das Trugbild der Sinne zu zerstören und Trägheit und bösen Willen zu bekämpfen, als der Seele Krankheit, endlich bewahrt es mich durch das lebendiger als sonst hervortretende Bewußtsein, daß wir auch hier unter göttlicher Hut wandeln, und uns nichts begegnen kann gegen den göttlichen Willen. Und wenn ich dann die Nichtigkeit so vieler, ja fast aller menschlichen Absichten und Bestrebungen sehe, ja aller, wenn nicht die Idee der Pflicht oder die Ueberzeugung, daß sie uns Gott näher bringen sollen, uns in ihnen leitet; wenn ich die Zerrissenheit dieses Daseins, die Verworrenheit dieser Zeit betrachte, so ist es mir auch klar, daß es nur göttliche Gnade ist, die allein mich etwas von dem würdig ausführen machen kann, was ich mir vorgenommen. Aber unausstehlich ist mir der Gedanke, daß ich in der feierlichen Stunde des Abschieds mir sagen sollte, ich habe nach irgendeiner anderen Rücksicht meinen Weg durchs Leben zum Tode eingerichtet; ich fühle meine Seele gleichsam zerstieben durch diese Vorstellung, und mich ohne Kraft und Muth. Die Lebendigkeit dieser Ueberzeugung macht mich gewiß, daß die Verdunkelung der göttlichen Natur in uns sehr groß, das böse Princip in dem Menschen sehr stark sein muß. Es muß etwas wahrhaft Teuflisches in uns sein, daß wir dies Bewußtsein, dies Sehen so leicht verlieren, und am allermeisten durch den Schein des Lebens der Seele, durch ein falsches, surrogatartiges geistiges Leben, wodurch wir im Grunde uns nur als schlechtgewordene Thiere zeigen. Und wenn ich es recht sagen soll, mir ist der Orient von Anfang

an durch nichts so lieb und ein Gegenstand der Sehnsucht, als um dieses
seines Charakters willen, dieser großartigen Einsicht in das Nichts des
menschlichen Treibens, des kindischen Spiels verschwenderischer Kräfte mit
irdischen Dingen und um irdische Dinge. Der Irrthum bei mir war die
Schwäche, außer mir zu suchen, was nur in mir gefunden werden kann.
Gott sei Dank dafür, wenn ich es da treu suche. Laß uns darum diesem
vereint nachgehen, um dieses willen alles Andere gering achten, in ihm
alle Beruhigung finden. Ich habe von meinem künftigen Leben keinen anderen Begriff als den des Abschneidens und Concentrirens; nur aus einem
so consolidirten Inneren kann ich mit Freude und Herzklopfen an äußere
Thätigkeit denken, die mir dann freilich Bedürfniß sein würde. Ich kann
oft nicht glauben, daß mir ein so ungeheures Glück beschieden sein sollte,
wofür ich gar kein Maß kenne, und denke dann, ich hätte in dieser Verwirrung und Zerstreuung sterben können. — Es ist eine Krankheit unserer Zeit, das Innere mit Aeußerlichem flicken und heilen zu wollen; das
wird mir jeden Tag in allen Dingen sichtbarer, in und außer uns, im
Kleinen und im Großen. Den Mangel an gemeinsamem Sinn will man
durch Kleider ersetzen, den an Religiosität durch Kirchen, durch die Reflexion über die politische Nothwendigkeit, oder die ästhetische Schönheit,
oder die Verstandestiefe. Daher ist auch jetzt Religion ein Gegenstand der
Eitelkeit in der gewöhnlichen Welt, weil sie mit dem Verstande, wie Poesie,
aufgefaßt, ein sehr schönes Mittel ist, denselben an den Tag zu legen.

Rom, 1. September 1818.

(An Frau Wabbington.) Ich fühle mich glücklich, diesen Brief mit
der langerwarteten Nachricht beginnen zu können, daß mir meine officielle
Ernennung zum Legationssecretär zugegangen ist. Es ist dies das erste mal
in meinem Leben, daß ich eine öffentliche Anstellung habe, weil die eine,
welche ich im Jahre 1816 am göttinger Gymnasium hatte, blos proviso-
risch war und ich nie die Absicht hatte, dort in den Staatsdienst einzutreten, vielmehr den Wunsch hegte, Göttingen zu verlassen, um für immer
aus jenem abscheulichen Königreich des Hieronymus herauszukommen. Die
Erwägungen, zu welchen mich dies führt, sind mannichfach. Zunächst
konnte ich dem Gedanken nicht wehren, meine Unabhängigkeit in mancher
Hinsicht aufgegeben zu haben, wenigstens die ganz freie Verfügung über
Zeit und Ort. Aber da dies bei der jetzigen Anstellung nicht mehr als
bei jeder anderen der Fall ist, und ich nie die Absicht hatte, ohne öffentliche
Beschäftigung zu leben, selbst wenn ich Millionen zur Verfügung hätte, so
hat diese Erwägung mich nicht bekümmert. Und ich bin gerade mit dieser
Art des Eintritts in die Geschäfte um so mehr zufrieden, da ich mir sagen
kann, daß ich so meine thatsächliche Unabhängigkeit nicht geopfert habe, die

meines Geistes und meiner Grundsätze, indem ich sonst Niemand in der Welt als Niebuhr dafür verpflichtet bin, dessen politische Principien, was Constitution und andere wesentliche Punkte betrifft, ich mehr als die irgend= eines Anderen bewundere und billige. Und ich danke Gott fast täglich, daß ich auf die Zukunft schauen kann, ohne fürchten zu müssen, jemals dieses köstlichste Geschenk des Himmels im Menschenleben gefährdet zu sehen.

Es enthalten diese Briefe so reiche Mittheilungen über das äußere und innere Leben, daß ihnen kaum etwas hinzuzufügen ist. Die glückliche Geburt des ersten Kindes (eines Sohnes, Heinrich getauft) und eine Menge kleiner Besonderheiten über Mutter und Kind bilden den Gegenstand fröhlicher Mittheilungen in einer Reihe weiterer Briefe Bunsen's an seine Schwester. Uebrigens kann auch hier in Bezug auf alle ähnlichen Vorfälle ein= für allemal bemerkt werden, daß der Ton begeisterter Freude und demüthiger Dankbarkeit immer derselbe blieb und sich nie verminderte. Die Geburt eines Kindes war (vom ersten bis zum zwölften) ein Gegenstand ungemischter Freude für ihn, und er ließ das Frohlocken seiner Seele sich nicht durch willkürliche Sor= gen beeinträchtigen, erläuterte vielmehr praktisch durch sein Beispiel den Sinn des Verses aus seinem Lieblingsgesang:

> Was unser Gott erschaffen hat,
> Das wird er auch erhalten,
> Darüber wird er früh und spat
> Mit seiner Gnade walten.

Seiner Schwester schrieb er unter anderem am 11. Juli 1818:

Ich gäbe Alles darum, daß Du Heinrich's liebes, unschuldiges Gesicht sähest, denn nichts ist so erheiternd als ein sich entfaltendes Kinderleben. Und diese Entfaltung beginnt gewiß viel früher, als man gewöhnlich glaubt. So sehr erfreulich und merkwürdig ist es auch bei Kindern, daß sie Alles, was sie betrachten, mit so ungetheilter Aufmerksamkeit und mit so großem Ernste ansehen. Es ist ein Beweis, daß die spätere Zerstreutheit und das Wegeilen von einem Eindruck zum andern ein wirkliches Verderben, und wol oft ein anerzogenes Verderben ist. Darum hasse ich auch nichts mehr als die verruchte Art, die Kinder von Eindruck zu Eindruck zu jagen, zuerst von Spielzeug zu Spielzeug, von Bild zu Bild, dann von Buch zu Buch. Du wirst mich auslachen, oder wenn Du nicht wohl bist, aus= brummen, wenn ich Dir etwas erzähle, aber ich kann mir nicht helfen, nämlich, daß ich schon große und viele Pläne für meinen Kleinen mache, obgleich, versteht sich, in der Voraussetzung, daß ihm der liebe Vater von oben das Beste dazu schon mitgegeben und nichts Anderes mit seiner Seele hier unten vorhat: nämlich er soll nach Indien gehen und so seines Vaters

Wort lösen, und, will's Gott, noch viel mehr thun, als ich da würde gethan
haben. Die äußeren Umstände sind hier, wie es scheint, ebenso begünstigend,
als es die meinigen nicht waren. Vorerst soll er mir aber die Bibel haben
und die Alten und weiter nichts, ich meine die alten Griechen, Römer und
Deutschen. Und auch bis dahin ist Zeit genug, Gott erhalte ihn nur ge=
sund bis dahin! — Ich selbst studire jetzt recht fleißig, und oft schon mit
Rücksicht auf das, was ich ihm einmal zu lehren habe. Uebrigens haben
meine Gesandtschaftsarbeiten den 1. Juli angefangen, und ich finde, daß ich
viel munterer bin für die Zeit, welche für mich übrigbleibt, als ich vor=
her war; auch ist der Zeitverlust wirklich nicht bedeutend, und schon durch
den dadurch entstehenden nähern Umgang mit Niebuhr mehr als ersetzt.
Außerdem ist's auch eine schöne Sache für die Pünktlichkeit, denn es gab
nie einen pünktlichern Geschäftsmann als ihn.

Die Begebenheiten und Beschäftigungen der nächsten Folgezeit
werden auch jetzt wieder am besten durch Bunsen's eigene Briefe cha=
rakterisirt. So enthält ein Brief an seine Schwiegermutter die fol=
gende Ausführung:

Sie stellen mir eine schwierige Frage, was der Grund davon sei, daß
unsere Sprachen unsere inneren Gefühle nur durch von äußeren Gegenstän=
den hergenommene Zeichen ausdrücken? Man müßte, um dies zu erklären,
eine ganze Abhandlung schreiben; wenn ich aber meine Meinung kurz dar=
legen soll, so denke ich mir den Grund folgendermaßen. Unsere Natur und
unser ganzes Leben ist darauf berechnet, unseren Glauben zu üben, Alles
im Leben bezieht sich hierauf. Wir vertrauen unseren Sinnen aus keinem
anderen Grunde, als weil man wahnsinnig werden würde, wenn man die
Wirklichkeit dessen, was man sieht und fühlt, bezweifelte. Wir haben keine
andere Vorstellung von inneren unendlichen und ewigen Dingen, als durch
den symbolischen Gebrauch äußerer und begrenzter Dinge. Unsere Sprache
hat, als das allgemeinste und ursprünglichste Bild unseres Geistes,
Theil an diesem allgemeinen Gesetz unserer Natur; sie drückt die Gebote
des Geistes blos durch die Abspiegelung der umgebenden Welt aus, ahmt
vernunftlose Dinge nach, und spielt auf die unbeseelte Schöpfung an, in=
dem sie die Mittel von Ton und Form oder Musik und Malerei verbindet,
um Anderen den Zustand unseres Geistes mitzutheilen und uns selbst desselben
bewußt zu machen. Wir können dies nur einfach glauben, es läßt sich kein
anderer Grund zur Erklärung anführen als augenscheinliche Willkürlichkeit
oder Offenbarung.

Die eingehendste Schilderung der Erlebnisse jener Zeit enthält ein
Brief an die Schwester vom 13. Mai 1819:

Ich hätte Dir schon am Ende des vorigen Monats geschrieben, allein das war unmittelbar vor der Abreise meines lieben brüderlichen Freundes Brandis, der nun seit vielen Jahren zum ersten male von mir aufs Ungewisse geschieden ist. Er geht vorerst nach Florenz und Venedig, für den Winter nach Paris, dann nach England; im Herbst 1820 denkt er in Berlin zu sein. Gott lasse mich ihn wieder sehen! Aber ich habe oft trübe Ahnungen, er hat diesen Winter unmenschlich gearbeitet und sein Beruf ist schlimmer als je. Zugleich ist er bei aller vorigen Vortrefflichkeit, Gediegenheit und Reinheit und Vollendung des Charakters in dem letzten Jahre so fast überirdisch geworden an Milde, innerer Ruhe und Klarheit, zugleich aber auch so bestimmt überzeugt von seinem nicht weit entfernten Ende, daß ich oft gar nicht glauben kann, er werde noch lange auf dieser Erde verweilen. Es ist mir aber ganz eigen mit ihm; er hat mir so das Gefühl der Befreiung von seinen irdischen Schmerzen und Leiden, und seines Reifseins für ein freieres, geistiges Leben der Unendlichkeit gegeben und gleichsam als sein Vermächtniß zurückgelassen, daß ich keineswegs mit dem Schmerze an ihn denke, wie ich es mir vorgestellt hatte. Der Uebergang in ein anderes schöneres Dasein, wo der Seele ihre Flügel gelöst sind, erscheint so natürlich bei einem solchen Geiste, daß die Schmerzen dieser Erde zurücktreten vor dem Glanze der nahenden Herrlichkeit. Aber mich wird sein Tod härter treffen denn irgendjemand, denn einen Freund und Herzens- und Geistes-Vertrauten in allen meinen Bestrebungen und Gedanken, wie er ist, habe ich nie gehabt und kann ich nie wieder finden.

Er verließ uns den 2. Mai. Am 4. erhielten wir die längstgefürchtete Todesnachricht von ...... Ihre letzte Krankheitsgeschichte ist sehr merkwürdig. Sie hatte in England ihre Beschäftigung und ihren Trost fast ausschließlich im Lesen der Bibel und einiger religiösen Bücher, strenger Beobachtung aller religiösen Pflichten, und Sorge für die Armen des Ortes gefunden, verbunden mit einer nicht weniger strengen Beobachtung aller Rücksichten der gebildeten und vornehmen Gesellschaft. Ich habe dafür durch die hinterlassenen Papiere die allerdeutlichsten Beweise; sie haben mich mit einer großen Achtung für die Stärke ihres Charakters und ihrer Grundsätze erfüllt, besonders da der erste Grund, auf den sie Alles baut und auf den sie immer wieder zurückkommt, die strengste Wahrheitsliebe innerlich und äußerlich ist; und ich sehe ein, daß ich ihrer Sonderbarkeit wegen und besonders der äußeren Vornehmheit und fast religiös strengen Berücksichtigung conventioneller Formen wegen ihrem eigentlichen Charakter nicht habe Gerechtigkeit widerfahren lassen. Unnatürlich bleibt eine solche Verbindung freilich, denn eins muß König und Herr sein im Gemüth, wenn es soll recht zum Durchbruch und zur wahren Durchdringung des Geistes führen; viel erklärt sich aber theils im Allgemeinen aus der strengen Rücksicht auf die Formen der Gesellschaft bei den Engländern, theils ganz besonders daraus, daß sie von ihrer frühen Jugend an in besonderen Verhältnissen war. Man konnte in ihrem Wesen ebenso wenig diese Pedanterie als jene große und wirkliche Rechtlichkeit und Sittlichkeit verkennen, und mußte dabei bedauern, daß selbst vortreffliche Menschen etwas, das an sich keinen Werth hat, besonders wenn es mit der eigentlichen Frömmigkeit zusammengestellt wird, mit einer solchen Wichtigkeit als Pflicht und Beruf behandeln zu müssen glauben. Freilich kann und soll auch in diesem Leben strenge Sittlichkeit und Tugend unter einer vollendeten Form sich zeigen, und dergleichen Leute sind unendlich besser als diejenigen, welche die Gesellschaft und das Hofleben nur als einen Schauplatz der Leidenschaften und Eitelkeit betrachten, und die Tugend nur für die gemeinen Leute guthalten. Aber es gilt doch immer noch von ihnen, freilich im ungewöhnlichen Sinne, was unser Heiland sagt: „Es ist schwer, daß ein Reicher ins Himmelreich komme", nämlich insofern ins Himmelreich eingehen doch im Grunde nichts heißt als alle irdischen Rücksichten und alle persönlichen Neigungen fahren lassen und sich nur mit dem höchsten Gute beschäftigen. Auf jeden Fall entsteht ein Zwiespalt durch solche Vereinigung im Gemüthe, der schwer zu heben ist, und bei ihr kam noch eine ganz andere Ursache von innerlichem Zwiespalt hinzu durch ihre Heirath. Ihr Mann war von englischem Vater und italienischer Mutter, aber der Hauptsache nach ganz Italiener, auch in Italien erzogen, ein unbedeutender Mensch, jeder ernsten, festen, fortgehenden Beschäftigung unfähig. Er bewarb sich um jene, die leidend und darum meist ohne Unterhaltung war, erhielt ihr Wort heimlich, hielt an, und die Aeltern mußten sie ihm wohl geben. Beide lebten hier dem Anscheine nach glücklich, sie liebten sich zärtlich, er hatte wirklich alle Sorgfalt und Rücksicht für sie, soweit seine Einsicht reichte; sie suchte sein Haus so angenehm wie möglich zu machen, sah viel seine Freunde, unbedeutende Italiener, und befriedigte seine Eitelkeit, indem sie bisweilen große Gesellschaften von Engländern und Italienern zusammenlud und sich überhaupt anstrengte, ihm zu Gefallen soviel als möglich in Gesellschaft zu leben. Dabei verhehlte sie ihm aber und sich selbst, daß diese Anstrengung ihre schwachen Kräfte weit überstieg und am Ende zu einer gänzlichen Erschöpfung führte. Das war aber nicht das Schlimmste. Er war Katholik; er hinderte sie zwar nicht an ihren Andachtsübungen absichtlich, allein die Störung lag in der Sache selbst. Sie war besonders an häusliche Andacht mit der Familie gewöhnt, die in ihrem Hause sehr regelmäßig und feierlich gehalten wurde: außerdem sah sie Mutter und Schwester um sich einen großen Theil des Tages mit Lesen von Predigten und religiösen Gesprächen beschäftigt. Sie war nicht gewohnt, allein zu stehen; er vermied alle religiösen Gespräche, hatte eigentlich auch weder Sinn noch Kenntniß, sie zu führen; so ward nothwendig ihr bestes Gefühl in sie zurückgedrängt. Dies war nun desto schlimmer, da sie es nicht allein vor

Anderen, sondern auch vor sich selbst verbergen mußte, weil darin ein Vorwurf gegen ihren Mann lag, und gegen ihre ganze Heirath mit einem Italiener, den sie nicht aufkommen lassen wollte. So standen die Sachen, als sie abreiste. Zwei Drittel der Reise machten sie noch dazu mit einem Betturino, und hierdurch erhielt die Gesundheit der armen Frau den letzten Stoß, sodaß (wie sie nachher gestanden hat gegen ihre Mutter) sie die letzten Tage sich nur mit Mühe aufrecht halten konnte. — Bald nach der Ankunft fiel sie in ein Fieber aus Ermattung und konnte kaum mehr aufstehen. Sie äußerte bald, daß sie fühle, sie werde sterben, daß Gott ihr Gebet erhört habe, nicht mehr von ihrer Mutter und Heimat sich zu entfernen, daß sie nun erst wieder seit zwei Jahren recht freudig sei, und nur um zwei Dinge bitte: daß man ihrem Mann nichts von der Gewißheit ihres Todes sage, und dann, daß man bei den Gebeten, die man ihr täglich vorlas, nie ein Gebet um Genesung lese, denn sie habe nicht Kraft genug, einen so schrecklichen Gedanken zu ertragen. Von diesem Augenblick an lag sie immer heiter und ergeben, obgleich sie selten sprechen konnte, Tag und Nacht Fieber hatte, und zum Erstaunen des Arztes doch nicht starb, sondern noch sechs Wochen lebte. „Alle irdischen Bande sind zerrissen", sagte sie, „außer mit Ihnen, meine Mutter, die Sie mich Gott kennen gelehrt haben; ich bete für meines Mannes Glück, er liebt mich und hat nach Kräften für mich gesorgt, aber das ist alles vorbei." Sie drang sogar darauf, daß man ihn in seinen Hoffnungen ja nicht stören sollte, damit er sich ja nicht von einer Geschäftsreise abhalten lasse, die er vorhatte. So starb sie endlich aus Erschöpfung aller Lebenskräfte am Ostermontag. — Ist das nicht eine wunderbare Auflösung eines Knotens, der hier im Leben doch nicht gelöst werden konnte? Welch ein unglückliches Leben und welch ein glücklicher Tod! Ich habe sie hier sehr aufmerksam beobachtet und mich oft gefragt, was hier aus ihrem Leben werden sollte, und nie mir die Frage zu beantworten gewußt.*)

Dieser ernste Gegenstand ist auch in einem Briefe von anderer Hand (vom 5. Mai 1819) besprochen:

Es gibt wenig Fälle, in welchen man so bestimmt wie hier sagen darf, daß es nach menschlicher Weisheit und Einsicht keinen anderen Weg gab, aus dieser wahrhaft tragischen Verwickelung der Umstände herauszukommen, nicht einen, an den man ohne Verzweiflung hätte denken können.

--- -- ---

*) Ueber die eigenen Verhältnisse meldet derselbe Brief: „Wir sind für eine Woche aufs Land gezogen, wo auch Niebuhr ist, mit dem wir zusammenwohnen. In vier Wochen kommt ein Gesandtschaftsprediger hier an, auf den ich mich sehr freue, und mit ihm denke ich auch etwas Hebräisches zu lesen. Mein Junge hat jetzt den sechsten Zahn, läuft bereits allein und wird täglich köstlicher."

Man hat in sich selbst, wenn man nicht durch eitle Furcht und Hoffnung aufgeregt ist, in vielen Fällen ein Gefühl von der physischen Unmöglichkeit, zu genesen, welches selten täuscht; aber es gibt noch ein anderes und furcht= bareres Bewußtsein der Seele, die Gewißheit, daß das Leben innerlich und moralisch zu Ende ist, daß alle irdischen Bande gelöst sind und daß es sittlich unmöglich ist, zu dem zurückzukehren, was bereits thatsächlich todt für uns ist. Dieses Bewußtsein ist in den meisten Fällen mit dem ersteren Gefühle verbunden, es gibt aber auch Fälle, welche sein geson= dertes Vorkommen darthun. Ich kann mich im Schreiben nicht so aus= drücken, wie ich wünschte und sollte, muß aber doch eine Bemerkung hinzu= fügen. Kann es einen klarerern Beweis der Wahrheit geben, welche so wenige Leute in unserer Zeit begreifen können, daß alle Glaubensüber= zeugung nicht ein gemachtes Ding ist (nicht unserer Natur durch Erziehung und Gewohnheit oder unser geheimes Interesse dabei aufgezwängt, und deshalb rein willkürlich und veränderlich, abhängig von Zeit und Umstän= den, verschieden in jedem Alter, in jeder Nation, ja vielleicht in jedem Individuum); sondern daß sie sich im Gegentheil durch eine göttliche und angeborne Nothwendigkeit in jeder wahren, aufrichtigen und wohlbewachten Seele vorfindet, sobald nur die Hindernisse entfernt sind, welche zwischen uns und der Wahrheit stehen; daß dann jene Kraft und jenes Licht er= scheint, welches Niemand sich vorgestellt hat, und dann alle abgeleiteten Gründe und Schlüsse, durch die wir uns bemühen, unseren Verstand zu überzeugen und uns im Einklang mit dem Herkömmlichen halten, mit ihrer Stütze verschwinden, weil die Seele zu ihrem natürlichen Bewußtsein zurückkehrt, welches der entscheidende Beweis aller anderen Wahrheiten und selbst sein eigener Erweis ist! Glücklich diejenigen, welche schon in diesem Leben zu diesem Bewußtsein kommen! sie allein sind die Sehenden unter den Blinden, sie allein können ein ungetrübtes Urtheil über die Dinge dieser Welt haben, welche den übrigen verwirrt und getrübt erscheint, wie die verwickelten Kreise des Planetensystems denjenigen, deren Gesichtspunkt von unserem Erdkreis hergenommen ist und nicht, wie bei den Astronomen, von seinem unsichtbaren Mittelpunkt. Ich habe keine andere Vorstellung von Todsünden als von solchen, welche das Wesen der Seele so gänzlich verderben, daß sie wenigstens in diesem irdischen Dasein nicht zu jenem Bewußtsein zurückkehren kann, sondern davon ausgeschlossen ist wie der Blinde vom Licht.

Unter den weiteren Briefen Bunsen's an seine Schwester ist der vom 19. Juni 1819 von allgemeinerem Interesse:

Ich habe mit Niebuhr weitläufig über meine zukünftigen Pläne ge= sprochen; er besteht darauf, daß ich mich den Geschäften widmen und in die innere Verwaltung treten soll. Würde er Minister des Innern, wie es mehr zu wünschen als zu hoffen ist, solange nicht mehrere Veränderungen eintreten, so würde ich keinen Anstand nehmen, diesen Weg einzuschlagen, der mir immer noch Muße zu besonderen gelehrten Arbeiten lassen und zugleich Gelegenheit geben würde, mir über Staat und Kirche, und was für mich sonst von den menschlichen Angelegenheiten die größte Wichtigkeit hat, in besonderer Beziehung auf den jetzigen entscheidenden Zustand meines Vaterlandes genauere Kenntnisse zu erwerben, und mit der Zeit sie auch mit Gottes Hülfe anzuwenden zum Besten meiner Mitmenschen. Denn es handelt sich jetzt bei uns um die wichtigsten Dinge, man will eine freie Verfassung einführen und die Gesetzgebung verbessern; die Kirche soll aus den Trümmern, in die sie durch den Unglauben ihrer Priester und die Gleichgültigkeit des Volks zusammengesunken ist, wieder aufgebaut werden; alles soll neu werden, aber zugleich den Gemüthern das Gefühl und den Glauben einflößen, daß es dauernd bestehen werde, damit das Verlangen nach Neuerungen und Umwälzungen, welches alle Völker Europas fast ohne Ausnahme ergriffen hat, aufhören, und ein freudiges, ruhiges Dasein auf die Zeit des Verfalls und der Zerstörung folgen möge. Allein dabei ist Gottes Hülfe vor allem noth; denn der Meinungen sind fast so viele als Köpfe, und der Bücher noch mehr. Viele predigen geradezu die Revolution, manche befördern sie, ohne es zu wissen; viele pflegen sie, indem sie ihr entgegenzuarbeiten wähnen, und die meisten erwarten in einem Gefühl von Unbehaglichkeit und Dumpfheit irgendeinen Ausbruch, weil sie den jetzigen Zustand der Dinge nicht mögen. Niebuhr ist anerkannt der erste Mann in ganz Deutschland, was die Kenntniß dessen betrifft, was man thun sollte, und die Begeisterung und Klarheit des Gemüths, um es auszuführen, und ihm verdanke ich unbeschreiblich viel; er hat mir über den jetzigen Zustand der Zeit, über ihre Grundfehler und deren Ursachen die Augen geöffnet, und man müßte ohne Herz sein, wenn man in solchen Umständen nicht Gut und Blut daransetzen sollte, um mit seinen schwachen Kräften für die gute Sache mitzuwirken; ja, wenn man die Freundschaft eines solchen Mannes genießt, ist es Pflicht, Alles liegen zu lassen, um unter seiner Leitung wirken zu können. Allein auf der andern Seite ist das gewöhnliche Geschäftsleben etwas so Erbärmliches im Vergleich mit dem gelehrten Leben, daß, wenn man nicht durch die Verhältnisse oder einen besonderen Beruf hineingetrieben wird, die Wahl nicht schwer sein kann. So viel scheint mir also vorerst gewiß zu sein: geht Niebuhr Ostern ab, ohne eine bedeutende Stelle im Innern zu erhalten, so suche ich sogleich von meinem jetzigen diplomatischen Stande abzukommen, und gehe mit Urlaub oder Abschied auf ein Jahr nach England, wo so viel für mich zu lernen ist, womöglich für 1½ — 2 Jahre. Wird unterdessen Niebuhr das, wozu er gerechte Ansprüche hat, so gehe ich nach Berlin; wo nicht, so fange ich an, bei der Universität zu lesen, um Professor zu werden. Uebrigens versteht es sich, daß ich mich wohl vorsehen werde, mich nicht zwischen zwei Stühlen niederzusetzen, und deshalb nichts entscheiden werde, bis die Verhältnisse sich entwickeln. Ich habe eigentlich wenig Zutrauen, daß die Sachen so gehen, wie ich sie mir jetzt vornehme; es ist selten so gegangen, aber ich habe das feste Vertrauen, daß Gott schon den rechten Weg zeigen wird.

Ebenso ist aus den Briefen an Brandis manches Belangreiche zu entnehmen:

Rom, 6. April 1819.

Es sind mir alle unsere Lebensziele und Grundsätze bei dem Scheiden von Dir, meinem einzigen, wahren Herzensfreunde, noch klarer durch den Sinn gegangen. Wir sind darüber einig; ob es uns gelingt, das wissen wir nicht, aber ich fühle mein Gemüth so erweitert, wenn ich daran und an Alles, was uns geistig zusammenknüpft, denke, daß mir selten die Ewigkeit und Unendlichkeit meines Daseins klarer vor den Geist getreten ist, als bei diesem Scheiden. Ich denke mit heiterem Herzen an Dich, es ist mir, als wäre nichts zwischen uns.

Rom, 21. Mai 1819.

Ich muß Dir von meinem Aufenthalt in Tivoli erzählen, woher ich gestern mit Fanny zurückgekommen. Es sind die schönsten Tage gewesen, die ich mit Niebuhr verlebt, und sie werden immer zu den schönsten meines Lebens gehören. Der Cardinal Consalvi hatte ihm sein dortiges Haus eingeräumt, und Niebuhr lud uns ein, den einen Stock davon einzunehmen und seine Gäste zu sein. Die Tage über ging ich mit Niebuhr umher; er war sehr aufgeräumt, die Lage gefiel ihm, und glücklicherweise fand ich ein Buch, das ausführliche Nachricht über einige meist unbekannte Ruinen enthält, welche den alten Fall des Anio unwidersprechlich beurkunden, in den Fels gehauene Gewölbe mehrere hundert Schritt vom jetzigen Fall. Mittags und abends waren wir Alle zusammen, welches mir für meine Fanny besonders auch sehr lieb, die jetzt zum ersten mal Niebuhr ganz in seiner unerschöpflichen Lebendigkeit und seiner einfachen Größe kennen gelernt hat. Auch Niebuhr hat sie mit sichtbarer Liebe und Achtung behandelt, die Frau ist ebenfalls sehr gut gewesen. Dies machte das Verhältniß doppelt angenehm. Auch gegen mich war Niebuhr ganz und gar Freundlichkeit und Liebe; ich theilte ihm gleich meine Fragen mit, stellte ihm alle Umstände vor. Er billigte Alles, was ich sagte, freute sich über meine unternommene Arbeit und munterte mich auf, daran weiter zu arbeiten.

Der hier erwähnte Besuch in Tivoli ist dem Gedächtniß der einzigen Ueberlebenden fest eingeprägt in den mannichfaltigen lieblichen Bildern, welche die Schönheit der Natur und der gesellige Verkehr gewährten, während Niebuhr's Geist sich in seinen vielfachen Talenten und ausgedehnten Interessen für „Alles, was gut, was wahr und was weise" entfaltete, da er sich gewissermaßen in dem Sonnenschein ausspannte und die äußere Welt mit der geistigen Ruhe doppelt genoß; nicht beschwert durch die trüben Bilder öffentlichen oder häuslichen Unglücks, unter deren Einfluß sein Gleichgewicht oft verloren schien und seine ursprünglichen Züge kaum erkennbar blieben. Der Reichthum und Reiz seiner Unterhaltung, wenn günstige Eindrücke auf ihn wirkten, kann nicht so beschrieben werden, daß ein richtiges Bild davon entstände; er war aber besonders dadurch vor andern begabten Erzählern ausgezeichnet, daß er über die ganze Reihe der Gegenstände gebot, auf die er die Aufmerksamkeit lenkte, und nicht durch einen einzelnen derselben gefesselt und absorbirt wurde; er führte das geistige Auge von einer Ideenreihe zur anderen, indem er dieselben nicht etwa vermischte, sondern die eine durch die andere ablöste; er erzählte seine Anekdoten nicht blos mit Geist, sondern erhöhte ihren Werth auch durch gewissenhafte Genauigkeit der Details; seine Bilder und Ausführungen waren ohne irgendwelche Ueberladung gemalt und ebenso hervorragend durch ihren Stoffreichthum als durch den Mangel alles Gewöhnlichen und Trivialen.*)

---

*) Die scharfe Beobachtungsgabe Niebuhr's tritt in jedem einzelnen der zahlreichen Briefe an Bunsen aus den Jahren 1818—1823 hervor, und der Leser wird in der Erinnerung an die politische Stimmung Niebuhr's in der späteren Zeit geradezu überrascht durch die klare Einsicht in die heillose Verkommenheit aller socialen Zustände im Kirchenstaate. Statt vieler Beispiele nur wenige. Aus Genzano schreibt er am 8. September 1818: „Der Pachter hier ist ein gescheiter Mann, der auf Fragen über sein Geschäft bündig antwortet. Sie wissen, daß es eines von den Dingen ist, die mich hier zur Verzweiflung bringen, daß man hier fast nie einen Menschen trifft, bei dem man sich durch Fragen belehren kann, weil Alle Alles gedankenlos treiben, sodaß man nichts als ein chi sò? oder non lo sò einzuernten hoffen kann. Dabei ist der Ackerbau über allen Begriff barbarisch und steht nur eine Stufe über dem der Araber in der Berberei." — Ein Brief aus Albano aus dem Sommer 1819 meldet: „Es war hier vorgestern und gestern ein gräßliches Gedränge und Gejage; das Gesindel trug Alles Heiligenbilder mit Federn an den Hüten und war ganz insolent. Zweimal fuhren Kerle mit Einspännern absichtlich auf meine Frau los, um sie umzufahren. Es geschah offenbar, weil wir ihre .... Heiligenbilder nicht trugen. Die Devotion und der Soff starrten Allen aus den Augen." — Und über den Monarchencongreß in Laibach heißt es in einem (nicht datirten) Briefe aus Albano: „Es wird auf dem Congreß zum Antrag

Die außerordentliche Gewissenhaftigkeit Niebuhr's zeigte sich bei einem Handelsgeschäft, bei welchem eine sehr verschiedene Praxis herkömmlich ist. Er weigerte sich nämlich, Münzen zu kaufen, durch deren Seltenheit er selbst bekannte, in Versuchung gebracht worden zu sein, weil er (wie er dem armen Besitzer versicherte) nicht im Stande sei, das zu bezahlen, was er als ihren wirklichen Werth kannte. Der Mann bat ihn, selbst den Preis, den er geben wolle, zu bestimmen, da er nicht wisse, was er fordern könne, aber Niebuhr entließ ihn mit einer geschriebenen Liste der Forderungen, die er berechtigt sei an jeden Käufer zu stellen, der größere Mittel zur Verfügung habe als er. Die allein noch lebende Zeugin dieser Scene findet eine Genugthuung darin, diese an sich unbedeutende Anekdote zu erzählen, weil sie Niebuhr's Gedächtniß Ehre macht.

Ein gegen Ende 1829 an Brandis geschriebener Brief ist eine Art Abschiedsgruß Bunsen's an den Lieblingszweig seiner Universitätsstudien, da er fast den letzten Beleg eines in gelehrter Muße betriebenen Studiums gibt. Bald nach dieser Zeit trieb ihn die tägliche Arbeit an der „Beschreibung Roms" (über die später näher die Rede sein wird) mehr und mehr in eine Art Strudel hinein, und als er einmal damit zu Ende war, nahmen die Gegenstände seiner Lebensbetrachtung alle Kraft und Zeit, die nicht schon sein Amt wegnahm, in Anspruch.

Rom, 27. November 1819.

Ich habe, was meine gelehrten Arbeiten betrifft, diese Woche in einem großen Enthusiasmus für den alten Lysias zugebracht, indem ich genauer in sein Leben und seinen politischen Charakter eingegangen bin, wie er sich aus seinen unbezweifelt echten Reden ergibt. Die schlechten sind die unechten, was manche gerichtlichen Reden betrifft. Die Philosophie ist aber sein Fach nicht gewesen. Ich fange jetzt an, die Richtigkeit von Niebuhr's demokratischer Gesinnung in Athen zu verstehen, die mir früher, wie Du weißt, eine Ungerechtigkeit gegen Plato und Andere zu sein schien. Wenn man nämlich die Aristokraten in Athen genauer kennen lernt, und sieht, wie sie sich grausam und übermüthig benehmen, und keinen anderen Gegensatz der Demokratie kennen als Oligarchie und Druck, und welche Einfaltspinsel oder Schufte die Lobpreiser derselben sind, wenigstens Philister wie Xenophon, so begreift man es, wie nichts denkbar war als entweder eine durch Entfernung der schlechten Redner und Staats-

<hr>

kommen, Homer's Gedichte durch Büttelshand zu verbrennen, alle Exemplare, bei schwerer Strafe, zusammenzutreiben und nach Konstantinopel zu beliebiger Behandlung zu senden. Lebte Londonderry noch, so würde er gewiß gern Schiffe dazu geben; leider wird der philologische Canning nichts von der Sache wissen wollen."

verwalter, durch Sparsamkeit und Kriegsübung gereinigte und gestärkte Demokratie, wie Demosthenes, oder die Herrschaft des Alcibiades als Tyrannos. Die Lebensbeschreibungen des Plutarch, die ich jetzt mit dem größten Vergnügen durchlese, geben in Verbindung mit den Rednern 2000 Beweise dafür; wenn ich nur Zeit hätte, Thucydides jetzt zu lesen! Allein ich will dabei bleiben, mit Februar abzuschneiden. Doch Plato's „Gesetze" und Aristoteles' „Politik" hoffe ich noch dieses mal mitzukriegen. Ueber die ersteren möchte ich gar zu gern einen Aufsatz schreiben, nämlich über ihr Verhältniß zu Athens Gesetzgebung und Plato's zur Wirklichkeit. Es ist doch eine traurige Erscheinung, wenn ein Mann wie Plato, voll von dem Gedanken, den Zustand seines Volkes zu verbessern, und voll Liebe für sein Bestehen, doch nichts Anderes thun zu können glaubte, als eine imaginäre Wirklichkeit zu Grunde zu legen, die weder das Ideal des Staates darstellte, noch den Bedingungen des gegebenen Staates entsprach, also zwischen beide fällt. Dies ist traurig, weil es eine unrechte Stellung eines so großen Geistes beurkundet und daher die Ungesundheit der Zeit vor Augen legt. Und daß Plato die „Gesetze" nicht mit Hinsicht auf die Wirklichkeit geschrieben, soll mir keiner einreden. Aber nur die Zeiten sind glücklich, wo der Wissende handelt, die Idee in sich, die Wirklichkeit klar vor sich, seine Schüler die Bürger und seine Bücher die Gesetze und Einrichtungen sind. Der Grund der Verschiedenheit beider Zeiten ist nichts als sittlich, sie ist nicht im Zustande gegründet. Eigentlich ist jede Trennung von Erkennen und Handeln schon ungesund und schwach. Aber wer löst der Seele Flügel? Wer erweckt zum Handeln, hält aufrecht im Leiden?

Wäre ich nicht fest überzeugt, daß es mich immer gereuen würde, die letzte Zeit des nächsten Jahres nicht anzuwenden, um die Staatswissenschaften unter Niebuhr zu studiren, so ginge ich nicht von den Alten weg; aber nachher wird es mich freuen, denn ich bin überzeugt, man behält dafür Zeit genug, wenn man nicht sehr früh stirbt. Ich denke mir so: zuerst lernt man ein wenig genauer kennen, wie es in der Wirklichkeit aussieht, was zu thun und wie, nach Jedes Ansicht und Grundsätzen, es gethan werden kann; dann hat Jeder, nach den Umständen und seiner Sphäre, zu versuchen, was er selbst dabei thun kann — und dann kommt wieder bei den Meisten eine Zeit, wo die Sehnsucht nach dem Forschen und Betrachten der Vergangenheit mit neuer Stärke eintritt. Selig wird der Mensch weder durch das Eine noch durch das Andere; über das Uebergewicht entscheiden einst Zeit und Umstände.

Schon seit dem Sommer 1819 war inzwischen durch die Berufung des ersten Gesandtschaftspredigers Schmieder ein neues belebendes Element in den kleinen römischen Kreis hineingekommen. Beleg dafür gibt schon eine Stelle in einem Briefe Bunsen's an Brandis vom 3. Juli 1819:

Niebuhr denkt daran, mit Schmieder eine Gemeindeverfassung aus= zuarbeiten, zugleich eine Anstalt für Arme und Kranke zu machen, da die Protestanten in den Hospitälern sehr übel daran sind. *)

Ausführlich schildert ein Brief an die Schwester vom 24. Juli 1819 Bunsen's Freude über Schmieder's Berufung**):

Hier ist unterdessen ein recht erfreuliches Ereigniß vorgefallen, die Gesandtschaft hat einen evangelischen Kaplan vom König erhalten, und so wird jetzt jeden Sonntag Gottesdienst im Palast des Gesandten gehalten, und Mittwoch abends Betstunde. Die Gemeinde ist gegen 70 stark, von denen etwa 20 Handwerker sind, die zum Theil 10 Jahre hier ohne reli= giösen Unterricht und Trost gelebt haben, fast alle auch ohne Bibel (die man ihnen hier gewöhnlich abnimmt), und die größtentheils doch nicht so verwildert sind, als man es sich vorstellen sollte. Der Geistliche ist ein wahrer Engel des Friedens (Schmieder heißt er) und ist wirklich einer der ausgezeichnetsten Menschen; er ist so alt wie ich, und, obgleich unter Un= glauben und Freigeisterei aufgewachsen, ein so rechter evangelisch gläubiger Christ, als wenn er von St.=Augustinus und Luther erzogen wäre. Manche sind verwundert, hier in Rom einen wahrhaft christlichen Glauben pre= digen zu hören, den sie zu Haus nie oder selten gehört haben. Daher kommt es denn auch freilich, daß ihn Manche nicht aufgeklärt genug finden. Andere halten ihn wol im Herzen für einen Schwärmer geradezu; denn anstatt moralischer Betrachtungen und sentimentaler Ausrufungen über die Schönheit der Tugend und die Güte des menschlichen Herzens predigt er vielmehr immer von Buße und Bekehrung, Sünde und Schuld, Unfähig= keit des eigenen menschlichen Willens, zur Wiedergeburt zu gelangen, und also Nothwendigkeit des Glaubens an Christus. Diesen stellt er recht schön

---

*) Dieser von Niebuhr gefaßte, aber während seiner römischen Wirksamkeit nicht zur Ausführung gekommene Plan wurde von Bunsen aufgenommen und nie= mals aufgegeben; heute findet man auf dem Capitol das Hospital für Protestanten aller Nationen, das fast unüberwindlichen Schwierigkeiten zum Trotz dort gegründet und erhalten worden ist.

**) Wenige Dinge mögen für Bunsen's Eigenthümlichkeit so charakteristisch sein als das Verhältniß, in welches er zu den Gesandtschaftspredigern in Rom der Reihe nach trat; es kennzeichnet sich schon durch den äußeren Umstand, daß die ersten an ihn gerichteten Briefe von Schmieder, Rothe und Anderen ihn mit „Sie" anreden, gleich die folgenden aber mit „Du". Schmieder's Briefe aus Rom an ihn sind nur wenige an Zahl, was sich durch den regen persönlichen Verkehr er= klärt; um so bedeutsamer und inhaltreicher sind die Mittheilungen aus Pforta seit 1824.

auf eine doppelte Weise dar, zuerst nämlich als Glauben an Christus, der für uns gestorben, und dann als Glauben an Christus, der in uns selbst auf ähnliche Weise den alten Menschen tödten soll, damit die Seele, wenn sie wie Christus der Mensch gelitten, auch wie Christus als Gott wieder auferstehen und in einem neuen Leben wandeln könne. Also muß sie zunächst durch Buße und Pein gehen, und damit anfangen. Das aber gefällt der menschlichen Natur nicht. Aber es ist doch tröstlich anzusehen, wie die Gemeinde anfängt, groß und klein, vornehm und gering, sich an diese Lehren anzuschließen; und es hat etwas Anziehendes, hier in Rom, mitten unter prunkhaften Ceremonien und todten Gebräuchen und von Gold und edeln Steinen prangenden Kirchen, sich eine kleine Zahl von Christen um das reine, ungemischte Evangelium in der Stille eines einzelnen Hauses im einfach eingerichteten Betsaale versammeln und mit dem Gebete des Herrn und frommen Liedern und Psalmen den Herrn loben und an der Hörung seines göttlichen Wortes sich erbauen zu sehen. Noch ganz besonders lieb ist es mir, daß meine Frau auf diese Weise mit der deutschen Theologie und Kirche bekannt wird. Denn wie die Sachen im allgemeinen stehen, fürchtete ich mich vor dieser Bekanntschaft. Wären aber alle Prediger wie Schmieder und alle kirchlichen Einrichtungen und Gebräuche so lebendig und wahrhaft christlich, so würde die deutsche evangelische Kirche die erste in der Welt sein.

Auch die weiteren Briefe an Christiane lassen in das innige Verhältniß Bunsen's zu Schmieder hineinblicken:

Rom, 18. September 1819.

Ich selbst bin immer wohl gewesen und habe gefunden, daß ich mich schon recht gut in das römische Klima gefunden habe. Denn während fast die Hälfte meiner Landsleute das Fieber gehabt, bin ich immer munter geblieben, und sogar hat der Erbfeind meiner und aller Menschen Nerven, der Sirocco, mich nicht so sehr geplagt, wie es sonst der Fall war. Eine Ursache dabei ist wol gewesen, daß ich viel und zwar mit Liebe und Erfolg gearbeitet habe. Die erste Ursache davon ist unstreitig Gott und der von ihm durch unseren Geistlichen, Schmieder, erhaltenen Belehrung zuzuschreiben.

Rom, 20. October 1819.

Unser Prediger ist fortdauernd der Gegenstand unserer Verehrung und Liebe, durch seine Predigten wie durch seinen ganzen Wandel. Leider schmilzt die Gemeinde sehr zusammen; es ist kein Geist der Frömmigkeit unter den Leuten, und der Reiz der Neuheit ist dahin; die Bußpredigten wollen den Leuten durchaus nicht behagen. Wir leben in einer sehr schlaffen

Zeit, und doch werden so große Dinge von ihr gefordert. Daß es an Vielem fehlt in Staat und Kirche, fühlt man allgemein; aber es ist so viel leichter, von außen anzufangen als von innen, und doch ist nur durch das Letztere eine dauernde Verbesserung zu machen. Gährungen sind fast überall; Veränderungen stehen in manchen Dingen bevor, und man weiß nicht, was man will. Leidenschaft kämpft gegen Leidenschaft, Befangenheit gegen Beschränktheit; die Einen wollen ein morsch gewordenes Gebäude mit faulen Stützen halten, die Anderen ein neues ohne Grundlage auf= bauen. Ich denke, es ist Gottes Wille, durch diese große Verwirrung und Zerstreuung den Sinn der besseren Menschen zu den himmlischen Dingen zu wenden, indem er ihnen zeigt, daß hier auf Erden der Platz dafür nicht ist und deshalb Keiner seine Hoffnung darauf setzen muß. Unter= dessen muß Jeder nach Kräften thun, was sein Gewissen ihm sagt, und den Erfolg Gott anheimstellen, er mag nun etwas davon erwarten oder nicht.

Rom, 27. November 1819.

Wir leben jetzt fast ganz außer der vornehmen Welt, und das hat sich von selbst ergeben. Den Tag über, bis wir essen, arbeite ich; nicht immer sogar habe ich Zeit, nach dem Essen oder vorher ein Stündchen mit Fanny und den Kindern auszugehen, wenn das Wetter es erlaubt; die Abende von 7 Uhr an sind meist eingenommen. Sonntag und Dienstag erklärt Schmieder die Bibel, uns und einigen Freunden; Donnerstag sind wir immer bei Niebuhr, Montag immer zu Haus, weil dieser Tag für unsere Freunde bestimmt ist, die uns besuchen wollen, und besonders bis= weilen zum Singen von alter Kirchenmusik sich vereinigen; Sonnabend bin ich mit der Post beschäftigt, und so bleiben nur Mittwoch und Freitag übrig, wo wir allein sein können. Glücklicherweise lebt Niebuhr auch ziemlich ebenso, und so zwingen mich meine Verhältnisse gar nicht, etwas zu ändern.

Aus derselben Zeit verdienen zwei Briefe Bunsen's an seine Schwiegermutter (wie alle an diese gerichteten englisch geschrieben) Er= wähnung:

Rom, 1. November 1819.

Alle Studien, mit denen ich jetzt beschäftigt bin, sind von historischer und politischer Art. Den ersten Theil derselben hoffe ich mit Gottes Hülfe im Anfange des nächsten Jahres zu beendigen. Der zweite Gegenstand ist eine vollständigere und tiefere Kenntniß der altrömischen Verfassung, gemäß den Untersuchungen und neuen Ansichten von Niebuhr, die zum Theil in den ersten zwei Bänden seiner „Römischen Geschichte“ niedergelegt sind. Der dritte Gegenstand ist das Studium der Principien der Finanz= wissenschaft, Nationalökonomie und Politik, mit besonderer Rücksicht auf die

neueste Geschichte und die gegenwärtige Sachlage. Für Beides sind viele
Vorbereitungen getroffen, und meine gegenwärtige Beschäftigung ist keine
der unwichtigeren. Zwei Gründe kommen zusammen, um es mir zur Pflicht
zu machen, keine Anstrengung zu scheuen, um diese Gegenstände vor meiner Reise nach England fertig zu bringen, und jeder derselben ist für sich
selbst wichtig genug, um meinen Entschluß zu bestimmen. Der erste ist
mein Leben mit Niebuhr, dessen Grundsätze und Ansichten über historische
und politische Dinge ich ebenso weit erhaben über die irgendeines anderen
mir bekannt gewordenen Individuums finde wie seine Gelehrsamkeit und
seine Beobachtung der Wirklichkeit. Ich glaube ohne Vermessenheit sagen
zu dürfen, daß Niemand seine Ansichten besser kennt wie ich; aber es ist
unmöglich, sie ganz zu verstehen und ihnen durch alle Besonderheiten der
Geschichte und des praktischen Lebens zu folgen, ohne aus den wichtigsten
historischen und politischen Erscheinungen ein specielles Studium zu machen.
Die Verwirrung unserer Zeit ist so groß, daß in vielen Dingen die Leute
mit ihrer transscendentalen Kenntniß einer Materie prunken, bei der sie
noch wesentlicher Punkte völlig unkundig sind. Um ein einzelnes Beispiel
zu geben, will ich mich blos auf die Argumente von Malthus' Nationalökonomie beziehen und die von gegnerischer Seite gewöhnlich gegen ihn
vorgebrachten Einwände. Ich habe großen Widerwillen gegen die grund-
legenden Sätze von Malthus' System, aber selbst seine Gegner haben die
von ihm zur Stütze derselben angeführten Thatsachen über das Verhältniß
in der Zunahme der Bevölkerung und der Production bisher für unbestreitbar gehalten; hier hat mir nun Niebuhr eine Reihe authentischer Data
gegeben, um zu zeigen, wie wenig sie stimmen. Zum Beispiel sind weder
Deutschland noch Schweden und Dänemark, noch Italien, noch Frankreich
heute annähernd so volkreich wie im Mittelalter; in einigen Theilen
Deutschlands sogar nicht einmal so, wie sie es vor dem Dreißigjährigen
Kriege (1618) waren; welche Abnahme zum Theil durch Krieg, noch mehr
aber durch epidemische Krankheiten veranlaßt worden ist. Eine andere
Reihe von Thatsachen betrifft das Verhältniß, dem gemäß die Natur in
der Zunahme der Bevölkerung verfährt, besonders das Verhältniß der
Einwohner zur Ausdehnung des Landes und zu dem moralischen Zustande
der Gesellschaft; aber es würde zu viel Zeit und Raum kosten, in nähere
Details darüber einzugehen. Auch in vielen anderen wichtigen Dingen aber
wird mich der mündliche Gedankenaustausch, wie ich ihn hier haben kann,
vor jahrelangem Irregehen bewahren. Und dazu kommt noch der zweite
Grund, daß, je mehr ich auf die historischen und politischen Studien eingehe, und je mehr ich von der Gegenwart verstehe, desto mehr Gegenstände
der Forschung, Untersuchung und Beobachtung mir für den Aufenthalt in
England aufstoßen, sodaß ich, einmal dort angekommen, keine Zeit übrig-

haben werde für irgenbeine andere Beſchäftigung; ſoviel wird erforbert, um die Vortheile, die mir ein ſolcher Aufenthalt gewährt, ganz zu benutzen.

Rom, 11. December 1819.

Mein Entſchluß über die mir gemachten Vorſchläge muß für den Augenblick davon abhängen, ob Niebuhr ſich vom öffentlichen Leben zurück= zieht oder nicht. Ich fühle die Unmöglichkeit, mich recht verſtändlich zu machen, bis wir zuſammenkommen. Ich möchte daſſelbe von der politiſchen Situation Deutſchlands und Preußens insbeſondere ſagen, gerade in dieſem Augenblick, wo die neue Verfaſſung im Werden begriffen iſt, welche ſehr raſch in vielen Beziehungen eine beſtimmte Richtung geben wird und muß, und einen Einfluß ausüben, der nicht ſo ſehr von Perſonen und Umſtän= den abhängt. Ich kann mit voller Ueberzeugung ſagen, daß keine Gefahr einer Revolution vorliegt, wohl aber ein allgemeines Misbehagen, die natürliche Folge vieler Umſtände; eine derſelben iſt ohne Zweifel die un= beſchreibliche Erregung aller Geiſter, guter und ſchlechter, und ebenſo aller Geſellſchaftsklaſſen in dem Freiheitskriege von 1813, ein anderer die fal= ſchen Maßregeln, die alle deutſchen Regierungen ohne Ausnahme, wenn auch in ſehr verſchiedenem Grade, getroffen haben. Manches Poſitive iſt verſäumt worden, ohne Zweifel konnte es und wird zuerſt ſogar mehr Streit verurſachen, als Mancher vorausſetzt; zugleich aber wird es für viele Kräfte einen point de ralliement geben, die jetzt individuell verloren gehen; und in dieſem Kampfe wird wenigſtens in Preußen, wie ich ſicher glaube, das Gute ſiegen.

Bunſen's Tagebuch enthält auch gegen den Schluß des Jahres 1819 wieder eine Selbſtbetrachtung unter dem Motto: „Vitae summa brevis spem nos vetat inchoare longam", die, mit dem Gebet um Kraft und Wahrheit und Gottesliebe für ſich ſelber und Schutz und Segen für das Vaterland beginnend, in ein Verzeichniß der ihm Nahe= ſtehenden mündet, für die ſämmtlich die göttliche Hülfe erbeten wird, mit Hervorhebung beſtimmter Wünſche für jeden derſelben.*) Das Gebet für den Vater geht nur noch auf ſeine „Erlöſung", die Mutter wird bereits nicht mehr genannt. Die folgenden Briefe geben ſeiner in Holland abweſenden Schweſter Nachricht über den Tod Beider:

*) Die Neujahrsbetrachtungen des folgenden Jahres knüpfen meiſt dabei an die des vorhergehenden an, erwähnen beſonders, was von den beabſichtigten Arbeiten erreicht und was noch zu erſtreben iſt. Es ſei hier beiſpielsweiſe noch der Vorſätze vom 1. Januar 1823 gedacht: „Sammlung im Inneren. Ver= achtung des Scheines. Geringſchätzung des Aeußeren. Muth im Handeln. Ernſt in Allem. Kein Wort unnütz. Feſthalten des Erworbenen." In den Jahren 1824, 1825, 1826 iſt dem früher Niedergeſchriebenen ein „Amen!" hinzugefügt.

Rom, 7. Januar 1820.

Mein letzter Brief wird Dir meinen Glückwunsch zum neuen Jahr gebracht haben; wollte Gott, er wäre in Erfüllung gegangen! Aber noch immer bin ich ohne Nachricht von Dir, welches ein zu klarer Beweis ist, wie schlimm es Dir geht, und wie schwach und elend Du bist. O daß ich bei Dir sein könnte, Dich zu pflegen und zu erheitern und mit Dir zu sprechen und unser Herz einander auszuschütten! Es ist mir immer, als wenn in diesem Jahre uns etwas ganz Besonderes und Unerwartetes bevorstände, o wenn es dies wäre, daß ich Dich wiedersähe!

Meine letzten Nachrichten von Haus werden Dich mit Trauer über die zunehmende Altersschwäche der Aeltern erfüllt haben. Mache Dich also gefaßt, von der Mutter seligem Ende zu hören. Ja, liebe Schwester, sie ist nicht mehr, die gute, treue Seele, auf dieser Erde; am 27. November ist sie an Altersschwäche verschieden, bei völliger Besinnung und nachdem sie zwei Tage vorher das Heilige Abendmahl mit dem Vater genossen hatte. Der Vater scheint ruhiger geworden zu sein, er sagte: „Ich will aus diesem Hause zu Grabe getragen werden." Lenchen schreibt, daß sie und ihr Mann täglich unten seien, und daß er glücklicherweise ein Mädchen habe, das ihn so gut pflege, wie es nur möglich sei, und zu dem er volles Vertrauen habe. Da die selige Mutter schon so lange ganz schwächlich und elend gewesen, so vermißt er in dieser Hinsicht wol nichts, aber doch fürchte ich, er wird diese Trennung und Veränderung nicht ertragen und bald seiner lieben Altersgefährtin nachfolgen. Mögen wir alle dort hinkommen, wo sie ist; denn sie ist sicher bei Gott! O! welch trauriges Alter hat doch unser lieber Vater! Welch eine Beruhigung, daß es ihm durch Gottes Gnade an nichts fehlt und keine Nahrungssorgen ihn quälen. So sehr er sich auch nach uns Beiden sehnen wird, wenn er sich der Vergangenheit erinnert; so schmerzlich es für uns sein muß, entfernt von ihm seinem Tode entgegenzusehen, so gewiß ist es doch, daß Lenchen und auch Müller ihm alle kindliche Pflege erweisen.*) — Wie wunderbar die Verhältnisse des Lebens ineinanderlaufen! Ich erhielt den Brief über den Tod meiner Mutter gerade auf der Straße, als ich mit Fanny hinging, um Spielzeug und Bescherungen aller Art zum Christabend für den kleinen Heinrich einzukaufen. Während uns so das ewig keimende Leben beschäftigt und neue Bande uns an die Erde fesseln, stirbt der Stamm von unten ab, durch den wir in diesem natürlichen Boden stehen!

---

*) Wie der alte Vater trotz seiner beständig zunehmenden Schwäche seinem Ordnungssinn treu blieb, zeigt noch der letzte Brief (vom 3. December 1819), den er von seinem Sohne erhielt; denn auch hier fehlt die gewöhnliche Notiz über den Empfang nicht. „Nota. Montags Abend den 20. December 1819 vom Herrn Schwiegersohn Müller in der Dämmerung erhalten; ich konnte ihn aber nicht mehr lesen, meine Augen sind zu trübe."

Rom, 26. Februar 1820.

Es sind nun vier Jahre, daß ich von Berlin abreiste, um nach Paris zu gehen. Kann ich je dankbar genug sein für die Wohlthaten Gottes in diesen Jahren! Wie unwürdig werde ich nicht immer derselben bleiben. Aber die beiden lieben Aeltern sind nicht mehr — wie wird sich Corbach für mich verändern — keine Stätte, die mir lieb ist, als nur das Haus meiner Schwester und die Gräber!

Rom, 29. April 1820.

Nur die letzten zwei bis drei Wochen scheint der Vater ganz ruhig gewesen zu sein, aber doch voll Jammer und Kummer über den Verlust seiner Altersgefährtin, und voll von dem Gefühle des nahen Todes. Lenchen ist täglich bei ihm gewesen, oder wenigstens Müller, oft auch Beide zusammen. Er hat oft von uns Beiden gesprochen und Lenchen getröstet, wenn sie bisweilen die Thränen nicht hat bergen können, wenn er von seinem nahen Tode gesprochen. Den Montag vor seinem Tode hat er vom Bett aufstehen wollen, um, wie Lenchen schreibt, für seinen Enkel zu beten, was er jeden Morgen und Abend gethan; allein er war so schwach, daß er in die Knie sank und das Mädchen ihn mit Mühe wieder aufrichtete. Von der Zeit an zeigte sich eine gänzliche Schwäche und Auflösung der Lebenskräfte. Mittwoch und Donnerstag waren jedoch gute Tage. Er sprach sehr angelegentlich von uns beiden, fragte, ob man denn von Dir gar nichts wüßte und hörte, wie es Dir ginge. Dann wieder von mir und meinen Kindern, und ob vielleicht Sonntag noch ein Brief käme. Sonnabend Nachmittag konnte er jedoch nicht mehr sprechen, Sonntag lag er sprachlos, aber mit völligem Bewußtsein. Lenchen saß an seinem Bette, und gegen 2 Uhr fragte sie ihn, wie es ihm ginge, ob er nicht viel litte; er zuckte mit den Achseln, sie konnte die Thränen nicht mehr halten und legte sich über das Bett und faßte seine Hand, um sie zu küssen. Sie war kalt, und als sie sich aufrichtete, waren die Augen gebrochen! — Lenchen fiel den andern Tag in ein heftiges Fieber und sah die Leiche nicht wieder, als bis sie vor ihrem Hause ruhte. Dies war der bestimmte Wille des Seligen. „Ich werde nun nicht zu Dir kommen können, liebes Lenchen", hatte er in der letzten Zeit gesagt, „aber wenn sie meine Leiche heraustragen, sollen sie vor Deinem Hause ausruhen!" Die Gräber Beider sind nebeneinander an der Begräbnißstätte der Familie, Lenchen wollte Rosen darauf pflanzen; ich werde späterhin einen Grabstein für Beide setzen lassen. — Gott gebe Beiden die Fülle seiner Seligkeit für die Liebe, die sie in ihrem Herzen hatten.

Im Anfang des Winters 1820 kam General von Schack nach Rom, von seiner vorzüglichen Frau und seinem ihm sehr anhänglichen

Bruder begleitet, der, damals noch Lieutenant, seitdem eine hohe militärische Stellung erreicht hat. Die Reise war auf ärztlichen Rath unternommen worden, in der Hoffnung, daß ein mildes Klima das Wunder der Genesung von einem Krankheitszustand bewirken würde, der über den Bereich der ärztlichen Kunst hinausging, der Rücken= markschwindsucht nämlich, die sich der General durch die übermäßige Anstrengung in den großen Feldzügen, welche zur Befreiung Deutsch= lands führten, zugezogen hatte. Das Leiden hatte bereits ein vorge= rücktes Stadium erreicht und die aufregende Eigenschaft der italieni= schen Luft bewirkte die gewöhnliche Folge, den Rest der Körperkraft in dem Kampfe mit ihr zu erschöpfen. Anfangs im Hause Niebuhr's, später aber, bei der reißend schnell zunehmenden Schwäche, blos in seiner eigenen Wohnung konnte Schack's Unterhaltung genossen wer= den; und es war ein großer Genuß, dem belebten Flusse zu lauschen der erschütternden geschichtlichen Erzählungen oder der Mittheilungen von Resultaten seiner Erfahrung, oder der immer kräftig ausgedrückten Gedanken, oder der machtvoll überzeugenden Urtheile, welche alle wie ein zur Ebbe fließendes Leben dem Invaliden entströmten, der in sei= ner äußeren Erscheinung zu einem Schatten herabgesunken war, ob= gleich Verstand und Gedächtniß noch fortlebten, als schon die körper= lichen Kräfte nur noch zur Verlängerung der Qual da zu sein schienen.

Schack war in sehr früher Jugend ein Lieblingsadjutant des Generals York gewesen. Er war auch in der Zeit zur Stelle, als der letztere den gewaltigen Entschluß ausführte, welcher das Geschick Deutschlands wandelte, sich mit den Russen zu verbinden und die Waffen seiner Division gegen dieselbe Macht zu richten, zu deren Dienst er gezwungen war. Schack war der von ihm gewählte Bote, um die Nachricht dieses Ereignisses dem König zu überbringen, wel= ches gegen dessen ausdrücklichen Willen und Befehl ausgeführt war. Höchst anschaulich war die Beschreibung, welche er von der erstaun= lichen und unerwarteten Kaltblütigkeit gab, mit welcher der König Mittheilungen über Siege auf seiner Seite und Niederlagen seiner Bedrücker empfing, welche Schack mit seinem natürlichen Enthusiasmus erzählte, dabei aber, wie er, bemerkte, für die Zukunft eine Lehre in der Selbstbeherrschung erhielt. Von diesem verdienst= und kennt= niß= und geistvollen Manne empfing Bunsen unschätzbare Mittheilungen über die Personen und Zustände in den ihm bis dahin ganz unbe= kannten Kreisen der berliner Welt, und immer hatte er Gelegenheit, das Zeugniß von Schack als ein auf Thatsachen beruhendes zu erproben.

Einer der Gegenstände, bei welchen Schack mit Vorliebe verweilte, war seine Reise nach England im Gefolge der verbündeten Monarchen im Jahre 1814, wo er, nachdem er mit dem General York und seiner Armee die Gefahren und Strapazen des Feldzugs in der Champagne getheilt hatte, mit diesen den glorreichen Einzug in Paris und darauf die Ueberfahrt zu den Küsten des Landes genoß, welches allein in Europa vom Krieg unberührt geblieben war. Sie näherten sich der britischen Küste in dem Augenblick, als Ludwig XVIII. aus seinem Zufluchtsort zur Besitznahme des für ihn durch Waffengewalt gewonnenen Thrones abreiste, und dabei durch die königlichen Salutschüsse von der Flotte begrüßt wurde, die seine Vorüberfahrt erwartete. Die Großartigkeit der weltberühmten, aber von allen Genossen der vornehmen Gesellschaft zum ersten mal gesehenen Linienkriegsschiffe und das mächtig widerhallende Echo von den majestätischen Klippen Albions konnte so wenig beschrieben wie jemals vergessen werden. Dann ans Land, und von dem lauten Jubel eines ganzen Volkes in allen seinen Klassen und Ständen empfangen zu werden, der Alles in Schatten stellte, was zur Ehre der Gäste an ceremoniellen Begrüßungen geschehen konnte; die frohlockenden Scharen, welche in jeder Stadt und jedem Dorfe auf dem Wege nach London sich gegenseitig in Achtungs= und Glückwunschbezeigungen zu übertreffen wetteiferten; die reiche Fülle weiblicher Schönheit, welche sich mit der Menge vermischte, indem sie sowol Schmuck als Enthusiasmus hinzubrachte; auch die eigenthümliche Tracht einer Nation, die so lange der französischen Mode unzugänglich gewesen war (das nette enge Hütchen, aus dem heraus solche glänzende Strahlen und solches freundliche Lächeln die Helden des Befreiungskriegs begrüßten, die knappe Jacke und das enganschließende Gewand, die so bald unter dem pariser Einfluß verleugnet werden sollten), — alles Das wurde als ein integrirender Theil der reizenden Scene beschrieben und mit der Beredsamkeit lebendiger Empfindung erzählt. Immer aber kehrte Schack wieder zurück zu dem herzerfreuenden Anblick eines hochcultivirten Landes, mit seinen Bäumen von altem Wachsthum, unbeschädigt durch das Wüthen des Kriegs, mit seinen gut in Stand gehaltenen Gebäuden, mit seinen durch Rinder= und Schafheerden belebten Gefilden, wovon alles Einzelne den häuslichen und volklichen Wohlstand bezeugte, ohne sichtbare Spuren der für die öffentliche Sache gebrachten Opfer und erlittenen Verluste. Die unaufhörlichen Huldigungen, welche die kaiserlichen und königlichen Gäste und die Kriegshelden in London erwarteten, traten, wie einzig in ihrer Art sie auch waren, doch in den Hinter=

grund zurück, weil sie nur eine erhöhte Wiederholung der Begrüßungen sein konnten, die sie auf dem Wege dahin erfahren hatten.

Obgleich Schack noch nicht von der Bürde des Lebens erlöst war, als Bunsen im Jahre 1827 Berlin besuchte, so mag hier doch nach einem seiner Briefe bemerkt werden, daß der letzte Anblick, den er von dem General hatte, herzerschütternd für ihn war, indem eine Affection des so mächtigen Gehirns die letzte der Verwüstungen war, die jene traurige Krankheit anrichtete.*)

Ueber den folgenden Sommer 1820 und das ganze Jahr 1821 sind Bunsen's Briefe an seine Schwester eine so ausreichende Quelle, daß sie ohne weitere Ergänzung mitgetheilt werden können:**)

---

*) Die verhältnißmäßig zahlreichen (seiner Gemahlin dictirten) Briefe Schack's an Bunsen aus den Jahren 1823—1827 lassen bei allem Fortschreiten der Krankheit doch das nie unterdrückte Interesse des Veteranen für alles menschlich Edle erkennen. Zu seiner näheren Charakteristik möge hier ein kurzer Auszug aus dem Brief vom 24. Februar 1823 aus Neapel eine Stelle finden: „Meine körperlichen Leiden haben fast allen Genüssen, welche Natur, Kunst und eigene Beschäftigung darbieten, den Zugang versperrt; und beinahe jeder Versuch, die Seele an solchen Gegenständen zu laben, läßt es mich nur doppelt schmerzlich empfinden, wie viel ich entbehren muß. Je mehr aber die Schärfe der Sinne schwindet, je mehr der Körper nur für schmerzhafte Eindrücke empfänglich bleibt, je wärmer fühlt das Herz die freundliche Begegnung theilnehmender edler Menschen, und desto unentbehrlicher ist dem Geiste der Verkehr mit Ideen, die ihn der traurigen Wirklichkeit entrücken. — In Paris macht man viel Phrasen (von der Intervention in Spanien), gibt viel Diners und berauscht sich mit hochtrabenden Redensarten; es mag solches nothwendig in Frankreich sein, aber mir gefällt es nicht; wie ganz anders lautete das, was man bei uns vor Ausbruch des Krieges von 1813 hörte."

**) Unter den Briefen der Freunde an Bunsen bleiben auch in dieser Zeit die Briefe von Lücke die inhaltreichsten. So enthalten zwei Briefe vom 1. November 1818 und 31. Januar 1819 eine Fülle von Mittheilungen über die Gründung, die Anfangszustände und die ersten Lehrer der Universität Bonn (Arndt, Delbrück, Windischmann, Schlegel, Gieseler u. A.). Eingehend werden hier besonders die confessionellen Verhältnisse am Rhein besprochen. Da der eigentliche Gegenstand dieses Buchs keine weiteren Mittheilungen aus diesen eine Reihe enggeschriebener Bogen zählenden Briefen gestattet, so begnügen wir uns mit ein paar Stellen daraus über E. M. Arndt: „Arndt ist Professor der Geschichte und für uns ein starker Arm und Halt. Sein neuestes Buch über das Wort und das Kirchenlied ist tüchtig und gewaltig und trifft viele ästhetische Weichlinge, die z. B. aus Respect und Toleranz den Processionen nachgehen, oder wie Haxthausen und Delbrück in Köln große Sittlichkeit finden, in der altdeutschen Stadt, weil nämlich die Leute alle hintenhinaus wohnen und die Mädchen sittsam nicht an den Straßenfenstern sitzen, sondern hinten Schuld und Unschuld verstecken." — „Darum ist mir Arndt so lieb und theuer, weil er von der Wahrheit und dem sittlichen Urtheil in der Geschichte nicht weicht. Er ist ein lutherischer Christ aus altem nordischen Stamm, ewig jung und kräftig. Und seine Geschichtskenntniß ist wirklich sehr gründlich, im Einzelnen oft überraschend genau

Rom, 30. Juni 1820.

Ich habe unterdessen besonders viele Studien für meine politische Laufbahn gemacht, wodurch meine gelehrten Arbeiten etwas verspätet sind, denn natürlich muß ich meinem Posten Ehre machen, und deshalb muß ich mich in manchen Dingen üben (wie z. B. im französisch Schreiben), die ich sonst könnte liegen lassen. Vorigen Sonnabend als am Johannistag ist der Stiftungstag unserer Gemeinde gewesen; wie geht die Zeit! Welchen Dank bin ich Gott für diese Gnade schuldig und viele Andere mit mir! Gottes Wort macht sich allenthalben Raum; und nur wer seine Herrlichkeit schmeckt, weiß, was der entbehrt, der sie nicht hat. — Mein alter getreuer Neck hat mir einen herrlichen Brief geschrieben über unsere Zeit, worin er bemerkt, was leider nur zu wahr ist, daß gar kein Sinn für Recht mehr herrsche, auch nicht mehr bei den mittleren und unteren Klassen, in politischer Hinsicht; Keiner wolle gegen den Anderen gerecht sein, und die Fürsten suchten jetzt vergebens dies unruhige Streben zu hemmen, da sie sehen, daß es jetzt gegen sie geht, obgleich sie meistens früher selbst daran schuld gewesen sind. — Es fällt mir oft ein, was meine Fanny auf unserer Reise bemerkte, als wir unsere ehemalige Wirthin in Frascati besuchten, die seit der Zeit durch immerwährendes Fieber um 20 Jahre gealtert war und ein sieches im Fieber geborenes Kind im Arme trug: „Wir sind glücklich gewesen und haben nichts als Gutes von Gott genossen, und wo wir hinsehen, da ist Leiden und Elend." Ja auch Du, meine geliebte Schwester, hast gewiß wieder viel gelitten, sonst würdest Du mir geschrieben haben. Wie sehne ich mich nach einigen Zeilen von Deiner lieben Hand!

Rom, 9. August 1820.

Der Sonnabend ist als der Hauptposttag fast immer für mich ein Arbeitstag vom Morgen bis zum Abend; seitdem aber die Instructionen zur Unterhandlung endlich angekommen sind, und die Revolution in Neapel und andere Umstände Italien auf einmal eine bedeutende Wirksamkeit gegeben haben, habe ich selten an diesem Tage mehr als eine Stunde zum Essen frei; ja einmal habe ich von Freitag Nacht um 2 bis um 6 und dann von 8 bis Abends 10 gearbeitet. Am 22. nun war auch vollauf zu thun, und gerade in dem Augenblick, wo ich hereintrat, war unser kleines Mädchen geboren. Kaum war es in die Wiege gelegt, so mußte ich auch schon zu meiner Arbeit, nachdem ich einige Bissen zu mir genommen

---

und für die Idee des Ganzen sehr empfänglich, ja recht ursprünglich erzeugend in großen Anschauungen." — Ein Brief Lücke's aus Großbodungen vom 12. October 1821 schildert (nachdem die in der Mitte liegenden Briefe seine eigenen häuslichen Verhältnisse und wissenschaftlichen Arbeiten vorgeführt hatten) unter anderem die ganze Eigenthümlichkeit Schleiermacher's und de Wette's in lebhaften Farben.

hatte. — Wenn ich bedenke, wie ich vor vier Jahren allein mit meinem Stabe über den Jordan ging und jetzt selb-zehnter bin! Welcher Segen Gottes! welche wunderbare Schickung! — Du mußt ja nicht besorgt wer-den, wenn Du von der Revolution in Neapel, dem Marschiren von Trup-pen u. dgl. hören oder lesen solltest. — Die revolutionäre Sekte, welche durch das Militär die Revolution gemacht hat, sind meist das schändlichste Gesindel, Atheisten und Jakobiner; Freiheit ist ihnen die Erlaubniß zu thun, was ihnen gefällt. An eigentliche Freiheit ist bei diesem versunkenen Volke gar nicht zu denken.*) Auf jeden Fall sind wir diplomatische Per-sonen, selbst im Falle eines ähnlichen Aufstandes in Rom, was aber jetzt unwahrscheinlich ist, sicher.

Rom, 27. September 1820.

In dieser arbeitsvollen Zeit habe ich begreiflicherweise nicht sehr viel Zeit für meine Studien übrig. Dessenungeachtet habe ich doch Manches beschafft und ausgearbeitet, theils philologische Arbeiten, die Dich nicht weiter interessiren können, theils Untersuchungen über die Liturgien (die Sammlungen von Gebeten, Liedern und Formularen für geistliche Hand-

---

*) Die Gründe der damaligen Anschauung Bunsen's über die italienischen Reformbestrebungen spricht ein Brief an Agricola vom 18. Juli 1820 näher aus: „Die Revolution von Neapel ist ein Funken, der in ganz Italien zur Flamme auf-zulobern droht und zunächst unserm Staat hier seinen Untergang droht. Der Plan dazu ist seit 5 Jahren gemacht, und die spanische Revolution hat das Militär zum Bewußtsein gebracht, daß nichts organisirt ist und Gewalt hat als sie, und sie also die eigentlichen Herren sind. Die Hauptanstifter sind die Carbonari, eine Jakobinersekte, deren Geständnisse, Schriften und Proclamationen ich theils in Proceßacten, theils auf andere Weise gelesen habe. Ihr eigentlicher Sitz war seit 1810 Neapel, 1813 traten sie mit ähnlichen Verbrüderungen in der Lombardei in Verbindung. Die meisten ihrer Mitglieder sind Bonapartisten und Muratianer; einige gehen auf die Einheit Italiens als Föderativstaat aus. Die schändliche Thrannei des neapolitanischen Ministers, welcher das Volk durch Monopol des Korns und die unerschwinglichsten Abgaben, und den Adel durch Beraubung aller Rechte drückte, gab ihnen gewonnenes Spiel. Das Lager von Sezza war ihr Werk. Hier war es, wo die Truppen sich förmlich verschworen; Alles ward bis auf Tag und Stunde verabredet. Und doch, hätte der König sich sogleich an die Spitze seiner Garden gestellt, es wäre zu nichts gekommen. Das Volk nahm gar keinen Antheil; nicht einmal die Läden waren in Neapel geschlossen. Der Adel in der Verschwörung hatte sich geschmeichelt, die schein-aristokratische Verfassung Murat's zu erhalten; aber die spanische wollten Die, welche die Gewalt in Händen hatten. Diese Verfassung paßt nun für Neapel womöglich noch weniger als für Spanien. Denn in Neapel ist eigentlich der allgemeinen Verkommenheit wegen gar keine Freiheit möglich, und irgendein Gleichgewicht wäre nur in einer starken grund-besitzenden Aristokratie zu suchen. Dies ist also Alles Spiegelfechterei. Das Reelle dabei ist der prätorianische Despotismus der Armee."

lungen), wie deren die katholische, griechische und englische Kirche besonders besitzt; wir und die Holländer haben, wie Du weißt, nur Gesang- oder Psalmbücher, etwa mit den sonn- und festtäglichen Evangelien und Episteln, und für die Feier der Taufe, des Abendmahls, der Einsegnung der Ehe u. dgl. gibt es besondere Bücher, die man Agenden nennt.

Eine vollständige Liturgie für unsere Gemeinde ist lange mein Wunsch gewesen, und so habe ich mit mehrerem dahin Gehörigen mich bekannt gemacht, und das Weitere mit meinem über Alles verehrten und wahrhaft wegen seiner Tugenden und seiner großen Geisteseigenschaften gleich verehrungswürdigen Vorgesetzten und mit dem Gesandtschaftsprediger, den ich täglich lieber gewinne, berathen, um zu sehen, ob sich nicht etwas dafür thun läßt.*) Fast allenthalben haben die schlechten und saft- und kraftlosen neuen Lieder die vortrefflichen alten Kirchengesänge verdrängt; alle stehenden Gebetsformeln sowie die Psalmen sind nach und nach ganz weggelassen, damit die Leute jeden Sonntag etwas Neues singen und hören mögen. Dies ist ein schnöder Misbrauch der evangelischen Freiheit, und die Folgen davon sind sehr verderblich gewesen. Freilich soll nicht Alles vorgeschrieben und unveränderlich sein, aber gewisse Theile des Gottesdienstes müssen es allerdings sein, wenn man nicht großes Verderbniß einreißen lassen will. In unseren Zeiten nun damit anfangen zu wollen, etwas Allgemeines machen zu wollen, ist thöricht; aber für einzelne Gemeinden läßt sich etwas thun, und es ist eine hochwichtige Sache, was da geschieht. Alles hängt davon ab, daß sich wieder wahrhaft christliche Gemeinden bilden, und einen gemeinschaftlichen äußeren Haltungspunkt können sie dazu nicht entbehren. Alle anderen Bande der menschlichen Gesellschaft sind aufgelöst oder gehen ihrer Auflösung entgegen; selbst England, das so hoch über die anderen Staaten hervorragt, dieser köstliche Juwel Europas, scheint im Sinken zu sein. Der einzige Keim des Lebens, welchen man diesem bösen Geiste der Zerstörung und des Todes entgegensetzen kann, liegt im Christenthum und in freien christlichen Vereinen; durch seinen Geist müssen die allgemeinen Verhältnisse des Lebens wie Ehe und Erziehung der Kinder wieder neu belebt und geleitet werden. Ist eine Rettung für die Staaten des alten Europa übrig, so kann sie nur hiervon ausgehen, und möchte der Allgütige dies doch geben! Hat er aber in seiner Weisheit den Untergang beschlossen, so werden jene Vereine allein über den Trümmern unserer bürgerlichen Einrichtungen, ja vielleicht selbst der bestehenden Haupt-

---

*) Während Bunsen sich in Rom ohne alle Anregung von Deutschland aus diesen liturgischen Arbeiten zuwandte, wurde in Preußen durch den Zusammenhang der Unionsbestrebungen mit der neuen vom König herausgegebenen Hofkirchenagende die liturgische Frage ebenfalls immer bedeutsamer und rief eine mannichfache literarische Bewegung hervor, auf die näher einzugehen sich bald Veranlassung finden wird.

kirchen und Confessionen sich erheben, und die unglückliche aber nun ent-
täuschte Welt in ihre Arme sammeln, und zur Einigkeit in Christo, der
einzigen, die dauert, vereinigen. Du begreifst aus diesem Wenigen, daß
jene Arbeit, mit der ich mich schon drei Jahre getragen habe, kein Spiel
und Zeitvertreib ist. Ich werde Dir den Fortgang der Sache schreiben,
sobald ich etwas weiter gekommen bin.*)

Rom, 6. Januar 1821.

Vielleicht ist der Zeitpunkt unserer Vereinigung nicht mehr fern, doch
die Zukunft ist jetzt so ringsum mit Nebel und Wolken umzogen, daß ich
nichts auch nur im entferntesten bestimmen mag. Dagegen habe ich mich
von dem Fernen und Ungewissen auf mich selbst gewandt und Gott gebeten, mir seinen „neuen und gewissen Geist" zu geben, damit ich das
thue, was mein Beruf ist. Absichtlich habe ich das vorige Jahr die verschiedenartigsten Sachen studirt und die mannichfaltigsten Arbeiten versucht:
mein Erbrecht und eine ähnliche juristische Arbeit, eine philologische Erklärung eines der Schriftsteller, die in den in Pompeji gemachten Ausgrabungen wieder gefunden, aber halb verbrannt sind, Namens Philodemus
(dies ist zum Druck fertig); außerdem habe ich Politik und damit zusammenhängende Gegenstände und endlich theologisch-philosophische Punkte bearbeitet. Die letzten waren die einzigen, die mir recht von Herzen gingen,
aber ich riß mich mit Willen mehrmals von ihnen los, weil ich meinen
Beruf in ihnen nicht finden wollte. Als ich aber endlich mir vornahm,
den letzten Monat im Jahr zur Ausarbeitung einer seit 1817 gehegten
Idee (von der mein letzter Brief schon geredet hat), nämlich einer evangelischen Liturgie für den öffentlichen Gottesdienst, zu verwenden, habe ich
gefunden, daß ich hierin auch ganz versinken könnte, und während des
Arbeitens eine lang entbehrte innere Ruhe und Zuversicht fühlte. Was
ich anfing, ging mir von Händen, worüber ich nachdachte, das wurde mir
klar. So habe ich denn Gott mit diesem neuen Jahre gelobt, wenn er

---

*) Eine Aufzeichnung des Tagebuches vom 7. December 1820 mag unter den
vielerlei Notizen über die kirchlichen, staatlichen und rechtlichen Zustände hier noch
Erwähnung finden: „Das Grundübel und eigentliche Wesen einer schlechten Zeit
besteht nicht immer, ja vielmehr sehr selten darin, daß es ihr an einzelnen tüchtigen Männern, ja auch nur an großen Erscheinungen in dieser oder jener Richtung des Geistes fehle, sondern vielmehr in dem Mangel eines gesunden natürlichen Zustandes des Gemeinlebens und solcher Einrichtungen der Gesellschaft, die
auf ein wirklich menschliches Dasein berechnet sind. Denn das Gemeinwesen ist
die Lebensluft, welche der Geist des Einzelnen athmen muß, wenn er nicht verkümmern und absterben soll, und die entsprechenden Einrichtungen, insofern sie abgesondert von dem Lebendigen gedacht werden, sind der Körper, dessen die Seele
zum Gegenstand ihres Wirkens bedarf, um ihr inneres Leben zu entwickeln, zu gestalten und zu befestigen."

mir seinen heiligen Geist dazu sendet, mich dieser Arbeit für seine Kirche ganz zu weihen, und Gut und Blut daranzusetzen.

Es ist mir oft seltsam vorgekommen, daß in unserer Zeit so viele höchst ausgezeichnete Geistesgaben und Fähigkeiten sich zeigen, so viele scharfsinnige Beobachtungen und wichtige Entdeckungen gemacht werden, und besonders bei uns und in Deutschland Alles, was einigermaßen sich über das Gemeine erhebt, so ganz sich dem Denken und der Wissenschaft hingibt; und daß bei allem diesen das Allen Gemeinsame, der Grund und die Stütze von Allem, Kirche und Staat, Religion und wahre Staatskunst, in tieferem Verfall sind als je. Ich konnte es nie begreifen, als ich noch auf Universitäten war, wie ausgezeichnete Männer sich nach einem besseren Zustande von beiden sehnten, auch manches Einzelne angaben, wodurch derselbe wenigstens näher geführt werden könnte, selbst aber dabei ihre Zeit, Sorge und Scharfsinn auf etwas ganz Anderes wandten. Mir hingegen ging es umgekehrt: für das gewöhnliche Treiben einer einzelnen Wissenschaft und Erkenntniß hatte ich wenig, ja oft zu wenig Sinn; nie konnte ich mich entschließen, mich in einen Wirkungskreis zu begeben, der mich gezwungen hätte, aus etwas derart den Beruf meines Lebens zu machen; lieber, dachte ich, nichts thun, als mit solchen Arbeiten sich selbst alle Besinnung rauben. Mein Studienplan, wie er sich im Jahre 1814 ausbildete, war deshalb auf ein großes Ganze gerichtet, und darin sprach er das aus, wonach ich mich sehnte; aber er litt an zwei großen Mängeln: zuerst fehlte es ihm an dem rechten Mittelpunkt, und zweitens war er auf Studien gebaut, die, obgleich nur die Vorbereitungen (meiner Idee nach) zu dem, was ich eigentlich wollte, doch bei weitem die Kräfte meines Lebens aufgerieben haben würden. Wie gnädig war Gott, daß er mir diesen Plan zerschlug! Wie er aber allmählich in Stücke ging, trat die Baulust nicht wieder ein; mein falsches Licht war vergangen, und das neue war mir noch verborgen. Dies hat mich eigentlich innerlich die drei letzten Jahre gequält, aber wie heilsam ist diese Qual, wenn sie mir durch Gottes Gnade die wahre Erkenntniß verschafft!

Der Hauptgegenstand meines inneren Nachdenkens ist in den letzten Jahren die christliche Kirche gewesen. Der Aufenthalt in Rom und das ganze hiesige Leben führt schon allein ganz unwillkürlich jeden ernsten Menschen zu einer Betrachtung über diese heiligste und größte Einrichtung, die Gott seinem Ebenbild gegeben hat. Darüber war ich schon lange mit mir einig, daß im protestantischen Deutschland keine Kirche existirt; es gibt einzeln stehende fromme Leute, aber die Kirche selbst ist rein verfallen und zerstört, weil kein Glauben mehr darin war. Nun fragt sich so Mancher in unserer Zeit mit stiller Sehnsucht nach einer besseren Zeit: wie wird die Kirche wieder aufgebaut werden können? Manche sind aus Verzweiflung katholisch geworden, Viele wollen ihre und nicht Christi Kirche stiften,

Wenige gehen den Weg der ersten großen Reformatoren. Meiner Ueber=
zeugung nach beruht alle kirchliche Gemeinschaft wesentlich vorerst auf dem
gemeinsamen Glauben au die Thatsache der Erlösung des Menschengeschlechts
durch Christum; aber wenn dieser Glauben unter einer Menge Menschen
durch inneres Bedürfniß sich zu regen beginnt, und eine Gemeinschaft be=
gründet oder neu belebt werden soll, so gibt es drei Hauptpunkte: a. Ge=
meinschaft durch eine theologische Lehre über die Glaubenspunkte, b. durch
Kirchenzucht, c. durch gemeinschaftliche Art der Gottesverehrung. Was die
beiden ersten Punkte betrifft, so ist daran vorerst nicht zu denken; die Zucht
muß freiwillig sein und sich also von unten auf bilden; die Untersuchung
über die philosophischen und historischen Gründe unseres Glaubens hin=
gegen, die man Dogmatik nennt, ist theils nur für Wenige, theils führt
sie eher zum Streit als zum Frieden; für den dritten Punkt kann aber
durch eine allgemeine Liturgie unglaublich viel gewirkt werden. Hierüber
berufe ich mich auf meinen letzten Brief. Nachdem ich nun die Liturgien
der griechischen, römischen, englischen und anderer Kirchen studirt hatte,
habe ich angefangen, Stoff für eine deutsche, nach den von Luther nicht
ausgeführten, aber angegebenen Ansichten, und nach meiner diesen gemäß
aufgestellten Ordnung des Gottesdienstes zu sammeln. Diese Ordnung
selbst muß ich für den nächsten Brief auffsparen. Zuerst habe ich allent=
halben die schönsten Kirchenlieder aufgesucht, weil leider die meisten jetzigen
(besonders seit Gellert's Zeiten), wenngleich fromm und andächtig, doch
gar zu hausbacken und der Kirche unwürdig sind. Hierbei habe ich das
große Glück gehabt, daß sich gerade jetzt ein junger Schwabe (Kocher aus
Stuttgart) hier befindet, dessen Zweck ist, hier in Rom die große alte
Kirchenmusik zu studiren, die nun in der ganzen Welt, und selbst hier in
Rom, mit Ausnahme der päpstlichen Kapelle, untergegangen ist. Mit ihm
also habe ich mich vereinigt, daß er für Alles, was ich an Liedern und
Psalmen sammle, die beste Musik, die sich in Italien und Deutschland
findet, aufsucht, damit solche zugleich mit denselben herausgegeben werden
kann. So habe ich nun ungefähr 2500 Lieder durchstudirt, in mehreren
alten Gesangbüchern und anderen Sammlungen, und daraus fast 150
wirklich schöne Kirchenlieder ausgewählt; mehr aber habe ich nicht finden
können. Darunter ist keines von Gellert und nur zwei von Klopstock,
weiter gar keine neueren. Jedes Lied muß nach unserer Ansicht seine
eigene Melodie haben, daß jedem schon bei der Melodie das bestimmte
Lied einfällt. Am schwersten ist aber die Musik für die Psalmen zu fin=
den; denn sie in Lieder zu übersetzen, wie die Reformirten thun, ist ge=
schmacklos; aber es ist schwer, sie so zu singen, wie sie in der Bibel
stehen. Doch, glaube ich, haben wir das Rechte gefunden.

Rom, 25. April 1821.

Endlich habe ich soviel Zeit und Sammlung, Dir wieder schreiben zu
können. Die Carbonari sind gelaufen wie die Hasen, noch ärger als die
holländischen Patrioten vor einigen dreißig Jahren. Was aber weniger
zu erwarten, die Piemontesen haben nicht besser Stich gehalten, und seit
14 Tagen ist Alles in Ruhe. Die Oesterreicher werden aber natürlich eine
Zeit lang in Italien bleiben, um diese Ruhe zu erhalten. Hier hast Du
die erste Ursache, die mich vom Schreiben abgehalten hat. Die zweite ist,
daß die Unterhandlungen mit dem römischen Hofe endlich zu glücklichem
Ende gediehen sind; damit aber sind natürlich eine große Menge Arbeiten
verbunden. Die dritte ist endlich, daß unser voriger Staatsminister, der
weltberühmte Feind von Napoleon, Freiherr vom Stein, bis vorgestern hier
gewesen ist, und fast jeder freie Augenblick ihm gewidmet gewesen ist. Du
kannst denken, welche Freude es mir war, die Ehre zu haben, einen solchen
Mann in Rom herumzuführen, und da er so außerordentlich freundlich und
gütig gegen mich war, seinen Umgang zu benutzen, um mich über Vieles
zu unterrichten, was mir von großem Werthe sein muß. Mit allem diesen
bin ich aber so beschäftigt gewesen, daß ich mehrere Wochen hindurch Frau
und Kinder nur beim Frühstück und Essen gesehen habe.

Anfang Mai meldet dann ein Brief Bunsen's an seine Schwie=
germutter:

Meine erste Nachricht ist leider die, daß der Freiherr vom Stein
Rom verlassen hat — ihn werde ich wol nie wiedersehen. Die Revolution
in Piemont wird bald zu Ende sein, weil sie kein positives Ziel vor sich
hat, kein wirkliches Bewußtsein über den Mangel von Freiheit und deshalb
keine Aussicht auf Erfolg. Die Regierungen sind hier schlecht, aber die
Völker sind noch schlechter. Gottlob, daß es nicht überall so ist!

Der Besuch Stein's im Winter 1819—1820 hatte allerdings ein,
wenn auch gern gebrachtes, so doch an sich beträchtliches Opfer an
Zeit von Seiten Bunsen's beansprucht, indem die Veranlassung, ihm
die Sehenswürdigkeiten Roms zu zeigen, zugleich Gelegenheit zu be=
deutsamem Verkehr bot. Stein war sich des Werthes dieser Unterhal=
tungen für seinen jungen Freund bewußt und ermunterte ihn daher,
täglich mehrere Stunden zu ihm zu kommen. Mit Bezug auf diese
freundlichen Einladungen machte Bunsen einmal die Bemerkung, daß
„er nicht so regelmäßig und beständig den Ansprüchen Stein's an seine
Zeit hätte nachgeben dürfen, wenn er in diesem Manne nicht seinen
König erkannt habe". Diese Anerkennung der angeborenen königlichen

Würde Stein's verdient deshalb Erwähnung, weil Bunsen eine solche nie von einem anderen, in welcher Stellung er auch war, aussprach.*)

Die persönlichen Erlebnisse der Bunsen'schen Familie im Sommer 1821 zeichnet ein Brief an seine Schwester vom Michaelistag dieses Jahres:

Laß mich meinen Brief, geliebte Schwester, damit anfangen, daß ich Dir sage, daß wir, ich, meine Frau und die Kinder, in diesem Augenblicke wohl sind. Aber Liebe, wir sind es nicht immer gewesen; der Herr hat uns heimgesucht, obwol gnädig; aber der Schlag war hart denen, die so lange Alles mit fast mehr als menschlichem Gedeihen hatten fortgehen sehen.

---

*) Die Briefe Stein's an Bunsen sowol während seines römischen Aufenthalts als nach der Rückkehr nach Nassau zeigen den Patriotismus des großen Staatsmannes, nachdem ihm die eigentlich politische Einwirkung verschlossen war, auf künstlerische und wissenschaftliche Zwecke gewandt. Eine Reihe von Briefen aus dem Januar bis April 1821 bezieht sich fast nur auf solche Fragen: auf Besuche der vaticanischen Bibliothek, auf Aufträge an Cardinal Mai wegen eines Verzeichnisses der dort vorhandenen Scriptores Rerum Germanicarum, oder an Abbate Amati in Bezug auf die bei Vergleichung neuer Handschriften und ihrer Varianten zu beobachtenden Regeln, auf Anschaffung von Werken, wie denen Baco's, Grotius', Froissart's, bei römischen Auctionen, auf Bestellung von Bildern bei den deutschen Künstlern. So hatte Veit ein Porträt Stein's selbst, Catel eine Landschaft von Castellamare, Rebell ein Bild von Capri zu liefern; auch aus Reinhart's Portefeuille waren zwei Zeichnungen ausgewählt, und nicht minder Kupferstiche römischer Landschaften von Gmelin. Wegen aller praktischen Fragen, wie der Höhe der Preise und der Zahlungstermine, fragt Stein den jungen Diplomaten um Rath, der auch nach seiner Abreise die Verpackung und Beförderung der Gemälde übernimmt. — Nach der Rückkehr Stein's sprechen unter anderem Briefe vom 11. Juli 1821 und 19. Februar 1822 die Absicht aus, die in Rom gekauften Bilder auf dem frankfurter Museum ausstellen zu lassen, um die deutschen Künstler auch in Deutschland bekannt zu machen. — Ebenso haben die wissenschaftlichen Interessen meist eine nationale Seite: so die Beschäftigung mit den Handschriften des Adam von Bremen, des Gregor von Tours, des Lambert von Schaffhausen, den verschiedenen Quellen über Heinrich IV. Nicht weniger wie drei Briefe Stein's (vom 23. October 1821, 25. Januar und 19. Februar 1822) machen sich die Empfehlung von Pertz als einem „gründlichen Geschichtsforscher und verständigen besonnenen Manne" zur Aufgabe; der letztgenannte Brief meldet zugleich die Uebersendung einer Reihe Bücher für die Künstlerbibliothek. Ueber den Mangel an Ordnung und Gefälligkeit auf der Vaticana führt Stein bittere Klage; es wurde z. B. ein ihm selbst gezeigter Codex des Gregor von Tours später als nicht vorhanden angegeben, worin, wie Stein bemerkt, im günstigsten Falle kein gutes Zeichen für die Ordnung auf der Bibliothek liege. Eigentlich politische Fragen sind in diesen Briefen nicht besprochen, mit der einzigen Ausnahme, daß Stein das Fortbestehen einer preußischen Gesandtschaft in Rom für nothwendig erklärt, in Bezug auf das jus circa sacra der 4½ Millionen preußischer Katholiken (Brief aus Nassau vom 11. Juli 1821).

Wir hatten einen Engel unter uns, er ist zu seiner Heimat zurückgekehrt. —
Schon im Anfang Juni, oder vielmehr Ende Mai verlor Marie ihre Farbe
und unbeschreibliche Munterkeit; das Zahnen schien aber die Veränderung
zu erklären. — Um die Kinder überhaupt und sie insbesondere weniger von
der Hitze des Sommers leiden zu lassen, hatte ich ein Landhaus in Albano
mit herrlicher Seeluft, in einer reizenden Gegend, für Juli und August
gemiethet; ich begleitete meine Frau und die Kinder dorthin, und kehrte
dann zurück, um jeden Sonntag wieder herauszufahren und bis Mittwoch
Abend da zu bleiben, da in der letzten Hälfte der Woche meine Geschäfte
mich in Rom festhielten. Kaum hatte meine Frau sich eingerichtet, als
unsere Leiden begannen. Heinrich bekam zuerst das Fieber, dann Marie
ebenfalls. Ich ward eine Woche abgehalten herauszugehen, und als ich
gegen den 14. Juli wieder nach Albano kam, fand ich meinen Engel wie
ein Gerippe bleich, zusammengefallen und mit einem so leidenden Ausdruck,
daß ich ganz verstört wurde, als ich sie sah. — Ach, ich sah sie nur wieder
als Leiche! Die Briefe meiner Frau wurden in der folgenden Woche
immer beunruhigender, und gerade in diesen Tagen wurde die Bulle des
Papstes, der Zweck der Unterhandlungen, expedirt, und ich konnte nicht von
Rom weg. Sonnabend erhielt ich einen tröstenden Brief; nachdem den
vorigen Tag meine Frau geschrieben hatte, wir müßten auf Alles gefaßt
sein: „sie wisse wohl, Gott werde sie uns entweder lassen, oder uns Kraft
geben, den Verlust zu ertragen", meldete sie mir an jenem Tage, daß die
beunruhigenden Symptome abgenommen hätten. Mit unbeschreiblichem
Troste erfüllte mich diese Nachricht; den nächsten Tag, 22. Juli, war ihr
Geburtstag; am Morgen empfing ich einen Brief von Brandis, worin er
mir seine Verlobung mit einem Mädchen anzeigte, die er seit sechs Jahren
geliebt hatte; ich sah diese Nachricht, die mir unbeschreiblich erfreulich war,
als das schönste Geburtstagsgeschenk an, und fuhr um 9 Uhr mit leichtem
Herzen von Niebuhr's Palast nach Albano ab. Die letzte Stunde ist der
Weg bergig, und da ich schneller hinabstieg, als der Wagen fuhr, so pflegte
ich am Fuße des Berges auszusteigen, und meine Frau kam mir gewöhnlich
vor dem Thore entgegen. Als ich auf die Anhöhe kam, wo man die Stadt
erblickt, sah ich sie kommen; ich flog ihr entgegen und sah, daß ihre Augen
sich mit Thränen füllten; mir ahnete, was sie mir gefaßt und tröstend
sagte: „Sie ist bei Gott!" Am Mittag, zwei Stunden, ehe sie ihr erstes
Lebensjahr endete, war sie verschieden. Wie meine Frau nach so langem
Leiden, nach solchen Anstrengungen (das Kind wollte nur in ihren Armen
sein), mit zwei Knaben bei sich, wovon der eine krank und also verdrießlich
war, sich die ganze Zeit aufrecht erhielt und noch Kraft genug fühlte, um
mir den langen Weg entgegenzugehen, damit nicht unberufene Freunde oder
die Ueberraschung beim Eintritt ins Haus mich erschrecken möchten, das
ist menschlicherweise unbegreiflich, nur Gott konnte ihr diese Stärke geben.

Ach, welch ein Anblick war die Kleine, Gott hatte ihr auch im Tode gegeben, lieblich auszusehen; nichts konnte einem Engel ähnlicher sehen.

Den dritten Tag brachten wir sie nach Rom auf den protestantischen
Gottesacker, wohin meine Frau mich begleitete. Es war ein herrlicher Tag.
Zwei Stunden vor Sonnenuntergang langten wir auf dem Platze an, die
meisten unserer Freunde waren schon versammelt. Schmieder begann die
Handlung mit Gebeten und einer schönen Rede, worin er zuerst Alles
aufzählte, was den Verlust schmerzlich machte, und dann zum Troste ging.
Als er den Segen über das Grab sprach und die Leiche versenkt war,
glaubte ich, Fanny würde hinsinken; aber gerade in dem Augenblicke, wo
sie niederkniete und vom Schmerze erdrückt schien, sah ich, daß sie ihre
Augen plötzlich zum Himmel aufhob, der in der herrlichsten Pracht sich
über uns als Gottes Tempel wölbte; sie sagte mir nachher, daß ihr auf
einmal, wie sie ins Grab sah, das ihre Liebe einschloß, die Worte des
Engels zu den drei Frauen am Grabe Christi in den Geist kamen, und
sie neugestärkt ihre Augen vom Grabe zum Himmel erheben mußte, wo der
Engel war, um den sie trauerte. Als die Handlung geendet war, und wir
Schmieder gedankt hatten, kam Niebuhr auf uns zu, umarmte mich, und
die hellen Thränen brachen aus seinen Augen; er schluchzte laut, ich konnte
nichts sagen als „Mein Vater!", denn das, fühlte ich, war er. Diese Kleine
war auch sein Liebling gewesen, und da er etwas nach dem Anfange der
Bestattung gekommen war, eilte er nun zum Grabe und warf sich auf den
Erdhügel und rief aus: „O Du liebliches Kind!" Als die Anderen den
großen Mann, der alle seine Gefühle so zu beherrschen weiß, so gerührt
sahen, brachen alle in Thränen aus, und versammelten sich um das Grab,
von dem wir uns endlich losreißen mußten. Wir kehrten nach unserem
einsamen Hause zurück; meine Frau verlangte wieder in die Einsamkeit
ihres Landhauses, und ich begleitete sie am nächsten Morgen; eine Woche
blieb ich auf Niebuhr's ausdrücklichen Befehl dort. Am Ende der Woche
kehrte Heinrich's Fieber wieder; ich nahm also den nächsten Sonntag den
ersten römischen Arzt mit heraus, dessen Urtheil uns von der Sorge
befreite, daß es ein bösartiges Fieber sei; er verordnete China, die der
gute Junge gern nahm. Kaum war der Arzt weggefahren, als Fanny wie
niedersank; sie hatte drei Nächte fast gar nicht geschlafen, und den Morgen
sich angestrengt, Alles zu unserem Empfange in der Frühe zu bereiten; nach
einer anderen Stunde war das Fieber da; es war ein doppeltes Wechselfieber
und ging erst den vierten Tag weg. Heinrich ward wohl mit ihr, und ich
schied, um den nächsten Sonntag (den 26. August, den zweiten Tag meines
männlichen Alters!*) zum letzten male zu kommen, sie abzuholen. Ich kam,
aber schon eine Stunde vor Albano hatte ich Fieberfrost; die Hitze brach)

---

*) Am 25. August 1821 war Bunsen's dreißigster Geburtstag.

aus, wie ich ins Zimmer trat. Das Fieber dauerte den Montag fort. Die Aerzte waren uneinig, was es sei; der Eine drang auf Aderlaß, und ich fühlte die Nothwendigkeit (24 Stunden zu spät bringen hierbei oft den Tod); der Chirurg des Städtchens wagte es aber nicht, die große Armader zu öffnen, und die kleine gab kein Blut. Der Arzt selbst ward irre und wollte keinen weiteren Versuch. Das Fieber hörte Dienstag Morgen auf, und ich benutzte diese Stunden, um nach Rom zu fahren. Dort nun brach ein bösartiges Fieber aus, mit einer Brustbeklemmung verbunden, sodaß ich die 14 Tage, die es dauerte, nur 4—5 Stunden halben Schlaf hatte. Meine Genesung ist unglaublich schnell gegangen, und ich fühle mich wohler als je, obgleich natürlich schwach. — Während dieser Krankheit bekam Ernst ein Fieber mit Convulsionen, Folge vom Essen unreifer Früchte, welche die Wärterin ihm heimlich gegeben, doch kam kein Anfall wieder. Den Tag, ehe mein Fieber ausbrach, kehrte aber das doppelte dreitägige Fieber meiner Frau wieder, doch schwächer, und wich am vierten Tage. Seitdem geht es immer besser. Die Zeichen der Liebe in dieser Zeit von Seiten der Freunde kannst Du Dir gar nicht vorstellen.

Die in diesem Briefe erwähnte Krankheit war ein ernstes und kritisches Ereigniß im Leben Bunsen's, und seine vollständige Herstellung von einer so bösartigen und hartnäckigen Krankheit um so merkwürdiger, als jetzt die traurige Erfahrung seiner letzten Jahre und Monate nur zu deutlich enthüllt hat, was für eine Todesart es war, der seine starke Constitution erliegen sollte; denn die Aehnlichkeit war auffallend zwischen den gefährlichen Erscheinungen, welche das febbre perniciosa durchweg begleiteten, und der Krankheitsart, welche sich schließlich als Zeichen und Ursache seines Todes erwies. Ein Gefühl von Erstickung kam bei jedem Versuch einzuschlafen während jener 19 Tage des Fiebers von 1821 über ihn; als aber das Fieber endlich durch Chinin gebrochen war, hörte dieses Symptom auf und der natürliche Schlummer stellte sich wieder ein. Die folgende Periode verlief in ungebrochener Gesundheit. Winter und Frühling von 1821—1822 leben in meiner Erinnerung als eine besonders ruhige und heitere Zeit, Dank der beständigen Gesundheit und fröhlichen Thätigkeit Bunsen's.

Schon im Winter 1820—1821 lag ihm das Studium der alten Musik besonders am Herzen und wurde in den Pausen zwischen allen anderen Beschäftigungen immer wieder aufgenommen. So meldete er schon am 26. Februar 1820 seiner Schwester:

Nächste Woche werden wir wieder anfangen, einige Römer zu bitten, um alte lateinische Kirchenmusik zu singen, welche im 16. Jahrhundert für die päpstliche Kapelle componirt worden ist, und Alles übertrifft, was man von

Musik dieser Art kennt. — Ich habe mir eine Sammlung von Psalmen, Hymnen u. dgl. abschreiben lassen, auf die verschiedenen Festtage im Jahre, weil diese Stücke nicht mehr gedruckt zu finden sind, und betrachte dies als einen großen Schatz. Sie sind meistens von Palestrina. Dies ist der Luxus, den ich hier gemacht habe, und gewiß ein sehr zu entschuldigender, auch im Grunde nicht sehr kostspieliger.

Es ist dieser sogenannte canto fermo, welcher die Grundlage der Musik von Palestrina, Allegri und der alten Schule bildet, durch eine besondere Bestimmung des Tridentiner Concils für die Privat= kapelle des Papstes vorgeschrieben, da er für den allein der Feierlich= keit der päpstlichen Gegenwart angemessenen Stil galt, indem er sich auf die geringen Fragmente des musikalischen Systems der alten Grie= chen begründete, welche in verständlicher Form der Gegenwart zugäng= lich geworden sind. Für Bunsen war dabei von besonderem Vortheil die Anwesenheit des schon erwähnten Componisten Kocher in Rom, eines der alten Musik ebenso ergebenen und von Verlangen nach ihrem völligen Verständniß durchdrungenen Mannes wie Bunsen. Auf der anderen Seite war seine Hülfe Kocher unentbehrlich, in der Erklärung des lebendigen Wissens des ehrwürdigen Maestro di Capella, Baini, und der (Kocher unverständlichen) in den todten Sprachen erhaltenen Do= cumente der alten Kunst. Das Ziel Bunsen's war wie immer, eine Reform in seinem Vaterlande zu Wege zu bringen, da er sich der fast (wenn nicht ganz) allgemeinen Verschlechterung jener Chorharmonien, die noch immer der Stolz der Deutschen sind, völlig bewußt war und glaubte, daß eine Erneuerung des Geistes anderer Zeiten nur durch die Rückkehr zu der alten Quelle und ihrer Reinheit zu ermöglichen sei. Wie bei den Liedern, dem Erguß der altväterlichen Frömmigkeit, so hoffte er auch bei den Melodien, dem geeignetsten Mittel ihrer Verbreitung, auf den Erfolg, alle verderbten An= und Auswüchse zu entfernen, derart, daß, wenn sie nur wirklich in ihrer ursprünglichen Vollkommenheit dargeboten würden, sie von selbst durchdringen und die wenig erbaulichen Sammlungen beiseite schieben würden, die, obgleich in vielen Fällen in der zweiten Hälfte des 18. Jahrhunderts den Gemeinden mit Gewalt aufgezwungen, doch heute so eingewurzelt sind, daß diejenigen, welche sie zu gebrauchen gewohnt sind, selten nach ihrer Tüchtigkeit oder Untüchtigkeit fragen und meist vergessen haben, daß sie in ihrer gegenwärtigen Gestalt keineswegs das Ver= mächtniß der Reformatoren sind.

Diejenigen, welche Gelegenheit hatten, den Eifer und die Liebe zu beurtheilen, womit Bunsen diese Unternehmungen nicht blos aus literarischem und wissenschaftlichem Geschmack daran, sondern vor Allem in der Hoffnung, den christlichen Gottesdienst neu zu beleben, verfolgte, und welche den großen Aufwand von Zeit und Arbeitskraft kennen, den er darauf verwandte, mögen wol ausrufen: Tantus labor non sit cassus! — und es mag für seine Enkel aufgespart sein, Zeuge von der freiwilligen Annahme dieser Schätze (die er nie durch irgendeine äußere Autorität eingeführt oder auch nur empfohlen zu sehen gewünscht haben würde) durch die Gemeinden seines Vaterlandes zu werden.

Es wurden viele Componisten von Bunsen über die Läuterung der musikalischen Begleitung der Lieder von dem Rost und Schimmel, der sich darauf gelagert hatte, zu Rathe gezogen; alle erkannten sie in Baini ihren Meister in dem wahren ursprünglichen Stil der Harmonie. Der junge Reissiger verlängerte seinen Aufenthalt in Rom auf Bunsen's Bitte und auf dessen Kosten, um Uebersetzungen vieler der schönsten Chorgesänge auszuwählen oder zu verbessern; sein Erfolg dabei war um so bemerkenswerther, als sein eigenthümliches Talent in der Vocalmusik einer weniger feierlichen Art lag, in welcher das Verdienst seiner zahlreichen Compositionen wohlbekannt und geschätzt ist.

Nach vielfachen aber erfolglosen Bestrebungen, einen Chor von Liebhabern zusammenzubringen, welche den alten Compositionen durch ihren Gesang Erfolg verschaffen sollten, gelang es Bunsen, den Director des päpstlichen Chors zu vermögen, einer gewissen Zahl der Mitglieder zu erlauben, an einem bestimmten Abend in seine Wohnung zu kommen, wo während der Wintermonate vieler Jahre er mit seiner Familie und ihren Freunden jene Werke des alten Genius in einer anderswo schwerlich erreichbaren Vollkommenheit der Aufführung genoß, da die Sänger, ungestört, nicht genöthigt, ihre Aufführung in ein enges Zeitmaß einzuschränken, und erfreut, der einzige Gegenstand der Aufmerksamkeit zu sein, jedem Stücke seine volle Wirkung verschafften; die kleine Zahl derer, die sich versammelten, um diese Vorträge zu hören, wird schwerlich Aehnliches wieder gehört haben.

Die erste Gelegenheit, bei welcher es den Gliedern des päpstlichen Chors gestattet wurde, die ihnen eigenthümlichen Gesänge außerhalb der päpstlichen Residenz vorzutragen, war die eines von Niebuhr im Palazzo Savelli zur Ehre Stein's (und Hardenberg's) gegebenen Festes. Diese Einladung war der Ueberzeugung Niebuhr's entsprungen, daß es schicklich sei, eine solche Achtungsbezeigung sowol seinen Landsleuten als der römischen Gesellschaft und dem diplomatischen Körper zu erweisen; und nachdem er einmal die Idee gefaßt hatte, dies zu thun, wurde das Fest mit großem Erfolg ausgeführt, da seine Woh-

nung den Vortheil hatte, welcher den römischen Palästen immer eigen
ist, ausreichenden Raum zu besitzen. Ein Fest der gewöhnlichen Art,
ein Ball oder eine Aufführung theatralischer Musik wurde zu unver=
einbar mit dem Charakter und Geschmack des großen Historikers ge=
funden; sie paßte auch durchaus nicht zu dem ernsten Anstrich eines
Hauses und einer Familie, auf welche die Kränklichkeit von Niebuhr's
Frau einen beständigen Schatten warf. Bei der Schwierigkeit, ein
Mittel zu finden, der Einladung einer gemischten Gesellschaft Gegen=
stand und Charakter zu geben, wurde Bunsen's origineller Vorschlag
freudig von Niebuhr aufgenommen, der die Zustimmung von Con=
salvi im Namen des Papstes erlangte, während Bunsen seinerseits
mit Baini über die Wahl der Sänger und der Stücke verhandelte.
Bei den letzteren ward auch Kocher's Urtheil eingeholt, und es wur=
den die Missa Papae Marcelli (ein frühes und vergleichsweise heiteres
und volksthümliches Stück Palestrina's), der Chorgesang Tu es Petrus
(zur päpstlichen Krönungsfeierlichkeit gehörig, auch von Palestrina)
und das erhabene Dies irae (von Pittoni, einem jüngeren Zeitgenossen
Palestrina's) als die wirksamsten ausgewählt. Niebuhr selbst war
weder musikalisch noch im allgemeinen für Musik eingenommen, aber
er war ebenso empfänglich für erhabene zur Andacht stimmende Klänge
als für das Echo von dem Wohl und Weh der Menschengeschlechter,
das sich in volksthümlichen Melodien ausgeprägt hat, und insofern
bewunderte er ebenso wie Bunsen das, was sein philosophisches Nach=
denken billigte.

Unter die für Bunsen und seine Frau bedeutsamen Ereignisse
dieser Tage gehörten auch die Schöpfungen Thorwaldsen's, welche
in den Jahren 1820—1822 seinem Genius so reichlich entströmten. Ein=
mal waren sie sogar so glücklich, ihn gerade in dem Moment künst=
lerischer Begeisterung anzutreffen, während er den Gedanken Gestalt
gab, die ihn verzückt hatten, und beschäftigt war, die letzten Striche
an dem Thon zu machen, in dem er seine Statue des Mercur (seitdem
das Eigenthum Lord Ashburton's geworden) modellirte. Er verbreitete
sich damals ausführlich über die Reihe von Gefühlen und Bildern, eher
als von Gedanken, die ihn dazu gebracht hatten, sich für eine sitzende
Figur, in vollkommener Ruhe, aber in augenfälliger Bereitschaft han=
delnd aufzutreten, als für einen Gegenstand zu bestimmen, dem er
gern eine Gestalt geben würde, wenn er eine Sachlage ausfindig
machen könnte, denselben mit einer vollständig klaren und befriedigen=
den Bedeutung zu versehen. „Und da", sagte er, „kam ich auf Mer=
cur, der auf der Panpfeife gespielt hat, um Argus dadurch einzu=

schläfern, und der, im Augenblick, wo er bemerkt, daß dieser Zweck erreicht ist, das musikalische Instrument von seinen Lippen entfernt (die daher nicht versteckt noch entstellt sind) und mit der rechten Hand nach dem Schwertgriff tastet, aber noch bewegungslos lauert, ob die Augen sich nicht wieder öffnen." In solchen Augenblicken trat die heitere Genialität Thorwaldsen's und seine kindliche und sympathische Natur, die auch bei Anderen Sympathie voraussetzte, in ihrem vollen Glanze zu Tage. In dieselbe Periode kann die Entstehung der Christusstatue gesetzt werden, von der er bemerkte: er habe eigentlich gewünscht, den Herrn darzustellen, wie er Alle einlade, zu ihm zu kommen, und sie daran erinnere, was er gethan und gelitten habe; aber aus Furcht, sich irgendeinem theatralischen Effect damit zu nähern, habe er sich für die äußerste Einfachheit in der Haltung entschieden. Es war diese kolossale Figur für die Apsis einer Basilika in Kopenhagen bestimmt, in deren beiden Seiten Nischen angebracht waren, welche die Statuen der Apostel aufnehmen sollten, und für deren äußeres Portal am Haupteingang eine Johannes den Täufer mit seinen Zuhörern darstellende Gruppe bestimmt war; die letztere wollte Thorwaldsen in Terracotta ausführen, als besser darauf berechnet wie Marmor, einem nördlichen Klima Widerstand zu leisten. Der Begriff christlicher Kunst war Thorwaldsen's Geiste fremd, und nur aus Willfährigkeit gegen den Wunsch Christian's VIII. hatte er seinen Muth für jenen Versuch gestählt, nachdem ihm die Vollendung einer Gruppe der Weiber am Grabe für den König von Baiern mislungen war; den Entwurf der letzteren hatte er in äußerster Unzufriedenheit selber zerstört. Nach der Ausführung der Christusstatue aber sprach er die Ueberzeugung aus, daß er jetzt seinen Höhepunkt erreicht habe und von nun an künstlerisch abnehmen werde; „denn", sagte er, „nie war ich mit irgendeiner meiner eigenen Arbeiten zufrieden, bis ich den Christus ausführte, und nun beunruhigt es mich, zu bemerken, daß ich befriedigt bin, ich bin daher auf dem Wege nach abwärts."

Ein Brief Bunsen's an seine Schwester vom 9. November 1821 erzählt mit der gewöhnlichen Ausführlichkeit und mit Ausdrücken innigster Dankbarkeit die Geburt eines dritten Sohnes, und fügt dann über den Namen desselben hinzu: „In dem Augenblick der größten Gefahr in meiner Krankheit hatte meine Frau beschlossen, daß, wenn dies Kind am Leben bleibe und ein Knabe würde, es nach seinem Vater Carl heißen sollte". Gleichzeitig macht er eingehende Bemerkungen über die verschiedenen Temperamente der beiden älteren Knaben, Heinrich und Ernst, und erzählt endlich von seinen damaligen Beschäftigungen:

Ich kann Dir keinen besseren Beweis geben, wie ganz wohl ich bin, ja wie viel gesünder, als ich lange vorher war, als wenn ich Dir sage, daß es mir mit meinen Arbeiten so rasch und munter vorwärts geht wie jemals. Als ich mich in meiner Krankheit am Rande der Ewigkeit sah, prüfte ich mich, was ich ganz und vor allem Anderen zu meiner Berufs= arbeit zu machen haben würde, wenn mir Gott das Leben noch lassen sollte; denn was es auch wäre, das fühlte ich wohl, das menschliche Leben geht schnell dahin, und was darin geschehen soll, das muß durchgeführt werden, sonst hilft es selten etwas. Meine theologischen Arbeiten schienen mir nun dasjenige zu sein, worin ich meinen Beruf zu suchen hätte, und von dem Augenblicke an beschäftigte ich mich mit ihnen, und zwar zunächst mit den liturgischen Arbeiten, die ich in diesem Sommer betrieben hatte. Sowie das Fieber mich verließ, ging ich den ganzen Plan durch, und fand darin meine liebste Beschäftigung in den langen schlaflosen Tagen und Nächten meiner Krankheit. Kaum konnte ich wieder aufstehen, so ließ ich mir meine Papiere bringen, ordnete sie und entwarf den Plan, nach welchem ich zur wirklichen Ausarbeitung schreiten wollte. Und kaum setzte ich die Feder an, so fühlte ich, daß das Werk reif geworden war; ich schrieb bisweilen 16 — 20 Seiten den Tag, obgleich ich natürlich nicht ohne Pausen arbeitete. Noch vor Ende des Jahres denke ich einen ganzen Band fertig zu haben, welcher eine Sammlung von Kirchenliedern, einen allgemeinen Plan zu einer Kirchenordnung, eine Beurtheilung der vorzüg= lichsten Liturgien, und einen eigenen Vorschlag der Anordnung enthält; sowie es fertig ist, will ich Dir das Einzelne versprochenermaßen mit= theilen. Drucken lasse ich vorerst nichts; das ganze Werk kann nicht unter vier Bänden stark werden, und erfordert Aufenthalt in Deutschland selbst, für welches es bestimmt ist.

Auch die folgenden Briefe gehen ausführlich auf denselben Gegen= stand ein:

Rom, 30. März 1822.

Meine Beschäftigungen sind diesen Winter nicht so sehr durch Fremde unterbrochen worden als voriges Jahr, und ich habe ziemlich viel arbeiten können, leider aber nicht so viel, wie ich hoffte, an der Arbeit, die mir am Herzen lag. Ein Freund von mir nämlich übernahm vor drei Jahren, eine Beschreibung von Rom zu liefern; der Buchhändler bewilligte dafür ein äußerst hohes Honorar, verlangte aber, daß Niebuhr für das alte Rom und ich für das neue, insbesondere die Beschreibung der Kirchen, ihm zu helfen versprechen sollten. Wie uns nun dieses Werk vorgelegt ward, fand sich so Vieles daran zu verbessern, daß wir es unserer eigenen Ehre zu=

wider hielten, es so zum Druck gehen zu lassen. Da zeigte sich nun, daß
Versprechen Schuld macht; über zwei Monate habe ich nichts gethan als
an diesem Werke gearbeitet, und wenn ich in drei Monaten von hier fertig
bin, will ich Gott danken. Nun ist es zwar gewiß, daß ich bei dieser
Arbeit sehr Vieles lerne, was mir auch für meine eigenen Studien dien=
lich ist; aber es soll mir eine Warnung sein, nie wieder etwas zu über=
nehmen, was nicht unmittelbar zu meinem Berufe gehört. Man kommt
sonst im ganzen Leben zu nichts Ordentlichem. Dieses Buch wird näch=
sten Herbst (wenigstens der erste Theil) erscheinen und ich werde dafür
sorgen, daß Du sogleich ein Exemplar erhältst; es werden Kupfer und Pläne
hinzukommen, sodaß auch wer nicht in Rom gewesen ist, das Buch mit
Nutzen und Vergnügen lesen kann. Den größten Werth wird es durch
Niebuhr's Theilnahme erhalten, der die Alterthümer behandelt; ich werde
eine Abhandlung über die ältesten christlichen Kirchen in Rom, und eine
Beschreibung mehrerer derselben, sowie auch des Colosseums liefern.

Ich kann Dir nicht sagen, wie ich mich darauf freue, das Ende dieser
Arbeit zu sehen. Meine eigene Arbeit beschäftigt meinen Geist immerfort,
und ich überzeuge mich immer mehr, daß ich auf dem rechten Weg bin,
aber auch, daß ich alle meine Kräfte zusammennehmen muß, um mich
durchzuarbeiten. Die Ordnung der täglichen Andacht für die Abendkirche
üben wir in unserem Hause sonntäglich mit drei Freunden und dem Pre=
diger, indem wir dabei die Evangelien nebeneinander lesen. Von den
Psalmen habe ich 60 ausgewählt, zwei für jeden Tag (einen für den
Morgen, den anderen für den Abend) nach den Tagen des Monats, so=
daß jeden Monat die ganze Reihe durchkommt; denn mich dünkt, nichts
kann die Psalmen ersetzen, am allerwenigsten aber gereimte Bearbeitungen
derselben, wie sie größtentheils in den reformirten Kirchen gebräuchlich
sind. Die geistlichen Lieder sind eine Sache für sich, und wir haben deren
genug, ohne zu Umschreibungen der Psalmen unsere Zuflucht zu nehmen.

Rom, 1. Juni 1822.

Ich glaube, daß ich im Wesentlichen das Richtige von Anfang an
getroffen und diese letzten vier Jahre nicht umsonst für diese Arbeit gelebt
habe. Es könnte zweckmäßig sein, einen Theil derselben bekannt zu machen,
um bei meiner Rückkehr aus England schon den Weg gebahnt zu finden.
Nicht, daß ich mir irgend großes Glück für mich davon verspräche; unge=
kehrt, es warten meiner in dieser Laufbahn, wenn Gott sie mich wirklich
betreten läßt, große Kämpfe, Aerger, Unmuth und Verdruß; aber was ich
für recht halte, will ich wenigstens mit Gottes Hülfe mit meinem ganzen
Leben, Wesen und Thun besiegeln. Ich wäre schon viel weiter in der
Ausarbeitung, wenn ich nicht in der „Beschreibung Roms", welche ich für
meinen Freund durchzusehen versprochen, so viel zu thun fände, daß ich

froh sein muß, in drei Monaten wieder zu meiner Arbeit zurückkehren zu können, wonach ich mich mehr sehne, als ich sagen kann.

Mehr als die Hälfte dieses Briefes, der ein sehr großes Folioblatt ausfüllt, ist durch die versprochene Abschrift der Formulare für Morgen= und Abendandachten eingenommen, die viele Jahre später (1845) in dem „Gesang= und Gebetbuch" im Verlag des Rauhen Hauses in Hamburg abgedruckt worden sind. Diese Menge enggeschriebener Mit= theilungen in der schönen, festen und deutlichen Handschrift dieser Jahre gewährt, in Verbindung mit der sie begleitenden vertraulichen Erörterung über einen keineswegs angenehmen Brief, einen anderen rührenden Beleg seiner zärtlichen Zuneigung zu einer Schwester, deren herber Charakter selbst ihre Liebe nicht sowol zum „Balsam von Gi= lead" machte, welcher Heilung bringt, als zu einer Veranlassung, gerade die tiefsten und die reizbarsten Stellen des Herzens bloßzulegen und zu betasten. Noch ist aber aus dieser Zeit ein Brief vom 22. Mai 1822 an Frau Waddington zu erwähnen:

Ich habe Ihnen noch nicht mitgetheilt, daß Niebuhr von dem öster= reichischen Kaiser mit dem Großkreuz des Leopoldsordens decorirt ist. Er verdankt diese Auszeichnung, welche ihm die Ehre verleiht, von dem Kaiser als „mon cousin" angeredet zu werden, einem Belege von Muth und richtigem Urtheil, wodurch der österreichischen Armee ein sehr wesentlicher Dienst geleistet wurde. Da nämlich die österreichische Regierung sich in dem Betrage der in Rom zu ihrer Verfügung stehenden Kapitalien ver= rechnet hatte, so stellte sich, als die zur Niederwerfung der neapolitanischen Insurrection bestimmte Armee an den Thoren Roms ankam, heraus, daß die in den Händen der Offiziere befindlichen Wechselbriefe nicht in baares Geld umgewechselt werden konnten; denn wenige Bankiers hatten welches, und diese wenigen scheuten das Wagniß. In dieser Noth bot Niebuhr dem Grafen Apponyi an, in seinem eigenen Namen auf die Berliner Bank zu ziehen und sich für die pünktliche Rückbezahlung mit seinem Wort zu verbürgen. Als die Bankiers hierauf erklärten, sein Name sei hinreichend für jede Summe, zog er sofort 200000 Kronen auf Berlin und erhob deren 40000 auf seinen eigenen Credit für die augenblicklichen Bedürfnisse. So bekamen die Bankiers Muth, auch weitere Summen zu mäßigen Bedin= gungen zu gewähren, anstatt der doppelten Zinsen, welche sie bis dahin für die unbedeutendsten Summen verlangt hatten. Bei dieser Gelegenheit äußerte Niebuhr gegen den österreichischen Minister: „J'ai agi selon le principe qu'un ministre doit toujours contempler la responsabilité avec toutes ses conséquences, à laquelle il est exposé, mais que cette réflexion ne doit jamais l'influer à ne pas encourir les dangers qu'il connaît".

Der König hat Niebuhr seine hohe Befriedigung über diesen Schritt aussprechen lassen. Die italienischen Angelegenheiten können jetzt als endgültig geordnet angesehen werden. Die neapolitanische Bevölkerung beschimpft und mishandelt gegenwärtig die Carbonari, durch die sie sich vorher hatte verleiten lassen.

In diesen und in anderen Briefen geschieht auch der Anwesenheit des Lords Colchester in Rom Erwähnung, und der Befriedigung Niebuhr's über dessen Bekanntschaft, ebenso auch der trostlosen Bemerkungen dieses hervorragenden Mannes über sein Vaterland, wie er z. B. auf die Frage, ob sich die englische Constitution erhalten würde, antwortete: „Kaum 60 Jahre." Er zeigte sich wie der größere Theil der englischen Frondeurs nicht im Stande, die Pflicht der Selbstvertheidigung zur Ehre des großen Gemeinwesens, in dem ihnen ihr Loos zugefallen war, gebührend zu würdigen; es wird von ihm erwähnt, daß er der strengen Verurtheilung energisch zugestimmt habe, die Freiherr vom Stein und Niebuhr über die Methode sorgloser Anhäufung des Uebels aussprachen, welche die Handlungsweise einer nur zu großen Zahl von Mitgliedern der höheren Klassen sowol in als außerhalb Englands kennzeichne; sie sahen dies sämmtlich als ein Anzeichen des thatsächlichen Sinkens und Falles der Nation an. Der Geist Niebuhr's war allmählich aus der Stimmung jener früheren Tage, in welchen er das hohe Ideal nationalen Verdienstes beinahe anbetete (wobei er den jüngeren Pitt an die Spitze stellte), zu der inneren Entfremdung von England und Unzufriedenheit mit seinen Machthabern getrieben worden, die seine letzten Jahre trübte, und durch den Verkehr, welchen er zuweilen mit englischen Reisenden hatte, nur vermehrt zu werden pflegte. Nicht lange nach dieser Zeit schloß er sich so eng an den Grafen von Serre an, daß dadurch der Glaube aufkommen konnte, er sei geneigt, ein Ideal, um sich zu trösten, in den durch die Restauration in Frankreich erzeugten Charakteren zu suchen.*)

---

*) Obgleich Niebuhr's politische Anschauung ebenso wie Bunsen's allmähliche Emancipation von ihrem Einflusse später noch besonders zur Sprache kommen wird, so darf doch wol hier schon darauf hingewiesen werden, wie der letztere selbst nicht blos in religiös-kirchlicher Beziehung ein Vorkämpfer und Prophet der freieren Auffassung wurde, deren schließlicher Sieg durch keine augenblickliche Unterdrückung verhindert werden kann, wie er nicht blos in den vaterländischen Fragen sich als ebenso warmer als besonnener Freund der deutschen Einheitsbewegung bewährte, sondern wie er auch viel früher als irgend ein anderer deutscher Staatsmann die Sache der nationalen Wiedergeburt Italiens mit begeisterter Hingabe vertrat. In der Zeit, wo Niebuhr das Concordat abschloß, galt freilich noch (so

Der von Niebuhr ausgesprochene und beobachtete Grundsatz, persönliche Verantwortlichkeit auf sich nehmen, wurde von Bunsen's muthiger Natur nur zu gläubig übernommen, obgleich er aus der Lehre kein Bekenntniß machte; und es kam die Zeit, wo er dafür büßen mußte, dem gefolgt zu sein, was er für den richtigen Weg hielt, ohne durch solche Sympathien geschützt zu werden, wie sie den Schritt Niebuhr's in den Augen seiner Regierung rechtfertigten.

---

wenig hatte man aus der Geschichte der früheren Jahrhunderte gelernt) das Papstthum für die erste conservative Macht in Europa; Niebuhr selbst hielt als Vertreter des mit der Kirche verhandelnden Staates es für seine Hauptaufgabe, die erstere gegen Beeinträchtigungen und Verunglimpfungen zu schützen; für das Berechtigte in den Bestrebungen der Carbonari hatte eine vor allem dem Kampf gegen die Revolution zugewandte Anschauung ebensowenig Verständniß, als die kirchliche Restauration für die rationalistische Periode. Wenn aber auch Bunsen zweifellos durch seine Verehrung für Niebuhr in dieser Zeit dessen Ansichten in wichtigen Fragen adoptirte, so konnte doch die Continuität in seiner Gesammtanschauung auch durch eine solche Uebergangsperiode nicht erschüttert werden. Die Briefe, welche seinen Charakter nach allen Seiten hin so offen darlegen, legen doch nichts mehr an den Tag als diese Continuität. Der Unterschied zwischen seiner und Niebuhr's geschichtlicher Anschauung wird unter anderem auch in dem Aufsatze H. v. Treitschke's über Dahlmann (Historische und politische Aufsätze, 2. Aufl. S. 417, 425) gewürdigt.

Vierter Abschnitt.

Römisches Leben.

(1822—1827.)

Der Sommer 1822 bot wenig Mannichfaltigkeit dar, war aber durchweg belebt durch das anregende Gefühl erfüllter Arbeit mit voller Gesundheit und Kraft zu ihrer Erfüllung und durch das frohe Bewußtsein der Erholung von dem empfindlichen Druck des verschiedenartigen und anhaltenden Mißgeschicks von 1821. Nur in derjenigen Jahreszeit, welche der vorigjährigen Krankheit entsprach, fühlte man einige Unruhe, ob nicht der alte Feind sich wieder einstellen wolle wegen der aus dem Mangel an Luftwechsel hervorgehenden Abspannung; Bunsen wurde deshalb im September vermocht, nach Albano zu gehen, um dort mit Platner und Anderen die Berge zu besteigen. Einige freundliche Zeilen von dem Abend, an dem er Albano erreichte, meldeten seiner Frau einen Ausflug nach Ariccia (wo ihm nur „der Weg traurig gewesen war", weil die Scenerie die Krankheit und den Tod des geliebten Kindes wieder vor Augen geführt hatte), und die Absprache mit Schnorr, am nächsten Tage nach Monte-Cavo und am nächstfolgenden nach Cori zu gehen, während er sie aber ängstlich um Nachrichten bat. Ihre Antwort bietet kein weiteres Interesse als die in ihrem Bericht über das inzwischen in Rom Vorgefallene verflochtene Erzählung, wie sie an demselben Sonntagabend mit ihrem ältesten Knaben dem Gesang der Litaneien auf der Piazza Madama beigewohnt habe, der dort zur Ehre des Festes der Jungfrau Maria am 8. September stattgefunden hatte. Da diese alte Gewohnheit durch

13*

eine der ersten Verfügungen Leo's XII. abgeschafft ward, so erwies sich diese Gelegenheit als die letzte, bei welcher man diese großartigen Compositionen eines dem größeren Publikum wenig bekannten Meisters in seiner Kunst genießen konnte. Vor einem Bilde auf der Piazza Madama versammelte sich nämlich, von einer vermuthlich nicht sicher zu bestimmenden Zeit an, eine Gesellschaft freiwilliger Sänger aus den niederen (wenn auch nicht den niedrigsten) Volksklassen nach Ablauf der ersten Stunde der Nacht zu dem Zweck dieser musikalischen Feier am Vorabend aller der Jungfrau gewidmeten Feste; es war nicht eine bezahlte Dienstleistung oder ein handwerksmäßiges Gewerbe, sondern gemäß dem ursprünglichen Plane ein freier Act der Verehrung. Die damals und früher auf dieser Stelle gehörten Compositionen stammten aus dem 16. Jahrhundert und waren blos für Tenor und Bariton in dem einfachen canto figurato des Stils und der Zeit Palestrina's eingerichtet; die Aufführung auf der Piazza Madama war ein, wahrscheinlich das einzige, Ueberbleibsel einer Klasse volksthümlicher gottesdienstlicher und musikalischer Uebungen, welche nach manchen Anzeichen bis zur Besetzung des Kirchenstaats durch die Franzosen fortgedauert hatten.

Die folgenden Briefe Bunsen's an seine Schwester aus dem Ende des Jahres 1822 und der ersten Hälfte von 1823 berichten ausführlich über ein Ereigniß, welches wichtige Folgen für sein späteres Leben hatte, indem es ihn zum ersten mal in persönliche Berührung mit dem Könige Friedrich Wilhelm III. und zwei Prinzen der preußischen Königsfamilie brachte:

Rom, 7. December 1822.

Glück zum heiligen Weihnachtsfeste und zum neuen Jahre! Dieses mal kann ich mich über mein Stillschweigen nicht allein, sondern auch über die Kürze dieses Briefes kurz fassen und Dich über beide zu beruhigen hoffen; denn ich kann Dir von Beidem einen sehr einfachen und bündigen Grund angeben. Du wirst vielleicht aus den Zeitungen wissen, daß unser König mit zwei seiner Söhne von Verona aus eine Reise nach Rom und Neapel gemacht hat. Du kannst Dir also denken, daß ich während seiner Anwesenheit hier vom Morgen bis zum Abend beschäftigt gewesen bin, und auch vor- wie nachher einen großen Theil meiner Zeit nöthig hatte, um dies oder jenes einzurichten und auszurichten. Der Gesandte durfte den König selbst, ich die beiden Prinzen in Rom herumführen, statt der römischen Gelehrten (oder sogenannten Antiquare), welche der hiesige Hof sonst hohen Persönlichkeiten zur Erklärung der Merkwürdigkeiten dieser Stadt zuzugeben pflegt. Du wirst wol glauben, daß ich mich genügend vorbereitet hatte, diese Stelle mit Ehren einzunehmen, und ich habe sie auch bisjetzt zur Zufriedenheit beider Prinzen sowie des Königs selbst eingenommen. Die Prinzen sind beide sehr aufgeweckte und geistreiche junge Herren, der eine von 23, der andere von 20 Jahren, dabei ein Muster von Artigkeit und zugleich würdigem Benehmen. Prinz Wilhelm, der ältere der beiden, der zweite Sohn des Königs*), ist aber ganz be= sonders noch ein sehr ernster und männlicher Charakter, den man nicht sehen kann, ohne ihm von Herzen ergeben zu sein und ihn aufrichtig sehr hoch zu achten. Morgen kommt der König, und in sechs Tagen die Prin= zen wieder, sodaß erst gegen Mitte des Monats Alles hier wieder in Ruhe sein wird.

Nun hat es sich aber gerade so getroffen, daß der Generaladjutant und Vertraute des Königs, General Witzleben, der den König hierher be= gleitet hat, derselbe ist, welchen der König bei der Einrichtung und Ab= fassung der neuen Kirchenordnung und Liturgie in Berlin (wovon Du in den Zeitungen gelesen) ganz besonders zu Rathe gezogen, weil er ihm als ein frommer Mann und zugleich als ein Mann von Geschmack bekannt war. Die so erschienene Liturgie erhielt ich wieder durch einen anderen Offizier, Grafen von der Gröben, den ersten Generaladjutanten des Kron= prinzen, der sie zufällig nach Genua mitgebracht hatte, von dorther, am 5. November. Ich setzte mich nun gleich den folgenden Tag (gerade den= selben, an welchem ich 1817 eine Rede am Reformationsfest=Jubiläum ge= halten) ans Werk, um zwei Aufsätze zu schreiben, worin ich meine eigenen Grundsätze über diesen Gegenstand in kurzen Sätzen niederlegte, und die Grundzüge einer solchen Anordnung, mit besonderer Beziehung auf die vom König herausgegebene Liturgie, entwarf.**) Hiermit ward ich, mir

---

*) Es bedarf wol keiner Erinnerung, daß diese charakteristische Schilderung sich auf den jetzt regierenden König Wilhelm I. bezieht und daß der jüngere Bruder Prinz Karl ist.

**) Bei der großen Wichtigkeit, welche diese liturgische Frage in den folgenden Jahren für Bunsen gewann, scheint es angezeigt, hier gleich im Anfang den all= gemeinen Thatbestand darzulegen, der auch Bunsen's Anschauung deutlicher hervor= treten lassen wird. Die liturgischen Bestrebungen des Königs Friedrich Wilhelm III. waren schon vor der Gründung der Union zu Tage getreten, hatten aber von An= fang an gerade bei den begeistertsten Freunden der Union viele Ungunst erfahren; das offene Aussprechen ihrer Opposition ist der beste Beweis dafür, wie wenig wahr die Behauptung ist, die Union stütze sich nur auf eine königliche Cabinets= ordre. Schon 1814, als der König zuerst eine Commission zur Verbesserung der Liturgie eingesetzt hatte, hatte Schleiermacher ein Begrüßungsschreiben an deren Mitglieder erlassen, worin er besonders betonte: wenn solche Verbesserungen zu Stande kommen sollten, müsse zuerst eine neue lebendige Verfassung der Kirche ge= gründet werden, aus welcher das Andere Alles von selbst, wie und wann es recht sei, hervorgehen werde. Im Jahr 1816 wurde nun zuerst die neue Liturgie in der Hof= und Garnisonkirche eingeführt; sofort ließ Schleiermacher wieder eine

selbst unbegreiflich schnell, in dritthalb Tagen fertig, sodaß ich noch vor
des Königs Ankunft meine eigene Anordnung für Morgen - und Abend-
gottesdienst und die Hauptkirche am Sonntag niederschreiben konnte. Somit übersah ich nun vollkommen, wie ich stand. Niebuhr, mit dem ich
vorher gesprochen, und dem ich zugleich meinen Entschluß, aus den diplomatischen Geschäften ins gelehrte Leben zurückzutreten, und zwar im nächsten
Jahre, erklärt hatte, nahm Gelegenheit, mit dem General Witzleben im
Allgemeinen von meiner Arbeit zu sprechen. Dieser ließ sich nun mit mir
in ein Gespräch ein, worin ich mich auf meine eigene Arbeit gar nicht
einließ, sondern ihm nur von den historischen Vorarbeiten und Studien,
die ich deshalb gemacht, das Hauptsächliche sagte, ganz vorzüglich in der
Absicht, um ihn aufmerksam zu machen, daß dies keine Arbeit für einen
Laien in der Gelehrsamkeit sei, wenn man auf eine umfassende und vollständige Liturgie wie die der englischen Kirche hinarbeite, wie denn dies
allerdings bei uns geschehen müsse, wenn das ganze Unionswerk nicht ins
Stocken gerathen sollte. Durch dieses wollte ich ihn nämlich für die

---

Kritik derselben erscheinen, welche vor Allem die Ausstellung machte, daß die Predigt durch das liturgische Formular in den Hintergrund gedrängt werde, und
welche abermals in der Forderung einer neuen Kirchenverfassung als der nothwendigen Bedingung der kirchlichen Organisation gipfelte. Als nun 1821 und
1822 die Liturgie zuerst für den Militärgottesdienst und dann für die gesammte
Landeskirche officiell empfohlen wurde, vertheidigte zwar Augusti das Recht des
Landesfürsten, derartige liturgische Verordnungen zu erlassen; aber Schleiermacher
zögerte auch jetzt nicht, sein „Theologisches Bedenken" dagegen unter dem Namen
Pacificus Sincerus herauszugeben. Eine größere Anzahl ähnlicher Schriften
folgten der seinigen, so die „Worte eines protestantischen Predigers über die Li-
turgie" (Leipzig 1822), die „Kritik der neuen preußischen Kirchenagende, von einem
Freunde der Wahrheit und Geschichte" (Frankfurt a. M. 1823), die „Ideen zur
Beurtheilung der preußischen Hofkirchenagende aus dem sittlichen Gesichtspunkt"
(Leipzig 1824), von einer Anzahl größerer und kleinerer Aufsätze und Vota ganz
abgesehen. Im Jahr 1826 erschien ferner das „Bedenken von zwölf evangelischen
Predigern in Berlin, sowie vom berliner Magistrat als Patron verschiedener
Kirchengemeinden über die Einführung der neuen Kirchenagende". Als dann der
König selbst die Vertheidigungsschrift für die Liturgie „Luther in Bezug auf die
preußische Kirchenagende" (1827) hatte erscheinen lassen, folgten abermals mehrere
Gegenschriften. Ebenso rief die Ehlert'sche Schrift „Ueber den Werth und die Wirkung der für die evangelische Kirche in den königlich preußischen Staaten bestimmte
Liturgie und Agende nach dem Resultate einer zehnjährigen Erfahrung" (Berlin, 1830)
eine neue Polemik hervor. Bunsen's Stellung nun zu der so vielfach verhandelten
Streitfrage unterschied sich zwar dadurch von den meisten Oppositionsschriften, daß
er die Einführung einer neuen, der englischen nachgebildeten, Liturgie für unbedingt
wünschenswerth hielt; aber auch er wünschte eine solche Einführung nur auf
dem Wege eines freiwilligen Beschlusses der kirchlichen Organe. Es sei in dieser Beziehung besonders auf die später mitgetheilten Briefe an Niebuhr vom
14. Februar 1823 und 17. Februar 1825 verwiesen.

Behauptung vorbereiten, die ich mir vorbehielt, wenn er wieder von Neapel käme, nämlich, daß des Königs Liturgie sich nur als eine provisorische Einrichtung halten lassen könne, und daß sie als etwas, das bestehen solle, genommen ganz zweckwidrig sei, so passend sie auch als vorläufige An= ordnung heißen könne. Verlangt er dann das Nähere zu wissen, so will ich es ihm sagen oder einen Aufsatz deshalb nach Berlin senden. Dies Letzte behalte ich mir aber auf jeden Fall vor, wenn ich nur meinen Ab= schied beim Minister Graf Bernstorff erhalte, um ihn dabei zu bitten, Veranlassung zu nehmen, Sr. Majestät zu sagen, daß ich die diplomatische Laufbahn verlasse, um mich ganz den angefangenen liturgischen Arbeiten zu widmen, wodurch ich dem Staate nützlicher zu werden hoffe als in jenen Geschäften. So bleibe ich immer mit der Regierung in Verbindung, und das ist Alles, was ich jetzt will. Denn übrigens kommt es mir die ersten Jahre vor Allem darauf an, ganz unabhängig zu sein und als durch= aus frei und selbständig auftreten zu können; eine Anstellung des Königs würde mir das Zutrauen der Nation auf meine Redlichkeit nehmen, und zugleich mir die Hände in Hinsicht auf die Regierung selbst binden. Das Weitere überlasse ich Gott.

Der Entschluß unserer Abreise im nächsten Frühjahr steht fest, mit Gottes Hülfe denke ich im März Rom zu verlassen; einen Monat später werde ich die deutsche Grenze betreten, und Ende April in Bonn Halt machen; dann fahren wir den Rhein hinunter nach Rotterdam, um Dich zu umarmen, und nachher wollen wir auf dem Dampfboot, welches, wie ich von England höre, wöchentlich ein= oder zweimal von dort abgeht, nach Helvoetsluys und Harwich und London fahren, von wo ich in zwei Tagen in meiner Frau Heimat zu sein hoffen kann. Bis zur Abreise habe ich Tag und Nacht zu arbeiten, um manches Angefangene fertig zu machen. Gott wird durchhelfen. Aber alles Nähere muß ich deshalb verschieben, bis ich Dich, Geliebte, in meine Arme schließen kann.

Rom, 11. Januar 1823.

Mein letzter Brief muß Dich auf vielfache Weise angeregt und sehr verschiedene Empfindungen in Deinem Herzen hervorgebracht haben. Auf der einen Seite die Aussicht, uns bald wieder zu sehen, auf der anderen die Besorgniß, mich wieder ganz außer allen Geschäften, von dem bürger= lichen Leben entfernt, ohne Stelle und ohne Gehalt, in die ungewisse Zu= kunft mit vielleicht etwas zu voreiligem Eifer mit vollen Segeln hinein= fahren zu sehen. Ich bin sehr begierig, zu seiner Zeit zu hören, was Du dabei und nachher gedacht, gewünscht, gehofft, gefürchtet und vermuthet hast. Jetzt aber will ich Dir schreiben, wie die Sache wirklich steht, und da Du mein Leben kennst, und weißt, auf welche Weise Gott immer in den entscheidenden Punkten seine Richtung ganz unerwartet gelenkt hat, so wird Dich das, was kommt, nicht mehr wundern, und deshalb auch nicht mehr, weder zu Freude noch zu Leid, aufregen und angreifen, als Du er= tragen kannst, ohne Deinem Körper zu schaden.

Mein Brief war geschrieben, ehe der König von Neapel zurückkehrte. Er kam an demselben Tage (7. December) an und war freundlich wie vorher. Den nächsten Morgen sagte mir der Geheimrath Albrecht, ich habe mich bei Sr. Maj. für eine etruskische antike Base zu bedanken, die er, zugleich mit einer für den Gesandten, für mich in Neapel habe kaufen lassen. Ich fand den Tag über keine Gelegenheit dazu, wohl aber ließ mir der König durch den Fürsten Wittgenstein, seinen Hausminister, ein kleines Buch zum Durchlesen geben, welches ein Superintendent bei Berlin zu Gunsten der Liturgie des Königs geschrieben, und welches man dem König hierher gesandt hatte. Als ich es den nächsten Morgen mit gebührendem Danke zurückgab, fragte der Minister mich um meine Meinung darüber. „Die Grundsätze des Mannes", sagte ich, „sind gut, wie es scheint, ich hätte aber eine kräftigere Ausführung erwartet, nach dem, was die Vor= rede zu der königlichen Liturgie über die Idee des Königs ausspricht." Den nächsten Morgen darauf, ehe ich mich noch beim König zu bedanken Ge= legenheit gefunden, sagte mir der Fürst Wittgenstein, der König habe mich zum Legationsrath ernannt, und als ich mich deshalb beim Minister be= dankte, antwortete er, er freue sich herzlich darüber, aber der König habe mich ganz aus eigenem Antrieb ernannt. Der König nahm meinen Dank sehr gnädig auf und versicherte mich seiner besonderen Zufriedenheit. Den= selben Tag fragte der König bei der Tafel, wo ich von nun an jeden Tag erschien und dem König gegenübergesetzt wurde, bei Gelegenheit einer berühmten geistlichen Musik, die der König hören sollte, nach etwas darauf Bezüglichem; ich beantwortete die Frage, und meine Antwort gab dem Könige Gelegenheit, wieder etwas zu sagen, und so weiter, sodaß ich mich genöthigt sah, dem Könige einen Einwurf zu machen, und das Gespräch sich bis zum Ende der Tafel hinzog. Alle waren nach geendeter Tafel zehnmal so freundlich gegen mich als vorher, und der Baron von Hum= boldt, der berühmte Reisende, welcher den König begleitete, sagte mir, er wie die Anderen seien gleich erstaunt wie erfreut, wie gut ich dem König (der bekanntlich sonst nur wenige abgerissene Worte spricht) zu ant= worten gewußt, und mit ihm gestritten habe, ohne ihn übler Laune zu machen, sondern umgekehrt, froher. Ich hatte eher Alles als dies erwartet; denn gerade weil ich nie etwas vom Könige gewollt hatte, war ich immer nur darauf bedacht gewesen, in seiner Gegenwart achtsam und ehrerbietig zu erscheinen, ohne ein Wort zu sagen, als wenn ich gefragt wurde. Die Scene wiederholte sich den folgenden Tag, an welchem der König abreiste; er sprach zwei Drittel der Zeit mit mir über sein Lieblingsthema, kirchliche Einrichtungen, und ich nahm mir die Freiheit, viele Mängel unserer Ein=

richtungen zu bemerken; der König nahm Alles gut auf und sagte, indem er aufstand: „Sie mögen wol in vielen Stücken ganz recht haben." So schloß dieser Act.

Als der König abgereist war, wurde überlegt, was zu machen sei. Nach der Auszeichnung des Königs um meinen Abschied zu bitten, war nun natürlich unthunlich geworden; denn es wäre unbescheiden und undankbar gewesen. Es blieb also nichts als Bitte um Urlaub übrig. Nun hatte aber der König dem Gesandten einen Urlaub für ein Jahr vom nächsten April oder Mai an bewilligt; man müßte also mit der größten Eile Jemand hierher schicken, und selbst dann wäre es kaum möglich, daß er zur rechten Zeit käme; denn meine Abreise könnte spätestens bis Mitte März verschoben werden. Ich schrieb also sogleich an den Grafen Bernstorff, Minister der auswärtigen Angelegenheiten: „es sei (wie ich wußte, daß er schon erfahren hatte) aus sehr wichtigen Gründen meine Absicht gewesen, nächsten Frühling nach England zu gehen; da ich aber jetzt wisse, daß der Gesandte seinen Urlaub erhalten, so dürfe ich um so weniger daran denken, als Se. Excellenz mir schon früher für den Fall einer Abwesenheit des Gesandten die Führung der Geschäfte als Chargé d'Affaires habe zusichern lassen." Den 3. Januar bekam ich (zugleich mit dem vom König unterzeichneten Patent als Legationsrath) die Antwort: „Ich erkenne ganz das Opfer, welches Ew. Wohlgeb. dem königlichen Dienste bringen, indem Sie sich bereit erklären, die Ihnen wegen Ihrer Familienverhältnisse ebenso nothwendige als für Ihre wissenschaftlichen Beschäftigungen wünschenswerthe Reise nach England aufzugeben und die Führung der Geschäfte während der Abwesenheit des Herrn Gesandten zu übernehmen. Indem ich dieses Ihr Anerbieten mit Dank annehme, erkläre ich Ihnen zugleich, daß ich nach Ablauf des Jahres sehr gern auf Ihre Reise nach England Rücksicht nehmen werde." Als Chargé d'Affaires erhalte ich freilich statt 800 nur 2000 Thlr. Gehalt, während ich Kutsche und Pferde halten muß, also wenig mehr oder nichts mehr habe als vorher. Immer aber werde ich so viel behalten, daß Du, solange ich lebe, ohne Sorgen sein kannst und das Geld von mir mit um so größerem Vergnügen brauchen wirst, als ich überzeugt bin, daß Gott um Deinetwillen besonders mir so geholfen hat.

Nun bleibt noch übrig, wie es mir mit dem General Witzleben gegangen, der (mir zum Glück) in Neapel wegen einer Unpäßlichkeit hatte zurückbleiben müssen. Dies erfordert einen eigenen Brief; ich will Dir nur jetzt das Resultat sagen, daß er von mir einen Aufsatz mitgenommen hat, den wir vorher durchgesprochen haben, worin ich ihm meine Ansichten sehr bestimmt mitgetheilt habe; er hat mir dagegen versprochen, dafür zu sorgen, daß ich im Jahre 1824 nach England gehen könne. Gott gebe zu dem Allen seinen Segen und lasse Alles zu seiner Ehre gereichen!

Rom, 14. Februar 1823.

Daß die versprochene Fortsetzung meines letzten Briefes sich bisjetzt verzögert hat, wirst Du mir verzeihen, wenn ich Dir sage, daß Niebuhr schon gegen den 20. März, also in fünf Wochen, von hier abgehen und mir die Führung der königlichen Geschäfte überlassen wird. Was noch über diese Geschäfte und hundert andere Dinge zu besprechen ist, und was ich insbesondere bis dahin noch in Ordnung zu bringen habe, ist so viel, daß ich kaum begreife, wie ich fertig werden soll. Bis dahin mußt Du mir also wieder Manches nachsehen. — Ich habe mir als Regel und Richt=schnur vorgesetzt, so zu handeln, daß mein Hauptstreben von den Zufällig=keiten menschlicher Gunst unabhängig bleibe, indem ich, was meine Wirk=samkeit betrifft, Alles auf die eines akademischen Lehramts berechne; zu=gleich aber halte ich auf der anderen Seite dafür, Jeder, welcher einen wirklichen Zustand in der Gesellschaft ins Auge gefaßt, müsse bereit sein, das, was er in seinem Amte lehrt und bekennt, wenn Gott ihn beruft, praktisch auszuführen und darzustellen. Wenn ich dies nun auf meine jetzigen Bestrebungen anwende, so muß ich mir sagen, daß Eingreifen von oben, von der Staatsgewalt, auch in der besten Absicht, immer ein höchst bedenklicher, in der Kirche meist verderblicher Schritt ist, und daß eine weise Regierung eigentlich nichts Anderes thun kann, als etwas, das sich unabhängig von ihr, im Schos der Kirche gebildet hat, anzuerkennen, zu ermuntern, zur allgemeinen Nachahmung oder Annahme zu empfehlen. Was von ihr geschieht, muß, am wenigsten in kirchlichen Sachen, nicht ein Versuch und Experiment sein, sondern das Aufstellen einer Thatsache. Wenn ich also glaube, daß meine Bestrebungen praktisch der Kirche heilsam werden können, so muß ich eher darauf sehen, mit der Regierung gar nicht in Verbindung zu stehen als umgekehrt. Dagegen aber muß ich, in dieser Voraussetzung, mir irgendeinen Kreis praktischer Wirksamkeit vor Augen stellen, worin ich die Möglichkeit habe, meine Ideen nicht allein amtlich auszusprechen, sondern auch in Wirksamkeit zu setzen. Die kleinste Gemeinde ist hierin das Bild der Kirche. Ob ich alsdann im Großen wirken, oder ob meine Arbeit ein Samenkorn sein soll, das gepflanzt und verborgen wird, damit es einst größer sich entwickle — das liegt in Gottes Rathschluß, und darüber denke ich weiter gar nicht nach.

Aus dem Gesagten geht zunächst hervor: Aufenthalt in Rom bis Juni oder September 1824, je nachdem der neue Gesandte nach Ablauf des jährigen Urlaubs, welchen der jetzige Gesandte (der aber gewiß nie zurückkehrt) erhalten, entweder sogleich oder im Herbst 1824 hier ankommt. Das Versprechen des Grafen Bernstorff läßt mich das Erste mit Recht erwarten, und ich werde, wann der Winter heranrückt, nicht versäumen, Alles anzuwenden, daß es in Erfüllung geht; der General Witzleben hat

es bestimmt versprochen, dies wo nöthig unmittelbar beim König zu befür=
worten — dann aber käme die Reise nach England. Denn so wie ich
meinen Aufenthalt hier besonders zur Vervollständigung meiner akademischen
Studien, namentlich im Hebräischen, anzuwenden habe, so muß der Aufent=
halt in England die eigentlich praktische Vorbereitung sein; denn England
ist das Land des praktischen Sinnes und Verstandes.

Ich kann nicht sagen, mit welcher Sehnsucht ich dem Augenblicke ent=
gegensehe, wo ich mich ganz werde mit den Gegenständen beschäftigen kön=
nen, die mich Tag und Nacht im Geist umgeben, obgleich die Menschen
jetzt gerade am wenigsten denken, daß ich die diplomatische Laufbahn auf=
geben werde. Bis dahin hoffe ich die Geschäfte meines Königs mit Ernst
und Würde zu führen; Gott wird schon wissen, wozu es mir frommen
soll. Die Verabredung zwischen mir und dem General ist nun, daß er
mir von Allem, was in kirchlicher Hinsicht bei uns im Werke ist, genaue
Nachricht gibt, und zwar in Beziehung auf den ihm übergebenen Aufsatz.
Hierin habe ich zuerst meine Ueberzeugung ausgesprochen, daß eine litur=
gische Wiederbelebung der Kirche die einzige ist, an die man denken kann,
und daß der König durch das in seiner Liturgie Ausgesprochene das Rich=
tige getroffen hat, wenn die Meinung ist, daß durch sie der Anfangspunkt
einer solchen Einrichtung gegeben und zugleich eine provisorische Einrichtung
getroffen sein soll. Das aber habe ich ganz bestimmt ausgesprochen, daß
sie nicht als eine definitive angesehen und als eine bleibende betrachtet
werden kann. Dies muß also zuvörderst anerkannt werden. Dann aber
ist es nöthig, um eine bleibende Liturgie zu gründen und einzuführen, daß
man die Kirche vorher in ihrer nothwendigen Freiheit und Unabhängigkeit
anerkennen müsse, sodaß eine künftige allgemeine Einrichtung aus ihrer
Mitte hervorgehend erscheinen könne. Vorläufig solle man alsdann in den
Provinzialsynoden die Sache berathen und bearbeiten lassen und ja sich
nicht übereilen.

Rom, 14. Juni 1823.

Am 10. Mai kam Niebuhr von Neapel zurück und blieb fünf Tage
hier, die ich fast ganz mit ihm in Geschäften und Gesprächen verlebte.*)

---

*) Niebuhr verließ Rom also definitiv am 15. Mai. Die von ihm aus
Neapel an Bunsen gerichteten Briefe enthalten eine Fülle von Bemerkungen über
Land und Leute. Wir führen als Beispiel davon die folgende Stelle aus seinem
Briefe vom 4. April 1823 an:

„Nichts ist so übertrieben als die Erzählungen von dem taumelnden Leben
und unermeßlichen Lärm, der hier herrschen soll. Selbst am Hafen, wo es bei
weitem am lärmendsten zugeht, ist es nur ein Schatten von dem, was man uns
erwarten geheißen. Die Häßlichkeit der Nationalphysiognomie ist unglaublich; es
ist sehr wahrscheinlich, daß Fuscaldo in seiner Jugend, als er noch beide Augen
hatte, für die hiesigen Künstler ein Apoll war. Ebenso furchtbar ist die Geschmack=

Er ist fest entschlossen, nicht wieder nach Rom zurückzukehren, und ich habe ihm versprochen, nicht eher wegzugehen, als bis ein neuer Gesandter angekommen sein wird, weil ich es für meine Pflicht halte, die Geschäfte nicht in Unordnung zu bringen, was wol gar leicht der Fall sein würde, wenn ein neuer Geschäftsträger dazwischenträte. Auf der andern Seite ist es aber fortdauernd mein fester Wille, Alles zu thun, um die Ankunft eines Gesandten im nächsten Frühling zu sichern, und somit meine Abreise; und meine Freunde in Berlin haben mir dazu ihre kräftige Mitwirkung versprochen. Was erwartet mich denn hier? Im glücklichsten Falle ein glänzendes Elend; Tausende empfangen, um Tausende für äußerliche Pracht und Bequemlichkeit auszugeben, Ehre freilich auch und glänzender Stand in der Gesellschaft, aber nicht die, welche ich suche. Ehrgeiz habe ich, rühme ich mich zu haben; aber gerade mein Ehrgeiz besteht darin, meine Ehre und den Weg dazu nach meiner eigenen Wahl zu haben. Stolz habe ich, mehr selbst, als ich mich dessen rühme; aber mein Stolz will gerade Befriedigung auf seine Weise. Lust zu Geschäften und praktischem Wirken habe ich, und Alle sagen auch Geschicklichkeit, ja Beruf dazu; aber ebendeswegen müssen es meine Geschäfte sein. Wer einen Beruf erwählt, muß ihn so lieben, daß alle Schicksale, die daraus hervorgehen, ihm in Beziehung auf seine Wahl vollkommen gleichgültig sind. Wer sich zum Kriegsdienst bestimmt, muß streben, General zu werden, aber auch Alles aufzuopfern bereit sein, wenn er in der großen Menge zurückbleibt. Ich hoffe zu Gott, dieser Muth soll mir nicht fehlen, aber ich fühle ihn nicht im Geringsten, wenn ich mir meine jetzige Laufbahn als meinen Lebensberuf denke, und daher wird es mir sogar schwer, in ihm regelmäßig zu sein und mich nicht meiner natürlichen Trägheit zu überlassen. Kurz, alles Gute und Böse in mir, Vernunft und Natur, Grundsätze und Leidenschaften vereinigen sich auf diesen Punkt. Ja es ist mir oft recht klar, daß ich nicht aus so vielen Nöthen gerettet, nicht aus Todesgefahr gerissen, nicht mit tausend unverdienten und sogar über alle Hoffnungen und Vorstellungen hinausgehenden Segnungen überhäuft wäre, wenn dies das Ende meines Lebens, das Ziel meines Strebens sein sollte. Darum sei überzeugt, daß ich hierin nicht wanke, auch nicht gewankt habe, als König und Hof vor mir glänzte. Tausend Dank, daß Du mich hierin so bestärkst, und, was ich gethan, billigst. Als ich Dir neulich schrieb, fühlte ich mich gedrungen, Dir zu

---

losigkeit der Architektur, die es mit dem katholischen Deutschland aufnehmen kann. Von der schamlosen Spitzbüberei des Volkes hatten wir gleich beim Abpacken eine starke Probe. Sonst wären wir unwahr, wenn wir nach dem, was wir bisjetzt selbst erfahren haben, die Nation den Römern nachsetzen wollten. Ihre Aufgewecktheit gibt ihnen wesentliche Vorzüge vor der römischen Apathie, und sie sind gar nicht so dumpf aufgeblasen, welches Letzte bei den Römern auch gewiß Folge des Priesterregiments ist."

schreiben, weil ich etwas Bestimmtes und viel Erfreuliches schreiben konnte, wie ich mich gedrungen gefühlt haben würde, zu Dir zu kommen, um es Dir zu erzählen, wenn Du in meiner Nähe gewesen wärst. Ueber meine künftigen Pläne dachte ich klar wie jetzt, womöglich noch heftiger nach der Thätigkeit verlangend, die ich nun für eine Zeit lang verlassen mußte. Reck tadelt mich, daß ich überhaupt geblieben bin, ich glaube, gewiß mit Unrecht; wie konnte ich eher entscheidende Schritte thun und wie nachher anders entscheiden, als ich gethan? Er sieht mich im Geiste als Minister und vor 8—10 Jahren nicht in der Heimat. — Meine Beschreibung vom Colosseum und anderen Merkwürdigkeiten Roms kann ich Dir nicht schicken, mein Herz, weil sie noch nicht gedruckt sind. Der erste Theil des Werkes wird im October gedruckt.

Noch mehr treten die theologisch=kirchlichen Absichten, die Bunsen gerade in dieser Zeit so lebhaft beschäftigten, in folgendem Briefe an Lücke vom 16. August 1823 hervor:

Wenn mir Gott Gesundheit und seinen Beistand verleiht, so denke ich die nächsten Jahre einer möglichst rein wissenschaftlichen Muße zu widmen, und zwar den fortgesetzten Studien der Heiligen Schrift und der Kirchen= schriftsteller. Schriftstellerisch denke ich vielleicht sehr bald mit der Heraus= gabe der Liturgien (im engern Sinne der Communionsfeier) der älteren östlichen und westlichen Kirche aufzutreten. Außer Bingham hat kein pro= testantischer Schriftsteller nur einigermaßen des Namens werth und mit lebendiger Kenntniß der Sache darüber geschrieben, und die Katholiken (mit Ausnahme von Renaudot) natürlich alle mit Vorurtheil und unhistorisch in der Hauptsache. Ein hiesiger Codex des 8. (vielleicht des 7.) Jahrhun= derts, die sogenannte missa Basilii Chrysostomi, von den späteren Zusätzen, die über ein Drittel ausmachen, gereinigt, ist zunächst herauszugeben. Ich hoffe aber auch mehr zu thun, nämlich die Bildung der liturgischen, später dogmatisch gestalteten Vorstellungen über das Abendmahl nach den Haupt= kirchen urkundlich durch Verbindung der liturgischen Reste der Kirchenväter darzulegen, in der östlichen Kirche von Antiochien, Alexandrien und Kon= stantinopel, indem ich von jeder griechischen Urform die abgeleitete in den orientalischen Sprachen nachweise; in der westlichen von Rom, Gallien und Spanien, und anhangsweise von der afrikanischen Kirche. Auch Renaudot erkennt an, daß zu Basilius' Zeit die Consecrationsgebete nicht niederge= schrieben waren (Kap. 9), schließt aber dann aus der wesentlichen Ueber= einstimmung der Messe der orthodoxen Syrer und ihrer Todfeinde, der Ja= kobiten, daß sie vor dem Concil von Chalcedon, sowie aus der Ueberein= stimmung der monophysitischen und der orthodoxen Messe des Patriarchats von Alexandrien, daß sie vor dem Concil von Ephesus in allen Haupt=

theilen sich gebildet haben. Noch jetzt, glaube ich, kann man die indivi=
duellen Ansichten, aus denen, bei einer unverkennbaren traditionellen Ueber=
einstimmung in der Handlung, die verschiedenen Liturgien der Hauptkirche
hervorgegangen sind, erkennen, und darin die Keime verschiedenarti=
ger Ansichten. Aber in der westlichen Kirche ist Alles verwischt durch
die Tyrannei Roms. — Ich verhehle Dir nicht, daß ich aus einer
historischen Behandlung der Entwickelung des Begriffs vom Abendmahl in
späteren Lebensjahren gern das Hauptwerk meines Lebens machen möchte. *)

Der Brand der Kirche San-Paolo fuori le mura am 16. Juli
war in dem ereignißvollen Jahr 1823 doch ein Ereigniß, bei welchem
Bunsen und seine Familie zu nahe gegenwärtig waren, um es uner=
wähnt lassen zu dürfen. Es war dieser ehrwürdige Bau das Ziel
zahlreicher Abendspaziergänge in jenem Sommer, indem die vielen
herrlichen Stücke mittelalterlicher Sculptur und Mosaik, womit der=
selbe geschmückt war, von allen Einzelnen geschätzt und immer aufs
neue genossen wurden. Die näheren Umstände bei diesem Brande
waren einfach diese. Einige mit der Reparatur des Daches beschäf=
tigte Bleiarbeiter waren nach ihrer Mittagsruhe so stark unter
dem Einflusse des Weines zurückgekehrt, daß sie bei einem Zank die
mitgebrachte Pfanne mit brennenden Kohlen herunterwarfen. Gegen
die selbstverständlichen Folgen wurden keinerlei Maßregeln getroffen;
und als die Flammen von den Mönchen des angrenzenden Klosters
bemerkt wurden, fand nacheinander noch der verschiedenartigste weitere
Aufenthalt statt, so um nach Rom zu rennen, den Thorwärter zu
wecken, den stellvertretenden Gouverneur aufzusuchen, um die einzige
Feuerspritze, welche die Weltstadt besaß, zu erlangen, mit noch vielen
anderen Weitläufigkeiten, welche in den Briefen aus dieser Zeit alle

---

*) Lücke's Antwort auf diesen Brief, vom 13. October 1823, sagt unter anderem:
„Ich weiß nicht, wie weit wir in religiösen und theologischen Ansichten und Prin=
cipien voneinander abweichen, und Du wirst es genau ebenso wenig wissen, da, seit
wir uns in Göttingen trennten, meine theologischen Studien und mein äußeres
und inneres Leben durch mancherlei Erfahrungen ein Bedeutendes weiter — und
besser ausgebildet sind, und ich erst seit einigen Jahren angefangen habe, mich da
und in den Punkten abzuschließen, in denen jeder Christ, besonders aber jeder
Theolog und akademische Lehrer in der Theologie, mit sich einig sein muß, wenn
er wirken will. Aber das weiß ich gewiß, daß, wie different wir auch im Ein=
zelnen sein mögen, wir doch im Fundament des christlichen Glaubens und der
theologischen Wissenschaft völlig Eins sind und bleiben und daß, wie verschieden
auch unser Wirkungskreis und Wirkungsart sein mag, wir doch nur ein Ziel im
Auge haben, die Förderung des Reiches Gottes, das ein Reich der Gnade und
Freiheit zugleich ist."

beschrieben sind.*) Den Bewohnern des Capitols war es besonders
schmerzlich, daß sie in der Nacht des 15. Juli nicht so spät wie ge=
wöhnlich auf waren, da sie sonst aller Wahrscheinlichkeit nach die
Flammen gesehen und Alarm geschlagen haben würden; denn es war
ihr gemeinschaftlicher Gebrauch, vor dem Schlafengehen auf die weite
vor ihnen liegende Aussicht durch den ungewissen Schimmer einer
Sommernacht auszuschauen. Der Verdruß darüber wurde noch ver=
mehrt, als sie entdeckten, daß eine alte Haushälterin, welche selbst
unter dem Dache des Palazzo Caffarelli schlief, wirklich in der Rich=
tung von San=Paolo Feuer gesehen, aber sich nicht weiter darum
gekümmert hatte, obgleich sie wohl wußte, daß zwei Jahre früher Bunsen
mit seinen Freunden zu Hülfe geeilt war, um die Flammen zu löschen,
welche sie aus dem am Fuße des Hügels von Santa=Balbina in Scheuern
gesammelten Heu hatten hervorbrechen sehen, und deshalb den Beweis hatte,
daß er keine Mühe auf sich zu nehmen scheute, wenn Feuer in Frage kam.
Das Bedauern war unvermeidlich, da aber das Feuer einmal ausge=
brochen war, in der trockensten Jahreszeit unter den Balken von tau=
sendjährigem Cedernholz, und da der wüthende Sirocco, welcher die
Witterung in jener Zeit beherrschte, den Brand vergrößerte, so ist es
wenig wahrscheinlich, daß auch die bestgeordneten Mittel zur Erstickung
des Feuers etwas gefruchtet haben würden. Die Darstellung, welche
Pinelli von der Ansicht der in ihrer Zerstörung, bevor noch irgend=
eine Hand darangelegt war, den Rest zu erhalten, so großartigen

---

*) In einem Briefe Bunsen's an Niebuhr vom 9. August 1823 findet sich
noch folgende Mittheilung: „Es ist ganz klar, daß, wenn einige tausend Menschen
mit Löscheimern eine Reihe von der Tiber an gebildet und nur das Wasser in
die Kirche gegossen hätten, sodaß das ganze Schiff unter Wasser gesetzt wäre, der
Schaden verhältnißmäßig gering und wenigstens nicht unersetzlich hätte werden
können; denn die Verkalkung und der Ruin der herrlichen Säulen ist durch den
Brand auf der Erde erfolgt, gegen den man mit der sogenannten Feuerspritze na=
türlich wenig thun konnte, und bis zwölf Stunden nach dem Brande gar nichts,
nachher auch wenig mehr gethan hat. Doch um jenen Plan auszuführen, hätte
das Volk einen Eifer für sein zweites Nationalheiligthum gehabt haben und alt
und jung herausgelaufen sein müssen. Aber was sagen Sie dazu, daß, als der
Cardinal (Consalvi) morgens um acht Uhr hinauskam, noch keine Leitern da waren,
auch sich keine im Magazin der Pompiers fanden, die man hätte brauchen können?
Es ist gerichtlich erwiesen, daß die zwei Blechschläger betrunken gewesen und einer
das Kohlenbecken an den Kopf des andern geworfen hat; ja die Kette, woran
dasselbe befestigt gewesen, hat sich unter den Trümmern im Schiffe gefunden; die
Römer aber behaupten, oder wollen wenigstens die Ungereimtheit der Behauptung
nicht leicht zugeben, daß die Juden (alias Engländer, alias Juden als Engländer
verkleidet, also immer Juden oder Ketzer) das Feuer angelegt."

Trümmer in vier Bildern gibt, stellt treu, wenn auch unvollkommen, die Wirkung dar, welche sie in den ersten Tagen nach dem Brande ausübten. Der größere Theil der großartigen Säulen von pavonazetto und cipolino aus dem Mausoleum Hadrian's, dem jetzigen Castel St.=Angelo, waren in Kalkmassen verwandelt worden, und diejenigen, welche stehen geblieben waren, so verkalkt, daß sie zerfallen zu müssen schienen, bevor noch die Stürme des Herbstes sie niederwerfen würden. Nur die Mosaikarbeiten des 9. Jahrhunderts standen in stiller Erhabenheit da, obgleich eine der ungeheuern Granitsäulen, welche das Mittelschiff stützten, an dem sie befestigt waren, von oben bis unten zerspalten war; ja ihre Wirkung war noch gesteigert, weil sie jetzt der glühenden Sonne offen lagen, und nicht wie früher durch das Zwielicht der Basilika verhüllt waren.

Der ehrwürdige Papst Pius VII. war einige Tage vor dem Brande von San=Paolo von seinem gewohnten Stuhle im eigenen Zimmer gefallen und hatte das Hüftgelenk gebrochen.*) Wahrschein=

---

*) Bunsen's Brief an Niebuhr vom 10. Juli 1823 beschreibt den Vorfall ausführlicher: „Sonntags um halb neun, als der cameriere segreto den Uditor del Papa aus dem Cabinet herausbegleitete, hob sich der Papst auf, um von dem nahen Bücherbord ein Buch zu holen — es war der Tag seiner Deportation, 6. Juli — der Quast des Glockenstranges, woran er sich hielt, glitt ihm beim Beugen des Körpers aus der Hand, er stürzte zwischen Sessel, Tisch und Wand nieder und brach die Spitze des Hüftbeines. Man trug ihn ins Bett und er war einige Augenblicke wie ohnmächtig; dann erholte er sich, sprach scherzend mit dem Cardinal, ohne Besorgniß und Schmerz. Der Hauschirurg sah nichts zu thun, und der Papst schlief die Nacht ganz ruhig. Den Morgen war das Bein geschwollen. Frasmondi ward nun mit Anderen (13 Stunden nach dem Fall) gerufen und erklärte, daß es ein Bruch sei. Den Nachmittag fing das Fieber an; um 6 Uhr sprach er irre, sein Gesicht ganz verändert. So sah ihn der Cardinal, er erkannte ihn, fuhr aber dann fort im Hersagen des Officium; der Staatssecretär mußte die Responsen sagen; bald wollte er Messe lesen und fing an die Gebete zu sagen, bis er erschöpft niedersank. Der Cardinal war Dienstag ohne Hoffnung; der Papst selbst ist bisjetzt nur auf Verrenkung und einige Wochen Bettlägerigkeit gefaßt. — Der Cardinal ist ziemlich wohl und gefaßt. Rom ist voll Intriguen, wie die Luft voll Sirocco." — Der folgende Brief vom 16. Juli beginnt: „Diesmal noch sind meine Nachrichten von der Gesundheit des Papstes tröstlicher. Das Fieber ist nicht wiedergekommen, die Schmerzen, welche der Bruch veranlaßt, sind sehr gering geblieben, und das schreckliche Uebel des Durchliegens ist durch Pflaster bisjetzt glücklich abgewendet. Jedoch ist seit Sonntag Abend der Schlaf spärlich und unnütz, der Appetit gering gewesen, wahrscheinlich infolge der gestörten Verdauung." — In dem Schreiben vom 9. August heißt es, daß die Heilung des Bruches so weit vorgeschritten sei, daß die Aerzte bald eine sitzende Stellung möglich zu machen hofften. Aber am 21. August bereits wird der am Tage vorher erfolgte Tod des Papstes gemeldet, dessen Ursache Consalvi in der zu späten Anwendung von

lich konnte von Anfang an keine vernünftige Hoffnung auf seine Wie=
derherstellung gehegt werden, da auf die Heilung des Bruches in sei=
nem vorgerückten Alter ebenso wenig gerechnet werden konnte als auf
die Fortdauer seiner gewohnten Gesundheit bei längerer Bettlägerigkeit.
Die allgemeine Gemüthsbewegung war groß während der Wochen,
wo der Zustand noch unentschieden war; denn obgleich er zu den we=
nigen Charakteren in hoher Stellung gehörte, deren Verdiensten und
Eigenschaften die öffentliche Meinung Gerechtigkeit angedeihen läßt, und
obgleich die Zahl derjenigen beträchtlich war, welche ihn als einen
Heiligen verehrten, so erregte doch die thatsächliche Uebertragung der
Regierungssorgen und aller politischen Entscheidungen an seinen treuen
und vertrauten Consalvi das fieberhafte Verlangen nach Veränderung
in verschiedenen Kreisen, wo bei dem herannahenden Wahlkampfe
Privatinteressen in Frage kamen.   Die Aussicht auf eine neue Regie=
rung pflegt in jedem Lande alle Bestandtheile der Gesellschaft auf=
zuregen; aber nirgends ist dies so sehr der Fall als bei der päpstlichen
Regierungsform, bei welcher es ein reines Spiel der Vermuthungen,
Hoffnungen, Befürchtungen und Intriguen ist, wer der nächste Nach=
folger sein werde.   Der Neid und die Eifersucht, die Consalvi's langer
Besitz der Macht erwecken mußte, hatten bis auf wenige ihm ergebene
Personen alle gegen seine Verdienste blind gemacht, und er mußte erst
sterben, um richtig gewürdigt zu werden; aber das allgemeine Ver=
langen, anzuklagen und zu verurtheilen, fand zuletzt nichts, woran
es sich anklammern konnte, außer der tröstlichen Voraussetzung, daß,
wo es in eines Menschen Macht stehe, Unrecht zu thun, sicherlich Un=
recht geschehe.

Obgleich Pius VII. anfangs so wenig durch seinen Unfall litt,
daß seine ruhige Stimmung und seine vollkommene Ergebung sich auf
sein körperliches Befinden zu übertragen schienen, so stellten sich doch
nach einiger Zeit Schmerzen und Fieber ein. In seinem Delirium
wiederholte er unaufhörlich Psalmen und fromme Uebungen, vermochte
auch stets Consalvi zu erkennen und ihm vernünftig zu antworten.
Er hatte manche Ruhepausen, zuletzt aber einen harten Todeskampf,
indem seine Brust sich noch mit krampfhafter Anstrengung hob, nach=
dem jede andere Lebensfunction aufgehört hatte.   Am Sonntag

Purganzen sehe, während Morichini in einem Nervenfieber die Ursache erblicke, „wel=
ches eine Entwickelung der Nervenzerrüttung gewesen, die seine Krankheit von An=
fang an begleitet und unter anderem die wunderliche Erscheinung hervorgebracht
habe, daß er des Nachts munterer als des Tages gewesen, mit auffallender
Regelmäßigkeit".

17. August (der 20. war sein Todestag) machte er seinen Aerzten Vorstellungen: „Perchò fate tante cose? Vorrei morire; sento bene che Iddio mi vuole richiamare"*) und seine undeutlichen Aeußerungen waren stets Bitten um Erlösung. Consalvi wachte die letzten drei Nächte bei ihm, obgleich seine eigene Gesundheit in einem so unsicheren Zustande war, daß nicht erwartet werden konnte, er würde die Angst und Ermüdung in Verbindung mit der Last täglicher Sorge und trauriger Ahnung überlebt haben.

Die Leiche des Papstes lag einen Tag in dem Quirinal und wurde dann in die Peterskirche gebracht, um dort vor den neuntägigen Obsequien noch drei Tage auf dem Paradebett zu liegen. Die Ueberführung fand bei Nacht statt, ohne irgendeine der Feierlichkeiten, welche erwartet werden mochten, ohne Gesang oder das zahllose Gefolge des Klerus; der größere Theil des Zuges bestand aus Truppenabtheilungen und Artilleriestücken mit Munitionswagen; die Fackeln waren so spärlich vertheilt, daß in engen Straßen, wohin das Mondlicht nicht durchdringen konnte, die Procession im Finstern nach ihrem Wege zu tappen schien. Es war dies indessen Alles nach der längstbestehenden Gewohnheit eingerichtet, da bei solchen Päpsten, die von Pius VII. sehr verschieden waren, Vorsichtsmaßregeln für nöthig befunden wurden, um die Leiche gegen Angriffe der Bevölkerung zu vertheidigen. War es doch bei der Bestattung Paul's IV. (Caraffa) einer Bande, deren Zweck, die Leiche anzugreifen, vereitelt worden war, wenigstens gelungen, einer der Statuen des verstorbenen Papstes den Kopf abzuschlagen, den sie, nachdem sie damit durch die Straßen stolzirt waren, in die Tiber warfen. Bei der letzten und feierlichsten der neuntägigen Obsequien wurde das herrliche Requiem von Pittoni gesungen mit noch größerer Wirkung als in der Sixtina, obgleich von denselben Sängern. Die Feierlichkeit der Absolution wurde von fünf Cardinälen vollzogen, weil der Verstorbene Papst, Cardinal, Erzbischof, Presbyter und Diakon gewesen war; die fünf kamen in Procession, gefolgt von den Sängern, welche nach jeder Absolution eine Stelle aus einem Psalm oder einem Chorgesang aufführten: ausgezeichnete Musikstücke, welche mit großer Vollendung gegeben wurden.**)

---

*) Wozu macht ihr so viel Umstände? Laßt mich ruhig sterben, ich fühle wohl, daß Gott mich abrufen will.

**) Ein Brief Bunsen's an Niebuhr vom 29. August 1823 theilt über die Leichenfeierlichkeiten noch mit: „Alles ist in der größten Ruhe und Ordnung hergegangen; selbst die Beschützung des Ghetto ist nach den ersten Tagen unnöthig befunden. Das Volk ist sehr zahm. Die Feierlichkeiten sind unter aller Erwartung

Am nächsten Tage, 2. September, wurden viele in die Gemächer des Cardinals Consalvi in dem Palazzo della Consulta gegenüber dem Quirinal eingeladen, um die Procession der Cardinäle zu dem Conclave zu sehen. Die zwei Kolossalstatuen bei den Obelisken erschienen größer wie je, als man so Gelegenheit hatte, ihre Höhe mit menschlichem Maße zu vergleichen. Ihnen gegenüber stand der prächtige Brunnen, der neuerdings durch Zusammenfügung der zwei gewaltigen Granitstücke hergestellt worden war, welche, als wir 1816 zuerst nach Rom kamen, unter dem Bogen des sogenannten Friedenstempels lagen, wo sie schon Jahrhunderte gelegen hatten. Das hochspringende Wasser fiel in ein Bassin, das besser ein See zu nennen wäre, zurück und glühte und funkelte in der Sonne, während die sich hocherhebenden mit der Schattenseite uns zugekehrten Statuen eine lange Schattenlinie auf die Volksmenge warfen. Im Hintergrunde erhoben sich die Cypressen über der Mauer der Colonnagärten und in der Entfernung starrte die Peterskirche empor. So bildete das Ganze ein Gemälde, welches in Formen und Farben, in Licht und Schatten ebenso Rom eigenthümlich war, als es die Namen der damit verbundenen Gegenstände sind. Die Procession der Cardinäle kam aus einer kleinen Kirche an der entgegengesetzten Seite des Quirinals heraus, rechts und links von ihnen je ein Glied der Nobelgarde, und vor ihnen her die Begleiter, welche mit ihnen eingeschlossen werden sollten, sowie die Sänger der päpstlichen Kapelle, welche das „Voni creator spiritus" aufführten. Die Wirkung würde ganz vollkommen gewesen sein ohne das Aufspielen einer gewöhnlichen und mißtönenden Militärmusik, nachdem sich die Thüren geschlossen hatten. Während der drei ersten Stunden nach dem Eintritt der Cardinäle wurden noch von den Vornehmen, den Geistlichen und dem diplomatischen Körper Besuche empfangen, und die verschiedenen dabei üblichen Begrüßungsformen bildeten einen Gegenstand der Beobachtung und Unterhaltung, indem jeder Cardinal von seinen Besuchern das „Augurio" eines glücklichen Conclave erhielt. Die gewöhnlich mit mehr oder weniger Aufrichtigkeit in die von einem jeden Besucher ausgedrückten Wünsche eingemischte Redensart war, daß bei dem nächsten Zusammentreffen ein „Decorationswechsel" das Los der angeredeten Eminenza geworden sein möge.

Die Stimmzettel der Cardinäle werden, wie bekannt, regelmäßig zweimal täglich gesammelt und nach jeder Ballotage, bis die erfor-

---

ausgefallen, einige kirchliche Functionen ausgenommen; bei dem Volke hat sich mehr Neugierde, ihnen beizuwohnen, als Trauer, ja nur Theilnahme gezeigt. Der Zulauf nach St.-Peter war aber beispiellos."

berliche Majorität erzielt ist, in einem kleinen Ofen verbrannt, dessen Röhre in dem Fenster der Kapelle mündet, vor welchem sich täglich eine bunte Zahl von Müßiggängern versammelt, um das Herauskommen des schmalen Rauchfadens zu beobachten. Dies erklärt den Vers, welcher wahrscheinlich einer der sehr wenigen bei dieser Gelegenheit vorkommenden ursprünglichen Witze war:

L'Ispagna sull' Ebro la libertà difende,
Roma dal fumo la schiavitù attende.*)

Während der vermeintlich inhaltleeren, in Wirklichkeit aber sehr belebten Periode des Conclave waren die zwei leitenden Gesandten (Graf Apponyi für Oesterreich, Herzog Laval=Montmorency für Frank= reich) beständig thätig, durch zwei wöchentliche Empfangsabende den höheren Klassen und dem diplomatischen Körper Gelegenheit zu Gesell= schaften zu geben, bei welchen das Conclavegeklatsch, die Berichte und Gerüchte über Alles, was möglich oder unmöglich war, und die Pas= quinaden, mochten sie bei der gegenwärtigen Gelegenheit frisch gemacht oder von einer lange vergangenen Zeit entlehnt sein, lebhafte Unter= haltungen erregten. Wenige Personen, wenn überhaupt welche, konn= ten sich des letzten in Rom gehaltenen Conclave erinnern, bei welchem Pius VI. gewählt worden war; die Wahl Pius' VII. war ja ein Act des Muthes nach einer Pause des Schreckens in einer so still wie möglich zu Venedig gehaltenen Versammlung gewesen, wobei die Frage einfach Sein oder Nichtsein war und nicht das Aufrechterhalten von Formen und alten Gebräuchen; kurz, was auch bei diesem Conclave geschehen, war vergessen, oder wurde absichtlich ignorirt.**) Die Ge= rüchte und Witzeleien, welche Gegenstand der Unterhaltung waren,

---

*) Spanien vertheidigt am Ebro die Freiheit, Rom erwartet vom Rauch die Sklaverei.

**) In dem Unterschied zwischen dem Conclave in Venedig, wo Pius VII. ge= wählt wurde, nachdem sein Vorgänger Pius VI. in der französischen Gefangenschaft zu Valence nach persönlichen Mishandlungen (29. August 1798) gestorben war, und den äußeren Umständen der Wahl Leo's XII. tritt bereits der ganze Contrast zu Tage, der infolge der Restauration von 1814 in der Stellung des Papstthums ein= getreten war und seitdem immer größere Dimensionen angenommen hat. Wie un= mittelbar mit der Restauration Pius' VII. alle die Strömungen ihren Anfang nehmen, welche die weitere Geschichte des Papstthums und damit des Katholicismus beherrschen (das Neuhervortreten des Jesuitenordens und die systematische Unter= drückung aller anderen Anschauungen, das neuerstarkte äußere Auftreten und die neuen äußeren Triumphe der Curie, die neubeginnende Misère im Kirchenstaat und die immer steigende Entfremdung des gebildeten Mittelstandes aller Länder), kann hier nicht näher durchgeführt werden; doch werden manche Einzelheiten der folgen= den Darstellung auf diese Erscheinung hinweisen.

entsprangen jedoch nicht in diesen höheren Gesellschaftskreisen, vielmehr galt der niedere Klerus durch seine Bildung, durch seine Beherrschung der Quellen, sich zu unterrichten, und durch seine zum Stillschweigen verurtheilte Stellung für die einzig befähigte Klasse, um die scharfen Urtheile oder vielleicht besser das beißende Gift aufzufassen und auszubeuten, welches in den Witz der verschiedenen Pasquinaden hineingegossen war. Diese Klasse kennt auch am besten oder vielleicht allein die verhältnißmäßige Stärke der Ströme des Interesses, der Erbitterung oder der Voreingenommenheit, welche unter den Schiedsrichtern des Schicksals bestehen; und sie mögen deshalb, wenn sie auch in ihren Vermuthungen das vom Glück begünstigte Individuum nicht vorher errathen, doch selten in der Hinweisung auf eine gewisse Zahl von Namen fehlgreifen. So folgte in einer witzigen und profanen Parodie der Litanei nach einer langen Liste tadelnder Bezeichnungen für einzelne Cardinäle, deren Namen je ein „Libera nos domine" beigefügt war, eine Bitte, daß die Wahl auf den einen oder andern von vieren oder fünfen gelenkt werden möge, die mit überschwenglichen Empfehlungen angeführt wurden, und unter diesen wurde nach der Wahl das thatsächlich gewählte Individuum aufgezählt gefunden. Die erste Ursache zu einer Beunruhigung über das Wahlresultat war das Gerücht, daß dasselbe für den Cardinal Cavalchini entschieden, welcher viele Stimmen der Ultrapartei erhalten habe, da er für geneigter gehalten wurde, Ketzer zu verbrennen als zu versöhnen. Da er auch eine kurze Zeit lang Gouverneur von Rom gewesen war, so hatte er in dieser unbeliebten Stellung durch seine Handlungen sich großen Haß zugezogen, mehr aber noch durch die Erklärung, er würde, wenn er jemals die Macht haben sollte, vor jedem Speisehause während der Fastenzeit einen Galgen errichten zur sofortigen Hinrichtung sowol der Köche als der Kunden einer nicht fastenmäßigen Speise. Doch fand man Trost in dem Vorrecht des Veto, welches die drei Mächte Oesterreich, Frankreich und Spanien besitzen, da man erwarten konnte, daß eine von ihnen dasselbe ausüben würde, um eine solche Gefahr abzuwenden. Außerdem war und ist es eine wohlbekannte Thatsache, daß die ersten Schlachten ausgefochten sein müssen und das Vergnügen, wohlgestützte Pläne zum Scheitern zu bringen, von jeder Gruppe der Cardinäle genossen sein muß, bevor der Lauf der Intrigue in den bis dahin unsichtbaren Kanal einmünden kann, welcher, was auch seine endgültige Richtung sei, immer im voraus so bestimmt war, um nicht derjenige zu sein, den eine jener drei Mächte im Auge hatte.

Die Wahl des Cardinals della Genga unter dem Namen Leo XII. machte der Ungewißheit ein Ende und täuschte alle Berechnung: die Candidaten der drei katholischen Mächte waren beiseitegeschoben, ihre Vetos fielen auf unechte Prätendenten, welche keine wesentliche Unterstützung hatten, und das Cardinalscollegium frohlockte über eine Wahl, welche nicht dictirt worden war.*) An demselben Sonntagnachmittag (29. September), an welchem die Wahl stattgefunden hatte, wurde der neue Papst in die Peterskirche geleitet, mit dem herkömmlichen Pompe getragen und mitten auf den Hochaltar gesetzt, um dort während des Gesanges des Tedeums von dem höheren Klerus (wie der wörtliche Ausdruck ist) adorirt zu werden; bei welcher ungewöhnlichen Feierlichkeit die Bemerkung des Herrn von Italinsky, des russischen Ministers**), auffiel: „Je suis schismatique. Je n'ai pas le droit de juger des affaires catholiques. Mais ce que me paraît étrange, c'est que le Pape ait posé le séant là où l'on place le seigneur." Die abgemagerten und bleichen Gesichtszüge Leo's XII. contrastirten seltsam mit dem Glanz seiner Augen und der außerordentlichen Jovialität seines Ausdrucks; sein Gesicht gehörte zu derjenigen Klasse, an welcher das Auge wie an den scharfen Zacken einer Eismasse abwärts zu gleiten scheint, ohne einen Ruheplatz in den Zügen oder Muskeln zu finden, der von der darin verborgenen Seele erzählen könnte; nichtsdestoweniger verriethen die Umrisse die aristokratische Schönheit früherer Tage, die während seiner Nuntiatur in München so sehr bewundert worden war. Wenn der Papst seine Genugthuung über seinen Erfolg nicht verbarg, so war die der ungeheuern Menge, welche zu seinem Empfang zusammengeströmt war, nicht weniger unzweideutig; und wenn der laute Zuruf im Allgemeinen blos als eine Begrüßung des Neuen und eine Verehrung der aufgehenden Sonne verstanden werden konnte, so war die andächtige Bewegung der knie-

---

*) Einiges Nähere darüber meldet noch Bunsen's Brief an Niebuhr vom 4. October 1823: „Nachdem am 20. Oesterreich Severoli ausgeschlossen, erwartete ich allerdings die Wahl als bevorstehend, aber die Proclamation des Generalvicars als Leo XII. am 29. war mir allerdings unerwartet; er hatte 34 Stimmen; zwei weniger, so dauerte das Conclave mindestens zwei Monate länger." Derselbe Brief geht auch auf die ersten Regierungshandlungen und Ernennungen des neuen Papstes ein.

**) Ueber diesen bedeutenden russischen Staatsmann, mit dem Bunsen in Rom viel verkehrte, existirt ein ausführliches (französisch geschriebenes) Mémoire aus seiner Feder, das am Schlusse dieses Bandes anhangsweise mitgetheilt werden wird. In dem Briefwechsel zwischen Niebuhr und Bunsen ist Italinsky fast in jedem Briefe erwähnt.

enden Gruppen, vorzüglich des Landvolks, welche den santo padre mit ausgestreckten Armen, als- wäre er vom Himmel herabgekommen, begrüßten, rührend anzusehen, weil sie die Wahrheit der Hoffnung und des Vertrauens bezeugte. Die ersten Maßregeln der neuen Regierung waren klug und heilsam und ließen nichts zu wünschen übrig als Ausdauer in derselben Richtung und Treue in ihrer Durchführung. Sie bestanden in einer Herabsetzung der Steuern, deren Höhe der Hauptgrund der Unbeliebtheit Consalvi's war, und in einer Verminderung der Ausgaben. Der neue Staatssecretär Cardinal della Somaglia war als ein bereits achtzigjähriger Greis eher ein äußerer Schmuck für die neue Ordnung der Dinge durch sein untadelhaftes Leben und sein einschmeichelndes Betragen als eine wesentliche Stütze, indem er ein Ueberbleibsel früherer Zeiten und mit Personen und Verhältnissen vertraut war, welche seit lange der Vergangenheit angehörten; und der aus sechs Cardinälen zur scheinbaren Hülfe und wirklichen Controle des Staatssecretärs gebildete Staatsrath war eine Neuerung, welche ihre Fähigkeit und Wirksamkeit noch zu bewähren hatte.

Die Krönung fand am Sonntag 15. September 1823 statt, und die Aufführung des „Tu es Petrus" von Palestrina durch den Gesammtchor der päpstlichen Kapelle wird schwerlich von irgendeinem der wenigen noch lebenden Zeugen dieser großartigen Festlichkeit vergessen worden sein. Wie die Musik durch das Ohr die ganze Seele in Beschlag nahm, so erquickte sich das Auge mittlerweile an den verschiedenen Verbindungen der Architektur mit lebendigen, um nicht zu sagen leidenschaftlichen Menschengruppen unter jenem gedämpften Licht, welches mit lebendiger Deutlichkeit alle Formen und Farben ohne Glanz und ohne Nebel in dem überirdischen Eindruck, der der Peterskirche eigenthümlich ist, enthüllte. Höchst eindrucksvoll war es, als der Papst umhergetragen und während des Gesanges „Sancte Pater, sic transit gloria mundi", vor ihm her Flachs verbrannt wurde; ebenso der Augenblick der Communion des Papstes, als ihm, auf seinem Thronsessel (gegenüber der Bronzemasse, welche die Kathedra Petri darstellt und von vier kirchlichen Würdenträgern hoch über die Köpfe erhoben wurde), die Elemente vom Altar gebracht und von zwei Cardinaldiakonen dargeboten wurden. Die ganze Scene wurde noch ergreifender durch die schöne Gestalt und Haltung Consalvi's, welcher dazu gewählt worden war, um den gewaltigen goldenen Kelch zu überbringen und denselben zum Zeichen der Verehrung mit vorwärts erhobe-

nen Armen über seinem eigenen Kopfe hielt, während seine zartge=
meißelten Gesichtszüge sich deutlich im Profil abgrenzten.*)

Viele von Bunsen's Briefen an Niebuhr aus dieser Zeit thun
dar, daß er das gänzliche Aufgehen in seine amtlichen Geschäfte und
den Mangel eines Gehülfen bei den regelmäßigen und mechanischen
Schreibereien als sehr lästig empfand, indem er weiter keine Hülfe
hatte als die, welche seine Frau ihm zu geben vermochte.

Der Octobermonat mit seiner Fülle von Reiz brachte dieses Jahr
eine mehr als je empfundene Erfrischung nach der langen Periode
ungewohnter Anstrengung während der heißen Jahreszeit. Das Wie=
deraufleben des Frühlingsgrüns nach dem regelmäßigen Regen im
Anfang des Herbstes verband sich mit der dieser Jahreszeit eigenthüm=
lichen Fröhlichkeit der römischen Bevölkerung, um die Wirkung der
Scenerie und des Wetters zu vervollständigen, indem jede Villa und
jeder Garten, jeder offene Thorweg, jeder erreichbare Raum und jeder
Zugang der Stadt voll war von glänzenden Gesichtern und dem bunten
Colorit von jung und alt, die alle auf geselliges Leben und Treiben
als die Pflicht des gegenwärtigen Augenblicks gestellt waren. Wer
Rom gekannt und geliebt hat, wird bemerkt haben, daß der ausgeprägte
Charakter, welcher den verschiedenen Perioden des Jahres durch un=
veränderliche Gewohnheit gegeben wird, nach der Abreise von Rom

---

*) Aus einem Schreiben Bunsen's an Niebuhr vom 11. October 1823 mag hier
noch folgende Schilderung der Ceremonie mitgetheilt werden: „Sonntags war die
Krönung. Die Feierlichkeit ist schön, weil sie einen durchgeführten Charakter hat
und die Ausschmückung der Kirche mit den rothen Damasttapeten von Alexander VII.
den Eindruck des prächtigsten Repräsentationssaales der Welt so vollständig macht,
daß Alles in Architektur und Ornat zweckmäßig, ja die Sculpturen selbst nicht un=
passend erscheinen. Die berühmte Ceremonie vom Verbrennen des Wergs, welches
auf einem versilberten Stocke vor dem Papste hergetragen wird, gerade nach der
feierlichen Huldigung, während die Procession sich von der Kapelle di San Gregorio
(der alten Sakristei) nach dem Hauptaltar begibt, ist wirklich ergreifend. Als der
Ball zum dritten mal angezündet ward und der Ceremonienmeister zum dritten mal
die Worte sprach: «Pater sancte, sic transit gloria mundi», sagte der Papst ver=
nehmlich: «È pur troppo vero!» (Es ist nur zu wahr.) Von Pius VI. wird er=
zählt, er sei über die Wiederholung ungeduldig geworden und habe sich nicht ent=
halten können, auf die ernste Mahnung zu antworten: «Bone, bene, lo sappiamo
adesso». (Gut, gut, wir wissen es jetzt.) Der Segen wird mit ehrerbietiger Stille
von der unzähligen Menschenmasse empfangen, die auch bei der Rückkehr des Papstes
(durch die Lungara) keinen Laut von sich gab; am Erwählungstage hallte St.=Peter
von ihrem Jubelgeschrei wider." — Außer weiteren Berichten über die neuen Ver=
waltungsmaßregeln enthält derselbe Brief noch eine Anzahl der damaligen Pas=
quinaden und anderer volksthümlichen Verse über den Regierungswechsel.

am meisten von Allem entbehrt wird; und blos die, welche den Ein=
fluß des regelmäßig wiederkehrenden, von Allen verstandenen, obwol
von Niemand ausgesprochenen Gebotes, in der einen Zeit ernst und
in der anderen fröhlich zu sein, erfahren haben, können begreifen, wie
sehr diese anscheinend willkürliche Gewohnheit Macht über die Gemüther
gewinnen und wie die Entbehrung derselben eine Lücke hinterlassen
kann. Für Menschen, deren Charakter und Gewohnheiten das Gegen=
theil von dem italienischen sind, mag diese Thatsache verständlich wer=
den durch Erwägung der feierlichen, aber fröhlichen Ruhe, die die
Wiederkehr des Sonntags in dem geschäftigen England mit sich bringt,
welche Gelegenheit bietet für Alles, was gut und schön ist im Leben,
während sie in dem Strudel der äußeren Dinge eine Pause und für
die übermäßig angestrengten Kräfte Erholung und Ruhe gewährt.
Dieser Einfluß des Sonntags fehlt zwar in dem römischen System
und ist ein dort immer empfundener Mangel; aber der Vortheil, auf
die Jahresabtheilungen aufzumerken, so wie das in Rom der Fall ist,
findet anderswo keinen ausreichenden Ersatz.

Der Genuß des Octoberlebens wurde diesmal noch vergrößert durch
die Veranlassung zu gesteigertem Verkehr mit dem liebgewonnenen Pre=
diger Schmieder, welcher nach fünfjähriger treuer Arbeit für das
Wohl der Gemeinde, die er auf dem Capitol zusammengebracht hatte,
jetzt im Begriffe stand abzureisen und eine neue Sphäre seiner Thätig=
keit als geistlicher Inspector in dem berühmten Schulpforta anzutre=
ten.*) Es war nöthig für ihn, die Reise mit seiner jungen Familie
auszuführen und in seinen neuen Wirkungskreis einzutreten, bevor der
nördliche Winter begann; und so waren die ersten Octobertage die
letzten seines Aufenthalts sowol als jenes zwischen den beiden Fami=
lien jahrelang bestehenden engen Verkehrs. Nicht gestört durch den
Gedanken, daß ihnen kein ferneres Zusammensein auf Erden bevor=
stehe, benützten sie die Tage des Abschieds zu Ausflügen nach den
unzähligen schönen Plätzen in der unmittelbaren Umgebung von Rom,
wobei Bunsen gewöhnlich zur Seite des nach der Octobersitte mit der
ganzen Kindergesellschaft wohlgefüllten Wagens einherritt.

Der Nachfolger Schmieder's in Rom war Richard Rothe,
dessen Anwesenheit vom höchsten Werth für Bunsen war, sowol durch
die Förderung seiner Lieblingsbestrebungen und seine treue Freund=
schaft, wie durch jene außerordentliche Gabe der geistlichen Beredsam=

---

*) Von Schulpforta aus wurde Schmieder später als Director an das
wittenberger Seminar berufen, wo er durch die milde Wärme seiner Frömmigkeit
auf weite Kreise segensreichen Einfluß gehabt hat.

keit, die nur zu selten gehört wurde, obgleich sie überall, wohin ihn
sein Loos warf, gleich geschätzt wurde.*)

Unter den freudigen Erinnerungen aus dieser Zeit darf auch der
Aufenthalt Heinrich's von Arnim und seiner allerseits bewunderten
Gemahlin (geb. Schreck von Linschoten) auf der Reise von Neapel und
der Rückreise von dort nicht vergessen werden. Arnim war nämlich
bei der preußischen Gesandtschaft in Neapel der Vorgänger des Herrn
von Olfers. Bei beiden Gelegenheiten ihrer Durchreise durch Rom war
goldene Veranlassung zu genauem geistigen Verkehr gegeben, der Bunsen
und seiner Frau unschätzbar war; und nachmals blickten sie mit doppelter
Dankbarkeit auf dieses Zusammensein zurück, als in späteren Jahren
die Arnim'sche Familie in Berlin und in Brüssel ihren zum Schul-
unterricht von Rom weggesandten Söhnen den Mangel älterlicher
Pflege ersetzte.**)

Ueber die letzten Monate des Jahres 1823 geben auch noch zwei
Briefe Bunsen's an seine Schwester einigen Bericht:

Rom, 11. October 1823.

Während meines Stillschweigens ist ein Papst gestorben und ein anderer gewählt. Dies hat mir Gelegenheit gegeben, dem Könige ausführliche Berichte und Aufsätze zuzuschicken, die, wie es scheint, ihm gefallen
haben; aber es hat mir auch viel Zeit gekostet. Ganz allein, muß ich die
Nachrichten selbst sammeln, was es unmöglich macht, die gesellschaftlichen
Verhältnisse zu vernachlässigen, und wenn ich mich an der Ausarbeitung
eines 8—12 Bogen starken Aufsatzes müde gearbeitet, muß ich ihn sauber
abschreiben. Allerdings bleiben dabei müßige Stunden; es ist aber leicht
gesagt und schwer gethan, sich mitten in dem Gewühl der Arbeiten hinzu-
setzen und einen Brief auf mehr als 100 Meilen zu schreiben, der nicht
leer, nicht trocken, nicht nachlässig, nicht verwirrt, nicht verstimmt, nicht kalt,
nicht heiß sein soll, wie Du und alle meine Freunde in Deutschland wollen.

Der neue Papst heißt Leo XII., ist ein Mann von 63 Jahren, der
einen großen Theil seines Lebens als päpstlicher Nuntius in Deutschland

---

*) Rothe's Verhältniß zu Bunsen ist bereits in dem Bericht des Heraus-
gebers über Rothe's „Leben und Wirken, Denken und Scheiben" (Gelzer's Monatsblätter, Januar 1868) geschildert. Doch fällt das rechte Licht auf dieses lebenslänglich so innige Verhältniß erst durch die Briefe Rothe's an Bunsen, von denen
deshalb am Schluß dieses Abschnittes einige Auszüge folgen werden. Bunsen's
Briefe an Rothe sind leider mit dem ganzen werthvollen brieflichen Nachlaß des
letzteren nach seinem Tode (20. August 1867) vernichtet worden.

**) Auf den jahrelang fortgesetzten persönlichen und politischen Verkehr Bun-
sen's und Arnim's hinzuweisen wird sich später Gelegenheit finden.

zugebracht hat. Ungeachtet dieses Thronwechsels und des Zeitverlustes (denn während des Conclave ruhen die Geschäfte) habe ich alle Hoffnung, daß bis Februar alle Bischofsitze besetzt sein werden, und so die wichtigsten Geschäfte in Ordnung gebracht sind. *) — Niebuhr findet den Unterschied des Klimas fast unerträglich und ist doch im Juli angekommen und nicht nördlicher als Bonn am Rhein. Er ist mit meinem Drängen, von hier wegzugehen und aus den Geschäften zu treten, gar nicht einverstanden; er meint, ich habe einen Beruf, im öffentlichen Leben zu bleiben **). — Die

*) Das durch Niebuhr's Unterhandlung erwirkte päpstliche Breve De salute animarum von 1821 hatte zunächst den Modus der Besetzung der (während der Revolutionsjahre in allen Ländern verwaisten) Bisthümer zu bestimmen gehabt; erst dann konnte es sich um die Ernennung der einzelnen Bischöfe handeln. — Das Breve hatte der Regierung unter anderem das Recht zugesprochen, in den von den Kapiteln vorgelegten Wahllisten die personas minus gratas zu streichen, worauf dann die päpstliche Ernennung einen der von der Regierung genehmigten Candidaten treffen sollte. Wie aber selbst eine solche Bestimmung durch jesuitische Auslegungskunst illusorisch gemacht werden kann, zeigte sich nach dem Tode des Cardinals von Geissel in der von der Majorität des kölner Kapitels befolgten Methode, fast nur nicht genehme Candidaten vorzuschlagen, um so den König zu zwingen, einen derselben sich gefallen zu lassen. Ist auch der damals (1865) drohende Conflict durch entschiedenes Auftreten Preußens in Rom beigelegt worden, so ist er doch lehrreich genug für den geringen Vortheil, welchen die mit so großen Opfern erkauften Concordate dem Staate gewähren.

**) Niebuhr sprach diese Ansicht unter anderem in einem Briefe an Bunsen vom 17. September 1823 aus, der auch sonst bedeutsame Urtheile enthält, weshalb ein Auszug daraus hier Platz finden möge:

„Gebe der Himmel, daß kein Mißgriff bei der Wahl von Schmieder's Nachfolger vorfallen möge! Wenn es aber schon so schwer fällt, einen recht tauglichen Prediger für eine Gemeinde zu finden, welche Aufgabe ist es dann, hunderte und tausende zu besetzen! Da möchte man freilich im Besitz einer Liturgie sein, bei der die Predigt zur Noth aus einer Postille genommen werden könnte; leider aber sehe ich der Schwierigkeiten so viele, dazu zu gelangen, und das Argument des Vertrauens ist hier so schwach in mir, daß ich Ihre Hoffnungen jetzt ebenso wenig als sonst theilen kann. Ihre kritisch-historischen Arbeiten über diesen Gegenstand erwarte ich mit einer sehr günstigen Meinung, und würde Sie ermahnen, sie nicht liegen zu lassen, wenn Sie dazu versucht werden könnten; aber ich sehe nichts weiteres Praktisches darin als in irgendeiner kirchenhistorischen oder patristischen Arbeit. Sie sind nicht berufen, eine Separatistengemeinde zu stiften; und wenn es eine geoffenbarte Liturgie gäbe, so würde sie, eingeführt, todt bleiben, wenn ihr nicht lebendige Individualitäten entgegenkämen; und im Gegentheil, wo die rechte Andacht ist, würde diese verstehen und hat es verstanden, aus der unvollkommensten Form Alles zu machen. Es kommt mir vor, als ob das Bedürfniß nach Constitutionen, welches der Unfähigkeit, sie zu gebrauchen, entspricht, eine große Aehnlichkeit mit dem seit Jahren sich regenden Bedürfniß nach Liturgien hat. — Humana qua parte locatus es in re: Das ist für Sie doch das öffentliche Leben, und glauben Sie meinem treuen Rath: Da Sie ehrenvoll darin bleiben und vorwärts kommen können, so bleiben Sie!“

Vermählung des Kronprinzen mit der Prinzessin Elise von Baiern, welche schon im November stattfindet, hat den Reiseplan nach Italien, wohin ihn der Prinz Friedrich von Oranien begleiten wollte, natürlich vorerst, wahrscheinlich auf lange Jahre oder auf immer, vereitelt. Alles war schon verabredet; der Prinz wollte den Hofrath Hirt, einen berühmten Antiquar in Berlin, nicht mitnehmen, sondern sich in Rom ausschließlich von mir führen lassen; eine solche Gelegenheit, auch meinem künftigen Könige bekannt zu werden, wird sich schwerlich je wieder finden; die Veranlassung aber erfreut mich höchlich; die Prinzessin ist in jeder Hinsicht werth, Königin von Preußen zu werden. Was meine Gesundheit betrifft, so ist sie gottlob! nie besser gewesen, was ich besonders meinem regelmäßigen Ausreiten zu verdanken glaube.

Auch der folgende Brief Niebuhr's, vom 13. Januar 1824, enthält einige merkwürdige Aussprüche über die kirchlichen Zustände, so z. B.: „Die Ursache des kirchlichen Verfalls liegt nicht so an den Formen, daß mit deren Vervollkommnung etwas Wesentliches gewonnen werden könnte: darin, daß man wol Observanzen herstellen kann, aber nicht erstorbene Gesinnungen und Gefühle erwecken, wenn das, wodurch sie erstickt worden, in seiner ganzen Kraft besteht: darin, daß in einem Zustande, wo Alles auf Vereinzelung hinausgeht, am allerwenigsten eine kirchliche Gemeinschaft bestehen kann. Arbeiten Sie, wenn Sie Muße haben werden, Ihren codex liturgicus aus, als ein philologisch-historisches Werk; flößen Sie Ihren Kindern altväterische Gedanken ein; aber das vergebliche Wirken ins Weite in diesen Hinsichten überlassen Sie denen, die dazu dringend veranlaßt sind. Ich stelle mir die Verdrießlichkeiten lebhaft vor, welche Ihnen der Kitzel der Priester, die Vortheile ihrer Lage zu misbrauchen, verursacht, bei so gänzlicher Abwesenheit alles Rückhaltes von Hause her. Die Höfe sind jetzt in einer schlimmen Lage und werden doch vielleicht kaum zu der, freilich fruchtlosen, Einsicht kommen, wie viel ihre Sorglosigkeit versäumt hat. Die Verhältnisse der katholischen Kirche werden immer verkehrter. In dieser Diöces z. B. arbeitet Fonck ganz unverhohlen dahin, eine unwissende starrbigote Geistlichkeit zu haben, und auch nach Gratzens Ausschließung beharrt er leck dabei, der hiesigen katholischen Facultät durch wahre Verfolgung derer, die hier studirt, den Krieg zu machen. Die Zahl der gebildet-bigoten, theils jakobinischer, theils Ultra, ist freilich sehr klein, ja es scheint nicht, daß die äußere Observanz bei den Liberalen in Deutschland je so wieder aufkommen wird wie in Frankreich; aber das Volk wird wieder roh-bigot. Ich traue dabei den Fanatischen in Frankreich ähnliche Absichten zu, von solchen Dingen Vortheil zu ziehen, wie den Liberalen vom Gegentheil. Herrn von Spiegel's Weigerungen (das Erzbisthum Köln zu übernehmen) sind unter diesen Umständen nicht zu verantworten, wiewol er wol hauptsächlich im Geheimen dadurch bestimmt wird, daß die Lage eines Bischofs wirklich sehr schlimm ist, und wohl dem, der vom Ufer zuschauen kann. Der Katholicismus hält sich nur durch die absolute Indifferenz der höheren Stände für wirkliche Religion; mit den Bedürfnissen des 16. Jahrhunderts verschwände er von der Erde."

Rom, am Sylvesterabend 1823.

Das alte Jahr soll wenigstens nicht zu Ende gehen, meine geliebte Schwester Christiane, ohne daß ich die alte aber nie vergessene Schuld gegen Dich nach Kräften tilge. Wenn Du diese Zeilen empfängst, ist wahrscheinlich mein Schicksal schon entschieden, und vielleicht schon mir bekannt.

Mein letzter Brief hat Dir schon gesagt, welches die Verschiedenheit der Ansicht über meine Zukunft zwischen Niebuhr und mir war. Ich glaubte, darauf bestehen zu müssen, daß der Graf Bernstorff die mir gegebene Zusage hielte, und mir sobald als möglich nach dem 1. April den Urlaub auf ein Jahr gewähre, d. h. mich in Stand setze, alsdann abzureisen. Niebuhr's Meinung dagegen ging dahin: daß ich gar keinen Schritt thun, sondern die Bestimmungen des Ministers abwarten solle, er hoffe, man werde mich zum Ministerresidenten machen. (Früher hatte nämlich unser Gesandter in Rom nur den Rang eines solchen, Niebuhr aber war außerordentlicher Gesandter). Ich antwortete Niebuhr, ich sei überzeugt, man werde mich nie dazu machen, da so viele nach der Stelle verlangten, und so viele auch unendlich mehr Ansprüche darauf hätten als ich), jung, unbekannt, fremd und ohne Familienverbindungen, die gerade hierbei so viel thun; es scheine mir also, von allen anderen Gründen abgesehen, das Weiseste, die jetzige Gelegenheit zu benutzen, um mit Ehren aus den diplomatischen Geschäften zu kommen. Nachdem ich nun den vergangenen Monat viel über diesen Gegenstand nachgedacht, entschloß ich mich endlich, im Anfange dieses einen entscheidenden Schritt zu thun. Nun rathe welchen?

Ich schrieb an den Grafen Bernstorff, daß die provisorische Lage, in der ich mich befinde, eine Menge Unbequemlichkeiten für mich habe; daß ich aus vielen Gründen wünschen müsse, daß, wenn Seine Majestät einen neuen Gesandten ernennen wolle, derselbe nebst seinem Secretär früh genug im Jahre ankomme, damit ich meine Reise vor dem Sommer antreten könne. Sollte aber Seine Majestät nach der Zurückberufung von Niebuhr keinen neuen außerordentlichen Gesandten, sondern wie vorher nur einen Ministerresidenten ernennen wollen, so bitte ich mir diese Ernennung als eine besondere Gnade aus. Beide Punkte habe ich sehr vorsichtig und nachdrücklich, zugleich mit schuldiger Ergebung in die Befehle des Königs ausgeführt. Hat man mich nöthig, so kann man mir eine definitive Anstellung geben; will man mir diese nicht geben, so kann man mich ziehen lassen. Aber ein oder mehrere Jahre den Secretär zu machen, habe ich keine Lust. Nun ist allerdings kein Zweifel, daß man mich um keinen Preis zum Ministerresidenten machen wird: eine unerhörte Promotion, nach welcher man mir zu Haus nur die Stelle eines Staatsrathes geben könnte. Meine Briefe kommen heute in Berlin an! Demnach rüsten wir uns tapfer zur Abreise.

Von der Hauptstadt der Welt zu scheiden, ist schwer, auch nach sieben Jahren; man sieht sich nie satt an ihren Herrlichkeiten; alle anderen Städte sind nur Dörfer und Parvenus gegen diese Königin der Erde. Das Los ist geworfen, ich weiß, es liegt in Gottes Schos, und ich bin unendlich ruhiger, seit ich diesen Schritt gethan, von dem ich sicher zu sein glaube, daß ich ihn nie bereuen werde. Was ich wünsche? O, liebe Christiane, der Mensch ist und bleibt ein Kind; wenn er sich aufs Wünschen legt, so ist er wie ein Kahn im Meer, er kommt zwischen Ebbe und Flut nie zur Ruhe. Bald erscheint mir das Gehen durchaus nothwendig, bald das Bleiben wünschenswerth. Aller Reiz des Irdisch-festen und Begründeten im bürgerlichen Leben steht zu dem letzteren; dazu die Freude Dich hier zu sehen, vielleicht auch meinen kranken Neck — wen sollte das nicht hinziehen! und Macht im bürgerlichen Leben ist auch etwas, wenn man praktische Zwecke hat. Gott wird's machen, der mich so wunderbar bis hierher geführt. Wenn Du mir aber einmal schreibst, sollst Du mir sagen, was Du gewünscht und was Du für wahrscheinlich gehalten.

Ich bin gottlob! fortdauernd gesund gewesen, die Kinder aber sind nie so recht wohl und gesund gewesen als in diesem Jahre. Karl, der immer noch zart war und bisweilen schwächlich aussah, hat sich in den letzten Monaten so hervorgethan, daß er dicker ist als Heinrich und rother als Ernst. Heinrich ist besonders in den letzten Monaten ein sehr liebes Kind gewesen, er hat recht gut gelernt, leider wenig von mir, aber desto mehr von seiner treuen Mutter. Er spricht schon ganz gut deutsch, und mit dem Latein geht es auch vorwärts. — In 3—4 Wochen kommt der Prinz Friedrich von Oranien hierher von Berlin, ich werde ihn gewiß recht oft sehen und freue mich darauf.

Im Januar 1825 führte Christiane die längst beabsichtigte Reise nach Rom aus und wurde sieben und ein halbes Jahr lang die Hausgenossin ihres Bruders; denn sie kehrte im October 1831 auf ihr eigenes lebhaftes Verlangen nach Deutschland zurück.

Aus der schon gegebenen Skizze ihrer durchaus ungewöhnlichen Persönlichkeit läßt sich leicht schließen, daß ihre Gegenwart kein gleichgültiger Gegenstand für eine Familie war, und es war demzufolge vom ersten bis zum letzten Tage eine unaufhörliche Prüfungszeit, indem sie Gefühle und Grundsätze auf die strengste Probe stellte und die Rolle eines Läuterungsfeuers für das edlere Metall im menschlichen Charakter spielte. So war die Folge dieser engen Nebeneinanderstellung, die Herzens- und Geistesgemeinschaft Bunsen's und seiner Frau fester wie je zu machen, statt sie zu trüben. Es darf keinen Augenblick die Vermuthung aufkommen, daß Christiane irgendeines gewöhnlichen Unheilstiftens fähig gewesen wäre; denn nichts in ihr

war niedrig oder gemein. Sie unterschied Recht und Unrecht mit un=
vergleichlichem Scharfblick und wußte über die höchsten und tiefsten
christlichen Wahrheiten zur Erbauung der Andern zu reden, während
sie sich durchaus unbewußt blieb, daß ihr eigenes Herz ungebrochen
und ihre Religion blos Verstandessache war. Diese Gemüthsbeschaffen=
heit ließ sie in Selbsttäuschungen leben, die durch keinerlei menschliche
Mittel zu widerlegen waren, glücklicherweise aber ebenso plötzlich und
unberechenbar wechselten wie das Barometer. Es bedarf kaum der
Bemerkung, daß die Aufnahme seiner Schwester in sein Haus einer
der größten Rechenfehler war, die Bunsen jemals gemacht hat. Er
litt in der That zuletzt selbst am meisten darunter, weil ihre Gegen=
wart die Lieblingsillusion seines Lebens zerstörte, welche sie ihm als
das Muster weiblicher Vortrefflichkeit vorgestellt hatte, bestimmt, das
Glück seines Hauses zu krönen durch ihren geliebten Einfluß, durch
die bei ihr vorausgesetzte mehr mütterliche als schwesterliche Sympathie
und durch die Anwendung ihrer seltenen geistigen Gaben. Seine Be=
kanntschaft mit ihr beruhte nur auf der begrenzten Zahl von Stunden
und Tagen innerhalb weniger Wochen des Jahres 1814, und war
von ihrer Seite nur durch seltene und dürftige briefliche Verbindung
fortgesetzt worden, sodaß er keine Gelegenheit hatte, sich ihrer natür=
lichen Ungleichartigkeit bewußt zu werden. Wenn Bunsen so den
Schmerz der Enttäuschung empfand, so hatte dafür seine Frau die
zahllosen Schwierigkeiten im täglichen Leben zu ertragen; es war, wie
wenn Jemand lernen muß, mit einem Wassergefäß auf dem Kopf
mitten im brausenden Sturmwind gleichen Schrittes zu gehen. Es
schien wesentlich, diese Andeutung eines wichtigen Elements im Leben
Bunsen's nicht zu unterlassen; denn er sowol als seine Frau hörten
nie auf, das Gedächtniß Christianens während ihrer Abwesenheit in
Ehren zu halten, obgleich sie durch die Seltenheit ihrer brieflichen
Mittheilungen gewissermaßen längst todt für sie war vor ihrem wirk=
lichen Abscheiden im März 1850 in fast vollendetem 78. Jahre.

Obgleich die acht Jahre, welche dem Eintritt Christianens in das
Bunsen'sche Haus vorangingen, mit manchen Prüfungen verwoben
gewesen waren, so waren doch diese immer nur vorübergehende Wolken
gewesen, die eine Zeit lang die gewöhnliche Heiterkeit und Frische des
Daheims überschatteten. Von jener Zeit an nahm dasselbe einen
etwas anderen, sozusagen einen „Werkeltagscharakter" an, nicht so=
wol infolge der gestörten Munterkeit und der zeitweiligen Last, die
Christiane selbst für Bunsen und seine Frau hervorrief, als infolge
der Verbindung dieser Bürde mit den Schwierigkeiten, welche die

erste Erziehung der heranwachsenden Knaben begleiteten. Der Name ihres ersten Erziehers, eines Werkzeugs moralischer Geiselung für Aeltern und Kinder, der mit Christianen zusammen ankam und abreiste, soll hier nicht erwähnt werden; eher aber ist es erlaubt, den belebenden Einfluß des jugendlichen Kreises begabter und hochgebildeter Freunde zu begrüßen, deren treue Liebe und wirksame Arbeit für manchen vorhergegangenen Zeitverlust entschädigte. Es waren dies Männer wie Ambrosch, Abeken, Kellermann, Meyer und Urlichs, welche nacheinander in der wesentlichsten Weise zu dem Glück der bis dahin schwergeprüften Aeltern beitrugen, indem sie ihren Söhnen die beste Erziehung gewährten. Auch hatten Herr von Sydow als Legationssecretär und Herr von Tippelskirch als Gesandtschaftsgeistlicher die Güte, einen Theil ihrer sehr besetzten Zeit demselben Zwecke zu widmen. Die Versuchung ist stark für ein dankerfülltes Herz, die Gelegenheit der Aufzählung solcher verehrten Namen zu benutzen, um bei den näheren Ursachen zur Dankbarkeit gegen jeden Einzelnen dieser Freunde zu verweilen; aber es darf ihr nicht nachgegeben werden, weil diese Blätter einen höheren Zweck haben als den eines Verzeichnisses der vielen ausgezeichneten Glieder der menschlichen Gesellschaft in verschiedenen Nationen, welche das Bunsen'sche Ehepaar Freunde nennen zu dürfen das Vorrecht genoß.

Der Wunsch, die Episode von Christianens Aufenthalt in Bunsen's Hause bei einer Gelegenheit zu umfassen, hat uns inzwischen weit über die Zeit hinausgeführt, in welcher der Briefwechsel aufhörte, der sich so nützlich erwies für die Förderung des Wunsches, ein Gemälde von Bunsen's Leben in seinen eigenen Worten zu geben; glücklicherweise tritt hier der Briefwechsel mit Niebuhr ein, um die Lücke eine Zeit lang zu ersetzen.

Der erste der vielen belangreichen Gegenstände in diesem Briefwechsel, welcher hier Erwähnung verdient, betrifft den Grafen Leopardi, den Dichter und Philosophen, dessen Fähigkeiten und Kenntnisse die begeisterte Bewunderung des vielverlangenden Niebuhr ebenso hervorriefen, wie sein gehäuftes Misgeschick herzliches Mitgefühl erweckte. Giacomo dei Conti Leopardi war in einer körperlich und geistig entbehrungsvollen Lage in seinem Stammhause in der Stadt Recanati aufgewachsen, in fortwährender Kränklichkeit, und Pflege, Güte und Sympathie gleich sehr entbehrend. Er hatte während seiner Kindheits- und Jugendjahre geschmachtet, ohne je irgendeine Art von Glück kennen gelernt zu haben außer der Uebung seines mächtigen Verstandes in Sprachen und Literatur. Zurückgestoßen durch die Herzlosigkeit seines Vaters und ohne einen verwandten Geist daheim und in der Nachbarschaft, war es eine moralische Nothwendigkeit für ihn, in Bologna und Florenz Hülfe für die Förderung seiner Zwecke sowol als Genossen von höherer Bildung zu suchen, in der Hoffnung, sich selbst durch seine Schriften zu erhalten, welche Beachtung und Bewunderung erregten und willige Verleger fanden; aber er empfing wenig oder gar kein Honorar, wie es in Italien gewöhnlich ist. Der ältere Leopardi hatte die Entschuldigung beschränkter Verhältnisse für die Weigerung, seinem Sohne, welcher der Stolz seines Hauses hätte sein sollen, den kleinen jährlichen Zuschuß zu gewähren, um außerhalb der Schranken des Hauses zu leben; und die einzige erreichbare Hülfsquelle (wie es den Anschein hatte) war die, von der päpstlichen Regierung eine Anstellung zu erlangen, wie sie für einen wissenschaftlich gebildeten Mann geeignet war. Bei einer Gelegenheit, wo der Dichter persönlich nach Rom kam, um dort Schritte, die zu seinen Gunsten geschehen waren, weiter zu verfolgen, machte Niebuhr ihn ausfindig, während des letzten Jahres seines römischen Aufenthaltes; und von seinem Besuche in der elenden Wohnung Leopardi's zurückkehrend, trat er in das Geschäftszimmer im Palazzo Savelli, wo Bunsen an der Arbeit war, mit einem ungewohnten Ausdruck der Befriedigung in dem Ausrufe: er habe endlich einen modernen Italiener gesehen, würdig der alten Italiener und des antiken Rom. Von dem Augenblick an, und solange er zur Stelle war, setzte Niebuhr seine Anstrengungen fort, um die Verhältnisse Leopardi's durch Cardinal Consalvi dem Papst Pius VII. vorzulegen, mit all dem Eifer und der Ausdauer, die ihn kennzeichneten, und bei seiner Abreise (1823) übertrug er diese Angelegenheit den bereitwilligen Händen Bunsen's. Am 10. Februar 1825 sandte dieser Niebuhr ein eben erschienenes Werkchen von Leopardi über Eusebius und „des edlen Menschen innerlich traurige und verzweifelnde Poesien, deren Druck man doch gewiß nur erlaubt hat, weil man sie nicht versteht". Er fährt fort:

Es ist mir entsetzlich, zu sehen, wohin ein unleidlicher Zustand der Kirche und der politischen Verhältnisse die Menschen in den rein katholischen Ländern treibt.

Am 16. August 1825 glaubte Bunsen die freudige Mittheilung über Leopardi machen zu können:

Einer der angenehmsten Vorfälle in meinem hiesigen Geschäftsleben ist gewesen, daß ich endlich durchgesetzt habe, daß Leopardi angestellt wird und zwar gerade die Stelle erhält, die er wünscht, nämlich Generalsecretär der Akademie der schönen Künste in Bologna, mit dem speciellen Auftrag, seine Muße zu benutzen, um seine italienische Blumenlese aus Plato mit Abhandlungen gegen den Materialismus seiner Landsleute und Glaubens=genossen zu schreiben, wofür er eine besondere Zulage erhält, d. h. erhalten soll. Aber die Anstellung ist bereits erfolgt. Ich benutzte ein (mit invi=biösen Anspielungen auf Rom gewürztes) Lob der Antologia di Firenze von dem hier verhaßten Giordani, um den Cardinal=Secretär zu bestimmen, den geistreichen und tiefsinnigen Jüngling durch verdiente Protection aus den Netzen dieser Menschen zu ziehen. Ich habe dem vortrefflichen alten Manne (della Somaglia) auch in Ihrem Namen gedankt, indem ich ihm erklärte, daß ich dieses ganze impegno von Ihnen geerbt und deshalb so eifrig betrieben habe.

Damals hatte Bunsen die nähere Bekanntschaft Leopardi's noch nicht gemacht, und das Interesse an ihm erhöhte sich außerordentlich durch die wenigen Gelegenheiten, bei denen er im Sommer 1825 mit ihm zusammentraf, wo Leopardi mehr als einmal nach Rom kam. Aber aus einer späteren Mittheilung vom 30. Januar 1826 erhellt, daß die Hoffnung Bunsen's sich nicht bestätigt hatte:

Leopardi und mich hat man schrecklich an der Nase herumgezogen; nach allen, auch schriftlichen, Versprechungen geschieht nichts für ihn. Ich habe ihm geschrieben, er müsse von Bologna hierher kommen und sagen, er werde in 14 Tagen nach Florenz gehen. — Giordani ist sein Panegyrist, dessen Opere jetzt im Indice figuriren, was ich für Leopardi benutzt habe, damit man es nicht gegen ihn wende. Man fürchtet die penna di quel sublime ingegno und so wird er vielleicht die geforderte vorläufige subsi=diarische Pension erhalten. Leopardi und ich sind Freunde geworden; wir werden es hier noch mehr werden, wo wir uns sprechen können; wäre ich reich, er sollte in einem Monat über den Alpen sein.

Die Erklärung dieses langwierigen Wechsels von Hoffnung und Enttäuschung war einfach die, daß der römische Hof darauf rechnete, den Widerstand zu brechen, welchen Leopardi dem Eintritt in den geistlichen Stand entgegensetzte; in dem Falle der Unterwerfung hätte er über jedes mögliche Gehalt verfügen können; aber auch die äußerste Nahrungsnoth konnte ihn nicht für einen Lohn der Heuchelei empfäng=lich machen.

Ein= oder zweimal kamen Bunsen und Leopardi noch in Neapel im October 1830 zusammen. Die Gefühle des Ersteren waren nie=mals abgeschwächt oder erloschen in Betreff des vergifteten Daseins eines Mannes, der nicht blos dazu geschaffen war, einen hohen Rang in der Welt der Intelligenz einzunehmen, sondern auch dazu, das ge=

sellschaftliche und häusliche Leben ebenso zu genießen als zu schmücken und somit den wohlwollenden Zweck seiner Erschaffung zu erfüllen. Der immer wieder aufgenommene Plan Bunsen's, zur Erinnerung für die Nachwelt eine Würdigung Leopardi's zu schreiben, war einer derjenigen, an deren Ausführung ihn der Tod verhinderte, und deshalb war es um so mehr Pflicht, die hier gebotenen Mittheilungen nicht zu übergehen und von Bunsen's Hochachtung für Leopardi in einem Bericht Zeugniß abzulegen, der den Zweck bekennt, die Gegenstände seines ausharrenden Eifers und Interesses aufzuzählen.

Bunsen erlangte für Leopardi eine Professur der italienischen Literatur an der berliner Universität; aber die Furcht vor dem nordischen Winter und die Liebe zu seiner heimatlichen Sonne bestimmten den Dichter, auf einen Plan zu verzichten, welchen er zuerst warm unterstützt zu haben scheint.

Wie in den äußeren Dingen der Kampf von Leopardi's Leben ein harter war, so war der innere Kampf noch niederbeugender, den die Schwierigkeit, das Elend der Wirklichkeit, wie er es sah und fühlte, mit den göttlichen Eigenschaften der Gerechtigkeit und Güte in Einklang zu bringen, verursachte. Seine dichterische Gabe hatte sich nicht in einer Atmosphäre von Freude und Zärtlichkeit entwickelt, und verwelkte deshalb, während sie sich entfaltete. Da die ihn umgebenden Scenen ihm nichts als ein System äußerer Regeln und Gebräuche enthüllten, so war zwischen seinem Gemüth und den Segnungen des christlichen Glaubens eine Scheidewand aufgerichtet; und die Seele, geschaffen, sich in dem Lichte der göttlichen Liebe zu erquicken, hatte nur ein Unterpfand des ihr bestimmten, aber nicht erlangten Antheils in der Zuneigung der treuen Freunde, welche seine Leiden linderten und sich bestrebten, die Leere seiner zur Neige gehenden Jahre auszufüllen.

Diejenigen, welche sich des vertrauenden Wohlwollens erinnern, das in Leopardi's Gesichtszügen sich aussprach, und welche wissen, wie frei von aller Bitterkeit sein Bewußtsein erlittenen Unrechts, wie rein von der Ansteckung persönlichen Hasses seine Mittheilungen über sein Unglück waren, werden sich den Trost zugestehen, darauf zu vertrauen, daß sein Heimgang sowol in Frieden als zu Frieden war, und daß seine letzten Betrachtungen von den Strahlen des so treulich ersehnten und so schmerzlich verdunkelten Glaubens erhellt gewesen sein mögen. Das Rückenmarksleiden, welches seinen Körper krümmte, ließ seine Züge, abgesehen von dem Eindruck der lebenslänglichen

Schmerzen, so unberührt, daß diese Entstellung nicht auf die Geburt eines Menschen, in welchem das merkwürdige Gleichgewicht der geistigen Anlagen eine ursprüngliche Richtigkeit der physischen Verhältnisse voraussetzen läßt, zurückgeführt werden kann, sondern aus einem Unglücksfall und aus Vernachlässigung in seiner frühen Kindheit entstanden sein muß. Am 14. Juni 1837 verschied Giacomo Leopardi zu Neapel in dem Hause seines geliebten Freundes Antonio Ranisi, der während der letzten sieben Jahre über ihn gewacht und ihm die Dienste hingebender Freundschaft dargebracht hatte.

Seitdem Italien Gedanken- und Preßfreiheit erlangt hat, ist viel zur Ehre des so früh verstorbenen Dichters geschrieben worden, aber theils Erträumtes, theils durch Parteiansichten Gefärbtes. Ein vorurtheilsfreier Bericht über seine Werke ist in deutscher Sprache, von Bunsen's Freund Karl Meyer, in der Allgemeinen Zeitung vom September 1840 veröffentlicht worden; aber der Mensch selbst war von höherem Werth als irgendwelche der Spuren seines Daseins, die er hinterlassen hat.

„Ese cuerpo, que con piadosos ojos estais rimirando, fué depositario de una alma, en quien el Ciel puso infinitas partes de sus riquezas." *)   Cervantes.

---

*) „Dieser Körper, den du mit mitleidsvollen Augen betrachtest, war das Behältniß einer Seele, in welche der Himmel seiner Reichthümer unendlich viele niedergelegt hat." — Das erste Werkchen, das Leopardi's Namen begründete, war sein 1818 herausgegebener „Gesang an Italien", worin der klägliche Zustand der Gegenwart des herrlichen Landes im Vergleich mit seiner großen Vergangenheit in glühenden Farben gemalt wurde. — Der Commentar über das von Mai und Zohrab herausgegebene Chronikon des Eusebius und die erste Sammlung seiner Canzonen (1826) sind oben erwähnt. Eine zweite Sammlung Canti erschien 1831, ebenso 1833 der erste Band seiner lyrischen Gedichte. Von andern Arbeiten sind die Operette morali, die Blumenlese der italienischen Literatur und der Commentar zu Petrarca's Gedichten besonders bemerkenswerth. — Der oben erwähnte Aufsatz Karl Meyer's (Beilage zur „Allgemeinen Zeitung" Nr. 251—254, 7.— 10. September 1840) enthält nicht nur eine genaue biographische Skizze, sondern auch gut ausgewählte und meisterhaft übersetzte Auszüge aus Leopardi's wichtigsten Gedichten und eine eingehende (heute doppeltes Interesse erweckende) Charakteristik des italienischen Patriotismus und Liberalismus überhaupt. — Die Briefe Leopardi's an Bunsen, sämmtlich von hohem Belang für die italienische Literaturgeschichte, beziehen sich vor allem auf die Zeit, wo Bunsen in Rom für ihn thätig war; und außer seinen eigenen Briefen aus den Jahren 1823—1825 sind auch die Briefe des Cardinals della Somaglia an Bunsen, auf die sich dessen Brief an Niebuhr vom 16. August 1825 stützt, noch vorhanden. Nicht minder bedeutsam aber sind Leopardi's Schreiben aus der späteren Zeit in Florenz und Neapel (1827—1830; 1832—1835).

Noch ganz in dieselbe Zeit der Ungewißheit über seine äußere Bestimmung wie die zuletzt mitgetheilten Briefe an seine Schwester gehört eine Stelle in Bunsen's Tagebuch vom 18. Januar 1824:

Morgen vielleicht werde ich wissen, wo und in welchen Berufsgeschäften ich die nächsten Jahre zubringe; meine Stellung in der bürgerlichen Welt hängt vielleicht überhaupt von der Entscheidung ab, die ich begehrt und die gewiß schon gefällt ist. Und doch, wer recht lebendig an Gott glaubte und an Christi ewige, thätige Macht, der würde kaum daran denken, als um auszusprechen: „Gottes Wille geschehe". Das habe ich auch diesmal gefunden, daß man handeln muß nach reifer Erwägung, aber ohne von Hoffen oder Fürchten hin- und hergezogen zu werden. Das habe ich auch diesmal gethan und deshalb werde ich mich dieses Schrittes immer freuen. Ich glaube, Niebuhr wird ihn billigen, obwol er schwerlich gerathen hätte ihn in dieser Form zu thun.

Wie ist das vorige Jahr im Flug entschwunden! Zuerst liturgische Arbeiten, als Beschluß des Angefangenen, dann in der letzten Zeit von Niebuhr's Aufenthalt topographische, dann die Geschäftsführung, wieder Pause für topographische Arbeiten, Krankheit und Tod des Papstes, mit dem Conclave zum Schluß, Niebuhr's Brief, Entschluß zu schreiben, Bericht vom 15. December und Schreiben an den Minister.

Alles hängt davon ab, Jedes zu seiner Zeit und ganz zu thun. Versäumten Stunden müssen ganze Tage geopfert werden. O des sinnreichen Gleichnisses von Nizza: Fels am Gestade *)!

Geschäfte neben Studien, und neben beiden häusliches, sogar geselliges Leben zu führen, ist schwer, weil es den meisten Menschen an Charakter fehlt, die Mittel zum Zwecke zu wollen und die nothwendigen Folgen von Ursachen anzuerkennen.

Alles beruht darauf, aus dem Leben eine Kunst zu machen. Es ist dies nichts anderes, obgleich es sehr verschieden klingt, als wenn man sagt: Der Glaube ist Alles und die Werke nichts. Das Werk ist gleichgültig; die Art, wie es gethan wird, entscheidet.

Es gut zu thun, erfordert aber eben Glauben, und die Besonnenheit, das Vergessen seiner selbst, das Pflichtgefühl, was daraus fließt. Aeußerlich ist Wachsamkeit das Nöthigste. Wachsamkeit wird gewährt durch Gebet.

Meines Berufes habe ich mich von Gott versichert; möchte ich es auch seiner Ausführung bleiben! Das setzt gründliches Streben und Leiden-

---

*) Der einzelnstehende Felsblock am Eingang des alten Hafens von Nizza bot Bunsen bei seinem ersten Eintritt in Italien, wo er allein und mit weiten und beschwerlichen Plänen beschäftigt war, Stoff zum Nachdenken; mehr als einmal sprach er von dem damals empfangenen Eindruck, doch findet sich keine weitere Aufzeichnung über die Art der dadurch hervorgerufenen Betrachtungen.

schaftslosigkeit, also Wahrheitsliebe über Alles, voraus. Mit den wichtigsten Absichten, mit voller Kenntniß des Zwecks, können die Mittel verkehrt sein. Nichts drucken zu lassen über das, was man praktisch will, das ist ein Grundsatz, den ich hoffe nie zu vergessen. Aber sie sich niederschreiben, eine durchgedachte Sache ausführen, sich hineinleben, sich mit Freunden besprechen, das frommt.

Uebrigens nichts thun im öffentlichen Leben als mit Beruf und mit der Ueberzeugung, daß man auf festem Boden steht. Man muß, ehe man den ersten Schritt thut, die Folgen des letzten vor Augen haben.

Macht ist Mittel; aber nur die rechten Mittel haben Segen. Gott allein weiß die zu wählen, die uns unter den guten frommen. Sein Ruf liegt in der Wendung unserer Schicksale, soweit wir ihn mit innerlicher Gewißheit erkennen, sonst dienen wir den Anzeichen.

Im diplomatischen Leben bleiben soll und will ich nicht, denn ich weiß, daß ich in einem anderen zu Hause bin. Cui bono? Das praktische Leben zu suchen, treibt mich mein Sinn und der Freunde Ausspruch. Werde ich rechten Muth und Glauben haben, wenn man mir meinen Wunsch der Reise erfüllt, ohne meine Stellung im bürgerlichen Leben zu sichern? Ich hoffe es zu Gott, der mir die Kraft dazu ins Herz gelegt.

Wie kleinlich sind doch des Menschen Sorgen, und wie thöricht seine Hoffnungen! Gewiß ist nur der Pflug sicher, an den wir Hand anlegen, ohne zurückzublicken. Rückblicken und Reflectiren ist Erlöschen des Lebens.

Wie hat Gott mich ohne alles Verdienst so gesegnet!

Welche Seele hat Er mir zugegeben, und welche jungen Gemüther unter meine Leitung gestellt; welche Freunde, welche Leiter und Führer hat Er mir gegeben! Uebermuth wäre Anheimfallen an die göttliche Nemesis, Kleinmuth Undank. An einem Stabe ging ich über den Jordan, und als ein Volk läßt Er mich die Rückkehr hoffen. Arm und verwaist zog ich in die Thore der Stadt ein, worin ich mein Glück fand. O, welcher Ernst sollte immer in meiner Seele sein, welcher dankende Eifer in meinem Gemüth! Was ich gehofft und geahnet, wie viel herrlicher ist's in Erfüllung gegangen!

Und hier auf dem Sitze der römischen Größe sollte ich träge sein? Welches Glück in Rothe's Ankunft!

Und ich sollte Gottes vergessen! O meine Schwester! Wird die Welt wieder aufleben, so wird sie es durch das Evangelium und mit ihm!

> O deck mit Vaterhand,
> Herr, unser deutsches Land,
> Sei ihm ein Schutz!

Dieser Aufzeichnung schließt sich sogleich die folgende vom 7. Mai 1824 an:

Man könnte ſagen, ohne witzig ſein zu wollen, daß die falſchen Her=
vorbringungen in der Kunſt von ſeiten derer, welche die wahren Grund=
ſätze gefaßt haben und eifrig verbreiten, im Unglauben ihren Grund
haben. Wenn es darauf ankommt, ſich ſelbſt aus dem Innerſten heraus
zu ſprechen, ſo können ſie ſich nicht enthalten, über die großartige Einfach=
heit und Natürlichkeit hinauszugehen, wie ſie meinen, um doch größere
Kraft zu zeigen und größere Wirkungen hervorzubringen. Hielten ſie den
Glauben an das Beſſere recht lebendig feſt, ſo würden ſie ſich dadurch nie
irremachen laſſen. So Baini in ſeinem Miſerere. Das zeigt alſo doch,
daß die Sache nicht Natur geworden, ſondern Syſtem geblieben iſt, Sache
des Verſtandes, richtige Ueberzeugung, die gegen falſches Syſtem oder
gegen das innere verdorbene Gefühl und andere Motive des äußeren Men=
ſchen ſich hält. Wenn alſo das Genie der Glaube an das Wahre iſt, ſo
kann man auch ſagen, daß dies Genie uns hilft ohne ſittliche Kraft.
Welch ein Beiſpiel iſt Goethe!

Stumpfheit und Ueberreizung ſtehen wie zwei grinſende Teufel an
den beiden Seiten unſeres geiſtigen Lebens. Die Einen können ſich zu=
frieden geben, bis ſie nach Lichtenberg's Ausdruck den Kalbsbraten mit
geſchmolzenem Blei zugerichtet eſſen, die Anderen preiſen Leber als die ein=
fache natürliche Fleiſchſpeiſe und rühmen ſeinen Geſchmack als den allein
wahren: Pantheiſten und formale abergläubiſche Katholiken, Jakobiner und
Despotenknechte.

Und was das Schlimmſte iſt, ſo fällt man oft einem oder beiden
Teufeln in die Hände; wenn ihn der eine plagt oder langweilt, denkt er,
er iſt bekehrt und geheilt und läuft dem anderen in den Rachen. Alle
wirklich lebendige Wahrheit liegt im Gewiſſen. Die kein Gewiſſen haben,
können nur Tod oder ganz ungeſundes Leben haben wollen. Der Jako=
biner verachtet Alles, was das Leben individuell und ausgezeichnet gebildet
hat. Der wahre Proteſtantismus iſt ganz aufs Gewiſſen gegründet, in=
ſofern er ſich halten ſoll auf innerlich empfundene Treue und Glauben.

Die große Schwierigkeit iſt, den Menſchen begreiflich zu machen, daß
das Höchſte und Beſte als das Einfachſte nicht unter dem Verwickelten,
Zuſammengeſetzten, Künſtlichen, ſondern über ihm iſt.

Das folgende, auch in der eben mitgetheilten Stelle des Tagebuchs
berührte „Königslied" verdankt etwa derſelben Zeit ſeine Entſtehung.
Nach der Melodie des „Heil Dir im Siegeskranz" gedichtet, legt es
den Hauptnachdruck auf die allgemein deutſche Bedeutung des preußi=
ſchen Regentenhauſes und erweckt daher heute ein doppeltes Intereſſe.*)

---

*) Der fünfte Vers dieſes Liedes war von Eduard Gerhard, der übrige
Theil von Bunſen gedichtet. Es wurde regelmäßig bei der (ſpäter noch näher
beſchriebenen) Geburtstagsfeier des Königs in Rom oder Frascati geſungen.

Königslied.

1.

Heil, unserm König Heil,
Dir, Friedrich Wilhelm, Heil,
Flehen wir all:
Lang' ihn, o Herr, bewahr,
Stärk ihn von Jahr zu Jahr,
Führer der Heldenschar,
Jubel erschall!

2.

In deinem Gnadenblick,
Zu deines Volkes Glück,
Sandtest du ihn:
Recht und Gerechtigkeit,
Wahrheit, Barmherzigkeit,
Freiheit, Gesetzlichkeit,
In ihm erblühn.

3.

Zollerns erhabner Stamm,
Leuchtend in Siegesflamm',
Stehet er da:
Von seinem Wipfel bringt,
Durch Leid und That verjüngt,
Dein Adler ruhmbeschwingt,
Borussia!

4.

Unter des Sturmes Drohn,
Schallet um deinen Thron,
Laut Deutschlands Wort:
Steh wie ein Fels im Meer,
Herrsche von Meer zu Meer,
Germania's Ruhm vermehr',
Vaterlandshort!

5.

Der du im Kriegesbruck
Friedlichen Musenschmuck
Mild uns bescheert:
Vater des Vaterlands,
Schütze im Friedenskranz
Länger des deutschen Manns
Heimischen Herd.

6.

O, deck mit Vaterhand
Gott unser deutsches Land,
Sei unser Schutz:
Schlinge der Eintracht Band
Mächtig ums Vaterland,
Zwietracht sei ganz verbannt,
Dem Feinde Trutz.

Im Jahre 1823 begleitete Herr von Radowitz den Prinzen August von Preußen*) nach Rom, und es war damit Gelegenheit gegeben für die Bildung eines Freundschaftsverhältnisses, welches zeitlebens währte und die Probe wesentlicher Meinungsverschiedenheiten von Männern bestand, die so verschieden in ihrer Ueberzeugung, ihren Grundsätzen so treu und von einem so ausgeprägten Charakter waren wie Radowitz und Bunsen. Sie begegneten sich auf dem gemeinsamen Boden persönlicher Anhänglichkeit an den Kronprinzen (den nachherigen König Friedrich Wilhelm IV.) und Hingebung an seine besten Interessen, an alles Vortreffliche in ihm und die gute Regierung des Landes, die sie sich Beide als eine monarchische dachten, welche der

---

*) Bereits vor dieser Reise des Prinzen August war Prinz Heinrich von Preußen nach Rom gekommen, wo er eine Reihe von Jahren aus Gesundheitsrücksichten verweilte und während dieser Zeit in eifrigem, mündlichem und schriftlichem, Verkehr mit Bunsen stand.

Freiheit des Denkens und Handelns vollen Raum gewähre, und die
öffentliche Meinung eines verständigen und gebildeten Volkes beachte;
und Beide hatten zu große Achtung für einander, um jenes innerste
Heiligthum, welches sie nicht gemein hatten, anzugreifen. Sie theilten
auch die universellen Sympathien für alles wahrhaft Menschliche, von
denen sich eine Intelligenz vom höchsten Grade niemals ausschließen
kann; und die ursprüngliche Herzenswärme Beider war die Quelle
gegenseitiger Anziehung und der Boden ihrer Gemeinschaft. Sie hat=
ten sich zuerst in Berlin getroffen bei Gelegenheit von Bunsen's dor=
tigem Aufenthalt im Jahre 1817, aber damals mehr mit dem Be=
wußtsein der Verschiedenheit ihrer geistigen Organe; jetzt ging dasselbe
in die Empfindung gegenseitigen Verständnisses über, von dem Augen=
blick an, wo Radowitz in dem häuslichen Kreise Bunsen's in Rom
gewissermaßen einheimisch wurde. Dort suchte er nämlich seine Er=
holung von den mit dem Prinzen besuchten anspruchsvolleren Gesell=
schaften, und er war bei solchen Veranlassungen gewohnt, dem ange=
sammelten Stoff von Erbitterung, die durch seinen inneren Widerwillen
gegen jene Gesellschaften erzeugt war, Luft zu machen in glänzenden
Ausfällen beschreibender und neckender Natur, zur unaufhörlichen
Unterhaltung seiner Zuhörer. „Ist es recht", pflegte er zu sagen,
„einen Mann, welcher seine Christenpflicht nicht zu vergessen wünscht,
in Versuchung zu führen, seinen Nächsten eher zu hassen wie zu lieben
durch die Verpflichtung zu stundenlangen Diners zwischen zwei Per=
sonen, die für das Auge und das Gemüth gleich fremd sind?"

Radowitz und Bunsen trafen sich erst im Jahre 1838 wieder, als
der letztere mit seiner Familie auf seiner Reise von Rom nach Eng=
land einige Tage in Frankfurt verweilte, wo sie von Radowitz (da=
maligem Militärbevollmächtigtem am Bundestag) und seiner bewun=
dernswerthen Frau mit unbeschreiblicher Güte aufgenommen wurden.
Bei späteren Gelegenheiten, wo Bunsen von seinem königlichen Herrn
zu Berathungen von England aus eingeladen wurde, mochte es wol
von ihm heißen, daß er den Pfad von Radowitz kreuze, da er in
mehr als einem Fall dazu berufen wurde, in Gegenständen, welche
der König vorher Radowitz vorgelegt hatte, auch seine Meinung ab=
zugeben. Aber wie verschieden auch die Rathschläge gewesen sein
mögen, welche die beiden königlichen Freunde, die von Natur so ver=
schieden waren, dem Fürsten gaben, so hat es doch allen Anschein,
daß niemals Eifersucht oder Mistrauen zwischen ihnen entstanden ist;
so fest war ihre gegenseitige Ueberzeugung, daß die Absichten des

Anderen rein seien und alle Parteiansichten oder irgendwelche krummen Linien der Politik darin fehlten.

Von Radowitz ist eine 1824 in Rom gegen Bunsen gemachte Bemerkung im Gedächtniß geblieben: „Der Kronprinz kann sich jetzt frei mit seinen selbstgewählten Genossen und seinen Lieblingsgedanken zerstreuen, aber wenn er König geworden ist, wird sich dies Alles ändern. Er wird der Gewohnheit der Könige anheimfallen, und Sie und ich müssen darauf rechnen, wie Fallstaff und die übrigen Freunde von Heinrich V. beiseitegeworfen zu werden."

Bei derselben Gelegenheit mag noch erwähnt werden, wie Radowitz im Jahre 1851 verwundeten Herzens eine kurze Zeit in der Familie Bunsen's verweilte, bevor er nach Hause zurückkehrte, wo er die gehäuften körperlichen und geistigen Leiden nicht lange mehr überlebt hat.

Von einem anderen Bekannten aus derselben Zeit, Herrn von Rheineck, gibt ein Brief Bunsen's an Niebuhr vom 8. Januar 1824 Bericht:

Ein tüchtiger Offizier, der zwei Jahre in Griechenland gewesen und sehr genau unterrichtet ist, Herr von Rheineck, ehemals Adjutant des Generals Müffling, hat mir sehr wichtige Nachrichten von Griechenland und Documente mitgetheilt, über deren Inhalt ich Sie jedoch nur auf Berlin verweisen kann, wohin ich sie gesandt. Missolunghi's Befreiung durch die Jahreszeit und die Bestechung der Albaneser durch Maurocorbato hat er mir vorhergesagt. Er verließ diesen vor 3½ Monat. Kolokotroni's Schuld ist außer allem Zweifel; von Armee ist noch immer nichts zu sehen, wohl aber ist der Landsturm der peloponnesischen Bauern vollkommen organisirt. Das Volk schreit nach einem König, um den es die Jupiters der Erde ersuchen möchte; Maurocorbato und Alle, außer Kolokotroni's Anhang, wollen dasselbe. Die englischen Whigs haben ihnen den Prinzen Koburg vorgeschlagen.

Herr von Rheineck blieb während des größten Theiles des Sommers 1824 in Rom und war im Bunsen'schen Hause immer ein willkommener Gast; im Herbst kehrte er nach Griechenland zurück und fuhr fort, diesem Lande mit begeisterter Hingebung bis zu seinem Lebensende zu dienen.

Einige Angaben über den das römische Leben umgebenden Horizont scheinen nothwendig, um so zu sagen einen Rahmen für das tägliche Leben Bunsen's während des Winters 1823—24 zu bilden, wo die Anwesenheit des Generals von Dörnberg und seiner Familie viel zu dem geselligen Vergnügen dieses Winters beitrug, und das Interesse, welches der General an der römischen Topographie nahm, ihn

Bunsen auf seinen Untersuchungsgängen und Ritten begleiten ließ. Diejenigen, welche sich Dörnberg's, des chevalier sans peur et sans reproche, erinnern, werden nicht der Erwähnung bedürfen, daß sein persönliches Auftreten, die schöne Gestalt, die gebietende Haltung, das anmuthige und würdevolle Benehmen gerade so waren, wie sie das Auge zum Einklange mit seinem Rufe verlangte. Gründete sich doch dieser Ruf nicht blos im Allgemeinen auf seine Dienste in Spanien und Deutschland, sondern speciell auf die Heldenthat, wie er mit seiner unerschrockenen Truppe durch das Wagniß eines plötzlichen Angriffs auf Lüneburg im Jahre 1813, als diese Stadt von General Morand unter Davoust besetzt gehalten wurde, außer der Stadt selbst auch das Leben von 70 Bürgern rettete, welche von dem französischen General mit einer unerschwinglichen Brandschatzung belegt waren und im Fall der Nichtbezahlung derselben am nächsten Morgen erschossen werden sollten! Dörnberg mit seinen 1500 Landwehrleuten war 10 Meilen entfernt, als die Nachricht des angedrohten Mordes ihn erreichte, blos 24 Stunden, bevor diese ausgeführt werden sollte. Die Jahreszeit war Ende October und die Straßen noch unwegsamer als gewöhnlich. Aber die ganze Truppe war von dem Geiste ihres Befehlshabers erfüllt und so ward der Gewaltmarsch ausgeführt, die Befestigungen wurden erstürmt, der französische General fiel und seine Truppen zogen sich (unter dem Eindruck, daß ein so kühner Angriff eine größere Armee zu seiner Unterstützung haben müsse) aus der Stadt zurück, unter dem ersten Schatten der Nacht, welche für die Gefangenen die letzte hatte sein sollen.*)

Die Ursache zur Reise der Dörnberg'schen Familie nach Italien war die Herstellung ihres einzigen hoffnungsvollen Sohnes, aber sie sollten ihn nicht wieder über die Alpen zurückbringen.

Lord und Lady Hastings und ihre drei Töchter, erst jüngst aus ihrer königlichen Stellung in Indien zurückgekehrt, wurden während dieses Winters in Rom ebenso bewundert, wie noch an jedem Orte, wo sie gewohnt hatten; und die Herzlichkeit, welche mit ihren prächtigen Empfangsabenden in der Villa Miollis verbunden war, wird von denen, die sie erfuhren, in dankbarem Andenken gehalten, sofern es deren außer der Schreiberin noch welche gibt. Viele der

---

*) Auf den Charakter des tapfern Generals wirft eine Stelle aus einem Briefe von ihm an Bunsen aus Petersburg, 29. Juni 1827, ein helles Licht: „So sind wir immer Wanderer, bis wir die große Reise antreten, auf die wir uns hier nur vorbereiten sollen. Ob wir uns je hier wieder treffen, mein theuerster Freund, ist sehr ungewiß, aber dort hoffe ich es sicher."

Namen und Gestalten, welche die glänzenden Empfangsabende in Rom
schmückten, boten Interesse; unter letzteren aber nahmen die des österreichischen Gesandten im Palazzo di Venezia immer den ersten Rang
ein, nicht blos wegen der großen Räume und der schönen Verhältnisse
dieses Palastes, sondern noch mehr durch die dem Grafen und der
Gräfin Apponyi eigenthümliche Vollendung in der Kunst, eine Gesellschaft zu empfangen. Einer dieser vielen Abende war zu bemerkenswerth, um nicht besonders erwähnt zu werden. Zur Geburtstagsfeier
der Gräfin wurde nämlich nach der Aufführung eines französischen
Schauspiels durch Liebhaber (unter ihnen Prinz Gustav von Mecklen-
burg, Fürst Gagarin, Lady Belfast, Herr Craven und die Nichte der
Madame Récamier, die nachmalige Frau Lenormand, welche am meisten bewundert wurde) eine Charade in Bildern dargestellt aus ungewöhnlich schönen Bestandtheilen. Das Wort war Délire; für die
Silbe Dé (Würfel) waren die „Würfelspieler" von Paul Veronese
gewählt, wobei die schöne Prinzessin Rasumoffski mit den zwei Kindern des Grafen Apponyi die Gruppe der Flehenden bildete, welche
sich bemühten, den ertappten Spieler wegzuholen. Die zweite Silbe
lire wurde von Sappho mit ihrer Lyra dargestellt, umgeben von ent-
zückten griechischen Nymphen; es war dabei eine solche Fülle von
Schönheit entfaltet, wie schwerlich einer der Zuschauer je wieder eine
gleiche gesehen hat. Denn wo so wie in Rom die Gesellschaft aus
Leuten verschiedener Nationen besteht, und man somit unter den besten
einer jeden die Wahl hat, muß der hervorgerufene Gesammteindruck
der größte sein. Die Gruppe war geschickt aufgestellt und die Beleuchtung vollkommen unter der Anleitung des Malers Flohr aus Hamburg. In der Mitte saß Sappho hoch auf Felsen; zur Rechten und
zur Linken, sowie vor und hinter ihr hatte man Unebenheiten des
Bodens hergestellt, auf welchen die verschiedenen Nymphengruppen,
jede deutlich sichtbar, hervortraten. Sappho war Lady Francis Leveson
Gower (nachherige Gräfin Ellesmere, geborene Gréville), eine Statue
von parischem Marmor mit Gliedern und Gesichtszügen von classischer
Vollendung, die Augen Juwelen von reinstem Wasser und die ganze
Gestalt durch keinerlei Spiel der Nerven in ihrer bewegungslosen
Majestät gestört. Jede der Nymphen würde besondere Erwähnung
verdienen, es können aber nur die angeführt werden, deren Namen
der Schreiberin bekannt sind: Frau Dodwell, jetzige Gräfin Spaur
(geborene Gräfin Giraud), zwei Schwestern Bischi, Italienerinnen von
seltener Lieblichkeit, Miß Walker (Tochter des Generals), zwei reizende
italienische Kinder und die glänzende Miß Bathurst, deren vollendete,

in Jugendblüte prangende Gestalt kurz darauf in einem Augenblick in der angeschwollenen Tiber verschwand, als sie am Rand des Flusses auf dessen gefährlichem Ufer ritt. Aber keine tragische Vision der drohenden Zukunft trübte den Eindruck der Gegenwart. Die Schlußdarstellung des ganzen Wortes „Saul unter dem Einfluß des bösen Geistes" war nicht so erfolgreich wie das Uebrige, indem das Musikstück, welches man gewählt hatte, um dem gestörten Geiste des Königs Beruhigung zu gewähren, einer Scene aus Rossini's „Donna del Lago", der damals beliebtesten Novität, entnommen war.

An diesem Abend wurde auch Madame Récamier in der Gesellschaft gesehen; es war die einzige Gelegenheit, bei welcher sie die völlige Zurückgezogenheit verließ, welche sie während des in Rom verbrachten Winters beobachtete. Die schöne Gestalt, das anmuthige Benehmen, die milden und wohlwollenden Gesichtszüge bildeten noch treffende Reste der allgemein anerkannten Anziehungskraft. Nur ein einziges mal kam sie auch morgens früh, von ihrem treuen Begleiter, dem Herzog von Montmorency, geführt, zu dem Palazzo Cavarelli, da der Blick von diesem Hause eine der bewundertsten Aussichten in Rom war, und bestätigte dann durch den Reiz ihres Benehmens den Eindruck jenes Abends.

Bei allen solchen festlichen Gelegenheiten warf Bunsen gelegentlich einen Blick auf die ihren Gang nehmenden Vergnügungen; aber das zurückgezogene Plätzchen, welches er nie aufzusuchen verfehlte, war der bei jedem römischen Fest mit einladenden Sitzen für die Prälaten, Diplomaten und alle solche männliche Gäste, welche Gelegenheit zur Unterhaltung wünschten, hergerichtete Raum, ungestört durch die kleine Zahl von Spieltischen und ihren Stammgästen. Solche Abendgesellschaften boten viele Vortheile vor dem herkömmlichen diplomatischen Morgenbesuch, noch außer dem wesentlichen Gewinn, nicht die köstlichen Stunden der Morgenmuße wegzunehmen; und sehr vermißte Bunsen in späterer Zeit diese Einrichtung, welche die größeren Räume in Rom möglich machten, dagegen der Mangel an Raum in London verhinderte; einen Ball rechnete er zu den vielen Veranlassungen zur reinen Ermüdung, weil für die Bequemlichkeit und Unterhaltung des nichttanzenden Theils der Gesellschaft keine Sorge getragen wurde.

Im April 1824 war das Modell der Thorwaldsen'schen Gruppe „Wer kauft Liebesgötter?" eben fertig geworden, und es wurde ihre Ausstellung in Marmor ungeduldig erwartet. Der Humor und die Charakterkenntniß sowol, wie die Anmuth und Formenschönheit dieser wahrhaft poetischen Darstellung werden sie gewiß in das Gedächtniß der Reisenden zurückrufen; aber in der Gestalt, die den Kopf mit den Händen und den auf den Knien ruhenden Elnbogen stützt und nie= dergebeugt scheint unter der Last des triumphirenden Cupido, der auf ihrem Nacken festsitzt, erkannten die Freunde des Bildhauers nur zu deutlich das Sinnbild eines Theiles seiner eigenen Lebensgeschichte.

Aus demselben Monat April mag noch folgende Mittheilung an Niebuhr hier Platz finden:

Möge die Witterung weniger unerhört bei Ihnen gewesen sein als hier. Seit drei Wochen liegen alle Berge voll Schnee, seit acht Tagen die albaner Ebenen bis an die Frattocchien. Ganz Rom ist heiser, viele sind gestorben, unter Anderen die alte Herzogin von Devonshire (die nicht katholisch geworden). — Herr von Rheineck ist in Pisa, wohin ich ihm mit der heutigen Post schreibe; er wird gewiß sichere Nachricht und prompt schaffen. Palestrina's Porträt lasse ich für Baini nach drei von Schnorr componirten Zeichnungen stechen.

Der Monat Mai, immer so schön in Italien, und dieses Jahr von besonders üppiger Vegetation, wurde noch mehr genossen durch einen Ausflug nach Tivoli, Vicovaro und San=Cosimato, mit der Absicht, einige Theile des Landes dem neuangekommenen Gesandt= schaftsprediger Rothe und seiner Frau zu zeigen.*) Außer den cyklo=

---

*) Der erste Eindruck Bunsen's von Rothe, wie er ihn in dem Briefe an Niebuhr vom 8. Januar 1824 ausspricht, dürfte wol nicht ohne Interesse sein. Es heißt hier: „Rothe ist unterdessen angekommen und wird morgen seine Antritts= predigt halten; sein Aeußeres ist dem von Schmieder sehr ähnlich und verspricht sehr viel; sein Greuel am Wittenberger Gesangbuch läßt mehr Geschmack hoffen, als dieser besaß. Seine Frau ist ein ganz blutjunges Landfräulein, etwas herrn= hutischer Art, aber ganz natürlich, so weit ich bis jetzt urtheilen kann. Ich bin fest überzeugt, wir verdanken Nicolovius zum zweiten mal eine sehr glückliche Wahl. Rothe's Ankunft hat allgemeines Interesse hier erregt." Bevor Schmieder's Nach= folger in Rothe ernannt war, hatte sich Bunsen (wie dann abermals im Jahre 1827, wo sich die Sache ebenso wie diesmal an dem Bedenken Hey's zerschlug, der Aufgabe nicht gewachsen zu sein) lebhaft dafür interessirt, Hey nach Rom zu ziehen. Ein Brief an Niebuhr vom 29. August 1823 spricht die „vollkommene Sicherheit" aus, daß dieser „alle Erwartungen übertreffen werde, wenn er in eine Lage komme, wo sein tiefer und lebendiger Geist sich aufrichten könne", und fährt dann fort: „Es hat während der letzten Jahre zu meinen betrübendsten Betrach= tungen gehört, wenn ich bedachte, wie das Glück mich unaufhörlich begünstigt hat, während zwei meiner Freunde, deren innere Tüchtigkeit sich mir in zwölfjähriger Erfahrung immer mehr beurkundet hat, je mehr glänzende Erscheinungen ich schwin= den oder untergehen sah, und die ganz andere Ansprüche auf Gelingen und Ehre und Ansehen in ihrem Berufe haben als ich, ich meine Hey und Neck, mit widrigen Umständen und der harten Nothwendigkeit des Lebens kämpfen müssen. Und was

pischen Unterbauten von Vicovaro wurde die schöne Kapelle besucht, die dort im 14. Jahrhundert von den Brüdern Pisani errichtet worden ist. Dabei fand man Gelegenheit, die völlige Vergessenheit zu beobachten, in die durch den Mangel persönlicher Bildung und geselligen Verkehrs nicht blos Persönlichkeiten oder Denkmäler, sondern ganze Zeiträume fallen können. Als der Priester des Orts auf unsere Fragen die Antwort gegeben hatte, „die Kapelle sei ein heidnisches Gebäude gewesen, von einem anderen Orte herübergeschafft auf Befehl der Familie Orsini" (deren Namen als der der Grundbesitzer eingegraben und daher der Vergessenheit entzogen war), wurden ihm die eingemeißelten Gestalten der Heiligen und Engel gezeigt. Er erklärte darauf, diese seien „von Sklaven des Hauses Orsini gearbeitet". So war die kunstvolle Arbeit des freigeborenen toscanischen und christlichen Bildhauers in der örtlichen Redeweise zu dem bestellten Tagewerk heidnischer Leibeigenen geworden.

Ueber den im Anfang des Jahres 1824 dem Abscheiden Pius' VII. so rasch folgenden Tod des Cardinals Consalvi*) meldet ein Brief Bunsen's an Niebuhr vom 11. Februar 1824 folgendes Nähere:

---

für eine Hoffnung hat jener in dem kleinen Gotha mit dessen kleinlicher Protection, und überhaupt in Deutschland, bei seiner drückenden Lage und seiner unermüdlichen apostolischen Seelsorge, die ihm nicht erlauben, den freilich auch nicht sehr lockenden Weg literarischen Rufs zu versuchen! Und das sage ich mit vollkommener Ruhe, wie anmaßend es auch klingt, ein solches Urtheil zu fällen: aus seinem Geiste allein ließen sich ein Dutzend unserer akademischen Reputationen schneiden, die alle zusammen wieder seinen Charakter und seine Seele nicht werth sind."

*) Consalvi's Thätigkeit auf dem Wiener Congreß und seine spätere Verwaltung des Kirchenstaates ist längst ebenso geschichtlich anerkannt wie seine persönliche Haltung als Haupt der Liberali oder Politici gegenüber den besonders durch Cardinal Pacca geleiteten Zelanti, welche nach seinem Tode die Oberhand in der Curie gewannen. Außer einem längeren Briefe Consalvi's an Bunsen vom 13. August 1823 über das den preußischen Bischöfen gewährte Recht, im dritten und vierten Grade der Blutsverwandtschaft Dispens zu ertheilen, worin die Haltung der preußischen Regierung bei der Ausführung des Breve sehr anerkannt wird (es heißt darin z. B.: „Sua Santità essendo soddisfatta dell' impegno dimostrato dal Real Governo Prussiano per la esatta e leale esecuzione che si e' intrapresa della Bolla «De salute Animarum», e volendo per la Sua parte dare a Sua Maestà Prussiana una nuova dimostrazione degli estesi riguardi che Le professa, non si ricuserà ad accordare ai Vescovi della Monarchia Prussiana la facoltà di dispensare nel 3. e 4. grado di consanguinità e di affinità anche con i ricchi, come ne godono i Vescovi dell' Impero Austriaco"), ist für das persönliche Verhältniß Consalvi's zu Bunsen und seine Beurtheilung der Wirksamkeit des Letzteren unter anderem ein Brief vom 30. August 1823 bemerkenswerth, worin es heißt: „J'ai trouvé moyen de vous faire entrer dans ma lettre à Mr. le comte de Bernstorff et de vous rendre justice." Bunsen's Hochachtung für Consalvi geht aus

Am Sonnabend den 24. Januar ist der Tod des Cardinals Consalvi erfolgt. Die Natur hatte in Porto d'Anzo einen letzten Versuch gemacht, sich zu helfen. Donnerstag früh oder vielmehr Mittwoch Nacht aber über= fiel ihn ein hitziges Fieber, dessen Wuth nichts zu brechen vermochte, und das sich bald als pulmonea kundthat. Die Leiden des Kranken scheinen entsetz= lich gewesen zu sein; er verschied Sonnabends um 1 Uhr. Darüber sind die Meinungen sehr getheilt, ob die nächste Veranlassung der töblichen Krankheit nicht die letzte Anstrengung gewesen, die er Dienstag gemacht. Zum Präfect der Propaganda gemacht, wollte er nämlich durchaus der ersten Sitzung der Congregation präsidiren, ließ sich mit seinen geschwollenen Beinen in und aus dem Wagen tragen, und befand sich schon den andern Morgen höchst unwohl. Schon Donnerstag hielt er seinen Tod gewiß, obgleich nicht so nahe. Freitag Morgen sprach er mit Capaccini noch sehr Vieles ab, den Abend vorher hatte er des Königs Antwort auf sein Glückwünschungsschrei= ben zum neuen Jahre empfangen. Den Papst bat er Sonnabends Mor= gen um seinen letzten Segen, den ihm dieser durch Castiglione sandte; selbst noch immer auf dem Krankenlager, ward er durch den Tod eines so be= deutenden Mannes tief erschüttert. Haß und Neid schien versöhnt; Sonn= tag Mittag, als ich hinging, die Leiche auf dem Paradebette zu sehen, be= gegneten mir viele Römer in den Zimmern mit nassen Augen. Nie sah ich auch eine schönere Leiche, der Ernst des Todes hatte das gemachte Gesellschaftsgesicht so ganz verdrängt, und das Großartige der Stirn und der Augenknochen stimmte so ganz mit seiner Ruhe, daß ich beim Heraus= gehn lauter Affen oder Tollhäusler zu sehen glaubte. Alle seine letzten Handlungen und Verfügungen sind schön, zum Theil großartig. Er dictirte Capaccini selbst den Artikel, welcher als Anzeige in die Zeitung gerückt werden sollte, und wiederholte den schon lange schriftlich niedergelegten Befehl, daß man sein und seines Bruders Grab in der Kirche San=Mar= cello, wo die Familie ihr Begräbniß hat, nur durch eine einfache Marmor-

---

zahlreichen Aeußerungen in seinen Briefen an Niebuhr zur Genüge hervor; mit wie großer Sorge er zugleich die Fortschritte des Krankheitszustandes beobachtete, be= weist die Art, wie die Berichte über die Krankheit Pius' VII. immer mit auf Con= salvi's Befinden eingehen. So heißt es am 16. Juli 1823: „Der Cardinal leidet viel infolge der großen Anspannung und des unaufhörlichen Laufens zum und vom Cabinet des Papstes." Am 9. August: „Was den Cardinal betrifft, so ist er sehr leidend und elend; der Schmerz ist mit größerer Heftigkeit zurückgekehrt als je, und Blutegel haben nur geringe Linderung verschafft; das Uebel bleibt den Aerzten dabei ganz räthselhaft." Und am 21. August (nach dem Tode des Papstes): „Der Cardinal war die letzten drei Nächte nie von seiner Seite gewichen; am Abend des 19. ward er unterm Beten ohnmächtig und fiel in heftiges Fieber; aber er wich nicht und erst als er nach dem Cardinal Castiglione dem Todten, wie es hier Sitte ist, den Fuß küßte, brach er in lautes Schluchzen aus und ließ ihn nicht los, bis er ohnmächtig niedersank. Ob er das Conclave überlebt?"

platte mit der Inschrift der Namen, Geburts- und Sterbetage bezeichnen
sollte. Dagegen hat er, wie Sie wissen, 20000 Piaster niedergelegt für
das große Monument Pius' VII. in St.-Peter, was Thorwaldsen binnen
drei Jahren anfertigen wird. Die Propaganda ist Erbin von etwa
150000 Scudi, nur die Dosen und ähnliche Geschenke kommen theils an
einige Franciscaner-Nonnenklöster, die durch die Revolution verarmt sind,
während ein anderer Theil als Beitrag zu der Erbauung von Façaden für
Ara Celi, La Consolazione, und St.-Andrea delle Fratte deponirt bleiben
soll. Es wird hoffentlich mangirt, noch ehe man Ara Celi verschimpfen
kann. Andere 3000 Scudi werden an die Armen, 2000 an die Famiglia
vertheilt, alle Diener behalten auf Lebenszeit 18 Scudi monatlich. Die
Legate sind meist nur kleine Geschenke, alle unbedeutend, und darum muß
man es auch verzeihen, daß Capaccini nur eine Tischuhr und 200 Unzen
Silber erhalten hat. Capaccini wäre nach Wien gegangen als Internun-
tius, wenn ihn Consalvi's Nachfolger weniger entbehren könnte als dieser.

Der weitere Verlauf dieses Briefes enthält die näheren Einzelheiten über Bunsen's Briefwechsel mit dem Ministerium über seine
eigene Stellung, und fährt dann fort:

Lassen Sie mich Sie recht inständig bitten, falls man Ihnen keine angemessene Aussicht eröffnet, doch ja darauf einzugehen, wenigstens noch ein
Jahr als Gesandter auf Urlaub in Ihrer gegenwärtigen Lage zu bleiben.
Sind Sie denn auch ganz sicher, ob Sie während dieser Zeit sich nicht
entschließen, Rom noch einmal wiederzusehen? Sie haben ja wenigstens
so, wenn Sie nicht gleich jetzt zurückkommen wollen, Muße, den Schritt zu
erwägen. — Ich entschied mich nach reiflicher Erwägung, die Sache so
zu stellen, wie ich es gethan, weil ich durchaus sicher sein wollte, daß man
mir keinen andern Gesandten auf den Hals schickt. Unterdessen habe ich
hier eine köstliche Gelegenheit, die Leute kennen zu lernen; meiner Freunde
Wunsch, ich möge hier bleiben, anderer mir Gewogenen tadelndes Schweigen über mein Bestehen auf dem Urlaub (was ich auf Fragen unbedenklich
ausgesagt), und der Uebrigen, die mich schon als civiliter mortuus ansehen,
Abwenden oder Vergessen, endlich Einzelner unverhohlene Freude über
meinen dummen Streich, mir nichts dir nichts wegzugehen — stehen sich
nebeneinander.

Mich hat zuletzt der Auszug aus Brocchi's römischer Geologie beschäftigen müssen, weil ich ihn mit Ringseis durchgehen will; so bin ich
denn nach Steinen und Schichten hier herumgegangen und durch die Campagna
zur Cervara nach Gabii und am Arno gewandert, meist mit dem trefflichen
General Dörnberg, der wirklich ein herrlicher Charakter ist. — Sagen Sie
mir doch, ob die Geologen wirklich Menschenverstand haben oder Charlatane
sind wie viele Orientalisten? Der ernsthafte Beweis Brocchi's, daß die

Tiber sonst den Arno und andere Flüsse aufgenommen, um zu erklären, wie Flußdepositen 150 Fuß über ihrem Spiegel sich finden, Buch's Annahme, daß wirklich der Fluß so hoch gestanden und das Meer in demselben Verhältniß, kommen mir gerade so vor wie die Behandlung der römischen Geschichte vor Ihnen.

Auch der folgende Brief vom 12. Mai 1824 enthält eine Nachricht von allgemeinerem Interesse:

Durch eine unerwartete Wendung der Umstände ist die Mauer um den alten Kirchhof (im erweiterten Graben) wirklich, sage unter Leo XII.! gezogen, ja ist schon angefangen. Unter der Voraussetzung, daß Sie noch in Berlin sind, erlaube ich mir Sie wegen des Zusammenhangs und des detaillirten Standes der Subscription auf den ausführlichen Aufsatz zu verweisen, den ich heute mit einem Briefe an Fürst Wittgenstein sende, damit er ihn, wenn er will, dem König und den Prinzen vom Hause vorlegen könne. Das Ganze wird den 14. Juli fertig sein.

Der Bericht geht dann auf Einzelheiten ein über den Antheil an den Kosten, welchen verschiedene fürstliche Persönlichkeiten (außer dem König von Preußen) auf sich genommen hätten, die entweder in Rom gewesen waren oder sich noch dort aufhielten, nämlich Prinz Christian von Dänemark (der spätere König), Prinz Heinrich von Preußen, Prinz Friedrich der Niederlande; über die Beiträge der protestantischen Gesandtschaften von Holland und Hannover und über das Ergebniß des thätigen Interesses, welches Dr. Nott (Stiftsherr von Winchester)*) und Dr. Clark (jetzt Sir James Clark) an der Sache genommen und durch ihre Sammlungen unter den englischen Reisenden erwiesen hätten. Wenige Zeilen genügen, um eine ganze Reihe sowol von Unterhandlungen, welche eine außerordentliche Arbeitsmasse mit sich brachten, als von Anstrengung und Aufmerksamkeit auf Bunsen's Seite während verschiedener Jahre anzuzeigen. Das Ziel bestand in der Erlangung eines Schutzes für die Gräber der bereits früher gestorbenen Protestanten, welcher von unzähligen jährlich durch Rom Reisenden ängstlich begehrt wurde, aber längere Zeit eine Unmöglichkeit schien; so eifrig war jede Art von Einhegung des offenen Feldes neben der Pyramide des Cajus Cestius von Cardinal Consalvi im Namen Pius' VII. bestritten worden, zu einer Zeit und unter einer

---

*) Nott's Verkehr mit Bunsen hatte, wie Briefe aus den Jahren 1821—1822 darthun, schon früher begonnen und blieb außerordentlich lebhaft sowol während der weiteren Reisen Nott's durch Italien und Frankreich als nach seiner Rückkehr nach England.

Regierung, welche die Italiener der Laxheit (des Latitudinarismus) und zu großer Gefälligkeit gegen die Fremden beschuldigten. Der jetzige Begräbnißplatz wurde eingemauert und den Protestanten angewiesen zum Ersatz für die ihnen ursprünglich gewährte Erlaubniß, den alten Platz einzuschließen, und der hier erwähnte schließliche Erfolg (welcher der Liberalität des Cardinals della Somaglia und dem Einfluß Capaccini's bei Leo XII. zu verdanken) war ebenso unerwartet als befriedigend.

Einige weitere Nachrichten entnehmen wir ebenfalls wieder Briefen an Niebuhr:

25. Mai 1824.

Ich habe Ihnen heute zu melden, daß Monsignore Capaccini und das anno santo *) auf denselben Tag werden publicirt werden. Wunderbar, die Kirchhofsmauer und die Prälatur Capaccini's unter dem Pontificat Leo's XII.! Gott weiß, daß ich mich herzlich freue, daß der Mann, für den allein und Baini ich ein Gefühl von zutraulicher und achtender Freundschaft unter diesem Volke habe, in die Reihe derjenigen tritt, die, wenn sie gebraucht werden, nicht als Subalterne gebraucht werden können! Aber der Verlust ist sehr hart für die, welche hier bleiben! Ich habe mit guter Gelegenheit über das Ereigniß und den Mann einen Bericht an des Königs Majestät gemacht, von dem ich hoffe, daß Sie ihn lesen werden, und den ich Sie gewiß nicht vergebens bitte zu unterstützen. Capaccini ist in dem Secretariato de' Brevi unter Albani, jedoch hat man sich vorbehalten, ihn bei Arbeiten in der Staatskanzlei, die auf anteacta Bezug haben, zu gebrauchen. Das wird, fürchte ich, selten geschehen. Er hat noch voriges Jahr eine Präbende in Lissabon abgewiesen, die man ihm antragen ließ, und wird nie auf ähnliche Anträge eingehen, um, wie er sagt, den Römern zu zeigen, daß er wol den Nutzen des Staats nur vor allen Dingen gesucht, und wenn er für ehrenvolle Anerkennung nicht unempfänglich sei, nie für seinen Eigennutz gehandelt.

12. Juni 1824.

Ich hoffe, Sie sind in Berlin geblieben, bis die Sendungen vom 29. und 31. v. M. über Wien mit der Jubiläums-Bulle und der Encyklica eingetroffen sind. Mein Herz war so voll Trauer und Schwermuth, als ich diese Documente zuerst empfing, daß ich mich zusammennehmen mußte, ganz kalt zu berichten, was ich jedoch glaube gethan zu haben. Der Gedanke, den ich seit Jahren nicht loswerden kann, daß unsere Kinder Reli

---

*) Das Ausschreiben des Jubeljahres hatte als Hauptgrund den Preis Gottes für den Sieg über die Revolution angegeben; damit waren Ablässe verbunden für die Gebete um Ausrottung der Ketzerei.

gionskriege sehen werden, trat mit ähnlichen Bildern in solcher Stärke vor meine Seele, daß ich die Nacht nicht schlafen konnte. Sie wissen, was ich von dem Resultate eines Kampfes denke, aber mir schaudert vor dem Gedanken von so viel Elend. Das Buch von Anfossi ist unverzeihlich und kann nur nachtheilige Folgen haben, außer für die Revolutionäre.*)

Seit ich Sie in Berlin weiß, denke ich oft daran, daß Sie meine Geschäftsführung prüfend und richtend verfolgen, ich habe Sie immer dabei vor Augen gehabt, als meinen competentesten Richter, und weiß, daß, während Sie die Unvollkommenheit stärker empfinden müssen als irgend ein Anderer, Sie meinem Eifer und redlichen Willen Gerechtigkeit und mehr als das widerfahren lassen werden. Ich kann mich in dieser Hinsicht auch gar nicht beklagen, sondern empfange häufig in der letzten Zeit Rescripte, die mir viel Freude machen.

24. Juli 1824.

Ich muß meinen Brief mit einer harten und schweren Nachricht eröffnen. Graf von Serre ist nach einer kurzen aber heftigen Krankheit in Castellamare bei Neapel am 21. Juli gestorben. Der Hingang dieses großen Geistes hat mich an Pitt's letzte Worte erinnert; ach! es sind gewiß auch die seinigen gewesen. Aber England ist gerettet, wer wird Frankreich retten! — Der edle General von Dörnberg hat am 17. in Mailand seinen einzigen Sohn an der Auszehrung im 20. Jahre verloren.

Das anno santo wurde von Leo XII., wie es vorher angekündigt war, im December 1824 eröffnet. Für den Erfolg des Festes hatte der römische Witz nach seiner Weise einen Ausdruck gefunden. In der Frühe des nächsten Morgens nach der großen Jubiläumspro=

---

*) Der Dominicaner (Magister palatii) Philippo Anfossi hatte während der Regierung Pius' VII. von Consalvi nicht die Erlaubniß erhalten können zur Herausgabe einer Schrift, worin er die Zurückgabe der geistlichen Güter für nothwendig zum Heile derer erklärte, die solche ohne Bewilligung des Heiligen Stuhles erlangt hatten; gleich nach dem Regierungsantritt Leo's XII. konnte die Schrift erscheinen, und ebenso eine andere von Carolo Fea (Aufseher des capitolinischen Museums und der Chigi'schen Bibliothek), welche die Oberherrlichkeit des päpstlichen Stuhles über weltliche Fürsten auch in weltlichen Dingen behauptete (Ultimatum sopra il dominio indiretto della S. sede sul temporale de' Governi). — Aber nicht blos diese Schriften beweisen die unmittelbar mit der neuen Regierung eingetretene Steigerung der rückläufigen Strömung, sondern alle eigenen Aeußerungen des Papstes selbst (auch außer dem Ausschreiben des Jubeljahres) trugen denselben Charakter. Ebenso aber läßt sich auch unter seiner Regierung die stetige Zunahme der beiden anderen seit der Restauration des Papstthums bemerkbaren Strömungen verfolgen, der äußeren Triumphe sowol (wie z. B. die 1827 getroffene Vereinbarung über die oberrheinische Kirchenprovinz, der das Bisthum Konstanz und Wessenberg geopfert wurden), als der inneren Zerrüttung, besonders des Kirchenstaates.

cession fand sich eine geschickt mit Kreide gemalte Flasche (fiasco) neben
dem besonderen Eingang, der durch das Dicke der Mauer gemacht
und (wie es in der Peterskirche bei den seltenen Gelegenheiten eines
Jubiläums gebräuchlich ist) zuerst durch den Papst selbst eingeweiht
worden war, als auf einen Schlag mit dem goldenen Hammer, wel=
chen er mit seiner rechten Hand schwang, die vorläufige Abtheilung
niederfiel und für ihn selbst und eine Schar ihn begleitender Geist=
licher den Weg öffnete. Die Jubiläumsverkündigung hatte nämlich
nur eine unbedeutende Zahl von Pilgern aus der Ferne angezogen.
Aber die Einwohner des römischen Staates, wenigstens die der unteren
Stände, waren um Ostern in großen Massen herangezogen, um die
versprochene Gastfreundschaft dreitägiger Wohnung und Beköstigung
in den weiten Räumlichkeiten zu erhalten, die für sie auf Kosten der
Regierung zugerüstet waren, und sie vermehrten das Interesse sowol
als das Volksgedränge, welches die päpstliche Segnung der Peters=
kirche gegenüber erwartete, durch das Schauspiel kindlicher Treue und
Hingebung.

Die Erwähnung Capaccini's (in dem Briefe vom 25. Mai)
als vom Papst Leo XII. zu einem wichtigen Posten berufen, fordert
zu einer Erinnerung auf an die hohe Achtung, welche Bunsen für
ihn hatte; es war seine Absicht und sein Zweck, in dem Rückblick auf
sein eigenes öffentliches Leben selbst eine Nachricht von ihm zu hin=
terlassen, die ein besseres Andenken für sein Gedächtniß gewesen wäre,
als jetzt hier vorgeführt werden kann.

Capaccini war ein geborener Römer, ausgezeichneter Mathe=
matiker und Professor der Astronomie in Neapel; dort war er
von Cardinal Consalvi in den ersten Tagen des restaurirten Papst=
thums bemerkt und unmittelbar auf den ersten und bleibenden Ein=
druck hin, welchen er von dem Manne und seiner Fähigkeit empfing,
aufgefordert worden, die Stelle seines Geheimsecretärs anzunehmen.
Während der Regierung Pius' VII. war Capaccini die rechte Hand
Consalvi's bei all den gewichtigen Unterhandlungen dieser Jahre, aber
sein Gönner vermied es, ihn zu einer öffentlichen Stellung zu beför=
dern, vielleicht mit der Absicht, die Gefahr des Hasses und der Feind=
schaft für ihn zu vermindern, welche Consalvi als sein Los kannte,
möglicherweise aber auch, weil er Capaccini's Leistungen mehr und
mehr unentbehrlich fand für die Ausfertigung seiner eigenen öffent=
lichen Geschäfte. Als Consalvi's Leben so kurz nach dem Tode Pius' VII.
abgeschnitten wurde, hielt man die öffentliche Laufbahn Capaccini's

für geschlossen, sowol unter den Hochgestellten, welche Gelegenheit gehabt hatten, ihn zu beobachten und zu würdigen und deshalb meistens ihm wohlwollten, als unter jener namen= und zahllosen Menge der Neidischen, welche das, was sie als seinen Sturz betrachteten, verlangten, nicht als hätten sie seiner Amtsführung irgendetwas vorwerfen können, sondern weil sie wünschten, daß die zahlreichen Gelegenheiten, von denen sie fälschlich voraussetzten, daß er sie benutzt haben werde, um sich zu bereichern, für Andere frei werden möchten. Unerklärlich erschien daher dem größeren Publikum die Ernennung Capaccini's durch Papst Leo XII. und den Cardinal della Somaglia, während die Erklärung einfach in jenen überlegenen Verdiensten und Fähigkeiten lag, welche übler Wille in Frage zu ziehen suchte, der neue Cardinalsecretär aber bald in ihrem wahren Werthe erkannte, als er die Geschäfte seines Amtes nicht zu bewältigen fand ohne den geübten Kopf und die Hand, welche seinem Vorgänger so gute Dienste geleistet hatte. Seit jener Zeit wurde Capaccini regelmäßig bei jedem Wechsel eines Papstes oder eines Systems zu der einen oder anderen Stellung im Staatsdienst herangezogen, bis die ihm unter Gregor XVI. nicht lange vor seinem Tode verliehene Cardinalswürde vermuthlich ein Mittel war, um anzudeuten, daß die Zeit gekommen sei, einen öffentlichen Diener auf die Seite zu schieben, der zu aufrichtig und zu versöhnlich war, um unter dem vom Cardinal Lambruschini eingeführten ultramontanen Systeme von Nutzen zu sein.

Welcher Art auch die Geschäfte sein mochten, die mit dem römischen Hofe verhandelt werden mußten, immer war Capaccini derjenige, welcher die ersten Mittheilungen erhielt, auf die einzelnen Ausdrücke einging, die Methode auseinandersetzte, wie die Sache zu führen sei, das Warum? und das Wie? erklärte und Auskunft gab über das, was geschehen und nicht geschehen würde. In dem langen Zeitraum, während dessen erst Niebuhr und hernach Bunsen in der beständigen Gewohnheit waren, mit ihm sich zu berathen, nicht förmlich und oberflächlich, sondern in vertraulicher Mittheilung der Schwierigkeiten, in freundschaftlichem Suchen nach einem Mittel, dieselben zu lösen, kurz in gemeinsamer Arbeit für denselben Zweck, den Frieden der Gewissen und der Nationen, — war der Eindruck, den Bunsen empfing, das ausgedehnteste Zutrauen in die sittlichen Eigenschaften sowol wie in das Urtheil und den Scharfblick Capaccini's, verbunden mit unbegrenzter Bewunderung der geistigen Fähigkeiten, welche ihm sowol ein Verständniß der weitsichtigsten Anschauungen, als eine Kenntniß der gemeinsten Niedrigkeit seiner Mitgeschöpfe und die Fähigkeit

gewährten, die ersteren zu fördern, die letzteren zu schonen und aus=
zunutzen. Die Welt im allgemeinen hatte keinen Glauben an das
Vorhandensein einer solchen Rechtlichkeit bei einem Manne, der, wie
Capaccini, mitten im Centrum streitender Interessen und Meinungen
stand und doch beständig die Gunst seiner Vorgesetzten trotz ihrer ver=
schiedenen politischen Systeme genoß. Aber Bunsen's auf lange Er=
fahrung begründete Ueberzeugung war, daß Capaccini sich durchweg
als das treue Glied seiner Kirche, der treue Diener der päpstlichen
Regierung und der treue Freund der Menschheit erwies, welcher er
durch Beförderung des Friedens und guten Einvernehmens unter
Menschen aller Arten und aller Nationen zu dienen strebte. Er glaubte
und bekannte, daß nur im Frieden seine Kirche Wachsthum und Stärke
finden, und daß feindselige Handlungen und die Beförderung der
Uneinigkeit auf sie selber zurückprallen würden. Sein natürlicher
Freimuth, seine angeborene und gewinnende Heiterkeit, verbunden mit
einer nie fehlenden Selbstbeherrschung und unbegrenzter Macht über
die Sprache, sowol im Schreiben wie im Sprechen, befähigte ihn bis
zu einem gewissen Grade, auf Andere den Einfluß von Ueberzeugungen
auszudehnen, welche sie selber nicht theilten.

Blos in der kurzen Zeit, welche zwischen dem Tode Pius' VII.
und der Erhebung Capaccini's zur Prälatur verlief, konnte der letztere
als außer Dienst angesehen werden während der langen Periode von
Bunsen's römischem Aufenthalt, und deshalb nahm er auch nur in
dieser Zeit zuweilen, zur Freude Aller, theil an deren häuslichem
Kreise im Palazzo Caffarelli, wo er einen unauslöschlichen Eindruck
treuherziger und echter Sympathie zurückließ, als ob das Familien=
leben, von dem sein Beruf ihn ausschloß, sein natürliches und selbst=
gewähltes Element gewesen wäre. Solange er im Amte war, ver=
mied er sorgfältig gemischte Gesellschaft, um so wenig als möglich der
immer lauernden Verleumdung Gelegenheit zu bieten.

Eines Abends in dieser Zeit ging er mit großer Lebhaftigkeit
ein auf die Erzählung seiner Erfahrungen und Beobachtungen in Eng=
land, wohin er Consalvi in dem denkwürdigen Jahre 1814 begleitet
hatte, als die verbündeten Monarchen nach London zum Besuche
reisten und von der Begeisterung der ganzen Nation wie Halbgötter
empfangen wurden. Nachdem er vorausgeschickt, daß er sowol wie
Consalvi für diese Zeit den schwarzen Rock und die weiße Cravatte
des englischen Klerus anlegten, erzählte er von einer Einladung zu
einem öffentlichen Festmahl, von welchem er eine sehr originelle Be=
schreibung gab, die viel Heiterkeit hervorrief, dank dem komischen

Eindruck, welchen die Scene auf ihn gemacht hatte. Er war höchlichst betroffen und erbaut durch die feierliche Eröffnung des Festes mit dem Gesange „Non nobis, Domine" (denn das Mahl war ein Jahresfest einer wohlthätigen Stiftung), der die bewußte Entsagung auf alles Eigenlob ausschloß; und zugleich war er mit hoher Achtung erfüllt für die ernste Auffassung öffentlicher Pflichten und die feste und gewichtige Bestimmtheit, mit der jede Gesundheit ausgebracht, angenommen und beantwortet, und die feststehende Sitte in einer Weise beobachtet wurde, welche ebenso sehr richtiges Selbstbewußtsein als Anerkennung Anderer einschloß. Das Singen von Musikstücken, die mit den Toasten in Einklang waren, fand er höchst eigenthümlich, bewunderte auch einige der Compositionen; „aber", rief er dabei aus, „was für ein sonderbares Volk sind doch die Engländer; ein Mann stand auf — bat Alle, aufzumerken, denn er wolle eine Gesundheit vorschlagen; dann erzählte er eine lange Litanei, was ich sei und gewesen sei, was ich gethan und nicht gethan, sprach so viel zu meinem Lobe, daß man nicht wußte, wohin man sehen sollte, und zuletzt forderte er jedermann auf, mit ihm gemeinsam zu trinken auf — meine Gesundheit. Während der gebührende Beifall von statten geht, erhole ich mich so gut ich kann von der Bestürzung über Alles, was ich von mir selber gehört habe; da mahnt mich mein nächster Nachbar, daß ich erwidern und Dank abstatten muß. Ein plötzlich ins Wasser Geworfener versucht zu schwimmen so gut er kann — und ich strengte mich an, ausfindig zu machen, was ich sagen solle. Zuerst bat ich denn um Verzeihung, daß ich französisch reden müsse, weil ich des Englischen nicht hinlänglich mächtig sei, um auszudrücken, wie sehr ich durch ihre Güte mich ihnen verpflichtet fühle: nicht, daß ich so weit fehlgreifen könne, um dieselbe als auf eine so unbedeutende Person wie mich gerichtet anzusehen, ausgenommen insoweit ich für einen treuen Diener meines ehrwürdigen Herrn gehalten würde, eines Herrn, der so edel den Schlägen des Mißgeschicks Widerstand geboten hätte und jetzt durch die letzten Ereignisse glücklicherweise in den Stand gesetzt worden sei, in sein Eigenthum zurückzukehren; in seinem Namen könne ich ohne Beschämung auch einen solchen Empfang wie den mir gewährten annehmen; und folglich wolle ich sie bitten, mit mir auf die Gesundheit Sr. Heiligkeit Pius' VII. anzustoßen. Und sie, die Engländer, tranken auf das Wohl des Papstes! Vorher war mir von jemand mitgetheilt worden, daß wahrscheinlich meine Gesundheit ausgebracht werden würde, und ich hatte gesagt, in einem solchen Falle müsse ich mit diesem Schlusse erwidern, worauf mein Freund bemerkte, daß die Gesundheit des Papstes jahrhundertelang nicht öffentlich ausgebracht worden sei — aber in der siegreichen guten Laune, welche jetzt in London herrsche, könne Alles ohne Anstoß geschehen."

Auch vieles Andere hatte Capaccini in England interessirt; und er verweilte gern bei den ländlichen Wohnungen, den Gärten, der Fülle von Blumen, den Wiesen, den Parks, „lauter reizenden Dingen, ausgenommen die schwarzen Vögel, welche um die hohen Bäume fliegen". Es wurde ihm entgegnet: „Sie meinen doch nicht etwa die britischen Penaten, die Krähen, deren Gekrächze einem englischen Ohre so angenehm ist?" Aber er meinte sie doch und protestirte gegen die Krähen, die ihm so störend waren, wie der Corinna der Madame de Staël, und fast Allen, welche nicht in England geboren sind (Bunsen allerdings ausgenommen, der die englische Vorliebe für Krähen als ein nothwendiges Zubehör alter Landsitze adoptirte und ihre Bewegungen, ihre Regierungsform und das System ihres geselligen Lebens zu beobachten liebte).

Die Gewohnheit Capaccini's, solange er im Amte war, um 4 Uhr früh aufzustehen, befolgte er in allen Jahreszeiten und an allen Wohnorten, in London so gut wie in Rom; und selten verließ er seinen Schreibtisch unter zwölf Stunden, wobei er allerdings die unvermeidlichen Geschäftsbesuche zulassen mußte. In den späteren Stunden des Nachmittags gestattete er sich, wenn er in Rom war, die Erfrischung, zu seinem Garten hinter dem Lateran zu fahren, wo er eine Gärtnerjacke und Schürze anlegte und sich der Arbeit an seinen Blumen erfreute; und dort waren seine näheren Freunde willkommene Gäste.

Vor der Uebernahme der verschiedenen Missionen, welche ihm von Gregor XVI. aufgetragen wurden, fiel Capaccini auf Wunsch des Papstes die gehässige Aufgabe zu, den Augiasstall einer der vielen großen Stiftungen für mildthätige Zwecke in Rom zu säubern, da die reichen Einkünfte derselben bekanntermaßen nur spärlich die armen Insassen erreichten, die für die Empfänger der Wohlthaten gehalten wurden. Die Einzelheiten, welche er entdeckte, und die von ihm zur Enthüllung und Abstellung derselben getroffenen Mittel möchten einen Band wahrer Geschichte füllen, so furchtbar für die tiefere Betrachtung und so angenehm für den allgemeinen Geschmack, wie Oberst Chesterton's Denkwürdigkeiten über die Gefängnisse, die zu verbessern sein Streben war. Die natürliche Folge von Capaccini's Bemühungen in einem solchen Abgrund von Sünde und Elend war die Verdoppelung des Hasses und der Verleumdung, die seine Schritte begleiteten. Wer Rom kennt, weiß, wie wesentlich die Regierungsmethode, alles

Unangemessene in Stillschweigen zu vergraben, zu dem allgemeinen Argwohn und zu der Schlußfolgerung beiträgt, daß Alle, welche im Besitze von Macht sind, sie zu übeln Zwecken anwenden. In anderen Ländern, wo man mehr geneigt ist, seinem Nächsten zu vertrauen, mag man auch annehmen, daß der Haß mit dem Leben stirbt und die Verleumdung mit dem Tode begraben wird. Damit aber nicht der zukünftige Geschichtschreiber den Makel der öffentlichen Meinung auf dem edeln Namen Capaccini's finde, mögen diese Worte für die Ueberzeugung Niebuhr's und Bunsen's Zeugniß ablegen, daß es nie einen Mann von unbedingterer Geistesgröße und Lebensreinheit gab als ihren geliebten und bewunderten Freund.

Er und Bunsen trafen 1834 in Berlin zusammen, um dort wichtige Geschäfte zu verhandeln. Sie wurden damals beide zu einem Diner im Neuen Palais in Potsdam eingeladen, womit theatralische Aufführungen am Abend verbunden waren, die gewöhnliche Unterhaltung Friedrich Wilhelm's III., an jenem Abend durch die Anwesenheit der Taglioni als Schmuck des Ballets geziert. Da der Klerus in Rom nie ein Theater betritt, so war eine solche Darstellung Capaccini ganz neu. Er hatte jedoch nichts dagegen, dem königlichen Gefolge sich anzuschließen, und saß mit Bunsen in einer Ecke hinter der übrigen Gesellschaft. Letzterer bemerkte über die Aufführung, daß die Taglioni mit ihrer vollendeten Leichtigkeit und Anmuth wie eine griechische Jungfrau erschiene, die durch das Kriegsglück unter Barbaren geschleudert sei, deren groteske Vergnügungen sie nun zu zähmen und zu veredeln suche. Capaccini nickte beifällig zu dieser Bemerkung.

Ihre letzte Zusammenkunft fand 1842 statt. Capaccini kam (incognito) durch London auf seinem Wege von Belgien nach Lissabon und verabredete mit Bunsen einen Besuch unter dem Schutze der Nacht. Es muß bei dieser Gelegenheit gewesen sein, daß er zu Bunsen, der sich über die vielerlei Umstände ausließ, welche dem Römischen Stuhle materielle Veränderungen drohten, sagte: „Diese Gefahren bestehen wirklich. Wir Alle können vorhersehen, was für ein Resultat sie haben müssen. Aber geben Sie Acht! wenn der alte Löwe in seinen engen Käfig eingeschlossen wird, wird er so daran rütteln, daß er Europa zittern macht."

Er nahm den Cardinalshut an, weil er die Pflicht fühlte, nicht durch eine Weigerung Misdeutungen hervorzurufen; denn sein früherer Entschluß war gewesen, für den Staat so viel und so lange zu arbeiten, als ihm gestattet sein werde, aber äußere Auszeichnungen und Belohnungen abzulehnen. Sein übermäßig angestrengter Körper brach zusammen, sobald seine gewohnte Lebensthätigkeit aufhörte; und den kurzen Zeitraum zwischen dem Empfang der unwillkommenen Ehren und der willkommenen Erlösungsstunde (im Juni 1845) brachte er in vielen und fortwährenden Leiden zu.

Noch ein flüchtiger Zug möge hier über Capaccini hinzugefügt werden. Bunsen ging mit Frau und Schwester auf dem Wege zur Sixtinischen Kapelle die Cordonata herauf, um dort dem Morgengottes-dienst am Charfreitage beizuwohnen, als sie an dem Punkt, wo der Weg rechts zur Sixtina, links zu den Stufen der Peterskirche herauf-führt, Capaccini, der vom Vatican herunterkam, begegneten. Er grüßte sie eilig, indem er sagte: „Ich bin auf dem Wege zur Kirche, ich konnte nicht früher von den Geschäften wegkommen." „Gehen wir denn nicht denselben Weg?" fragte Bunsen. „Nein", antwortete Ca-paccini, „ich gehe nicht in das Gedränge; in der Kirche ist es stiller."

Der feierlich andächtige Ausdruck seiner Züge, als er sich schnell abwandte, traf sie Alle, und lebt bis zu diesem Tage im Gedächtniß der Ueberlebenden. *)

Aus dem Ende des Jahres gibt wieder folgender Brief Bunsen's an Niebuhr vom 16. December 1824 einige Besonderheiten:

Ich dachte nicht, daß meine treuen Wünsche Sie in Berlin begrüßen sollten; ich thue es aber zum neuen Jahr mit getrostem Herzen, da ein soeben erhaltener Brief des Fürsten Wittgenstein mir anzeigt, daß Seine Majestät Sie zum wirklichen Mitgliede des Staatsraths ernannt hat; denn daraus scheint mir hervorzugehen, daß die theuern Ihrigen bald mit Ihnen in Berlin vereint sein werden. Die Sache selbst ist meinem Herzen ein so sichtbarer Beweis, daß der Herr unseres Vaterlandes in Gnaden gedenkt, daß ich schon deswegen auch Sie damit zufrieden glaube, weil ich den Ge-danken an das theure gemeinsame Vaterland nie von Ihrer Thätigkeit für dasselbe trenne.

Ihre Gegenwart in Berlin ist mir noch besonders hinsichtlich meiner Geschäfte, wegen einer vom Ministerium angeregten Sache, sehr erfreulich, worüber ich mich auf Ihr Urtheil berufen habe. Voigt hat gebeten (der

---

*) Ein zuverlässiger Nekrolog Capaccini's wurde von August Kestner in der „Allgemeinen Zeitung" vom Juni 1840 gegeben. Das von Bunsen im Jahre 1828 verfaßte Mémoire über Capaccini, welches in einem später mitgetheilten Brief an Niebuhr erwähnt ist, ist im Anhange dieses Bandes abgedruckt. Capaccini's Briefe an Bunsen, mit dem Jahr 1823 beginnend und zumal aus 1824 sehr zahlreich, sind besonders wichtig in ihren eingehenden Mittheilungen aus Brüssel (1828—1829) und Haag (1830); nach seiner Rückkehr nach Rom (1831) beginnt wieder eine ähn-lich rege Correspondenz, wie sie 1824 stattfand.

Hildebrand'sche, in Königsberg), der Gesandtschaft aufzugeben, eine verlorene Chronik des ersten preußischen Bischofs und die Reste des ehemaligen Ordensarchives hier aufzutreiben. Ich habe nun zuerst bewiesen, daß in beiden Punkten nichts zu thun ist, dann aber, daß unendlich viel für eine Sammlung von Monumenta Borussica (ebenso Brandenburgica) zu thun sei, insbesondere aus den Regesten, die gerade im 12. Jahrhundert ganz ungedruckt sind. Ich habe durch den guten Neffen des großen Marini (dessen Intimus ich bin für seine Monumenta Britannica), die geheimen Indices von Garampi und seinem Onkel erhalten, und eine Abschrift mit= getheilt. Zwei herrliche Documente habe ich abgeschrieben über die ältesten Schulen in Preußen (1217) und das Loskaufen der preußischen Mädchen, die geschlachtet wurden. Alles ist jetzt zu erhalten, und zwar ohne anzu= fragen, als ein Theil der deutschen Geschichte, von Monsignore Marini, der Ermächtigung hat. Die Sache ist nur, 1) daß man nicht etwa Herrn Voigt, Leo oder Consorten mir auf den Hals schickt, 2) daß man mir be= stimmt verspricht, daß der gute Freund bezahlt und honorirt werden soll. Ich habe einen ausführlichen, sehr nachdrücklichen Bericht an das Ministe= rium gemacht. Zugleich schreibe ich übermorgen an Ancillon über die Wichtigkeit der Sache. Ich will vorerst übernehmen, die Sache zu leiten. Mein Wunsch ist, daß man hernach Lachmann hierher senden möge; für ihn will und kann ich Alles thun, und es wäre viel werth, diesen herr= lichen, feinen Kopf noch zu rechter Zeit aus den Minnesängern in das historische Gebiet zu ziehen. Lieber wäre es mir, man sendete ihn gleich, ich habe es aber nicht so gestellt, sondern ihn gar nicht erwähnt, um die Sache erst in meiner Hand zu haben.

Wenn etwas für die Griechen geschieht (ist mein Bericht mit den wichtigen Documenten angekommen?), so gedenken Sie meiner. Wenn Commissäre nach Morea geschickt werden, so ist es mein höchster Wunsch, dorthin zu gehen. Olfers könnte hier indessen die Geschäfte führen. Das wäre ein schönes Ereigniß fürs Leben! Doch das ist ein Traum.

Schon seit längerer Zeit war Bunsen's Aufmerksamkeit auf die von Dr. Young gemachte Entdeckung der Erklärung der Hieroglyphen gerichtet gewesen, die auf der berühmten dreisprachigen Inschrift des (im Britischen Museum aufbewahrten) Steines von Rosette und den Papyrusmanuscripten verschiedener Sammlungen beruhte. Dann hatte ihn Champollion's „Lettre à Mr. Dacier" (1822) weiter davon über= zeugt, daß es einen Mann gäbe, durch den die schweigenden ägypti= schen Monumente schließlich zum Sprechen gebracht werden würden. Daß er freilich noch längere Zeit nicht ohne Bedenken der neuen Wis= senschaft gegenüberstand, zeigt ein Brief an Niebuhr vom 29. Juni 1824, in welchem es heißt:

Was halten Sie von Champollion le Jeune, „Précis du Système hiéroglyphique"? Italinsky besitzt es. Mir ist es immer unheimlich dabei, weil man augenscheinlich koptisch wissen muß, und dabei die Bezeichnungen oft so unglaublich willkürlich und weit hergeholt erscheinen.

Aber im Sommer 1825 kam Champollion selbst nach Rom, seinem Buche auf dem Fuße folgend. Bunsen hatte mit unbeschreiblicher Energie bald den Grundgedanken ergriffen und die Einzelheiten des Werkes bemeistert, und folgte nun eifrig seinem Führer in seiner Untersuchung der ägyptischen Alterthümer in Rom. Jeder Tag brachte ihm neue Beweise und vergrößerte das Zutrauen, mit dem er gegen das voreingenommene Mistrauen und die Gleichgültigkeit seiner Landsleute in Bezug auf das neue Forschungsgebiet Stand hielt. Es würde nicht leicht sein, nachdem so viele Jahre verlaufen sind, eine Vorstellung von der in ganz Rom durch die Unternehmung hervorgebrachten Bewegung zu geben, die altehrwürdigen Obelisken zu lesen, welche immer im erhabenen Schweigen dagestanden hatten und jetzt auf einmal einem Zauber unterworfen werden sollten, der sie zwingen würde, ihre Erzählungen mitzutheilen! Gruppen von Fragenden folgten immer und immer wieder Champollion, um die verschiedenen Monumente anzustaunen, welche im alten Sonnenlicht oder in der Abgeschlossenheit der Sammlungen seine Aufmerksamkeit auf sich zogen; und einmal, als Bunsen mit seiner Familie (gegen den 7. Juni 1825) nach der Villa Albani gefahren war, wird erzählt, daß „nichts Schönes oder Griechisches eines Blickes gewürdigt, aber alles Aegyptische aufgesucht wurde; und als man eine Statue mit Hieroglyphen um den Rücken und am Fußgestelle gefunden hatte, wurden sie gezeichnet und denselben Abend Champollion gezeigt, welcher darin den Namen des Sabachos fand, der zwischen der Zeit Scheschong's und der Sanherib's blühte." Dann wurde der Name des Tuthmoses auf dem großen Obelisken der Piazza del Popolo herausbuchstabirt, von dem Viele annahmen, daß er „der König, welcher Joseph nicht kannte", gewesen sei, da hier von ihm erzählt wurde, er habe „dem Volke den Besitz des Bodens wiederverschafft, dessen es durch die vorhergehende Dynastie beraubt worden war". Endlich wurde auch der Name des Antinous und das demzufolge verhältnißmäßig moderne Datum des Obelisken vor der Kirche Trinità dei Monti entdeckt.

Champollion ließ auch selbst einen Obelisken errichten und stellte Hieroglyphen dafür zusammen, zu dem Fest, welches der französische Gesandte Herzog von Laval-Montmorency zur Ehre des Krönungsfestes Karl's X. am 29. Mai bestimmt hatte; wegen unaufhörlichen Sturmes und Regens während des größeren Theils des Mai und Juni wurde dasselbe aber verschoben, bis es endlich, nachdem zwischen dem 17. und 29. Juni einige schöne Tage gewesen waren, an dem letztgenannten Tage in der Villa Medici und ihren Gärten stattfand. Es lief denn auch Alles gut ab; die Hieroglyphen an dem Obelisken waren gefärbt und leuchteten gleich einem Transparent; und keinerlei Unfall trübte den Glanz des Festes, zum Erstaunen der römischen Bevölkerung, deren Aberglauben dem gutherzigen, immer wohlwollenden Herzog von Laval die entgegengesetzten Eigenschaften des bösen Auges, womit er die Unternehmungen Anderer beschädige, und des bösen Geschicks zuschrieb, wodurch seine eigenen Wünsche und Bestrebungen vereitelt würden.

Noch vor diese Zeit fällt ein Brief an Niebuhr, der sowol über die englische Gesellschaft in Rom als über Bunsen's Beziehungen zu Berlin wichtige Einzelheiten mittheilt:

Rom, 17. Februar 1825.

Ihre Nachrichten von dem Gange der Discussion über die sogenannte Nationalbank haben mich aus der Freude, welcher ich mich infolge von öffentlichen Nachrichten und Privatbriefen, die Ihren Triumph verkündigten, hingegeben hatte, sehr unangenehm aufgestört. Ich vermuthe, es geht bei diesem Project, wie es schon bei ähnlichen gegangen ist, man hat vorher schon auf dessen Gelingen hin gesündigt, und kann nicht zurücktreten, ohne sich als einen Sünder kundzugeben. Dann haben Sie gewiß alle Baupläne und deren Begünstiger gegen sich. Doch kann ich nicht an Ihrem Siege zweifeln. Die Nachricht von Ihrer Wirksamkeit in Berlin hat hier bei Ihren Freunden herzliche Theilnahme erregt, insbesondere bei Reden, Italinsky und Gagarin.

Ich habe Ihnen wiederholt geschrieben, daß ich nicht glauben kann, daß man mich zum Minister macht, und weder hier noch anderswo will ich, einer faulen Aristokratie zu Gefallen, einen perpetuirlichen Legations-rath wie Piquot und wie Gennotte machen. Wäre dies nicht ganz klar, so würde ich Rom gewiß nicht zu verlassen eilen. In den angenehmsten ge-sellschaftlichen Verhältnissen, besonders auch mit Allem, was sich in Rom von ausgezeichneten Engländern findet, wie diesen Winter Lord Harrowby und seiner Familie, insbesondere seinem älteren Sohn, den ich dem Vater noch vorziehe, und von Herzen liebe, Lord Sandon, Mr. Pierrepont (ehe-mals in Stockholm), Lord Ponsonby, Lord Stuart, Lord Dunstanville und dem anglisirten Fayel, und mit schöner beneidenswerther Muße, die ich redlich zu nutzen strebe, — was bleibt mir zu wünschen übrig!

Ich wartete seit zwei Jahren auf eine Gelegenheit, meine Meinung zu sagen. Diese Gelegenheit ist gekommen, und ich habe sie so benutzt, daß ich Gott dafür danke. Die Sache ist diese. Der General Witzleben hat mir mit dem Kurier einen sehr langen und höchst herablassenden Brief geschrieben; die ostensible Veranlassung ist, daß er mir endlich einen Ring für Baini schickt, den er unter seine Protection nehmen möchte, dann aber gibt er mir die Geschichte der Einführung der Liturgie, deren Resultat ist, daß 4828 Gemeinden sie angenommen, und theilt mir endlich die Absichten des Königs hinsichtlich der im Laufe dieses Jahres zu thuenden Schritte mit: provinzielle Einführung infolge der Berufung von Generalconsistorien, zuerst in Pommern, mit provinziellen Modificationen, und dann bischöfliche Organisation. Ueber beide thut er mir die Ehre an, mich um meine Meinung zu fragen. Dies hat ihm sein Dämon gerathen, denn er hat mir dadurch die Gelegenheit in die Hand gegeben, einen Aufsatz zu schreiben, der noch einst gegen ihn zeugen soll. Ueber das Episkopat habe ich ihm kurz in meinem Briefe geantwortet nach bestem Wissen, über die Liturgien habe ich ihm einen vollständigen rücksichtslos geführten Beweis der Nichtigkeit der Ausführung des königlichen Grundgedankens von Anfang bis zu Ende gegeben, und dann gezeigt, was man hätte thun müssen. Da dies gerade das Gegentheil ist von dem, wohin die Tendenz des von seinem richtigen königlichen Instinct abgeleiteten Königs geht und seine gesammten Lieblingspläne über den Haufen wirft, so kann ich ruhig sein, wenn ich jemals thätigen Antheil an dieser Angelegenheit erhalte, und stolz, wenn es nicht geschieht. Diesen Aufsatz mit dem Briefe habe ich abschriftlich an Schack geschickt, damit er jenen, wenn er will, dem Kronprinzen vorlegt, welcher meinen Aufsatz von 1822 gelesen hat. Ich bin für jedes Wort Ihrer Zustimmung sicher, und nichts wird mir mehr Freude geben, als wenn Sie einmal Muße und Lust finden, ihn zu lesen.

Vor Allem aber danke ich Gott, jetzt nicht in dem politischen Treiben der Welt oder auch nur unserer Gesellschaften zu stecken! Welche traurige Verwirrung der Dinge in Frankreich, ich lese jede Zeile von Fiévée *) mit unwiderstehlicher Freude über das Talent des Mannes, aber er ist doch ein kalter Egoist, der sein Vaterland beobachtet wie einen todten Hund. Die Wuth über die Entscheidung Englands hinsichtlich Südamerikas ist

---

*) Die hier gemeinte Schrift des während der Revolution, des Kaiserreichs und der Restauration thätigen Schriftstellers (1767—1839) ist wol die «De la guerre d'Espagne et des conséquences d'une intervention armée» (1823), welche dem Ministerium Opposition machte, obgleich der Uebertritt von Napoleon zu den Bourbons dem damaligen Präfecten nicht schwer geworden war. Unter seinen übrigen Werken (wozu auch Schauspiele und Romane gehören) sind die geschichtlich wichtigsten die „Correspondance politique et administrative" (1817), die „Nouvelle correspondance politique et administrative" (1828) und die „Correspondance et relations de Josephe Fiévée avec Bonaparte" (1837).

mir unbegreiflich, außer bei Spanien, aber daß man sich weiß machen will,
darüber erstaunt und wie aus den Wolken gefallen zu sein, ist zu lächerlich).

Uebrigens scheint mir das klar, die Wahrheit zu sagen, daß Eng=
land nicht von großen Talenten regiert wird; aber welche schöne Cha=
raktere hat es doch unter seinen Ersten! Lord Sandon denkt unter seines
Vaters Hülfe ähnliche Bills wie die von Sir William Scott vorzubringen;
eine Idee von Nott, die Kapitel zu reformiren und darauf bischöfliche Se=
minarien zu machen, zu deren Gestaltung ich sagen kann, manches beigetra=
gen zu haben, findet vielen Eingang, aber auch ungeheuern Widerstand
bei den faulen Prebendaries und den Bischöfen nicht allein, sondern
auch in der Ausführung bei denen, die in der Hauptsache einverstanden sind.
Die high churchmen verabscheuen die Einmischung des Parlaments und be=
stehen auf einer Convocation, mir scheint, mit vollem Recht; aber praktisch?

Es wäre sehr schön, wenn Sie diejenigen, welche im Ministerium die
römischen Angelegenheiten besorgen, der hiesigen Gesandtschaft weniger feind=
selig machen könnten. Unbegreifliche Dinge werden mir zugemuthet (z. B.
Veränderungen im Canon missae, um für den König zu beten), und un=
begreifliche Antworten gegeben. Ich lasse mich aber nicht irremachen
und remonstrire nach Gewissen, doch wird man am Ende müde, sich Wischer
geben zu lassen.

Unter den Rom zu dieser Zeit besuchenden Reisenden trugen Ma=
jor von Willisen und Graf York, Sohn des weltberühmten preu=
ßischen Generals, viel zu der geselligen Annehmlichkeit im Bunsen'schen
Hause bei, wo sie oft und gern gesehen waren, und wo sowol die
mannichfachen Schätze bedeutsamer Nachrichten, die in der belebten
Unterhaltung des militärischen Taktikers mitgetheilt wurden, als die
edle Liebe des Grafen York zu den schönen Künsten nach Verdienst
geschätzt wurden.*)

Herr von Olfers und seine liebenswürdige Gattin machten da=
mals auch einen kurzen Besuch in Rom, welcher zugleich die Veranlassung
zu dem ersten Eintritt Neukomm's in ein Haus wurde, dessen regel=
mäßiger und stets willkommener Gast er bald werden sollte; er suchte
dort Olfers auf, mit dem er in Rio de Janeiro Freundschaft geschlossen
hatte.

Der hohe Werth, der Julius Schnorr, dem Maler, von Bunsen
zuerkannt wurde, geht aus dem Briefwechsel hervor, aus welchem

---

*) Ein Empfehlungsbrief des alten Feldmarschalls York (Kleinöls, 6. No=
vember 1826) hatte die bevorstehende Ankunft der Reisenden in Rom gemeldet. —
Mit der Familie des in dem Briefe an Niebuhr mehrmals genannten Lord Sandon
blieb Bunsen ebenfalls in Briefwechsel.

später noch mehrere Auszüge folgen werden; an dieser Stelle sei nur Bunsen's Glückwunsch zu Schnorr's Verlobung (im Juli 1827) als Beleg für das innere Verhältniß, welches zwischen Beiden bestand, angeführt:

Wer in seiner und seiner Freunde Leben wirkliche Erfahrungen von Gottes waltender Vorsehung gemacht, dem kommt, was in der Welt der Dichtung die Menschen entzückt oder wenigstens in Erstaunen setzt und über das Gefühl ihres gewöhnlichen Daseins hinaushebt, meist kahl und oft schal vor. Das habe ich oft empfunden, aber vielleicht nie inniger und freudiger als in der Nachricht Deines Glückes. Was selbst dem leicht mit seinen Wünschen und Hoffnungen davon fliegenden Freunde zu kühne Hoffnung schien, um ihr anders als in geweihten Augenblicken Raum zu geben — siehe! das ist nun reichlicher als alle Vorstellung in Erfüllung gegangen; Herzen haben mehr in Ahnung als in Erinnerung vereinigt gelebt, und so fanden sie sich bald zusammen, wie wenn, nach Plato, die Seele aus ihrem Erdenschlafe erwacht, und zum Lichte des Bewußtseins auftaucht, und die göttlichen Ideen wieder erkennt, die sie in einem höheren Dasein als Verwandtes angeschaut. Du kennst nun das höchste Lebensglück, soweit es in dem Augenblick, da eine geliebte Seele sich uns ganz zu eigen gibt, erscheinen kann: die Art, wie Du es, dankbar und ehrfurchtsvoll, empfangen, bürgt mir dafür, wie Du die, auch so unnennbaren, Schätze von Liebe und Treue, die sich über die ganze Pilgerschaft bis zum Gottgesetzten Ziele durch Leid und Freude ausbreiten, kennen lernen und Dich ihrer selig preisen wirst. Nun Gottes reichster Segen möge immerdar mit Euch beiden theueren Seelen sein, und die Frühlingssonne seiner Gnade Euer ganzes Leben erleuchten und durchwärmen!

Mehrere der ersten Jahre von Bunsen's römischem Aufenthalt wohnte Schnorr in einem oberen Theil des Palazzo Caffarelli, der damals noch nicht durch die wachsende Familie Bunsen's ganz eingenommen war, während gleichzeitig August Grahl, auch gern und fast täglich in der Abendversammlung der Freunde gesehen, seine schöne Kunst der Miniaturmalerei in einem abgesonderten Flügel des Palazzo Caffarelli ausübte, der später von dem Legationsrath von Sydow bewohnt wurde. Schnorr vertauschte Rom mit München im Jahre 1825, Grahl mit Dresden im Jahre 1830, indem Beide, jeder auf seinem eigenen Wege, die Ausübung der Kunst förderten, der sie ergeben waren. Die Frescogemälde Schnorr's in Rom und München bedürfen keiner Erwähnung; die schönen Cartons, von denen sie stammen, sind in der Sammlung des Großherzogs von Baden. *)

In der ersten Hälfte des Jahres 1825 war ferner die An=
wesenheit Hamilton's (des früheren englischen Gesandten in Neapel)
und seiner Familie in Rom auf ihrer Rückkehr nach England ein Ge=
genstand großen Vergnügens und Interesses für Bunsen. Seine bei
dieser Gelegenheit angeknüpfte Freundschaft mit diesem dauerte bis in
die letzten Tage seines Lebens, welches er nicht lange vor Bunsen's
Abschied von England im Jahre 1854 beschloß. Hamilton's Besuch in
Rom war aber auch noch in anderer Rücksicht denkwürdig, indem dieser
Bunsen's Wunsche entgegenkam, dem englischen Ministerium eine Sache
mitzutheilen, für deren Vorlegung er bis dahin keinen Kanal ge=
funden hatte, nämlich die gegenwärtige günstige Gelegenheit, Ab=
schriften der auf die englische Geschichte bezüglichen Documente in den
vaticanischen Archiven zu erlangen. Bunsen hatte dabei ein rein wis=
senschaftliches Interesse; aber das wissenschaftliche Interesse war bei ihm
immer ein praktisch thätiges, und er hatte nicht aufgehört, für die För=
derung desselben sich Mühe zu geben, seitdem er mit seinem Freunde
Pertz die auf die deutsche Geschichte bezüglichen Schätze gefunden
hatte, welche, nachdem Papst Pius VII. die Erlaubniß dazu gegeben,
durch den liebenswürdigen und verständigen Monsignore Marini,
Präfecten der Archive, erlangt worden waren. Dr. Pertz blieb lange
als Agent der vom Freiherrn vom Stein gestifteten Gesellschaft zur Auf=
suchung und Sammlung aller unveröffentlichten deutschen Geschichts=
quellen in Rom; und ein Brief Bunsen's an Niebuhr wird zeigen,
daß er sich bereits bemüht hatte, dem preußischen König und seinen
Ministern die Einzelheiten vorzulegen, die er über das Vorhandensein
preußischer Documente in Erfahrung gebracht hatte, von welchen dann
Abschriften für die königlichen Sammlungen in Berlin gemacht wur=
den. Und jetzt erfreute er sich der Aussicht vollständigen Erfolges;
denn Hamilton war mehr als bereitwillig, ihn auf seinem Besuch bei

---

*) Wie Bunsen's Briefe an Schnorr für die weitere Darstellung vieles Be=
langreiche bieten, so sind auch umgekehrt Schnorr's zahlreiche Briefe an Bunsen
nicht minder wichtig; gerade die bedeutsamsten Leistungen des großen Künstlers
wurden dem fernen Freunde gewöhnlich zuerst mitgetheilt. Es findet sich unter
diesen Briefen Schnorr's z. B. sein „Entwurf für die Darstellung des Nibelungen=
liedes in Bildern im Erdgeschoß der Neuen königlichen Residenz" (München im
Februar 1829, mit der Aufschrift: „seinem lieben Bunsen zum Zeugniß seiner
Thätigkeit im Vaterlande") neben einer Reihe von Mittheilungen und Anfragen
aus dem Jahre 1834 über die „Bilderbibel" und vielen für die Kunstgeschichte wich=
tigen Nachrichten über das Leben in München.

Marini zu begleiten und die Proben von Manuscripten zu untersuchen, welche der letztere in seiner eigenen Stube und in seiner Gegenwart zeigen, aber an keinen anderen Ort bringen lassen durfte; und als Hamilton einmal den Werth einer solchen Gelegenheit gesehen hatte, trug er keinen Augenblick Bedenken, Marini zu autorisiren, unmittelbar mit den Abschriften zu beginnen (die er sämmtlich mit seiner geübten Handschrift ausführte) und sie, Band für Band, so schnell sie beendigt wären, den Händen Bunsen's anzuvertrauen. Die Arbeit dauerte lang; denn die Anzahl der Documente war groß, und die Gelegenheit zeigte sich als eine goldene für den guten Marini, dessen einziges und großes Bedenken war, wie er mit seinem römischen Gewissen den Willen Bunsen's vereinigen könne, keinerlei Entschädigung von dem periodisch aus England ankommenden Honorar anzunehmen, eine Entschädigung, wie Marini erklärte, „in jeder Lebensstellung gebräuchlich und allen Regeln und Ordnungen entsprechend, eine bloße Sache der Gerechtigkeit, die jemand, welcher einem Anderen einen großen Vortheil verschafft, ein Recht hat zu beanspruchen!" Es dauerte einige Zeit, gelang aber doch schließlich, ihn zu überzeugen, daß Bunsen's Entschluß wirklich ernstlich gemeint sei.*)

Mehr als einmal schrieb Hamilton von London aus, um Bunsen die Befriedigung der Minister über diese werthvolle Ergänzung der überfließenden Quellen für die bedeutsamste aller nationalen Geschichten auszusprechen, die in ihrem ganzen Umfang bisjetzt nur theilweise studirt worden ist und sich jetzt zum ersten mal auf dem Wege zu einer gesicherten Lage befindet, durch eine heilsame Reform sowol der Oertlichkeiten als der Einrichtungen.

Von England aus wurde Bunsen zum Lohn für seine Bemühungen in dieser Sache ein glänzendes Geschenk angeboten, in einem Exemplar von Rymer's „Foedera" bestehend, welches aber ebenfalls dankend abgelehnt wurde.

Auch aus der letzten Zeit des Jahres 1825 kann hier wieder ein Brief Bunsen's an Niebuhr eingeschaltet werden, vom 18. December 1825 datirt:

Ihr gütiger Brief vom 31. August traf uns in der Villa Piccolomini in Frascati, wohin wir Mitte September, der Landluft und der Erholung des ländlichen Lebens bedürftig, sonst aber mit Ausnahme meiner noch sehr leidenden Schwester alle wohl und rüstig, auf einen Monat gezogen waren. Welche Freude machte uns da nun die Nachricht von den herrlichen Folgen Ihrer

---

*) Auch in den folgenden Jahren blieb Bunsen, wie die Briefe Marini's an ihn darthun, in fortdauerndem, regem Verkehr mit letzterem.

burtscheider Badecur! und die reizende Schilderung, die Sie von Ihrer häuslichen Einrichtung, im eigenen Hause, in der lieben Heimat und zwar in seinem schönsten Bezirke, in Ihrem Briefe entworfen! Welch unvergängliche Früchte wird uns der, will's Gott, immer ungetrübte und ungestörte Friede Ihres häuslichen Lebens bringen, und wie schwer wird es der Nachwelt werden, zu einem bestimmten Gefühle der Freude oder des Schmerzes zu kommen, wenn sie Ihr Verhältniß zur Gegenwart betrachtet. Nichts weniger als die allmähliche Bildung, Blüte und Untergang des Höchsten einer ganzen Welt könnte Ihnen genügen, um den Reichthum Ihrer Lebensansicht und die Tiefe eines in Wohl und Weh der Mitwelt lebenden und schlagenden Herzens mit der Stimme der Nemesis auszusprechen. Wenn ich irgendeine Hoffnung für die Bildung einer wahrhaft großen historischen Literatur in unserm Vaterlande habe, so gründet sie sich auf ein Gefühl, dessen ich vollkommen sicher bin und immer mehr werde: daß, wenn die Geister einmal mit Liebe und Eifer sich von dem Spiele genußreicher Phantasie und sich selbst spiegelnder Speculation den ernsten und heiligsten Angelegenheiten der Menschheit und Gottes in ihr zuwenden, in der Gegenwart aber die Unmöglichkeit einsehen, sich verständlich zu machen, oder wenigstens den ungebrochenen Muth und die heitere Zuversicht verlieren müssen, das zu wirken, was ihnen am Herzen liegt, daß sie dann nothwendig sich mit ihrer Fassung und Betrachtung zur Geschichte, und mit ihrem δαίμων zur Rede der historischen Muse wenden. Hätte Burke in Deutschland nicht Geschichte schreiben, oder sterben, oder — ins Tollhaus gehen müssen? Und wer kann über die göttlich gegebenen Bedingungen des gemeinsamen Daseins hinaus? Gehört auch nicht die in historischer Darstellung scheinbar gedämpfte Stimme der Betrachtung der menschlichen Dinge in den Wohlklang des Geistergesanges, von dem wir alle nur einzelne Töne vernehmen? Entschlossen wie ich bin, an dem Joche der Gegenwart fortzuziehen, bis eine höhere Hand mich abspannt, halte ich mich selbst nur aufrecht durch treues, wenn auch vielfach zerrissenes Leben in einem Berufe, dessen Einheit ich ebenso wenig je verloren, als je zu meiner Genüge habe aussprechen können. Zufrieden, wenn sich in der Flucht des Lebens einzelne Bruchsteine des Baues gestalten, an dem ich mir vorgesetzt zu arbeiten, sehe ich doch immer mit Sehnsucht auf die Zeit hin, wo ich im Vaterlande die vereinzelten Stücke um den praktischen Zweck meines Lebens als ihren Mittelpunkt herum, so gut oder schlecht als es werden will, zusammenlegen und das volle Herz erleichtern kann. Immer, hoffe ich, werde ich meinem Gott danken, wenn er mir in dieser an Wahnsinn grenzenden Verwirrung einer am Abgrunde des Grabes alles geselligen Lebens taumelnden Zeit klare Sinne und den redlichen Muth erhält. Sie schrieben mir von vielen Caricaturen des Lebens, die vor sieben Jahren uns Beiden wol Traumbilder geschienen hätten; auch hier aber

bemühen sie mich vielfach und gewaltig, und es bedarf des vollen Bewußt=
seins meiner jetzigen Stellung und Pflicht, um mich bei kaltem Blute zu
erhalten. Unsinn wie die Herausgabe des „Giornale ecclesiastico" schrei=
ben und predigen und lehren, frecher Trug, wie er mit tausendfachem Ge=
pränge durch Straßen und fast über die Dächer hinzieht, traurige Scharen
getäuschten Vertrauens und irregeleiteten Glaubens, die zu Tausenden ihr
Heil unter dem bunten Mantel der Siebenhügeligen suchten, rettungslose
Verdrehung und Zerstörung der wenigen Spuren von Wahrheit und Leben,
durch einen Fanatismus, den keine Gelehrsamkeit mehr zurückhält, und
durch den oft gar zurückgetriebene jakobinische Raserei redet: da haben Sie
Rubriken, die Sie nur ganz getrost mit den schroffsten individuellen Zügen
ausmalen können, sicher, die Wahrheit nicht zu erreichen. Die Wahrheit
aber gebietet zu sagen, daß die ärgsten die Franzosen sind. Ein im
Faubourg St.=Germain sehr bewanderter Mann (Constantin de la Fosse)
ist z. B. vor einigen Tagen mit den glänzendsten Empfehlungen hier an=
gekommen, und spricht in allen Gesellschaften von den Wundern, die er ver=
richtet, von dem Wunder, welches die Erde vom Boden der Casa=Santa
von Loretto an ihm und vielen Franzosen heilend und stärkend verrichtet
(er trägt davon in einer Dose mit sich und bietet es an wie eine Prise
Schnupftaback), und von dem Buche, das er jetzt schreibt, um zu beweisen,
daß, wer an die Geschichte der Casa=Santa nicht glaubt, kein Christ, d. h. vom
Satan ist, wie alle Ketzer. Und wenn das nur in den Häusern der Ultras
geschähe; aber was sagen Sie dazu, wenn ich Ihnen erzähle, daß ich
gestern drei Stunden dergleichen Geschichten mit ernsthafter Miene im
Hause des französischen Gesandten, des Grafen St.=Aulaire (Decazes' Schwie=
gervater), habe anhören müssen, bis ich ihm gesagt habe (zur Erbauung der
Anwesenden jedoch), daß er a damned fool and liar sei? Warum könnte
das nicht auch wahr sein? sagen die Leute! Ein Vortheil ist, daß die Bosheit
und Verblendung sich in einem gewissen Grade von der Politik wegwendet.
Ich habe oft recht erfreuliche Unterhaltungen mit dem Duc de Fitzjames (der
jedoch über „le bon temps de Bonaparte" klagt, „où l'on pouvait faire
une conspiration chaque jour") und anderen seiner Seite, mehr noch mit
St.=Aulaire und seinesgleichen. Das Ende vom Liede ist aber immer, daß sie
nicht wissen, was sie thun sollen, und daß sie, wenn von Reorganisation der
Gesellschaft die Rede ist, nur darüber klar sind, daß der Plan der entgegen=
gesetzten Seite zum noch größeren Elend führen würde. Ich rede natürlich hier
gar nicht von den Flachen, die die Gegenwart oder die verfaulte Vergan=
genheit des verfallenen Alten unverbesserlich herrlich finden, und deren gibt
es natürlich noch sehr viele hier; sie sprechen von einem möglichen 1688,
aber erst muß 1517 kommen. Meine Erholung von dieser Gesellschaft, in
die ich mich nun einmal hineingezogen finde, ist die der Engländer wie
sonst. Lord Sandon ist gottlob! bis Mitte Januar hier, und hat alle

Reports der letzten Parlamentscommittee über die Katholikenemancipation, sowie eine Menge englischer Schriften über die neuen amerikanischen Staaten mit sich; seine Persönlichkeit ist aber mehr werth als das alles. Mit Lord Binning, Canning's speciellem Freunde, habe ich durch die Bullen De Salute u. s. w., die er mit allem Dazugehörigen gründlich studirt, viele belehrende Unterhaltungen. Ein Antikatholik ist glücklicherweise nicht unter meinen diesjährigen Bekannten; denn ich zweifle gar nicht, daß sie jetzt noch viel weniger Vernunft annehmen, seit König und Thronerbe, und der Herr der bevorstehenden Wahlen, John Bull selbst, sich so unnöthigerweise ereifert haben. Alle vernünftigen hier anwesenden Parlamentsmitglieder bitten Gott, daß die Katholiken so vernünftig sein mögen, nächste Sitzung zu schweigen; selbst die ihnen Wohlgesinnten werden weniger warm reden, um nicht jede Möglichkeit, wieder gewählt zu werden, zu verlieren. — Sandon hat mir über Lord Liverpool's heftige Rede in den letzten Debatten eine traurige Aufklärung gegeben. Lord Harrowby und Canning fragten ihn den andern Tag, wie er so ganz seine Mäßigung habe verlieren und seine ganze Stellung verändern können. Lord Liverpool war erstaunt, er glaubte besonders ruhig und mäßig gesprochen zu haben: erschöpft und matt vor der Sitzung, hatte er Aether genommen und in nervösem Rausche geredet. — Lingard, den ich vor einigen Monaten gesehen, gefällt mir gar nicht; in seiner Geschichte *) ist Queen Elizabet der Teufel gegen Queen Mary, Cranmer ein Hund, St.-Thomas ein heiliger Martyr. Eins ist hier jedoch belustigend, Cobbett's fünf Briefe **), mit einem rührenden Prodromus über diesen molto stimato ed egregio scrittore, übersetzt und an allen Ecken mit Pomp angekündigt. Da ich einmal auf römische Geschäfte gekommen bin, will ich auch hier gleich melden, daß ich die Collationspatente für das kölner Kapitel gestern vor acht Tagen feliciter erhalten und keinen Anstoß vorausgesetzt, auch nicht gefunden habe. — Die Verschleppung der Geschäfte ist fürchterlich, die Leichtfertigkeit ihrer Behandlung in den

---

*) Die 1819—1825 in erster und bis zum Jahr 1850 in fünfter Auflage erschienene „History of England till the revolution of 1688" dieses katholischen Priesters (geb. 1771, gest. 1851) ist wegen ihres maßlosen Parteigeistes und ihrer unredlichen Advocatenkünste fast sprichwörtlich geworden. Bei Gelegenheit seines Aufenthalts in Rom im Jahr 1825 erwies ihm der päpstliche Hof große Auszeichnung, Leo XII. bot ihm sogar den Cardinalshut an.

**) Ursprünglich der Torypartei angehörig und zuerst in antifranzösischem Sinne in England und Amerika thätig, hatte Cobbett (geb. 1766, gest. 1835) sich seit dem Jahr 1805 dem Radicalismus zugewandt und denselben sowol in seiner Wochenschrift „Weekly political register" wie als Redner in Volksversammlungen vertreten. Die hier erwähnten Briefe hatten in England weniger Erfolg gehabt, wurden aber in den der englischen Politik feindlichen Kreisen des Continents um so eifriger colportirt.

Ministerien noch größer. Ich übe mich aber im Grundsatz, mich über nichts zu ärgern, sondern zu thun, was recht ist und nur zu schreiben, was noth ist, politica besonders immer seltener. Erhalte ich doch nie Antwort. Uebrigens sehr gnädige Zufriedenheitsbezeigungen. *)

Es ist mit Recht bemerkt worden, daß gemeinsames Interesse an den großen Gegenständen, unter welchen man lebt, und ihre anregende und spannende Wirkung auf das Gemüth die Gemeinschaft und den Austausch der Gedanken in Rom leichter macht als irgendwo sonst; es wurde diese Erfahrung in hohem Grade gemacht bei dem angenehmen Verkehr, welcher in Bunsen's Fall die Grundlage unschätzbarer Freundschaften bildete, für deren Anknüpfung kein anderer Ort so günstige Gelegenheit gewährt haben würde. Insbesondere ist dies der Fall mit Engländern von hervorragender Stellung, welche in ihrem Vaterland durch die mannichfaltigen Pflichten ihres Berufes und ihres Standes in Anspruch genommen sind, aber in Rom zugänglicher werden. Es werden hier einige Worte erlaubt sein, um den Reiz der Frühstücksgesellschaften zu bezeichnen, welche in dem angenehmsten Theil des römischen Jahres, dem ruhigen Monat nach Ostern (1825), so häufig zwischen dem Capitol und dem Palatin abzuwechseln pflegten, auf welch letzterem Hügel der verstorbene Philipp Pusey*) in der Villa Mills wohnte; und noch viele Namen jetzt bereits Gestorbe-

---

*) Aus solchen Einzelheiten über die Restaurationsluft, wie sie in diesem Briefe sowie in mehreren vorhergehenden und nachfolgenden erwähnt sind, fällt ein überraschendes Licht auf die prägnante Zeichnung dieser Periode in den „Zeichen der Zeit" (S. 35—37). Wie früh übrigens Bunsen bereits das Unheil dieses reactionären Treibens erkannte, bezeugt ein Brief an Niebuhr vom 23. Mai 1820, in dem es unter anderem heißt: „Es scheint, daß Sie durch die Abreise des Herrn von B... eben keine sehr erfreuliche Erscheinung verloren haben. Ich habe ihn selbst nicht gesehen, aber er hat sich allenthalben sehr laut als einen Adam Müller-Schlegelianer zu erkennen gegeben, und ist einer von den vornehmen Norddeutschen, wie ich sie schon bei jenen Männern in Wien gesehen habe, die sie schlau an sich zu ziehen wissen, um die Idee, daß durch Oesterreich und den Katholicismus, und den Katholicismus und Oesterreich allein Deutschland gerettet werden kann, auch außerhalb Oesterreichs allgemein zu machen, und an die Lieblingsmeinungen und Phantastereien des ephemeren geistigen Treibens in Deutschland anzuknüpfen."

**) Mit diesem hochgebildeten Bruder des grobkatholisirenden Edward Pusey, der dem Namen Puseyismus die verhängnißvolle Bedeutung verschafft hat, blieb Bunsen auch später im innigsten Verkehre. Im Jahre 1834 besuchte Philipp Pusey Deutschland, wo ihn Bunsen seinen Freunden empfohlen hatte, und die Briefe von Rothe, Tholuck und Schnorr aus dieser Zeit spiegeln in interessanter individueller Weise die Eindrücke ab, die der für deutsche Wissenschaft sehr empfängliche Engländer auf sie machte. Nach Bunsen's Uebersiedelung nach London wurde sein

ner könnten als Zierden dieser Gesellschaft aufgezählt werden. Für die fröhliche Geselligkeit der Frühstücksstunde war Bunsen so empfäng= lich, als wenn er immer daran gewöhnt gewesen wäre, obgleich die Gewohnheit, seine Familie und seine Freunde zum Frühstück zu ver= sammeln, in Deutschland sich selten findet; und sogar aus den letzten Jahren abnehmender Gesundheit bleibt es immer eine köstliche Erinne= rung für seine Söhne und Töchter, wie strahlend und voll Kraft und Fröhlichkeit sein Aussehen beim Frühstück war, wie er über öffentliche Angelegenheiten plaudern konnte, wenn er eine Zeitung zur Hand hatte, und wie er von einer Sache zur anderen überzugehen pflegte, indem er ein besonderes Vergnügen an dem freien Tummeln des Ver= standes in der frischesten Stunde des Tages empfand, wie ein frei= gewordenes Rennpferd, das sich seiner Stärke erfreut.

Mit dem Frühjahr 1825 beginnt auch der freundschaftliche Umgang Bunsen's und seiner Familie mit dem Componisten Neukomm (geb. 1778, gest. 1858), einem wahrhaft schätzenswerthen und hochgeschätzten Freunde, der auch zu wiederholten malen bis zum Ende seines langen Lebens ein Genosse des Hauses war. Sein merkwürdiger Lebenslauf, seine Tage= bücher und Sammlungen werden hoffentlich von seinem Neffen her= ausgegeben werden; und das Gemälde eines Pfades, welcher so ver= schiedene gesellschaftliche Zustände und Verhältnisse kreuzte und fast eine Hälfte des vorigen und über eine Hälfte des jetzigen Jahrhun= derts überbrückte, dürfte ein bleibendes Interesse erwecken. Schade um die Skizze, welche Bunsen so gern als eine Beigabe zur Biographie Neukomm's entworfen hätte; denn es würde über die Kräfte jedes Anderen gehen, deutlich die Eigenthümlichkeit, das Verständniß, den angeborenen Witz und Humor, das richtige Urtheil, die Lauterkeit und Aufrichtigkeit, und den hohen moralischen Werth zu zeichnen, welcher die verschiedenartigsten Charaktere in den verschiedensten Lebens= stellungen für einen Mann einnahm, der nichts zu geben hatte als seine Musik und seine Sympathie, der aber mit nie abnehmender Bereit= willigkeit auf Alles einging, was es in Gefühlen oder Verhältnissen Reelles gab. Unbekannt mit der Stütze des Glaubens an das Un= sichtbare, und unempfänglich für die Tröstungen christlicher Ueberzeu= gung, liebte er doch diejenigen am meisten, welche in dem Lichte und der Wärme glücklich waren, die ihm selbst fehlte; und die Häuser,

Verhältniß zu Pusey (der auch als Parlamentsmitglied und Begründer der land= wirthschaftlichen Gesellschaft weithin thätig war) ein noch engeres.

in welchen er am liebsten zu verweilen pflegte, die Genossen, welchen er den Vorzug gab, waren, wie verschieden auch in jeder anderen Beziehung, doch darin gleich, daß sie die innere Quelle des göttlichen Lebens besaßen, welche, wie schwach auch durch ihre Mischung mit menschlicher Unvollkommenheit, doch ringsum einen Einfluß verbreitet, welcher ihren Ursprung beweist. Sein langer Aufenthalt an dem portugiesischen Hofe, welchem er als Kapellmeister nach Rio-de-Janeiro folgte, und seine ähnliche Stellung im Hause des Fürsten Talleyrand stehen damit nicht in Widerspruch; denn eine berufsmäßige Verpflichtung, welche die Mittel zum Unterhalt gewährt, ist sehr verschieden von dem freiwilligen und vorzugsweisen Verkehr in Familien, wo äußerer Vortheil weder in Betracht kommt, noch gewonnen werden kann.

Uebrigens dauerte die denkwürdige und ausnahmsweise Periode von Neukomm's Leben, in der er der Hausgenosse Talleyrand's war, noch fort, als er seine Urlaubsreise nach Rom antrat; er hatte den Namen eines maître de chapelle des Fürsten, der zwar selbst Musik verabscheute und nie eine Note zu hören verlangte, aber die Gesellschaft Neukomm's als eines Gliedes seiner Haushaltung wünschte: so seine Werthschätzung an den Tag legend für das hochgebildete Verständniß und die Menschen- und Sachkenntniß, welche Neukomm in den Stand setzten, Talleyrand's Meinung zu verstehen, über welchen Gegenstand er auch seine Beobachtungen machte. Nach Talleyrand's Uebersiedelung als Gesandter nach London wurde dieses Verhältniß abgebrochen infolge einer Einflüsterung der Herzogin von Dino, daß Neukomm regelmäßiger Musiklehrer ihrer Tochter werden würde (eine seinem Charakter widersprechende mechanische Thätigkeit, welche er nie übernommen hätte); infolge dessen entsagte er seiner Stelle und sah Talleyrand nie wieder, wie er denn überhaupt unter den mildesten Formen seine Unabhängigkeit zu wahren verstand. Seit dem Winter 1840, wo er lange ein willkommener Hausgenosse Bunsen's auf dem Hubel bei Bern war, hatten die damals in der Entfaltung begriffenen musikalischen Anlagen im Bunsen'schen Hause seinem Rath und seiner Leitung, seiner erweckenden, ermuthigenden und führenden Hand außerordentlich viel zu verdanken; aber seine freundliche Aufmerksamkeit wurde immer freiwillig gegeben und niemals erbeten.

Ueber Neukomm's Erscheinung im Jahre 1825 enthält eine damals niedergeschriebene Aufzeichnung noch Folgendes:

Neukomm muß mit mehr Sinnen und Fähigkeiten der Auffassung begabt sein als andere Sterbliche; diese wendet er mit vollendeter Geschicklichkeit an, um denen, welche er liebt, Vergnügen zu machen und Schmerz zu ersparen; und auch die, welche er nicht liebt, oder gegen die er Abneigung hat, beleidigt er nie. Keine Katze, die zwischen Gläsern umherspaziert, ohne sie anzurühren oder auch nur eine Vibrirung hervorzurufen, hat ihn jemals in dem Talent übertroffen, unter allen Arten widerstreitender Charaktere seinen eigenen Weg zu finden, ohne irgendjemand seinen Platz zu verrücken oder den Rahmen der Gesellschaft zu verschieben. Für die, welche ihn einmal gekannt haben, ist es unmöglich, blos ein Gefühl des Gernhabens zu empfinden oder einen landläufigen Wunsch, ihn wiederzusehen; es ist ein wirkliches Bedürfniß nach seiner Gesellschaft, welches sie erfahren, ein Bewußtsein, daß der Platz, welchen er ausfüllte, von keinem Anderen ausgefüllt werden kann. Solche Ausdrücke kann man freilich nur gegen die gebrauchen, welche ihn kennen, Anderen würden sie zu paradox vorkommen. Seine wohlwollende Naturanlage wie seine Fähigkeit zu starker Zuneigung stand in einem eigenthümlichen Contrast mit einer Fähigkeit zu berechnen, die nie überboten wurde; nie vielleicht that er irgendetwas außer dem, was er beabsichtigte, und nie ließ er sich überraschen. Die auf der Hand liegenden Widersprüche in ihm sind zahlreich; Alles, was vortrefflich ist in Kunst und Natur, verursacht ihm außerordentliche Freude, und der weibliche Charakter wie der Kindescharakter (die Blüte und Quintessenz der Schöpfung) sind sein Studium und sein besonderer Genuß, während er für den Schöpfer keinen Platz finden kann — eine schreckliche Thatsache, deren man sich nur nach langer und genauer Beobachtung vergewissert; denn er vermeidet es grundsätzlich, sich auszusprechen, und ganz besonders, die Anschauungen seiner Freunde zu verletzen. Er ist eine tief unglückliche Person; die scharfe Empfindsamkeit seiner Gefühle ist Qual für ihn, denn keine Wunde, die sein Herz je empfing, kann je heilen; die Todespfeile, welche seine Freunde trafen, entzünden sich immer wieder und erinnern ihn an das Ende seines eigenen Daseins, an welches er nicht zu denken liebt. Eines Abends, als er uns spät verließ, nachdem er sich durch Phantasiren auf seinem Lieblingsinstrument in tiefe Melancholie hineingearbeitet hatte, gebrauchte er als Antwort auf eine Bemerkung, die über Träume gemacht worden war, die Worte Hamlet's: „Was in dem Todesschlaf für Träume kommen, wenn wir die irb'sche Hülle abgestreift." Bunsen antwortete auf diese Frage: „Dann, meine ich, erwachen wir von allen Träumen." Aber Neukomm stimmte ihm nicht bei.

Der freundschaftliche Verkehr, welcher mit dem häuslichen Leben Bunsen's aufs engste und für die längste Zeit verflochten wurde, war der mit August Kestner, zuerst Secretär der hannoverischen Gesandtschaft und später ihr Chef als Ministerresident. Sein Name ist schon in einem Briefe von Ernst Schulze aus dem Jahre 1817 erwähnt worden, in einer Empfehlung, die nicht minder richtig

als kräftig in ihren Ausdrücken war, auf die man aber doch
das spätere vertraute Verhältniß nicht zurückführen darf, da dieses
vielmehr aus freiwilligem und stets zunehmendem Bewußtsein der
gegenseitigen Werthschätzung und der Sympathie in vielen und vielleicht den meisten Lebensinteressen hervorging. Der geringe Raum,
welcher hier für die dankbare Erwähnung einiger weniger der Freunde
gewährt werden kann, welche Bunsen liebte und werthschätzte,
ist sehr unzulänglich, um Keſtner's würdig zu gedenken, oder auch
nur, um den besonderen Werth auszudrücken, welchen er für alle
Glieder der Bunsen'schen Familie besaß; es müßte seine genaue
Biographie als ein Denkmal für sein Gedächtniß von der Hand der
Freundschaft unternommen werden; denn bei ihm paßte Goethe's Wort
(im „Taſſo") völlig:

> Die Freundschaft ist gerecht, sie kann allein
> Den ganzen Umfang seines Werths erkennen.

Sein Lebensgang begann mit den sehr frühen Tagen harter und kärglich bezahlter Arbeit in dem Geschäft eines hannoverischen Advocaten,
die er aber durch den hochherzigen Entschluß, sich nicht so weit er-
niedrigen zu lassen, um ein öffentliches Amt unter der Fremdherrschaft
des Königs Hieronymus anzunehmen, heiter ertrug; auch sein Leben
war dann mit dem deutschen Freiheitskampfe verflochten, an welchem er
mit aller Glut seiner Natur theilnahm; es lief endlich aus in der Mission
in Rom in jener reichgeschmückten, reinen und fleckenlosen Periode edeln
Genusses und fruchtbaren Gebrauches von 37 Jahren; und so möchte
es denn wol einen Faden bilden, mit welchem sich geschichtliche Gemälde von hohem Interesse und Bemerkungen über persönliche und
gesellige Verhältnisse der verschiedensten Art verbinden ließen, welche
jetzt ganz verschwunden sind in dem „Abgrund der Dinge, die waren",
und nach welchen die veränderliche Mode der Welt vielleicht dann
einen sehnsüchtigen Blick werfen wird, wenn es zu spät ist, die flüchtigen Bilder wiederherzustellen, welche jetzt noch deutlich in der Erinnerung sind. Die umfangreichen von Keſtner hinterlassenen Manuscripte,
welche Aufzeichnungen über seine Beobachtungen und Erfahrungen
enthalten, bieten reichlichen Stoff für eine Auswahl.*) Sie sind
im Besitze der geliebten Schwester, welche sein überlebendes Bild
genannt werden könnte, indem sie in Geschmack, Verständniß, warmem

---

*) Auch Keſtner's Briefe an Bunsen sind besonders in den Jahren 1828—
1834 reich an vielen belangreichen Mittheilungen.

Gefühl und liebenswürdigem Auftreten den im Frühjahr 1853 ent=
schlafenen Freund von selbst ins Gedächtniß zurückruft.

Es war eine große und nach Gebühr von ihm geschätzte Wohlthat,
welche Bunsen im Herbst 1831 durch die Ernennung des jungen Rudolf
von Sydow zum Legationssecretär erwiesen wurde; seine seltene Be=
gabung für ein Amt, welches keine Sinecure war (obgleich Bunsen viele
Jahre lang die Berufspflichten desselben mit denen des Chefs verbunden
hatte), wurde von Bunsen während seines öffentlichen Lebens in dank=
barem Andenken gehalten. Er kam oft zu sprechen auf den Ordnungs=
geist, den Pünktlichkeitssinn, die Arbeitskraft, den unermüdlichen Eifer
in der Besorgung der Geschäfte, das Bewußtsein der moralischen Ver=
pflichtung, auch in den geringfügigsten Kleinigkeiten, kurz auf die
vielen und verschiedenartigen glücklichen Fähigkeiten in einem Charak=
ter, der sowol als Mensch wie als Freund wahrhaft geschätzt wurde,
weil er in Einklang mit und selbst eine Zierde in dem häuslichen und
geselligen Kreise war, in dem er fünf Jahre hindurch völlig aufging,
wie er auch in der Folgezeit den dort empfangenen Eindrücken
treu blieb.

Der erste Theil von Bunsen's öffentlichem Leben war wol ganz
besonders begünstigt durch die Wirksamkeit der ihm gewährten Mit=
arbeiter; denn der Nachfolger des Herrn von Sydow im Jahre 1835
war Graf Guido von Usedom, auf besonderen Wunsch und Ver=
langen Bunsen's ernannt, welcher seine Hülfe in den Geschäften nur
zwei Jahre lang, aber seine treue Freundschaft durch alle Veränderungen
hindurch zeitlebens genoß, da sie auf die innere Sympathie und das
Bewußtsein geistiger Gemeinschaft auf beiden Seiten gegründet war.
An Usedom nahm auch der Kronprinz (der nachherige König Friedrich
Wilhelm IV.) ein großes Interesse. Es war dies in erster Reihe durch
einen Bericht veranlaßt, welchen der junge Mann, der noch nicht im
Amt war und in München in wissenschaftliche Gegenstände versenkt
lebte, freiwillig über die Lage eines großen Theiles der Einwohner
des Zillerthales in Tirol erstattete, welche als unverbesserliche
Bibelleser verfolgt und schließlich durch die österreichische Regierung
aus ihrer Heimat vertrieben wurden, nach der Erklärung vom 2. April
1834, daß sie entweder Katholiken werden oder sich in Siebenbürgen
niederlassen müßten. Diesen verdienstvollen Flüchtlingen gewährte der
König (Friedrich Wilhelm III.) freigebige Hülfe und Ländereien für
ihre bleibende Ansiedlung in Erdmannsdorf, seinem Privatbesitz in
Schlesien. Ueber den Grafen Usedom, der jetzt Deutschland in so
glänzender Weise am italienischen Hofe vertritt, würde es unpassend

sein, hier mehr zu sagen, als daß er sowol immer zu den geliebtesten und bewundertsten Freunden Bunsen's gehörte, als auch selbst das Andenken des Verstorbenen treu bewahrt. „Servata fides cineri."

Um die Schwierigkeiten verständlich zu machen, mit welchen Bunsen in späteren Jahren zu kämpfen hatte, muß hier auf die Eigenthümlichkeiten seiner Stellung etwas eingegangen werden. Dabei können wir unsere Zuflucht nehmen zu Anführungen aus einer höchst gerechten und unparteiischen Darstellung, wenngleich von der Hand eines anhänglichen Freundes, der aber besser mit den Thatsachen bekannt und mehr im Stande war, Folgerungen daraus zu ziehen als die Schreiberin dieser Zeilen; es ist Heinrich Abeken, welcher das Urtheil fällt:*)

Für die Entwickelung jener Gedanken, die in Bunsen's Geist immer lebendig waren, war gerade Rom (der Ort, an dem man, wie Goethe sagt, die Weltgeschichte vom Centrum nach der Peripherie liest) der eigenthümlichste Boden. Rom vereinte die Wirkungen der tiefsten Abgeschlossenheit mit denen des lebendigsten und universellsten Verkehrs.

Man war dort wie auf einer Höhe, an welcher nur die großen und lange dauernden Wogen und Strömungen der Zeit aufschlugen, die kleinen Wellen der Tagesereignisse, die so viel geistige Kraft absorbiren, unbeachtet vorüberspülten. Desto mächtiger mußte die innere, ungeheure Bedeutung Roms, der Weltstadt, der Nekropole Europas, auf den Geist wirken.

Diese Abschließung von den alltäglichen Interessen und Meinungsbewegungen in der deutschen Welt hatte zwar einen großen Reiz, solange die verlängerte Abwesenheit dauerte, führte aber zu vielen Misverständnissen auf seiten Bunsen's und zu einer Lücke in seinem deutschen Bewußtsein, welches bei dem stehen blieb, was er von seiner eigenen Nation gekannt (oder geahnt) hatte, während er in ihrer Mitte lebte, sodaß er zuletzt zugestehen mußte, sich der Veränderungen nicht völlig bewußt gewesen zu sein, welche sowol in den Umständen als in den Meinungen stattgefunden hatten. Es wird die Erfahrung aller derer gewesen sein, welche über ihre eigenen Eindrücke in einer solchen Lage nachgedacht haben, daß während einer längeren Abwesenheit von ihrem Heimatslande die einmal angenommene Auffassung der Sachlage mit jedem Jahre idealer wird, und daß bei der Rückkehr nach Hause

---

*) In der biographischen Charakteristik „Christian Carl Josias Freiherr von Bunsen" in „Unsere Zeit. Jahrbuch zum Conversations-Lexikon", Bd. 5, 1861, S. 337—377. Die hier angeführte Stelle findet sich S. 343—344, die bald darauf folgende S. 347.

die äußeren und inneren Verhältnisse sowol besser als schlechter ge=
funden werden, immer jedoch davon verschieden, wie die Erinnerung
sie sich ausgemalt hatte; und gerade eine häufigere Verbindung mit
dem Heimatlande führt nur zu anderen Irrthümern, indem die per=
sönlichen Eindrücke für eine Probe des Ganzen genommen werden.
Aber wenn von Bunsen nicht gesagt werden konnte, daß er sein eige=
nes Land und den dort thätigen Geist völlig kannte, bis er sich wie=
der in seinen Grenzen heimisch gemacht hatte, so war das Misver=
ständniß doch viel ernstlicher, welches in Deutschland in Rücksicht sei=
ner herrschte; und es war das Mistrauen oft groß und dabei sonder=
bar abwechselnd, mit welchem das Vaterland dieses echt deutsche Herz
betrachtete, welches immer seinen höchsten Interessen ergeben war,
und in jedem Augenblick sein bestes Blut für sein Wohl vergossen
haben würde.

Von den vielfachen Veranlassungen zu solchen Misverständnissen
war die wichtigste, wenn nicht der Zeit nach die erste, die Periode,
wo er zuerst die Resultate seiner hymnologischen und liturgischen
Studien veröffentlichte, worüber wieder die Worte des vorhergenann=
ten Freundes angeführt werden mögen als von Jemand, der, nicht
zur Familie gehörig, geeigneter ist, sein Urtheil hier abzugeben:

Das Gesangbuch stand wie die Liturgie und wie Bunsen's ganzes
damaliges geistiges und gemüthliches Leben auf dem Standpunkt einer gläu=
bigen, strengen, aber warmen und lebendigen evangelischen Orthodoxie,
deren Ausdruck er damals noch in den Bekenntnißschriften der evangelischen
Kirche und in der lutherischen Dogmatik fand. Der Sache der Union war
er aus vollem Herzen ergeben. Doch vor einem unmittelbaren Eingreifen
in die unglücklichen Streitigkeiten im Vaterlande erst über die Einführung
der Agende, dann über Union und Lutherthum selbst, bewahrte ihn sein
Leben im fernen, ruhigen Rom — ein Glück wol für seine innere wie für
seine äußere Stellung in jenen Strömungen der Zeit. Aber mit diesen
Vortheilen war auch ein Nachtheil verbunden, der sich unmittelbar in jenen
Werken erkennen läßt, und dessen Nachwirkung in der öffentlichen Meinung
Bunsen erst spät und schwer überwunden hat. Eben die Entfernung von
den Strömungen der Zeit und der Mangel eines lebendigen Wechsel=
verkehrs mit dem Volke und dem Vaterlande mußte nothwendig Ursache
werden, daß jene Arbeiten mehr auf die streng durchgeführte Theorie als
auf das unmittelbare praktische Bedürfniß Rücksicht nahmen, daß sie in
manchen Punkten über das Verständniß und die Empfänglichkeit der Zeit
hinausgingen, in anderen dahinter zurückblieben, daß sie in gewissem
Sinne isolirt und einsam stehen blieben und der Anknüpfungspunkte ent=
behrten.

Die Verschiedenheiten in den Anschauungen derer, welche Bunsen im Familien= und Freundesverkehr sah, ließen überhaupt viele sich selbst wider= sprechende Gerüchte und Vermuthungen aufkommen, von denen die gewöhn= lichste die war, daß man ihn in den Ruf eines nicht nur orthodoxen, son= dern kirchlich=hierarchischen und politisch=antiliberalen Geistes brachte. Man glaubte in ihm einen Genossen oder ein Werkzeug derer zu sehen, denen man mit Recht oder Unrecht die Absicht zuschrieb, der Kirche ein strenges, antiprotestantisches Regiment und mittelalterlich=katholische Doctrin und Disciplin aufzubringen; er galt für katholisirend, ja manchem wol schon als ein heimlicher Katholik. Den Römern aber und der katholischen Geist= lichkeit muß man die Gerechtigkeit widerfahren lassen, daß sie sich nie in ihm getäuscht, nie Zeit und Gelegenheit günstig oder den Eindruck seiner Persönlichkeit derart gefunden haben, um auch nur den Versuch zu machen, ihn zu sich herüberzuziehen, obwol er mit vielen edeln und frommen, ihrer Kirche streng anhängenden Katholiken in inniger und herzlicher Verbindung stand, die ihn nie für einen Feind derselben gehalten haben. Das Große und Mächtige der Kirche erkannte und ehrte er, und hielt sich ebenso sehr aus eigenem innern Adel als aus Rücksicht auf seine Stellung von jeder feindseligen Polemik fern. Aber an einem offenen und vollen Aussprechen seiner Auffassung im ganzen und großen, dem Publikum gegenüber, wurde er allerdings durch die Rücksicht auf seine Stellung gehindert, und so konnten nur Wenige ihn erkennen und beurtheilen.*)

Neben Abeken (der später selbst ebenfalls Gesandtschaftsprediger in Rom war) darf nicht minder Rothe als kundiger Zeuge über Bunsen's Bestrebungen in der römischen Zeit angeführt werden; seine Briefe bringen stets neue Belege dafür.**)

---

*) Ueber die erste Zeit von Bunsen's selbständiger amtlicher Thätigkeit, welche sich schon durch die früher mitgetheilten Briefe an Niebuhr als eine im edelsten Sinne des Wortes unbefangene charakterisirt hat, die gleich sehr alle wirklich religiösen Elemente zu würdigen und den fanatisch hierarchischen Bestrebungen klar ins Auge zu sehen wußte, wird auch die im Anhang abgedruckte Denkschrift vom 23. December 1823 (nach der Thronbesteigung Leo's XII.) Näheres mittheilen. Gerade weil Bunsen hier noch auf dem allgemeinen Boden der Restaurationszeit steht, wird der geschichtskundige Leser um so mehr mit Bewunderung erfüllt, sowol für den scharfen Blick auf die charakteristischen Zeichen der Zeit, welcher die Gegenwart so richtig deutet, daß heute, nach fast fünfzig Jahren, kein treffenderes Urtheil über jene Zeit abgegeben werden kann, als für die wahrhaft vorschauende Erkenntniß der weiteren Entwicklung.

**) Unter diesen Briefen Rothe's, auf die bereits S. 238 verwiesen wurde, nimmt zunächst der vom 16. December 1823, bevor Rothe Bunsen persönlich kannte, gerade im Vergleich mit den späteren doppeltes Interesse in Anspruch. Es heißt darin:

„Es ist mir eine rechte Freude, mich Ihnen, verehrter Herr Legationsrath, als denjenigen vorzustellen, der forthin das Glück haben soll, unter Ihrer Aufsicht und Leitung die von Gott dargereichte Kraft dem Dienste einer Gemeinde zu widmen, die ihm (er würde selbst nicht wissen wie? und wodurch? wenn er nicht das stille Wirken des Heiligen Geistes an den menschlichen Gemüthern kennte) seit dem Tage, wo ihm zuerst die Aussicht auf eine nahe Verbindung mit ihr eröffnet wurde, so innig an die Seele gewachsen ist. Eine doppelte Freude aber ist es mir, gerade Ihnen als einen solchen mich vorzustellen, gerade Sie für mich um Ihre Gewogenheit und Nachsicht bitten zu dürfen, und ich lasse nur mein Herz sprechen, wenn ich Sie versichere, daß ich gerade hierin eine besondere Gnade meines Gottes erkenne. Darf ich doch, indem ich mir die Ehre gebe, zu Ihnen zu reden, nicht blos zu meinem Vorgesetzten reden, weiß ich doch, daß es außer dem Bande amtlicher Verhältnisse noch ein anderes gibt, das uns verbindet, und das, weil es die Seelen vor dem Angesichte des Allerhöchsten und durch den Genuß einer überschwenglichen Gnade vereinigt, allen Abstand menschlichen und bürgerlichen Ranges nicht aufhebt, sondern heiligt und in der Liebe ausgleicht, die in dem gemeinschaftlichen Bekenntniß: «Mir ist Barmherzigkeit widerfahren» ihren schönsten Ruhm sucht. Darum werden Sie mich nicht mißverstehen, wenn ich Sie zum voraus für mich um mehr noch als Ihre gütige Gewogenheit, auch um meinen Antheil an der Liebe, durch welche alle lebendigen Glieder des Einen Leibes, dessen Haupt Christus, unser Herr ist, einander erbauen und tragen, auch um Ihre Fürbitte bei unserem Hohenpriester mit einem Drange und einer Offenheit des Herzens bitte, die freilich in einem blos conventionellen Briefe auffallen müßten. Lassen Sie mich wenigstens die schöne Hoffnung nicht aufgeben, die mir der Herr ins Herz gelegt, daß durch seine Gnade auch eine Verbindung unserer Herzen wie unserer Arbeiten und Bemühungen zur gemeinschaftlichen Förderung seines Werkes bewirkt werden werde."

Gleich der folgende Brief redet den „theuersten Freund" mit Du an. Außer mehreren Briefen aus den Octobermonaten 1824, 1825 und 1826, die jedesmal eine Einladung Bunsen's nach Frascati dankend annehmen, und einer Reihe von Schreiben, welche die Verhältnisse einzelner Glieder der römischen Gemeinde besprechen und sich ebensowol durch Umsicht wie durch Bescheidenheit kennzeichnen, ist ein Brief vom 2. Februar 1828 über die ihm angebotene Professur am Predigerseminar in Wittenberg besonders für Rothe charakteristisch. Es heißt hier unter anderem: „Hättet Ihr mich ruhig in dem Strome der Verborgenheit fortschwimmen lassen, so wäre ich mit der Zeit, ohne daß Jemand dadurch in Verlegenheit gerathen, an dem Ziele meiner bescheidenen Wünsche angelangt; nun aber zieht Ihr mich hervor aufs Land und an die Sonne, und müßt nun leider sehen, wie Ihr Euch in mir getäuscht und was für unbeholfene Sprünge ich in diesem neuen Elemente mache; ich aber auch Gefahr laufe, Euch eigensinnig, unbescheiden, wo nicht unverschämt zu erscheinen; ja Du, liebster Bunsen, entdeckst vielleicht erst jetzt an mir eine Seite, die Du mir gar nicht zugetraut hättest, eine starke Eifersucht auf meine persönliche Freiheit."

Reich an wichtigen Daten für Rothe's Leben sind ferner die von ihm während seiner Reise nach Neapel und Ischia geschriebenen Briefe. Er hat „sehr, sehr viel in herzlicher Liebe und Sehnsucht" Bunsen's gedacht, klagt aber über die erzwungene Unthätigkeit in Neapel, wo es ihm „recht sauer ankommt, Gott und den Menschen die edle Zeit und das theuer zu bezahlende Brot so stehlen zu müssen". Auch während der Durchreise durch Rom schreibt er noch spät am Abend des 15. August 1828 zu dem mündlichen einen schriftlichen Abschiedsgruß, ebenso später von München aus am 6. September, wo „auf deutschem Grund und Boden ihm das

Herz wieder weit geworden ist". Nicht minder hat Rothe's Vater in dieser Zeit
öfter an Bunsen geschrieben, und es tritt die merkwürdige Verwandtschaft des
Vaters und Sohnes deutlich in diesen Briefen zu Tage.

Der späteren Briefe Rothe's aus Wittenberg sind zu viele und zu umfang=
reiche, um sie hier mittheilen zu können; wir beschränken uns daher auf einige
besonders wichtige Stellen. So tritt die Geschichtsanschauung Rothe's und beson=
ders seine Betrachtung der Gegenwart im Unterschied von seinen „gläubigen"
Freunden in dem Briefe vom 6. December 1828 unverkennbar hervor: „Soll ich
die Wahrheit sagen, so ist mir manchmal etwas wunderlich zu Muthe, fast als ob
ich draußen in der Fremde meine eigene Muttersprache verlernt hätte, und mir
anderer Leute Gedanken erst mühsam wie aus einer fremden Sprache in die mei=
nige übersetzen müßte. Es denkt und spricht Alles, was sich zu Christo hält, so gar
über einen Leisten und in einer Terminologie, daß ich immer besorgen muß, mich, der
ich nun einmal diese besondere Sprache nicht reden kann, oder richtiger nicht reden
d a r f, werde keiner verstehen; und auch die scharfe Kluft, die nach der öffentlichen
Meinung zwischen den Gläubigen und den sogenannten Rationalisten befestigt ist,
gemahnt mich bisjetzt immer noch als ein bloßes Gespenst, da in meinem indivi=
duellen Gesichtskreise alles voll Mittelgliedern zwischen diesen beiden Seiten wim=
melt. Ich sehe eben überall Parteien, und wo etwas Partei geworden, da ist ge=
wiß die reine, d. h. die ganze Wahrheit nicht. Auch will es mir vorkommen, als
ob das Licht der Welt in unserem heutigen Christenthume viel zu wenig als ein
Licht am klaren Mittagshimmel stände, sondern vielmehr als eine Rauch= und
Feuersäule, als eine Art von Meteor am Horizonte sich hin= und herbewegte.
Daher kommen dann freilich oft abenteuerliche Gestalten des Christenthums heraus,
statt daß die Seinen sein sollten wie Er, «ohne Gestalt noch Schöne», und doch
eben in dieser farblosen, schlichtesten, reinen Menschlichkeit «der Holdseligste unter
den Menschenkindern, gesalbt mit Freudenöl von seinem Gott vor allen seinen Ge=
sellen». Wer tiefen und bleibenden Frieden sucht, findet ihn nur im hellen Mittags=
lichte der «Erleuchtung der Erkenntniß von der Klarheit Gottes in dem Angesichte
Jesu Christi», und sein irdisches Los kann er sich selbst klar weißsagen (mit Ha=
mann's Worten zu reden): als «eine Lilie im Thal, den Geruch der Erkenntniß
verborgen auszuduften», das lieblichste, das uns hier fallen kann. — Unsere Li=
turgie hat bisjetzt wenigstens in Deutschland durchaus keine der Rede werthe Auf=
merksamkeit auf sich gezogen. Wir haben an dem Gottesdienste unserer römischen
Kapelle (darauf vertraue ich) ein Samenkörnlein, das lebendig bleiben und auf=
gehen wird, aber laß uns nicht vergessen, daß das Samenkorn erst monatelang in
der Erde still und verborgen liegen muß, ehe es aufgeht, und daß, wer wirklich für
die Zukunft arbeiten will, sich zum voraus sagen muß, daß er (nach einem ewigen
Gesetze der göttlichen Weltordnung) sammt der Gegenwart von dem Erfolge seiner
Arbeit nichts mehr werde wahrnehmen können."

Noch bedeutsamer ist ein Brief Rothe's vom 15. August 1832, aus dem daher
ebenfalls eine Stelle hier Platz finden möge: „Dir würde vielleicht meine jetzige
Theologie sehr verweltlicht vorkommen; aber ich besorge doch nicht, daß wir uns
nicht zuletzt verstehen sollten. Von vornherein schwerlich ohne weiteres. Die Ge=
schichte hat, seit wir uns nicht gesehen, einen so gewaltigen Ruck erhalten, daß die
meisten Gegenstände des geistigen Lebens aus ihrem Ort gerückt worden sind; und
es müßte mit Wunderdingen zugegangen sein, wenn sie bei ihrer Ortsveränderung
uns beiden durchgängig gerade die nämlichen Seiten zugewendet haben sollten. Die
politische Geschichte hat für mich erst seit dem Juli 1830 Sinn und Verstand und

Reiz gewonnen. Glaube aber deshalb ja nicht, daß ich ein Liberaler vom gegen=
wärtigen Schlage oder gar ein Propagandist geworden bin. Auch zum Justemilieu
kann ich mich nicht bekennen; die negative Seite seiner Ansicht kann ich allenfalls
unterschreiben, aber es fehlt ihr das Positive der meinigen. Auch mit dem so=
genannten christlichen Staatsrecht der Evangelischen Kirchenzeitung muß ich bitten
mich verschont zu lassen. In Rom hatte ich die nämliche trostlose Ansicht von der
Geschichte, die Niebuhr das Herz gebrochen hat. Die nämlichen Weltbegebenheiten,
die ihm das Herz vollends zugeschnürt, haben mir den Stein vom Herzen genom=
men. Seitdem habe ich das Unglück, während meine Freunde an den geschichtlichen
Evolutionen immer nur den Schaum und die Hefe sehen, die jeder geschichtlichen
Fermentation anhangen und vorweggehen, vorzugsweise den unter diesem Schmuz
nichtsdestoweniger statthabenden Entwickelungsstoß wahrzunehmen."

Noch darf aus dem Briefe vom 24. August 1833 hier eine sich auf das in=
zwischen erschienene Gesang= und Gebetbuch Bunsen's bezügliche Stelle nicht fehlen:
„Vor allem andern von uns beiden und Heubner den herzlichsten Dank für das
Gesang= und Gebetbuch. Es ist uns schon ein lieber, treuer Hausfreund geworden,
dessen Gesellschaft wir keinen Tag entbehren können. Es findet auch gar Viele,
denen es ein langgefühltes Bedürfniß ausfüllt. Freilich die große Masse unserer
heutigen Christen macht an den Stoff ihrer Erbauung keine ästhetischen Ansprüche,
und der gute Wille des frommen Dichters gilt ihr ebenso viel als die gelungene
That. Diese alle finden in der sehr reichhaltigen und unvergleichlich wohlfeilen
Sammlung, die gleichzeitig mit der Deinigen zu Berlin erschienen ist, unter dem
Titel: «Geistlicher Liederschatz», volle Befriedigung. Aber es gibt doch auch genug
Solche, deren Bedürfniß weiter geht. Daß auch unter diesen, die über die Prin=
cipien der Auswahl und Behandlung der Lieder unter sich einverstanden sind, über
die Art und Weise der Anwendung derselben häufig ein Dissensus stattfinden kann,
liegt in der Sache. Gleichwol ist durch Deine Arbeit eine Bahn gebrochen, auf
der die schönste Frucht eingeerntet werden muß."

Fünfter Abschnitt.

Reise nach Berlin.
(1827—1828.)

Veranlassung der Reise. — Briefe von unterwegs und aus Berlin. — Empfang durch den König. — Kirchliche Angelegenheiten. — Denkschriften über die schlesischen Wirren und die gemischten Ehen. — Berliner Gesellschaft. — Der Kronprinz. — Neander. — Erste Berührung mit Arnold. — Tholuck.

Im September 1827 machte Bunsen (im Sommer vorher zum Ministerresidenten in Rom ernannt) seine erste in öffentlichen Angelegenheiten unternommene Reise nach Berlin, wohin er ostensibel zu dem Zweck eingeladen war, ein schönes Gemälde Rafael's, die „Madonna della famiglia di Lante" (als „Madonna Colonna" allgemeiner bekannt), an seinen neuen Bestimmungsort im berliner Museum zu überbringen, in Wirklichkeit aber, um in wichtigen Staatsangelegenheiten seinen Rath zu ertheilen. Es hatten sich nämlich Verwickelungen erhoben mit einigen Würdenträgern der preußischen Kirche in Schlesien und anderen preußischen Provinzen, welche die genaue Bekanntschaft Bunsen's mit den Wegen und Gewohnheiten der päpstlichen Regierung und mit den Personen und Regeln der Geschäftsführung erforderten, um Mittel vorzuschlagen; überdies wurde auf seinen mächtigen Geist und seine fertige Hand gerechnet zur Unterstützung bei der nicht zu vermeidenden umfangreichen Correspondenz.*)   In dem gegenwärtigen

---

*) Auf die schlesischen Wirren wird weiter unten speciell einzugehen sein. Inzwischen ist hier der Ort, darauf hinzuweisen, welcher Art in der damaligen Zeit, wo die nationale und religiöse Seite im Katholicismus noch nicht durch die ultramontane und hierarchische unterdrückt war, das Verhältniß der preußischen Bischöfe zu dem preußischen Geschäftsträger in Rom war. Aus den zahlreichen Privatbriefen von Hommer (Bischof von Trier), Graf Galen, München, Hüsgen (Mitgliedern des kölner Kapitels), Schmiß (apostolischem Protonotar) und von Anderen an Bunsen, die insgesammt denselben Charakter freundschaftlichen Vertrauens tragen, heben wir zu dem Zweck die Briefe des edeln Erzbischofs Spiegel hervor,

Falle und für die nächstkommende Zeit endeten die Unterhandlungen in Frieden.

Fast der ganze Verlauf von Bunsen's berliner Reise läßt sich durch seine eigenen Worte in den Briefen an seine Frau und einige Andere schildern. Unterwegs schrieb er seiner Frau unter anderem die folgenden Briefe von Florenz, Innsbruck und München aus, denen ein Schreiben an Niebuhr aus Wittenberg sich anschließt:

———

die, mit seiner Ernennung im Jahr 1825 beginnend, bis in sein Todesjahr 1835 hineinreichen, meist sehr ausführlich gehalten und mit wenigen Ausnahmen ganz eigenhändig geschrieben. Gleich der erste Brief vom 21. Juni 1825 (am 20. Mai hatte Graf Spiegel die Verwaltung des Erzbisthums übernommen) enthält die höchst charakteristische Stelle: „Sie werden vermuthlich wissen, daß man in Berlin darauf denkt, der heimlichen Angeberei und Verleumdungssucht nach Rom Grenzen zu setzen, — möchte man nur die Namen einiger der unberufenen Briefsteller aus der Geistlichkeit des Erzbisthums Köln mit Gewißheit erfahren, — mich dünkt, Ihnen würde dies dort am ehesten gelingen. Die Nuntiatur in München über= macht die Anklagebriefe nach Rom." — Ebenso kennzeichnet ein Brief aus demselben Jahr (26. November 1825) die schon damals hervortretenden Wirren in den Nieder= landen: „Die Geistlichkeit in den Niederlanden ist unruhigen Charakters und for= dert zu viel aus Anhänglichkeit für eine nicht wiederkehrende frühere Lage. Es ist aber auch nicht in Abrede zu stellen, daß das niederländische Gouvernement zu antikatholisch gestimmt ist. Die aus den Niederlanden nach Rom gehenden Berichte erfordern starke Prüfung, damit das in Wahrheit Begründete von dem Leiden= schaftlichen gesondert werde." — Am klarsten aber tritt die Gesinnung des echt deutschen Kirchenfürsten den ultramontanen Wühlereien gegenüber in einem Briefe vom 2. Juni 1827 hervor: „Ich muß Sie auf eine Stelle des Schreibens vom Herrn Dr. Braun nothwendig aufmerksam machen, so gewogen ich übrigens dem jungen Manne auch bin und ihn vortheilhaft anstellen werde, sobald er hierher zurück sein wird. Herr Dr. Braun schreibt: «Man hat mir die schriftliche Auseinander= setzung gewisser Punkte hinsichtlich der Erzdiöces Köln wiederholt abgefordert, und aller Vermuthung nach gelangt dieses an den Papst. Ich habe die Eingabe ver= zögert, weil Alles einer Misdeutung fähig ist, und weil ich, falls Ew. Erzbischöf= lichen Gnaden dieses zu thun billigen werden, einige Nachrichten noch bedarf. Bei dieser Zögerung kommt mir meine Reise nach Neapel, deren Antritt auf morgen (12. April) festgestellt ist, gut zu statten.» Meine Ansicht ist, daß Herr Braun fürs erste nichts über Verwaltung der preußischen Erz= und Bisthümer ohne Ew. Hochwohlgeboren Vorwissen und Kenntnißnahme an päpstliche Behörden abgeben darf; anderntheils habe ich ihm bereits durch Herrn Professor Hermes in Bonn be= merklich machen lassen, daß ich seiner Vertheidigung oder Anpreisung keineswegs bedürfe; wolle Rom etwas über den Erzbischof und sein Handeln wissen, so müsse man sich unmittelbar an ihn selbst nach Köln wenden." — Daß freilich das System geheimer Denunciationen dadurch nicht aufhörte, trat unmittelbar nach Spiegel's Tode klar genug hervor; wie er selbst aber bis zuletzt als deutscher Bischof und wahrer Seelenhirt seiner Diöcesanen gehandelt, wird später noch besonders be= rührt werden.

Florenz, morgens 4 Uhr, 27. September 1827.

Eben vor einer Viertelstunde hier glücklich angekommen, muß ich, bevor ich einige Stunden Ruhe im Bett suche, Euch meine Ankunft melden und guten Morgen wünschen. Es ist wahr: Ihr bekommt deshalb diesen Brief nicht früher, aber ich habe doch im Geiste schon zu Euch geredet und kann mich nun ruhiger niederlegen.

12 Uhr.

Ich bin von meinem Gefühl übermannt und könnte weinen, wenn ich nicht wüßte, daß ein Mann nicht weinen soll. Mein erster Gang war mit Dr. Nott zu den Loggie di Orgagna. Du erinnerst Dich vielleicht, daß es hier war, wo ich bei meiner Ankunft im Januar 1816 die Briefe Astor's las (das Haus seines Bankiers ist gegenüber), die mir anzeigten, daß Alles zwischen uns vorbei sei, und die von Haus, die mir von der Krankheit der Aeltern und Christianens Leiden erzählten. Es war hier auf den steinernen Bänken, welche längs der inneren Wand der Loggie angebracht sind, wo ich mit einem Gemisch von Wehmuth, Schmerz, Unwillen und ankämpfendem Muthe aufblickte und die kalt vorüberziehende Menschenmenge ansah, und dann mich aufraffte, um einen Platz mit dem Corriere zu finden, was sich nicht sogleich machen ließ; bald nachher überwog das Gefühl, es sei besser zu bleiben, und ich entschloß mich zu bleiben und Niebuhr's und Brandis' Ankunft abzuwarten. Hierhin zog mich mein Herz bei meinem ersten Ausgange, und die Gefühle dankbarer Rührung überwältigten mich. Ich dachte an die elf Jahre, die dazwischenliegen: die erfüllten Hoffnungen, den Genuß nie geahnten Glückes, Gottes unverdiente Segnungen, meine jetzige Reise!

So ging ich, das vielbesprochene Bild der Heiligen Jungfrau zu sehen, das ich noch nicht kannte. Es war ein Bild für mein Gefühl und meine Stimmung: lieblich über Alles jeder Ausdruck, die ganze Zusammenstellung tiefes Gefühl. Von ihr ging ich zu der Madonna del Gran Duca; es ist wahr, viel schöner an Erhaltung, vielleicht schöner überhaupt: aber mein Herz ist dort.

Ich schließe mit tausend Segenswünschen für Euch Alle. Ich darf Dir's nicht sagen, wie ich an Euch denke, denn Du verstehst mich aus dem, was ich gesagt habe.

Innsbruck, Mittwoch Abend, 3. October 1827.

.... Tirol ist ein einziges Land, wunderherrlich in der Natur und trefflich an Menschen. Der größte Theil des Tages war köstlich: wir sind nun ganz in Deutschland; kein Sirocco haftet mehr auf der Seele, nur die Sehnsucht und die Liebe zieht das Herz in die heimisch gewordene Fremde hin. Diese Sehnsucht ist so groß, daß ich gewiß nie wieder allein wegreise. Schreib mir ja recht viel. Dies ist der fünfte Brief!

Die Briefe sind alle vom tiefsten Interesse für die Empfängerin; aber Einzelheiten über die Kunstgegenstände in Florenz, Bologna, Mantua, Verona, und Urtheile darüber brauchen hier nicht mitgetheilt zu werden.

München, Sonntag, 7. October 1827.

.... Nachdem ich Alles besehen und besprochen hatte, traten wir ans Fenster und sahen gegenüber einen Griechen. Es war der Begleiter des edelsten Heldenkindes der Welt, Marko Bozzaris' einzigen, zwölfjährigen Sohnes. Ringseis hieß den jungen Dimitri ans Fenster treten; der schöne Knabe mit seinem griechischen Anzuge, den lang bis auf die Hüften herabwallenden braunen Haaren und einem unbeschreiblich lieblichen Gesicht hüpfte anmuthig heran und begrüßte mit griechischem Gruße den guten Freund. Ringseis erzählte ihm, ich sei ein Bewunderer der Sulioten und Verehrer des Namens seines Vaters, und ich zauderte nicht, es ihm selbst in der Fülle meines Herzens auszudrücken, doch nur mit wenigen Worten, denn meine Bewegung verhinderte mich zu reden.

Als ich vorgestern wieder zu Ringseis kam, war mein edles Heldenkind dort; der Führer, Christos mit Namen, war herübergekommen, um mich zu sehen, meine Theilnahme hatte den Sulioten ganz gerührt: ich mußte recht an mich halten, um nicht über das liebliche Kind zu weinen, das ich in meine Arme schloß und nach den Seinigen befragte. Der Knabe sah mich mit rechter Liebe an und dabei mit einem unaussprechlichen Adel des Gesichts. Als ich weggegangen war, brach er in Thränen aus über die Worte der Begeisterung, die ich ihm über seinen Vater gesagt, wie mir Ringseis erzählte. Seine Mutter hatte ausgeschlagen, diesen Schatz nach Frankreich, England und Rußland zu senden. Heidegger hatte sie bewogen durch den Namen des philhellenischen Baiernkönigs. Sie hat diesem König einen schönen Brief geschrieben: sie sende ihr Alles ihm, weil sie vertraue, er werde in München ein Suliot bleiben dürfen, was er müsse und solle. Sie lebt jetzt in Zante, einst des gefeiertsten Helden geehrte Gattin, mit 4000 dieser Familie clanmäßig anhängenden Sulioten: jetzt das Gnadenbrot in Witweneinsamkeit verzehrend, und nur selten mit ihren schwarzen Trauerkleidern sich zeigend.

Du kannst denken, daß ich heute mein edles Kind wiedersehen muß, ich will ihm ein Gastgeschenk nach griechischer Sitte geben; wer weiß, ob nicht eins unserer Kinder ihn einst in Suli begrüßen kann?

Wittenberg, 11. October 1827.

(An Niebuhr.) Es ist allerdings sonderbar, daß ich von Wittenberg aus Ihren in Rom empfangenen Brief beantworte; es ist ein Zusammentreffen von äußeren Umständen und Vorsatz, daß ich auf meiner

eiligen Reise hierher, das heißt nach Berlin, gerade hier noch einen Rasttag erübrigt habe, der mich in Stand setzt, aus der Flut tausendfacher
Eindrücke und Gefühle aufzutauchen, und die Erfüllung der heiligsten
Pflichten zu sichern, ehe ich in ein neues Meer zu werfen mich genöthigt
sehe. Als ich durch den Empfang Ihres lange ersehnten Briefes beglückt
wurde, hatte ich nur erst 14 Tage vorher die erste confidentielle Mittheilung (durch Nicolovius im Namen der beiden Ministerien) erhalten, daß
ich nicht befremdet sein möge, wenn ich statt des erbetenen Urlaubs zu
einer Reise nach Neapel eine Aufforderung zur Reise nach Berlin, mit
derselben Frist eines zweimonatlichen Urlaubs, empfangen würde. Der
Grund sei die hohe und allerhöchste Spannung und Erbitterung über den
Punkt, den ich Ihnen am sichersten dadurch in seinem ganzen Umfange
mittheile, daß er derselbe ist, den Sie unmittelbar nach des Königs Abreise
im December 1822 auf Monte Cavallo zu verhandeln hatten, und der
schon deshalb noch ebenso stehen geblieben war, wie Sie ihn verließen,
weil weder Sie noch ich auf Ihren damaligen Bericht und die darin gestellten Präliminarfragen beschieden worden. Aus der ganzen Fassung des
Briefes sah ich sehr wohl, neben dem ehrenvollsten Zutrauen, welches in
dem Sr. Majestät geäußerten Verlangen beider Minister lag, mich hierüber persönlich zu vernehmen, und meine unmaßgebliche Meinung bei den
darüber angesetzten Berathungen zu benutzen (oder wie das Rescript die
Gnade hat sich auszudrücken: zu Grunde zu legen), das Manöver der natürlichen Taktik aller Zeiten durchscheinen, welches die Fabel von dem Affen,
der Katze und den gebratenen Kastanien versinnlicht. Aber abgesehen davon, daß ich mir diese Taktik von Natur ganz gern gefallen lasse, wenn
ich nur die Frucht in die Hände bekomme, so mußte ich mir selbst sagen,
daß ich, ohne dies zu ahnen, die Veranlassung dazu gegeben hatte. Die
Madonna von Lante, immer allgemein bewundert, seitdem sie in besserem
Lichte ohne Glas hing und schön gezeichnet war, stand im Begriff, für
England angekauft zu werden. Dem Agenten stand glücklicherweise die
Inhibition des Camerlengats im Wege, welches vor etwa einem Jahre,
ohne das Bild kaufen zu wollen, auf gut türkisch dem verarmten Besitzer
dessen Verkauf verboten hatte. Ich wandte mich an den Kronprinzen, und
so erfolgte die Bevollmächtigung, das Gemälde für 2000 Louisdor (nach
der Moral der Geschichte von den Sibyllinischen Büchern) zu kaufen. Achtundvierzig Stunden nach dem Empfang des Rescripts war der Schatz unter
den Flügeln des Adlers auf dem Capitol, und aller Wuth des Camerlengats ungeachtet erhielt ich vom Papste die Autorisation der freien Ausfuhr,
ohne sie eigentlich erbeten zu haben. Das Rescript befahl mir, das Bild
sogleich einzupacken und mit Frachtgelegenheit zu versenden. Diesen Mum-
miusartigen Auftrag berücksichtigte ich natürlich nicht, sondern erklärte, daß
ich ohne allerhöchsten Befehl das Bild nur einem Kurier anvertrauen würde.

Dazu schlug ich einen königlichen Pensionär aus Berlin vor, der im November abreisen konnte; ja um meinen guten Willen bei dieser Widersetzlichkeit unwidersprechlich an den Tag zu legen, fügte ich hinzu, daß, falls eine solche Kuriersendung beliebt, der Aufschub aber zu groß gefunden werden sollte, ich mich glücklich schätzen würde, die Erlaubniß zu erhalten, diese Gelegenheit benutzen zu dürfen, um mich meinen Vorgesetzten persönlich vorzustellen, was ich lieber als zu einer anderen Zeit gerade jetzt thun möchte, wo ich nichts zu erbitten und für Alles zu danken habe.

Ihr Brief traf mich also unter diesen Umständen: ich sollte möglichst schnell abreisen und doch erst die laufenden Dispensen vor den Ferien expediren, welches vor dem 24. September unmöglich war. Abgesehen davon aber war die Zwischenzeit kurz genug, um das zu thun, was nach den hiesigen Verhältnissen augenscheinlich das Einzige war, nämlich durch vertrauliche Verhandlung (d. h. jetzt mit Sr. Heiligkeit persönlich) die Sache hier zu einem erwünschten Ende zu bringen. So allein, schien es mir, konnte ich das Mögliche erlangen und zugleich in Berlin gleich bei meiner Ankunft alle Erbitterung entwaffnen. Gott allein sei es gedankt, daß mir dies über alle Ihre und meine, ja des Ministeriums Erwartung gelungen ist! Ich bringe das feierliche mündliche Versprechen des Papstes mit, dem Scandal vor Juni 1828 abzuhelfen und zwar gründlicher und genügender, als es eine sehr weise und billig abgefaßte, mir zugesandte Denkschrift des geistlichen Ministeriums nur zu verlangen sich erlaubt. Am 31. (September) hatte ich meine Abschiedsaudienz, am 24. expedirte ich die letzten Dispensen und saß mit Rafael und meinem lieben Hausfreund, dem Architekten Stier, welchem ich die Madonna als Depesche zugeschrieben, vor Abend im Wagen. Da ich den 12. (October) abends in Berlin eintreffen wollte, um nicht später oder früher anzukommen, als damit das Bild auf des Kronprinzen Fest (15. October) zuerst sichtbar werden könnte, so hatte ich mir für Wittenberg einen vollen Rasttag aufsparen können, und gottlob! bin ich auch gestern in der Frühe hier angelangt, nachdem ich zwei Tage in Florenz, einen in Verona und drei in München mich des Wiedersehens des Alten und des Anschauens des Neuen erfreut habe, kürzerer Pausen in Bologna, Mantua, Innsbruck und Regensburg nicht zu erwähnen. Ich schreibe Ihnen das Alles so ausführlich, um mich zu entschuldigen, wenn die Beantwortung Ihres Briefes nur die Hauptpunkte berührt, alles Uebrige der mündlichen Erzählung aufsparend, denn nur die dura necessitas, d. h. ein Zeitraum weniger als drei Wochen zur Rückreise, soll mich abhalten, Deutschland zu verlassen, ohne meine Schwester in Corbach begrüßt und Ihnen in Bonn meine Verehrung persönlich bezeugt zu haben und in dem lieben Brandis meinen Jugendfreund wieder zu umarmen.

Sie fragen mich, ob ich mit der Stellung zufrieden sei, zu der Sie mir mit gewohnter, väterlicher Güte Glück wünschen. Ich kann Ihnen darauf getrost antworten: Nein; denn ich bin so dankbar, sie zu besitzen, daß ich mir nicht erlauben darf zu sagen, daß ich zufrieden damit bin. Hätte ich Zeit, so sollten Sie aus meiner Ausführung dieser tiefgefühlten Ueberzeugung wohl sehen, wie ich ganz den Umfang alles des unerwarteten und unverdienten Glückes zu schätzen weiß, das mir zutheil geworden; so glauben Sie es mir ja auch aufs Wort.... Seien Sie überzeugt, daß ich nicht im geringsten nöthig habe, ein Augenzeuge der Consideration zu sein, die Sie in Bonn und in dem ganzen gebildeten Europa genießen; und wenn ich Sie auf Leibnizens Thron und am Ruder des Staates er= blickte, so würde mein Gefühl der Verehrung nicht um einen Grad erhöht werden können.... Ich bin in ein reiches Erbe von persönlicher Achtung und Vertrauen und unübertrefflich eingeleiteter Geschäfte und Arbeiten ein= getreten; ich bin stolz darauf, dies väterliche Erbe als dankbarer Sohn nach Kräften gewissenhaft gepflegt zu haben, und wenn ich von Zeit zu Zeit so glücklich war, zu dem ererbten Pfunde die so erwachsenen Zinsen zu schlagen, so war mein Stolz dabei, hier und in Rom bemerklich zu machen, wem allein der Ruhm davon gebührte. Ich rede rechtfertigend, nicht rühmend, obgleich auch des Rühmens hierüber ich mich nur gegen Sie schäme. Sie werden auch hierin nur die Stimme des unveränderten Dankes und unverbrüchlicher Pietät erkennen und fühlen, und weiter wünsche ich nichts.... Meinen besten Dank hoffe ich Ihnen bald in dem römischen Werke vorlegen zu können, dessen erste zwei Bände mich über die Alpen geleitet haben.

Savigny habe ich am 3. (October) in Verona verlassen: wollte Gott, ich könnte sagen wohl oder auch nur besser. Er hat Ihnen von Neapel ge= schrieben, aber nicht nach dem Empfange Ihrer „Geschichte". Ich habe manche mündliche Aufträge von ihm. Ferner bringe ich Briefe von Leopardi und Capaccini mit, oder sende sie im schlimmsten Falle von Berlin. Aber ich komme gewiß auf einige Tage nach Bonn. Was in Rom Neues im archäologisch = antiquarischen Fache erschien, bringe ich ebenfalls mit. Die wichtigste neue Entdeckung ist die von Kestner und Stackelberg in den Gräbern von Tarquinii, wo sie ein ganz mit uralten Gemälden (Todten= spielen mit den Zuschauern, Kämpfern, Pferden, Wägen, außerdem ein= zelnen Figuren mit etruskischen Inschriften) bedecktes Grab gefunden und durchgezeichnet haben.... Grüße an Sie, Ihre Gemahlin und Marcuccio, die ich vom König von Baiern in München empfing, darf ich doch auch nicht vergessen nachzutragen. Die Postpferde warten: ich gehe frohen Her= zens, nichts verlangend noch wünschend, noch hoffend, noch fürchtend nach Berlin, von wo ich den 1. November abreisen zu können hoffe.

Die in Berlin erhaltenen Eindrücke sowol über den ihm zu Theil gewordenen Empfang als die ihm aufgetragenen Geschäfte zeichnen wieder nachfolgende Briefe an seine Frau:

Berlin, 12. October 1827, abends 8 Uhr.

So bin ich denn wirklich, am Tage und zu der Stunde, wo ich gewünscht, glücklich, gesund und wohlgemuth, nach einer Reise von mehr als 200 Meilen, die mir wie eine vom Schauen herrlicher Kirchen, Paläste, Gemälde und Statuen unterbrochene Spazierfahrt vorkommt, in Berlin angekommen. Es sind bald zwölf Jahre, daß ich diese königliche Stadt, auch in nächtlicher Weile, verließ, denselben Weg und die weite Welt voll Hoffnungen, Träumen und Plänen durcheilend, den ich nun zurückgekommen bin. Als ich die Fenster öffnete und auf die tageshelle Straße hinsah und die fast vergessenen Räume mir wieder vergegenwärtigte, ging mir das Herz über voll dankbarer Rührung, und, allein wie ich war, fühlte ich das Bedürfniß, Dir zu schreiben. Du verstehst mein Gefühl: ich sehe auch jetzt in die Zukunft hinein, aber nichts verlangend noch wünschend als Erhaltung des mir gewordenen Glückes und Würdigwerdung seiner Gaben. Arbeiten und Sorgen sehe ich auch wol in der Ferne aufsteigen, die noch in Gottes Schose ruht. Der stille Segen des einsamen Lebens auf dem Heiligthum der Siebenhügelstadt, und die Fülle des Jugendgenusses, sie werden weichen; sicher die letzte dem Alter, wahrscheinlich der erste der Thätigkeit des Mannes und Bürgers. Gott allein sei diese Zukunft befohlen: möchte ich immer so von ganzem Herzen wie jetzt fühlen und empfinden, daß der Mensch nur Ihn in der Zukunft ersehen und erstreben soll. Amen!

Hier ward ich unterbrochen durch das Hereintreten meines alten Freundes Reinhard Bunsen, der mir meine Wohnung „Zur Stadt Rom" besorgt hatte, sodaß ich Alles hier in der schönsten Ordnung traf, Wohnzimmer mit den Stanzen von Rafael und den Büsten des Königs und der Königin. Die Aussicht nach den Linden und der Leipzigerstraße war mir deshalb gestern Abend so überraschend, und erinnerte mich so stark an meinen früheren Aufenthalt, weil ich 1815 im November gerade hier (einen Stock höher) gewohnt hatte, als ich mit Brandis ankam. Reinhard erinnerte mich daran; es war mir gänzlich aus dem Gedächtniß geschwunden.

13. October.

Ich fuhr zuerst zum Grafen Bernstorff, der mich mit der größten Herzlichkeit aufnahm; es ist eine schöne, gebietende Gestalt, schön von Wuchs und adelichen Angesichts; von ihm erfuhr ich die traurige Nachricht von Graf Flemming's plötzlichem Tode bei seinem Bruder in Arnsberg. Er redete übrigens mit großem Vertrauen von mancher politischen Neuigkeit, die ich neugierig war zu erfahren.

Natürlich ging's nun zum Fürsten Wittgenstein, dem ich den Brief an den König übergab. Von ihm erfuhr ich, daß der König bereits gestern von München meine bevorstehende Ankunft gewußt und sich sehr gnädig geäußert habe, daß er mich zu sehen wünsche, sobald ich komme. Nun reist gerade morgen die ganze königliche Familie nach Paretz, einem Schlosse an der sächsischen Grenze, wo die Schwester der Kronprinzessin das Fest des Schwagers mitbegehen wird. Ich werde also wol bis Donnerstag Hofferien haben; denn beiden Prinzen, Wilhelm und Karl, habe ich meine Aufwartung gemacht, ohne sie zu Hause zu finden. Den Graf Gröben, Generalintendant des Kronprinzen, traf ich auch nicht und bin daher ungewiß, ob ich dem Kronprinzen vor der Rückkehr der königlichen Familie werde vorgestellt werden können. Meinen Schatz habe ich noch auf der Stube, da Herr von Altenstein nicht zu Hause war. Mein guter Reinhard ist Lachmann suchen gegangen, um ihn zum Essen zu mir zu bringen.

Meine Stimmung ist wie die gestrige. Allenthalben mit der größten Güte aufgenommen, nur Gnädiges zu erwarten habend, fühle ich mein Herz von stiller Schwermuth erfüllt, die ich mir selbst nicht zu erklären vermag; ein Ernst der Betrachtung ist über mich gekommen, der mich fast zerstreut macht. Flemming's Tod hat das Seinige dazu beigetragen; aber der Hauptgrund ist gewiß die Gedankenreihe von gestern Abend: das Ueberschwengliche des Gefühls von dem Segen, den ich habe und besitze, und nur verlieren, nicht mehr gewinnen kann, und die große Welt von Sorgen, die allein die Zukunft bringen kann.

Sonntag 14. October.

Gestern ist die Post gekommen; aber ohne Brief von Dir. Gott gebe, daß er morgen nicht ausbleibt! Gestern Abend wollte ich noch viel schreiben, aber die vielen Besuche hatten mich ganz zu Grunde gerichtet — und zuletzt das Wiedersehen der armen Generalin von Schack.... Heute früh wollte ich Schleiermacher predigen hören, mußte aber zu Hause warten, weil Herr von Altenstein Unpäßlichkeitshalber mich nicht hatte sehen können, und ich jeden Augenblick hoffte von ihm zu hören und mein Bild los zu werden. Statt dessen erschien ein Hoffourier von Paretz, durch den der König mich zum Familienfeste auf morgen einladen läßt, eine um so größere Auszeichnung, als außer den Hofchargen niemand dort ist. Also werde ich den Kronprinzen doch an seinem Feste sehen können. Die Kronprinzessin ist aber noch unwohl. Ich fahre mit Herrn von Humboldt (Alexander), und habe also auf die vier Meilen gute Unterhaltung.

Um 11 Uhr ging ich in den Dom und ward sehr betrübt; es war Lärm und ein ewiges Laufen, dabei wenige Menschen. Dompropst Neander predigte. Aus der Epistel des Tages zog er das Thema: „daß die Theilnahme und Freude an dem christlichen Leben und dem Wachsthum des Christenthums außer uns unser aller Pflicht und die edelste Freude sei." — Nachdem ich mich erholt, fuhr ich wieder Visiten. Ich sah Ancillon, von Raumer, Eichhorn. Der Erste überschüttete mich mit Artigkeiten, besonders wegen meiner Biographie Italinsky's, und redete dann sehr geistreich von seinen und anderen Schriften. Von Raumer, Chef der Section des Ministeriums, welche die römischen Angelegenheiten bearbeitet (der eigentlich die Correspondenz mit mir führt), ein vierundachtzigjähriger Greis, der als pedantisch mir furchtbar geschildert war, rührte mich durch seine kindliche Liebenswürdigkeit mehr, als ich sagen kann, entschuldigte sich, wenn er bisweilen schwerfällig und weitläufig schreibe, oder die Sache nicht richtig auffasse und dergleichen. Als ich ihm nun von meinem letzten Geschäft erzählte, war er vor Freude außer sich; denn die Sache hatte ihm großen Kummer gemacht, er umarmte mich herzlich, dankte mir, kurz, machte mich ganz verwirrt durch seine ungekünstelte Gutmüthigkeit und Herzlichkeit. Alles, was ich je über diese und andere Hauptpunkte geschrieben, war ihm gegenwärtig, und Du kannst Dir denken, daß es mir Freude macht, zu sehen, daß ich nicht umsonst gearbeitet. Eichhorn ist Niebuhr's und Savigny's genauester Freund, anerkannt der erste Kopf beider Ministerien, und dabei ein herrlicher Mensch. Von ihm muß ich erzählen, wenn ich zurückkomme; durch ihn kann ich mich hier am sichersten orientiren. Nicolovius habe ich noch nicht gesehen, Willisen aber, der sich nach Euch allen freundlich erkundigt und grüßt. Uebermorgen fahre ich mit ihm nach Tegel zum Minister von Humboldt.

Man lacht mir ins Gesicht, wenn ich davon rede, am 1. November abzureisen. Herr von Altenstein liegt im Bett, und ohne einige Conferenzen mit ihm und Herrn von Raumer ist die Sache nicht abzumachen. Du kannst Dir denken, daß ich drängen werde, cum grano salis jedoch. Ich weiß schon nicht, wie ich es bis Ende November aushalten soll.

Freitag früh 19. October.

Welch lange Lücke! Der Brief hätte gestern gehen sollen, allein ich verfehlte die Zeit, dafür will ich um so mehr schreiben. Montag (15. October) früh fuhren wir nach Paretz. Der Weg geht über Potsdam auf der herrlichen Chaussee, dann zwei Meilen Sand. Wir fanden bereits die Prinzen Wilhelm und Karl, die mit der liebenswürdigsten Freundlichkeit auf mich zukamen, den Prinzen Albrecht, den Herzog von Cumberland, Kurprinz von Hessen und einige kleinere Prinzen, denen ich ebenso wie dem Hofmarschall u. s. w. vorgestellt wurde. Dann erschien der König, empfing mich mit der größten Gnade, erkundigte sich nach Castel-Gandolfo (obwol ich nie gemeldet hatte, daß ich dort gelebt) und hielt mir zuletzt vor dem ganzen Hofe eine große Lobrede. Ich ward zugleich der Fürstin Liegnitz

vorgestellt und erhielt einen Befehl, mich im Frack (statt der Uniform) zu
kleiden. Als ich zurückkam, fand ich einen fremden Herrn, der auf mich
zukam und mir sagte, ich müsse Bunsen sein: es war der Kronprinz, dem
ich noch nicht vorgestellt war und auf diese Art auch nicht vorgestellt bin.
Das Rafael'sche Bild war nun leider nicht zu sehen, wohl aber hatte ich
von Perugia eine herrliche Zeichnung desselben mitgebracht, welche Rist
zum Kupferstich kurz vor seinem Tode gemacht; diese hatte ich mitgebracht
und dadurch dem Kronprinzen eine große Freude bereitet.

Freitag Abend. — Paretz ist ein Landgütchen, welches der König als
Kronprinz bewohnte und welches die Königin sehr liebte; es ist klein, zwei=
stöckig, mit so wenig Zimmern, daß man von der Flur gleich in den Salon
tritt. Daneben ist ein kleiner Pavillon zum Speisen, mit großen Fenster=
thüren. Dann kommt das Dorf, aus wenigen Häusern bestehend; zwischen
ihm und dem königlichen Hause ist ein kleiner Park. Kein Soldat betritt
je diese friedliche Stätte; der König ist selbst Schulze des Dorfes und Alles
lebt dort in patriarchalischer Einfachheit. Schlag 2 Uhr (buchstäblich) ver=
beugte sich der Hofmarschall mit seinem Stab vor dem König, und es
ward zur Tafel gegangen; außer der königlichen Familie, den Hofchargen,
dem Hofmarschall, Fürst Wittgenstein, Herrn von Humboldt und einem an=
deren Kammerherrn war niemand dort außer mir, wie denn keiner der
jetzigen Staatsminister jemals dort gewesen ist. Während der Tafel war
Musik vor dem Saale, und das ganze Dorf stand an den Fenstern; alles,
was abgetragen ward, wurde ihnen gereicht, und beim Aufstehen nahm
jedes Glied der königlichen Familie Trauben oder Wein oder Aehnliches,
um es zu vertheilen. Nun war jeder frei bis zum Thee (6 Uhr). Diese
Zeit hindurch sprach ich besonders mit Fürst Wittgenstein, der unendlich
freundlich war und mir über Schlesien und andere Angelegenheiten erzählte,
ohne jedoch des bewußten Punktes mehr zu erwähnen als ich. Dann führte
mich Humboldt spazieren, und um 6 Uhr ging's zum Thee, worauf der
König mit der Fürstin Liegnitz Schach spielte; die jungen Prinzen spielten
indessen Billard, lärmten, sprangen und sangen in dem Zimmer daneben,
ohne daß der König davon Notiz nahm. In dieser Zeit sprach der Kron=
prinz viel über Rom und ähnliche Sachen, bis das Souper erschien (Schlag
9 Uhr), und um 11 Uhr waren wir im Wagen, also daß wir um 1 Uhr
in Potsdam anlangten. Der König hatte uns auf Mittwoch zu der großen
Fête für die sächsischen Herrschaften eingeladen, dabei mir aufgegeben, die
königlichen Schlösser und Anlagen von Sanssouci und die Pfaueninsel zu
sehen. Herr von Humboldt hatte die große Güte, mich allenthalben herum=
zuführen; doch wurde ich erst am anderen Tage fertig, sodaß ich gerade
fünf Minuten zum Ankleiden behielt, um in das große sogenannte Neue
Palais Friedrich's des Großen zu fahren. Gottlob kam ich noch zu rechter

Zeit. Die Beschreibung des Gesehenen mündlich; mir machte das Ganze wie wol jedem einen großartigen Eindruck. Das Neue Palais selbst hat den größten Saal in der Welt, gewölbt, ganz von Marmor, 120 Fuß lang, 60 Fuß breit und 50 Fuß hoch. Die Galerie hat etwa 16 schöne Stücke; leider sind die beiden Meisterwerke Correggio's (die Leda und Io) über allen Begriff unanständig. Bekanntlich fehlt beiden der Kopf, dessen Ausdruck so unbeschreiblich gewesen sein soll, daß der Duc d'Orléans ihn bei der Devotion seines Alters herausschnitt; die Köpfe sind hereingemalt, und so ist das Schwächste in den Bildern geblieben, aber zugleich das Schönste derselben verschwunden.

Im Antikentempel sind die besten Statuen fort; alles hier und in den übrigen Schlössern hat der König erlaubt wegzunehmen und als Staats= eigenthum dem Museum einzuverleiben. Die Havelufer haben schöne Hügel, von denen man die großen Wasserspiegel der Seen sieht, durch welche hier die Havel fließt. Der schönste Punkt ist vom Landsitz des Prinzen Karl (Glienicke), der mich dort zuerst von seinem Hofmarschall empfangen ließ, da er abends vorher von Humboldt gehört hatte, daß ich dorthin kommen würde, und dann selbst mich herumführte. Die Gartenanlagen sind un= glaublich in der dürren Gegend; der Hofgärtner speiste mich mit sieben Arten Trauben, die ohne Feuer gezogen wurden.

Das Diner war im großen Grottensaal, mit größter Pracht; die rauschende Tafelmusik der Garde überhob der Mühe der Conversation; nach der Tafel gingen wir mit dem Kronprinzen (der heute heiterer war, da die Kronprinzessin, die am Geburtstag hatte zu Haus bleiben müssen, wieder wohl geworden) in die Gemächer Friedrich's des Großen, entdeckten dabei Compositionen für die Flöte von dem König selbst, die sogleich auf dem Klavier versucht wurden. Der Herzog von Cumberland fragte mich bei der Gelegenheit nach Deiner Familie und erinnerte sich Deiner Mutter. Um 6 Uhr begann eine Oper („Joconde"), wo ich die weltberühmte Sontag hörte: die Musik war zu unbedeutend, sie danach zu beurtheilen; gewiß ist, daß sie singt wie eine Nachtigall, und daß sie sehr anmuthig ist. Ein Souper beschloß die lange Fête und um 11 Uhr entließ uns der König. An diesem Feste waren 75 Personen, worunter kein Staatsminister, wohl aber der Herr Bischof, der sich mir vorstellte. Die mir gewordene Aus= zeichnung war, nach Humboldt's Ausdruck, unerhört und ohne Beispiel in der Hofgeschichte. Die Gesandten von London und Turin waren in Berlin, aber nicht eingeladen. Die Herren vom Hof waren auch äußerst liebens= würdig gegen mich, was nicht hinderte, daß ich unbeschreiblich müde von der Fête nach Hause kam.

Sonntag 3 Uhr.

Ich muß für heute zu Ende eilen, hatte von 7 Uhr früh bis jetzt keinen freien Moment. Meine Besuche sind heute erst geendigt. Es ist unmöglich, eine freundlichere, ja schmeichelhaftere Aufnahme zu finden. Der Herzog von Cumberland hat mich heute längere Zeit herumgeführt und mir viele Grüße an Deine Mutter aufgetragen, und daß er hoffe, Dich kennen zu lernen. Gestern sollte ich bei Graf Bernstorff essen, der Nicolovius, Raumer und alle Chefs beider Ministerien zusammengebeten hatte. Zwei Stunden vor dem Essen bekam ich den Befehl, bei Prinz Karl zu speisen, ging aber nachher noch zum Minister, wo ich bis zum Abend blieb. Die ganze Familie ist sehr liebenswürdig. Nächste Woche (sagte der Graf) will ich Ihnen ein diplomatisches Diner geben; heute habe ich Ihnen die Freunde des Hauses zusammenbitten wollen. Dann war ich lange bei Nicolovius. Der Erfolg, den ich in der schlesischen Sache gehabt, erregt die größte Freude beim König und den Ministern. Eben sollte eine sehr strenge Maßregel ergriffen werden: Herr von Altenstein hielt die Sache für unmöglich .... Um es kurz zu charakterisiren, wie mir die Dinge hier vorkommen, will ich sagen, daß die Welt hier sehr gut zu regieren ist, aber nicht gut um in ihr zu leben. Demnach enthalte ich mich aller Dinge, die mich vorerst vom Capitol entfernen könnten: gern zwar möchten manche, daß ich die Kastanien aus dem Feuer holte. Der Aufenthalt hier ist mir aber unschätzbar.

Berlin, Dienstag Abend, 23. October 1827.

.... Ich bin nun über das Schlimmste hinaus; denn ich habe eine Privatwohnung gefunden, wo ich eine eigene Arbeitsstube habe, hinter dem Empfangszimmer, und habe Menschen getroffen, bei denen ich mich nicht fremd fühle, und frohe Abende genossen und genießen werde. Einer ist Steffens, den ich durch Willisen kennen gelernt habe, ein anderer Graf von der Gröben, Dörnberg's Schwiegersohn, auch Strauß. Früher war Tholuck hier, leider ist er abgereist; doch haben wir uns über manches verständigt, und ich werde ihn wohl in Halle aufsuchen. Sein neuestes Werk, „Proben orientalischer Mystik", das gehaltvollste Buch der Art, bringe ich als sein Geschenk mit.

Nun will ich noch Rechenschaft von meiner Zeit geben. Sonnabend nach Briefschluß ging ich in die Oper, „Euryanthe" von Weber, ein großartiges Stück: die Sontag sang schön, manches herrlich, aber hat sich so an das Minaudiren der Rossini'schen Rollen gewöhnt, daß sie (wie die Aegineten) lacht, auch wenn sie stirbt, oder fast im Sterben ist. Es ist entsetzlich zu sehen, wie sich (mit Ausnahme weniger) die ganze Bildung Berlins um das Theater dreht!

Gestern aß ich mit Schleiermacher in einer geschlossenen Gesellschaft, welche die spanische heißt: weil, als man eine große Menge von Namen für sie vorschlug, worüber bemerkt war, die seien meist abgenutzt, aber ihrer so viele, als ein Spanier oft Namen besitze, so schlug Schleiermacher

vor, die Gesellschaft spanisch zu nennen, was denn allgemein angenommen
worden ist. Die Gesellschaft ist angenehm, Schleiermacher war sehr auf=
geräumt, und liebenswürdig.

Berlin, 3. November 1827.

Ehe ich die Chronik schreiben kann, muß ich von meinem heutigen
Abend erzählen. Nachdem ich bis 12 Uhr gearbeitet, und bis 3 Uhr in
Geschäften gesprochen, dann gegessen und geruht, ging ich um 4½ Uhr zu
Gröben, erfreute mich dort der lieben Gesichter, und ging mit dem Grafen
in die Singakademie, wo „O Roma nobilis" und einige Chöre aus „Judas
Maccabäus" von 200 Sängern gesungen worden. Bei dem Chor: „O Gott
der Gnaden, gib uns Freiheit oder edlen Tod!" dachte ich der Griechen,
die an den türkischen Kanonen angebunden in die Luft geflogen sind, und
der Helden von Missolunghi. Um 7 Uhr war alles beendigt. Ich konnte
nicht bei dem schwach erleuchteten Zimmer der armen Generalin Schack
vorbeigehen: wie oft würde ich dort sein, wäre er wie früher! Sie erfreute
sich meines Besuchs; der Unglückliche redete immer im Nebenzimmer. Oft
wähnt er sich verlassen, ohne Freunde; dann schreibt er Briefe, und sie
schreibt Antworten, ihn zu trösten. Um 9 Uhr ging ich zu Strauß. Dieser
hatte sieben Studirende der Theologie bei sich, die zweimal in der Woche
zu ihm kommen, zu homilitischen Uebungen: einer hält eine Rede über
einen christlichen Gegenstand, und dann tritt auf wer will, darüber oder
dagegen zu reden. Strauß führte mich ein, auf meine Bitte, den Abend
mit ihnen zu theilen. Es wurde eine Rede des Chrysostomus gelesen:
der sie vorlas, mußte zuerst über dieselbe urtheilen; Strauß forderte nach
und nach die einzelnen auf, und wußte den Dialog durch seine Fragen
vortrefflich zu lenken. Alle fanden die berühmte Rede sehr äußerlich und
rhetorisch, und Strauß entwickelte nun, wie das Christenthum seine dama=
lige Tiefe ganz anderswo gehabt. Chrysostomus war ein großer Mann,
Augustinus aber der Mann der Zeit, durch seine Lehre von der Gnade,
und seine Ahnung der weiteren und tieferen Entwickelung des Christenthums,
Anselm von Canterbury nach ihm durch seine Lehre von der stellvertretenden
Genugthuung, und Luther durch die von der Rechtfertigung im Glauben.
So ging das Gespräch fort bis Mitternacht: wir brachen auf, Strauß
aber arbeitete bis 4 Uhr, weil er früh im Tage als Seelsorger in An=
spruch genommen wird.

Es fällt mir oft auf, wie ich so wenig schreibe, was ich empfinde,
und wie meine Gedanken bei Dir sind, und das Wiedersehen mir oft vor
der Seele steht; aber man kann so wenig schreiben!

Aus den hier mitgetheilten Bruchstücken der in dieser Zeit ge=
schriebenen Briefe Bunsen's kann man sich (wie wichtig sie auch

erscheinen mögen, und wie sehr sie auch die Gewandtheit seines Geistes darin zeigen, daß er im Stande war, seine Aufmerksamkeit so vielen und verschiedenartigen Dingen zugleich zuzuwenden) doch kein Bild geben von dem großen Umfang des Briefwechsels, den er zu führen hatte, obgleich Kopf und Hand es wohl hätten fordern dürfen, vom Briefschreiben entbunden zu werden, da die öffentlichen Geschäfte, welche nicht vermieden werden konnten, seine Zeit und Kraft hinlänglich in Anspruch nahmen. Die schlesischen Wirren, welche sich in jener Zeit der Beachtung der Regierung aufdrängten, hätten eigentlich einen größeren Eindruck machen sollen, als es damals der Fall war, durch Vorbereitung der Gemüther auf die kommenden Kämpfe; denn bei dieser Gelegenheit wurden in der preußischen Monarchie die ersten Versuche zu einer Wiederaufnahme der aggressiven Politik der römischen Kirche gemacht, welche theils wegen der allgemeinen Gleichgültigkeit, theils aus dem Bewußtsein der Schwäche unter der protestantischen Herrschaft des 18. Jahrhunderts geschlummert hatte. Ein näherer Bericht über den Antheil, welchen Bunsen an den schlesischen Verhandlungen nahm, würde den Zugang zu den verschiedenen Archiven Roms und Berlins erfordern, und gehört daher in den Bereich eines späteren Geschichtschreibers.

— Aus Bunsen's Papieren läßt sich über seinen Antheil an der Beilegung der kirchlichen Wirren noch entnehmen, daß dieselben doppelter Art waren und er über beide Fragen in Denkschriften an den König sich auszusprechen hatte.

Zunächst waren Schwierigkeiten bei den gemischten Ehen hervorgetreten, wo die bisher geltenden Vorschriften, die dabei in den verschiedenen Provinzen verschieden waren, vielfach von katholischen Geistlichen nicht beobachtet worden waren, sodaß man bereits Erklärungen der Bischöfe darüber eingezogen hatte. Der allgemeine Sachverhalt war folgender:

Für Schlesien hatte eine päpstliche Instruction vom 11. September 1777 einen modus vivendi eingeführt, der wol den stärksten Contrast zu dem Auftreten der Curie seit der Restauration bildet. Es waren nämlich in den Jahren 1772—1775 mehrere Fälle vorgekommen, wo bei einer gemischten Ehe gleichzeitig noch ein Dispens wegen zu naher Verwandtschaft nothwendig war, den aber das apostolische Vicariat verweigert hatte. Ein königlicher Erlaß (des alten Fritz!) an Abbé Ciofani in Rom (vom 2. December 1775) verlangte nun, daß eine solche Beschränkung als gegen die Gewissensfreiheit verstoßend aufgehoben und dem Vicariat die erforderliche Facultät ertheilt werde, um auch in Fällen gemischter Ehen dispensiren zu können. Der König erklärte darin aufs ernsthafteste, er könne eine Ausdehnung der Gewalt des Papstes auf die Evangelischen nicht dulden, und es sei hier augenscheinlich ein Gewissenszwang. Mache der römische Hof Schwierigkeiten, so werde der König unterdessen die Ehen dieser Art von protestantischen Geistlichen einsegnen lassen und solche Maßregeln ergreifen, daß es den Papst gereuen werde, ihn dazu gezwungen zu haben. Ein neues Rescript an Ciofani vom 15. Februar 1777 stellte dieselbe Forderung in noch verschärfter Weise; und wie sehr auch die Unterbehörden denselben Standpunkt einnahmen, geht aus einem Bericht der gloganischen Oberamtsregierung vom 13. October 1775 hervor, worin es heißt, „wenn solche Dinge von der Willkür des Papstes abhängig wären, so könnte derselbe überhaupt die gemischten Ehen der Monarchie verbieten, und die Geistlichen könnten durch Vorenthaltung der Sacramente die Gesetze eludiren." Eine solche Sprache des Großen Königs und das damit im Einklang stehende Verfahren seiner Beamten wurde in Rom wohl verstanden und so stellte denn die Note des Staatssecretärs vom 11. September 1777 (nachdem schon am 30. April Ciofani ähnlichen Bericht abgestattet) den Grundsatz auf: „Da der Papst nicht den ganzen Forderungen des Sovrano della Silesia habe entsprechen können, so habe er wenigstens aus Dankbarkeit das Möglichste gethan"; und die beigefügte Instruction enthielt folgende Hauptpunkte: a) die katholische Kirche semper abhorruit et detestata fuit matrimonium cum haereticis, sie duldet sie nur dissimulatione quadam, ubi impune grassantur haereses; b) für solche Ehen a gradu zu dispensiren, hat der päpstliche Stuhl den Ordinariis nie die Facultät gegeben, wenn der häretische Theil nicht vorher katholisch geworden; c) doch hat der Heilige Stuhl bisweilen aus besonderen Gründen hierüber dispensirt, daher will der Papst dies auch jetzt thun; d) bei bringender Nothwendigkeit kann auch der apostolische Vicar super gradu in solchen Fällen dispensiren, wenn der Grad nur nicht über seine Befugniß hinausliegt. Dieser Instruction folgte dann noch ein Bericht Ciofani's vom 18. September 1777: „Der Papst wünsche dringend, es möge diese Instruction geheim gehalten werden, weil er sonst Ungelegenheiten von den katholischen Höfen haben würde."

Während nun diese Instruction den Statusquo für Schlesien bildete, war die Observanz in Jülich, Cleve, Berg von dem Religionsvergleich für die clevischen Lande (1672) bis kurz vor der französischen Occupation (1803) im wesentlichen folgende gewesen: 1) Die Erziehung der Kinder blieb den Parteien überlassen. 2) Bestanden keine Verträge, so folgten die Kinder männlichen Geschlechts dem Vater, die Mädchen der Mutter. 3) Der Pfarrer durfte bei 25 Thlr. Strafe die Brautleute nicht durch Verweigerung der Proclamation, der Dimissorialen oder der Einsegnung aufhalten oder ungebührlich in sie dringen hinsichtlich der Uebereinkunft

wegen der Erziehung der Kinder. Dazu kam 4) die Bestimmung von
1803, wonach es den Brautleuten gestattet war, sich bei dem Pfarrer des
Bräutigams oder der Braut trauen zu lassen. In den ehemaligen Kurlanden endlich pflegte es (ebenso wie in Schlesien) so gehalten zu werden,
daß, wenn der protestantische Theil sich weigerte, die Kinder katholisch erziehen zu lassen, das Paar von dem evangelischen Pfarrer copulirt wurde,
ohne daß dadurch für den katholischen Theil etwas erfolgte als eine Kirchen-
buße, keine Ausschließung von den Sacramenten.

Durch den Anschluß der früher bischöflichen Gebiete am Rhein jedoch
und das gleichzeitige Neuhervortreten der jesuitischen Richtung im Katholicismus waren bereits viele Schwierigkeiten entstanden, denen die Cabinetsordre vom 17. August 1825 abhelfen sollte.*) Aber gerade in den

---

*) Bei der großen Wichtigkeit dieser Cabinetsordre für alle weiteren Schritte
und Maßregeln seitens der Regierung möge dieselbe hier wörtlich angeführt werden:
„In den Rheinprovinzen und in Westfalen dauert, wie Ich vernehme, der
Mißbrauch fort, daß katholische Geistliche von Verlobten verschiedener Confession
das Versprechen verlangen, die aus der Ehe zu erwartenden Kinder, ohne Unterschied des Geschlechts, in der katholischen Religion zu erziehen und darohne die
Trauung nicht vollziehen wollen. Ein solches Versprechen zu fordern, kann so
wenig der katholischen als im umgekehrten Fall der evangelischen Geistlichkeit gestattet werden. In den östlichen Provinzen der Monarchie gilt das Gesetz, daß
eheliche Kinder ohne Unterschied des Geschlechts in dem Glaubensbekenntniß des
Vaters erzogen werden (Declaration vom 21. November 1803); in diesen Theilen
des Staates sind und werden ebenfalls gemischte Ehen geschlossen und von katholischen Geistlichen eingesegnet, und es waltet kein Grund ob, dasselbe Gesetz nicht
auch in den westlichen Provinzen geltend zu machen. Demgemäß verordne Ich
hiermit, daß die Declaration vom 21. November 1803 auch in den Rhein- und
Westfälischen Provinzen befolgt, und mit dieser Ordre in der Gesetzsammlung und
in den Amtsblättern der betreffenden Regierungen bekannt gemacht werden soll.
Die zeither von Verlobten dieserhalb eingegangenen Verpflichtungen sind als un-
verbindlich anzusehen."
Die Declaration vom 21. November 1803 lautet:
„Se. Maj. haben in Erwägung gezogen, daß die Vorschrift des Allgemeinen
Landrechts, Theil 2, Tit. 2, §. 76, nach welcher bei Ehen zwischen Personen verschiedenen Glaubensbekenntnisses die Söhne in der Religion des Vaters, die Töchter
aber in dem Glaubensbekenntnisse der Mutter bis nach zurückgelegtem 14. Jahre
unterrichtet werden sollen, nur dazu diene, den Religionsunterschied in den Familien
zu verewigen, und dadurch Spaltungen zu erzeugen, die nicht selten die Einigkeit
unter den Familiengliedern zum großen Nachtheil derselben untergraben. Höchst-
dieselben setzen daher hierdurch allgemein fest: Daß eheliche Kinder jedesmal in
der Religion des Vaters unterrichtet werden sollen, und daß zu Abweichungen dieser gesetzlichen Vorschrift kein Ehegatte den andern durch Verträge verpflichten dürfe.
Uebrigens verbleibt es auch noch fernerhin bei der Bestimmung des §. 78 a. a. O.
des Allgemeinen Landrechts, nach welcher Niemand ein Recht hat, den Aeltern zu
widersprechen, solange selbige über den ihren Kindern zu ertheilenden Religionsunterricht einig sind."

Jahren 1825—1827 hatten mehrere flagrante Fälle Beachtung erregt, wo theils das Aufgebot, theils die Trauung ohne ein schriftliches Versprechen der katholischen Kindererziehung verweigert, theils eine bereits in gemischter Ehe lebende katholische Frau von Absolution und Communion ausgeschlossen worden war, solange nicht ihr evangelischer Gatte das besagte Versprechen gegeben haben würde.

Bunsen's (im Anhang auszugsweise mitgetheilte) Denkschrift vom 4. Februar 1828 prüfte nun zunächst eingehend alle vorliegenden Thatsachen und Erklärungen bis auf den zuletzt vorgekommenen eigenthümlichen Fall in Bocholt, der die ganze Schwierigkeit gezeigt hatte, das Grenzgebiet zwischen staatlichen und kirchlichen Befugnissen genau zu bestimmen, und auf Grund der bisherigen Gesetzgebung keine Lösung finden konnte. Darauf begründeten sich denn seine Vorschläge, die einerseits auf Herstellung eines erträglichen Statusquo, andererseits auf Unterhandlungen in Rom, die durch ein Gesuch der Bischöfe eingeleitet werden sollten, hinauskamen. Beide Punkte fanden an höchster Stelle völlige Billigung, und so eröffnete denn das Gesuch des Erzbischofs von Köln vom 12. April 1828 um die nöthige Dispensation in den gemischten Ehen die Verhandlung mit Rom; ihr Resultat war das (später näher zu erwähnende) Breve Pius' VIII. vom 25. März 1830.

Der zweite Fall betraf eine liturgische Frage. Seit dem Jahre 1826 hatten mehrere katholische Geistliche in Schlesien eine Supplik an den Papst und an den König gerichtet, worin sie um Einführung der deutschen Sprache im Gottesdienst nachsuchten; einige hatten auch schon Anfänge darin getroffen; sie waren deshalb durch Erlasse des Fürstbischofs in Strafe genommen, sein Verfahren gegen sie war aber auf Fürsprache des schlesischen Oberpräsidenten sistirt worden. Die näheren Verhältnisse waren kurz folgende:

Ein Rescript des preußischen Ministeriums vom 13. Februar 1827 hatte die Bitte der Geistlichen scharf zurückgewiesen; „solchen Neuerungsversuchen müsse mit dem größten Nachdrucke begegnet werden, von Abschaffung der lateinischen Sprache bei der Messe und Einführung neuer Ceremonien dürfe gar keine Rede sein." Auch ein Cabinetsschreiben vom 14. April hatte denselben Standpunkt eingenommen und erklärt, wegen Aenderungen im Cultus habe die katholische Klerisei sich an den Papst zu wenden. Als nun aber der Fürstbischof von Schimonsky mit Strafen gegen die Bittsteller vorging, reichte der Oberpräsident Merkel am 26. Mai 1827 einen Immediatbericht ein, der zunächst die angegriffenen Geistlichen vertheidigte und den Vorschlag machte, „die würdigen Pfarrer zu schützen und den katholischen Gemeinden den Segen eines erbaulichen Gottesdienstes angedeihen zu lassen, insbesondere den deutschen Gesang in den Kirchen zu befördern und die Gestattung der Bibel zu erwirken", dann aber weitere Vorschläge zur „Abstellung der Misbräuche in den Lehranstalten Schlesiens" damit verband. Dieselben bezogen sich in eingehender Weise auf: 1) die Schullehrerseminarien; 2) den Gebrauch der deutschen Sprache in denselben; 3) die Anstellung der katholischen Schullehrer; 4) die Bildung der katholischen Geistlichen (in Hinsicht der Gymnasialzeugnisse, der Universitätslehrer, der Alumnate, der Prüfungen, der Anstellung der Kaplane, der Unterstützungsfonds, der Lesecirkel, der Prüfungen vor der Promotion zum Pfarrer, der Einrichtung von schriftlichen Arbeiten); 5) die Besetzung der Domkapitel; 6) die Ablösung von den österreichischen Sprengeln. Ein weiterer Bericht vom 6. Juni 1827 sandte die Zeugnisse der Geistlichen ein, welche an der incriminirten Vorstellung theilgenommen hatten. Darauf erfolgte dann die Sistirung der Maßregeln des Fürstbischofs *).

Bunsen's Denkschrift über diese Frage, zu der er das gesammte Material genau durchgearbeitet hatte, stellte folgende „Vorerinnerungen" an die Spitze:

1) Unwahr und odiös zugleich ist die Angabe, die Bewegung hänge mit demagogischen Umtrieben zusammen. Solange eine religiöse Bewegung von achtbaren (wenn selbst im Irrthum befangenen) Männern ausgeht und im Gewissen der Gemeindeglieder einen Stützpunkt findet, dabei in den Schranken der bürgerlichen Ordnung bleibt, kann man sie nicht als einen verderblichen politischen Umtrieb betrachten, ohne die Reformation selbst als solchen zu verdammen, was mehrere moderne Katholiken in Frankreich und Deutschland allerdings auch in unsern Tagen sich nicht entblödet haben zu thun.

2) Wenn man den gegenwärtigen Standpunkt der katholischen Kirche,

---

*) Gleichzeitig war die Frage bereits lebhaft literarisch besprochen worden, aus Veranlassung der Schrift von Theiner (dem Hauptträger der Bewegung): „Die katholische Kirche Schlesiens, dargestellt von einem katholischen Geistlichen" (Altenburg 1826, 2. Aufl. 1827). Aus der darauf bezüglichen Literatur (die besonders im Hinblick auf den großen Umfang der späteren deutsch=katholischen Bewegung gerade in Schlesien höchst lehrreich ist) seien hier nur einige der ersten Schriften kurz angeführt: „Schreiben eines katholischen Geistlichen an den Verfasser der erstgenannten Schrift" (Sulzbach 1827); „Erster Sieg des Lichts über die Finsterniß" (Hannover 1826); „Erinnerung an Friedrich II. in Bezug auf Schlesien" (Breslau 1827); „Freimüthige Aeußerungen über die sittlichen und kirchlichen Zustände Oberschlesiens" (Breslau 1827); „Kurzgefaßte Vertheidigung Oberschlesiens" (Breslau 1827); „Der Wahrheit ihre Krone" (Leipzig 1827); „Zur Warnung vor den Irrlehren der neuen Scholastik" (Breslau 1827); „Mittheilung von Ansichten, die katholische Kirche Schlesiens betreffend" (Altenburg 1827).

wo sie von dem Geiste der evangelischen Andacht und Forschung und damit
zusammenhängender Verbreitung religiöser Aufklärung durch die Heilige
Schrift berührt wird, ins Auge faßt, so ist es klar, daß die bisherige
Ruhe in ihr theils eine Folge des keine kirchliche Regung erlaubenden politischen Zustandes, theils des Indifferentismus war, der sich, mit Aus=
nahme der ganz evangelischen, besonders der drei durch eine von der
Polizeigewalt unabhängige organisirte Kirchenverfassung begünstigten Länder (England mit Schottland, Schweden und Holland) mehr oder weniger über ganz Europa im Laufe des 18. Jahrhunderts verbreitet hat, in
den ganz katholischen Ländern aber ein reiner atheistischer Unglaube oder
dumpfer geisttödtender Aberglaube geworden ist.

3) Sowie die Regungen des religiösen Bedürfnisses in Europa,
welche Gott so wunderbarerweise seit dem Anfang des Jahrhunderts er=
weckt hat, mehr um sich greifen, müssen auch manche Katholiken, besonders
Geistliche, den nicht zu verdammenden Wunsch fühlen, von den starren
Formen ihrer Kirche nicht gehindert zu sein, dem Volke eine verständlichere
Nahrung zu geben, als die ihm gewöhnlich im katholischen Gottesdienst
geboten wird.

4) Bei jeder solchen Regung fehlt es nun selten, daß der Punkt des
Cölibats in Anregung komme, das bei zunehmender sittlich=religiöser Strenge
nothwendig immer drückender werden muß.

5) Soll nun jede solche Regung an sich unterdrückt werden? Unser
Landrecht und der Geist unserer Regierung verneinen diese Frage zu klar.
Das richtige Verhältniß des Staats aber zu ihnen kann nur aus einer
genauen und leidenschaftslosen Untersuchung des speciellen Falles erkannt
werden, von dem es sich handelt.

Mit diesen allgemeinen Grundsätzen sind weiterhin einige ge=
schichtliche Vergleichungen verbunden, die hier ebenfalls nicht fehlen
dürfen:

Was die Folgen betrifft, so liegen sie in Gottes Hand, doch lassen
sich zwei sehr verschiedene Punkte festhalten. Gehen solche Bestrebungen
von Männern aus, die von der Lehre vom christlichen Glauben tief und
wahrhaft ergriffen sind, so ergreifen sie das Volk, das sie hat, ganz oder
wenigstens großentheils. Ist dies doch z. B. in Gallneukirchen der Fall
gewesen, ungeachtet Boos, nach dem consequenten System der österreichischen
Regierung, mit vieljährigem Gefängniß, die ihm anhängenden Gemeinde=
glieder mit allen ersinnlichen Drohungen belastet worden. Ebenso in
Mühlhausen, der Gemeinde Henhöfer's. Ebenso wo Lindl und Goßner
gepredigt haben. Männer dieser Art, wenn sie auch einseitig sind, können
als die gefährlichsten und entschiedensten Feinde der römischen Kirche an=
gesehen werden; denn sie greifen sie nicht bei Mängeln und Mißbräuchen

an, deren jede Kirche in einigem Maße hat, sondern bei der Wurzel, der Verderbung der Lehre vom seligmachenden wahren Glauben. Hätten Boos und Lindl in Frankreich gelebt und eine ähnliche Gemeinde gefunden, so wären, bei der verfassungsmäßigen Religionsfreiheit, nicht Tausende, sondern Millionen Franzosen evangelisch geworden.

Sehr von diesen verschieden sind solche Männer, die als Gebildete das Absurde so mancher Fabeln und Gebräuche, als Volkslehrer das Hemmende einer fremden Sprache im Gottesdienste, als Prediger die Unkenntniß der Bibel empfinden und daher hier gern eine Veränderung eintreten lassen möchten. Sie theilen sich hauptsächlich in zwei Klassen: entweder lassen sie die Messe unberührt und wollen sie nicht einmal über= setzen, oder sie wollen sie umarbeiten. Die ersteren können bei den Ver= änderungen, die der Einfluß der evangelischen Kirche im Laufe der letzten Jahrhunderte besonders hervorgebracht hat, sich bis zu einem gewissen Grade auf ein Bestehendes berufen und dadurch gegen die jetzige Reaction des rigoristischen Romanismus schützen, solange sie des Schutzes der Regie= rung gewiß sind. Doch selbst in Baiern sind diese liturgischen Verände= rungen wieder von den Bischöfen mit Zustimmung der Regierung abge= schafft. Will die Regierung sie schützen, so muß sie vor allem gemäßigte und denkende Bischöfe anstellen und sie gegen ungesetzliche Härte in Schutz nehmen.

Diejenigen aber, welche so weit gehen, daß sie die Messe deutsch (und dann unfehlbar mit Veränderungen, weil sie nach dem jetzigen Ritus sinnlos ist, indem sie die Communion der Gemeinde voraussetzt, die nie stattfindet) lesen wollen, rühren an den Punkt des Meßopfers, mit welchem die römische Kirche steht und fällt, wenn sie auch dies nicht ahnen. Sie verlassen dann das Gebiet der römischen Kirche und können selbst nach ihrem Priestereide darin nicht bleiben, welcher ihnen diesen Punkt unver= letzlich macht. Aber nie werden solche Männer, wenn auch sonst nicht tadelnswerth, wenn auch gebildet, beredt und einnehmend, das Volk an= sprechen, dem sie statt seines Meßopfers nichts Entsprechendes zu geben vermögen. Denn alsdann müßte die Idee des christlichen Opfers nach der Lehre vom Glauben und auf den Grund der Heiligen Schrift umge= wandelt werden, d. h. sie müßten sich auf den Grund des Evangeliums begeben.

Man kann nach beseitigtem Rechtspunkte fragen: Was werden die Folgen einer Begünstigung aufgeklärter Gesinnungen in der katholischen Kirche sein? Unter den jetzigen Umständen, wo die Gegenpartei durch eine fanatisch verfinsternde Reaction getrieben wird, eher gute. Bibellesen ver= bieten jene, Belehrung hemmen sie, Vorurtheile nähren sie. Die anderen werden das Gegentheil thun, ohne jedoch evangelische Christen zu verführen. Denn die zum Katholicismus geneigt sind, sind es entweder aus über=

spannter Phantasie, und da ist ihnen das Römische am liebsten, oder aus Unglauben an die göttliche Regierung der Kirche Christi, welcher Unglauben sie zu der Annahme einer sichtbaren unfehlbaren Kirche und Papstes leitet.

Nach Feststellung dieser Grundsätze geht nun Bunsen's Denkschrift auf die Beantwortung der Fragen über: 1) Was haben die Bittsteller in ihrem Verhältniß als katholische Geistliche zu ihrem Bischofe, und was dieser gegen sie gethan? 2) Was wollen sie thun? 3) Was vermögen sie nach ihrer Persönlichkeit und Stellung zu thun? Alle drei Fragen werden eingehend erörtert mit Berücksichtigung aller von beiden Seiten vorgebrachten Argumente.*) Hier seien davon noch die Schlußresultate erwähnt:

1) Der Fürstbischof hat mit Uebereilung sich ausgedrückt, die unerweislichen Beschuldigungen demagogischen Benehmens und der Heuchelei gemacht.

2) Die Geistlichen haben wahrscheinlich eine unbefugte liturgische

---

*) Unter den Materialien für die Zusammenstellung der Denkschrift verdient auch die Charakteristik der petitionirenden Geistlichen Beachtung:

Pfarrer Neukirch in Falkenhayn, 27 Jahre alt. Guter Redner, großer Beförderer des Bibellesens; das deutsche Gesangbuch von seinem Vorgänger eingeführt; deutsche Collecte und Responsorien nur bei Grabfeierlichkeiten und bei der Fronleichnamsprocession.

Pfarrer Gilge in Wartha bei Bunzlau, 38 Jahre, Freund des evangelischen Collegen. Gibt den Armen viel, verschönert die Kirche. Liest bisweilen die Epistel deutsch am Altar. Gebraucht deutsche Gebete bei Processionen, in der Charwoche, bei Trauungen, Taufen, Begräbnissen, nach Anleitung des Diöcesanblattes.

Pfarrer Pohl in Bunzlau, 32 Jahre. Herzensgüte, literarische Bildung, Rednertalent, stilles Leben.

Pfarrer Haas in Großhartmannsdorf, 59 Jahre. Ehemals Minorit, schon im Kloster als Prediger berühmt. Ernst, streng, wohlthätig. Beim Predigen schlägt er den Text nach, welches die Gemeinde ebenfalls thut. In der Kirche deutsch gesungen und gebetet.

Ueber den Fürstbischof Schimonsky äußert sich ein Brief des katholischen Oberregierungsraths Schmedding (eines eifrigen Katholiken, über den später mehr die Rede sein wird) vom 26. November 1827: „Es vereinige sich mancherlei, um ihn in der strengen Ansicht, die er liebgewonnen habe, festzuhalten: die natürliche Zähigkeit seines Charakters, durchs Alter und durch die erlittenen Beleidigungen gesteigert, ein, vielleicht zu lebendiges, Gefühl seiner verletzten Würde, ein natürlicher Abscheu gegen alle Veränderungen im Ritus, begründet durch seine römische Erziehung im Collegium Germanicum, und die Ermahnungen des gegen alle liturgischen Neuerungen gegenwärtig mehr als je eifernden päpstlichen Stuhles." Derselbe Brief spricht die Ueberzeugung aus, „daß der Fürstbischof schon allein durch eine angemessene Redaction der Agende die Wünsche vieler Geistlichen befriedigen könne, und zwar ohne allen Verstoß gegen die kanonischen Gesetze".

Aenderung, obgleich in sehr verschiedenem Grade, vorgenommen, und gewiß darin gefehlt, daß sie ihre Unterwerfung unter den Artikel des Concils, welcher die Aufrechthaltung der vorgeschriebenen Gebräuche fordert, auf eine Weise verclausulirt haben, die ihre Erklärung ganz illusorisch machen kann. Sie mußten als katholische Geistliche sich unterwerfen, dabei aber dem Fürstbischof bemerklich machen, daß ja erst bewiesen werden müsse, ob sie andere als schon in anderen Theilen der Diöcese genehmigte und als allgemein empfehlenswerth in einem officiellen geistlichen Blatte geschilderte Einrichtungen eingeführt hätten. Ihre durch den Druck bekannt gemachte Bittschrift enthält ganz unstatthafte Forderungen, aber nicht in unziemlicher Form, sodaß sie daher einen Verweis, aber nicht entehrende Beschuldigungen verdienten.

3) Die oberste Staatsgewalt, welche alle Rechte schützt, und den Frieden erhält, kann beiden Theilen dies durch officielle und auch durch confidentielle Schritte bemerklich machen und einleiten:

daß einerseits die Pfarrer ihre vorgenommenen Veränderungen, mit Nachweisung des bereits anerkannt Bestehenden oder Empfohlenen, zu dessen Rechtfertigung der Prüfung und Bestätigung des Fürstbischofs unterwerfen, andererseits dieser sich dazu geneigt finde, das durch eine solche Uebereinstimmung mit dem schon Anerkannten Gerechtfertigte nicht abzuschaffen, sondern bestehen zu lassen und in einem zweiten Umlaufschreiben sich über beides zu erklären, daß sein Ansehen und ihre Ehre nicht gefährdet werde.

Auf solche Weise wurde denn auch der Conflict beigelegt, dem damals so viele verwandte Reformbestrebungen unter der katholischen Geistlichkeit fast aller deutschen Länder zur Seite standen, in starkem Contrast zu der Folgezeit. —

Nur diejenigen, welchen die Regeln und Gewohnheiten des berliner Hofes genau bekannt sind, können den Grad der Auszeichnung ermessen, die dort Bunsen zutheil wurde; die mitgetheilten Auszüge geben nur eine schwache Vorstellung davon. Der König zeigte ihm mit der treuen Beständigkeit seines Charakters bei jeder Gelegenheit die Fortdauer der Gunst, welche er ihm vom ersten Augenblick an in Rom im November 1822 erwiesen hatte, und schien es absichtlich darauf anzulegen, ihn jeder Klasse von Personen am Hofe als „den Mann, welchen der König zu ehren liebte", zu bezeichnen. Der Wink wurde von Allen verstanden und bewirkte, daß Wohlwollensbezeigungen von allen Seiten auf ihn so regneten, daß es ihm wol schwierig werden mußte, seine ganze Selbstbeherrschung zu bewahren; aber er besaß viel von dem Instincte, zwischen denen zu unterscheiden, welche ihn als ein mögliches Instrument zur Förderung ihrer eigenen Pläne ermuthigten,

und denen, welche ihm aufrichtig geneigt waren als einem vielver-
sprechenden, weil den Interessen des Staates ergebenen, öffentlichen
Diener. Der Kronprinz freute sich von dem ersten Augenblick an seiner Gesellschaft und überströmte ihn mit der Fülle seines glänzenden
Verstandes und seines zärtlichen Herzens bei den zahlreichen Abend-
einladungen, bei welchen Graf Gröben gewöhnlich allein zugegen war,
und Bunsen aufgefordert wurde, alle Resultate und Pläne seiner Studien und Untersuchungen mitzutheilen. Aber obgleich Bunsen nicht
versäumte, sich daran zu erinnern (wie aus mehreren Stellen seiner
Briefe hervorgeht), daß man auf gegenwärtige Umstände nicht als auf
dauernde rechnen dürfe, so kann doch kein Zweifel darüber bestehen,
daß die allgemeine Folge dieses ersten berliner Aufenthaltes in der
Verstärkung und Schärfung seines sanguinischen Temperaments bestand; und solch zahlreiche Beispiele von außerordentlichem Erfolg
konnten wol dadurch, daß sie ihn der ungewöhnlichen Macht seiner
eigenen Persönlichkeit gewiß machten, ihn zu einem zu großen Vertrauen auf sich selbst im Hinblick auf die zukünftig zu überwindenden
Schwierigkeiten verleiten, und den Weg für schmerzliche Enttäuschungen
in noch entfernten Tagen vorbereiten. Die erwähnten Beispiele von
erlangten Erfolgen bezogen sich allerdings nicht auf ihn selbst oder
seine persönlichen Interessen; er ging im Gegentheil zu allen Zeiten
in seinem Widerwillen gegen die Darlegung seiner eigenen Bedürfnisse
nur zu weit, während diese doch stets zunahmen im Verhältniß mit
dem sich ausdehnenden Raume, den seine Geschäftsthätigkeit einnahm.
Der einzige persönliche Vortheil, welchen er damals in Berlin erlangte,
und auf dem er genöthigt war zu bestehen, war die regelmäßige Anstellung eines Gesandtschaftssecretärs (wofür er bisjetzt selbst die Ausgabe getragen hatte), um die Register der Gesandtschaft und den Briefwechsel mit den preußischen Diöcesen und den römischen Regierungs-
behörden zu führen: ein gewaltiges Stück Arbeit, das er sowol unter
Niebuhr als nach dessen Abreise ganz allein zu bewältigen gehabt hatte.
Die übrigen von ihm gestellten und auf seine dringende Fürsprache
bewilligten Gesuche betrafen die Bedürfnisse preußischer Unterthanen
in Rom: Künstlern, Gelehrten, Studirenden, welche Urlaub wünschten,
um ihre Abwesenheit zu verlängern, ohne ihr Gehalt einzubüßen. In
dieser Beziehung kam sein Scharfsinn und sein gutes Glück in der
Aufspürung und Erreichung der eigentlichen Quellen vielen Personen
vortheilhaft zu statten, freilich um den Preis vieler späteren Unbequemlichkeiten für ihn selbst durch die Zunahme der Gesuche und Erwartungen. So war dieser Besuch in Berlin in vielen Beziehungen

eine Krisis für sein Leben, und der Rückblick darauf zeigt die allmäh=
liche Bildung jener Wolken und Stürme, welche eine spätere Periode
überschatteten und trübten.

Doch wir kehren, statt der Zeit vorauszueilen, zu den berliner
Briefen Bunsen's selber zurück, weitere Erörterungen verschiebend:

Berlin, Sonntag, 11. November 1827.

(An seine Frau.) Der König hat mir befehlen lassen, die Leitung
der Restauration des Rafaelischen Bildes zu übernehmen, welches bis
dahin in seinen Zimmern gewesen war, und ihm jeden Tag große Freude
machte. Zugleich wurden mir einige wichtige Papiere zur Durchsicht ge=
geben, die eine nicht ganz kleine Arbeit erforderten. So mußte ich zu dem
Grafen Bernstorff gehen, um Verlängerung des Urlaubs zu bitten, und
ihm dies anzuzeigen. Er war sehr vergnügt darüber, und eröffnete mir
zugleich, daß die beiden Ministerien, jedes zur Hälfte, die Reisekosten tragen
werden. Ich werde also wol dabei nicht zu kurz kommen. — Freitag, den
9. holte ich das Bild vom Palais ab, nicht ohne Lächeln über die Natur
meiner Commission. Den Tag vorher hatte ich bei dem König den mecklen=
burg=schwerin'schen Premierminister, Herrn von Plessen, getroffen, der die
dem Publikum verschlossene Jolly'sche Sammlung zu sehen wünschte; ich
erbot mich dazu die Veranstaltung zu treffen, und machte so seine nähere
Bekanntschaft. Diese benutzte ich, um ihm ein Project vorzulegen, daß die
mecklenburgischen Großherzoge dem preußischen Kunstverein beiträten, sodaß
auch mecklenburgische Künstler (Eggers und von Schröter) concurriren
könnten. Er hat alles Mögliche zu thun versprochen. — Der Abend ward
der merkwürdigste meines hiesigen Aufenthaltes durch die Aussprachen, die
an ihm vorfielen. Der Kronprinz hatte mich mit Ancillon und dem Ge=
neral Knesebeck eingeladen; außerdem war Prinz Wilhelm und ein Prinz
von Braunschweig da. Bis gegen 9 Uhr war von Rom gesprochen; dann
kam es auf die griechisch=türkische Angelegenheit, und es entspann sich ein
warmer Streit zwischen den beiden Prinzen, dem Kronprinzen und seinem
Bruder, auf der einen, und Ancillon und Knesebeck auf der anderen Seite.
Die Gefühle und Gesinnungen der Prinzen waren herrlich; der Kronprinz
insbesondere sprach mit einer solchen Beredsamkeit, Verstand, Begeisterung
und Besonnenheit, daß ich gar zu gern Beifall gerufen hätte. Die wich=
tigsten und zartesten Punkte des politischen Lebens wurden berührt, frei=
müthig, ja keck: aber kein Wort kam über die Lippen, das man nicht
drucken könnte. Nur im Anfang nahm ich einigen Theil, nachher kämpften
die Vier allein, bis 12 Uhr. Man schied unversöhnt in den Meinungen.
Sollte ich die Unterredung aufschreiben, nach 20 Jahren würde man kaum
glauben, daß sie möglich gewesen sei. — Heute ist der liebenswürdigen

Kronprinzessin Geburtstag: um 12 Uhr war große Cour, wir aßen im
Schloß bei dem Kronprinzen, der mich der Ducheß of Cumberland vor=
stellte, die nach mir gefragt und bei der ich Freitag essen werde. Diesen
Abend empfängt der König: ich bin auch eingeladen. Die nächste Woche
habe ich so viel zu arbeiten, daß ich mich einschließen werde. Aber ich
lerne Vieles dabei.

Berlin, 17. November 1827.

(An Niebuhr.) Dieselben Umstände, welche mich hier sechs Wochen
über meine 14 Tage halten werden, Geschäfte und zerfressende gesellige
Pflichten, nehmen mich so vom Morgen bis in die Nacht in Anspruch, daß
ich kaum zur Besinnung komme. Ich darf Ihnen dies nicht weiter aus=
führen; denn Ihr hiesiges Leben ist Ihnen gewiß noch in frischem Andenken.
Vor einigen Tagen hat mir der König aufgetragen, die Leitung der Restau=
ration des mitgebrachten Rafael zu übernehmen, welche erst gegen den
10. December vollendet sein wird; diese Form ist mir sehr angenehm; denn
ich habe bis dahin vollauf zu thun, wenn ich die mir wichtigsten Fäden,
welche sich hier angeknüpft, nicht ganz abbrechen, und manches Geschäft
unvollendet zurücklassen will. Am 15. December reise ich unfehlbar ab.

Sonst kann ich nur das Gefühl dankbarer Freude in Berlin haben;
denn der König und die Prinzen überhäufen mich mit Aeußerungen und
Zeichen ihrer Gnade; meine Chefs, und vor allem Graf Bernstorff, sind
von der unbeschreiblichsten Güte, und die Gesellschaft gibt sich um mich
viel mehr Mühe, als ich verdiene und wünschen kann. Meine alten Freunde
und Bekannten haben Geduld mit mir, und ungeachtet ich bisjetzt nur so
wenig mit ihnen mich habe aussprechen können, so habe ich mich doch mit
allen schon verständigt, und auch mit vielen anderen Gleichgesinnten. Den
Kronprinzen kennen gelernt zu haben, ist ein Trost für viele Jahre der
Entbehrung einer so herrlichen Anschauung und ein Schatz fürs Leben.
Keiner weiß das gewiß besser als Sie, und ich versichere Sie, daß ich
dies ganz fühle. Eichhorn's Bekanntschaft und Freundschaft, sowie die von
Schönberg sind schöne Erwerbungen in der Geschäftswelt, sowie die von
Strauß in einer anderen.

Wie die Freude, so vieles anschaulich kennen zu lernen, mit Ernst
und Schmerz verbunden ist, darf ich nicht erst sagen. Es ist kaum Jemand
hier von denen, die nicht blos mit den Augen sehen und mit den Finger=
spitzen fühlen, der mich nicht um mein otium capitolinum beneidete oder
wenigstens sich für beneidenswerth halten würde, wenn er es genösse, und
ich fühle das vollkommen, wenn von Genuß und Ruhe die Rede ist. Aber
ich breche hier ab; denn was hilft es, sich schriftlich zu äußern, wenn die
Rede bleibt? Von der Reise nach Bonn habe ich hier erklärt nicht ab=
zugehen; es steht das fest, wenn ich auch nur zwei Tage dort sein kann.

Dem Kronprinzen hatte ich Gelegenheit noch an dem Tage, wo ich Ihren Brief erhielt, von den neuen Judenpredigten und Ghettoscenen in unseren rheinischen Kirchen zu reden; er sagte, leider sei dies seit 10 Jahren so gewesen, ein Rescript des Kriegsministers Herrn von Hake sage ausdrücklich, es sei dies eine bloße Dienstpflicht, und keineswegs eine kirchliche Handlung. Witzleben habe ich seitdem oft gesehen, bin aber nie zu meiner Lection gekommen, es wird aber schon angebracht werden. *)

Berlin, 17. November — 6. December 1827.

(An seine Frau.) Mein letzter Brief brachte Dich bis zum Dienstag den 13.; abends um 12 Uhr kam ich zurück, so ermüdet, daß ich am nächsten Morgen Kopfweh hatte; dies war jedoch nicht so arg, daß ich nicht die Gräfin Bernstorff mit ihren Töchtern um 12 Uhr in die Jolly'sche Sammlung geführt hatte. Bisjetzt hatten wenige diese wirklich einzige Sammlung gesehen, es scheint fast, wie die Leute hier behaupten, daß ich sie in Mode gebracht; denn ich habe schon zwei Partien für nächste Woche, als wenn ich in Rom auf den Vatican ging....

Sonntag habe ich wieder bei dem König gespeist, und jeden der übrigen Tage bin ich bei dem Kronprinzen, oder mit ihm bei einem der Prinzen gewesen. Punctum puncti steht auf derselben Stelle **), aber mit dem Kronprinzen bin ich über Alles einig. — Neander's Ansichten stimmen wunderbar mit denen von Rothe und mir über die Liturgie. Mit Schleiermacher gibt es Kämpfe über Vieles.

---

*) Unter den „Ghettoscenen" ist die befohlene Anwesenheit preußischer Bataillone in den protestantischen Kirchen in Westfalen und der Rheinprovinz nach dem Schluß der sonntäglichen Morgenparade verstanden, ohne Rücksicht auf die Confession, welcher die einzelnen Soldaten angehörten. Bei seiner damaligen Anwesenheit in Berlin hatte Bunsen keine Gelegenheit, die Thatsachen dem König zu unterbreiten, obgleich er fand, daß dieselben den Ministern und allen Personen in hohen Hofstellungen und Aemtern wohlbekannt waren. Es wird aber später zur Sprache kommen, wie er im Jahre 1837 mitten durch den Schlagbaum von Furchtsamkeit und Unruhe, welcher gewohnheitsmäßig den König Friedrich Wilhelm III. in späteren Jahren umgab, seinen Weg nahm, und wie ein Immediatbefehl zur Aufhebung der früheren Vorschrift, die Truppen von der Parade in die Kirche zu führen, die Folge seiner Benachrichtigung des Königs war. Im Allgemeinen ging die Aufmerksamkeit Bunsen's unablässig dahin, alle Veranlassungen zu irgendwelchen gerechten Klagen unter den katholischen Unterthanen Preußens zu entdecken und zu heben, um sie für die auflösenden Intriguen der ultrapapistischen Partei weniger empfänglich zu machen.   Anmerkung der Verfasserin.

**) Der vielfachen allgemein wichtigen Angelegenheiten halber, die in den Briefen besprochen werden mußten, waren Personen wie Geschäfte zum Theil durch Zahlen ausgedrückt. Unter dem „Punctum puncti" ist die römische Agendensache zu verstehen, über die unten Näheres mitgetheilt ist.

29. November. Nicolovius brachte mich zu Herrn von Meusebach, einem geistreichen Juristen und gründlichen Kenner der deutschen Sprache, der eine herrliche Sammlung alter Gesangbücher hat. Er ist sehr hart=hörig, fast taub, aber voll der liebenswürdigsten Heiterkeit. Herr von Meusebach hat eine Sammlung von etwa 350 Gesangbüchern, und diese wieder zu 20 Stück jedesmal in das Wohnzimmer gebracht, und da ging ich sie nach Gefallen durch, indem ich mir diejenigen besonders legte, die ich durchsehen wollte, andere gleich auszog. Nicolovius war dabei, und der alte Hausherr und seine Familie unterhielten sich, er selbst gab Rede und Antwort über das, was ich wissen wollte. Die Doubletten schenkte er mir, und als ich nach sechs Stunden (um 12 Uhr) wegging, brummte er, weil man jetzt erst anfangen könne, ein vernünftiges Wort zu sprechen. Morgen gehe ich wieder zu ihm.*)

Freitag, 30. November. Lachmann kam zu mir und wir arbeiteten zusammen über die alte Sprache der Lieder, worüber er mehr weiß als irgendjemand, und aßen dann zusammen.

Sonnabend, 1. December. Großer Arbeitstag bis 2 Uhr. Dann besuchte ich die Ateliers, aß als Lachmann's Gast in der Gesetzlosen Gesell=schaft. Abends beim Kronprinzen, wo eine merkwürdige Unterhaltung über die Constitutionen vorkam.

Sonntag, 2. December. Schöne Predigt bei Theremin, beredt, doch mit Rothe in Tiefe gar nicht zu vergleichen. Mittag beim König, der sehr gnädig war, er speiste nicht mit, weil er Schnupfenfieber hat. Dann bei Humboldt, wo ich auch eingeladen war. Abends Witzleben und Silesiaca.

Donnerstag, 6. December. Vorlesung bei Alexander Humboldt. Mittagsessen beim Herzog von Cumberland mit Herrn von Reden und dem Kronprinzen. Abends bei Rauch und alsbann zu dem Kronprinzen.

---

*) Es war dies der Anfang einer Reihe von Zusammenkünften, welche Bun=sen hohes Interesse und großen Gewinn boten in Bezug auf eine seiner Lieblings=untersuchungen, die deutsche Hymnologie. Nicht nur beschenkte ihn Herr von Meuse=bach mit verschiedenen Duplicaten aus seiner eigenen Sammlung, sondern er theilte ihm auch die Ergebnisse seiner eigenen Lebensarbeit mit und führte ihn auf die ältesten und am wenigsten verstümmelten Lieder aus der ersten Jugendfrische des Protestantismus. So wurde hier der Anfang gemacht zu der werthvollen Stoff=sammlung für Studium und Auswahl, die Bunsen sich zu Berlin und anderswo verschaffte, und wodurch er in den Stand gesetzt war, sein eigenes „Gesangbuch" zu veröffentlichen, sowie die vorher in der Evangelischen Kirchenzeitung (1829, Nr. 41; 1830, Nr. 1, 41, 57) veröffentlichten kritischen Briefe über das neu herausge=gebene berliner Gesangbuch, mit bestimmten Grundsätzen für die Verbesserung der veralteten Ausdrücke der christlichen Liederdichter.

Anmerkung der Verfasserin.

17.—26. December 1827.

Sollte die Absicht, die meine Mission nach Berlin veranlaßte, auf=
gegeben werden (was leicht der Fall sein kann), so wird doch meine Be=
schäftigung mit diesem Gegenstande nicht ohne Resultat und Gewinn für
mich und Andere gewesen sein.

Durch Nicolovius wurde ich bei Neander eingeführt und hatte eine
fast zweistündige Unterhaltung mit ihm. Er ist gleich sehr bewunderungs=
würdig als Christ und als Gelehrter; ich beabsichtige jeden Tag, wo ich
kann, zu ihm zu gehen. Aber heute habe ich z. B. von 5½ bis jetzt
(2 Uhr) an meinem Schreibpult gestanden... Ich werde hundert Neue
Testamente bringen oder schicken, die wir für unsere teutsch=römische Ge=
meinde sehr nöthig haben, und hoffe eine gute Sammlung griechischer und
lateinischer Kirchenväter für die Bibliothek unseres Geistlichen zu erlangen.

18. December. Für meine liturgischen Arbeiten bringe ich lebendige
Erfahrungen und eine ganze Sammlung von Gesangbüchern, Choralbüchern
und Agenden mit. Mein und unserer Kinder Vaterland kenne ich nun da,
wo wir leben werden, wenn wir Rom verlassen; einen edeln, frommen
König, und einen hochbegabten, engelreinen Kronprinzen; ich habe Beider
Achtung und Liebe, ich hoffe, aufs Leben, wenn auch die Gunst der Könige
das Ungewisseste der Welt ist. Meine Vorgesetzten, insbesondere mein
Chef, haben mir von ihrem Vertrauen die größten Beweise gegeben, wie
Du erfahren sollst, wenn ich zurück im süßen Capitol bin. Schönberg,
Eichhorn und Nicolovius sind meine Freunde fürs Leben geworden: drei
edle Männer, deren Schilderung ich gern hier gäbe. Neander und Strauß
kann ich auch dazu rechnen. Daneben habe ich Hof und Welt, und den
Stand der wichtigsten Dinge in der Wirklichkeit, was möglich ist und nicht,
kennen gelernt. Welch ein Glück! O Herr! laß es mich dir ganz opfern,
indem ich es als dein Geschenk erkenne, mir Unwürdigem erzeigt, und zu
deiner alleinigen Ehre und meiner Seelen Heil gebrauche!

....Die nächsten Tage sind einer Arbeit für den Kronprinzen ge=
widmet; und dann will ich Berlin sehen (wovon ich bisjetzt nichts kenne
als das Schloß und Museum, nicht einmal des Königs Haus) und ein
wenig mit den Freunden leben. Jetzt arbeite ich gewöhnlich von halb 6
bis 12, auch bis 2 Uhr. Dann esse ich (bei Redens, Savigny und Bern=
storff wann ich will) und mache Besuche: jeden Tag bin ich einmal bei
Bernstorff, wo ich eigentlich am meisten zu Haus bin. Der Minister spricht
gern und mit Vertrauen mit mir; die Mutter der Gräfin und diese selbst
sind beide höchst achtbare und geistreiche Frauen, fromm ohne Redens=
arten, vornehm ohne Stolz. Savigny sehe ich am liebsten allein, spazieren
gehend. Der alte Herr von Reden ist liebenswürdig wie immer, und sehr
glücklich, daß ich ihm hier so viele Ehre mache, gerade als wenn ich sein

Sohn wäre. Der Kronprinz hat ihn außerordentlich lieb, und läßt sich
oft stundenlang von Genealogien von ihm erzählen, um ihn glücklich zu
machen. Der Herzog von Cumberland ist auch auf seine Weise gut mit
ihm: er nennt ihn gewöhnlich „Du gut alt Mann!" oder auch „Du gutes,
altes Neben!" was ihm sehr gefällt.

22. December. Mittwochs war ich abends beim Grafen Lottum auf
einem Balle, wo ich den Feldmarschall von Gneisenau wieder sah, dem
ich vorher bei Neben vorgestellt worden war. Der Anblick dieses großen
Mannes ist höchst erfreulich und erhebend; ein einfach kindliches, ruhiges,
dabei stattliches Wesen, klare, aber blitzende Augen, großer Verstand und
große Freundlichkeit im Sprechen, und eine edle Gesinnung in seinen Urtheilen. Morgen bin ich auf ihn zu Savignys gebeten. Dienstag sollte
ich bei dem General Müffling essen, war aber bei einem Prinzen eingeladen, und sah ihn deshalb erst nach dem Essen. Seine Unterhaltung war
wieder sehr geistreich, und wieder mit vielen Beziehungen auf seine eigene,
allerdings sehr bedeutende Person. Ich habe ihm einen ostensibeln Brief
über Rheineck geschrieben, damit er ihn dem Großherzog von Weimar (seinem Landesherrn) zuschicke; ich habe ihn natürlich so eingerichtet, daß der
Philhellene im besten Andenken bleibt. — Donnerstag hörte ich wieder die
Vorlesung von Humboldt über die physikalische Erdbeschreibung: nie habe
ich einen Menschen in anderthalb Stunden so viele und interessante und
neue Ansichten und Thatsachen vortragen gehört.

In meinen letzten Briefen habe ich nicht genug den edeln Grafen
von der Gröben und seine Frau (Selma von Dörnberg) erwähnt — zwei
Menschen, wie Engel für mich. Ich bin dem Grafen viele Belehrung
schuldig, obgleich für nichts so sehr als für seine Freundschaft. Ebenso
dem zweiten Adjutanten Major von Nöber, der den Grafen Brandenburg
im Jahre 1818 nach Rom begleitete, und das alte, edle, redliche Gemüth
ist wie sonst. Heute habe ich bei dem König gespeist, der der königlichen
Familie bei Gelegenheit der Abreise des Prinzen Wilhelm (der heute Abend
nach Petersburg geht) ein Mahl gab, wobei außer dem Hof (und Humboldt) nur ich noch eingeladen war. Nach dem Essen machte der König
Humboldt und mir ein Geschenk mit einer schönen Schreibtasche. Gestern
Abend war ich bei Prinz Karl, mit dem Dichter Fouqué und der Dichterin von Hellwig, die beide einige gute, und dann eine Menge absurde
Gespenstergeschichten erzählten.

Am zweiten Weihnachtstage. — Montag Abend gegen 6 Uhr ging ich
zu den lieben Schönbergs: ihn (den Oberpräsidenten und Unterstaatssecretär)
hatte ich am Anfang der Woche durch ein langes, recht freundschaftliches
Gespräch über die hiesigen Verhältnisse ganz kennen gelernt, und war in

meiner Verehrung für ihn, die ich von Anfang an gefaßt und mit fast ganz Berlin getheilt, bestärkt worden. Ich glaube auch an ihm einen Freund gefunden zu haben. Wie viel ich von ihm gelernt, sollst Du mündlich hören.

Die thätige Liebe der Frau von Schönberg hatte ich wohl in den letzten Tagen bei dem Todtenbette des Töchterchens von Eichhorn gesehen, wo sie, selbst schwach, Allen Rath und Trost gab, und immer trotz Wind und Wetter auf der Stelle war. So war ich denn seit fünf Wochen wieder zum ersten mal bei ihren Andachtsstunden, und hörte den guten Goßner, der Mittwoch vorher sein Examen bestanden hatte. Er erzählte davon, wie ihm dabei so angst gewesen, wie aber Alles gut abgegangen. Neander war der erste, der ihn examiniren sollte, und begann mit den Worten: „Recht im Herzen schäme ich mich, einem Manne Fragen über das wahre, gläubige Christenthum vorzulegen, der davon so viel mehr weiß als ich selbst!" — Ach, meine Gedanken waren mehr bei Euch als bei den Worten Goßner's! aber sie waren bei Euch im Herrn, und also nicht in Zerstreuung. O laß uns nie einen Sonntag für die Abendandacht verlieren! und überhaupt keinen Morgen oder Abend. Wer weiß, wie viele wir noch kommen und scheiden sehen! und jeder Tag sollte als ernste Aufgabe, nur in sich bestehend, und doch mit Vergangenheit und Zukunft, vor Allem aber mit der ewigen Zukunft im Reiche Gottes, wie ein Glied in der Himmelskette zusammenhängend angesehen werden.

Ich saß den größten Theil des Abends (bei Savigny) neben dem General von Grolman, dem ersten militärischen Kopfe der Armee, von dem Niebuhr so oft redete. Der Mann sieht aus wie ein concentrirter persönlicher Generalstab, mit dem Feldherrnblick, der Schärfe des beobachtenden Denkers, der Ruhe des unter Kanonendonner aufjauchzenden Kriegers. Ich brachte ihn auf Spanien, wo er die Franzosen 1810 aufsuchte, nachdem er sie 1809 in Oesterreich bekämpft hatte. Ich wollte, Du hättest ihn hören können: erzählen kann ich hier nur, daß er sagte, man habe ganz unrecht, wenn angenommen würde, Wellington habe keinen Rückzug durch den Wald gehabt (nach der Schlacht von Waterloo), die Stellung, die er nahm, sei in jeder Hinsicht vortrefflich gewesen. (Erinnere mich an Müffling's Erzählung von der Schlacht bei Assaye gegen die Maharatten.)

Montag war Christabend. Den Morgen begann ich ernst: ich folgte dem Leichenzug des lieben Mädchens, dessen ich mich Mittwoch vor acht Tagen erfreut hatte — Eichhorn's Tochter. Der Oheim Sack sprach Worte des Trostes im Hause, am Sarge; Schleiermacher am Grabe, wo der Vater im Schmerz verstummte. Zu Hause erwartete ihn der Kummer, seine von einer Schwermuth kürzlich genesene Frau wieder der Gemüthskrankheit nahe zu finden. Gott gebe dem edeln Manne rechten Weihnachtssegen!

Dann ging ich nach Haus, dem Könige einen Schlußbericht über das
Rafael-Bild zu schreiben, den ich ihm nun mit wahrem Herzensgefühl des
Dankes und der Liebe als sein eigenes Christkind und Weihnachtsgeschenk
in sein Haus brachte. Ich hatte gerade nur Zeit mich anzuziehen, für ein
Mittagsmahl bei dem Kronprinzen, mit Gneisenau, Grolman, dem Prin-
zen von Waldeck und Rumohr. Es war 5 Uhr, da die Glocken läuteten.
„Das Fest wird eingeläutet", sagte der Kronprinz, und er entließ uns,
um mit seiner Gemahlin den König zu erwarten, der diesen und den fol-
genden Abend immer mit den Seinigen ganz allein ist. Ich aber ging zu
Gröben, der mich sehr glücklich gemacht hatte durch seine Einladung zu
der frohen Feier: ich fand ihn mit den Seinigen, nebst der Gräfin Dernath,
Goßner und einigen jungen Verwandten vereinigt. Sie hatten eben ein
Weihnachtslied gesungen, und begannen das zweite, „Vom Himmel hoch".
.... Alle wetteiferten, mir Liebe und Theilnahme zu zeigen, da ich das
Glück, mit den Meinigen diesen Abend zu feiern, entbehrte. Es war
fast 8 Uhr, als ich bei Bernstorff eintrat: die Jugend war nach einer
Gräfin Angelica Bernstorff gegangen, wo kleine Kinder waren; im Hause
waren nur der Graf auf seinem Schmerzensbette, und die Gräfin neben
ihm; am letzten Weihnachtsabend hatte ihr einziger Sohn und Erbe, drei
Jahre alt, um sie herumgespielt. Ich mußte aber doch, daß sie mich empfangen würden, und das thaten sie aufs freundlichste. Um 9 mußte ich
zu Mendelsohns auf einige Augenblicke, ging aber weg, obgleich schöne
Musik anfing, von dem genialen Felix componirt, weil ich bei Nebens
erwartet wurde. Um 12 Uhr war ich zu Hause, sehr müde, aber doch
gottlob! im Innersten meiner Seele heiter, und Eurer eingedenk.

Morgens früh am Weihnachtstage wanderte ich in die alte gothische
Nicolaikirche, wo ein würdiger Greis, Nicolai mit Namen, predigte; es
wird Alles nach altlutherischem Ritus gehalten; der Gesang der Gemeinde
erscholl mächtig, von Posaunen begleitet, mit denen ich mich ausgesöhnt
habe. Nicolai brauchte in seiner Predigt die einfache Sprache des Evangeliums, gläubig und beredt. Nach Hause gekehrt, war ich überrascht mit
einer neuen Einladung des Königs. Die Herren bei Hofe waren sehr erstaunt, mich schon wieder zu sehen. Wie der König sich zur Tafel setzte,
erscholl aus dem Nebenzimmer eine herrliche Musik, die bis zum Ende
fortfuhr, beginnend mit kriegerischen Märschen, und dann in sanfte choral-
artige Symphonien übergehend, wie des Königs Leben. Etwas Vollkom-
meneres habe ich nie gehört.

Nach der Tafel sprach der König fast eine halbe Stunde mit mir;
dann ward Strauß in das Gespräch hineingezogen, bei Veranlassung der
Frage des Königs, was wir zusammen so eifrig besprochen. Strauß
bemerkte, der heutige Gesang des Kyrie eleison sei ihm besonders schön
vorgekommen. „Es sind auch schöne Worte", antwortete der König, „wenige,

aber voll Bedeutung; leider gibt es aber viele Menschen, die nicht wollen, daß sich der Herr ihrer erbarmt." Dann, zu mir gewendet: „Ich habe Ihnen in Rom gesagt, daß es mir leid that, daß ich Sie nicht nach Verona mitnehmen konnte, um dort die russische Kapelle zu hören; wir wollen sehen, ob ich Ihnen hier etwas derart veranstalten kann, da wir eine kleine russische Colonie hier haben." Nun rief er Witzleben herbei, und trug ihm auf, einzurichten, daß die russischen Sänger in Potsdam auf Neujahr sich hören lassen sollten, wohin er mich einlud.

Was Du über Berlin sagst, ist wahr: die Gesellschaft bei dem Kronprinzen und das Bernstorff'sche Haus, nebst wenigen andern, sind das Beste in Berlin; aber der Aufenthalt hier würde bei dem Allen das häusliche und wissenschaftliche Leben zerreißen. Es steht bei mir fest, den Grafen zu bitten, daß ich in Rom so lange zu bleiben wünsche als möglich, keine andere diplomatische Stelle wünsche, vielmehr jene allen anderen vorziehe, auch dem Aufenthalte im Vaterlande, wo ich doch nur in Berlin zu leben wünsche. Ohne einen großen Zweck vor Augen und sicher zu haben, bin ich hier nicht in meinem Berufe, ja, ich müßte nach vier Wochen gegen meine Ueberzeugungen handeln oder abtreten. Ich bin darüber mit allen Freunden, und auch mit dem Kronprinzen einig. Mein vorherrschendes Gefühl ist das der Vergänglichkeit alles Irdischen, und das hält mich hier kühl und besonnen. Gott erhalte es mir, der es mir ins Herz gegeben in dieser wichtigen Zeit! Bete auch dafür!

Berlin, 31. December 1827.

Allein bin ich in der letzten Stunde des Jahres! allein, gottlob! da ich nicht mit Euch, in der Stille, andächtig und nachdenkend die Mitternacht des neuen Jahres heranwachen kann; allein, gottlob! da ich im Geiste, d. h. in Gott bei Euch bin. Welch segensreiches Jahr neigt sich zu Ende! das Jahr, welches mir meine bürgerliche Stellung in dem auf dem Capitol errungenen Vaterlande sicherte, uns den süßen Engel Emilia schenkte, und zuletzt mich hierher führte, um den Werth und die Wichtigkeit meiner gegenwärtigen Lage mit klarem Bewußtsein zu erkennen. O wie viel größer, wie unendlich würde der Segen sein, wenn, wie ich zu Gott flehe, von nun an fest die Ueberzeugung bliebe, daß der Christ keine Pläne machen soll, so wenig als Sorgen, über das Zeitliche! Wie ganz anders ist es ergangen, als ich dachte — als ich wünschte! Wie unglücklich würde ich mich fühlen, wäre unser Schicksal so entschieden, wie ich es wünschte! Also keine neuen Pläne für das neue Jahr, wohl aber der Ausspruch meiner hiesigen bald dreimonatlichen Erfahrungen, daß ich unter den gegenwärtigen Verhältnissen nichts Anderes wünsche und mit Inbrunst von Gott erbitte, als dem Vaterlande auf dem Capitol zu leben, und zweitens, daß, wenn Gott uns ins Vaterland ruft, es wol gewiß nach Berlin sein wird. Und

nun wende ich den Geist ab von allem Anderen, um Gott in diesem feierlichen Augenblick mit Dir zu danken für alle seine unverdienten Segnungen,
insbesondere aber für seine Langmuth und seine Gnade, die unsere Herzen
immer von neuem berührt und mit neuem Hauche göttlichen Lebens erneuert! O daß wir Alle in dem neuen Jahre nur Ihm dienten in reiner
Liebe und kindlicher Hingebung unseres eigenen bösen Selbst! Das wolle
er uns geben nach seiner Barmherzigkeit! Amen. O seine Segenshand
schwebt auch gewiß jetzt liebevoll über den theuern Seelen, die er uns
geschenkt und anvertraut hat, wie über den zwei, die in den Tagen der
Unschuld zu ihm hinübergeflogen sind*), in die Arme der unendlichen Liebe,
die uns in Christo vereint; in diese Segenshand befehle ich mich und Euch
Alle für das Jahr, dessen erste Stunde jetzt beginnt!

Hier mag auch ein Auszug aus einem Briefe der Mutter Felix
Mendelssohn=Bartholdy's an den hannoverischen Gesandtschaftssecretär
Klingemann in London, gegen Ende 1827 geschrieben, Platz finden:

Berlin, 28. December 1827.

Wir haben an dem Ministerresidenten Bunsen einen sehr liebenswürdigen, interessanten Mann kennen gelernt. Noch nie, glaube ich, hatte
ein Bürgerlicher sich so entschiedener Gunst der höchsten Personen zu erfreuen. Täglich ist er beim Könige und den Prinzen, und mußte schon ver-
schiedenemal seinen hiesigen Aufenthalt verlängern. Diese ungemeine Gunst
ist um so auffallender und ehrenvoller, da er sie nicht durch Schmeichelei
erkauft, sondern seine Meinung, auch am Hofe, mit der größten Freimüthigkeit gegen alle selbst dort anerkannte Autoritäten durchsicht. Er hat
eine gewaltige Bestimmtheit des Urtheils und sogar Schärfe in Behauptungen; sein Geist weiß diese abstoßende Seite aber so zu wenden, daß
die Superiorität nicht beschwerlich fällt, und nur das Angenehme seiner
Masse Kenntnisse und seines lebendigen Verstandes hervortritt.**)

Für uns namentlich hatte sein Aufenthalt auch die gute Folge, daß
Se. Maj. sich dennoch entschlossen, die Bartholdy'schen Sammlungen für

---

*) Außer dem 1821 gestorbenen Kinde hatte Bunsen noch ein zweites Töch-
terchen in Rom verloren.

**) Es erinnert dieser Brief an ein Gespräch, welches während eines Hofballes
in Berlin im Winter 1827 stattgefunden haben soll. Zwei Herren unterhielten sich
von der erstaunlichen Aufnahme, welche Bunsen beim Könige gefunden habe. „Alle
königlichen Gunstbezeigungen regneten in beispielloser Weise auf ihn herab", sagte
der eine der beiden sich Unterhaltenden, „es bleibt Sr. Majestät nichts mehr für
ihn zu thun übrig." „Nichts," erwiderte der Andere, „es sei denn, daß der König
beabsichtige, ihn zu adoptiren."

das Neue Mufeum anzukaufen.... Bunfen hat von der Familie Bar=
berini einen wunderfchönen Rafael für den König um den Preis von
12000 Thlr. erkauft, der von Schlefinger zu allgemeiner Zufriedenheit
gereinigt worden ift. Er ftellt Maria mit dem Kinde vor. Zelter fagt
davon: „Das ift einmal eine Mutter, die anderen Madonnen find
Ammen."*)

Aus dem Anfang des neuen Jahres können wieder folgende Briefe
Bunfen's an feine Frau hier angereiht werden:

Freitag Nachmittag, 4. Januar 1828.

.... Wie könnte ich Dir genug danken für Deinen unvergleichlichen
Brief vom 17. December. Darin erkenne ich Dich als meinen Engel, der
mich umfchwebt, als mein Gewiffen, das nie trügt. Du hatteft recht: ich
hätte das Rühmen, oder vielmehr die Aeußerung meiner Zufriedenheit über
mich felbft bekämpfen und unterlaffen follen; ich bin mir zwar wohl be=
wußt, daß ich die Zeilen, die Dir misfallen haben, fchrieb, um Dir einen
anfchaulichen Begriff von meiner Lebensart, meiner Thätigkeit, und der
Art, wie fie in Anfpruch genommen wird, zu geben; und das, was ich
über den Werth meiner Arbeit gefagt haben mag, kann auch wol nur in
diefem Sinne gemeint fein. Aber was Du daran tadelft, ift fo oft der
Fall gewefen, wo Du es nicht weißt, daß ich mich der Sünde nicht ent=
fchuldigen kann noch will. Es geht fo oft im Leben fo wie hier: es wird
getadelt oder misbilligt, was es viel weniger verdient als hundert andere
Vorfälle, die Niemand weiß oder merkt; und wir follen die Misbilligung
aufnehmen als eine Stimme Gottes, deren Erklärung wir im eigenen
Herzen tragen. Uebrigens danke ich der Gnade Gottes allein, daß ich in
meinen Handlungen und meinem Betragen immer in dem Gleife der Ord=
nung und Befonnenheit geblieben bin, und auch im Innern den böfen
Feind des eigenen Ichs und der Selbftgenügfamkeit bekämpft und oft be=
fiegt habe.

Berlin, 7. Januar 1828.

.... Der König hat mich in der letzten Zeit mit einer Gnade und
Liebe behandelt, die, ich darf es fagen, väterlich ift. Schon als er mich
zu dem Weihnachtsmahle einlud, glaubten Alle, es fei wegen meiner
nahen Abreife; wie er denn gewöhnlich feine Gefandten nur beim Kommen

*) Von Zelter (Director der berliner Singakademie), bekannt durch feinen
werthvollen Briefwechfel mit Goethe, feine Freundfchaft mit Beethoven und feine
frühe Hochfchätzung des Talents von Felix Mendelsfohn, wurden eine große Anzahl
witziger und fpitzfindiger Redensarten erzählt.

und Weggehen zur Tafel zieht. Statt dessen wurde ich wieder am 30., dem Geburtstag des Prinzen Heinrich, eingeladen, wo er mit rührender Liebe von seinem Bruder und seiner Sehnsucht nach ihm sprach. — Zum 2. lud er mich selbst ein, um in Potsdam die griechische Kirchenmusik zu hören, wobei nur die königliche Familie und der Bischof Eylert war. Der König zeigte sich an dem Tage wieder mit seiner natürlichen Beredsamkeit, die ihm eigen ist, sobald er sich nicht befangen fühlt; er sprach sehr schön unter anderm über die Griechen, was ich mündlich erzählen will. Vorigen Sonntag 6. Januar ward ich wieder eingeladen. Der König wandte sich während der Tafel mehrmals mit besonderer Freundlichkeit zu mir, um von seinen Blumen und Pflanzen, die er im Freien blühend gefunden hatte, und anderen ihn ansprechenden Beobachtungen zu erzählen; nach der Tafel kam er auf mich und Humboldt zu, mit einem Lächeln, und sagte: „Der Geheime Legationsrath Bunsen hat heute die «Alceste» befohlen" (auf meine Bitte nämlich wird diese herrliche Oper Gluck's gegeben, und da Spontini Schwierigkeiten gemacht, hatte der Kronprinz sie für mich befohlen); dann fuhr er weiter fort zu sprechen, mit einigen Pausen, und augenscheinlich (wenn ich so sprechen darf) Verlegenheit, wie er etwas sagen wollte, das er auf dem Herzen hatte. Endlich wandte er sich zu mir allein, und sagte: „Ich habe der Erste sein wollen, Sie mit Ihrem neuen Titel zu begrüßen; es ist mir heute vorgeschlagen vom Grafen Bernstorff, und ich habe es sogleich und gern genehmigt; ich bin ganz überzeugt, daß dies Ihren Eifer und Ihre Thätigkeit nicht verringern wird." Ich äußerte in wenigen Worten meinen Dank, und er wiederholte recht mit Nachdruck: „Ja, ich bin ganz überzeugt, daß Sie fortfahren werden, mir mit so viel Treue und Eifer zu dienen." Der Hof hatte dies besondere Gespräch bemerkt, und war sehr neugierig; allgemein glaubte man (der Kronprinz nur nicht), der König habe mich entlassen, weil ich bald abreise.

In Rom ist natürlich dieser Titel für mich von geringer Wichtigkeit; aber im Staate selbst bin ich nun gestellt wie alle übrigen Gesandten. — Du kannst denken, daß ich sogleich zu meinem edlen Grafen eilte, der noch immer auf seinem Krankenbette liegt. Seine wahre Freundschaft gegen mich hatte sich in den letzten 14 Tagen aufs unzweideutigste gezeigt; ich meinerseits hatte ihm offen von Tag zu Tag mein Leben und Thun vorgelegt, und dadurch sein unbeschränktes Vertrauen gewonnen. Am Neujahrstag, als ich ihm Glück wünschte, sagte er: „Ihre Gegenwart hier gehört für mich und die Meinigen zu dem Liebsten, das uns im verflossenen Jahre begegnet ist. Sie sind uns ein Hausfreund geworden, und ich hoffe, Sie werden es uns bleiben."

Leider traf ich ihn, als ich von der Tafel kam, nicht allein, und konnte ihm daher erst danken, als ich aus der „Alceste" kam. „Ich schlug

Sie vor, weil Sie schon vorher Geheimer Legationsrath sein sollten, und weil ich wußte, ich machte dem Könige eine Freude damit; es ist jetzt wenig für Sie, aber Sie wissen, man muß alle die kleinen Staffeln durch= gehen, um in die Höhe zu kommen." Ich dachte in meinem Herzen: Gott bewahre mich davor, dies für eine kleine Staffel zu halten, und wieder hinaufzustreben: ich erbitte von Gott kein anderes Glück, als was ich habe, das ja so viel größer ist, als ich vernünftigerweise hoffen durfte, und auch so viel größer, als ich verdiene. Gott hat mir meinen Lebens= weg gewiß nicht so leicht gemacht, um mich damit zu ergötzen, auf ihm recht oft auf= und abzuwandeln, und mit den Blumen zu kosen, die an seinen Seiten sprießen, sondern den ernsten Beruf ins Auge zu fassen, der mir auferlegt wurde, als ich arm und bloß, unbekannt und von der Welt verlassen, an meinem Wanderstab fröhlich unter dem blauen Himmel hinein= schritt, den mein seliger, unvergeßlicher Vater mir mit seinen thränenfeucht zum himmlischen Vater hinaufgewandten Augen zeigte, als er mir beim Abschied 1809 sagte: „Sieh! der Himmel über Dir ist allenthalben blau!" — Und diesen Beruf sollt' ich jetzt vergessen, und meines Gelübdes vergessen, das ich in der Todesnoth meiner schweren Krankheit that! Nein, um Kraft allein habe ich den Herrn anzurufen, daß ich nicht zu denen gehöre, bei welchen die Sorgen dieses Lebens das Weizenkorn ersticken. Er hat mir hier gegeben, den Mannesblick über die bedeutungsvolle Gegenwart des geliebten Vaterlandes zu werfen, zu erkennen, wie Nichts der Einzelne ist als solcher, und wie stark der Schwächste, wenn Gott zu seinem Scherf= lein Gedeihen geben will. Da ist es mir klar geworden, daß mein Beruf in angestrengten Arbeiten in der schönen Einsamkeit der ewigen Stadt liegt; nicht in Hin= und Herschreiten, nicht „zurücksehend vom Pflug", sondern demüthig und gerade, mit lauterem Herzen die Bahn fortgehend, die mir vorgezeichnet ist. Daß der Herr dazu mir Kraft und Segen gebe, hilf mir beten!

Die beiden Ministerien standen zuerst an, ob sie mir, außer dem Reisegelde, Diäten für den hiesigen Aufenthalt geben wollten, die ich zu stolz war zu verlangen. Es ward mit Fürst Wittgenstein gesprochen; er bat sich einen Tag aus, und antwortete dann: „Wir wollen nicht mehr davon sprechen, der König will nicht, daß Bunsen hier einen Pfennig von seinem Gelde verzehre." Gleichzeitig hatten die Ministerien sich auch be= sonnen (alles dies geht durch die Subalternen, die mir natürlich nicht sehr hold sind), und nun werden sie sich streiten, wer mich frei hält. — Mein Engel, ich kann noch nicht abreisen; das Geschäft, welches mich hierher rief, ist verwickelt geworden: Gott hat es wunderbar, ohne daß ich etwas dazugethan, so gefügt, daß es im höchsten Vertrauen in meine Hände gelegt ist; mit seinem Beistande hoffe ich es zu Ende zu führen. Mein Leben ist jetzt mehr in dem menschlichen Gleise wie anfangs; Arbeit und

Genuß theilen sich in die Stunden, die der Schlaf nicht fordert; der Genuß wird nicht gesucht, aber er bietet sich dar, ohne Zerstreuung zu werden.
Die Kälte ist gräßlich empfindlich; übrigens bin ich wohl, bedarf aber seit
der großen Kälte viel Schlaf.   Die früher Genannten bleiben meine liebsten und besten Freunde; ich wollte, Du kenntest sie alle.

Noch zwei Zeilen zur großen Nachricht.   Tholuck kommt Ende April
nach Rom auf ein Jahr; Rothe wird am 1. Juni abreisen können.

Berlin, Montag, 14. Januar 1828.

.... Die Gnade des Königs hat mir immer mehr etwas Rührendes,
wenn ich bedenke, was er an mir gethan, und blos, weil „der Herr mir
Gnade gegeben hat vor seinen Augen"; und wie gern ich ihm dankbar
wäre, wo menschlicherweise ich es am meisten vermöchte, was er wol nicht
ahnet.   Er hatte mich noch heute nach Potsdam eingeladen, damit ich seine
Lieblingscompositionen der Stücke, die in der Agende gesungen werden und
die theils altdeutschen, theils Palestrina'schen, theils griechisch-russischen Ur-
sprungs sind, bei Tafel hören möchte.   Die Gesänge waren im ganzen
recht gut ausgeführt von einem Chor von Soldaten und Waisenkindern,
die nachher schön erquickt und bewirthet wurden.   Nach der Tafel meldete
ich ihm die Ankunft der in Rom angekauften Antiken, die er in den nächsten Tagen sehen will; dies ist aber ein großer Entschluß, denn zugleich
wird er bei dieser Gelegenheit ein neues herrliches Denkmal der seligen
Königin sehen, das Rauch, unzufrieden mit dem vom König bereits ge-
billigten, 1812 für sich entwarf, und im größten Geheimniß von 1819
bis jetzt in Marmor mit einer fast unglaublichen Vollendung ausführte.
Seine Königin in einer neuen Darstellung zu sehen, geht ihn schwer an,
der so treu am Alten hält; doch will er wirklich kommen, ganz allein mit
seinem Aide de camp; und daß ich dabei sein soll, ist vielleicht der größte
Beweis seiner persönlichen Liebe zu mir.

Berlin, 22. Januar 1828.

.... Ich schreibe diese Zeilen an dem herrlichsten Frühlingstage, den
man sich denken kann, mit blauem Himmel, das eine Fenster offen, das
andere verhängt, damit mir die Sonne nicht ins Gesicht schien, während
die guten Currendknaben recht fröhlich die Choräle gesungen hatten, ohne
daß ihnen eisiger Wind, Regen und Schnee den Mund schloß.   Die Kälte
ist gräßlich gewesen; der König ging Sonntag den 13. nach Potsdam, und
bei seiner Rückkehr Dienstags erfroren zwei Vorreiter Nase und Ohren
(es war 20 Grad im Freien), aber Sonnabend neigte es sich zum Thauen,
und wurde 6 Grad Wärme am Sonntag.   An diesem Tage wurde das
Ordensfest, als am Stiftungstag der Monarchie (dem 18.), gefeiert; zum
Beginn ward unser „Komm, heil'ger Geist", zum Schluß „Herr Gott,

dich loben wir" nach der Melodie „O Roma nobilis" gesungen, zu großer
Zufriedenheit des Königs, und also zur Bewunderung der ganzen Welt.
Der Hof war in voller Pracht; aber was mich mehr als Alles rührte
und erfreute, war der Anblick der alten Soldaten und Handwerker aller
Art, welche das Eiserne Kreuz oder das Allgemeine Ehrenzeichen trugen:
Menschen, die sonst nie den König weder als Familienvater noch als
Herrscher auf seinem Throne sehen, und die nun wie die Ersten des Reichs
sich um ihn versammeln, und als seine Gäste mit ihm speisen; 350 Ritter
des Schwarzen und Rothen Adlerordens saßen in der Bildergalerie, 250
von den übrigen daneben; diese setzten sich vorher zur Tafel. Ich saß
zusammen mit Schönberg und Nicolovius; Pauken= und Trompetenschall
vermehrten die Möglichkeit, allein zu sein, und so führten wir vertrauliche
Gespräche über das Unserige, besprachen auch Vieles, was ich erzählen
will, wenn wir dieses Blatt wieder zusammen lesen.

Gestern ließ mich der König wissen, daß er zu Rauch gehe; ich kam
glücklicherweise noch eine Minute vor ihm an; er fuhr ganz allein mit
seinem Adjutanten, besah die Antiken, die ich gekauft, und war überaus
gnädig; bei dieser Gelegenheit zeigte ich ihm auch die von Wolff ange-
kaufte und restaurirte Gruppe, die ihm wohlgefiel; ich hoffe, daß Wolff
bald die 1000 Thaler erhalten wird. Hierauf trat der König in das so
lange verschlossene Gemach, wo seine geliebte Königin ihm in verklärter
Gestalt entgegentreten sollte. Er war sichtbar bewegt und erfreut, und ließ
sich die Gründe der gemachten Veränderungen erklären; die Arbeit gefiel
ihm nicht weniger als die große Beharrlichkeit und Treue, die der Künstler
dabei an den Tag gelegt hatte.

Ich habe diese Woche so viel zu thun, daß ich fast nirgends hingehe,
als ein Stündchen zu Bernstorffs, und gestern und heute mit meinem
lieben Gröben ein Stündchen spazieren im Thiergarten, wo ich gestern
zum dritten mal war; denn nur zweimal vorher war ich außer den Thoren
der Stadt, ausgenommen bei den Fahrten nach Potsdam. Diese Woche
ist eine recht ernste und schwere, aber dann werde ich auch das Ende
absehen.

Gestern Abend erfuhr ich von der lieben Henriette von Reden den
Tod von Kestner's Mutter. Alle ergossen sich in ihr Lob. Sag' dem
lieben trefflichen Freund, welchen Antheil ich an seinem Schmerz nehme.

27. Januar 1828.

Dieser Brief soll nicht abgehen, bis ich schreiben kann, welche Folgen
der wichtigste Schritt gehabt, den ich wol je äußerlich im Leben gethan.
Soeben hat der König in Händen, und liest vielleicht in diesem Augenblick,
was in der capitolinischen Christenheit geschehen, Alles und Jedes, wie es
dort gehalten wird. Der Entschluß ist seit 14 Tagen in meinem Herzen

fest gewesen; er ist vor Gott geprüft, auch mit treuen Freunden (und zwar Alles wahren Christen) überlegt; er war nothwendig nach meinem Gewissen, ich freue mich, ihn gethan zu haben, ehe er nothwendig wurde durch die Umstände. Ich konnte dem väterlich milden Angesicht nicht mehr gegenüberstehen, ohne daß er Alles wußte; das war mein Gefühl. Er hatte ein Recht, es zu erfahren, und ein doppeltes durch seine Güte und deren viele Beweise; dies war meine Ueberzeugung. Aber es ist nichts gesagt, als was in jener Gemeinde, nach ihren besonderen Bedürfnissen und Bestandtheilen, zur Aufrechthaltung der christlichen Gemeinschaft geschehen mußte, und von mir geschehen ist, und die Folgen dieser Einrichtung; nichts Allgemeineres, nichts über den mir gegebenen Beruf Hinausliegendes. Gestern Abend las ich es dem General von Witzleben vor, der es heute früh übergeben hat. Wie mein theurer Gröben darüber dachte, als ich, nach einer Unterredung vom vorigen Abend, ihm am Morgen den Entschluß aussprach, mag Dir das beiliegende Blatt von seiner Hand zeigen, das ich zum ewigen Gedächtniß seiner Liebe behalten werde. Seit der Zeit habe ich mit ihm und Strauß meinen Aufsatz gelesen, und ihre Zustimmung und Segenswünsche erhalten. Der Kronprinz weiß auch davon, und hat zuerst gezittert, aus Liebe zu mir, dann sich aber überzeugt, daß ich so handeln müsse, und mir durch Gröben sagen lassen, er begleite mich mit seiner Fürbitte. Das ist auch Alles, was er vermag. Damit will ich jetzt schließen; — Dir auch sagend, daß ich eben aus Schleiermacher's Kirche komme, wo ich schöne Lieder und eine sehr gute Predigt gehört habe, über den Spruch: „Gehet mit mir, ich will Euch zu Menschenfischern machen", oder das Verhältniß, worin wir einerseits im Reiche Gottes, andererseits in der menschlichen Ordnung der Dinge stehen. ... Jetzt aber will ich hier das Lied setzen, welches mir an jenem Abend Gröben vorlas, und das ich nicht vorher kannte, nachher aber in mehreren Gesangbüchern gefunden; möge es Dir so viel Trost geben, und Dich so sehr erfreuen, wie es mir gethan hat. — „O der Alles hätt' verloren!"*)

Wer das gedichtet hat, der hat auch den Frieden Gottes geschmeckt, und wenn ich ihn in der Geisterwelt erkennte, würde ich ihm mit Dank zurufen:

> O ben creato spirito, che a rai
> Di vita eterna tal dolcezza senti,
> Che non gustata non s' intende mai.
>
> Paradiso.

(O Geist gebenedeiet, der vom Strahle
Des ew'gen Lichtes jene Süß' empfunden,
Die nicht gekostet nimmer wird verstunden.)

---

*) Das hier angeführte Lied findet sich in Bunsen's Sammlung unter Nr. 189.

Ich war heute Morgen recht froh, als die große Menschenmenge, welche die Dreifaltigkeitskirche füllte, nach der Predigt sich entfernte und mich mit etwa fünfzehn Abendmahlsgenossen und etwa so viel anderen Andächtigen allein ließ. Die Feier begann damit, daß der Chor sang (vierstimmig) „Christe, du Lamm Gottes"; dann folgte eine recht schöne Anrede, nach der reformirten Liturgie, und hierauf knieten Alle zum Gebet, welches nichts Anderes als unser Opfergebet ist, dem Wesen nach. Während der Einsetzungsworte sang der Chor in drei Absätzen, während der Communion schöne Choräle. Ach, ich sehnte mich selbst so sehr nach dem Tische des Herrn, aber es schien mir nicht klar, ob man die äußere gewohnte Ordnung der Vorbereitung so hintansetzen dürfe, und ich nahm nur geistig Theil an der Handlung.

Die herrlichste Frühlingssonne strömt durch das offene Fenster in mein trauliches Kämmerlein, und die herrliche Luft lockt mich heraus; aber ich muß schreiben bis 2 Uhr, wo ich bei Gröben esse, und nachher einen Augenblick zu Bernstorffs gehe; es ist der guten Gräfin Elise Geburtstag, der erste ohne ihren einzigen Sohn, der letzte mit ihrer vor kurzem verlobten Tochter. Ich glaube, ich bin den trefflichen Leuten die letzte Woche oft undankbar für ihre viele Güte und Freundschaft erschienen, oder weniger offen und heiter wie sonst; aber wie wahre Freunde und liebe Menschen, mit jenem Zartgefühl, das die wahre Bildung ist, haben sie mich es nicht merken lassen.

Sonnabend, 2. Februar 1828.

Noch ist nichts entschieden, aber ich habe kein Recht, Dich so lange ohne Nachricht zu lassen. Mein Schreiben ist, wegen Unpäßlichkeit, erst vorgestern abgegeben; Witzleben hat kurz den Inhalt erwähnt, und der König es, ohne ein Wort zu sagen, auf seinen Tisch gelegt. Heute früh habe ich eine Einladung zu morgen Abend zu Thee und Abendessen erhalten; also es scheint so viel gewiß, daß er nicht zürnt, aber einen harten Kampf in seinem Kämmerlein hat es ihm gewiß gekostet. Ich kann Dir übrigens (gottlob!) sagen, daß ich von dem Augenblick, worin das inhaltschwere Päckchen aus meinen Händen war, mein Herz leicht gefühlt, wie lange nicht. Gleich am Montage fing ich meine große Arbeit an, ich hatte vorher nicht damit zurechtkommen können; nun war es mir ein rechter Trost, etwas Tüchtiges und wirklich Schweres vor mir zu haben, mich zu beschäftigen. Mir sind alle Acten übergeben, und nur aufgetragen, einen erschöpfenden Aufsatz darüber zu schreiben, und demgemäß den Entwurf, womit das Ganze schließt, in des Königs Namen aufzusetzen. Solcher Entwürfe sind drei zu machen, und jedes Wort will gewogen sein, wegen der ungeheuern Folgen eines solchen Documents. Vorgestern Abend habe ich Witzleben Alles vorgelesen, der damit sich ganz einverstanden erklärt hat, und nun arbeite ich es aus.

Nur wenige Worte aus dem Tagebuche meines Lebens, damit ich es nicht ganz vergesse. Montag (29. Januar) Mittag beim Kronprinzen mit dem Herzog von Lucca; da wurde ich eingeladen, die Oper „Nurmahal" zu sehen, von Spontini, eine anschauliche Darstellung von einer Erzählung, wie in Tausendundeiner Nacht, aus „Lalla Rookh"; nie habe ich einen solchen Zauber von Decorationen gesehen. Dienstag Nachmittag bei Bernstorffs; um halb 11 erinnerte ich mich, daß ich Strauß versprochen hatte, den Abend zu ihm zu kommen, wo 15 junge Candidaten ihre Uebungen halten, und sich vorbereitet hatten zu einer Disputation „über das Verhältniß der Idee des christlichen Opfers zum Gottesdienst", welche dauerte bis zum Morgen halb 2 Uhr.

Die Notizen der nächsten Tage zeugen von Gemüthserregung und Mangel an Nachtruhe. Daran schließen sich die nachfolgenden Aufzeichnungen:

Freitag, 1. Februar.

Heute endlich bin ich ganz kühl und munter. Hätte ich nicht eine so rechte, tüchtige Arbeit, wie sollte ich es aushalten in dieser Spannung, und getrennt von Dir! Sei überzeugt, es ist diese Thätigkeit und Anspannung, die mich ruhig hält. — Das Wetter ist herrlich, die schönste Frühlingsluft; stundenlang habe ich bei offenem Fenster gesessen und geschrieben, aber die Sonne war zu heiß.

Montag, 4. Februar.

Nach meinem langen Briefe mit der letzten Post wirst Du ängstlich nach sofortigen Nachrichten sein; so schreibe ich denn eilig diese Zeilen, um Dir zu sagen, daß mir über den bewußten Gegenstand nichts gesagt wurde, der König aber vorzüglich huldvoll und gnädig war, weshalb ich nicht daran zweifeln kann, daß er einen Schlag überwunden hat gleich dem, der Cäsar das „Et tu Brute!" ausrufen ließ.

Freitag, 15. Februar.

Gott allein sei Ruhm und Dank! Er hat mein Gebet erhöret, nicht nach meiner Unwürdigkeit, sondern nach seiner Barmherzigkeit. Der kühnste, und doch wohlerwogenste Schritt meines Lebens ist nicht vergebens gewesen.

Bald nachdem ich Dir meinen zweiten flüchtigen Brief geschrieben, erfuhr ich von Witzleben, daß die Sache mißfallen hatte; der König hatte den Aufsatz nur flüchtig und ungeduldig durchblättert, und mit der Aeußerung: „er sehe nicht ein, warum so viel geändert sei, das Aendern bringe nicht weiter! zwar wären die Verhältnisse dort eigenthümlich, und er könne da eigentlich nicht befehlen", zum Vortrag übergeben. Zwei Tage dar-

auf lud er mich zur Tafel, und war sehr gnädig; doch war die Veranlassung der Besuch des Großherzogs von Mecklenburg-Strelitz, die Madonna mit mir zu sehen. Wenige Tage nachher begann er mit Witzleben
allein wieder das Gespräch: er habe allenthalben nachgeschlagen. — Mein
Aufsatz wurde vorgenommen, und er verfehlte seinen Zweck nicht; denn wie
er vom Herzen gekommen war, so drang er zum Herzen. Ueber Vieles
äußerte sich der König äußerst beifällig, Anderes gab er zu. Nachdem
Alles vorgelesen war, ging der König die Ordnung mit dem Bleistift durch
und sagte: „Hier und im allgemeinen könne er wol keinen Gebrauch davon
machen, aber die Sache sei gut, und im Grunde ganz sein eigener Gedanke; er solle mit mir über einige Punkte sprechen.“ „Doch“, fügte er hinzu,
„ich will ihn selbst sprechen.“ Dies erfuhr ich von Witzleben in Humboldt's Vorlesung über die physische Geographie. Du kannst Dir denken,
was ich dabei fühlte! Gott sei gepriesen! ... Beim Zuhausekommen fand
ich ein (anonym, eigentlich sagt man von dem Könige selbst geschriebenes)
liturgisches Büchlein, „Luther“, welches mir Witzleben auf Befehl zum
Durchlesen zugestellt hatte. Ich werde es jetzt lesen .... und dann ruhig
hingehen, des Ausspruchs unseres Herrn gedenkend: „Sorget nicht, was
ihr erwidert.“

　　Nachmittags 5 Uhr. Es ist Alles glücklicher noch gegangen, als ich
gedacht. Der König empfing mich um ein Viertel vor 11 Uhr, sprach zuerst von .... dann aber wandte er sich zum Schreibtisch und sagte: „Sie
haben mir da einen Aufsatz gebracht, der mir, ich sage es Ihnen ehrlich,
zuerst sehr misfallen hat. Ich hatte ihn auch schon wieder abgegeben, und
wollte nichts damit zu schaffen haben; nachher aber habe ich ihn mir von
Anfang bis zu Ende vorlesen lassen, und da habe ich gesehen, daß es doch
etwas ganz Anderes ist, als was ich bisher von Veränderungen gehört,
und ich will auch die Sache genehmigen; ich will meine Jurisdiction gar
nicht auf Rom ausdehnen, und Ihnen nicht befehlen, sondern nur sagen,
was ich rathe und wünsche. Ich habe selbst Bemerkungen hinzugeschrieben,
über die ich jetzt mit Ihnen sprechen will.“ Nun ging er ans Lesen, und
ward immer gütiger, liebreicher und freundlicher. Ins Einzelne kann ich
hier nicht gehen .... Der König schloß mit den gnädigen Worten: „Ich
lasse nicht allein Ihren Gesinnungen volle Gerechtigkeit widerfahren, sondern auch dem, was Sie gethan haben; es ist mir so etwas noch nicht
vorgekommen, es spricht sich ein schöner Geist in Allem aus.“

Sonnabend, 23. Februar.

　　Wenn Du diesen Brief erhältst, so wisse, daß ich Dir nicht mehr fern
bin, und schreibe nach München. Gestern ging ich zu Bernstorff (wo ich
jeden Tag esse, wenn ich nicht bei Hofe bin) und empfing seine herzlichsten

Glückwünsche, sowie die von Nicolovius; beide stimmten mir bei, ich müsse sobald als möglich abreisen, um nicht in die Nothwendigkeit versetzt zu sein, abzulehnen und abzuweisen, was doch nicht angenommen werden könne, da in der Sache noch nichts, vielleicht nie etwas zu thun ist. Aber es gährt in Kopf und Herzen des Königs; doch schriftlich läßt sich Alles antworten. Heute früh habe ich mit Graf Bernstorff eine lange und sehr ernsthafte Unterredung gehabt; er hat versprochen, so viel an ihm sei, Alles zu thun, daß man mich dort in Ruhe lasse und nicht hierher fordere; er werde sagen, ich sei unentbehrlich: ich könne in allen meinen Wünschen auf ihn als Freund rechnen. Daneben äußerte er sich über sein eigenes Leben mit einer so schönen Gesinnung, daß ich es lieber mündlich erzählen will.

Tholuck wird Ende April in Rom sein. Rothe hat seinen Amtsposten im Herbste anzutreten; zum definitiven Nachfolger habe ich einen jüngeren Herrn von Tippelskirch aus Königsberg, erst Jurist, jetzt ein sehr erleuch= teter und besonnener Christ. Er wird bis Mai sich zu einer Reise durch Deutschland bereiten, dann sechs Monate reisen, mit allem liturgischen Stoff der deutschen Kirche ausgestattet, dann seine Braut, die Gräfin Bertha von Canitz, in Marienwerder heirathen und nach Rom ziehen. Das ist ein rechter Fund, eine wahre Fügung Gottes; denn ohne ihn und eine solche Arbeit könnte ich Alles nicht durchbringen.

26. Februar 1828.

Heute hat mich der König entlassen, und wieder mit ebenso ausgesuchter Gnade, wie er mich empfangen hat. Nach der Tafel fragte er mich, ob ich eine Ansicht des Capitols in seinem Cabinet gesehen hätte (die dort längst gehangen hat), und forderte mich auf, mit ihm hineinzugehen, weil er mir sie zeigen wolle. Er benutzte nun die Gelegenheit, mir zu sagen, es habe ihn sehr gefreut mich hier gesehen zu haben, und er entlasse mich in der festen Ueberzeugung, ich werde ihm ferner so treu und eifrig dienen wie bisher. Meine Antwort nahm er sehr gnädig auf, und sagte, er sähe mich vielleicht noch einmal, um mir den Brief an den Prinzen Heinrich zu übergeben, dann aber gewiß spätestens Freitag. Sonnabend steht meine Reise also, gottlob! fest.... Wenn Du diesen Brief erhältst, bin ich in Bonn.

4. März.

Noch bin ich hier, aber Gott hat diesen Tag der Freude und Dank= barkeit, Deinen Geburtstag, über alles Erwarten gesegnet.

Am letzten Freitag war ich im Begriff von dem Prinzen Abschied zu nehmen, als ich den Befehl des Königs erhielt, um 2 Uhr bei ihm zu speisen. Bei meinem Eintritt sagte mir der König, er wünsche, daß ich meine Reise einige Tage aufschiebe, Witzleben werde mir Alles erklären. Ich wandte mich also nach dem Essen an diesen und erfuhr von ihm, daß der König beschlossen habe, daß meine liturgische Einrichtung für die römische Kapelle gedruckt werde, mit seiner ausdrücklichen Sanction und einer Vorrede von seiner eigenen Hand, und daß ich den Druck beaufsichtigen solle. Diesen Morgen empfing ich die schöne Copie, mit den Bleistiftbemerkungen von des Königs eigener Hand und der (ebenfalls eigenhändig geschriebenen) Vorrede, die ausspracht, daß dies nur eine Entwickelung der allgemeinen Form des öffentlichen Gottesdienstes sei, die er seit lange eingeführt habe.

Ich werde im Stande sein abzureisen, sobald ich die Abdrücke habe. Ich bin sicher, Du wirst Gott mit mir danken, so schwer auch die Pflicht ist, die uns eine so verlängerte Trennung auferlegte.

6. März.

Was Du sprichst über unser neues Leben, beschäftigt mich Tag und Nacht. Gott lasse es eine große Vita nuova werden! Die äußeren Bedingungen dazu sind klar, und ich werde sie meinerseits nicht aus den Augen verlieren. — Die Geschäfte werden den ersten Monat meine ganzen Kräfte fordern; sie sind vielfach und wichtig. — Wenn ich aber Muße gewinne, so kann sie dem Kinde meiner Jugend (dem „Erbrecht der Athenienser") nicht mehr zugewendet werden, so wenig, als Du noch einmal einen Deiner Jungen zur Welt bringen kannst. Es ist darüber im verflossenen Jahre ein großes Werk erschienen, worin, was ich Gutes gesagt, aufgenommen ist; gern schriebe ich über Einiges, worin der Verfasser abweicht, und ich verspreche Dir, es zu erwägen, ob ich es möglich machen kann, ohne in das Ganze einzugehen.

10. März.

Seit meinem letzten Briefe haben weitere Communicationen stattgefunden, da ich über einige Punkte meine Bemerkungen einreichte; der König hat sie zum Gegenstand der genauesten Prüfung gemacht, und am Ende Alles bewilligt. Schon ist Papier und Lettern ausgewählt und morgen beginnt der Druck.

Als ich heute früh das Ganze zusammenlegte, schien es mir nur ein Traum, denn geträumt habe ich es oft. Wie viel liegt nun schon hinter mir! Aber „wer den Pflug angreift, soll nicht zurücksehen"; und so bedenke ich nur, wie viel noch vor mir liegt, wenn der Herr mir Gesundheit und seinen Segen verleiht, meine Gelübde zu lösen.

Es ist wirklich ein großer Segen, daß mir das Klima hier so wohl thut. Ich schlafe nie mehr als 5—6 Stunden, habe am Tage nie Ruhe, spreche mit 100 Personen über 100 Dinge, oder arbeite angestrengt; abgesehen von einer großen Schläfrigkeit, die mich zuweilen um 9 Uhr überfällt, bin ich nie so wohl und munter und dabei so kühl und ruhig gewesen. Neulich ging ich halb 8 Uhr zu Bett, um ein Viertel vor 3 Uhr aufzustehen, und arbeitete ohne die geringste Anstrengung bis 7 Uhr, gerade wie vor 20 Jahren; des Abends arbeite ich nie später als 9 Uhr.

Der zwanzigjährige Felix Mendelssohn-Bartholdy ist schon ganz in der Choralmusik; die einzige Sammlung von Choralbüchern von Pölchau gibt ihm alles Nöthige, und so wird er Ostern 1829 mit einem Schatz von Kennt= nissen und Geist in Rom sein. Er ist einer der liebenswürdigsten Menschen, die ich jemals gesehen. — Von Pölchau habe ich gelernt, wie viele Choräle aus alten weltlichen Liedern stammen, — z. B. die Melodie „Nun ruhen alle Wälder" war früher zu einem Liede „O Welt, ich muß dich lassen" (von 1602), und dieses selbst war eine Periode des Liedes eines wandern= den Handwerksburschen des 15. Jahrhunderts: „Innsbruck, ich muß dich lassen," componirt 1480 von einem berühmten Schüler Josquin's, Kapell= meisters Maximilian's I., dessen Melodie am Ende auf diese Art zu jenem Liede kam, obgleich mit Veränderungen. Die ursprünglichen Harmonien mehrerer Lieder sind rhythmisch, wie ich immer behauptet habe.

Da Niemand weiß, warum der König mir befohlen hat zu bleiben, so erschöpfen sie sich in Vermuthungen. Die mir Günstigen lassen mich diesem oder dem andern Staatsminister nachfolgen; die Ungünstigen sagen aber, daß ich arbeite, um dem Papst Nachricht zu bringen von der bewerk= stelligten Vereinigung der Pietisten mit den Jesuiten. Ich schlafe dabei ebenso ruhig wie bei den Träumen der Günstigen; aber wohl thut mir die zunehmende Liebe vieler edlen Menschen — besonders des kindlich großen Helden, Feldmarschall Gneisenau.

14. März.

Die Frühlingsluft hat sich auch hier gemeldet; wir haben einige himmlische Tage gehabt, die mein Herz mit warmer Sehnsucht erfüllt haben, hinauszureisen unter den blauen Himmel, nach Rom zu. Genossen habe ich den Lenz nur aus meinem freundlichen Fenster, denn an Spazierengehen, auch nur ein Stündchen, ist natürlich nicht zu denken. — Mitten zwischen meine Arbeiten, Gespräche und Conferenzen ist eine Hochzeit gekommen, von der ältesten Tochter des Grafen Bernstorff mit dem Herrn von dem Busche, die in dem Hause des Grafen stattfand: erbaulich durch Lisco's Traurede, aber sehr mager durch den Mangel einer würdigen liturgischen Handlung. Es war die erste Hochzeit meines Lebens, der ich nicht als Bräutigam bei= wohnte, und der 1. Juli trat vor meine Seele, sodaß ich mit dem guten Hausgesinde, das hinter mir stand und laut schluchzte, gern geweint hätte. Man entfernte sich um halb 11 Uhr; drei Tage nachher war ein großes Fest, wozu die königliche Familie kam. Dies letzte hat den guten Grafen einen Rückfall seines Podagra gekostet.

18. März.

Ich kann Dir heute endlich melden, daß der Druck angefangen hat. Das Büchlein wird seine 200 enggedruckten Seiten enthalten, da der König aus eigenem Antrieb den Druck des Evangelienbuches befohlen hat. Strauß, Tippelskirch und ich haben die ganze Handschrift wieder aufs sorgfältigste zum Drucke nachzusehen.*)

Wie könnte ich dankbar genug erkennen Alles, was der Herr für mich thut! Hätte Er mir nicht diesen lieben Jüngling (Tippelskirch) zugeführt, der ganz in diesem Werke lebt, der mir treulich hilft, von 7 Uhr morgens bis abends 11 Uhr, wie sollte ich fertig werden? Die Gnade und der ehrfurchtgebietende Eifer des Königs bleiben sich immer gleich. Denselben Tag, wo ich die Handschrift erhielt, lud er mich zur Tafel, wo sonst Niemand war: „Ich habe Ihnen viel zu thun gemacht", sagte er, „es hat lange gedauert, und Sie sind aufgehalten; es war aber auch eine recht ordentliche Controverse, die wir gehabt haben." Die Handschrift mit seinen Bemerkungen habe ich mir als Gnade ausgebeten, für mich und meine Nachkommen, und ich werde sie erhalten.

Denselben Tag, da ich bei dem König speiste, erhielt ich die Antwort wegen Platner's Ernennung zum sächsischen Chargé d'Affaires. Ich kam gerade von Witzleben her, voll freudigen Muthes, da ich meines lieben Schönberg's Zeilen auf der Straße empfing; ich las sie, und meine Freude wurde Rührung, mein Jubel Thränen. Ich zweifle nicht, daß Alles nach Wunsch zu Ende geht. Lies den Brief! Wolff's Pension ist auf drei Jahre verlängert, Voigt's Gesuch bewilligt; für Rothe habe ich die Mittel zu einer Badereise erhalten.

24. März.

Es sind heute sechs Monden, daß ich von Dir schied. Gottlob! die Stunde der sicheren Abreise wird bald schlagen. Ich fange nun an, mich in mich zurückzuziehen für die Ruhe der heiligen Woche. Heute habe ich mit großer Rührung einer Einsegnung (Confirmation) im Dom beigewohnt, die Strauß verrichtete, bei dem ich heute Abend und Charfreitag Abend zubringen werde. Ich habe mit ihm einige sehr feierliche Stunden verbracht. Auch mit Neander durfte ich mehrere Unterhaltungen genießen. Gott sei für Alles gedankt!

Aus derselben Zeit ist auch der erste Brief Bunsen's an Dr. Thomas Arnold, den ausgezeichneten englischen Pädagogen und Historiker. Das erste Zusammentreffen Beider und der Anfang ihrer Freundschaft

---

*) Die damals gedruckte Ordnung des Gottesdienstes für die römische Gemeinde ist später auch in der deutschen Gemeinde Jerusalems eingeführt worden.

sowie eines wechselseitigen Verständnisses, welches jedes Jahr zunahm und enger wurde, bis es so rasch und plötzlich durch den Tod Arnold's im Jahre 1842 (kurz nach Bunsen's Niederlassung in England) abgebrochen ward, hatte im Mai 1827 stattgefunden, wo Arnold (damals noch in Laleham wohnhaft) eine rasche Feiertagsreise nach Rom mit zwei Zöglingen machte. Sein Aufenthalt war auf wenige Tage beschränkt, aber während eines großen Theiles derselben begleitete ihn Bunsen mit großem Eifer und Vergnügen bei seiner Besichtigung der geschichtlichen Denkmäler, und theilte ihm seinen eigenen Vorrath von topographischer Kunde mit. Arnold lehnte klugerweise jeden Versuch ab, sich mit der Galerie der schönen Künste als solcher bekannt zu machen, indem seine „Römische Geschichte" und Alles, was dazu beitragen konnte, seine Vorstellungen über irgendeinen Theil derselben zu befestigen oder zu klären, ausschließlichen Anspruch auf seine Zeit und Aufmerksamkeit hatte. Arnold und Bunsen betrachteten einander vom ersten Augenblick an als Freunde und trennten sich mit der ausgesprochenen Hoffnung und Absicht, sich nicht aus dem Gesicht zu verlieren. Der erste Brief zwischen ihnen wurde noch vor Ende 1827 von Arnold geschrieben. Bunsen beantwortete ihn von Berlin aus wie folgt:

Berlin, Ostermontag 1828.

Die Stimme wahrer Achtung und herzlicher Liebe aus dem Munde derer, die wir innig achten und lieben, thut unserm Herzen so wohl, wenn sie uns nach langer Bekanntschaft zutheil wird, daß nur, wer es erfahren hat, fühlen kann, was sie ist, wenn sie uns nach Stunden freundschaftlichen Zusammentreffens im Fluge dieser kurzen Zeit aus der Entfernung zutönt. Eine freie Gabe ist jede Zuneigung und Liebe, aber eine Gabe von dem Herrn, in dem allein die wahre Freundschaft sich begegnet, in ganz besonderem Sinne erscheint uns eine solche.

Dies, theurer Freund, ist das Gefühl, welches Ihr Brief in mir hervorrief, als ich ihn von Rom aus hier erhielt, und so, wie es seitdem in meiner Seele fortgelebt hat, schreibe ich es Ihnen heute, wo der treffliche Erzieher des Prinzen Georg von Cumberland, Herr Jelf, den Sie von der Universität her kennen, nach England reist, um Ihnen diese Zeilen und die Beilage zu überbringen.

Wie Sie manches im Grunde Verwandte, und doch von dem gegenwärtigen Nationalen Ihres Volkes und dessen gelehrter Bildung Verschiedene im deutschen Charakter und Leben angesprochen hat, so ist es mir mit dem Englischen geschehen, das ich so vielen Grund gefunden habe nicht allein zu ehren, sondern auch zu lieben. Und so wie Sie wieder Manches in dem gegenwärtigen Deutschen vermißt und dagegen etwas gefunden haben, was Sie wo nicht abstieß, doch befremdete; so sind mir auch, gerade in den Ansichten, welche die größten politischen und religiösen Aufgaben unserer Zeit betreffen, und gerade in denjenigen Ihrer Nation, zu denen ich mich sonst am meisten hingezogen fühlte — und das sind die Männer, welche Old=England über Alles hochhalten — einige Punkte vorgekommen, wo ich mich schwer verständlich machen oder sie begreifen und ihnen bei= stimmen konnte. Es war mir daher eine rechte Freude, mich in wenigen Stunden mit Ihnen so ganz zu verstehen, und ich erinnere mich, daß mir das Herz aufging durch dieses Gefühl, und es mir leicht wurde, mich gegen Sie zu äußern, was, wie Plato sagt, die Seele nur kann, wenn sie Verwandtes vor sich sieht. Ich danke Ihnen daher recht von Herzen für Ihre Liebe und Freundschaft, und hoffe, sie mir zu erhalten.

Die Nachricht von Ihrer Versetzung nach Rugby erfreut mich von Herzen, weil ich hoffe, sie wird Ihnen früher oder später die Muße sichern, welche der englische Gelehrte selten eher genießen darf, bis er durch prak= tische Wirksamkeit dem öffentlichen Leben seine Schuld abgetragen hat. Gott gebe, daß Sie nicht vor lauter Geschäften nicht zum Arbeiten kommen!

Ein (scheinbarer natürlich) Zufall gab mir Veranlassung, nach Berlin zu gehen, wo ich nur 14 Tage zu bleiben gedachte, um mein in Italien erworbenes Vaterland kennen zu lernen, und meinen eigenen Vorgesetzten, die mich nie gesehen, mich vorzustellen. Die Vorsehung hatte es anders beschlossen. Ich reise an dem Tage ab, wo sechs Monate verflossen sind, seit ich diese Stadt betrat, nicht allein mit dem Gefühle ungemischter Dank= barkeit für die mehr als freundliche Aufnahme, die ich beim König und dem ganzen königlichen Hause, sowie bei meinen Vorgesetzten gefunden, sondern mit noch größerer Dankbarkeit gegen den Herrn, der mir unverhofft meine theuersten Wünsche erfüllt hat.

Ich habe Ihnen von meinen Ansichten über die protestantische Kirche Deutschlands und insbesondere über das Bedürfniß eines geistlichen Volks= buches, wie Ihr Common=Prayer, gesprochen. Mein Wahlspruch ist: keine große Kirche ohne Liturgie, wie keine Liturgie ohne Kirche (das zweite ist leider bei uns kein Unsinn, oder self-evident). In dem Gefühle dieses Bedürfnisses hatte ich es auf mich genommen, die königliche Liturgie für die Gesandtschaftskapelle nach dem Vorbilde der englischen umzubilden. Meinen Freunden hier schien dieses ein kühnes Wagestück; aber der König hat es nicht allein gütig aufgenommen, sondern mir befohlen, die Ordnung des Hauptgottesdienstes, mit einigen liturgischen Fragmenten, wie ich sie mit meinem Freunde Rothe, dem Gesandtschaftsprediger, ausgearbeitet und eingeführt, drucken zu lassen, zum Gebrauch der dortigen Gemeinde. So ist das Büchlein entstanden, welches ich Ihnen zusende. — Ich bin der Ueberzeugung, daß diese Form die Grundidee der alten Kirche hinsichtlich des christlichen Opfers ausdrückt; diese und die damit zusammenhängende

des geistlichen Priesterthums des Christen sind nicht allein ganz frei aus=
gesprochen, sondern zum Grunde des Ganzen gelegt. Die Ordnung am
Charfreitag kann Ihnen die Eigenthümlichkeit der deutschen Andacht zeigen,
worin Lieder und innige Gebete, wie hier das Altargebet (von Arndt), vor=
herrschen. Die Lieder werden Sie erfreuen und ich hoffe auch die Melo=
dien. Nr. 6 ist aus einem Codex Vaticanus, und gehört zu dem Hymnus:
„O Roma nobilis“, den Niebuhr entdeckt hat.

Die Hauptpunkte des Ganzen sind zwei: 1) die Darstellung des evan=
gelischen Opferbegriffes im Gottesdienste ohne Abendmahl, sodaß auch in
diesem Falle die Predigt nicht als das Höchste und Letzte erscheint; 2) die
Verbindung dieser Idee mit der Feier des Abendmahls. Jenes hat die
alte Kirche im entscheidenden weltgeschichtlichen Momente, wo die jedes=
malige allgemeine Communion der Gemeinde aufhörte Sitte zu sein, leider
nicht versucht; bei dieser ist sie leider früh in Dunkelheiten und Begriffs=
verwirrungen gefallen, indem sie den äußerlichen, rein symbolischen Gebrauch
des προσφέρειν des Brotes und Weines so sehr hervorhob, daß er die wirkliche
Opferidee von dem fortdauernden geistlichen Dank, d. h. Selbstopfer des
Christen, verdunkelte, und der Idee des Meßopfers den Weg bahnte.
Diese wahre Opferidee gehört dem Gottesdienst oder der Anbetung als
solcher, nicht dem Abendmahl; aber sie findet bei dessen Begehung die voll=
kommenste Anwendung. Diese Sätze werde ich klarer beweisen können,
wenn ich den Codex liturgicus ecclesiae universae herausgegeben habe.

Hier habe ich unter den Theologen anfangs viel Widerstreit und
Misverständnisse, zuletzt doch aber sehr erfreuliche und ermunternde Bei=
stimmung gefunden. Einer unserer ersten Theologen, Dr. Tholuck (der
auch in England war), geht mit mir als Gesandtschaftsprediger.*)

---

*) Diese (bereits in mehreren Briefen Bunsen's an seine Frau erwähnte)
Ernennung Tholuck's zum provisorischen Gesandtschaftsprediger in Rom war
gleichzeitig die Veranlassung zu einem sehr regen brieflichen Verkehr zwischen
Bunsen und Tholuck. Wenn es auch aus nahe liegenden Gründen noch nicht
angeht, den (für die neueste Kirchengeschichte außerordentlich werthvollen) Brief=
wechsel beider Männer als solchen zu veröffentlichen, so scheint es doch ange=
zeigt, die persönlichen Beziehungen zwischen beiden aus ihren Briefen zu charak=
terisiren. Nachdem sie bereits vorher in Correspondenz gestanden, spricht ein Brief
Tholuck's vom 29. December 1827 den Wunsch aus, ein Jahr lang in Rom zu
vicariiren, besonders um diese Zeit mit Bunsen zusammen zu leben, von dem er
unter anderem sagt: „Manches erste Zusammentreffen hat etwas Wunderbares; ich
bin sofort an Sie gefesselt worden.“ Mit der ganzen Energie seines Charakters
wird diese Idee trotz der ungeheuern Arbeitsmasse, die in Berlin auf ihm lastete,
von Bunsen aufgegriffen, und es entwickelt sich nun während der ersten vier Mo=
nate des Jahres 1828 ein außerordentlich lebhafter Briefwechsel, bis alle Einzel=
heiten geordnet und besonders die Wünsche Tholuck's wegen eines gleichgesinnten
Stellvertreters in Halle (derentwegen Bunsen zugleich mannichfach mit dem Cultus=

Ich schweige von der Politik. Die österreichisch=türkischen Oscilla=
tionen Ihres großen Feldherrn, und, ich gestehe es, die Stimmung eines
sehr großen Theiles der Nation, haben mich im Herzen betrübt. Sie sind

---

minister verhandelt) erfüllt sind. Es sind alle diese Briefe (vier aus dem Januar,
sieben aus dem Februar, sechs aus dem März, drei aus dem April) reich an wich=
tigen Mittheilungen über die hallischen Zustände und die preußischen Kirchen=
angelegenheiten im Allgemeinen wie über manche später eine wichtige Rolle spie=
lenden Personen (Hengstenberg, Gerlach, Guericke, Nitzsch, Pelt, Boehmer, Ullmann,
Leo u. v. A.) im Besonderen. Auch aus Rom liegen eine Anzahl Briefe vor,
die auf das gemeinsame dortige Leben und Arbeiten ein helles Licht verbreiten.
Am belangreichsten sind aber die nach Tholuck's Heimkehr von ihm aus Halle an
Bunsen gerichteten Briefe. Schon die unterwegs geschriebenen enthalten interessante
Anekdoten über den als Sprachkenner bekannten Cardinal Mezzofanti und mehr
noch über die münchener und regensburger Kreise (dort Schelling, Schubert, Roth,
Schnorr, hier Sailer und seine Freunde). Ganz besonders aber sind es die Briefe
der folgenden Jahre, welche auf den gerade damals in Halle eintretenden Um=
schwung von dem alten Rationalismus zur neuen „Gläubigkeit" höchst merkwürdige
Schlaglichter fallen lassen. So schildert ein Brief vom 10. Mai 1829 die in Halle
vorgefundenen Verhältnisse, der folgende vom 14. Juli meldet die bevorstehende Ver=
heirathung Tholuck's, die Gründung des Literaturblattes und die in Bürger= und
Studentenschaft sich regende Parteithätigkeit. Es folgen mehrere kleinere Briefe aus
August und September mit Empfehlungen des jungen Karl Hase aus Jena und
des Amerikaners Richmond, sowie mit Familiennachrichten. Aus dem Jahre 1830
liegen drei Briefe vor, die meist über die Verhältnisse der Universitätspredigerstelle
handeln und die Mittel, mit denen man schon damals dem Rationalismus gegen=
überzutreten anfing, in lebhaften Farben illustriren. Die Briefe des Jahres 1831
zeichnen Tholuck's Stellung zu der berüchtigten Hengstenberg=Gerlach'schen Denun=
ciation gegen Gesenius und Wegscheider auf Grund von falsch nachgeschriebenen
Collegienheften; es geht daraus Tholuck's persönliche Nichtbetheiligung an der
schmachvollen Handlung hervor, wenn er auch seine Sympathie für deren Ur=
heber keineswegs verhehlt. Weiterhin meldet ein Brief vom 6. December 1833,
daß der Schreiber endlich zum Universitätsprediger ernannt sei, und daß gleich=
zeitig seine Collegien sich in einer fast beispiellosen Weise zu füllen beginnen.
Noch ist ein Brief von 1835 aus Oxford (aus Pusey's Hause) von Interesse;
doch schließen wir statt der Fortführung eines solchen Briefkatalogs diese kurze
Charakteristik des Verhältnisses Bunsen's und Tholuck's (über welches eine Reihe
von Bunsen's Briefen sich entsprechend äußert) besser mit der Widmung von Tho=
luck's „Commentar zum Briefe an die Hebräer" (vom 20. Januar 1836):

„Oftmals, verehrtester Freund, haben Sie mich aufgefordert, zu meinen ur=
sprünglichen Studien zurückzukehren und meine Kräfte der Kritik und Auslegung
des Alten Testaments zu widmen, indem Sie der Meinung waren, daß es mir ge=
lingen würde, in der Art, welche Sie für die richtige halten, mit dem christlichen
und kirchlichen Interesse das der Wissenschaft zu verbinden. Ich habe bisjetzt dies
noch nicht als meinen Beruf erkennen können. Da mich indeß meine Studien auf
diejenige neutestamentliche Schrift geleitet haben, welche gewissermaßen das Grenz=
gebiet zwischen dem Alten und Neuen Bund bildet, und von deren Verständniß aus
gewiß auch der alttestamentliche Interpret die deutlichste Einsicht in seine Aufgabe

und bleiben ein dunkler Fleck in dem Gestirn Albions, und einer der größten politischen Fehler, die ich kenne. Wenn der Friede unter den großen christlichen Mächten erhalten wird, so ist es sicher nicht die Folge dieses Systems. Nun, dem Herrn sei Alles befohlen: Er segne und erhalte Sie und die Ihrigen!

Die letzten Tage in Berlin und die Abreise von dort schildern endlich folgende zwei Briefe Bunsen's an seine Frau:

Berlin, Mittwoch, 9. April 1828.

.... Wirst Du Dich betrüben, daß ich noch hier bin? und mir glauben, daß ich wirklich in dieser Woche abreise?

Nachdem Druck und Einbinden vollendet war, hatte ich die Freude, das erste Prachtexemplar dem Könige zu überreichen, auf das heilige Osterfest. Ich brachte zwei Exemplare in Quart und zwei in Octav: von jenen gab mir der König als sein Geschenk eins zurück für die Gemeinde, von diesen das eine für mich: dann wiederholte er Alles, was er mir je Gnädiges gesagt hatte, und dasselbe für Rothe. Hierauf gab er mir zum ersten male seine königliche Rechte und zog sie nur wieder zurück, als ich mich beugte, sie zu küssen. Er sprach dann auch eine halbe Stunde — höchst wichtige, schöne und unvergeßliche Sachen, und gab mir Gelegenheit, auch Manches zu sagen. Das war vormittags; Mittag speiste ich bei dem König, und hier entließ er mich mit einem neuen Zeichen seiner Gnade. Als ich aus dem Schloß ging, sagte mir der General, der König wolle mir noch ein Andenken schenken: er wisse, ich bedürfe und erwarte es nicht,

---

gewinnen kann, so erlaube ich mir, Ihnen unterdessen diese Arbeit darzubieten. Einst war eine Zeit, wo auch im Studienkreise von Staatsmännern die biblischen Schriften eine Stelle fanden. Gott sei Dank, daß diese Zeit wenigstens nicht völlig verschwunden ist. In dem weiten Kreise Ihrer Studien, welcher die classische Welt und die heilige Literatur, die alte und die neue Zeit umfaßt, wird auch das biblische Buch, dessen Erklärung meine gegenwärtige Arbeit gewidmet ist, einen Ort finden, und wenn Sie dann in diesem Manchem begegnen, mit dem Sie von Herzen übereinstimmen, so sehen Sie, bitte ich, das Buch zugleich als einen längeren Brief an, der Ihnen die Zeit jenes schönen geistigen Austausches zurückrufe, in dem ich an Ihrer Seite ebenso viel nahm, als ich an geweihter Stätte zu geben vermochte. Noch steht das Capitol, noch stehen Frascatis und Albanos heitere Höhen in unvergänglichem Andenken vor meiner Seele. Wonne strömte die Herrlichkeit der Natur, Wonne die Herrlichkeit der Kunst, aber wie viel ärmer wäre aller Genuß geblieben, hätte er nicht im Heiligthume jenes Familienkreises seine Verklärung gefunden, welcher den Himmel an die Erde knüpfte. Was dort der äußere und der innere Mensch erfahren hat, hat mannichfache Frucht ausgetragen, und den größten Theil des Dankes bin ich Ihnen und Ihrem Hause schuldig. Nehmen Sie ihn denn aus der Ferne hin und lassen Sie auch meinen Namen in Ihrem Herzen und in Ihrem Hause unvergessen bleiben."

aber er wolle mir zeigen, daß er mir sehr wohl wolle. Er hatte bereits nach der Audienz dem General befohlen, in die Porzellanfabrik zu gehen, und dort Einiges zu holen, woraus Er etwas für mich aussersehen wolle.

Der Herr gab mir auch selbst schöne Ostern. Donnerstag und Freitag waren zwar nicht ohne Geschäfte, aber doch stille: jenes der Tag der Vorbereitung, dieser der Communion. Strauß predigte im Dom vor 4000 Menschen: über 600 gingen zum Abendmahl, darunter das königliche Haus. Nachmittags las ich die Ordnung für Charfreitag mit der Bernstorff'schen Familie: dann hörte ich Graun's „Tod Jesu", und abends lasen Strauß und ich und blieben beieinander bis Mitternacht. Ostermontag aß ich bei Gröbens, mit denen ich auch den 2. April feierte, für ihn ein großer Heldentag, indem er mit Dörnberg Lüneburg rettete und 100 Bürger vom Erschießen befreite (1813).

Wittenberg, Sonntag, 13. April 1828.

.... Gestern Abend um halb 11 Uhr fuhr ich aus den Thoren der Königsstadt, in der ich mehr Liebe und Wohlwollen gefunden als in irgendeiner anderen Stadt meines Vaterlandes. — Vieles kann ich auch hier erst mündlich erzählen; ich will nur sagen, daß jeder Tag eine Steigerung des vorhergehenden, wie die ganzen letzten vierzehn Tage eine Steigerung von Liebe, Geist und Innigkeit im Vergleich mit dem vorhergehenden Aufenthalte waren. Mittwoch Abend sandte mir der König eine schöne große Porzellanvase, mit zwei Bildern, auf der einen des Königs Haus, auf der andern Berlin. Er hatte sie aus 12 für mich selbst ausgewählt, und sandte sie mir zu „als ein Andenken an ihn und sein Haus". Des andern Morgens kamen andere Leute, um sie einzupacken: sie ist bereits auf dem Wege über Augsburg nach Rom.

Ich blieb bis Sonnabend, wegen der Taufe des jungen Prinzen *). Hier sah ich noch einmal die ganze königliche Familie. Der Kronprinz aber wollte nicht in Gesellschaft Anderer Abschied nehmen, sondern nahm mich mit in sein Gemach, wo er mich mit Zeichen seines Vertrauens und seiner Güte überhäufte, zuletzt mir zum Andenken ein schönes altdeutsches Ecce Homo von Elfenbein schenkte. — Mir blieb nun noch bei den besonderen Freunden Abschied zu nehmen: Schönberg, Witzleben (der mir Aufträge vom Könige an Heubner gab), Neander, Gröben, Savigny, Bernstorff. So wurde es halb elf. Ich war müde, aber alle meine Gefühle zerflossen in Dankbarkeit und Demüthigung. Tippelskirch's Gegenwart war mir ein Trost. Heute früh war ich in der Kirche, hörte Heubner, und ging mit ihm spazieren. Ich bin wohl, und genieße die Ruhe in dem herrlichen

---

*) Prinz Friedrich Karl, der berühmte Feldherr im dänischen und böhmischen Kriege.

Wittenberg und am Sabbat.   Ich schreibe erst von Bonn, dann von
München, dann nicht mehr.*)

Obgleich schon die früher mitgetheilten Briefe Bunsen's an seine
Schwester Christiane vom December 1822 und Januar 1823 den Beginn
und die Natur von Bunsen's Verhältniß zu König Friedrich Wil=
helm III. beschreiben, so sind doch noch einige Ergänzungen am Platze,
um die außerordentlichen Umstände verständlich zu machen, welche
seinen Aufenthalt in Berlin vom September 1827 bis zum April 1828
kennzeichneten.

Der Eindruck, welcher auf das Gemüth Friedrich Wilhelm's III.
durch seinen Besuch in England, nach der Einnahme von Paris, her=
vorgebracht worden, war in manchen Beziehungen mächtig und an=
haltend gewesen; aber nichts, was er gesehen, war so mit seinen eigenen
Gefühlen in Einklang, als die dortige stille Feier des Sonntags und
das Schauspiel der Menschenmengen, welche mindestens das Verlangen
zeigten und die Gelegenheit ergriffen, Gott zu verehren und Erbauung
zu finden an dem Tage, welcher durch die Sitte vor weltlichen Be=
schäftigungen geschirmt ist.   Er war ängstlich besorgt, die Wunden
seiner zertheilten und verwüsteten Gebiete durch wirksame Sicherung
der Fortschritte des Christenthums zu heilen, als des besten Mittels,
den Wohlstand in jeder Richtung zu erneuern, und er hatte einen
starken Eindruck von der besonderen Erbpflicht des Hohenzollern'schen
Hauses, Frieden und Einigung zu schaffen zwischen den Gebräuchen

---

*) Unterwegs war auch ein Zusammentreffen mit den alten gothaer Freunden
(Becker, Jacobs, Heß) verabredet, über welches sich noch eine Reihe späterer Briefe
derselben erfreut äußern, dessen Charakter aber schon aus einem Briefe Becker's
vom 4. December 1827 genügend hervorgeht: „Als ich Deinen Namen zuerst in
deutschen Blättern las, habe ich die Wege betrachtet, die von Rom nach Berlin
führen; dann habe ich mir gesagt: rückwärts kommt er doch und sieht, was die
alten Freunde treiben, wenn sie auch theilweise durch undankbares Schweigen ihn
gekränkt haben könnten. Ich habe nicht geirrt und freue mich innig, Dich wieder=
zusehen. Es liegt viel, in und außer uns, innerhalb der Zeit, wo wir uns nicht
sahen; aber ich weiß, wir sind Freunde geblieben." — Aus Berlin selbst sind eine
Anzahl Briefe von Schleiermacher, Eichhorn, Hirt, Bethmann=Hollweg, Graf Grö=
ben, Graf und Gräfin Bernstorff, Frau von Schönberg und mehreren Anderen er=
halten, meist aber nur auf Absprachen und Einladungen bezüglich. — Unter den
Aufzeichnungen des Tagebuchs ist eine kurze Chronik der einzelnen Tage hervor=
zuheben, neben Notizen über Beginn und Ende der Arbeiten über die schlesischen
Angelegenheiten und die liturgische Frage, sowie andere Studien über Kunstgegen=
stände und Kirchenverfassungsfragen. — Eine ziemlich umfangreiche Correspondenz
bezieht sich endlich auf die Ermöglichung von Tholuck's Urlaub von Halle für Rom,
sowie auf Verhandlungen mit Heubner über den definitiven Nachfolger Rothe's.

der reformirten und lutherischen Confession. Wenn der König seinen eigenen Wunsch hätte durchführen können, so würde die Sache wahrscheinlich die Form vollständigen Aufgehens der Verschiedenheiten in eine feste und gleichförmige Einrichtung angenommen haben, wie die der englischen Kirche, deren Ursprung er in einer Mischung der Grundsätze der beiden Reformatoren sah, welche der deutschen Eigenthümlichkeit angemessen modificirt werden müsse. Es ist hier nicht der Ort, den Weg ernster Bemühungen und mannichfacher Schwierigkeiten genauer zu schildern, welche von dem gewissenhaften Könige und seinem Lieblingsadjutanten, dem General Witzleben, während vieler Jahre übernommen und durchgearbeitet wurden. Die Versuche des Königs waren auf vielen Widerstand gestoßen, und nur in dem militärischen Gehorsam dieses hochgeschätzten Offiziers und seiner ehrenhaften Werthhaltung des Gegenstandes fand er Hülfe bei der Herstellung einer Gebetsform für seine eigene Kapelle, die aus verschiedenen liturgischen Fragmenten zusammengestellt war. Diese Agende sollte nach der Weise der herkömmlichen absoluten Regierung allmählich in den auf die Unionsstiftung im Jahre 1817 folgenden Jahren in dem ganzen Königreich eingeführt werden. Im Jahre 1822 bestimmte nun der König, als er eben im Begriff war, von Rom nach Neapel zu reisen, daß in dem Hause der preußischen Gesandtschaft ein zum Gottesdienst besonders eingerichteter Saal hergestellt werden sollte, worin an den Sonntagen seine eigene neue Agende gebraucht werden könnte. Ein Gesandtschaftsprediger war schon im Jahre 1818 auf das bringliche Ansuchen Niebuhr's in der Person Schmieder's gewährt worden, um die zerstreuten evangelischen Deutschen in Rom zu sammeln und zu erbauen; aber die Form des Gottesdienstes war wie gewöhnlich beschränkt auf die Predigt, der einige wenige liturgische Stellen, Schriftworte und Gebete enthaltend, vorhergingen und folgten, und die schönen Gesänge, in welche die ganze Versammlung einstimmte, und die der große Einigungspunkt wie der berechtigte Stolz des protestantischen Deutschlands sind. Diese Einrichtung für den öffentlichen Gottesdienst war die Stiftung des Königs und wurde auf seine Kosten unterhalten; wenn er deshalb die zu beobachtende Weise bestimmte, so war dies ganz mit der Sitte und Gewohnheit im Einklang; und die vorgeschriebene Einrichtung eines Theiles der Wohnung des preußischen Ministers im Palazzo Savelli wurde in der kurzen Zeit, während der König in Neapel war, ebenso ausgeführt, wie die Einübung so vieler freiwilligen Theilnehmer, als überredet werden konnten, in der Bildung eines extemporirten Chors ihren Beistand zu leisten (hauptsächlich durch die große Mühe, die

Bunsen sich dafür gab). An dem einen Sonntag, welchen der König vor seiner schließlichen Abreise nach Norden in Rom verbrachte, fand er alle Einrichtungen hübsch und glatt, bemerkte aber nicht, daß die Ausführung seiner begünstigten Agende auf den einen Fall seiner Anwesenheit beschränkt werden mußte. Es steht der Verfasserin nicht zu, darüber zu urtheilen, warum der anscheinend natürlichste Weg einer aufrichtigen Mittheilung an den König, daß in einem solchen ausnahmsweisen Orte wie Rom der Stoff für einen regelmäßigen Kathedral-Gottesdienst fehle, nicht befolgt noch seine Erlaubniß erbeten wurde, zu der früheren, allein möglichen Form zurückzukehren; es ist aber ihre Ueberzeugung, daß, wenn Bunsen damals schon an der Spitze der Gesandtschaft gestanden hätte, er diesen Thatbestand nicht verschwiegen haben würde; denn oft konnte man ihn sagen hören, daß man die unbedingte Wahrheit einem Herrscher mindestens ebenso sehr schuldig sei als irgendeinem anderen Mitmenschen. Das sehnliche Verlangen nach einer Gelegenheit, den Thatbestand dem König offen auseinanderzusetzen zu können, war ein Hauptgrund für Bunsen's Vorschlag an seine Vorgesetzten im Ministerium, daß er selbst der Ueberbringer des Rafael'schen Gemäldes sein wolle, wovon man, unbekannt mit der Gefahr, daß es an der Grenze zurückgehalten werden könnte, angeordnet hatte, daß es wie ein gewöhnliches Gepäckstück nach Berlin gesandt werden solle. Seine Aengstlichkeit über die Einwirkung dieser Mittheilung auf das Gemüth des Königs kann nicht überraschen. Aber das Schlußresultat, welches ihm vermehrte Gunst und Huld einbrachte, beweist seitens des Königs eine Liberalität und Hochsinnigkeit, eine Fähigkeit, auf Gründe einzugehen, und eine Bereitheit, Meinungen gegen Ueberzeugungen zu vertauschen, eine Aufrichtigkeit in der Untersuchung dessen, was recht und billig, und ein Maß von Selbstverleugnung, welche die höchste Anerkennung verdienen im Verhältniß zu der aufregenden Natur dieser Probe.

Es war dies ohne Zweifel für Bunsen jene Strömung in der Lebensfahrt des Menschen, welche, zur Flutzeit benutzt, zu glücklichem Erfolg leitet, wenn man „glücklich" in dem Sinne der Befriedigung des Ehrgeizes in der Erlangung einer hohen Stellung nimmt. Die Neigungen vieler angesehener Personen neben den allerhöchsten waren darauf gerichtet, ihn zu jener Zeit in Berlin zurückzuhalten, und es war sein eigener Instinct, der ihn glücklicherweise erkennen ließ, daß ein längerer Aufenthalt in Berlin für die Förderung seiner Lieblingszwecke unthunlich sei, und die Aufrichtigkeit und Dringlichkeit, womit er sein Verlangen ausdrückte, nach Rom zurückzukehren

und dort zu bleiben, welche ihn davor bewahrten, in eine Stellung
verstrickt zu werden, welche er nicht hätte beherrschen können.

Eine Eigenheit von Bunsen's Beziehung zu dem Herrscher, der
ihm eine so väterliche Vorliebe zeigte, war die, daß er zuerst dem
Könige bekannt wurde unter dem (nicht selbst angemaßten) Charakter
eines Kenners und einer Autorität in den schönen Künsten. Der erste
Bericht, der über den unbekannten Günstling Niebuhr's nach Berlin
und an den Hof kam, war, daß er seine Mußestunden unter Malern
und Gemälden verbringe; und demgemäß waren die ersten Worte des
Königs, als Bunsen ihm 1822 vorgestellt wurde: „Sie sind ein großer
Kunstkenner, wie ich höre." „Ich mache keinen Anspruch darauf,
Majestät", war die Antwort Bunsen's. Bei der nächsten Gelegenheit,
wo er von dem Könige bemerkt wurde, bei Tische, wünschte der
Monarch einige Erkundigungen einzuziehen über die Persönlichkeit
Palestrina's, von dessen großartigen Compositionen mehrere durch eine
Auswahl von Sängern der Sixtinischen Kapelle in der Wohnung Consalvi's aufgeführt werden sollten, um eine der wichtigsten Merkwürdigkeiten Roms zur Kenntniß des Königs zu bringen. Die plötzlich hin-
geworfenen Fragen des Königs: „Wer war dieser Palestrina?" „Was
ist dies für eine Musik?" fanden (aus irgendeinem unbekannten
Grunde) nicht die erwartete augenblickliche Antwort Niebuhr's; und
das Auge des Königs, das zuerst auf ihn gerichtet war, blickte sich
um, bis es auf Bunsen haften blieb. Die in dem gleichen Moment
wiederholte Frage wurde nun von diesem mit der Fassung und Geistesgegenwart beantwortet, die ihm eigenthümlich war, sodaß der König,
zufrieden mit dem Verständniß, das er gefunden, und mit dem Gegenstande, welcher seine Frage hervorgerufen hatte, die Unterhaltung
mit Bunsen bis zum Ende der Mahlzeit fortsetzte, zum Erstaunen der
Hofgesellschaft. In der augenblicklichen Pause, bevor der König auf
Bunsen blickte und seine Frage wiederholte, hörte man ihn leise sagen:
„Habe wol etwas Dummes gefragt!" Der Monarch war verlegen,
als ob er das Bewußtsein eines nicht hinreichend vollständigen Jugend-
unterrichts habe, und stets geneigt zu besorgen, daß er selbst im Irrthum sei, wenn er nicht verstanden wurde.

Nach dem prachtvollen Feste, welches Consalvi dem Könige gab
und dessen besonderes Gepräge auf dem Vorschlage Niebuhr's beruhte,
den der Cardinal in seinem Zweifel und seiner Verlegenheit zu Rathe
gezogen hatte, benutzte der König die Gelegenheit, das Gespräch mit
Bunsen über geistliche Musik wieder aufzunehmen, und sprach seine
Meinung dahin aus, daß die Sänger und die Musik der griechischen

Kirche noch hörenswerther seien als die der päpstlichen Kapelle. Er
fügte einige Ausdrücke hinzu, die den Wunsch andeuteten, daß Bunsen
auch jene hören und darüber urtheilen möge; und der bereits mitgetheilte Auszug aus einem Briefe von Weihnachten 1827 beweist,
daß Friedrich Wilhelm III. trotz des fünfjährigen Zwischenraums dies
im Gedächtniß behalten hatte, und demzufolge seinem Hofe die Ueberraschung zutheil werden ließ, eine musikalische Aufführung in Potsdam
zu dem ausdrücklichen Zweck zu befehlen, damit diese Art der Musik
von Bunsen gehört werde.

Die schönen Künste waren die Ursache beständigen Vergnügens
für Bunsen, ohne streng genommen Gegenstand eines eigenthümlichen
Geschmacks in künstlerischem Sinne für ihn zu sein. Er nahm sie nur
insofern als Wirklichkeiten an, die eines verständigen Mannes würdig
seien, als er in ihnen die würdige Grundlage und die verständliche
Aeußerung von Grundsätzen und Gefühlen erkannte, die ein Recht
haben, zu bestehen, — sittlicher, religiöser, philosophischer, humanita-
rischer; unter dem letzteren Ausdruck verstand er die Abspiegelung der
Verschiedenheiten im Menschen, welche der feinere Sinn in den Volks-
melodien unterscheidet. So ließ er in der Malerei wenig innerhalb
der Sphäre seiner bewundernden Anerkennung zu, außer den großartigen Schöpfungen der ältesten italienischen Kunst, welche Charakter-
erhebung, Fülle göttlicher Liebe, menschliche Treue und Selbstaufopferung in der ganzen Würde sittlicher und physischer Schönheit darstellt;
doch konnte er sich so weit überwinden, um diesen unerreichbaren
Vorbildern auch die besseren Nacheiferungen des modernen Wiederauf-
lebens der Malerei hinzuzugesellen. Für die Landschaftsmalerei wollte
er kein anderes Recht zugestehen als das einer unschuldigen Unterhaltung und Verzierung, ausgenommen wo die hineinverflochtenen
Figuren eine Geschichte erzählten und dem Ganzen einen Sinn gaben;
es war möglicherweise seine Kurzsichtigkeit, welche theilweise seine Augen
schloß für das Verständniß des Reizes, der darin liegt, die leblose
Schöpfung nachzuahmen; denn für den allgemeinen Eindruck schöner
Landschaften war er im hohen Grade empfänglich. Die Landschafts-
bilder des Tirolers Koch wurden sehr von ihm geschätzt, als unter
den von ihm angelegten Maßstab der Vortrefflichkeit fallend.

In der Musik suchte er immer Alles eher als den Reiz des Tones,
um dabei zu verweilen, und in früheren Tagen mochte er nur die
Musik gern, welche ihren Gedanken durch ihre Verbindung mit der
menschlichen Stimme aussprach; aber später, in der Freundschaft und
Gesellschaft solcher musikalischen Componisten, welche die Schwierigkeiten

für sein Verständniß überwinden konnten, lernte er es glauben und im gewissen Grade auch empfinden, daß die rein instrumentale Musik das hohe Vorrecht genießt, es an den Tag zu legen, wie es Vieles gibt, was die menschliche Seele tief ergreift, was aber der Gedanke nicht fassen und die Sprache nicht ausdrücken kann. *)

Bunsen hatte große Mühe, doch gelang es ihm zuletzt zu seiner eigenen Genugthuung, unter die schönen Künste auch die dramatische Nachahmung individueller Charaktere sowie gesellschaftlicher Zustände und historischer Ereignisse aufzunehmen. Obgleich er eine schöne Darstellung im hohen Grade genoß, war er doch anfänglich der Ansicht, daß das menschliche Wesen dadurch herabgewürdigt werde, daß es, wenn auch nur für eine Stunde, die ganze sittliche Existenz eines anderen übernehme und darstelle; und er versöhnte sich mit der theatralischen Darstellung nur, insofern sie ihm wie die Malerei und Sculptur eine nachahmende Kunst war, obgleich nicht von so hohem Range als diese, weil sie allein dazu diene, als die Handlangerin der Poesie aufzutreten, die er für die wahre Offenbarung der menschlichen Natur erklärte, und für die Aeußerung der ewigen und unveränderlichen Unterscheidung zwischen Recht und Unrecht, die Nemesis der Griechen verkörpernd. Es ist unnöthig hinzuzufügen, daß er in der Durchführung dieses Grundsatzes mit äußerstem Abscheu Alles verwarf, was er zufällig von modernen Beispielen der Herabwürdigung des Dramas kennen lernte, und er wünschte sehnlichst die Wiedergeburt desselben für die Verbesserung und nicht die Verschlechterung der Gesellschaft. Er hat sich auch der originellen Absicht Richard Wagner's gefreut, wie zuvor der großartigen Versuche Gluck's, dramatische und musikalische Composition in Einem Strome, aus Einer Quelle fließend, zu verbinden. Er behauptete immer, daß die Oper in ihrer Idee eine Art von dichterischer Aeußerung bilde, die nicht blos erlaubt, sondern großartig und verdienstlich sei, blos in der Praxis herabgesunken, wie so vieles Andere in der neueren Zeit, durch eine Verbindung mit dem wesentlich Unsittlichen in der Composition und dem Unechten und Ephemeren in der Ausführung.

Eine Auseinandersetzung über die eigenthümlichen Arbeiten zu geben, in welche Bunsen, außer den bereits erwähnten, in Berlin im

---

*) Im englischen Text wird sehr passend der bekannte Spruch Shakspeare's im „Hamlet" hierauf angewandt:

There are more things in heaven and earth, Horatio,
Than are dreamt of in your philosophy.

Winter 1827—1828 hineingezogen wurde, und welche die erste Verlänge=
rung seines dortigen Aufenthalts bewirkten, liegt weder in der Macht
noch in dem Gebiet der Schreiberin dieser Zeilen. Aber es ist sicher,
daß er berufen war, an manchen wichtigen Berathungen theilzuneh=
men, so neben den katholischen Kirchenangelegenheiten über die Un=
ruhe, welche in den protestantischen Provinzen durch die Einführung
der Agende hervorgerufen worden war, und den Unionsversuch zwi=
schen der lutherischen und reformirten Kirche. Bunsen ist vom An=
fang bis zum Ende seines öffentlichen Lebens, mochte es ihm wohl
oder übel gedeutet werden, eifrig für die Vermeidung jeder Regie=
rungshandlung thätig gewesen, die auch nur den leisesten Anschein
gewinnen konnte, dem Gewissen in gottesdienstlichen Gegenständen,
mochten sie auch noch so unbedeutend erscheinen, ein Netz überzuwerfen.
Er hatte zu guten Grund, um zu wissen, wie das Verlangen, dem
Könige in der Ausführung seiner wohlwollenden Absichten zu dienen,
in vielen Theilen der preußischen Gebiete ein System von „Peitsche
und Zuckerbrot" hervorgerufen hatte, welches, obgleich äußerlich von
Erfolg, nicht zum Frieden zwischen den verschieden Denkenden gedient
hatte. Gerade auf diesem Felde seiner Thätigkeit glaubte er, als er
Berlin 1828 verließ, wichtige Punkte erlangt zu haben, aus denen
wohlthätige Folgen hervorgehen würden, zur Vorbereitung der vollen
und vollständigen Unabhängigkeit der Kirche (d. h. der Gemeinde der
Gläubigen) vom Staate, welche er muthig vertheidigte und zuweilen
befördert zu haben glaubte, indem er sie, wenn auch nicht dem regie=
renden Fürsten, so doch dem Thronerben als zulässig erweisen konnte.

Es wird sich in dem Bericht über Bunsen's letzte und denkwürdige
Conferenz mit dem hochseligen Könige im September 1857 zeigen,
daß er damals eine neue Taktik anwandte, um seine Ueberzeugungen
der königlichen Billigung zu empfehlen, indem er die richtige Stel=
lung der Gläubigen in dem christlichen Staate in Vergleich stellte
mit der Art, wie die verschiedenen Klassen der Andächtigen in einer
gutconstruirten Kathedrale vertheilt sind. Für sein aufrichtiges und
ernstes Streben und für seinen Aufwand an geistiger Kraft in der
Vertheidigung der christlichen Unabhängigkeit und Gewissensfreiheit
werden die Staatsarchive eines Tages dem Geschichtschreiber einer an=
deren Generation zahlreiche Belege bieten.

Sechster Abschnitt.

Höhepunkt der römischen Thätigkeit.

(1828—1834.)

Rückkehr nach Rom. — Betheiligung an der „Beschreibung Roms". — Bunsen's politische Anschauungen im Verhältniß zu denen Niebuhr's. — Besuch des Kronprinzen von Preußen. — Archäologisches Institut. — Aegyptische Forschungen. — Lepsius. — Protestantisches Hospital. — Graf Platen. — Tod Leo's XII. — Châteaubriand. — Pius VIII. und das Breve vom 25. März 1830. — Die Revolution von 1830. — Tod Niebuhr's. — Gregor XVI. — Sir Walter Scott. — Memorandum über die Reformen im Kirchenstaat. — Römische Gesellschaft und Freundschaftsverkehr mit der Heimat. — Briefwechsel mit Arnold.

Die lange Frist von Arbeit, Sorge und Aufregung sowol als von Ehre und Gunst, welche Bunsen 1827—1828 in Berlin verbrachte, war auch noch in anderen Beziehungen als den schon erwähnten eine Krisis in seinem Leben. Er kehrte zu seiner Familie und zu seiner liebgewordenen Stellung im Mai 1828 zurück, zwei Tage früher, als er selbst endgültig angekündigt hatte, in guter Gesundheit, aber in seiner äußeren Erscheinung verändert, mit vollen Wangen und einer beständig erhöhten Gesichtsfarbe, sowie mit einem Anflug von Beleibtheit, einer Verminderung der ursprünglichen Dichtigkeit des Haares auf dem Scheitel und einer leichten Spur von grauem Haar, sodaß durch dieses Alles das Ende der Jugendzeit und der Eintritt in eine andere Lebensperiode bezeugt wurde. Diese Veränderungen konnten theilweise um so genauer beobachtet werden, weil im Anfang September 1827, gerade vor der Reise nach Berlin, der vorzügliche berliner Bildhauer Emil Wolff die Büste Bunsen's mit allgemein anerkanntem Erfolg modellirt hatte. *) Diese Wolff'sche Büste bietet die genaue Dar-

---

*) Es war dies ein Angebot der Dankbarkeit auf Seiten Wolff's, der sich durch die Ausübung seiner anerkannten Talente erkenntlich zu zeigen wünschte für die wesentlichen Dienste, welche Bunsen ihm zu leisten Gelegenheit gesucht und

stellung des Gesichts, der Züge und des Haarwuchses in Bunsen's Jugendjahren, und der Marmor ist nicht blasser, als er es zu sein pflegte; auch theilt diese Büste mit drei anderen Porträts, nämlich einem Medaillon Böhm's aus Wien von 1825, einer Federzeichnung Schnorr's aus 1835 und einem Miniaturbilde Grahl's aus 1836, einen Ausdruck von außerordentlichem Ernst, der fast in Strenge über= geht und von der leuchtenden Heiterkeit des Bildes von Richmond aus 1846 und der Büste von Behnes 1849 stark absticht. Das Me= daillon Monroe's von 1853 hat den feierlichen Blick, welcher zu dem Zwecke paßt, wozu es jetzt auf dem Grabdenkmal des bonner Kirch= hofs verwendet ist.

Ueber die in Rom bei seiner Rückkehr vorgefundenen Verhältnisse und Arbeiten spricht sich ein Brief Bunsen's an Niebuhr vom 17. Sep= tember 1828 näher aus:

Diese Zeilen sollten eigentlich und ursprünglich, nachdem ich mich aus dem ersten Andrange von Geschäften, Conferenzen und Abhaltungen herausgearbei= tet und in die köstliche tusculanische Einsamkeit geflüchtet hatte, Ihnen die be= vorstehende Ankunft des unvergleichlichen Capaccini ankündigen, und es thut mir bitter leid, daß ich damit bis zur letzten Woche gewartet; denn sie brachte so viele Unruhe und Geschäfte, theils durch die Spiritualia, theils durch des Kronprinzen Reise veranlaßt, daß ich wirklich keinen Augenblick dafür fand. So schreibe ich denn heute, um wenigstens mit ihm durch diese Zeilen in Ihre Wohnung einzuziehen. Sie haben in dem Briefe, den ich mitbrachte, ihm zuerst diese Reise prophezeit, und das ist nicht der einzige Grund, warum er sich Bonn und Ihre belehrende und erquickende Gegenwart zu einem Ruhepunkt ausersehen hat. Wenn ich mich darüber für Sie Beide freue, so thue ich es nicht weniger um der In= teressen willen, die Ihnen wie Wenigen im Vaterlande am Herzen liegen, und die Niemand so gut kennt als Sie. Ich habe nicht nöthig, hierüber etwas ihm vorwegzunehmen, denn ich könnte die Sache gewiß nicht un= befangener vortragen, als er es thun wird.

Ich wußte Ihnen nichts zu sagen, als ich am letzten Abend von Ihnen Abschied nahm, und Weniges in den flüchtigen Momenten unseres

---

gefunden hatte. Die Gabe des Künstlers konnte nicht abgelehnt werden ohne einen Mangel an Anerkennung für seine Gefühle, und so stellte Bunsen nur die Be= dingung, daß er die Kosten des Materials auf seine Rechnung nehmen dürfe, indem er dankbar den innerlichen Werth annahm, welcher dem Marmorblock durch den Geist und die Kunst des Bildhauers gegeben war. Das Original der Büste be= findet sich als kostbare Familienreliquie in dem Hause Ernst's von Bunsen in London.   Anmerkung der Verfasserin.

Zusammenseins. Aber Sie kennen mich genug, um nicht ohne alle Worte gesehen und empfunden zu haben, welche lange genährte und tiefe Sehnsucht befriedigt ward, als ich Sie im Vaterlande wiedersah, wie ich stolz war, Ihnen, dem ich allein meine Stellung im Vaterlande, ja dieses selbst verdanke, bei meinem ersten Auftreten in seiner Mitte keine Schande gemacht, und Ihr Vertrauen nicht allein vor der Welt, sondern auch vor Ihrem und meinem Gewissen eingelöst zu haben, und wie über Alles wohl mir die volle Liebe und das volle Vertrauen that, was Sie mir in jenen unvergeßlichen Tagen zeigten.

Ungeachtet ich zwei Tage in München und, außer dem Aufenthalt in Verona und Bologna, einen vollen Tag in dem herrlichen Ravenna war, legte ich doch meine Reise in weniger als dreizehn Tagen zurück, und traf die Meinigen früher, als ich versprochen hatte, am 21. Mai auf dem Capitol. Bald darauf trat der alte Cardinal zurück, und Bernetti ein, eine Wahl, die nothwendig dem Publikum mehr als dem Collegium gefiel. *) Meine Angelegenheiten wurden glücklich von dem confidentiellen Gebiet auf das officielle herübergeschafft.

Sie werden sich gewiß wundern, wenn ich Ihnen sage, daß zwei Drittel meiner Zeit jetzt den Kunstsachen gehören. Ich habe Wolff über Corfu nach dem Archipel geschickt, um einigen Deliacis nachzuspüren, und ihm eventuell für 6000 Scudi Credit gemacht, wenn er eine Venus von Milo oder Aehnliches finden kann. Der König hat mir den Ankauf von 16 alten Bildern aufgetragen, die Rumohr in Antrag gebracht hat (worunter ein Jugendbild Rafael's und herrliche alte Florentiner). Das Ministerium hat mich und Gerhard mit einer anderen Sammlung beauftragt, und endlich soll ich cornetanische, apulische und sicilianische Vasen infolge einer Cabinets-ordre kaufen. Ich habe zugleich einen allgemeinen Plan für das Museum ausgearbeitet, um endlosen und verschwenderischen Ankäufen ein Ziel zu setzen, und dagegen durch planmäßige Sammlung von guten Zeichnungen und (zum Theil) von Abgüssen aller inedirten Antifen Italiens, die edirt zu werden verdienen, dem Museum eine historische Vollständigkeit zu geben, die kein anderes besitzt. Ein solches archäologisches Cabinet, einmal angelegt, wird nachher mit sehr mäßigen Fonds erhalten werden können. Gerhard bereist jetzt in Ruspi's Begleitung Toscana, um Inghirami's

---

*) Bernetti ist der letzte einsichtsvolle Staatsmann der Curie gewesen; er regierte noch in Consalvi's Ideen. Von ihm rühren unter anderem auch die später zu erwähnenden Reformedicte von 1831 her. Als Bernetti unter dem Pontificat Gregor's XVI. den Intriguen des Jesuitengenerals Roothaan weichen mußte und Lambruschini (der als Nuntius in Paris Karl X. zu den berüchtigten Juli-ordonnanzen angetrieben hatte) an seine Stelle trat, hatte die jesuitische Partei vollkommenes Oberwasser, und eine ihrer ersten Leistungen war der preußische Kirchenstreit.

noch unedirte Zeichnungen etrurischer Denkmäler zu kaufen, und ein vollständiges Corpus Mon. Etrur. anzulegen. Dieses und die ähnlichen Sammlungen (besonders von Vasenzeichnungen, deren Originale alles Geld unnöthig wegnehmen würden) werden zugleich ein Depositum für Annalen des berliner Museums bilden.

Dieser Plan ist ein wenig mein Lieblingsproject in dieser Zeit; aber wenn er mir nicht verdorben wird, und man mir Gerhard zwei Jahre läßt, so würde das Resultat der Mühe werth sein. Die größte Ausbeute dieses Jahres sind die Vasen aus der Gegend von Canino (heimlich von Leuten Lucian's gemacht und verkauft), darunter zehn voll Inschriften (wahrscheinlich Personennamen, aber auch wol mehr), an deren Entzifferung man wol verzweifeln muß, da sie nur einzelne leserliche etrurische Charaktere haben. Einige dieser Gefäße haben griechische Inschriften und sind, nach einstimmigem Urtheil der Kenner, athenischer Fabrik.

Blacas grüßt Sie herzlich; er ist (d. h. spricht) ganz ministeriell, für die Ordonnanzen. Herzlichen Dank von meiner Frau für Ihr Geschenk der englischen Uebersetzung Ihrer „Römischen Geschichte", doch freut sie sich mehr denn je, im Stande zu sein, das Werk in der Ursprache zu lesen. Die Uebersetzung ist ein Medium der Bekanntschaft damit für unsere englischen und italienischen Freunde, und ist jetzt seit einigen Wochen mit Dr. Nott bei Leopardi.

Bunsen's Verstrickung in die „Beschreibung der Stadt Rom", worüber sich in den mitgetheilten Briefauszügen häufige Klagen finden, ist auf den Winter von 1817—1818 zurückzudatiren, wo Niebuhr und Brandis in Verbindung mit Bunsen sich eifrig bestrebten, eine Beschäftigung für ihren Freund Platner zu finden, durch welche seine Talente und Fähigkeiten für den Unterhalt seiner Familie nutzbar gemacht werden könnten. Platner war bis dahin seinem Berufe nach Maler gewesen, aber ohne besonderen Erfolg, indem sein Vater ihn für diese Thätigkeit bestimmt hatte, ohne zu fragen, was die Natur seinem Sohne angewiesen habe. Zuletzt wurde eine schmerzlich entbehrte neue Ausgabe der alten „Beschreibung Roms" von Volkmann und Lalande als ein Unternehmen vorgeschlagen, wofür Platner sich eignen möchte durch seine Kenntniß der Kunstwerke, der Alterthümer des Mittelalters und der Geschichte Italiens. Aber da er vermöge seines Mangels an Kenntniß der lateinischen Sprache nicht im Stande war, weiter zu gehen, als das Italienische ihn führen konnte, so versprachen Niebuhr und Brandis, unter sich den classischen Theil des Werkes zu leiten, und Bunsen unternahm es, Platner zu helfen, wo er es nöthig habe, auf lateinische Schriftsteller Bezug zu nehmen.

Der Buchhändler Cotta, der denselben Winter durch Rom kam, ging
mit der größten Freude auf diesen Plan ein. Das Werk sollte auf
seine Kosten gedruckt werden; er wollte für jeden Druckbogen zwei
Louisdor bezahlen und gab Vollmacht für den Ankauf der zum Nach=
schlagen erforderlichen Bücher. Es war dies sehr freigebig und zu
gleicher Zeit eine gute Berechnung, denn Cotta urtheilte mit Recht,
daß ein Buch, für welches Niebuhr und Brandis Gewährsmänner
wären, sein Geld werth sein würde. Der Contract wurde im März
1818 abgeschlossen, und Platner machte sich an die Arbeit, um in
erster Reihe eine historische Beschreibung der Basiliken Roms zu geben.
Aber er war jeden Augenblick zu einem Stillstand gezwungen durch
die Menge des Lateinischen, das nothwendigerweise durchgearbeitet
werden mußte, und so kam er etwa drei Abende in jeder Woche um
Rath und Verbesserung des Stils zu Bunsen. Das Letztere war mit
Platner eine der langwierigsten Arbeiten, da er es für seine Pflicht
hielt, seine eigene Anordnung des Stoffes und seinen eigenthümlichen
Gebrauch der deutschen Worte eifrig zu vertheidigen. Fast drei Jahre
vergingen, bevor irgendetwas so weit fertig war, um der Durchsicht
Niebuhr's unterbreitet zu werden. Als dieser aber schließlich eine Be=
schreibung des Laterans las, welche Bunsen mehr Zeit und Athem,
als sich berechnen läßt, und mehr Geduld, als man bei ihm voraus=
gesetzt haben würde, gekostet hatte, rief er Bunsen zu: „Können Sie,
mein guter Freund, nur einen Augenblick voraussetzen, daß das, was
Platner hier geschrieben hat, in den Druck geschickt werden kann?"
Es war dies eine ernste Entscheidung, gegen deren Richtigkeit Bunsen
aber nichts einwenden konnte, denn sie stimmte mit seiner eigenen
Meinung überein; und er antwortete: „Dann muß ich das Ding
selbst schreiben; denn ich kann nicht mehr thun, als ich gethan habe,
um Platnern im Schreiben zu helfen." Bunsen begann deshalb jetzt
die Sache von Anfang an und legte sehr bald Niebuhr's Beurtheilung
eine Geschichte, Beschreibung und eingehende Kritik des Laterans und
der Kirche San-Paolo fuori le mura vor, welche nicht blos dessen Zu=
stimmung, sondern sein höchstes Lob erlangte. Es wurde jetzt festge=
setzt, daß Niebuhr das alte Rom und seine Ueberreste, Bunsen das
Mittelalter und dessen Ueberbleibsel fortsetzen sollte, und Platner die
Museen und Galerien, für die er sich vollständig geeignet erwies.
Brandis war schon lange „über die Berge", und es kam die Zeit,
wo auch Niebuhr abreisen mußte, ohne etwas zu dem Werke beige=
tragen zu haben außer einer kurzen Abhandlung, gering an Umfang,
aber groß an Werth, über die Geschichte der ersten Gründung, des

Wachsthums, der Blüte, der Abnahme und der Zerstörung des alten
Roms. Er war sehr verdrießlich, nicht mehr gethan zu haben, aber
ein in einem schwachen Augenblick gegebenes Versprechen war die Ursache, daß er völlig verhindert wurde, seinen Lieblingszweck zu erfüllen.
Der Architekt Gau (derselbe, welchen Christine Bonaparte, die nachherige Gräfin Passé und Lady Dudley Stuart, vor ihrer ersten Vermählung im Jahre 1817 in ihren Netzen verstrickt hielt) beabsichtigte,
einige Zeichnungen von den nubischen Alterthümern herauszugeben,
und Niebuhr hatte eine kritische Revision der sie begleitenden griechischen Inschriften versprochen, beabsichtigte jedoch nicht, dieselbe zu
unternehmen bis nach der Vollendung seines Antheils an dem Werke
über Rom. Aber Gau unterfing sich, von Paris aus sein Werk
in der Weise anzukündigen, daß er Niebuhr's Herausgabe und die
ganze Veröffentlichung innerhalb eines Jahres versprach; und durch
diesen Schritt wurde Niebuhr in Arbeiten über die nubischen Inschriften verstrickt bis zur Zeit seiner Abreise von Rom im Frühjahre 1823.
Es blieb demzufolge das ganze Gewicht des römischen Werkes auf
Bunsen's Schultern lasten, neben den vollen Geschäften der preußischen
Gesandtschaft, für welche Niebuhr und Bunsen zusammen eben nur
ausreichend gewesen waren. Der antiquarische Theil wurde später
noch theils von Gerhard und theils von Urlichs übernommen, ein
Stück des Mittelalters von Röstell, welcher es außerdem unternahm,
das von Platner Geschriebene zu revidiren. In einer späteren Zeit
wurde der ausgezeichnete römische Archäolog Sarti bewogen, einen
höchst werthvollen Theil des Werkes auszuführen. *)

Dieser hier gegebene Bericht ist genau, soweit es bei einem bloßen
Abrisse möglich ist. Aber die Wichtigkeit der ganzen Angelegenheit
in dem Leben Bunsen's kann nur von denen ermessen werden, welche
den durch sie hervorgerufenen Grad der Störung, die ihm durch das
Bewußtsein der Verantwortlichkeit verursachte Unbehaglichkeit und die
Menge der thatsächlichen Arbeit und angestrengten Aufmerksamkeit sahen,
die er auf diejenigen Theile der „Beschreibung der Stadt Rom" verwandte, welche ausschließlich sein eigenes Werk waren, und welche

---

*) Die allmähliche Vollendung der einzelnen Bände wird in den später mit-
getheilten Briefen Bunsen's an Arnold hervortreten. — Platner wurde nachher, wie
bereits in Bunsen's Brief aus Berlin vom 18. März 1828 erzählt ist, sächsischer Geschäftsträger in Rom und blieb auch nach Bunsen's Abgang von dort in regelmäßigem
Briefwechsel mit ihm. — Von Urlichs wurde später als „Ein Anhang zur Beschreibung der Stadt Rom" (Stuttgart 1845) die philologische Streitschrift „Römische
Topographie in Leipzig" herausgegeben, „Bunsen dem Topographen gewidmet".

vollständig und dem Verständniß eines jeden Lesers deutlich zu machen
er keine Anstrengung scheute. Er fühlte dabei diese Arbeit um so
stärker als eine Anstrengung, weil sie mit Gegenständen zu thun hatte,
die nicht in sein natürliches Gebiet gehörten und die er selbst nie für
die Beschäftigung ernster Stunden gewählt haben würde. Topographie
und antiquarische Gelehrsamkeit verursachten ihm zwar großes Interesse, aber doch nur in zweiter Linie, weil sie das Vergnügen der
Spaziergänge und Ausflüge vergrößerten und zur Aufhellung der Geschichte oder erloschener Nationalitäten beitrugen. Sie beschäftigten
ihn eben nur als Nebendinge, und er war unwillig über die Zeit,
die er für etwas hinzugeben genöthigt wurde, welches seinen Geist
nicht erfüllte *); und sein instinctiver Widerwille dagegen wurde noch
stärker, als er sich der ganzen Anziehungskraft seiner großen historischen, biblischen, liturgischen und hymnologischen Untersuchungen bewußt wurde. Obgleich jedoch die Neigung immer ein sehr mächtiger
Antrieb für ihn war, so hatte er doch glücklicherweise schon in jungen
Jahren sich mit der Bedeutung der Pflicht vertraut gemacht, und so
führte er denn aufs vollste die selbstübernommene Verpflichtung durch,
die sich für eine Zeit von elf Jahren (1818—1829) als ein ernstes Hinderniß für das Fortschreiten in seinen eigenen Lieblingszwecken erwies.

Die regelmäßigen und amtlichen Geschäfte der Gesandtschaft waren,
solange Niebuhr in Rom verweilte, Bunsen niemals lästig, obgleich
die damit verbundene Arbeit beträchtlich war, weil er das unverän-
derlichste und ehrerbietigste Interesse hatte, mit den Anschauungen Niebuhr's und mit den Ergebnissen seines Nachdenkens bekannt zu werden, und daher große Befriedigung über alle Gelegenheiten engen Verkehrs mit ihm empfand. Als aber die Abreise Niebuhr's die stets zunehmende Arbeit des Chefs und die des Gesandtschaftssecretärs zugleich
auf seine Schultern wälzte, gab ihm das Bewußtsein angeborener
Kraft den Muth, seine Befähigung zu zeigen und sich mit den Schwierigkeiten der verschiedensten Art einzulassen. Die Verschiedenheit der
Gegenstände seiner Aufmerksamkeit war in sich selbst ein Mittel der
Erfrischung; und dieselbe Masse geistiger Thätigkeit würde ohne Ueber-
anstrengung der Fähigkeiten nicht möglich gewesen sein, wenn nicht
immer verschiedene Arten von Energie wachgerufen worden wären.
Der Gesammteindruck beim Durchlesen einer größeren Anzahl Briefe

---

*) Es kann dies von Bunsen ganz im Allgemeinen gesagt werden; zur Er-
holung liebte er z. B. nur die einfachen Kinderspiele, während er den Geist anstrengende Spiele als zweckwidrig verwarf.

aus dieser Periode ist der einer Frühlingszeit, voll von Leben und
Kraft und Genuß in der Selbstentwickelung, sich sonnend im Sonnen=
schein, innerem und äußerem, indem weder sanfte Lüftchen noch starke
Winde fehlten, um seinen Fortschritt zu fördern.

Uebrigens hatte Niebuhr's Abreise im Jahre 1823 und Bunsen's
Eintritt in die Stellung als Vertreter der Gesandtschaft schon in mehr
als einer Beziehung eine Epoche in dem Leben des Letzteren gebildet.
Aeußerlich, insofern er nun eine unabhängige Stellung in der Gesell=
schaft einnahm, und innerlich, weil von da an die Emancipation sei=
nes Geistes von dem ausschließlichen Einflusse der Niebuhr'schen Mei=
nungen begann, welche er bis zu dem Grade adoptirt hatte, daß er
die Thatsachen des öffentlichen Lebens blos durch die Luftschicht sah,
welche Naturanlage und mannichfaches Leiden um die wunderbare
Einsicht des Geschichtschreibers herumgelegt hatten. Während Bunsen's
Universitätsjahren dürften seine politischen Anschauungen und die sei=
ner Genossen kein weiteres Ziel im Auge gehabt haben als die Ver=
treibung der Franzosen aus dem ganzen deutschen Gebiete und die
Zurückführung alles Deutschen in deutsche Hände. Bunsen selbst hatte
ein starkes und bitteres Bewußtsein von den Bedrückungen, welche den
Einwohnern kleiner Staaten durch das System von Miniatur=Fürsten=
thümern zugefügt werden, und eine frühe Ueberzeugung, daß nur von
dem größeren Staate (nämlich Preußen) etwas Ordentliches für die
Förderung eines Einzelnen wie einer allgemeinen Angelegenheit erwartet
werden könnte. Er stimmte mit seinen Freunden überein in dem Ab=
scheu gegen die gleichmacherischen Grundsätze, welche die Französische
Revolution erzeugt, und gegen den Durst nach Weltherrschaft, welcher
die französischen Waffen über Deutschland verbreitet hatte, ebenso wie
in der zuversichtlichen Hoffnung, mit welcher sie Alle auf die Einfüh=
rung der wesentlichen Reformen, die in jedem deutschen Staate er=
fordert wurden, durch die Hände jeder Regierung innerhalb ihres
Gebietes blickten.

Nur zu bald machten die Vorfälle in den ersten Jahren nach der
Vertreibung der Franzosen es Bunsen wie Niebuhr klar, daß der Zu=
stand der preußischen Provinzen nicht jene als erforderlich erkannte
durchgreifende Erneuerung zeigte; aber der Zorn Niebuhr's richtete
sich gegen Individuen, welche die volle Wirksamkeit eines wohlwollen=
den Despotismus in Verwendung der besten Kräfte für die seiner
Macht Unterworfenen lähmten, während er mistrauisch als Jakobinis=
mus jede Anstrengung der Liberalgesinnten verdammte, um das Re=
präsentativsystem zu begründen, welches der König zur Belohnung für

die patriotischen Anstrengungen, durch welche sein Thron gerettet wor=
den war, versprochen hatte. Niebuhr's Neigung, auf die Regierungen
sich zu verlassen anstatt auf die regierten Nationen, erstreckte sich sogar
über sein eigenes Land hinaus; und selbst die rasch aufeinanderfolgenden
Ministerien der französischen Restauration konnten sein Vertrauen in
die Tüchtigkeit jedes neu eintretenden nicht erschüttern. In Bezug
auf England war zwar seine Bewunderung des constitutionellen Systems
zweifellos; aber er glaubte nur an die Torypartei als die wahren
Freunde des Landes; er nahm bedingungslos die Gefühle Burke's in
seinem Werk über die Französische Revolution an, und hegte die weit=
gehendste Bewunderung für Pitt und seine Politik, indem er glaubte,
daß dieser, durch die Begünstigung der nationalen Erbitterung gegen
die Franzosen und durch die Hereinziehung jedes thätigen Interesses
gegen dieselben als gegen Königsmörder, den revolutionären Proceß in
England selbst unterdrückt habe. Gegen England unter Toryregie=
rungen war er wohlgeneigt und vertrauensvoll, bis er ein Abweichen
von dem richtigen Wege unter whigistischen Einflüssen sah oder ver=
muthete: ein solcher Argwohn dürfte die wahrscheinlichste Erklärung
der starken Wandlung sein, die seine Gefühle gegen Canning und
Wellington erlitten, und seiner bitteren Verurtheilung der friedlichen
Haltung Englands unter dem Herzog von Wellington gegen die neue
Regierung Ludwig Philipp's.

Die Ereignisse vom Juni 1830 kann man füglich die Todesursache
Niebuhr's nennen; denn obgleich er erst im Anfang 1831 starb, so
war er doch seit den pariser Wirren in einem beständigen Fieber der
Aufregung in Voraussetzung eines europäischen Krieges, und wollte
auf keine Gründe hören, welche ihn zu einer tröstlicheren Anschauung
der Zukunft zu führen suchten. Bald mündlich, bald schriftlich äußerte
er damals viele jener kräftigen Aussprüche, die ihm eigenthümlich
waren, so z. B.: „die Tollheit des Ministeriums Polignac hat den
Talisman zerbrochen, welcher den Dämon der Revolution bannte“;
oder wenn er die freundlichen Beziehungen zwischen Frankreich und
England bezeichnete als „die Verbindung des Tigers und des Hai=
fisches, welche der übrigen Welt mit Zerstörung drohe“. Bei der
jetzigen Gelegenheit hatte Bunsen brieflich Niebuhr mit seiner gewöhn=
lichen Ehrerbietung eine verschiedene Ansicht der Dinge unterbreitet,
seine Gründe nämlich, auf Frieden statt auf eine allgemeine Umwäl=
zung zu hoffen: was beweist, daß er sich damals bereits volle Unab=
hängigkeit in der Bildung seiner Anschauungen erworben hatte. Seit
der Zeit nämlich, wo er die Angelegenheiten der Gesandtschaft allein

führte, betrachtete er es als einen Theil seiner Pflicht, die Gesellschaft zu besuchen, welche er früher soviel als möglich vermieden hatte, indem er stets der Gewohnheit seines Lebens folgte, die Nachrichten aus erster Hand einzuziehen und sich unabhängig von fremden Einflüssen der Thatsachen Meister zu machen. Von Anfang an war er viel in den vertrauten Kreis des ehrwürdigen russischen Gesandten Italinsky gezogen, welcher ihm die ermuthigendste Güte zeigte und von welchem er, wie er oft sagte, eine größere Menge gesunder politischer Kenntnisse erlangte als von beinahe irgendeinem Anderen. In der Gesellschaft Italinsky's gewann er andere werthvolle Bekanntschaften, darunter die mit dem witzigen Gagarin, welcher nach Italinsky's Tode ihm in der römischen Gesandtschaft folgte, und viele der Vortheile von Bunsen's Verbindung mit Italinsky, in der Betrachtung und Beurtheilung öffentlicher Ereignisse und Charaktere, aufrecht erhielt. Denn obgleich nicht wie sein Vorgänger ein Mann von höherem Werthe und Herzenseigenschaften, oder von strengen Anschauungen über Recht und Unrecht, sondern vielmehr ein etwas lockerer Spötter, besaß er doch jenen unübertrefflichen russischen Scharfsinn, welcher ihn nie an der schließlichen Entdeckung der Wirklichkeit zweifeln ließ, und hatte keinerlei leidenschaftliche Hingebung an eine Partei oder ein System, die ihn zu Selbsttäuschungen hätte verleiten können. In dem Hause Italinsky's lernte Bunsen auch den glänzenden jungen Attaché Baron Paul Hahn aus Kurland kennen, der nach einem langen Laufe ausgedehnter und wichtiger öffentlicher Dienste unter den Kaisern Alexander und Nikolaus zuletzt als Generalgouverneur des Kaukasus, nahe am Schlusse seiner Laufbahn, mit seiner liebenswürdigen Frau (geb. Sophie von Graimberg) nach Heidelberg kam, um durch treue Bewährung der alten Freundschaft und Sympathie über Bunsen's zur Neige gehende Jahre ein wohlthuendes Abendlicht auszubreiten.

In dem Laufe der verschiedenen Veränderungen in der französischen Gesandtschaft während der funfzehn Jahre von Bunsen's unabhängiger Stellung in Rom enthält die Liste der Diplomaten viele Namen, die von Interesse für ihn waren, indem sie so manche Gelegenheiten vortheilhaften und angenehmen Verkehrs und so manche Individuen bezeichnen, welche ihm mit Vertrauen und Güte begegneten: Châteaubriand, La Ferronays, Laval=Montmorency, Latour=Maubourg, Saint=Aulaire.*) Auf seine englischen Bekannten, von

---

*) Mit dem Herzog von Laval=Montmorency und mit Châteaubriand war auch der briefliche Verkehr ein recht lebhafter, mit dem Letzteren besonders im Jahre 1829.

denen viele ihm liebe Freunde wurden, blickte er immer mit beson=
derer Sympathie, und von ihnen suchte und erhielt er jene genaue
Bekanntschaft mit Personen und Sachen, mit welcher er zu Jeder=
manns Erstaunen ausgestattet war, als er zuletzt die Gestade Eng=
lands betrat. Alle Namen von mehr oder weniger Wichtigkeit für ihn
aufzuzählen, würde kaum ausführbar sein, auch wenn es wünschens=
werth wäre; aber Thirlwall und Nott müssen hier noch einmal
unter den Genossen der ersten römischen Zeit genannt werden. Der
Umgang mit Bunsen mag nicht ohne Einfluß auf die Berufswahl
Thirlwall's gewesen sein; denn er war weit davon entfernt, sich be=
reits für den Eintritt in den geistlichen Stand entschieden zu haben,
als er im Jahre 1819 nach Rom kam, und wurde vermuthlich
von dem höheren Interesse angeregt, welches Bunsen an der Theo=
logie im Vergleich mit jedem anderen Gegenstande nahm, und durch
seine Anerkennung für Vieles im anglikanischen System. Ohne einen
solchen Nachdruck auf den Einfluß von Persönlichkeiten auf den Geist
Bunsen's zu legen, der falsche Folgerungen erlauben würde, mag
doch gesagt werden, daß von dem ultratoryistischen Glaubensbekennt=
nisse Niebuhr's, welches dieser im vollsten Sinne als die Fahne der
Wahrheit angenommen hatte (selbst bis zu dem Grade, um die großen
Schriftsteller der „Edinburgh Review" als „politische Sünder" zu
verabscheuen), Bunsen allmählich dazu überging, den gemäßigten
Whigismus Hallam's und Arnold's anzunehmen, und ein Gegner
jedes Hindernisses und Hemmschuhs wurde, welche den Einfluß der
öffentlichen Meinung in gebildeten Culturvölkern auf die Führung
der Regierung beeinträchtigen könnten; er wurde auf diesem Wege
aus innerster Ueberzeugung mit all der Energie seines Charakters ein
Vertheidiger der vollständigen Durchführung des Repräsentativsystems.

Der Besuch des Kronprinzen von Preußen in Rom im Herbst
1828 war ein Ereigniß, von dem es schwer fällt, eine angemessene
Vorstellung zu geben. Die Briefe Bunsen's, als er den Prinzen auf
dessen Rückkehr bis an die Grenze Italiens begleitete und das Vor=
recht genoß, dadurch, daß er einen Platz in dessen eigenem Wagen
einnahm, ununterbrochen in seiner Gesellschaft zu sein, zeigen seine
lebhafte Empfindung des Genusses sowol als der gewährten Auszeich=
nung; damit war zwar eine klare Einsicht verbunden, daß die Zukunft
nicht nach dem Glanze und der Wärme der Gegenwart berechnet wer=
den dürfe, doch hemmten alle solche Ueberlegungen nur wenig die be=
rauschende Wirkung, die er damals erfuhr. Viele Personen haben
unter dem Zauber des geistvollen Fürsten gestanden, bald kürzere,

bald längere Zeit, einige sogar den größeren Theil ihres Lebens; aber
diejenigen, welche ihn nicht in Rom sahen, können sich kaum vorstellen, wie sehr alle seine liebenswürdigsten Anlagen in einer ihm so
gleichartigen Atmosphäre aufgingen, und wie glänzend die Blitzstrahlen
seines Witzes und seines Humors waren, als das natürliche Ergebniß
kindlicher Fröhlichkeit, die aus der Erfüllung seiner lebenslänglichen
Sehnsucht, Rom zu sehen, hervorging.

> Each happier tone of every chord he hit —
> His gravity was sense, his mirth was wit;
> His were affections undebased by art,
> The mildest manners, with the warmest heart;
> Memory with unobtrusive knowledge fraught,
> And, joined to playful fancy, depth of thought. *)

Diese Verse (Soane's auf Bunbury), deren Dichter und Held
längst vergessen sind, mögen ein Schattenbild geben von den Zügen
eines wahrhaft erlauchten Charakters, welcher in jenen glücklichen
Jugendtagen den hohen ihm bestimmten Platz so wohl ausfüllte und
nichts zu wünschen übrigließ, als daß sein zukünftiges Wachsthum
und seine vermehrte Kraft in gleicher Weise den Erfordernissen einer
noch höheren und verantwortlicheren Stellung entsprechen möchten.

Im November 1828 verließ der Kronprinz Rom in der Fülle
von Gesundheit und Freude, in glücklichem Rückblick, um einer ver-
heißungsvollen Zukunft mit Hoffnung und Freude entgegenzugehen;
fast 30 Jahre später verbrachte er den Winter 1857—1858 in demselben
Palazzo Caffarelli, dessen Besitz er in der Zwischenzeit trotz großer
Schwierigkeiten dem Staate gesichert hatte. Es war rührend, zu bemerken, daß er, obgleich die ihn so interessirende Aussicht bei dieser
Gelegenheit kaum noch in dem Bereiche seines abnehmenden Augen-
lichts war, es doch vorzog, den zweiten Stock zu bewohnen, welcher
Bunsen's Wohnung gewesen war, und dort lieber abgeschlossen in
seiner genauen Ortskenntniß blieb, als in dem geräumigen und palast-
ähnlichen ersten Stockwerk, welches schon lange vorher für den Gebrauch der Gesandtschaft eingerichtet, ihm aber fremd oder nur als

---

*) Jeden glücklicheren Ton auf jedweder Saite schlug er an,
  Sein Ernst war Klarheit, sein Frohsinn war Witz;
  Es waren seine Empfindungen unverdorben durch Kunst,
  Die sanftesten Weisen, mit dem wärmsten Herzen,
  Das Gedächtniß befrachtet mit nicht zudringlicher Kenntniß,
  Und, spielender Phantasie verbunden, tiefe Gedanken.

die traurige Wohnung des früheren Eigenthümers, des Duca Caffarelli, in der Erinnerung war.*)

Wenn die Fälle häufig sind, in welchen die merkwürdige Verbindung von Fähigkeiten, die Bunsen besaß, durch die unermüdliche
Energie seines Herzens und Willens in Bewegung gesetzt, auf eine
ungeheure Arbeitskraft verwendet wurde, ohne das unmittelbare und
bewußte Ergebniß, welches er gehofft hatte, zu erzielen, so gab es
dafür doch auch viele Fälle, in welchen sein Erfolg über Erwarten
groß und fruchtbringend war. Ein (weiter unten mitgetheilter) Brief
von ihm an Niebuhr ist aus der Zeit der ersten Bemühungen, die gemacht wurden, um das noch jetzt bestehende und blühende Archäologische Institut in Rom zu errichten. Er war zur Erkenntniß der
Nothwendigkeit einer solchen Anstalt durch die Erfahrungen seines un-
schätzbaren Freundes Eduard Gerhard geführt, damals ein früher
Pionnier, dann aber bis zu seinem im Mai 1867 in Berlin erfolgten
Tode ein ehrwürdiger Mittelpunkt der antiquarischen Studien in
Deutschland**), welcher mehrere Jahre lang Italien durchwandert hatte,

---

*) Unter den auf die römische Reise des Kronprinzen bezüglichen Papieren
sind außer den dieselbe ankündigenden und vorbereitenden Briefen des Grafen
Bernstorff, des Grafen Karl Gröben, von Küster's, von Massow's, und den Verhandlungen mit dem päpstlichen Camerlengo, die geschickten und als solche anerkannten Vorkehrungen von besonderem Interesse, welche Bunsen vorher für die
Reise getroffen hatte: so die Instructionen für den entgegengesandten Kurier, ein
genaues Reiseproject für die ganze Zeit vom 1. October bis 2. December, ein
„Entwurf einer Vertheilung des Besichtigens von Rom in zwölf Tagen", Anordnungen für den Besuch von Perugia und Assisi. — Eine allgemeine kunstgeschicht-
liche Bedeutung dürfen ferner die genauen Verzeichnisse sämmtlicher damals in Rom
weilenden deutschen Künstler, Preußen, Oesterreicher, Baiern, Badenser, Würtemberger, Sachsen, Hanseaten, Hannoveraner, Holsteiner, Schweizer, ja auch Dänen
und Schweden (mit Angabe ihrer Wohnungen), in Anspruch nehmen. Von den bedeutendsten damals fertigen Werken derselben wurde in einem Saale der Gesandtschaft eine Ausstellung veranstaltet, deren Katalog die verschiedenen damals auf-
blühenden Richtungen der modernen deutschen Kunst lebhaft vor Augen führt, und
deshalb im Anhang zu diesem Bande mitgetheilt werden wird. — Bunsen's persönlicher Verkehr mit dem Kronprinzen ist in den bald folgenden Briefen an seine
Frau näher geschildert.

**) Die edle und anregende Wirksamkeit des Begründers der archäologischen
Wissenschaft in Deutschland während seiner langen Thätigkeit als Professor und
Mitglied der Akademie in Berlin bedarf hier ebenso wenig einer Charakteristik, als
seine zahlreichen Schriften und Sammelwerke verzeichnet zu werden brauchen; dagegen mag es erwähnt werden, daß Gerhard fast ebenso lang wie Bunsen (bis zum
Jahre 1837) als Leiter des Archäologischen Instituts in Rom blieb. Sein berühmtes Werk über die griechische Mythologie (Berlin 1854—1855) ist Bunsen „zum
sechsundzwanzigsten Familienfest seiner Stiftung" gewidmet; in welchem Sinne,

um nach allen Richtungen die noch unbeachteten Schätze von geschicht=
lichen Inschriften und Ueberbleibseln der Vergangenheit zu erforschen,
und daher im vollsten Sinne im Stande war, den Nachtheil verein=
zelter und zerstückelter Untersuchungen und das Bedürfniß irgendeines
gemeinsamen Mittelpunktes zu würdigen, wo die zerstreuten Einzel=
heiten gesammelt, gesichtet und davor bewahrt werden möchten, aber=
mals in Vergessenheit zu gerathen. Mit eifriger Theilnahme ergriff und
folgte Bunsen dieser Idee, welche sich ihm ebenfalls durch persönliche
Erfahrungen bei den archäologischen Untersuchungen aufgedrängt hatte,
während er den ihm aufgenöthigten Theil der „Beschreibung Roms“
ausarbeitete; und das Ergebniß seiner zahlreichen Berathungen und
Besprechungen mit Gerhard wurde dem Kronprinzen von Preußen bei
Gelegenheit seines Besuches in Rom im Herbst 1828 vorgelegt. Mit
warmem Interesse ergriff der Prinz den Plan zu einem archäologi=
schen Institut und nahm das Protectorat über dasselbe an; er hörte
auch sowol vor als nach seiner Thronbesteigung nicht auf, dieser
Sache seinen Schutz und seine Unterstützung angedeihen zu lassen.
Noch eine seiner letzten Regierungshandlungen vervollständigte das
so früh von ihm begonnene Werk durch eine königliche Ausstattung
und durch Gründung damit in Verbindung stehender Reisestipendien,
indem er so für das bleibende Fortbestehen des Instituts sorgte
und zugleich den Kreis seines Nutzens ausdehnte. Das Institut
war von Anfang an Allen zugänglich, welche an dem Studium des
alten Italiens Interesse nahmen, für Engländer, Franzosen und
Italiener so gut wie für Deutsche; und durch Vorlesungen, Zusam=
menkünfte, Zeitschriften, Briefwechsel und persönlichen Verkehr wurden
alle Mittel angewandt, um das literarische Publikum dafür zu inter=
essiren, daß das erzielte kosmopolitische Ziel erlangt werde. Der Ab=
bate Fea war der erste Italiener, welcher dem Plane seine herzliche
Theilnahme schenkte*); unter den Franzosen war es der Herzog von

---

sagen schon die ersten Worte der Widmung: „Bunsen, dem Staatsmann und For=
scher auf Niebuhr's Pfaden, dem Philologen und Gottesgelehrten, dem Darsteller
Roms und Aegyptens, dem Gründer eines zum Theil thatsächlicher Denkmäler=
forschung gestifteten Instituts, kann eine griechische Mythologie, ihrer reichen Be=
züge auf Religion, Staat und Leben, Orts= und Sprachkunde des Alterthums un=
geachtet, nur dann genehm sein, wenn sie der nebelhaften Natur mythologischer
Gegenstände ein Lehrgebäude geprüfter Forschung abzugewinnen vermag.“

*) Fea hatte selbst zahlreiche antiquarische und archäologische Arbeiten be=
trieben. Die „Cenni Biografici di Carolo Fea“ (1836) führen 118 Schriften und
Aufsätze von ihm an, von welchen die meisten in dieses Gebiet fallen. Die ben

Luynes, unter den Engländern Sir William Gell[*]) und die Herren Hamilton und Millingen; der Deutschen, welche dem Gegenstande ihre thätige Hülfe schenkten, sind zu viele, um ihre Namen hier aufzuzählen, außer Braun, Lepsius, Otto Jahn, Kellermann und Wilhelm Abeken, von denen die beiden Letzteren nur zu früh gestorben sind. Außer den unablässigen Arbeiten Gerhard's und der beständigen Unterstützung Bunsen's war das Institut der unermüdlichen Theilnahme und Sorgfalt Kestner's aufs tiefste verpflichtet. Bunsen erlangte als Generalsecretär des Instituts für die erste Einrichtung desselben Räumlichkeiten im Palazzo Caffarelli; aber im Verlauf der Zeit wurde, infolge der Ausdauer, der Sammlungen, der Subscriptionen, der Beisteuern, ein Stück Land auf dem Tarpejischen Felsen gekauft und dort ein Gebäude errichtet, welches einen bleibenden und passenden Raum sowol für die Sammlungen als für das Verwaltungssecretariat gewährte und auch einen Saal für die Zusammenkünfte einschloß. Oft drohte im Laufe von dreißig Jahren die Zerstörung der Einrichtung, aber Bunsen lebte lange genug, um sie auf einer sichern Basis begründet zu sehen.

Eine reiche Ernte wurde den ersten Jahren des Instituts zutheil durch die Entdeckung der vergrabenen Schätze der etruskischen Kunst, und ein noch weiteres Feld der Untersuchung wurde bald eröffnet durch die Wegnahme des Schlamms, der auf den ägyptischen Alterthümern bis dahin lag.

Der erste Schritt, den Bunsen in den ägyptischen Untersuchungen machte, fand, wie schon erwähnt, zu der Zeit statt, als er zuerst Champollion in Rom kennen lernte (1825); bald nachher hatten die sorgfältigen Untersuchungen der ägyptischen Alterthümer in den römischen Sammlungen und die Veröffentlichung des großen Denkmälerwerks von Rosellini, sowie Unterhaltungen mit dem Baron Prokesch von Osten (welcher Untersuchungen und Beobachtungen in Aegypten und Nubien gemacht hatte) Bunsen mehr und mehr in der Ueberzeugung bestärkt, daß hier in der That ein großes Feld geschichtlicher Untersuchung eröffnet sei, und er verlangte danach, durch seine eigene Nation würdigen Vortheil daraus gezogen zu sehen. Er hatte bis dahin keine persönliche Beziehung zu Richard Lepsius; da er sich aber von dem Manne und seinen Leistungsfähigkeiten eine Anschauung

---

vollen Geist der Restauration athmende Schrift Fea's über die Oberherrlichkeit des Papstes über die weltlichen Fürsten ist schon früher erwähnt.

*) Eine Reihe von Briefen Gell's an Bunsen, besonders aus den Jahren 1828—1832, bezieht sich meist auf neue Ausgrabungen und Entdeckungen.

gebildet hatte, welche die spätere Erfahrung als sicherlich nicht über=
trieben erwies, so schrieb er ihm im Jahre 1833, er möge seine An=
sichten über den geschichtlichen Werth der ägyptischen Schätze darlegen;
er verband damit den Rath, daß Lepsius (damals in Paris) seine
Aufmerksamkeit den im Louvre enthaltenen ägyptischen Sammlungen
zuwenden möchte, und den Wunsch, daß er dann als sein Gast nach
Rom komme und die Möglichkeit in Erwägung ziehe, diesen neuen
Zweig geschichtlicher Untersuchung in den Bereich der Gegenstände des
Instituts zu ziehen. Lepsius ging mit Wärme und Hingebung auf
den ihm auf diese Weise nahe gebrachten Gegenstand ein, und es ging
aus ihrem Zusammentreffen nicht blos eine innige und treue Freund=
schaft hervor*), sondern auch der Plan zu jener wichtigen ägyptischen

---

*) Von Bunsen's stets reger Betheiligung an der Aegyptologie wird später
noch näher die Rede sein müssen; hier sei nur daran erinnert, wie es keins seiner
kleinsten Verdienste ist, Lepsius selbst dieser Wissenschaft gewonnen zu haben. Ohne
auf die höchst reichhaltige und wichtige Correspondenz der beiden geistig verwandten
Männer hier näher einzugehen, verdienen doch einige Stellen aus Bunsen's ersten
Briefen an Lepsius hier eine Anführung. Nachdem Bunsen durch Lepsius' Erst=
lingsschriften „De tabulis Eugubinis" (1833) und über die „Paläographie als Mittel
der Sprachforschung" (1834) sich von der ungewöhnlichen Begabung des erst ein=
undzwanzigjährigen Gelehrten überzeugt hatte, wandte er sich in der bezeichneten
Weise an ihn; auf die im Ganzen zustimmende Erwiderung antwortete er dann
(am 5. Januar 1834), gleichzeitig mit Gerhard: „Ich bedaure Weniges mehr bei
dem Drange von Arbeiten, die mich für die wenigen Wochen vor meiner Abreise
nach Berlin umlagern, als daß ich Ihnen nicht so ausführlich, wie ich wünschte,
auf Ihren mir sehr werthen Brief antworten kann. Einen neuen ausgezeichneten
Jünger der Wissenschaft zu finden, ist eine so große und reine Freude, daß sie nur
durch das Vertrauen, womit Sie sich mir eröffnet, erhöht werden kann. Ich will
Ihnen kurz sagen, wie ich die Sache ansehe. Das ägyptische Studium ist, beson=
ders durch den Mangel an wahrer Philologie und classischer Geschichtskritik, wie
sie Niebuhr gelehrt und geübt hat, in einer großen Krisis. Mehrere bedeutende
Entdeckungen sind nicht gemacht worden, weil man in der philologischen und histo=
rischen Basis schwach war. Ein zweiter Umstand ist, daß es für die ägyptische
Sprachforschung selbst an Material fehlte. Rosellini hat Unglaubliches in seinen
Heften, durch die Bezeichnungen in Hieroglyphen von mehr als tausend Gegenständen
der Basreliefs und Gemälde. Nur ein deutscher Philolog kann diesen Schatz heben.
Rosellini ist ein edler Mensch und hat mir versprochen, einem solchen seine Samm=
lungen zu öffnen, die sonst noch viele Jahre schlummern würden. Also der Augen=
blick ist günstig. Aber es gehört die Begeisterung der Hoffnung dazu, etwas Be=
deutendes zu finden." Gleich in dem folgenden Briefe vom 20. December 1834
heißt es: „Alles, was Sie mir über den Plan Ihrer Studien, über Ihre Zweifel
an der Richtigkeit der bisher befolgten Methode, und über die Mittel einer sicheren
wissenschaftlichen Begründung schreiben, ist mir aus dem Herzen gesprochen. Ich
habe die feste Ueberzeugung, das schöne und große Werk wird Ihnen gelingen."
Während des ganzen folgenden Jahres, wo Lepsius theils seine pariser Studien

Expedition, welche einige Jahre ſpäter unter dem Schutze König Friedrich Wilhelm's IV. und auf Koſten der preußiſchen Regierung ausgeführt wurde. Der Plan war dem König vor ſeiner Thron⸗ beſteigung vorgelegt worden; er hatte ſofort mit ſeiner ſeltenen Klar⸗ heit geiſtiger Auffaſſung die volle Wichtigkeit dieſer Studien begriffen, in einer Zeit, wo ſie noch durch keinen einzigen deutſchen Gelehrten unterſtützt wurden, und er fuhr fort, den Gegenſtand zeitlebens im Auge zu behalten als von perſönlichem Intereſſe für ihn. Der preußiſche Staat hat ſelten große Summen mit größerem Nutzen für die Wiſſenſchaft und Ruhm für das eigene Land ausgegeben. Für Bunſen blieb der Gegenſtand mit dem ganzen Netz ſeiner Beſchäftigungen und Betrachtungen verwoben bis in das letzte Jahr des Leidens und der Abnahme der Kräfte; ſein deutſch und engliſch*) herausgegebenes Werk: „Aegyptens Stellung in der Weltgeſchichte" legt ſein volles Zeugniß ab für die große Bedeutung der gemachten Entdeckungen.

Auf dem an das Inſtitut anſtoßenden Grund und Boden (vorher mit verfallenen, wenn auch nicht alten Gebäuden bedeckt) gelang es Bunſen nach Jahren ausdauernder Arbeit, das Krankenhaus für Proteſtanten zu errichten, deſſen ſchreiendes Bedürfniß ſchon Niebuhr dargelegt hatte. Unter dem Heer von Schwierigkeiten, mit denen Bunſen dabei zu kämpfen hatte, war die nicht die geringſte, die Nothwendigkeit zu beweiſen, auf ſolche Art den Proteſtanten außer der Pflege in Krank⸗ heitsfällen auch Schutz vor der in den römiſchen Hoſpitälern herr⸗ ſchenden Proſelytenmacherei zu gewähren; denn er war gezwungen, die Oeffentlichkeit zu vermeiden, um nicht den Vorwurf eines Mangels an Ehrerbietung gegen herrſchende Mächte auf ſich zu laden. Bald

---

vollendete, theils in Turin und Piſa arbeitete, blieb Bunſen's Briefwechſel mit ihm ſehr lebhaft, indem er gleichzeitig ein Reiſeſtipendium der berliner Akademie für Lepſius' römiſchen Aufenthalt erwirkte. Als dieſer nun im April 1836 wirklich in Rom ankam (wo er gleich im folgenden Jahre ſeinen berühmten Brief an Roſellini sur l'alphabet hiéroglyphique veröffentlichte), wurde der wiſſenſchaftliche Verkehr vom erſten Tage an, wo er Bunſen's Hausgenoſſe wurde, ein perſönlich freund⸗ ſchaftlicher, und gerade die letzten Jahre Bunſen's in Rom erhielten bei den viel⸗ fachen Wolken, die ſie umhüllten, ihren hellſten Sonnenſchein durch Bunſen's und Lepſius' gemeinſame Studien, wie auch die Monate nach der Abreiſe von Rom (1838) ſehr reich an zwiſchen Beiden gewechſelten Briefen ſind. Ihr Zuſammenſein und Zu⸗ ſammenarbeiten in England bei Bunſen's erſtem Aufenthalt in dieſem Lande (1838— 1839) wird in den Auszügen aus ſeinen damaligen Briefen vielfach erwähnt werden.

*) Eine franzöſiſche Bearbeitung war von Jean Reynaud beabſichtigt; die Ausführung dieſes Planes wurde aber durch ſeinen frühen Tod verhindert. Inzwiſchen iſt von anderer Hand Bunſens „Gott in der Geſchichte" franzöſiſch über⸗ ſetzt, und ſtehen weitere Veröffentlichungen in Ausſicht.

begannen Beiträge einzukommen von Fürsten und anderen Männern von Bedeutung in verschiedenen protestantischen Ländern, und es ist dabei in Erinnerung geblieben, daß Bunsen besondere Befriedigung über den ungefragt dargebotenen freigebigen Beitrag des Barons Roth= schild empfand. Der Engländer John Hills unterstützte das Werk durch das Darlehn einer beträchtlichen Summe, die preußische Regierung gewährte eine reichliche Unterstützung; und langsam und allmählich, in Glauben und Geduld, in unablässiger Anstrengung wurde die „Casa Tarpea" vollendet und bleibend mit der Gesandtschaftskapelle verbunden. Nicht blos das Hospital, sondern auch die Zimmer des Instituts für archäologische Correspondenz und passende Räumlichkeiten für die sich immer erneuernde Colonie deutscher Gelehrten in Rom fallen jetzt in ihren Umkreis; dabei hat der Ort die beste Luft (wie allgemein durch die Volksstimme zugestanden wird) und eine schöne Aussicht aus dem Garten, ähnlich der so wohl bekannten und bewun= derten von dem Palazzo Caffarelli.

Das Collegium Preuckianum war eine altkatholische Stiftung in Rom (durch ein Vermächtniß eines preußischen Barons von Preuck begründet), welche die Bemühungen Bunsen's der wirklichen Erfüllung ihres Zweckes wieder gewannen, Studirenden katholischer Confession die Mittel zu gewähren, sich eine gegebene Zeit in Rom aufzuhalten, um dort ihre geistige Ausbildung weiter zu verfolgen. Die Stiftung war daheim in Vergessenheit gerathen, und an Ort und Stelle waren ihre Ländereien und Gebäude vernachlässigt und die verminderten Einkünfte einem sich im Sand verlierenden Flusse ähnlich gewor= den. Aber durch einen Aufwand von Mühe und Geduld, der kaum gedacht, vielweniger beschrieben werden kann, wurde das Geheim= niß ihres scheinbaren Verschwindens enthüllt und das Ganze wieder in Thätigkeit gebracht. Zwei ausgezeichnete junge Männer, Ambrosch, der viele Jahre später als Professor der Alterthumskunde in Breslau starb*), und Papencordt, schon früh in der Blüte des Lebens und literarischer Hoffnung durch den Tod abberufen, waren die ersten, welche von dieser Wiederherstellung Vortheil zogen, Beide zugleich

---

*) Eine Frucht von Ambrosch' römischem Aufenthalt waren außer seinen Beiträgen zu der „Beschreibung der Stadt Rom" und den „Annali del Instituto di corrispondenza archeologica" unter anderem seine „Studien und Andeutungen im Gebiet des altrömischen Bodens und Cultus" (Breslau 1839) und „Ueber die Religionsbücher der Römer" (Bonn 1843). Er war Bunsen persönlich durch den Oberregierungsrath Schmedding empfohlen worden; mehrere Briefe des Letzteren an Bunsen danken für seine freundliche Aufnahme.

Freunde und geliebte Genossen im Bunsen'schen Hause.*) Je inniger die Frömmigkeit eines Freundes war, um so mehr wandten sich ihm die Sympathien Bunsen's zu; blos Dogmatisten, von welcher religiösen Ueberzeugung denn auch, stießen ihn ab und fühlten sich durch ihn abgestoßen.

Der hohe Werth, den Bunsen auf die Verdienste Baini's, des päpstlichen Kapellmeisters, legte, und Achtung für den letzten Repräsentanten der langen Reihe hervorragender Componisten in dem Stil der geistlichen Musik, die Rom eigenthümlich ist, bewog ihn, längere Zeit beharrliche Versuche zu machen, um Geld zusammenzubringen für die Veröffentlichung der gesammelten Werke Palestrina's. Diese Sammlung war blos im Manuscript vorhanden, dasselbe jedoch vollständig in Baini's Hand; Bunsen hoffte so für seinen Freund, den ehrwürdigen Zeugen der Vergangenheit, die Genugthuung zu erlangen, noch ein anderes Monument für das Gedächtniß seines bewunderten Vorbildes (Palestrina's) der Biographie desselben hinzuzufügen, welche Baini eine Lieblingsarbeit gewesen war und die er erst kurz vorher (1820) in zwei Bänden veröffentlicht hatte. Zu diesem Zweck wurde eine Reihe von drei Concerten von Bunsen und Kestner eingerichtet, worin von den Sängern der Sixtinischen Kapelle ausgewählte Stücke Palestrina's vor einer beträchtlichen Zahl der Fremden, die sich jenen Winter in Rom aufhielten, in einem großen Saale aufgeführt wurden, der damals in dem Erdgeschoß des Palazzo Caffarelli leer stand, später aber zur Kapelle der preußischen Gesandtschaft eingerichtet wurde und noch jetzt dazu gebraucht wird. Aber in diesem wie in vielen anderen Fällen war das Vergangene bestimmt, Vergangenheit zu bleiben; die für die Eintrittskarten gelöste Einnahme war Alles, was die zwei eifrigen Freunde für die erhoffte und erwünschte Publication Baini's zusam-

---

*) Eine scherzhafte Anekdote in Bezug auf einen anderen dieser Studirenden darf hier wol ebenfalls Platz finden. Von Bunsen gleich nach seiner Ankunft in die bei ihm versammelte Gesellschaft eingeführt, wurde er von diesem gerade beim Eintritt in dieselbe befragt, was er als sein wissenschaftliches Specialfach angeben solle. Der junge Mann antwortete, er wolle insbesondere die Mysterien des Dionysos= und des Aphroditecultus verfolgen. Ohne weiter nachzudenken, stellte ihn darauf Bunsen der Gesellschaft als einen neuen Ankömmling vor, der in Rom die Mysterien di Baccho e Venere studiren wolle, und wurde erst durch die Heiterkeit der Zuhörer auf den komischen Irrthum aufmerksam gemacht. Bei dieser Gelegenheit sei gleichzeitig erwähnt, daß Bunsen wie wenig Menschen Witz und Humor zu genießen wußte; wenn auch der Zweck dieses Werkes ein anderer ist, als Einzelheiten darüber anzuführen, so darf doch aus dem Fehlen derselben nicht auf das Fehlen dieser Seite in seinem Charakter geschlossen werden.

menbringen konnten; zur Subscription waren nur Wenige geneigt.*)
Die Gemälde des 15. Jahrhunderts und die Vocalmusik des 16. kön=
nen wol für den Gebildeten einen parallelen Rang in den Künsten
einnehmen und dieselbe Sprache zu Geist und Gemüth reden; aber die
Gemälde (welche gerade damals allmählich in allgemeine Aufnahme
kamen) haben den Vortheil, in ihrer ganzen Vollkommenheit, wie sie
durch die Hand des Meisters hinterlassen worden sind, zu erscheinen und
die beständige Betrachtung des Auges herauszufordern, durch welches
ihr Sinn den Weg zu dem Herzen findet. Deshalb wird ihre Wir=
kung immer viel sicherer sein als die der Musik eines anderen Zeit=
alters, welche in einem Gebiete von Empfindungen weilt, die viel zu
erhaben sind, um jemals das zu werden, was man populär nennt,
oder den gewöhnlichen Geist zu ergreifen, der durch Geschmack und
Gewohnheit für keine andere als gewöhnliche Eindrücke vorbereitet ist.

Die folgenden Briefe enthalten einige nähere Mittheilungen über
den Besuch des Kronprinzen von Preußen in Rom, Bunsen's
Reise mit demselben und die anderen Begebenheiten des Winters
1828—1829:**)

Florenz, 18. October 1828.

(Von Bunsen an seine Frau.) Der Prinz hat mich mit derselben
Güte und Liebe empfangen, mit er mich in Berlin entlassen. .... Ich
habe dem Prinzen vorgeschlagen, von La Storta über Monte Mario nach
Rom zu fahren, wenn das Wetter schön ist. In diesem Falle also muß
der leichte Wagen Donnerstag den 23. ganz früh nach La Storta fahren,
wo der Prinz um 12 Uhr sein wird; dann fährt er bis Monte Mario,
wo er die Aussicht besieht und dann zu Fuß geht, bis an den Abhang.
Dann nach der St.=Peterskirche und dem Pantheon, auf dem Wege zum

---

*) Die Hoffnungen des guten Baini sind nach seinem Tode einigermaßen
erfüllt worden. Einige von Palestrina's Motetten, Messen, Opfergesängen ꝛc. kom=
men in der seit 1841 in Rom veröffentlichten „Raccolta di Musica Sacra" des
Padre Alfieri heraus, wovon bisjetzt sieben Bände gedruckt sind. Von der deutschen
Ausgabe Theodor von Witt's, die größtentheils auf Kosten der preußischen Regie=
rung seit 1862 erscheint („Motetten von Pierluigi da Palestrina"), sind erst drei
Bände erschienen. Auch in Paris und London soll eine Auswahl der Palestrina'=
schen Stücke gedruckt worden sein.   Anmerkung der Verfasserin.

**) Der erste dieser Briefe ist nach Bunsen's Zusammentreffen mit dem Kron=
prinzen, dem er entgegengereist war, geschrieben, die beiden folgenden während des
Aufenthalts des Prinzen in Rom; dann schließen drei weitere Briefe Bunsen's sich
an aus den Tagen, in denen er den Kronprinzen bis an die italienische Grenze
zurückbegleitete; die beiden letzten sind wieder aus Rom.

Hôtel-de-l'Europe (Ramilli), wo er speisen wird, und dann bei Tag oder Abend das Forum und Colosseum besehen.

Der Prinz wünschte nämlich von einem vortheilhaften Punkte Rom zuerst zu erblicken, und da ist es mir eingefallen, daß mit einer Carettella das Fahren über Monte Mario thunlich ist: die Pferde müssen aber recht früh da sein und den Tag vorher Ruhe haben. Der Prinz bleibt 12 Tage in Rom, und wieder 4, auf dem Rückweg von Neapel. Ich habe schon mit Gröben eingeleitet, daß ich nicht nach Neapel mitgehe, und auch nicht nach Ravenna, wenn es der Prinz nicht geradezu verlangt.

Rom, 8. November 1828.

(An Schnorr von Carolsfeld.) Ich habe hier vierzehn Tage voll Arbeit und Freude gehabt, während der Anwesenheit des Kronprinzen, der Rom mit einem unbeschreiblichen Enthusiasmus und Kennerblick gesehen hat. Im Saale Caffarelli war eine allgemeine deutsche Ausstellung veranstaltet, wozu sich 40 Künstler (wovon 25 Preußen) vereinigt hatten. Ungeachtet sie unvorbereitet war, bildete sie doch ein schönes Ganze dar, und findet allgemeinen Beifall. — München hat den Kronprinzen vielfach angesprochen, und mit dem Gebäude der Glyptothek ist er viel mehr zufrieden als ich. Die Gemälde darin haben ihn entzückt, wie hier die Villa Massimo. — Unsere capitolinische Kapelle (worin wir jetzt auch einen königlichen Kapellmeister [Georg] und einen tüchtigen Chor haben), hat ihn ganz befriedigt.

Rom, 12. November 1828.

(Aus einem gleichzeitigen Briefe.)[*] Der Anblick Châteaubriand's, der eben als französischer Gesandter hier angekommen ist, war eine Befriedigung der Neugierde und weiter nichts. Er ist ein eitles Wesen, steht in der Mitte eines mit Gästen gefüllten Zimmers in seinem eigenen Hause, die Augen auf die Decke gerichtet: als die einzige Art, um über ihre Köpfe wegzusehen; denn er ist klein von Gestalt, und wenn er auch zu sprechen vermeidet, so bietet er doch sein Gesicht den Beobachtern dar. Der Kopf und die Gesichtszüge sind wohlgebildet, aber von zu großem Maßstabe, um mit seiner übrigen Figur im Verhältniß zu stehen. Er spricht französisch so, daß es ein Ohrenschmaus ist, den Tonfall zu hören; aber was er bisher geäußert hat, ist eine Art von Maske; nun, vielleicht wird die Zeit kommen, wo er seine Meinungen mittheilen wird.

Bologna, 6. December 1828.

(Von Bunsen an seine Frau.) Wie Du richtig vermuthet hast, werde ich nicht von Ferrara, sondern erst von Verona aus zurückkehren. Nichts

---

[*] Dieser wie der folgende Brief sind englisch geschrieben.

läßt sich vergleichen mit der Güte des Prinzen und der Zufriedenheit, die er über meine Gesellschaft ausdrückt. Ich bin allein mit ihm im Wagen vom Morgen bis zum Abend, und sein ganzes königliches Herz ist mir geöffnet; Kirche, Regierungsweise, Erziehung und alle die großen Gegenstände meiner Befürchtungen und Hoffnungen für die Zukunft des Landes werden frank und frei besprochen. Ich kann nur sagen, daß ich überwältigt bin von Dank gegen Gott für so edle, tiefe und weise Anschauungen, Absichten und Grundsätze, wie sie der Prinz mir erschlossen hat. Eine solche Gelegenheit kann aller menschlichen Wahrscheinlichkeit nach nie wiederkommen, und mein guter Gröben, der mir den Wunsch des Prinzen aussprach, daß ich ihn bis an die italienische Grenze begleiten möge, drang in mich, es aus diesem Grunde nicht abzulehnen, und in der That hatte ich auch nicht die Absicht, es zu thun.

Alle sind wohl, und wir haben nur die drei letzten Tage Regen gehabt, dagegen viel Nebel; dennoch haben wir Ravenna gesehen, welches die Erwartungen des Prinzen weit übertroffen hat. Es ist wunderbar, wie viele bedeutsame Beobachtungen er gemacht. Heute gehen wir nach Ferrara, morgen nach Padua. In Venedig werden wir bis zum 7. sein, in Verona am 8., dort werden wir uns trennen; ich hoffe, am 14. in Rom zu sein.

Der Prinz und ich sind auf den Apenninen mit knapper Noth davongekommen — an dem Rande eines Abgrundes von 500 Fuß rettete uns nur der Fall eines Pferdes davor, in die Tiefe gestürzt zu werden. Wir sind seitdem nie in der Nacht gereist.

Rumohr erwartet mich in Florenz und wird mit mir nach Siena, vielleicht nach Rom gehen. Ich bin betrübt, daß ich nicht vorher das Datum von unseres theueren Kestner's Geburtstag gewußt habe; sonst hätte ich an ihn geschrieben.

Venedig, Sonntag, 7. December 1828.

(An Schnorr von Carolsfeld.) Aus der herrlichen Meerbeherrscherin muß ich Dir einige flüchtige Zeilen zusenden, in Antwort auf Deinen lieben Brief, den ich in Bologna erhielt. Der Kronprinz nämlich hat mir erlaubt, ihn bis zur Grenze Italiens zu begleiten, nachdem ich ihn in Rom herumgeführt.

Ich habe, mein geliebter Freund, noch niemals eine mir gebotene Pathenstelle mit solcher Freude angenommen als die, welche Deine brüderliche Liebe mir anträgt, und zwar sowol wegen meiner Liebe zu Dir, als wegen der festen Ueberzeugung, die ich habe, daß die noch verborgene Seele von Dir und Deiner lieben Frau mit älterlicher Treue zu dem Glauben werde erzogen werden, den ich, oder meine Fanny, für dieselbe bekennen und angeloben sollen. Wie sollte ich Dir genug danken können für die Liebe und treue Freundschaft, die diesen Antrag Dir eingegeben! Ich nehme ihn mit Dank und Freuden an, für mich und meine Frau, als einen neuen christlichen Freundesbund zwischen uns Allen, in echter Bruderliebe begründet. Der Herr aber gebe seinen Segen, daß wir einst Alle mit der anvertrauten, und durch Dich mir verbundenen Seele freudig vor seinem Throne erscheinen mögen!

Ich hätte Dir viel zu schreiben, fehlte mir nicht die Zeit: Du kannst Dir aber wohl denken, daß die letzten zwei Monate keinen unbedeutenden Theil meines Lebens bilden, und namentlich die letzten vierzehn Tage, wo ich ganz allein mit dem Kronprinzen gewesen bin, und nicht allein Gelegenheit gehabt habe, mich ganz und von allen Seiten mit ihm auszusprechen, sondern auch die Tiefe und Herrlichkeit seines Gemüthes und Verstandes ganz und ungestört kennen zu lernen. Die größten und herrlichsten Absichten erfüllen seine Seele, und zwar mit einer Kenntniß und Fähigkeit, in jedes Einzelne einzugehen, die Sache nach allen Seiten hin zu erwägen, und das Beste festzuhalten, die ich, auch nur entfernt, nie in einem jetzigen oder zukünftigen König gefunden.

Ich eile über Florenz und Siena zurück...... Meine liturgischen Arbeiten fange ich nun mit verdoppeltem Eifer an, und manche nicht geringere damit verwandte sind mir in den letzten vierzehn Tagen aufgegeben, wozu Du mir des Himmels Beistand erbitten wollest, wie zu jenen..... Kommt Schelling nicht nach Rom, d. h. kommt der erste Band des „Weltalls" nicht heraus?

Florenz, Donnerstag früh, 11. December 1828.

(An seine Frau.) Da bin ich glücklich wieder im schönen Florenz. Vorgestern um 11 Uhr, nachdem ich dem Kronprinzen und seinem Gefolge im Wagen das letzte Lebewohl zugerufen, stieg ich in Verona ein, und gestern Abend um 5 Uhr hier aus, sodaß ich die ungeheure Strecke der Lombardei, den Po, und die hohe Apenninenkette zwischen Bologna und Florenz in 30 Stunden durchflogen habe. Das Wetter war trübe — der Apennin hatte sein kahles Haupt in Wolken gehüllt; ich hatte es gut berechnet, daß ich doch über die schlimmen Pässe bei hellem Tage kam, und Alles ging gut. Gegen 2 Uhr wurde es heiterer, und als ich von Caffaggiolo aus in die fruchtbare Ebene des Arno hinabsah, war der schönste Himmel, an dem ich die Sonne gerade beim Einfahren in die Vorstadt untergehen sah. Rumohr hat meinen Brief nicht erhalten, und war nach Siena abgereist; Metzger war nicht zu Hause. Nachdem ich mit hinlänglichem Appetit gegessen, freute ich mich, zu meiner Lieblingsstunde, 8 Uhr, zu Bett zu gehen, und wachte neu gestärkt um 5 Uhr auf. Bald erfuhr ich, daß Metzger um 9 Uhr hier gewesen, und einen Brief für mich zurückgelassen. Kaum hatte ich gehofft, aber nie aufgehört zu wünschen, daß ein Brief von Dir sich finden möchte. Tausend Dank für das liebe Schreiben.

Morgen, Freitag, bleibe ich bei Rumohr in Siena, und sehe mit ihm den Dom und das Stadthaus an. Ich reise, sobald ich Metzger gesprochen habe, mit dem ich Leopardi aufsuchen werde; vorerst aber muß ich meine Papiere ordnen..... Mein Reiseplan hat den Vortheil, daß ich die Orte, wo neuerdings einige Reisende des Nachts angefallen sein sollen, von Montefiascone bis Ronciglione, bei hellstem Tageslicht durchreise. Mache Dir keine Sorgen, und sei überzeugt, daß ich umsichtig sein werde.

Rom, 24. Januar 1829.

(An Niebuhr.) Ihre Nachricht, daß bei Ihrem Museum *) keine Kupferstiche anzubringen sind, hat die Realisirung eines Planes beschleunigt, der mich schon seit einiger Zeit beschäftigt, aber gegen den ich immer den Einwand hatte, er könne den Anschein einer Concurrenz mit dem doch wol bei jener Zeitschrift nicht ausgeschlossenen archäologischen Theile desselben gewinnen. Der Duc de Luynes, Gerhard und Panofka haben im vorigen Winter viel an dem Entwurf einer Gesellschaft und Zeitschrift gearbeitet, deren Zweck sein sollte, Mittheilungen italienischer Facta und ultramontanischer Arbeiten im archäologischen Felde zu vereinigen. Das Journal de la société archéologique sollte in Paris erscheinen. Ich fand, daß ich keinen Beruf hatte, mich hierfür zu interessiren, schlug aber vor, den Plan zu reformiren, auf Herausgabe von Monumenti inediti und factischen Notizen zu beschränken, und diese in Rom zu Tage zu fördern. Der Kronprinz faßte die Idee auf und zwar besonders der Sicherung fortdauernder topographischer Notizen aus Rom wegen, und forderte mich auf, die Sache in meine Hände zu nehmen, wogegen er zusagte, Protector zu werden. So habe ich denn vorgeschlagen, ein Instituto di corrispondenza archeologica zu stiften, in Sectionen vertheilt, deren Centralpunkte die Hauptstädte Europas, der Sitz aber der Amministrazione Rom sei. Das Manifesto darüber ist heute aus der Presse gekommen, ich halte es aber nicht des Postgeldes werth, daher ich es über Berlin senden werde, wohin ich bald einen Kurier senden zu können hoffe. Die Hauptsache ist, daß wir schon zum ersten fascicolo zwei Blätter von Norba's Mauern mit dem Stadtplan, von der Porta sarracinesca von Segni, und außerdem drei interessante inedita von Vasengemälden haben; zum Texte, außer der Erläuterung und einem Artikel „Scavi", die Beschreibung der alten Cornetanischen Gemälde, die 1727 entdeckt sind und die Anzeige von Gell's und Westphal's „Planti della campagna", und hierzu beabsichtige ich auch noch

---

*) „Rheinisches Museum", die von Niebuhr und Brandis begründete und noch jetzt fortbestehende bonner philologische Zeitschrift.

einen Auszug aus Ihrem Werke über die Etrusker und etrurische Kunst zu geben. — Nach dieser Einleitung soll also die Bitte kommen, daß Sie uns erlauben mögen, Ihren Namen in folgender Gesellschaft unter den socj ordinarj della sezione allemanna anzuführen: b'Alton, Böckh, Böttiger, Creuzer, Goethe, Hammer, Hirt, W. und A. von Humboldt, Jakobs, Klenze, Müller, Rauch, Schinkel, A. W. Schlegel, Schorn, Steinbüchel, Thiersch, F. Tieck, Uhden, Welcker. — Was Sie uns außerdem an- und aufgeben, soll möglichst schnell ausgeführt werden. Die Reise des Kronprinzen hat der ganzen Sache einen Schwung gegeben, den ich gern benutze bei Deutschen und Italienern.

Und dies bringt mich auf meine eigenen Schicksale und Verhältnisse. Die Reise mit dem Kronprinzen macht allerdings Epoche in meinem Leben, und wird mir ewig unvergeßlich bleiben. So etwas kann nicht wiederkehren. Sein schönes Gemüth ging auf im Sonnenschein der alten Welt, und sein lebendig auffaugender Geist flog unaufhörlich blitzend und funkelnd durch ihre Herrlichkeit. Die zwanzig Tage in Rom waren herrlich. Nach Neapel konnte ich ihn nicht begleiten, Geschäfte halber; aber dann reiste ich mit ihm von Rom bis Verona, zwölf Tage allein mit ihm im Wagen von Morgen bis Abend, wo er mir seine königliche und kindliche Seele mit reichem Vertrauen geöffnet hat. Sie kennen sie; ich darf Ihnen also darüber nichts mehr sagen: Gott lasse die schöne Blüte zur Frucht gedeihen trotz des Unkrauts, welches der Teufel dazwischensäet und säen wird. Deß bin ich sicherer als je, daß er die Einseitigkeit und zum Theil egoistische Erbärmlichkeit und Heuchelei der Ultrapartei durchsicht, die ihn zu umringen und zu umgarnen strebt; er fühlt seinen hohen Beruf, Vermittler zweier Extreme zu sein, welche die Welt theilen. Es gehört aber allerdings viel Kraft dazu, in einem solchen Berufe nicht zu erschlaffen. Sein Herz fließt über von Liebe zu Ihnen, und will den Gedanken nicht aufgeben, Sie bei sich zu sehen. Der Gedanke, daß Sie sich entschließen möchten, ihn zu begleiten, ist mir wie ein Traumwunsch durch meine Seele gegangen, als ich zuerst von der Reise hörte. Er kommt aber gewiß wieder und dann verwirklichen Sie doch seinen und meinen Wunsch.

Ich hoffe, der Kronprinz setzt durch, daß Rumohr*) Director des Museums wird; dieser und ich arbeiten daran, Graf Platen nach Berlin zu ziehen; der Kronprinz ist für ihn gewonnen; Platen ist auch gerade ein Mann für ihn. Ich rede nur vom Dichter, den Menschen habe ich

---

*) Karl Friedrich von Rumohr (geb. 1785, gest. 1843), der bekannte Kunstschriftsteller, der unter dem Einflusse der Romantik, besonders Tieck's und Riepenhausen's, katholisch geworden war, hatte sich schon früher zweimal in Italien aufgehalten und war im Jahre 1828 zum dritten mal dort. Bunsen hatte schon seit 1818 in einem sehr regen, besonders kunstgeschichtlich bedeutsamen Briefwechsel mit ihm gestanden.

hoch nicht gesehen. Er ist jetzt in Siena und will nach Elba gehen. Seine Gesundheit bessert sich, er arbeitet fleißig und geht daher hoffentlich nicht in der Kunstabgötterei unter. Ihr Urtheil über ihn soll ihm treulich und bald zukommen. *)

---

*) Mit dem damals von Bunsen an Platen gerichteten Briefe, worin er ihm den Wunsch des Kronprinzen, er möge nach Berlin kommen, und Niebuhr's wie seine eigene Anerkennung von Platen's dichterischem Genius aussprach, begann ein Verkehr beider Männer, der sehr freundschaftlich wurde. Die zahlreichen Briefe Platen's an Bunsen sind außerdem von hohem Werth für die Literaturgeschichte überhaupt und die Platen'schen Bestrebungen insbesondere; hier können aber nur einige Stellen angeführt werden, die das Verhältniß beider Männer und die Gegenstände ihrer Besprechungen charakterisiren. Der erste Brief Platen's (Ancona, 11. August 1829) begrüßt die Mittheilung Bunsen's als eine um so erfreulichere, da er schon längst eine Veranlassung gewünscht habe, sich ihm zu nähern und eine Verbindung mit ihm anzuknüpfen; gleich der folgende Brief redet den „Freund" an. Bieten auch die meisten Briefe lebhafte Eindrücke von allgemeiner Verstimmung, zunächst wol auf einem körperlichen Leiden beruhend, aber durch die Unzufriedenheit über die Zustände der deutschen Literatur, der allgemeinen politischen Atmosphäre und der Verhältnisse in Italien beständig genährt, so tritt gerade dadurch um so mehr die edle und große Anschauung des Dichters in den wichtigsten Angelegenheiten der Menschheit hervor. So heißt es von Preußen, daß „an der hohen Bestimmung dieses Staates nicht zu zweifeln sei, da es der einzige mächtige Staat in Deutschland sei, der höhere Geistesbildung befördere". Die Befreiungskämpfe der Griechen beschäftigen Platen aufs lebhafteste, nicht minder der polnische Aufstand, den die damalige Generation und vor Allen Platen selbst nur vom allgemein menschlichen Gesichtspunkte aus auffaßte. Sehr eingehend und warm bespricht Platen kritische Bemerkungen Bunsen's über Stellen in seinen Gedichten. So vertheidigt er z. B. mehrere von Bunsen angegriffene Gleichnisse (4. März 1830): „Ich kann das Princip, das Sie darüber aufstellen, eigentlich nicht anerkennen. Erstlich malt auch Homer seine meisten Gleichnisse, je nachdem es der Gegenstand erfordert, in vier bis fünf und mehreren Versen aus. Zweitens ist das Gleichniß im Epischen, was die Parabase im Drama, ein lyrisches Hervortreten des Dichters. Es ist ein Ruhepunkt in der Erzählung, eine Erholung des Dichters, die durch eine kurz hingeworfene Metapher noch nicht erreicht wird... Dies sei aber nur im Allgemeinen gesagt, im Einzelnen mögen viele Gleichnisse schlecht sein und ich hoffe noch Manches zu ändern, wenn einmal das Gedicht vollständig vor mir liegt... Es muß mir schmeichelhaft sein, wenn man meine Erzählung so lebendig findet, daß die Gleichnisse als etwas Hemmendes erscheinen, und ich bin Ihnen aufrichtig für Ihre Rüge verbunden, die ich nicht unbenutzt lassen werde." Derselbe Brief antwortet auf eine andere Vorstellung Bunsen's: „Was Tholuck betrifft, so thut es mir herzlich leid, ihm unrecht gethan zu haben; übrigens unter die Caricaturen der Zeit habe ich ihn nicht gestellt. Im Gegentheil wird er aufgefordert, diesen Caricaturen entgegenzuwirken, nur daß ihm bei dieser Gelegenheit eine zu calvinische Strenge vorgeworfen wird. Hart kann man blos den durch den Reim herbeigeführten Ausdruck «Kumpan» finden; in dem Wunsche, daß sich ihm die deutschen Fröste in einen Frühling Kanaan's verwandeln möchten, liegt eher etwas Wohlwollendes als etwas Hartes." Der folgende Brief vom 9. Mai 1830 (aus Neapel) dankt für die freundliche Aufnahme im Bunsen'schen Hause während der Durchreise

Das Jahr habe ich begonnen mit zwei Mémoires über die Emancipation, die mir von Wilmot Horton und einem Freunde des Captain of the age abgefordert wurden, und nun schon lange auf sicherem Wege in London sind. Horton war hier, ich lernte mit ihm sein Buch kennen, und konnte ihm nur beistimmen in seinem Plane, die Katholiken ins Parlament zu lassen mit der Clausel „to abstain from voting in all cases which affect directly the rights, privileges and revenus of the Church of England"; was nach einer von ihm gemachten Uebersicht der letzten dreißig Jahre nur 1 von 500 Bills trifft; diese Fälle sollen als precedent dienen, und die standing committee of religion zweifelhafte neue Fälle entscheiden. Viele der heftigsten Gegner sind hierdurch für die Emancipation gewonnen. Sein zweiter Punkt ist, unterhandeln mit Rom, nachdem man sich so entschieden hat, nicht vorher. Ueber diesen letzten Punkt habe ich die von dem Statusquo der Continental= mächte vor ihren Unterhandlungen hergenommenen Bemerkungen in ein Mémoire zusammengefaßt. Das zweite Mémoire war über die Nothwen= digkeit, den Aufenthalt unseres edeln Freundes Capaccini in Brüssel zu be= nutzen. *) — Doch was wird es helfen! Horton kommt nicht durch ohne den Herzog von Wellington, und die hier noch vor drei Wochen genährte Hoffnung ihrer Aussöhnung scheint mir verschwunden. Huskisson ist leider noch nicht überzeugt, daß Unterhandeln mit Rom ohne einen factischen Statusquo Unsinn ist; viele Whigs sagen, die Emancipation mit einer solchen Bestimmung sei a paltry measure. Doch dem sei wie ihm wolle, wer kann aufhören, mit seinem Herzen und Sinnen an jenem Lande zu hängen, mit welchem die Freiheit und der Stolz der Reformation unter= gehen würde!

Rom, 6. März 1829.

(Aus einem gleichzeitigen Briefe.) Die außerordentliche Kälte des letzten Monats hat viele Krankheiten und Sterbefälle verursacht, unter anderen von Papst Leo und von Torlonia. — Die beiden letzteren Fälle haben den auffälligsten Contrast in der öffentlichen Meinung hervorgebracht: der Tod Torlonia's ist allgemein beklagt worden (wegen der beträchtlichen Almosen, durch welche er seine Vergehen abzukaufen suchte), während der des Papstes mit unanständiger Freude aufgenommen wurde; die Jahreszeit, in der er stattfand, war der einzige Umstand, der dabei dem römischen

---

durch Rom. Wie im Winter 1830—1831 die Bunsen'sche Familie in Neapel mit ihm zusammentraf, wird bald nachher näher erzählt werden.

*) Beide hier erwähnten (englisch geschriebenen) Mémoires Bunsen's sind noch vorhanden und wegen ihres ruhigen objectiven Urtheils sowol wie wegen verschie= dener sonst unbekannter thatsächlicher Mittheilungen belangreich; bei dem beschränkten Raum konnte aber nur das kleinere aufgenommen und das größere mußte gegen die anderen in die Zeitgeschichte selbst eingreifenden Documente zurückgestellt werden.

Volke unwillkommen war. Sein Haß gründet sich auf die Handlungen und
den Theil der Regierungsweise des Papstes, dem die Nachwelt zustimmen
wird; und nicht seine Fehler, sondern seine Verdienste waren ihnen mis=
liebig und unbequem. Bunsen vermißt aufrichtig Leo XII., wegen seiner
eigenen Erfahrung über dessen Geschäftsführung, und es ist eine große
Frage, ob sein Nachfolger, wer es auch sein mag, die Kenntniß der öffent=
lichen Stimmung in fremden Ländern besitzen wird, welche es leicht machte,
mit ihm zu discuriren und ihn zu bestimmen, Vorstellungen Gehör zu geben.
Menschlich gesprochen, war es höchst unglücklich für Bunsen und seine Sache,
daß Papst Leo nicht einige Monate länger lebte; denn er schien auf dem
Punkte, eine wichtige Unterhandlung zu beschließen, über die sogenannten
gemischten Ehen zwischen Protestanten und Römischkatholischen in den
preußischen Gebieten, deren Entscheidung jetzt nicht blos hinausgeschoben,
sondern problematisch geworden ist.

Der in dem letzten Brief erwähnte Tod des Papstes Leo XII.
(am 20. Februar 1829) brachte in den allgemeinen Verhältnissen kaum
eine Veränderung hervor, da sein Nachfolger, der bejahrte und kränk=
liche Pius VIII., nur wenig über ein Jahr regierte; doch gelang es
Bunsen, wie der weiter unten mitgetheilte Brief an Niebuhr vom
19. April 1830 näher mittheilt, während dieser Zeit das Breve zum
Abschluß zu bringen, welches das Ziel seiner damaligen Unterhand=
lungen war.

Bei Gelegenheit der Obsequien Leo's XII. im Frühjahr 1829
fand eine höchst unerwartete Meinungsäußerung Châteaubriand's
statt. Bei demjenigen Theil der Ceremonie, der in den verschiedenen
Absolutionen des verstorbenen Papstes in jedem der geistlichen Grade,
welche er während seines Lebens bekleidet, besteht, bewegt sich eine
Procession langsam um den Katafalk, auf welchem die Leiche nieder=
gelegt ist; sie wird geführt von den Sängern der päpstlichen Kapelle
und ist aus allen Klassen geistlicher Personen zusammengesetzt, denen
der diplomatische Körper, die römischen Fürsten u. s. w. folgen; am
Schlusse einer jeden der verschiedenen Abtheilungen der dem Zweck
angepaßten Schriftworte, die von dem Chor gesungen werden, steht
die ganze Procession still, und die christlichen Theilnehmer derselben
sammeln sich in einer Gruppe hinter dem dienstthuenden Prälaten,
welcher Weihwasser auf den Katafalk spritzt und die bestimmte Form
der Absolution recitirt. Währenddessen stehen die Diplomaten und
die anderen nicht dienstthuenden Personen etwas seitwärts, nicht länger
in Reih und Glied, und unterhalten sich unbehindert einige Minuten
lang mit gedämpfter Stimme, bis die Procession sich wieder in Be=

wegung setzt, welcher sie dann wieder bis zur nächsten Pause zu folgen haben. Bei dieser Gelegenheit konnten Châteaubriand und Bunsen sich einander nähern; die Gegenstände, über die sie miteinander sprachen, waren mannichfaltig, doch ist mir nur einer davon erinnerlich, nämlich das denkwürdige Ereigniß der Katholikenemancipation in Großbritannien, welches anscheinend die so lange dauernde nationale und parlamentarische Debatte beschloß. Hierüber bemerkte nun Châteaubriand: „Um der menschlichen Natur willen muß ich mich über dieses Ereigniß freuen, aber als Katholik bedauere ich es. Die Kirche kann in ihrem frohlockenden Triumph ihre gewohnte Vorsicht verlieren und so sich selbst Gefahren in der Zukunft bereiten.“

Aus dem Sommer 1829 ist noch ein Brief Bunsen's an Niebuhr hier zu erwähnen, der Berichte über die neuen archäologischen Entdeckungen Lucian Bonaparte's enthält:

Rom, 25. Juni 1829.

Ich komme eben von einer Reise über Civita-Vecchia nach Corneto, Musignano, Canino, Toscanella, Viterbo zurück. Lucian Bonaparte hat die unermeßliche Nekropolis von Vulci gefunden; denn hierzu scheinen offenbar die Ruinen am rechten Ufer der Fiora unweit Ponte della Badina zu gehören, jetzt Pian di Voce. Dieser Kirchhof ist sechs Miglien an Umfang und Grab an Grab; die Ausbeute (bei Lucian allein über 2000 Vasen) überbietet alles bisher Bekannte an Herrlichkeit. Ich bin zwei Tage beim Napoleoniden gewesen mit mehreren Freunden. Alle Inschriften sind griechisch, zum Theil mit sehr alter Schreibung und mit fast allen Charakteren des sogenannten etrurischen (doch gewiß tyrrhenisch-pelasgischen?) Alphabets, daneben den gewöhnlichen großgriechischen. Es scheint mir klar, daß dieser Gräberschmuck in die reichen etrurischen Städte durch den Handel kam, wie dresdener Porzellan nach London.... Auf jener Reise habe ich die erstaunenswürdigen Gräber von Castel d'Asso gesehen (Castellum Axum), drei Meilen von Viterbo. In einem tiefen und engen Thale, das sich romantisch windet, wandelt man zwischen 60 Fuß hohen steilen Felsen, welche es zu beiden Seiten einschließen. Ein großer Theil dieser Wände ist als Grabeshäuser ausgehauen; alle haben (wie bei Drieli zu sehen) eine Thür gezeichnet mit einem Frontispiz darüber und der etrurischen Inschrift. Ich habe diese abgeschrieben und hier wie allenthalben gefunden, daß nichts bodenloser ist als das etrurische Inschriftenstudium, da die meisten ganz ungenau sind. Ein corpus inscriptionum, genau gemacht, könnte doch auch jetzt schon nützlich sein. Hinsichtlich der Sprache und ihrer Grammatik glaube ich Einiges herausgebracht zu haben. Ich höre, daß Otfried Müller Einiges gefunden haben will, kenne aber sein Buch nicht.

Im Laufe der nächsten paar Jahre, wo Bunsen zum Glück für seine Familie nicht von Hause nach Berlin abgerufen wurde, sind die Aufzeichnungen von seiner eigenen Hand über die Beschaffenheit dieser Jahre ebenso dürftig, wie die beständige Thätigkeit seines Lebens angestrengt war. Im Jahre 1828 wurde die geräumige Wohnung im ersten Stockwerk der Villa Piccolomini in Frascati als Sommeraufenthalt gemiethet und in jedem folgenden Jahre ihres Aufenthalts von der Familie genossen; und dankbar blicken die Ueberlebenden zurück auf einen Wohnsitz, welcher ihnen den ganzen Reiz des Sommers und des Klimas gewährte. Andere Ueppigkeit oder gar Eleganz fand sich dort nicht; aber die Insassen hatten aus Erfahrung gelernt, daß freier Raum, frische Luft und Mauern, die dicht genug sind, um die Hitze auszuschließen, Alles ausmachen, was in einem südlichen Klima geradezu unentbehrlich ist, während die Anzahl der nothwendigen Bedürfnisse in Hausgeräth u. dgl. für diejenigen gering ist, die sich gewöhnten, sich über die conventionellen Ansprüche hinwegzusetzen. Glücklich war diese lange Reihe glänzender Sommer, glücklich war Bunsen in dem ungestörten Tummeln seiner Fähigkeiten in schöpferischer Arbeit, Unterricht seiner ältesten Söhne und Ueberwachung ihrer Studien, glücklich in der Erholung und Stärkung, welche die reizende Nachbarschaft gewährte, glücklich in der Gesellschaft ausgewählter Freunde. Die einzige Gelegenheit, eine größere Gesellschaft zu versammeln, war der Geburtstag des guten Königs, der 3. August, wo so viele Preußen, als aufgefunden werden konnten, in dem großen Saal sich versammelten, um zu essen, auf die Gesundheit des Königs zu trinken und die Strophen nach der Melodie des „Heil dir im Siegerkranz" zu singen, welche Bunsen und Gerhard zusammen gedichtet hatten. Der Geburtstag des Kronprinzen fiel zu spät (15. October), um in Frascati gefeiert zu werden, wo die längeren Abende nach dem Beginn des Octobermonats kalt und unangenehm sind.

Die Jahre 1829 und 1830 waren ausgezeichnet durch eine Familienzusammenkunft mit der inzwischen verwittweten Frau Waddington sowie ihrer Schwester und deren Manne (Benjamin Hall, später Lord Llanover), welche den Winter und Frühling in Rom zubrachten. Auf einem Ausflug von Rom in Gesellschaft Benjamin Hall's, auf welchem man (im April 1830) die Isola Farnese (den vermutheten Platz Veji's) besehen wollte, war die Gesellschaft Zeuge von einer außerordentlichen Anfüllung der Atmosphäre an einem wolkenlosen Tage mit feinem Staub, welcher sich wie Schnee auf den Dächern Roms lagerte und auf den Kleidern der Reisenden sichtbar wurde;

lange blieb diese Erscheinung unerklärt, bis sich später ergab, daß sie in einem Ausbruch des Aetna, der ohne Flammen, Steine oder Lava verlief, ihren Grund hatte.

Der Winter 1830—1831 war durch die Anwesenheit von Felix Mendelssohn-Bartholdy in Rom ausgezeichnet, dessen köstliche (neuerdings herausgegebene) Briefe mit vollkommener Treue den seltenen Zauber seines Gemüths und Charakters abspiegeln, und die in Rom verlebten Scenen seines Glücks zeichnen, mehr aber noch den schönen Geist bekunden, „so schön gestimmt und zu so schöner Harmonie". Bunsen's Gefühle gegen diese anmuthsvolle Verkörperung des Genius waren so ausdauernd wie begeistert, und es war ihm vergönnt, sich mit fast väterlicher Gesinnung über einen Lebensweg zu erfreuen, der von Anfang bis zu Ende so hell und rein war.

Im October 1830 besuchten Bunsen und seine Familie Neapel. Nur die können verstehen, mit welchen Gefühlen, welche zum ersten mal nicht sowol die völlig unmalerische und reizlose Stadt, als die üppige Verschwendung der Natur überall unter, über, rings um sie in dem schönsten Octoberwetter mit Augen und Gemüthern gesehen haben, die für solche Eindrücke sich willig öffnen und durch nichts noch so Frembartiges stören lassen. Der Ausflug nach den Küsten und Inseln wurde in der Gesellschaft des Grafen Platen, des Dichters, gemacht, dessen edle und liebenswürdige Natur nur die höchste Theilnahme erwecken konnte, während seine Genossen den Zustand von Aengstlichkeit und Mistrauen beklagten, der ihn in beständiger Besorgniß eines Unglücks erhielt und es ihm unmöglich machte, sich in Freude und Genuß zu ergehen. Sein kleines Gedicht auf den Tod des römischen Kaisers Carus wurde von ihm gedichtet und der Gesellschaft recitirt, während sie auf der Sentinella in Ischia ruhten.*) Doch in solchen Scenen forderte das Gemüth auch noch

---

*) Nach dem Zusammentreffen Bunsen's und Platen's in Neapel wurde ihr brieflicher Verkehr noch lebhafter wie früher. So meldet ein Brief Platen's vom 25. December 1830 über sein berühmtes Gedicht „Die Abbassiden": „Was das morgenländische Gedicht betrifft, so ist es seit dem 19. dieses fix und fertig. Ich habe die drei letzten Gesänge in sieben Tagen geschrieben und also die fast jahrelange Pause hinlänglich eingebracht. Es thut mir leid, daß ich Ihnen damals den Brouillon der sechs ersten Gesänge vorgelesen, da das Gedicht eigentlich blos als Ganzes Effect macht, und erst am Schlusse sich zeigt, wie die zerstreut scheinenden Märchen durch eine Art verbunden sind, woburch eins das andere bedingt." Ein späterer Brief sagt über denselben Gegenstand: „Wenn Sie einmal Muße finden, meine «Abbassiden» zu lesen, so werden Sie bemerken können, wie vielen Werth ich auf Ihre Kritik lege, da Sie keine einzige der von Ihnen getadelten

eine Poesie anderer Art als die, welche Platen's Genius bot. Die Verse Lord Byron's über Griechenland drängten sich daher unwillkürlich mit Entzücken der Erinnerung auf; ähnlich wie lange Zeit, nachdem die Tage der Villa Piccolomini für die Bunsen'sche Familie Vergangenheit waren, die Prosa und Poesie von Frau Fanny Kemble*) die Gegenstände, die Töne, die Scenen und die Gefühle, die Frascati eigen sind, abspiegelte, zurückrief und widerstrahlte.

Zu Neapel begann die Freundschaft der Familie mit Valette, dessen Reife im christlichen Glauben und Leben schon in diesen jungen Jahren noch ungebrochener Gesundheit seine Gesichtszüge wie sein Verhalten ehrwürdig machten. Er hatte die Seelsorge der deutschen Gemeinde unter preußischem Schutz wahrzunehmen und blieb nach jenem Besuche noch viele Jahre dort, die schreckliche Heimsuchung der Cholera in den Jahren 1836—1837 hindurch; erst nach dieser Periode

---

Stellen wieder darin finden werden." Noch ein anderer Brief (wie der letzterwähnte ohne Datum) theilt mit: „Meine Geschichte Neapels von 1414—1443 habe ich vollendet; doch wünschte ich sie vorher noch ins Reine zu schreiben... Ich hoffe, daß Sie meine neapolitanische Geschichte einst mit Vergnügen lesen sollen. Es ist eine sehr interessante und romantische Epoche, die ich mit allen noch aufzutreibenden Details dargestellt." Am umfangreichsten ist aber der Briefwechsel über die „Polenlieder", von denen der „Gesang der Polen bei dem Vernichtungsmanifest des Selbstherrschers" und das Lied „An einen deutschen Fürsten" (den preußischen Kronprinzen) von Platen in Abschrift an Bunsen gesandt wurden. Letzterer widerlegte ausführlich die dem zweiten Gedicht zu Grunde liegenden geschichtlichen Voraussetzungen, forderte Platen auf, statt der Polenlieder Griechenlieder zu dichten und bat seinen Freund vor Allem um Rückkehr ins Vaterland, „wo er erst lebendiger empfinden werde, in welchem Gesammtleben er stehe". In der Antwort darauf legte Platen ausführlich die Gründe seiner Russophobie dar; doch ging ein späterer Brief auf Bunsen's Wunsch, er möge dem Kronprinzen näher treten, insofern ein, als er darin sagt: „Sind einmal die «Abbassiden» gedruckt, so denke ich dieselben Graf Gröben für den Kronprinzen zu übersenden, und bei einem von aller Politik freien Gedicht wird sich eher ein Vereinigungspunkt finden lassen als in einem politischen Briefwechsel." Wie die Heimkehr Platen's durch dessen plötzlichen Tod in Syrakus am 5. December 1835 (die Folge eines heftigen Fiebers, welches er sich durch starke Gegenmittel gegen die in Italien herrschende Cholera zugezogen) verhindert wurde, ist ebenso bekannt, als daß erst die letzten Jahre ein des großen Dichters einigermaßen würdiges Denkmal auf seinem Grabe sowie ein anderes in seiner Vaterstadt Ansbach erstehen sahen.

*) Es ist hier die Schilderung in dem Gedichte „Year of the consolation" gemeint; die beliebte Dichterin (auch als Mrs. Butler bekannt) war die Tochter des bekannten englischen Schauspielers Charles Kemble (Bruders des noch berühmteren John Philipp Kemble), dem zu Liebe sie sich ebenfalls längere Zeit der Bühne widmete.

von Gefahr und Selbstaufopferung wurde er in seine gegenwärtige arbeitsvolle Stellung in Paris berufen.*)

Nach dem Verlauf von fünf Wochen, für welche der Vers von Sir William Jones „ganz Auge zu sein und durch jede Pore zu schauen", die Art, wenn auch nicht den Grad des genossenen Vergnügens bezeichnet, kehrte die Gesellschaft erfrischt nach Rom und zum neuen geschäftlichen Leben zurück.

— Ueber die Unterhandlungen, die Bunsen nach seiner Rückkehr von Berlin mit der Curie zu führen hatte, läßt sich theils aus seinen eigenen Berichten, theils aus den Briefen des Erzbischofs Spiegel und Anderer an ihn Folgendes mittheilen:

Rom, 12. Juni 1829.

(Aus einem Berichte Bunsen's.) Die Unterredung mit dem Papste bei Ueberreichung des Beglaubigungsschreibens bewies mir, wie nothwendig es sei, den Papst zu überzeugen:

daß es sich nur um die Ausdehnung und Regularisirung einer im größten Theile der Monarchie factisch bestehenden Disciplin handle;

daß die jetzt bestehende Verschiedenheit hinsichtlich dieses Punktes so wenig fortdauern, als die strengere Disciplin allein herrschend gemacht werden könne;

daß endlich der Papst bisher die ganze Sache nur als Cardinal gekannt habe, jetzt aber sie in ihrem ganzen Umfange und nach allen ihren Beziehungen würdigen könne.

Glücklicherweise gab mir der Papst in der Conferenz selbst einen factischen Beweis von der Richtigkeit der letzten Bemerkung, die ich mir erlaubte, mit denselben Worten zu machen. Als ich ihm nämlich den Statusquo hinsichtlich des jetzt für Preußen üblichen Verfahrens bei den hiesigen Tribunalen auseinandersetzte und sagte:

daß die Bischöfe seit dem Westfälischen Frieden wenigstens nur in solchen Fällen sich an den Heiligen Stuhl wenden, wo außer der disparitas cultus noch ein demselben reservirtes impedimentum affinitatis oder consanguineitatis obwalte, und daß hierauf die Dispensation erfolge,

---

*) Noch früher hatte Bunsen's Verbindung mit Adolf Monod begonnen, während dieser ebenfalls Geistlicher in Neapel war. Unter mehreren Briefen des letzteren ist der vom 19. Januar 1827 belangreich; er macht darin Mittheilungen über die kirchlichen Zustände der dortigen evangelischen Gemeinde, spricht aber dann die Absicht aus, die dortige Pfarrstelle niederzulegen, sobald ein Nachfolger (wofür er auf seinen Bruder hoffte) gekommen sei, jedoch sich noch einige Jahre in Neapel aufzuhalten, um sich für eine demnächst vacant werdende Professur der Apologetik in Genf vorzubereiten (während sein Bruder speciell der Kirchengeschichte sich widme).

unterbrach er mich mit der ihm eigenen freundlichen Lebhaftigkeit: „Ja, aber doch nur objurata haeresia." Ich erwiderte hierauf:

Ich fühle ganz, wie schlecht es mir stehe, Sr. Heiligkeit in einer Sache von dieser Natur zu widersprechen — jedoch, hoffe ich, werde Se. Heiligkeit mir verzeihen, da es sich nur um ein Factum handle. Nun aber könne ich Se. Heiligkeit versichern, daß nie diese Bedingung gemacht worden sei: ja, daß eine solche Bedingung eigentlich das petitum aufhebe, indem, wenn der Protestant Katholik geworden, es sich nicht mehr von einer Dispensation a disparitate cultus handle.

Der Papst fühlte das Schlagende dieser Bemerkung und äußerte, er habe blos gemeint, die unbedingte Dispensation erfolge nur unter jener Bedingung; übrigens werde er keine Zeit verlieren, sich mit dem ganzen Thatbestand vertraut zu machen.

Nun erfuhr ich fast gleichzeitig durch vertrauliche, aber sichere Mittheilung, daß mehrere Mitglieder der Congregation des S.-Officio in ihren Notis dafür gestimmt hatten:

der Heilige Stuhl solle die Gelegenheit ergreifen, den Bischöfen einzuschärfen, daß sie gar kein Recht hätten, gemischte Ehen zu erlauben, ohne den päpstlichen Dispens für den einzelnen Fall erhalten zu haben; ihnen stehe es nur zu, darauf zu bringen, daß der nicht katholische Theil sich vorher bekehre.

Ich wußte sogar, daß ein Entwurf zu einer Encyclica in diesem Sinne an die Bischöfe dem Papste vorgelegt worden war. Ungeachtet ich nun überzeugt bin, daß man einen so monströsen Entwurf mir nicht einmal erwähnt haben würde, so hielt ich es doch für nothwendig, dem Cardinal-Staatssecretär zu zeigen, daß eine solche Ansicht ebenso gefährlich als unrichtig sei, und daß Rathgeber, die einen solchen Entwurf machten, von der Sache offenbar nichts verständen.

Rom, 15. August 1829.

(Aus einem weiteren Berichte.) Am 11. hat mir der Cardinal-Staatssecretär erklärt, Se. Heiligkeit sei entschlossen, die gemischten Ehen in der ganzen Monarchie kanonisch anzuerkennen und wolle dies durch Ausdehnung der Concessionen Benedict's XIV. auf die ganze Metropolitanprovinz von Köln bewerkstelligen.

Ich erwiderte auf die langersehnte Erklärung ohne Anstand: ich sei hocherfreut über jene Zusage, welche das Wesentliche der Sache in Sicherheit bringe, aber ich müsse erklären, daß ich die Form nicht annehmen könne; die Concessionen Benedict's XIV. für Holland, die später von Pius VII. auf Cleve angewendet worden, haben allerdings im Laufe der Zeit herbeigeführt, daß die katholischen Priester, statt die passive Assistenz zu leisten, unbedingt trauen; aber es bedürfe jetzt eines Mittels, welches sicher und unmittelbar diese Wirkung hervorbringe. Der Buchstabe der Benedictinischen Zulassungen gebe uns eigentlich nichts; denn er sanctionire drei Punkte, die wir schon besitzen: erstlich die Ertheilung der Dimissorialen, zweitens die Proclamationen von der Kanzel, und drittens die Anerkennung der Gültigkeit protestantisch eingesegneter Ehen. Die Briefe der Bischöfe beweisen, daß sie jene beiden Punkte sämmtlich zugeben, und der Erzbischof von Köln erkläre explicite in seinem Briefe die kanonische Gültigkeit jener Ehen. Die passive Assistenz sei eine anständige Form für die durch das Concil von Trient nicht verbotene Form der Heirath durch Declaration der Pfarrer und zweier Zeugen.

Da nun also der Buchstabe uns nichts gebe, was wir nicht schon im Statusquo besitzen, und da die unverweigerliche priesterliche Einsegnung, die uns allein fehle, sofort eintreten müsse, so werde Se. Heiligkeit eine Form zu wählen haben, die ihre Ertheilung sogleich zur Folge habe. Um dies zu erreichen, könne man sich nur an die Instruction Pius' VI. für Schlesien halten. Denn hierin sei von der passiven Assistenz nicht die Rede, und die priesterliche Einsegnung sei nach dem Erlaß dieser Instruction sogleich vom schlesischen Klerus ertheilt worden. Man könne, wenn eine solche Instruction annehmlich abgefaßt sei, sich damit begnügen; allein einen Schritt rückwärts könne und wolle man nicht annehmen. — Diese Argumentation kleidete ich nach der Conferenz in eine ausführliche Note, die ich zwei Tage darauf, als gestern, übergab.

Der Cardinal-Staatssecretär erwiderte hierauf: Der Papst habe auf die Form der Instruction Pius' VI. keine Rücksicht nehmen können, da sie hier Niemand kenne. Ich äußerte mein Erstaunen darüber und erklärte, daß ich sie in Berlin gesehen, aber nicht abschriftlich mitgenommen habe, in der Voraussetzung, sie im alten Archive zu finden. Ich könnte ihm, fügte ich hinzu, das bestimmte Datum der Note mittheilen, durch welche sie damals übergeben sei.

Rom, 20. August 1829.

(Aus einem weiteren Bericht.) Das fragliche Document hat sich leider in der Staatskanzlei nicht gefunden, und so kann leider das nach mehr als jährigem Bedenken endlich erhaltene officielle Versprechen der kanonischen Zulassung der Ehen in der Gesammtheit der westlichen Provinzen nicht benutzt werden, bis die Abschrift von Berlin eingegangen ist. *)

----

*) Aus den späteren Berichten vom 25. November und 10. December 1829 über den Fortgang der Unterhandlungen brauchen hier keine weiteren Aufklärungen angeführt zu werden, da der folgende Brief an Niebuhr Näheres über den Ausgang mittheilt. Ebenso wenig scheint es nöthig, der eigenthümlichen römischen Taktik,

Köln, 21. Juni 1829.

(Von Erzbischof Spiegel an Bunsen.) Sie haben mich am 16./27. Mai a. c. mit einem hochwerthvollen Briefe erfreut; dafür bin ich sehr dankbar und erwidere dagegen wahre lebendige Hochachtung. Sie werden aus meinem Glückwünschungsschreiben an den Heiligen Vater wahrgenommen haben, daß ich der Angelegenheiten der gemischten Ehen eingedenk gewesen; von Ihnen hoffe ich zu erfahren, daß Ihre wichtige Unterhandlung wieder aufgenommen ward und erwünschten Fortgang gewinnt..... Aus der Einsicht des „Katholiken" werden Sie entnommen haben, daß der General-vicar Hüsgen nur eine Unwahrheit berichtigt, aber über die Gültigkeit der gemischten Ehen sich nicht erklärt hat; daran ist in Deutschland seit dem Religions = und Westfälischen Frieden kein Zweifel; es handelt sich überhaupt nur von der kirchlichen Einsegnung als Sacrament *)..... Mein Schrei-ben um Erneuerung der gewöhnlichen Facultäten wird Ihnen auch zuge-kommen sein und geschäftsmäßige Erledigung finden; hoffentlich wird unser Cultusministerium nun auch bald ein drittes Gesuchschreiben an den Papst um eine Ablaßverleihung für eine von mir eingeführte Fastenandacht zur Förderung zuschicken, und dann empfehle ich diese religiöse Sache ganz ernstlich; ich bezwecke dadurch Hemmung der vielen kleinen Nebenandachten,

das Vorhandensein des unbequemen Documents abzuleugnen, den Wortlaut dessel-ben hier entgegenzustellen. Dagegen mag aus der (auch in dem Brief an Niebuhr erwähnten) Cabinetsordre vom 26. October 1829, welche die weiteren Unterhand-lungen regelte, der Hauptinhalt angeführt werden:

„Der Zweck der Unterhandlungen ist deutlich ausgesprochen; unter welchen For-men dahin zu gelangen, ist Sache des römischen Hofes. In dieser Beziehung scheint es nicht nur außer der diesseitigen Sphäre zu liegen, sondern auch bedenklich zu sein, dem römischen Hofe Vorschläge zu machen, wie er, ohne von den dort bestehenden Grund-sätzen abzuweichen, dem diesseitigen Verlangen genügen könne; selbst die Frage, ob man mit dieser oder jener Art die Sache abzuthun zufrieden sein könne, scheint überflüssig zu sein, da es blos darauf ankommt, aus dem Erfolge der päpstlichen Erlasse an die Bischöfe in den westlichen Provinzen der Monarchie zu entnehmen, ob das Ansinnen der katholischen Geistlichen, alle Kinder gemischter Ehen in dem katholischen Glaubensbekenntnisse zu erziehen, als Bedingung der Trauung des Brautpaares gemischter Confession aufhören oder fortdauern wird. Ich will zwar durch diese Bemerkungen die Leitung der Unterhandlungen nicht beschränken; sie sind aber dem Geh. Legationsrath Bunsen mitzutheilen, und damit der Sache ein Ziel gesetzt werde, soll er dem päpstlichen Hofe in angemessener Form erklären, daß, wenn sie nicht binnen sechs Monaten beendigt wird, landesherrlicherseits die geeig-neten Maßregeln zur Beseitigung des Misstandes der Sache ergriffen werden sollen."

*) Das hier erwähnte Schreiben Hüsgen's vom 30. September 1828 war in dem Januarheft 1829 der Zeitschrift „Der Katholik" abgedruckt, während das Novemberheft 1828 ein Circularschreiben des Bischofs von Münster vom 31. März 1828 gebracht hatte. Der Grund zu der Veröffentlichung lag in der Widerlegung der schon damals aufkommenden ultramontanen Verleumdungen über den Inhalt der Vereinbarung zwischen den Bischöfen und der Regierung.

welche theils Aberglauben an ein Kapellchen fördern, oder vielen anderen Unfug zur Folge haben. Dieses Gesuch wäre bereits in Ihren Händen, allein der feindselig wider mich gesinnte Geh. Oberregierungsrath Schmedding, von dem der stark kränkelnde Herr von Altenstein in katholischen Kirchensachen ganz abhängig ist, hat mir durch Abforderung häufigen Materials die Sache erschwert, und in der Zeit aufgehalten..... Der schleppende unsichere Geschäftsgang im Cultusministerium kann nicht lange mehr ohne großen Nachtheil für die öffentlichen Sachen und öffentliche Stimmung fortdauern; ich und alle katholischen Bischöfe sind in der Geschäftsführung stark gelähmt; die Strafffälligen bleiben unbestraft und sprechen der Obrigkeit Hohn. Möchten Sie auf diese Sache unmittelbar einwirken können und wollen; dann leisten Sie Großes und fördern Ordnung und Sittlichkeit.

Köln, 3. Januar 1830.

(Von demselben.) Ihre Zuschrift vom 30. October hat mich in Berlin angetroffen. Daselbst habe ich bis zum 9. December auf die frohe Benachrichtigung gewartet, die Angelegenheit der gemischten Ehen sei dem Wunsche unseres Monarchen gemäß ausgesprochen; die Erfüllung dieser Hoffnung scheint dem neu eingetretenen Jahre vorbehalten zu sein; dann wollen wir es um so willkommener heißen, und ich wünsche Ihnen aus warmer Zuneigung die Erfüllung Ihrer sämmtlichen Wünsche ebenso aufrichtig, als ich um Fortdauer Ihrer freundschaftlichen Gesinnungen für mich angelegentlichst ersuche.

Meine Ablaßangelegenheit für die gutberechnete Diöcesan-Fastenandacht habe ich in Berlin gefördert; Sie werden die Depesche darüber unterm 19. oder 20. November zugesandt erhalten haben, mich nun schon bald mit dem willfährigen Ergebniß Ihrer Bemühungen erfreuen. Eine auf Gallsucht gegründete Intrigue des nur Verderben verbreitenden Geh. Oberregierungsrath Schmedding hatte sich meiner Sache in den Weg gestellt; da nun unser guter Minister von Altenstein ihm blindlings glaubt und die catholica nicht kennt, so lag die Sache still, währenddem mir die Förderung derselben nach Rom officiell erklärt war. Unsern verehrungswürdigen Minister selbst habe ich durch Krankheit sehr geschwächt gefunden, ihn beseelt noch der rege Eifer für die Geschäfte, aber die Last seines Ministeriums ist gegenwärtig zu druckvoll für ihn, diese Ansicht habe ich in Berlin ziemlich verbreitet gefunden.

Ich danke Ihnen aus ganzer Seele für die prompte Besorgung der Angelegenheiten der Erzdiöces Köln, es sind deren viele im abgelaufenen Jahre vorgekommen, und nun in den ersten Tagen des neuen Jahres kommen noch wieder neue Dispensgesuche. Um Fortdauer der bisher erfahrenen großen Dienstgefälligkeit bittend, wiederhole ich die Versicherung meiner wirklichen und vollkommenen Hochachtung.

24*

Köln, 15. Februar 1830.

(Von demselben.) Hocherfreut bin ich, daß Ihnen die so vielfach schwierige Unterhandlung über die gemischten Ehen gelungen und nun nur noch die Art der Ausführung zu erwägen und päpstlicherseits zur Nachachtung der Bischöfe festzusetzen ist; manche an übeln Folgen nur zu ergiebige Reibung wird dann beseitigt und die Frage von einem neuen Ehegesetze in unserer so verschiedenartig zusammengesetzten Monarchie wird gottlob! obsolet werden. Sobald Mittheilung über den hochwichtigen Gegenstand geschehen darf, so bitte ich mich von dem Inhalte Ihrer Triumph-Negociation vertraulich in Kenntniß zu setzen; vielleicht erfordert ohnehin die Ausführung einen ähnlichen Geschäftsgang wie bei der neuen Fastenordnung, und dann würde meinerseits einige Vorbereitung gut sein.

Tausend Dank für die schnelle Besorgung meines Diöcesangeschäftes. Die Ablaßverleihung für meine Fastenandacht aber, hochverehrter Herr! was sagen Sie dazu, daß die Urkunde mir noch nicht mitgetheilt worden, und wahrscheinlich vom Geh. Oberregierungsrath Schmedding zurückgehalten wird, bis ich für diese Fastenzeit keinen Gebrauch mehr davon machen kann. Entnehmen Sie, wie weit die Leidenschaftlichkeit den Menschen vom rechten Wege abführt. Er ist in der That ein Verderben verbreitendes Werkzeug für die katholischen und Studiensachen in unserem Staate. Möchte er allenfalls durch Beförderung beseitigt werden!

Köln, 6. März 1830.

(Von demselben.) Ich fühle mich Ihnen hochverpflichtet für die ebenso vertrauensvolle als inhaltreiche Zuschrift vom 1. März. Hocherfreut war ich über das von Ihnen zur Vollendung gebrachte große Unternehmen. Die Zahl der zu überwindenden Schwierigkeiten war groß, und die Ausführung erforderte Zartheit und Energie.

In lebhafter Anerkennung, was Sie in Rom Großes bewirkt haben, und zur augenfälligen Darstellung, wie die Gesinnungen Roms gegen Preußen sich zum Besseren gestaltet haben, lege ich eine Abschrift von der Rede Clemens' XI., gehalten im Cardinal-Consistorio vom 18. April 1701 (gegen die Erhebung des Kurfürsten von Brandenburg zum König), hier an; sie ist genommen aus der in Rom 1730 erschienenen „Collectio operum Clementis XI.“

Berlin, 30. März 1830.

(Von Schmedding an Bunsen.) Endlich, mein verehrter Freund, erblicke ich Sie am Ziele einer mühevollen, zweifelhaften, ja von geistreichen und erfahrenen Männern als unnütz und vergeblich dargestellten Unterhandlung. Wenn Sie den Tag, der Sie dieses Sieges versicherte, zu den glücklichsten Ihres diplomatischen Lebens zählen, so darf ich Ihnen, ohne anmaßende Vergleichung, sagen, daß beim Lesen Ihres Briefes an Se.

Majestät ein ähnliches Gefühl sich meiner bemächtigte..... Ja, es gibt noch andere höhere Betrachtungen, die mir diesen Ihren Sieg so erfreulich machen — Betrachtungen, deren Umfang über den Raum unseres Vaterlandes und unseres Lebensalters hinausreicht. Wenn der Heilige Vater Ihnen sagte, „er habe über viele Gräben setzen müssen und finde sich an einem Ziel, das er selbst nicht für möglich gehalten", so ist das wahrlich keine Uebertreibung. In Ihrem Siege liegt der Keim einer großen Annäherung... Ueber den inneren Zwiespalt der evangelischen Theologie, zu dem eine in der „Evangelischen Kirchenzeitung" mitgetheilte Denunciation der Gesenius und Wegscheider'schen Vorträge Anlaß gegeben hat, schreibe ich Ihnen nicht, da ich voraussetze, daß Sie über diesen Gegenstand anderswoher ausführliche Nachricht erhalten. Die Meinung ist getheilt, wie sie es, nach Beschaffenheit der Sache, auch nur sein kann. Großes Aufsehen macht eine Erklärung Neander's, nicht des Bischofs, sondern des Professors, der sich aus Anlaß und mit Rücksicht auf diese Denunciation von der „Evangelischen Kirchenzeitung" lossagt.

Diesen Mittheilungen schließen sich folgende Briefe Bunsen's aus derselben Zeit an, von welchen der erste über den von Spiegel und Schmedding gleich freudig begrüßten einstweiligen Abschluß seiner Verhandlungen, das von ihm erwirkte päpstliche Breve, berichtet:

Rom, 19. April 1830.

(An Niebuhr.) Herr Falck, niederländischer Botschafter in London, wünscht bei Ihnen durch diese Zeilen eingeführt zu werden. Ihm liegt vor allem daran, Sie kennen zu lernen und mit Ihnen mancherlei zu besprechen, dann aber auch Bonn kennen zu lernen. Die geistlichen Angelegenheiten beschäftigen diesen ausgezeichnetsten holländischen Staatsmann, den ich je gesehen, ganz vorzüglich; er sieht die früheren Fehler der Regierung ein und kann sich so wenig entschließen als ich, zu glauben, daß, wenn man endlich unbedingt aufgegeben, was man nie hätte ins Leben rufen sollen, man anders gethan, als was jetzt Staatsweisheit heißt, nämlich dem Bedürfniß des Augenblicks geopfert. Ich habe ihn an Capaccini gewiesen, auf den jetzt (nach ihm) Alles ankommt, ich habe ihm erklärt, daß der König sich einem Ehrenmanne in die Arme geworfen, einem Manne, den ich wie einen Bruder liebe.

In Frankreich sehe ich 1687 *), Falck nicht so sehr, die Zeit wird es lehren. Ich begreife, daß von Algier viel abhängt, überhaupt von Bajonneten, noch mehr vom Gelde.

---

*) Es bedarf keiner näheren Erinnerung, wie rasch die französische Parallele zu der Vertreibung der Stuarts im Jahre 1688 dieser Vorhersagung folgte, und ebenso, wie alle Concessionen der niederländischen Regierung an die klerikale Partei darum keinen Erfolg hatten, weil man sich zugleich die liberale verfeindet hatte.

Was gäbe ich darum, jetzt ein Stündchen an Ihren Lippen zu hangen! Nächstes Jahr, will's Gott, begrüße ich Sie auf dem Wege nach London. Ueber meine hiesigen Verhältnisse habe ich schon geschrieben. Ich habe die ganze Unterhandlung ohne Instruction führen müssen, Eine Cabinetsordre ausgenommen, die mir bis Ostern Zeit und sonst ganz freie Hand gibt, Beides zum großen Schrecken des ehrlichen Raumer und zum Grauen Altenstein's. Die päpstliche Instruction enthält folgende drei Punkte:

1) Für alle vergangenen Fälle können die Bischöfe saniren, ohne alle Clausel über die Erziehung, selbst wo Ehen im ersten Grade ohne Dispens geschlossen sind.

2) Vom 25. März 1830 gelten alle extra formam concilii Tridentini geschlossenen mixten Ehen für gültig (also implicite auch die protestantisch eingesegneten), sie sind matrimonia rata et vera.

3) Der Pfarrer kann die Ehe zulassen, auch ohne daß er ein Versprechen über die Erziehung erhält, und der Bischof gleichermaßen in den Fällen, wo er zwischen Katholiken dispensiren darf. *)

Die Breven bleiben wie sie sind, aber die Instruction sagt nichts über sie und ihre Execution. **)

Ich hatte die Aufhebung des acte civil versprochen, falls man den König zufriedenstelle; es ist mir gelungen, jenes zu erhalten, indem ich es nur wie ad referendum angenommen, sodaß man sich blos der Großmuth des Königs empfohlen hat, indem man mehr gab, als je gegeben worden.

Die Fassung ist vortrefflich (Antwortschreiben und Instruction), sie ist vom Papste selbst und vom Cardinal Cappellari ***), mit dem ich vom

---

*) Wie wenig das päpstliche Breve vom 25. März 1830 trotz der scheinbaren Concessionen genügte, um die Schwierigkeiten zu heben, und wie dies dann die Ursache der weiteren Verhandlungen Bunsen's mit dem kölner Erzbischof vom Jahre 1834 war, wird im weiteren Verlaufe hervortreten. Wenn nämlich auch insofern eine mildere Praxis in dem Breve angenommen war, als gemischte Ehen überhaupt erlaubt und auch die protestantisch eingesegneten Ehen für gültig anerkannt wurden, so waren dafür gerade in Bezug auf den in Frage stehenden Punkt, die Forderung der katholischen Erziehung als Bedingung der katholischen Einsegnung, nach der in solchen Fällen üblichen Handlungsweise der Curie absichtlich unbestimmt gehaltene Ausdrücke gebraucht, welche der dem confessionellen Frieden feindlich gesinnten Partei sogar die Auslegung möglich machten, eine priesterliche Einsegnung sei bei gemischten Ehen niemals zuzugestehen, und somit die Schwierigkeit, an deren Lösung der Regierung vor allem gelegen war, in der Schwebe ließen. Bunsen vertrat, wie der obige Brief darthut, gerade weil er die römische Methode kannte, von Anfang an diejenige Auslegung des Breve, die im Jahre 1834 der Convention mit den Bischöfen zu Grunde gelegt wurde.

**) Es sind hier die früheren päpstlichen Breven gemeint, mit ihren starken Ausdrücken und strengen Clauseln über gemischte Ehen.

***) Cardinal Cappellari wurde schon im Anfang des folgenden Jahres zum Papst erwählt als Gregor XVI.

19. Januar an Conferenzen gehabt, ohne die nichts geschehen wäre. Beide sind Ehrenmänner, der Papst ist aber voll Scrupel und dabei leicht ärgerlich.

Die Frage ist nun: Werden die Bischöfe die Breven executiren ohne die Clausel? Ich glaube unbedenklich. Ihre Basis ist größer, als die je Bischöfe gehabt.

Bei Einsendung der Breven habe ich die Geschichte aller desfallsigen Unterhandlungen von 1772 an geschrieben und dabei gezeigt, wie Sie die Sache gerade so angesehen, wie ich sie jetzt geführt, und durch Auszüge Ihrer Berichte ad oculos demonstrirt, daß es nur die Saumseligkeit Hardenberg's war, daß Sie nie hierin handeln konnten, als die Negociation schwebend war, und späterhin keine Antwort auf Ihre Eröffnung vom December 1822 erhielten. *) Soviel zur Ergänzung meines Briefes mit der Post.

Sonntag nach Ostern 1830.

(An Schnorr von Carolsfeld.) .... Was unser häusliches Leben betrifft, so haben wir uns jetzt einen neuen Genuß erlaubt, nämlich jeden Sonntag Abend von 5 Sängern der Sixtinischen Kapelle und 5—7 Dilettanten die schönsten Stücke von Palestrina'scher Musik zu hören, was wirklich ein herrlicher Genuß ist. An unserem Haustische haben wir jetzt nur Gerhard, der uns immer lieber geworden ist. Mit Tippelskirch ist mein Verhältniß innig und lebendig; namentlich sehen wir uns in der Ruhe des Sommers häufig, meist um zusammen zu arbeiten. **)

---

*) Der hier erwähnte Brief Niebuhr's vom 16. December 1822 gibt Bericht über eine Unterredung desselben mit Cardinal Consalvi, in welcher dieser auf die Darlegung des Standpunktes der preußischen Regierung geantwortet hatte: „es sei einer von den Gegenständen, zu welchen man durchaus nicht durch den Corso kommen könne; man müsse versuchen, ob es möglich sei, durch Umwege und andere Straßen dahin zu gelangen". Zugleich hatte Consalvi vor allen Dingen ganz genaue und umständliche Kenntniß der über diesen Gegenstand bestehenden Gesetzgebung gewünscht; Niebuhr konnte diese nur im Allgemeinen geben und erbat sich deshalb aus Berlin nähere Mittheilung.

**) Tippelskirch war nach Tholuck's Abgang Gesandtschaftsprediger in Rom geworden und wurde 1833 durch Heinrich Abeken ersetzt. Das von Tippelskirch als Pfarrer in Giebichenstein gegründete „Hallische Volksblatt für Stadt und Land", in dessen Redaction ihm Nathusius folgte, fiel namentlich nach 1848 einer schroff-reactionären und stark katholisirenden Richtung anheim. Er selbst starb 1865 als frommer Prediger und Seelsorger an der berliner Charité. — Derselbe Brief an Schnorr gibt auch Bunsen's eigene Eindrücke über die Gerlach'sche Denunciation gegen Wegscheider und Gesenius (über die schon Tholuck's und Schmedding's Urtheile angeführt sind): „Die berlinischen Streitigkeiten betrüben mich; die Kirchenzeitung ist einseitig und schroff und starr aufgetreten und hat dadurch Neander's Widerspruch hervorgerufen, dessen Argumente, auf die vorliegenden Fälle angewandt, schwach sind, der aber im Allgemeinen und wegen dessen, was im Hintergrunde liegt, recht hat. Der arme Tholuck wird dabei von beiden Parteien verkannt und von der einen gemißhandelt."

Rom, 19. Juni 1830.

(An Niebuhr.) Ihr theurer Brief, den ich durch Graf Beust erhielt, brachte mir wirklich fast die erste genaue Kunde von dem großen Brand-unglück, das Sie betroffen; die Nachrichten der Zeitungen und der Privat-briefe waren so widersprechend und zugleich doch fast alle so niederschlagend, daß ich es der Gräfin Voß mein ganzes Leben Dank wissen werde, daß sie mir von Fulda die sichere Kunde gab, Ihre Handschrift des zweiten Bandes sei bis auf die Einleitung gerettet.

Meine Muße ist übrigens jetzt vorzugsweise der Vollendung meines „Allgemeinen Evangelischen Gesangbuches der deutschen Kirche" zugewandt, dessen erstes Viertel schon bei Perthes gedruckt ist und wird. Ich habe es nach festen Kanones gesammelt und bearbeitet, und glaube, es wird damit endlich ein guter Grund damit gelegt sein. Sie wissen es ohne Zweifel nicht mehr, daß Sie schon in Berlin und nachher in Rom mich für diesen lebendigen Zweig des kirchlichen Lebens und das einzige Zeug-niß der Continuität unserer Literatur begeisterten; allein ich habe es nie vergessen, und hoffe, meine Arbeit soll, bei allen Mängeln, die sie an sich tragen wird, dieser Anregung nicht ganz unwürdig sein.

Die Erscheinung des berliner Gesangbuches veranlaßte mich, eine Reihe Briefe darüber zu schreiben, welche ich mit der Darstellung meiner Kanones vorläufig beschlossen habe; der erste ward in der Hoffnung geschrieben, daß es nicht zu spät sein möge, König und Gemeinden vor einer solchen un-haltbaren Arbeit zu warnen; meine Freunde ließen ihn in der Kirchen-zeitung abdrucken, und ich vernehme, daß er auch außer dem Kreise ihrer Leser Beifall gefunden hat. Er steht dort in guter Nachbarschaft mit einigen Aufsätzen Raumer's über denselben Gegenstand. Allein es betrübte mich, daß der ungeschickte und ungeachtet der Abwesenheit aller bösen Motive seitens des Verfassers unpraktische Angriff Gerlach's auf Gesenius und Wegscheider diese Zeitung zum Organ eines einseitigen und schroffen Orthodoxismus gemacht hat. Ein geistiger Kampf muß geistig durchgeführt werden; oder praktisch: wenn man Männer wie Wegscheider, die auf nichts verpflichtet sind, anstellt, bleibt nichts übrig, als neben ihnen andere, bessere anzustellen und jene todt zu lesen. Die definitive Lösung der großen Verwirrung, in der man sich befindet, scheint mir allerdings in der Be-günstigung der Entwickelung einer freien Kirche zu sein; allein dies läßt sich nicht mit Ministerialrescripten machen, und um so weniger, da man das Alte dem Buchstaben nach doch nicht wieder herstellen kann, und keine Gemeinde mehr auf die einseitigen Gegensätze des 16. und 17. Jahrhunderts wird gegründet werden können, weder in der Verfassung noch in der Lehre. Irre ich aber nicht, so werden Misgriffe und noch viel mehr Misver-ständnisse die Menge vorkommen. Der Haß und die Bosheit wird ein neues Feld finden, und Verketzerung ihr eigentliches Gebiet. Dies Alles hindert mich nicht, diesen Gegenständen, von den Seiten her, wo sie mir innerlich klar und durchsichtig sind, immer mehr redliches Streben und Arbeiten zu widmen, und das thue ich, nicht ohne mich der römischen Muße und Unabhängigkeit mit dankbarem Herzen gegen Gott und, nächst Gott, gegen Sie zu erfreuen.

Glücklich, wer dabei der großen Krise der politischen Welt vergessen könnte, der sich nicht ärgerte über die Verblendung der Bourbonen und nicht grämte über das Sinken Englands, nicht verzweifelte bei der Verkehrtheit der Menschen, die die griechischen Angelegenheiten leiten sollten. Freuen würde ich mich über die Expedition nach Algier, wenn damit nur der Anfang einer ebenso nothwendigen als sichern Colonisation gegeben wäre. Die Opposition Laborde's und seiner Freunde in jedem anderen Gesichtspunkte ist mir recht widerlich. Hier ist die Theilnahme dafür groß; wäre die Expedition von einem populären Ministerium gemacht, so entstände der Enthusiasmus für Frankreich von einem Ende Italiens bis zum andern. Aber selbst Rom traut dem Zustande Frankreichs nicht; man fühlt sich in schwüler Luft wie vor dem Erdbeben. Ich meinestheils denke, der König wird noch zur rechten Zeit den Dauphin als Président du conseil verschieben; denn wie kann man an der Majorität der Kammer gegen Polignac zweifeln?

Was unsere hiesigen Verhältnisse betrifft, so möchte man verzweifeln über die entsetzliche Verschleppung der Angelegenheit der gemischten Ehen im geistlichen Ministerium. Meine Berichte waren erschöpfend, mein Beweis, daß man sogleich die Bischöfe beschicken müsse, ehe Einflüsterungen dazwischenkommen könnten, unwiderleglich oder von selbst einleuchtend. Graf Bernstorff trotz seiner Krankheit und seines häuslichen Kummers betrieb die Sache ganz, wie ich es angedeutet und gewünscht hatte; und sechs Wochen nach Nöstell's Ankunft als Kurier war der Immediatbericht an den König noch nicht abgegangen. Während dieses Verzugs und durch diesen Verzug hat sich Vieles verschlimmert. Ich werde aber mich nicht scheuen, dem König die Wahrheit zu schreiben, in einem meiner nächsten Postscripte. Und doch ist bei dem Allem mehr Erbärmlichkeit als böser Wille!

Meine hiesige Lage ist in jeder Hinsicht, den ökonomischen Punkt abgerechnet, den man mir Hoffnung gibt zu verbessern — mehr, als ich gewünscht habe, und Alles, was ich mir außer dem Vaterlande wünschen kann. Daß ich auf dem Capitol bleibe, gehört mit zu meinem Glücke. Die Erwerbung desselben für die Krone macht große Fortschritte, und die Regierung habe ich in Händen, durch den Besitz eines Palastes auf dem Quirinal, von dem sie die evangelische Kapelle um jeden Preis fern halten wollen. Der König ist in meine Pläne eingegangen, zu deren Ausführung ich den Ertrag des Palazzo Cambuso zu meiner Verfügung habe..... So

oft wir alles unseres Glückes bewußt worden sind, haben wir Ihrer ge=
dacht, dem wir so viel davon verdanken, der Sie uns so viel, oft Alles
gewesen sind. Sie müssen mir daher auch erlauben, es hier auszusprechen.

Frascati, 17. Juli 1830.

(An Frau Waddington.) Ich bin sehr betrübt, daß der erste Brief
nach Ihrer Abreise ohne eine Zeile von mir abging, weil ich wirklich das
Bedürfniß hatte Ihnen zu schreiben, wie ich immer, wenn Sie nahe sind,
das Bedürfniß habe, mit Ihnen zu reden, Ihnen mein Herz zu eröffnen,
Sie anzuschauen, und jeden dieser wohlwollenden Züge aufzufangen. Je=
mehr ich dies fühle, um so dankbarer bin ich für den großen Segen, der
uns durch Ihre Hierherkunft aus England gewährt wurde; das Herz hat
so viel, sich daran zu weiden, und das Gemüth hat so viel Wirklichkeit ge=
nossen, daß alle ferneren Wünsche, so glühend sie auch sein mögen, in
den Hintergrund treten und verschwinden. Ich liebte Sie nie genug, noch
thue ich es jetzt; wenn ich Alles betrachte, was ich in Ihnen bewundere,
verehre und schätze, so fühle ich mehr als je, daß ein so edles Gemüth,
ein so großmüthiges Herz, das so ganz mit dem Glück Anderer beschäftigt
ist, nie so gekannt oder geliebt wird, wie es verdient; aber dieses Gefühl
ist selbst wieder Glück.

Teplitz, 1. August 1830.

(Von Alexander von Humboldt *) an Bunsen.) Ihre Aufsätze über
die Mysterien der aria cattiva und Ihre historischen Untersuchungen haben
mich besonders angezogen. Sie haben ein schönes Werk begründet.....
Der Zerfall des osmanischen Reiches, das wie Polen beim Sieger Schutz
sucht, der misglückte Versuch, durch Gründung eines griechischen Schein=
reiches den im Orient tiefaufgeregten Wogen einen Damm zu setzen, die
Albanesen, das listige Zaudern des Harpagon von Aegypten, den der Tod

---

*) Der briefliche Verkehr Alexander von Humboldt's und Bunsen's hatte
schon bei ihrem ersten Zusammentreffen in Paris 1816 begonnen, und war, seit
Humboldt den König 1822 nach Rom begleitet hatte, recht lebhaft geworden. So
schrieb dieser während seines pariser Aufenthaltes von 1824 bis 1826 häufig an
Bunsen, meist um ihm nach Rom reisende Freunde (wie Barrière, Etienne Paulier,
Monod, Voigt, Rochette, Renouard) zu empfehlen. Bunsen's berliner Reise in den
Jahren 1827—1828 begründete dann das eigentliche Freundschaftsverhältniß der
beiden in ihrer geistigen Vielseitigkeit so verwandten und sich gegenseitig ergänzenden
Männer. So begrüßt Humboldt das von Bunsen herausgegebene Gesangbuch in
sehr warmen Worten. Auch finden sich aus den folgenden Jahren wieder mehr=
fache Empfehlungsbriefe von ihm, so für Achille Fould, den Lieutenant von Wulffen,
den Architekten Schlick. Zwei lange Briefe beziehen sich auf den Plan von Schel=
ling's Berufung nach Berlin. Am umfangreichsten und wichtigsten wird aber der
Briefwechsel seit dem Jahre 1840. — Noch früher als mit Alexander hatte übrigens
ein reger brieflicher Verkehr Bunsen's mit Wilhelm von Humboldt und dessen
Frau begonnen.

übereilen wird, die große Begebenheit an der nordwestafrikanischen Küste, die politischen Bedrängnisse, die Frankreich und England bedrohen, wo das Alte im alten Unverstande erstarrt, Bolivar's Entfernung von einem Schauplatze, wo seine Anwesenheit allen Glauben an Institutionen verscheuchte, weil man nur immer auf ihn hinblickte und Alles von ihm erwartete, die byzantinisch-religiösen Streitigkeiten in Deutschland: Alles das sind Begebenheiten, die einen Geist wie den Ihrigen gewiß kräftig anregen. Das Uebel des Zeitalters und das Charakteristische seiner trägen Schwäche ist, daß man bei so großen Elementen der Welterneuerung sich in schlammartiger Ruhe wähnt.

P. S. Der treffliche Monarch hat hier das beste Wohlsein in der glücklichsten Heiterkeit genossen. Wir gehen übermorgen nach Berlin und bald nach dem Rhein, ich auf jeden Fall im September auf mehrere Monate nach Paris. Mein Bruder ist sehr wohl in Gastein, und beklagt wie ich, daß des edeln Niebuhr's schwer zu interpretirende Antworten den Staat um das Glück gebracht haben seiner größeren politischen Wirksamkeit. Die Minister leben als Mumien fort.

Rom, 7. October 1830.

(Letzter Brief Bunsen's an Niebuhr.) Eben im Begriff, mit den Meinigen nach Neapel abzugehen — vielleicht vor dortigem Thorschluß — schicke ich Ihnen noch die Zeichnung einer neulich gefundenen Inschrift.

1688 ist schneller gekommen als ich dachte, und schrecklicher. Die, welche den Wagen der Volksgeschichte zurückschieben wollten, können nun sehen, wie er wirklich, obgleich nicht in ihrem Sinne, zurückrollt. Das Werk von 1814 und 1815 ist zerstört, wie ein aufgetrenntes Gewebe.

Wir sollen hier Châteaubriand wieder erhalten; seine Luftstreiche zu Ehren des Duc de Bordeaux haben mir weit weniger gefallen als Fitzjames' Erklärung; war es ihm Ernst, und nicht Rhetortreue oder Theaterheroismus, warum dann nicht den einzig verwundbaren und unverantwortlichen Theil der Revolution angegriffen, die Aufhebung des Erbrechtes der jüngeren Linie. Lord Somers und seine Freunde waren doch Menschen einer ganz höheren Art. Ich bleibe dabei, kein wahres 1688 ohne 1517. — Dazu wird gut vorgearbeitet, es fehlt nur der Geist. Alle hiesigen Fanatiker billigen und loben die belgische Revolution. Die Jakobiner heben ihre Häupter stolz empor; die anderen lassen die Hände sinken. La Ferronays hatte wirklich sogleich nach den Ordonnanzen seine Dimission (als französischer Ambassadeur) gegeben; der Brief an Polignac blieb aber liegen, weil der König in Neapel (wo La Ferronays war) ihn aufhielt, bis die späteren Nachrichten ankamen. Er nahm ihn zurück aus Großmuth, und gab seine Entlassung an Graf Molé mit einem Briefe an Karl X. Viele junge Franzosen hier sagen, sie hassen die jetzige Despotie viel ärger als die vorige.

Rom, 22. Januar 1831.

(An Brandis.) Deine Schreckensnachricht von Niebuhr's Tod hat mich getroffen wie ein Blitz aus heiterem Himmel. Ich eröffnete den Brief ohne Ahnung seines entsetzlichen Inhaltes, trotz des schwarzen Siegels: ich wußte, daß Du Trauer in Deinem Hause hattest. Aber bei dem ersten Einsehen von Niebuhr's Namen ergriff mich eine namenlose Angst. Ich hatte seit Empfang seines letzten Briefes eine ganz unerklärliche Schwermuth auf mir, die ich mir vergebens durch den allerdings trüben Eindruck seines Briefes und seine prophetischen Aussprüche von der Zukunft zu erklären suchte, und (was ich nur Dir sagen kann) wachte einmal des Morgens nach einer schwerdurchträumten Nacht, worin ich mit Niebuhr beschäftigt war, mit Thränen und Schluchzen auf, was mir noch nie begegnet ist: es muß gegen Weihnachten gewesen sein. Meine Seele muß es gefühlt haben, welch ein Theil ihres Lebens ihr entrissen werden sollte!

Seit dem ersten selbständigen Erwachen meines Geistes in den Jahren von 1811 bis 1813 war Niebuhr's Name und Persönlichkeit mein Ideal, das mich anzog; Deine Bekanntschaft fachte das Feuer der jugendlichen Begeisterung von 1814 noch mehr an, und Du weißt, wie es der feste Punkt in meinem Leben war, ehe ich die Reise nach Asien antreten sollte, Niebuhr von Angesicht zu Angesicht zu sehen. Und wie viel mehr fand ich im November 1815 bis Januar 1816, als ich je geahnt hatte, an Geist wie an Seele und Gemüth! Und was war doch dieses Alles gegen sein Erscheinen in Florenz, gegen seine Aufnahme in Rom! Konnte ein Vater mehr thun, als Niebuhr für mich that? Wem verdanke ich mein häusliches Glück, den nie dankbar genug zu empfindenden und zu preisenden häuslichen Segen? Wem endlich meine Stellung im Vaterlande, welchem meine feurigsten Wünsche in den Tagen gemeinschaftlichen Unglücks entgegengeflogen waren? Und wieder, wenn alle diese Bande der Dankbarkeit mich nicht unauflöslich an diesen großen Mann, wie jetzt an sein Andenken fesselten: wen habe ich je verehrt und bewundert als ihn, den Leitstern meines Lebens, das hohe Muster von Seelenreinheit und Tugend?

Alles dies trat vor meine Seele, als ich Deinen Schreckensbrief durchflog und auf die geahnte Entscheidung kam. Ich erlag dem Schmerz, wie ich ihm noch nie erlegen bin. Und so wie ich mich zum Bewußtsein meines Verlustes erholte, schien es mir ein Traum zu sein. Mich ohne ihn zu denken — das Vaterland ohne ihn — die Wissenschaft — die Welt ohne ihn — das war ein Gedanke, der mir unmöglich schien, weil er unerträglich ist. Seit so vielen Jahren gewohnt, fast nichts zu thun oder zu beschließen ohne seinen Rath, oder wenigstens ohne zu denken: was wird Niebuhr dazu sagen? — was wird sein Urtheil sein? — schien die stärkste Feder des Bewußtseins der Seele wie durchschnitten. Ich erhole mich nur sehr langsam von diesem Schlage: ich wollte Dir umgehend antworten; ich konnte aber nicht. Der Leuchtthurm ist mir im Ungewitter entschwunden: ich kann mich noch nicht gewöhnen, weiter zu schiffen ohne ihn.

Er hatte mir etwa vierzehn Tage vor seiner Krankheit einen Brief geschrieben, über die lateinischen Inschriften, und dann seine schwarzen Ahnungen hinsichtlich der Zukunft des Vaterlandes und Europas. Ich hätte ihm umgehend meine Gefühle darüber ausgesprochen, wozu ich lange ein Bedürfniß fühlte; allein ich wollte erst die Ankunft des zweiten Bandes der „Beschreibung Roms" mit der mir angekündigten Vorrede erwarten. Röstell wird sie mitbringen, und so werde ich bis fünf Wochen nach der noch nicht erfolgten Wahl des Papstes warten müssen. Aber nun ist Er todt, dessen Urtheile ich verehrte, wenn ich sie auch nicht theilte, dessen Ahnungen ich mit religio betrachtete, wenn ich sie auch nicht verstand: Beides mit der Ueberzeugung, daß, wenn er sich auch irre, doch eine große und anerkannte Wahrheit seiner Aussage zu Grunde liege. Oft denke ich mir, er ist gestorben wie Burke, voll Schwermuth über die Zukunft der Welt, und wie Pitt mit den Worten oder dem Seufzer: „Oh my country!" Seine Geistesverwandtschaft in der Politik mit Burke ist mir immer sehr lebhaft vor der Seele gewesen. Schilt mich nicht undankbar, wenn ich Dich beschwöre bei unserer Freundschaft, mir ja recht bald mehr von seinen letzten Tagen und Wochen zu schreiben: jedes Sterbenswort soll mir heilig, jeder Zug unvergeßlich sein. Sag mir auch, was er sich von der „Beschreibung Roms" hat vorlesen lassen; dann wie es mit dem Manuscript des dritten Theils steht? wie mit anderen Vorarbeiten? wie mit Heften über seine Vorlesungen? Hat er noch über das Ganze der „Römischen Geschichte" gelesen? Das war die Glorie seines wunderbaren Geistes, wenn er die großen Zeiten der Republik, namentlich die Zeit der Gracchen, des Marius, des Cicero und Cäsar schilderte: wenn er nie geahntes Licht über allgemein bekannte große Charaktere und Ereignisse verbreitete. Sollte das Alles in der Wurzel verloren sein?

Wegen des philologisch-antiquarischen Theiles bin ich unbesorgt: er hat gewiß fruchtbaren Samen in empfängliche Gemüther gestreut. Allein im Historischen ist es so viel schwerer, die Ansichten eines historischen Genius aufzufassen, ja bei jungen Leuten wie die auf einer Universität unmöglich. Dies gilt noch mehr von seinen finanziellen und politisch-ökonomischen Ansichten und Forschungen. Was seine politischen Denkschriften betrifft — von denen die, welche er für die beste hielt, im holländischen Archive liegt — so ist die Zeit noch nicht gekommen, sie zu sammeln und bekannt zu machen; allein sie wird kommen. Und vor allem Anderen, schreibe mir etwas mehr von Dir, theuere geliebte Seele! Du mußt etwas Entscheidendes für Deine Gesundheit thun, und Dich nicht dafür, wie gewöhnlich, durch verdoppelte Arbeit vorbereiten. Wirf von den Bürden, die

Du Dir aufgelegt hast, soviel weg als möglich ist, um hinlänglichen Ballast zu haben, und dann segle weiter. Gib heraus von Deinen Aristotelicis, was Du hast, und sei überzeugt, daß sich eher hundert finden, fähig und willig, eine Nachlese zu halten, als Einer, der die große Ernte selbst unternimmt und ausführen kann. Von dieser Wahrheit werde ich immer mehr überzeugt, wenn ich sehe, wie wenige Menschen zu allen Zeiten fähig und kräftig genug gewesen sind, mehr zu thun, als eine gezogene Straße fortzupflastern oder darauf zu gehen. Solange Du dieses Werk in den Händen hast, wirst Du Deinen Geist nicht frei fühlen, in seinem eigentlichen Elemente zu wirken und zu schaffen: in der philosophischen Wissenschaft. Erbarmt Dich nicht der entsetzlichen Charlatanerie und Spiegelfechterei in der Speculation? der todten Flachheit der Ethik? der gänzlichen Verzweiflung des gebildeten Theils der Nation an dem herrlichen Studium der Philosophie? Auch in der Geschichte der Philosophie bist Du noch nicht auf Deinen eigentlichen Fleck gekommen: die zweifache Darlegung des zerstreuten Quellenstoffs und der Principien des größten Philosophen des Alterthums.

Soll ich denn auch in diesem Briefe noch von mir schreiben? Ich kann die mich betreffende Stelle Deines theueren Briefes nicht unbeantwortet lassen. Ich habe gestern und heute es meine erste Arbeit, der ich in meiner jetzigen Zerrissenheit fähig bin, sein lassen, die vier angefochtenen Briefe wieder durchzulesen, und recht im Angesicht von Niebuhr's ehrwürdigen Manen.

Was hilft's? ich muß Dir endlich sagen, wie ich sie ansehe. Meine Absicht war, die berliner Herren und Damen, die ihnen anhängen, etwas besorgt zu machen über den morastigen Grund, auf dem sie stehen, und die schlechten Freunde, die sie sich zugesellen werden, wenn sie ihre Arbeit anders als einen höchst ehrbaren Beitrag zu einem zukünftigen Gesangbuche ansehen, wenn sie ihn ohne Weiteres (was damals nicht entschieden war) in die Gemeinde einführen wollten als etwas Definitives. Dies konnte nun auf eine doppelte Weise gründlich geschehen: entweder indem ich das ganze Gesangbuch durchging und nach meinen Kanones beurtheilte, indem ich namhaft machte, was darin fehlte, was schlecht, was zweifelhaft schien; oder indem ich that, was ich gethan. Das Unwesen mit den Veränderungen der kirchlichen Gesänge ist wirklich über allen Begriff arg; hierin ist nichts übertrieben, nichts mit den Haaren herbeigezogen. Ich sprach also am Anfang und am Ende (erster und vierter Brief) sehr bestimmt aus, daß die berliner Arbeit sich höchst vortheilhaft von den gewöhnlichen, unmöglichen Gesangbüchern unterscheide, „daß sie nicht allein ein Rückschritt auf dem unrechten, sondern ein Schritt auf dem rechten Wege sei", daß ich ihr gern und Mehreres dankbar verdanke u. s. w. Dazwischen steht mein historisches Urtheil über die Lieberveränderer in den kirchlich-eingeführten Gesangbüchern des vorigen Jahrhunderts, anschaulich gemacht an dem Schicksale des Liedes: „Nun ruhen alle Wälder." Hier habe ich die Unberufenheit solcher Veränderer in eingeführten Gesangbüchern an den Pranger gestellt, und beim Uebergange auf das berliner wieder ausdrücklich bevorwortet, wie ihr Werk ein anderes sei. Ich muß jetzt die vier Briefe wieder abdrucken lassen, damit das Publikum sehe, wie treulos und arglistig meine Worte verdreht sind, und danach richte. Alles Persönliche werde ich mit Stillschweigen übergehen, obgleich manche Stelle mich sehr in Versuchung setzt, besonders wo von dem Vorrecht derer geredet wird, die die Kanzel betreten, was auf den guten Harms gehen soll. Ohne Zweifel ist darunter das Vorrecht verstanden, Leute zu lästern und ihre Worte zu verdrehen, als wenn es Schrifttexte wären: habeant sibi!

Von Neander kann ich Dir nur die Wahl lassen zwischen zwei Sätzen: Er hat unrecht und doch recht, oder er hat recht und doch unrecht. Ich bin aber für das Erste. Nämlich mit dem Verstande aufgefaßt, hat er unrecht; es ist kein Menschenverstand in seinem Raisonnement, auf den vorliegenden Fall bezogen; allein er hat recht, insofern er gegen eine Tendenz eifert, die geistige Freiheit zu beschränken da, wo gar keine Ordnung, sondern vollkommene Anarchie oder Despotismus ist. Ich bin blos deswegen gegen das provocirte Einschreiten, weil die Verbesserung eines ganz anarchischen Zustandes nicht mit Beschränkung der Freiheit, ohne Garantie für eine bessere, beginnen soll. Ich habe gelobt, und werde es mit Gottes Hülfe halten, daß ich nie mit Rath oder That irgendetwas der Art begünstigen werde, ja überhaupt nichts Praktisches rathen oder thun, bevor ich nicht einen mir genügend erscheinenden Plan der Wiederherstellung der kirchlichen Freiheit und Organisation in Händen habe. Das habe ich vor acht Jahren dem König gesagt, und vor drei Jahren wieder ihm und dem Kronprinzen schriftlich gegeben. Da ich weiß, was ich soll und was ich will: so hoffe ich, der Teufel soll mich hierbei nicht fangen. Das Andere steht bei Gott.

Rom, 22. Januar 1831.

(An Niebuhr's Witwe.)*) Mitten in Ihrem Schmerze weisen Sie die Kinder nicht zurück, die ihren Vater beweinen und die Mutter anflehen sich ihnen zu erhalten: so nahe ich Ihnen auch, um mit Ihnen zu klagen: denn auch ich habe einen Vater verloren, und meinen Schmerz darüber muß ich zu den Füßen seiner edlen und innigen Lebensgefährtin niederlegen. Seitdem ich selbständig ins Leben getreten bin, habe ich meine geliebten und ehrwürdigen Aeltern verloren, und zwei Kinder, das eine den Liebling meiner Seele, in fremder Erde begraben. Aber kein Todesfall hat mich so gerührt wie dieser.

---

*) Unmittelbar auf die Nachricht von Niebuhr's Tode geschrieben, aber erst in Bonn angekommen, nachdem Frau Niebuhr ebenfalls gestorben war.

Es war mir, als ob der Faden, an dem meine Seele sich bewegte, zerschnitten würde. Und wie konnte es anders sein! Was konnte ein Vater mehr thun, mehr sein, als Ihr verewigter großer Gemahl mir gethan hat, mir gewesen ist? Er hat mit seiner eigenen Ehre und mit seinem großen unbefleckten Namen für mich gleichsam vor der Welt gutgesagt, als ich meine häusliche und meine bürgerliche Existenz zu begründen hatte. Und welche Verehrung wäre ich ihm schuldig, und seinem ruhmwürdigen Andenken, wenn nicht kindliche Dankbarkeit und Liebe mich ewig an ihn fesselten!

Was ich in ihm verloren, kann nichts ersetzen. Die Wissenschaft, der König, das Vaterland, Europa können dasselbe sagen. Aber Niemand hat solches verloren wie Sie, hochverehrte Freundin, und Ihre theueren Kinder. Der herbste Schmerz ist dem Herzen bereitet, welches sich am innigsten an das Vortrefflichste und Erhabenste anschließt und sein Dasein mit ihm verschmilzt; denn ihm ist der tiefste Schmerz in der Trennung beschieden, die jedes irdischen Gliedes Gefährtin ist. Das ist Ihr Loos, Ihr Schmerz. Aber darin liegt auch Ihr Trost, die Möglichkeit Ihres Trostes. Gerade weil Unsterbliches Ihnen entrissen oder entrückt ist, ist Ihnen nichts auf immer, nichts ohne Hoffnung entrissen. Und wenn in diesem Strahle des Glaubens die Nacht sich erhellt, so wird der unschätzbare Werth eines solchen Besitzes mit all seinen über Raum und Zeit erhabenen Segnungen in der Erinnerung hervortreten können, nicht um nur zu schmerzen, sondern auch um zu trösten und die Thränen der Klage mit kindlicher Dankbarkeit zu mischen. Möge Gott Ihr theueres Leben noch lange den geliebten Kindern erhalten, an denen seine Seele hing! Der liebe Marcus wird dem hohen Beispiel des unsterblichen Vaters nacheifern, dafür bürgt sein Gemüth und Geist. Wir anderen, geistigen Kinder des großen Niebuhr können Ihnen nur mit ehrerbietiger Liebe folgen, glücklich, wenn wir seiner väterlichen Freundschaft keine Schande machen, und noch glücklicher, wenn wir Ihnen' und den Ihrigen auf dem Lebenswege die Ergebenheit und unbegrenzte Dankbarkeit bewähren können, womit ich Sie von Grund des Herzens verehre.

Aus dem ersten Jahre der Regierung Gregor's XVI. (am 2. Februar 1831 zum Papst gewählt, während in denselben Tagen der Aufstand in Bologna ausbrach) finden sich mehrere Mittheilungen in gleichzeitigen Briefen:

Frascati, 15. October 1831.

Bunsen ist in Castel Gandolfo gewesen, um dem Papst (Gregor XVI.) aufzuwarten, welcher dort seine Herbstvilleggiatur macht; nachdem dieser ihn (wie immer) huldvoll empfangen, verlangte er, er möge zum Essen bleiben mit dem Cardinal, dem Maggior Duomo und anderen Herren seines Gefolges. Beim Dessert kam der Papst selbst, doch seine Mahlzeiten nimmt er allein, um kein Aufsehen damit zu machen, daß er bei seiner Mönchskost bleibt; sonst könnte er, wenn er auf dem Lande ist, ohne gegen die Vorschrift zu sündigen, mit anderen Sterblichen zusammen essen, was in Rom verboten ist. Der Papst ließ sich mit ins Gespräch ein, und war sehr lebhaft, wie denn überhaupt die ganze Gesellschaft so voll von der Octoberfröhlichkeit war, daß sie für den gerade erst in Italien angekommenen neuen Legationssecretär Herrn von Sydow ein höchst originelles Schauspiel darbot.

Rom, 30. November 1831.

Am 20. wurde ein Besuch gemacht, der einzig in seiner Art war. Obgleich jetzt funfzehn Jahre in Rom ansässig und bei vier Päpsten accreditirt, hatte Bunsen doch nie einem derselben seine Frau vorgestellt. Da aber jetzt der preußische Gesandte in Florenz, Baron Martens, mit seiner Frau auf kurze Zeit hier ist und den Wunsch aussprach, es möge ein Gesuch an den Papst gestellt werden, sie beide zu empfangen, so schien es nicht recht, daß ich von dieser Gelegenheit keinen Vortheil ziehen sollte. *) Die Audienz wurde auf Samstag Abend den 20. November angesetzt, in dem Gartenhause des Vatican; als wir den langen Gang über die Terrassen zurückgelegt, und im Stillen über die Möglichkeit nachdachten, in dieser glänzenden Einsamkeit eine Anweisung über den richtigen Eingang in das Haus zu erlangen, sahen wir Alle auf einmal Niemand Geringeres als den Papst selbst aus der Saalthür herauskommen und bereits auf den Stufen; der aufwartende Monsignore ging ihm voran mit zwei oder drei gentiluomini zur Rechten und Linken. Er hatte diese Art des Empfanges gewählt, um dadurch alles sonst gebräuchliche Ceremoniell auszuschließen: mit den Worten „Siamo in campagna" führte er selbst uns den Weg auf die Stufen herauf und brachte uns in seinen Salon, wo er uns neben sich auf Stühlen Platz nehmen ließ, die um einen runden Tisch standen; da sich die Zahl der hingestellten Stühle als um einen zu wenig erwies, so wollte er sich selbst einen weiteren Stuhl heranreichen; doch gelang es Bunsen, denselben rasch zu ergreifen und zuerst hinzustellen. Er hielt uns länger als eine halbe Stunde bei sich, und zwar in angenehmer Unterhaltung, ohne Pause oder Ermattung, indem er weder die Verlegenheit eines Mönchs oder die Unterwürfigkeit eines Weltgeistlichen, noch die angenommene Würde und übermäßige Herablassung eines Cardinals zeigte; und doch hätte es scheinen können, eins von diesen Extremen sei unver-

---

*) Der Leser wird wol auch ohne besondere Hinweisung darauf schon vor dieser Stelle bemerkt haben, daß die aus „gleichzeitigen Briefen" angeführten Mittheilungen von der Verfasserin selbst herrühren.

meiblich bei einem Manne, der in so spätem Lebensalter berufen worden war, die Stellung eines weltlichen und geistlichen Monarchen auszufüllen. Er sprach von den Verschönerungen, die er in dem Garten und dem Gartenhause des Vatican gemacht hatte und noch machen wollte, gab auch die Gründe an, weshalb er den Vatican zu seiner gewöhnlichen Wohnung gemacht; sie beruhten auf der größeren Wichtigkeit der Anwesenheit des Hofes in diesem verlassenen Theile der Stadt, indem auf diese Weise den niederen Klassen Beschäftigung geboten werde (die drei Vorgänger Gregor's hatten die Residenz im Quirinal vorgezogen). Viel noch könnte hinzugefügt werden über das huldvolle Benehmen und die zustimmenden Aeußerungen des Papstes gegen Bunsen, als wenn er Freude daran gehabt hätte, ihm in Gegenwart Fremder Ehre anzuthun.

Die persönliche Vorliebe und Güte des Papstes Gregor gegen Bunsen seit der Zeit der freundlichen Unterhandlungen unter der Regierung Pius' VIII., wo er als Cardinal Mauro Cappellari häufige Conferenzen mit ihm zu haben pflegte, machten den späteren Wechsel nur um so schmerzlicher, als im Jahre 1836 der Papst durch schiefe Darstellungen der ultramontanen Clique und die Verwirrung verschiedener Documente, von welchen keins von Bunsen ausging, dahin gebracht wurde, an eine von Bunsen gegen ihn geübte absichtliche Täuschung zu glauben, wobei er weder seinen Erklärungen noch seiner feierlichen Verneinung vertraute.

Aus dem Anfang des folgenden Jahres ist wieder ein Brief Bunsen's an Schnorr von Carolsfeld zu erwähnen, vom 2. Februar 1832 datirt:

Wir sitzen hier wieder mitten in Schreibereien, da die Händel der Welt jetzt statt mit Blut mit Tinte abgewandt werden sollen, was seine Vortheile hat, soweit es geht. Ich will Dir also heute nur melden, daß meine Zwillinge sichtlich gedeihen, und daß sie Sonntag in acht Tagen, den 12. d. M., in der Kapelle getauft werden und Theodor und Theodora genannt werden sollen. Der christliche Vulcan Hopfgarten hat bereits ein Taufgefäß unter Händen von vergoldeter Bronze (auf den Thorwaldsen'schen Taufstein zu stellen), welches ich lange gelobt habe und nun stifte *); es

---

*) Das Becken wurde in Idee und Ausführung gleich bewundert. Der Taufstein Thorwaldsen's war ein Geschenk Philipp Pusey's für die Kapelle, hatte auf den Seiten die wohlbekannten Reliefgruppen und die folgenden Inschriften:

Fons hic est vitae qui totum deluit orbem,
Sumens de Christi vulnere principium,
Nulla renascentum est distantia, quos facit unum
Unus fons, unus spiritus, una fides.

enthält eine Menge Schönheiten und urchristliche Symbole, mit deutschen und lateinischen Inschriften, um derentwillen es die Tungusen oder Irokesen im Jahre 3400 herausgeben und beschreiben werden, wenn die Welt nicht vorher mit dem alten Europa untergeht.

Die folgenden Mittheilungen aus gleichzeitigen (englisch geschriebenen) Briefen beziehen sich besonders auf den Besuch von **Walter Scott** in Rom im Frühjahr 1832:

10. Mai 1832.

Wir sahen Sir Walter Scott oft während der ersten Woche seines Hierseins. Bei dem ersten Zusammentreffen gab es einen kleinen Anstoß, da ich nicht auf seine Schwierigkeit im Sprechen vorbereitet war; aber obgleich seine Belebtheit zurückgetreten ist, so hat doch seine Unterhaltung noch viel von ihrer früheren Weise behalten, und ist deshalb meist lehrreich und originell, wie sein Ausdruck von Güte und Wohlwollen mitten unter körperlichem Verfall wahrhaft ehrwürdig ist. Eines Tages aß er bei uns zu Mittag mit seiner Tochter, während Sir William Gell und Miß Mackenzie den Rest der Gesellschaft ausmachten. Bunsen hatte in Erwägung gezogen, welcher Gegenstand der Unterhaltung für Sir Walter Interesse haben würde; und da er wußte, daß Volkspoesie ihn immer angezogen hatte, war er auf die deutschen Volkslieder verfallen, die während des Freiheitskrieges von 1813 so enthusiastisch gesungen wurden; nachdem er ihm eine Vorstellung von dem Inhalt gegeben, ließ er sie von Heinrich und Ernst singen. Sir Walter war sichtlich erfreut und bemerkte über jenen edeln Kampf, einen Vers des Requiem recitirend: „Tantus labor non sit cassus." Er rief die zwei Knaben zu sich und legte eine Hand auf den Kopf eines jeden, mit der feierlichen Aeußerung: „Gott segne Dich!" Er gab uns eine freundlich eingekleidete Einladung, ihn zu besuchen, wenn wir nach England kämen, und sagte dabei: „Ich habe Verluste gehabt, Vieles ist anders geworden, aber ich habe doch noch «meine zwei Kleider und alle hübsche Sachen um mich», wie Dogberry sagt." Und beim Abschiednehmen bemerkte er: „Ich hoffe, daß Ihre eigenen Gefühle Ihr Lohn sein werden für alle die Güte und Gastfreundschaft, die Sie mir erwiesen haben." Einmal nach diesem fanden wir ihn zu Hause, als wir einen Morgenbesuch machten. Ich brachte ihm eine Anzahl der

---

Kommt her zu dieser Quelle,

Die lauter, rein und helle

Durchs Wort des Lebens fleußt:

Hier ist für eure Sünden

Erwünschter Rath zu finden,

Der euch dem ew'gen Tod entreißt.

gewöhnlichen sogenannt religiösen Holzschnitte, die sich natürlich auf die Madonnavergötterung bezogen, so wie sie allgemein in Rom verbreitet sind, und er machte die Bemerkung: „Das sollte wol eine reine und milde Religion sein, welche die Gegenstände ihrer Verehrung in einem jungen Weibe und einem Kinde findet, dem Lieblichsten unter den menschlichen Wesen." Ich war nicht wenig betroffen durch diese Form der Toleranz, und schwieg natürlich still; aber beim Nachrenken darüber sagte ich mir, daß er beabsichtigte, auf eine Wahrheit hinzuweisen, wenn auch auf eine einseitige. Die Gnade, die Vergebung, die Sympathie, welche die kämpfende Seele in dem unsichtbaren Lenker ihres Geschickes suchen möchte, sind in gleich hohem Maße durch die romanistische Praxis und den calvinistischen Grundsatz von der Darstellung des ewigen Vaters ausgeschlossen, „der gut ist gegen Alle und dessen milde Gnade auf all seinen Werken ruht". Der gesegnete Sohn, welcher „selbst unsere Ungerechtigkeit trug", wird dargestellt als der unerbittliche Richter, welcher die zitternde Seele in unauslöschliches Feuer treibt. Das zärtliche Gefühl, welches das Gemüth bedarf und finden muß (auf die Gefahr hin, sein Gleichgewicht in der Wuth der Verzweiflung zu verlieren), drängt sich demzufolge um das Bild eines Weibes und einer Mutter, zu sanft und gelinde, um selbst die Sünde zu verdammen, und blos eifrig in der Vermittelung gegen ihre verdienten Strafen.

Scott soll in zwei Tagen abreisen, wenn er nicht ganz krank wird durch den für heute beabsichtigten Ausflug, da Sir William Gell ihn nach Bracciano bringen will, wohin er von 10 Uhr an in der brennenden Sonne 5 bis 6 Meilen fahren muß. Er hätte nicht so lange in dem Süden bleiben sollen; aber obgleich seine Umgebung nervös ängstlich über seinen Zustand ist, so scheint doch keine Gesundheitsregel durchgesetzt werden zu können. Noch eine Anekdote von ihm mag erwähnt werden, von einem Morgenbesuche, wobei Bunsen ihn allein fand mit seinem abgezehrt aussehenden Sohne Karl, der schweigend und unbeschäftigt in einer Ecke saß. Sir Walter stellte Fragen über Goethe und dessen Sohn, der 1830 in Rom gestorben war. Bunsen vermied es, die Einzelheiten seiner Todesart anzugeben, und sagte blos, „der Sohn Goethe's habe nichts von seinem Vater gehabt als den Namen". Er wurde darauf sehr überrascht, wie Sir Walter langsam seinen Kopf nach seinem Sohne hinwandte mit den Worten: „Aber Karl, dasselbe werden die Leute von Dir sagen." Ach! dieses Wrack eines jungen Mannes ist dasselbe Wesen, dessen ich mich als eines so liebenswürdigen Kindes in Edinburgh im Jahre 1810 erinnere.

30. Juni 1832.

Es ist ein großes, obgleich melancholisches Vergnügen gewesen, Sir Walter Scott wiedergesehen zu haben; aber ich möchte wünschen, daß ihm nicht der Rath gegeben werden wäre, ins Ausland zu kommen und seine Schwäche in der gefühllosen Welt der Reisenden zu zeigen: sein Stern sollte untergegangen sein, wo er aufging, und er war so schmerzlich ungeduldig, nach den heimatlichen Stätten zurückzukehren, daß es schien, er sei zweifelhaft, ob ihm Zeit bliebe, sie zu erreichen. *)

23. Mai 1832.

Vor kurzem habe ich Dir einige Zeilen geschrieben, die vielleicht erst in Jahresfrist abgegeben werden für — keinen gewöhnlichen Franzosen! — Herrn Rio aus Vannes in der Bretagne, den wir in dem letzten Winter oft gesehen haben. Er rühmt sich, ein Bretone zu sein und seine ganze Jugend hindurch keine andere Sprache als die des Landes gesprochen zu haben: aber da diese Sprache in der Bretagne nicht so wohl erhalten ist, wie das Welsche (Welsh) in Wales, so macht er es zu einem vorzugsweisen Zweck seiner beabsichtigten Reise nach Großbritannien, seine heimatliche Sprache an ihrer Quelle zu studiren; und er war überglücklich, als er entdeckte, daß ich ihm einen Einführungsbrief in das Grenzland von Wales geben konnte. Ich hoffe, daß die Natur des Gegenstandes seiner enthusiastischen Bestrebungen alle Herzen geneigt machen wird, seine Bekanntschaft mit welschen Gelehrten, welche ihn in die Mysterien aller möglichen Dialekte einführen können, zu unterstützen und sie zu befördern; und daß die Eigenschaften ausgezeichneter Talente, heroischen Muthes und aufrichtiger Hingebung an seine Ueberzeugungen für Jedermann die Kehrseite des Conterfeis verdecken werden, daß er nämlich ein Ultraroyalist und ein Ultrakatholik ist, der bereit steht, seinen letzten Blutstropfen zur Vertheidigung des Drapeau blanc und der Souveränetät des Papstes zu vergießen. Er spricht englisch, italienisch und deutsch, besitzt Massen von allgemeinen Kenntnissen und nimmt großes Interesse an den schönen Künsten; man kann sich daher mit ihm über mannichfache Gegenstände unterhalten, ohne den gefährlichen Boden der Politik oder Religion zu berühren. Er spricht französisch mit Kraft und Beredsamkeit; aber Ton und Accent verrathen, daß er kein Pariser ist. Es war ein wahrer Genuß, ihn die Geschichte seines eigenen Feldzuges im Alter von 16 Jahren erzählen zu hören, wo er einen Aufstand organisiren half gegen die von Napoleon während der Hundert Tage eingesetzten Autoritäten. **) Er war sehr erfreut, von mir Abschriften welscher Melodien zu erhalten, die er auch auf dem Klavier spielen gehört hatte.

---

*) Es hatte sich um diese Zeit in Rom das Gerücht verbreitet, Scott sei auf der Rückreise gestorben.

**) Dieser Aufstand ist in dem von Rio herausgegebenen Werke „La petito chouannerie" beschrieben.

Aus den Briefen vom Jahre 1820 wird bemerkt worden sein, wie in der neapolitanischen Revolution jener Zeit Niebuhr nicht im Stande gewesen war, irgendeine andere Ursache wahrzunehmen als die Einwirkungen des jakobinischen Zerstörungsgeistes, die, wie er glaubte, nur durch Gewalt unterdrückt werden könnten. Aber als zehn Jahre später nach den Ereignissen der drei Julitage in Paris ganz Mittelitalien sich im Aufstand befand, hatte sich eine verschiedene Anschauung der Sachlage, welche zu solchen Anstrengungen, eine Veränderung hervorzurufen, geführt hatte, dem Geiste Bunsen's deutlich gemacht; dieser hatte sich damals bereits gewöhnt, mit seinen eigenen Augen zu sehen und selbständige Schlüsse aus jenen Thatsachen zu ziehen, welche selbst dem Bewußtsein einiger continentalen Regierungen die Einsicht von der Nothwendigkeit aufgedrängt hatten, durch Reformen in der Verwaltung den Anlaß zu beständiger Verwirrung wegzuschaffen. Als daher die päpstliche Autorität durch die bewaffnete Intervention Oesterreichs in Centralitalien wiederhergestellt worden war, wurden die Chefs der diplomatischen Missionen in Rom von ihren Regierungen beauftragt, zu einer Conferenz zusammenzutreten, deren Gegenstand war, dem Papst eine ehrerbietige Vorstellung einzureichen; und daraus ging das Memorandum vom 21. Mai 1831 hervor, welches in späteren Jahren so oft erwähnt wurde. Auf den Wunsch aller Glieder der Conferenz hatte Bunsen das Memorandum aufgestellt, welches dann einstimmig angenommen wurde.*) Eine Zeit lang schmeichelte sich Bunsen mit der Hoffnung, die in diesem Memorandum enthaltenen Vorschläge ins Leben eingeführt zu sehen. Päpstliche Decrete, welche die Empfehlungen des Memorandums verkörperten, wurden wirklich ihm und seinen Collegen, gedruckt und zur unmittelbaren Veröffentlichung bereit, vorgezeigt. Aber es wurde bald offenbar, daß geheime Einflüsse thätig waren, die hingereicht hätten, auch einen aufrichtigeren guten Willen für die Wiederherstellung der alten municipalen Freiheiten, als der Papst je gehabt hatte, zu paralysiren. Zuletzt wurden die Regierungen benachrichtigt, daß Oesterreich

---

*) Das Memorandum selbst, das in fünf identischen Noten überreicht wurde, ist, sammt den Parallelstellen in dem wenige Tage nachher (5. Juni 1831) mit Bezug darauf erlassenen Edict des Cardinal-Staatssecretärs Bernetti, im Anhang mitgetheilt. Außer Bunsen hatten Graf Lützow, Fürst Gagarin, Graf St.-Aulaire und der englische Specialbevollmächtigte Brook-Taylor an der Conferenz theilgenommen. Abgesehen davon, daß der ganze Reformversuch bald ins Stocken gerieth, waren in dem Bernetti'schen Edict zwei wesentliche Reformvorschläge unberücksichtigt geblieben: das Wahlrecht für die Municipal- und Provinzialräthe und die Einsetzung eines Staatsraths aus Laien.

gegen die Abstellung der Beschwerden unter den päpstlichen Unter=
thanen Protest eingelegt habe auf den Grund hin, daß, wenn einmal
ein solches Beispiel gegeben worden sei, sein eigenes Regierungssystem
und seine Suzeränetät in dem übrigen Italien gefährdet oder unaus=
führbar gemacht werden würde. So wurde denn gar nichts von
Allem, was vorgeschlagen worden war, ausgeführt, nicht einmal der
Reformplan für das gerichtliche Verfahren, welchen die österreichische
Regierung ostensibel durch Herrn von Sebregondis vorgelegt hatte,
und welchen man noch jetzt, in allen Einzelheiten geschickt ausgeführt,
in vielen Foliobänden in den römischen Archiven sehen kann.

Bei der unerwarteten Besetzung Anconas durch die Franzosen
nahm Bunsen eine vermittelnde Stellung ein, die dem römischen Hof
nicht unwillkommen war, da derselbe eine Krisis zu vermeiden wünschte
und zufrieden sein mußte, das undiplomatische Ereigniß in eine diplo=
matische Form zu hüllen. Sein Verfahren gab jedoch zu Wien und
selbst zu Berlin Anstoß, bis die Resultate so bequem gefunden wur=
den, daß man es für das Beste hielt, sie auszunutzen.

— Ueber den Verlauf der Krisis berichtete Bunsen neben den ge=
nauen Mittheilungen an seine Regierung auch vertraulich an Lord
Harrowby, dem er die Ungerechtigkeit der französischen Occupation dar=
stellte. Nach mehreren Briefen (vom 1., 12., 17., 20. März), die die
zwischen Rom und Paris gewechselten Depeschen charakterisiren, folgt
die Meldung der einstweiligen Lösung:

Rom, 27. März 1832.

Ich halte es für meine Pflicht, Ihnen von einem vertraulichen vor=
läufigen Arrangement Mittheilung zu machen, welches vorgestern zwischen
dem Heiligen Stuhl und der französischen Regierung abgeschlossen worden
ist. Die festgesetzten Artikel sind durch einen Kurier nach Paris gesandt
worden, nachdem sie von dem französischen Gesandten sub spe rati ange=
nommen waren. Der Papst wird auf dieser Grundlage mit Frankreich
verhandeln auf den Wunsch des britischen Vicerepräsentanten und auf die
von der britischen Regierung vorher übernommene Bürgschaft, daß Frank=
reich die 12 Artikel erfüllen werde. Die anderen Repräsentanten wollen
einem solchen Arrangement nicht entgegentreten, da der Papst dasselbe nicht
für unvereinbar hält mit seiner Würde als Souverän, und da die aus
der Fortdauer eines nicht anerkannten und nicht controlirten Aufenthalts
der Franzosen in Ancona entstehenden Gefahren und Nachtheile unberechen=
bar sind. Entweder müssen sie mit Gewalt vertrieben werden, d. h. durch
Krieg, welchen Oesterreich wegen dieses Attentats nicht führen zu wollen
erklärt hat, oder sie müssen bleiben, unter einer gewissen Controle und

Bürgschaft ihres guten Betragens und ihrer Bereitschaft zur Abreise, und nach einer deutlichen und klaren Genugthuung. Gemäß den jetzigen Artikeln müssen sie Ancona in bestimmter Frist räumen und sind bis dahin auf Ancona beschränkt. Diese Erwägung ist für die anderen Repräsentanten entscheidend gewesen; die Forderung und Bürgschaft Englands mußte noch entscheidender sein.

Auf Grund dieser Erwägungen bin ich nicht nur nicht gegen dieses Arrangement gewesen, sondern habe selbst zu seinem Wortlaut und zu der gegenseitigen Annahme meine Hülfe geboten auf die Bitte des Cardinal-Staatssecretärs und aller meiner Collegen, vorzüglich des österreichischen Gesandten. Was Sie daher auch von dem Entschlusse des Papstes denken mögen, der Hauptbeweggrund zu demselben und zu unserer Zustimmung, das wirkliche compelle intrare ist die von dem englischen Ministerium der französischen Invasion gewährte Unterstützung gewesen. Hoffen wir, daß jetzt wenigstens Ihre Minister die bedingungslose Annahme dieser Artikel durch die französische Regierung bewirken und dieser nicht zugestehen werden, in einem gewaltsam betretenen Lande gegen den ausdrücklichen Willen seines Souveräns zu bleiben, nachdem ein so ehrenvolles Arrangement angeboten worden. —

Aus den Jahren 1832—1833 schließen sich hier noch folgende Briefe an:

14. April 1832.

(Von Bunsen an Frau Waddington.) Sie sind so gütig und ermuthigend in Bezug auf meine flüchtigen Zeilen, als Sie es in Rom gegen meine abgebrochenen Besuche waren, und nichts weniger als diese Güte kann mir den Muth geben, Ihnen ein Gekritzel von wenigen Zeilen zu schicken, wo ich ein wirkliches Bedürfniß und wahre Sehnsucht empfinde, mich mit Ihnen über Alles zu unterhalten, was mein Gemüth bewegt, und Ihnen die geheimsten Gedanken zu enthüllen, die mich beschäftigen. Es ist völlig wahr, daß schon das bloße Bild Ihres Wesens mich erfrischt und den Wunsch erregt, von mir selbst zu sprechen, was ich seit vielen Jahren gegen Jedermann, Fanny ausgenommen, zu thun aufgehört habe, außer wenn man durchaus nicht anders kann.... Es wird uns, wie es scheint, gelingen, den Frieden in dieser Ancona-Verwickelung zu bewahren, welche mir eine Gelegenheit geboten hat, mich nützlich zu machen, und den Vortheil allgemeinen Zutrauens, das sich auf langerprobte Rechtlichkeit gründet, zu genießen. Ich war als Friedensstifter beschäftigt, auf die Bitte des Papstes und den Wunsch aller meiner Collegen.

Die Hülfe, welche ich von Herrn von Sydow genieße, ist größer, als ich jemals ahnte; er zeigt mir Zuneigung wie einem Vater und hat eine erstaunliche Geschicklichkeit für die Geschäfte.

30. Juni 1832.

(An dieſelbe.) Wir haben uns jetzt auf dem Lande niedergelaſſen, und ſo liegen denn vier Monate (120 Tage) vor mir mit der Ausſicht ungetrübten häuslichen Glücks und literariſcher Thätigkeit. Ich habe meine Unterrichtsſtunden mit den Knaben wieder begonnen; beſonders mit meinem lieben Heinrich, der jeden Augenblick und jedes Wort verdient, das ich auf ihn verwenden kann. Nichts gleicht ſeinem Eifer und ſeiner Hingebung... Der berliner Klatſch, der durch die Zeitungen gegangen iſt, daß ich Miniſter der geiſtlichen Angelegenheiten werden ſollte, iſt mehr ehrenvoll als wahrſcheinlich, und mehr ſchmeichel= als vortheilhaft, da dadurch dem Neide ein neuer Anlaß gegeben wird; und ich halte die Sache jetzt für ebenſo unmöglich, als daß der König mir befehlen ſollte zu fliegen, weil ich mein Land nicht genug kenne, um einem Verwaltungsamte gewachſen zu ſein, bis ich eine Anzahl Jahre darin geweſen ſein werde. Ich muß Ihnen aber ein Beiſpiel von der väterlichen Geſinnung meines theuern ausgezeichneten Königs gegen mich, das ich erſt jüngſt erfahren habe, mittheilen. Als Graf Bernſtorff Sr. Majeſtät vorſchlug, mir eine Gehaltserhöhung zu gewähren, verband er damit den weiteren Vorſchlag, mir den Charakter als außerordentlicher Geſandter und bevollmächtigter Miniſter zu verleihen, worauf der König antwortete: „Geben Sie ihm die Gehaltserhöhung ohne den höheren Rang, welcher ihn nöthigen würde, neue Ausgaben auf ſich zu nehmen und ſo die wirkliche Hülfe, die ich ihm zu gewähren wünſche, vereiteln möchte."

Rom, 5. März 1833.

(Aus einem gleichzeitigen Briefe.) Der letzte Winter hat viel geſelligen Genuß gewährt. Lady Raffles (Witwe des Gouverneurs von Java) brachte einen Brief von Frau von Staël (geborene Vernet) aus Genf. Sie darf nicht mit der Maſſe derer vermiſcht werden, welche man für einen Augenblick ſieht, und an die man dann nicht mehr denkt; das Ganze des Eindrucks, welchen ihr Weſen, ihr Benehmen und ihre Unterhaltung gewähren, läßt an alle die großen und guten Eigenſchaften, die ihr beigelegt werden, glauben und ſie ſogar errathen.

Julius Hare, einer der Ueberſetzer von Niebuhr's „Römiſcher Geſchichte", iſt eine ſehr probehaltige Perſönlichkeit; er und Herr Walter Kerr Hamilton ſowie Herr Farquar verbrachten viele Abende bei uns, wo ſonſt kein anderer Gaſt war außer Turgénew, welcher Staatsminiſter unter dem Kaiſer Alexander war, jetzt aber ein freiwilliger Verbannter aus ſeinem Heimatslande iſt, dank der Verwickelung ſeines Bruders in die Verſchwörung gegen Nikolai. Er iſt ein Menſch, den zu beſchreiben mehrere Seiten nöthig ſein würden; ſo wenig gehört er zu irgendeiner der gewöhnlichen Klaſſen der Geſellſchaft. Ein tatariſcher Prinz und auch wie ein ſolcher aus=

sehend, hat er doch die feinsten Sitten und das vollendetste Talent für
die Unterhaltung. Er kennt fast Alles, hat fast jedes Buch gelesen, ist in
jeder Art von Gesellschaft gewesen, hat sich seinen Weg durch alle Arten
von Meinungen hindurch gebahnt und doch einen unverdorbenen Geschmack
bewahrt für Alles, was gut, und ein unvermeidliches Streben nach dem,
was das Beste ist. Wie viel könnte von ihm erzählt werden, das interessiren würde als ein Gemälde menschlicher Natur!

Die Großherzogin Stephanie von Baden hat uns oft ihre Gesellschaft
geschenkt. Sie hat den Winter hier zugebracht mit zwei sehr jungen und
liebenswürdigen Töchtern. *) Die Großherzogin hat große Reste von
Schönheit und ist in ihrem Benehmen und ihrer Unterhaltung höchst anziehend; sie hat den Takt einer französischen Dame, die Formen zu mildern, anstatt sie mit Vorliebe zu schärfen, um eine Grenzlinie zu sichern.
Sie singt lieblich und ist voll von Talent in jeder Art. Eine Unterhaltung bei einem Morgenbesuche hinterließ uns einen großen Eindruck, nicht
zu ihrem persönlichen Nachtheil, sondern weil sie eine Gemüthsstimmung
zeichnete, die denen, welche als Protestanten erzogen sind, fremd und schwer
begreiflich ist. Es war vor kurzem die Nachricht hierher gelangt von der
Schande, in welche die Herzogin von Berry gefallen war, da man sie in
einem verworfenen Lebenswandel entdeckte, während sie in einem fleur de
lis Aufstande im westlichen Frankreich die Heldin spielte. Die Großherzogin bemerkte hierüber: „Je m'amuse à considérer ce qui se pour-
rait faire dans une telle position; je me mets en pensée à la place
de la Duchesse de Berry, et je trouve, qu'il fallait tout nier, absolu-
ment nier, même en face de ceux, qui auraient tout vu, en dépit des
témoins oculaires." Diese Art, der Schande zu begegnen, wo man sich
auch den verhärtetsten Verbrecher als vor Scham überwältigt und unter
dem Gewicht der Thatsachen zusammensinkend vorstellt, führte zu der Erwägung (die schon oft in anderen Fällen durch Personen eingeflößt wurde,
die weder den hohen moralischen Werth noch die schön entwickelte Einsicht
der Großherzogin Stephanie besitzen), daß diejenigen, die in der Sitte der
Ohrenbeichte erzogen sind (in der Gewohnheit, nicht bei Gott unmittelbar,
dem das Herz geöffnet ist, um Vergebung zu bitten, sondern bei Menschen,
welche durch ein trübes Medium Kenntniß davon nehmen), sich keine Vorstellungen bilden können von absoluter und unveränderlicher Wahrheit oder
unverschiebbaren klar gezeichneten Grenzlinien zwischen dem, was zulässig,
und dem, was verboten ist; die Schatten der Casuistik überkommen selbst ein
kindliches Bewußtsein, und vermehren und vervielfältigen sich in demselben
Verhältniß, wie der Geist seine und Anderer Schlechtigkeit kennen lernt.

------

*) Prinzessin Josephine, bald darauf mit dem Fürsten von Hohenzollern-
Sigmaringen verheirathet, und Prinzessin Marie, nachmalige Herzogin von Hamilton.

Rom, 23. Mai 1833.

(Aus einem anderen Briefe.) Wir machten zwischen dem 10. und 18. Mai einen an Interesse reichen Ausflug über Civita=Vecchia nach Corneto, Toscanella, Viterbo und Orvieto, dessen Zweck für Bunsen und Kestner in der Untersuchung der neu eröffneten etruskischen Gräber bestand. Das Interesse eines ersten Anblicks in Gesellschaft des Antiquars von Corneto war groß, da dieser das Glück hatte, der erste zu sein, um eine Oeffnung in eins dieser Gräber zu machen, in welchem ein Waffenrock von Metall das begrabene Skelet umgab; für Augenblicke wurde es deutlich durch das Tageslicht gesehen, aber das Hereinströmen der äußeren Luft verursachte unmittelbares Zusammenfallen, begleitet von einem eigenthümlichen Ge= knister, und bis zu der Zeit, wo Raum genug geschafft war, um einzu= treten, war blos noch ein formloser Haufe von Fragmenten oxydirten Me= talls um die menschlichen Gebeine zu sehen.

Auf der Rückkehr von diesem Ausfluge erwartete Bunsen eine neue gesellige Befriedigung durch die Rückkehr Alexander Turgénew's aus Neapel in der Begleitung Schukowskij's, der in Rußland als Dichter be= rühmt und in jeder Beziehung geistig ausgezeichnet ist; er ist einige Jahre lang Erzieher des jungen Großfürsten=Thronfolgers gewesen, und stand immer in großer Gunst bei dem Kaiser und der Kaiserin, ohne daß er ein Hofmann geworden wäre. Aus Gesundheitsrücksichten wurde ihm ein Urlaub für eine Reise gestattet, doch jetzt war er in Eile, um auf seinen wichtigen Posten zurückzukehren, und hatte daher nur wenige Tage für Rom. Aber Bunsen setzte ihn in Stand, diese Tage völlig zu genießen, indem er ihm Gegenstände von Interesse zeigte, die er theilweise schon früher ge= sehen hatte, aber ohne das Bewußtsein von allem dem, was dabei zu be= merken und zu empfinden war. Er hat viel von der männlich wohlwollen= den Einfachheit Walter Scott's, natürlich mit Berücksichtigung der natio= nalen Verschiedenheiten; in der Unterhaltung ist er vollkommen anspruchs= los, ohne je etwas Unbedeutendes zu sagen; überhaupt ist es, als wenn nichts Fremdes oder Welsches in ihm wäre. Alle fühlen sich zu ihm wie durch natürliche Bande hingezogen. Turgénew und Schukowskij sowie Ge= neral von Reuter (ein ausgezeichneter Deutscher in russischen Diensten) trafen am folgenden Tage mit Thorwaldsen, Cornelius und Overbeck in Bunsen's Hause zusammen; es war eine der merkwürdigen Zusammenkünfte, welche kaum ein anderer Ort außer Rom gewähren kann, und ein Tag, der in Erinnerung bleiben mußte. Alle waren sehr belebt, und der Geist eines Jeden erhellte den jedes Anderen. Diese russische Gesellschaft hat die meisten Abende und auch verschiedentlich den Morgen mit Bunsen, sei= ner Familie und seinen Freunden zugebracht.

Ueber das im Jahre 1832 erschienene „Gesang= und Gebetbuch" äußert sich Bunsen mehrfach in Briefen an seine Freunde aus dieser Zeit:

Rom, 6. Mai 1833.

(An Lücke.) Nimm diese Zeilen auf, als sendete ich sie Dir mit dem Buche, was Du längst erhalten. Du wirst verstehen, was ich eigentlich damit gewollt, und von Anfang, d. h. seit 1817, gewollt. Ich wollte die Gesangbuchs=Angelegenheit einerseits in die Wissenschaft ein= führen, andererseits als heiligste Volkssache darstellen. Dann wollte ich andeuten, was mir Grundidee der geistlichen Dichtung und des Gottesdienstes scheint, für den sie bestimmt ist. Endlich wollte ich darauf leise hinweisen, daß eigentlich ein solches Gesangbuch nur ein Fragment des Kirchen= und Hausbuches ist, das uns fehlt. Gelingt der erste Wurf, so wird das Werk hoffentlich beim zweiten sich verpuppt darstellen, wo es nicht schon die Schmetterlingsflügel schwingt, und mit einer ähnlichen Einleitung vor sich, und einem Codex liturgicus neben sich, zur Gemeinde zu sprechen wagt. Diesmal habe ich meine liturgischen Ideen beim dritten Cyklus der Gesänge (in Anhang I) angedeutet. Ich weiß wohl, daß in Deutschland Goethe allein das Privilegium sich erkämpft hatte, wissenschaftliche Dinge zu besprechen ohne zur Zunft zu gehören, auch daß Wenige etwas ohne Citate und Paragraphen Gesagtes der Mühe werth halten durchzudenken. Glücklich, wenn ein Doctor theologiae mit Achselzucken sagt: „Es ist ein nicht übler Einfall, freilich eine einseitig aufgefaßte unbedeutende Idee, wie man es von einem Laien erwarten kann." Glaube mir, daß ich meine Leute dafür zu gut kenne, und mich nicht täusche, wenn ich gleich darüber weder klage noch ver= zage. Ich habe nie auf Wirkung in der Gegenwart gerechnet, seitdem ich eine Zwitterstellung in der Welt erhalten, aber wohl weiß ich, daß ich auf einem Grunde stehe, wo mir ein gewöhnliches akademisches Lehrbuch, oder ein vornehmer Zunftartikel das Wasser nicht abgräbt, und wenn ich einmal schreiben kann ohne zusammengebundene Hände (wie jetzt), so will ich schon dafür sorgen, daß man mich nicht zur Seite wirft. „Hinter den Bergen sind auch Leute" und „es ist noch nicht aller Tage Abend", sagte Sancho Pansa, und ich sage es auch, nicht aber Dir und den gelehrten gemeinschaftlichen Freunden, sondern Deinen Zunftgenossen. Hengstenberg hat sein exegetisches Gewissen ebenso gut todtgeschlagen, wie der heidelberger Paulus. Mit dem Jubel eines liebenden Freundes sehe ich Dich nebst Tholuck und An= deren in der vordersten Reihe des Kampfes, um die Theologie wiederzu= gebären durch eine wahrhaft wissenschaftliche Hermeneutik. Ich bin im voraus einig mit Dir über das Resultat für Dogmatik und das Praktische der Kirche. Vieles wird noch untergehen; ich glaube auf festem Boden zu stehen, und der ist: Χριστὸς ἡ πέτρα.

Ich möchte mich mit Dir verständigen über die wissenschaftliche Behand=

lung des Liederschatzes, und über die Geltendmachung der Anbetung als einer heiligen That der Seele und als Pulsschlag des gemeinsamen Lebens der Kirche, wo nicht, so laß mich von Niemand recensiren als von Nitzsch. Von Schleiermacher wäre ich gern recensirt worden; Du weißt das, er hat es abgelehnt.

Die unglückselige Scheidung von Subjectivem und Objectivem, von Idee und Erscheinung, von Geschichte und Speculation hat uns in große Verwirrung gebracht. Ich bin ganz gewiß, daß alles dies untergeht; wenn nur nicht inzwischen die besten Kräfte unseres Volkes untergehen, und ein anderes Volk berufen wird. Dieser Tag gehört uns in der Weltgeschichte.

Frascati, 3. Juli 1833.

(An Pertz.) Nach langem Stillschweigen begrüße ich Sie endlich, der Sie mir in den letzten Jahren näher als je getreten sind, leider aus weiter Ferne, um Ihnen das erste öffentliche Ergebniß meiner Bestrebungen, deren Anfänge Sie kennen, in meinem Gesang= und Gebetbuch zu überreichen. Sie werden das Vaterländische in dem Gegenstande sowie in der Behandlung desselben nicht verkennen, und wol auch Manches zwischen den Zeilen lesen, wenn Ihre Arbeiten und Geschäfte Ihnen Zeit für die Durchsicht des Werkes gönnen. Lassen Sie es also Ihrer Liebe und Freundschaft empfohlen sein.

Es drängt mich recht, mit Ihnen ein Wort über unsere allgemeinen Angelegenheiten zu reden, und ich wollte, ich könnte Ihnen etwas Tüch= tiges darüber sagen, um Ihnen meinen Dank für Ihr vortreffliches Blatt zu erkennen zu geben. Ich bin stolz darauf, als Ihr Freund und als ein Deutscher, ich kenne Ihre Stellung und ehre sie. Mein Herz will mir oft zerspringen vor Sehnsucht nach dem theueren Vaterlande und den Wenigen, die wissen, was sein Heil ist. Unter diesen stehen Sie oben an. Sie haben furchtlos ausgesprochen, daß nur von innen, von uns selbst und aus unserer Geschichte heraus, und im schönen Bunde der Völ= ker geholfen werden kann: daß auf diesem Wege Kraft und Stärke nach außen und Glück und Gedeihen im Innern gewiß ist. Wie sehr dies meine Ansicht ist, wissen Sie: wie sie sich in den letzten Jahren weiter ausge= bildet, möchte ich gern andeuten, fehlte nicht Zeit und Platz; auch wo wir im Einzelnen abweichen möchten, würden wir des tiefen Grundes unseres Verständnisses um desto lebendiger uns bewußt werden. Ich habe seit dem Beginn meiner Geschäftsführung die Ansicht festgehalten und mehrfach aus= gesprochen und angewandt, daß die Staaten, welche Ranke als die roma= nischen zusammengefaßt, durch den Widerspruch, worin sie sich im 16. Jahr= hundert mit sich selbst gesetzt, unheilbar zerrüttet sind: daß die Revolution aus dem Todeskampfe gegen einen uns wie dem Mittelalter unbekannten geistlichen und staatlichen Despotismus von Absolutismus, Adel und Geist= lichkeit hervorgegangen: daß sie nur Anarchie und also militärischen Des=

potismus gebären kann und daß eine wahre Restauration nur möglich ge=
wesen wäre, wenn ein einigendes und die bösen Mächte beschwörendes neues
Lebenselement hinzugetreten wäre, wodurch die alte Schuld und der alte
Fluch gesühnt, und gegenseitiges Vertrauen unter sie zurückgekehrt wäre.
Nur auf diesem kann eine Regeneration der alten Verhältnisse sich erheben,
deren wir alle bedürfen: wohlverstanden, der alten in unserer Geschichte
und Nation gegründeten Verhältnisse, aber wiedergeboren durch die neuen
Bedürfnisse.   Doch das hat sich dort als unmöglich gezeigt, die Geschichte
der Restauration hat jener Ueberzeugung von der Grundverschiedenheit der
beiden Hälften der Welt ein Siegel aufgedrückt, das mir für das ganze
Leben genügt. Bei uns ist dagegen Alles möglich, aber das, was möglich,
ist auch nöthig.   Die Aufgabe muß gelöst werden, aber sie kann nur
gelöst werden auf jenem Wege.

Frascati, 12. Juni 1833.

(An Brandis.) Ich beginne meine heutige Antwort auf Deinen theueren
Brief vom 15. v. M. mit dem Ehedispens für Professor Walter, den
Du mir ans Herz gelegt hast. Die Sache stand so. Sowie die Supplik
ankam, erkannte ich, daß keine Möglichkeit sei, sie in der Dataria selbst
mit den stärksten diplomatischen Empfehlungen durchzubringen. Ich mußte
mich an den Papst selbst durch den Staatskanzler wenden ... Es gehört,
wie Du weißt, zu dem Erfreulichsten der hiesigen Stelle, bei den Dispens=
angelegenheiten bisweilen etwas erleichtern zu können, wovon sich wahrer
Segen und Glück versprechen läßt, wie im gegenwärtigen Falle, wo das
Glück so vieler tüchtigen und edeln Menschen und so zahlreicher Kinder
von der Verbindung abzuhängen scheint. *)

In diesen Tagen kommt der Dir von Rom erinnerliche Abbé Martin
de Noirlieu nach Frankfurt und Bonn, auf dem Wege zur Heimat. Er
war Précepteur du Duc de Bordeaux, und hat bis zur Katastrophe der
Herzogin von Berry in Rom gelebt; jetzt glaubt er mit Recht sich seinen
Pflichten im Vaterlande nicht entziehen zu dürfen, und geht nach Frank=
reich zurück. Er hat unterdessen Christen aller Confessionen kennen gelernt,
und Gott hat aus ihm einen recht innerlichen, milden Christen gemacht,
der wirklich seiner und Anderer, nicht der Welt Heil und Vortheil sucht.
Ich habe ihn oft gesehen, und ihm durch Arndt's „Wahres Christenthum"

---

*) Das Gesuch des Professors Walter bezog sich auf die Erlaubniß, die
Schwester seiner verstorbenen Frau zu heirathen. Der Dispens dazu war bisher
von Rom nur in drei Fällen gewährt worden: bei fürstlichen Verbindungen, bei
einer für die Parteien schimpflichen Voraussetzung oder bei der Besorgniß, daß sie
bei Verweigerung des Dispenses aus der römischen Kirche austreten würden. In
dem Walter'schen Fall lag weder die eine noch die andere Voraussetzung vor, und
so schien keine Aussicht auf Erfolg da zu sein.   Anmerkung der Verfasserin.

und unsere Choräle recht große Freude gemacht. Für Bonn habe ich ihm Deine sowie Sydow's und Hollweg's Adresse gegeben, und ich bitte, daß Du ihm freundlich begegnest, wenn er zu Dir kommt. *)

Frascati, 28. September 1832.

(An Julius Schnorr von Carolsfeld.) Wem, mein theurer Freund, sollte ich dieses Buch lieber geben als Dir, dem treuen Freunde der capitolinischen Gemeinde, und meinem theueren Herzensfreunde! Du hast es entstehen gesehen, und Muth und Freudigkeit gehabt zu seinem Gedeihen, als es noch unansehnlich in den Windeln lag und sein Auge noch nicht aufzuschlagen wagte als gegen gleichgesinnte Freunde in der stillen Andacht des Hauses. Jetzt hat es die Augen geöffnet und tritt mit keckem Schritte in die Welt, ja zieht in das Vaterland ohne den Vater, der ihm etwa hier und da helfen möchte. Doch ist es nicht ganz ohne Rüstung und Wehr, und die Perlen, die es umschließt, wehren sich von selbst durch magische Kraft.

Möge es, Du theurer Freund, Dir und Deinem Hause in gott= geweihten und gottgesegneten Stunden Worte des Lebens zurufen und kräftig reden von der ewigen Liebe, die uns von Ewigkeit an umfangen hat, und durch dieses dunkle Erdenthal, das sie mit ihrem Lichte erhellt und erwärmt, mit so unaussprechlicher Langmuth und Treue hindurchführt. Möge es Euch so rein, wie es sollte, aussprechen, wie vor Gott nichts gilt, und wie im göttlichen Leben nichts ist als das freie Opfer der dank= baren Liebe — die Ergebung, die kindliche, unseres Willens in den gött= lichen, und das fortdauernde Aufopfern unserer Selbstsucht gegen die Brüder. Das ist doch der ganzen christlichen Lehre Mittelpunkt, und aller Andacht und Anbetung höchstes und letztes Ziel.

Wir haben einen unaussprechlich glücklichen und ungestörten Sommer und Herbst in Villa Piccolomini erlebt. Da habe ich neben meinen Ar= beiten die Vorrede und ihre Anhänge, sowie die Zueignung geschrieben, und dazu den Schulmeister bei den vier Knaben gemacht, deren Gedeihen, körperlich und geistig, mir die größte Freude ist. Unser Verhältniß mit Sydow läßt nichts zu wünschen übrig; es ist unmöglich, liebens= und achtungswürdiger zu sein als er, dabei ist er ein unübertrefflicher Arbeiter, und hat mir den größten Theil meiner materiellen Arbeiten ganz abge= nommen. Im März kommt Ambrosch zu euch, der, obgleich Katholik, uns ganz zugethan ist.

---

*) Noch bei zwei Gelegenheiten traf Abbé Martin de Noirlieu (derselbe, wel= cher schon S. 110 und 148 dieses Bandes erwähnt ist) mit Bunsen zusammen; 1850 besuchte er ihn auf einer kurzen Reise nach England und erbat sich eine Ein= führung an Dr. Newman in Oxford, und wiederum 1859 in Paris, wo ihre Be= grüßung sich als das letzte Lebewohl erwies.

Aus dem in den Jahren 1832—1834 höchst lebhaften Briefwechsel mit Arnold theilen wir noch folgende Auszüge von Briefen Bunsen's mit, deren erster noch deutsch geschrieben ist, während alle weiteren, ebenso wie die später eingeschalteten, aus dem Englischen übersetzt sind:

Frascati, 3. October 1832.

Ich weiß in diesem Augenblick nicht, ob ich Ihnen schon schriftlich meinen Dank ausgedrückt habe für den schönen Brief, welchen Sie uns durch meine Schwiegermutter im Winter 1830 zusandten; mein Dank ist eben so frisch, als da ich den Brief erhielt, und in meinem Herzen habe ich ihn Ihnen mehr als einmal ausgesprochen. Mein Briefwechsel ist seit 1830 in große Unordnung gekommen, theils durch Anhäufung meiner amt= lichen Geschäfte, theils durch meine literarischen Arbeiten.

Ich freue mich, daß Sie den großen Niebuhr noch vor seinem Tode gesehen. Sein Verlust ist unersetzlich; Niemand ist er wol näher gegangen als mir. Vielleicht kommt einst der Tag, wo ich ihm öffentlich ein Denk= mal meiner Verehrung und Dankbarkeit setzen kann, denn einen Theil sei= nes Lebens kennt Niemand so gut als ich. Die Ereignisse von 1830 er= griffen ihn tief; als er seine Hoffnungen auf ein zweites 1688 in Frank= reich durch die Charte und deren Auslegung verschwinden sah, ergriff ihn die Ahnung der furchtbaren Kämpfe, die sich durch der Bourbonen Wahn= witz und der Franzosen Schuld der europäischen Menschheit vorbereiteten; und dieser Schmerz, dieses Vorgefühl der Leiden der Menschheit hat seine Gesundheit untergraben und ihn getödtet. Ich habe, aber ohne sie zu kennen, seine Ansicht über die Revolution getheilt und bleibe ihr auch jetzt noch getreu; seine Besorgnisse in Beziehung auf Deutschland habe ich nie auch nur entfernt in dem Grade gehabt. Ich habe noch 1830 an Niebuhr geschrieben, daß ein 1688 nirgends stattfinden kann ohne ein 1517. Kein freies Volk ohne Religion — kein christliches freies Volk ohne den Prote= stantismus — nicht als Negatives, sondern als höchstes Positives, und als Heiligung aller Freiheit.

Meine Arbeit in diesem Jahre ist die Herausgabe des Gesangbuchs, von dem ich Ihnen schon in Rom erzählte: es ist der „Versuch eines all= gemeinen evangelischen Gesang = und Gebetbuchs", mit rechtfertigenden und erklärenden Zuthaten. Da wir etwa 80000 geistliche Lieder und jetzt gegen 300 Gesangbücher im Gebrauch haben, die alle ohne Grundsatz und Umsicht gemacht sind, welche ein solches Nationalwerk erfordert, so habe ich damit ein schweres Werk übernommen, zu dem mir nur die Ueberzeu= gung von dem Bedürfniß der Kirche den Muth gab. Ich weiß, daß ich damit in ein Wespennest gestochen habe, allein nach zwanzig Jahren wird sich der Einfluß meiner Arbeit, wenn ich mich darüber nicht ganz täusche, schon zeigen. In dem Anhang I zur Vorrede werden Sie meine Idee von den Gesangschklen des Epos der deutschen Kirche entwickelt finden, und auch die Grundidee meiner Ansicht vom Opfer angedeutet, welche der 1828 gedruckten Liturgie zu Grunde liegt.

Rom, an den Iden des März, 1833.

Ich habe Ihnen in Gedanken Bände voll geschrieben, denn meine meisten Gedanken über England in dieser wichtigen Krisis sind in Unterhaltungen mit Ihnen eingekleidet. Betrachten Sie, was ich jetzt schreiben will, als Fragmente aus diesen Bänden, unterstützen Sie die Beweiskraft der Behauptungen, welchen Sie zustimmen, und widerlegen Sie in Ihrer Antwort, was Sie für irrig halten.

Ich muß damit beginnen, Ihnen für Ihre Briefe in der Reformfrage zu danken, denn Sie haben mir dadurch einen großen Dienst erwiesen, zuerst durch die Belehrung und den Genuß, welchen sie mir an sich gewährten, und dann dadurch, daß sie mich zu meiner Empfindung zurückbrachten, daß unsere Ansicht schwerlich so toto caelo verschieden sein würde, wie es eine Zeit lang schien. Ich würde, denke ich, wenn ich in England lebte, einen verschiedenen Weg eingeschlagen haben in Beziehung auf die Personen, an die ich mich wendete. Ich würde vielleicht Briefe an Ihre Torys geschrieben haben, um ihnen die Nothwendigkeit einer aufrichtig gemeinten und wirksamen Reform zu zeigen; ich würde mich bestrebt haben, ihnen das summum jus summa injuria zu erweisen: die Sicherheit, aber auch die Nothwendigkeit, ja die gebieterische Pflicht, Institutionen dadurch zu reformiren, daß man auf ihre Idee zurückgeht, eine Einrichtung zu conserviren, dadurch, daß man sich mehr an den Geist als an den Buchstaben hält, und dadurch, daß man das Messer des Reformators weder an dem glühenden Stahl der Leidenschaft noch an dem verrotteten Holz der Interessen schärft, sondern an dem geläuterten Ideal derjenigen, welche die Einrichtung gründeten und unserer Sorge übertrugen. Insofern also würde unsere Linie auseinandergelaufen sein; nicht daß ich sanguinisch wäre in Bezug auf den Erfolg und glaubte, daß Gründe und Ermahnungen etwas ausrichten möchten gegen Hartnäckigkeit, Selbstsucht und den schlechten Stolz wohlbegründeter Rechte, — nein, mein theurer Freund, viel Erfahrung hat in den letzten Jahren meines Lebens diese Täuschung weggenommen; aber weil ich ein- für allemal für mich den Grundsatz aufgestellt habe (und ich vertraue auf Gott, daß ich in der Stunde der Gefahr nicht davon abweichen werde), es mir nicht zu erlauben, mich auf die destructive Seite treiben zu lassen durch die Thorheit derjenigen, welche conserviren sollten, welche aber sowol zerstören als Zerstörungen vorbereiten durch ihre Blindheit und Verstandesschwäche und Selbstsüchtigkeit. Ohne dieses Gelübde hätte ich, glaube ich, seit lange ein Jakobiner werden können.

Doch kann ich begreifen, daß Andere nicht diese Gefahr fühlen weder für ihre eigene Seele noch für die Sache, der sie ernstlich zu dienen wünschen; entschlossen wie ich bin, obgleich oft mit widerwilligem Herzen, eher an dem letzten Wrack historischer Freiheit festzuhalten, als mich auf der Doppeldruck=Dampfmaschine der Freiheit von 1789 einzuschiffen, eher den Nagel durch das verrottete Holz in meine eigene Hand zu treiben, als einen Pflock aus dem strandenden Fahrzeug zu nehmen. Ich kann diejenigen achten und lieben, die Muth und Beruf fühlen, in dem Lauf der Ereignisse Sicherheit zu suchen und die Nichtigkeit und Seichtigkeit ihrer Partei durch das substantielle Gewicht ihrer Weisheit und Tugend auszufüllen. Sie haben dies in edler Weise gethan. Sie können nicht mehr als ich die Tendenz der Nivellirung der Grundsätze, der unhistorischen todten und tödtenden Uniformirung billigen, noch an ein Princip, welches die Macht in die größere Kopfzahl der Bevölkerung legt, anders denken als wie an ein mit Uebel befrachtetes, noch können Sie im Allgemeinen sich irgendeine Illusion über den Hauptpunkt machen, daß Dauerhaftigkeit und Erhaltung nicht mit Zerstörung und Verneinung gebaut werden kann. Vielleicht kann Jemand, der den unglücklichen ausschließlich katholischen Ländern der romanischen Nationen angehört, in unserer Zeit auf den Punkt kommen, alle Ueberlegungen wegzuwerfen auf Grund der Ueberzeugung, daß das Vergangene unwiderruflich verrottet ist und daß das gegenwärtig Bestehende keine Begründung und keine Hoffnung hat weder im Himmel noch auf der Erde. Aber das kann nicht bei Ihnen der Fall sein, dem Sohne des großen Albions, des Stolzes Europas und des Triumphs teutonischer und christlicher Freiheit; Albions, welches allein tausend Jahre lang den Lebensinstinct bewahrt und das Geheimniß der Schöpfung gekannt hat, wonach man alle Dinge neu gemacht, indem man beim Hervorbringen eines Neuen gleichzeitig am Alten festhält. Nicht bei Ihnen, dem Geschichtschreiber Roms, das durch diese Weisheit noch mächtiger war als durch die Gewalt der Waffen und Siege; nicht bei Ihnen, dem Antagonisten jenes auflösenden politischen und religiösen Atheismus von 1789; nicht bei Ihnen, der nie sein Knie beugen wird vor der Trinität der Utilitarier, dem Götzenbild der Seichtigkeit, in welchem Washington der Vater, Franklin der Sohn, Dampf das $\pi\nu\epsilon\tilde{\upsilon}\mu\alpha$ ist und weiterhin Lafayette der Johannes, Robespierre der Paulus und Napoleon der Muhamed.

In dieser Ueberzeugung lese ich Ihre Vorträge mit Entzücken, ob Sie Ihre Hörer in Erstaunen setzen mochten durch das Lob der Segnungen der Aristokratie und der Kirche, oder ob Sie, ohne Schonung, aber auch ohne Uebertreibung, auf die eingewurzelten Uebel des gegenwärtigen Zustandes hinwiesen. Bei einigen Ausdrücken in einem der Briefe, welche mir schmerzlich waren, vergaß ich nicht, in was für einem Augenblick sie geschrieben waren, und daß in einem freien Lande keiner eine Partei für sich bilden kann, sondern einer bereits gebildeten Partei beitreten muß, wenn er die Kraft und den Willen fühlt, auf seine Mitbürger einzuwirken.

Lassen Sie mich jetzt von politischen Erwägungen abgehen. Alea jacta est, Sie müssen die Folgen abwarten von dem, was geschehen ist, und streben, das Uebel zu vermindern und das Gute zu kräftigen, was daraus fließt. Was aber die Kirche betrifft, res est integra. Lassen Sie uns daran denken, daß die Bundeslade nicht von den unreinen Händen des Unglaubens und der Unsittlichkeit angerührt werden darf. Ich glaube nicht, daß Sie hier in Gefahr sind. Aber vergessen Sie nicht das „humana nefas miscere divinis"; kommen Sie nicht von den Fragen über Zehnten und Kapital zu denen über die 39 Artikel und über die Liturgie. Vorausgesetzt, daß ich nicht blos glaubte, sondern gewiß fühlte, daß eine Aenderung in einem oder in beiden, abstract gesprochen, die Kirche retten würde, so würde ich doch sagen: „Laß fallen, was sich nicht selbst halten kann." Aber ich möchte nie diese Gegenstände in Einem Athem erörtern. Ich möchte nie ein Jota verändern im Gebet oder Bekenntniß, um das äußere Gebäude zu stärken. Denken Sie, bitte, gar nicht, daß ich voraussetze, Sie hätten den Stoff in dieser Weise betrachtet; blos einige Aeußerungen in Ihrem Briefe an Hamilton veranlassen mich, zu glauben, daß Sie die folgenschwere Frage der Erweiterung der Grundlage der Kirche in Bezug auf ihre Constitution und Liturgie aufgeworfen und in demselben Buche die Frage vom Zehnten und anderen zeitlichen Dingen behandelt haben. Sie wissen, daß ich seit vielen Jahren verschiedenen Gliedern der Staatskirche über ihre mehr unmittelbaren Bedürfnisse gepredigt habe, Verwandlung der Capitel in Stellen für Professoren der theoretischen und praktischen Theologie in bischöflichen Seminarien u. s. w. Einige hielten mich deshalb für einen Narren oder einen Jakobiner; Andere, die meinen Absichten Gerechtigkeit widerfahren ließen, entgegneten, daß in dem verwickelten System politischer und kirchlicher Interessen solche Dinge nicht ausgeführt werden könnten. Glücklich, wenn sie sie jetzt ausführen. Aber wie wenig Ihre Minister an solche Pläne denken, kann man aus der Bill für Irland ersehen! Sind die Einkünfte einer Kirche bestimmt für Almosen an Vicare? für Gleichstellung der Einkünfte derer, welche nichts zu thun haben oder welche nicht wissen, was sie thun sollen? sind neue Pfarrhäuser und Vicarwohnungen die Stützen einer reformirten Kirche? O Jammer! mindestens eine Hälfte des Fonds sollte zu gleichen Theilen verwandt werden für die Gründung von Volksschulen in jedem Kirchspiel und von Seminarien in jeder Diöcese. O ihr Blinden, könnt ihr nicht sehen, daß, wenn ihr so handelt, ihr blos ausführt, was ihr nicht hättet ungethan lassen sollen nach der Schlacht am Boynefluß, oder noch besser nach der Thronbesteigung Jakob's I., und daß in zehn Jahren diejenigen, welche über die Trümmer eurer protestantischen Kirchen wehklagen, euch

tadeln werden, daß ihr „diesen eueren Tag nicht erkannt" habt? Eine
solche Maßregel würde unter dem Klerus und dem wichtigsten Publikum
Englands populär, aber mehr noch, sie würde gerecht gewesen sein. Lassen
Sie mich nichts von der armseligen Erwägung hören, von der Vermeh=
rung der Bequemlichkeiten von zwanzig oder dem Bau neuer Häuser für
hundert Geistliche oder neuer Kirchen, wo keine Gemeinde da ist. Ist die
Kirche Christi ein Hospital oder eine Leibrentenanstalt oder eine Acker=
wirthschaft? Was ist der Nutzen der Anwendbarkeit ökonomischer Maß=
regeln? Genug davon.

In Bezug auf die Kirchenverfassung und Liturgie fühle ich zuversicht=
lich, daß Sie weder die eine noch die andere Frage in der jetzigen Zeit
erörtern können; die Leidenschaften sind zu groß, die Kenntniß ist zu gering,
der Glaube nicht stark und rein genug. Doch einige Punkte der ersten
Frage könnten, dünkt mich, mit großem Nutzen in Anregung gebracht wer=
den. Eine unparteiische Prüfung der Kirchenreform in den Vereinigten
Staaten könnte von großem Nutzen sein. Ich habe Ihnen schon meine
Gedanken über die Parteianschauungen aller religiösen Gemeinschaften des
16. Jahrhunderts ausgesprochen. Der Gegensatz zwischen episkopalen und
presbyteranischen Systemen ist ein Phantom. Lassen Sie die Frage über
das besondere göttliche Recht der Bischöfe und ihre apostolische Einsetzung
wegfallen! Keine Partei wird ihre Meinung hier aufgeben, und zu mehr
als Meinungen werden sie auf diesem Gebiete nirgends kommen; aber ein
episkopales System ist so ersichtlich das einzige, welches Ordnung und
Würde und Freiheit in einer großen Kirche erhalten kann, daß Millionen
von Dissenters sich anschließen werden, wenn man sich blos auf den Boden
des praktisch Besten, nicht der Lehre des jus divinum stellt. Die Organi=
sation von unten herauf ist dem presbyterianischen System eigenthümlich.
Wenn Sie nun vorangehen wollten, um zu zeigen, wie Beides mangelhaft
ist, indem den Laien nicht der gebührende active Antheil an der kirchlichen
Gemeinde gegeben wird, so würden Sie die Presbyterianer zum Schwei=
gen bringen, wie es wirklich im großen Maßstab in Amerika stattgefunden
hat. Ich weiß, daß die Verschiedenheit zwischen monarchischer und repu=
blikanischer Regierung, zwischen Trennung von und Verbindung mit dem
Staat die Verfassung der Kirche beeinflussen muß; aber es wird immer
eine elende und unchristliche Fiction bleiben, zu sagen, daß die Gemeinde
in der Kirchenregierung von dem Souverän repräsentirt wird. Es ist
aber gleicherweise Thrannei und von einer noch gefährlicheren Art, wenn
ein Parlament sich mit den kirchlichen Angelegenheiten befaßt, als wenn
es ein Autokrat thut. Sie haben hiermit seit 1797 begonnen (ich meine
durch Scott's Bill) und Sie sind jetzt gerade auf dem richtigen Wege, die
Zerstörung noch weiter zu treiben durch Ihr Gesetze machendes Haus der
Gemeinen. Ist denn die Erfahrung von drei Jahrhunderten, der Verfall

ter Kirchen des Continents von keinem Nutzen für Sie gewesen? Wenn Sie aber in der Liturgie von Veränderungen reden, so gibt es tiefere Erwägungen als Verkürzung oder Vereinfachung, Weglassung oder Abschwächung. Sie müssen zunächst auf einer positiven Grundlage die Idee des christlichen Gottesdienstes wiederherstellen; Sie müssen zusehen, was die Kirche in dieser Beziehung zu verwirklichen und was sie wirklich gethan hat, inwieweit die römische Kirche den Mittelpunkt der Anbetung verkehrt und die protestantische verabsäumt hat, ihn positiv wieder festzustellen. Ich bin mir bewußt, daß ich hier in Ausdrücken rede, welche mir angehören und den Anschein haben, mein eigenes Thun zu empfehlen; worin ich indessen auch falsch gegriffen haben mag, so habe ich doch die festeste Ueberzeugung, daß nur auf diesem Boden eine liturgische Reform von heilsamer Wirkung und Dauer sein kann.

Senden Sie mir, bitte, oft solche Proben englischer Jugend*); sie sind eine erquickende Art. Toto corde tuus.

Rom, 21. Januar 1834.

Ich hatte das Glück, einen neuen Brief von Ihnen durch August Hare zu erhalten, welcher vorgestern ankam, leider in einem sehr bedenklichen Gesundheitszustand. Morgen reist Lord Ashley nach England ab, und ich benutze seine Güte, um die Ankunft dieses Briefes zu sichern.

Empfangen Sie zuerst meinen Dank für die vielen Zeichen und Proben einer Freundschaft, welche seit lange ein Bedürfniß meines Herzens geworden ist. Das erste, was ich erwähnen muß, ist Ihr Brief vom Mai 1833, in Antwort auf zwei der meinigen. Ihr Protest gegen irgendeine Gemeinschaft mit einem der Dämonen unserer Zeit konnte nicht mit größerer Kraft von Gründen und Gefühlen ausgesprochen werden als in Ihren veröffentlichten Briefen selbst, welche ich wieder und wieder gelesen habe. Das Naturgesetz, daß keine Pflanze wachsen kann, ohne einen Boden zu haben, in dem sie wurzelt, ist um nichts gewisser als das geistige Gesetz, daß nichts aufgerichtet werden kann, welches nicht seine Wurzeln in der Vergangenheit hat und nicht eingepfropft ist auf die ewigen Grundsätze des Guten, des Wahren und des Gerechten. Das ist der Sinn von dem, was wir das historische Princip nennen; ich mißbillige ebenso wie Sie selbst das Princip, „die Dinge gut sein zu lassen", wenn man überhaupt das gut nennen kann, was in directem Widerspruch steht mit dem Princip seiner Existenz. Ich fühle so scharf wie Sie selbst, daß es ungenügend ist, Einrichtungen rein unter einem historischen und praktischen Gesichtspunkt zu betrachten, ohne zu Principien aufzusteigen, wo die innere

---

*) Anspielung auf den jungen Hamilton, jetzt Bischof von Salisbury, der mit einem Empfehlungsbrief von Arnold an Bunsen nach Rom gekommen war.

Lebensempfindung, welche das große geistige Sensorium ist, zu fehlen beginnt und durch eine neue Eingießung geistiger Kraft erfrischt werden muß, um die Angriffe eines kranken und verminderten Verstandes zu vereiteln. Je höher die fragliche Einrichtung steht in der Scala intellectueller und spiritueller Wichtigkeit, desto nothwendiger ist in solchen Epochen dieses Zurückgehen auf die ursprünglichen Principien. Ich behaupte ferner, daß unsere Zeit eine solche ist, die durch das richtige Princip reformirt werden muß, da sie durch falsche Principien verderbt ist. Aber ich halte daran fest, daß das historische Princip allein uns sowol vor Zerstörung wie vor Verderbniß retten kann. Ich verstehe unter diesem Ausdruck das Zurückgehen auf den wirklichen Keim der fraglichen Einrichtung, nicht eine abstracte Anschauung, sondern eine solche, die uns in den Stand setzt, den Geist der Einrichtung in allen Phasen ihrer Entwickelung zu erkennen, indem sie uns so zu dem wirklichen, d. h. theoretischen, historischen, praktischen Verständniß derjenigen Phase bringt, welche wiederherzustellen unsere Aufgabe ist. Es ist meine innerste Ueberzeugung, daß es keine Einrichtung von höherem Rang im alten Europa und ganz besonders in der Kirche gibt, welche nicht auf der einen Seite Reform nöthig hat und auf der anderen Seite eine Umwandlung erfordert aus ihrem eigenen Princip heraus und aus ihren eigenen und anderen verwandten Elementen und Stoffen. Ich könnte in kirchlichen Dingen kein Zutrauen fühlen, einen Strohhalm zu verändern, wenn ich nicht fest auf biblischer Grundlage stände und nicht die Ueberzeugung hätte, daß die vorgeschlagene Veränderung oder Reform eine höhere Entwickelung der göttlichen Religion Christi wäre und deshalb auch ein Beruf zu einem höheren Leben als dem, welches sie aufzuheben oder zu verändern schien; und wenn ich nicht endlich überzeugt wäre, daß die Zeit gekommen ist, wo jede kirchliche Anstalt entweder reformirt werden oder untergehen muß durch dasselbe göttliche Recht, welches sie für ihre Existenz anruft. Sollte daher unter solchen Bedingungen eine Reform unternommen werden, so müssen alle bestehenden Staatskirchen untersucht werden, schonungslos in Bezug auf das, was sie sind, streng in Bezug auf das, was sie sein könnten, hoffnungsvoll in Bezug auf das, was aus ihnen gemacht werden könnte. Daß nichts stehen bleiben und ausbauern kann dem Buchstaben nach, und nichts verändert werden sollte dem Geist und Princip nach, insofern Beides durch Bibel und Geschichte bewiesen werden kann, wird das absolute und unveränderliche Ergebniß sein. Das setzte ich voraus, als ich vor sechzehn Jahren an dem Jubelfest unserer glorreichen Reformation mit zitternden Händen den Staub von den Stufen des Heiligthums zu fegen begann; dies habe ich als positive Wahrheit erkannt durch die Ereignisse der letzten zehn Jahre und durch die Ergebnisse meiner eigenen fragmentarischen und unvollkommenen, aber aufrichtigen Forschungen und Bestrebungen. Mein Princip ist, nicht Misbräuche zu sanctioniren, nicht zu versuchen, einem Leichnam Leben einzuhauchen, nicht die Reform zu ersticken oder zu verzögern oder ihr entgegenzutreten, nicht das historische Resultat als eine definitive Existenz darzustellen, sondern als einen Punkt, von dem man ausgehen müsse, und als eine Vorbereitung und als einen Uebergang zu dem Neuen. Es ist eben so thöricht, sich zu bestreben, vergangene Zeiten zurückzubringen, als die abgefallenen Blätter unseres eigenen Herbstes aufzubewahren; aber es ist gewiß, daß nichts Gutes für die Zukunft gethan werden kann außer durch weise Verknüpfung derselben mit der Vergangenheit; und dies kann allein dadurch geschehen, daß man die Metallstückchen ins Feuer bringt, damit sie in dem Zustand des Schmelzens zusammenwachsen.

Aber ist die Zeit gekommen? Ich glaube, die Zeit ist gekommen, insofern die Nothwendigkeit dringend ist, die Sache der Liturgie und der Artikel mehr als jede andere und vor jeder anderen zu erwägen. Diese Erwägung wird zeigen, daß unabhängig von allen äußeren Umständen und von aller äußeren Redlichkeit innere Gründe und Argumente genug zur Hand liegen, um zu beweisen, daß die Liturgie vollkommener sein kann, und daß sie jetzt revidirt werden muß, weil sie das einzige Mittel gewährt, eine herrlichere Manifestation des christlichen Geistes und des Reiches Christi als früher zu bewerkstelligen. Wie sehne ich mich, solche Argumente mit Ihnen zu besprechen! Ich bin unzufrieden mit jedem Worte, das ich schreibe, weil Sie entweder das, was ich sage, selbst unendlich besser ausgedrückt haben, oder weil ich Ihnen zu widersprechen scheinen kann, ohne Gründe anzugeben, wenn ich nur für mich selbst einen Weg durch das Dickicht bahne, um mit dem Ihrigen zusammenzutreffen. Aber das ist der Segen und das Vorrecht wirklicher Freundschaft, daß keiner dieser beiden Fälle gegenseitiges Verständniß ausschließen kann.

Ich habe den Brief vom Erzbischof Whateley erhalten und zwar ist er ein solcher, der mich vor mir selbst beschämt macht, wenn ich die parteiische Ansicht erwäge, welche Ihre Güte und seine eigene ihm von meiner Person gegeben haben; aber es würde Heuchelei sein, zu sagen, daß sie mir nicht hohe Befriedigung und, wie ich vertraue, auch Erbauung gewährte, weil sie mein Bewußtsein der geistigen Gemeinschaft aller Glieder der Kirche Christi und meinen Muth, alles, was ich habe und bin, dem Dienste dessen zu widmen, der uns so vereinigt, vermehrt hat.

Die Ausgabe meines Gesangbuches ist schon fast ganz ausverkauft. Eine neue Volksausgabe wird in dem Laufe dieses Jahres erforderlich werden. Wenn die Umstände es gestatten, kann dieses Kirchen= und Hausbuch in späteren Jahren Theil eines noch umfassenderen Werkes werden.

Für Ihr Zeugniß über Niebuhr fühle ich mich Ihnen dankbarer als irgendein Lebender sein kann, und ich sage dies sogar, obgleich Ihre Freundschaft in derselben Stelle auf mich in einer Weise angespielt hat, die

mich nur bemüthigen kann. Es ist zu wichtig, daß solche fanatische Unwissenheit, wie sie sich hier und da in den Schriften einzelner Ihrer Landsleute gezeigt hat, so rasch als möglich abgelegt werde. Niebuhr's Charakter
könnte in England nicht besser aufgehoben sein als in den Händen von
Hare, Thirlwall und Ihnen.

Ich hoffe, Sie haben den dritten Band meiner „Beschreibung Roms"
erhalten, welcher die vaticanischen Sammlungen umfaßt, oder werden ihn
doch bald erhalten; ich werde jetzt den vierten und letzten mit nach Berlin
nehmen. Er beginnt mit dem Abschnitt, der, wie ich Ihnen erzählte, eine
Huldigung an Niebuhr enthält, mit der Sie gewiß einverstanden sein werden. Diese Arbeit abgewickelt zu haben ist ein nicht geringeres Vergnügen
als das, sie geschrieben zu haben, weil mein Geist jetzt mit anderen
Dingen beschäftigt ist. Ich begrüße Ihre „Römische Geschichte" vom
Grund meines Herzens; wenden Sie, bitte, Ihre besten Jahre und Stunden daran! Sie ist ein allgemeines Bedürfniß Europa's; selbst wenn Niebuhr sein großartiges Werk vollendet hätte, würde eine solche „Geschichte
Roms", als Sie schreiben können und zu schreiben beabsichtigen, ein Bedürfniß geblieben sein: jetzt ist es eine Nothwendigkeit. Was einen neuen
„Thesaurus inscriptionum" betrifft, so wird das Bedürfniß allgemein gefühlt.
Ein junger Freund von mir, Kellermann, ein Däne, beabsichtigte alle
lateinischen Inschriften zu Rom zu veröffentlichen, erhielt aber nicht die
Erlaubniß, sie zu copiren, da ein römischer Gelehrter (und ein sehr guter,
der einzige wirkliche Gelehrte in Rom), Professor Sarti, das Werk unternommen hat, und die Regierung ihn natürlich begünstigt. Kennen Sie
Orelli's „Inscriptionum Latinarum selectarum collectio" (2 Bde., Zürich)?
Es ist eine ausgezeichnete Sammlung der wichtigsten Inschriften mit
Angabe dessen, was neuerdings über jede geschrieben worden ist. Dieses Werk und Muratori's „Novus thesaurus veterum inscriptionum"
(Band 1) enthalten Alles, was Sie bedürfen können. Borghesi's „Fasti"
werden in der Geschichte der römischen Inschriften Epoche machen; ich
hoffe, daß sie bald herauskommen werden, und Sie sollen sofort ein Exemplar erhalten. Die meisten der in den letzten fünf Jahren entdeckten Inschriften sind in den Werken des Instituto di corrispondenza archeologica
veröffentlicht. Was die gewünschten Punkte der Geographie und Topographie Italiens betrifft, so habe ich gerade einen „Discours prononcé à
l'occasion de l'anniversaire de la fondation de l'institut, 21 avril 1823,
jour de naissance de Rome" veröffentlicht, der unter anderen Dingen
ein Project enthält, die ganze alte Geographie der Halbinsel vermittels
des Instituto zu revidiren, welches jetzt über 50 Correspondenten in den
verschiedenen Theilen Italiens besitzt und selbst in seinem gegenwärtigen
Armuthszustande den Ueberschuß seiner Einkünfte (der Subscriptionen für
die Veröffentlichungen) zur Musterung und Besichtigung des classischen

Bodens anwendet. Sie werden drei Abzüge des „Discours" um Oſtern erhalten. Ich ſende gerade jetzt die erſten Proben einer ſolchen Beſichtigung nach Paris, über die Umgegend von Reate (jetzt Rieti) und die urſprüng=lichen Anſiedelungen der Aborigines, mit einer Karte, welche ich Ihnen gewidmet habe. Nehmen Sie ſie, bitte, als einen Gruß aus der alma urbs, deren Geſchichte Sie ſchreiben.

P. S. Beim Durchleſen meines Briefes kann ich mich nicht damit ausſöhnen, ihn in ſo unbefriedigendem Zuſtande abzuſenden, was meine Nichtbemerkungen über Ihre Kirchenreform betrifft. Laſſen Sie mich klar ausſprechen, daß eine Union mit den Diſſenters, welche Chriſto dienen, etwas iſt, was ich ſeit funfzehn Jahren im Herzen trage, ſowol in Beziehung auf mein eigenes Vaterland als auf die Kirche im Allgemeinen. Wir müſſen dazu kommen, wenn Gott uns und unſere Länder retten will. Sie wird einmal und irgendwo auf der Erde ſtattfinden. Geſegnet das Land und die Kirche, welche ſie ausführen, welche das Joch der doctrinellen und rituellen Tyrannei abſchütteln, das zu lange von denen geübt wurde, welche in Chriſto vereinigt wurden, und welche an Thatſachen glauben ſollen, geoffenbarte und überlieferte, nicht an Worte und Abſtractionen und Formeln, die ihnen untergelegt oder mit ihnen verknüpft ſind. Dieſe mögen gut, mögen nothwendig ſein als disciplinariſche Regeln für beſon=dere Zeiten und Nationen oder Geſellſchaften; aber ſie ſtehen auf einem anderen Boden. Ich glaube oder bezweifle, was mir durch klare Zeug=niſſe gegeben iſt (und hier iſt eines der beiden Zeugniſſe in uns ſelbſt), aber ich pflichte bei oder weiche ab von dem, was auf Vernunftgründen erbaut iſt und auf Folgerungen aus göttlich geoffenbarten Thatſachen durch Anwendung der für andere Gegenſtände paſſenden geiſtigen Operationen. Laſſen Sie uns nie dieſe glorreiche Hoffnung noch auch je den muthigen Kampf aufgeben! Es iſt eines der wenigen Dinge in der Welt, die alle meine Gedanken erregen und die ganze Energie, deren ich fähig bin.

Ich ſtimme Ihnen bei, in Bezug auf die Nothwendigkeit, auch in dem beſten Ausdruck der Einheit, der Liturgie, einen gewiſſen Spielraum zuzu=geſtehen, nicht jedoch auf dem Boden der Opportunität, ſondern auf dem höheren Boden chriſtlicher Weisheit und Liebe. Ich beanſpruche Freiheit für extemporirte Gebete, Freiheit für ſtille Gebete, Freiheit für Abkürzungen der Liturgie, Freiheit für Taufe der Kinder (vorausgeſetzt, daß Sie ſie hernach confirmiren, wie wir es in Deutſchland durch den feierlichſten Act des menſchlichen Lebens nach der feierlichſten Vorbereitung vor der ganzen Gemeinde thun) oder der Erwachſenen; aber nicht aus Opportunitätsgründen, noch blos, weil ſolche Verſchiedenheit der Natur des Menſchen und dem Geiſte der Chriſtenheit eigen iſt. Solange die Welt ſteht, wird es Leute geben, welche eine Liturgie wie die Ihrige vorziehen, Andere, die extem=porirte Gebete, und noch Andere, die eine freie Auswahl aus beſtimmten

Gebeten vorziehen; aber alle Vernünftigen würden zugestehen, daß eine solche Form die beste, die wahrhaft katholische sei, welche Alle vereinigen möchte, indem sie jeder Mode den passendsten Platz zuweist; wenigstens daß es eine sei, mit welcher sich Jeder vereinigen kann, und zwar die einzige.

Die bischöfliche Kirche in den Vereinigten Staaten Amerikas ist eine Musterkirche, obgleich nicht gelehrt und erleuchtet genug, um im Stande zu sein, einige verrottete Stützen des 16. und 17. Jahrhunderts abzuschütteln.

Aber ich muß gegen die Tyrannei und den zerstörenden Despotismus politischer Gesetzgebung über die Kirche protestiren. Wir in Deutschland können Ihnen aus Erfahrung ihre Wirkungen erzählen. Besser noch für die Kirche, beherrscht zu werden durch einen absoluten Monarchen, der ein Gläubiger sein kann und das Christenthum begünstigen muß, als durch ein allmächtiges Parlament, welches viele Ungläubige unter seinen Gliedern hat und durch seichte politische Doctrinen und den Enthusiasmus des Selbstmordes mitgeschleppt wird. Nein, mein theurer Freund, gießen Sie neues Leben in die Adern Ihrer alten Kirche, aber verkaufen Sie sie nicht dem Parlament, das schlimmer ist wie Medea. Errichten Sie ein drittes Haus in Ihrer Convocation aus Vertretern der Laien bestehend, die von den christlichen Gemeinden oder besser von ihren Presbyterien, wie wir dieselben nennen, gewählt sind. Erinnern Sie sich an Stern's Predigt über den Segen Jakob's: „Isaschar ist ein beinerner Esel, der sich zwischen zwei Lasten niederbeugt".

Rom, 19. Februar 1834.

Mein letzter Brief kam zu spät, um noch von Lord Ashley mitgenommen zu werden, und so war ich genöthigt, auf eine andere Gelegenheit zu warten. In der Zwischenzeit hat unser theurer August Hare uns verlassen. Wenn dieser Brief ankommt, werden Sie bereits erfahren haben, daß er gestern heim ging in einem Zustande vollkommenen Friedens. Er hatte vorher Anweisungen gegeben, daß er an der Seite meiner Kinder beerdigt würde. Ich sah ihn zweimal und liebte ihn von dem ersten Augenblicke an. Seine Gedanken waren immer bei seinen Freunden, seinem Lande, seiner Kirche, aber vor Allem und bis zu dem letzten Augenblicke bei seinem Heilande. Requiescat in pace! Seine ausgezeichnete Frau hat sich eines solchen Gatten würdig gezeigt.

Siebenter Abschnitt.

Die letzte Friedenszeit in Rom.

(1834—1837.)

Im Monat Mai des Jahres 1834 reiste Bunsen abermals nach Berlin infolge eines Urlaubs, den er sich zu dem Zweck erbeten hatte, zwei seiner Söhne hinzubringen, den einen nach Schulpforta, den anderen ins Cadettenhaus nach Berlin.

Von den unterwegs geschriebenen Briefen mag der aus Florenz vom 17. März 1834 an seine Frau gerichtete hier Platz finden:

Sobald der erste Brief versiegelt war, gingen wir hinaus zur Post, die auf der Piazza del Gran Duca ist. Hier sind auch meine unvergeßlichen Loggie di Orgagna, und Du kannst Dir denken, daß ich die lieben Jungen dahin führte, und was ich ihnen für ihr eigenes Leben sagte: daß sie sich nie überheben sollen ihres Glückes, noch für einen Raub achten die begünstigte Stellung, in der sie ins Leben eintreten, sondern gedenken, wie ihr Vater sich hier als ein verlassener Fremdling, ein hülfloser Wanderer fand, und nur durch Gottes Hülfe und Gnade von dieser Verlassenheit aus seinem Glück entgegengegangen; zweitens aber, daß sie im Unglück und Kreuz nie verzagen sollen, sondern ihres Vaters gedenken, dem Gott hier Kraft gab, Armuth nicht zu achten, sondern dem ins Auge gefaßten Ziele mit verdoppeltem Muthe entgegenzulaufen, und zugleich Eltern und Geschwister mit sich der Gnade dessen zu empfehlen, der allein hilft und schützt, und dessen Himmel (wie der liebe Großvater bei seinem Segen sagte) allenthalben blau über uns ist. Wir gingen dann hinaus in die Welt des Platzes, meine beiden Jungen zu meiner Seite, gerührt und liebreich.

Gott segne Dich! Sei gutes Muthes, und denke, daß wir auf Gottes Wegen unserer Bestimmung nachziehen. Er wird's machen, ich weiß nicht wie, aber gewiß wohl. Ich danke Gott, daß ich nicht weiß wie.

Gewichtige und sorgenvolle Geschäfte über die Ehen zwischen Protestanten und Katholiken und die Verhandlungen mit dem Römischen Stuhl erwarteten ihn in der preußischen Hauptstadt.
— Das Breve Pius' VIII. vom 25. März 1830 hatte trotz der ursprünglich darangeknüpften Hoffnungen die Frage über die gemischten Ehen zu keiner genügenden Lösung gebracht, die Schwierigkeiten hatten sogar mit jedem Jahre zugenommen, und Bunsen wurde deshalb abermals mit der Beseitigung derselben betraut. Der Thatbestand war kurz folgender:

Die berliner Regierung, die in dieser Frage das berechtigteste Princip, welches jemals ein Staat zu verfechten hatte: wirkliche Gleichberechtigung der Confessionen, vertrat, und der eine endgültige und friedliche Lösung der entstandenen Zwistigkeiten am Herzen lag, konnte mit den mancherlei dunkeln und gewundenen Ausbrücken des Breve den angestrebten Zweck nicht erreichen, und besonders schien ihr die von dem Breve festgehaltene Vermahnung an die katholische Braut ein Keim zu stets neuem Unfrieden.
Von diesem Gesichtspunkte wurde daher durch die Cabinetsordre vom 27. Februar 1831 die Rücksendung des Breve nach Rom befohlen, damit die Anstöße beseitigt würden. Es heißt in derselben: „Wiewol die Erklärungen des Papstes in dem Breve und in der Instruction für die rheinischen und westfälischen Bischöfe die bisherigen Differenzen in den wesentlichsten Punkten beseitigen, so läßt es sich doch mit dem beabsichtigten Zwecke, eine Störung des Familienfriedens zu verhüten, nicht wohl in Uebereinstimmung bringen, wenn den Bischöfen und Pfarrern die ausdrückliche Anweisung ertheilt wird, die katholischen Frauen vor Eingehung der gemischten Ehe mit Rücksicht auf die Erziehung der Kinder im Glaubensbekenntniß des evangelischen Vaters wiederholt zu verwarnen, als ob sie hierdurch das Seelenheil ihrer Kinder leichtsinnig verscherzten. Mit welcher Vorsicht und Schonung auch die Bischöfe und Pfarrer in allen einzelnen Fällen zu Werke gehen mögen, wird sich doch der nachtheilige Eindruck einer solchen Verwarnung nicht verwischen lassen. Ein anderweitiges Bedenken entsteht durch das Verbot an die Geistlichen, die Trauung einer gemischten Ehe nicht zu verrichten. Ich habe nichts dagegen, daß der Papst ihnen nur die passive Assistenz bei der Trauung verstatte, wünsche jedoch, daß ihnen nicht ausdrücklich untersagt werde, selbst einen kirchlichen Act dabei zu vollziehen." Die Cabinetsordre spricht daher den Wunsch aus, daß der Papst „nicht etwa etwas sanctioniren solle, was den allge-

meinen Principien der katholischen Kirche entgegen sein könnte", vielmehr nur „einige Gegenstände der Form mit Stillschweigen überginge".

Es begannen daher die Unterhandlungen in Rom aufs neue. Dort aber hatte mit der Thronbesteigung Gregor's XVI. die jesuitische, jedem friedlichen Verhältniß zu den anderen christlichen Confessionen feindliche Partei noch bedeutend an Macht gewonnen, und alle Berichte Bunsen's konnten nur melden, daß man nicht über das Breve Pius' VIII. hinaus= gehen, höchstens sich zu Modificationen verstehen wolle, mit denen mehr geschadet als genützt werde. Ueber diese Sachlage verbreitet sich besonders der Bericht vom 3. Juni 1832 *), aus dem wir Folgendes anführen:

„Dem französischen Gesandten hat der Papst die Forderung, irgendetwas zur Erleichterung der gemischten Ehen in Frankreich zu thun, rund abge= schlagen. Nun stehen die Sachen bekanntlich so, daß fast ohne Ausnahme erstlich kein Pfarrer eine gemischte Ehe selbst mit dem Versprechen der ka= tholischen Kinderziehung zuläßt, auch wo gar kein kanonisches Ehehinderniß obwaltet, anders als auf eine schriftliche Genehmigung seines Ordinarius, zweitens kein Bischof dieses ohne jenes Versprechen ertheilt. Ausnahmen sind sehr selten geworden, nur von einigen Bischöfen und nur alsdann ge= macht worden, wenn sie die Gewißheit von dem bevorstehenden Uebertritt des katholischen Theiles erlangt hatten. Der französische Botschafter hat nun dem Papst die bringendsten Vorstellungen gemacht, und das ganze Ver= trauen, das er als aufrichtiger Katholik beim Papste besitzt, in Anspruch genommen, um ihn zu überzeugen, die Folgen dieser Weigerung würden sein: Uebertritt Vieler zum Protestantismus, mindestens protestantische Trauung, und Civilehe. Hierauf hat der Papst, wie der Botschafter mir selbst versicherte, geantwortet: «Lieber alles Dies als die gemischten Ehen zu erleichtern.» Diese Antwort wurde noch vor der Expedition von An= cona gegeben, und der Papst hätte durch eine Gewährung oder Nachgiebig= keit, auf welche die französische Regierung ein unbedingtes Gewicht legt, in politischer Hinsicht manches Gute mehr und manches Böse weniger.

Ueberhaupt aber muß ich eine schon früher gemachte Bemerkung wiederholen: daß nämlich die Geschichte lehrt, wie die Päpste oft in den= selben Verhältnissen sich auf die Behauptung ihrer geistlichen Macht und der strengen kirchlichen Disciplin zurückziehen, wie sie ihre Herrschaft und Macht bedroht sehen. Hierzu kommt, daß das Unglück, wie der Vorfall von Ancona, Sympathie und die Sympathie Gefühl der Macht über die Ge= müther hervorbringt. Endlich hat die belgische Revolution und die immer

---

*) Schon vor dem Erlaß der eben erwähnten Cabinetsordre, am 4. Februar 1831, hatte Bunsen gemeldet, daß die neue päpstliche Regierung sich zwar an das Breve der vorhergehenden halten werde, aber auch nach keiner Seite hin davon abweichen wolle.

mehr Anhänger unter den verschiedensten Parteien gewinnende Zeitansicht von der Herstellung der kirchlichen Einheit vom Staatsverbande dem römischen Hofe ganz unverkennbar eine weniger nachgiebige Stellung gegen die weltliche Macht und namentlich gegen protestantische Regierungen gegeben." *)

Noch bedeutend erschwert wurde die Sachlage durch das völlig die Tendenzen der Jesuiten erschwerende päpstliche Breve an die bairischen Bischöfe vom 27. Mai 1832, wodurch geradezu dasjenige untersagt wurde, was seit 1828 der Statusquo in dem westlichen Theile Preußens war, selbst Proclamationen und Dimissorialen, und jeder etwaige Dispens a disparitate cultus dem päpstlichen Stuhle vorbehalten. Nicht blos wurde dieses Breve in Baiern von den Fanatikern mit Jubel aufgenommen, sondern es hatten auch die weiteren Berichte Bunsen's aus Rom vom 9. September und 17. November 1832, sowie vom 17. Juli 1833 zu melden, daß auch die früher vorgeschlagenen und in Berlin abgelehnten Modificationen nicht mehr im Bereiche der Möglichkeit lägen, ja sogar das Breve Pius' VIII. selbst nach dem Erlaß des bairischen Breve nicht mehr so gegeben werden würde. Und auch in Bezug auf die katholische Geistlichkeit in Preußen hatte dieses bairische Breve bedenkliche Folgen, zumal wo durch die Nichtpublication des preußischen der Verdacht genährt wurde, daß der Inhalt desselben nicht günstiger sei als der durch Indiscretion der Bischöfe bekannt gewordene des bairischen.

Da somit in Rom selbst nichts zu erlangen war, so wurde in Berlin der katholische Geh. Oberregierungsrath Schmedding am 8. September 1832 zu Verhandlungen mit den westlichen Bischöfen beauftragt. Er hatte ihnen die Fragen vorzulegen: ob sie sich an den buchstäblichen Inhalt der päpstlichen Concessionen binden oder aus eigener Macht einen Schritt weiter gehen, insonderheit die harten Vermahnungen der Bräute, welche der Gewährung der assistentia passiva vorangehen sollten, meiden oder mildern wollten; ob sie, wo nicht auf der Stelle, doch innerhalb bestimmter nicht gar zu langer Frist die kirchliche Trauung auch für den Fall gewähren wollten, wo keine Uebereinkunft der Verlobten, daß alle Kinder in der katholischen Religion erzogen werden sollten, vorliege; ob durch die unbedingte Annahme der von Rom angebotenen Bewilligungen die Freiheit der Bischöfe

---

*) In demselben Bericht sagt Bunsen: „Was die vielgerühmte Praxis der östlichen Provinzen betrifft, so ist sie keinesweg zweifellos, sie steht daselbst nicht so fest, daß nicht über kurz oder lang ein scrupulöser Bischof — ohne deswegen mehr ein Tartuffe oder Hildebrand zu sein, als es der Fürstbischof von Ermeland ist — bis auf eine ausdrückliche Anerkennung derselben von Rom seinerseits diese Praxis einstellen könnte, und die östlichen Provinzen ihre Praxis auf den Grund der Zugeständnisse für die westlichen zu stützen veranlaßt sein möchten." Am Rand ist von Bunsen später hinzugefügt: „Leider! eine Prophezeiung! (1840)."

am Rhein und in Westfalen für ewige Zeiten gleichsam in engere Schranken eingeschlossen würde? Aber durch die Antworten der Bischöfe (Köln am 26. September, Trier am 4. October, Paderborn am 20. October, Münster am 29. October) wurde die Sache um nichts gefördert.

Dagegen reichte der Erzbischof von Köln ein vom 17. October 1832 datirtes Gutachten des Domcapitulars München ein, welches, bei streng kanonischer Auslegung des Breve, doch zugleich den Ansprüchen, die der Staat nicht blos stellen durfte, sondern mußte, gerecht wurde. Leider trat der Berücksichtigung dieses Gutachtens das persönliche Uebelwollen Schmedding's gegen den Erzbischof Spiegel in den Weg; und so ließ denn der Schlußbericht Schmedding's vom 12. December 1833 die geistliche Frage völlig ungelöst, während das München'sche Gutachten doch alle Mittel zu einer befriedigenden Lösung an die Hand gab.*)

Da Bunsen seinerseits dieses Gutachten völlig adoptiren zu können glaubte, so kam die Hauptfrage für ihn, als er wieder nach Berlin berufen wurde, darauf hinaus, das dem Papste zurückgegebene alte Breve wieder zu erlangen. Durch officielle Schritte war dies nicht möglich, dagegen gelang es ihm, in einer Privataudienz beim Papste am 8. März 1834 von diesem selbst das Anerbieten zu erhalten, er möge das Breve Pius' VIII. wieder mit nach Berlin nehmen. So beruhten denn die Vorschläge, die er zur Lösung des Conflicts machte, auf dem bereits in Berlin verworfenen Breve, wie es nach dem München'schen Gutachten verstanden werden durfte. —

Bunsen wurde in Berlin mit der aufrichtigsten Güte und dem größten Vertrauen seitens des Königs und des Kronprinzen aufgenommen. Es war eine so ungewöhnliche Gunstbezeigung von dem ersteren und ein solcher Erguß von Zuneigung bei dem letzteren (nicht blos in Privatzusammenkünften, sondern als wenn sie öffentlich proclamirt würde), daß sie völlig genügen, um den Grund für die fast unverhüllte Feindseligkeit anzugeben, welcher er in anderen mächtigen oder einflußreichen Regionen begegnete, und um den nie zurückweichenden Muth zu charakterisiren, der, auf ausdrückliche königliche Befehle gegründet und durch das Bewußtsein der königlichen Sympathie gestärkt, ihn eine unabhängige Linie in seiner Handlungsweise einschlagen ließ, welche ihn jedem feindlichen Einfluß preisgab, sobald er Berlin den Rücken gekehrt hatte.

---

*) Da dieses München'sche Gutachten allen Schritten Bunsen's zu Grunde lag, so gehört es, zumal wo es noch mehr wie die übrigen Besonderheiten der Verhandlungen von 1834 in der unwahrsten Weise entstellt worden ist, zu den wichtigsten Actenstücken für die geschichtliche Beurtheilung der „kölner Wirren"; seine Veröffentlichung an dieser Stelle aber ist der zu großen Ausführlichkeit wegen mit dem Zwecke dieses Werkes nicht vereinbar.

Es wird sich später Gelegenheit finden, die Umstände zu er=
klären, welche zu einer Entfremdung zwischen dem preußischen und
römischen Hofe führten. Hier wird es genügen, mit Bunsen's eigenen
Worten die eigenthümlichen Schwierigkeiten zu zeichnen, mit welchen
er während des kurzen Aufenthalts von 1834 in Berlin zu kämpfen
hatte, sodaß es nur natürlich war, wenn feindliche Einflüsse die
Stunde beherrschten und alle Thätigkeit hemmten, sobald Bunsen von
Berlin abgereist war.

Die folgenden Bemerkungen über diese Krisis *) sind von ihm im
Jahre 1840 niedergeschrieben:

Die Angelegenheit war zwischen dem auswärtigen Ministerium, dem
geistlichen und dem Cabinet getheilt. Im ersten hatte man sich nie sehr
um die geistlichen Angelegenheiten bekümmert, seitdem Raumer ausgeschie=
den war (mit dem Bunsen 1827 verhandelt hatte); ein Unterstaatssecretär
bearbeitete sie. Eichhorn war durch übermenschliche Anstrengung in anderen
Geschäftskreisen von diesem Gegenstand entfernt, Bülow trat schüchtern und
ohne Hoffnung dazu. Denn das geistliche Ministerium that, was es wollte,
indem es das auswärtige hemmte, sei es durch absolutes Nichtsthun, sei
es durch Herbeiziehen des Cabinets; ein Gespräch mit Schmedding hatte
regelmäßig ein hemmendes Wort von seiten des Grafen Lottum oder des
Fürsten Wittgenstein zur Folge.

Was wollte eigentlich das geistliche Ministerium? Der Minister
wußte es weder sich noch Anderen deutlich zu machen, was er wollte, noch
warum er bei irgendeinem Wollen das that oder unterließ, was er that
und nicht that. Nur das möchte wol mit Recht behauptet werden, daß
er selbst persönlich auf Billigkeit gegen die römisch=katholischen Unterthanen
bestand, dagegen aber persönlichen Ansichten des Königs nicht entgegentreten
mochte. Daneben läßt sich nicht leugnen, daß der Hang zum Hegel'schen
Indifferenziren von Gegensätzen zu dem Null des Liegenlassens dadurch ver=
stärkt wurde, daß die einzigen einflußreichsten Persönlichkeiten in seinem Mi=
nisterium von den beiden entgegengesetzten Polen auf ihn einwirkten.
Lamprecht verdächtigte Alles, was Niebuhr und Bunsen in Rom gethan,
als Kryptokatholicismus und bewies das aus dem kanonischen Recht des
Landrechtes mit der Bündigkeit eines über die Astronomie aus dem Koran

---

*) Sie sind ein Auszug aus einem größeren Aufsatze, der in Gelzer's „Monats=
blättern" vom September 1861, S. 145—183, veröffentlicht ist, jedoch ohne viel=
fache Erklärung des Einzelnen völlig unverständlich bleibt, da er nur ein Gerippe
über das mitzutheilende Material sein sollte. Der Zweck der Aufzeichnungen bringt
es zugleich mit sich, daß sie nicht sowol über die von der preußischen Regierung ver=
tretenen Grundsätze und über die Intriguen der ultramontanen Partei neue Auf=
klärung geben, sondern sich vor allem auf die hemmenden Einflüsse in Berlin selbst
beziehen.

aburtheilenden Mufti. Ihm gegenüber schürte Schmedding den Groll an gegen den ihm persönlich verhaßten Erzbischof Spiegel und hütete sich, seine schon kaum haltbar gewordene Stellung durch offenes Hervorheben des katholischen und kanonischen Gesichtspunktes vollends unhaltbar zu machen. Aber er hemmte, soviel er konnte, jedes Thun, das ihm nicht gefiel. War er mit den Breven, die Bunsen ausgewirkt, wirklich nicht zufrieden? Wollte er nur die Benedictina für die westlichen Provinzen, die er zuerst vorgeschlagen? Wollte er persönlich dem Ministerresidenten Schwierigkeiten auf dem Wege von Rom nach Berlin bereiten, auf welchem er ihn immer zu sehen glaubte? Das sind Fragen, die man sich nicht enthalten kann zu stellen, welche man aber schwerlich befugt sein wird zu beantworten. .

So viel ist allerdings urkundlich, daß vom geistlichen Ministerium die ungünstigsten und, man muß es sagen, ungerechtesten Urtheile über den königlichen Ministerresidenten in Rom offen ausgesprochen und verbreitet wurden.

Wenn nun die ganze Angelegenheit nicht geleitet, ja nicht einmal gekannt wurde von den Häuptern der beiden Ministerien, wurde sie etwa vom Cabinet aus im Auge behalten und geleitet? Gewiß vom Könige, der oft mahnte, aber sich hatte daran gewöhnen müssen, daß es ohne Erfolg geschah, wenigstens ohne andern, als daß Herr von Altenstein in einem langen Berichte auseinandersetzte, wie viele Arten zu handeln es gebe, und weswegen gegen alle Arten mancherlei Bedenken vorwalten, welche des Königs Majestät Entscheidung allein wegräumen könne. Graf Lottum war machtlos gegen den Monismus Altenstein's, ausgenommen etwa, daß er bisweilen im Sinne seines ersten Rathes dem Pfaffenkatholicismus Schmedding's entgegentreten zu müssen glaubte. Der Fürst Wittgenstein endlich hielt die Sache entweder aus Unglauben an alle Kraft des religiösen Elements für zu unbedeutend oder aus persönlichen Gründen, des Königs und des Ministers, für unmöglich. Daß viele Sachen durch Liegenlassen besser würden, war die einzige Maxime, welche sich vom Staatskanzler erhalten hatte.

Und die öffentliche Meinung? Sie hatte aus begreiflichen Gründen gar kein Organ, und wo wären die Ohren gewesen, sie zu vernehmen? Wußte man doch nicht einmal in Berlin, daß die päpstlichen Breven (wie der Ministerresident schon in Rom erfahren, in München aber vom hannoverischen Gesandten, vom Grafen Giech, und vom milden Bischof von Bamberg nur zu sehr bestätigt gehört hatte) eine leidenschaftliche Reaction der Pfaffen in Baiern hervorgerufen hatten! Daß aber das seit Leo's Thronbesteigung keck ans Tageslicht hervorgetretene papistisch-katholische Gefühl sich immer mehr unter den Völkern regte und als kirchliche Reaction in der ganzen Welt Entsprechendes fand — davon hatte man nicht die geringste Ahnung.

Das waren die Thatsachen, die damals dem vom Capitol kommenden

Ministerresidenten entgegentraten. Seine damals niedergeschriebenen Bekenntnisse — die zum Theil in höchsten Händen sind — zeugen urkundlich, daß er sie so auffaßte, wie sie hier angedeutet sind. Sie — mit
Ausnahme Einer Person — auszusprechen, durfte er kaum wagen, denn
Vielen schien es nur eine längst gewürdigte und der Charité zuerkannte
Monomanie des Capitoliners, Manchem eine Rede pro domo, Allen eine
große Uebertreibung. Man war ja mit der Julirevolution fertig geworden,
ja mit Belgien und Luxemburg, und sollte nicht mit einigen Pfaffen fertig
werden? Dazu kam, daß eine kühne Aeußerung über irgendetwas
Oeffentliches einen demagogischen Geruch hatte. Zu den „guten Grundsätzen" der Zeit gehörte es, sich über nichts misbilligend zu äußern, was
von der Regierung, also von den Ministern, geschah oder nicht geschah.
Das war das allgemeine Element der schwülen Mitternachtsluft jener Zeit, so
ganz vergleichbar der moralischen Atmosphäre, welche einem seit zwanzig Jahren Abwesenden am Hofe Ferdinand's I. hat entgegenschauern müssen, todes-
schwanger, argwöhnisch, heuchlerisch und sklavisch. So war sie Bunsen
bei seinem ersten Auftreten im Herbst 1827 nur zum Theil entgegengekommen, aber in den sieben Jahren hatte sie furchtbar zugenommen. Die
Edeln und Guten, die dem Grabe oder der Ungnade entgangen waren,
fühlten sich niedergedrückt und gelähmt und erstaunten, ja erschraken über
die unbefangenen und kühnen Aeußerungen eines Glücklichen, der in anderer
Lebensluft erstarkt und durch Glück und Temperament ohne Sorgen für
seine und der Seinigen Zukunft war.

Es wäre wahrscheinlich für den Staat, gewiß für ihn selbst besser
gewesen, man hätte ihn als ein durchaus fremdartiges Element sogleich
wieder nach dem capitolinischen Felsen zurückgehen lassen, wie er ja nur
gekommen war, um seine heranwachsenden Söhne der Pflege des Vaterlandes
zu übergeben, von welchem man ihn fern hielt. Er kann urkundlich
beweisen, daß er sich nicht allein nicht herzugedrängt, sondern daß er dem
ihm gewordenen Befehle des Königs nur dann Folge geleistet, als er vergebens gebeten hatte, ihn nach Erstattung des Gutachtens mit der ganzen
Angelegenheit nicht weiter zu behelligen. Darauf erhielt er den schriftlichen
Befehl seines Königs und leistete ihm Folge. Außerdem muß er bekennen,
daß er nie an Preußen verzweifelt hat, wenn er König und Kronprinz an-
schaute und die Tüchtigkeit der Nation sowie des mittleren und unteren
Beamtenstandes betrachtete. Daß er gern handelte, wenn er dazu berufen
wurde, das will er nicht in Abrede stellen; da er sich nie zudrängte, so
fühlte er um so weniger Bedenken, nach erkannten und genehmigten Grundsätzen auf das vorgesteckte Ziel loszugehen, ohne sich links oder rechts um-
zuschauen.

Die genaueren Einzelheiten, die darauf in Bunsen's Aufzeichnungen

folgen, können hier übergangen werden. Sie beziehen sich auf die persön=
liche Einladung des Königs (gegen den Willen seines Cultusministers)
an den Erzbischof Spiegel, nach Berlin zum Zweck von Verhandlungen
zu kommen, die unter den Augen Seiner Majestät selbst geführt werden
sollten; auf die Weise, in welcher der Erzbischof darauf rechnete, die Zu=
stimmung seiner Amtsgenossen (unter Vermeidung der Misbilligung
Roms) für die Ausdrücke zu sichern, welche der Regierung befriedigend
erschienen; und zuletzt auf die sofortige Willfährigkeit des Erzbischofs und
den Abschluß der Verhandlung in den drei Tagen vom 16. bis 19. Juni;
auf Spiegel's Rückkehr in seine Diöcese, seine erfolgreiche Conferenz mit
den übrigen Bischöfen und die thatsächliche Erfüllung alles Dessen, was
erforderlich war, bis auf die schließliche Zustimmung des Königs zu
den von ihm selbst dictirten oder bewilligten Abmachungen, indem der
letzte noch übrigbleibende Schritt durch den Erzbischof später gethan
werden sollte, welcher keinen Zweifel daran hatte, die päpstliche Bil=
ligung zu erlangen.

— Aus Bunsen's Papieren kann zu den Mittheilungen des Auf=
satzes von 1840 noch Einiges ergänzend hinzugefügt werden.

Nachdem durch Cabinetsordre vom 28. April 1834 den Ministern
der auswärtigen und der geistlichen Angelegenheiten anheimgegeben
war, den Ministerresidenten in Rom wegen des Standes der gemisch=
ten Ehen und der behufs der Ausführung zu treffenden Einleitungen
zu Rathe zu ziehen, wurde seitens der Ministerien am 12. Mai sein
Gutachten über diese Punkte abgefordert. Er gab es in einer am
18. Mai begonnenen und am 27. Mai überreichten Denkschrift, welche
nach einer übersichtlichen Darlegung der Sachlage und einem genauen
Bericht über die letzten Schritte in Rom, deren Resultat die Zurück=
gabe des Breve von 1830 gewesen war, folgende Vorschläge machte:

I. Trotz einiger bei päpstlichen Ausfertigungen überhaupt schwer, bei
diesem Gegenstande aber gar nicht zu vermeidenden harten und starken
Ausdrücke muß dem Breve das königliche Placet ertheilt, gleichzeitig jedoch
in dem Begleitschreiben die bestimmte Erwartung des Königs ausgesprochen
werden, die Bischöfe würden ihrerseits Alles thun, um die ihnen durch das
Breve und nach dessen ausgesprochener Absicht gewordene Erleichterung zur
Beseitigung aller Anstöße in dieser Angelegenheit zu benutzen.

II. Die nothwendige und einzige Vorbedingung zur Erreichung dieses
Zweckes ist die Berufung des Erzbischofs von Köln und das Gelingen der
Unterhandlung mit ihm. Denn trotz einzelner Zugeständnisse der Bischöfe
von Trier und Paderborn auf die Schmedding'sche Anfrage bedarf es der

entschiedenen Mitwirkung des Erzbischofs, weil erstlich die Bischöfe gewiß nicht kräftig und entschieden an die Ausführung gehen werden, wenn er sich unentschieden und bedenklich zeigt, und zweitens die Erklärungen der Bischöfe keineswegs so präcis und praktisch bestimmt sind, daß es nicht der Leitung und Aufmunterung des Erzbischofs bedürfte.

Die Nothwendigkeit der Berufung des Erzbischofs stützt sich außerdem auf folgende Gründe:

1) Die früher erreichbaren, überdies jetzt unmöglich gewordenen Modificationen des Breve sind unwesentlich und bieten keinerlei Gewißheit irgendeines Vortheils.

2) Die sonst im Breve gewünschten Veränderungen sind unnöthig, weil es sich an den betreffenden Stellen nicht um eine Pflicht, sondern um eine Facultät für die Bischöfe handelt, welche die Verhandlung mit ihnen nicht erschwert, sondern erleichtert.

3) Der festzustellende Hauptpunkt ist der Begriff des äußersten Falles, in dem die priesterliche Trauung verboten ist. Hier bietet das München'sche Gutachten eine auf kanonischer Interpretation des Breve begründete und dem preußischen Gesetze möglichst entsprechende Grundlage.

4) Es muß daher dieses Gutachten als Basis aller Besprechungen bestimmt anerkannt werden, wozu der Erzbischof sicher bereit ist.

5) Hierdurch wird sich sogleich die Praxis ergeben, daß die Pfarrer ohne Bedenken trauen, wenn nicht die katholische Braut erklärt, bestimmt zu wissen, daß ohne allen Zweifel alle ihre Kinder in der Religion des evangelischen Vaters werden erzogen werden; das Nichtwissen der definitiven katholischen Erziehung kann als kein hinlänglicher Grund angesehen werden, die Trauung zu verweigern. Ist dieser Grundsatz einmal angenommen, so wird er zwar ursprünglich in verschiedenen Diöcesen und von verschiedenen Pfarrern verschieden angewendet werden, es ist aber das Fortschreiten von einer guten zu einer besseren Praxis mit Sicherheit zu erwarten.

6) Um diese Basis und damit die Möglichkeit einer fortschreitenden Entwickelung zu gewinnen, würde es sehr vortheilhaft sein, wenn ausgemacht würde, daß die assistentia passiva umsonst zu leisten sei; und da die letztere hauptsächlich durch die französische Gesetzgebung erleichtert wird, so ist die, zudem dem römischen Hofe zugesagte, Aufhebung des Civilactes in den Rheinlanden möglichst zu beschleunigen.

7) Die Besprechung muß mit einer schriftlichen Erklärung endigen.

III. In Bezug auf die Ausführung können die Andeutungen des München'schen Gutachtens ganz aufgenommen, also folgende Maßregeln ergriffen werden:

1) Publication des Breve durch die Bischöfe, nicht aber der Instruction.

2) Abfassung einer lateinischen Instruction der Bischöfe an die Pfarrer, in gleichem Sinne von allen Bischöfen, aber in verschiedener Form.

3) Instructionen an die Oberpräsidenten, daß die Brautleute sowol wie die evangelischen Behörden ihrerseits mit aller Ruhe und Mäßigung verfahren.

Auf Befehl des Königs wurde darauf Erzbischof Spiegel nach Berlin berufen; bereits am 10. Juni war dieser in Berlin eingetroffen und schrieb am gleichen Tag an Bunsen:

Der königliche Herr Ministerresident wollen genehmigen einen freundlichen Morgengruß von mir, und gestatten die vertrauliche Nachfrage nach dem Resultat Ihrer Bemühungen von gestern zur Förderung des Geschäftsbetriebes unserer kirchlichen Angelegenheit. Ihre gefällige Rückäußerung wird mich bestimmen und leiten sowol in Beziehung auf einen vormittägigen Besuch bei dem Herrn Staatsminister Ancillon als auch heute Abend bei dem Herrn Staats- und Cabinetsminister Grafen von Lottum. Uebrigens hängt meine Tageseintheilung und Zeitverwendung lediglich von Ihrer Anordnung für unsere Angelegenheit ab, daher ich Ihrer Anweisung sehnsuchtsvoll entgegensehe.

Dennoch konnten die Unterhandlungen nicht sofort beginnen, weil die Antwort der beiden Ministerien (vom 11. Juni) auf Bunsen's Gutachten zwar den Wunsch aussprach, er möge mit dem Erzbischof verhandeln, aber es solle das ohne Einwirkung auf die übrigen Bischöfe sein, weil man sich sonst der Gefahr aussetze, das von diesen Erlangte wieder zu verlieren. Bunsen mußte daher am 12. Juni erwidern, wie die Weiterverhandlung des Erzbischofs mit seinen Bischöfen der Angelpunkt sei, um den sich Alles drehe. Und als nun zwar der Minister Ancillon zustimmte, Herr von Altenstein aber unter Schmiedding's Einfluß seine Bedenken aufrecht erhielt, legte Bunsen die Gründe seiner Anschauung von der Unbedenklichkeit und Unerlaßlichkeit der Besprechung des Erzbischofs mit den Bischöfen in einem Promemoria an den Grafen Lottum dar*):

1) Der Erzbischof ist überzeugt, daß nur durch eine solche Besprechung der Grund einer genügenden Praxis allenthalben gelegt, auch der Gehorsam der Pfarrer nur bei einem solchen gemeinschaftlichen und gleichzeitigen Handeln gesichert werden kann.

2) Der Erzbischof kann nur auf diese Weise für das Gelingen der Ausführung verantwortlich gemacht werden.

---

*) Ueber diese vor der Unterhandlung zu überwindenden Schwierigkeiten läßt sich der bereits erwähnte in Gelzer's „Monatsblättern" mitgetheilte Aufsatz S. 151 bis 154 näher aus, dessen Andeutungen zugleich durch die hier gegebenen Mittheilungen ihren Inhalt empfangen.

3) Die Bischöfe ihrerseits werden nur auf diese Weise zu bewegen sein, sich sogleich auf ähnliche Weise bestimmt zu erklären, was keineswegs bereits geschehen ist.

Auf Grund dieser Eingabe wurde denn Bunsen durch Cabinets= ordre vom 14. Juni autorisirt, die Unterhandlungen definitiv zu er= öffnen und dem König unmittelbar über das Ergebniß zu berichten. Sofort begann nun am folgenden Tag die Besprechung, zu der sich Graf Spiegel brieflich anmeldete:

Ew. Hochw. zeige ich gehorsamst den Empfang des verehrlichen Schreibens von gestern an, mit welchem es Ihnen gefallen hat eine Ab= schrift von der allerhöchsten Cabinetsordre mir mitzutheilen. Mit voller Bereitwilligkeit werde ich mich den mit Ihnen zu haltenden Berathungen über den Inhalt und die Ausführung des päpstlichen Breve vom 25. März 1830, die gemischten Ehen betreffend, widmen, daher mich heute Vormittag um 10 Uhr bei Ihnen einfinden und wegen der über den bezeichneten Gegenstand zu haltenden Conferenzen die Ihnen gelegene Zeit erfragen.

Ueber das Resultat der Conferenzen (die bekannte Convention von 1834), spricht ein Brief des Erzbischofs vom 18. Juni sich aus:

Ew. Hochw. wollen es freundlich aufnehmen, daß ich über den, im Ergebnisse so ergiebigen Fortgang der Berathungen, in der von Sr. Maj. unserem allergnädigsten Könige in Ew. Hochw. Hände gelegten schwierigen Angelegenheit, die gemischten Ehen und das zum Gegenstand ergangene päpstliche Breve an den Erzbischof von Köln und des Erzstiftes Suffragan= bischöfe betreffend, meine Herzensfreude so aufrichtig als hochachtungsvoll erkläre. Ich nähre nun vollends mit Zuversicht die Hoffnung, das von Sr. Maj. dem Könige uns vorgesteckte Ziel zu erreichen werde uns ge= lingen. Dahin geht aufs wenigste, bei Würdigung Ihrer zweckfördernden Bemühungen, mein ernstliches Streben und Sinnen. Auch erkenne ich die Richtigkeit der Ansicht, daß das vom sichtbaren Oberhaupte der katholischen Kirche an die sämmtlichen Bischöfe des Metropolitanbezirkes von Köln in der oben bezeichneten Angelegenheit erlassene und ihnen zum Anhalt dienende päpst= liche Breve vom 25. März 1830 gleichartig verstanden und ebenso ausgeführt werden müsse: welcher Zweck dann ein Einwirken auf die Suffraganbischöfe zum Ziel, und die Mittheilung meiner, des Erzbischofs von Köln, Ansicht und Vorhaben des Einschreitens in der Sache nothwendig machen dürfte.

In dieser Beziehung haben Ew. Hochw. das Verlangen und den Antrag ausgesprochen, daß ich mich einem derartigen Benehmen mit den Suffraganbischöfen zur Förderung der folgenreichen Sache unterziehen möchte; worauf ich aber allem Anderen vorgängig mit Offenheit zu äußern mich gedrungen fühle, daß das Unternehmen, die Suffraganbischöfe in der schwierigen Angelegenheit zu bestimmen, für mich um so mislicher erscheint, als diese Herren, obzwar durch abschriftliche Mittheilung des päpstlichen Breve im October 1832 durch den Geheimen Oberregierungsrath Schmedding mit dem Texte bekannt, dennoch die in dem Breve von seiten des Papstes in der That zugestandenen wesentlichen Erleichterungen, die von der früheren strengeren Kirchendisciplin abweichende und mildernde Nachsicht bisher nicht aufgefunden haben, ich auch dabei fremden, mein Bemühen hemmenden Einfluß, als noch vor meinem Eintreffen eingetreten, befürchte. Ew. Hochw. ersuche ich daher recht bringend, noch wieder aufs neue zu er- wägen, ob nicht auf andere Weise die Suffraganbischöfe herangezogen und für den allerhöchsten Willen Sr. Maj. des Königs bestimmt werden möchten. In jedem Falle werde ich den Auftrag an die Suffraganbischöfe nur im Gefolge ausdrücklichen, allerhöchsten Befehls Sr. Maj. des Königs, in dem mich stets bindenden unbegrenzten Gehorsam für Allerhöchstdessen Willen übernehmen, und dann freilich — ex corde — thun, was ich vermag. Aber eine genügende Wirksamkeit auf die zur Sache unvorbereiteten Ge- müther der Bischöfe darf ich nur dann mir versprechen, wenn des Königs Majestät allerhöchster Wille zu der Sache und zu der Ausführung den Bischöfen durch eine allerhöchste Cabinetsordre, früher, ehe ich mich bei ihnen melde, bekannt sein und dieselben dadurch mit Vorschrift versehen, mir aber der Eingang für die Unterhandlung vorbereitet und Vertrauen erweckt sein würde.

Den Erfolg meiner Unterhandlung in der für Frieden und Eintracht so vieler Menschen einflußreichen, die Beruhigung der Gemüther in den wesentlichsten Lebensverhältnissen bezweckenden Angelegenheit muß ich mir von dem allgütigen Gott, der die Gesinnungen der Menschen gleich den Wasserbächen leitet, demuthsvoll zu erbitten streben. Würden aber auch, meinem Verhoffen entgegen, die sämmtlichen Suffraganbischöfe den Beitritt zu meiner Ansicht und Förderung zum päpstlichen Breve ablehnen, so würde zwar dieser Abfall mich tief schmerzen, aber nicht abhalten, in der Erzdiöcese zur Ausführung zu bringen, was ich bei den mit ihnen gepflo- genen ernsten Berathungen über den Inhalt des päpstlichen Breve für richtig und wahr, auch als Wille des Heiligen Vaters erkannt, sowie für Kirche und Staat ersprießlich gefunden habe, dann auch späterhin keinen Anstand nehmen, mit des Königs Majestät allerhöchster Erlaubniß, auf dem vorgeschriebenen Wege dem Heiligen Vater mein Benehmen in kindlicher Ehrfurcht anzuzeigen.

· Am folgenden Tag (19. Juni) fand die letzte (vierte) Conferenz statt, worin nicht blos die ganze Uebereinkunft schriftlich fixirt, son- dern auch Entwürfe aller infolge derselben zu erlassenden Pastoral- schreiben und Instructionen der Bischöfe an die Geistlichen festgestellt wurden, worauf Bunsen das Ergebniß der ganzen Unterhandlung in einer ausführlichen Denkschrift für den König zusammenstellte. *)

Die vorgelegte Uebereinkunft wurde in allen wesentlichen Stücken gebilligt, nur daß in einer nachträglichen Conferenz am 29. Juni noch eine Stelle in der Erklärung an die Pfarrer in einer Weise modificirt wurde, welche (wie Bunsen's Bericht vom gleichen Tag an den Grafen Lottum sich ausdrückt) „jeden Misverstand seitens der Pfarrer unmöglich macht, ohne sich von den Worten des Breve zu entfernen und Mistrauen zu erregen". Darauf erfolgte dann sofort durch Cabinetsordre vom 30. Juni die königliche Genehmigung der abgeschlossenen Uebereinkunft, sowie die Ermächtigung, dem Erzbischof die päpstlichen Breven zuzustellen und über den definitiven Abschluß mit den Bischöfen die erforderliche Verabredung zu treffen.

Auch über diesen zweiten Theil der zu erfüllenden Aufgabe geben eigenhändige Briefe des Erzbischofs Spiegel an Bunsen eingehenden Bericht:

Köln, 17. Juli 1834.

Ew. Hochw. verehrliche Zuschrift aus Berlin vom 3. Juli, welcher eine Abschrift vom gemeinschaftlichen und von unseres Königs Majestät genehmigten Abkommen über den Inhalt des päpstlichen Breve vom 25. März 1830 beilag, ist mir erst am 10. dieses Monats in Münster zugekommen. Diese Verspätung dürfte nicht eingetreten sein, wenn Sie das Packetchen als Dienstsache zu bezeichnen und mit dem Gesandtschaftssiegel zu versehen die Gefälligkeit gehabt hätten, sowie denn unsere Angelegenheit allerdings eine öffentliche, die Kirche und den Staat betreffende Verhandlung ist. Mir ist dadurch die Gelegenheit entgangen, Ihnen nach Dresden zu schreiben und vom Erfolge in unserem Geschäft früher als heute aus Köln, wo ich gestern Mittag wieder eingetroffen bin, Nachricht zu geben.

Diese Nachricht ist gottlob! erfreulichen Inhalts. Nach zweitägigem Aufenthalte hatte ich die Beistimmung des gutdenkenden Herrn Bischofs von Ledebuhr in Paderborn schriftlich auf meinem Tische liegen, und setzte am folgenden Tage die Reise nach Münster fort. Am folgenden Tage nach meiner Ankunft in Münster begann ich in vollem Vertrauen auf Gottes gnädigen Beistand die Verhandlung mit dem frommen seeleneifrigen Herrn Bischof von Droste-Vischering. Fand ich nun auch Hochdenselben noch nicht durch mein ausführliches Schreiben aus Berlin zur gemeinschaftlichen Ueberzeugung herbeigezogen, so war der Herr Bischof zu Münster doch ganz geneigt zum Berathen und Erörtern; und drei mühe- und arbeit-

---

*) Auch aus dieser Denkschrift ist im Anhange zu diesem Bande ein Auszug gegeben.

volle Tage haben mich hier zum Ziel geführt. Ich habe des hochwürdig=
sten Herrn Bischofs von Droste schriftliche Zustimmung mit hierher ge=
bracht. Jetzt ist die Reihe an dem Herrn Bischof von Hommer zu Trier;
diesen würdigen Mann und meinen Freund muß ich nun durch den Dom=
kapitular München in das Bad zu Bertrich beschicken, um sowol die noch
übrigen Anstände bei ihm zu beseitigen, als auch die Tagefahrt zu seiner
Zusammenkunft mit mir in Koblenz zu bestimmen, und dürfte wol das
Eintreffen zwischen dem 28. Juli und 1. August erfolgen. Von Koblenz
aus reise ich unmittelbar in das Bad nach Ems, woselbst ein dreiwöchent=
licher Aufenthalt meine Gesundheit hoffentlich bessern und für den Winter
stärken wird.

Ew. Hochw. werden nun erwägen und bestimmen, wie bald mir die
Freude des Wiedersehens (ich vertraue in Köln) zutheil werden soll; alsdann
kann auch die Abfassung des Schlußberichtes an des Königs Majestät näher
besprochen werden, ebenso die Art, wie wir die von Ew. Hochw. mir an=
vertrauten Originalbreven vom Jahre 1830 nach Berlin fördern und die
Einleitung zur Ausfertigung des Placiti regii treffen mögen.

Köln, 26. Juli 1834.

Ew. Hochw. werthvolle Zuschrift vom 24. dieses Monats erhalte ich
in diesem Augenblick und eile anzumerken, daß ich Montag 28. Juli von
hier nach Koblenz reise, um den Bischof von Trier am 29. Juli gegen
Mittag zu Koblenz im Trierer Hof zu empfangen. Ich frühstücke Montag
den 28. Juli nach 8 Uhr im Gasthofe Zum Stern in Bonn und setze
alsbald meine Reise mit Extrapostpferden fort. Könnte ich Sie einige
Augenblicke in Bonn sprechen, so betrachte ich das Zusammentreffen, das
frohe Wiedersehen als hocherfreuliches Ereigniß.

Ueber die Verhandlung zwischen dem Erzbischof Grafen Spiegel
und dem Bischof von Hommer, die am 2. Juli mit seiner Unterzeich=
nung zu dem Vertrag vom 19. Juni schloß, theilt ein Bericht Bun=
sen's vom 4. August noch folgendes Nähere mit:

In dieser Unterzeichnung bat sich der würdige Greis aus, die Formel
nach seiner Art kürzer fassen zu dürfen, wogegen wir natürlich nichts ein=
zuwenden hatten, da seine Fassung ebenso unbedingt wie befriedigend ist.

Hinsichtlich des für ihn bestimmten Entwurfs des Pastoralschreibens
äußerte er den Wunsch, in der Stelle, wo von dem sorgfältigen Religions=
unterricht des Volkes die Rede ist, ausdrücklich sich auf seine früher des=
halb den Pfarrern ausgesprochene Anweisung zu berufen; was natürlich
unbedenklich gefunden wurde.

Ueber das Gesammtresultat äußert derselbe Bericht:

Es ist mir schwer, zu sagen, ob bei diesen Verhandlungen der Erz=
bischof und sein überaus scharfsinniger und thätiger Gehülfe mehr Geschick=
lichkeit oder die Bischöfe mehr Willigkeit, den Absichten Sr. Maj. ent=
gegenzukommen, sich für die zugesagten Begünstigungen, ohne welche der
Plan durchaus gescheitert sein würde, dankbar zu beweisen, und den Frie=
den zwischen Kirche und Staat dauernd zu begründen, gezeigt und be=
währt haben.

Dabei haben sie sich nun alle vier keineswegs verhehlt, daß mit dem
Augenblick der Ausführung für sie sämmtlich eine sehr schwere Zeit be=
ginnen wird; der Bischof von Trier und der von Münster sind namentlich
überzeugt, daß sie unter ihren Pfarrern hier und da Widerstand finden,
ja daß Eiferer sie heimlich in Rom, öffentlich in den Zeitschriften denunciren
und verklagen möchten.   Sie sind aber entschlossen, sich dadurch nicht irre
machen zu lassen.

Hinsichtlich Roms denken sie nach einiger Zeit in Form eines Dankes
dem Papste den Empfang und die Ausführung des Breve anzuzeigen.   Ich
habe hierüber nur bemerkt, daß ein Schreiben an den Papst erst nach
einer geraumen Zeit, etwa am Ende des Jahres, erfolgen dürfe, damit
die neue Disciplin erst Zeit gewinne, festen Fuß zu fassen.   In der
Zwischenzeit habe ich ihnen gern versprochen, beim päpstlichen Hofe dahin
zu wirken, daß der Papst von allem Mistrauen entfernt gehalten werde,
und daß ich von etwa eingehenden Denunciationen oder Verdrehungen so=
gleich vertrauliche Kunde erhielte.   Für Beides glaube ich mich verbürgen
zu können.

Endlich erbittet der Schluß des Berichts zwei Maßregeln seitens
des Ministeriums: 1. unverzügliche Placetirung der Breven und Ein=
sendung an die Bischöfe, 2. die Ausführung des §. 11 der Ueberein=
kunft mit den Bischöfen, nach welcher die königlichen Regierungen
angewiesen werden sollten, die evangelischen Behörden zur Mäßigung
und Ruhe anzuhalten.

Beide Punkte wurden auch durch Cabinetsordre vom 20. August
dem geistlichen Ministerium zur unverzüglichen Ausführung angewie=
sen, während gleichzeitig Bunsen „für seine in dieser Angelegenheit
bewiesene wirksame und umsichtige Theilnahme, die ihm einen neuen
Anspruch auf das Wohlwollen des Königs erworben habe, der beson=
deren Zufriedenheit desselben versichert" wurde.   Die Bethätigung der=
selben erfolgte in seiner bald darauf erfolgten Ernennung zum außer=
ordentlichen Gesandten, während dem Erzbischof Spiegel der Schwarze
Adlerorden verliehen wurde.   Daß die Curie mit der Annahme des
Breve nicht minder zufrieden war, bewies die von Rom aus erfolgte
Decorirung des Domkapitulars München mit dem Gregoriusorden.

Im Hinblick aber auf die, zunächst auf der Nichterfüllung der königlichen Befehle durch das Cultusministerium beruhende, spätere neue Verwickelung schließt Bunsen seine Aufzeichnungen (von 1840) über diese Unterhandlung von 1834 nicht ohne Grund mit den Worten:

So endete der erste Act des Trauerspiels. O daß die Worte, mit welchen die Darlegung des Berichts an den König eingeleitet wurde, nicht zur Weissagung geworden wären! Welcher Kummer wäre dem edeln Könige, welche Unruhe dem Vaterlande erspart worden! —

Neben der Annehmlichkeit, seiner Familie auf dem Capitol und den tusculanischen Hügeln wiedergegeben zu sein, wurde Bunsen bei seiner Rückkehr durch einen mehr als gütigen, ja wahrhaft herzlichen Empfang des Papstes erfreut, welchem er die vorläufige Zusicherung brachte, daß alle Schwierigkeiten befriedigend gelöst werden würden, und bald nachher eine Mittheilung vom 20. August 1834 vorlegte, in welcher der König in den huldvollsten Ausdrücken anzeigte, daß seine Befehle dem Minister der geistlichen Angelegenheiten übergeben worden seien, indem er sich der raschen und pünktlichen Ausführung aller seitens der Regierung versprochenen Maßregeln erfreute.

Aber diese Genugthuung war von kurzer Dauer, und wer konnte oder sollte in der That erwarten, daß unter den vorliegenden Umständen jene Befehle ausgeführt werden würden, wo Niemand zur Stelle war, um auf ihre Ausführung zu bringen oder einen Weg zu finden, dem Könige bekannt zu machen, daß das System des Nichtbeachtens und Nichthandelns fortgesetzt werde?

Die schließliche Zustimmung des Königs wurde vergebens erwartet; das Breve blieb monatelang ohne das königliche Placet; keine Antwort, weder eine günstige noch eine ungünstige, kam zurück; tödtliches Stillschweigen fuhr fort, in Berlin zu herrschen, bis ein ganzes Jahr später, im Sommer 1835, der Tod des Erzbischofs Spiegel die letzte Möglichkeit wegnahm, die päpstliche Zustimmung zu erlangen, die er versprochen und auf die er sich verlassen hatte. Es könnte hier wol nach den Gründen eines solchen Zutrauens auf der Seite Spiegel's gefragt werden. Man muß voraussetzen, daß der verständige und wohlunterrichtete Prälat sich besser als die berliner Regierung des Werthes der Concessionen bewußt war, welche freiwillig angeboten waren in Erwiderung für die sehr unwichtigen Concessionen der Kirche, und daß er sich nicht in dem Glauben irrte, daß der ganze Gegenstand jetzt nicht länger Einwände beim Papste finden würde.

— Die würdige Haltung des Grafen Spiegel und seines Domkapitulars München — neben Bunsen die Hauptträger der Uebereinkunft
von 1834 —, ihre tieffromme Auffassung der Frage vor Allem, die
den wohlthuendsten Gegensatz zu dem giftsprudelnden Eifer der jesuitischen Fanatiker bildet, tritt ganz besonders auch in den während
des folgenden Jahres von ihnen an Bunsen gerichteten Briefen hervor, aus denen daher noch folgender vollständig hier angeführt
werden mag:

Köln, 4. October 1834.

(Von Erzbischof Spiegel.) Ew. Hochw. bin ich noch wieder angenehm
dankverpflichtet. Sie haben mir große Lebensfreude gemacht, ich erhielt vor
einigen Tagen die so inhaltreiche als freundliche Zuschrift vom 16. vorigen
Monats. Sie haben die Ausführungssache des päpstlichen Breve vom März
1830 mit unübertrefflicher Gewandtheit beim Papste eingeleitet und eben
dadurch auf den definitiven Ausgang der schwierigen Angelegenheit wesentlich eingewirkt; aufs wärmste dankt dafür dem Herrn Ministerresidenten
Bunsen der Erzbischof von Köln in seinem und seiner Suffraganbischöfe
Namen. Auch wird unseres Königs Majestät erfreut sein über Ew. Hochw.
beharrliches erfolgvolles Wirken zum Zweck. Der König hat meinen Bericht über unsere Brevensache höchst gnädig aufgenommen, auch seine volle
Zufriedenheit über mein Benehmen und zum Ergebniß meiner Bemühungen
in höchst gnädigen Ausdrücken in einem Cabinetsschreiben vom 15. August
erklärt. Ebenso hat der verehrungswürdige Staatsminister Graf von Lottum
den Empfang der Breven mir alsbald gemeldet und lebendige Theilnahme
am Erfolg geäußert. Ganz anders stehen oder liegen die Sachen bei unserem Altenstein. Nichts ist mir von ihm unmittelbar geworden, und erst
vor zwei Tagen übermacht mir der Oberpräsident der Rheinprovinz das
an mich gerichtete Breve und die Instruction vom Cardinal-Staatssecretär
Albani mit der Aeußerung anseiten des Ministeriums der geistlichen Angelegenheiten, daß die Bekanntmachung des Breve gestattet werde, aber
auch nur unter Vorbehalt aller Rechte u. s. w. und ohne Nachtheil für
die evangelische Kirche des Staats. Quid dicis ad haec, amice! Der
Oberpräsident hat die Uebersendung des Breve mit einem bogenvollen
Schreiben, Cautelen und Anforderungen begleitet, auch, daß er auf die
Ausführung des Breve zu wachen angewiesen sei, erklärt. Nur aus diesen
heterogenen Aeußerungen kann ich errathen, was das Ministerium der
geistlichen Angelegenheiten zur Sache geäußert hat; welch ein Mistrauen
auch jetzt noch in dieser mit dem König zum Resultat gebrachten Angelegenheit zu meinem persönlichen Nachtheil und Verdacht hervorrufend beim
Herrn von Altenstein und seiner Umgebung vorwaltet; ich werde, abgesehen

von obigen Disparitäten, nun die Hand an das Werk legen und unser berliner Opus zur Ausführung bringen.

Des Papstes Vertrauen auf den Erzbischof von Köln ist durch Ew. Hochw. Unterredung mit dem Heiligen Vater vollends verstärkt und fest begründet worden; die für den Domherrn Dr. München erwirkte Auszeich= nung gibt den augenfälligen Beweis davon; warmen herzlichen Dank für so viel Gutes und Erfreuliches. München schreibt selbst, wie es geziemt, daher erwähne ich seiner und seiner Beglückung durch den Gregororden nicht weiter. Am 28. vorigen Monats, da ich mit Ihrer werthvollen Zu= schrift erfreut wurde, hatte ich das Vergnügen, den Herrn Professor Röstell in der Reihe meiner Tischgenossen zu besitzen; nun konnte ich ihm die neuesten und recht erfreuliche Nachrichten von Ihnen geben; darüber war der treu anhänglich gebliebene Mann hoch erfreut.

Noch immer ist die Provisionsbulle für den Seminarpräses Dr. Weitz nicht angekommen, oder dieselbe wird auf arge und ärgerliche Weise in Berlin beim Ministerium der geistlichen Angelegenheiten ignorirt. Ich bitte Sie angelegentlich, diesem Geschäft ernste Folge zu geben. Die Leiden= schaftlichkeit des Herrn Schmedding wider den Erzbischof von Köln und das Erzstift Köln, ebenso die Abhängigkeit Altenstein's von diesem Manne dürfen doch nicht unbegrenzt bleiben; ich trauere tief über den Geschäfts= gang bei unserem Cultusministerium. Möchte es bald Tag werden!

Ihrem Wohlwollen, Ihrer Freundschaft mich angelegentlich empfehlend, äußere ich zu meiner eigenen Genugthuung die Versicherung warmer auf= richtiger Hochachtung, mit welcher ich bis an meines Lebens Ende verharre.

Von den folgenden Briefen genügen kurze Inhaltsangaben:

Köln, 3. October 1834.

(Von Domkapitular München.)   Dank für den Gregoriusorden.

Köln, 5. November 1834.

(Von Graf Spiegel.)   Mittheilung des Hirtenbriefes vom 13. October. Antwort auf den Vorschlag des bei Overbeck zu bestellenden Dombildes. Neue Klagen über Schmedding, der Alles liegen läßt.

Köln, 26. November 1834.

(Von demselben.)   Benachrichtigung, daß die Uebereinkunft bisher überall gut aufgenommen ist und sich nirgends Widerstand zeigt; nur in Trier, wo der Bischof an der Brustwassersucht erkrankt, ist einiger An= stand zu besorgen. Abermalige Beschwerde über Schmedding, der in einer streng geistlichen Disciplinarsache den Oberrichter über den Erzbischof und sein Generalvicariat gespielt hat.

Köln, 6. Januar 1835.

(Von München.) Mittheilung, daß der Erzbischof unwohl, aber gut aufgelegt und in angewöhnter Thätigkeit sei, die für Andere eine übergroße Anstrengung und Ueberhäufung sein würde. Dagegen kränkele der Bischof von Trier bedenklich, am vorigen Tage sei ein Brief von ihm angekommen, worin er von seinem nahen Ende mit ruhiger Resignation spreche.

Köln, 24. Januar 1835.

(Von Graf Spiegel.) Neue Mittheilungen über das Overbeck'sche Dombild, die fortdauernde Ruhe der Pfarrer in der Diöcese und die Or=densauszeichnungen für ihn und München.

Köln, 6. Februar 1835.

(Von demselben.) Glückwunsch zu der Verleihung des Charakters als außerordentlicher Gesandter. Anfrage über die Neubesetzung des Bisthums Breslau.

Die Briefe München's über Krankheit und Tod des Erzbischofs Spiegel verlangen dagegen wieder wörtliche Mittheilung:

Köln, 9. Juni 1835.

Seine Erzbischöflichen Gnaden haben mich beauftragt „unserem Bieder=manne in Rom", Ew. Hochw., Nachricht von dem höchst betrübenden Ge=sundheitszustande Hochderselben mitzutheilen. Dieses thue ich mit wundem Herzen, weil mich die Leiden des hochverehrten und treugeliebten Kranken und die Erwägung der kirchlichen Verhältnisse rührend wie ein Kind und zu=gleich erschütternd angreifen; und doch thue ich es gern und zwar ausführlich, weil es Ew. Hochw. zugeht und ich weiß, wie großen Antheil Sie daran nehmen. Von dem Anfalle, der uns zu Uerdingen, in der Nacht vom 20. auf den 21. vorigen Monats, in Schrecken setzte, haben Ew. Hochw., glaube ich, bereits durch den Generalvicar, Herrn Dechant Hüsgen, Einiges er=fahren.*) Er bestand in einer Lungenentzündung mit so furchtbarer Brust=beengung, daß die Aerzte augenblicklichen Tod befürchteten, und war her=vorgebracht durch zurückgetretene Gicht, welche sich auf die Lunge geworfen hatte. Die Witterung war unbeständig und vorherrschend naßkalt, und durch das Firmen in Krefeld und das Besuchen der Kirchen, wo wir durchfuhren, hatten Sich seine Erzbischöflichen Gnaden, namentlich in der Brust, erschöpft und erhitzt. Freilich hätten Hochdieselben diese anstrengende Geschäftsreise nicht unternehmen sollen! Denn den ganzen Winter litten

---

*) Die Krankheitsberichte Hüsgen's heben „die erstaunenerregende Ergeben=heit und Geduld" des Patienten besonders hervor.

Hochdieselben an Gichtschmerzen und vierzehn Tage vor der Reise besonders im Unterleibe; allein in Berufsgeschäften hatte der unermüdliche Herr sich noch nicht schonen gelernt, und da sich der Arzt eher eine gute Wirkung von der Bewegung versprach, so konnte Niemand mehr mit Erfolg widerrathen.

Seine Erzbischöflichen Gnaden beauftragten mich nun, Ew. Hochw. zu berichten, Hochdieselben glaubten zwar, sich wieder von diesen Anfällen zu erholen, bei der großen Schwäche und dem vorgerückten Alter aber könne es nicht mehr ein Jahr währen; Ew. Hochw. möchten die Gefälligkeit haben, dem Heiligen Vater, welchem es doch interessant sein würde, die gegenwärtige Lage der Erzdiöcese zu kennen, von dem bedenklichen Gesundheitszustande Kenntniß zu geben, damit bei der nahen Verwaisung der Erzdiöcese die etwa erforderlichen Maßnehmungen eingeleitet werden möchten. Alle übrigen Aufträge inzwischen sind auf ein nahes Hinscheiden berechnet. So erhielt ich unter Anderem diesen Morgen die Schlüssel zu den Verschlüssen mit der Aeußerung: „In Ihren Händen ist Alles wie in den meinigen." Hochdieselben sind ganz ergeben in die Fügungen Gottes, ruhig und von ganzer Seele fromm, in Allem, was vorgeht, ein unvergleichliches Muster. — Wie sehr mein Gemüth dabei leidet, kommt zwar nicht in Betracht; aber Ew. Hochw. muß ich's doch klagen.

Köln, 22. Juli 1835.

.... Gestern nach 9 Uhr fragten Seine Erzbischöflichen Gnaden nach mir, wo ich gerade im Dom das Hochamt hielt, und bei meiner Zurückkunft gaben Hochdieselben mir zu erkennen, daß mir noch der wichtigste Auftrag, der Derselben am meisten zu Herzen gehe, gegeben werden sollte, wozu Sie Sich aber zu schwach fühlten; aus Grund des Herzens, nach strenger Gewissenhaftigkeit und aus Gewissenspflicht und Liebe für die Religion würde er auf dem Todesbette, wo keine unlauteren Interessen mehr täuschen könnten, gegeben, allein wegen Schwäche als heute erst, da Gott dieselben doch noch nicht so schleunig abberufen würde. Soeben nun, um 9 Uhr des Morgens, habe ich ihn als das wichtigste Testament Sr. Erzbischöflichen Gnaden, welches Hochdieselben nur meinen Händen anvertrauen könnten, erhalten. Er besteht in einer Mittheilung an Ew. Hochw. und betrifft die künftige Verwaltung der Erzdiöcese. Diese Mittheilung will ich ganz treu und, soviel ich kann, mit den nämlichen Worten machen.

Zuvörderst danken Seine Erzbischöflichen Gnaden Ew. Hochw. lebhaft für die Hochdenselben erwiesene Liebe und sind innig gerührt durch die Theilnahme Sr. Heiligkeit, welche Hochdieselben als eine besondere Gnade des Himmels ansehen. Sodann soll ich Ew. Hochw. melden, daß die Erzdiöcese Köln für die katholische Kirche und den preußischen Staat von großer Wichtigkeit sei. In ersterer Beziehung werde Köln nicht nur Gegenstand des Augenmerkes der übrigen Diöcesen in Deutschland, sondern auch von

bedeutendem Einflusse auf kirchlichen Sinn und Zucht bleiben; in letzterer
Beziehung sei das Gewicht unbestreitbar und anerkannt. Dieses erfordere
aber, daß es rein und ernst katholisch gehalten werde. Preußen könne sein
Landwehrsystem nicht mit Gedeihen durchführen und aus den fortschreiten=
den Entwickelungen nicht die erwarteten Vortheile in Ruhe und Frieden
genießen, wenn nicht das Volk durch ernsten katholischen Sinn geleitet und
durch kirchliche Zucht in Schranken und Ordnung gehalten würde, und wenn
nicht durch Beides dem Geiste der Frivolität aus dem benachbarten Frank=
reich und im Gefolge des wachsenden Reichthums entgegengewirkt würde.
Und das erfordere an der Spitze der Erzdiöse einen kräftigen und zuver=
lässigen Mann. Durch die katholische Kirchenverfassung sei nun zwar
dafür gesorgt, daß die Verwaltung nach Hochderselben Ableben fortgesetzt
werde; allein das sei unter den obwaltenden Umständen unzureichend. Bis
dahin nun, daß ein neuer Erzbischof consecrirt würde, würden wol zwei
Jahre vorübergehen. Daher müsse der Bedacht darauf genommen werden,
daß der geeignete kräftige Mann irgend ermittelt und als apostolischer
Generalvicar angestellt würde. Und dazu möchten Ew. Hochw. so gefällig
sein, die erforderlichen Einleitungen alsbald zu treffen. Das sei Seiner Erz=
bischöflichen Gnaden angelegentlichster Wunsch und wichtigstes Testament.
Seine Erzbischöflichen Gnaden äußerten noch hierbei, nach Vorlesung des
Vorhergehenden, die Voraussetzung, daß Ew. Hochw. Se. Majestät den
König bald von der Sachlage in Kenntniß setzen würden, und sprachen die
Ueberzeugung aus, daß vor Allen Sr. Majestät am meisten Gott und
unser Heiland wahr und ernstlich am Herzen liege.

Köln, 3. August 1835.

Gestern hat es Gott gefallen, unseren Hochwürdigen Herrn Erz=
bischof zu Sich abzuberufen. Er entschlief 20 Minuten vor 12 Uhr des
Mittags. In den letzten Stunden hatte er noch große Schmerzen zu lei=
den; er blieb aber so ruhig, so fromm mit den Umstehenden mitbetend,
daß es herzzerreißend und zugleich erhebend war. Die Agonie währte zwei
Tage; doch zeigte sich kein erschreckender Zug, nicht eine Spur von Furcht,
sondern lediglich herzinnige Gottergebenheit und Frömmigkeit. In den
letzten Tagen beauftragte er mich noch, von allen Freunden den freundlichsten
Abschied zu nehmen. Dazu gehören vorzüglich Ew. Hochw., wie mir be=
kannt ist, daß er Sie wahr und innig verehrte. Gestern war ich nicht
nur zu sehr von allerlei zu treffenden Anordnungen in Anspruch genommen,
sondern auch im Herzen zu krank, als daß ich hätte schreiben können.
Denn ich verlor meinen unvergeßlichen Wohlthäter, meinen verehrtesten
und am treuesten geliebten Herrn, dem ich der vertrauteste und so ganz
innige Freund gewesen bin, wie er mich im Leben und noch in den Sterbe=

tagen überzeugte. Ich kann nur trauern und für ihn beten und bitten, daß auch Ew. Hochw. seiner Seele im Gebete eingedenk sein möchten.

Köln, 6. November 1835.

Ew. Hochw. danke ich herzlich für das sehr freundliche und wohl= wollende Schreiben vom 10. v. M., das mir wieder neuen Muth brachte. Bei allen Gutgesinnten steigert sich der Wunsch, daß doch recht bald der geeignete Mann für die Erzdiöcese gefunden werden möchte, und ich ins= besondere möchte gern, wenn ich könnte, das Mögliche thun, um das Ge= schäft zu beschleunigen. Denn seit dem Heimgang unseres Hochwürdigsten Herrn sind, als wenn er abgewartet worden wäre, bedenkliche Gärungs= stoffe in die Masse geworfen worden, was das Auftreten eines besonnenen und angesehenen Mannes nothwendig macht. Bald nachher erschien näm= lich in Augsburg eine kleine Schrift unter dem Titel: „Beiträge zur Kirchengeschichte des 19. Jahrhunderts in Deutschland", von revolutio= nären Tendenzen.*) Sie wurde rasch und vielfach verbreitet, hat die Gemüther stark ergriffen und einen Eindruck hinterlassen, der bedenklich werden kann. Ein Hauptgegenstand zur Aufregung sind die gemischten Ehen, worüber auch ein besonderes theologisches Gutachten angehängt ist, welches das päpstliche Breve wörtlich mittheilt und sammt dem erzbischöf= lichen Rundschreiben erörtert. Dieses Gutachten ist bitter, und es scheint darauf berechnet, Verwirrung, Verlegenheit und Mistrauen hervorzurufen. Es dürfte nicht schwer sein, nachzuweisen, daß, ganz im Vertrauen ange= deutet, der Propst Claessen in Aachen, den das Gerücht als einen der Candi= daten des erzbischöflichen Stuhles bezeichnet, der Verfasser ist. Er ist ein schreibseliger Mann, der sich mehr und mehr zur fanatischen Seite hin= neigte, und auf dessen eingreifende Anmaßung Seine Erzbischöflichen Gnaden immer aufmerksam sein mußten. Der Inhalt dieser Schrift beschäftigte noch die Gemüther lebhaft, als die Damnationsbulle gegen die Schriften des seligen Herrn Professor Dr. Hermes bekannt wurde. Der Erlaß wird hier allgemein als ein beklagenswerther Misgriff bedauert. Nur wenige leidenschaftliche Menschen frohlockten, da selbst besonnene Gegner des Systems sich betrüben. Die Folgen lassen sich jedoch noch nicht berechnen, da schon der gemeine Mann die Sache in verschiedenem Sinne verhandelt. Gott gebe, daß sie geringer sein werden, als man befürchtet! Ich hätte früher Alles darauf in Wette gesetzt, daß sich der apostolische Stuhl auf die Damnation nicht einlassen würde. Diese Gärung der Gemüther wird in auswärtigen Blättern benutzt, um Mistrauen und Haß zu steigern und auf einzelne Personen hinzuwenden. So steht im Octoberhefte des in

---

*) Es ist dies das berüchtigte „Rothe Buch", vor Görres' „Athanasius" das Hauptproduct der ultramontanen Presse, und in der Literatur über den kölner Kirchenstreit vielfach genannt.

Lüttich erscheinenden „Journal historique et littéraire" S. 293 bis 296 ein aufreizender Aufsatz über die Verhandlungen in Betreff der gemischten Ehen. Darin wird Ew. Hochw., der Landesregierung und der Herren Bischöfe gar nicht geschont, und am Ende heißt es von mir, Ew. Hochw. hätten mir den Rothen Adlerorden und jenen des Heiligen Gregorius zu verschaffen gewußt, zur Vergeltung „pour avoir trahi les principes catholiques et opprimé les consciences". Dieser Aufsatz ist wahrscheinlich in der Erzdiöcese Köln entstanden und steht mit jenen „Beiträgen" in Verbindung. Es scheint mir zur Erhaltung der Ruhe im Lande ein dringendes Bedürfniß zu sein, daß von seiten der Landesregierung die Verfasser solcher Aufsätze alsbald und mit Schärfe ermittelt und unschädlich gemacht werden; ihre Gesinnungen und ihre Handlungsweise sind doch gewiß ebenso gefährlich und ungerecht als an sich unsittlich und unchristlich.

Dieses schreibe ich mit tiefer Betrübniß. Denn seit dem Hinscheiden meines unvergeßlichen Herrn ist mir schon so vieles Unangenehme begegnet, daß es mir vorkommen will, als hätten die Uebelwollenden einen lange verhaltenen Groll nun ausgelassen. Es streitet ebenso sehr mit meinen Gesinnungen als mit meinem Gefühle, gegen dergleichen heftig anzukämpfen, am meisten aber gegen Angriffe wie die angedeuteten öffentlich aufzutreten. Und so stehe ich beinahe wie schutz- und wehrlos da. —

Gleichzeitig mit diesem Hervortreten der fanatisch-katholischen Partei nach dem Tode des Erzbischofs Spiegel begann in Rom selbst ein Zustand offenen Krieges gegen den preußischen Gesandten. Bunsen stellte daher im Frühjahr 1836 ein dringendes Gesuch, von einem Posten abberufen zu werden, den er als unhaltbar erkannt hatte. Hierauf erhielt er nach achtmonatlichem Zögern eine schmeichelhafte Antwort, die erklärte, er sei für den königlichen Dienst in Rom unentbehrlich.

Die infolge der Ernennung des Freiherrn von Droste-Bischering zum Erzbischof von Köln hervorgerufene Krisis und Bunsen's Verwickelung in dieselbe wird im nächsten Abschnitt im Zusammenhang behandelt werden. Hier sind zunächst noch aus der letzten Friedenszeit, die ihm in Rom beschieden war, weitere Mittheilungen anzuschließen, für die wieder der Briefwechsel mit seinen Freunden das Material an die Hand gibt:

Berlin, 11. Juli 1834.

(An Pertz, damals in Hannover.) Es geht mir recht nahe, nicht zu Ihnen kommen zu können auf der Rückreise von Berlin; denn je älter ich werde, desto mehr hänge ich an den alten Freunden, und desto mehr finde ich Trost für Manches im Allgemeinen in dem Leben der Einzelnen, die ich liebe und ehre. So geht es mir namentlich mit Ihnen. Wir

haben uns nicht gesehen, seit wir selbst zu reifen Männern, und die
Zeit, ich weiß nicht ob zum Greise oder zum Kinde geworden, oder sich
wenigstens anläßt, dergleichen werden zu wollen. Ich danke Gott, daß wir
uns durch die einzelnen Rufe aus dem Schallhorn, durch die wir uns
auf dem Ocean des Lebens bisweilen begrüßen, noch ganz leiblich ver=
stehen; allein ich hätte wol ein Bedürfniß, mich noch viel mehr mit Ihnen
zu verständigen.

Rom, 5. December 1834.

(An Arnold.) Ihre Freundschaft ist ein Schatz, dessen ich nicht be=
raubt zu werden fürchte, aber wovon ich immer neue Proben zu sehen
mich freue; und solche liegen auch wieder in jeder Zeile Ihres Briefes vom
letzten September, blos, daß ich immer fühle, wie viel in mir besser sein
sollte, als es ist, um nur einen Theil dessen zu verdienen, was Ihre Güte
über mich urtheilt. Ich will aber hoffen, daß ich durch solche Freundschaft
nur gestärkt und nicht verwöhnt werde.

Mein letzter Brief war im Begriff der Abreise geschrieben, in einem
wichtigen Augenblick meines häuslichen und öffentlichen Lebens. Ich konnte
voraussehen, daß ich in Berlin wichtige Geschäfte zu verhandeln und
vielleicht einen Entschluß fürs Leben zu treffen haben würde. Ich hatte
die ersteren nicht zu fürchten, und in Beziehung auf das Letztere einen
festen Entschluß gefaßt. Mitte Mai verließ ich das Capitol mit meinen
zwei theuren Knaben; es war die erste Trennung unseres häuslichen
Kreises..... In Schulpforte ließ ich Heinrich, den Aeltesten; eine genaue
Untersuchung hatte die hohe Meinung völlig bestätigt, die ich von dieser
bewundernswürdigen Anstalt hatte. Dann wurde Ernst im Cadettenhause
in Berlin sicher untergebracht.

Der König und der Kronprinz empfingen mich mit dem wärmsten
Wohlwollen. Ein für Kirche und Staat wichtiger Punkt, welcher den Ge=
genstand langjähriger Unterhandlungen gebildet hatte, wurde von dem Könige
mir zur endlichen Feststellung anvertraut. Meine Freunde vereinigten sich
mit denen, welche mir nicht wohlwollten, sich darüber zu freuen, auf Grund
ihrer entgegengesetzten Ansichten in Bezug auf den Erfolg..... Gerüchte
über mein Verbleiben in Berlin waren wieder aufgetaucht; aber obgleich
mein Herz von dem Gedanken empfindlich berührt wurde, wieder mein
Vaterland und meine Knaben zu verlassen, so blieb ich doch bei dem ur=
sprünglichen Entschluß, lehnte Anerbietungen ab und vermied es, Schritte
zu thun, welche mich wahrscheinlich an den Platz gebracht hätten, an den
Sie denken. Meine Devise ist „Spartam, quam nactus es, orna“, was,
wie ich glaube, in christlicher Uebersetzung bedeutet, daß man am besten
thut, auf dem Wege zu bleiben, wo die Vorsehung uns hingestellt hat.
Meine gegenwärtige Lage, um welche ich nie nachsuchte, und welche ich)

zweimal zu verlassen bestrebt war, um zu rein wissenschaftlicher Beschäf=
tigung zurückzukehren, ist in verschiedenen Beziehungen unendlich zuträglicher
und vortheilhafter für die Ziele geworden, welche ich immer am meisten
liebte, als es vorher der Fall war, sodaß vorerst keine andere in der
Welt so wünschenswerth ist, obgleich es schwer fällt, daran zu denken,
daß man achtzehn Jahre außerhalb des Vaterlandes lebte, welches man liebt,
und dessen Geschicke das dem Herzen Theuerste in dieser Welt sind. Ich
kann Ihnen aber nicht sagen, wie sehr ich den Segen fühle, der Muße wieder=
gegeben zu sein, deren Bedürfniß und deren Werth ich jedesmal mehr fühle.

Da die erste Ausgabe meines „Gesang= und Gebetbuches“ ausver=
kauft ist, so würde ich mit den Vorbereitungen für die zweite begonnen
haben, was eine Arbeit von nicht über zwei Monaten gewesen wäre, wenn ich
nicht die Absicht gehabt hätte, zugleich eine gelehrte Ausgabe vorzube=
reiten, als Theil eines philosophischen und historischen Werkes über den
christlichen Gottesdienst; es ist deshalb die Vollendung dieses Werkes
für nächsten Sommer zurückgestellt. *)   Während des Winters habe
ich meine letzte Schuld an antiquarischen Arbeiten abzutragen. Ich
habe eine Abhandlung über die vielbesprochenen etruskischen paterae ge=
schrieben, welche nichts Anderes als Spiegel sind, deren Erklärung aber
zusammenhängt mit einer der mächtigsten Arten menschlichen Aberglaubens,
über fascinus, invidia, occhio cattivo. Diese Idee, welche durch den
griechischen Genius zum moralischen Mittelpunkt der erhabensten Anschauung
göttlicher und menschlicher Dinge erhöht wurde, welche denen zugänglich
war, die noch nicht wußten, daß „Gott die Liebe“ ist; diese Idee, welche
das ϑεῖον φϑονερόν des Herodot wurde, die Quelle der Veränderungen
im Leben von Individuen und Nationen; welche (seit Hesiod) ihre Ne=
mesis war, die Tochter des Zeus, befreundet den Guten, aber furchtbar
den Gottlosen, die Vernichterin der ὕβρις ἄκορος; und deshalb die Klimax
ihrer Tragödie, die die Verwirkung jedes Menschenlebens darthut, welches
die den Menschenkindern von Gott bestimmten Grenzen überschritte, die
uns daher sowol mit dem Tode der Antigone als mit dem Geschick
des Prometheus und dem Fluch des Atridenhauses aussöhnt; diese Idee,
sage ich, wurde von den Etruskern einfach verstanden als das Bewußtsein
von unsichtbaren Mächten, die das menschliche Glück bedrohten und zer=
störten, sei es durch directes Eingreifen oder durch das Medium des Neides,
welchen unser Glück bei unseren Mitgeschöpfen hervorzurufen geeignet ist,
soweit sie natürlich so gut wie wir selbst unter dem Zauber dieser Ein=
wirkung stehen, die aus den finsteren Naturmächten hervorgeht, welche

---

*) Zu der gelehrten Ausgabe ist es nicht gekommen; die zweite viel kürzere
Ausgabe des Gesangbuchs selbst erschien 1846 unter dem Titel: „Allgemeines
evangelisches Gesangbuch“ im Verlag des Rauhen Hauses zu Hamburg.

diejenigen beherrſchen, die nicht (wie Jakob Böhme ſagt) von dem Auge
der Liebe berührt ſind, das in die Finſterniß leuchtet. Alles dies war über=
ſehen worden, und ſtatt deſſen waren Träume von pelasgiſchen Myſterien,
von Kabiren u. ſ. w. auf die unglücklichen Spiegel gehäuft worden; einem
derſelben gelobte ich daher eine Erklärung, als ich ihn gerade erſt aus=
gegraben ſah, in Tuscania (Toscanella), auf einer Reiſe, die ich im Mai
des vergangenen Jahres mit Fanny und den Knaben dorthin gemacht hatte.

Der Februar iſt beſtimmt für die Vollendung des römiſchen Werkes,
von welchem der dritte Band (II B) in Ihren Händen ſein muß und der
vierte (III A) in Aushängebogen mir vorliegt. Dieſer letztere beſchreibt
mein theures Capitol, den angebeteten Platz auf der Erde, die Scene
ſo mancher Segnungen, für die ich nie dankbar genug ſein kann. Ich
habe zu dem Bande eine Einleitung con amore geſchrieben, als ein Zeugniß
meiner Zuneigung zu dem Orte und zu Niebuhr. Ich habe dies jetzt zu revidiren und Addenda und Corrigenda zu ſchreiben, und dann den fünften und
letzten Band durch eine Einleitung zu dem Campus Martius zu beendigen.

März und April werden, wie ich fürchte, weggenommen werden durch
das Schreiben oder beſſer das Vervollſtändigen des Textes zu den Kupferſtichen
der „Römiſchen Baſiliken“, und ſo muß ich auf nächſten Herbſt den philologiſchen Genuß verſparen, die ägyptiſche Chronologie herzuſtellen, von
Siſak, der Jeruſalem unter Jerobeam eroberte (971 v. Chr.) aufwärts
bis (wenn es mir gelingt) zu dem großen Ramſes Seſoſtris. Die franzöſiſchen und engliſchen Hieroglyphiſten haben ſich in ihren eigenen Irr=
thümern verſtrickt, die durch ihre Unkenntniß der philologiſchen Kritik ver-
urſacht ſind. Es war daher leicht für mich, vor etwa achtzehn Monaten eine
Entdeckung ausfindig zu machen, welche zu der oben ausgeſprochenen zu=
verſichtlichen Hoffnung führte. Ich werde einen ſtarken Ruck verſuchen,
um in den nächſten Winter ohne dieſen Klotz an den Füßen einzutreten,
und ſo im Stande zu ſein, das erſte hiſtoriſche Buch, das ich je verſuchte,
ganz con amore zu ſchreiben. Zuweilen fühle ich mich unbefriedigt von der
öben Arbeit antiquariſcher und kritiſcher Unterſuchungen und möchte ſie für
eine Zeitverſchwendung halten; aber ich halte dann zunächſt daran feſt, daß
ein Jeder ſich beſtreben muß, eine Zeit lang in dieſen Diamantminen zu
arbeiten, und dann fühle ich, daß das Wenige, was ich etwa im Stande
bin, für höhere Arbeiten zu ſchreiben, nur dadurch eine mehr als augen=
blickliche Bedeutung erlangen kann, daß ich dabei eine Verbindung von
philologiſcher, hiſtoriſcher und philoſophiſcher Unterſuchung und Methode in
die Wagſchale lege, zu welcher Verbindung ich durch den Lauf meines
Lebens und das Bedürfniß meiner Natur geführt worden bin. Mit einer
von dieſen drei Methoden allein wage ich meine Stimme nicht zu erheben;
nur in den Regionen, wo durch alle drei zuſammen die Dunkelheit verſcheucht
werden kann, bin ich mir einer Ausſicht bewußt, zur Wahrheit zu gelangen,

zur göttlichen Wahrheit, dem höchsten und allein wahren Gegenstand aller geistigen Anstrengung. Wenn mir Muße und Gesundheit bis zum Ende von 1836 geschenkt wird, so hoffe ich mein Herz von manchen jetzt unentwickelten Gedanken und zurückgedrängten Gefühlen zu erleichtern, welche zehn und zwanzig Jahre auf mir gelastet haben. Meine Wünsche gehen entschieden auf eine Fortsetzung der Bestrebungen während meines übrigen Lebens, und ich bin dankbar dafür, zu diesem Entschluß gekommen zu sein, und noch mehr gegen die gütige Hand, welche mich von irgendwelchen Verpflichtungen für die Zukunft frei erhalten hat.

Der Besuch meiner Schwiegermutter und ihr Entschluß, wenigstens dieses ganze Jahr bei uns zuzubringen, hat uns ein Glück gebracht, nach dem wir uns immer gesehnt hatten. Was kann man Köstlicheres und Edleres im Leben finden als eine Mutter, wenn man seine eigene verloren hat, und eine solche habe ich in ihr gefunden, und jetzt kann es zum ersten male heißen, daß ich das Geschenk genieße!

Kommen Sie doch, sobald Sie können, mit einem Ihrer Knaben nach dem Capitol und lassen Sie uns wieder mit mehr Muße plaudern über die Bestimmung der Menschheit, die Herrlichkeiten des alten Rom und die Hoffnungen der Zukunft!

13. Januar 1835.

(An denselben.) Ich beziehe mich auf den heute durch die Post abgesandten Brief und schließe nur hier ein Blatt ein, das sich auf die Subscription zu einem Monumente für unseren großen Lehrer und Theologen Schleiermacher bezieht. Es ist der Wunsch seiner Freunde, ihm ein doppeltes Monument zu errichten, eins von Marmor auf der Stelle, wo seine sterblichen Ueberreste bestattet sind, und eins von lebender Art, analog der verdienstlichsten Beschäftigung, der er sein Leben widmete, der Erziehung der Jugend.

Ich wünsche, daß Ihr theures Land unversehrt durch die furchtbare Krisis hindurchkommen möge, in der es sich jetzt befindet. Ich wünsche von ganzem Herzen dem Ministerium Heil, welches aufrichtig das bewunderungswürdige Manifest von Sir Robert Peel unterschreibt. Ich gestehe, daß ich erschreckt war, als ich einige Namen hörte, aber andere flößten mir wieder Zutrauen ein. Ich denke, der Herzog hat ein edles Theil erwählt; der zweite zu sein, und als solcher zu handeln, nach einem Leben, wie dem seinigen, ist groß. Er ist sicherlich mehr an seinem Platz wie früher als Minister des Auswärtigen. Ihre auswärtige Politik war elend unter dem letzten Ministerium.

Was wird in der Universitätsfrage geschehen? Meine Meinung ist lange Zeit gewesen, alle die Colleges bestehen zu lassen als besondere Einrichtungen der Nationalkirche, aber die Universität (für welche diese Colleges förderliche Einrichtungen waren, für Erziehung einer gewissen Klasse von Leuten) zu einer allgemeinen Einrichtung zu erheben, nach dem System einer schottischen oder deutschen Universität; blos die Theologie möchte aus= schließlich durch, wenn auch nicht ausschließlich für Glieder der Episcopal= kirche gelehrt werden, welche in den meisten Vorlesungen keinen vernünftigen Dissenter ausschließen würden; die Universitätsgrade müßten allen denen ertheilt werden, welche die vorgeschriebenen wissenschaftlichen Formalitäten beobachten und sich denselben unterziehen. Ich denke, dies ist zuviel für Sir Robert. Die irische Kirche ist das große Problem. Ich sehe nicht ein, warum die Erziehung (besonders die der Geistlichen) nicht ein geeigneter Kanal für überschüssiges Kirchenvermögen sein sollte.

Frascati, 15. Juni 1835.

(An Lücke.) .... Den Winter über habe ich mich meist mit dem Alter= thum beschäftigt, dem Durchsehen des letzten Bandes von „Rom", und Studien und Vorträgen über etrurische Sprache und Kunst. Ich habe viel dabei gelernt, und mich der freundlichen Gesellschaft der Musen im innersten Herzen erfreut. In die Stille des Landlebens zurückgekehrt, habe ich mich wieder zu den biblischen Studien gewandt, welche wie ein rother Faden durch das Seil des Oknus sich durchziehen, das ich im Winter so oft spinnen muß.

Meinen innigen Dank für Deine treue und gründliche, geistreiche und wahrheitsliebende Schrift von der Apokalypse. Du hast mich ganz überzeugt, daß sie 68 oder 69 gedacht und, der Darstellung fast aller Stellen nach, vor 70 verfaßt ist; daß Johannes ein Gesicht gesehen und erzählt, aber nicht selbst geschrieben hat. Wie schade ist es, daß Niebuhr nicht seine Meisterschaft in der historischen Anschauung im Alten und Neuen Testament geübt hat, wie er 1820 halb willens war. Ich finde in Schleiermacher nicht die objective An= schauungs = und Reproductionskraft einer Vergangenheit. Seine eigentliche Stärke lag in der Kritik des Subjectiven, des Psychologischen, mit vorherr= schender Speculation. Seine Anordnung des Plato ist ein Meisterwerk, aller= dings auch mit ganz anderer Anstrengung und Liebe geschrieben, als der arme Lucas erhalten hat. Deinen λόγος ἐπιτάφιος habe ich mit großer Freude ge= lesen; den Hauptgesichtspunkt der historischen Würdigung dieses großen Mannes möchte ich am liebsten mit Schelling's Worten in seiner schönen Rede aus= sprechen: „Er ist ein Kämpfer für das heilige Besitzthum unserer geistigen Freiheit und unseres sittlichen Ernstes." Und es gilt jetzt sehr, diesen guten Kampf durchzukämpfen, nicht allein gegen heidnische, sondern auch gegen jüdische Rationalisten. Denn so möchte ich Männer wie Hengstenberg und Gerlach nennen. Sie wollen dem Herrn vorschreiben, wie er sich hätte offenbaren sollen, nämlich nach den locis theologicis und allen möglichen kanonischen Bekenntnissen, mit pragmatisch=historischer acten=

mäßiger Prosa und Genauigkeit. Daniel muß alt sein, troß alles Klopfens des philologischen Gewissens, a) weil Ungläubige das Gegentheil gesagt (in odium auctoris, bei der römischen Inquisition) und b) weil Gott sich sonst sehr unwürdig geoffenbart und der Herr sehr ungenau gesprochen hätte. O welcher Abweg! Willst du — möchte ich ihnen sagen — dem Herrn vorschreiben, wie er uns die Kunde von dem Fortschreiten seines Reiches auf Erden zukommen lassen soll? Die alten Formeln sind unbrauchbar geworden. So wird jenes aber- und übergläubige Volk auch Neander verkeßern über seine Darstellung der apostolischen Lehre, und doch ist gerade dieser Theil seiner „Geschichte der Pflanzung und Leitung der Kirche durch die Apostel" mir das Liebste. Er hätte noch freier reden können; allein die Bruderliebe hat ihn abgehalten. Und das sage ich mir auch oft, wenn ich im Geiste ergrimme über das unsinnige Wesen der Hengstenberg'schen Schule. Sie sind aufrichtig gläubige, obwol beschränkte Jünger Christi, die dem Herrn treu zu sein meinen wie die Judenchristen in Jerusalem, wenn sie Paulum angreifen. Sie sind also doch unsere Brüder wie jene Pauli. Wenn sie uns aber unsere Freiheit verkümmern wollen, und die unserer Mitbrüder, dann wollen wir sie aus dem Felde treiben mit des Herrn Wort. Die flachen Rationalisten sind uns eben so fremd als jene, und hassen uns zum Theil noch mehr.

In München habe ich schöne Tage mit Schelling verlebt. Wenn nur das große Werk, von dem ein Theil wirklich fertig ist, bald erschiene, und zwar der rein speculative Theil zuerst. Ich wollte alle Mythologie in den Lethe versenken, denn dieser Abgrund hat dem Denker die schönsten Jahre seines Lebens verschlungen. Und doch ist das gewiß sein Beruf nicht, — im Einzelnen meine ich; die Grundidee mag er immerhin besser als irgendjemand aufstellen.

Das Alte Testament liegt noch sehr im Argen. Wer wird den Schaß heben? Wenn nur Jemand die Propheten einmal in ihrer historischen Wahrheit und zugleich ihrer prophetischen geistigen Bedeutung erklärte!

Die Universitäten sind geistig gesunken oder im Sinken, was die Hauptsache betrifft, d. h. den Geist. Das verfl..... Vollstopfungssystem in den Gymnasien ist großentheils Schuld daran; auch wol der Mangel von Verhältnissen und Einrichtungen, welche lebendige Wechselwirkung zwischen Lehrern und Studenten möglich machen, und damit das, woran es den Deutschen am meisten fehlt, Selbstthätigkeit. Neander's Wirkung ist sehr bedeutend, allein sie könnte es unter gewissen Modificationen der Lehrmethode noch viel mehr sein.

Villa Piccolomini, Frascati, 14. Juli 1835.

(An Arnold.) Sie haben, mein theurer Freund, auch eine schwere Zeit durchgemacht, indem Sie die eine Hälfte Ihrer Ahnungen erfüllt ge-

fehen, die böfe Nachrede und die Irrthümer derer, denen Sie in der
Politik gegenüberstehen; die andere Hälfte, die Undankbarkeit und Verkehrt=
heit derer, mit denen wir zusammengehen, ist im Allgemeinen dem späteren
Theil jedes ehrlichen öffentlichen Lebens in wirren Zeiten aufgespart; das
Letztere ist allerdings der herbere Kelch. Ich freue mich, von allen Seiten
zu hören, daß Sie es edel getragen haben, mit der Gemüthsruhe, welche
allein ein Christ haben kann, und welcher, soweit sie aus der christlichen
Liebe fließt, der Sieg über die Welt verheißen und gesichert ist.

Ich hoffe und vertraue, daß, nachdem die irische Frage georbnet ist,
die öffentliche Stimmung sich wieder der englischen Kirchenfrage zuwenden
wird, mit geringerer Gefühlserbitterung und mit erweitertem Gesichtskreis.
Erzählen Sie mir, bitte, wie es gekommen ist, daß Erzbischof Whateley
der Bestimmung des Ueberschusses der kirchlichen Einkünfte für die öffentliche
Volkserziehung entgegen sein soll? Ich würde gewünscht haben, daß diese
Einrichtung von der Kirche selber getroffen worden wäre, wie ihre wahre
Verfassung es vorschreibt.

Nichts konnte mir größere Freude und Ermuthigung gewähren, als
was Sie von meinem „Gesangbuch" sagten. Wie sehne ich mich danach, es
Ihnen in etwas vollkommenerer Form zu zeigen und noch mehr als einen
Theil des „Allgemeinen Gebetbuchs", welches mir, wie ich hoffe, nächstes
Jahr zu schreiben vergönnt sein wird, durch eine Einleitung eingeführt,
für welche ich viele Gedanken auffpare, welche jetzt zuweilen mein Herz
zu zersprengen drohen.

Ich habe Newman's „Arianer" gelesen.*) Himmel, was für ein
Buch! Ich dachte wol immer, daß Newman ein arges Gelüste nach dem
Papismus habe, hoffte aber, sein inneres Christenthum und die Luft Eng=
lands würden ihn zurechtbringen, verbunden mit etwas aufrichtigem und
tüchtigem Studium. Aber sein System der Beweisführung in diesem Buch
hinsichtlich der Macht und Pflicht der Kirche, der Priesterschaft, der Con=
cilien, des Papstes; die Methode, Glaubensregeln in einem ganz anderen
Sinn herzustellen, als unsere Bekenntnisse es rechtfertigen; die Stellung

---

*) Gerade Newman's Buch „The Arians of the fourth century" (London
1834) war, nachdem im Jahre 1833 die ersten „Tracts for the times" erschienen
waren, das erste bedeutendere Product der tractarianischen oder puseyitischen Rich=
tung, der Newman selbst (1845) den Weg nach Rom zeigte, während Pusey vor
dieser Consequenz der gemeinschaftlichen Anschauung zurückschreckte. Der hier mit=
getheilte Brief aus dem Jahre 1835 ist doppelt charakteristisch als Beweis dafür,
wie Bunsen vom ersten Anbeginn die Verberblichkeit dieser Richtung erkannte,
während damals noch Viele, die später ebenfalls Gegner der Puseyiten wurden,
ganz anders über dieselben urtheilten. Auch das in demselben Briefe (wie schon
vorher Lücke gegenüber) ausgesprochene Urtheil über Hengstenberg gewinnt von die=
sem allgemeineren Sehwinkel aus, der alle innerlich verwandten Erscheinungen trotz
ihrer verschiedenen äußeren Färbung zusammenstellt, ein zwiefaches Interesse.

der regula fidei über die Schrift, die der apostolischen Tradition und der „Geheimlehre", übersteigt allen Glauben. Es ist der gerade Gegensatz und blinde Reaction gegen den Geist der Gesetzlosigkeit und des Individualismus der Separatisten, welche meinen, eine Kirche dürfe keine Norm zum Controliren der Ansichten ihrer Lehrer haben. Es ist kaum möglich, irgendetwas wirklich Neues zu sagen über die Grundlehre von der obersten Autorität der Schrift; nur muß jedes Zeitalter neue Ausdrucksweisen dafür finden, um alte Weiber und Kinder abzuhalten, ihre geistige Freiheit an Päpste oder Concilien oder Congregationen, oder wie der Name auch sein möge, zu verkaufen. Sie sagen sehr richtig, daß die Besten unter ihnen Alles das zu thun wünschen, was Cranmer und Ridley beabsichtigt haben mochten zu thun; aber es wurde nie eine Kirche durch irgendetwas Anderes wiedergeboren als durch die Rückkehr zu den höchsten und tiefsten Lebensprincipien. Alles Menschliche hat seine sterbliche Seite, und der Geist allein macht lebendig. Die Wahrheit hat in sich selbst ein Recht zu erscheinen, sei es in der Gestalt verzehrenden Feuers oder heilenden Balsams; aber die Liebe sollte uns bewegen, in praktischen Dingen nicht das Eine ohne das Andere zu geben.

O, mein theurer Freund, unser Zustand in Deutschland ist furchtbar. Unsere besten Freunde im praktischen Christenthum sowol wie in der praktischen Politik kleiden in verrottete und verderbte Formen die Lebenselemente ein, welche uns noch durch die gnädige Vorsehung bewahrt sind, die ihre rettende Vaterland über das Land der Reformation und über das Land der Freiheit ausstreckt, über das noch gesunde Herz Europas und die ruhmvolle Königin der Inseln und „Insel der Heiligen" (wie Tholuck Ihr theures Vaterland nennt); sie greifen zu zerfetzten Lappen, wenn es sich darum handelt, die edle Institution zu retten, der sie anhangen. Viele von ihnen handeln ganz ehrlich so; soll es unser Los sein, diese als unsere Feinde ansehen zu müssen? Ich blicke in dieser Beziehung zwar nicht mit Furcht, aber mit tiefem Ernst in die Zukunft. Hinsichtlich unserer eigenen Anschauungen und Empfindungen über diesen Gegenstand, mein theurer Freund, wissen wir, daß sie nicht wesentlich verschieden sein können, wenn sie auch in einigen Beziehungen im Ausdruck anders lauten mögen. Sie haben recht, die falschen Conservativen wirkliche Destructive zu nennen; aber ich habe gleichfalls recht, die Radicalen als die größten Feinde der Freiheit zu bezeichnen. Die Menschen können, wie Niebuhr sagt, „nur ein gewisses Maß von Freiheit vertragen", und ich möchte in Niebuhr's Sinn hinzufügen, dieses Maß steht im Verhältniß mit ihrer privaten und öffentlichen Tugend, mit ihrer Fähigkeit der Selbstaufopferung (welches beinahe bedeutet, daß es im umgekehrten Verhältniß steht zu dem sogenannten „Fortschritt der Civilisation", d. h. der Kunst, Selbstsucht und Laster in gewisse regelmäßige und conventionelle Formen, den

wirksamen Firniß der thierischen Instincte einzukleiden). Ich betrachte un=
sere protestantischen Länder vornehmlich in der Beziehung als vor den
katholischen begünstigt, daß wir auf dem Wege der Reform vorwärts
schreiten können und diese blos auf dem Wege der Revolution vorwärts
zu schreiten versuchen. Es gibt keine Brücke dazwischen, wie es keine
gibt zwischen radicaler Zerstörung und wiederbelebender Erneuerung. Ich
vermag nicht zu entscheiden, wer am meisten zum Fall Roms beitrug, die
Gracchen oder die Senatspartei des uti possidetis, aber es gibt Schritte
in dem Leben der beiden kühnen Brüder, wo sie rückwärts statt vorwärts
gingen. Ich gestehe zu, daß es Epochen in der Geschichte gibt, wo man
nach Jahrhunderten bemerkt, daß Gutes aus Bösem entstanden ist; aber es ge=
bührt das Verdienst davon der allgerechten Macht Gottes und nicht den Zer=
störern und Gleichmachern, und ich bin bereit, noch im Augenblicke des Todes
zu leugnen, daß unsere Länder vor diese furchtbare Alternative gestellt sind.

Meine Hauptbeschäftigung in den letzten sechs Wochen ist das Neue
Testament gewesen. Ich begann mit einer kritischen Untersuchung von
Neander's Werk über die apostolische Kirche, welches nichts bedarf, als
gänzlich umgeschrieben zu werden, da es noch keine plastische Form oder
Redaction hat. Ich wurde dadurch angeregt, mit Neander's Hülfe eine
kritische Untersuchung über das Leben Pauli und die Chronologie seiner
Schriften anzustellen, welche mir sehr befriedigende Resultate gewährte,
sodaß ich (indem ich die Paulinischen Briefe in ihrer Reihefolge, mit der Er=
zählung der Apostelgeschichte verwoben, las) viele Stellen anschaulicher als
früher verstand. Ich habe mich seitdem bestrebt, eine Chronologie des Lebens
Jesu von seiner Taufe bis zu seinem Tode auf Grund des Johannesevangeliums
herzustellen; Lücke und Tholuck haben diesen Gegenstand mehr aus dem
Stegreif behandelt; es scheint mir, daß alle Elemente für die chronologische
Ordnung existiren, wenn wir uns nur an die Ordnung des Johannes
halten. Nachdem ich soweit vorgeschritten war, versuchte ich, wonach ich
mich früher vergebens umgeschaut hatte (und zumal im Jahre 1818, als
ich die Untersuchung mit Schleiermacher's „Lucas" begann), einen bestimmten
Punkt festzuhalten, von dem bei der kritischen Untersuchung der drei ersten
Evangelien auszugehen wäre. Solche Punkte glaube ich gefunden zu haben....
Ich muß hier davon abstehen, die Beweise anzuführen. Ich habe bei die=
ser Untersuchung die außerordentliche Ueberlegenheit von Niebuhr's System
und seinem kritischen Blick über das jedes unserer theologischen Kritiker
wahrgenommen. Meine Untersuchung wurde durch eine furchtlose Anwen=
dung dieser Methode gemacht, in der Art, wie ich sie in der Einleitung
zu dem ersten Band der „Beschreibung Roms" angedeutet habe. Nachdem
ich das Ganze skizzirt, werde ich es ein Jahr oder zwei liegen lassen, be=
vor ich wieder damit beginne, um zu sehen, ob und in welcher Form ich
es dem Publikum vorlegen werde.

Dies bringt mich auf Ihre hebräischen Studien, über die ich mich sehr freue. Ich wundere mich nicht, daß Sie durch den Widerspruch der gegebenen Erklärungen etwas zurückgeschreckt sind. Aber Sie dürfen sich dadurch nicht entmuthigen lassen. Das geschichtliche Princip, welches durch Gesenius und Ewald in die hebräische Grammatik eingeführt worden ist, gibt uns einige feste Punkte, um darauf zu basiren. Die Untersuchungen über Daniel scheinen mir entscheidend, wäre es auch nur aus diesem Grunde. Gesenius' „Commentar zum Jesaias" gibt bei aller Blindheit für den höheren Sinn viele Landmarken für den seefahrenden Forscher. Ich weiß nicht, wer am blindesten zu nennen ist, die Neologen oder die Anhänger der alten Schule. Die Ersteren sehen nur die historische Auslegung prima facie, den unmittelbar geschichtlichen Sinn der in Frage kommenden prophetischen Stellen und Schriften; und die Anderen verlieren ganz diesen historischen Unterbau aus dem Auge, wo sie eine messianische Stelle finden. Beide sind sie auf verkehrtem Wege, die ersten sind heidnische, die zweiten jüdische Rationalisten. Die Ersteren wollen nicht glauben, daß eine geschichtliche Person, ein geschichtliches Ereigniß, eine zeitliche Hoffnung durch den Heiligen Geist zur Verkörperung einer Person, eines Ereignisses, eine Hoffnung in der fernen Zukunft gemacht sein kann, das Zeitliche zum Bild des Ewigen; das heißt aber die Schöpfermacht Gottes leugnen, welche gerade in der Verbindung der beiden besteht. Die Zweiten wollen Gott Vorschriften machen a priori, bevor sie aus der Offenbarung den wirklichen Stand der Frage kennen gelernt haben, in welcher Weise er verpflichtet sei, sich zu offenbaren. Es würde Gottes unwürdig sein (sagen sie oder nehmen sie vielmehr als ausgemacht an), sich anders zu offenbaren, buchstäblich, prosaisch, diplomatisch, als durch das Medium von Protokollen, Acten und Registern seiner ewigen Mittheilungen. Der wahre christliche Kritiker wird, wie ich glaube, nichts voraussetzen, sondern aus Gottes Wort zu erkennen streben, wie es ihm gefallen habe, seine ewige Ordnung zu offenbaren durch das unvollkommene Medium des menschlichen Geistes, seiner Sprache und Geschichte; und er nimmt es gläubig für das an, was es ist: pragmatische Geschichte als solche, thatsächliche Gegenstände als solche, Poesie als solche (z. B. Josua und die Sonne), apokalyptische Schriften als solche, Schriften in dem Geiste eines alten Heiligen als solche (Daniel); und dabei wird er daran festhalten, daß unser Altes Testament das nämliche ist, weder mehr noch weniger als das, welches Christus las und seinen Jüngern auslegte. Vielleicht wird er nicht eine buchstäbliche Weissagung finden (mit Haut oder Haar, wie unser Sprichwort sagt); aber ich bin sicher, daß er hundert und tausend Weissagungen finden wird wie die unseres Herrn; Fingerzeige der geistigen Bedeutung kommender geschichtlicher Ereignisse, deren Zeit und Stunde (die pragmatischen Besonderheiten in Beziehung auf Zeit und Raum) „Niemand weiß, als der

Bater allein". Wenn er dies gefunden, könnte er allen jüdischen und muselmännischen Rationalisten antworten: „Es scheint, daß Gott euch nicht gefragt hat nach der Methode, welche in seiner ewigen Weisheit für die Erziehung und Erlösung der Menschen bestimmt war"; was das Wort Gottes selbst sagt durch Paulus, ist hier geschehen, daß die göttliche Wahrheit „den Juden ein Aergerniß und den Griechen eine Thorheit" ist, daß, wie der Sohn Gottes nicht in der Haltung eines weltlichen Herrschers in die Welt kam, so auch das geschriebene Wort Gottes nicht in dem Flitterstaat diplomatischer Urkunden oder classischen Styls erscheint. Wir werden dadurch nicht verwirrt, noch beunruhigt; im Gegentheil, nachdem wir uns zuerst in das ergeben haben, was wir finden, bewundern wir die unendliche Weisheit der befolgten Methode, welche bestimmt war, uns zu warnen, die heiligen Urkunden als gewöhnliche Geschichte und den Bund Gottes als einen ererbten Gesetzesartikel anzusehen, den als äußere Thatsache zu kennen hinreichend ist; während doch die Urkunden der heiligen Dinge Thatsachen enthalten, welche identisch sind mit unseren eigenen inneren Bedürfnissen und der Stimme unseres Gewissens, und keinen Werth haben, wenn sie nicht durch den Glauben auf diese angewandt werden.

Ich habe große Erquickung in meinen hebräischen Studien gefunden, und sehne mich nach der Zeit, wo ich sie wieder aufnehmen kann. Wir sind gewiß viel mehr zurück in der Kritik und Auslegung des Alten Testaments als in der des Neuen. Ich hoffe, Gott wird uns einen wirklichen Gelehrten erwecken, welcher zugleich ein Kritiker und ein Gläubiger ist, um die Hauptpunkte eines gesunden Commentars festzustellen. Es ist das ein großes Bedürfniß, die alte Schule ist gänzlich unfähig dazu. Ich kenne Niemand als Tholuck, der dazu fähig sein möchte, aber er hat sich noch nicht entschieden. Hengstenberg hat sein kritisches Gewissen einem ungesunden, unhaltbaren System gefangen gegeben, bis zu dem Punkt, die Bewegung der Erde um die Sonne zu leugnen oder mindestens zu bezweifeln.

Ich wünschte, ich kennte irgendein gutes Buch über unser kirchliches System, um es Ihrem jungen Freunde Ormerod (mit dem ich mich freuen werde zu verkehren) zu empfehlen. Um die Wahrheit zu sagen, wir leben unter einer (bis jetzt vernünftigen) Dictatur; unsere Kirche muß noch gebaut werden. Das einzige lutherische Land, welches eine wirkliche Verfassung hat, ist Würtemberg, das einzige reformirte die Rheingegend von Jülich, Cleve, Berg, und Mark; ihre provinziellen Verordnungen sind gerade in diesem Jahr durch den König von Preußen mit einigen Modificationen zu einem Kirchengesetz zusammengestellt worden. Dieses Buch kann man bekommen, aber schwerlich verstehen, wenn man es nicht an Ort und Stelle studirt. Was mir als das für England zur Vergleichung Wichtigste erscheint, ist die bischöfliche Kirche der Vereinigten Staaten. Es ist unglaublich und doch wahr, daß das größte Ereigniß der neuen

Kirchenverfassungsgeschichte, die amerikanische Entwickelung Ihrer Einrichtungen, noch nicht bemerkt sein sollte. Hier haben die Laien ihren Platz wie in dem jerusalemer Apostelconcil.

Rom, 4. März 1836.

.... Eine Kirche kann zehn Secten erhalten, aber zehn Secten sind zehnmal zehn Regirungen einer Kirche, wenn man dieselben dazu bewegen will, sich miteinander zu vereinigen. Ich könnte jeden Augenblick, wenn ich dazu berufen würde, in der englischen Kirche leben und predigen, aber nicht ein Jahr lang in einer der Secten; zudem würden sie mich in aller Eile herauswerfen. Mit den 39 Artikeln oder der Augsburger Confession, richtig verstanden, nicht als aufgezwängtes Glaubensbekenntniß, können Sie die ganze Welt umarmen.

Wie klopfte mein Herz, als ich gelesen hatte, was Sie in der römischen Geschichte gethan haben. Mein letzter Brief war eine Ermunterung und hätte ein Triumphgesang sein sollen. Gott segne Sie bei diesem großen und ich hoffe unsterblichen Werk. Es ist mehr Weisheit aus der römischen Geschichte zu lernen als aus irgendeiner anderen. Ihr Plan ist derselbe, den ich immer im Sinn hatte und mir die Freiheit nahm, Niebuhr vorzuschlagen, welcher, wenn er lange genug gelebt hätte, die zwei ersten Bände umzuarbeiten, die Untersuchungen von der Erzählung getrennt haben würde. Ich habe noch ganz dieselbe religio wie immer bei Niebuhr's Anschauungen; oft finde ich nach Jahren den Grund, weshalb seine Meinung die richtige war.

Hinsichtlich der Sprachen habe ich mich bestrebt, in einem (nicht veröffentlichten) Aufsatz zu beweisen, daß das Etruskische eine gemischte Sprache war, wie das Englische, Persische u. s. w., und daß man aus den allgemeinen Principien der Sprachenphilosophie zeigen kann, daß seine Grundlage die pelasgisch-hellenisirende Sprache, der eindringende Theil aber ein barbarischer war; daß es aber keinen Grund gibt, um vorauszusetzen, dieser letztere sei von demselben Stamme gewesen: japhetisch, oder indogermanisch oder gar italisch. Ich kann in diesem Augenblick den Grund nicht einsehen, weshalb das Oskische eher sabellisch als lateinisch gewesen sein sollte. Ich werde den Gegenstand weiter untersuchen.

Frascati, 27. October 1836.

(Aus einem gleichzeitigen Briefe.) In einer ultraprotestantischen schweizerischen Zeitung ist ein Artikel erschienen, der in einer Weise ausgeführt ist, daß der schlimmste Feind der Sache nichts ersinnen könnte, um ihr mehr Nachtheil zuzufügen. Die Summe des Ganzen ist die, daß die Protestanten festen Boden in Italien gewonnen hätten, dank besonders dem Eifer und der Freigebigkeit des preußischen Königs, indem dieser nämlich eine Art Propaganda in dem Lande eingerichtet hätte, mit Schulen, Buchhandlungen und allen Mitteln zur Bekehrung. Ein Abdruck davon wurde officiell an Bunsen gesandt, mit der Bitte um Aufklärung, und er erhielt außerdem privatim die Mittheilung, daß die durch diesen Artikel am meisten verstimmte Persönlichkeit (der Papst) Aeußerungen habe fallen lassen von der Art, wie: „Bunsen hält sich ganz zurück. Ich habe ihn seit zwei Jahren kaum gesehen." Diese Nachrichten brachten die Nothwendigkeit mit sich, zweierlei zu thun, zuerst einen Artikel in die berliner Staats=Zeitung zu schreiben, den er vorher zur Durchsicht einsandte, um zu erfahren, ob die formelle und eingehende Widerlegung, die er zu geben im Stande war, als befriedigend angesehen würde; dann aber einen Versuch zu machen, um zu beweisen, daß, wenn er sich enthalten hätte, Gelegenheiten zu persönlichem Zusammentreffen zu suchen, dies seinen Grund nicht in irgendeinem Mangel an Ehrerbietung, sondern vielmehr in Delicatesse gehabt hätte, seine Gegenwart nicht aufzudrängen, wegen der Natur der neuerlich geführten Unterhandlung und Correspondenz. Er sandte deshalb einen officiellen Brief ein, worin er erklärte, wie er vom Gouverneur von Frascati die Absicht Sr. Heiligkeit vernommen habe, einen Tag dorthin zu kommen, auf dem Wege nach Camaldoli, um dort zu Mittag zu speisen, und daß er um die Erlaubniß bitte, unterwegs in der Villa Piccolomini zur Erfrischung auf dem Wege ein Frühstück anbieten zu dürfen. Die Antwort war außerordentlich verbindlich, indem sie die Einladung nur für dieses eine mal ablehnte, da bereits versprochen sei, in der Wohnung des Cardinal Pacca und in der Villa Falconieri abzusteigen. Zugleich erhielt Bunsen privatim die Anzeige, daß seine persönliche Aufmerksamkeit Befriedigung erregt habe; und als er den Tag nach der Ankunft des Papstes nach Castel Gandolfo herüberging, wurde er gütig, selbst zärtlich empfangen, indem der Papst mit Emphase dabei verweilte, daß er seine letzte Genesung einem Preußen (Dr. Alertz) verdanke und weiter, in Bezug auf eine von ihm angenommene persönliche Aehnlichkeit zwischen Bunsen und Alertz, sagte: „È proprio un suo fratello che è venuto apposto per guarirmi."*) Als ein oder zwei Tage später der Besuch des Papstes in Frascati stattfand, wurde bestimmt, daß Bunsen die Gelegenheit wahrnehmen solle, ihm verschiedene Preußen, meist Katholiken, in der Sakristei vorzustellen, da dies dem Papste bequemer war als solche Vorstellungen in Rom; demgemäß erschien er mit seinem Zuge und wurde aufgefordert, dicht an den Stuhl des Papstes heranzukommen, um die Vorstellung in dem engen Raume bequemer zu machen; der Papst sprach mit jedem der jungen Katholiken (unter denen Urlichs war) und bezeugte seine Zufriedenheit mit ihnen: „Buone faccie, mi piacciono."**) Nachdem sich die Gesellschaft

*) Es ist gewiß ein Bruder von Ihnen, der besonders gesandt ist um mich zu heilen.
**) Gute Gesichter, die gefallen mir.

zurückgezogen hatte, schickte Bunsen sich an, seinen Ehrenposten zu verlassen, aber der Papst sagte: „Restate, restate", und fuhr fort, so eifrig und anhaltend mit ihm zu sprechen, daß keine Bewegung möglich war, während der Papst das Kreuz seines Pantoffels von einem Strome von Mönchen, Damen und Personen aus allen Klassen küssen ließ, so schnell wie sie nur herein- und herauskommen konnten. Alertz hat eine fürstliche Belohnung für seine glückliche ärztliche Cur erhalten und ist gebeten worden, seine Abreise noch zu verschieben*), sodaß er vielleicht noch versuchen kann, die Cholera zu behandeln, welche, da sie jetzt in Neapel ist, wol als auch hier drohend angesehen werden kann.

Rom, 7. Januar 1837.

(An J. Schnorr von Carolsfeld.) Ueber kurz oder lang werde ich doch wol dahin gelangen, Dich und die Deinigen und Deine Werke mit Fanny zugleich zu sehen. Bisweilen denke ich, es geschieht gewiß nächstes Frühjahr, allein Gott allein weiß es; mir ist so klar angeschrieben, was ich thun soll, und wiefern ich eingreifen darf in meine Zukunft, daß ich fest vertraue, Er werde mir zeigen und anzeigen, wann meine Zeit gekommen ist. „In Hoffnung und Schweigen" habe ich mir mit des Propheten Worten zum Sinnspruch gewählt, und ich strebe, ihm keine Schande zu machen. Es ist uns bereits ganz klar, daß ich früher nicht von hier weggehen durfte; so wird es mir denn auch klar werden, wenn ich länger noch hier bleiben soll, warum das gut und nothwendig war. Wünschen thue ich nichts als die Rückkehr ins Vaterland, und freien Wirkungskreis oder würdige Ruhe für das geliebte Vaterland zu haben. Welches mir beschieden ist, weiß ich nicht: aber wenn ich das Letzte vorziehen würde, hätte ich die Wahl, so liegt darin für mich eine größere Aufgabe als im Ersten, und so viel Anspruch, daß ich davon weniger reden möchte als von meiner Wirksamkeit als Geschäftsmann, außer zu einem treuen Freundesherzen, wie das Deinige ist. Hinsichtlich der Dinge dieser Welt ist mein einziges wiederkehrendes Gebet: „Dein Reich komme." Es wird kommen: des Herrn Finger sieht immer deutlicher hervor aus den Wolken der irdischen Begebenheiten.

---

*) Dieser ausgezeichnete Arzt, der fortfuhr, seinem Berufe und seinem Vaterlande in der Papststadt Ehre zu machen, starb dort kurz vor der Beendigung dieser Memoiren (1866), allgemein bedauert. — Im Jahre 1837 nach Aachen zurückgekehrt, schrieb er von dort (am 19. November 1837, dem Tag vor der Abführung des Erzbischofs Droste nach Minden) an Bunsen, als er gehört hatte, dieser würde selbst nach Köln kommen. Er theilt in diesem Briefe unter anderem mit, es sei Jemand aus der dortigen Gegend heimlich nach Rom deputirt, und schließt mit der Bemerkung: „Daß die Hermesianische Angelegenheit eine so ungünstige Wendung genommen, war für mich um so überraschender, als noch am Tage meiner Abreise Seine Heiligkeit sich ziemlich günstig für die Sache aussprach."

Neulich hatte ich meines theuern unvergeßlichen Rehbenitz nicht namentlich gedacht; er weiß doch wol, daß ich seiner mit immer frischer Liebe und Dank für seine treue Freundschaft gedenke!

Rom, 13. Februar 1837.

(An Arnold.) Jener Mangel freiwilliger Energie des Gemüthes, den Sie erwähnen, ist dasselbe, was Niebuhr einmal bei seinem Sohne Markus mit den Worten: „Er hat keine Sehnsucht" beklagte. In der That verdanken wir neun Zehntel unseres Wissens, wenn nicht das Ganze, dem Durst nach Wissen, welcher dem Aufsuchen der Straße gleicht, die nach unserem Daheim führt; wir bemerken dasselbe nicht von dem fremden Orte, wo wir uns befinden.

> Nel mezzo del cammin di nostra vita
> Mi ritrovai per una selva oscura,
> Chè la diritta via era smarrita. *)

Aber wir wissen, daß es ein Daheim und einen Weg dahin gibt. Was Sie sagen, trifft mich sehr, weil Sie Tausende von Dingen auflesen, die wir bedürfen und von denen wir nicht wissen, wie wir dazu kamen, sie zu lernen. Dies ist die Sehnsucht, die Freiwilligkeit, welche nichts Anderes besagt als eine kräftigere Action des inneren Bewußtseins.

Obgleich Schleiermacher's „Christlicher Glaube" in manchen Punkten in England anstößig sein dürfte, so kann ich doch nicht umhin, dieses Werk für unschätzbar zu halten in Beziehung auf die Darlegung über die Erkenntniß der göttlichen Natur des Erlösers, und zugleich über die Grundlehren der Rechtfertigung und Heiligung. Es ist zweifellos, daß die scholastische Schule, die alte so gut wie die neue, viele Theile des einfachen und reinen christlichen Glaubens in erkünsteltes Geheimniß verstrickt und durch Distinctionen und exclusive Definitionen Schismen und Sekten begründet hat; aber auf der anderen Seite können göttliche und übernatürliche Dinge nicht wie die von gewöhnlicher Art behandelt werden, Gegenstände der Philosophie des gesunden Menschenverstandes, wie man sie nennen könnte. Ideal durch ihre Natur, erfordern sie eine ideale Behandlung, und in dieser Beziehung hat Schleiermacher eine neue Periode begonnen. Neander würde es nach einer objectiveren und mehr verallgemeinerten Methode gethan haben, wenn er die nothwendige dialektische Schärfe

---

*) Als ich auf halbem Weg' stand unsres Lebens,
   Fand ich mich einst in einem dunklen Walde,
   Weil ich vom rechten Weg' verirrt mich hatte.
Dante Allighieri's „Göttliche Komödie", 1. Gesang, V. 1—3, metrisch übertragen von Philalethes (König Johann von Sachsen).

und die Gabe des Schreibens besäße. Ich wünschte, daß Sie das Kapitel über die Rechtfertigung läsen, um zu sehen, wie er (Schleiermacher) die Unterscheidung aus der Welt schafft, welche im 16. und 17. Jahrhundert für die vornehmlichste zwischen den Reformatoren und dem Concil galt, und zeigt, wie in dieser Lehre der cardo unserer Kirchen liegt. Dasselbe kann über den Streit zwischen Luther und Calvin über die Lehre von der Gnade gesagt werden.

Capitol, 15. Mai 1837.

(An denselben.) Der Grund, weshalb ich mich doppelt freuen würde, Sie und Ihre Gemahlin diesen Sommer hier zu sehen, ist, daß es wahrscheinlich mein letzter in Rom sein wird. Ich habe allen Grund zu glauben, daß ich nächstes Frühjahr über die Alpen gehen und mich in Deutschland ansässig machen werde. Ich schließe damit, nichts zu wünschen als dort zu sein, wo die Vorsehung mich haben will.

Die „Lyra apostolica" enthält erschreckende Dinge jener Sekte: römische, lutherische, zwinglische Neuheiten sind auf Eine Linie gestellt. Nun gibt es nicht ein Jota in der Lehre der englischen Kirche, welches Sie nicht von Luther oder Calvin entnahmen, und womit wir von der unirten evangelischen Kirche in Preußen nicht übereinstimmen; wenn es deshalb etwas gibt, was uns als Häretiker von der wahren Kirche trennt, so ist es die apostolische Succession — sie können nicht um dieses Argument herumkommen. Christus starb blos für die Engländer, denn sie haben die apostolische Succession in Gemeinschaft mit Rom und Moskau. Jam satis. Solche Aufstellungen fallen von selbst, und um so eher, je mehr wirklich conservative, d. h. reconstructive Principien ihnen entgegengestellt werden.

Aus diesem letzten von Bunsen vor Ausbruch der Schlußkatastrophe in Rom verbrachten Frühjahre möge endlich noch folgendes von ihm an den Kronprinzen von Preußen gerichtete Gedicht hier eine Stelle finden:

Asträa.

Ein Gesicht, geschaut auf dem Capitol am 22. Januar 1837, niedergeschrieben am 18. April.
Ueberreicht in Sanssouci am 19. August 1837.

Ich stand auf heil'ger Zinne, dem ew'gen Capitol,
Und dacht' an ferne Lieben und an der Heimat Wohl:
Nach Nordens Bergen schaute der sehnsuchtsvolle Blick,
Den nicht im Süden fesselt Genuß und selig Glück.
Zum Königssohne eilte das Aug' auf Geisterflug,
Ihm, dem schon lang im Busen ich stille Huld'gung trug.
Denn Kunde war erschollen von Leiden und von Schmerz —
Ans Lager war gefesselt Er, dem geweiht mein Herz.

Die Sonne sank hinunter, dort hinterm stolzen Saal,
Der hoch und breit sich wölbet, zwiefach ein Grabes Mal.
Es rauschte trüb die Woge Marcellus' Bau vorbei,
Der lehrt, wie bange Hoffnung des Volks oft nichtig sei.
Die letzten Strahlen färbten den öden Lateran
Und schienen bleich und bleicher von Romas Kreuzesfahn'.
Doch silbern stieg dahinter, mit Rom im stillen Bund,
Der Vollmond auf, durchleuchtend des Colosseums Rund.

Da trat zu mir im Glanze, der Tag und Nacht vereint,
Ein Himmelsbild, wie's selten den Sterblichen erscheint,
Ein göttlich Weib, deß Rechte die Schlange kräftig schwingt;
Der Botenstab der Linken ist's, der uns Frieden bringt:
„Verscheuche trübe Sorgen, ich trage frohe Mär,
Des Vaterlandes Freude und Trostwort zu dir her;
Der Königssohn, er lebet, er blühet frisch und groß,
Und alter Wünsche Fülle birgt euch der Zukunft Schos.“ —

„Gegrüßet sei mir innig, du holdes Himmelsbild,
Du hast mit Wort und Zeichen des Herzens Leid gestillt,
Wohl kenne ich der Heilung geheimnißvolles Pfand,
Das Bild der ew'gen Tugend, den Himmlischen verwandt.
Du bist's, die wunde Helden mit Götterkost gepflegt,
Wie dich der Alten Glaube in Wort und Stein geprägt.
Doch sage, was bedeutet der Linken Wunder mir,
Das Schlangenpaar am Stabe, des Boten Jovis Zier?“ —

„Nicht Hygienen schaust du, auch Hermes' Zeichen nicht:
Zeus' Tochter ist's, Asträa, die thront im Sternenlicht,
Des ew'gen Rechtes Göttin, die einst der Welt entflohn,
Doch stets zur Erde schauet vom sel'gen Götterthron,
Mein Zeichen ist am Stabe der Schlangen friedlich Paar,
Weil Recht und Fried' nur keimet aus Zwiespalt immerdar.
Es ward der Heilung Botschaft in meine Hand gelegt,
Weil ich den edlen Fürsten von Kindheit an gepflegt.

„Ihn hat mein Blick erkoren, als Schmach euch traf und Hohn,
Des langen Schlummers Folge, des Uebermuthes Lohn.
Ihn hat mein Aug' begrüßet, als sich der Geist bewegt,
Und in den jungen Seelen sich alte Lieb' erregt:
Als Freiheit ward errungen für Fürst und Vaterland,
Und Glaub' und Hoffnung schlangen um All' ein selig Band,
Viel ward mir da gelobet, verheißen großes Glück,
An meinen Namen knüpfte wie Jung so Alt den Blick.

„Und gern stieg ich hernieder vom ew'gen Himmelszelt,
Und wollte bei euch pflegen, die ich geflohn, die Welt.
Zwar eisern war das Zeichen, in dem die Zeit erschien,
Doch sollt' ein goldnes Alter der Welt aus ihm erblühn.
　　　　　　　　　　　　　　　　29*

Ein heil'ges Feuer zuckte durch jede Männerbrust,
Und drängt aus Aller Herzen weg Eigennutz und Lust:
In Liebe ward erfasset der Vorzeit heil'ges Recht,
Und in die Zukunft blickte mit Glauben das Geschlecht.

„Wie ist die Zeit verklungen! wie alles öd' und kalt!
Was groß und edel, birget ein stilles Grab gar bald.
Ein klein Geschlecht erscheinet, an Glaub' und Liebe dünn;
Wo diese sind verschwunden, wie soll das Recht erblühn?" —
„Gehorsam zeigt (so klingt es), die Freiheit ihr begehrt:
Wer Gottes Recht sich füget, nur der ist ihrer werth.
Der Schuldbrief ist geschrieben (schallt's dort) mit unserm Blut,
Und künft'ge Rechte zahlten wir längst mit Hab' und Gut.

„Verbannt die leeren Namen von Volk und Vaterland,
Sprecht nicht von Staat und Bürger, von eines Reiches Band.
Wir hatten alte Rechte, die solcher Wahn zerstört,
Bis sie uns wieder werden, ist nichts der Rede werth:
Das alte Recht wir fordern, das stützt allein den Thron,
Den frech in vielen Landen umtobt des Aufruhrs Ton.
Euch gnüge Bürgerfreiheit und Förd'rung im Verkehr;
Labt euch an Kunst, wenn's lüstet, und an der Weisen Lehr'.

„Drum wollen (schrein die Meisten) wir sein ein neu Geschlecht,
Wenn rechtlos, wer nicht euer, so gilt's um Menschenrecht.
Weg mit der Freiheit Scheine (so Andre), die uns drückt,
Des Königs Wille schalte, deß Milde gleich beglückt:
Wohl war uns mehr verheißen, doch laßt es nur geschehn;
Wo sei des Thrones Stärke, das werden einst sie sehn.
Und jenseits schallt's vom Flusse mit nicht verdecktem Hohn:
Seht, das ist des Vertrauens auf Fürsten würd'ger Lohn.

„Ich aber flieh' unwillig hinweg von dem Geschlecht,
Wo Alle Rechte wollen und Niemand will das Recht.
Die heften heil'gen Namen an selbstisch frechen Spott! —
Die wollen Freiheit haben, doch Freiheit ohne Gott:
Die sehn im Buch der Zeiten nur schnöden Eingriffs Macht;
Die wollen keine Rechte, als die sie selbst erdacht.
So sind sie Alle Thoren, denn Alle wollen Tod,
Weil, was sie Leben wähnen, ist wurzellos und todt.

„Doch lebt mein Recht in Zweien, im Vater und dem Sohn,
Ihm, dem im Sturm der König bewahrt den freien Thron.
Er zürnt der Neu'rung Toben, weil sie die Freiheit hemmt,
Und wahren innern Lebens Gestaltung feindlich dämmt.
Er schützt, was groß, weil Kleines er heben will empor,
Liebt Altes, weil zu bauen ihn lüstet neuen Chor;
Wo Vorzeit ihm die Steine zum hehren Baue reicht,
Der Freiheit junges Leben zu heil'gem Dome steigt.

„Ja, nie Geseh'nes schafft er, des heil'gen Reiches Bau;
Des Vaters höchstes Sehnen bringt Allen er zur Schau:
Was tausend Jahr' vergebens erstrebt' das Vaterland,
Wird rasch sich dann erheben von solches Bauherrn Hand.
So wird der Fluch gesühnet, der alte Zauber los,
Und Fried' und Freude keimen aus dieses Reiches Schos.
Sein Name aber leuchtet, ein Segensbild der Zeit,
Ein Stern in meinem Reigen voll Licht und Seligkeit."

„Ihm stehet mild zur Seite ein holdes Engelsbild,
Der Sanftmuth heller Spiegel und alles Guten Schild:
Sie hält mit Mutterliebe das theure Land umfaßt
Und will versöhnend binden, was jetzt sich flieht und haßt.
Gen Himmel ist gerichtet des frommen Herzens Flug,
Es flieht von ihrem Blicke weg Schmeichelei und Trug.
Wie sie mit bangem Herzen an seinem Bett gewacht,
So blickt sie neugetröstet in ernster Zukunft Nacht.

„Dir bracht' ich diese Kunde, weil du ihn treu geliebt,
Und dich der Menschheit Sorgen in seinem Weh betrübt.
Drum still' der Sehnsucht Schmerzen, sofern du mir vertraust;
Einst kommt ein schöner Morgen, deß Röthe du wol schaust."
Da schwand sie hin im Schimmer der letzten Abendglut,
Ich aber sah's erglänzen, wie Sonne in der Flut:
Ein Ring ward mir gezeiget, ihr Bild in Stein geprägt,
Das jetzt zu deinen Füßen dir treuste Liebe legt.

Achter Abschnitt.

Die kölnischen Wirren.

(1837—1838.)

Ursprung des Streites. — Cardinal Lambruschini. — Erzbischof Droste. —
Bunsen's Berufung nach Berlin. — Seine Denkschrift vom 25. August 1837. —
Abschaffung der Betheiligung der katholischen Soldaten am evangelischen Gottes-
dienst. — Verhandlungen mit dem Erzbischof. Anfänglicher Erfolg und schließ-
liches Scheitern derselben. — Beschluß der Suspension des Erzbischofs. — Aus-
arbeitung der preußischen Staatsschrift. — Die Cholera in Rom. — Briefe an
Arnold. — Rückkehr nach Rom. — Conferenzen mit dem Fürsten Metternich. —
Letzte Friedensversuche in Rom. — Entlassung und Abreise von Rom.

Die Ursache der Wolken und Stürme, welche die späteren Jahre
von Bunsen's römischem Aufenthalt verdunkelten und trübten, endlich
auch seinen schließlichen Abgang im Jahre 1838 veranlaßten — die
sogenannten kölnischen Wirren — erfordert eine Aufklärung, welche
so gedrängt als möglich sein soll; um aber den Gegenstand verständlich zu machen, müssen Umstände erörtert werden, welche selten in
einiger Entfernung von dem Schauplatz der streitenden Ziele und
Systeme noch Interesse erwecken.*)

Die Regierung der preußischen Gebiete war immer ein System
königlicher Befehle und Decrete gewesen, die mit bestimmter Absicht
als positive und thatsächliche Gesetze festgestellt wurden und denen
mit soldatischer Pünktlichkeit gehorcht wurde. War des Königs Wille
einmal bekannt, so war keine Rede von Einspruch oder Opposition;
als z. B. Friedrich Wilhelm I. beschloß, die Sache seiner protestantischen Glaubensgenossen in Heidelberg (die durch den katholischen Kurfürsten verfolgt und aus ihrer Kirche vertrieben worden waren) zu
unterstützen, und deshalb erklärte, solange sie nicht in ihren ererbten

---

*) Obgleich die hier berührten Thatsachen in den der deutschen Ausgabe hinzu-
gefügten Einschaltungen bereits an den betreffenden Stellen erwähnt sind, so wird
doch das (hier folgende) klare, treffende und wahrhaft objective Urtheil der Verfasserin über diese Ereignisse dadurch um nichts weniger belangreich.

Besitz wieder eingesetzt wären, werde er an der römischen Kirche Re=
pressalien üben, indem er seinen katholischen Unterthanen in Magde=
burg ihre Privilegien und den Gebrauch ihrer Kirche vorenthalte, wurde
dies einfach so angesehen, daß der König mit seinem Eigenthum, wie er
wolle, verfahre, und er wurde dieserwegen nie eines Bruches bestehen=
der Rechte angeklagt. Als deshalb die preußischen Besitzungen den
großen Zuwachs an Territorium erhielten, das zu den alten Diöcesen
von Köln, Trier und Paderborn gehört hatte, wurden die preußischen
Gesetze einfach auf die Regierung der neuen Länder wie die der alten
angewandt. Die preußischen Truppen hatten als solche nach der Pa=
rade in die protestantische Kirche zu gehen, mochten sie unter Katho=
liken oder Protestanten ausgehoben worden sein; und wenn eine Hei=
rath zwischen Personen verschiedener Confession stattfinden sollte, so
erkannte das preußische Gesetz dem Vater das alleinige Recht zu, über
die religiöse Erziehung seiner Kinder zu bestimmen und untersagte
ihm, Verbindlichkeiten über diesen Gegenstand vor der Heirath einzu=
gehen. Dies war Gesetz und der Wille des Monarchen — und wie
sollte Einspruch dagegen erhoben werden? Der Grad von Macht, den
die römische Kirche über ihre Glieder ausübt, und der erneute und
stets wachsende Entschluß, diese Macht bis zur äußersten Grenze aus=
zudehnen, war völlig unbekannt. Manche älteren Leute werden sich
noch ebenso gut wie die Schreiberin dieser Zeilen erinnern, wie all=
gemein der Eindruck war, daß die Französische Revolution und ihre
Folgen den Papst und seine Macht vernichtet hätten, und daß beide
blos noch eine geduldete Existenz führten, daß sie keine Forderungen
machen wollten und könnten, sondern bereit seien, in Alles einzuwil=
ligen, was von der Politik verfügt werde.

Durch das streng römische System sind gemischte Ehen überhaupt
ausgeschlossen, und in Ländern, wo der Katholicismus ausschließlich
herrscht, kann eine solche Ehe auf keine Weise gesetzlich vollzogen wer=
den. Die Zulassung des Papstes in solchen Fällen hatte sich blos auf
derartige Verbindungen zwischen regierenden Familien aus staatlichen
Rücksichten erstreckt und dabei eher übersehend als erlaubend. Dieser
Gebrauch blos äußerer Duldung wurde nun auch auf alle gemischten
Bevölkerungen in einiger Entfernung in Rom angewandt. In Preußen
hatte man bis dahin wenig oder keine Erfahrung von den Schwierig=
keiten gehabt, die eine gemischte Bevölkerung erwarteten; denn die
Provinz Schlesien (die einzige, welche eine beträchtliche Zahl von Rö=
misch=Katholischen enthielt) war seit der Eroberung durch Friedrich
den Großen zu glücklich und zufrieden, unter preußischer statt unter

österreichischer Herrschaft zu stehen, um irgendwelche Wirren zu verursachen. Der Klerus war dort friedlich gesinnt und machte keine
Schwierigkeit, einer gemischten Ehe die sogenannte passive Assistenz zu
gewähren, welche ihr die volle Gültigkeit sicherte, aber blos in der
Gegenwart des Priesters und seiner stillschweigenden Entgegennahme
des Versprechens der Parteien bestand, ohne ihnen irgendeine Art oder
irgendeinen Grad der ehelichen Einsegnung zu gewähren. Aber der
Fall lag verschieden in den erst neuerdings erworbenen Provinzen am
Rhein, wo der Klerus auch diese passive Assistenz nicht gewähren
wollte, ohne das geheime (und ungesetzliche) Versprechen des protestantischen Bräutigams, alle seine Kinder in dem römischen Glauben
erziehen zu lassen; und der Anstoß, welcher der preußischen Regierung
gegeben wurde, war um so größer, weil die Einwanderungen geschickter
Arbeiter, Künstler, Landwirthe aus den benachbarten preußischen Provinzen und die Gegenwart des preußischen Militärs zu einer stets steigenden Zahl von Heirathen zwischen den protestantischen Einwanderern
und den katholischen Töchtern des Landes Veranlassung boten.

Vor der preußischen Herrschaft waren einen langen Zeitraum hindurch die Protestanten in jenem ganzen Landstrich nur von Hörensagen
bekannt gewesen; denn die Reformation hatte hier zwar ursprünglich
starke Wurzeln geschlagen, war aber unter erzbischöflichem Einfluß durch
die schonungslose Verhängung von Todesstrafe oder Landesverweisung
ausgerottet worden. In Bonn, wo der letzte ausdauernde Widerstand
durch eine protestantische Gemeinde geleistet wurde, wurde dieselbe etwa
siebzig Jahre vor der preußischen Besitznahme einfach aus dem Wege
geschafft durch eine Noyade wie die von Nantes während der Französischen Revolution, indem eine Anzahl von Individuen von allen
Altersklassen, ihren Geistlichen an der Spitze, mit Gewalt in Boote
geschleppt und an einer bestimmten Stelle im Rhein ertränkt wurde.
Es ist daher der Eifer der römischen Priesterschaft, allen späteren
Zuwachs in der Bevölkerung der römisch-katholischen Majorität zu
sichern, leicht begreiflich, ebenso aber auf der anderen Seite die wachsende Sorge der Regierung, ihrer eigenen Bevölkerung Schutz angedeihen zu lassen; und es muß dabei im Gedächtniß gehalten werden,
daß der belgische Klerus in der Aufstachelung des Oppositionsgeistes
in seinen preußischen Nachbarn unermüdlich war, und daß das Bisthum Breslau im fernen Osten aus seiner friedlichen Ruhe gleichfalls
aufgeschreckt zu werden begann.

In jener Zeit hielt man es für wünschenswerth, gemischte Ehen
zu befördern, weil sie dazu dienten, den Frieden zwischen den beiden

Confessionen zu bewahren. Ganz Deutschland konnte man seit dem Westfälischen Frieden als in einer Art gemischter Ehe lebend bezeichnen, und Bunsen hielt es mit den meisten Staatsmännern jener Tage für eine unerlaßliche Pflicht, durch diese Art von Compromiß den Frieden zu sichern. Hätte die gewünschte friedliche Einigung in Deutschland Wurzel geschlagen, so würde sie wenigstens für eine Zeitlang in Rom stillschweigend ignorirt worden sein; aber es hatte sich bereits auch in Deutschland derselbe Geist erhoben, welcher in Rom eine unversöhnliche Partei ans Ruder brachte, deren Einflüsse gleich sehr von der Partei der Freiheit und der des Absolutismus gefühlt wurden. Als im Jahre 1828 die Regierung die westlichen Bischöfe autorisirte, in Rom um neue Instructionen nachzusuchen und Bunsen (bei Gelegenheit seines ersten Besuchs in Berlin) Anweisungen erhielt, um zur Unterstützung der preußischen Ansicht von der Sache in Verhandlungen einzutreten, war sich Niemand der Gefahr dieses Schrittes in der schlimmen Richtung bewußt. Später wurde Bunsen an hoher Stelle in Rom gesagt: „Warum verlangen Sie Alles in Rom? Lassen Sie die Bischöfe ihren Theil thun; ein friedliches Einverständniß zwischen Ihnen und diesen wird für uns hinreichend sein.‟ Bei Bunsen's Rückkehr von Berlin nach Rom im Jahre 1828 wurden zwischen ihm und dem Cardinal Mauro Capellari während der kurzen Regierung Pius' VIII. Unterhandlungen geführt, deren Resultat das Breve vom 25. März 1830 war, dessen Ausdrücke willfähriger waren als· je in einem anderen früher oder später erlassenen ähnlichen Document, aber die preußische Regierung nicht befriedigen konnten, weil das Breve ihre eigenen Anschauungen nicht so sehr, wie erwartet worden war, unterstützte. Denn obgleich der Priester die passive Assistenz zu gewähren angewiesen war, auch wenn kein Versprechen der katholischen Kindererziehung von dem protestantischen Theil gegeben worden, so war der Priester doch nicht gleicherweise ermächtigt, die eheliche Segnung zu ertheilen, ohne welche die katholische Bevölkerung eine Heirath für eine in gewissem Grad unanständige hielt. Aus dem vorher erwähnten Grundsatz, daß Alles geschehen müsse, um gemischte Ehen zu ermuthigen, drang die Regierung auf die Befriedigung dieser frommen Gefühle durch die Kirche; während doch der Rath an die Parteien, entweder auf die Verbindung miteinander zu verzichten oder die passive Assistenz anzunehmen oder sich endlich mit der Civilehe zu begnügen (welche auf dem linken Rheinufer mit dem Code Napoléon eingeführt war), die sicherere Maßregel gewesen sein würde. Die Unterhandlungen schleppten sich lange hin, und die Zö-

gerung der Annahme des erwähnten Breve, obgleich es die besten
Ausdrücke enthielt, die je erlangt werden konnten, kann als die erste
Ursache der späteren Conflicte bezeichnet werden. Diese Zögerung
dauerte lange, und mittlerweile gewann die feindliche Partei täglich
an Stärke; der Cardinal, welcher das Breve verfaßt hatte, war als
Gregor XVI. Papst geworden und hatte Cardinal Lambruschini zu
seinem Staatssecretär und ersten Rathgeber ernannt.*) Der Erzbischof
von Köln, Graf Spiegel zum Desenberg, war durch plötzlichen Tod ab=
gerufen und ihm war Baron Droste zu Vischering gefolgt, ein Mann
von strenger Ueberzeugung, aber von der Sache des Friedens feind=
lichen Anschauungen, der sich nicht einmal an sein eigenes Versprechen
hielt, die Convention vom 19. Juli 1834 zu erfüllen.**) Diese Con=
vention, auf die Grundsätze des Breve von 1830 begründet, war der
Annahme der Bischöfe mit vieler Aussicht auf Erfolg angeboten, so=
lange Erzbischof Spiegel am Leben war. Zur heutigen Stunde, ob=
gleich kaum ein Vierteljahrhundert von jener Zeit entfernt, wird es
fast unglaublich erscheinen, daß in dieser Convention die Aufhebung
der Civilehe, die Rom so besonders anstößig und so selbstverständlich
ein Sicherheitsventil für die Nichtkatholiken war, von Preußen als
Lohn für die Einwilligung der Bischöfe versprochen wurde.

---

*) Der Kampf in Rom selbst begann mit der Note des Cardinals Lambrus=
chini vom 15. März 1836 an Bunsen (von diesem am 15. April und 18. Mai aus=
führlich beantwortet), worin der preußischen Regierung allerlei theils falsche, theils
unberechtigte Vorwürfe gemacht wurden: Behinderung des freien Verkehrs der Bi=
schöfe mit Rom, Ernennung der theologischen Professoren in Bonn und Breslau
ohne Mitwirkung der Bischöfe, Verweigerung der bischöflichen Jurisdiction in Ehe=
sachen, Hemmung der freien Wahl der Generalvicare und Seminarrectoren durch
die Bischöfe, Ernennung fast aller Pfarrer durch die Regierung, Annullirung der
Wahl der Kapitel, wenn der Candidat nicht gefalle.

**) Als die Absicht des Königs, Baron Droste auf den kölner Stuhl zu be=
rufen, in Rom von dem preußischen Gesandten mitgetheilt wurde, rief der Cardinal=
Staatssecretär mit der naiven Freimüthigkeit, welche auch den schlauesten Italiener
kennzeichnet, mit unverhehltem Erstaunen aus: „Ist Ihre Regierung toll?" In
dem Bericht des kölner Domkapitels aber an den Papst (vom 22. November 1837)
heißt es mit dürren Worten: „Der Zutritt zu dem Prälaten sei höchst Wenigen ge=
stattet gewesen; den erfahrensten und gelehrtesten Männern aber habe er mißtraut
und ihre Rathschläge verachtet, während ihm doch schon sein vorgerücktes Alter die
Verwaltung einer so großen und ihm so wenig bekannten Diöcese erschwere; die
meisten und vor Allen die jüngeren Priester behandle er hochfahrend und gegen
die kanonischen Gesetze; die von seinem Vorgänger zur Ehre und zum Vortheil der
katholischen Kirche weise, gesetzlich und mühsam getroffenen Maßnahmen suche er
umzustürzen, sodaß seine Verwaltungsmethode weniger einen aufbauenden als einen
destruirenden Charakter trage."

Zehn Jahre früher möchte Alles leicht gewesen sein, was sich damals bereits als unmöglich erwies; aber man hatte die günstige Zeit verpaßt und seitdem dauerte der Conflict streitender Elemente unaufhörlich fort, bis Bunsen gewissermaßen durch sie erdrückt und der hauptsächlich von Anderen verschuldete Tadel auf ihn gehäuft wurde; aber von dem Augenblick an, wo er Berlin den Rücken gekehrt hatte, hinderten gegnerische Einflüsse alle Action und ließen den richtigen Augenblick verloren gehen.

Die folgenden Mittheilungen über diese Angelegenheit sind wieder Bunsen's Aufzeichnungen aus dem Jahre 1840 entnommen.

Da alle Bemühungen der Regierung, eine friedliche Lösung der Schwierigkeiten zu bewirken, fehlschlugen, wurde Bunsen im Sommer 1837 vom König nach Berlin berufen, um seinen Rath und Beistand bei der Verabredung entscheidender Maßregeln zu geben. Es war zu der Streitfrage über die gemischten Ehen noch eine andere ernstliche Verwickelung hinzugetreten durch die plötzlichen Verfolgungsmaßregeln des Erzbischofs gegen eine Anzahl theologischer Lehrer an der Universität Bonn, welche ursprünglich mit voller Zustimmung Roms eingesetzt waren, denen aber jetzt als Anhängern des verstorbenen Professors Hermes (eines Lehrers, welcher bei seinen Lebzeiten von der Kirche ungetadelt geblieben war) verboten wurde, zu predigen oder Vorlesungen zu halten. Es galten diese Schritte als Theil eines absichtlich verfolgten Plans, die Universität ganz den Händen des Königs zu entziehen, welcher sie auf seine Kosten ausgestattet und unterhalten hatte. Bunsen fand den König durchaus entschlossen, strenge Maßregeln gegen den Erzbischof zu ergreifen, der erwiesenermaßen in heftige Opposition gegen die Regierung verwickelt war und mit strenger Evidenz beschuldigt wurde, an der ultramontanen Verbindung der belgischen Bischöfe Antheil zu nehmen. Verhandlungen und Conferenzen blieben erfolglos. Vorschläge an den Erzbischof, von seiner Stellung zurückzutreten oder sich aller Ausübung der damit verbundenen Autorität zu enthalten, wurden mit einem entschiedenen Nein beantwortet. Darauf befahl denn der König schließlich, ihn zu verhaften (am 20. November 1837) und aus seiner Diöcese auf Nimmerwiederkehr zu entfernen. Die Absicht der Regierung bei diesem Schritt war, den Erzbischof vor Gericht zu stellen unter der Anklage der Verschwörung gegen das Landesgesetz. Es gelang jedoch dem Secretär des Erzbischofs, vor dessen Wegführung alle die Beschuldigung erweisenden Papiere zu verbrennen, und so fiel dieser rechtfertigende Theil des Entwurfs nothwendig zu Boden.

Es ist einer von Bunsen's Unfällen gewesen, als der Anstifter

der Verhaftung des Erzbischofs angesehen zu werden. Aber es ist
gewiß, daß er den König und seine Minister auf diesem Punkte entschlossen fand. Alles, was er thun konnte, war, seine ganze Ueber-
redungskunst aufzubieten, um den Erzbischof zu bewegen, eine mehr
preußische Ansicht von seiner Pflicht anzunehmen. Später vertheidigte
er das Verfahren in einer öffentlichen Staatsschrift, die für ihn selbst
und für die Zeit, in welcher sie geschrieben wurde, charakteristisch ist,
da sie auf der Annahme einer engen Verbindung zwischen den beiden
Kirchen in Deutschland und eines gewissen ererbten Zusammenhangs
zwischen Kirche und Staat beruht. Es kann von dieser Staatsschrift
gesagt werden, daß sie eine Krisis in diesen Ansichten bezeichnet. Die
katholische Hierarchie arbeitete schon daran, die Auflösung jener Vereinigung zu bewirken, und es war unvermeidlich, daß der Staat seinerseits eine Trennung anstreben mußte, sobald seine Umwandlung
aus der absoluten in die constitutionelle Form vollständig war. Die
preußische Regierung gab zwar nach jener Krisis nicht nach; doch
wurde die ganze Angelegenheit als eine Niederlage empfunden. Man
fand keine Stütze in der öffentlichen Meinung. Es bestand kein Parlament, um die Sache aus der Reihe internationaler Verhandlungen
herauszunehmen und durch innere Gesetzgebung zu ordnen. Im Allgemeinen war die Erregung in Deutschland in dieser Periode nicht
sowol die Folge von Enthusiasmus für die Kirche als von Unwillen
gegen den Despotismus im Staatsleben.

Es kann wol ein tragisches Geschick genannt werden, welches
Bunsen in eine seiner eigenen Natur so widersprechende Lage hinein-
drängte: oft hatte er sich angestrengt, sich Tadel zugezogen und es
auf den Verlust hoher Gunst ankommen lassen, dadurch, daß er größere Freiheit für die Glieder der katholischen Kirche vertrat; und gerade vor dieser selbigen Periode waren (wie unten näher erzählt werden wird) die Soldaten von der Verpflichtung, nach der Parade dem
protestantischen Gottesdienst beizuwohnen, auf sein specielles und persönliches Ansuchen beim König befreit worden.

Eine Depesche des Ministers von Werther vom 24. Juni 1837
hatte Bunsen's Reise nach Berlin veranlaßt:

Seine Majestät hat mit großer Genugthuung die bevorstehende Ankunft
von Monsignore Capaccini erfahren, und schmeichelt sich, wie Sie, daß
seine Mission gute Resultate haben wird für eine befriedigende Ordnung der
Angelegenheiten der katholischen Kirche in Deutschland. Der König glaubt
jedoch, daß es, um dieses Ziel zu erreichen, nützlich sein würde, wenn Sie
zur selben Zeit wie Monsignore Capaccini hier wären; Ihre freundlichen

Beziehungen zu diesem ausgezeichneten Prälaten werden, verbunden mit der tiefen Kenntniß der Gegenstände, über die er Erkundigungen in Deutschland wird sammeln wollen, Sie geeigneter als jeden Anderen machen, über sie vortheilhaft mit ihm zu verhandeln.

Seine Majestät hat mir befohlen, Sie in seinem Namen einzuladen, so rasch wie möglich nach Berlin zu kommen, damit Sie noch vor Monsignore Capaccini dort eintreffen, und die Zeit haben, sich hier über Alles, was Bezug auf seine Mission haben wird, mit den competenten Ministern zu verständigen. Ich werde Sorge tragen, die Reise Monsignore Capaccini's geheim zu halten, und überlasse Ihnen die Sorge, in Rom ein passendes Motiv Ihrer Reise nach Deutschland anzugeben.

Die Ausdrücke dieses Befehls gestatteten keinen Verzug, um demselben nachzukommen, und Bunsen legte eilig die Reise zurück, indem er gleichzeitig gern die Gelegenheit wahrnahm, seinen dritten und vierten Sohn mit sich zu nehmen, um den einen in das Blochmann'sche Institut in Dresden und den anderen nach Schulpforta zu bringen. Diese langbeabsichtigte Begleitung der Kinder gewährte die ostensible Erklärung, die er zu geben gebeten war. Er erreichte Berlin am 1. August; Capaccini kam am 9. desselben Monats dort an und wurde vom König empfangen. In dieser Audienz bestätigte der König Alles, was Bunsen und der Minister von Altenstein erklärt hatten, und sagte zuletzt, der Erzbischof Droste müsse entweder die Landesgesetze und sein Versprechen halten, oder er (der König) werde ihn aus der Diöcese entfernen (che egli, il Re, l'avrebbe allontanato dalla sua diocesi, hieß es in Capaccini's Bericht). Eine Cabinetsordre vom 13. August gab die schriftliche Genehmigung und den Auftrag zu weiterer Verhandlung mit Capaccini, sowie zum Einreichen einer Denkschrift über Sachlage und Rechtsverhältnisse.

Diese Denkschrift, mit Sorgfalt und Ueberlegung ausgearbeitet, legte ein vollständiges Glaubensbekenntniß ab über die Idee der Monarchie in ihren Verhältnissen zur römischen Kirche und Bevölkerung, und in unmittelbarer Beziehung auf die schwebenden Fragen.

Bereits am 17. August meldete Bunsen dem Kronprinzen, daß diese Arbeit in acht Tagen fertig sein werde, und bat, sein Commissorium alsdann aufhören und ihn zurückreisen zu lassen. Hiervon wollte der Kronprinz nichts hören. Bunsen führte dieselbe Sprache gegen seinen Vorgesetzten, den Minister von Altenstein, mit demselben Erfolg. Dagegen wurde ihm gerade jetzt die Idee einer bleibenden Stellung in Berlin nahegelegt, indem die Stelle als Generaldirector des Museums jüngst erledigt und noch nicht wieder besetzt war; Bun-

sen sollte hierin die erwünschte Gelegenheit finden, seine Stellung in
Rom, wie angenehm sie auch an und für sich war, zu vertauschen.
In so vollem Ernst wurde dieser Plan gefaßt und erörtert, sowol
von den Freunden als von den Gegnern, die mit verschiedener Absicht
jetzt in dem Wunsch zusammentrafen, ihn in Berlin zurückzuhalten,
daß seine Frau am 9. September verschiedene Anweisungen erhielt,
so schnell, wie es möglich sei, ihre Reisevorkehrungen zu treffen, um
mit ihrer ganzen Familie zum bleibenden Aufenthalt nach Berlin zu
kommen. Die Cholera hatte kaum aufgehört in Rom zu wüthen, und
sie wüthete ebenso sehr in Berlin. Der weite dazwischenliegende Raum
war voller entgegengesetzter Demarcationslinien mit Quarantäneverord=
nungen. Dennoch wurde der Plan einer fast unausführbaren Reise
vier ängstliche Wochen lang in Erwägung und Vorbereitung genom=
men, bis ein Brief vom 9. October die Nachricht brachte, daß Bun=
sen's Rückkehr nach Rom erwartet werden solle, wenn auch wahrschein=
lich nur für kürzere Zeit. Die Verleihung der ehrenvollen und wün=
schenswerthen Stellung am Museum sollte mit dem Vorsitz in einer
Commission für die Ausfertigung der römischen Angelegenheiten ver=
bunden werden; und trotz der sanguinischen Natur Bunsen's, welche
ihn so oft verleitet hatte, an die Möglichkeit der Vereinigung ungleich=
artiger Dinge zu glauben, wurde es klar, daß eine solche Stellung
anscheinender Unabhängigkeit, aber thatsächlicher Unterordnung unter
das Cultusministerium, vermieden werden müsse, und daß es gleich
wichtig für ihn sei, seine Stellung als Chef der preußischen Gesandt=
schaft in Rom zu bewahren. Diese Vorschläge hatten ihn in Berlin
zurückgehalten, in angestrengter Arbeit an einer Sache, die in Wirk=
lichkeit zwischen höheren Regionen als denen eines Unterhändlers
schwebte, anstatt ihm zu erlauben, auf seiner Entlassung zu bestehen,
insofern ein Staatsdiener auf etwas bestehen kann.

Die wichtige Denkschrift wurde mit Erlaubniß des Königs ihm
zu seiner persönlichen Durchsicht am 25. August eingehändigt, an Bun=
sen's Geburtstag, der so oft kritisch in seinem Leben gewesen war und
den er mit einer gewissen Vorliebe dazu machte, wenn die Mittel dazu
in seinem Bereiche lagen. Er schrieb zugleich eine kurze Zusammen=
fassung des Schlußtheils nieder, der am wichtigsten war, weil er als
die letzte von sechs Maßregeln es für unvermeidlich zur Beruhigung
der Rheinprovinzen erklärte, daß man die katholischen Soldaten von
der Anwesenheit bei dem protestantischen Gottesdienst nach der Parade
entbinde. Indem er diese Skizze in die Hände des Fürsten Wittgen=
stein niederlegte, bezeichnete Bunsen diesem den wichtigsten Theil des

Inhalts und erhielt als Antwort die dringendste Vorstellung über den Anstoß, welcher dem König gegeben werden würde, und den Rath, von einem Versuche abzustehen, welcher nicht im Stande sein würde, irgendeine gute Wirkung hervorzubringen und ihm selbst gehörigen Verdruß bereiten könnte. Aber Bunsen hatte in Beziehung auf diesen Gegenstand schon dem viel mächtigeren Einfluß in den Argumenten des Kronprinzen widerstanden; denn auch dieser hatte sich bemüht, ihn zu bewegen, den Angriff auf den festen Entschluß des Königs aufzugeben, indem er ihm vorstellte, daß das Gesuch des ganzen Staatsministeriums und seine eigene dringende Bitte, ihm die Sache als persönliche Gunstbezeugung zu gewähren, erfolglos gewesen wären.

Zuletzt erhielt Bunsen am 3. September die Erlaubniß, seine Darstellung mündlich zu vertheidigen, indem er zum Diner beim König in Charlottenburg mit dem Grafen Lottum eingeladen wurde. Der Kronprinz war auch zugegen und benutzte die Gelegenheit, vor der wichtigen Audienz (welche nach dem Diner stattfinden sollte) Bunsen eine letzte Warnung zu geben, den anstößigen Punkt auszulassen. Auf die Antwort, das sei unmöglich, fragte er ihn, ob er der Sache auch ganz gewiß sei und sich kurz und bestimmt fassen könne; es dürfe nicht über zwanzig Minuten dauern, und er müsse darauf gefaßt sein, den König scharf und schlagend in seinen Entgegnungen zu finden. Er erwiderte, er habe gute Zuversicht und werde sich sehr kurz fassen.

— Das Weitere geben wir mit Bunsen's eigenen Worten in den schon erwähnten Aufzeichnungen darüber:

Der König ließ Bunsen sich und dem Fenster seines Cabinets gegenüber setzen, zwischen den beiden ersten Ministern. „Fassen Sie sich kurz", begann er, „ich habe Alles gelesen." Alles ging vortrefflich, der König bewies bei jedem Punkte, daß er ihn verstanden und durchdacht, bis Bunsen bemerkte: „Es kommt nun ein Gegenstand, wofür ich mir die ganz besondere Nachsicht und Huld Ew. Majestät erbitten muß, denn er ist sehr wichtig." — „Ich weiß schon", sagte der König, „ich dachte, Sie wüßten, daß ich von dem lieber nichts hören möchte." — „Das ist mir allerdings nicht unbekannt, allein, Ew. Majestät, es ist ein Gewissenspunkt, und ich habe Ew. Majestät etwas Neues mitzutheilen." — Der König war roth geworden und offenbar ungeduldig, denn die bestimmten zwanzig Minuten waren lange vorbei; er war nahe daran, die Audienz aufzuheben. Kaum aber hörte er jene Worte von Gewissenssache und neuen Gründen, als er die Hände geduldig vor sich hinlegte zum Anhören. „Nun, wenn's so ist, so muß ich's hören. Reden Sie!"

Bunsen trug nun vor, wie nach der beschränkten, aber entschieden ka=
nonisch bindenden Vorschrift die Katholiken eine Sünde begingen durch
Theilnahme an einem nicht=katholischen Gottesdienste, und doch wolle man
offenbar, daß sie daran, wenigstens zuhörend, theilnehmen. Hierdurch
gewann er einen Haltpunkt. Der König äußerte sich sehr lebhaft gegen
die Behauptung, daß der Zwang Märtyrer hervorgebracht (auf Grund einer
von ihm für Erdichtung erklärten Anekdote von einem Soldaten, der an der
Kirchenthür mit den Worten stehen geblieben: „Bis hierher und nicht weiter!"
und sich darauf habe verhaften lassen.) „Die Sache ist unmöglich, ich
müßte sie wissen; man muß nicht dergleichen auf die Aussagen von Schmäh=
schriften für wahr annehmen." Bunsen entschuldigte sich damit, daß die An=
schuldigung offenkundig geworden und nie widersprochen sei. Dann ließ er
diesen Grund fallen und entwickelte andere. Als er geendet, sagte der
König: „Wenn Sie fertig sind, so will ich nun Ihnen sagen, wie ich die
Sache ansehe. Ich übergehe, daß sie keine Neuerung ist. Mein Gedanke
ist dieser: es ist Sitte in meinem Heere, daß vor oder nach einer Schlacht
der Herr der Heerscharen angerufen werde: sollen die Katholiken rechts,
die Evangelischen links treten, wenn wir wieder für das Vaterland zu
streiten haben? Damit nun unsere katholischen Mitchristen keinen An=
stand finden, bei solchen Gelegenheiten mit uns zu beten, habe ich gedacht,
es wäre zweckmäßig, daß sie sich selbst vorher überzeugen, daß wir auch
Christum als unseren Heiland erkennen. Denn ihre Pfaffen möchten sie
gern glauben machen, daß wir an nichts glauben, und unsere National=
isten haben es allerdings weit gebracht, daß es so aussieht. Zu dem Zweck
habe ich eine ganz unanstößige Liturgie angeordnet und den Predigern be=
fohlen, nicht über Streitpunkte und kurz zu predigen." Diese Gedanken
führte der König mit einer steigenden Lebendigkeit und Wohlredenheit aus.
Als er eine Pause machte, ergriff Bunsen, nicht ohne tiefe Rührung,
das Wort und sagte: Nie habe er an den wahrhaft königlichen und christ=
lichen Ansichten und Absichten Sr. Majestät auch in diesem Punkt gezwei=
felt, unschätzbar sei es ihm, sie jetzt aus dem Munde seines Königs ver=
nommen zu haben. Allein fest und unerschütterlich stehe ihm die Ueberzeugung,
diese Ansicht und Absicht werde nicht verstanden, sie werde verkannt: sie
müsse es sein, da der Schein eines Religionszwanges alle Gemüther vor=
weg verschließe. Nur von dieser Absicht habe er reden wollen; sie sei
unleugbar und sehr bedeutend, namentlich im gegenwärtigen Augenblicke;
man könne nicht Klerus und Volk zugleich zum Gegner haben.

Jetzt kam der gefährlichste und zarteste Punkt des Vortrages. „Aber,
wenn dem so ist, wie erklären Sie es, wie es kommt, daß die Westfalen allein
klagen? Vom Rhein habe ich nichts Derartiges gehört, und die Rheinländer
sind nicht blöde zu sprechen." Die Sache war ganz so — nämlich für den König
— nach dem furchtbaren System, an welches man sich gewöhnt hatte, dem

Könige nicht zu widersprechen, wo er persönliche starke Ueberzeugungen und Ansichten kund gegeben. Ging es nicht anders, so that man, was recht war, und sagte dem Könige nichts. So hatte man ihm hier verschwiegen, daß die dort Befehligenden übereingekommen waren, jenes Gebot nicht auszuführen. Und doch verdiente es kein König weniger als Friedrich Wilhelm III., daß man ihm die Wahrheit nicht sagte, die er ja hören wollte. Allerdings konnte er im ersten Augenblick sich mürrisch zeigen und vielleicht ein Wort des Tadels hören lassen, allein gerade dann war man sicher, daß er das Unrecht fühlte, und seine schwache Seite bestand eher darin, daß er alsdann leicht das eigene Urtheil aufgab. Uebrigens muß noch hinzugefügt werden, daß es bei Niemand so unverzeihlich gewesen wäre, wenn er sich im gegenwärtigen Falle hätte abhalten lassen wollen, seinem Könige die erkannte Wahrheit zu sagen, wie bei Bunsen. Hatte doch wol Niemand mehr und glänzender erfahren als er, daß der König Widerspruch in Lieblingsideen mit Gunst und Gnade lohnte, sobald er von der treuen und aufrichtigen Gesinnung des Einredenden überzeugt war.

Jene hohe Gesinnung that sich auch in diesem wichtigen Augenblick kund. Als Bunsen die Frage des Königs dadurch erledigt hatte, daß er bemerkte: wie dem auch sei, so könne und müsse man ja erwarten, daß dieselben Aeußerungen der Unzufriedenheit von dort einträfen, namentlich jetzt; es sei aber doch gewiß besser, ihnen durch Abhülfe zuvorzukommen, denn was dem Einen recht sei, müsse es auch dem Anderen sein, sagte der König: „Ich kann unmöglich das bestehende Gesetz aufheben." — „Das ist auch gar nicht erforderlich", erwiderte Bunsen, „denn es würde genügen, die Ausübung durch vertrauliche Weisung fallen zu lassen."— „Was man thun könnte", fuhr der König fort, „wäre, daß man die monatliche Parade auf drei- bis viermal im Jahre zurückführte." Das war gewissermaßen praktisch schon geschehen, offenbar aber unzureichend. Aber Bunsen fühlte, daß der Kampf gewonnen war. Der König gab den Grundsatz auf. Er entgegnete also entschlossen: „Ew. Majestät, ist's zwölfmal unrecht, so ist's auch dreimal nicht recht!" Der König lächelte und sagte: „Nun, schreiben will ich nichts darüber, man kann es die Generale wissen lassen." Es war natürlich, daß Bunsen mit dem Ausdrucke des ehrfurchtsvollsten Dankes dem Könige vorschlug, über Münster zu gehen und den General Müffling sowie den General B.... in Koblenz diese Entscheidung Sr. Majestät wissen zu lassen; denn es fand sich, daß er zur Besprechung mit dem Grafen Stolberg und Capaccini nach Düsseldorf gehen solle. Damit war die Audienz beschlossen. Der König reichte ihm die Hand und sagte: „Ich werde mich freuen, Sie wiederzusehen."

Bunsen fühlte sich unaussprechlich glücklich, nur darüber konnte er zweifelhaft sein, ob jene Stunde ihm die köstlichste gewesen, oder die, worin er dem Kronprinzen den Hergang meldete.

— Außer dieser Mittheilung in den Aufzeichnungen von 1840 über die königliche Entscheidung in Bezug auf einen einzelnen Punkt, an den die Agitation gegen die Regierung sich anlehnte, läßt sich auch für die ganze Katastrophe aus den Briefen von und an Bunsen manches Neue entnehmen. Da es hier vor Allem darauf ankommt, seine eigene Stellung zu derselben vollständig unverhüllt darzulegen (denn eine Rechtfertigung braucht sie in keiner Weise), so muß zunächst die Situation, die er vorfand, in Kürze beleuchtet werden.

Die Handlungsweise des Erzbischofs von Droste bedarf heute allerdings nicht mehr einer näheren Charakteristik. Auf seiten der Regierungsorgane sind schwere Fehler begangen worden; das Verfahren des Erzbischofs richtet sich selbst. Als die Vorliebe des Kronprinzen für die ascetische Richtung des Freiherrn von Droste ihn für die königliche Empfehlung an das kölner Kapitel, dem er selbst fremd war, in Vorschlag kommen ließ, richtete der Cultusminister durch den vertrauten Freund Droste's, den Domkapitular Schmülling in Münster, am 28. August 1835 die Frage an ihn: „ob er als künftiger Bischof einer der vier westlichen Diöcesen nicht allein das Uebereinkommen vom 19. Juni 1834 nicht angreifen oder umstoßen, sondern vielmehr solches aufrecht zu erhalten und nach dem Geiste der Versöhnung, der es eingegeben, anzunehmen bereit und beflissen sein werde?" Die Antwort des damaligen Weihbischofs von Münster vom 5. September 1837 auf diese Frage lautete: „daß er sich wohl hüten werde, jene gemäß dem Breve von Papst Pius VIII. darüber getroffene und in den genannten vier Sprengeln zur Vollziehung gekommene Vereinbarung nicht aufrecht zu erhalten, oder gar, wenn solches thunlich wäre, anzugreifen oder umzustoßen, und daß er dieselbe nach dem Geiste der Liebe, der Friedfertigkeit anwenden werde".

Es ist oft erwähnt, daß der Erzbischof später erklärt hat, er habe damals jene Uebereinkunft nicht gekannt. Aber es kann hier gewiß gegen die ruhige Argumentation der preußischen Staatsschrift nichts eingewandt werden: „Zunächst erwartet dies gewiß Niemand, der jene feierliche Zusage über einen so wichtigen Punkt auf eine so ernste, von der höchsten Behörde gestellte Anfrage gelesen. Nichtig ist der Einwand, die Pflicht, das Geheimniß zu bewahren, habe es dem Weihbischof nicht erlaubt, den Bischof von Münster, seinen Bruder, um Mittheilung des Actenstücks zu ersuchen. Aber selbst zugegeben, jene Bedenklichkeit habe den Weihbischof davon abgehalten, was konnte, was durfte ihn abhalten, den Minister selbst, der ihm die Frage gestellt, um jene Mittheilung zu bitten? Endlich aber, welche Folge-

rung hätte der Erzbischof als redlicher Mann ziehen müssen, als er
im Amte die Instruction kennen lernte? Im allgemeinen Gefühle der
Menschen wie im gemeinen Rechte steht fest, daß, wer unbedachterweise
ein Versprechen gegeben, das als mit hinlänglicher Sachkenntniß ab=
gelegt angenommen worden, dasselbe zu halten, oder das ihm darauf
Anvertraute zurückzugeben verpflichtet sei."

Wie die eben erwähnten Briefe, so sind auch die Instruction des
Erzbischofs an den Dompropst Claessen in Aachen vom 25. December
1836 sowie sein Schreiben an den Cultusminister vom 1. März 1837
und der Erlaß des Letzteren vom 13. März 1837 (auf dessen Aeuße=
rung, er setze voraus, daß der Erzbischof „entschlossen sei, sich ge=
wissenhaft und pflichtmäßig an die Instruction wegen Ausführung des
päpstlichen Breve zu halten", dieser keine Antwort gab, sich also zu
der Voraussetzung bekannte) bereits in der preußischen Staatsschrift
veröffentlicht *), liegen also der allgemeinen Beurtheilung vor. Wie
dieselbe auf seiten der eigenen Partei lautet, hatte schon vor der
Schlußkatastrophe das Journal de Liége, welches die revolutionäre
Bewegung in den Rheinlanden vorzugsweise schürte, dargethan, indem
es öffentlich erklärte, „der Erzbischof habe das Ministerium hinter=
gangen, denn indem dieses ihm vor der Wahl eine Erklärung hin=
sichtlich der Instruction von 1834 abgefordert, habe er sich begnügt
zu versprechen, daß er sie insoweit annehme, als sie mit dem Breve
Pius' VIII. übereinstimme; das Ministerium habe sich damit zufrieden
gegeben und sei so in seinen eigenen Netzen gefangen". Gewiß wird
auch der ärgste Parteimann gegen die Bemerkung der preußischen
Staatsschrift über den hier vertretenen Standpunkt nichts einwenden
können: „Die Klugheit des frommen Prälaten wird in dem Journal
de Liége auf eine Weise gerühmt, die ihm selbst gewiß sehr peinlich
gewesen sein muß, denn sie erinnert, wenigstens in Deutschland, Jeden
unwillkürlich an eine Bezeichnung, die eine weltgeschichtliche Bedeutung
in den Wörterbüchern aller Völker erlangt hat."

---

*) Diese, später noch näher zu berührende Staatsschrift (unter dem Titel
„Darlegung des Verfahrens der preußischen Regierung gegen den Erzbischof von
Köln", Berlin 1838 erschienen) behandelt in ihren zwei Theilen zuerst die Ange=
legenheit der gemischten Ehen und dann die Hermes'sche Angelegenheit. Unter be=
sonderer Paginirung sind ihr als „Beilagen" vierundzwanzig Actenstücke beigefügt. —
Der oben angeführte Brief Altenstein's an Schmülling und die Antwort Droste's an
Ersteren stehen in den „Beilagen" sub J und K, das Schreiben an Claessen an dem=
selben Orte sub L, der Brief des Erzbischofs vom 1. März 1837 im Text der
Staatsschrift S. 25 bis 26 und der Erlaß des Ministers vom 13. März in den
„Beilagen" sub M.

Wie der Bruch der Uebereinkunft über die gemischten Ehen auf der einen, so hatte zugleich das durchaus ungesetzliche und revolutionäre Verfahren des Erzbischofs in der Hermesianischen Angelegenheit einen stets steigenden Conflict hervorgerufen. Auch in dieser Hinsicht hat die preußische Staatsschrift die in Frage kommenden Actenstücke vollständig veröffentlicht: die Statuten der bonner Facultät (Beilage R) ebensowol wie das Rundschreiben des Erzbischofs an die Beichtväter der Stadt Bonn vom 12. Januar 1837, wodurch nicht blos das Lesen der Schriften von Hermes, sondern auch der Collegienbesuch bei seinen Schülern verboten wurde (Beilage Q), das Protokoll über die den katholischen Professoren von der Regierung gemachte Eröffnung und über deren Erklärung vom 21. April 1837, daß sie sich jeder Polemik enthalten würden (Beilage S), und die berüchtigte achtzehnte These des Erzbischofs (Text S. 41), wonach die Geistlichen versprechen mußten, nicht blos in Sachen der Lehre, sondern auch in Sachen der Disciplin nie an die Regierung zu appelliren.

Trotz des beispiellosen Verfahrens gegen die deutsche katholische Wissenschaft überhaupt, welches bei der Verdammung von Hermes und seinen Schülern eingeschlagen worden war*), trotzdem daß das Verdammungsbreve vom 26. September 1835 ihr von keiner Seite officiell mitgetheilt und ebenso wenig die Genehmigung zur Veröffentlichung desselben nachgesucht wurde, hatte die Regierung nicht blos jeden

---

*) Es hatten nicht blos gar keine Lehren namhaft gemacht werden können, wodurch Hermes gegen das Dogma verstoßen hätte, und es war der Beschluß in Rom nicht blos rein auf geheime Denunciationen persönlicher Feinde gegründet worden, ohne daß irgendwelche unbefangene Prüfung stattgefunden hätte, sondern es polemisirte auch Pater Perrone als Vertheidiger des Breve vom 26. September 1835 gegen Lehren von Hermes, von denen er hinterher gestehen mußte, er habe sie (aus Unkenntniß der deutschen Sprache) falsch verstanden. Freilich sind später diesem ersten Attentat gegen die deutsche Wissenschaft noch ganz andere Maßnahmen gefolgt, und die gelehrtesten und anerkanntesten katholischen Theologen Deutschlands werden gegenwärtig durch die münchener Nuntiatur in einer Weise behandelt, die selbst den Unterwürfigsten unter ihnen die bittersten Klagen auspreßt. Von Günther, Frohschammer und den Schülern Döllinger's ist jetzt bereits die Reihe an Michelis (selbst durch seine ultramontanen Tendenzen ebenso bekannt wie sein Bruder, der Secretär des Erzbischofs von Droste) gekommen. Und was der Verdammung der Michelis'schen „Thesen" vorhergegangen, darüber hat nicht blos die Auseinandersetzung zwischen dem katholischen „Bonner Literaturblatt" und dem „Handweiser für das katholische Deutschland" höchst lehrreiche Enthüllungen gebracht, sondern Michelis' eigene Appellation an den Bischof von Münster enthält noch viel stärkere Ausbrücke über das Treiben der römischen Index-Congregation und ihrer Geistes- und Bundesgenossen in Deutschland, als die Schrift Pichler's „An meine Kritiker" (München 1865).

Schritt vermieden, der als Eingreifen in eine innerkatholische Lehr=
frage gedeutet werden konnte, sondern schon vor Eröffnung der Vor=
lesungen des Sommerhalbjahres 1836 den bonner Professoren die Er=
wartung ausgesprochen, daß sie in ihren Vorträgen Alles vermeiden
würden, was dem päpstlichen Ausspruche entgegen sei. Diese Erwar=
tung wurde vollständig erfüllt, es kam auch nicht die geringste Be=
schwerde vor über ein Zuwiderhandeln gegen das päpstliche Breve.
Der Erzbischof selbst enthielt sich aller Bemerkungen, als ihm das
Verzeichniß der Vorlesungen für den Winter 1836 bis 1837 vorgelegt
wurde. Nichtsdestoweniger erließ er darauf das (obenerwähnte) Rund=
schreiben an die Beichtväter, wodurch der Besuch der Vorlesungen der
Schüler von Hermes verboten und über diese ehrenwerthen Männer
in einer so schnöden Weise abgeurtheilt wurde, daß die persönliche
Gehässigkeit darin aufs unverhüllteste hervortrat.

Als darauf das Verzeichniß der Vorlesungen für das Sommer=
halbjahr dem Erzbischof mitgetheilt wurde, erhob er ebenso wenig wie
früher eine thatsächliche Beschwerde, sondern begnügte sich in Bezug
auf die Vorlesungen der sogenannten Hermesianer mit den Bemer=
kungen: „er könne sich nicht äußern, bis ihm die Bücher angegeben
wären, nach welchen sie lesen würden", und: „er habe nichts zu er=
innern, sofern die Vorlesung nur das sei, was sie ankündige". Der
Curator der Universität ersuchte demzufolge den Erzbischof um eine
Conferenz, in welcher er seine Einwendungen ordnungsmäßig aus=
sprechen möge. Nach längerem Zaudern fand dieselbe am 19. März
statt *), und es wurden darin dem Erzbischof drei Vorschläge gemacht,
neben denen überhaupt keine weiteren Schritte entgegenkommender Art
möglich waren. Aber auf den ersten Vorschlag, er möge die ihm ver=
dächtigen Professoren vor sich bescheiden, damit er sich dadurch die
Ueberzeugung von ihrer echtkatholischen Gesinnung oder dem Gegen=

---

*) Dem Regierungsbevollmächtigten, Geh. Rath von Rehfues, waren gleich=
zeitig mit dem ministeriellen Auftrage zur Conferenz am 23. Februar 1837 „An=
deutungen behufs der Verständigung mit dem Erzbischof von Köln in Betreff der
Hermesischen Irrung" übersandt worden, die zuerst in zehn Paragraphen eine durch=
weg objective und eingehende Erzählung der bisherigen Vorfälle bieten, dann für
den Versuch einer Verständigung vier bestimmte Ziele aufstellen und schließlich der
festen Erwartung Ausdruck verleihen, wenn der Erzbischof auf eine Verständigung
mit den betheiligten Professoren eingehe, könne von diesen mit Sicherheit ange=
nommen werden, „daß der Friede der Kirche ihnen mehr werth sei als das Be=
harren auf einer bestimmten Ausdrucksweise oder Methode". Ein anderer gleich=
zeitiger Bericht über die Vorfälle in Bonn spricht dem gegenüber schließlich das Urtheil
aus, „das Ziel der Hermesischen Händel sei kein anderes als Auflösung der Verbin=
dung zwischen der katholisch=theologischen Facultät und der Universität zu Bonn".

theil verschaffen könnte, erklärte er: er wolle mit jenen Männern in
keine persönliche Berührung treten, bis die Sache ausgeglichen sei.
Ebenso wies er den zweiten Vorschlag zurück, er möge eine schriftliche
Erklärung jener Lehrer über die in Frage stehenden Punkte annehmen.
Schließlich ging er nicht einmal auf die Andeutung ein, er möge die
Vorlesungen im Convict durch Commissarien beaufsichtigen lassen oder
ein zuverlässiges Lehrbuch angeben. Die Professoren selbst waren so
sehr bereit gewesen, ihm jede mögliche Genugthuung zu geben, daß
sie sich ausdrücklich erboten hatten, ihre Hefte dem Erzbischof zur Einsicht vorzulegen, wenn er es von ihnen verlangen würde. Und trotzdem kam auch nach Ablehnung aller dieser Anerbietungen die Regierung so weit entgegen, daß sie am 21. April die katholisch=theologischen
Professoren die Verpflichtung unterzeichnen ließ, sich aller die Herme=
sianische Polemik betreffenden Handlungen zu enthalten, „sowol der
besonderen Ehrerbietung wegen, welche diejenigen, die es angeht, dem
apostolischen Stuhle schuldig sind, als wegen ihrer Obliegenheit, den
kirchlichen Sinn der Jugend zu pflegen".

Alle diese entgegenkommenden Schritte der Regierung beantwortete
der Erzbischof durch „Trockenlegung der Facultät", deren Beispiel bereits in Löwen gegeben war und hernach in Gießen nachgeahmt werden sollte; infolge seines Verbotes, die Vorlesungen ihrer Lehrer zu
hören, verließen fast alle Zöglinge das Convict. Und damit noch nicht
genug, ließ er jetzt allen neu zu weihenden Priestern die 18 Thesen
vorlegen, durch deren letzte er sie eidlich zur Auflehnung gegen das
Gesetz verpflichten wollte. *) Vergebens war es, daß er durch befreundete und hochgestellte Männer ermahnt wurde, auf den gesetzlichen Weg zurückzukehren und der Regierung friedlich mit Wünschen
und Beschwerden gegenüberzutreten. Es hatte dieser Vermittelungs=
versuch nur die Folge, daß er geradezu die Gesetze des Staats für
unvereinbar mit den Rechten und den Freiheiten der Kirche erklärte. **)

So lag denn jetzt ein ganz anders auf die Spitze getriebener
Conflict vor, als es bei den Schwierigkeiten in den Jahren 1828 und

---

*) Die über die Berechtigung des Erzbischofs zum Erlaß dieser Thesen ein-
gezogenen Gutachten sprachen sich einstimmig dahin aus, These 18 sei ungesetzlich,
das von Walter in Bonn so gut wie das von Baltzer und Ritter in Breslau.

**) Näheres über die Besprechungen des Grafen Stolberg mit dem Erzbischof
ist in den Berichten des Ersteren vom 15. und 26. Juli enthalten, welche in der
im Anhang abgedruckten Denkschrift Bunsen's vom 25. August 1837 mit zu Grunde
gelegt sind. Ebendaselbst sind auch die einzelnen Fehler, Ungehörigkeiten oder Unzu-
lässigkeiten bei Organen der Regierung ohne irgendwelche Schönfärberei dargestellt.

1834 der Fall geweſen war.*)　Daß auch diesmal Bunſen an eine
friedliche Löſung glaubte und ſie anſtrebte, geht ſchon aus der (oben
erzählten) Art und Weiſe hervor, wie er den König zur Aufhebung
des Kirchenzwanges nach der Parade bewog.　Derſelbe Gedanke liegt
ſeiner ganzen Denkſchrift vom 25. Auguſt zu Grunde; gerade weil
dieſelbe die klarſte Erkenntniß der weltgeſchichtlichen Bedeutung des
Principienkampfes ausſpricht, fordert ſie um ſo mehr die Vermeidung
aller kleinlichen, der großen Aufgabe, die dem Staate in dieſer Frage
geſtellt ſei, nicht würdigen Maßregeln.**)

　　Auf die Anſchauungen aller in die Angelegenheit verwickelten Perſonen und die von den verſchiedenſten Seiten her einlaufenden Mittheilungen fällt ein überraſchendes Licht aus dem auf die Denkſchrift
bezüglichen Briefwechſel Bunſen's im Auguſt 1825.　Wir erſehen daraus, wie Fürſt Wittgenſtein ihm die aus Köln neu eingehenden Nachrichten und die literariſchen Producte der Streitfrage zuſendet, während gleichzeitig Monſignore Capaccini ſeine bevorſtehende Ankunft in
Berlin wie ſpäter ſeine Abreiſe nach Köln meldet, und Graf Stolberg, der frühere Unterhändler mit dem Erzbiſchof, in regen Gedanken-
austauſch mit Bunſen tritt.　Der katholiſche Rath Schmedding beeilt

---

*) Die allgemeine Sachlage war zugleich bedeutend dadurch erſchwert, daß in
Rom ſelbſt ſeit 1836 Cardinal Lambruſchini alle früher von der Curie noch be-
obachteten Rückſichten abgeſtreift und ſich ſelbſt zum Organ der äußerſten ultra-
montan-jeſuitiſchen Richtung gemacht hatte.　Rheiniſche Fanatiker, die ſich in Rom
aufhielten, natürlich beſonders Convertiten, ſchürten durch geheime Intriguen den
Haß gegen ihre Regierung.　So unter Anderen der frühere koblenzer Gymnaſial-
director Chriſtian Schloſſer, dem dies in den „Convertitenbildern" von Roſenthal
(I, 245) ausdrücklich nachgerühmt wird.　Die öſterreichiſche Regierung that im
Stillen das Ihrige, um in den für Preußen erwachſenden Verlegenheiten die Frucht
ihrer Politik von 1814 zu pflücken, die ja ausdrücklich das Ziel gehabt hatte, in
den (ſtatt Sachſens) an Preußen fallenden rheiniſchen Bisthümern dem verhaßten
Rivalen ein Element der Schwäche zuzuführen.　Dazu kamen dann endlich die von
Belgien aus genährten Umtriebe in allen rheiniſchen Diöceſen, wie der dem ſter-
benden Biſchof von Trier untergeſchobene Brief, worin Gewiſſensbeſchwerden über
die Convention von 1834 ausgedrückt wurden.　Sechs Wochen vor ſeinem Tode
hatte er eigenhändig an den Papſt geſchrieben und die von ihm wie ſeinen Collegen
eingeführte Praxis als eine nothwendige und für die Kirche förderliche geſchildert;
er hatte dieſer Erklärung hinzugefügt, daß er ſie an dem Tage ausſpreche, an
welchem er den Leib des Herrn genoſſen, im Begriff aus dieſer Zeitlichkeit abzu-
ſcheiden (am 1. October 1836, Beilage H in der preußiſchen Staatsſchrift).　Nach
ſeinem Tode kam dann der andere Brief zum Vorſchein, an ſeinem Todestage (während
der Agonie) von ihm unterzeichnet.　Auch dieſe Taktik iſt, mag ſie auch augenblickliche Erfolge für die Wühlereien gehabt haben, der Nachwelt gegenüber gerichtet.

　　**) Ihrer beſonderen Wichtigkeit wegen iſt die Denkſchrift im Anhang vollſtändig
mitgetheilt, ſodaß hier nur einige Ergänzungen und Erläuterungen erforderlich ſind.

sich, neben den amtlichen Actenstücke die Schmähartikel des Journal
de Liége und der Aschaffenburger Kirchenzeitung einzusenden, Herr
von Gerlach schickt die Nummern der Evangelischen Kirchenzeitung
über die Hermesianische Angelegenheit zugleich mit den Artikeln Göschel's
über die Ehescheidung in dem ausdrücklichen Wunsch, durch Concessionen in dieser Frage an Rom ein Loch in die Bestimmungen des Landrechts zu machen. Aus dem Kriegsministerium werden die Actenstücke
über die Zwistigkeiten beim 7. und 8. Armeecorps vorgelegt; ganz
besonders reichhaltig aber sind natürlich die Mittheilungen des Cultus-
ministeriums, die nach und nach eingehen. Wir finden Excerpte Bunsen's mit hinzugefügten Noten und Folgerungen aus den verschiedenen
Aeußerungen des Erzbischofs und den Erklärungen der Hermesianer;
neben den 18 Thesen Droste's stehen die kanonistischen Gutachten
darüber, neben den Acten über das bonner Convict die Verhandlungen über das kölner Friedrich=Wilhelms=Gymnasium. Nicht minder
zahlreich sind die Auszüge über die Fälle, in denen die gemischten
Ehen Schwierigkeiten veranlaßt hatten. Neben den Acten über den
Pfarrer von Wahnen in Bonn, dessen Verfahren schon am 4. März
1837 zu einer ernsten Cabinetsordre geführt hatte, findet sich die Antwort des münster'schen Bischofs vom 30. Januar 1836 über Beschwerden gegen Pfarrer seiner Diöcese; Bunsen macht bei ihr die
Randbemerkung: „Vortreffliche Antwort, der hätte Erzbischof werden
sollen.“ Erwähnen wir endlich noch der vielen Aufzeichnungen über
die Kirchenparade, über die Stellung der Militärbehörden zu der Ehe-
frage in Bezug auf ihre Soldaten, sowie über Ehehindernisse und Ehescheidung, so wird, wenn auch weitere Mittheilungen zu weit führen
würden, doch einigermaßen eine Vorstellung von den vielfachen ineinan-
derlaufenden Fäden der immer mehr verwickelten Sache ermöglicht sein.

Nachdem die auf Grund aller dieser Actenstücke angefertigte Denkschrift vom 25. August überreicht war, folgten die weiteren Verhandlungen. Wie sehr auch sie noch (im Bewußtsein der Gerechtigkeit
der vom Staat vertretenen Sache nicht blos, sondern auch der höchsten
Billigkeit und Rücksichtnahme auf die Kirche) einen friedlichen Ausgang
im Auge hatten, beweist am besten der Begleitbrief Bunsen's zu seiner
Denkschrift, aus dem daher noch ein Auszug hier Platz finden mag:

Die Einleitung stellt den Thatbestand fest, legt die ungewöhnliche Wichtigkeit und Bedenklichkeit der gegenwärtigen Umstände dar, und erörtert zuletzt die
leitenden Grundsätze, nach welchen in das Verfahren der Regierung Einheit
und Consequenz gebracht, und der Erfolg binnen Jahresfrist in allen
Punkten gesichert werden kann.

Der erste Theil der Denkschrift beschäftigt sich zuvörderst mit dem vollständigen Entwurfe des Planes, nach welchem der Erzbischof dahin zu bringen sein wird, seine Suspension der bonner Facultät und des Inspectors des Convicts, sowie seine 18 Thesen und andere inquisitorische und gesetzwidrige Maßregeln aufzuheben. Praktisch stellt sich dieser Plan so dar:

9. bis 13. September: Besprechung des Monsignore Capaccini mit dem Erzbischof.

16. September. Anzeige desselben über den Erfolg.

November bis April 1838: definitive Ausführung der verabredeten Maßregeln, welche auch in den östlichen Provinzen von großer Bedeutung ist, weil hier alle Lehrer an Universitäten und Seminarien Hermesianer sind.

Der Prälat muß während dieser Zeit hier gehalten werden, als persönliche Garantie der Beobachtung des Verabredeten seitens des Erzbischofs, und zur Verhütung störender Eingriffe von Rom, die ohne seine beruhigenden Berichte hinsichtlich der gemischten Ehen gewiß erfolgen würden.

Was nun die gemischten Ehen selbst betrifft, so muß die Denkschrift zuerst die Pflicht erfüllen, die Bedenklichkeit des gegenwärtigen Zustands und die Dringlichkeit eines consequenten Verfahrens und ebenso kräftigen als besonnenen Handelns darzulegen. Sie geht alsbann zur Instruction des königlichen Regierungspräsidenten Grafen zu Stolberg über, und sucht darzuthun, wie der Erzbischof zu seinem ursprünglichen Versprechen zurückgeführt, und inwiefern seine Bedenken können beseitigt werden. Praktisch stellt sich dieser Operationsplan folgendermaßen dar:

Vor dem 8. September: Instruction des Grafen zu Stolberg und Ansprechung mit ihm.

15. bis 20. September: Besprechung des Präsidenten mit dem Erzbischof, bestimmte Erklärung des Letzteren.

24. September: Bericht des Präsidenten — Erlaß an die Provinzialbehörden.

November und December: Bericht des Monsignore Capaccini nach Rom über die Einigung des Erzbischofs mit der Regierung über diesen Punkt als ein fait accompli.

Definitive Regulirung der Praxis in den ersten sechs Monaten nach den oben aufgestellten Grundsätzen.

Der zweite Theil der Denkschrift über das Erziehungswesen behandelt einen Gegenstand, dessen Besprechung unfehlbar seitens Roms dem Monsignore Capaccini zur Pflicht gemacht werden wird, wenn man ihn wieder nach Berlin einlabete. Auch hier wird ein praktischer Ausweg gezeigt und erwiesen, daß die Hauptfrage eine finanzielle ist, und man mit 20000 Thlr. jährlich die bedrohte Ruhe der wichtigsten Provinzen sichern und die gute Stimmung der Katholiken herstellen kann.

Diesen Ausführungen sind dann noch die weiteren Vorschläge hinzugefügt:

1) Der bischöfliche Stuhl in Trier muß unverzüglich besetzt werden, und zwar weder mit dem erklärten Feinde, dem Propst Claessen, noch mit dem Domherrn von Wilmowsky, noch mit dem Domherrn von Ludenhoven, sondern mit Generalvicar Hüsgen in Köln.

2) Die Kapitel müssen mit materia episcopabilis gefüllt werden: jetzt enthalten sie keine zu Bischöfen geeigneten Persönlichkeiten.

3) Man muß zu diesem Zwecke, im Nothfalle selbst für die Bischofsstellen, die ausgezeichnetsten Geistlichen und Bischöfe Süddeutschlands heranziehen. So ist der Bischof Leonhard in Fulda ein sehr geeigneter Prälat, eventuell für Köln.

4) Den Angriffen auf die Convention von 1834 und den damit zusammenhängenden Entstellungen und Verleumdungen sind unverzüglich schlagende Widerlegungen entgegenzusetzen, eine kirchliche, wozu Domherr München sehr geeignet wäre, eine politische, etwa durch den königlichen Legationsrath von Usedom, wegen seiner Kenntniß der Sache und seiner ausgezeichneten Darstellungsgabe.

5) Erfüllung der in der Convention von 1834 dem Erzbischof gemachten drei Versprechen.

6) Definitive Aufhebung des Zwangs des Besuchens der evangelischen Gottesdienste seitens der Katholiken bei den Kirchenparaden, welcher Zwang als Gewissensdruck allgemein gefühlt wird und schon Märtyrer hervorgebracht hat.

Denselben Charakter trugen die Besprechungen, welche auf den Befehl des Königs zwischen dem Cultusminister von Altenstein und Bunsen stattfanden und zu einer vollständigen Einigung Beider führten, und die an den Grafen Stolberg wie an den Prälaten Capaccini erlassenen Instructionen. Nachdem dann auch die Einwilligung des Königs zu der Aufhebung der Kirchenparade erfolgt war, schien die Verhandlung mit dem Erzbischof unter den günstigsten Auspicien zu beginnen.

Es fand nun zunächst am 11. September 1837 die Conferenz zwischen Capaccini und dem Erzbischof statt. Ersterer konnte zufolge der ihm von Berlin zugegangenen Instruction die Publication des Hermesianischen Breve, die Aufhebung der Kirchenparade, die Versetzung der mißliebigen Lehrer in Aussicht stellen, falls der Erzbischof vorher das Verbot der Vorlesungen und des Convicts aufhebe und die 18 Thesen zurückziehe. Leider blieb die erwartete Instruction von Rom für ihn aus, er konnte daher nur als Privatmann auf den

Erzbischof einzuwirken versuchen, aber wie er selbst den von Bunsen vorgeschlagenen Principien vollständig beigetreten war, so glaubte er auch den Erzbischof schließlich dafür gewonnen zu haben, und Bunsen's Bericht an den König aus Düsseldorf vom 14. September meldete demzufolge das Gelingen des ersten Acts.

An die Verhandlung Capaccini's mit dem Erzbischof schloß darauf die des Grafen Stolberg sich an, welcher der ihm ertheilten Instruction zufolge die von dem Prälaten seitens der Regierung gemachten Erklärungen zu bestätigen und dann speciell auf die Frage der gemischten Ehen einzugehen hatte. Ueber seine Conferenzen mit dem Erzbischof, zu denen am 17. September Bunsen selber hinzuberufen wurde, über den zuerst scheinbar erlangten Erfolg und die nachmalige formelle Weigerung des (inzwischen von anderer Seite bearbeiteten) Erzbischofs, sein früher abgegebenes Versprechen zu erfüllen, hat die preußische Staatsschrift genauen Bericht abgestattet, der durch Bunsen's Meldungen an den König sowie die gleichzeitigen Briefe Stolberg's bis ins Einzelne bestätigt wird. Indem wir daher auf die Darstellung der Staatsschrift selbst und deren Beilagen verweisen*), können wir uns wieder auf einige kurze Zusätze beschränken.

Graf Stolberg meldet von Düsseldorf aus am 20. September 1837 dem Cultusminister:

So sehr ich bei dem Beginn der Unterhandlung die Hoffnung hegen konnte, daß der Erzbischof den mildernden Bedingungen sich fügen und in seinen festgehaltenen Ansichten es nicht bis zum Extrem kommen lassen würde, so ist, wie ich Sr. Majestät berichtet, leider doch das Letztere erfolgt, indem der Prälat am Schluß der Verhandlungen alle schriftliche und mündliche Annäherung zurückgewiesen und mich in die Nothwendigkeit versetzt hat, ihm zu erklären, daß, da Se. Majestät die weitere amtliche Wirksamkeit des Prälaten an Erfüllung der wesentlichen Punkte der mir gegebenen Instruction geknüpft hatte, so sei durch seine abweisende Entscheidung jede Verständigung über irgendeine zur Besprechung gekommene Angelegenheit unmöglich und unnütz geworden, welche des Erzbischofs fortgesetzte Amtsthätigkeit auf eine längere Zeit voraussetzen würde.

---

*) Das der Conferenz vorangehende Schreiben des Grafen Stolberg an den Erzbischof ist Beilage N, der Procès verbal der Conferenz vom 17. September Beilage O, das die gemachten Zugeständnisse zurücknehmende Schreiben des Erzbischofs Beilage P, und die hierauf die Verhandlung abbrechende Antwort des Grafen Stolberg Beilage T mitgetheilt, während die Erzählung dieses Verlaufs im Text sich S. 28 bis 30 findet.

Die näheren Vorfälle in der Conferenz selbst sind in Bunsen's Bericht vom 23. September folgendermaßen beschrieben:

Beim Abgange meines Berichtes vom 14. September über die Unterredung Monsignore Capaccini's mit dem Erzbischof empfing ich eine Estaffette vom Grafen, der mich aufforderte, schleunigst nach Köln zu kommen, da der Erzbischof in der bonner Angelegenheit neue Schwierigkeiten mache.

Demzufolge begab ich mich sogleich (Sonnabend früh, 16. September) nach Köln und nahm dort Kenntniß von den neuen Bedenken und Forderungen des Erzbischofs. Ich überzeugte mich, daß die meisten im Wesentlichen könnten zugestanden werden, und hoffte die übrigen durch vernünftiges Zureden zu beseitigen; auch hier hatte ich die Freude, daß jener ausgezeichnete Staatsmann mir mit voller Ueberzeugung beistimmte. Wirklich gelang die Verständigung über diese Punkte in der ersten Conferenz (Sonntag Morgen, 10 Uhr) so weit, daß ich den definitiven Entwurf des an den Erzbischof, in dieser Beziehung vom Regierungspräsidenten zu erlassenden Schreibens sogleich in vollkommenstem Einverständnisse mit diesem zu redigiren im Stande war.

In derselben Conferenz begann nun auch Graf Stolberg dem Erzbischof über seinen Auftrag wegen der gemischten Ehen zu sprechen, wobei sogleich der Punkt wegen der Aussegnung der Wöchnerinnen und des Geschäftsganges von diesem zur Sprache gebracht, und von uns, unserer Instruction gemäß, zur größten Zufriedenheit des Erzbischofs beseitigt wurde. Der Graf trug ihm nach dieser einleitenden Erörterung den Entwurf des Schreibens vor, welches er durch eine einfache unumwundene Anerkennung zu beantworten ersucht wurde, um den König über die entstandenen Gerüchte zu beruhigen. Höchst dankbar für die ihm eben gemachten erwünschten Mittheilungen erklärte er, der Graf möge ihm nur in dieser Art schreiben, damit er unverzüglich einstimmend antworten könne. Alles schien glücklich beendigt, und ich nahm von ihm Abschied. Wirklich empfing er den Brief, eine Stunde nachher (Sonntag 2 Uhr); um 3 Uhr sandte er ihn aber mit der Bemerkung zurück, er sei bereit, darauf einstimmend zu antworten, wenn nur zu der Erklärung, „daß er die Instruction unverbrüchlich auszuführen entschlossen sei", hinzugefügt würde: „gemäß dem Breve".

Es wurde sogleich eine zweite Conferenz um 5 Uhr nachmittags anberaumt, und in dieser versucht, ihm deutlich zu machen, daß dieser Zusatz entweder unnütz sei oder Alles aufhebe, indem es sich gerade darum handle, dem Könige die Gewißheit zu geben, daß er die Instruction dem Breve gemäß finde und sie deshalb auszuführen entschlossen sei.

Da er bei seiner Weigerung mit seiner bekannten Starrheit beharrte, wurden ihm seine wiederholten Anerkennungen vorgehalten. Er berief sich auf die Fassung seiner ersten Erklärung vor der Wahl, und, hierüber in die Enge getrieben, insbesondere darauf, daß er bald nachher, im Amte, dem Geheimen Rath Schmedding mündlich erklärt habe, was er in dieser Beziehung thun wolle und was er nicht könne.*) Hierauf ersuchte ich ihn, uns zu erklären, welches diese Punkte seien, da aus den Acten nichts weiter hervorgehe, als daß er hinsichtlich der unbedingten Aussegnung der Wöchnerinnen Bedenken gefunden. Er sagte hierauf unumwunden und unbefangen: der Hauptpunkt sei die Trauung; er könne Niemand trauen lassen, der nicht das Versprechen gegeben, die Kinder katholisch zu erziehen, und dahin habe er selbst, nach Suspension der Vollmachten des General-vicariats, seine Pfarrer bei vorkommenden Fällen instruirt, und das sei in der Diöces ganz ruhig eingeführt.

Es wurde ihm nun mit allen Zeichen des Erstaunens bemerklich gemacht, daß dies nicht allein gegen die Instruction, sondern selbst in gewisser Hinsicht gegen das Breve, vor Allem aber gegen die Landesgesetze sei, und daß die Verhandlungen über das Breve eben dadurch im Jahre 1828 seien veranlaßt worden, daß Se. Majestät jenes gesetzwidrige Verfahren und Eludiren der Verordnung von 1825 nicht habe dulden können, und doch gern der Nothwendigkeit strenger Strafmaßregeln gegen die Geistlichen überhoben zu sein gewünscht habe. Der Erzbischof blieb bei seiner Erklärung.

Ich fragte ihn nun: ob er einsehe, daß Se. Majestat ihn nur unter der Voraussetzung dem Kapitel vorgeschlagen, daß er die Instruction angenommen? Er erklärte, dies vollkommen einzusehen. So würde er, fuhr ich fort, auch einsehen, daß, wenn diese Voraussetzung sich nicht bewähre, er das Amt niederlegen müsse, zu dem er nur mit derselben zugelassen worden.

Diese Erklärung traf ihn wie ein Blitz. Gerade jetzt, wo er so vielen Grund habe, mit Hoffnung in die Zukunft zu blicken, sei es ihm schwer zu denken, daß er der Kirche nicht länger dienen sollte; er würde sich aber in Gottes Willen ergeben, wenn dem so sein müsse. Es entstand nun eine sehr feierliche Pause. Dann nahm er das Wort und bat mich mit größter Innigkeit, nachzudenken, ob ich eine Form finden könne, die den königlichen Befehlen genüge und die sein Gewissen ihm möglich mache zu unterschreiben und ihn so aus dieser verzweifelten Lage rette. Ich sagte ihm, das sei schwer, da wir uns gegenseitig gewiß nicht täuschen wollten, und da Sr. Majestät Wille und die Landesgesetze mir als unveränderliche

---

*) Durch diese (vom Geh. Rath Schmedding verheimlichte) Thatsache fällt auf dessen Verfahren und damit auch auf die Hindernisse, die vom Cultusministerium aus der Ausführung der Convention von 1834 gelegt worden waren, ein überraschendes Licht.

Norm feststünden. Doch wolle ich ihm eine Form vorschlagen (setzte ich nach einigem Nachdenken hinzu), die jene von ihm gewünschten Worte „gemäß dem Breve" enthielte. Dies geschah sogleich.

Die Form war folgende: Der Erzbischof erkläre, er sei entschlossen, „die gemäß dem Breve und der Instruction an das Generalvicariat von 1834 eingeführte Praxis bestehen zu lassen". Er las die Worte und sagte nach kurzem Bedenken, das könne er unterschreiben. Eh' dies geschah, hielt ich es jedoch für meine Pflicht, der früheren Täuschung und Ausflüchte oder Misverständnisse und der unberechenbaren Wichtigkeit der Sache eingedenk, einen Procès verbal über die ganze Conferenz aufzusetzen, und ausdrücklich zu bemerken, jene Form könne natürlich nichts Anderes sagen, an sich und nach dem Vorhergegangenen, als daß er die von 1834 eingeführte Praxis bestehen lasse, nicht auf der seinigen, der Regierung bisjetzt gar nicht bekannten und mit den Landesgesetzen im schreiendsten Widerspruch stehenden, beharre. So unnöthig dies sein mochte, so zeigte sich doch bald, daß meine Vorsicht nicht überflüssig gewesen war. *) Der Erzbischof sandte nach drei Stunden Procès verbal und Schreiben zurück, erklärte, daß er „mein Verfahren anerkenne und achte", allein sich auf nichts einlassen könne; er meine vielmehr, die Sache solle so fortgehen, wie sie jetzt bei ihm bestehe, sodaß er bald nach dem Breve, bald nach der Instruction handle; falls dies nicht genüge, müsse er wünschen, daß alle weiteren mündlichen und schriftlichen Mittheilungen aufhörten, da er sich nicht

---

*) Die Stimmung der Unterhändler vor der Schlußweigerung des Erzbischofs ist in dem mehrfach erwähnten Aufsatz Bunsen's von 1840 (S. 169) ergreifend geschildert:

„Wie schien dem edlen Grafen Stolberg und ihm Alles gelungen, als sie abends 10 Uhr bei dem Heraustreten aus dem Thore des erzbischöflichen Palastes in die schöne sternenhelle Nacht hinaustraten und sich im Angesicht der Kirche in die Arme fielen und Gott priesen, daß es ihnen zutheil geworden sei, das Werk des Friedens und der Versöhnung nach so vielen Unfällen doch endlich zu Stande zu bringen! Wohl fühlten auch Beide, welchem Kampfe, welcher Nachrede sie sich aussetzten, indem sie dem Prälaten Alles nachgegeben, was nur möglich war, und zwar, nachdem sie von ihm selbst zuerst erfahren, wie schnöde er die beschworenen und angelobten Gesetze und Pflichten verletzt. Allein sie waren darüber im Gewissen beruhigt. Den nächsten Morgen, bald nach 8 Uhr, sollte das verabredete Schreiben abgehen. Schon um 3 Uhr war der Gesandte wach und mit dem Gedanken beschäftigt, ob auch das Einverständniß ein wohlgegründetes und redliches von seiten des Erzbischofs sei. Er las die Formel des Versprechens durch; es fiel ihm auf, mit welcher Hast der bedenkliche Westfale sie ergriffen und zugesagt, obwol sie wirklich nicht von der früheren Formel verschieden schien. «Ist er redlich, so wird er offene Erklärung weder scheuen noch verübeln; ist er es nicht, nun, so ist's gerade der letzte Augenblick, sich vor ihm zu schützen und dem Könige neue Täuschung und neuen Aerger zu ersparen.» Dieser Gedanke entschied ihn. Das Uebrige ist weltkundig."

der Gefahr aussetzen wolle, was er im Leben versprochen, auf dem Todten=
bette zu bereuen und zu widerrufen. *)

Wir erkannten Beide, daß, wenn man ihm nachgäbe, in kurzer Frist
die ganze neue Praxis eben wie in Köln auch in Münster, Trier und Pader=
born, ja in der gesammten Monarchie von ihm in aller Ruhe würde unter=
graben werden und alles seit zehn Jahren Gewonnene verloren wäre.
Der größte Ernst schien nöthig, auch der Möglichkeit wegen, daß er sich
eines Besseren besinne. Ich kam also mit dem Grafen überein, daß dieser
ihm sogleich amtlich schrieb, wie hiermit auch die Verhandlungen über die
bonner Angelegenheit abgebrochen werden müßten, da die Ausführung der
verabredeten Punkte eine fortgesetzte Amtsthätigkeit des Erzbischofs auf
eine längere Zeit voraussetze, als nun mit Sr. Majestät erklärter Willens=
meinung vereinbar schiene.

So reisten wir Beide wenige Stunden nachher, Montag Nachmittag,
von Köln ab; der Graf drückte ihm noch in einigen vertraulichen Zeilen
seinen Schmerz aus und gab ihm in geeigneter Weise zu verstehen, daß er
den Bericht an Se. Majestät Mittwoch Abend absenden werde.

Der Abfassung dieses sofort nach Bunsen's Rückkehr nach Berlin
geschriebenen Berichtes folgte eine Zeit allgemeiner Spannung und
Erregung, die für Bunsen speciell arbeits= und unruhevoll war. Kaum
zurückgekehrt, hatte er (wie schon oben erwähnt ist und wie außerdem
aus seinen eingehenden Briefen an den Fürsten Wittgenstein hervor=
geht) die Absicht zu bekämpfen, ihn (zu neuen Verhandlungen mit
Capaccini) in Berlin zurückzubehalten. Gleichzeitig waren mit den
einzelnen Ministern (von Altenstein, von Rochow, von Kamptz, von
Werther) die verschiedensten Angelegenheiten zu besprechen, unter denen
hier nur die (auf Bunsen's ausdrückliches Verlangen erfolgte) Er=
nennung des Regierungsreferendars von Thile zum Legationssecretär
in Rom erwähnt werden mag. Vor Allem aber galt es, definitive
und entscheidende Schritte gegen den nunmehr offenbar das Staats=
gesetz umstoßenden Erzbischof zu thun. Das vom König genehmigte
Ergebniß der gemeinsamen Berathungen Bunsen's und der Minister
der geistlichen und auswärtigen Angelegenheiten war der nochmalige
Versuch, den Erzbischof in Güte zum Gehorsam gegen das Gesetz zu=
rückzuführen. Der in der Staatsschrift (Beilage U) mitgetheilte Er=
laß des Cultusministers stellte ihm daher die Wahl, entweder sofort
seinen Gehorsam gegen das Landesgesetz zu erklären oder freiwillig

---

*) Es ist wol nicht nöthig darauf hinzuweisen, wie beidemale der Erzbischof,
der persönlich zugestimmt hatte, nachher hinter dem Rücken der Unterhändler um=
gestimmt wurde. Die von dem jungen Michelis gespielte Rolle ist ja bekannt.

ein Amt niederzulegen, das er nicht innerhalb der durch die Gesetze vorgeschriebenen Grenzen verwalten zu können glaube. Gleichzeitig wurde durch den Grafen Stolberg ihm vertraulich ein noch weiter gehender Vorschlag gemacht: sich eine Frist zu erbitten, um dem Oberhaupt der Kirche seine Lage vorzulegen und unterdessen nur den von ihm vorgefundenen gesetzlichen Statusquo fortbestehen zu lassen. Die alle seine früheren Schritte an offener Gesetzesverhöhnung überbietende Antwort des Erzbischofs auf dieses Uebermaß von Geduld ist bekannt (Beilage V in der Staatsschrift). Bunsen's Theilnahme an den in dieser Zeit gefaßten Beschlüssen läßt sich indirect schon aus den an ihn gerichteten Briefen entnehmen, unter welchen neben zahlreichen Schreiben vom Grafen Stolberg, vom Oberpräsidenten von Bodelschwingh sowie den obengenannten Ministern sich z. B. zwei Briefe des Geheimen Raths Brüggemann vom 8. und 9. November hervorheben. Als eifriger Katholik bekannt, mit dem Propst Claessen in Aachen befreundet und von diesem benachrichtigt, er habe seine früheren Bedenken gegen die Instruction von 1834 fallen lassen, hatte Brüggemann den Auftrag erhalten, mit Claessen zu dem Zweck zu unterhandeln, ihn, falls er officiell seine Zustimmung zur Instruction erkläre, doch noch für das Bisthum Trier vorzuschlagen, und verhandelte deshalb mit Bunsen.*)

Die weiteren Ereignisse der sich immer mehr zuspitzenden Katastrophe sind bekannt. Ueber die Wegführung des Erzbischofs selbst läßt sich aus den vorliegenden Papieren nichts Neues mittheilen. Daß der Beschluß zu ihr (trotz Allem, was vorhergegangen war) erst stattfand, als der Erzbischof directe Aufwiegelung der Bevölkerung versuchte, hat die preußische Staatsschrift (S. 47 bis 49) durch ausführliche Erzählung seines Verfahrens dargethan. Die erste Nachricht über seine Schritte vom 4. und 6. November kam nach Berlin durch eine Depesche des Oberpräsidenten von Bodelschwingh vom 11. November. Darauf fand am 13. November die Ministerconferenz und am folgenden Tage unter Vorsitz des Königs großer Ministerrath statt. Ueber die bei demselben von Bunsen vertretene Anschauung enthält sein Aufsatz vom Jahre 1840 die folgende Mittheilung:

Der König eröffnete in Person die Berathung um 11 Uhr. Gegenwärtig war diesmal auch Fürst Wittgenstein, außerdem die am Tage vor-

---

*) Ein directes Zeugniß für Bunsen's Auffassung der Sachlage, nachdem der Erzbischof jede Einigung von sich gewiesen, ist außerdem seine Denkschrift über die Stimmung in der Rheinprovinz; sie ist wie das Mémoire vom 25. August im Anhang mitgetheilt.

her versammelt gewesenen Minister, der Geheime Rath Müller und der Gesandte. Der König begann damit, daß er ausdrückte, wie sehr es ihn schmerze, zu einem Schritt kommen zu müssen, der so ganz gegen den Charakter seiner Regierung sei; allerdings sehe er die Nothwendigkeit ein, jedoch sei ihm die Sache vorher nicht so erschienen, es habe ja mit Capaccini vorher unterhandelt werden sollen. Der Gesandte bemerkte hierauf erklärend, von Verhandlungen in Rom — das habe er von Anfang an mündlich und schriftlich erklärt — sei durchaus nichts zu erwarten. Der römische Hof habe ausdrücklich schon in der Hermes'schen Angelegenheit jede Mitwirkung abgelehnt; mit den gemischten Ehen, habe aber selbst Capaccini erklärt, könne er sich nicht einlassen. Allerdings würde sich die Sache vielleicht haben hinhalten lassen, wenn Capaccini nicht zurückgerufen worden sei; von dem Augenblicke an habe die letzte Hoffnung schwinden müssen, sich mit dem päpstlichen Hofe über die Beilegung der Angelegenheit durch günstige Einwirkung auf den Prälaten zur Annahme eines friedlichen Systems zu verständigen. Er, der Gesandte, müsse entschieden erklären, daß wenigstens er sich außer Stand finde, irgendetwas zu erlangen, wodurch der Erzbischof auf einen gesetzmäßigen Weg gebracht werde. Rom werde gar nicht glauben, daß es mit der Ausführung irgendeiner Maßregel der Strenge gegen ihn ernstlich gemeint sei, nachdem Se. Majestät dem Monsignore Capaccini selbst die Alternative ausgesprochen. Daß diese Alternative in Köln gegen den Erzbischof ausgesprochen worden sei, könne daran nichts geändert haben; in dem Schreiben Sr. Majestät vom October sei sie endlich in der feierlichsten Weise gegen ihn ausgesprochen; seitdem nun habe er die gesetzwidrigsten und gefährlichsten Schritte gethan und das Land in Aufregung gesetzt, so viel er vermocht; eine so gute Veranlassung zum Handeln werde man nicht wieder finden, ohne zu handeln sei aber von Rom nichts zu erlangen. Das sei gewiß, wie es auch sonst gehen möchte.

Der Minister des Innern bestärkte das Gesagte durch Mittheilung der neuesten Berichte von Köln über die Aufregung und die Nothwendigkeit des Handelns, der Minister der geistlichen Angelegenheiten durch seine Erklärung, auf dem Wege der Verhandlung sei entschieden nichts mehr zu erwarten, solange man nicht gehandelt.

Aus diesen Aeußerungen haben Feinde des Gesandten später die Erdichtung gezogen, er habe sich verbürgt, die Sache mit Rom zu einem befriedigenden Entschlusse zu bringen, sobald man nur gehandelt. Er hat aber nur bestimmt versichert, daß er von Rom nichts mehr zu erlangen im Stande sei, solange nicht gehandelt worden, eben weil man der Regierung keine Energie zum Handeln zutraue. Allerdings sah er so wenig als ein Anderer die Allocution voraus, allein daß er sich in Rom nicht auf Rosen bettete, war ihm nicht zweifelhaft. Er fühlte wohl, wie grausam es war, ihn nach dem Vorgefallenen, was nicht verborgen bleiben konnte, dem Feinde in den Rachen zu senden; allein er durfte nicht durch Bitten, zu bleiben, als ein Feiger und zugleich als einer erscheinen, welcher die von ihm verabscheute schiefe Stellung dem geistlichen Minister gegenüber fortführen wolle zur Befriedigung seines Ehrgeizes.

Das ist seine moralische Rechtfertigung, nicht seine politische. Er hat hier den ersten großen politischen Fehler begangen, dessen er sich zeihen muß. Ein Staatsmann soll sich über an sich edle Gefühle und durch die Ansichten von Ehre gebotene Rücksichten ebenso wenig sein Ziel verrücken lassen als durch unedle. Es war grausam, es war aber zugleich dem königlichen Dienste nachtheilig, daß man denjenigen nach Rom schickte, welchen die allgemeine Stimme schon damals als den Urheber der ganzen Maßregel bezeichnete. Man würde ihn feig gescholten haben, wäre er nicht gegangen, man würde ihm niedrige Beweggründe untergeschoben haben, allein für ihn und die Sache wäre es doch besser gewesen.

Sowie der König seine Minister und Rathgeber einig sah und von der Nothwendigkeit des Handelns überzeugt war, ging er mit königlicher Genauigkeit auf die zu treffenden Maßregeln ein. Sein Scharfblick und seine beispiellose Kenntniß der Zusammensetzung des Heeres zeigte ihm sogleich das Verhältniß der Evangelischen zu den Katholiken in den verschiedenen verfügbaren Regimentern. Alles ward beschlossen und die größte Eile verabredet. Der König hob die Versammlung auf, nachdem sie etwa fünfviertel Stunden gedauert hatte. Seit einer langen Reihe von Jahren hatte keine solche Berathung stattgefunden. Der König sprach, wie am 3. September, mit bewundernswürdiger Klarheit und Bestimmtheit und wie immer den Nagel auf den Kopf treffend in allem Praktischen. Der Fürst Wittgenstein sprach kein Wort.

Die Ausarbeitungen fanden größtentheils im Amte des Innern statt; sie wurden fast ohne Ausnahme von dem Gesandten, Eichhorn und Schmedding gemacht, die sich gegenseitig beriethen, besonders die beiden Ersteren. Schmedding verfaßte den Erlaß an das Kapitel, Eichhorn und Bunsen fanden aber eine Umarbeitung nöthig. Regierungsrath Brüggemann ward mit den Ausfertigungen am Abend des 15. November nach Köln gesandt.

Auf die Stimmung der sonst noch bei dem unvermeidlich gewordenen Schritt betheiligten Männer werfen unter Anderem Briefe des Grafen Stolberg und des Oberpräsidenten von Bodelschwingh ein klares Licht. Am 20. November 1837*), dem für die Wegführung des Erzbischofs bestimmten Tage, schreibt Ersterer an Bunsen:

---

*) Der mangelhafte telegraphische Verkehr der damaligen Zeit, der ein rasches und entscheidendes Handeln ebenso erschwerte wie die geistige Atmosphäre, ergibt sich aus zwei Briefen des Grafen Lottum und des Ministers von Rochow von demselben Tage, die das eben verlautende Gerücht melden, der Erzbischof habe Köln in der Nacht vom 14. auf den 15. November verlassen, um nach Belgien zu flüchten.

Heute ist der Tag angebrochen, welcher in seinen Folgen höchst bedeu=
tungsvoll werden kann. Möge der Herr aller Herren seine schützende Hand
offen halten, auf daß unser Vaterland nicht Schauplatz der boshaften Ein=
wirkungen unserer Feinde werde! möge er aber auch Festigkeit und Weis=
heit und kräftige Ausdauer schenken, wenn es zu irgendeinem Kampfe sich
gestalten sollte!

Ueber das ernste Ereigniß selbst aber äußert sich ein Privatbrief
des Oberpräsidenten der Rheinprovinz (ohne Datum):

Ew. Hochw. sind von dem nächsten Erfolge des mir ertheilten schwie=
rigen Auftrags bei dem Empfang dieser Zeilen längst unterrichtet, und
können sich über den Stand der Dinge durch Herrn Regierungsrath Brügge=
mann, dessen Ansicht im Wesentlichen die meinige ist, noch umständlicher
informiren. Ich habe daher nur hinzuzufügen, daß die Sache viel besser
gegangen, als ich hoffen zu dürfen geglaubt, und auch der erste Eindruck
ein weniger heftiger ist, als ich gefürchtet; wie die Stimmung sein wird,
wenn dieser erste Eindruck vorüber ist und man die Sache in ihren Ur=
sachen klarer übersieht, welcher Einfluß von den dem Gouvernement feindlichen
Parteien gewonnen worden, das läßt sich freilich noch nicht übersehen, und
gehöre ich nicht zu denen, die in dieser Beziehung ganz außer Sorgen
sind, sondern glaube vielmehr, daß noch viele Wachsamkeit nöthig ist und
ziemlich viel Zeit vergehen wird, ehe die eigentliche Ruhe wieder gewonnen
ist. Indessen ist eine bedeutende Reaction wol nur dann zu fürchten,
wenn von Rom aus dem Gouvernement feindliche Maßregeln ergriffen
werden sollten, und darf wol nicht bezweifelt werden, daß schon in diesem
Augenblicke Briefe oder gar Boten unterwegs sind, solche hervorzurufen.
Die Hauptaufgabe des Gouvernements besteht daher gewiß darin, diesen
schleunigst entgegenzuarbeiten, und glaube ich, daß nur durch Energie,
nicht durch Nachgiebigkeit und Zugeständnisse dort der Zweck zu erreichen
sein wird. Ew. Hochw. schnelles und energisches Einwirken in diesem
Punkte würde daher von der höchsten Wichtigkeit sein!

Mit Ihrer Darstellung über die Stimmung der Rheinprovinz bin ich
im Wesentlichen ganz einverstanden; daraus geht aber auch hervor, daß ich
die Wahl des Erzbischofs Droste als einen der entsetzlichsten, unverantwortlich=
sten Misgriffe betrachte, den man ja hätte begehen können, und an dessen
Folgen wir noch lange zu laboriren haben werden, und stellt sich ebendeshalb
die Nothwendigkeit heraus, auf einer Bahn, welche von jener sehr abweicht, mit
Festigkeit und Energie vorzugehen. Gerechtigkeit gegen die katholische Con=
fession, völlige Parität — aber ernstes und schnelles Einschreiten gegen
jede Anmaßung — vom Papste oder von dem geringsten Vicar — nur das
kann uns frommen! Der Herr, der bei dem ersten Schritt über Bitten
und Verstehen gegeben, der möge auch ferner mit uns sein!

Bunsen's eigene Thätigkeit in dieser Zeit war hauptsächlich auf die Ausarbeitung der Staatsschrift gerichtet, wobei er, wie sein Aufsatz von 1840 rühmt, besonders von Eichhorn wesentlich unterstützt wurde. Die von diesem während des November an Bunsen gerichteten Briefe beziehen sich auch entweder auf diese Staatsschrift oder auf den Aufsatz über die Stimmung der Rheinprovinz und das an das kölner Domkapitel zu erlassende Schreiben; ihre Aeußerungen enthalten fast nur Zustimmung und Beifall.

Am 29. November konnte die Staatsschrift dem König vorgelegt werden; Bunsen benutzte diese Gelegenheit, um sofort die Genehmigung zu seiner Abreise zu erbitten und zugleich über die weiterhin noch nöthigen Maßregeln Vorschläge zu machen. Er erbat besonders zwei Punkte: für Berlin regelmäßige Conferenzen der Ministerien des Cultus, des Inneren und des Aeußeren, für Rom aber fortgesetztes Vertrauen für seine Führung der Angelegenheit und Abweisung aller anderweitigen Vermittelungsversuche. Seine Ansicht von der allgemeinen Sachlage legte er dabei folgendermaßen dar:

> Endlich darf ich nicht verschweigen, daß die gegenwärtigen Verhältnisse, die Aufregung der Rheinprovinz, die Niedergeschlagenheit der katholischen Gemeinde, das Mistrauen der Bevölkerung, die Unvermeidlichkeit einer freien Discussion aller vorkommenden Punkte in ganz Europa, die Gefahr des Festsetzens einer dumpfen Unzufriedenheit der Gemüther, welche bei künftigen politischen Kreisen leicht die Integrität der Monarchie bedrohen könnte, vor Allem aber die hohe christliche Gerechtigkeit, welche der schönste Schmuck der Krone und das sicherste Bollwerk gegen die hierarchische wie die jakobinische Revolution ist, mir die schleunige Erledigung aller derjenigen Punkte zu erheischen scheint, welche noch in diesem Augenblicke der katholischen Bevölkerung als Druck und Härte erscheinen, und von den boshaften Gegnern und Widersachern der Regierung innerhalb wie außerhalb der Monarchie aufs gefährlichste benutzt werden.

Nicht minder unverhohlen ist die Ueberzeugung von den in Rom zu erwartenden Schwierigkeiten ausgesprochen:

> Die Schwierigkeit und das vielfach Unangenehme meiner Stellung in Rom während der ersten Monate verhehle ich mir nicht; allein das Gefühl des Rechts unserer Sache und ein gutes Gewissen geben mir den Muth, die Sache frisch anzugreifen und die Hoffnung, die Schwierigkeiten zu besiegen.

Endlich verdient noch das eigene Urtheil des Verfassers über die Staatsschrift Erwähnung:

Mein Streben bei der Ausarbeitung dieser publicistischen Schrift ist dahin gegangen, daß sie sich nicht nur zur Mittheilung an die Höfe und an die obersten Verwaltungsbehörden eignete, sondern auch als literarische Darstellung vor dem deutschen und europäischen Publikum auftreten könnte. Der Gedanke, der mich bei dieser Arbeit vor Allem beseelt hat, ist der Wunsch gewesen, die Gerechtigkeit der Sache und den edeln und milden Charakter der königlichen Regierung für die Gegenwart, und wenn es möglich wäre, auch für die Zukunft vor der ganzen Welt in ein klares Licht zu setzen.

Auch jetzt fanden Bunsen's Vorschläge beim König geneigtes Gehör. Am 3. December wurde eine Ministerconferenz, wie Bunsen sie vorgeschlagen, zu gemeinsamen Beschlüssen über die praktisch bedeutendsten Punkte zur Zufriedenstellung der katholischen Unterthanen gehalten. Und die Cabinetsordre von demselben Tag sprach ihm unter Bezeigung der vollsten Zufriedenheit für die bisher geleisteten Dienste auch für die Zukunft dasselbe Vertrauen aus. Noch einmal schien er Berlin als Sieger zu verlassen. Der weitere Verlauf wird zeigen, wie bald sich die Sachlage änderte. —

Inzwischen sind hier mehrere briefliche Mittheilungen aus den Sommermonaten einzuschalten, zunächst Auszüge aus gleichzeitigen Briefen über die in Rom herrschende Cholera:

Frascati, 18. August 1837.

Am 15. August wurde ein Engländer, ein Sprachlehrer, durch die wüste Bevölkerung von Piazza Montanara als Giftmischer angegriffen. Es wird erzählt, daß er unklug genug war, ein Kind zu liebkosen und ihm eine Ciambella (Brezel) anzubieten. Die drei ersten Carabiniers, die ihn zu retten versuchten, wurden überwältigt, und erst als sie Verstärkung erhielten, gelang es, ihn, mit elf Wunden bedeckt, in das Hospital der consolazione zu schleppen. Einige der Mörder sind gefänglich eingezogen worden; die Weiber sollen noch wüthender gewesen sein als die Männer. Auch ein Priester war in Gefahr, aber die Carabiniers kamen zeitig genug, ihn zu retten. Er hatte Bonbons ausgetheilt und war demzufolge verdächtig geworden. Die Empfindung der eigenen Unsicherheit und Sehnsucht nach Bunsen's Rückkehr ist allgemein unter Deutschen und Dänen.

In Trastevere herrscht eine beträchtliche Sterblichkeit; aber kein Arzt wagt dort zu practiciren, so wüthend ist die Stimmung der Bevölkerung, und so allgemein die Vorstellung von Vergiftung. Graf Lützow und die ganze österreichische Gesandtschaft bleiben auf ihrem Posten, ebenso die französische Gesandtschaft. Graf Spaur geht hin und her zwischen Rom und Albano, kurz, blos die preußische Gesandtschaft ist verlassen. Der arme Reumont ist sehr asthmatisch, hat aber seine Absicht ausgesprochen, nach Rom zurückzukehren, um dort von Nutzen zu sein, sobald er etwas besser sein würde.

21. August.

Alles ist bisjetzt wohl in Frascati, obgleich der Sturm, welcher sich so lange angesammelt hat, über Rom losgebrochen ist und die Cholera in so hohem Grade wüthet, daß zuletzt ihre Existenz zugegeben werden mußte. Der Engländer (Houlston), der von der Bevölkerung verwundet wurde, scheint nicht aufzukommen, und die Thüren der consolazione sind für Alle geschlossen, die ihn besuchen wollten. Selbst der Secretär des Grafen Liedekerke, des belgischen Ministers, ein Italiener und Katholik, wurde nicht zugelassen, worüber er sich sehr unwillig aussprach. Es ist ein Trost, daß das Anerbieten gemacht wurde, den Leidenden in das protestantische Hospital auf dem Capitol zu bringen; er fürchtete aber die Bewegung. So haben wir uns wenigstens in dieser Beziehung nichts vorzuwerfen.

Monsignore Marini und Monsignore Morichini sollen sehr thätig sein, geeignete Nahrung und andere Bedürfnisse unter die Armen von Trastevere zu vertheilen, aber die meisten anderen Quartiere sind sich selbst überlassen.

Die Prinzessin Massimo war eine der Ersten, die weggerafft wurden, nachdem sie wenige Tage vorher noch erschreckende Aeußerungen der Sicherheit gemacht hatte. Herr Blondel ließ nämlich, als er ihr Gesellschaftszimmer verließ, einige Bemerkungen über die Ungewißheit fallen, ob man sich wiedersehe, worauf sie erwiderte: „Au revoir dans la vallée de Josaphat.“ Die allgemeine Anschauung, die von sonst vernünftigen Personen mit Ueberlegung ausgesprochen wurde, war, daß die Cholera ein Gottesgericht sei, welches mit Recht über unheilige Plätze verhängt worden sei, und deshalb Rom, die heilige Stadt, nicht berühren würde; dadurch läßt sich der Mangel aller Vorkehrungen, um der Heimsuchung zu begegnen, erklären. Ein solches Schauspiel von Elend, Verwirrung und Unvernunft, als Rom in diesem Augenblick bietet, kann Niemand sich vorstellen. Neunzehn Galerensklaven, die beschäftigt waren, einen neuen Begräbnißplatz nahe bei San-Paolo zu machen, ergriffen die Waffen der Soldaten, als dieselben aufgestellt waren, und entkamen auf diese Weise. Zwei Aufstandsversuche wurden gemacht, um die Errichtung von Cholerahospitälern in der Stadt zu verhindern; denn das unvernünftige Volk sieht nicht ein, daß die einzige Möglichkeit, das Leben der von der Seuche Ergriffenen zu retten, darin besteht, daß sie schleunigst an einen Ort gebracht werden, wo man ihnen Pflege angedeihen lassen kann. Aber jedes einzelne Individuum betrachtet, solange es nicht selbst von der Krankheit ergriffen wird, jeden Cholerapatienten als ein excommunicirtes Wesen, bei dem nichts darauf ankomme, was daraus werde.

Das Kloster von Trinità de monti war eins der ersten, die von der Krankheit ergriffen wurden, und die Todesfälle sind dort zahlreich gewesen, obgleich es natürlich hermetisch verschlossen wurde. Die Töchter von Lord Clifford sind dort, wurden aber glücklicherweise verschont. Lord Clifford selbst, die Gräfin Constantia Clifford und ihr Dienstmädchen gehen mit verzaubertem Leben durch den feurigen Ofen; sie schrecken vor keiner Liebespflicht zurück und haben manches schon aufgegebene Leben retten helfen durch persönliche Anstrengung im Reiben der erstarrten Gliedmaßen und in der Gewährung von Hülfsmitteln, um die Wärme wiederherzustellen. Abeken ist unermüdlich in jeder Art der Anstrengung, und ist dabei in um so wunderbarerer Weise gestärkt, da er in einem sehr schwachen Gesundheitszustande war, als die Periode der unaufhörlichen Prüfung plötzlich über ihn kam.*) Unser treuer Tommaso Reina verschied am 27. August, der hochgeschätzte Kellermann am 1. September; aber sie haben wenigstens jede Pflege gehabt, der Erstere von Angelina und Pietro, welche furchtlos und eifrig waren, der Zweite von Rosa, der Matrone des protestantischen Hospitals; Abeken besuchte Beide und Dr. Pantaleone ist fast unermüdlich in muthiger Thätigkeit. Dietz und Tagliabo haben sich auch unter den Aerzten durch Eifer und Erfolg ausgezeichnet. Die armen Leute auf dem Monte Caprino versammeln sich um Pantaleone und bitten um Arznei aus dem protestantischen Hospital, was ein sehr tröstlicher Beweis von Vertrauen ist, um so mehr, als in der Zeit der ersten Wuth des Argwohns unter den Wilden von Piazza Montanara (denselben, welche Houlston ermordeten) Drohungen ausgestoßen worden waren, das in Rede stehende Gebäude zu verbrennen. Abeken ließ durch Vermittelung von Don Felice unter die Elendesten Almosen austheilen, wagte aber natürlich nicht, Suppe oder andere Nahrungsmittel zu geben. Frau Vaughan (die Nichte des Herrn Keppel Craven), für die wir so viel Interesse hegten, brach auf einmal unter der Verderben bringenden Berührung der Krankheit zusammen. Abeken besuchte sie viele Stunden, und sie nahm die Tröstungen, die er geben konnte, an, indem sie in Frieden einem Leben entsagte, das sie, wenn ihr eine Verlängerung desselben gewährt worden wäre, zu misbrauchen fürchtete. Ihr lieblicher Knabe ist nun verwaist. Kein Deutscher ist von der Krankheit ergriffen worden, auch kein Protestant, außer Kellermann und dem Norweger aus Drontheim, der unserem Kirchenchore eine solche Stütze war. Luigi Chiaveri und Monsignore de Medici Spada und Mon-

---

*) Von Heinrich Abeken, dem Neffen von Bunsen's Jugendfreund Ludwig Abeken, sind bereits früher Mittheilungen über Bunsen's römische Thätigkeit (aus seinem Aufsatz in „Unsere Zeit") angeführt worden. Er war der Nachfolger von Tippelskirch's in Rom, schloß sich 1842 der Lepsius'schen Expedition nach Aegypten an, und ist gegenwärtig Wirkl. Geh. Legationsrath im preußischen Ministerium des Auswärtigen.

signore Chigi sind unter den Opfern. Prinz Chigi sandte eine Deputation, um die Entleihung des Leichenwagens, der den Protestanten gehört, für die Fortschaffung der Ueberreste seines Bruders auf den neuen Kirchhof von San=Lorenzo zu erbitten; der Wagen war wahrscheinlich bemerkt worden, als er die Leiche von Tommaso Reina zu ihrer letzten Ruhestätte brachte.

Die Jesuiten, die Glieder des Englischen Collegiums, die Kapuziner von Piazza Barberini und im Allgemeinen die Franciscaner haben sich durch Muth und Pflege der Armen ausgezeichnet, wogegen die Dominicaner von Minerva und die Augustiner von Santa=Maria del popolo und nur zu viele Andere sich in ihren eigenen Mauern eingeschlossen haben und nie zum Vorschein kamen.

14. October.

Ein Besuch von Lord Clifford bildete einen Gegenstand von großem Interesse. Er sprach weitläufig über die letzte furchtbare Periode, und bemerkte mit Recht, daß der Tod von etwa 10000 Menschen, die nicht die Mittel zu einem ehrlichen Lebensunterhalt hatten (die ganze Zahl der Gestorbenen wird nach mäßiger Schätzung auf 12000 veranschlagt), nicht das Hauptunglück sei, welches beklagt werden müsse, sondern die Schwierigkeit, für die zurückgebliebenen 4000 Waisen zu sorgen. Er gebrauchte Ausdrücke, die ein merkwürdiges Beispiel für die Methode darboten, wie gute Katholiken es umgehen, auf die päpstliche Regierung einen Tadel zu werfen; er sagte nämlich, „daß er oft seiner eigenen Regierung vorgestellt habe, was jetzt Jeder als Thatsache sehe, das Resultat der Politik der europäischen Höfe werde sein, daß der römischen Regierung keine Autorität übrigbliebe"; daß Befehle gegeben würden, es aber keine Macht gäbe, sie durchzusetzen; daß große Summen zur Unterstützung der Leidenden zusammengebracht und zahlreiche Pläne gemacht worden wären, aber nicht einer derselben sei ausgeführt worden, sodaß wenig oder keine Hülfe geleistet sei, wo sie am meisten nöthig gewesen wäre. Und im Lauf der Unterhaltung erzählte er Anekdoten, die einen Zustand von lasterhafter Auflösung allerorten an den Tag legten, der völlig unerklärt ließ, in welcher Weise der Tadel der „Politik der europäischen Höfe" zugeschoben werden könne. *)

Der Anblick des Kirchhofes von San=Lorenzo ist trostlos, aber noch furchtbarer ist es zu sehen, wie die von der Cholera Betroffenen als Excommunicirte behandelt werden. Ein in die Umfassungsmauer gebrochenes Loch bietet einen Zugang zu dem uneingeschlossenen ungeraden Felde, auf

---

*) Von Lord Clifford, dem Schwiegersohne des bekannten Thomas Weld (der das erste Jesuitenseminar in England gründete, sich nach dem Tode seiner Frau zum Priester weihen ließ und 1830 Cardinal wurde) ist weiter unten ein merkwürdiger Brief über die kölnische Katastrophe mitgetheilt.

welchem lange holperige Furchen, die mit loser Erde bedeckt sind, als wenn sie durch den Pflug gemacht worden wären, darthun, wo die „menschliche Gottessaat" niedergelegt worden ist.   Tommaso wurde jedoch auf dem geweihten Boden des Kirchhofs begraben, der für die „morti di mali pii" bestimmt ist; denn so lautet die Redensart, um die Cholera als „male impio" zu unterscheiden.   Die alten Heiden hatten richtigere Ausdrücke, denn sie hielten dafür, daß ein besonderes Gottesgericht eine heiligende Wirkung habe.   Die Ursache, daß Tommaso und Andere den passenden Platz erhielten, war, daß „questi bughi per li colerici non erano allora terminati"*).

Eine Pasquinade, aber bisjetzt auch nur eine, ist über die Cholera im Umlauf.   Pasquino sagt: „Ma come, Signore Abbate Cholera, Le abbiamo ricevuto in Roma con tante ceremonie, con illuminazioni, processioni, feste, e Lei non ha avuto tanta creanza che di far visita nè al Papa nè ai Cardinali."   Die Cholera antwortet: „È vero, ha mille volte ragione; per questa volta parto, ma poi tornerò, e riparerò il mancamento."**)   Es ist Thatsache, daß der Papst seinem Arzt, der in dem Quirinal eingeschlossen war, verbot, zu den Cholerapatienten zu gehen.   Es handelte sich um Frau Vaughan, in deren Fall Pantaleone eine Consultirung wünschte; es kam dann de Matteis mit Schwamm und Riechfläschchen zu ihm.

Die Skizze von Bunsen's Leben während dieses Jahres ernster Prüfung würde unvollkommen sein ohne Schilderung dieser Besonderheiten der Sachlage, auf welche er zurückzublicken hatte, wenn sich sein geistiges Auge mit wachsender Sehnsucht nach Hause wandte.   Seine Familie war glücklich nach Frascati gebracht, bevor die Seuche Rom erreicht hatte, und Frascati blieb von ihr unberührt.   Seine zahlreichen Briefe aus dieser Zeit bieten nichts von allgemeinem Interesse mit Ausnahme des folgenden an seine Frau, welcher aus dem Grundsatz aufgenommen ist, um „Gewalt und Gewicht der Zeit, ihre Form und ihren Druck auf seinen Geist" vorzuführen.   Wie verschieden sich das Resultat erwies von seinen Berechnungen, und wie fern seine Eindrücke in vielen Punkten davon waren, mit der Wirklichkeit zusammenzufallen, sollte er zu seinem eigenen großen Schaden erfahren;

---

*) — „diese Löcher für die Choleratodten damals noch nicht fertig waren."

**) „Aber wie, Herr Abbé Cholera, wir haben Sie in Rom mit so großen Ceremonien empfangen, mit Illuminationen, Processionen, Feiertagen, und Sie haben nicht einmal so viel Höflichkeit gehabt, um Ihren Besuch beim Papst und den Cardinälen abzustatten." — „Es ist wahr, es hatte tausenderlei Gründe; für diesmal muß ich abreisen, aber später werde ich zurückkehren und den Mangel nachholen."

und daß sein geistiger Zustand krankhaft war, infolge der Ueberanstren-
gung des Geistes und der Ungeduld der Umgebung, war der Empfängerin seiner Briefe schmerzlich gewiß:

Berlin, Mittwoch, 28. November 1837.

Du wirst meinem letzten Briefe angefühlt haben, daß er mit ernstem
und beschwertem Herzen geschrieben war. Die Zeitungen werden Dir das
schon vorläufig erklärt haben. Es ist ein eigenes Gefühl, in einem Momente eine große und unberechenbare Zukunft bedingt zu sehen; so war es
wirklich damals. Vielleicht fühle ich es nicht ganz zum ersten mal, aber
zum ersten mal war nicht ich allein bei der Gegenwart betheiligt. Nicht
daß ich einen Augenblick an dem Siege der Wahrheit und des Rechts ge-
zweifelt hätte, denn das ist ganz ungetheilt auf unserer Seite: allein es
konnte Blut fließen, Blut von Hunderten, ja Tausenden, ehe es möglich
war, die verführte Menge aus ihrer Verblendung zu reißen. Doch auch
hierbei tröstete mich der Gedanke, den ich Herrn von Bodelschwingh am
18. ausdrückte: „Gott wird es uns nicht entgelten lassen wollen, daß wir
aus Nachsicht und Langmuth zu lange gezaudert haben." Der König hatte
nach seiner ihm eigenen hohen Mäßigung und mit Rücksichten für Rom und
den Papst alle gütlichen Mittel so erschöpft, daß der fanatische und arglistige
Heilige sein Los vorhersah, und sich danach richten konnte. Sein Plan war,
in den Dom zu flüchten, sich vor den Altar zu stellen, die Thüren öffnen
zu lassen, und die Gewalt herauszufordern. Allein er wurde überrascht
durch die Entschlossenheit und Raschheit zweier der tüchtigsten Männer, des
Oberpräsidenten von Bodelschwingh und des Generals Pfuel (1815 Comman-
dant von Paris, 1830 Gouverneur von Neufchâtel). Nun gewannen wir
Zeit, das Volk zu belehren; schon ist die ganze Bevölkerung, mit wenigen
Ausnahmen, für die Regierung. Ein Pulverkorn mehr, und Deutschland
ist vom Baltischen Meere bis zu den Alpen entzündet, nicht gegen uns,
sondern mit uns, für uns, mit den verschiedensten Motiven. Daß ich bis
zu dem letzten Augenblick versucht habe, den Erzbischof zu retten, kannst
Du Dir denken. — Der edle Kronprinz ist jetzt fast noch erzürnter als
sein königlicher Vater durch das unwürdige Benehmen eines Mannes, den
er empfohlen und hochgeschätzt! Er sieht, wohin das geht.

Ich bin, gottlob! ebenso wohl als beschäftigt. Das macht, daß ich
ruhig schlafe, und wenig esse: doch werde ich dabei stark, worauf Du Dich
gefaßt machen mußt, und komme mir sehr alt vor. Heiter bin ich aber
doch noch, glaube ich, obwol ich wenig Gelegenheit dazu habe.

Auch an Arnold wurden trotz aller Geschäfte aus Berlin zwei
Briefe gerichtet:

Berlin, 17. October 1837.

Erst seit kurzem habe ich mit Gewißheit erfahren, daß ich, wenn am Leben, das nächste Weinachtsfest auf dem Capitol verbringen werde. Ich verlasse Berlin gegen Ende November und werde mich auf dem Dampf= schiff in Triest am 16. December einschiffen. Ob mein Aufenthalt in Rom sich bis zum nächsten Frühjahr ausdehnen wird, ist ungewiß; aber wenn und wann ich auch Rom verlasse, so wird es mit meiner ganzen Fa= milie sein. Dies ist das gegenwärtige Resultat meines diesmaligen hie= sigen Aufenthaltes.

Als dies entschieden war, war mein erster Gedanke auf das Capitol gerichtet, mein zweiter auf Sie. Darf ich nicht hoffen, Sie jetzt, wie Sie einmal beabsichtigten, zu Weihnachten zu sehen? Könnten wir nicht auf dem Wege zusammentreffen? Meine Tage sind gezählt, weil ich Geschäfte in Wien habe. Wenn Sie nun nach Venedig gehen, so möchte unser Zu= sammentreffen auf dem Wege sich sicher einrichten lassen; denn es fährt ein täglicher Dampfer zwischen Venedig und Triest. Aber ich will nicht un= vernünftig sein. Lassen Sie mich blos hoffen, einen deutschen Weihnachts= abend mit Ihnen und den Ihrigen auf dem Capitol zu feiern, kein Impe= rator wird je glücklicher gewesen sein. — Ich habe bisher wenig Zeit gehabt, meine wissenschaftlichen Freunde zu treffen. Neander hat sein „Leben Jesu" veröffentlicht. Das zweite bemerkenswerthe Werk ist Rothe's Buch (meines Gesandtschaftspredigers von 1824—1828) über die Anfänge der christlichen Kirche. Ich kenne beide Werke in Bezug auf die Hauptpunkte, das zweite insbesondere entsprang in Rom. Seien Sie nicht ängstlich über die Einlei= tung. Der Verfasser bewegt sich in den Fesseln des Hegelianismus, welcher alle Dinge verkehrt benennt, und geht in seinen Erörterungen wider den Strich. Beginnen Sie mit der Untersuchung, sie ist zwar nicht so sehr zusammengedrängt, als es hätte geschehen können, aber aus echtem Metall gemacht. — Ich bin am Rhein gewesen in sehr wichtigen kirchlichen Geschäf= ten. Es herrscht eine große Aufregung in der römischen Kirche, welche sorgsam beachtet werden muß. Ich habe auch die Zustände der protestan= tischen Kirche in jenen Gegenden beachtet, sie ist die einzige in Preußen, die eine Verfassung hat.

Meine zwei Knaben sind untergebracht, Karl in Dresden, Georg in Schulpforte. Mein dritter Sohn Ernst ist Offizier in der Garde geworden. Ich habe weder Zeit noch Muth, mehr zu schreiben, hoffe aber Sie selber zu sehen; zwei Stunden Unterhaltung werden besser sein als zehn auf Briefe verwandte.

Berlin, December 1837.

Nach hundertfunfzigtägiger Abwesenheit stehe ich im Begriffe, nach dem Capitol zurückzukehren, und muß Ihnen wenigstens einige eilige Zeilen senden.

Der große Kampf zwischen hierarchischem Uebermuth und Anmaßung und fürstlicher und nationaler Macht hat begonnen. Ich habe auf Befehl Jupiter's den Donnerkeil schwingen müssen, wie ich vorher die äußersten Maßregeln der Vermittelung zum Frieden vorzuschlagen und zu versuchen hatte. Der König befahl mir, eine Staatsschrift mit allen Documenten zu schreiben, welche gedruckt werden könnte, wenn der Papst oder seine Freunde nicht unmittelbar auf unsere billigen Vorschläge eingehen würden. Ich sende Ihnen einen der hundert Abdrücke*), in der Hoffnung, daß Sie oder Orme=rod mit brüderlicher Sorge die Vertheidigung Ihres natürlichen Verbün=deten gegen Bosheit und Unwissenheit in der „Edinburgh Review" oder einer der Tageszeitungen unternehmen werden, sobald Sie sich einigen Nutzen davon versprechen. Einige der Documente können veröffentlicht werden, aber nicht die ganze Sammlung; ebenso könnten Stellen aus der Staats=schrift angeführt werden. Wir wissen, daß die Papisten unsere Feinde er=muthigen und bezahlen, um in die „Dublin Review" und andere Blätter zu schreiben. Gerechtigkeit und Billigkeit gegen die ganze katholische Be=völkerung, Festigkeit gegen hierarchische Plane im Namen der Regierung und des Staates, sowie im Namen der nationalen Freiheit, der Katholiken so gut wie der Protestanten, ist unser Symbol: ἐν τούτῳ νίκα. In der Staatszeitung wird eine kurze, aber klare Darlegung unserer Politik und unserer Verordnungen in Bezug auf das Verhältniß des Staates zur Kirche gegeben werden, und sie bietet zugleich einen Einblick in die jesuitischen Intriguen von 1580—1618.

Ranke, Raumer und das ganze Publikum, ebenso wie der Kronprinz theilen meine Ansicht. Es herrscht ein allgemeines Gefühl der Freude, daß der preußische Adler doch endlich seinen Flügelschlag hörbar gemacht hat; seine Feinde glaubten, er habe die Energie verloren, es zu thun. Ich hoffe, er wird nicht wieder in Schlummer fallen.

Die Leute hier glauben, daß ich im Frühjahr hierher nach Berlin zu=rückkehren werde. Ich weiß blos, daß ich gegen einen zweiten zeitweiligen Aufenthalt mit dictatorischer Gewalt protestiren und eine ehrenwerthe, freie, aber nicht ehrgeizige bleibende Stellung beanspruchen werde, wenn man mich nöthig hat.

Was Sie mir über Heinrich sagen, hat mein Herz mit Dankbarkeit erfüllt. Sie dieses Jahr nicht zu Weihnachten zu sehen, ist die Vereite=lung eines köstlichen Traumes. Freilich war er zu gut, um verwirklicht zu werden. Die Ereignisse müssen entscheiden, wo wir uns treffen werden. Abeken (unser nächster Freund) hat vom Könige den Adlerorden erhalten

---

*) Die Staatsschrift war im November 1837 blos lithographirt worden, und wurde erst nach dem Bekanntwerden der päpstlichen Allocution auch durch den Buch=druck vervielfältigt.

für seine musterhafte Wirksamkeit während der Cholerazeit in Rom. Der König hat unsere Hospitalrechnung durch einen gnädigen Beitrag ins Gleichgewicht gebracht.

In Bezug auf die Verhandlungen vom October und November 1837 mag noch bei einem allgemeinen Ueberblick über die Thatsachen aus der jetzigen Zeitferne der Ueberzeugung Ausdruck gegeben werden, daß der Umfang ununterstützter Arbeit und Verantwortlichkeit, der auf Bunsen lastete, einen krankhaften Grad von Aufregung hervorrief und ihn der Fähigkeit der Selbstvertheidigung beraubte, in derselben Zeit, wo sein Instinct sich stark gegen jede bleibende Stelle in Berlin aussprach. Die folgenden Auszüge aus seinen Notizen von 1840 theilen ebenso wie die vorhergehenden seine Gefühle in seinen eigenen Worten, nur bedeutend verkürzt mit:

Am Abend des 4. December, als Bunsen seine Abschiedsaudienz beim Kronprinzen hatte und die Mittheilungen von der Cabinetsordre des vorhergehenden Tages machte, die eine bleibende Commission zur Führung der römischen Angelegenheiten eingesetzt hatte, äußerte der Prinz die prophetischen Worte: „Jetzt sind Sie verloren, denn dies wird man Ihnen nie verzeihen durchgesetzt zu haben. Denken Sie an mich."

Der December 1837 war die Zeit der Fehler. Sie entsprangen daraus, daß die Aufgabe, deren Lösung Bunsen zugeschoben war und die er auf sich genommen hatte, nicht eine schwierige, sondern eine unmögliche war. Nach all den Schwierigkeiten, welche er im Laufe so vieler Jahre zu überwinden im Stande gewesen war, konnte er wol denken: „Warum sollte auch nun das Unmögliche nicht möglich sein und Friede mit Rom geschlossen werden durch meine persönlichen Vorstellungen?" Glaubten es doch diesmal Alle um ihn her. Warum sollte er zweifeln? Diese Stimmung kann den ungeheuern Fehler nicht nur erklären, sondern auch moralisch entschuldigen, aber sie kann ihn nicht aufheben. Schon an jenem letzten Sonntage hatte der Kronprinz zu ihm gesagt: „L'archévêque leur pèse", man weiß nicht, was man mit ihm anfangen soll. So war es, man hatte keinen Gedanken gehabt von der Wichtigkeit des Schrittes. Der am meisten dazu mitgewirkt, war gerade derjenige, welcher, wie früher Niebuhr, sich dem starrlandrechtlichen Despotismus gegen die römischkatholische Kirche im Lande entgegengesetzt, den man lange eines Kryptokatholicismus beschuldigt; nun hatte er gerade dahin geführt, was zu vermeiden sich Niemand die Mühe genommen als er. Aber dies hätte Bunsen bei mehr Bedachtsamkeit und Nüchternheit vorhersehen und bedenken sollen.

Der glänzende Erfolg in Wien hielt den Ausbruch des Grimms zurück, aber verstärkte ihn. Gerade die Nachricht von seinem ausgezeichneten Empfang durch Fürst Metternich ließ ihn um so mehr als einen gefährlichen Mann erscheinen, dessen Rückkehr nach Berlin mit allen möglichen Mitteln verhindert werden mußte. Zahlreiche Zeichen stießen ihm auf dieser Reise zu, welche, wenn er sie beachtet hätte, ihn davon hätten abhalten müssen, sich in das hineinzustürzen, was, menschlich gesprochen, sein Verderben genannt werden konnte. Eins der auffälligsten war das Wohlwollen, welches ihm Metternich nicht blos in einer langen und vertraulichen Unterredung am Abend seiner Ankunft bewies, sondern noch mehr dadurch, daß er ihn, als der Reisewagen schon vor der Thür stand, noch zu einer zweiten Conferenz bitten ließ, worin er ihm eine eben von Rom erhaltene Depesche vorlas (die ein Kurier mit ungewöhnlicher Schnelligkeit gebracht hatte) und noch mehr wie zuvor in ihn drang, nicht auf seinen Posten zurückzukehren, indem er die merkwürdigen Worte hinzufügte: „Ich rathe Ihnen als Freund — bleiben Sie hier, wenigstens vierzehn Tage — ich bürge Ihnen dafür, daß in wenigen Tagen ein Kurier ankommt — es soll Ihnen hier gefallen — ich selbst will die Verantwortlichkeit übernehmen dem Könige gegenüber; in dubiis abstine! ist immer meine Losung." — Kein Mensch hat je einen besseren Rath gegeben.*) Bunsen war er so einleuchtend, daß er keinen Hehl daraus machte, er scheine ihm das Rechte, er denke zu bleiben, wenigstens um zu bedenken. Die Pferde wurden zurückgeschickt. Bunsen berathschlagte sich mit dem dortigen Gesandten, Baron Maltzahn, der ihm Beweise wahren Wohlwollens gegeben. Aber mit seinem getreuen Freunde und Gefährten Herrn von Thile drang dieser entschieden auf die Abreise: „Warum sollte Metternich wünschen, daß Sie hier bleiben, als weil er fürchtet, Ihre Gegenwart könne die Sache in Rom wieder ins Gleis bringen? Wie können Sie wissen, welchen Nachtheil ein Tag zu spät der ganzen Angelegenheit bringt? Man würde Ihnen in Berlin nie verzeihen, auf halbem Wege stehen geblieben zu sein; es müßte wie Furcht aussehen." — Der Gesandte klingelte und bestellte die Pferde wieder; Maltzahn übernahm es, ihn beim Fürsten zu entschuldigen. Dies war der erste und unverzeihliche Fehler Bunsen's, der die Warnung vergeblich empfangen hatte.

Nach unausgesetzter Weiterreise, Tag und Nacht, langte er mit dem treuen Gefährten in Triest an. Hier fand er Nachricht von Rom, nicht von dem Geschäftsträger Herrn von Buch, sondern von Freund Reumont und Frau. Der Papst habe geschworen, ihn nicht zu empfangen, als einen

---

*) Es mag diese Ansicht auffällig erscheinen, wenn man bedenkt, wie die Metternich'sche Politik großen Antheil an den für Preußen entstandenen Schwierigkeiten gehabt hatte, und sich speciell der in den „Acta Hermesiana" von Braun und Elvenich angeführten Thatsachen erinnert. Aber der Charakter des Fürsten Metternich, der ja kein böswilliger Fanatiker, vielmehr ein leichtlebiger Genußmensch war, macht es vollkommen verständlich, daß er wünschen konnte, den ihm persönlich liebgewordenen jüngeren Diplomaten vor sicherem Mißerfolg zu bewahren.

der Hauptanstifter der Wegführung des Erzbischofs. Sollte er umkehren? Da er Wien verlassen, wohin? gerade in der Mitte zwischen Berlin und Rom! Er schiffte sich ein!

In Ancona erwartete ihn die Kunde der erfolgten Allocution; auch daß Capaccini sein Bedenken habe, ob er kommen solle. Herr von Buch ließ sagen, der Cardinal=Staatssecretär habe ihm vertraulich eröffnet, aber verboten, amtlich zu melden, der Papst werde Bunsen nicht empfangen.

Von Ancona aus richtete Bunsen eine Note an die päpstliche Regierung in der Eile des Augenblicks; sie verfehlte ihren Zweck, weil sie auf falschen Voraussetzungen beruhte.

In einem Briefe aus früheren Tagen, um das Jahr 1825, war Bunsen's Laufbahn einer ganz ununterstützten Arbeit von einer Seite, die täglich sah und wußte, was er leistete, als das Leben eines hoch= erzogenen Jagdpferdes beschrieben, das gut behandelt werde und Ueberfluß habe an allen zum Wohlbefinden nöthigen Dingen, aber in ununterbrochener Anstrengung bei voller Anspannung aller Kräfte ge= halten werde. Jetzt, schließlich überangestrengt, rannte das feurige Roß instinctmäßig heimwärts, nachdem es im Uebermaß der Anstren= gung die Fähigkeit verloren hatte, die Dinge in ihrer Wirklichkeit zu unterscheiden.

Bunsen kehrte zu seinem Heiligthum auf dem Capitol wenige Tage vor dem geliebten Christfest zurück, während weltliche Klugheit ihm entweder Aufenthalt in Florenz geboten haben würde, um dort weitere Befehle zu erwarten, oder augenblickliche Rückkehr nach Berlin, um sich und die von ihm vertretene Sache zu vertheidigen. Aber dankbar blicken Alle, die ihn liebten, auf „die Zuflucht vor dem Sturm, den Schatten vor der Hitze" zurück, die Bunsen während der folgenden drei Monate erfuhr, während er die Rückkehr des am 3. Januar 1838 abgesandten Kuriers und damit den heißgewünschten Urlaub erwar= tete, der ihm zuletzt zu einer Reise nach England und einem dortigen Jahresaufenthalt gewährt wurde. Während dieser Periode fand Bun= sen in seinen ägyptischen Forschungen Uebung und Erholung für sei= nen Geist, der nicht unthätig bleiben konnte; und die Gesellschaft ver= trauter Freunde gewährte auch jetzt das gewohnte Trostmittel.

Aus diesem Abschluß des persönlichen Verkehrs mit den römischen Freunden sei hier noch ein kurzer Brief an Kestner angeführt:

Rom, Sonntag Morgen, 4. März 1838.

Ich höre, Theuerster, daß Du um 1 Uhr (wie Dein Vincenzo be= hauptet) heute nicht mit uns essen kannst. Ein vierter März ohne Dich wäre

doch zu betrübt — noch dazu der letzte in Rom. Wir essen also Schlag
5¾ Uhr, und hoffen, daß diese Stunde Dir paßt. Nachmittags sind wir
in der Villa Pamfili.

— Ueber die letzten Verhandlungen Bunsen's, die mit seiner Abbe=
rufung von Rom endigten, lassen sich die oben gegebenen Andeutungen
noch durch folgende Mittheilungen ergänzen.

In seinen Conferenzen in Wien mit dem Fürsten Metternich vom
9. bis 11. December 1837 war es ihm gelungen, den österreichischen
Staatskanzler, wenigstens scheinbar, zu einer der preußischen Politik
freundlicheren Auffassung zu bringen; die (im Anhang mitgetheilten)
Berichte über diese Conferenzen schildern in lebendiger unmittelbarer
Weise dieses Ergebniß. Noch vor Bunsen's Abreise von Wien aber
gelangte die Nachricht von der päpstlichen Allocution vom 10. Decem=
ber dahin, welche seine ohnedies so schwierige Stellung bedeutend er=
schwerte. Ein Gemisch von unwahren Angaben und schmähenden Aus=
fällen, bot diese Allocution wol den schärfsten Contrast zu dem lang=
müthigen Verfahren der preußischen Regierung und den friedfertigen
Instructionen ihres Vertreters. Während schon im Mai und Juni
und dann wieder im August und September der römische Hof ver=
traulich benachrichtigt worden war, daß, wenn der Erzbischof bei sei=
ner Auflehnung gegen die Gesetze beharre, die Regierung gezwungen
sein werde, gegen ihn einzuschreiten; während an demselben 15. No=
vember, an dem die Befehle nach Köln abgingen, Mittheilung nach
Rom gemacht und bald darauf von dem preußischen Geschäftsträger
der Curie die berechtigte Ueberzeugung ausgesprochen war, sie werde
ihr Urtheil über die Angelegenheit so lange suspendiren, bis der Be=
richt der Regierung und des Domkapitels angelangt seien — ergoß
sich diese Allocution auf Grund theils ungenauer, theils geradezu ent=
stellender Zeitungsangaben in eine Flut von Vorwürfen gegen die
preußische Regierung nicht blos, sondern indirect auch gegen die ehr=
würdigen deutschen Bischöfe, die mit der Regierung gemeinsam auf
ein freundliches Verhältniß der verschiedenen christlichen Confessionen
hinarbeiteten; dem Freiherrn von Droste dagegen, über dessen Charakter
in seiner ganzen Umgebung nur Eine Stimme herrschte, wurde der
Kranz aller Tugenden aufgesetzt.

Wie ungerecht und ungereimt aber die Behauptungen der Allo=
cution auch waren — sie fanden ein nur zu günstiges Terrain in der
allgemeinen Misstimmung gegen die Regierung. Die Veranlassungen
zu der gegen den kölner Prälaten ergriffenen Maßregel waren geheim

gehalten, die gemäßigten Katholiken waren nicht vorher durch verstän=
dige Schritte auf die Seite der Regierung gezogen, die gesammte Be=
völkerung war in ihrem „beschränkten Unterthanenverstand" in Unge=
wißheit geblieben, daß die Regierung in der That das heiligste Recht,
welches durch die Religionskämpfe für Deutschland erworben war,
jesuitisch=hierarchischer Unduldsamkeit gegenüber vertrat. So erschien
denn das kölner Ereigniß einfach als eine Willkürmaßregel des von
Tag zu Tag verhaßter werdenden Absolutismus; es fehlte nicht nur
die erste Vorbedingung zu einem glücklichen Kampf mit der Curie,
der Rückhalt in der Bevölkerung, sondern es war sogar die öffentliche
Stimmung unzweideutig gegen die Regierung.

Der auf diese Weise sich vorbereitende weitere Verlauf der Sache
— von dem Auftreten des seinem kölner Collegen sich zugesellenden po=
sener Erzbischofs Dunin, der Görres'schen Demagogie, die aus Droste
einen Athanasius machte, und der in die weitesten Kreise nachzucken=
den fieberhaften Erregung aller der preußischen Regierung feindlichen
Kreise, welche die Sache sofort für sich auszubeuten versuchten, auf
der einen Seite, bis zu dem stets schwächeren und inconsequenteren
Verfahren der Regierungsorgane auf der anderen Seite — gehört nicht
hierher; es mußte aber an diesen allgemeinen Hintergrund erinnert
werden, um den Ausgang von Bunsen's Wirksamkeit in Rom wirklich
verstehen zu lassen.

Noch von Triest aus hatte er, zugleich mit dem bereits erwähnten
Berichte über die wiener Verhandlungen, nach Berlin geschrieben, bei der
veränderten Sachlage werde die früher aufgestellte Instruction nicht mehr
ausreichen. Von Ancona aus richtete er nun, ohne noch die Allocution
selbst gesehen zu haben, die Note vom 17. December 1837 an den
Cardinal Lambruschini, worin er, den immer noch friedlichen und zur
Versöhnung bereiten Charakter seiner Mission hervorhebend, als die
praktische Frage des Augenblicks die hinstellte, ob der Act der Allo=
cution ein definitives Urtheil des Heiligen Stuhls ein= und damit eine
weitere Prüfung der Thatsachen ausschließe oder nicht. Der erstere
Fall würde allerdings eine eigentliche Kriegserklärung bedeuten, die
jede weitere Verhandlung seinerseits ausschließe, er hoffe aber das
Gegentheil. In dem Zusammenhang der Note war dabei die Maß=
regel gegen den Erzbischof als eine temporäre bezeichnet und erklärt
worden, sie habe, wie alles andere in der Sache Geschehene, dem Ur=
theil des Heiligen Stuhls unterbreitet werden sollen.

Die Antwort des Cardinal=Staatssecretärs vom 25. December
adoptirte zwar völlig die Anschauung, die Allocution habe durchaus

nicht diplomatische Erörterungen und Erklärungen zurückweisen, sondern nur gegen Alles, was in die Rechte und Immunitäten der Kirche
eingriffe, protestiren sollen, erklärte aber zugleich, daß die Curie erst
nach Wiedereinsetzung des Erzbischofs in seine Functionen auf weitere Unterhandlungen eingehen könne.

In seiner Erwiderung auf diese Note vom 29. December machte
Bunsen seinerseits die Wiedereinsetzung des Erzbischofs von vorhergehenden Garantien abhängig; zugleich aber legte er, von der Hoffnung ausgehend, es sei auch jetzt noch ein eigentlicher Kriegszustand
zu vermeiden, seinem Hofe am 1. Januar 1838 eine Reihe von Vorschlägen vor, die von der Basis ausgingen, der Staat möge seinerseits
eine gesetzliche Declaration über das in der Cabinetsordre von 1825
ausgesprochene Verbot, von den Brautleuten ein Versprechen über die
Kindererziehung zu fordern, mit genauen Strafbestimmungen gegen die
Uebertreter dieses Gesetzes erlassen, die Frage der katholischen Einsegnung aber ganz von sich abweisen, und so eine neue Situation schaffen, bei der eine mögliche Rückkehr des Erzbischofs keine Gefahren
mehr biete und man ebenso wenig den römischen Hof nöthig habe.

Diese Vorschläge fanden jedoch beim Ministerium keinen Beifall.
Es wurde im Gegentheil durch einen der Allocution entgegentretenden
Erlaß des Cultusministers an den rheinischen Oberpräsidenten vom
4. Januar 1838 (abgedruckt in der „Staatszeitung" vom 13. Januar)
die Aufrechterhaltung der bestehenden Praxis ausgesprochen; eine Note
vom 19. Januar wies den Gesandten in Rom an, sich aller weiteren
Erklärungen gegen den römischen Hof bis zum Eingang weiterer Instructionen zu enthalten, und diese Instructionen selbst bestanden in
der Zurückziehung der in den Noten vom 17. und 29. December gemachten Anerbietungen.

Es war die in dieser Beziehung eingetretene Meinungsverschieden-
heit, welche die schließliche Veranlassung zu Bunsen's Rücktritt bot,
obgleich er schon in dem Bericht vom 1. Januar 1838 als Vorbedingung alles weiteren Verfahrens (auch in dem Fall, daß seine Vorschläge angenommen worden wären) darum gebeten hatte.*) Die nach-
gesuchte Entlassung wurde ihm am 1. April 1838 gewährt. —

---

*) Bunsen's eigenes oben angeführtes Urtheil hatte diese letzte Zeit als die
der Fehler bezeichnet, schon weil er etwas an sich Unmögliches unternommen. In
allen seinen früheren Schritten und Vorschlägen aber möchte es schwer fallen,
Fehler nachzuweisen. Hätte die preußische Regierung mehr solche Kräfte wie die
seinige zur Verfügung gehabt, der Endausgang wäre, wo sie eine an sich so gerechte
Sache vertrat, ein anderer gewesen.

Das Oſterfeſt und die vorhergehende Paſſionswoche waren mit um ſo größerer Feierlichkeit begangen worden, als der erwartete Kurier in kurzem ankommen mußte, um die Depeſche zu bringen, von deren Inhalt das zukünftige Geſchick Bunſen's abhängen mußte. Am Oſter= montag kam er endlich an, traf Bunſen und ſeine Familie, als ſie gerade nach Theilnahme am Gottesdienſt und am Abendmahl aus der Kapelle herausgekommen waren und in den Garten am Fuße des Pa= lazzo Caffarelli eintraten. Der Augenblick war einer von tiefer Be= wegung, da er in dem Bewußtſein des Vergangenen und des Kom= menden das Herz zu mächtig erregte, um irgendwelche gewöhnliche Trauer aufkommen zu laſſen, als Bunſen das Packet öffnete, welches die Einwilligung des Königs enthielt, ſeine Stelle niederzulegen und von dem erbetenen Urlaub für eine Reiſe nach England Gebrauch zu machen.

Bunſen's eigene Worte in ſeinen Bemerkungen über die letzten Unterhandlungen bezeugen, daß er ſich eines Schlages, den er nicht vorausgeſehen hatte, und eines Falles, auf welchen er nicht vorbereitet war, weder für ſich perſönlich, noch für die Sache, die er vertrat, bei der Durchſicht der eröffneten Depeſchen bewußt wurde. Aber der Begleitbrief des Kronprinzen, welcher die Geſinnungen gegen Bunſen erklärte und ſchilderte, wie er ſie zuerſt bei ihrem Abſchied in Berlin vorhergeſagt hatte, legte wie gewöhnlich Balſam auf ſeine Wunde durch den Nachweis, daß der ausdrückliche Wille des Königs ins Mittel getreten war, um Schande und Kränkung abzuwenden, welche den unvermeidlichen Fall hatten verbittern ſollen. Er hatte einfach die Erlaubniß erhalten, von dem erbetenen Urlaub Gebrauch zu machen, und war nicht entlaſſen worden. Aber der Brief des Kronprinzen drückte den beſtimmten Wunſch Seiner Königlichen Hoheit aus, daß Bunſen perſönlich nach Berlin kommen möge in Begleitung des Ku= riers, der dorthin geſandt werden mußte. Bunſen's eigenes Gefühl war dagegen, ſich in ſolcher Weiſe der Gegenwart des Königs aufzudrän= gen, aber er achtete die Meinung des Kronprinzen zu ſehr (der über= zeugt war, daß eine perſönliche Darſtellung Bunſens die Anſchauun= gen des Königs über die Sachlage verändern würde), um ſich zu weigern, in Uebereinſtimmung damit zu handeln. Aber ſeine außer= ordentliche Abneigung dagegen, abermals eine Unterbrechung und Trennung in ſeinem Familienleben zu machen, und die Sehnſucht, einen allmählichen Abſchied von Italien und der Lebensperiode zu neh= men, die jetzt zu einem Abſchluß kommen ſollte, bewogen ihn, ſich für eine Art von Selbſtſchonung zu entſchließen, die ſeinen Gewohnheiten

sonst fremd war, wenn wichtige Geschäfte in Frage kamen. Er be=
stimmte Dr. Frantz (einen ausgezeichneten griechischen Gelehrten, später
Professor in Berlin und damals im Begriff, mit seiner Familie nach
Berlin zu reisen) zum Kurier und nahm ihn in seinen eigenen leich=
ten Reisewagen mit Postpferden; aber er gab der Abneigung nach,
auf einmal von seinem gesammten Lebensbesitz Abschied zu nehmen,
und anstatt eine directe und eilige Reise nach Berlin zu machen, ge=
stattete er sich, den langsamen Gang des großen Vetturinowagens zu
begleiten, welcher seine Frau und die jüngsten sechs Kinder enthielt;
auch verließ er sie nicht eher, um mit größerer Eile vorwärts zu rei=
sen, als bis er einen letzten Blick auf Florenz geworfen hatte. Ein
weiter unten folgender Brief aus Florenz an Kestner gibt ein Bild
seiner Gefühle auf dieser Reise; aber zuvor muß des schmerzlichen
Abschieds von Rom gedacht werden, welcher zehn Tage nach der An=
kunft der Entscheidung aus Berlin stattfand. Die Fülle der Geschäfte,
die abgemacht werden mußten, und das Packen und Ordnen aller
Sachen trug viel dazu bei, zu verhindern, daß Alle über dem augen=
blicklichen Kummer brüteten; die Tage waren zu beschäftigt, um Ab=
schiedsbesuche zu empfangen; aber die Abende wurden durch die gütige
Gegenwart bedauernder Freunde ausgefüllt.

Der folgende Brief, von Lord Clifford kurz vor Ostern erhal=
ten, findet hier am natürlichsten seinen Platz, als ein Abschiedszeugniß
wahrhaft trostreicher Art; es war der Abschluß eines langen und
innigen Verkehrs mit diesem ausgezeichneten Manne, der lebenslang
in Rom blieb*):

Ich habe viel nachgedacht über das, was Sie mir erzählt haben, hin=
sichtlich Ihrer Ueberzeugung, daß es sich gezieme, alle seine persönlichen Ge=
fühle dem Gefühle seiner öffentlichen Pflicht zu opfern, und hinsichtlich der
Erwägungen, welche Sie zu dem Entschlusse geführt haben, Ihre Ent=
lassung von der preußischen Gesandtschaft in Rom zu erbitten, in der
Hoffnung, daß so jede persönliche Gereiztheit, welche sich in die Angelegen=
heiten des Erzbischofs von Köln zum Nachtheil der darin verflochtenen
großen öffentlichen und europäischen Interessen eingemischt hat, entweder
völlig nachlassen oder sich doch so vermindern werde, um eine versöhnliche
Beilegung dieser Angelegenheit möglich und sogar wahrscheinlich zu machen.
Ich fühle nun, daß ich die Freundschaft nicht verdienen würde, mit welcher

---

*) Auf den strengkatholischen Gesichtskreis Clifford's ist schon oben aufmerk=
sam gemacht worden; um so mehr kommt sein Urtheil hier in Betracht den Unge=
bührlichkeiten gegenüber, in denen sich die Partei Lambruschini gefiel.

Sie mich während unserer hiesigen Bekanntschaft beehrt haben, und auf welche ich immer in jedem Theile der Welt stolz sein werde, wenn ich Ihnen nicht die folgenden Erwägungen vorlegen würde. Nicht mit der Idee, Ihnen Reue zu verursachen über den Entschluß, den Sie gefaßt, oder das Gesuch, welches Sie Ihrem Könige gestellt haben, sondern um Ihnen die Gründe meiner Anschauungen darzulegen, im Widerspruch mit Vielen, deren Meinung ich auch dann achte, wenn ich das Unglück habe, von ihnen abzuweichen; ich meine nämlich, daß wenig, wenn überhaupt irgendetwas von der Gereiztheit, welche in den Angelegenheiten des kölnischen Erzbischofs losgebrochen ist, in Wahrheit dem Antheil zugeschrieben werden darf, welchen Sie daran genommen haben, und daß vielleicht die Verzögerung jener Aufwallung von Verstimmung und Unzufriedenheit in den Jahren 1830 und 1831, als diese Gefühle dem Frieden Europas wol gefährlicher gewesen wären, als sie sich jetzt, wie ich hoffe, erweisen werden, in Wahrheit in einigem Grade Ihnen zugeschrieben werden muß.

Wenn es mir gelingen wird, die Wahrheit dieser, ich will nicht sagen allein stehenden, aber ich kann sagen nicht allgemein vorherrschenden Anschauungen (soweit ich nach den gegen mich von den Leuten in meiner Umgebung geäußerten Empfindungen urtheilen kann, seit ich gewagt habe, diese meine Anschauungen in der Unterhaltung auszubrücken) klar zu legen, so werde ich mir schmeicheln, daß ich dazu beigetragen habe, in Ihnen die Ueberzeugung zu befördern, welche Sie aufrecht erhalten müssen, daß Sie von Rom die Achtung aller derer mitnehmen, welche das Glück gehabt haben, Ihre Gesellschaft im Privatverkehr zu genießen, den Glauben, daß Ihre hiesige öffentliche Laufbahn dem Frieden Europas förderlich gewesen ist.

Ich muß fortfahren zu behaupten, daß es nicht gerecht ist, Ihnen den übeln Erfolg der Angelegenheiten aufzubürden, mit denen Sie im Jahre 1827 durch Ihren König betraut wurden. Sie haben nach meiner Ansicht (bescheiden und werthlos wie sie ist) dieselben so geführt, daß Sie die Augen Europas für seine wahren Interessen in einem sehr wesentlichen gesellschaftlichen Punkte geöffnet haben; und wenn es wahr sein möchte, daß Ihre Zurückziehung gegenwärtig von Nutzen sein kann zur Linderung der Gereiztheit, die durch die gegenwärtigen Mängel in dem jetzigen System der kirchlichen Angelegenheiten Deutschlands erregt ist (welche Mängel keine Heilung möglich machten, solange nicht das Uebel offen zum Vorschein gekommen war), so ist es gewiß nicht weniger wahr, daß Sie sich mit der befriedigenden Ueberzeugung zurückziehen können, daß Sie denen, welche die Macht haben, einen heilenden Balsam und ein wirksames Heilmittel gegen diese Uebel zu gewähren, ihre Pflicht eher erleichtert wie erschwert haben.

In diesem Gefühle bitte ich um die Erlaubniß, mich noch einmal, theuerster Herr, Ihren treuen Diener und Freund nennen zu dürfen.

Der bereits erwähnte Brief Bunsen's an Kestner lautet:

Florenz, Sonntag früh, 6. Mai 1838.

Ich reiße mich erst heute von Rom und Italien los, indem ich Florenz verlasse, den Alpen zueilend, und von Dir den zweiten Abschied nehme. Eine schöne und große Vergangenheit liegt hinter mir abgeschlossen da, und in ihr leuchtet mir Dein Bild, das Bild der treuesten und edelsten Freundschaft entgegen. Dieses Bild wird mit aller Kraft der Erinnerung an dem Frühling des Lebens emporsteigen, wie die Kluft zwischen Altem und Neuem sich tiefer einreißt. Noch einmal also empfange aus der Nähe, diesseit der Alpen, den Dank der innigsten Anhänglichkeit für alle Deine Güte und Liebe und laß nicht zu lange Zeit hingehen, bis wir uns schriftlich begrüßen. Ich gedenke Donnerstag Abend in Berlin zu sein, den 16. d. M. Früher mich loszureißen von den Meinigen und von Italien war nicht möglich. Mit Fanny im Wagen fuhren wir, die Kinder und Doctoren vorne, wie spazierenfahrende Kuriere in kleinen Tagereisen nach dem lieblichen Siena. Dort trennte ich mich des Abends und traf nach Mitternacht in Pisa ein. Dort sah ich Rosellinis, die Treuen, Morgen, Mittag und Abend; die göttlichen Denkmäler der ruhmwürdigsten Vergangenheit dazwischen. Der Dom von Pisa ist der Trost und die Ehre der italienischen Menschheit im 11. und 12. Jahrhundert, der Campo-Santo die edelste und rührendste Idee ihrer Art im ganzen Mittelalter. Dort ist mir wohl geworden. Dort möchte ich sterben, wäre ich nicht ein Deutscher und hätte ich nicht die Hoffnung, einen neuen Campo-Santo im Vaterlande erbauen zu helfen. Am nächsten Morgen war ich in Florenz. Mein erster Gang war mein Wallfahrtsort, die Loggia di Orcagna, wo ich vor 21 Jahren und 10 Monaten den hülflosesten und verzweifeltsten Augenblick meines Lebens durchkämpfte, und nach einer halben Stunde Ueberlegung den Entschluß faßte, der mich bis hierher geführt hat.

Das Herz ging mir aber nun auf in den heiligen hohen Hallen. Gestern Abend zog ich wieder dorthin, auch nicht ohne Segen. Schwankend, ob ich nicht noch einen Tag zulegen sollte, trat ich ein; entschlossen, mit aller Schnelle Berlin zuzureisen, trat ich heraus. Mit mir nehme ich das aufgefrischte Bild des Schönsten im Mittelalter: die Pisani, Luca della Robbia, Orcagna und Benozzo, Giotto und Rafael stehen oben an in diesem Pantheon. Nun aber gilt's, Herz und Haupt zuzuwenden der Zukunft und dem Vaterlande. Wo? das wird in einem Monate entschieden sein. Zum 15. Junius hoffe ich die neue Weltstadt zu begrüßen und mich für hundert Tage in England und in das englische Leben zu stürzen. Das hatte ich mir immer zum Schlusse der Wanderschaft gewünscht, und als letzte Weihe zum Wirken im Vaterlande und in der Gegenwart, und das soll mir jetzt wirklich, nach allem Anschein, gewährt werden.

Die Kurierreise nach Berlin, welche Bunsen, seine eigene Ueber=
zeugung überwindend, aus Rücksicht auf den ausdrücklichen Wunsch
des Kronprinzen anzutreten bewogen wurde, fing in Wirklichkeit erst
an, als er von Florenz aufbrach, eine Woche, nachdem er Rom ver=
lassen hatte; so war seinen Gegnern Zeit gelassen, ihren Einfluß aus=
zuüben, um die Erlaubniß, nach Berlin zu kommen, abzuschneiden.
Wie der Brief an Kestner seine Gefühle während der ersten Tage ge=
schildert hat, welche eine neue Aera in seinem Leben bezeichneten und
ihn von der ganzen Vergangenheit trennten, so zeigt der folgende
Auszug aus Briefen an seine Frau, daß der Schlag noch schmerzlich
gefühlt wurde.

Bologna, Mai 1838.

Ich muß Dich mit einer Zeile in Bologna begrüßen. Der Abschied
von Florenz war schwerer als ich gedacht, schwerer, als von Rom — denn
hier war ich mit Dir, dort ging ich von Dir. Das Herz war mir
so schwer während der letzten Stunden, daß ich mir nicht zu helfen wußte.
Abend und Nacht waren herrlich, ungetrübt. Wir begrüßten den Morgen
auf einer Apenninenhöhe; erst nach halb elf waren wir hier. Ich komme
von der Akademie zurück; den Dom fand ich verschlossen (1 Uhr): fange
Du also mit diesem an; er enthält die Hauptsachen; gedenke mein bei der
heiligen Cäcilia und den beiden Francias, vorzüglich der Assunta. Ich
habe guten Muth und ungebeugtes Herz. Es gilt jetzt die letzte That,
die Unabhängigkeit und Muße des übrigen Lebens. Die Art und das
Uebrige ist mir gleich. Gott mit Dir und den Kindern!

München, 12. Mai, Sonntag, 1838.

Ich eile Dir zu melden, daß ich glücklich hier angekommen bin, und
kann eine Nachricht hinzufügen, die Du gerade nicht erwartet, die Dir
aber doch erfreulich sein wird. Wie schwer mir die Trennung von Dir
und den Unserigen in Florenz wurde, habe ich Dir schon in meinen Zeilen
von Bologna ausgedrückt — ich ahnte nicht, daß sie so kurz sein werde.
Hier angekommen fand ich Nachrichten vor, die mich bestimmen mußten,
den früheren Reiseplan wiederaufzunehmen, und mit Dir direct weiter zu
gehen. Die Nachrichten und Weisungen waren so bestimmt, daß ich die
Gewißheit habe, Se. königliche Hoheit kann es mir nicht übelnehmen, wenn
ich seiner Einladung jetzt nicht folge. Uebermorgen sende ich meinen
treuen Reisebegleiter mit allen Papieren u. s. w. nach Berlin ab, und er=
warte Dich dann ruhig hier. Ich bin zu Christiane gezogen, die allerliebst
wohnt und mich treulich pflegt. Die Ruhe erspart mir wahrscheinlich eine
Krankheit; denn ich war in vier Tagen von Florenz bis hierher gereist,
ohne zu schlafen. Schon nächsten Mittwoch werde ich anfangen, Schelling

meine Aegyptiaca vorzulesen. Von allen meinen Freunden bin ich auf das gütigste und freundlichste empfangen: gestern habe ich dem Kronprinzen und der verwitweten Königin aufgewartet.

Die Mittheilungen dieses Briefes sind mit absichtlicher Berechnung abgefaßt, in der Ahnung, von österreichischen Spionen beobachtet zu werden; aber der Schlag war sehr heftig, als Bunsen wenige Stunden, nachdem er München erreicht (10. Mai) und auf der Post nichts für sich vorgefunden hatte, durch eine Estafette das erhielt, was er als ein „Verbot" bezeichnet. Es war eine in milden Ausdrücken abgefaßte königliche Willensäußerung, daß er von seinem Urlaub gleich für die Reise nach England Gebrauch machen möge. Er bemerkt in seinen Aufzeichnungen, daß dies „der schwerste Augenblick der ganzen Zeit" war. „Aber", fügt er hinzu, „auch er wurde überwunden."

Bunsen's Abschiedsgrüße von Rom enthalten folgende drei am Tage vor seiner Abreise niedergeschriebenen Sonette:

Scheidensnoth.

So soll ich denn vom heil'gen Boden ziehen,
Auf dem des Lebens Blüte mir gesprossen!
Die ew'ge Stadt, in der mir zugeflossen
Ein Segensmeer — die soll ich ewig fliehen?

Wo ich der Jugend Traum als Mann genossen,
Wo Lieb' und Freundschaft Flügel mir geliehen,
Wo mir den Geist zu kennen ward verliehen,
Der, ein Prophet, der Zeiten Grab erschlossen!

Wo deutsches Leben unter Südens Himmel,
Die Gegenwart ich lebt' in Romas Weihe,
Und Wissen pflegt' und Kunst im Weltgetümmel.

Wo ich die Kirche mir erbaut, die freie,
Auf ew'gen Felsen, trotzend dem Gewimmel
Der Tagesfliegen und des Neides Schreie!

Segensgruß an Rom.

O ewig heißgeliebter Stern der Erde,
Wo mir der Freund' und Kinder Gräber blühen,
Unfern der Helden, die nach Lebensmühen
Jahrtausende dort harren auf das Werde!

O Heldenstadt, in nächt'gen und in frühen
Geweihten Stunden, wie vom heil'gen Herde
Hast du mit Mutterherzen und Geberde
Entzündet mir der tiefsten Sehnsucht Glühen.

Lebwohl! und mögen deine ew'gen Pforten
Sie fallen sehn, die sich im Lammeskleide
Gesetzt auf deinen Thron, den Geist zu morden:

Die Gottes Land gemacht zu öder Heide,
Die Aufruhrs und Unglaubens Mutter worden, —
Die Schuld an meines Volkes Blut und Leide.

Nachruf an den Pontifex Maximus.

Schau, hier im Fels, an dem du sollst zerschellen,
Der grollest auf dem Zauberberge drüben,
Ist des Geschickes Nagel eingetrieben,
Wie sich's gebührt, an Capitoles Schwellen.

Sieh, in den Felsen hab' ich ihn getrieben,
Von dem des ew'gen Lebens Ströme quellen,
Das Zeichen dieser Zeit, aus dunkeln Wellen
Licht widerstrahlend in der Zahlen sieben.

Und hinter ihm kannst meinen Namen finden; —
Magst du den Hügel aus dem Boden schneiden,
Des Nagels Spitze sollst du nie ergründen.

Wohl muß vielleicht ich von der Erde scheiden,
Eh' ich das Wort des Felsens darf verkünden: —
Ein Höh'rer kommt, von dem du Tod sollst leiden!

Ein getreues Bild der Abreise selbst bietet wiederum Abeken's Schilderung*):

Am 29. April 1838 schied Bunsen von Rom, nach einem Aufenthalt von 22 Jahren, von welchen 21 auf dem Capitol verbracht waren. Festen Schrittes, ungebrochen und ungebeugt, verließ er sein geliebtes Daheim, indem er zu seiner Frau sagte: „Nun komm, nun wollen wir uns ein anderes Capitol suchen." Um seinen Wagen standen die alten treuen Freunde, und eine Anzahl junger Männer, die er meist selbst nach Rom gezogen, auf deren Aller Lebensgang er bestimmend und fördernd eingewirkt, deren Geist er zum Theil in neue Bahnen gelenkt, deren Herz

---

*) In dem bereits mehrfach erwähnten Artikel in „Unsere Zeit", S. 356.

er sich durch unermüdliche Sorge, Liebe und Treue fürs Leben gewonnen
hatte. Sie sahen in ihm den Mittelpunkt eines geistig angeregten Lebens
scheiden, das seitdem nicht wiedergekehrt ist für Rom, und das dort nur
durch einen Deutschen hatte erhalten werden können, der, nach dem geist=
reichen Ausdruck des Franzosen Ampère, der Repräsentant nicht nur der
preußischen Regierung bei dem päpstlichen Stuhl, sondern auch der deutschen
Wissenschaft bei dem römischen Alterthum gewesen war. Die hoch über
Rom hinausblickenden Räume des Palastes Caffarelli wird Niemand ver=
gessen, der in ihnen dem Zusammenfluß bedeutender Männer aller
Nationen begegnet ist, welche die Anziehungskraft Bunsen's jeden Winter
um ihn vereinigte; die gastliche Villa Piccolomini in Frascati aber wird
in der Erinnerung und dem Herzen des kleinen Kreises leben, dessen bele=
bende und erquickende Seele während der auf jenen kühlen und schattigen
Höhen immer schönen und stillen Sommermonate, im heitersten und glück=
lichsten Behagen des Familienlebens und in der Fülle gedankenreichster
Thätigkeit der an Gemüth und Geist gleich reiche und lebendige Haus=
vater bildete.

Anhang.

—

A. Documente über die römischen Verhältnisse.

I.

Denkschrift über die Folgen des Regierungswechsels in Rom
vom 13. December 1823.

(Zu S. 271.)
(Uebersetzung des französischen Originals.)

Schon seit den heftigen Bewegungen der zelotischen Partei unter den Carbinälen während der letzten Monate der Regierung Pius' VII. hielt ich es für meine Pflicht, darzulegen, daß längst befürchtete Erscheinungen sich zu verwirklichen schienen, und daß die Epoche, welche das nächste Pontificat in der Geschichte des Heiligen Stuhles bilden würde, kaum verfehlen könnte, von allgemeiner Wichtigkeit für Europa und die ganze civilisirte Welt zu werden. Ich habe auch bereits berichtet, welches der Geist der Partei war, welche die Wahl Leo's XII. entschieden hat. Seitdem war meine Aufmerksamkeit fast ausschließlich auf diesen wichtigen Punkt und auf die Anzeichen des Weges gerichtet, welchen Rom in den kirchlichen Angelegenheiten einschlagen zu wollen scheint. Nur das tiefe Gefühl der Schwierigkeit eines genauen Berichtes hat mich bisher abgehalten, eine frei-müthige Anschauung über eine so weitschichtige und ernste Frage auszu-sprechen.

Es handelt sich darum, die gegenwärtige Stellung des Heiligen Stuhles als Haupt des Katholicismus klar darzulegen. Wenn man nun aber von der Stellung des Heiligen Stuhles als Haupt des Katholicismus als solchen ausgeht, so verpflichtet man sich, von ganz Europa zu sprechen; und wenn man seine gegenwärtige Stellung zu erklären und sein zukünftiges Verfahren vorauszubestimmen sucht, so muß man auf die Vergangenheit zurückgehen, die delicatesten Fragen und die gewichtigsten Interessen der Gegenwart berühren, und endlich in eine Prüfung der geistigen Bewegungen der europäischen Gesellschaft eintreten, welche diesen oder jenen definitiven Gang der Dinge zu prophezeien scheinen. Bei dieser dreifachen Erwägung muß man sich sehr hüten, sich keinerlei Parteiansicht zu überliefern, noch sich von irgendwelcher Leidenschaft fortreißen zu lassen. Aber man muß auch jene stillen Wirkungsweisen des menschlichen Geistes und jene Macht der religiösen Gefühle zu schätzen wissen, die niemals aufhören, einen bestimmten Einfluß auf die menschlichen Herzen auszuüben und häufig die heftigsten Bewegungen erregen.

Und dessenungeachtet scheinen, während nicht blos die Interessen des Handels, sondern selbst die der Politik alle Gemüther beschäftigen und fast allenthalben besprochen werden, bald mit gerechter Gesinnung, bald in verkehrter Richtung, die religiösen und kirchlichen Interessen und die Bewegungen der Geister in der Gesellschaft und in der Literatur nach ihrer Auflösung oder Wiederherstellung hin — Bewegungen, welche in Rom sich auf Alle erstrecken — wenig von der einen wie von der anderen Partei bemerkt zu sein, und werden vermuthlich die Geister erst beschäftigen, wenn sie der politischen Discussion müde sein werden und die Agitation sich ausschließlich auf die geistigen Interessen hinwenden wird.

Ich habe zu meinem Bericht die Entwickelung des Systems abgewartet, welches man vorzubereiten schien. Denn wie groß auch die Beweiskraft einer Erörterung sein mag, die sich auf die Beobachtung der Interessen und die Prüfung der geistigen Wirkungsarten der Gesellschaft stützt, so muß man doch bestimmte Thatsachen vorführen und sichere Beweise beibringen. Unbestimmte Gerüchte, zweifelhafte Bewegungen und selbst vereinzelte Thatsachen sind mir nicht würdig erschienen, um in einem solchen Falle erwähnt zu werden, sei es, um Befürchtungen zu erregen, sei es, um Hoffnungen zu rechtfertigen.

Die Aufgabe, die ich nunmehr zu erfüllen habe, bezieht sich auf die Untersuchung der folgenden vier Punkte:

1. Welches ist der Einfluß der großen Ereignisse des Jahrhunderts auf die Stellung des römischen Stuhles gewesen als Haupt des Katholicismus?

2. Welches ist die Tendenz des Heiligen Stuhles, die aus dieser Stellung hervorgeht, seit dem Tode Pius' VII. und dem Ministerwechsel, in Bezug auf die ausschließlich katholischen Länder?

3. Muß diese Stellung und diese Tendenz Besorgniß erregen für die Würde der anderen Regierungen und die Sicherheit der evangelischen Kirche?

4) Welches ist insbesondere die Lage Preußens gegenüber dem Heiligen Stuhl, und was für eine Veränderung ist eingetreten in dem Gang der Angelegenheiten, welche die hiesige preußische Gesandtschaft zu verhandeln hat?

Auf den ersten Blick könnte es wol scheinen, daß der Gang der großen Ereignisse, die zunächst den Despotismus Bonaparte's und dann die Befreiung Europas, den allgemeinen Frieden und das mächtigste Monarchenbündniß, welches die Geschichte kennt, herbeigeführt haben, günstig auf die gemäßigte Stimmung des Heiligen Stuhles hätte einwirken müssen. Der Thron Pius' VII. war durch Monarchen wiederhergestellt worden, deren Mehrzahl ihn nicht als Haupt der Kirche anerkannte, welcher sie mit der Mehrzahl ihrer Unterthanen angehören. Wirklich hörte Pius VII. und sein weiser Minister niemals auf, ein tiefes Andenken der Wohlthaten, welche sie von den Großmächten erhalten, und eine besondere Erkenntlichkeit für die beiden ersten Monarchen der evangelischen Gemeinschaft zu bewahren.

Nichtsdestoweniger entdeckt man, wenn man genauer den Charakter dieser großen Ereignisse und die Richtung erwägt, welche sie den Bewegungen der Geister in den letzten fünfundzwanzig Jahren gegeben haben, hier die Quelle einer Reaction zu Gunsten des Heiligen Stuhles, einer Reaction, welche früher oder später ihn einladen mußte, in gewissem Sinne die gewaltige Stellung wiederzugewinnen, in welcher er sich solange behauptet hat.

Die Mäßigung der Päpste, welche seit Benedict XIV. sich auf dem Thron folgten, war das Resultat alles Anderen, nur nicht eines veränderten Systems oder modificirter Principien. Die Reformation und der Fortschritt der Civilisation hatten unabwendbar die Stellung der geistlichen Macht gegenüber der Gesellschaft verändert. Die Feinde, welche der Heilige Stuhl im 18. Jahrhundert zu bekämpfen oder mit welchen er sich so gut wie möglich zu verständigen hatte, waren nicht mehr protestantische Bevölkerungen und Regierungen, die sich völlig von seiner Macht emancipirt hatten; es waren im Gegentheil katholische Kirchen und Fürsten, welche Ergebenheit gegen die Einheit der römischen Kirche bekannten. Die geistliche Macht war fast allgemein ein Gegenstand des Hasses, der Gleichgültigkeit, ja selbst der Verachtung gewesen. Niemand fürchtete sie und die Meisten freuten sich darüber, einen Theil derselben an die bürgerliche Regierung übergehen zu sehen, anstatt sie in ihrer vollen Kraft und Consequenz durch einen Priesterfürsten ausgeübt zu sehen, der sich zum unfehlbaren Richter der Gewissen erklärte. Die ausgezeichnetsten Geister unter den katholischen Schriftstellern, wie Pascal und Bossuet, waren, wie sehr sie auch die festeste Grundlage für die Wiederherstellung der Universalität der katholischen Kirche erstrebten, und wie sehr sie auch zugestanden, daß man den Heiligen Stuhl schonen müsse, doch schon von dieser Richtung des civilisirten Europa auf die Vergrößerung der weltlichen Macht in den kirchlichen Angelegenheiten und auf die Wiederherstellung der Rechte der Nationalkirchen auf Kosten des Papstthumes ergriffen.

Es wäre daher gar zu unklug gewesen, sich offen mit den Beschützern und den ersten Söhnen der Kirche zu überwerfen und die muthigsten und mächtigsten Stützen des Katholicismus für Ketzer zu erklären; man gab deshalb etwas auf, um sich des Uebrigen um so mehr zu versichern, und indem man so handelte, war man durch keinen anderen Fanatismus zurückgehalten als den der Principien. Denn es herrschte damals eine allgemeine Tendenz auf die Erschlaffung der gesellschaftlichen Bande, verbunden mit einer tiefen Ruhe und der Ueberzeugung, daß es in dem gegenwärtigen Zustand der Civilisation keine großen politischen Erschütterungen und noch weniger heftige religiöse Bewegungen mehr geben würde.

Die offen zu Tage tretenden Folgen der Aufhebung des Jesuitenordens zeigten Pius VI., wie sehr es für den Heiligen Stuhl nothwendig sei, auf seine früheren Wege zurückzukommen; aber die reißenden Fortschritte der

Französischen Revolution erlaubten ihm nicht, andere Projecte zu fassen
außer der Sorge für die Erhaltung seiner Existenz. Pius VII. hatte den
päpstlichen Stuhl gänzlich umgestürzt gesehen: die gesunde Vernunft, die
ihn auszeichnete, unterstützte die Weisheit seines Ministers, der auch nicht
den leisesten Anstrich von Bigoterie oder Fanatismus hatte.

Indessen hatte schon unter dieser Papstregierung und diesem Ministerium die Macht der Ereignisse die Stellung des Heiligen Stuhles gegenüber der europäischen Gesellschaft völlig verändert und demselben einen
offenbaren, vielleicht sehr vorübergehenden, aber immerhin hinlänglich glänzenden und durchaus unerwarteten Triumph vorbereitet.

Das revolutionäre Princip in den ausschließlich katholischen Ländern
(und schließlich hat es nur in diesen Gewalt erlangen und seine zerstörende
Macht ausüben können) hatte in seine Verirrungen einen großen Theil der
Opposition hineingezogen, welche sich im Schose der katholischen Kirche gegen
die Anmaßungen und die Unterdrückungssucht des römischen Stuhles gebildet
hatte. Seitdem mußte jede ähnliche Opposition als verderblich erscheinen,
und die Eifersucht der Regierungen gegen den Einfluß des Papstes in
demselben Verhältniß abnehmen. Der Heilige Stuhl war der Gegenstand
des Hasses und der Verfolgung in Frankreich wie in Neapel, in Spanien
wie in Portugal gewesen; jetzt wurde er als der theuerste Freund der
legitimen Regierungen angesehen. Die hohen Schiedsrichter der Geschicke
Europas trugen im Jahre 1821 kein Bedenken, an die Stütze des geistlichen Einflusses des Heiligen Stuhles zu appelliren, um eine Bevölkerung
zum Gehorsam zurückzuführen, die damit bedroht war, von einer gottlosen
Sekte verführt zu werden. Wenn dieser Appell nicht sofort dem römischen
Hof neuen Glanz gab in dem großen Kampf für die Ruhe und den Frieden der Gesellschaft, wenn ebenso in Spanien der Heilige Stuhl sich nicht
zur Geltung zu bringen wußte, so war das nur aus Mangel an Kühnheit
und Ehrgeiz. Die Bewegung der Geister war dem furchtsam gewordenen
römischen Hof vorangeeilt.

Zwei große Lehren waren durch die Geschichte der Französischen Revolution eingeschärft: einmal, daß der Altar die sicherste Stütze des Thrones
sei, und dann, daß die Würde einer geistlichen Macht, die unmittelbar von
der Person, sei es eines souveränen weltlichen Fürsten, sei es eines souveränen Papstes, abhängt, die erste der öffentlichen Freiheiten sei, ebenso
wie sie die einzige Bürgschaft biete, daß die Gewissenssachen und die Interessen der Geistlichkeit nicht der Spielball weder der administrativen
Gewalt noch der individuellen Willkür würden.

Es würde nicht schwer sein, zu zeigen, daß diese noch so wenig verstan-
dene Lehre gleich sehr auf die evangelische Kirche wie auf die römische Kirche
anzuwenden ist, und daß sie dem Katholicismus keinerlei Vortheile gewährt.
Da indessen diese beiden Wahrheiten insbesondere den Geistern in den
katholischen Staaten aufgingen, die eine ebenso antichristliche als anti-
monarchische Revolution durchgemacht hatten, stellten sie sich in der Literatur
unter einer ausschließlich katholischen Form dar, nämlich in diesen beiden Thesen: daß die Macht des Papstes und die Autorität einer Kirche, welche sich
allgemein und unfehlbar nenne, die mächtigste Stütze der monarchischen

Gewalt, und daß die Unabhängigkeit dieser geistlichen Macht von der bürgerlichen Regierung die kostbarste öffentliche Freiheit sei.

Auch diese Behauptung hätte noch in der Form wiederaufleben können, welche Bossuet zu ihrem Erweise gewählt hatte; aber die Modification, welche dieser große Advocat des Katholicismus in der Definition der
Unabhängigkeit und Unfehlbarkeit der Kirche eingeführt hatte, war die
Frucht von zwei Dingen, welche in den unglücklichen Ländern, von denen
ich eben gesprochen, nicht mehr existiren, nämlich der Mäßigung und der
wissenschaftlichen Bildung. Denn die Mäßigung verliert sich und wird
selbst verdächtig in den Epochen der Reaction; und je weniger tief man
die Schwierigkeiten einer Frage kennt, um so verwegener und schärfer wird
man. Nun ist es aber nicht mehr zweifelhaft — und es ist sehr wesentlich, dies zu bemerken —, daß die Revolution in katholischen Ländern
fast alle historische und philologische Wissenschaft zerstört hat. Der beste
Beweis dafür ist, daß selbst unter den durch ihren Charakter, ihre Talente und ihre antirevolutionären Lehren achtungswerthesten katholischen
Schriftstellern eine mehr oder weniger große Unwissenheit herrscht über die
wichtigen Fragen, welche die Gemüther in den religiösen Controversen der
drei letzten Jahrhunderte beschäftigt, und welche im 16. Jahrhundert die
Reformation und im 18. die Emancipation der katholischen Regierungen
und die thatsächlichen Vorrechte für die Nationalkirchen herbeigeführt haben.
Denn wenn De Bonald als Controversist neben dem ehrwürdigen Pascal
nur ein Sophist ist und ein um so weniger furchtbarer Sophist, für je
tiefer er sich hält, so ist Lamennais sicherlich ein Ignorant Bossuet
gegenüber, dessen hohe Weisheit und tiefe Politik in der Definition der
obersten Autorität des römischen Stuhles er nicht einmal zu begreifen im
Stande ist. Niemand kann aufrichtiger als ich die Tugenden des Prinzen
von Canosa und die unsterblichen Verdienste seiner berühmten Flugschrift
gegen die Carbonari und das Ministerium von De Medicis bewundern,
noch inniger den guten Glauben und die religiösen Gefühle von Le Maistre
anerkennen; aber man muß doch ganz anders tiefe Kenntnisse haben, um
würdig über diese Gegenstände zu schreiben; und die Erörterungen, welche
genügen, um die Carbonari Italiens, die Atheisten Spaniens und die
sogenannten Jansenisten des revolutionären Frankreichs zu widerlegen, von
denen die einen noch unwissender und oberflächlicher sind als die anderen,
sind noch keine Argumente, die es verdienen, dem an die Seite gestellt zu
werden, was durch die Jesuiten und die großen katholischen Schriftsteller,
die ich eben genannt habe, gesagt und gelehrt worden ist. Nun mußte
aber dieser Mangel an wahrer wissenschaftlicher Bildung natürlich den
Enthusiasmus der Koryphäen des Katholicismus und ihrer Parteigänger
für den Heiligen Stuhl gerade vermehren. So hat denn in der That,
während die französischen Schriftsteller sich anstrengten, zu beweisen, daß
die Modification, welche man sich in der Gallikanischen Kirche zu machen
erlaubte, indem man die Ausübung der absoluten Gewalt Roms beschränkte,
zu den Hauptursachen der Revolution gehöre, — der Prinz von Canosa
offen gesagt, daß es kein anderes Mittel gäbe, um die Sicherheit der
Throne und die wahren Freiheiten Europas zu retten, als die Wiedervereinigung der ganzen Christenheit um den Heiligen Stuhl; und Le Maistre

hat kein Bedenken getragen, zu erklären, indem er die furchtbare Bulle In coena Domini untersucht, daß der Artikel, welcher den Regierungen bei Strafe der Excommunication verbietet, ihren Unterthanen ohne die Autorität des Heiligen Stuhles neue Steuern aufzulegen, unendlich mehr im Interesse der Völker liege als die Zustimmung der Stände. Die Autorität aller dieser Schriftsteller aber mußte um so größer sein, als die Doctrinen, welche sie in ihren Ländern bekämpfen, socialistisch und jakobinisch, irreligiös und atheistisch sind.

Die Universalität der französischen Literatur endlich trug dazu bei, den Heiligen Stuhl und den hohen römischen Klerus von dieser Bewegung der Geister und dieser dem Papstthum so günstigen Reaction genau in Kenntniß zu setzen, und noch unter dem Pontificat Pius' VII. erhoben sich heftige Stimmen, welche dem Verfahren dieses ehrwürdigen Papstes unverzeihliche Schwäche vorwarfen.

Es brauchte daher nur ein Wechsel in den Persönlichkeiten und der Beginn einer neuen Papstregierung einzutreten, um dem Heiligen Stuhl die Bedeutung der Ereignisse vorzuführen, welche seinen Triumph vorbereitet zu haben schienen, und ihn an der Spitze der Doctrinen erscheinen zu lassen, welche so unvermuthet ihm vorangeeilt waren. Das Zusammentreffen der Erhebung Leo's XII. auf den päpstlichen Stuhl mit dem Triumph der Legitimität, aber auch einer ultramontanen Partei in Spanien, war ein zu treffendes Wahrzeichen, um nicht in dem Lande der Wahrzeichen mit Frohlocken bemerkt zu werden.

Und in der That, während man in der inneren Verwaltung mit Vergnügen einen Geist der Mäßigung, der Weisheit und der Gerechtigkeit wahrnahm, der hoffen ließ, daß die gesunde Vernunft des Papstes schließlich über die Leidenschaften der Partei, die ihn umgab, triumphiren würde, nahm man einen bedeutend höheren Ton an, wenn man von den kirchlichen Angelegenheiten redete, und behandelte Alles, was unter dem Pontificat Pius' VII. geordnet worden war, mit dem äußersten Mistrauen. Es war offenbar, daß man zu wenig die Sachlage kannte und vollständig die reellen Kräfte verkannte, die man besaß. Man stützte sich mit Sicherheit auf die ultramontanen Doctrinen einiger französischen Geistlichen und Schriftsteller und zeigte sich entschlossen, die imponirende Stellung einzunehmen, welche diese zu fordern eingeladen hatten, ohne zu bedenken, daß man kaum geeignete Männer besaß, um den Heiligen Stuhl in der glänzenden Ohnmacht zu erhalten, zu der er durch den Zustand der Gesellschaft verurtheilt ist.

Trotzdem scheint es mir, daß man in alledem wesentlich nur eine Reaction des Katholicismus in seinem Inneren erkennen darf, die gegen Principien gerichtet ist, welche alle Religion auflösen, eine Reaction, die nicht blos unvermeidlich, sondern in gewissem Sinn für das ganze christliche Europa heilsam ist. Der Atheismus und die Unsittlichkeit des Klerus, die religiöse und moralische Gleichgültigkeit des Volkes sind ebenso allgemeine Feinde der Regierungen als der politische Jakobinismus und Atheismus; und die Emancipation der katholischen Kirche von den Attentaten einer revolutionären bürgerlichen Gewalt und einer atheistischen Gesetzgebung muß viel eher auf die Organisation der evangelischen Kirchen günstig einwirken, als ihnen gefährlich oder furchtbar werden.

Wir müssen als Glieder der großen europäischen Gemeinschaft und als Christen bedauern und beklagen, daß in den Ländern, welche im 16. Jahrhundert die Wohlthaten der Reformation zurückgestoßen und sich seitdem beständig von ihrem heilsamen Einfluß entfernt gehalten haben, keine wahrhaft religiöse und wesentlich christliche Partei mehr existirt, sondern blos ein Kampf der beiden Extreme — des gröbsten Aberglaubens gegen den zügellosesten Unglauben und der Bigoterie gegen den Atheismus. Aber wenn wir auch diese schreckliche Thatsache beklagen, können wir sie darum ändern? und wenn wir auch diese gewichtige Wahrheit erkennen, müssen wir uns darum wesentlich beunruhigen, wenn in diesen Ländern der religiöse Jakobinismus durch eine andere Partei kräftig angegriffen oder selbst erfolgreich zurückgeworfen wird, der wir vergeblich mehr Mäßigung, mehr Toleranz, mehr wahre Einsicht, kurz mehr evangelischen Geist wünschen? Ich wünsche wahrhaftig nicht, daß man die Inquisition in Spanien wiederherstelle, daß man die Freimaurer der Halbinsel verbrenne, daß man die Carbonari Italiens der Wuth der Bevölkerung überliefere, und daß man die katholischen Abgeordneten der äußersten Linken excommunicire; aber nichts ist darum doch sicherer als dies, daß weder die evangelische Kirche noch die evangelischen Regierungen, welche katholische Unterthanen haben, darüber erschreckt zu sein brauchen.

Unter diesem Gesichtspunkt glaube ich das höchst wichtige und interessante Document betrachten zu müssen, welches schon vor längerer Zeit erschienen ist: den Hirtenbrief Seiner Eminenz, des Cardinals Clermont Tonnerre, Erzbischofs von Toulouse, an den Klerus und die Gläubigen seiner Diöcese.

Der Cardinal bezeichnet sich in diesem Briefe als den Vertrauten der Gefühle, von denen Seine Heiligkeit beseelt sei, und als bereit, vor den Thron Ludwig's XVIII. die Forderungen zu bringen, die er als solcher ihm vorlegen müsse, und deren Inhalt er nun gegenwärtig seinen Diöcesanen mittheilt. Man erkennt darin leicht einen sehr vorgeschrittenen Parteigänger der ultramontanen Partei in Frankreich, von der ich oben gesprochen: einen Prälaten, der eine sehr hohe Idee hat von der Unabhängigkeit der kirchlichen Disciplin gegenüber der bürgerlichen Gewalt; eine Lehre endlich, deren Consequenzen ohne die Controle der Regierung den gegenwärtigen Zustand der bürgerlichen Gesetzgebung in dem größten Theil Europas sehr in Mitleidenschaft ziehen könnten; aber mit alledem, was nimmt er sich vor, von der Regierung zu fordern?

Seine Forderungen beziehen sich theilweise ausschließlich auf die innere Disciplin des Klerus, wie die Organisation der Kapitel der Diöcesansynoden und Provinzialconcilien, und die Wiederherstellung von geistlichen Orden; theilweise auf Disciplinargegenstände, welche einigermaßen die gesammte Gesellschaft und die bürgerliche Gesetzgebung berühren. Zu dieser letzteren Klasse gehören die Aufhebung der Civilstandsregister über Geburten, Heirathen und Sterbefälle, sowie insbesondere der Civilehe, die Dotation der Pfarrstellen durch die Regierung statt durch die Communen, die bischöfliche Gerichtsbarkeit über die Geistlichen und die Wiederherstellung einiger entweder unterdrückter oder verlegter Festtage.

Man muß gestehen, daß der größte Theil dessen, was man der gegenwärtigen französischen Gesetzgebung vorwirft, von unbestreitbarer Wahrheit ist, und daß die Mehrzahl der Rechte, welche dieser Brief zu Gunsten der Kirche und der geistlichen Gewalt zurückverlangt, ihr mit Recht gebühren. Was liegt denn Beunruhigendes in diesen Forderungen für die Ruhe und Sicherheit der evangelischen Kirche, selbst wenn diese Forderungen in Frankreich gewährt werden, und wenn die Grundsätze, auf denen sie beruhen, einen neuen Aufgang in Europa beginnen? Und doch ist dies noch lange nicht sicher. Seine Eminenz der Cardinal de la Fare, der fast allgemein für denjenigen der beiden französischen Cardinäle angesehen wird, der am genauesten in die Ansichten der Regierung eingeweiht ist, hat keinen Antheil an diesem Schritt genommen, und der Herzog von Laval sagt selbst vertraulich, daß derselbe ihm mindestens sehr unzeitig vorkomme. Es wäre daher sehr wohl möglich, daß der Cardinal Clermont Tonnerre das gegenwärtige Ministerium, an dessen Weisheit und Gerechtigkeit er appellirt, compromittirt hätte, und daß er starken Widerstand fände unter den Pairs und Deputirten, in deren constitutionellen Obliegenheiten er nur einen Ausfluß der revolutionären Doctrin anerkennen zu wollen scheint, welche in den Kammern eine souveräne gesetzgebende Gewalt sieht.

Aber ich überlasse es den Ereignissen, diese Frage zu entscheiden. Das, was mir festzustellen und hier auszusprechen wichtig ist, besteht in der tröstlichen Wahrheit, daß die verkehrten Grundsätze der revolutionären Gesetzgebung, daß die gegen die heiligsten Pflichten einer christlichen Gemeinschaft gerichteten Gesetze ebenso gut, wie die übermäßige und heftige Reaction gegen diese Gesetzgebung und das Streben nach einer absoluten Hierarchie ganz und allein die Angelegenheiten des Katholicismus sind, der seinen gewaltsamen Zuckungen überlassen ist. Es ist eine unbestreitbare Wahrheit, die sich von Tag zu Tag stärker allen einsichtsvollen Geistern und allen aufrichtigen Gewissen aufdrängen wird: das, was die anderen Völker von diesen Extravaganzen entfernt gehalten und den anderen Staaten die schrecklichsten Zuckungen und vollständigsten Umwälzungen erspart hat, ist der gesunde Einfluß der Reformation und einer evangelischen Lehre, ein Einfluß, der um so bewunderungswürdiger ist, als das Gebäude unserer Kirche in der Mehrzahl der protestantischen Staaten außerordentlich unvollkommen geblieben ist.

Die Französische Revolution und die schrecklichen atheistischen Bewegungen in Italien, in Spanien und Portugal sind ebenso gut die Frucht des reinen und absoluten römischen Katholicismus, wie ihre unmittelbaren Ursachen, die atheistischen Doctrinen der französischen Schriftsteller, die schreienden Misbräuche in der kirchlichen Disciplin Spaniens und Portugals, endlich der Aberglaube, die Demoralisation und die Auflösung der ersten gesellschaftlichen Bande, welche in diesen Ländern in demselben Verhältniß besteht, wie sie sich den evangelischen Principien mehr oder weniger verschlossen haben. Diese große Wahrheit, ja sagen wir es offen, dieses schreckliche Gottesgericht wird noch evidenter werden, wenn man sich von der Unmöglichkeit überzeugt haben wird, das Alte dauerhaft wiederherzustellen, ungeachtet seiner heilsamen Opposition gegen den revolutionären Geist, und bürgerliche Gesellschaften zu verjüngen, wo kein aufrichtiger

Glaube in den Gewissenssachen mehr existirt und wo in der Epoche, in der wir sind, es keinen geben kann außer den menschlichen Geist fesselnd und das Menschengeschlecht verdummend.

Wie groß daher auch der Kampf sei, welchen die Reaction, von der ich rede, in den ausschließlich katholischen Staaten hervorbringen wird, die im entgegengesetzten Sinn aufgeregt sind durch den Mangel eines sicheren Punktes für das Gewissen und einer unerschütterlichen Grundlage des Glaubens, die das Herz gleich sehr aus den Gefahren des Aberglaubens und Unglaubens errettet, — dieser Kampf berührt die protestantischen Staaten durchaus nicht. Die achtungswerthe Partei, welche im 17. und 18. Jahrhundert eine heilsame Reform in der katholischen Kirche durchzuführen versucht hatte, indem sie die Disciplin verbesserte und die kirchliche Gewalt mit den gerechten Grundsätzen der Politik versöhnte, existirt nicht mehr oder hat allen Einfluß verloren; sie ist ebenso sehr vernichtet durch die widerwärtige Verbindung einiger ihrer Glieder mit der Revolution, als durch die Tendenz des Jahrhunderts nach den Extremen und den absoluten Principien, d. h. nach abstracten Wahrheiten, welche, da sie keinen anderen Ordner und Ausleger haben als das Gewissen des Menschen, ohne diese göttliche Stimme Absurditäten in der Theorie und Greuel in der Praxis wurden. Die Existenz dieser Partei selbst, die man, wenn man will, jansenistisch nennen kann, hatte endlich nur ein rein menschliches Interesse für uns, weil sie sich unserer Kirche auch nicht von fern genähert hatte.

Aber hier fühle ich wohl, daß man mir sagen kann: den Fall gesetzt, daß die Reaction, an deren Spitze der Heilige Stuhl sich stellen wird, im Katholicismus, und selbst der Umfang, den sie vermuthlich durch dieses Mittel in einem großen Theil der civilisirten Welt gewinnen wird, uns keine ernstliche Unruhe einzuflößen braucht, — werden doch nicht die weiteren Consequenzen außerordentlich gefährlich für alle Regierungen werden und beunruhigend für die evangelische Kirche? Werden nicht diese Papisten und Hierarchisten, einmal zu der Fülle der Gewalt, nach welcher sie streben, in den ausschließlich katholischen Staaten gelangt, sich nicht später als die unversöhnlichen Verfolger der anderen christlichen Confessionen herausstellen und die Zerstörer der öffentlichen Ruhe werden in den Staaten mit gemischter Bevölkerung?

Ich könnte diese Fragen beiseiteschieben, da sie einer ganz zweifelhaften Zukunft angehören; aber ich werde sie freimüthig behandeln, weil sie eng mit dem Zweck zusammenhängen, den ich mir vorgesetzt habe.

Ich zögere daher nicht, auszusprechen, daß keine dieser Folgen mir ernstlich zu befürchten scheint und daß der gegenwärtige Zustand der Gesellschaft und die Mittel, welche die Regierungen haben, um die Rückkehr des Fanatismus unmöglich zu machen, mir als Garantien erscheinen, welche selbst diejenigen beruhigen müssen, die wie ich an sehr ausgesprochene religiöse Bewegungen im 19. Jahrhundert glauben.

Um aber diese Behauptung zu rechtfertigen, um eine so gewichtige Frage aufzuklären und die ganze Wahrheit zu erkennen, muß man den Geist und die möglichen Consequenzen des eigentlich religiösen Fanatismus in seiner Opposition gegen die evangelische Kirche, und des hierarchischen Fanatismus in seinem Verhalten gegenüber den Regierungen gesondert betrachten. Und sowol bei der einen als bei der anderen Betrachtung muß man zwischen dem Buchstaben der Grundsätze und der Wirklichkeit unterscheiden. Diese Unterscheidung ist wesentlich, ohne sie keine Verständigung mit dem Heiligen Stuhl, kein religiöser Friede in Europa. Es ist der Widerwille, offen in diese Unterscheidungen einzutreten, der sich in England in den Gemüthern sehr angesehener Staatsmänner und redlicher Geistlichen der definitiven Emancipation der Katholiken entgegenstellt. Wer gibt uns Bürgschaft (sagen diese) gegen eine Rückkehr dieser der öffentlichen Ruhe verderblichen Doctrinen und der anmaßenden Ansprüche des Papstes, den Regierungen Gesetze vorzuschreiben bis zu dem Punkt, sich zwischen ihnen und ihren Unterthanen zum Richter aufzuwerfen? Sind irgend die Bullen, die Decrete, die Formen, welche diese Doctrinen und diese Ansprüche sanctioniren oder voraussetzen, widerrufen oder aufgehoben? Gewiß, sie sind es nicht von der Seite des römischen Stuhles und werden es auch nie sein; aber dessenungeachtet ist die Consequenz falsch, welche diese Männer daraus ziehen.

Ich will nun zuerst von dem eigentlich religiösen Fanatismus der römischen Partei, welche nach der Wiederherstellung der päpstlichen Gewalt strebt, reden. Man muß gestehen, daß die religiösen Grundsätze dieser Partei wesentlich fanatisch sind. Diese Menschen würden mit Vergnügen sehen und sie gestehen es beinahe zu, wenn die Griechen und alle nicht unirten Christen des Orients durch die Türken vertilgt würden und selbst der Mohammedanismus fast ausschließlich herrschte, blos damit keine Spur von Heterodoxie in diesem Theil der Welt zurückbliebe. Diese Menschen betrachten, und sie sagen es offen, die Bibelgesellschaften und alle zur Verbreitung der heiligen Schriften in den dem Volk verständlichen Sprachen bestimmten Gesellschaften, selbst wo die Uebersetzungen nicht zum Vorwande dienen können, als Machinationen des Teufels gegen die Kirche Gottes. Endlich, wenn diese Menschen von Reformen und Wiederherstellung des Katholicismus reden, so haben sie keinerlei Idee, die über die starrste Beobachtung der römischen Formen und Riten und aller Aeußerlichkeiten, so wie sie in Rom existiren, hinausginge. Wenn es nach ihnen ginge, würden die Ablässe — bezahlt, wenn es möglich wäre — im ganzen Katholicismus wieder aufgesucht, wie sie es in dieser Normalstadt des römischen Katholicismus sind. So die Gefühle, die ich aus dem Munde derer selbst habe, von denen ich rede; aber sind die öffentlichen Thatsachen nicht evident genug, wenn sie auch wenig bekannt sind? Der Katholicismus hat sich in Deutschland und selbst in Frankreich durch die Berührung mit dem Evangelium verändert, nicht sowol in der Lehre, aber in der Disciplin, in der religiösen Erziehung und selbst im Cultus; aber es ist das gewiß nicht der Fehler des römischen Stuhles und noch weniger der zelotischen Partei, die ich so oft bezeichnet habe. Ich füge einen Beleg dafür bei, den ich unter den Tausenden, die ich darüber geben könnte, deshalb wähle, weil er der neueste ist: es ist die Verordnung, durch welche der römische Provicar im Namen des Papstes die Gläubigen zum Fest der Unbefleckten Empfängniß der Jungfrau am 8. dieses Monats (December 1823) einladet. Die Päpste des 17. Jahrhunderts haben erklärt, daß es kein Glaubenspunkt ist, zu glauben, daß die heilige Jungfrau ohne Erbsünde geboren sei; aber ich frage, ob man nicht durch eine solche Verordnnng und durch eine Feierlichkeit, die fast diejenige der Feste unseres Herrn übertrifft, diese arrogante Behauptung und alle ihre Consequenzen mit unendlich mehr Erfolg einschärft, als wenn man sie zum Dogma erhoben hätte, ohne sie so in den öffentlichen Cultus eintreten zu laffen?

Das ist also doch die Folge der Veränderung des Pontificats und des Ministeriums und des Aufgangs der zelotischen Partei? Durchaus nicht. Die Päpste von der Sanftmuth eines Pius VII. und die Minister, die von religiösen Vorurtheilen so entfernt sind wie der Carbinal Consalvi, haben dieselben Ideen und werden sie haben über diese Punkte und über Alles, was die Aufrechterhaltung oder Modificirung des kirchlichen Gebäudes, selbst des disciplinarischen, betrifft, wie es seit dem Tridentiner Concil besteht. Es gibt keinen vollständigeren und thörichteren Irrthum als den einiger Katholiken in Deutschland, die an die Möglichkeit einer Reform der Misbräuche, deren Existenz sie weder zu leugnen, noch deren Apologie sie zu unternehmen wagen, von seiten des römischen Stuhles glauben. Diese werden ihre Rechnung unter einem Pius VII. nicht mehr finden wie unter der Regierung der Zelanti. Der Grund davon ist, daß ein einmal festgestelltes System existirt; menschlich gesprochen ist kein Zweifel daran, daß man die Autorität über den größten Theil der katholischen Welt bewahren kann, indem man sich an die fest verbindliche Unverletzlichkeit alles dessen hält, was existirt, und nur ausnahmsweise davon abweicht, indem man gegen die Consequenzen dessen, was man nicht verhindern kann, protestirt und sich seine Rechte gegen die ganze Welt vorbehält; aber es ist nicht gleich sicher, daß man nicht durch formelle Modificirung einiger Punkte für einen außerordentlichen Fall oder zu Gunsten einer Nationalkirche Alles verlieren würde. Das ist es, was die frommen Päpste zu unserer Zeit fühlen, und was diejenigen, die es nicht sind, durch den Instinct ihrer Existenz begreifen müssen. Ich gestehe offen, daß dies das einzige haltbare System für jede Religion ist, — die wahre ausgenommen, und daß jeder, der nicht aufrichtig an das Evangelium und· an die Wahrheit der christlichen Religion glaubt, ein Schwächling ist, wenn er nicht mit aller Macht daran festhält.

Das Gefühl dieser Wahrheit mußte noch beträchtlich verstärkt werden durch die Ausrottung aller wissenschaftlichen Bildung unter den Katholiken, von der ich oben gesprochen habe und die in Rom ebenso vollständig ist als in den anderen ausschließlich katholischen Staaten. Der fromme Papst und der heuchlerische Papst müssen gleich sehr in Bezug auf irgendeine mögliche Veränderung in demselben Verhältniß strenger und unbeugsamer werden, als sie weniger gebildet sind, sie selbst und die, welche sie umgeben; der eine fürchtet aus Scrupeln, der andere aus Gründen, an einmal festgestellte, wenn auch durchaus nicht wesentliche Punkte zu rühren, weil sie beide fühlen, daß sie nicht die Mittel haben, zwischen dem Misbrauch und dem Kapital zu unterscheiden, und daß das Argument, welches davon hergenommen wird, daß etwas existirt, in Sachen der Religion unter den Menschen aller Zeiten eine große Beweiskraft hat.

So hängt es zusammen, daß, was den Katholicismus für sich betrachtet angeht, man die privilegirten Altäre unter Pius VI. und VII.

stets zunehmen sah, daß die anstößigsten Ablässe wie früher verbreitet und empfohlen worden sind, und daß der Götzendienst, der in Rom in dem Heiligencultus praktisch existirt, durch Verordnungen und Gebetsformeln ermuthigt worden ist, die ganz ebenso craß sind als diejenigen, welche die zelotische Partei gegenwärtig zusammenstellen kann. Ich lege beispielsweise ein Formular bei, welches Pius VII. in der Propaganda gratis vertheilen ließ und welches das Verdienst hat, ebenso kurz zu sein, als es klar ist. Ich frage jeden aufrichtigen Menschen, ob das Volk, welches nach einer solchen Formel betet, nicht die Jungfrau wirklich anbeten muß und sie nicht in der That mindestens ebenso sehr anbetet wie die Gottheit selbst.

Und was das Verhältniß des Katholicismus zur evangelischen Kirche und zu ihren Gliedern betrifft, hat Pius VII. selbst hierin nicht das Geringste ändern zu können geglaubt. Um nicht von allgemein bekannten historischen Documenten zu sprechen, will ich blos an die geheime Antwort erinnern, die dieser Papst 1815 dem Vicar des aachener Kapitels in Beziehung auf Dispensationen, vorzüglich bei gemischten Ehen, gegeben hat; ein Document von hoher Wichtigkeit, dessen Kenntniß ich einem römischen Geistlichen verdanke. Kann es irgendetwas Fanatischeres geben als diesen Brief?

Es liegt daher zunächst in Allem, was ich angeführt habe, um den religiösen Fanatismus der zelotischen Partei zu beweisen, nichts Neues. Existiren nun aber vielleicht die Gründe, welche bisher in den Ländern gemischter Bevölkerung die Rückkehr des auf dem Aberglauben begründeten religiösen Fanatismus verhindert haben, heute nicht mehr? Hat sich der Zustand der Gesellschaft und der Civilisation in unseren Tagen verändert, oder die Macht der Erziehungs- und Bildungseinrichtungen vermindert? Die weiteren Folgen dieser Tendenz in den ganz katholischen Staaten werden sich so weit erstrecken, wie sie können; was uns betrifft, wir überlassen die Entscheidung dieses Streites Gott und seinem Tribunal auf der Erde, dem Gewissen; aber wir klären die Gewissen bei uns auf, indem wir ihnen die Freiheit und die Mittel, sie zu gebrauchen, sichern. Dies sind die wahren, die einzig würdigen und die unüberwindlichen Waffen gegen jeden Fanatismus und Aberglauben.

Wenn Wilhelm III., anstatt empörende Strafgesetze gegen die irländischen Katholiken festzustellen, dort ein mächtiges Erziehungssystem gegründet und die Hälfte der übermäßigen Einkünfte, die er der anglikanischer Hierarchie und dem protestantischen Adel des Landes verlieh, zur Errichtung von Universitäten, von Seminarien für den Klerus und Schulen für das Volk verwandt hätte, wo wäre gegenwärtig der Katholicismus in Irland? Es würde wenigstens sicherlich weder diese Zunahme der Zahl der Katholiken geben, noch diesen hartnäckigen und rebellischen Geist unter dem Klerus und einem großen Theil der Bevölkerung.

Aber werden sich nicht unter der Regierung dieser Partei unübersteigliche Schwierigkeiten für die evangelischen Regierungen herausstellen, welche mit dem Heiligen Stuhl über die Angelegenheiten der katholischen Kirche in ihren Staaten verhandeln wollen?

Gewiß wird es Vorurtheile und Schwierigkeiten geben, welche früher nicht existirten. Es ist nur zu sehr zu beklagen, daß weder England noch Holland die so außerordentlich günstigen Umstände unter Pius VII. benutzhaben, um sich mit dem Heiligen Stuhl über die Angelegenheiten ihrer katholischen Unterthanen zu verständigen. Es ist auch sehr wahr, daß die englische Regierung der Gegenstand des wüthendsten Hasses der fanatischen Partei ist, weil die Unwissenheit derselben die Regierung mit den irischen Orangisten identificirt, weil man sie mit der Bibelgesellschaft und den methodistischen Missionaren verwechselt, endlich weil die römische Kirche (aus demselben Grund, aus welchem die Manufacturisten des Continentes nicht ohne Neid den blühenden Zustand der englischen Fabriken und Manufacturen sehen können) nicht ohne Erbitterung die würdige und imponirende Haltung der Anglikanischen Kirche betrachten kann, die so sichtlich mit der Blüte des britischen Reichs zusammenhängt. Die Emancipation der Katholiken, der Gegenstand der glühendsten Wünsche Pius' VII. und seines Ministers, wird heute nicht mehr als eine so wünschenswerthe Sache angesehen; man will mehr, man will die Kirchengüter, um endlich die unbeschränkte Herrschaft über die katholische Kirche Irlands zu wollen. Aus diesem Grund schont man auch die in Rom sich aufhaltenden Engländer nicht mehr, was die stille Ausübung ihres Cultus betrifft, bis zu dem Grad, daß man ihnen selbst nicht erlauben will, sich Sonntags bei einem von ihnen zu versammeln. Denn man kann sich keine Illusionen über die Folgen dieses Fanatismus machen, nach der Erfahrung, welche man vor einundeinhalb Jahr bei Gelegenheit der Reden des Lord Colchester gemacht hat.

Diese Thatsachen sind klar, und ich gestehe den Folgerungen, die man daraus ziehen will, alle Bedeutung zu, die man ihnen geben will. Aber es ist nicht minder wahr, daß, wenn trotz der Fehler, die mir beklagenswerth erscheinen, die Regierungen Englands und Hollands aufrichtig eine Einigung mit dem Heiligen Stuhl wollen, und wenn sie für die Form der Unterhandlung und für die der Convention die von der Vernunft vorgeschriebene Methode und den durch das Beispiel Preußens angewiesenen Weg wählen, sie dann den Nachfolger des heiligen Petrus, wäre es auch der Cardinal Severoli, immer bereit finden werden, sich zu verständigen und auf Regierungen Rücksicht zu nehmen, die in unseren Tagen mächtiger sind als Ihre katholische Majestät und der allergetreueste König. Das Patrimonium der Kirche ist in der gegenwärtigen Lage Europas mehr als je gegen die Sprünge ihres Fanatismus ein genügendes Gegengewicht.

Wenn daher die evangelischen Regierungen und die gemäßigten katholischen Regierungen die nothwendigen Mittel haben, dem römischen Stuhl alle Macht zu nehmen, um dem Katholicismus in ihren Staaten eine fanatische Tendenz zu geben; wenn die Sicherheit der evangelischen Religion durch die Stellung, welche Rom künftig einnehmen wollen könnte, durchaus nicht in Gefahr gebracht wird, — hat die letztere nicht noch mächtigere Waffen in sich? Hat sie nicht, begründet und anerkannt, wie sie ist in der großen europäischen Gesellschaft, mehr von dem revolutionären Geist und dem Unglauben zu fürchten als vom religiösen Fanatismus und Aberglauben? Es muß allen denen, deren Gewissen nicht durch Heuchelei und Sophismen verwirrt ist, klar sein, daß die Revolution sich aus dem Evangelium noch weniger macht als aus dem Katholicismus. Die spanischen Cortes würden nach ihrem Gesetzbuch die Todesstrafe gegen Jeden verfügt haben, welcher in diesem Lande evangelische Grundsätze

gelehrt hätte, und die in Italien so zahlreichen Atheiften würden ohne Be=
denken daffelbe Gefetz aufrecht erhalten, wenn fie durch eine ähnliche Re=
volution zu gefetzgeberifchen Arbeiten berufen würden.

Wenn die Unfichtbarkeit der fichtbaren evangelifchen Kirche niemals
ein Argument zu ihren Gunften fein kann gegenüber dem römifchen Fana=
tismus, so übt dafür ihre weife Organifation einen Einfluß auf die Ge=
müther aus, gegen welchen Rom fich vergebens zu vertheidigen fucht.

Ich habe bisher von den möglichen weiteren Folgen einer Tendenz
des römifchen Stuhles auf einen religiöfen Fanatismus gefprochen. Wenn
diefe Folgen fomit nicht zu fürchten find, so find es die des hierarchifchen
Fanatismus noch weniger; denn die Ausfchweifungen der hierarchifchen
Macht haben keine andere Grundlage als den Einfluß des Aberglaubens
auf die Gewiffen. Was hilft es, daß Bullen und Decrete, welche die
Rechte der Souveränität angreifen, nicht aufgehoben find, wenn Niemand
daran denken kann, fie anzuwenden, wenn man felbft hier die ganze Läcker=
lichkeit fühlt? Und was die hierarchifchen Anfprüche des Papftes gegen=
über den katholifchen Bifchöfen und Metropolitanen betrifft, so gehen fie
uns fehr wenig an, und die Händel zwifchen der päpftlichen und bifchöf=
lichen Gewalt müffen den Regierungen, welche ihre wahren Intereffen
kennen, fern bleiben, vorzüglich aber den evangelifchen Regierungen. Und
ift es im Grunde nicht fogar beffer, wenn man mit einem Hofe zu ver=
handeln hat, der feine fefte Politik hat, der immer durch taufend Erwägun=
gen zurückgehalten wird, alberne Anfprüche zu machen, und der keinerlei
Mittel befitzt, unmittelbar auf die Stimmung der Unterthanen einzuwirken,
als mit einem Dutzend ehrgeiziger Bifchöfe, welche fich leichter durch ihre
Leidenfchaften fortreißen laffen mögen, und welche zu der Bevölkerung reden
können? Endlich aber macht, ich wiederhole es, der Zuftand der Gefell=
fchaft bei uns die Rückkehr diefer fchönen Theokratie der Ultramontanen
unmöglich.

Es befteht jedoch kein Zweifel darüber, und ich habe es bereits oben
als eine Thatfache, welche diefer Bericht erweifen würde, vorausgefchickt,
daß die Leichtigkeit der Unterhandlungen felbft in den gewöhnlichen Fällen
und der fichere und zuverläffige Gang in der Beforgung der laufenden
Gefchäfte nicht mehr befteht; hier liegt ein fehr ausgefprochener Unterfchied
zwifchen dem Pontificat Pius' VII. und Leo's XII., und im Jahre 1824
wird es wahrfcheinlich allgemeine Erkaltungen zwifchen den Gefandtfchaften
und den kirchlichen Tribunalen Roms geben. Aber es hängt nur von den
Regierungen und ihren Vertretern ab, verdrießlichen Folgen vorzubeugen.
Ein unbedingtes Zutrauen gebieten, indem man Alles genau erfüllt, wozu
man fich gegenüber dem Heiligen Stuhl und den katholifchen Unterthanen
verpflichtet hat, — auf der anderen Seite eine weife und unerfchütterliche
Feftigkeit zeigen gegen unzuläffige Anfprüche und gefährliche Veränderun=
gen, indem man fich im Uebrigen den Formen anpaßt, — endlich durch
Erwägungen, die aus Perfonen= und Sachkenntniß gefchöpft find, vorfchnelle
Schritte feitens der römifchen Regierung vermeiden, das find die Mittel,
welche unfehlbar die so wünfchenswerthe Harmonie mit dem römifchen Stuhl
begründen oder wenigftens erhalten werden.

Diefe Betrachtung führt mich zu dem vierten und letzten Punkt diefes

Berichtes, nämlich: ob die Stellung Preußens im Besonderen gegenüber dem Heiligen Stuhl und dem Katholicismus wesentlich verändert worden ist oder mit Veränderungen bedroht wird durch den Tod Pius' VII., die Veränderung des Ministeriums und die Tendenzen des neuen Pontificats in Bezug auf die kirchlichen Angelegenheiten?

Wenn es Regierungen gibt, welche in ihren Beziehungen zu dem Heiligen Stuhl ein falsches System befolgt haben, so hat die Regierung Preußens ganz Europa das Beispiel von Principien gegeben, die für Kirche und Staat gleich heilbringend sind. Die Form einer Convention durch eine Circumscriptionsbulle wird früher oder später von allen Staaten angenommen werden, welche ähnliche Beziehungen mit Rom haben. Die weise Redaction dieser Bulle hat die wesentlichsten Punkte ausdrücklich gesichert, während viele andere, über welche man sich in einem Concordat niemals ausdrücklich verständigt hätte, doch stillschweigend anerkannt sind. Das Zutrauen, welches dem römischen Hof durch den Geist, welcher diese Verhandlung beherrscht hat, und durch die Beweise des aufrichtigen Willens und des festen Entschlusses der Regierung, die Bestimmungen der Bulle treu auszuführen, eingeflößt ist, sichert dem katholischen Preußen alle Vortheile einer solchen Einigung und der Regierung die würdigste Stellung unter allen Beziehungen.

Und wenn jede Regierung, welche dies ernstlich will, unfehlbare Mittel hat, um den katholischen Klerus den ultramontanen Insinuationen unzugänglich zu machen, ohne sich selbst hineinzumischen, so besitzt Preußen diese Mittel in einem besonders hohen Grade. Die geschichtliche und philologische Bildung und Wissenschaft des katholischen Klerus begünstigen, und durch so gebildete Geistliche und Gelehrte die Erziehung der katholischen Bevölkerung verbessern, heißt dem religiösen und hierarchischen Fanatismus seine Macht nehmen, heißt ihn vernichten. Indem wir daher die schönen und edeln Einrichtungen fördern, die wir besitzen, und unsere Gymnasien, Seminarien und katholischen Facultäten in guter Harmonie mit den bischöflichen Autoritäten erhalten (was nichts Anderes voraussetzt, als daß man sich der Weisheit der zu ernennenden oder auszuwählenden Bischöfe versichert), mit einem Wort, indem wir das thun, was die preußische Regierung nie zu thun aufgehört hat, sind wir vollkommen sicher, daß der römische Stuhl über unsere Katholiken nur eine sehr gemäßigte geistliche Autorität ausüben wird, die vielleicht sogar sehr heilsam sein kann, ohne daß diese Unmacht der geistlichen Gewalt aus einer Demoralisation des Klerus und des Volkes hervorginge, die unendlich verderblicher für den Staat ist als aller Fanatismus.

Was endlich die Sicherheit der evangelischen Kirche in Preußen betrifft, welche Aussicht in die Zukunft kann für sie beruhigender sein, — was die Folgen der neuen Reaction des Katholicismus in seinem Inneren auch sein mögen —, als die auf den neuen Einrichtungen in Preußen begründete? Es werden sich sogar viele Katholiken überzeugen, daß es für die Freiheit, die Festigkeit und die Würde der Kirche nicht nothwendig ist, einen Papst-König als oberstes Haupt zu haben, der ihre Unabhängigkeit der bürgerlichen Gewalt gegenüber verbürgt und sie vor der individuellen Zügellosigkeit schützt, wenn sie unter der Aegide eines Königs den Bau einer großen unirten Nationalkirche sich erheben sehen, die weise verwaltet wird und der Monarchie und ihrer Bestimmungen würdig ist.

Dies die Hauptthatsachen, welche die neue Tendenz des Katholicismus, ihre wahrscheinlichen Folgen für die Stellung des römischen Hofes und die Grundsätze betreffen, nach welchen man, wie mir scheint, diese Thatsachen und diese Möglichkeiten beurtheilen muß. Es bleibt mir daher nur noch übrig, über das Verfahren Bericht abzustatten, welches ich seit dem Beginn der neuen Regierung einhalten zu müssen geglaubt habe, sowol in meinen eigentlichen diplomatischen Obliegenheiten, als in der Führung der Diöcesanangelegenheiten, welche mit der Gesandtschaft verbunden ist.

Eine diplomatische Freimüthigkeit, mit welcher der neue Staatssecretär in den Conferenzen debutirte, verschaffte mir den Vortheil, den man immer erlangt, wenn man unbegründete Klagen und Angriffe, die in der Discussion nicht aufrecht erhalten werden können, zurückweist.

Sei es, um sich furchtbar zu machen, sei es aus Mistrauen gegen das, was von seinem Vorgänger begünstigt worden war, genug Seine Eminenz glaubte mir nicht verhehlen zu dürfen, wie sie hoffe, daß die Hindernisse, welche sich der sofortigen Ausführung der Bestimmungen der Bulle entgegengestellt hätten, von nun an verschwinden würden. Ich antwortete ihm, daß ich diese Hindernisse nicht kannte, daß im Gegentheil die Gründe der Verzögerung in der definitiven Organisation der Diöcesen zur vollen Zufriedenheit des Heiligen Stuhles erklärt worden seien, und daß seit dieser Zeit die Organisation reißend schnell vorgerückt sei. Indem ich ihm entwickelte, was neuerdings geschehen war und mich besonders auf den Umstand stützte, daß bei der Dotation des kölner Bisthums der König viel mehr gethan, als er zu thun versprochen habe, konnte ich wohl bemerken, daß der Cardinal diesen Gegenstand durchaus nicht mit voller Sachkenntniß berührt hatte, weder durch die Acten, noch durch die Berichte der Nuntien, und daß diejenigen, welche ihm vielleicht diese schlimmen Gerüchte insinuirt, uns sehr gute Dienste geleistet hatten. Als nämlich der Cardinal mich in einer so offenen und bestimmten Weise sprechen und mich auf Documente stützen sah, welche er jeden Augenblick einsehen konnte, gestand er, daß er sich geirrt habe; und seitdem zeigte er mir nicht blos volles Zutrauen, sondern bewies mir auch eine Artigkeit, welche ihm persönlich nicht eigen ist und auch durchaus nicht die gegenwärtige Regierung im Allgemeinen charakterisirt. Auf der anderen Seite glaubte ich die Gelegenheit benutzen zu müssen, welche mir Berichte des Fürstbischofs von Breslau an den Papst über einige an sich unwichtige Punkte der Ausführung der Bulle darboten, um meine Ideen über diesen Gegenstand schriftlich mit derselben Freimüthigkeit auszudrücken; und ich sehe, daß man es seitdem als Axiom betrachtet, daß keine Regierung dem Heiligen Stuhl so viel Anlaß zur Befriedigung biete als die preußische.

Ich habe schon früher Gelegenheit gehabt, zu berichten, daß ich es für angemessen hielt, dem Papst selbst meine Ueberzeugung auszusprechen, daß die preußische Regierung besonders Anlaß habe, sich seiner Erwählung zu freuen, weil Niemand besser wie er, der die Zerstörung und das Elend der katholischen Kirche in den westlichen Provinzen gesehen, die Wohlthaten zu schätzen wissen werde, welche diese ganz besonders vom König empfangen habe. Die freundlichen Gesinnungen eines vortrefflichen Prälaten, welcher als Secretär des Consistoriums und des Papstes zweimal wöchentlich Audienzen bei Seiner Heiligkeit hat, Monsignore Mario, trugen bedeutend dazu bei, diesem Gespräch mehr Gewicht zu geben. Der Papst hatte von ihm einen außerordentlichen Bericht über die Lage der kirchlichen Angelegenheiten besonders in Deutschland verlangt. Indem er diesen Bericht, welcher zwei Stunden währte, abstattete, richtete Monsignore Mario es so ein, von Preußen zuletzt zu sprechen und sagte: „Während der Heilige Stuhl starke Veranlassungen hat, sich über die Dispositionen einiger Regierungen zu beklagen, wird Ew. Heiligkeit besondere Genugthuung empfinden, indem Sie bemerken, daß die Redlichkeit der preußischen Regierung und die Großmuth des preußischen Königs der katholischen Kirche in den ausgedehnten Gebieten dieses Monarchen eine sehr beruhigende Zukunft bereitet und schon jetzt ein Beispiel gewährt, welches so viele andere selbst katholische Fürsten erröthen lassen muß." Und wirklich war der Papst von dieser Beobachtung so befriedigt, ja sogar gerührt, daß er Hände und Augen zum Himmel erhob und ausrief: „Welche besondere Gnade der Vorsehung!" So hat mir Monsignore Mario wörtlich berichtet und ich kenne ihn gut genug, um an seiner Wahrhaftigkeit nicht zu zweifeln. *)

II.

Mémoire über das Leben des Ritters Italinsky,

Wirkl. Geh. Rath Sr. Maj. des Kaisers von Rußland, gestorben in Rom als außerordentlicher Gesandter und bevollmächtigter Minister am 26. Juni 1827.

(Zu S. 214 und 284.)

(Uebersetzung des französischen Originals.)

Andreas Italinsky wurde im Jahre 1743 in Kleinrußland geboren.**) Sein Vater war ein russischer Priester, ein unterrichteter Mann, der die Wissenschaft liebte und seinem Sohne von Kindheit an den Durst nach Wissen und die Liebe zu den Studien einflößte, die ihn während seines ganzen Lebens auszeichneten. „In unseren langen Winternächten", erzählte er, „sah ich beständig meinen Vater unter seinen Büchern sitzen ohne zu sprechen, ausgenommen wenn er sich einige Minuten für seine sehr mäßige Mahlzeit nahm. Er pflegte dann oft zu sagen: «Sieh, mein Sohn, welche

---

*) Der weitere Inhalt der Denkschrift betrifft einige specielle geschäftliche Mittheilungen, welche kein allgemeineres Interesse bieten.

**) Sein eigentlicher Name war Jarowietwitsch.

gute Gesellschaft ich in meinen Büchern habe. Widme dich rechtzeitig den
Studien und du wirst niemals allein sein.» Wie oft habe ich ihn nicht
schon für diesen Rath gesegnet, dem ich so viel Trost verdanke, und der mich
von so vielen Thorheiten zurückgehalten hat, welchen diejenigen ausgesetzt
sind, die nicht von Jugend an gelernt haben, sich ernstlich zu beschäftigen."
Nachdem er am Gymnasium von Kiew seine Erziehung erhalten und sich
eine gründliche Kenntniß der alten und mehrerer neueren Sprachen erwor=
ben hatte, widmete er sich später speciell dem Studium der Medicin und
Naturwissenschaft. Sein Geist und seine vorzüglichen Kenntnisse bestimmten
den Fürsten von Kotschubey, ihn zum Hofmeister seiner beiden Söhne zu
wählen, die er auf einer mehrjährigen Reise begleiten mußte. Es war
bei dieser Gelegenheit, daß er zuerst Deutschland, Frankreich, England und
Holland kennen lernte, wo er so viele Verbindungen mit den in der Natur=
wissenschaft wie in der Literatur berühmtesten Männern anknüpfte, daß er
nach dem Ablauf seiner Berufsstellung und der Rückkehr der jungen Fürsten
Kotschubey ins Vaterland sich entschloß, seine Studien im Auslande fort=
zusetzen. Er hielt sich zu diesem Zwecke vorzüglich in Leyden, Edinburgh
und Paris auf. An letzterem Orte machte er um das Jahr 1785 die Be=
kanntschaft Grimm's, welcher von den ausgezeichneten Kenntnissen und dem
hohen Geiste dieses gelehrten Russen so entzückt war, daß er ihn in einem
seiner Briefe der Kaiserin Katharina aufs wärmste empfahl als einen für
die diplomatische Laufbahn geschaffenen Mann. Wirklich wurde er auf
diese Empfehlung hin kurz darauf der russischen Gesandschaft in Neapel
attachirt, wo er sich wegen seiner Brust niederzulassen wünschte, die durch
seine anhaltenden Studien leidend geworden war. Er hatte hier Gelegen=
heit, seine schönen Talente zu entfalten und auf die Staatsangelegenheiten
den beobachtenden und ruhigen Geist zu übertragen, den er vorher mit
Erfolg auf die Lösung wissenschaftlicher Fragen und die Behandlung von
Krankheiten verwandt hatte. Die Kaiserin Katharina und der Kaiser Paul
überhäuften ihn in gleicher Weise mit den ehrenvollsten Auszeichnungen.
Geschäftsträger geworden, wurde er bald darauf zum bevollmächtigten Mi=
nister an demselben Hofe ernannt. In den schrecklichen Jahren der nea=
politanischen Revolution wußte er sich das unbegrenzte Zutrauen des Königs
und der Königin zu erhalten trotz seiner muthigen Aufrichtigkeit; und mehr
als einmal hat er mich in der Meinung bestärkt, daß die Königin an den
unerhörten Greueln von 1799 keinen Antheil gehabt habe und vielen ge=
waltsamen Maßregeln fremd geblieben sei, die selbst achtungsvolle Schrift=
steller auf ihre Rechnung setzen. Italinsky war es auch, durch den diese
unglückliche Fürstin von dem Blutbade benachrichtigt wurde, welches die
„anthropophagische Junta" (wie der Prinz von Canosa sie mit Recht
nennt) damals zu Neapel im Namen des Monarchen und seiner Rechte
anstiftete. Bei dieser Erzählung zerfloß die Königin in Thränen, schloß
sich zwei Stunden mit ihm und dem Minister Acton in ihrem Cabinet ein
und berathschlagte mit ihnen über die Art, diesen Greueln ein Ende zu
machen. Es war leider zu spät: der Antrieb kam von zu hoher Stelle.
　　Die Politik seines Hofes und seine eigene Neigung ließen ihn mit
Vorliebe die Freundschaft von Engländern aufsuchen. Seine Beziehungen
zu Sir William Hamilton und Nelson bieten ein so besonderes Interesse,

daß ich mir erlauben muß, einige Details darüber anzuführen. Er hatte das Los, nacheinander der Vertraute dieser ausgezeichneten Männer zu werden im Beginn ihrer Intimität mit jener intriguanten Frau, welche das Glück des einen zerstörte und den Ruhm des anderen auf ewige Zeiten beschmutzte. Vergeblich hatte er seinem Collegen gerathen, sie, als es noch Zeit war, nach England zurückzusenden. Sir William versprach, sie nicht wiederzusehen, und verließ seinen Freund, um einen Platz für sie am Bord eines englischen Schiffes zu nehmen, welches gerade abgehen sollte. Am folgenden Morgen begegnete ihm Italinsky auf einem Spaziergange mit seiner Dame. Mit Nelson war genau dasselbe der Fall. Dieser kam eines Tages in Thränen zerfließend zu ihm infolge eines drohenden Briefes, den ihm diese Sirene geschrieben hatte, und erbat sich den Rath seines erprobten Freundes. Bevor er auf seine Fragen antwortete, sah ihn Italinsky starr an und rief aus: „O Sieger von Abukir, was würde Europa sagen, wenn es Sie so von einem Weibe unterjocht und wie ein Kind weinen sähe." „Sie haben recht", antwortete Nelson, „aber helfen Sie mir." „Sehen Sie sie niemals wieder." „Ich muß mich aber doch vor ihr rechtfertigen." „Nein, niemals." „Ich werde darüber nachdenken", sagte der Admiral, der seine Ruhe wieder gewonnen zu haben schien; aber als er nach Hause kam, fand er dort ein zärtliches Briefchen von dieser Frau, welches die Folgen ihres ersten Briefes verdoppelte. Alles war vergessen; er besuchte sie sofort, um sie nicht mehr zu verlassen. Sie kam bald dahinter, daß Italinsky dem Admiral denselben Rath gegeben habe, welchen er einige Jahre früher vergebens Sir William Hamilton schmackhaft zu machen versucht hatte. Natürlich schwor sie ihm einen heftigen und ewigen Haß; aber dennoch gelang es ihr, die Alles vermochte und ihrer Leidenschaft Alles opferte, niemals, weder den Gatten noch den Geliebten von der Freundschaft abwendig zu machen, die ihm beide gewidmet hatten. Es scheint mir, daß diese Thatsache beweist, welches Zutrauen und welche Achtung er seinen Freunden einzuflößen wußte, die ihn aufsuchten, wie der Kranke den Arzt aufsucht. „Es hat mir diese Sache viel Kummer gemacht", sagte er mir eines Tages, als er mir das erzählte, was ich eben berichtet, „aber ich habe bei dieser Gelegenheit gelernt, daß von allen Krankheiten die Liebe die unheilbarste ist."

Im Jahre 1802 wurde er Gesandter in Konstantinopel, wo er bis zur Kriegserklärung im Januar 1807 verweilte. Da er die Wichtigkeit einer genauen Kenntniß der orientalischen Sprachen einsah, so machte er sich in kurzer Zeit des Arabischen, Persischen und Türkischen Meister und studirte die Gewohnheiten und den Charakter der Nation so gut, daß er sich allgemeine Achtung und ganz besonderes Zutrauen beim Sultan Selim III. und seinen Ministern zu erwerben wußte. Auch hatte er vollkommenen Erfolg in dem, was ihm über das provisorische Reglement vom 24. September 1802 wegen der Donaufürstenthümer Moldau und Walachei befohlen worden war, und wußte im Jahre 1805 die erneute Ratification des Allianzvertrages von 1798 zu bewirken, der im Erlöschen begriffen war. Aber wenige Monate später stellten die perfiden Einflüsterungen Bonaparte's während des Krieges von 1805, welche durch einen seiner geschicktesten und intriguantesten Unterhändler, den General Sebastiani, gestützt wurden,

den Einfluß und das Talent des russischen Ministers auf die Probe. Sebastiani wandte alle Mittel an, um den französischen Kaiser als den hinzustellen, der die Pforte von den beständigen Forderungen Rußlands be-
freien werde, und ein großer Theil des Cabinets fiel in diese Schlinge.
Es war um diese Zeit, daß Italinsky bei einer Conferenz mit dem Reis-
Efendi, in welcher er die Sophismen Bonaparte's zu widerlegen suchte,
dem türkischen Minister, sehr bewandert in der Geschichte des Orients, das
Ende aller Eroberer dieses Landes ins Gedächtniß zurückrief, von Iskander
(Alexander dem Großen) bis auf Timur, um ihm zu beweisen, daß alle
entweder ihre Eroberungen mit der Unterjochung der Verbündeten beschlossen,
oder diese der Rache der Sieger überlieferten, wenn sie selbst in dem
Laufe ihrer Eroberungen aufgehalten wurden. Nach einer langen Discussion sagte ihm Italinsky: „Jetzt will ich Ihnen kein Argument mehr
bringen, um Ihnen zu beweisen, daß der Padischah den Franzosen schließlich unterliegen muß; aber ich werde Ihnen ein Dilemma vorlegen, welches
Sie nicht leugnen können, und woraus Sie selbst die unbestreitbaren Consequenzen ziehen mögen. Sie geben zu, daß Bonaparte entweder aus seinem
Kriege mit dem russischen Kaiser und mit dessen Verbündeten siegreich hervorgehe, oder daß er wie alle diese Geiseln der Erde endigen wird, von
denen wir eben gesprochen." „Gewiß", antwortete der Reis-Efendi,
„es gibt blos diese Alternative." „Aber", fuhr nun Italinsky fort, „wenn
er sich, sei es durch die Eroberung, sei es durch seine Bündnisse zum Herrn
der ganzen Christenheit macht, glauben Sie, daß er vor Ihnen stehen bleiben
wird? oder daß er dem Norden Europas den Krieg macht, um in den
kalten Ländern zu bleiben, daß er nicht dazu übergehen wird, sich einen
Weg zu bahnen zu der Hauptstadt der Welt, der alten Residenz der Kaiser
des Orients, und den entzückenden Ländern, die dieselben umgeben? Unter
dieser Voraussetzung werden Sie also einen Krieg mit ihm zu ertragen haben,
wenn er durch alle seine Eroberungen, durch alle seine Verbündeten verstärkt ist, welche Ihnen jetzt ihre Freundschaft anbieten, um Sie gegen seine
treulosen Rathschläge zu vertheidigen. Aber, werden Sie sagen, Bonaparte
wird nicht zu dieser Macht gelangen. Nun gut, in diesem Falle sind wir
gleicher Ansicht, denn dann muß er unterliegen. Es bleibt Ihnen also
nur die andere Alternative, nämlich, daß er geschlagen werden wird, und
sein Sturz wird sein wie der des Reiches Tamerlan's. Glauben Sie nun,
daß, wenn der große Kampf sich so entscheidet, daß die Armeen, welche den
vorgeblichen Herrn der Welt besiegt haben, sich nicht gegen diejenigen wenden würden, welche ihr Bündniß und ihre Freundschaft den Interessen des
Eroberers geopfert hätten? Sie sehen also, daß der Weg, welchen Ihnen
der französische Gesandte zu verfolgen anräth, Sie nothwendig einem unendlich furchtbareren Kriege aussetzen würde, als Alles, was Sie in
diesem Augenblick fürchten oder argwöhnen können."

Seit dieser Unterredung verfehlte Italinsky nie, in den Conferenzen
hinzuzufügen: „Erinnern Sie sich der Alternative des Eroberers." Und
in der That erklärte nach dem Sturz Bonaparte's der türkische Minister,
daß kein Argument je einen so großen Eindruck auf ihn gemacht habe als
die Alternative seines guten Freundes, des gelehrten russischen Ministers,
über das Los des großen Eroberers.

Kaum hatte er die Wiedereinsetzung der Fürsten Morusi und Ypsilanti als Gouverneure der Fürstenthümer erlangt, als er, noch in dem Laufe des Jahres 1806, die damals sehr beleidigende und unzulässige Forderung der Pforte zu bekämpfen hatte, daß Rußland auf den Durchgang seiner bewaffneten Schiffe durch die Dardanellen verzichten sollte. Seine Reclamation wurde auf Gefahr des Lebens oder wenigstens der Freiheit des Unterhändlers durch den Marsch des Generals Michelson unterstützt. Italinsky wurde nicht eher beauftragt, das Ultimatum Rußlands zu überreichen, als einen Monat, nachdem dieser die Occupation begonnen hatte, wovon man ihm keinerlei officielle Kenntniß gegeben hatte.

Das Jahr 1807 begann mit der Kriegserklärung von seiten des Großherrn, der jedoch den persönlich von ihm so geschätzten russischen Minister frei abreisen ließ. Dieser begab sich nach Malta, um dort den Moment zu erwarten, um die Unterhandlung wieder aufzunehmen. Dort wurde er durch die Nachricht von dem eigenthümlichen Benehmen von Sir Charles Arbuthnot betrübt, welcher den Admiral Duckworth verhindert hatte, das Serail in den ersten vierundzwanzig Stunden nach seiner Ankunft vor den Mauern Konstantinopels zu bombardiren, und von der Handlungsweise des Admirals selbst, der nutzlos und schimpflich fast bis zu dem Moment ruhig blieb, wo man ihm dem Rückzug abzuschneiden begann. Bei seiner Ankunft würde man ihm die Dardanellen nach einem Bombardement von fünf Minuten ausgeliefert und den General Sebastiani vertrieben haben, welcher schon alle seine Papiere verbrannt hatte, indem er nicht an dem Los zweifelte, das ihn erwartete, wie er Italinsky selbst später eingestand.

Da die Abtretung der Moldau und Walachei an Rußland auf dem Erfurter Congreß stipulirt und die in Jassy eröffneten Unterhandlungen unterbrochen worden waren, so begleitete Italinsky die russische Armee in den Feldzügen von 1809, 1810 und 1811. Während dieses letzteren nahm er theil an dem Kriegsrath, in welchem der General Kutusow nach der Schlacht bei Rustschuck beschloß, das rechte Donauufer nach der Demolirung der dort befindlichen Forts zu verlassen. Italinsky vertheidigte immer diesen Beschluß, der damals von den russischen Offizieren vielfach angegriffen wurde. Der Rückzug fand jedoch nicht infolge einer Niederlage statt und hatte keinerlei wirkliche Verluste zur Folge. Nichts soll (nach seiner zuverlässigen Erzählung) lügenhafter sein als die Berichte der Türken über diesen Feldzug und die Ereignisse, die ihm folgten.

Indessen ließ Italinsky der Tapferkeit der türkischen Soldaten in dem ganzen Feldzuge alle Gerechtigkeit widerfahren und ertheilte besonders der Cavalerie die größten Lobsprüche. Aber vor Allem, versicherte er als Augenzeuge, konnte nichts dem passiven Heldenmuth und der absoluten Hingebung dieser Truppen gleichkommen, als durch das geschickte und entscheidende Manöver des Generals Markoff sich ihre Armee bald darauf auf dem linken Donauufer abgeschnitten fand, und ohne Hoffnung, sei es das andere Ufer zu gewinnen, sei es auf demjenigen sich zu halten, welches sie besetzt hatten, gegenüber der großen russischen Armee. Acht Wochen lang erwartete man vergebens von einem Tage zum anderen die Capitulation der Türken: die Pferde, welche nicht verzehrt worden waren, starben vor

Hunger; man sah die Janitscharen wie Thiere um das Lager herum weiden, um sich von dem Grase zu nähren, das sie ausrissen; diejenigen, welche sich zuweit entfernt hatten, wurden von den russischen Vorposten überrascht, weil sie nicht mehr Kräfte zu gehen hatten; so sehr waren sie durch den Hunger geschwächt. Erst als die Soldaten zu Dutzenden vor Erschöpfung todt in den Reihen hinfielen, wollten die Janitscharen von Capitulation reden hören.

Infolge dieser Capitulation, welche am 20. December 1811 stattfand, begannen die Conferenzen zu Bukarest zwischen Galib-Efendi und Italinsky, beide von untergeordneten Unterhändlern und Dolmetschern unterstützt. Zu dieser Zeit kannte die Pforte sehr genau die Misstimmung, welche zwischen Rußland und Frankreich herrschte. Der französische Gesandte unterrichtete die Pforte von der Absicht des Kaisers und Oesterreichs, die Integrität des türkischen Gebietes zu garantiren, wie es durch die Convention vom 14. März in Wahrheit war. Schon vor dieser Zeit war die Invasion, womit Rußland bedroht wurde, kein Geheimniß mehr in Konstantinopel; und ungeachtet der Verluste, welche die Türken in dem letzten Feldzug erlitten hatten, rechnete Bonaparte mit unerschütterlicher Gewißheit darauf, daß die Pforte nicht einmal einen ehrenvollen, wenn nicht gar vortheilhaften Frieden annehmen würde.

Das Mistrauen, mit welchem die ägyptische Expedition und neuerliche Treulosigkeiten den Divan gegen Bonaparte erfüllt hatten, und das Zutrauen, welches ihm Italinsky einzuflößen wußte, ließen alle seine Voraussetzungen und Berechnungen scheitern.

In Wahrheit konnten die Instructionen des petersburger Cabinets in diesem Augenblick unausführbar erscheinen. Sie schlossen die reine und einfache Forderung der Pruthlinie als die Bedingung ein, auf welche der russische Hof nicht zu verzichten entschlossen sei. Es hieß dies von den Türken verlangen, auf Bessarabien und ein gutes Drittel der Moldau mit Festungen von der höchsten Wichtigkeit, wie Bender und Ismail, in dem Augenblick zu verzichten, wo die Hälfte Europas gegen die Existenz des Zarenthrones in Waffen stand.

Auch verwarfen die türkischen Unterhändler nicht blos alle russischen Forderungen, sondern sie stellten auch ihrerseits andere, um sich bei dieser Gelegenheit womöglich den lästigen Bestimmungen des Vertrages von Jassy zu entziehen. Das, was am meisten ihrem Stolz widerstrebte, war, die gebieterischen Forderungen Rußlands über die Absetzung der neuen Hospodare und die Verwaltung des Gebietes der Fürstenthümer, welches unter türkischem Scepter bleiben mußte, zuzugestehen. Es waren Bestimmungen getroffen worden im Gegensatz zu den Stipulationen, und die Pforte mußte sich selbst desavouiren und das Gegentheil decretiren. Sie mußte in ihrem eigenen Gebiet die Intervention einer Macht zugestehen, die mehr als je das Bedürfniß nach Frieden mit der Pforte und Persien hatte, um über alle ihre Armeen frei disponiren zu können.

Die türkischen Unterhändler brachen allerdings die Unterhandlungen nicht ab, zogen sie aber von Monat zu Monat in die Länge, in der Hoffnung, daß die französische Invasion mit Erfolg gekrönt werden und ihnen ganz andere Bedingungen sichern würde, ohne daß man nöthig hätte, wieder zu den Waffen zu greifen. Die Alternative Italinsky's schien für sie ihre Kraft verloren zu haben.

Der Monat Mai kam, ohne daß irgendetwas beschlossen war. Die Befehle von Petersburg wurden immer dringender, ohne jedoch zu erlauben, die angezeigten Grundlagen aufgeben zu dürfen. Italinsky sah in dieser Lage kein anderes Mittel, um zum Frieden zu gelangen, dessen ganze Wichtigkeit, ja Nothwendigkeit er fühlte, als die Türken mit einem Kriege zu bedrohen, zu dem sie, wie er wohl wußte, aus Mangel an kriegerischem Geist und an Geld nicht geneigt waren. Er ließ Galib-Efendi erklären, wenn an einem bestimmten Tage die Grundlage seines Ultimatums nicht angenommen worden sei, so würde er auf der Stelle abreisen und würden die Feindseligkeiten wieder beginnen. In der That ließ er einen Theil seiner Effecten an Bord eines Schiffes bringen, um zur Abreise bereit zu sein. Unglücklicherweise war während achtundvierzig Stunden widriger Wind und seine Effecten konnten nicht abgehen, was die Türken in ihrer Meinung bestärkte, daß die Absicht, abzureisen, nur simulirt gewesen sei. Am Abend vor dem festgesetzten Tage aber, als Alles zur Abreise vorbereitet war, wurde Italinsky durch einen Brief des türkischen Ministers benachrichtigt, daß er ihn zu einer Conferenz erwarte, von welcher er das gegenseitige Einverständniß über die Hauptpunkte hoffe. In der That wurden die Friedenspräliminarien in dieser selbigen Conferenz, die sechs Stunden währte, unterzeichnet, und am 28. Mai wurde der Friede von Bukarest auf der Grundlage des russischen Ultimatums abgeschlossen. „Jetzt, wo der Vertrag unterzeichnet ist", sagte Galib-Efendi zu Italinsky, „will ich Ihnen gestehen, was mich dazu gebracht hat, an Ihre aufrichtige Absicht, abzureisen, zu glauben, und Ihnen die Vorschläge zu machen, die uns zum Ziele geführt haben. An demselben Tage hatten mir meine Spione die Nachricht gebracht, daß Sie alle Bücher und Manuscripte hatten einpacken lassen; wir wissen aber, seit Ihrer ersten Mission, daß Sie weder für die Frauen noch für den Wein eine Leidenschaft haben, aber wohl für Ihre Bücher, die Sie Tag und Nacht bei sich haben und ohne die Sie nicht leben können; ich war also überzeugt, daß Sie, von diesen Schätzen getrennt, nicht in Bukarest bleiben würden."

Der General Kutusoff war von dem Abschluß des Vertrages überrascht und entzückt; aber — durfte er dem türkischen Versprechen trauen, daß ihre Armee sofort aufgelöst werden würde, die seinige verlassen und gar den größten Theil derselben gegen Bonaparte marschiren lassen? Der General glaubte, dafür die Befehle des Kaisers abwarten zu müssen. Aber Italinsky sagte ihm, daß er der Zuverlässigkeit der türkischen Unterhändler gewiß sei, und außerdem hinlänglich den Charakter dieser Nation kenne, um zu wissen, daß es selbst den Anführern unmöglich sein würde, ihre Armee nach dem Abschluß des Friedens zusammenzuhalten. „Wenn Ew. Excellenz Zweifel haben, so nehme ich die ganze Verantwortlichkeit auf mich; ein Monat ist eine zu kostbare Zeit in der gegenwärtigen Lage des Reichs, dessen Heil vielleicht von Ihrer Gegenwart und Ihrer Armee abhängen wird." Der General folgte diesem edeln Antriebe, verließ die Armee und sandte den größten Theil derselben nach Norden.

Italinsky seinerseits begab sich auf den Weg nach Konstantinopel, um die Ratification des Vertrages zu sichern und zu beschleunigen.

Dieses Problem war vielleicht noch schwieriger als der Abschluß des Friedens selbst. Andriossy (der Nachfolger Sebastiani's), über den Erfolg Italinsky's in Verzweiflung, setzte Alles in Bewegung, um den Großherrn zu verhindern, eine Convention zu ratificiren, welche er in der Sprache seines Herrn als Verrath und Feigheit derer bezeichnete, welche sie für die Pforte abgeschlossen hätten. Italinsky erfuhr stets steigende Schwierigkeiten während seiner Reise und selbst bei der Ankunft in Konstantinopel. Aber diese Intriguen scheiterten an der unerschütterlichen Geistesgegenwart und Terrainkenntniß des russischen Diplomaten: bald gewann er die türkischen Beamten durch versöhnliche Worte, bald durch die Drohung exemplarischer Bestrafung von seiten des Sultans, bei dem er accreditirt war, und der ihn erwartete. So kam er, über alle Schwierigkeiten triumphirend, ins Serail; der Friede wurde ratificirt trotz alles Bedauerns, trotz aller Insinuationen und trotz der Berichte von den Siegen und Eroberungen Bonaparte's. Die Nachricht dieses Ereignisses brachte den Eroberer mitten in seinen Triumphen in Verwirrung; durch die Gewöhnung an Unwahrheiten dahin gebracht, selbst für unmöglich zu halten, was er Anderen als unmöglich erscheinen lassen wollte, weigerte er sich anfangs, ihr Glauben zu schenken; und als die Illusion verschwand, empfand er einen schwer zu schildernden Verdruß. Es ist durch sein eigenes Zugeständniß erwiesen, daß er immer den Bukarester Frieden als einen der unmöglich vorherzusehenden Unfälle betrachtete, welche das Scheitern des Feldzuges von 1812 veranlaßt hätten.

Es ist auch natürlich, daß er und seine Agenten überzeugt waren, daß nur das englische und russische Gold ihre Berechnungen hatten zerstören können. Als nach dem Pariser Frieden Andriossy Italinsky besuchte, sagte er ihm nach einer Unzahl von Complimenten: „Ihr Friede macht Ihnen ewige Ehre, wird Ihnen aber große Schätze gekostet haben?" „Auf meine Ehre, nicht einen Sous, außer den herkömmlichen Geschenken nach der Unterzeichnung", antwortete Italinsky. „Es versteht sich", sagte er mir, als er mir diese Unterhaltung erzählte, „daß der französische Gesandte schwieg, ohne mir zu glauben; aber ich schwöre Ihnen vor Gott, daß ich nicht einen Sous ausgegeben habe, weder um die Unterhändler zu gewinnen, noch um die Ratification des Divans zu erlangen, und wenn auch ein Minister Bonaparte's es nicht that, so werden Sie doch, wie ich hoffe, dieser Erklärung eines Ehrenmannes vollen Glauben schenken."

Sein Schmerz war außerordentlich, als er dem Argwohn des Großherrn den Fürsten Morousi zum Opfer fallen sah, der den bukarester Conferenzen nicht beigewohnt, aber nach dem Abschluß des Friedens in genauer Beachtung der darüber erhaltenen Befehle an der Auflösung der Armee mitgearbeitet hatte. Oft hatte ihm Italinsky gerathen, nach Rußland überzusiedeln, um seinen Kopf in Sicherheit zu bringen, über dem immer das Schwert des argwöhnischen Sultans hing. Der Fürst aber mochte, wie alle fanariotischen Griechen, nicht auf Konstantinopel und seine ehrgeizigen Hoffnungen Verzicht leisten. Er kam kurze Zeit nach der Ratification dorthin und wurde sehr gut vom Großvezier empfangen; aber als er aus dem Cabinet des Letzteren, welcher das vom Sultan erlassene Todes= urtheil kannte, ohne das Opfer retten zu können, herauskam, wurde ihm auf der Treppe, die er herabging, der Kopf abgeschlagen. „Ich kann Ihnen nicht sagen", versicherte mich Italinsky, „welchen Trost ich bei der Nach= richt empfand, daß Galib=Efendi ruhig in seinem Bette gestorben war, ungeachtet des Friedens, den er unterzeichnet, und ungeachtet seiner Reich= thümer."

Der Mord des Fürsten Morousi muß, wie so viele andere Grausam= keiten der gegenwärtigen Regierung, ausschließlich auf die Rechnung des Sultans gesetzt werden, den Italinsky als einen der grausamsten, falschesten und arglistigsten Männer bezeichnete, argwöhnisch wie alle Tyrannen, und besonders gegen alle Männer von Talent als solche mistrauisch. Seine Hoheit hatte Italinsky mit seinem Porträt beschenkt, welches er bei dieser Gelegenheit hatte malen lassen: eine sehr bemerkenswerthe und dem Her= kommen des ottomanischen Hofes widersprechende Auszeichnung. Italinsky hatte es als eine Seltenheit über seinem Sofa in der großen Galerie seines Palastes in Rom hängen, in welchem er fast ausschließlich sein Leben verbrachte. Aber das Blutbad von Scio flößte ihm einen so großen Ab= scheu vor Allem, was türkisch war, ein, daß er das Bild wegnehmen und in einem dunkeln Vorzimmer aufhängen ließ, wo er es nicht sah.

Im Jahre 1816 verließ er Konstantinopel, um seine Tage in Rom zu beschließen, was er als Gnade von seinem großmüthigen Souverän erbeten und erlangt hatte. Im Jahre 1817 dort angekommen, genoß er diesen friedlichen Aufenthalt noch über zehn Jahre, welche durch den Ab= schluß der Convention über die kirchlichen Angelegenheiten Polens aus= gezeichnet waren, und außerdem im Allgemeinen durch einen sehr bedeuten= den persönlichen Einfluß und eine hervorragende Thätigkeit bei allen Be= gebenheiten von allgemeinem Interesse, welche in seiner Sphäre vorkamen. Obgleich oft durch eine alte Wunde am Fuße belästigt, genoß er doch im Grunde einer vortrefflichen Gesundheit. Die Section hat ergeben, daß sein Tod infolge einer Lungenlähmung eintrat, die vielleicht durch die schon ziemlich vorgeschrittene Verknöcherung der großen Pulsader beschleunigt worden war.

Bis zum letzten Athemzuge bewahrte er eine seelische und geistige Frische, welche das Entzücken aller derer war, die ihm nahe kamen. Keine Fähigkeit hatte gelitten, und kein einziger Wissenszweig, den er gepflegt, war ihm fremd geworden. Er hatte fast beständig entweder die orienta= lischen Geschichtschreiber in Händen, über welche er sehr ausgedehnte Un= tersuchungen angestellt hatte, oder die Bibel, welche er sowol in den Ur= sprachen als in der Uebersetzung Luther's zu lesen liebte, die er jeder anderen vorzog, oder die griechischen und lateinischen Classiker, von denen er die besten Ausgaben besaß, die fast ausnahmslos mit Bemerkungen an= gefüllt waren, die er beim Lesen und Wiederlesen gemacht hatte. Was die Poesie betrifft, so pflegte er die neueren Erzeugnisse derselben wenig zu lesen; in Bezug auf Geschichte und Politik aber gab es kaum eine Broschüre, die er nicht, sobald sie erschienen war, durchlief. Im Jahre 1823 begann er Sanskrit zu studiren, um die Verwandtschaft dieser Sprache mit dem Alt=Slavonischen zu ergründen, und er war der Erste

in Rom, der die große Entdeckung unserer Tage kannte und schätzte: das
hieroglyphische Alphabet von Young und Champollion. In Neapel hatte
er die Fortsetzung des Werkes von Hancarville über die antiken Vasen
veröffentlicht,*) wie er überhaupt zeitlebens die Liebe zu den schönen Künsten bewahrte. Jedoch seine Lieblingslektüre waren Werke über Naturwissenschaft, Chemie und besonders Astronomie. „Im Begriff, die Erde
zu verlassen", pflegte er zu sagen, „scheint es mir durchaus vernünftig,
mich specieller mit diesen Himmelskörpern zu beschäftigen, die gewiß ver-
nunftbegabte Wesen zu Bewohnern haben werden, und wenigstens theilweise, wie ich hoffe, vollkommenere als wir Sterbliche sind."

Dies führt mich darauf, einen höchst delicaten Punkt zu berühren,
über den ich vielleicht schweigen würde, wenn ich nicht fast gewiß wäre,
daß biographische Notizen, wie man sie hier für deutsche Blätter vorbereitet, sich darin gefallen werden, ihm unterzuschieben, daß er als Schüler
Voltaire's und der materialistischen Philosophen des vorigen Jahrhunderts
gelebt habe und gestorben sei. Diese Behauptung ist aber gänzlich falsch.
Die Wahrheit ist, daß die Erziehung, welche er in den religiösen Dingen
von den griechischen Priestern erhalten hatte, und die daraus hervorgehende
Identificirung der Grundwahrheiten des Christenthumes mit den Traditio-
nen und Fabeln einer Kirche, welche an der Reinheit des evangelischen
Glaubens weiter keinen Theil hat, als in dem Fehlen der mittelalterlichen
Dogmen, und welche voller Fabeln und abergläubischer Gebräuche ist, ihn
um das Glück gebracht hatte, seine religiöse Ueberzeugung durchaus fest
auf ihre wahre Basis zu begründen, den Glauben an die historischen Thatsachen des Evangeliums. „Man hat von mir Glauben an Geschichten
gefordert, deren Authenticität mir mehr als verdächtig ist, was meinen
Glauben an das, was es an ursprünglichen Thatsachen gibt, hat erschüttern müssen", sagte er mir eines Tages. Natürlich war die Philosophie
des 18. Jahrhunderts nicht ohne Einfluß auf ihn geblieben. Diese Philosophie unterscheidet sich von der des 19. Jahrhunderts darin, daß sie jedes
Princip geistiger Art in der Geschichte, und infolge dessen die Möglichkeit
einer Offenbarung und solcher Thatsachen leugnet, welche über die gewöhnliche Ordnung der Causalität hinausgehen, während diejenige Schule, die
ihr gefolgt ist, diese Principien gelten läßt, obgleich nur zu oft mehr deshalb, um unseren Glauben an die Gespenster eines Systemes, welches sie
schafft, zu erlangen, als um uns zu dem christlichen Glauben selber zu
führen. Es ist klar, daß das Princip der Philosophie, die Italinsky fast
allgemein herrschend fand, dazu führte, alle tieferen Untersuchungen über
die Wahrheit von Thatsachen kurz abzuschneiden, bei welchen sie damit
begann, sie kurzweg für unmöglich zu erklären. Hier lag das Uebel, welches diese Philosophie Italinsky zufügte; sie entmuthigte ihn, die christliche
Wahrheit an ihrer Quelle zu ergründen. Aber daneben war er von Bewunderung für die christliche Moral erfüllt; und mehr als einmal hat er
mir gesagt, wie häufig der protestantische Gottesdienst in Holland, Deutschland und England ihn außerordentlich erbaut habe, während die übrigen

---

*) Es ist dies die Darstellung der zweiten Hamilton'schen Vasensammlung,
die in vier Bänden (Neapel 1791—1809) erschien.

Culte ihn kalt ließen oder ihm gar lebhaften Unwillen einflößten. Er ließ auch den seiner Gesandtschaft attachirten russischen Geistlichen in Florenz wohnen, wo er ebenfalls als Minister accreditirt war.

„Niemals wird man aus mir einen Bewunderer Voltaire's und Diderot's machen", pflegte er zu sagen; „es ist sicher, daß Voltaire ein großer Lügner war, und daß er sowol wie Diderot und seine Freunde die erschrecklichsten Egoisten waren; was Jean Jacques Rousseau betrifft, so war er ein Narr, voller Eitelkeit, aber mehr noch voll Geist." Er glaubte und sprach es oft aus, daß ein Mensch erst verrückt werden müsse, um Atheist zu werden, da die Existenz Gottes so evident sei, wäre es auch nur durch die bewunderungswürdige Weisheit und den Einklang der Naturgesetze. Die Idee der Ewigkeit war beständig vor seinen Augen, vorzüglich in dem letzten Jahre. „Ich habe Platon's «Phädon» gelesen", sagte er mir vor zwei Monaten; „seine Argumentationen sind tief, aber Gott allein weiß die Wahrheit, doch ich überlasse mich ganz seiner Gnade." Ich erinnerte ihn an das, was er so häufig über den Einklang der Naturgesetze in der ganzen Schöpfung gesagt, der so vorzüglich sichtbar sei in der Bewegung der Himmelskörper; „wie es nun aber erwiesen ist, daß unser Geist fähig ist, sie bis zu einem bestimmten Punkte zu erkennen und zu durchdringen, so scheint es mir klar, daß dieser Geist an der göttlichen Natur, die wesentlich ewig ist, theilnehmen muß". Von allen Argumenten machte dieses den größten Eindruck auf ihn.

Es war auch in dieser letzten Epoche seines Lebens, daß ich ihn eines Morgens allein in seinem großen Salon sitzend fand, auf einen Stock gestützt und den Fuß, der ihm Schmerzen verursachte, auf einer Fußbank ausgestreckt. Er blieb unbeweglich, grüßte mich mit der Hand und sagte: „Lieber Freund, es gibt ein schönes Bild von Philoktetes, wie er, von den Seinigen verlassen, am Ufer eines einsamen Felsens sitzt, sich auf einen Stock stützt und seine Augen über das Meer der Ewigkeit schweifen läßt, welches vor mir liegt und welches ich durchschiffen muß." „Sie werden dort einen sicheren Hafen finden", sagte ich zu ihm. „Ich hoffe es", antwortete er mir, indem er meine Hand drückte.

Es würde nach Allem, was ich über das Leben dieses so ausgezeichneten Mannes erzählt habe, überflüssig sein, wollte ich noch ein Bild seiner Persönlichkeit und seines Charakters hinzufügen; wenn seine Charakteristik sich nicht aus den Thatsachen ergibt, so würde ich vergeblich versuchen, sie durch Abstractionen zu zeichnen. Ich will daher blos noch sagen, daß er von sehr hoher Gestalt und kräftiger Constitution war, daß seine Physiognomie wie sein Charakter sich durch eine würdevolle Einfachheit auszeichnete, die etwas Antikes hatte; daß der Ausdruck seiner Züge sehr angenehm war, obgleich sie weder schön noch regelmäßig waren; endlich daß sein Geist in der Unterhaltung seinem Talent der Beobachtung und seinem sicheren Takt in der Behandlung der Menschen und der Geschäfte gleichkam. In den letzteren hatte er zugleich die Wirksamkeit eines Chefs und die eines Mannes, der eine Schule zu bilden weiß. Er verlor sich nicht ins Detail, aber er wußte es zu ergründen, und gewöhnte auch seine Untergebenen daran, es mit pünktlicher Genauigkeit zu behandeln. Immer höflich und sich trotz seines außerordentlich lebhaften und selbst

heftigen Temperamentes nie vom Zorn fortreißen lassend, fesselte er diejenigen, die er in den Geschäften leitete, durch die Achtung, die er einflößte, durch die zärtliche Zuneigung, die er ihnen entgegenbrachte, durch
sein Wohlwollen und durch die Aufmerksamkeiten, welche er in alle geselligen Beziehungen hineinzulegen wußte.

Was das gesellige Leben betrifft, so kann man sagen, daß seine Bildung und seine Erfahrung, sein so außerordentlich frisches Alter und sein
erstaunliches Unterhaltungstalent ihn in unserem diplomatischen Körper zur
Seele der Gesellschaft machten. Mäßig wie ein wahrer Philosoph, liebte
er ein gutes Diner, die einzige Mahlzeit, die er zu sich nahm; aber er
hatte das Bedürfniß, seine Freunde um seinen Tisch zu sehen.

Auf diese Weise hatte auch ich in diesen letzten vier Jahren meinen
bestimmten Tag bei ihm in der Woche. Es war Sonnabend, der Tag, wo
der französische Gesandte, der Herzog von Laval, dessen liebenswürdigen
und edeln Eigenschaften er besonders zugethan war, regelmäßig bei ihm
speiste. Man fand dort oft die hervorragenden Reisenden, die in Rom
waren, und, allein oder in Gesellschaft, immer verbrachten wir diese Stunden in der angenehmsten Unterhaltung. Niemand fühlte sich in seinen
Anschauungen verletzt, die verschiedensten Geister begegneten sich dort, ohne
sich zu nahe zu treten, während sie belebte Discussionen begannen, in
denen er stets der weise und wohlwollende Leiter war.

Um dieses Mémoire zu beendigen, will ich nur ein paar Worte über
seine testamentlichen Bestimmungen hinzufügen. Sie sind edel wie sein
Leben. Bevor ich sie näher anführe, muß ich noch sagen, daß Italinsky
niemals verheirathet war, aber eine ihm seit lange bekannte italienische
Frau, welche seine häuslichen Angelegenheiten ordnete, und erprobte Diener um sich hatte. In Bezug auf sein Vaterland war er seiner Heimats-
provinz Kleinrußland ganz besonders zugethan. „Ich bin stolz, dieser
Provinz anzugehören", sagte er öfters, „denn wir hatten dort keine Sklaven, die Bauern waren besitzliche Erbpächter, bis das Idol unseres Jahrhunderts, die Liebe zur Uniformität, die große und philanthropische Kaiserin Katharina verführte, sie den Leibeigenen der übrigen Monarchie gleich-
zustellen. Wenn ich die Geschichte Rußlands schriebe, so würde ich die
Frage erörtern, ob nicht Peter der Große Kiew zur Reichshauptstadt hätte
machen sollen." Seinem Souverän endlich hatte er die ehrfurchtsvollste
Zuneigung und grenzenlose Hingebung gewidmet: der Tod des Kaisers
Alexander berührte ihn so stark, daß man für sein Leben fürchtete.

Sein Testament athmet nun ganz diese edeln und wohlwollenden Gefühle. „Alles, was ich besitze", sagt er darin, „verdanke ich meiner Familie,
der Stadt Kiew, in der ich meine Erziehung erhalten habe, und der Gnade
meiner Herrscher, welche mich mit ihren Gunstbezeigungen überhäuft haben.
Ich vermache deshalb meinen Verwandten meine Grundstücke, meinen
Dienern die Zinsen meiner Kapitalien und des Erlöses aus dem Verkauf meiner Möbeln, die Kapitalien selbst aber bestimme ich der Stadt
Kiew, für die Errichtung zweier Lehrstühle, der Astronomie und der Naturwissenschaft, und wenn davon noch etwas übrigbleibt, für die Ermuthigung
gelehrter Reisen und die Gründung eines Observatoriums. Das Köstlichste
aber meines Besitzes, die Sammlung orientalischer Manuscripte, biete ich

Sr. Majestät meinem gnädigen Kaiser dar, um sie mit der Bibliothek des orientalischen Studiums in Petersburg zu vereinigen." Man hofft hier, daß der Kaiser die ganze Bibliothek kaufen und so die kleinen Altersschulden dieses treuen Dieners übernehmen wird, dem der Kaiser Alexander beim Abschied in Venedig ihn umarmend gesagt hatte: „Sie haben mich um meine Gnade gebeten, es kann davon nicht die Rede sein, denn nach so vielen Diensten und nach so großer Treue haben Sie ein wohlbegründetes Recht auf meine Erkenntlichkeit."

Rom, 3. Juli 1827.

III.

Katalog der Ausstellung im großen Saale des Palazzo Caffarelli auf dem Capitol

während des Aufenthaltes Sr. königl. Hoh. des Kronprinzen von Preußen im October und November 1828.

(Zu S. 347.)

(Nach dem italienischen Original übersetzt.)

A. Maler.

Catel, Preuße.

Nr. 1. Porträt einer Albanerin.
   2. Souterrain in der Villa d'Este.
   3. Inneres eines Klosters von Capri.
   4. Ansicht vom Kirchhofsweg von Pozzuoli.
   5. Ansicht der Grotte des heiligen Franciscus von Amalfi.
   6. Blick aufs Meer aus den Trümmern des sogenannten Palastes der Königin Johanna.
   7. Gruppe einer Schiffersfrau mit Kindern, die ihren in den Wellen umgekommenen Gatten beklagt (Skizze).

Draeger, Preuße.

   8. Abraham's Opfer.

Eggers, Mecklenburger.

   9.
  10. } Zwei Porträts.
  11. Die Engel verkünden die Auferstehung unseres Herrn der Maria Magdalena und ihren Begleiterinnen.
  12. Kopf einer Bäuerin.

Erhard, Preuße.

 13. Amor, der heimlich Bacchus und Ariadne beobachtet.

Flohr, Hamburger.

 14. Ansicht von Vallericcia.

 15. Ansicht der Insel Capri.

 16. Ansicht der Wasserfälle von Tivoli.

 17. Ansicht des Franciscanerklosters in Amalfi.

 18. Andere ländliche Ansicht.

 19. Narciß.

 20. Die Fornarina (Copie).

 21. Bäuerin.

Fuehrig, Oesterreicher.

 22. Unser Herr, die Tochter des Jairus auferweckend (Zeichnung).

Genelli, Preuße.

 23. Simson und Delila.

Gmelin, Badenser.

 24. Der Titusbogen.

 25. Landschaft, Copie nach Claude Lorrain.

Grahl, Preuße.

 26. Porträt einer Bäuerin.

 27. Porträt.

 28—35. Miniaturporträts.

Hopfgarten, Preuße.

 36. Der Samariter ⎫
 37. Ruth und Boas ⎬ (Oelskizzen).

Klein, Preuße.

 38. Sibylle.

 39—40. Copien zweier Madonnen Rafael's.

Knapp, Würtemberger.

 40a. Kloster des Franciscanerconvents in Amalfi.

Koch, Tiroler.

 41. Noah's Opfer.

 42. Ansicht von Olevano.

 43. Der Engel erscheint Bileam.

 44. Ansicht in der Nähe von Olevano.

Koop, Däne.

 45. Bacchus und Ariadne.

 46. Porträt (Copie).

Koopmann, Hamburger.

 47. Madonna mit dem Kinde.

Kraft, Holsteiner.

 48. Beliebte Masken vom römischen Carneval.

Kühne, Preuße.

 48a. Wasserfall des Staubbach.

 48b. Wasserfall des Schmadribach.

Lindau, Sachse.

 49. Bauern, in einem Wirthshause tanzend.

 50. Bauern auf der Reise.

Magnus, Preuße.

    51. Porträt einer Albanerin.

    52. Apollo und Hyacinth.

    53. Ziegenhirt.

Mayer, Holsteiner.

    54—55. Oeffentliche Schreiber in Rom.

    56. Ländliche Scene aus Neapel.

Mosbrugger, Schweizer.

    56 a. Bäuerin.

Overbeck, Lübecker.

    57. Zwei Frauen, Italia und Germania genannt.

    58. Der Prophet Elia.

Rehbenitz, Holsteiner.

    59. Adam und Eva.

Reinhard, Baier.

    60. Ideallandschaft mit Psyche und dem Adler.

    61. Ansicht unter der Sirenengrotte zu Tivoli.

    62—64. Skizzen von Ideallandschaften.

Riedel, Baier.

    65. Bäuerin.

Reinhold, Sachse.

    66. Der Samariter

    67. Hagar in der Wüste } (Landschaften).

    68—69. Zeichnungen.

Riepenhausen (Brüder), Hannoveraner.

    70. Mädchen mit Liebesgöttern.

    71. Rafael und die Fornarina.

    72. Derselbe vor seinem Gemälde der Sixtinischen Madonna.

Rittig, Preuße.

    73—74. Skizze und Carton, die Himmelfahrt unseres Herrn dar-
           stellend.

    75. Psalm 95 (Zeichnung).

    76. Paulus seine Briefe schreibend.

Robert (der ältere), Neufchateler.

    77 a. Inneres der Basilika St.-Paul nach dem Brande.

Robert (der jüngere), Neufchateler.

    77 b. Inneres von San-Giovanni Laterano.

Schilbbach, Hessen-Darmstädter.

    78—79. Ansichten vom römischen Forum.

    80. Ansicht in der Nachbarschaft von Sorrento.

Schmidt, Preuße.

    81. Zwei Engel, Copie nach Rafael.

Schnorr, Sachse.

    81 a. Der Engel, der die Auferstehung unseres Herrn verkündigt.

Senff, Preuße.

    82. Antike Vase mit Blumen gefüllt.

    83. Blumenstrauß.

84. Anderer Strauß mit Landschaft.
85. Copie der heiligen Cäcilie nach Rafael.
86—87. Porträts.

Spiro, Oesterreicher.
88. Judith.
89. Copie der Vision des Ezechiel von Rafael.

Temmel, Preuße.
90. Moses mit den Töchtern Reguel's an der Quelle (Skizze).
91. Copie der Transfiguration von Rafael.

Thoening, Schleswiger.
92. Aussicht auf Neapel vom Ufer aus.
93. Andere Aussicht mit der Insel Capri.

Johannes Veit, Preuße.
94. Kopf unseres Herrn.
95. Kopf des heiligen Paulus.
96. Heilige Familie.

Philipp Veit, Preuße.
97. Die heilige Anna mit der Madonna (Carton).
98. Christus unter den Schriftgelehrten und die Darstellung im Tempel (Skizzen in Aquarell).
99. Porträt.

Welker, Sachse.
100—101. Ansichten aus der römischen Campagna.

Wolfensberger, Schweizer. Skizzen in Aquarell:
102. Ansicht der Villa Falconieri zu Frascati.
103. Ansicht des Bogens des Konstantin.
104. Ansicht in den Farnesianischen Gärten.
105. Ansicht von Monte Compatri.
106. Ansicht vom römischen Forum.
107. Ansicht der Villa d'Este.
108—109. Ansichten von Frascati.
110. Ansicht des Sibyllentempels zu Tivoli.
111. Ansicht des Colosseums.
112. Ansicht der Cascatelle von Tivoli.
113. Ansicht des Neptuntempels in Pästum.
114. Ansicht der Quelle vor der Villa Medici.

B. Kupferstecher.

Felsing, Hessen-Darmstädter.
115. Madonna mit dem Kinde und zwei Heiligen, nach Andrea del Sarto (Zeichnung zum Stich).
116. Christus im Garten, nach Carlo Dolce (Stich).

Ruschewehh, Mecklenburger.
117. Jupiter und Amor, von Rafael, nach Marc Antonio.
118. Elias und Elisa, von Overbeck.
119. Wunder des Elisa, von demselben.

C. Architekten.

Hessemer, Hessen-Darmstädter.
120a. Entwurf einer Walhalla.
120b. Inneres der Stephanskapelle zu Orvieto.

Itzig, Preuße.
120c. Grundriß und Inneres einer Kirche.

Knapp, Würtemberger.
121—123. Zwei Scenen aus dem Inneren und Mosaik der Pauls-
kirche vor dem Brande.
124. Halle und Hof von Sta.-Clementa.
125. Inneres von San-Nero und Achileo.
126. Inneres von San-Lorenzo fuori le Mura (colorirte Blätter,
seinem Werke über die Basiliken Roms entnommen).
126a. Architektonische Entwürfe.

Roos, Würtemberger.
127. Grundriß und Inneres einer Kapelle.

Thürmer, Baier.
128. Ansichten von Athen.

D. Bildhauer und Formschneider.

Baudisch, Preuße.
129. Porträt Sr. Maj. des Königs von Baiern ⎫
130. Porträt Thorwaldsen's   ⎬ in Wachs.

Bissen, Schleswiger.
131. Figur eines Mädchens, welches Blumensträuße verkauft.

Boehm, Oesterreicher.
132. Copie des Fries im Parthenon zu Athen.
133—135. Copie der Basreliefs an dem Brunnen des Giovanni
Pisano zu Perugia, und drei Porträts.

Freitag, Preuße.
136. Liebesgott.

Hermann, Sachse.
137. Marmorbüste Sr. Maj. des regierenden Königs von Sachsen.
138. Desgl. des verstorbenen.

Hopfgarten und **Jollaye**, Preußen (Bronzisten).
139. Der Bogen Konstantin's.
140. Gruppe von Hämon und Antigone.
141. Reiterstatue Marc Aurel's.
142. Reiterstatue des Mars.
143. Reiterstatue des Meleager.
144. Reiterstatue des Aristides.
145. Reiterstatue der Ariadne.
146—147. Reiterstatue der beiden Discuswerfer.
148. Jason ⎫
149. Venus ⎬ von Thorwaldsen.
150—151. Zwei Candelaber.

Im-Hoff, Schweizer.
> 152. Statue David's.
> 153. Basrelief: Amor und Psyche.
> 154. Porträt, Marmorbüste.
> 155. Desgl., in Basrelief.

Lotsch, Badenser.
> 156—158. Drei Büsten, Porträts.
> 159. Kreuzabnahme unseres Herrn, Basrelief.
> 160. Die heiligen drei Könige, Basrelief in Marmor.
> 161—165. Skizzen für Basreliefs.

Puttrich, Sachse.
> 166. Die Unschuld, Grabdenkmal.
> 167. Ein fischendes Mädchen.
> 168. Familienporträt (Oelgemälde).

Runge, Hamburger.
> 169. Ein Mädchen mit einem Kinde, welche fischen.

Voigt, Preuße.
> 170. Die Fabel von Amor und Psyche (Modelle in Wachs für ein Halsband).
> 171. Porträt Sr. Maj. des Königs und
> 172. Porträt Sr. k. H. des Kronprinzen von Preußen.
> 173. Porträt Sr. Maj. des Königs für die neue preußische Münze.
> 174—175. Porträts in Wachs und Bronze von Lord Elbon, weil. Lordkanzler von Großbritannien.
> 176. Studie in Wachs.
> 177—178. Medaille, die Tiber, mit Modell.

Wredow, Preuße.
> 179. Statue des Ganymed.

Wolff, Preuße.
> 180—181. Büsten (Marmorporträts).
> 182. Jäger.
> 183. Schäfer.
> 184. Schäferin.

IV.

Memorandum über Monsignore Capaccini

und die Wichtigkeit von Unterhandlungen mit ihm während seines Aufenthaltes in Brüssel vom 30. December 1828.

(Zu S. 251 und 301.)

(Nach dem englischen Original übersetzt.)

Es kann als ein besonders günstiger Umstand angesehen werden, daß in dem gegenwärtigen Augenblick ein römischer Prälat in Brüssel ist, welcher mit den größten Talenten und den Fähigkeiten eines vollendeten Staatsmannes eine Biederkeit des Herzens, eine Liberalität des Geistes und eine Freimüthigkeit des Charakters verbindet, welche gewiß in diesem Lande noch seltener sind als jene Talente und Fähigkeiten; ein Mann, welcher, nachdem er lange die rechte Hand Consalvi's gewesen, gegenwärtig nicht blos der vertrauteste und einflußreichste Freund des Nachfolgers dieses Staatsmannes, des Cardinals Bernetti, sondern auch das Lieblingsorgan des Papstes selbst für diplomatische Unterhandlungen und Mittheilungen ist. Es wird sich aus der folgenden Darstellung aufs klarste erweisen, wie leicht und wie wünschenswerth es sein würde, mit diesem Manne, dessen Name Monsignore Capaccini ist, in vertrauliche Unterhandlungen über die Gegenstände zu treten, welche Ziel einer Unterhandlung mit Rom werden würden, wenn ein Einverständniß mit diesem Hofe in Betreff der katholischen Kirche in Großbritannien und Irland in Erwägung gezogen werden sollte.

Monsignore Capaccini wurde, nachdem er, wie gewöhnlich, in Rom, seiner Vaterstadt, Theologie und die Wissenschaften studirt, Priester, und als ein ausgezeichneter Astronom Director des Observatoriums in Neapel. Als er (im Jahre 1815) nach der Rückkehr des Papstes den Cardinal Consalvi um eine ähnliche Anstellung bat, war dieser ausgezeichnete Staatsmann von dem natürlichen Verstande, dem Scharfsinn und der Freimüthigkeit des jungen Professors so betroffen, daß er ihn aufforderte, in seinem Dienste zu bleiben. In der That wurde nach einigen Monaten praktischer Thätigkeit und persönlicher Bekanntschaft der Abbé Capaccini der erste Mann in den Geschäften; und seit 1817, als die Unterhandlungen mit Rußland, Holland und Preußen begannen, war er es, welcher nicht blos alle diplomatischen Noten über die damals discutirten wichtigen Punkte schrieb, sondern auch dem Staatssecretär als sein alter ego diente, wo vertrauliche Erklärungen zu geben waren oder wo der Wortlaut eines Vertrages definitiv festgestellt werden sollte. Bei dieser Veranlassung sowol als auch später, wo ich als Chef der preußischen Gesandtschaft wichtige Punkte über die Ausführung der von meinem Vorgänger Niebuhr abgeschlossenen Bestimmungen festzustellen hatte, war mir die vollste Gelegenheit geboten, in gleichem Grade seine ungewöhnliche Rechtschaffenheit wie seine vollkommene Aufrichtigkeit und Offenheit zu bewundern.

Doch der größte Triumph war ihm nach dem Tode Pius' VII. und der Folge desselben, der Resignation des Cardinals Consalvi, vorbehalten. In diesem Zeitpunkte lag der Partei, welche Leo XII. auf den päpstlichen Thron erhoben hatte, nichts mehr am Herzen, als das System weiser Mäßigung und wohlberechneter Liberalität von Consalvi's Ministerium zu durchkreuzen. Capaccini hätte nach Consalvi's Tode, welcher bald nachher eintrat, zu einer hohen Würde erhoben werden können, wenn er sich hätte willig finden lassen, seine Theilnahme an der Consalvi'schen Politik zu desavouiren. Er antwortete aber, als ihm solche Andeutungen gemacht wurden, daß er im Gegentheil bei allen wichtigen Punkten mit dem Cardinal von Herzen übereingestimmt hätte, und daß er, selbst wenn dies nicht der Fall wäre, nicht gegen seinen Wohlthäter und einen, der sich selbst nicht mehr vertheidigen könne, sprechen oder handeln würde.

Capaccini wurde in der That aus dem Staatssecretariat entlassen und Substitut des mit den Breven beauftragten Cardinals, mit dem Titel Monsignore. In dieser Eigenschaft hatte er zuweilen Geschäfte mit dem Papste zu verhandeln, der allmählich mit ihm über die wichtigen Gegenstände innerer und äußerer Politik zu reden begann. Die Bescheidenheit und unbedingte Freimüthigkeit Capaccini's triumphirten bald über das Parteivorurtheil; und als Graf de Celles im Jahre 1826 nach Rom kam, um die Unterhandlungen zu Ende zu führen, welche durch ihre zehnjährige Dauer nur verwickelter geworden waren und blos einen Geist gegenseitigen Mistrauens und Bitterkeit wach gerufen hatten, wurde Capaccini zugleich mit Cardinal Cappellari zum bevollmächtigten Unterhändler ernannt. Dieser ausgezeichnete Staatsmann und Diplomat, Graf de Celles, wußte in meisterhafter Weise aus dem aufrichtigen und liberalen Charakter Capaccini's Vortheil zu ziehen; und es muß dem unbegrenzten Vertrauen in seinen Charakter und seinen Rath zugeschrieben werden, daß nach zehnmonatlicher Unterhandlung alle Dinge in einer für beide Parteien befriedigenden und ehrenhaften Weise festgestellt waren. *)

Als im Laufe der Ausführung dieses Vertrages es wünschenswerth erschien, daß ein römischer Prälat nach Brüssel gehe, um dort über den Charakter und die Verdienste solcher Personen sich zu unterrichten, die von der Regierung für würdig erachtet werden könnten, dem päpstlichen Stuhle zu Bischöfen vorgeschlagen zu werden, wurde Niemand für diese delicate Aufgabe geeignet gefunden als Monsignore Capaccini.

Die Schwierigkeit und Delicatesse seiner Mission bestand nicht sowol in den Beziehungen des römischen Hofes zu der holländischen Regierung, welche mit vollkommen gutem Glauben und aufrichtiger Absicht, den Ver-

---

*) Die weitere Folge der vom Grafen de Celles abgeschlossenen Convention war freilich (ebenso wie bei Niebuhr's Unterhandlungen) eine andere, als Bunsen damals wissen oder voraussetzen konnte. Gleich im folgenden Jahre 1829 wurde nämlich (weil in die Convention die Bestimmung aufgenommen worden war, daß der Unterricht an dem von der Regierung 1825 begründeten philosophischen Colleg in Löwen nur facultativ sei) dieses Colleg auf dieselbe Weise „trocken gelegt“, wie zwei Decennien später Herr von Ketteler es mit der theologischen Facultät in Gießen gemacht hat. Und das folgende Jahr 1830 brachte das erste Beispiel von dem seither zur stehenden Regel gewordenen Bündniß der Ultramontanen und Radicalen, und infolge dessen die Revolution gegen die holländische Regierung.

trag auszuführen, verfährt, sondern darin, es fertig zu bringen, den fana=
tischen und bigoten Klerus zu überzeugen, daß er gegen die Absichten und
Grundsätze des Papstes handle, wenn er den gerechten Absichten und weisen
Anordnungen der Regierung Opposition mache. Diese Aufgabe ist um so
delicater, als in der That der römische Hof einige Jahre im Geheimen
diesen Oppositionsgeist begünstigt hat.

Monsignore Capaccini kam am letzten October in Brüssel an und ge=
wann unmittelbar nicht blos das höchste Vertrauen des Königs und seiner
Minister, sondern auch die Achtung, wenn nicht die Zuneigung der Fana=
tiker unter dem Klerus. Von allen Seiten wurde sein Erscheinen wie das
eines Friedensengels begrüßt, um den Ausdruck einer der leitenden Per=
sönlichkeiten im Lande zu gebrauchen; und was irgend erreicht ist und wird,
um die klerikale Partei, wenn auch nicht vernünftig, so doch wenigstens
ruhig und gehorsam zu machen, muß seiner Weisheit und seinem Einflusse
zugeschrieben werden.

Monsignore Capaccini ist durchaus nicht unbekannt mit der Natur
jener Fragen, welche neuerdings in England und Irland so viel verhandelt
worden sind. Ich habe oft mit ihm über diesen Gegenstand gesprochen
und erst ein paar Wochen vor seiner Abreise ihm Dr. Doyle's Brief an
den Herzog von Wellington mitgetheilt. Indem ich seine Aufmerksamkeit
auf dieses merkwürdige Document lenkte, bemerkte ich ihm, daß dasselbe
außerordentlich wichtig sei, um den römischen Hof davon zu überzeugen,
daß die irischen Fanatiker ebenso halsstarrig und maßlos in ihren An=
sprüchen auf Unabhängigkeit von Rom seien, als in ihren Beziehungen zu
der Regierung, und daß dieser Brief ein vortreffliches Argument gewähre,
um dem Papste den Vortheil eines Vergleiches mit der britischen Regie=
rung darzuthun. Ich kann dieser ebenso zuverlässigen als vertraulichen
Mittheilung hinzufügen, daß er geheime unmittelbare Befugnisse vom Papste
hat, um befriedigende Antworten zu geben, wenn ihm von Seite jener Re=
gierung versöhnliche Mittheilungen gemacht werden sollten.

Solche Mittheilungen könnten um so leichter eröffnet werden, da
Monsignore Capaccini nicht den Charakter als Nuntius hat und deshalb
als ein einfacher römischer Prälat angeredet werden und antworten kann.
Ich hege kein Bedenken, die Behauptung zu wagen, daß, wenn die bri=
tische Regierung ihm durch ein passend ausgewähltes Individuum ihre Ab=
sichten, Ansprüche und Wünsche ausdrücken wollte, er nicht blos freimüthig
und offen erklären würde, inwieweit der römische Hof sie ausführbar finden
könnte und möchte, sondern auch selbst vertraulich die kanonische Form und
die geeigneten Mittel an die Hand geben würde, um das gewünschte Ziel
zu erreichen.

Er beabsichtigt, England zu seinem eigenen Genuß und Unterricht zu
besuchen, nachdem er seine Aufgabe in Brüssel vollendet hat; aber die
Ausführung dieses seines Lieblingsplanes wird natürlich von den Umstän=
den abhängen. Man erwartet, daß er im Stande sein wird, Brüssel im
nächsten März oder April zu verlassen.

V.

Memorandum vom 21. Mai 1831 über die im Kirchenstaate erforderlichen Reformen,

verglichen mit der Declaration des Cardinals Bernetti vom 5. Juni 1831.

(Zu S. 390.)

(Als diplomatisches Actenstück im Original mitgetheilt.)

(Text des Memorandums.)

I.

Il paraît aux représentants des cinq puissances que, quant à l'État de l'Église, il s'agit dans l'intérêt général de l'Europe de deux points fondamentaux:

1) que le gouvernement de cet État soit assis sur des bases solides pour les améliorations méditées et annoncées de Sa Sainteté Elle-même dès le commencement de Son règne;

2) que ces améliorations lesquelles, selon l'expression de l'Édit de S. E. Msgr. le Cardinal Bernetti fonderont une ère nouvelle pour les sujets de S. S., soient, par une garantie intérieure, mise à l'abri des changements inhérens à la nature de tout gouvernement électif.

II.

Pour atteindre ce but salutaire ce qui, à cause de la position géographique et sociale de l'État de l'Église est d'un intérêt européen, il paraît indispensable que la déclaration organique de S. Sainteté parte de deux principes vitaux:

1) de l'application des améliorations non-seulement aux provinces où la révolution a éclaté, mais aussi à celles qui sont restées fidèles, et à la capitale;

2) de l'admissibilité générale des laïques aux fonctions administratives et judiciaires.

III.

Les améliorations mêmes paraissent devoir d'abord embrasser le

(Stellen aus der Note des Cardinals Bernetti an den französischen Gesandten, welche die Declaration enthält.)

Les dispositions projetées seront appliquées convenablement aux provinces et à la capitale.

Les fonctions administratives et judiciaires ne seront pas réservées exclusivement à une seule classe privilégiée.

système judiciaire et celui de l'administration municipale et provinciale:

a. quant à l'ordre judiciaire, il
paraît, que l'exécution entière
et le développement conséquent
des promesses et principes du
Motu proprio de 1816 pré-
sente les moyens les plus sûrs
et efficaces de redresser les
griefs assez généraux relatifs
à cette partie si intéressante
de l'organisation sociale;

Le Motu proprio de 1816 de
Pie VII de S⁰ Mem. recevra son
développement convenable.

b. quant à l'administration locale
il paraît que le rétablissement
et l'organisation générale de
municipalités, élues par la po-
pulation, et la fondation de
franchises municipales pour
régler l'action de ces municipalités dans les intérêts locaux
des communes devrait être la
base indispensable de toute
amélioration administrative.

Il sera donné aux communes
une telle organisation qu'elles
pourront elles-mêmes s'occuper de
leurs besoins et y pourvoir. Une
loi bien entendue en confiera l'administration à la classe des pro-
priétaires, mais sans priver de l'in-
fluence nécessaire les personnes les
plus instruites et celles, qui se
vouent à l'industrie. Cette loi sera
cependant réglée de manière, que
l'intérêt de la classe nombreuse de
ceux, qui ne sont pas des pro-
priétaires, ne soit pas sacrifié à
celui des autres.

En second lieu l'organisation de
conseils provinciaux, soit d'un conseil administratif permanent destiné
à aider le gouverneur de la province
dans l'exécution de ses fonctions,
avec des attributions convenables;
soit d'une réunion plus nombreuse,
prise surtout dans le sein des nou-
velles municipalités et destinée à
être consultée sur les intérêts les
plus importants de la province, paraît extrêmement utile, pour con-
duire à l'amélioration et à la sim-
plification de l'administration provinciale, pour contrôler l'administration communale, pour répartir les
impôts et pour éclairer le gouvernement sur les véritables besoins de
la province.

Les provinces auront aussi des
conseils et des commissions administratives: les conseils munici-
paux en donneront les élémens et
en seront le modèle.

IV.

L'importance immense d'un état

réglé des finances, et d'une telle administration de la dette publique, qui donnerait la garantie si désirable pour le crédit financier du gouvernement et contribuerait essentiellement à augmenter ses ressources, à assurer son indépendance, paraît rendre indispensable un établissement central dans la Capitale, chargé comme cour suprême des comptes du contrôle de la comptabilité du service annuel dans chaque branche de l'administration civile et militaire, et de la surveillance de la dette publique, avec des attributions correspondantes au but grand et salutaire, qu'on se propose d'atteindre. Plus une telle institution portera le caractère d'indépendance et l'empreinte de l'union intime du gouvernement et du pays, plus elle répondra aux intentions bienfaisantes du Souverain et à l'attente générale.

Il paraît que, pour atteindre ce but, des personnes y devraient siéger, choisies par les conseils locaux, et formant avec des conseillers du gouvernement une junte ou consulte administrative. Une telle junte formerait, ou non, partie d'un Conseil d'État, dont les membres seraient nommés du Souverain parmi les notabilités de naissance, de fortune et de talens du pays.

Sans un ou plusieurs établissemens centraux de cette nature, intimement liés aux notabilités d'un pays si riche d'élémens aristocratiques et conservateurs il paraît, que la nature d'un gouvernement électif ôterait nécessairement aux améliorations qui formeront la gloire éternelle du Pontife régnant, cette stabilité, dont le besoin est généralement et puissamment senti et le sera d'autant plus vivement, que les bienfaits du Pontife seront grands et précieux.

La révision des comptes des branches de l'administration publique, l'amortissement de la dette publique, le marche entier des finances, seront contrôlés de manière à ne pas laisser un doute raisonnable sur la probité de qui y aura part, sur l'usage droit (retto uso) qu'on fera du revenu public, et sur la sagesse, qui présidera à la manière d'asseoir les impôts, et aux méthodes de les percevoir.

L'observation fidèle et la stabilité des lois auront une garantie dans les institutions conservatrices correspondantes à ce but.

B. Documente über die preußischen Kirchenverhältnisse.

I.

Denkschrift über die Lösung der Schwierigkeiten in den gemischten Ehen
vom 4. Februar 1828.
(Auszug.)
(Zu S. 292.)

Der erste Haupttheil (A) der Denkschrift stellt folgende zwei Fragen als zu beantworten hin:

1) Welches ist die Ansicht der katholischen Bischöfe der westlichen Provinzen über die Ausführung der Cabinetsordre vom 17. August 1825?

2) Welches sind die Punkte, worin von einzelnen Priestern Unregel=mäßigkeiten vorkommen, die, selbst nach der Ansicht der Bischöfe, ohne religiöse Scrupel gehoben werden können?

Zur Beantwortung dieser Frage wird der „gegenwärtige Stand der Sache" dargethan:

1) Im Erzstift Köln: nach der Antwort des Erzbischofs vom 11. No=vember 1825 auf das Ministerialrescript vom 20. October, wodurch ihm die Cabinetsordre vom 17. August mitgetheilt worden war; sowie nach der Erklärung des Erzbischofs vom 26. Juli 1827 auf die Ausgleichungs=vorschläge des koblenzer Consistoriums vom 1. Februar, die ihm am 19. Juni zur Begutachtung zugesandt waren. Als Praxis stellt sich in der Diöcese heraus, daß nirgends das Aufgebot in den Kirchen verweigert wird; die Schließung einer gemischten Ehe ohne Versicherung der katholischen Erziehung der Kinder wird dem sich meldenden katholischen Theile als eine von der Kirche misbilligte Handlung vorgestellt; doch wird, nach deren Eingehung vor dem evangelischen Pfarrer, die Absolution nicht verweigert, falls das Beichtkind sich einer vorübergehenden Buße unterwirft. In der vormaligen Diöcese Aachen ist der Unterschied zwischen den Orten, wo nach Sitte und Vertrag (besonders auch nach den Religionsrecessen für die jülich=cleveschen Länder) die gemischten Ehen unbedenklich eingesegnet wurden, und denjenigen, wo die entgegengesetzte Sitte herrscht, vom Erz=bischof wiederhergestellt, nachdem der Cardinal Caprara bewirkt hatte, daß dieser Unterschied aufhörte. In dem größeren Theil der Diöcese also (den alten Kurlanden) ist noch der Anstand zu beseitigen, daß die Geist=lichen auch ohne die freiwillige Erklärung der Brautleute über die beab=sichtigte Erziehung der Kinder die Trauung vollziehen.

35 *

2) Im Bisthum Paderborn, wo keine neuere Erklärung vorliegt, auch keine einzelnen Fälle klagbar geworden sind, verhält sich der Bischof ganz wie der Erzbischof von Köln, sodaß an denjenigen Orten, wo das Tridentinische Concil nicht publicirt ist (z. B. Halberstadt), die Trauung unbedenklich erfolgt, allenthalben aber das Aufgebot stattfindet.

3) Im Bisthum Trier: nach der Erklärung des Bischofs über die Ausgleichungsvorschläge des koblenzer Consistoriums, vom 20. August 1827, sowie nach dem Verhalten desselben in den acht klagbar gewordenen Fällen. Als Resultat in den letzteren hat sich ergeben, daß in den Fällen, wo das Aufgebot verweigert wurde, es dabei sein Bewenden hatte und die Parteien mit dem Losschein, d. h. der Erklärung, daß seitens des katholischen Pfarramts der Sache kein Hinderniß entgegenstehe, abgefunden wurden; daß in den Fällen, wo die Trauung verweigert wurde, weil der evangelische Theil keine schriftliche Erklärung geben wollte, die Trauung auswärts vollzogen wurde; daß in dem Falle, wo die Absolution wegen Nichterziehung aller Kinder in der katholischen Kirche verweigert war, der Bischof den angeklagten Pfarrer auf eine andere Stelle versetzt hatte.

4) Im Bisthum Münster: 1) nach den Acten über den noch nicht erledigten Fall in Bocholt, die Beschwerde des mit einer katholischen Braut verlobten evangelischen Färbers Teuwsen gegen den die Trauung ohne vorheriges Versprechen des Bräutigams verweigernden Pfarrer Schütte, Erklärung des Bischofs an Teuwsen vom 1. Januar 1827, Cabinetsschreiben an den Oberpräsidenten vom 19. März zur Mittheilung an den Bischof, Erwiderung des Letzteren vom 10. April, Erklärung des Pfarrers vom 17. April, Schreiben des Oberpräsidenten an den Bischof vom 9. Mai, Antwort des Letzteren an den Präsidenten vom 18. Mai sowie Anweisung an den Pfarrer vom 31. Mai, Anzeige des Teuwsen vom 24. October, („er habe sich evangelisch trauen lassen, jedoch der Frau, die fortdauernd vom Abendmahl ausgeschlossen sei, versprochen, sich, mit Leistung des Versprechens, am Ende des Jahres katholisch trauen zu lassen, wenn keine Hülfe komme"), und Schlußbericht des Präsidenten vom 1. November (mit dem Antrage „der Pfarrer solle aufgefordert werden, an Eides statt zu erklären, die einstweilige Ausschließung der katholischen Frau vom Abendmahl sei nicht hergenommen aus der Weigerung ihres Mannes, das bewußte Versprechen zu geben, sondern aus anderen im Seelenzustande der Frau liegenden Umständen, die er als Beichtvater nicht angeben dürfe"). 2) Nach der besonderen Erklärung des Bischofs über die Behandlung der gemischten Ehen im Clevischen (vom 8. Mai und 10. Juni in Antwort auf die Schreiben des Oberpräsidenten vom 21. April und 18. Mai).

Nach dieser Darlegung der Sachlage folgt nun (B) „Ergebniß und Folgerungen". Die letzteren kommen auf zwei Punkte hinaus:

1) Daß nur durch eine Verhandlung mit Rom ein leiblicher Zustand herbeigeführt, ja dadurch auch schon in der Zwischenzeit eine erträglichere interimistische Lage der Dinge bezweckt werden kann.

2) Daß, da die Bedingung des Gelingens ist, in dieser Zwischenzeit zu keinen bürgerlichen Strafmaßregeln zu schreiten, man von den Bischöfen,

bis der Papst sie über ihre Zweifel beruhigt, nichts fordern muß, als wozu sie selbst die Hand bieten können, um Aergernisse und Ausbruch des Fanatismus zu vermeiden.

Die Bedenken gegen eine solche Unterhandlung mit Rom werden durch den Hinweis auf die mitgebrachten mündlichen Zusagen des Papstes niedergeschlagen, und als Zweck der Unterhandlung bestimmt, daß dieselbe Ansicht sich in den westlichen Provinzen praktisch festsetze, die sich in den östlichen infolge des Erlasses Pius' VI. an das breslauer Generalvicariat von 1777 gebildet habe.

Als Bedingung der Unterhandlung wird sodann eine im Wesentlichen übereinstimmende Eingabe der vier in Betracht kommenden Bischöfe an den Papst hingestellt, worin sie ihn um Beruhigung ihres Gewissens und Aufhebung des Conflictes der bestehenden geistlichen und bürgerlichen Verfügungen aufs dringendste bitten. Diese Eingabe muß von der Regierung nicht verlangt, sondern als letztes Mittel, schärferen Maßregeln vorzubeugen, und als Beweis landesväterlicher Huld so gestattet werden, daß den Bischöfen eröffnet wird, die königliche Mission in Rom werde Befehl erhalten, ihr Gesuch zu unterstützen, und es sei gegründete Hoffnung da, der Papst werde ohne Zeitverlust das zu ihrer Beruhigung Nothwendige verfügen. Zugleich muß, da, bis die Bescheidung der Bischöfe vom Papste erfolgt, kein Strafgesetz angewandt werden soll, aufs sorgfältigste erwogen werden, welches die Grenzlinie ist, welche die Bischöfe sich ziehen zu müssen geglaubt, und über die sie, nach dem gegenwärtigen Stande der Dinge, bis auf neue Weisung von Rom nicht hinausgehen können. Was innerhalb dieser Grenzlinie liegt, muß man bis dahin nicht urgiren; aber was sich als nicht nothwendig darin enthalten ergibt, muß sogleich aufs nachdrücklichste geboten werden, nach Buchstaben und Geist des Gesetzes einzurichten.

Nachdem nun die bisherigen Erklärungen der Bischöfe über diese Grenzlinie dahin bestimmt, daß die Einsegnung einer gemischten Ehe ohne das Versprechen nicht gefordert werden könne, solange dies ihrerseits für Gewissenszwang erklärt werde, daß dagegen an der kanonischen Gültigkeit einer nur evangelisch eingesegneten gemischten Ehe von keinem der Bischöfe ein Zweifel erhoben werde, werden als „praktische Folgerungen" daraus für die königliche Entscheidung in Bezug auf den mit den Bischöfen zu vereinbarenden interimistischen Zustand folgende sechs Hauptsätze gezogen:

I. Die unbedingte Trauung bei gemischten Ehen, welche die Bischöfe durchaus nicht nachgeben wollen, kann ihnen, nach den bestehenden allgemeinen kirchlichen Vorschriften, am allerwenigsten nach deren neuer und neuester allgemeiner Einschärfung durch Pius VII. und Leo XII., nicht zugemuthet werden, wenn sie nicht vorher von Rom für die besonderen Umstände, unter denen sie sich befinden, eine zulassende Weisung erhalten: ein Ausweg, den auch Alle als den einzigen angegeben haben.

II. Diese Zulassung und Verfügung unbedingter Trauung kann von ihnen auch nicht auf den Grund einzelner, ausnahmsweise verfügter, günstigerer päpstlichen Verordnungen oder Instructionen gefordert werden. Denn sie ist nicht kanonisch begründet:

1) Nicht in den für Cleve bestehenden Erklärungen Pius' VI., wo-

durch die Declaration Benedict's XIV. wegen Hollands auf jenes Land aus=
gedehnt worden ist.   Denn durch diese Erklärungen wird nur die bürger=
liche Gültigkeit der von evangelischen Predigern eingesegneten gemischten
Ehen anerkannt, und den Pfarrern erlaubt, falls sie es durchaus nicht
verweigern können, ihre passive Assistenz dabei zu leisten.   Diese Form
kann nun erstlich nicht gebraucht werden, um die Bischöfe zur Zulassung
und Verordnung unbedingter Trauung zu bewegen, und zweitens ebenso
wenig uns selbst genügen.

2) Die unbedingte Trauung ist ebenso wenig kanonisch sanctionirt
durch die Weisung Pius' VI. für Schlesien.   Aber allerdings ist diese Form
bei weitem günstiger, denn dem Bischof ist nur gesagt, er dürfe in eiligen
Fällen das thun, was er im Gewissen nothwendig erachte, um größeres
Unglück zu verhüten.   Als eilige Fälle sind in der Regel alle vorkommen=
den anzusehen, und in Niederschlesien, Kulm und dem Großherzogthum
Posen werden seitdem die gemischten Ehen unbedingt eingesegnet.   Doch
ist auch in Schlesien diese Sitte keineswegs allgemein und in Oberschlesien
nur Ausnahme.

3) Es kann die Verpflichtung der Bischöfe zur Anbefehlung der un=
bedingten Trauung auch nicht aus demjenigen Grunde hergeleitet werden,
der Manchen unwiderleglich, wenn auch anerkannt gehässig geschienen hat
oder noch scheint, nämlich aus der Nachgiebigkeit der Geistlichen hinsichtlich
dieses Punktes während der französischen Herrschaft.

III.   Die Bischöfe oder ihre untergebenen Geistlichen können durch die
bestehenden Gesetze nicht gezwungen werden zur unbedingten Trauung,
weder nach den allgemeinen Grundsätzen des Landrechts, noch nach dem
Inhalt der Cabinetsordre vom 17. August 1825, noch kann ihre Annahme
einer freiwilligen Erklärung der Brautleute über die Erziehung der Kinder
gesetzwidrig genannt werden.

IV.   Aus der bisher entwickelten Ansicht der vier Bischöfe über die
Trauung folgt nun keineswegs, daß ein evangelisch eingesegneter und mit
einer evangelischen Person ehelich zusammenlebender katholischer Ehegatte
durch dieses Factum von der Kirchengemeinschaft ausgeschlossen oder min=
destens absolutionsunfähig sei bis zu erfolgter katholischer Trauung; auch
haben die Bischöfe selbst diese Consequenz nicht gezogen; denn

1) Erkennen sie sämmtlich, wenngleich die meisten nur mittelbar durch
ihre Handlungen und anderweitige Aeußerungen, die kirchliche Gültigkeit der
so eingesegneten Ehen, und die Absolutionsfähigkeit der in solcher Ehe be=
harrenden Katholiken.

2) Ist diese Ansicht kirchlich sanctionirt in Cleve wie in Holland und
gilt auch schon allenthalben, wo das Tridentinische Concil nicht publicirt ist.

3) Kann diese Ansicht auf den Grund der Beschlüsse des Wiener
Congresses consequent weiter ausgebildet und für die gesammte Monarchie
geltend gemacht werden.

V.   Es folgt aber ebenso wenig aus jener Ansicht der Bischöfe über
die Trauung bei gemischten Ehen, daß die Proclamation derselben Be=
denken habe; vielmehr sprechen die Thatsachen dagegen; denn:

1) Findet sie jetzt allgemein nicht allein in Köln, sondern auch in
Paderborn statt.

2) Erklärt sie der Bischof von Trier für unbedenklich, wenn er gleich einigen unverständig scrupulösen Priestern dabei nachgesehen hat; als Grund der Unbedenklichkeit führt er an, daß sie nicht zum Sacramente gehöre.

3) Gilt kanonisch vom Aufgebot dasselbe, was von der Gültigkeit der evangelischen Trauung in denjenigen Ländern gilt, wo das Tridentinische Concil nicht publicirt worden, oder als nicht publicirt seit 1648 oder 1814 angesehen werden kann, so besonders im Clevischen.

4) Der Bischof von Münster kann seine Scrupel auch nicht hiergegen aufrecht erhalten wollen, wenn man in ihn bringt; im Clevischen könnte er gezwungen werden, und der Rest seiner Diöcese ist mit Paderborn in derselben Lage.

VI. Man kann also unbedenklich schon jetzt von den Bischöfen fordern, daß sie wegen des Aufgebotes keine Schwierigkeiten machen oder dulden, und ebenso wenig die Ausschließung vom Sacrament wegen des Lebens in einer evangelisch eingesegneten Ehe; man muß aber auch hierauf bestehen, sowol um die Evangelischen zu beruhigen und einen leiblichen interimistischen Zustand zu gewinnen, als auch um dem ängstlichen Bischof von Trier und dem noch scrupulöseren Bischof von Münster über die Nothwendigkeit, dem Beispiele von Köln und Paderborn ohne Ausnahme zu folgen, keinen Zweifel übrigzulassen.

Nach diesen Ausführungen werden endlich Schlußvorschläge gemacht, sowol über die an die Bischöfe*) wie über die an das Ministerium zu erlassende Instruction, in deren Folge dann das (seitens der preußischen Regierung unterstützte) Gesuch des Erzbischofs von Köln an den Papst vom 12. April 1828 die Unterhandlungen einleitete.

II.

Denkschrift über die Unterhandlungen mit dem Erzbischof von Köln, Grafen Spiegel,

vom 19. Juni 1834.**)

(Auszug.)

(Zu S. 424.)

Nach einer allgemeinen Einleitung über die Wichtigkeit sowol der Sache als solcher wie des gegenwärtigen Augenblickes werden die vier Theile behandelt:

I. Darstellung des praktischen Standes der Sache vor den Besprechungen mit dem Erzbischof.

---

*) Der Instruction an den Bischof von Münster sollte ein besonderer Zusatz über den bocholter Fall beigefügt werden.

**) Die Uebereinkunft vom 19. Juni 1834 ist unter den „Beilagen" zur Staatsschrift (E) abgedruckt, ebenso der sich darauf gründende Hirtenbrief des Erzbischofs an die Pfarrer vom 13. October 1834 (F) und die Instruction an das Generalvicariat vom 22. October 1834 (G).

II. Plan der Verhandlungen mit dem Erzbischof und den drei Bischöfen.
III. Führung und Erfolg der Verhandlungen mit dem Erzbischof.
IV. Betrachtung der weiter zu nehmenden Maßregeln.

Der erste Theil geht zunächst ein auf die Unterhandlungen, die zu dem Breve vom 25. März 1830 führten und recapitulirt die bei der Einsendung desselben ausgesprochene Ansicht, „daß dieses Breve mehr zugestehe, als bisjetzt irgendwo vom päpstlichen Hofe bewilligt worden, und daß es hinlänglich sei, die Bischöfe zur Einführung einer neuen, günstigen Praxis, in Uebereinstimmung mit der Cabinetsordre von 1825, zu bewegen", womit schon damals der Vorschlag verbunden war, „daß vor Allem eine Besprechung mit dem Erzbischof von Köln eingeleitet und demnächst das Breve ohne Verzug mitgetheilt werden solle". Es werden dann die weiteren Stadien vorgeführt, die Zurückgabe des Breve, die Ablehnung der zuerst vorgeschlagenen Modificationen in Berlin, die Weigerung weiterer Modificationen in Rom, der Erlaß des bairischen Breve, die schließliche Wiederanbietung des alten Breve durch den Papst, die Verhandlung Schmedding's mit den Bischöfen und der Immediatbericht über dieselbe vom 7. December 1833. Im Widerspruch mit dem letzteren wird die Frage, „ob die Antworten der drei Bischöfe hinlänglich seien, um das praktische Ziel, das Absehen von allen Zusagen über die Erziehung der Kinder und die unbedingte katholische Trauung der gemischten Ehen, als Regel zu erreichen und eine darauf unmittelbar hingehende Praxis zu begründen", verneinend beantwortet und daraus die Nothwendigkeit der Verhandlung mit dem kölner Erzbischof nachgewiesen.

Der zweite Theil stellt sechs Hauptpunkte auf, die jeder einzeln erwiesen werden:

Erster Hauptpunkt. Die neue Praxis muß vor Allem folgende Punkte feststellen: Absehen von allen Zusagen der Brautleute über die Erziehung der Kinder; Zugestehen der katholischen Trauung als Regel, mit möglichst zu beschränkenden Ausnahmen; Aufhörung aller Bedenken bei der Behandlung im Beichtstuhl, außer, wie vorher, bei offenbar muthwilligem, sträflichem und ungebührlichem Leichtsinn; Behandlung der ganzen Sache von den Pfarrern, ohne Anfragen beim Bischof, wie bisher erforderlich war.

Zweiter Hauptpunkt. Diese neue Praxis kann aber nur auf die Annahme, Auslegung und Befolgung des päpstlichen Breve gegründet werden.

Die Bischöfe haben beim Papste, mit Genehmigung des Königs, angefragt; die Antwort muß die Norm ihres Verhaltens sein; es fragt sich nur, welches denn der eigentliche Sinn und Zweck dieser Antwort in Beziehung auf ihre Anfragen und auf jene praktischen Punkte sei.

Dritter Hauptpunkt. Die neue Praxis muß sogleich, und zwar gleichzeitig in allen vier Diöcesen, ins Leben treten, und zwar nach einem alle Entwickelungspunkte der Sache berücksichtigenden Plane.

Man würde sich sehr irren, wenn man glaubte, den beabsichtigten Zweck erreichen zu können, wenn etwa der eine oder andere Bischof jene günstige Auslegung des Breve nicht sogleich, der Hauptsache nach wenigstens, annähme. Es ist sehr leicht möglich, ja wahrscheinlich, daß auch bei erfolgter gleichzeitiger Annahme der richtigen Auslegung und der darauf zu begründenden neuen Praxis wol in dem ersten Jahrzehnt noch hier und da in der münster'schen Diöcese ein Fall als nur zur passiven Assistenz geeignet vorkommen wird, welcher in den übrigen Sprengeln sogleich unbedenklich als die Trauung erlaubend würde angesehen worden sein. Dieses braucht Niemand zu irren und zu stören und wird der naturgemäßen Entwickelung der Sache nicht hemmend in den Weg treten. Allein eine Verschiedenheit der Grundansicht bei der Auslegung des Breve und Feststellung der Praxis, ja selbst ein Mangel an bestimmter Erklärung über alle praktischen Hauptfragen — wie Beides jetzt besteht — würde die traurigsten Folgen haben. Die ganze Principienfrage würde bei Geistlichkeit und Volk zur Discussion kommen; es würde eine Gärung in den Gemüthern entstehen, Rom selbst würde sich dann wahrscheinlich veranlaßt finden, eine Erklärung zu Gunsten der strengeren Partei zu geben oder zu verbreiten; jedenfalls würde aber die Thätigkeit der übrigen Bischöfe und Pfarrer durch den moralischen Einfluß einer solchen Aeußerung und eines solchen Widerstrebens gelähmt werden.

Vierter Hauptpunkt. Es muß mit dem Erzbischof von Köln eine befinitive Uebereinkunft getroffen und eine Erklärung erhalten werden, daß er jedenfalls derselben gemäß in seinem Sprengel handeln wird.

Fünfter Hauptpunkt. Der Erzbischof von Köln muß, nach einer solchen Erklärung, die Unterhandlung mit den drei Bischöfen zu führen beauftragt werden.

Die vom Geh. Oberregierungsrath Schmedding gestellte Frage, „ob sie sich an den buchstäblichen Inhalt der päpstlichen Concessionen binden oder aus eigener Machtvollkommenheit weiter gehen wollten", haben die Bischöfe sämmtlich verneint. Sie haben sich ferner enthalten, selbst auf die Auslegung des ihnen vertraulich vorgelegten Breve einzugehen, wodurch allein sie sich hätten überzeugen können, ob nicht durch eine richtigere Auslegung und Auffassung des Geistes desselben in ihm selbst alles dasjenige gefunden werden möchte, was praktisch erforderlich ist. Das München'sche Gutachten dagegen führt die Verhandlung zuvörderst wieder auf die gleich anfangs angegebene, dann aber ganz verlassene Basis zurück, daß das päpstliche Breve, recht verstanden und ausgelegt, und mit Rückblick auf die bischöflichen Schreiben an den Papst und die allgemeinen strengen kanonischen Ordnungen aufgefaßt, hinlängliche Fingerzeige enthalte, damit die Bischöfe sich ermächtigt glauben können, mit gutem Gewissen dasjenige zu thun, was das Gesetz von 1825 vorschreibt. Es begründet ferner diese Ansicht durch eine ebenso gründliche als überraschend scharfsinnige und schlagende kanonistische Auslegung des Breve, und deutet zugleich an, wie auf Grund desselben weiter fortgeschritten werden könne.

Es schien also von Anfang an unzweifelhaft, daß

1) bei mündlicher Besprechung und Berathung sich von dem Erzbischof eine weit über die bei dem Befragen der Bischöfe im Jahre 1832 gehegten Erwartungen hinausgehende Erklärung erhalten;

2) auf den Grund derselben die ganze weitere Führung der Sache durch eine schriftliche Verabredung mit ihm sich würde feststellen lassen;

3) durch seine Vermittelung endlich auch dasselbe, und zwar unverzüglich, von den drei Bischöfen würde erhalten, und so die neue Praxis gleichmäßig und gleichzeitig ins Leben gerufen werden können.

Daß nur der Erzbischof aber die nöthige Besprechung mit den Bischöfen führen kann, ergibt sich aus folgenden Gründen:

1) Es ist der ganzen Besprechung eine neue, durchaus verschiedene Basis zu geben. Die Bischöfe sind gefragt worden, ob sie weiter gehen wollen als das Breve; jetzt aber ist ihnen ans Herz zu legen, das Breve richtig aufzufassen und dasjenige zu thun, was das Breve erlaubt oder wenigstens nicht verbietet. Dies ist aber der Grundgedanke des München'schen Gutachtens.

2) Der Erzbischof wird ihnen außer dem Gutachten eine Reihe von Entwürfen und Maßregeln vorlegen, welche geeignet sind, ihnen zuerst einen deutlichen Begriff zu geben, wie auf jener Basis sich die gewünschte neue Praxis wird ins Leben rufen lassen, ohne daß sie weitere Mühe und Sorge damit haben dürfen.

3) Der Erzbischof wird gewiß seinen großen persönlichen Einfluß, sein ganzes Ansehen als Erzbischof und seine ausgezeichnete Einsicht und Kenntniß der Personen und Dinge anwenden, um die Bischöfe zur Annahme desjenigen Verfahrens zu bewegen, für welches er sich selbst erklärt.

Sechster Hauptpunkt. Die von allen Bischöfen anzunehmende Uebereinkunft über die Grundsätze der Mittheilung, Auslegung und Ausführung des Breve muß von zwei von den Bischöfen zu erlassenden Instructionen begleitet sein, die zur Sicherung des Verständnisses hier entworfen werden müssen: einem Pastoralschreiben an die Pfarrer und einer Verfügung an die Generalvicariate.

1) Die Mittheilung des Breve — denn die päpstliche Instruction ist nur für die Bischöfe bestimmt, und von ihnen nur da, wo sie ihrer nöthig zu haben glauben, zu gebrauchen — an die Pfarrer ist unumgänglich nothwendig; man würde sonst großes Mistrauen erregen und ihres Gehorsams durchaus nicht sicher sein können. Offenbar muß ihnen nun bei dieser Mittheilung etwas über den wahren Sinn des Breve gesagt werden, und hierin liegt eine der größten Schwierigkeiten der Behandlung dieser ganzen Angelegenheit. Denn es darf darin weder etwas vorkommen, was sich nicht vor dem strengsten katholischen Richter und vor Rom selbst jeden Augenblick rechtfertigen ließe, noch irgendetwas, wodurch in Zukunft die freie sachgemäße Entwickelung der neuen Praxis gehemmt werden könnte. Vielmehr soll diese Praxis durch die Mittheilung und Instruction eingeleitet und begründet werden. Die Redaction eines solchen Pastoralschreibens für jeden der vier Bischöfe gleichen Sinnes, aber verschiedener Fassung, muß also einen der Hauptgegenstände der Berathungen ausmachen.

2) Durch dieses Pastoralschreiben wird die ganze Behandlung der gemischten Ehen von nun an in die Hände der Pfarrer gelegt; hierdurch gewinnt schon die Sache eine neue Gestalt; es hören alle Weitläufigkeiten der Anfragen bei den Bischöfen auf, und die Angelegenheit erscheint als ein Gegenstand der gewöhnlichen pfarrerlichen Wirksamkeit. Natürlich wird es aber an Anfragen bei einzelnen Fällen, wo der Pfarrer ungewiß ist, ob er die Trauung gewähren soll, an Recursen an die Bischöfe nicht fehlen. Es ist deshalb nicht weniger nöthig, daß man sich über die Form einer Instruction der Bischöfe an die Generalvicariate einige. Zu dem Ende müssen vor Allem die leitenden Grundsätze derselben, auf die richtige und

zusammenhängende Auslegung des Breve gestützt, durchgesprochen und in die zu schließende Uebereinkunft mit dem Erzbischof aufgenommen, dann aber auch ein Entwurf der Instruction selbst, mit Beachtung aller praktischen Rücksichten und aller Gattungen von Fällen, die sich darbieten können, zu Stande gebracht werden.

Der dritte Theil erzählt nun einfach die Verhandlungen selbst:

Das Vertrauen, welches ich von Anfang an in die ausgezeichnete Einsicht und die vollkommene Sachkenntniß des Erzbischofs und in den lebendigen Eifer, die Pflichten seines geistlichen Amtes mit dem Dienste des Königs und den staatlichen Gesetzen in Einklang zu bringen, gesetzt habe, hat sich aufs schönste und vollkommenste bewährt. Ich kann nicht genug rühmen, mit welcher Offenheit und Bereitwilligkeit dieser ausgezeichnete Prälat nicht allein mir seine Wünsche und Vorschläge ausgesprochen und die meinigen aufgenommen hat, sondern auch mir selbst in Allem, was der Förderung und definitiven Beendigung der Angelegenheit dienlich sein konnte, aufs freundlichste entgegengekommen ist. Mit edler Geradheit hat er auf meinen desfallsigen Vorschlag sogleich das von ihm ohne entschiedene Zustimmung eingereichte München'sche Gutachten als Basis der Unterhandlung anerkannt. Und hiermit war gewissermaßen die Hauptsache gegeben; auch war seine frühere unbestimmte Erklärung wol eine natürliche Folge der den Bischöfen gestellten Fragen.

In allen diesen Ansichten wurde derselbe von dem zur Unterhandlung zugezogenen Verfasser jenes Gutachtens aufs kräftigste und glücklichste unterstützt. Dieser, mit allem Einzelnen der Praxis aufs genaueste bekannt und ein gelehrter Kanonist, hat nicht allein nach unseren gemeinschaftlichen Besprechungen die Pastoralschreiben und die Instruction an die Generalvicariate entworfen, sondern auch bei der Fassung der von mir definitiv redigirten Uebereinkunft selbst viele sehr nützliche Winke gegeben. Die Redaction der Hauptpunkte über die Interpretation des Breve — Artikel 6 der Uebereinkunft — ist ganz die seinige.

In diesen drei Actenstücken, der von dem Erzbischof am heutigen Tage vollzogenen Uebereinkunft, dem Pastoralschreiben und der Instruction an die Generalvicariate (wozu dann noch der eigenhändige Brief des Erzbischofs nach Abschluß der Uebereinkunft kommt) liegt vollständig die Lösung der ganzen Aufgabe.

Der vierte Theil schlägt endlich als weiter zu nehmende Maßregeln vor:

I. Die Genehmigung der drei von dem Erzbischof zur Ausführung nothwendig erachteten Maßregeln der Regierung (Artikel 11, 12, 13): 1) Anweisung der Regierungen an die evangelischen Pfarrer zu umsichtigem und gemäßigtem Verfahren in dieser zarten Angelegenheit, analog der Anweisung von 1828. 2) Organisation der geistlichen Gerichte in den westlichen Provinzen, bereits durch königlichen Erlaß von 1829 an den Erzbischof befohlen. 3) Aufhebung des Civilactes, durch Cabinetsordre vom 13. November 1828 dem päpstlichen Hofe eventuell zugesagt. 4) Weise Beschränkung der Ehescheidungen.

II. Die Beauftragung des Erzbischofs mit der Verhandlung mit den Bischöfen durch königlichen Erlaß an den Erzbischof einer-, die drei Bischöfe andererseits. Der letztere ist die unmittelbare Folge des im Jahre 1828 gewählten Ganges, indem er die päpstliche Antwort auf das damals den Bischöfen gestattete Gesuch mittheilt und gleichzeitig die Beauftragung des Erzbischofs zur Besprechung über dieselbe.

Dabei wäre es zweckmäßig, den Erzbischof confidentiell zu ermächtigen, auf die vielen Fragen, auf welche man sich gefaßt machen muß, über die Gründe und Ursachen des vierjährigen Verzuges der Annahme und Mittheilung der päpstlichen Breven, sich auf geeignete Weise dahin zu erklären, „daß diese Annahme mit einigen wichtigen Punkten der inneren Gesetzgebung zusammenhänge, über welche früher nichts habe entschieden werden können".

III. Die Ermächtigung zu unverzüglicher Mittheilung des Resultates jener Besprechungen an den König selbst, wo sich dann ohne Verzug ergeben würde, ob und inwiefern die vorerst nur bedingungsweise zu gebende Genehmigung der Gesuche des Erzbischofs definitiv bestätigt werden könne.

III.

Denkschrift über die katholischen Angelegenheiten in den westlichen Provinzen Preußens
vom 25. August 1837.
(Zu S. 472.)

Allgemeine Einleitung. Was will, kann und soll der Erzbischof von Köln?

I. Was will der Erzbischof?

Der Erzbischof von Köln ist durch seine Stellung, durch die eigenthümliche Bedeutung der Rheinlande und durch die Unbiegsamkeit seines Charakters so sehr die Hauptperson in den gegenwärtigen katholischen Verhältnissen geworden, daß man sich vor allen Dingen über das Thun und Streben dieses Mannes verständigen muß, um die vorliegenden praktischen Fragen mit Sicherheit beantworten zu können.

Fragt man nun zuvörderst: was will der Erzbischof? so sind hier zwei durchaus verschiedene Stadien und Epochen seiner Opposition zu bemerken.

Die Acten beweisen zur Genüge, daß bis zum vergangenen Monat der Erzbischof sich begnügt hat, in dem Gange der laufenden Verhandlungen mit den Behörden Ausstellungen über einzelne positive Punkte zu machen, in denen er das erzbischöfliche Ansehen und die Rechte der römischen Kirche verletzt oder gefährdet glaubte. Diese Punkte sind: die Beschränktheit der erzbischöflichen Rechte in Beziehung auf das Convictorium und die katholische Facultät zu Bonn — der Mangel an hinreichender Ausdehnung und genügender Organisation des Schullehrerseminars der Diöces — die übertriebenen Forderungen der Regierung hinsichtlich der gemischten Ehen und die unbefugte und läftige Einmischung der Behörden, namentlich der militärischen, in kirchliche Verhältniffe. Noch hat er gelegentlich in feinen amtlichen Aeußerungen eine (bei ihm fonderbar klingende) Klage gegen die Gymnaffien vorgebracht, daß nämlich das Latein in denfelben vernachläffigt werde.

In allen dieffen Punkten befindet man ffich auf dem Gebiete pofitiver einzelner Befchwerden; es handelt ffich um Modification in dem beftehenden, und von ihm, wie es feine Pflicht ift, ja wie er ffich felbft ausdrücklich vor der Wahl verpflichtet, anerkannten Syftem der Regierung.

Ganz anders ift aber der Erzbischof in dem zweiten Stadium aufgetreten. Die Veranlaffung dazu gab der Verfuch einer Verftändigung, welchen der Staatsminifter Herr von Rochow in der Mitte des vorigen Monats unternahm. Seine actenmäßigen Aeußerungen gehen dahin, „daß überhaupt die Stellung des Staates zur Kirche durchaus falsch fei: denn die Kirche fei dem Staate felbftändig coordinirt — daher die Controle des Staates fo unbefugt wie unnüt — daher die Befchränkung der Commmunication mit Rom ganz unzuläffig. Die Bildung, Anftellung und Entfetzung der Geiftlichkeit müffe durchaus den Bifchöfen überlaffen werden. Zu dem Zwecke müffe der Bifchof allgemeine bifchöfliche Schulen eröffnen dürfen, in welche fchon Knaben von zwölf Jahren angenommen werden könnten und welche ffich mit der allgemeinen Bildung der Jugend befchäftigen. Diejenigen Zöglinge, welche Neigung und Fähigkeit zum geiftlichen Stande bezeigen, würden alsdann in das große Seminar des Bifchofs aufgenommen werden. Hinfichtlich der Erzdiöces Köln müffe alfo das Convict ganz von Bonn entfernt und nach Köln verlegt werden. Was die katholifche Facultät der Univerfität betreffe, fo müßten die Profefforen von dem Erzbifchofe angeftellt und entfett werden. Habe einer derfelben gegen fein Verfahren etwas auszufetzen, fo könne er ja nach Rom recurriren. Daß der Erzbifchof im Seminar ganz freier Herr fein müffe, verfteht ffich hiernach von felbft. Von diefen Forderungen könne er, der Erzbifchof, nur abgehen, infofern die Verhältniffe ihn dazu nöthigten."

Diefe Aeußerungen bedürfen keines Commentares. Durch ffie ift die Frage über Einzelnes in eine Principienfrage verwandelt worden. Es wird nicht mehr dies oder jenes, fondern das ganze Syftem angegriffen. Kann man darauf eingehen? oder wie foll man diefem Begehren entgegnen? Vorher wird es nicht unnüt fein, zu erörtern, wie des Erzbifchofs Auftreten ffich zu der Stimmung der Rheinlande und Weftfalens und zu der gegenwärtigen Stellung der katholifchen Angelegenheiten überhaupt verhalte, und inwiefern fein Betragen hieraus hervorgegangen fei und darin feinen Anhaltepunkt finde.

II. Was kann der Erzbifchof?

Jede geiftige, und insbefondere jede geiftliche Macht kann gerade fo viel und fo wenig, als die geiftige und geiftliche Stimmung der Welt und die religiöfen Bedürfniffe der Völker mit ihr oder gegen ffie ffind. Ein Erzbifchof, der in Deutfchland um das Jahr 1770 mit folchen Grundfätzen aufgetreten wäre, wie ffie der jetzige Erzbifchof von Köln geäußert, wäre lächerlich erfchienen. Was findet aber der Erzbifchof von Köln im Jahre 1837?

Zuvörderst in fast allen Theilen des gebildeten Europa eine große Theilnahme an religiösen und kirchlichen Angelegenheiten, ja eine entschiedene religiös=kirchliche Aufregung. Daß diese den Katholiken wie den Evange= lischen gemein ist, daß sie sich in edeln und frommen Gemüthern zeigt und von den Revolutionären als Werkzeug gebraucht wird, daß sie sich mit den entgegengesetztesten politischen Gesinnungen verbunden findet, beweist mehr als eine weitläufige Erörterung der Ursachen, welche sie hervorgerufen, es zu thun vermöchte, wie tief die Aufregung in der Natur des gegenwär= tigen welthistorischen Momentes gegründet sein muß.

Bei dem besonderen Zwecke dieser Denkschrift wird es erlaubt sein, von dieser allgemeinen Bemerkung unmittelbar zu den Betrachtungen des Wesens jener Theilnahme an religiösen Dingen, und des Drängens bei Regierungen und Völkern zu Gestaltung, Herstellung und Umgestaltung kirchlicher Verhältnisse innerhalb der römischen Kirche ausschließlich überzu= gehen. Hier treten uns die zwei Stadien, welche die Aeußerungen des Erzbischofs durchlaufen haben, als zwei sorgfältig zu sondernde Ansichten und Richtungen der Zeit entgegen.

Dem ersten entspricht eine in der katholischen Welt Deutschlands und Frankreichs weitverbreitete Ansicht, daß die Katholiken in den Rheinlanden und Westfalen, Geistlichkeit wie Volk, sich in manchen einzelnen Punkten als solche zurückgesetzt und gedrückt fühlen im Vergleich mit den Evange= lischen, und daß die Ausübung der Staatscontrole seitens der Behörden in manchen Punkten als lästig, ja, nach der Behauptung Vieler, als die Ge= wissen drückend empfunden wird. Ueber diesen Punkt kann in der allge= meinen Einleitung ganz geschwiegen werden, da die gesammte übrige Denk= schrift dieser Erörterung bestimmt ist.

Dem zweiten Stadium der Opposition des Erzbischofs dagegen ent= spricht die von zwei entgegengesetzten politisch=kirchlichen Parteien gehegte Ansicht, jenem Misbehagen könne nicht abgeholfen, die einzelnen Beschwer= den können nicht gehoben werden, solange die Kirche nicht ganz vom Staate emancipirt und ihre Unabhängigkeit in allen geistigen Angelegenheiten anerkannt sei. Praktisch also wird gefordert, der Geistlichkeit die gesammte Nationalbildung der Katholiken und die ausschließliche Leitung des geist= lichen Unterrichts insbesondere zu überlassen, und sich um den Verkehr der= selben nicht im geringsten zu bekümmern. Daß dies die Jakobiner wollen, welche einen neuen revolutionären Hebel, namentlich in den lockenden Rheinlanden, suchen, versteht sich von selbst: es ist auch leicht zu begreifen, daß die Gazette de France und die revolutionäre legitimistische Partei, deren Organ sie ist, ebenfalls diese Ansicht verbreitet, schon wegen ihres Hasses gegen den Protestantismus; allein es läßt sich auch nicht leugnen, daß ein Theil der alten katholischen Aristokratie von Rheinland und West= falen, und die nicht unbedeutende Zahl schwärmerischer Neu=Altkatholiken, die sich mit ihr in der Verehrung des Mittelalters begegnen, mit jenen Unheil= stiftern zusammenstimmt, und daß sie sogar um so stärker mit Forderung von Gewissensfreiheit hervortritt, je mehr sie gegen die jakobinische Tendenz jener Partei sich verwahrt.

Diese Ansicht ist von Frankreich und Belgien ausgegangen, und wird von Rom jetzt entschieden getheilt. Alle jene Forderungen des Erzbischofs in der Unterredung mit dem Staatsminister Herrn von Rochow finden sich wörtlich in der Beschwerdenote des römischen Hofes vom 15. März 1836. Es sind die Losungsworte der Partei, welcher sich der Erzbischof immer mehr hingibt.

Was Rom nur andeutet, aber im stillen glaubt: „Der König wolle den Katholicismus in den katholischen Provinzen ausrotten und das Land protestantisiren", spricht das weitverbreitete Journal be Liège ganz unverhohlen aus. Die „Beiträge zur Kirchengeschichte" und deren hochverrätherischer Auszug rufen die Katholiken offen zum Kampfe gegen den Feind und Verfolger ihres Glaubens auf.

Faßt man nun diese theils allgemeinen, theils provinziellen Elemente zusammen, so erscheint der Erzbischof offenbar als der Mann, welcher leicht in den Fall kommen könnte, von einer großen, ja furchtbaren Macht der Meinung getragen zu werden. Glücklicherweise hat er noch keine sehr starke Partei in den Rheinlanden, aber wenn er erst den ihm entgegenstehenden aufgeklärten Theil der Geistlichkeit und namentlich die von Hermes gebildeten Geistlichen besiegt und beseitigt haben wird, so kann ihm ein überwiegender Einfluß auf die ganze Provinz nicht fehlen. Seine strenge Lebensweise und sein apostolischer Eifer werden ihn dem Landvolke als einen Heiligen erscheinen lassen, es fehlte dann nur noch der Schein der Verfolgung, um ihn allen Katholiken als einen Märtyrer darzustellen. Gelänge ihm dies, so wäre er trotz aller persönlichen und politischen Verschiedenheit der Menschen und Umstände mächtiger als O'Connell in Irland.

Noch ist's nicht so weit gekommen, allein der kritische Augenblick ist erschienen, wo Preußen eine entschiedene und unangreifbare Stellung nehmen muß dem Erzbischof und seiner ganzen Partei gegenüber. Diese Stellung muß für eine bedeutende Zukunft hinaus haltbar sein, denn wie auch das Schicksal der Welt sich wenden mag, große Begebenheiten stehen offenbar der katholischen Kirche bevor. In allen den verschiedenen Begebenheiten, die seit funfzig Jahren die Welt umgestaltet, ist nur Eins durchgehend: das Sinken der Macht Roms und die Auflösung der ausschließlich römischkatholischen Staaten. Zu den Elementen künftiger Gärung, die sich seit zwanzig Jahren in Süddeutschland gesammelt (die Verbindungen zur Einführung der Priesterehe und deutschen Gottesdienstes) gesellen sich nun, nicht allein durch den Hermesianismus, sondern auch durch andere philosophische Systeme katholischer Theologen noch viel bedeutendere Elemente der Spaltung: die dogmatischen; endlich gewinnen die evangelischen Missionen auf fast allen Punkten in Frankreich immer mehr Ausdehnung und Bedeutung, und die ganze Nation, ohne noch zu wissen, wohin sie geht, wird immer aufmerksamer auf die ihr ganz fremd gewordene Stimme des Evangeliums. Wer kann die Folgen der Ausbildung dieser Elemente berechnen? wer ihnen wehren? Kein evangelischer Christ, der wirklich glaubt, daß das Evangelium Wahrheit sei, welcher Farbe er auch sonst angehöre, kann zweifeln, daß das Evangelium bestimmt sei, über die abergläubischen Satzungen der Menschen wie über den Unglauben zu triumphiren, und daß nur die gröbsten Fehler seitens evangelischer Regierungen diese Absicht Gottes vereiteln oder in eine ferne Zukunft verschieben können.

Preußens Stellung kann bei solchen bevorstehenden geistigen Bewegungen nur die schlechteste oder die beste sein. Es ist offenbar in der Gefahr, in den westlichen Provinzen ein zweites Belgien zu nähren, sei es durch unbillige und unzeitige Härte, sei es durch falsche Nachgiebigkeit der Priesterpartei: aber es hat es auch offenbar in seiner Gewalt, sich so zu stellen, daß diese Gärung und dieser Kampf ganz innerhalb der katholischen Kirche bleibe, und die Parteien unter den Katholiken, statt sich durch die Gehässigkeit oder die Verachtung der Regierung gegen dieselbe zu vereinigen, vielmehr sämmtlich zu der Weisheit und Gerechtigkeit der Regierung mit Anerkennung und Bewunderung aufblicken.

Die letzte praktische Folge dieser Betrachtungen scheint also die zu sein, daß es von der größten Wichtigkeit sein muß, ohne Verzug wie ohne Uebereilung die richtige Stellung in den gegenwärtigen Verhältnissen, und namentlich dem Erzbischofe gegenüber, zu nehmen. Nachgeben, wo nicht nachgegeben werden darf, ist ebenso schlimm als Nichtbewilligung da, wo Nachgeben an seiner Stelle wäre. Falsch angebrachte Milde erscheint und wirkt als Schwäche: übel angebrachte Strenge verdoppelt und heiligt den stillen oder offenen Widerstand der Gemüther.

III. Was soll der Erzbischof?

Bei der wichtigen und verhängnißvollen Frage, die sich unter diesen Umständen aufdrängt: was soll die Regierung vom Erzbischofe verlangen, worauf soll sie den katholischen Forderungen gegenüber bestehen, oder wo soll sie auf mildernde und billige Modificationen eingehen? treten drei verschiedene Ansichtsweisen sich gegenüber, die es nothwendig ist unumwunden und unverhüllt auszusprechen. Denn wie verderblich es ist, in kritischen Umständen nach einer falschen Ansicht zu handeln, so ist es doch noch verderblicher, mit Unklarheit über Principien und deren Folgen bald nach dieser bald nach jener Seite hin zu verfahren. Ist die gegenwärtige Praxis, und sind die Grundsätze des Landrechts und der weiteren Verordnungen, auf welche sie gegründet, wirklich unvereinbar auf die Länge mit dem Wesen der katholischen Kirche und mit dem Gewissen der katholischen Bevölkerung?

Ist das der Fall, so muß das ganze Verhältniß des Staates und namentlich Preußens als des mächtigsten evangelischen Staates zur römischen Kirche ganz und gar verändert und das bisherige System als unrichtig und schädlich weggeworfen werden. Man muß sich darüber nicht täuschen, daß viele Menschen diesen Gedanken, mehr oder weniger klar und bewußt, wirklich hegen, und zwar Menschen sehr verschiedener politischer und religiöser Sinnesweise. Sind dagegen nicht allein die Anfeindungen gegen das bisherige System Preußens ungegründet, sondern überhaupt die Beschwerden der katholischen Geistlichkeit und Bevölkerung, die im Erzbischofe ein Organ gesucht und gefunden haben, gar keiner Beachtung werth; so ist einfach die Sache zu lassen, wie sie jetzt liegt, und gegen weitere Ansinnen und Forderungen die Strenge der Gesetze und die Macht der Regierung anzuwenden, ja zu verstärken. Auch diese Ansicht wird von Vielen, im Civilwie im Militärstande, getheilt. Beides ist nicht zu verwundern, denn obgleich alle Menschen über diese Verhältnisse urtheilen, so kennen sie doch nur sehr wenige, und eine solche Unkenntniß oder oberflächliche Kenntniß führt gewöhnlich zu extremen Ansichten, wenn die praktischen Verhältnisse zu einer Entscheidung drängen. Oder endlich es gibt zwar einzelne wirklich mehr oder weniger beschwerende und drückende Punkte, allein ihre Abstellung und Ausgleichung hängt nicht mit dem Wesen des jetzigen Regierungsystems zusammen. Alsdann handelt es sich nur um eine schärfere Richtung und tiefere Begründung jenes Systemes, verbunden mit der Abstellung aller wirklichen praktischen Beschwerden.

Es ist nun ganz entschieden der Zweck der Denkschrift, darzuthun, daß von diesen drei Ansichten die letzte die einzig richtige sei. Hiernach stellt es sich bei der gegenwärtigen Frage als Aufgabe der allgemeinen Einleitung dar, die allgemeinen praktischen Grundsätze anzugeben, nach welchen die katholischen Forderungen, auf dem Grunde des gegenwärtigen Regierungsystemes, berücksichtigt oder verworfen werden müssen.

Die Hauptgrundsätze der gegenwärtigen gesetzlichen Praxis, die hier zur Sprache kommen, lassen sich auf folgende fünf zurückführen:

1) Das Verhältniß der beiden Kirchen ist in allen gesetzlichen Beziehungen das der Parität.

2) Keine päpstliche Verordnung hat gesetzliche Kraft in der Monarchie, bis sie das landesherrliche Placet erhalten, welches derselben nach der Prüfung durch die Landesbischöfe und Begutachtung der katholischen Facultäten ertheilt oder versagt wird.

Betrifft eine solche Verfügung wirklich Punkte der Lehre und insofern des Glaubens, so haben die Bischöfe dieses geltend zu machen, und die Conflicte darzustellen, in welche hier Staat und Kirche gerathen müßten, wenn die Regierung das Placet verweigerte; aber diese kann durchaus jenes Recht nicht aufgeben, so wenig es ihr einfallen kann, sich in Glaubenssachen zu mischen. Wohl hat sie als Grundsatz anzuerkennen und auszusprechen, daß sie keinen Anspruch mache, sich in die Dogmen und Glaubenssachen zu mischen.

3) Die geistliche Gerichtsbarkeit ist nie ohne möglichen Recurs an die obersten Staatsbehörden, sobald sie über den Kreis rein geistlicher Strafen (censurae) hinausgeht.

4) Die Nationalerziehungsanstalten, von den Volksschulen bis zu den Universitäten, sind Staatsanstalten, wobei die Rechte der katholischen Kirche von den Bischöfen gewahrt werden, die zu dem Zwecke eine allgemeine Controle und ein allgemeines Veto haben bei der Anstellung der theologischen Lehrer, und auf motivirten Antrag deren Suspendirung oder Absetzung fordern können.

5) Die Erziehung der Geistlichkeit, als solcher, in den Seminarien der Bischöfe, ist eine kirchliche Anstalt, wobei die Regierung nur die allgemeinen landesherrlichen Rechte wahrt, indem sie ein Veto sich vorbehält. Die Verständigung im Praktischen bleibt hier, wie in allen ähnlichen Fällen, dem Gewissen und gesunden Verstande der Betheiligten überlassen.

Mit diesen fünf Hauptgrundsätzen steht und fällt das ganze Regierungssystem Preußens, ja die Monarchie. Beschwerden gegen diese leitenden Grundsätze müßten also ohne weiteres abgewiesen werden. Denn wenn diese fünf Hauptgrundsätze im Wesentlichen allen Staaten Deutschlands gemein sind, katholischen wie evangelischen, so sind die daraus abgeleiteten legislativen Forderungen in keinem derselben, der Hauptsache nach, mit solcher milden Rücksicht auf die Heiligkeit des Gegenstandes und der Zartheit von Gewissensangelegenheiten ausgebildet als in Preußen. Auch haben die vielen einsichtsvollen und frommen Bischöfe Preußens diese legislativen Forderungen, wie sie in der Praxis bestehen, bisher nicht angegriffen. Doch sind Beschwerden über einzelne solcher abgeleiteten gesetzlichen Verfügungen, wenn sie nicht das Wesen der obigen Hauptgrundsätze angreifen, sorgfältig zu prüfen und es ist mit Billigkeit darüber zu entscheiden.

Hinsichtlich der administrativen Ausführung endlich muß nothwendig sehr Vieles von den wechselnden Begriffen über die beste Art der Verwaltung abhängen. Das Landrecht hat wol ohne Zweifel in dieser Beziehung Alles zu sehr auf den Begriff des Mistrauens gestützt, und einen zu hohen Werth auf eine darauf gegründete, bis ins Kleinste gehende Controle durch die königlichen Beamten gelegt. Wenn eine solche kleinliche Controle schon in der evangelischen Kirche manchen Unmuth und manche Störung verursacht, so ist sie offenbar noch viel störender und drückender, wenn sie von meist evangelischen Behörden gegen katholische Geistliche geübt wird. Seit der Begründung der Städteordnung bewegt sich aber auch die Gesetzgebung Preußens in einer anderen Richtung, und es hat sich allenthalben nur segensreich erwiesen, wenn man in angemessener Beschränkung die Sphäre freier Verwaltung, wo sie verlangt und angestrebt wird, möglichst vervielfältigt und erweitert.

Beschwerden, die sich auf diesen Gegenstand beziehen, sind also möglichst freundlich zu behandeln, um so mehr, da die Billigkeit und Großmuth der Regierung hier von Vielen empfunden, das Drückende aber und Hemmende ebenso ein Gegenstand allgemeiner Klagen sein muß.

Diese Ansicht hat auch unstreitig den Vorschlägen zu Grunde gelegen, mit welchen der Bericht des königlichen Regierungspräsidenten Herrn Grafen von Stolberg vom 26. vorigen Monats schließt:

„1) Es möge den Bischöfen derjenige Einfluß auf die Erziehung der jungen Geistlichkeit gestattet werden, der zur Beruhigung ihres Gewissens nöthig sei, unbeschadet des Oberaufsichtsrechts des Staates."

Die oben aufgestellten Grundsätze, namentlich die scharf festzuhaltende Scheidung zwischen dem Unterricht auf Staatsanstalten und dem in bischöflichen Seminarien gibt dieser Bemerkung die erforderliche nähere praktische Beistimmung.

„2) Es möge bei der Anstellung der Lehrer der Staat sich wenigstens das Votum negativum vorbehalten, die Entsetzung nicht ohne contradictorische Erörterung, jedoch mit billiger Rücksicht auf die kirchlichen Behörden durch Versetzung und dergleichen geschehen."

Auch dieser sehr beachtenswerthe Vorschlag wird nach den obigen Grundsätzen leicht seine praktische Anwendbarkeit finden.

Ueber Beides behandelt die Denkschrift in den entsprechenden Abschnitten das Nähere, mit Zuziehung aller bisherigen Thatsachen, die in den Acten vorliegen.

Erster Theil.

Beleuchtung der beiden obschwebenden praktischen Hauptpunkte in dem Verhältnisse zum Erzbischof von Köln, und Vorschlag zu ihrer definitiven Erledigung.

A. Die Eingriffe des Erzbischofs in die königlichen Rechte hinsichtlich der Facultät zu Bonn und des dortigen Convictoriums.

Der Erzbischof hat factisch die Professoren der Facultät von Bonn, mit Ausnahme des Professors Klee, suspendirt, wozu ihm das Recht nicht zusteht, und die Regierung zur Schließung des Convictoriums genöthigt, welche nicht lange fortbestehen kann ohne den Untergang der katholischen Universitätsstudien. Beide außerordentliche Schritte sind geschehen, nachdem ihm alle nur ersinnlichen Mittel vorgeschlagen waren, seine Beschwerden gegen die Professoren in der Sphäre seiner weiten erzbischöflichen Befugnisse geltend zu machen.

Er hat endlich noch durch Aufstellung von achtzehn Thesen, deren Unterschrift er als Bedingung fordert, um die priesterliche Einweihung oder eine geistliche Anstellung zu ertheilen, nicht allein die Gewissen der Katholiken im Gebiete des kirchlichen Glaubens unbefugt beschwert, sondern auch im letzten Artikel, worin der Geistliche auf die feierlichste Weise geloben soll, von den erzbischöflichen Entscheidungen an Niemand zu recurriren als an den Papst, die landesherrlichen Rechte aufs gröblichste verletzt. Selbst streng römischgesinnte Kanonisten haben dies anerkannt.

Wie ist diese Verwirrung zu lösen, wobei die herrliche und bedeutungsvolle Schöpfung des Königs, die Universität der Rheinlande, untergeht und das königliche Ansehen tief gefährdet wird?

Die einzige Lösung, die sich praktisch darbietet, scheint die zu sein, daß man unter gewissen Bedingungen das Verdammungsbreve gegen Hermes mit den gewöhnlichen salvirenden Clauseln publicire, d. h. den Bischöfen zur weiteren Verfügung zusende. Wenn hierauf der Erzbischof fordern kann, daß jeder katholische Lehrer der Universität wie des Seminars dieses Verdammungsbreve annehme, und erkläre

„nichts von dem lehren zu wollen, was in demselben als unkatholisch verdammt ist",

so muß er auch gleichzeitig von allen jenen außerordentlichen und ungesetzlichen Verfahren und allen unzulässigen Verfügungen gegen die Facultät und das Convictorium zurückkommen, welche eben angedeutet worden.

Er muß also zuvörderst jedes weitere inquisitorische und willkürliche Verfahren gegen sie für die Zukunft einstellen, und, um gegen sie einzuschreiten, abwarten, daß sich Thatsachen herausstellen, aus denen hervorgeht, daß jene Männer ihr Versprechen nicht gehalten haben. So wie sie nicht Hermes'sche Lehrbücher gebrauchen und verdammte Hermes'sche Sätze aufstellen dürfen, so hat auf der anderen Seite er ganz davon abzustehen, daß sie gerade seine Methode, seine Ausdrucksweise annehmen. Denn er hat sich gegen jede wissenschaftliche Behandlung der Theologie erklärt, und hält sie für unnütz, ja schädlich.

Endlich und insbesondere ergibt sich als eine natürliche und nothwendige Folgerung des Umstandes, daß der Erzbischof alsdann die Annahme und Befolgung des Breve gesetzlich fordern kann, die Unstatthaftigkeit einiger Glaubensthesen, deren Unterschrift der Erzbischof jetzt verlangt. Durch deren Aufgeben wird also auch dieser sehr misliche Punkt erledigt.

Die Hermesischgesinnten Professoren haben Zeit gehabt, über die Modificationen nachzudenken, welche sie ihren Vorträgen geben müssen, wenn sie Lehrer der katholischen Theologie bleiben wollen: es wäre wünschenswerth, daß sie ihren Entschluß vor dem Beginn des Wintersemesters (November) faßten, damit nicht ein zweites halbes Jahr für die Studirenden verloren gehe.   Hat der Erzbischof einmal nachgegeben, so kann man auch mit Ehren die mit ihm zu sehr verfeindeten Professoren durch Versetzung nach Breslau in eine angenehmere Lage bringen.

Große Reibungen der Systeme sind allerdings in Bonn zu vermeiden bei dem Charakter des Erzbischofs, den man nun einmal nicht ändern kann. Es scheint jedoch nicht, daß sie sehr zu befürchten seien, wenn die Dinge erst wieder in ihr natürliches Gleis gekommen sein werden.   Denn es ergibt sich aus den Berichten des königlichen Regierungsbevollmächtigten, daß bereits vor dem Einschreiten des Erzbischofs über drei Viertel der katholischen Theologen aus freiem Antriebe sich den Vorlesungen des sehr geistreichen Professors Klee zugewandt haben, sodaß das Ansehen des Hermesianismus, sobald derselbe nicht mehr durch die Gunst des Erzbischofs gehalten wurde, von selbst gesunken sein würde, hätte Rom nicht durch sein Verdammungsbreve die Gemüther aufgeregt.

Durchaus nothwendig ist es jedoch, die durch das Sinken des Hermesianismus entstehende Lücke anderweitig auszufüllen, und nicht dem ganz unwissenschaftlichen bigoten Geiste des Erzbischofs das Feld zu überlassen. Das kann wol nur wirksam geschehen und die Universität sogleich wieder gehoben werden, wenn man den geistreichsten und ausgezeichnetsten katholischen Theologen der Zeit, Professor Möhler, der früher für Bonn bestimmt war, dorthin ruft.   Möhler ist weder Hermesianer noch Feind wissenschaftlicher Behandlung; so wird er also weder das Treiben pfäffischer Verfinsterung fördern, noch vom Erzbischofe angefeindet werden können.

Die Reise des Monsignore Capaccini hat die Möglichkeit dargeboten, diesen ganzen Streitpunkt mit dem beschränkten und gereizten Prälaten besprechen zu lassen, unter den günstigsten Vorbedeutungen und zugleich mit Vermeidung jedes Scheines einer Unterhandlung der Regierung mit einem ungehorsamen Erzbischofe, der sich ungesetzliche Maßregeln erlaubt hat. Der Aufenthalt des Prälaten bleibt auf die Tage vom 9. bis 15. September beschränkt.   Das Resultat der Besprechung kann also gegen den 18. September in Berlin bekannt sein.

Die definitiven Anordnungen, welche im Falle des vollständigen Gelingens dieser Bemühungen zur Vorbereitung der Publication zu treffen sein werden, können im Laufe des Octobers getroffen werden; sollten noch Bedenken obwalten, so müßten jene Verfügungen bis zum November verschoben werden, wo der Prälat seinerseits vom römischen Hofe vollständig instruirt sein wird. Jedenfalls aber darf kein entscheidender Schritt geschehen, bis die wichtigste der obschwebenden Angelegenheiten, die der gemischten Ehen, zum Abschluß gebracht sein wird. Denn die Klugheit gebietet, bis zur Erledigung dieses Hauptpunktes jede andere definitive Entscheidung ruhen zu lassen. Durch das gänzliche Fallenlassen der Hermesianer als solcher entfremdet sich die Regierung für eine Zeit lang oder ent= muthigt wenigstens die bedeutendsten persönlichen Gegner des Erzbischofs in der rheinischen Geistlichkeit. Sollte nun dieser, wider Vermuthen, in den gemischten Ehen auf einer ebenso strafwürdigen als pflichtwidrigen Wider= setzlichkeit bestehen, so würde die Regierung sich bei der Nothwendigkeit starker Maßregeln ohne Freunde und Beistand in den Rheinlanden finden. Der gegenwärtige Statusquo in der Hermes'schen Angelegenheit ist so be= schaffen, daß selbst der römische Hof auf den ihm von dem königlichen Gesandten vorgelegten Thatbestand dagegen nichts zu erinnern befunden hat. Es ist allerdings nur ein Provisorium, aber es ist ein wohl begrün= detes: aufgehoben zu Gunsten des Erzbischofs kann es nur werden, sobald die Gewißheit da ist, daß man sich mit ihm über den Hauptpunkt werde verständigen können. Zu bemerken ist auch, daß der Erzbischof selbst gar keinen Antrag auf Publication des Breve gestellt hat, also sich nicht be= klagen kann.

Gibt er dagegen in jenem Hauptpunkte nach, so läßt sich, bei etwas rascher Thätigkeit seitens des geistlichen Ministeriums, die Publication des Breve schon im October vorbereiten, sodaß die Hermesischen Professoren für das Wintersemester ihren Entschluß noch rechtzeitig fassen können.

Die Denkschrift geht nun zur Betrachtung jener Hauptangelegen= heit über.

B. Das Betragen des Erzbischofs hinsichtlich gemischter Ehen.

Auch hierüber muß mit dem Erzbischofe nicht eine Unterhandlung, wohl aber eine gütliche und zugleich gründliche Besprechung stattfinden. Ein längeres Ruhenlassen dieser Angelegenheit droht mit den größten Gefahren.

Monsignore Capaccini kann auf diese Angelegenheit zwar sehr bedeu= tend, aber nur sehr mittelbar einwirken. Die Besprechung nun muß erst stattfinden, wenn jener Prälat Köln verlassen haben wird (Mitte Septem= ber). Fände sie vorher statt, so würde der Erzbischof seine Entscheidung verschieben wollen, bis er mit dem päpstlichen Unterstaatssecretär, dessen Reise nach Köln ihm kein Geheimniß mehr ist, würde Rücksprache genommen haben, und dies müßte den gedachten päpstlichen Prälaten in die größte und unangenehmste Verlegenheit setzen.

Die Besprechung muß aber unmittelbar nach der Abreise des Präla= ten erfolgen und zwar aus zwei Gründen.

Erstlich ist zu erwarten, daß man alsdann den Erzbischof im Allge= meinen gut und versöhnlich gestimmt treffen werde.

Zweitens muß Monsignore Capaccini vor seinem Eintreffen in Berlin im November die Sache der gemischten Ehen ganz abgemacht finden. Rom kann nicht mehr sagen, als es im Breve 1830 gesagt: könnte es jetzt noch einwirken, so würde es suchen, alles durch die neue Praxis Gewonnene (leider durch den Erzbischof wieder in Frage Gestellte) umzustürzen. Hier= über lassen die unzweideutigen persönlichen Aeußerungen des Papstes nicht den geringsten Zweifel. Ist aber Monsignore Capaccini bei der definitiven Einigung mit dem Erzbischofe durchaus nicht persönlich betheiligt gewesen, und findet er die Sache abgemacht vor, so kann und will er nach Rom berichten:

der Erzbischof habe sich nur der allgemeinen Praxis der Monarchie, die dem Wesen nach selbst im übrigen Deutschland gelte, fügen müssen, um größeren Uebeln zuvorzukommen, und es sei nichts zu thun, als die Sache praktisch so bestehen zu lassen, wie er sie genommen, und sich in der Ausführung auf die Gewissenhaftigkeit der Bischöfe zu verlassen.

Die von des Königs Majestät genehmigte Besprechung über diesen Punkt muß also gegen Mitte September beginnen, und die Sache vor Mitte November, womöglich aber noch im Laufe des September definitiv beendigt sein.

Wenn sich diese Termine verschieben, so läßt sich überhaupt gar keine Entwirrung der gegenwärtigen traurigen Verhältnisse auf dem vorgeschlagenen Wege hoffen. Einen anderen Weg aber, der zum Ziele führte, möchte es schwerlich geben.

Der königliche Regierungspräsident Graf zu Stolberg würde demnach ohne allen Verzug in Stand gesetzt werden müssen, diese hochwichtige und entscheidende Angelegenheit und die Gründe derjenigen Ansicht ganz vollständig kennen zu lernen, welche des Königs Majestät dabei festzuhalten entschlossen sind. Es ist leider! aus den Acten nur zu klar, daß keine der dortigen Verwaltungsbehörden mit dieser Angelegenheit nach ihrem kanonischen Werthe und ihrer diplomatischen Begründung hinlänglich vertraut ist. So erklärt es sich, wie erleuchtete und hochgestellte Staatsmänner nicht weniger als ein großer Theil der katholischen Bevölkerung anfangen, den Verleumdungen und Lügen der Priesterpartei ein geneigtes Ohr zu leihen, als habe man von den Bischöfen zu viel gefordert, oder als habe wenigstens Graf Spiegel der Regierung mehr, als er gesollt, bewilligt. Nichts ist grundloser und verderblicher als dieses Geschwätz, allein nichts auch natürlicher, und hierüber muß die Denkschrift mit rücksichtsloser Offenheit reden. Das Gutachten des Dompropstes Claessen in Aachen, welches nicht allein die von den Bischöfen angenommene praktische Ausführung des Breve ganz verwirft, sondern dieses selbst tadelt, ist seit mehr als zwei Jahren gedruckt und allenthalben verbreitet. Noch viel heftigere Angriffe sind in deutschen und belgischen Blättern und Schriften gemacht und selbst unterm Volke ausgestreut. Zur Rechtfertigung der Bischöfe, also der Regierung, ist dagegen in dieser ganzen langen Zeit auch nicht eine widerlegende Antwort erschienen, die doch gar nicht schwer war. Um von anderen einsichtsvollen und bedeutenden Katholiken zu schweigen, so ist der Domherr München, welcher die Instruction verfaßt, und im Einverständniß mit anderen Kanonisten in einer ausführlichen Denkschrift die Gründe entwickelt hat, wodurch sie gerechtfertigt wird, ganz zur Seite geschoben. Muß es also nicht in den Augen der ganzen Welt den Schein gewinnen, als sei die doch von des Königs Majestät Allerhöchstselbst genehmigte Convention wie eine partie honteuse versteckt, ja absichtlich den schändlichsten Angriffen preisgegeben? Ist es bei einem solchen Verfahren zu verwundern, daß die Katholiken am Ende glauben, man habe die Bischöfe übervortheilt und dem katholischen Gewissen Gewalt angethan? Die Regierung, ja das königliche Ansehen ist dadurch in die traurigste Lage versetzt worden. Statt daß die Regierung, wie es bei Abschließung der Convention geschah, hinter das Gewissen und Ansehen der Bischöfe und der erleuchteten und ihr ergebenen Geistlichkeit gestellt sein und gar nicht selbst im Kampfe erscheinen sollte, steht sie vielmehr als gewaltsame Erzwingerin der neuen Praxis da, welche von einem Erzbischofe vorgeschlagen und von den Bischöfen ganz frei angenommen worden, und in nicht weniger als in drei Vierteln der Monarchie praktisch besteht. Die Wahl des erklärten, bittern und bigot fanatischen Feindes des Erzbischofs von Spiegel, und namentlich der von ihm in dieser Angelegenheit getroffenen Maßregeln zu dessen Nachfolger gilt in den Augen der Katholiken noch mehr als der dem sterbenden Bischofe von Trier entrissene oder ihm untergeschobene Widerruf für ein Zeugniß gegen die Convention, und setzt die obersten Provinzialbehörden entweder in eine sehr schwierige Stellung, oder macht sie in ihren Ansichten und ihrem Gewissen ganz irre.

Diesen höchst traurigen Thatbestand und dessen sehr bedenkliche Folgen muß man sich nicht verbergen, wenn die Rede davon ist, den Regierungspräsidenten Grafen zu Stolberg als das einzige in diesem Augenblick passende Organ der Regierung in dieser Angelegenheit zu gebrauchen. Es handelt sich nicht allein darum, diesen Staatsmann zu instruiren, sondern auch ihn zu überzeugen, und für Beides ist noch nicht das Geringste geschehen.

Ob dies ohne mündliche Durchsprechung der ganzen Angelegenheit möglich sei, muß hier dahingestellt bleiben. Sollte eine solche beliebt werden, so müßte sie zwischen dem 2. und 4. September, etwa in Naumburg oder Wernigerode, bewerkstelligt werden, da Monsignore Capaccini den 7. in Düsseldorf eintreffen wird, oder in Düsseldorf selbst stattfinden.

Was nun eine solche kanonistisch-diplomatisch-politische Instruction betrifft, so scheint dieselbe von folgenden Grundsätzen ausgehen zu müssen:

Zuvörderst muß versucht werden, die ganze Discussion über den Werth oder Unwerth der bischöflichen Instruction von 1834 und die Richtigkeit oder Unrichtigkeit der Auslegung des Breve, worauf sie gegründet ist, ganz und gar unnöthig zu machen.

Zu dem Zwecke müssen folgende Punkte mit allem Nachdruck geltend gemacht werden:

1) Der Erzbischof hat vor der Wahl schriftlich versprochen, die Instruction an die Generalvicariate anzunehmen und auszuführen; das Versprechen muß er als ehrlicher Mann halten oder er muß sein Amt niederlegen.

Die Anlage A läßt hierüber keine Zweifel, wenn man nicht zu jesuitischen Ausflüchten seine Zuflucht nehmen will. Der einfache und redliche Sinn des Monsignore Capaccini erkannte dies unumwunden an.

2) Der Erzbischof hat in einer bei dem Streite hinsichtlich des Brautexamens und der Aussegnung der Wöchnerinnen von ihm verlangten Instruction an den Dompropst Claessen vom 26. December vorigen Jahres die Instruction an die Generalvicariate als ihn bindend angeführt, und daraus gegen weiter gehende Forderungen argumentirt. (S. Beilage B.)*)

Auch hier kann er als redlicher Mann der nothwendigen Folgerung schwer sich entziehen. Denn es geht nicht an, etwa zu sagen, der Erz-

---

*) Die hier angeführten Anlagen A und B sind dieselben, welche unter den „Beilagen" der preußischen Staatsschrift sub K und L mitgetheilt und bereits oben S. 467 erwähnt sind.

bischof habe nur darthun wollen, daß selbst nach dem Buchstaben der gegen ihn geltend gemachten Instruction man zu viel von ihm verlange, ohne daß er jedoch diese Instruction anerkenne. Denn alsdann hätte er entweder gar nicht aus derselben argumentiren dürfen, oder ganz unumwunden erklären müssen, er selbst nehme übrigens die Instruction gar nicht an. Die ganze Fassung des Schreibens zeigt aber auch, daß dies nicht seine Absicht gewesen. Endlich hat der Minister der geistlichen Angelegenheiten unterm 13. December desselben Jahres höchst weise und zweckmäßig dem Erzbischof in Beziehung auf jene von ihm erlassene Instruction seine Zufriedenheit darüber ausgesprochen, „daß er die Instruction des Generalvicariats pflichtmäßig anerkannt habe". Hätte sich nun der Herr Staatsminister geirrt, so wäre es die klare Schuldigkeit des Erzbischofs gewesen, ihm dies sogleich offen zu erklären. Er hat aber nichts darauf geantwortet.

3) In der Praxis selbst hat sich der Erzbischof keinem Artikel der Instruction ausdrücklich widersetzt.

Diese Thatsache steht durch die Vergleichung der Acten des geistlichen und des Kriegsministeriums ganz unbezweifelt fest. Alle Mishelligkeiten mit den Behörden beruhen vielmehr, nach Ausweis dieser Acten, ausschließlich darauf, daß man entweder mehr von ihm gefordert, als die Instruction des Generalvicariats enthält, oder daß man einen ganz falschen Weg eingeschlagen und die Sache aus dem rechten Gleise gebracht hat.

Das Erstere nämlich trat ein, als von dem Oberpräsidenten Herrn von Bodelschwingh die Gegenwart des evangelischen Bräutigams bei dem Brautexamen verlangt, und als bei einer anderen Gelegenheit Rechenschaft über die Art gefordert ward, wie der Pfarrer seine geistlichen Ermahnungen an die Braut gerichtet.

Das Zweite war der Fall jedesmal, wenn man, um gegen einen seiner Pfarrer Recht zu erhalten, sich nicht auf dem kanonisch allein zulässigen Wege, durch Recurs der katholischen Partei, an ihn gewandt hatte.

Allerdings läßt sich nicht leugnen, daß der Erzbischof in Beziehung auf die unbedingte Ausführung des letzten Artikels der Instruction, „daß die Aussegnung der Wöchnerinnen niemals verweigert werden solle", Bedenken geäußert hat.

Soll und kann nämlich (fragt er) diese Aussegnung auch da erzwungen werden, wo die Wöchnerin gar nicht katholisch getraut ist, oder sich seit der Trauung respectwidrig und ungehorsam benommen hat? Der Pfarrer mag in solchen Fällen es für räthlich halten, ihren Wunsch dennoch zu erfüllen, insofern er glaubt, sie würde durch dessen Verweigerung der Kirche ganz entfremdet werden. Allein wenn er umgekehrt in seinem Gewissen eine solche Handlung als eine Entheiligung der Religion und einen Hohn der Kirche ansieht, so scheint es unbillig, daß der Erzbischof ihn dazu zwingen solle, noch unzulässiger, daß evangelische Behörden sich darüber an den Pfarrer wenden. Ganz besonders seltsam muß das Bestehen des katholischen Theiles auf dieser Aussegnung erscheinen, wenn das Brautexamen gar nicht bestanden und das Paar nur evangelisch getraut ist. Dieser Ansicht liegt offenbar zuvörderst die Anerkennung des Artikels zu Grunde, daß die Aussegnung stattfinden solle, wo nicht das Betragen der katholischen Partei es dem Priester unmöglich macht, sie zu ertheilen. So gefaßt, scheint eine solche Beschränkung in der Praxis nicht allein billig, sondern auch den Worten des Artikels eigentlich nicht zuwider. Warum soll bei der Aussegnung nicht dieselbe Rücksicht auf das Betragen der Wöchnerin genommen werden, die bei der Trauung auf das Betragen der Braut vorgeschrieben ist? Ist es nicht billig, jene Praxis nach dieser zu erklären? Die unbedingte Aussegnung beruht auf dem Worte des päpstlichen Breve: „gegen die katholische Frau solle, wenn einmal die Ehe gültig geschlossen, nachher keine censura verhängt werden." Die bedingte Aussegnung läßt sich durch den Geist des Breve rechtfertigen. Man kann also beide Auslegungen bestehen lassen. Dazu kommt, daß von einer solchen Beschränkung weder ein Gewissensdruck noch eine veränderte Praxis zu befürchten ist. Denn die katholische Lehre schreibt keineswegs die Aussegnung als einen nothwendigen kirchlichen Act vor, und die meisten Pfarrer werden, selbst in zweifelhaften Fällen, gern das Mittel benutzen, die Wöchnerinnen an die Kirche zu fesseln.

So kann also in dem einzigen Falle, worin der Erzbischof — soweit die Acten gehen — gegen die Instruction selbst Einwendungen gemacht hat, ihm unbedenklich nachgegeben werden.

4) In den Beschwerden des Erzbischofs über die Art, wie die Klagen gegen den Pfarrer in Beziehung auf gemischte Ehen oft vorgebracht werden, hat derselbe vollkommen recht, sowol gegen die Civil= als Militär=behörden.

Dieser so vielfach und so lebhaft besprochene Klagepunkt ist nämlich folgender:

Wenn der katholische Theil sich über das Betragen des katholischen Pfarrers, sei es hinsichtlich des Brautexamens oder der Trauung oder der Aussegnung, zu beschweren hat, so muß er sich, dem kanonischen Rechte gemäß, und nach aller Billigkeit, an die vorgesetzte Behörde desselben Pfarrers wenden. Dies ist der Bischof und das zu dem Zwecke instruirte Generalvicariat desselben. Sollte diese höchste geistliche Entscheidung die Unterthanenrechte des evangelischen Theiles zu verletzen scheinen, so bleibt diesem alsdann der Recurs an den Landesherrn übrig, wobei jedoch nicht zu vergessen ist, daß die Regierung durchaus nur den Thatbestand erörtern kann, nicht in Beichtgeheimnisse eindringen darf.

Es liegt kein einziges Beispiel vor, daß bei diesem Geschäftsgange je eine Irrung ungelöst geblieben und eine Klage an die Regierung gekommen sei.

Dagegen ist in allen denjenigen Fällen, womit des Königs Majestät behelligt worden, oder mindestens Streitigkeiten zwischen der bischöflichen und der Staatsbehörde entstanden sind, der Geschäftsgang folgender gewesen:

Der katholische Theil beklagt sich gegen den evangelischen.

Dieser ruft den Beistand seiner Vorgesetzten an, namentlich wenn er Militär ist.

Diese Behörde fordert alsdann entweder den Pfarrer zur Rechenschaft, oder verlangt die Abstellung des Unfuges vom Bischofe. Der Pfarrer weist die Aufforderung ganz ab.

Der Bischof weist das Ansinnen entweder ganz zurück, weil die katholische Partei nicht im kanonisch vorgeschriebenen Wege an ihn recurrirt, ober weil ihm von seiten des Pfarrers das Ungegründete der vorgebrachten Beschwerden bekannt sei. Das Ministerium läßt es weislich dabei bewenden und begnügt sich für die Zukunft, beiden Theilen Weisheit und Mäßigung zu empfehlen. Bisweilen wird dann von dem evangelischen Theil oder vom Generalcommando an des Königs Majestät eine Beschwerdeeingabe gerichtet, und hierauf eine Berichterstattung oder auch eine weitere Untersuchung und Einschreitung befohlen.

In allen Fällen, wo ein solches Verfahren beobachtet, ist nie irgendein Resultat bezweckt worden als höchstens die Erklärung:

„wenn das Beichtkind den richtigen Weg des Recurses an den Bischof eingeschlagen hätte, würde die Irrung gar nicht vorgefallen sein."

Schließlich ist noch zu bemerken, daß der Bischof von Münster bei der vollsten Anerkennung und Erfüllung seiner durch die Unterschrift der Convention eingegangenen Verpflichtung nie anders auf solche Beschwerden geantwortet hat als der Erzbischof. Sehr merkwürdig ist in dieser Beziehung besonders seine Erklärung an das geistliche Ministerium vom 30. Januar 1836.

Die praktische Folgerung für die Regierung scheint nun offenbar die sein zu müssen, daß in Zukunft allen Civil- und Militärbehörden ohne Ausnahme unbedingt von des Königs Majestät befohlen werde, sich aller solcher Einschreitungen gänzlich zu enthalten.

Die Nothwendigkeit eines solchen Enthaltens aller Einmischung ist auch unterm 20. Januar vorigen Jahres dem damaligen Kriegsminister in Beziehung auf die Militärbehörden nachdrücklich ans Herz gelegt.

Die hierauf nach gemeinschaftlicher Verabredung, mit Zuziehung der Militärprediger Bollert und Schickedanz, veranstaltete Ministerialconferenz hat ferner unterm 29. April vorigen Jahres diese Nothwendigkeit aufs ausführlichste und bündigste auseinandergesetzt. Die Einwürfe des commandirenden Generals des 7. Armeecorps vom 24. Juni wurden unterm 27. Juli vollständig widerlegt. Der Kriegsminister scheint damit einverstanden gewesen zu sein, allein die Acten des Kriegsministeriums enthalten bis zum heutigen Tage nichts, was darauf schließen ließe, daß jener commandirende General sich danach in Zukunft zu richten gedenke. Die von ihm unterm 22. August erlassene Erklärung über den Sinn des §. 7 seiner Instruction für das 7. Armeecorps in Beziehung auf die gemischten Ehen sagt nur:

„Die betreffenden Berichte seien in Zukunft dem Generalcommando einzureichen, welches nach klarer Darstellung der Differenzpunkte die geeigneten Schritte zur Abhülfe der Beschwerde thun werde."

Ebenso wenig ist, nach den Acten, von demselben Generalcommando die ganz unrichtige und unbefugte Erwähnung des Papstes und des päpstlichen Breve von 1830, worüber Rom Klage geführt, bisjetzt genügend erledigt worden.

Mit dem Aufhören alles Einschreitens seitens der Militärbehörden wird nun allerdings die ergiebigste Quelle ärgerlicher und fruchtloser Reibungen verstopft werden können.

Allein es scheint auch angemessen, daß den Civilbehörden, selbst dem Oberpräsidium der Provinz, befohlen werde, sich bis auf weitere Verfügung aller Correspondenz über diesen Punkt mit den bischöflichen Behörden zu enthalten.

Denn es ist durchaus nothwendig zur Lösung der Wirren, daß diese Correspondenz ausschließlich dem betreffenden königlichen Ministerium vorbehalten bleibe. So allein ist Einheit und Consequenz, und damit Erhaltung des Friedens, ja selbst des königlichen Ansehens möglich.

Könnte der königliche Regierungspräsident in seiner Besprechung bereits hierüber beruhigende Erklärungen geben, so wäre sein Geschäft ihm sehr erleichtert.

Es ist sehr zu wünschen, daß es ihm gelingen möge, auf die in dem Vorstehenden angedeutete Weise die Sache zur definitiven Verständigung zu führen.

Jedoch muß auch nun zweitens der Fall vorgesehen werden, daß der Erzbischof durchaus auf den weiteren Inhalt der Instruction eingehen will, um die Punkte nachzuweisen, wo dieselbe, nach seiner Ansicht, dem klaren Buchstaben der päpstlichen Verfügungen widerspreche. Deshalb scheint der zweite Theil der Instruction die Hauptpunkte einer rechtfertigenden Erläuterung der Convention und Instruction enthalten zu müssen. Als Uebergang wäre vielleicht dem Erzbischofe bemerklich zu machen, daß des Königs Majestät in Vertrauen auf die unverbrüchliche Aufrechthaltung der eingegangenen Convention vom 19. Juni 1834 bereits Ihrerseits legislative Schritte gethan, namentlich auch den rheinischen Ständen Eröffnungen gemacht habe hinsichtlich der Aufhebung des état civil. Die versprochenen Gesetzesmodificationen und Einrichtungen hinsichtlich der geistlichen Gerichte, und der Berücksichtigung der Lage des katholischen Theiles bei der Gesetzgebung über Ehescheidung seien ebenfalls eingeleitet. So sei also jener Bilateralact durch die Ausführung der seitens des Königs der katholischen Kirche zugesagten Punkte für jeden Bischof, solange er im Amte bleiben wolle, vollständig rechtlich bindend geworden, und müsse selbst vom Papste so angesehen werden.

Was nun die Rechtfertigung der von den Bischöfen angenommenen Auslegung des Breve und der darauf gegründeten Praxis betrifft, so genügt es, hinsichtlich aller untergeordneten Ausstellungen, welche der fanatische Advocatenscharfsinn des Dompropstes Claessen in seinem bereits angeführten Gutachten vorgebracht hat, auf die publicirten Rundschreiben der Bischöfe an die Pfarrer, und auf die abschriftlich beizulegende Convention (§. 5 bis 8), sowie auf die ebenfalls beizufügende Weisung an die Generalvicariate zu verweisen.*) Wären die hierbei betheiligten Staatsmänner, theils durch amtliche Mittheilungen, theils auch durch öffentliche Schriften mit diesen Actenstücken und der diplomatischen Basis ihrer Auslegung bekannt gemacht worden, so hätten ihnen solche ganz einseitige und ungerechte Beurtheilungen der Schritte der Bischöfe nicht einen Augenblick bedeutend erscheinen können. Es wäre nur vor allen Dingen ihnen bemerklich zu machen gewesen, daß Rom vollkommen vorher wußte, daß die Bischöfe die von ihm ausgesprochenen Bewilligungen im möglichst weiten und milden Sinne auffassen und ausführen würden. So ist es immer namentlich

---

*) Die Convention vom 19. Juni 1834 selbst ist unter den „Beilagen" der preußischen Staatsschrift sub E, der Hirtenbrief an die Pfarrer vom 13. October 1834 sub F, die Instruction an die Generalvicariate sub G mitgetheilt. Vgl. oben S. 419 bis 426 sowie 551 bis 556.

bei den Aeußerungen über gemischte Ehen geschehen.   Nie hat Rom den
deutschen Bischöfen das Recht zugestanden, gemischte Ehen überhaupt ohne
desfallsige päpstliche Dispensation zuzulassen, und doch ist es noch nie einem
deutschen Kanonisten eingefallen, das Verfahren der Bischöfe deshalb anzugreifen.   Pius VI. hat in seiner Verfügung an das breslauer Vicariat
nicht den hundertsten Theil von dem bewilligt, was das Breve von 1830
enthält, und doch hat sich darauf seit sechzig Jahren unangefochten die
Praxis der östlichen Provinzen gestützt.   Ja selbst in den dortigen Landen,
wo, wie namentlich in Jülich, Cleve und Berg, die benedictinischen, ursprünglich für Holland bestimmten Bewilligungen gelten, hat sich aus der
assistentia passiva von selbst die Sitte der katholischen Trauung entwickelt,
obgleich nichts dem Buchstaben der Benedictina mehr entgegen ist.

Dies führt auf die Erörterung des einzigen Punktes, wo ein un-
befangenes, aber mit dem kanonischen Rechte und dem Rufe der römischen
Bewilligungen nicht ganz vertrautes Auge einen Widerspruch zwischen dem
Breve und der bischöflichen Instruction zu bemerken glauben kann.

Dies ist der Punkt der katholischen Trauung.   Die natürlichste Auslegung der entsprechenden Stellen des Breve und der Instruction des Cardinals Albani scheint zu sein, daß auf keinen Fall diese feierliche Trauung
stattfinden solle.   Hier ist nun von vornherein die Frage zu stellen:

Soll auch da, wo die katholische Erziehung der Kinder durch festes Versprechen gesichert wäre, keine feierliche Trauung stattfinden?

Nach der ganz allgemeinen Sitte der katholischen Kirche Deutschlands
kann dies nur verneint werden.

Nun aber schließt, nach jener Auslegung, der Buchstabe des Breve
die Trauung in jedem Falle aus.

Wenn nun eine solche Auslegung offenbar praktisch nicht haltbar ist,
so muß man sich nach einer im Geiste des Breve gegründeten Beschränkung der Trauung umsehen, und hiernach bestimmen, daß dieselbe bisweilen
stattfinden, bisweilen verweigert werden soll.

Das positive Versprechen der katholischen Kindererziehung kann aber
nicht als Richtschnur für diese Bestimmung angenommen werden, da das
päpstliche Breve sich ebendadurch von allen früheren Bewilligungen Roms
unterscheidet, daß es gemischte Ehen zulässig erklärt, auch ohne die Clausel
über die Kindererziehung.

Nun hat offenbar das Breve wie die Instruction die ganze Behandlung der gemischten Ehen durch das Aufgeben jener conditio sine qua
non auf einen ganz anderen Standpunkt gestellt.

Bisher hing, in der strengeren deutschen Praxis, Alles hinsichtlich der
Zulässigkeit der katholischen Trauung davon ab, ob die katholische Kindererziehung durch feierliches Versprechen gesichert sei oder nicht.   Es war
also die Trauung von einem äußeren Acte abhängig gemacht.   An die
Stelle dieses äußeren Actes muß also nun die Beurtheilung des inneren,
religiösen und kirchlichen Seelenzustandes, der Gemüthsstimmung des katholischen Theiles treten.   Das soll der Pfarrer im Brautexamen untersuchen.
Zeigt nun die Braut oder überhaupt der katholische Theil einen sträflichen
Leichtsinn und eine freventliche Verachtung der Kirche und ihrer Ermahnungen, so findet die assistentia passiva statt.   Also ist die Trauung

zuläſſig, wo dieſer ſträfliche Leichtſinn ſich im Gemüth des katholiſchen Theiles nicht vorfindet, wobei die Kirche mild und nachſichtig den Conflict von Gefühlen und Verhältniſſen zu beachten pflegt.

Wenn dieſe Annahme ſchon von ſelbſt mit Nothwendigkeit aus dem Aufgeben jenes früheren rein äußerlichen Entſcheidungsgrundes hervorgeht, ſo findet ſie doch auch offenbar einen entſchiedenen Haltungspunkt in den Worten des Breve: „die assistentia passiva ſolle ſtattfinden, wenn der katholiſche Theil, durch ſträflichen Leichtſinn verführt, auf ſeinem Vorſatz beharre".

Die Gegner dieſer Auslegung können ihrerſeits weder die, auch von ihnen bisher nicht angefochtene Trauung gemiſchter Ehen mit vorgängig geſicherter Erziehungsclauſel rechtfertigen, noch irgendeine andere Norm angeben, wonach dieſelbe für zuläſſig oder unzuläſſig erklärt werden ſolle. Es bleibt alſo nichts übrig als die Beurtheilung des einzelnen Falles nach dem hierüber aufzuklärenden Gewiſſen des Pfarrers, und das iſt's, was die vier Biſchöfe gethan und durchgeführt haben — ohne allen Wider= ſtand ſeitens ihrer Geiſtlichkeit, ſolange der Erzbiſchof Spiegel lebte, und jetzt auch noch ſo jedenfalls in Münſter und Paderborn! Den Acten nach macht ſelbſt Trier keine Ausnahme, ja praktiſch noch nicht einmal Köln. Und dieſe Norm ſollte aufgegeben werden?

Dies würde alſo der vollſtändige Inhalt der dem Grafen zu Stolberg zu ertheilenden Inſtruction ſein müſſen; alles Weitere könnte in der münd= lichen Beſprechung erſchöpft werden.

Zweiter Theil.

Die Forderungen des Erzbiſchofs von Köln und Roms hinſichtlich des öffentlichen Erziehungsweſens und insbeſondere der Erziehung der Geiſtlichkeit.

Einleitung über den allgemeinen Hintergrund dieſer Forderungen.

Der Gegenſtand der Erziehung iſt das theils offenbare, theils ver= ſteckte Ziel aller Beſchwerden und Wünſche, welche der Erzbiſchof von Köln und Rom ſelbſt im gegenwärtigen Augenblick laut werden laſſen.

Es wird von der katholiſchen Seite für dieſen Punkt, und zwar nicht blos für die Bildung der Geiſtlichkeit, ſondern auch für die National= erziehung, ein bei weitem größerer Einfluß des Klerus in Anſpruch ge= nommen, als die Geſetze des Staates erlauben, Geſetze, die mit der Mon= archie entſtanden ſind und ſich bewährt haben.

Dieſe Wünſche und Beſchwerden haben durchaus nichts gemein mit den Stimmen, welche neuerdings laut geworden ſind über die wahren oder angeblichen Mängel des gelehrten Unterrichts in Preußen. Sie haben andere und viel tiefer liegende Gründe: ſie bezwecken den Umſturz eines Gebäudes, welches aus dem Grundgedanken der Monarchie hervorgegangen iſt und mit ihrer Bedeutung in Europa und in der Weltgeſchichte aufs engſte zuſammenhängt. Es iſt der Kampf um die Gewalt über die Geiſter, welcher im gegenwärtigen Zeitalter auf dieſem Gebiete gekämpft wird. Rom ſieht die Welt immer mehr ſeiner Herrſchaft ſich entfremden, und fängt an zu begreifen, daß ihm ein wohlgeordnetes Syſtem nationaler, auf ſittlich religiöſem Grunde und einer großen wiſſenſchaftlichen Baſis ruhender

Erziehung viel gefährlicher sei und werden müsse, als die materielle, irreligiöse und entsittlichende Richtung der Nation, welche der Klerus in den ausschließlich katholischen Staaten zu bekämpfen hat, und mit Aberglauben oder mit Unwissenheit zu bekämpfen versucht. Preußen geht von dem Instincte und dem immer mehr erkannten Grundsatze aus, daß seine innere Stärke eben darauf beruhe, daß die Bevölkerung der katholischen Provinzen innerhalb ihrer Kirche und unter der Mitwirkung ihrer Geistlichkeit nach dem System erzogen werde, welches in allen evangelischen Staaten sich als die Frucht der Reformation und als Schutz der erworbenen geistigen Freiheit gebildet und bewährt hat.

Dieses System beruht in seinen großen Hauptzügen darauf:

1) daß das Volk einer Erziehung theilhaftig werde, die es in Stand setze, jeden in seiner Sphäre, seine geistigen Fähigkeiten mit Freiheit auszubilden und seinen religiösen Glauben mit dem sittlichen und vernünftigen Bewußtsein zu verbinden;

2) daß den höheren Ständen die Quellen aller religiösen und geschichtlichen Erkenntniß geöffnet werden, welches nur durch die Erlernung der alten Sprachen und die philologischen Studien möglich ist und wirklich geschieht;

3) daß der katholische Geistliche, ehe er ein Priester wird, als ein gebildeter Mensch und Staatsbürger erzogen werde.

Finden sich bei diesem System irgendwo Uebelstände, so liegen sie nicht in seiner Natur und seinem Wesen, sondern einzig in der mangelhaften und verkehrten Ausführung oder in vorübergehenden Umständen, deren Abhülfe leicht ist, sowie sie erkannt worden sind.

Mit diesem System nun glaubt Rom auf die Länge nicht bestehen zu können. Die unteren Volksklassen sollen nach ihm von der Geistlichkeit allein geleitet werden; die oberen sollen nicht mehr wissen, als die Geistlichkeit für gut befindet, und jedenfalls weniger als sie selbst weiß, und namentlich sollen sie von dem griechischen Neuen Testament, der Philologie und Geschichte abgehalten werden; die Geistlichkeit endlich selbst soll vom Knabenalter an abgesondert werden von der übrigen Nation, und durch frühe ascetische Gewöhnungen und erlernte Formeln in das abgeschlossene und starre Wesen eines Priesterstandes eingeführt werden.

Es ist klar, daß wenige Geschlechter dazu gehören, um zu entscheiden, welches von diesen beiden Systemen die Herrschaft über die Geister und also die Herrschaft über die Welt haben solle: das in Preußen zum Nationalinstitut gewordene evangelische Erziehungsprincip oder das auf Unmündigkeit der Nation und Zurücktreten des Staates hinter der Kirche hinarbeitende System Roms und vorzugsweise der Jesuiten. Der Kampf hat mit der Wiederherstellung dieses Ordens begonnen, ist aber erst in dem letzten Jahrzehnt, vorzüglich durch französische Schriften und Debatten, ein Kampf auf Tod und Leben geworden. Rom und der Jesuitenorden sind in demselben Verhältniß eingreifender und bigoter geworden, als sie unwissender und beschränkter geworden sind. Sie fühlen ihre Schwäche, ohne den wahren Grund derselben zu erkennen; ihr Haß und ihre Angriffe sind ganz vorzugsweise auf Preußen gerichtet, weil hier das ihnen feindliche System als Weltmacht dasteht. Denn seit Frankreich die Vortrefflichkeit und hohe Bedeutung des preußischen Erziehungswesens anerkannt und laut verkündet, richten ganz Europa und selbst die einsichtsvollsten und besten Geister in allen katholischen Staaten ihre Blicke voll Bewunderung und Sehnsucht auf Preußen, nicht anders als vor tausend Jahren die europäische Menschheit auf Rom blickte. Dies ist selbst in Italien schon allgemeines Gefühl geworden und bis in die päpstlichen Provinzen durchgedrungen, worüber merkwürdige Thatsachen vorliegen.

Die Stiftung der bonner Universität war das Aufpflanzen des geistigen Banners im leichtsinnigen und französirten und dabei bigoten und unwissenden Rheinlande wie in Westphalen. Sie setzte den Erzbischof von Köln allerdings in eine eigene Lage. Die benachbarten Bischöfe von Trier und Paderborn haben Seminarien, die gewissermaßen, obwol unvollkommen, zu theologischen Facultäten gestaltet sind, und in denen sich also die gewöhnliche Diöcesangeistlichkeit ausbildet, ohne die Universität besucht zu haben, sodaß sie vom Nationalunterricht nur den der Gymnasien erhält. Der Bischof von Münster hat sogar eine als theologische Universität ausgebildete Facultät neben sich und unter seiner Leitung. Der Erzbischof von Köln allein muß seine Priester sich wissenschaftlich vorbilden lassen von einer Facultät, die, von seinem Sitz entfernt und als Theil einer großen Staatsanstalt organisirt, seiner unmittelbaren Leitung entzogen ist. Sein eigentlicher Zweck ist also, sich dieser neben ihm aufkeimenden Macht zu entledigen; er will Bonn stürzen und seine Geistlichkeit soll unter ihm, im Seminar von Köln, ihre wissenschaftlichen Studien beginnen und vollenden. Ja er geht weiter: auch die katholischen Gymnasien Rheinlands will er stürzen, und die katholische Jugend vom zwölften Jahre an in einem sogenannten petit séminaire erziehen. Verrathen hat er diesen Plan amtlich erst in der neulichen Unterredung mit dem Staatsminister Herrn von Rochow, allein als Wunsch und Ziel hat er diesen Gedanken gewiß von Anfang im Auge gehabt. Er ist das Losungswort der Partei in Belgien, in Frankreich, in Rom und auch schon in Baiern.

Wenn nun diesem Streben und diesem Ansinnen nicht im geringsten nachgegeben werden darf, wenn dagegen vielmehr mit aller Macht und Energie angekämpft werden muß, so ist es offenbar um so wichtiger, sich umzusehen, ob in dem bestehenden und festzuhaltenden, ja immer mehr auszubildenden System sich etwa hier und da im Einzelnen praktische Mängel oder Misstände finden, welche die katholische Bevölkerung drücken oder verletzen möchten. Denn offenbar muß sich der Erzbischof und seine Partei auf diese stützen, um seine Sache als allgemeine Angelegenheit der katholischen Bevölkerung darzustellen und populär zu machen; das System, welches er untergraben will, muß in den Punkten angegriffen werden, wo er das Mitgefühl der Katholiken für sich zu haben glaubt, da wo er nicht hoffen darf, in seinem eigentlichen Grunde mit Erfolg angreifen zu können.

Wenn die Denkschrift also anräth, solchen etwaigen Mängeln und Misständen im Einzelnen abzuhelfen, so will sie dadurch vor Allem Gerechtigkeit anrathen, welche immer die höchste Klugheit ist, dann aber auch gerade das System selbst noch mehr begründen und verstärken, welches der Gegenstand des Kampfes und Hasses von seiten Roms ist. Denn das ist festzuhalten, daß der Erzbischof, hier namentlich, als Organ der ultrarömischkatholischen Partei auftritt. Hinter ihm steht der in der nächsten Nachbarschaft unumschränkt waltende Orden der Jesuiten, welcher bemüht ist, seine Herrschaft auch in Deutschland wieder zu gewinnen, und dabei anerkennt, daß Preußens Erziehungssystem und seine Universitäten und Seminarien der Feind sind, den er bekämpfen oder dem er unterliegen muß. Das „Journal de Liège" und die „Gazette de France" sprechen dies ganz unumwunden aus; auch in Rom setzt man schon Rom und Preußen als die beiden geistigen Gewalten gegenüber.

Erster Abschnitt.
Forderungen und Beschwerden hinsichtlich des National=Erziehungswesens.

1) Die untersten Elementarschulen selbst haben, als verfassungsmäßig unter der Leitung des Pfarrgeistlichen stehend und der unbeschränkten Aufsicht des Bischofs freigegeben, kein Gegenstand der Beschwerden sein können. Die Wahl der Lehrer, aus dem Kreise der hierzu Befähigten, steht den Gemeinden oder dem Bischof zu.

Wohl aber sind ein solcher Gegenstand dem Erzbischof wie Rom

2) die damit zusammenhängenden Schullehrerseminarien gewesen. Der Staat hat diese gegründet, denn er fand so gut wie gar keine vor, und betrachtet sie also als Staatsanstalten; die Lehrer werden von ihm ernannt, jedoch mit Zustimmung des Bischofs. Bei den Prüfungen haben bischöfliche Commissarien die Leitung des Religionsexamens; auch die übrigen Prüfungen geschehen in ihrer Gegenwart. Der Erzbischof behauptet nun zwar, dieser bischöfliche Einfluß, den man gewiß weder ausschließen will noch darf, sei eine ganz leere Förmlichkeit. Die ganze Einrichtung der Bildung der künftigen Schulmeister sei unkirchlich, ja entschieden weltlich und der Religion abgewendet, sodaß daraus nur eine unnütze Vielwisserei und Verbildung des Volkes hervorgehe. Er hat jedoch diesen Vorwurf nicht mit Thatsachen belegt, und somit kann er vorerst wenigstens als ganz beseitigt angesehen werden. Dagegen stellt sich aus seinen Angaben die bestimmte Thatsache heraus, daß das Schullehrerseminar der Diöcese in Brühl ihm beiweitem nicht genug Schulmeister liefert und zwar aus Mangel an Geldmitteln. Da nun nach dem Gesetz die katholischen Schullehrerseminare aber wie die evangelischen sollen behandelt und so gestellt werden, daß sie dem nothwendigen Bedarf der Bevölkerung entsprechen, so scheint dieser Punkt der unverzüglichen Beachtung der Regierung werth zu sein. Ganz abgesehen davon, daß es sich um eine gerechte Forderung des Erzbischofs handelt, ist es im wichtigsten und wohlverstandensten Interesse des Staats, daß die Elementarschulen der katholischen Provinzen immer mehr aufblühen.

3) Da die Bürgerschulen in den wesentlichen Punkten wie die Pfarrschulen auf den Dörfern behandelt werden, so liegt auch hier keine artikulirte Beschwerde vor. Es fehlt nur noch an vielen Orten gar sehr an solchen Anstalten.

4) Anders ist es mit den Gymnasien. Hier ist der versteckte Gedanke, an ihre Stelle bischöfliche Schulen zu setzen, aus denen nachher von selbst die Zöglinge für den geistlichen Stand hervorgehen, sodaß das petit séminaire die Pflanzschule des grand séminaire werde. In dem

früheren Stadium begnügte sich der Erzbischof, darauf aufmerksam zu
machen, daß ihm die mit dem Geschichtsunterricht allenthalben, wo katho=
lische Schüler mit evangelischen auf evangelischen Gymnasien zusammen
sind, getroffene Einrichtung höchst bedenklich und das Gewissen der Katho=
liken beschwerend erscheine. Es handelt sich hier natürlich um den Vortrag
der neueren Geschichte und besonders des 15. und 16. Jahrhunderts.
Leugnen läßt sich nicht, daß in unserer Zeit die Geschichte wie eine zweite
Religion und der Vortrag derselben wie ein zweites Glaubensbekenntniß
angesehen werden kann. Die Vorschrift, es solle sich der Lehrer dabei nur
an die Thatsachen halten, ist durchaus unpraktisch, denn in der Auswahl
und Darstellung der historischen Thatsachen wird seine Ueberzeugung sich
in demselben Maße zeigen, wie er ein guter und lebendiger Lehrer ist.
Die Anstellung eines doppelten Geschichtslehrers würde, abgesehen von den
Kosten, zu bedenklichen Debatten und Reibungen unter den jungen Leuten
führen. Am einfachsten wäre wol die Gleichstellung dieses Zweiges des
Unterrichts mit dem Religionsunterricht; die Minorität kann ihn verlassen
und entbehrt alsdann eines öffentlichen Unterrichtes für diesen Zweig —
nämlich die neuere Geschichte, gerade wie es beim Religionsunterricht der
Fall ist —, es wird ihr aber ein Lehrbuch von ihrer Confession empfoh=
len und danach wird sie im Examen, mit bloßer Rücksicht auf die Haupt=
facten und Daten, geprüft und beurtheilt.

Was nun ferner insbesondere die Ausstellungen des Erzbischofs gegen
das evangelische Friedrich=Wilhelms=Gymnasium in Köln betrifft, so ist
ihm durchaus nicht nachzugeben, daß daraus ein gemischtes werden müsse.
Dies wäre gegen den Sinn der königlichen Stiftung und gegen die weise
Maxime, die gemischten Gymnasien überhaupt ganz verschwinden zu lassen,
wie denn jetzt wirklich nur zwei derselben, also mit gemischtem Lehrerper=
sonal, bestehen, eins der Stiftung nach in Essen und ein 1815 dazu
erklärtes in Düsseldorf; das erstere möchte unbedenklich fortbestehen können,
aber die baldige Spaltung des letzteren in zwei, ein evangelisches und ein
katholisches, wäre bei der Stimmung der Bewohner und namentlich des
katholischen Landadels, der bisjetzt um jenes Umstandes willen die Kinder
möglichst der öffentlichen Erziehung entzieht (was wieder nicht gut ist)
höchst wünschenswerth. Sollte sich also durch weiter motivirte Beschwerden
des Erzbischofs oder der Stände, oder durch eigene Bewegung der Regie=
rung die Nothwendigkeit eines zweiten katholischen Gymnasiums in Köln
herausstellen und die Stadt kein städtisches zu errichten und zu unterhalten
im Stande sein, so wäre eher noch ein solches vom Staat zu stiften. Die
Zahl der katholischen Gymnasiasten in Köln war 1836 450 (die der
evangelischen 75 bis 80), allerdings eine große Zahl für Ein Gymnasium;
auch hatte Köln wirklich sonst zwei katholische Gymnasien.

So weit die Beleuchtung der Beschwerden des Erzbischofs hinsichtlich
des allgemeinen Unterrichtes. Von anderen Seiten ist aber vielfach auch
in vielgelesenen Druckschriften der Mißstand beschwerend bemerkt worden,
daß die Provinzialschulsachen bisweilen von einem evangelischen Schulrath
behandelt werden. Dies ist jetzt in Münster der Fall. Die Festhaltung
der allgemeinen Ordnung, daß für die katholischen Schul= und Kirchen=
sachen ein katholischer Rath ernannt wird, wäre gewiß billig und zweckmäßig.

Zweiter Abschnitt.

Beschwerden und Forderungen hinsichtlich der Bildung der katholischen Geistlichkeit.

Es ist schon oben bemerkt worden, daß die Stellung des Erzbischofs hier eine ganz eigenthümliche sei. Als daher die Allerhöchste Cabinetsordre vom 13. April 1825 ausgesprochen hatte:

es solle dem Erzbischof von Köln in Beziehung auf Bonn wesent= lich dieselbe Stellung gegeben werden, welche dem Bischof von Breslau in Beziehung auf die breslauer Facultät durch die Verordnungen von 1776 und 1800 bewilligt sei,

so blieb offenbar nur der einzige Punkt für gütliches Abkommen übrig: wie dieser Grundsatz auf das Convict angewandt werden könne?

Das breslauer Convict steht nämlich unmittelbar unter der Leitung des Fürstbischofs, als Theil des Seminars; das in Bonn mußte, bei der Ent= fernung vom erzbischöflichen Sitz, eine etwas unabhängigere Stellung er= halten, und doch mußte dabei das Recht des Erzbischofs um so mehr ge= wahrt werden, als die desfallsige Allerhöchste Cabinetsordre ausdrücklich sagt:

das Convictorium in Bonn solle als ein integrirender Theil des erzbischöflichen Seminars dotirt werden.

Durch die vermittelnde Bereitwilligkeit und den praktischen Verstand des verstorbenen Erzbischofs kam es im Jahre 1830 zu einer Uebereinkunft und einer Ordnung hinsichtlich des Verhältnisses des jedesmaligen Inspec= tors des Convicts zu dem Regierungsbevollmächtigten einerseits und dem Erzbischof andererseits. Dieses Abkommen hat sich nun zehn Jahre bewährt, und es liegt in den Acten keine Klage des verstorbenen Erzbischofs da= gegen vor.

Sein Nachfolger hat aber sich auch · gar nicht darauf eingelassen, die eine oder andere Bestimmung anzugreifen, sondern nur im Allgemeinen von dem Präses oder Inspector, Professor Achterfeldt, verlangt, er müsse als Priester ihm, dem Bischof, auch als Präses Gehorsam leisten. So= bald die Hermes'sche Streitigkeit erledigt oder wenigstens wieder in das gesetzliche Gleis gebracht sein wird, ist zu erwarten, daß der Erzbischof mit seinen Klagen bestimmter hervortritt. Es ist alsdann aber vor Allem darauf zu sehen, daß er vorher die bestehende Anordnung anerkennt, als auch für ihn gültig, solange sie höheren Ortes nicht abgeändert ist, ebenso wie er die Facultät und ihr unbestreitbares Recht, akademische Würden zu ertheilen, anerkennen muß. Ueber diesen Punkt darf durchaus nicht nachgegeben werden. Ist er aber hierauf eingegangen, so wird man ihn über das Einzelne anhören können. Es scheint jedoch nicht, daß er irgend= eine gegründete Beschwerde dagegen werde vorbringen können. Denn das Abkommen hat in manchen Punkten sehr weise für die Praxis eine gewisse Unbestimmtheit gelassen. So ist die Einrichtung des Gottesdienstes im Convict vorläufig dem Präses überlassen, auf eine sehr schöne und weise Bemerkung des verstorbenen Erzbischofs. Um ferner jedes Gehässige der gewählten Form zu entfernen, wonach im Allgemeinen der amtliche Brief= wechsel des Inspectors nur durch den Regierungsbevollmächtigten geht, welcher jedoch alle Mittheilungen dem Erzbischof nebst seinen Bemerkungen,

Vorschlägen oder Fragen zufertigt, so ist beliebt worden, daß alle die Convictualen betreffenden Personalia, welche deren inneren religiösen und sittlichen Zustand betreffen, ungehindert zwischen dem Präses und dem Erzbischof können verhandelt werden. Offenbar läßt die Ausführung hier eine gewisse Verschiedenheit zu, aber der königliche Regierungsbevollmächtigte würde gewiß Alles, was sich innerhalb der gesetzlichen Grenzen bewegt, mit der Zartheit und Weisheit behandeln, die der Gegenstand erfordert. Welches Interesse könnte auch er oder die Regierung haben, sich in dergleichen Sachen mischen zu wollen?

Es kann also wol mit Gewißheit gesagt werden, daß jenes Ueber=einkommen weder vom Erzbischof noch von Rom mit guten Gründen, als dem katholischen Interesse und der Allerhöchsten Cabinetsordre zuwiderlau=fend, könne angefochten werden. Der einzige darin übersehene Punkt ist die Entlassung der Repetenten, wobei natürlich Regierung und Erzbischof concurriren müssen. Der Erzbischof hat aber gewiß kein Recht, vorauszu=setzen, die Regierung werde hier nicht jeden billigen Vorschlag seiner Seite genehmigen.

Um jedoch den scheinbaren Misstand gründlich zu entfernen, daß der Erzbischof hinsichtlich seines Seminars beschränkter sei als seine Suffra=gane in Trier und Paderborn, so wäre es im allerentschiedensten und höchsten Interesse des Staates, die ausgezeichneteren und gebildeteren Studirenden dieser beiden Diöcesen möglichst zum Besuch der bonner Universität heranzu=ziehen. Warum sollte man nicht Dechantenstellen und Kapitelpfründen an akademische Studien binden? Die Gründung von 25—30 Freistellen im Convict für jene Diöcesen wäre eine große und von hoher Staatsweisheit eingegebene Maßregel, namentlich wegen des schlechten Zustandes und Gei=stes des trierschen Klerus.

Mit diesen Erörterungen und Bemerkungen glaubt die Denkschrift die ihr gestellte Aufgabe nach Kräften gelöst zu haben.

IV.

Denkschrift über die Stimmung der Rheinprovinz und der benachbarten Katholiken in Beziehung auf den Erzbischof von Köln

aus dem November 1837.

(Zu S. 480.)

Wenn man einer gewissen Partei Glauben beimessen wollte, so wäre die Ruhe der Rheinprovinz an die Stellung des jetzigen Erzbischofs ge=knüpft. Diese Provinz wäre nach ihrer Behauptung durch die Besorgnisse der treuen Katholiken für ihren Glauben und durch die Umtriebe ihrer auf=rührerischen Glaubensgenossen (Beides nach jener Partei Folgen von Fehlern und Misgriffen der Regierung und ihrer Beamten) in einer solchen Lage, daß man einer Revolution wie der belgischen vielleicht in nicht gar zu ferner Zukunft entgegenzusehen hätte. Ein Hirtenbrief des Erzbischofs, welchen derselbe wol nicht verweigern würde, wenn man ihm seinen Willen thut, wäre „das geeignetste Mittel", das Land zu beruhigen und den hinterlistigen Einflüsterungen Belgiens entgegenzuarbeiten. Es bedarf also kaum einer ausdrücklichen Bemerkung, daß diese Partei in einem ernsten Verfahren gegen jenen anmaßenden Prälaten einen ganz verderblichen Weg und in seiner Suspension die Veranlassung wenigstens einer sehr gefährlichen Gärung im Lande sehen oder wenigstens dies glauben zu machen versuchen wird.

Dieser Ansicht ist unbedenklich als Antwort auf die Frage, „wie wird des Erzbischofs Treiben im Rheinlande angesehen?" eine entgegengesetzte gegenüberzustellen, welche sich in folgenden zwei Sätzen zusammenfassen läßt:

1) Die Fortdauer des bisherigen Verfahrens des Erzbischofs würde durch ihren verderblichen Einfluß auf die Bildung der Geistlichkeit und allmähliche Verwirrung des Landvolkes die Macht der Regierung und ihr moralisches Ansehen untergraben und einen großen Theil der Bevölkerung mit der Zeit zur belgischen Priesterrevolution reif machen.

2) Von jener Partei ist jetzt nichts Ernstliches zu befürchten und vor Allem kein Rath anzunehmen.

Den Beweis dieser Behauptung liefert die Wirklichkeit, wie sie sich in der Geschichte, namentlich in der unserer Tage und bei unbefangener beobachtender Gegenwart an Ort und Stelle abspiegelt.

Es ist vorerst ebenso falsch, daß die Rheinländer wie die Belgier seien, als es sein würde zu sagen, die preußische Regierung sei wie die holländische. Alle auf diese Parallelen gebauten Behauptungen sind grundlos. Die Stimmung der einzelnen Elemente der Bevölkerung läßt sich folgendermaßen darstellen:

I. Es versteht sich von selbst, daß die Beamtenwelt und die evangelische Bevölkerung jener Provinz den größten Unwillen über das Betragen des Erzbischofs empfindet. Er ist gegen die Ersten grob, gegen die Anderen unfreundlich: überhaupt scheint Beiden die Rücksichtslosigkeit, welche er gegen die Regierung zeigt, ohne eine baldige strenge Zurechtweisung mit Ansehen und Bestehen der königlichen Macht unvereinbar. Die Evangelischen aber haben bereits die größere Hälfte des beweglichen Vermögens und einen bedeutenden Theil des großen Grundeigenthumes durch die ihnen eigene Betriebsamkeit und Ordnung in ihren Händen: ihre Ansicht ist von Gewicht und wird es immer mehr.

II. Die große Masse der katholischen Bevölkerung selbst verlangt allerdings für sich Parität und deren Folgen; sie ist durch die angebliche Bevorzugung der Evangelischen bei Aemtern, Auszeichnungen und bei Unterstützung von Schulen und Geistlichen tief verletzt; sie ist endlich auch hier und da von einer Furcht vor dem Proselytismus der Regierung angesteckt, die auf die hämischeste Weise von außen genährt wird. Allein sie ist keineswegs pfäffisch gesinnt, d. h. sie hat nicht den Wunsch, daß die Geistlichkeit das Land beherrsche.

III. Dazu kommt aber, daß der bei weitem größte und einflußreichste Theil der katholischen Geistlichkeit selbst mit dem Erzbischof verfeindet ist, und nichts sehnlicher wünscht, als daß sein persönlicher Einfluß möglichst beschränkt werde.   Nicht allein ist Domkapitel und Facultät gegen den Erzbischof aufgebracht, beide mit einer Ausnahme, und die Lehrer seines eigenen Seminars ohne alle Ausnahmen, sondern der bei weitem größte Theil der übrigen Geistlichkeit ist empört durch das vom Erzbischof aus= gehende Verschreien der bisherigen Bildung der Geistlichen, welche sein Vor= fahr umgekehrt aus einer unglaublichen Erniedrigung sittlich und geistig gehoben. Sie ist außerdem durch sein allem Wissenschaftlichen feindliches und dabei abstoßendes Wesen ihm abgewandt.   Diese entschiedene Abneigung hat als allgemeinste Begründung die unleugbare Thatsache, daß durch Hermes bei weitem die meisten rechtgläubigen und praktisch frommen Pfarrer von Rheinland und Westfalen gebildet sind, die sich nun, als Unwissenden und Irrgläubigen, die belgischen von den Jesuiten gebildeten oder geleiteten Fa= natiker als Muster vorgestellt sehen.   Denn es ist dort allgemein gefühlt, daß hinter der Strenge und dem Eifer gegen die sogenannten Hermesianer die belgischen, österreichischen und italienischen Jesuiten stehen, die auf den Trümmern der ihnen an wirklicher Gelehrsamkeit nicht allein, sondern auch an aufgeklärter Frömmigkeit überlegenen deutsch=katholischen Schulen ihre Lehre und des Papstes Macht erheben wollen.   Dieser Gegensatz zwischen gründlicher und bildsamer katholisch=deutscher Wissenschaft und Frömmigkeit auf der einen und dem hohlen Formelwesen und dem unlauteren Treiben der Jesuiten auf der anderen Seite ist so klar hervorgetreten, daß darin die Schüler von Hermes und ihre philosophischen Gegner, wie Möhler, Klee, Kalkar, ja selbst die österreichischen Theologen übereinstimmen.   Sie wissen, daß allmählich sie alle an die Reihe kommen müssen, da die Jesuiten keine Nebenbuhler und keine deutsche Nationalität dulden.   An diese zahl= reiche und mächtige Partei der Geistlichkeit schließt sich daher die ungeheure Mehrzahl der Katholiken aller politischen Farben an.   Sie Alle würden eine katholische Regierung, die jenes jesuitische Treiben förderte, hassen, eine evangelische, die es wissentlich oder unwissentlich thäte, noch mehr verachten.

Nach Feststellung dieses thatsächlichen Bestandes wird es leicht sein, gewisse Principien und Phrasen zu beurtheilen, die hier und da über die gegenwärtigen katholischen Angelegenheiten, namentlich von Convertiten, zum Theil von sehr achtbaren Männern, sich vernehmen lassen.

„Die wahren Freunde der preußischen Regierung", sagen sie, „sind die gläubigen Katholiken."   Ohne Zweifel sind religiöse Gesinnung und Sitte der festeste Schutz der Throne; allein jene Partei versteht unter gläubigen Katholiken eingeständlich Niemand als die Ultramontanischgesinnten, welche die übertriebensten, in Deutschland nie anerkannten Begriffe von der Ge= walt des Papstes, von der Hierarchie und von dem in ihr concentrirten geistlichen Reiche haben.   Dieser geistliche Staat wird von der Partei als ein solcher neben den Staat selbst gestellt, und wenn sich Beide in Conflict befinden, ist der praktische Unterschied unter ihren Mitgliedern nur der, daß die einen offen die Revolution predigen und die anderen sie zu ihrem Vor= theile geschehen lassen und nachher Gott dafür danken.

„Die nicht zu diesen gläubigen Katholiken gehören", fährt die Partei fort, „sind nicht allein Ungläubige, seichte Aufklärer, sondern auch Revo= lutionäre: die Regierung muß sich daher mit den Gläubigen gegen diese

Menschen verbinden. Allerdings ist die Macht der Gegenpartei sehr groß; allein der Papst ist ja immer da, um seine Schafe, an deren Ergebenheit die Ruhe des Landes hängt, zur Aufrechthaltung der gesetzlichen Ordnung in Preußen zu ermahnen, an der ihm gelegen sein muß." Mag man in solchen Redensarten bald mehr die Naivetät einer unpraktischen Schwär= merei, bald die Verwirrung des Gewissens durch falsche Theorien, bald endlich die Unverschämtheit einer fanatischen Papisterei erkennen, gewiß verdient keine Partei weniger Gehör in Preußen als diese. Sie hat einer vernünftigen Regierung gegenüber so wenig Gewicht im Lande als Recht. Allerdings zählt sie einige rechtliche, angesehene, ja ausgezeichnete Familien und Männer in ihren Reihen, allein sie hat durchaus keine Wurzel im Volke. Dabei ist sie ungelehrt und historisch blind. Denn sie kennt und begreift nichts von dem Wesen des deutschen Katholicismus, wie er sich historisch gebildet und in Männern wie Fürstenberg, Sailer, Hommer und Anderen ausgesprochen hat. Ihr System selbst aber findet seine Widerlegung so offenbar in den großen Weltbegebenheiten, die vor Aller Augen liegen, daß es sich kaum irgendwo unverdeckt und öffentlich in Deutschland zeigen darf. Wer hat die belgische Revolution gemacht? wer sich darüber gefreut? wie sieht's mit den Ländern und Völkern aus, welche die Seligkeit des „gläubigen" Katholicismus genossen haben? Die evangelischen Regierungen müßten die größten Fehler begehen, wenn die katholische Bevölkerung Deutschlands ihr Heil bei dieser Partei suchen und sie nicht umgekehrt mehr als alles Andere fürchten und bekämpfen sollte.

V.

Berichte über die Conferenzen Bunsen's mit dem Fürsten Metternich,

Wien, 9. bis 11. December 1837.

(Zu S. 496.)

(Aus dem Bericht vom 10. December.)

... Der Fürst hatte sich offenbar schon zu weit und zu scharf über die Maßregel der preußischen Regierung ausgesprochen und eine zu leiden= schaftliche Stellung genommen, als daß ich eine unbefangene Würdigung des Gegenstandes und seiner ganzen Stellung zu demselben hätte erwarten dürfen. Der unglaublich unschickliche und nicht zu rechtfertigende Artikel des „Oesterreichischen Beobachters" würde genügen, hierüber jede Illusion zu zerstören.

Dies war das erste Element, das sich dem Gelingen des Haupt= zweckes meiner Unterredung mit dem Fürsten entgegenstellte. Der Fürst sollte vermocht werden, dem römischen Hof gegenüber eine starke Sprache zu führen, und demselben das Recht des Königs gegen den Erzbischof und die Nothwendigkeit, sich aller leidenschaftlichen Schritte zu enthalten, aufs Eindringlichste und mit der ganzen Gewalt des österreichischen Einflusses klar zu machen. Statt dessen hatte der Fürst mit der ganzen jesuitischen Partei, welche den Hof beherrscht, sich öffentlich gegen die Maßregel aus= gesprochen und das, ohne sie zu kennen, ohne sie kennen lernen zu wollen. Ja es leidet nicht den geringsten Zweifel, daß der Fürst dem römischen Hof diese Gesinnung bereits durch Graf Lützow zu erkennen gegeben habe. Der Fürst selbst hat es mir nicht verhehlt, daß dies geschehen.

Allein dies war nicht die einzige Schwierigkeit. Der Fürst hatte im Hintergrund der ganzen Angelegenheit eine große Verlegenheit der königs= lichen Regierung und für sich die Ehre und das Verdienst eines durch Ver= mittelung vom Abgrund rettenden Freundes gesehen. Diese Ansicht mußte sehr stark bei ihm sein, da er sonst wol nicht so offen und unvorsichtig erklärt haben würde, er könne zu seinem großen Bedauern jetzt nicht hel= fen, sondern ziehe seine Hand vorerst zurück. Statt dessen wurde gerade von ihm erwartet, daß er das Unpassende einer Vermittelung bei einer Frage um Aufrechthaltung der Souveränetätsrechte eines Fürsten und eines evangelischen Fürsten gegen hierarchische Anmaßungen von selbst fühlen, dagegen die Nothwendigkeit erkennen sollte, die Kirchengewalt zu warnen.

Indem ich also den Zweck meiner Mission ins Auge faßte, mußte mir sogleich klar werden, daß ich ihn nur durch Enttäuschung des Fürsten und durch Enthalten von jedem Nachsuchen um freundschaftliche Einwir= kung, vielmehr durch sehr bestimmtes Auftreten erreichen könnte, wenn er überhaupt noch zu erreichen stand.

Mit dieser Ansicht begab ich mich gegen 9 Uhr mit dem Herrn Gra= fen Maltzan zum Fürsten Staatskanzler. Er führte mich bald in sein Cabinet, und ich ergriff den ersten Augenblick, ihm zu erklären, der Zweck meiner Reise nach Wien auf dem Wege nach Rom sei kein anderer, als dem Fürsten Gelegenheit zu geben, sich über die kölnische Angelegenheit, mit der ich vorzugsweise vertraut sei, jetzt mir die Acten vorliegen, gegen mich auszusprechen. Nun begann der Fürst eine mehr als zwei Stunden lange Rede, die mir höchst merkwürdig schien. Statt nämlich mich zu fragen, wie der königliche Hof denn eigentlich die Stellung zu Rom an= sehe und welches die Absichten der allerhöchsten Regierung seien in Bezie= hung auf den Erzbischof und das Erzstift, ging er von folgenden Haupt= punkten aus:

1) Die Begebenheit sei sehr bedauerlich, sei es, daß man habe an= ders handeln können oder nicht.

2) Er müsse sich jetzt, so gern er sonst dem Könige seine Vermitte= lung anböte, aller Rathschläge und Schritte enthalten; der Kampf zwischen der Staatsgewalt und der Kirche sei einmal begonnen, die Folgen seien unberechenbar; er habe immer erfahren, daß bei so extremen Lagen man dem Freunde erst helfen könne, wenn sich die Verhältnisse entwickelt hät= ten. Die Unterhandlungen mit Rom würden sehr stürmisch, sehr ge= spannt, sehr bedenklich werden, ich würde nun zu sehen haben, was zu thun sei, er erwarte vorerst die Erklärungen des römischen Hofes und werde sich dann sein System bilden.

Die Stellung Preußens im Inland sei sehr gefährdet, da natürlich die katholische Bevölkerung sich im Erzbischof angegriffen sehe, die Partei der belgischen Revolutionäre aber sowie der fanatischen Priester wie Lammennais alle ihre Macht gegen Preußen richten werde, um ihm die Rheinprovinz zu entreißen.

· Ich hielt es für das Weiseste, den Fürsten diese Ideen, die er mit großer Beredsamkeit, Ausführlichkeit und Gefühl seines persönlichen Einflusses entwickelte, ganz nach seinem Belieben aussprechen zu lassen, nur hier und da eine kleine Bemerkung hinwerfend, ohne ihn zu unterbrechen. Dies waren kleine Winke, daß er sich in ganz grundlosen Voraussetzungen bewege; er faßte aber keinen derselben auf.

Nun aber fing ich an, dem Fürsten zuvörderst mein Erstaunen auszudrücken, daß der römische Hof, dem er sein Interesse durch die Empfehlung von Monsignore Capaccini bei der königlichen Majestät so sehr bethätigt, ihn ganz im Dunkeln über diese Angelegenheit gelassen. Denn seit dem Monat Mai sei der römische Hof auf strenge Maßregeln gegen das ungesetzliche Verfahren des Erzbischofs vorbereitet, seit Mitte August aber von dem unabänderlichen Willen der Regierung unterrichtet worden, dasselbe nicht über einen gewissen Punkt hinaus zu dulden, dann im September von der nahe bevorstehenden Ausführung der von des Königs Majestät selbst jenem Prälaten angedeuteten Maßregel in Kenntniß gesetzt worden, so jedoch, daß ihm volle Zeit zu besänftigenden Mitteln bliebe. Der Fürst erwiderte, seine letzte Nachricht sei die der Zurückberufung von Monsignore Capaccini nach einer erfolgreichen Besprechung mit dem Erzbischof gewesen.

Meine zweite Bemerkung ging nun dahin, daß ich mir die Frage erlauben müsse, ob Seine Durchlaucht irgendetwas gegen die in den Bekanntmachungen vom 15. November und in der Staatsschrift entwickelte Darlegung des königlichen Rechts einzuwenden gefunden habe.

Der Fürst wollte offenbar hier entschlüpfen. Er könne sich gar nicht auf religiöse und dogmatische, ja auf kanonistische Discussion einlassen. Dergleichen (antwortete ich) enthalte weder die Denkschrift, noch das Publicandum, noch das Schreiben des Staatsministers Freiherrn von Altenstein, alles bewege sich darin auf dem publicistischen und politischen Gebiete, auf welchem gewiß Niemand competenterer Richter sei als Seine Durchlaucht.

Der Fürst, da er sah, er müsse etwas sagen, äußerte hier wiederum: Allerdings wolle er mir nicht leugnen, das Schreiben des Herrn Staatsministers Freiherrn von Altenstein enthalte einiges kaum Haltbare. — „Und welches?" — „Vorzüglich der Ausdruck, der König entlasse den Erzbischof; wie kann der König einen katholischen Erzbischof entlassen?" — „Ich gehe viel weiter", fiel ich ihm ein, „ich glaube, die weltliche Macht hat nicht einmal das Recht, einen katholischen Erzbischof zu suspendiren" (womit übrigens vor wenigen Jahren die österreichische Regierung den Bischof von Leitmeritz bedroht hatte, weil er die von der Regierung vorgeschriebenen Lehrbücher nicht acceptiren wollte). — „Sie geben mir also recht in meiner Bemerkung?" — „Gewiß", erwiderte ich, „nur daß sie weder jenes Schreiben noch irgendein anderes Actenstück der Regierung trifft; denn das steht in keinem, konnte auch darin nicht stehen; es wäre auch ein gar arger Fehler gewesen." — Der Fürst sagte empfindlich: er habe es selbst gelesen. —

„Ohne Zweifel", entgegnete ich, „in Zeitungsblättern, aber nur in keinem Document der preußischen Regierung." — „Ich glaube nicht, Hallucinationen mich hinzugeben", rief der Fürst sehr empfindlich aus, „ich sage Ihnen, daß ich es gelesen." — Ich bat wiederholt um Verzeihung und forderte ihn auf, es mir zu zeigen. Er versprach es für die nächste Unterredung, war aber offenbar sehr unruhig darüber, sich wahrscheinlich eine große Blöße gegeben zu haben.

Es war bedeutend über Mitternacht, ich bat also den Fürsten, mir nur zwei Minuten zu gönnen, um Seiner Durchlaucht kurz anzudeuten, wie des Königs Majestät die Sache ansehe. Mit dem bestimmtesten Ton erklärte ich ihm also ganz kurz folgende drei Punkte:

1) Seine Majestät der König habe mit dem Erzbischof nach seinem letzten Benehmen vollends für immer gebrochen; der Erzbischof würde den kölner Dom nie wiedersehen, und wenn er hundert Jahre alt würde. Dieser Punkt sei also ganz beseitigt. Der Fürst schwieg. Ich wußte, daß man in Wien vorher gesagt, der Erzbischof werde bald mit klingendem Spiel wieder in Köln einziehen.

2) Seine Majestät der König wolle durchaus keine Vermittelung, weder mit dem Erzbischof, noch mit Rom; es handle sich um die Majestäts= rechte, wobei keine Transaction, also keine Mediation möglich sei. Könnte Seine Majestät eine solche zulassen, so würde ohne Zweifel Seine Durch= laucht das geeignetste Organ gewesen sein.

Dies machte den Fürsten bestürzt. „Ich habe auch eigentlich nicht von Vermittelung reden wollen" — er hatte aber nie ein anderes Wort ge= braucht, jenes sehr oft wiederholt — „sondern ein Dazwischentreten, Ver= söhnen, Wasser ins Feuer gießen." — „Dazu aber, glaubt Seine Majestät", fuhr ich fort, „allerdings, werde Euer Durchlaucht die beste Veranlassung haben, wenn Hochdieselben, durchdrungen von dem Recht des Königs und (wovon ich morgen mir die Ehre ausbitte das Weitere sagen zu dürfen) von der Gefahr der Zukunft für die ganze katholische Kirche bei leidenschaft= lichem Auftreten Roms, diese Ueberzeugung dem römischen Hof recht bald und recht eindringlich auszusprechen sich geneigt fühlen wollten."

3) „Jedoch", fuhr ich fort, „muß ich erklären, daß Seine Majestät dem Obigen gemäß auch keine Vermittelung Roms zwischen Allerhöchstdemselben und dem Erzbischof annehmen wolle und könne, und daß Rom, wenn es sich beleidigende Schritte gegen die Majestät des Thrones erlauben sollte, das freundschaftliche Verhalten aufs Spiel setzte. Betrage sich Rom vernünftig, so werde die königliche Regierung ihm mit den billigsten Ge= sinnungen entgegenkommen."

Ich glaube, daß es mir gelang, mit diesen Worten den Eindruck her= vorzubringen, den ich bezweckte. Der Fürst sah plötzlich, daß er sich ver= rechnet und gewissermaßen bloßgestellt hatte. Er begnügte sich zu sagen, er fühle das größte Verlangen, sich mit mir näher zu besprechen (was vorher nicht der Fall zu sein schien), und schlug eine Conferenz zu heute Nachmittag nach dem Mittagsessen vor, zu dem er mir die Ehre erzeigte mich einzuladen. So weit kann also meine heutige Berichterstattung gehen. Wie der Ausgang sein wird, weiß ich nicht, allein davon bin ich über=

zeugt, daß ich den einzig richtigen Weg eingeschlagen und daß das Gesagte einigen Erfolg haben werde.

(Aus dem Bericht vom 11. December.)

Indem ich die Feder ergreife, um über die zweite Conferenz mit dem Fürsten Metternich Bericht abzustatten, werde ich mir so sehr des kaum glaublichen Unterschiedes bewußt, der zwischen beiden Unterredungen statt-findet, und also auch aus den beiden entsprechenden Berichten hervorspring-en muß, daß ich mich selbst fragen möchte, ob ich wirklich Beides mit demselben Staatsmann erlebt habe. Jedenfalls freut es mich, den treuen Bericht über die erste Conferenz vor der zweiten niedergeschrieben zu haben, damit die Genauigkeit der Züge mir selbst nicht zweifelhaft werden kann.

Der Fürst begann die Conferenz mit dem Eingeständniß, sein Vor-wurf gegen das Schreiben des Freiherrn von Altenstein beruhe auf einer Irrung. Jener unglaubliche Ausdruck stand nämlich in — der „Frank-furter Ober-Post-Amts-Zeitung" unter dem Artikel Köln; es war die erste Kunde gewesen und sogleich in ihrer Unrichtigkeit als authentisch auf- und angenommen. Ich bemerkte blos, sehr ruhig, aber doch etwas beschwerend, es wäre doch auch eine so große Unbesonnenheit, ein so großer Leichtsinn gewesen, wenn die königliche Regierung so gesprochen hätte, daß man die Staatsminister des Königs eines solchen Fehlers gar nicht für fähig halten könnte. Diesen Vorwurf schien mir die Ehre zu fordern; übrigens ließ ich die Sache sogleich fallen.

Nun ging der Fürst zu der Sache über; er hatte jetzt die Staats-schrift gelesen und durchgesprochen. Sein ganzer Vortrag war so glänzend, daß ich den Meister im Fach nun zum ersten mal erkannte, ich möchte auch sagen, so blendend, so kunstvoll, daß ich mich freuen mußte, meinen Grund und Boden zu kennen, um ihn nicht zu verlieren.

Der Fürst begann mit der Hermesischen Angelegenheit. „Darin", sagte er, „muß ich der königlichen Regierung ganz recht geben und dem Erzbischof unrecht. Die von ihm gethanen Schritte waren unzulässig: er hat es aber auch selbst eingestanden." — „Aber", fiel ich ein, „zuletzt wieder geleugnet, daß er es gethan." — „Allerdings." Der Fürst ließ nun merken, daß er zu wissen wünsche, ob die königliche Regierung die damals gemachte Verabredung festzuhalten gesonnen sei. „Die Verabredung wäre", sagte er, „doch zur Ausführung gekommen, wenn der Erzbischof hätte im Amte bleiben können?" — „Ohne allen Zweifel", erwiderte ich. „Ja, es wird nur die Schuld von Rom sein, wenn sie es nicht jetzt noch wird: es kann keiner Regierung weniger als einer evangelischen einfallen, katholische Lehrer gegen die Entscheidung ihres Kirchenoberhauptes aufrecht zu erhalten." — „Dieselben Worte hat mir der König in Teplitz gesagt", sagte er. — „Und danach ist gehandelt und wird gehandelt werden", setzte ich hinzu. Der Fürst ließ mich nun merken, daß er an meiner Befugniß zweifle, ein Wort hierüber mitzureden. „Hier ist meine Legitimation dazu", sagte ich, „indem ich die Allerhöchste Cabinetsordre an mich vorlegte. — „Nun", sagte er, „nach sehr bedächtiger Durchlesung, „das ist vortrefflich, so muß es sein, nun haben Sie die richtige Stellung: Sie konnten, Sie durften die schwere

Mission nicht anders übernehmen: so mußte der König die Sache entscheiden, wenn sie gut gehen sollte. Gerade so hätte ich es gemacht. Ich bin nun ganz beruhigt, denn ich sehe, daß Einheit in dieser unermeßlich schwierigen Angelegenheit sein wird." — „Wie sie", fiel ich ein, „auch in dem bisherigen Geschäftsgange stattgefunden." — „Es bedarf keines Wortes mehr", sagte der Fürst: „wir legen diese Angelegenheit beiseite, sie ist abgemacht, ich bin ganz einverstanden." „Nun", begann der Fürst eine der beredtesten und geistreichsten Ausführungen, die ich jemals gehört, „kommen wir zu den gemischten Ehen. Ich will Ihnen beweisen, daß die Frage theologisch sowol als administrativ durch allgemeine Gesetze nicht zu lösen ist." Ich erklärte mich im voraus einverstanden. „Oesterreich und Preußen", sagte er, „stehen hier auf demselben Felde; ihre Gesetzgebung, die eine christliche ist, steht hier im Nachtheil gegen die loi athée von Frankreich: diese bekümmert sich gar nicht um die Religion, jene ist darauf basirt, und hat doch verschiedene anerkannte Bekenntnisse zu befriedigen, also auch vielleicht zu bekämpfen." Nun folgten sehr geistreiche Abschweifungen, worin der Fürst diesen Vortheil der französischen Gesetzgebung hinsichtlich der Ehesachen mit dem Vortheil eines hölzernen Beines verglich, welches keine Kanonenschüsse und keinen Schmerz zu fürchten habe.

„Lassen Sie mich offen reden", fuhr er dann fort; „das preußische Gesetz ist nicht allein gut und weise, nein, es ist das beste, das einzig weise. Der Vorschlag einer Spaltung bei der Kindererziehung ist tyrannisch und gottlos." Ich drückte meine große Freude aus, den Fürsten so reden zu hören, und machte nur leise bemerklich, daß die österreichische bürgerliche Gesetzgebung also im Nachtheil stehe.

„Hiervon ausgehend", sagte er, „habe ich nur drei Schwierigkeiten, die Sie mir lösen müssen. Die erste Schwierigkeit ist die Instruction von 1834. Mir, dem unbefangenen, unparteiischen Beobachter, drängt sich eine große Verschiedenheit auf zwischen ihr und dem Breve. Können Sie das leugnen?"

„Ich kann", antwortete ich, „nur Eine große Verschiedenheit anerkennen, daß nämlich die Instruction die Trauung gemischter Ehen an sich als zulässig annimmt, das Breve aber gar nicht davon redet, ja offenbar sie ausschließt. Allein hierin ist selbst der Erzbischof von Droste auf unserer Seite; daß in einigen Fällen getraut werden müsse, obwol Rom dies in keinem Falle zugesteht und nie ausdrücklich zugeben kann, hat er mir selbst erklärt. Die Frage ist also nur zwischen ihm und der Regierung in diesem Punkte folgende: wird die Norm, wonach die Trauung zugelassen oder verweigert werden soll, darin zu suchen sein, daß ein Versprechen gegeben oder nicht geleistet ist? Ich behaupte, dies sagt das Breve nicht, ja, es sagt, genau angesehen, offenbar stillschweigend das Gegentheil." Dies führte ich nun aus, wie es in der Staatsschrift steht. „Rom", sagte ich dann, „kann sich nicht hierüber positiv aussprechen: niemand verlangt es." — „Sehen Sie", sagte der Fürst, „darin liegt der Fehler, es hätten alle diese Sachen gar nicht bekannt werden sollen." — „Gewiß nicht", erwiderte ich, „die Bekanntmachung der Documente über diesen Punkt ist schon eine große Verlegenheit für den römischen Hof: allein er hat sich selbst in dieselbe gesetzt, seine Blätter haben sie zuerst bekannt gemacht, zum Theil

entstellt. Doch soll es noch jetzt von ihm abhängen, ob die Veröffent=
lichung stattfinden werde oder nicht." Und nun wollte ich auf den praktischen
Hauptpunkt kommen, nämlich die Nothwendigkeit für die Ruhe Deutschlands
und der ganzen katholischen Kirche, daß der österreichische Hof den Papst
abmahne von übereilten Schritten: allein der Fürst bemerkte, solche seien
wol nicht zu befürchten; er kenne seine Leute. „So viel glauben Sie
mir", schloß er, „ich werde Ihnen die Sache in Rom nicht verderben.
Uebrigens ist es für weitere Besprechungen heut zu spät." Allerdings hatte
die Tischgesellschaft mit der Fürstin schon eine ganze Stunde gewartet, und
es war 6 Uhr geworden. Die dritte und letzte Conferenz ist auf heut um
11 Uhr festgesetzt.

(Aus dem Bericht vom 11. December abends.)

Soeben aus einer fast vierstündigen Conferenz, der dritten, welche ich
seit meiner vorgestern Abend erfolgten Ankunft in Wien mit dem Fürsten
Metternich gehabt, zurückkehrend und nur noch zwei Stunden bis zur Ab=
reise nach Triest übrighabend, wenn ich nicht das Dampfschiff verfehlen
will, habe ich nur die Zeit zu melden, daß der Zweck meiner Sendung
nach Wien nach den mir gegebenen positiven Erklärungen Sr. Durchlaucht
mir aufs vollständigste erreicht zu sein scheint.

Der Fürst, ganz einverstanden, daß es sich nicht um eine Mediation
handelt, sondern nur um freundschaftliche Einwirkung auf den päpstlichen
Hof, wie sie der Natur der Sache und der Stellung Sr. Durchlaucht
allein angemessen ist, sendet in den nächsten Tagen einen Kurier an den
Grafen Lützow, der vor mir dort eintreffen wird. Dieser überbringt dem
Botschafter den Auftrag, dem römischen Hofe Folgendes zu erklären:

1) Der Fürst, sich alles Eingehens auf den kirchlichen und kano=
nistischen Standpunkt enthaltend, spricht dem Papste seine Ueberzeugung
aus, daß Se. Majestät der König mit den Schritten gegen den Erzbischof,
zu welchen er sich genöthigt gefunden, nicht im geringsten eine feindselige
Absicht gegen die katholische Kirche im Auge gehabt habe, daß der römische
Hof vielmehr auf die Fortdauer der friedlichen und loyalen Gesinnungen
Sr. Majestät aufs bestimmteste rechnen könne.

2) Der Fürst hat sich von dem ganzen Verhältniß erst jetzt durch die
von mir erhaltenen Mittheilungen vollkommen unterrichten können, und
hat daraus die Ueberzeugung gewonnen, daß ich dem römischen Hofe über
jeden einzelnen Punkt jede nur wünschenswerthe Aufklärung geben würde,
und zwar im Sinne des Friedens und der friedlichen Absichten Sr. Majestät.

3) Der Fürst ermahnt den römischen Hof aufs nachdrücklichste, jeden
voreiligen oder leidenschaftlichen Schritt zu vermeiden, da die Folgen eines
solchen unberechenbar sein würden.

Der Graf Lützow wird angewiesen, sich mit mir über alles Weitere
in die freundschaftlichste und offenste Communication zu setzen.

(Näheres über die letzte Conferenz findet sich in dem Bericht aus
Triest vom 15. December, der zuerst das bereits Mitgetheilte recapitulirt
und dann fortfährt:)

(Aus dem Bericht vom 15. December.)

Die beiden anderen Punkte (nachdem die wesentliche Uebereinstimmung zwischen Convention und Breve nachgewiesen war) brachte der Fürst in der dritten Conferenz zur Sprache. Die zweite Schwierigkeit war: wie die Bischöfe den ihnen wegen Abhäsion an jene Convention und Annahme der Instruction gemachten Vorwurf — der Fürst glaubt, in der Aschaffenburger Kirchen= zeitung — als auf eine unrichtige Voraussetzung gegründet hätten abweisen können? Ich erklärte dies Sr. Durchlaucht dadurch, daß das Journal de Liège eine ganz verdrehte und falsche Instruction bekannt gemacht, und erklärt habe, diese sei von dem Erzbischofe der echten Instruction des Cardinals Albani untergeschoben.

Bei dieser Gelegenheit bemerkte der Fürst: es hätte eigentlich gar keine Convention über einen so delicaten Punkt abgeschlossen werden müssen. Hierauf erwiderte ich: wie man auch immer über die Gründe der Verzögerung der Annahme des Breve, von 1830 — 1834, denken möge, so sei doch, nachdem einmal große Bedenken seitens der Regierung obgewaltet, eine klare Auseinandersetzung unumgänglich nöthig gewesen, um zu zeigen, wie in der den Bischöfen überlassenen Ausgleichung die kanonischen Vorschriften des Breve geltend gemacht werden könnten, ohne den Statusquo der milden Praxis da, wo er bestand, ganz aufzuheben und vor Allem die Gesetze des Landes zu verletzen. Weiter sei die sogenannte Convention nichts. Ich bemerkte hierbei, wie der römische Hof nur dann klagen könne, wenn die Entscheidung des einzelnen Falles nicht der kirchlichen Behörde überlassen bliebe. Selbst der Erzbischof habe zugestanden, er könne auf diese Art mit der Instruction dasselbe erreichen, was er, im Widerspruch mit ihr, durch die Bedingung des geleisteten Versprechens erlange, und es stehe deshalb der Annahme der ihm gemachten Vorschläge nichts entgegen, als die Un= möglichkeit, die Instruction anzunehmen.

Die dritte Bemerkung Sr. Durchlaucht schien vorzugsweise dahin zu gehen, daß dem päpstlichen Hofe der ganze Verlauf der Sache hätte sogleich mitgetheilt werden müssen. Ich erwiderte hierauf: Die Bischöfe hätten geglaubt, ihren Bericht erst alsdann erstatten zu können, wenn die Praxis sich einigermaßen bestimmt in ihren Sprengeln gestaltet habe. Das habe ich dem Papste um Ende August 1834 bei meiner Rückkehr von Berlin angezeigt, und gesagt, er könne in etwa sechs Monaten den Bericht der Bischöfe erwarten: hier sei allerdings ein von mir sehr be= dauerter Verzug eingetreten, doch würde der Bericht im Sommer 1835 erfolgt sein, wenn der Erzbischof nicht im Juli des Jahres gestorben wäre. Dann sei eine neue Stockung entstanden durch die Krankheit des Bischofs von Trier, die Kränklichkeit des Ministers von Ancillon und endlich dadurch, daß der neue Erzbischof erst im Sommer 1836 sein Amt angetreten, und so habe sich das Eingehen der Berichte der Bischöfe bis zu Ende 1836 verzögert. Unterdessen haben die belgischen Priester die preußischen Bischöfe und die Regierung verleumdet und es habe sich ein Mistrauen beim Papst festgesetzt, welches das ganze Verhältniß zu Preußen bodenlos gemacht.

Der Fürst bemerkte, es habe Rom also doch durch das Ausbleiben der Berichte Grund zum Verdachte gehabt. Dies, erwiderte ich, könne man zugeben, ohne daß sein Betragen gerechtfertigt sei. Und nun setzte ich kurz den Inhalt der Anklagen und Beschuldigungen Roms auseinander, von der Note vom 16. März 1836 bis zum gegenwärtigen Augenblick. Der Fürst bemerkte selbst: jedenfalls hätte Rom sich an die Bischöfe halten müssen, und nicht an die Regierung. Ich ging nun nacheinander kurz Alles durch, was geschehen sei, um Rom zufriedenzustellen: mit welcher Bereitwilligkeit alle Erklärungen gegeben seien, wie Rom dagegen den königlichen Hof aufs Aeußerste getrieben und ohne allen Zweifel den Erzbischof zum Verwerfen der Instruction aufgefordert, offenbar um entweder Nachgiebigkeit zu erzwingen oder Maßregeln, von denen seine falschen Freunde sich eine zweite belgische Revolution versprochen haben.

Der Fürst schien noch zu glauben, die Bischöfe hätten besser gethan, von der Convention kein Geheimniß gegen den Papst zu machen. Ich erwiderte: Ihre Berichte erwähnten und bezeichneten sie mit einer entschiedenen und würdigen Abweisung jener verleumberischen Beschuldigungen. Es sei auch offenbar, daß eine Mittheilung des Textes der Convention selbst den Papst habe in Verlegenheit setzen müssen. Die Bekanntmachung sei unterdessen im Journal de Liège erfolgt.

Es erfolgte nun hierauf die in meinem wiener Berichte mitgetheilte Erklärung des Fürsten. Meinerseits ging mein ganzes Bestreben dahin, den Fürsten zu überzeugen, daß, wenn er durch freundschaftliche Verwendungen und Vorstellungen in Rom der Sache nützen und einen Bruch verhüten wolle, dessen Folgen nicht zu berechnen seien, die aber Preußen, so schmerzlich er ihm sei, nicht zu fürchten habe, dies unverzüglich und in der entschiedensten Weise geschehen müsse. Die Leidenschaftlichkeit der fanatischen Partei, an deren Spitze sich der Cardinal-Staatssecretär gestellt, sei zu jedem Schritte fähig, der als Kriegserklärung jede Versöhnung unmöglich mache.

Ew. Exc. wissen ohne Zweifel bereits, wie bald der Fürst von der Wahrheit dieser Bemerkung überzeugt wurde durch die Depesche des Grafen Lützow vom 2. dieses Monats, die wenige Augenblicke ankam, nachdem ich mich beim Fürsten beurlaubt hatte; und auch, wie ich mit dem Fürsten einige Augenblicke glaubte, vielleicht besser zu thun, noch zwei Tage in Wien zu verweilen, um die Rückkehr des vom Fürsten nach Rom gesandten Kuriers abzuwarten, der die Nachrichten bis zum 8. oder 9. bringen mußte, jedoch bald darauf auf meinen ursprünglichen Entschluß zurückkam. Ew. Exc. werden mir wol glauben, ohne daß ich es ausdrücklich versichere, daß der Grund jenes Bedenkens nicht Furcht vor unangenehmer Begegnung, sondern der Wunsch war, der päpstlichen Regierung mehr Zeit zu geben, um sich zu bedenken und sich warnen zu lassen, durch eine Kränkung des königlichen Gesandten ihr Unrecht noch zu vermehren und den Bruch zu erklären. Allein so sehr Ew. Exc. gewiß einem solchen Motive Gerechtigkeit widerfahren lassen, so werden Sie mir sicher auch beistimmen, daß ich ihm keine Folge auf mein Handeln einräumen durfte. Wenn Rom brechen will, so ist es vielmehr gut, daß es vor der ganzen Welt seinem vielfachen Unrechte durch Zurückweisung des Gesandten Sr. Majestät, der nach ruhiger Vor-

legung der Proceß=Acten und hinter allen Boten und Zeichen der Ver=
söhnung und des Friedens erscheint, dem Papste die definitive Entscheidung
über den Erzbischof und die künftige Verwaltung der Erzstiftes anheimzu=
stellen, die Krone aufsetze und zwar jetzt in diesem Augenblick. Es wird
dadurch die ganze Verantworlichkeit eines Bruches übernehmen, um einen
Prälaten aufrecht zu erhalten, von dessen Schuld oder Unschuld es noch
gar keine actenmäßige Kenntniß genommen.

Berichtigungen.

Seite 7, Zeile 8 v. o., statt: braunen Augen, lies: klarem Auge
„ 11, „ 3 v. o., st.: welches, l.: welcher
„ 27, „ 6 v. o., st.: Englischen, l.: Deutschen
„ 48, „ 20 v. u., st.: Agricola, l.: F. Perthes
„ 115, „ 20 v. o., hinter: dieses wenigstens, l.: war
„ 117, „ 13 v. o., st.: Allens, l.: Allen
„ 130, „ 7 v. u., st.: angegriffen, l.: ergriffen
„ 135, „ 16 v. o., st.: „nicht als Aushängeschild besonderer Talente, sondern nur als ein Zeichen der Richtung", l.: nicht als wollte ich mich besonderer Talente rühmen, sondern nur um die Richtung anzuzeigen
„ 136, „ 13 v. o., st.: meinem, l.: meinen
„ 153, „ 10 v. u., st.: Hieronymus, l.: Jérôme
„ 156, „ 7 v. o., st.: sein Beruf, l.: seine Brust
„ 162, „ 10 v. u., st.: chi sò, l.: chi sà?
„ 164, „ 2 v. o., hinter: Demosthenes, l.: sie verlangte
„ 176, „ 2 v. o., st.: selb-zehnter, l.: selb-fünfter
„ 185, „ 12 v. u., st.: Chinin, l.: Chinarinde
„ 185, „ 14 v. o., st.: ausbrach, l.: mich verließ
„ 186, „ 18 v. u., st.: Chorharmonien, l.: Choräle
„ 187, „ 14 v. o., st.: „um Uebersetzungen vieler der schönsten Chorgesänge auszuwählen oder zu verbessern", l.: um Hand an die Verbesserung geistlicher Liederweisen zu legen, beziehungsweise dieselben auf ihre älteste Form zurückzuführen
„ 193, „ 16 v. o., st.: Methode sorgloser Anhäufung des Uebels, l.: Ausgelassenheit und Un-sittlichkeit
„ 205, „ 13 v. u., st.: Bilduug, l.: Bildung
„ 208, „ 19 v. u., st.: Frasmonbi, l.: Trasmonbi
„ 214, „ 14 v. u., st.: ce que, l.: ce qui
„ 230, „ 1 v. o., st.: wichtigsten, l.: richtigsten
„ 233, „ 11 v. o., st.: der Verschiedenheit der geistigen Organe, l.: einer wesentlichen inneren Verschiedenheit
„ 265, „ 24 v. o., st.: einer Einflüsterung, l.: eines Wunsches
„ 265, „ 26 v. o., st.: würde, l.: solle
„ 265, „ 27 v. o., st.: übernommen hätte, l.: übernehmen wollte
„ 288, „ 21 v. u., st.: homilitischen, l.: homiletischen
„ 299, „ 22 v. u. und S. 301, Z. 12 v. o., st.: Jolly'sche, l.: Solly'sche
„ 308, Anm. 1, st.: dem Kinde, l.: der Tochter und st.: ein zweites Töchterchen, l.: einen Sohn
„ 309, Zeile 1 v. o., st.: Barberini, l.: Lante
„ 314, „ 9 v. u., st.: Dant, l.: Dante
„ 322, „ 10 und 11 v. o., st.: der Galerie, l.: den Galerien
„ 344, Seitenzahl, st.: 443, l.: 344
„ 344, Zeile 13 v. u., hinter Nikolaus setze ein Komma
„ 344, „ 12 v. u., das Komma hinter Laufbahn zu streichen
„ 349, „ 15 v. u., st.: Schlamms, l.: Schleiers
„ 353, Anm. Z. 5 v. u., st.: Irrthum, l.: Doppelsinn
„ 361, Zeile 7 v. o., st.: revonus, l.: revenues
„ 362, „ 7 v. u., st.: christlichen, l.: priesterlichen
„ 363, „ 22 v. u., st.: Bobina, l.: Babia
„ 364, „ 8 v. u., st.: Schwester, l.: jüngsten Tochter
„ 364, „ 6 und 8 v. u., st.: Benjamin Hall, l.: Mr. Hall
„ 377, „ 1 v. u., st.: Cambuso, l.: Cambiaso
„ 393, „ 7 v. u., st.: Farquar, l.: Farquhar
„ 394, „ 5 v. o., st.: unvermeidliches, l.: unermüdliches
„ 402, „ 17 v. o., st.: mit, l.: auf; st.: gebaut, l.: gegründet
„ 402, „ 16 v. u., st.: gemacht, l.: macht
„ 406, „ 17 v. o., st.: Einrichtung von höherem Range, l.: bedeutendere Einrichtung
„ 407, „ 15 v. u. und S. 441, Z. 12 v. o., st.: Whateley, l.: Whately
„ 410, „ 15 v. u., st.: Stern's, l.: Sterne's
„ 414, „ 2 v. o., st.: Einheit, l.: Freiheit
„ 441, Anm. Z. 10 v. u., st.: tractariarischen, l.: tractarianischen
„ 442, Zeile 20 v. o., st.: Vaterland, l.: Vaterhand
„ 444, „ 18 v. o., st.: eine Hoffnung, l.: einer Hoffnung
„ 452, „ 2 v. o., st.: drängt, l.: drängt'
„ 459, „ 6 v. o., ist das aber zu streichen
„ 459, „ 9 v. o., st.: Die, l.: Den
„ 459, „ 10 v. o., st.: entnommen, l.: zu Grunde gelegt
„ 483, „ 8 v. u., st.: ja, l.: je
„ 484, „ 17 v. u., st.: Kreisen, l.: Krisen
„ 500, „ 6 v. o., st.: seinem gesammten Lebensbesitz, l.: allem, was ihm theuer war

Druck von F. A. Brockhaus in Leipzig.

www.ingramcontent.com/pod-product-compliance
Lightning Source LLC
Chambersburg PA
CBHW021933110726
47901CB00003B/818